WOLFGANG HOHLBEIN
(Hrsg.)

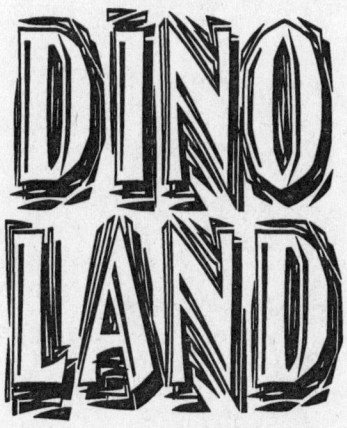

DINO LAND

**Das Tor zur Urzeit öffnet sich –
die Saurier kehren zurück**

Mit einem Vorwort von
Wolfgang Hohlbein

BASTEI
LÜBBE

BASTEI-LÜBBE-TASCHENBUCH
Band 13 949

Erste Auflage: August 1997
Zweite Auflage: September 1997

© Copyright 1997 by Bastei-Verlag
Gustav H. Lübbe GmbH & Co., Bergisch Gladbach
All rights reserved
Lektorat: Gisela Bönnen/Beate Stefer/
Michael Schönenbröcher
Titelbild: Josh Kirby
Umschlaggestaltung: Quadro Grafik, Bensberg
Satz: Fotosatz Steckstor, Rösrath
Druck und Verarbeitung:
Brodard & Taupin, La Flèche, Frankreich
Printed in France

ISBN 3-404-13949-6

Der Preis dieses Bandes versteht sich
einschließlich der gesetzlichen Mehrwertsteuer.

Inhalt

Vorwort

Dinosaurier.

Das Wort muß man sich auf der Zunge – oder vielmehr im Geist – zergehen lassen. Damit sich das ganze Drumherum davon löst: das Vordergründige, Plakative, das sich in Dino-Tassen, Dino-Unterhosen, Dino-Anstecknadeln, Dino-Bausätzen, Dino-Krawatten und, was die Merchendising-Welle uns noch so alles beschert, manifestiert. Damit wieder die *wahren* Dinosaurier zum Vorschein kommen. Der Stegosaurus, der unter meinem Bett schlief, während ich als Achtjähriger seinen schnaufenden Atemzügen lauschte. Die Triceratops-Herde, die mir aus den Büchern meiner Jugend entgegenstürmte. Der mächtige Tyrannosaurus, der mich unsichtbar über den Schulhof begleitete, bereit, sich auf den Kerl aus der Oberstufe zu stürzen, sollte der es wagen, mir eine Kopfnuß zu verpassen (nun, er war dann doch klug genug, es *nicht* zu tun. Der T-Rex, wohlgemerkt. Es hätte mich ganz schön in die Bredouille gebracht, das Gemetzel zu erklären).

Wissenschaftler sagen, daß die Dinosaurier vor fünfundsechzig Millionen Jahren ausgestorben sind. Für mich sind sie bis heute lebendig. Ich brauche nur die Augen zu schließen und sehe sie vor mir: die gewaltigen Rudel der Brachiosauren, die unter einem staubgelben, hitzeflirrenden Himmel dahinziehen, ihre langen Hälse schwenkend und furchtsam nach Raubsauriern Ausschau haltend, während hoch über ihnen lederflüglige Pteranodons ihre Kreise ziehen. Manchmal ist es einfach nur schön, Schriftsteller zu sein und mit eigenen Worten der heutigen Jugend zu vermitteln, was mich selbst vor so vielen Jahren geprägt hat.

Sie fragen sich, welches Ereignis es war, das meine Liebe zu diesen großen Echsen weckte, die ich doch nie mit eigenen Augen habe sehen können? Natürlich ein Film. Sie würden sich wundern, wie wenige Bücher es damals über dieses Thema gab – oder wie viele zumindest nicht den Weg zu einer deutschen Übersetzung fanden. Doch es war nicht etwa – wie Sie vermuten mögen – ›King Kong und die weiße Frau‹, obwohl die Kampfszenen zwischen dem Riesenaffen und dem Tyrannosaurus bis heute zu den eindrucksvollsten überhaupt gehören. Es war auch nicht ›The Lost World‹, der Meilenstein des Dinosaurierfilms, der bereits 1925 nach einem Buch von Arthur Conan Doyle gedreht wurde.

Nein, der Film, der mein Herz gewann und bis heute einen festen Platz darin hat, hieß ›Reise in die Urzeit‹; ein tschechischer, wenig spektakulärer Schwarzweiß-Film von 1955, in dem eine Gruppe Kinder sich aufmacht, einem geheimnisvollen Fluß zu folgen, der – ganz ohne logische Erklärung – zurückführt bis an die Anfänge des Lebens. Viele der Kulissen waren aus Pappmaché, die Handlung legte Wert auf lehrreiche Informationen, die Saurier selbst waren teils Stop-Motion-animiert, teils lebensgroße, recht grob gefertigte Modelle. Ein Film, der heute, im Zeitalter der Computergrafik und ausgeklügelter Spannungsbögen, kein Kind mehr ins Kino locken würde. Was war es also, das mich derart daran faszinierte?

Es war das Abenteuer. Die Filmwerdung meiner geheimen Träume. Eine Expedition in ein phantastisches Land, in dem man wahrhaftige Dinosaurier beobachten, anfassen, hören, ja *schmecken* konnte. Wo die Luft schwer und heiß war, von Rieseninsekten erfüllt. Nicht so sehr das Bild auf der Leinwand faszinierte mich, sondern was meine Gedanken daraus machten.

Damals lernte ich eine Lektion. Die *wahre* Geschichte entsteht im Kopf des Betrachters – und Lesers. Wenn es gelingt, ureigene Träume zu erwecken, Situationen zu schaffen, mit der sich ein Leser identifizieren kann und will, ›funktioniert‹ ein Buch. Nicht zufällig geht es im ›Märchenmond‹, meinem ersten Hardcover, das 1983 zu meinem eigenen, beinahe *kindlichen* Erstaunen den Großen Preis der Phantastik gewann, um eine ganz ähnliche Thematik: die Odyssee eines Jungen in einem verwunschenen Land der Phantasie.

8

Ein Land, das ich als Kind selbst besucht habe und das ich nun, Buchstabe für Buchstabe, neu erschuf. Eine Erinnerung quasi, die ich mit vielen teile und die wohl deshalb auch in den Köpfen meiner Leser Gestalt annehmen konnte.

Dinosaurier haben gleichfalls dieses Potential. Wer hat sich nicht schon mit ihnen beschäftigt und sich beim Spielen im Wald oder beim Erkunden einer Höhle vorgestellt, wie es wäre, unvermittelt einer dieser Echsen aus der Urzeit gegenüberzustehen? Steven Spielberg mußte um den Erfolg des ›Jurassic Park‹ und der ›Verlorenen Welt‹ nicht bangen. Der Saurier steckt in unseren Köpfen wie ein genetisches Erbe. Die Faszination ist ungebrochen, seit die Frau des englischen Arztes Gideon Mantell im Jahre 1822 einige versteinerte Knochen entdeckte. Mantell nannte das Tier ›Iguanodon‹. Es war der erste Dinosaurier, der nach fünfundsechzig Millionen Jahren Bekanntschaft mit den Geschöpfen der Neuzeit machte. Die ›Dinomania‹, die nun losbrach, kann man mit heutigen Maßstäben nicht messen. Und die abenteuerlichen ›Rekonstruktionen‹ – nicht selten wurden Köpfe freigelegter Skelette auf Schwanzwirbel gesetzt oder zusätzliche Gliedmaßen vermutet – schürten noch die Phantasien von den Ungeheuern und Fabelwesen der Vorzeit, wie sie in alten Sagen oder den Geschichten von Seefahrern vorkamen, die ›am Rande der Erde‹ gewaltige Meeresungetüme gesehen haben wollten.

Heute ist der Mythos weitgehend entzaubert – und hat doch nichts von seiner Faszination eingebüßt. Die Geschichten, die sich heute darum ranken, sind moderner, technischer, entbehren oftmals der Romantik, die sie einer actionsreichen, effektgeladenen Story opfern müssen. Und trotzdem erwecken sie in den Köpfen die gleichen Bilder.

Ein Dino-Roman, den ich 1981 für die Romanheft-Reihe ›Gespenster-Krimi‹ schrieb, trug den Titel ›Die Nacht der Giganten‹. Er wurde 1993 von meinem Autorenfreund Frank Thys zu einem Taschenbuch umgeschrieben, das jetzt nur noch ›Giganten‹ hieß. Die Überarbeitung des Romans weckte nach lange Zeit wieder mein Verlangen, die Wesen der Urzeit lebendig werden zu lassen. Und so war ich Feuer und Flamme, als Michael Schönenbröcher, mein Redakteur im Bastei-Verlag, mir die Mitarbeit an einer Serie namens ›DINO-LAND‹ vorschlug.

Natürlich wählte ich für meinen Beitrag zur Serie, der aus den Bänden 1 bis 3 bestand, kein Thema wie in ›Reise in die Urzeit‹ – wie gesagt, damit wären Kids von heute unterfordert gewesen. Doch bei aller modernen Technik und aller Dramatik glaube ich, daß die Begegnung mit den Dinosauriern, das Staunen und Erschrecken der Menschen und die Konfrontation den Zauber vermitteln konnten, der tief in meinem Herzen in die Seiten floß. Frank Thys führte die Geschichte weiter, und auch der dritte Autor im Bunde, Manfred Weinland, erwies sich als Kenner und Liebhaber jener sanften, furchtbaren Riesen. Gemeinsam ließen wir eine prähistorische Welt entstehen ... und transportierten sie in unser Jahrhundert, mit allen wunderbaren und schrecklichen Konsequenzen. Es war ein Gedankenspiel, das mich sofort gefangen nahm, weil es die kindliche Hypothese, die Erde mit den verschwundenen Echsen zu teilen, Wirklichkeit werden ließ – wenn auch nur auf dem Papier.

Andererseits ... wenn ich nach einer Nacht des Schreibens aus dem Fenster meines Arbeitszimmers unterm Dach nach draußen blicke, in die Morgennebel über dem weiten Acker *vis-à-vies*, höre ich, ganz leise, das Stampfen ihrer Elefantenbeine, und ich weiß: Sie sind da. Auch wenn wir sie nicht sehen können.

Wolfgang Hohlbein
Neuss, im April 1997

Buch 1

DIE RÜCKKEHR DER SAURIER

Professor Carl Schneider schob den Ärmel seines weißen Laborkittels hoch und sah auf die Uhr. Es war vielleicht das fünfundzwanzigste Mal, daß er das tat, seit er den Raum jenseits des zehn Zentimeter starken Bleiglasfensters betreten hatte, und die Bewegung wirkte nicht nur abgehackt und fahrig, sie war auch vollkommen überflüssig. Allein in dem Bereich des Raumes, den er einsehen konnte, gab es fünf große Uhren, die die Zeit präzise anzeigten. Schneider würdigte die Zifferblätter keines Blickes. Er hätte nicht einmal sagen können, wie spät es auf seiner Uhr war, obwohl er gerade erst daraufgesehen hatte. Die Bewegung war einfach nur ein Ausdruck seiner Nervosität gewesen.

Er hatte auch allen Grund, nervös zu sein. *Jedermann* hier im Raum hatte allen Grund, nervös zu sein. Mehr noch: eigentlich hatten sie allesamt guten Grund, *Angst* zu haben.

Schneider fuhr sich nervös mit der Hand über den kurzgeschnittenen, graumelierten Vollbart, der sein Gesicht zierte und der ihm zusammen mit dem ebenfalls allmählich ergrauenden, zu einem Pferdeschwanz zusammengefaßten Haar das Aussehen eines Alt-Hippies verlieh. Sein Blick glitt über die Kontrollen, Monitore und Leuchtanzeigen, die vier Fünftel des Steuerraumes beherrschten. Alles sah gut aus. Perfekt.

Vielleicht war es das, was ihn so nervös machte. Er war jetzt fast sechzig, und vier dieser knapp sechs Jahrzehnte hatte er in Labors wie diesem verbracht. Die meisten waren nicht so groß gewesen, kein einziges auch nur annähernd so hervorragend ausgestattet, und es war niemals um etwas derartig *Großes* gegangen, aber eines war eigentlich immer gleich gewesen: es hatte nie auf Anhieb geklappt. Bei dieser Versuchsreihe hingegen lief alles genau so, wie seine Kollegen und er gehofft hatten. Nein: besser, als sie auch nur zu hoffen *gewagt* hatten. Es machte ihn einfach nervös, daß bis jetzt nichts schiefgegangen war.

»Albern«, murmelte er.

»Herr Professor?«

Schneider schrak sichtbar zusammen und blickte den Mann, der ihn angesprochen hatte, eine Sekunde lang irritiert an, ehe ihm klar wurde, daß er den letzten Gedanken offensichtlich laut ausgesprochen hatte.

»Nichts«, sagte er hastig. »Ich habe nur laut gedacht. Ich bin wohl ein bißchen nervös.«

»Ich denke, das sind wir alle«, antwortete Jenkins. »Immerhin steht eine Menge Geld auf dem Spiel.«

Das entsprach zwar der Wahrheit, aber an *Geld* hatte Schneider in diesem Zusammenhang bisher am allerwenigsten gedacht. Obwohl er einer der drei verantwortlichen Leiter des Projekts war, hätte er nicht einmal konkret sagen können, wie viele hundert Millionen Dollar sie in den letzten beiden Jahren verbraucht und vor allem ver*baut* hatten. Das war einer der wenigen echten Vorteile, wenn man für das Militär arbeitete: Solange man an einem Projekt arbeitete, das auch nur halbwegs erfolgversprechend aussah, spielte Geld keine Rolle.

Nein, woran er dachte, das war das *Projekt,* das auf dem Spiel stand. Es war ihm vollkommen egal, *warum* diese Raketenköpfe im Pentagon seine Forschungen so überaus großzügig finanziert hatten. Die Hauptsache war, daß sie es taten.

Schneider war alles andere als ein Freund des Militärs, allerdings auch kein blauäugiger Pazifist. Er hatte seine eigene Philosophie entwickelt, was das Militär anging: Früher oder später rissen sie sich sowieso jede neue Entdeckung unter den Nagel und klopften sie auf eine eventuelle militärische Verwertbarkeit ab – warum also nicht gleich ihr Geld nehmen und versuchen, das Beste daraus zu machen?

Wenn das Kraftfeld auch nur annähernd so funktionierte, wie er und seine Mitarbeiter hofften, dann würde die zivile

Nutzung die mögliche militärische um ein Tausendfaches übertreffen.

»Noch zwei Minuten«, sagte Jenkins. »Aufgeregt?«

Was für eine saublöde Frage, dachte Schneider. Aber er lächelte trotzdem und wandte sich mit einem angedeuteten Achselzucken zu Jenkins um. »Und Sie?« Sein Lächeln erlosch, als er zum ersten Mal wirklich aufmerksam in Jenkins' Gesicht sah. »Stimmt etwas nicht? Fühlen Sie sich nicht wohl?«

Jenkins war leichenblaß. Schweißtröpfchen glänzten auf seiner Stirn. Trotzdem schüttelte er den Kopf, und sein Lächeln wirkte durchaus überzeugend.

»Bißchen flau im Magen«, sagte er. »Immerhin ... es ist ein großer Augenblick.«

Schneider sah den jüngeren Mann noch eine Sekunde lang an und wandte seine Aufmerksamkeit dann wieder den Instrumenten zu.

»Also gut«, sagte er. »Versuchen wir unser Glück.«

Auch unter dem knappen Dutzend anderer Techniker und Wissenschaftler machte sich eine immer stärkere Nervosität breit. Monitore erwachten zu flackerndem Leben, Zeiger bewegten sich hektisch, Lichter begannen in raschem Takt zu blinken. Papier raschelte, Finger bewegten sich nervös über Computertastaturen... jeder spürte auf seine Weise, wie wichtig der Moment war, und jeder versuchte auf seine Weise, damit fertig zu werden. Schneider war im Grunde der einzige, der nichts zu tun hatte. *Sein* Teil der Arbeit war getan; was jetzt noch zu erledigen war, war Sache der Computer und Techniker.

»Programm läuft«, erklärte einer der Techniker. Man hätte glauben können, die Nervosität der Männer mit Händen greifen zu können.

Schneiders Blick war wie hypnotisiert auf den einzigen Punkt im Raum gerichtet, der nicht mit Computern, Meßgeräten und Schalttafeln vollgestopft war. Es war eine runde, einen Meter durchmessende und etwa ebenso hohe Säule aus verchromtem Metall, die direkt aus dem Boden herauszuwachsen schien. Ihr genau gleich aussehendes Gegenstück hing darüber an der schmucklosen Betondecke des Raumes, so daß man auf den ersten Blick hätte meinen können, es handele sich um einen Stützpfeiler, aus dem jemand ein Stück herausgeschnitten hatte. Auf der kreisrunden Schnittfläche des unteren Segments stand ein Plexiglaswürfel, in dem sich zwei weiße Laborratten bewegten. Die Tiere wirkten nervös, als spürten sie instinktiv, was ihnen bevorstand.

»Jenkins.« Schneider hob die Hand und machte eine Geste in Richtung des Technikers, ohne den Blick von dem Plexiglaswürfel zu nehmen. »Leistung erhöhen. Fünf Prozent.«

Jenkins schob den wuchtigen, an den Steuerknüppel eines Hubschraubers erinnernden Hebel vor sich ein Stück nach oben. Nichts geschah, aber Schneider vermeinte für einen Moment zu fühlen, wie das gewaltige Zyklotron, das zwanzig Meter unter seinen Füßen in das granitene Fundament der Nevada-Wüste eingegraben war, zu dröhnendem Leben erwachte.

»Zehn Prozent.«

Jenkins schob den Hebel weiter.

Nichts geschah, und trotzdem glaubte Schneider zu spüren, wie sich in ihrer Umgebung *irgend etwas* veränderte. War es möglich, daß sie das Kraftfeld *spürten*, das das Zyklotron erzeugte?

»Zwölf Prozent«, sagte er. »Ganz vorsichtig jetzt.«

Das Vorbeirasen von Zahlenkolonnen und der hektische Ausschlag von Zeigern beschleunigten sich. Schneiders Blick hing wie gebannt an dem Plexiglaswürfel. Er wagte es nicht einmal zu blinzeln. Die Ratten hatten aufgehört, nervös hin und her zu laufen, sondern hoben die Köpfe schnuppernd in die Luft. *Sie spüren etwas*, dachte Schneider. *Irgend etwas passiert.*

»Fünfzehn Prozent.«

Jenkins erhöhte die Leistung des Zyklotrons um eine weitere Winzigkeit. Schneider warf ihm einen raschen Blick zu und sah, daß der junge Ingenieur noch immer leichenblaß war.

»Professor? Wie sieht es aus?«

Schneider hatte Mühe, sich seine Verärgerung nicht zu deutlich anmerken zu lassen, als er sich herumdrehte und die drei uniformierten Gestalten auf der anderen Seite der Panzerglasscheibe anstarrte. Der Mann, dessen mikrofonverstärkte Stimme ihn so jäh aus seinen Gedanken gerissen hatte, war mittelgroß, hatte graues Haar und ein Gesicht, das wie aus verwittertem, uraltem Holz geschnitzt aussah, und die Rangabzeichen auf seiner Uniform wiesen ihn als einen Vier-Sterne-General aus. Sie waren es auch, die Schneider letztendlich davon abhielten, ihn wegen der Unterbrechung anzufahren. General Stanton und seine Begleiter waren es schließlich, die das alles hier letzten Endes finanzierten.

Trotzdem gelang es ihm nicht ganz, seine Verärgerung zu unterdrücken, als er antwortete: »Gut. *Wie* gut, kann ich Ihnen sagen, wenn wir weitermachen können, ohne ständig unterbrochen zu werden.«

Stanton starrte ihn finster an, aber das war Schneider egal. Er konnte Stanton nicht leiden. Der Kerl war ihm vom ersten Augenblick an unsympathisch gewesen. Mit einer ärgerlichen Bewegung drehte er sich wieder zu der Versuchsanordnung um – und erstarrte.

Der Anblick hatte sich in den wenigen Sekunden, die er abgelenkt gewesen war, dramatisch verändert.

Der Plexiglaswürfel war nicht mehr richtig zu erkennen. Seine Konturen flimmerten, als wäre die ihn umgebende Luft plötzlich kochendheiß, und die Ratten hatten wieder begonnen, aufgeregt hin und her zu laufen. Blaßgrüne und blaue Lichter huschten über das Plexiglas, und ein sonderbarer, nicht einmal unangenehmer Geruch lag mit einem Mal in der Luft.

Später, als Schneider den Moment vor seinem inneren Auge Revue passieren ließ, wurde ihm klar, daß er die Katastrophe gespürt hatte, den Bruchteil einer Sekunde, bevor sie tatsächlich geschah. Jenkins gab einen sonderbaren, keuchenden Laut von sich, schlug plötzlich die linke Hand gegen den Hals und kippte ganz langsam auf seinem Stuhl nach vorne. Seine Rechte umklammerte immer noch den Hebel. Diesmal *konnte* Schneider fühlen, wie das Zyklotron unter ihren Füßen wie ein aus dem Schlaf gerissenes Ungeheuer aufbrüllte, als Jenkins' Hand den Hebel mit einer einzigen Bewegung bis weit über die Fünfzig-Prozent-Marke schob.

»Jenkins! Sind Sie wahnsinnig?!« schrie Schneider mit überschnappender Stimme. Mit einem gewaltigen Satz war er bei Jenkins, umklammerte mit beiden Händen dessen Rechte und versuchte, sie von dem Hebel zurückzuzerren.

Es ging nicht. Jenkins stöhnte. Sein ganzer Körper war verkrampft. Schneider wandte seine ganze Kraft auf, aber es gelang ihm nicht, Jenkins' Griff zu lösen.

Das Zyklotron dröhnte. Irgendwo begann eine Alarmsirene zu heulen, und die Anzeigen der Computer und Meßgeräte spielten total verrückt. Der Plexiglaswürfel flammte und loderte wie eine winzige gefangene Sonne, begann plötzlich zu flackern – und verschwand.

Schneider registrierte das Phänomen zwar, doch er fand keine Gelegenheit, es entsprechend zu würdigen. Er brauchte all seine Kraft, um Jenkins' rechten Arm festzuhalten, der den Leistungshebel immer weiter nach vorne schieben wollte. Er hatte die Sechzig-Prozent-Marke überschritten. Die Energie, die das Zyklotron jetzt freisetzte, hätte ausgereicht, das fünfundzwanzig Meilen entfernt liegende Las Vegas mit Strom zu versorgen.

Erst als zwei weitere Männer hinzusprangen und ihm halfen, gelang es ihnen, Jenkins' Hand zu lösen. Schneider riß den Hebel mit einem Ruck wieder in die Ausgangsstellung zurück. Das Dröhnen und Rauschen des Teilchenbeschleunigers, der zehn Sekunden lang sein Bestes getan hatte, um die Energieentfaltung einer kleinen Sonne zu erreichen, erlosch wieder. Die Alarmsirene heulte noch eine Sekunde weiter, ehe endlich jemand auf die Idee kam, sie abzuschalten, und der Plexiglaswürfel war wieder da. Oder das, was einmal ein dreißig Zentimeter messender Plexiglaswürfel mit zwei lebendigen Laborratten gewesen war...

»*Rien ne va plus* – nichts geht mehr!« Der Croupier ließ die Kugel mit gekonntem Schwung in die Roulett-Schüssel sausen, und für ein paar Sekunden hielt die gesamte, bisher aufgeregt schwatzende und lärmende Menge, die den Spieltisch umlagerte, den Atem an.

»Sechsundzwanzig! Sechsundzwanzig gewinnt.«

Um ein Haar hätte Littlecloud aufgeschrien. Nicht einmal so sehr wegen des Betrages, den er gewonnen hatte, sondern weil es das dritte Mal hintereinander war, daß die Kugel genau auf die Zahl fiel, auf die er den mittlerweile beachtlichen Stapel von Jetons vor sich geschoben hatte. Er hatte mit einem Dollar angefangen. Nach dem ersten Gewinn waren es fünfunddreißig gewesen, und er hatte sie – eigentlich nur aus Spaß – komplett stehenlassen ... und mehr als tausend daraus gemacht. Was ihn dazu bewogen hatte, auch diesen Gewinn nicht einzustecken und nach Hause zu gehen, wie ihm die Stimme der Vernunft sehr nachdrücklich geraten hatte, hätte er jetzt selbst nicht mehr sagen können. Aber er hatte es nicht getan, sondern die Chips nur auf ein anderes Feld geschoben. Und gewonnen. Der Croupier schob ihm einen Stapel Jetons im Werte von beinahe vierzigtausend Dollar über den Tisch.

»Die Einsätze bitte.«

Der Teller begann wieder zu kreisen. Jetons wurden gesetzt und verschoben, und rings um Littlecloud entstand ein aufgeregtes Getuschel und Geraune. Seine Glückssträhne war nicht unbemerkt geblieben.

Littlecloud rührte sich nicht. Er starrte die Jetons an. Er war vor zwei Stunden ins DUNES gekommen, um sich einen hübschen Abend zu machen, ein bißchen zu spielen und vielleicht ein paar Dollar zu gewinnen oder auch zu verlieren. Und jetzt hatte er *vierzigtausend* gewonnen.

»Bitte machen Sie Ihre Einsätze«, sagte der Croupier. Er hob die Hand mit der Kugel, aber Littlecloud rührte sich noch immer nicht. Vierzigtausend – das war mehr, als er in einem Jahr verdiente. Aber wenn er es stehenließ, und wenn er noch einmal gewann, ein einziges Mal nur, dann würde er mit *einer Million Dollar* hier herausmarschieren. Genug, um den Rest seines Lebens sorgenfrei zu verbringen. Ade, Army. Ade, Arbeit. Willkommen, *dolce vita*. Er hatte dreimal gewonnen, wieso sollte es nicht auch noch ein viertes Mal klappen? Und schließlich – was riskierte er schon? Wenn man es genau nahm, einen Dollar.

Littlecloud konnte regelrecht spüren, wie die Menge rings um ihn herum den Atem anhielt, als der Croupier die Hand über die Schüssel ausstreckte und sagte: »Rien ne vas plus – nichts . . .«

Im buchstäblich allerletzten Moment streckte Littlecloud die Hand aus und nahm die Jetons vom Tisch, und nur einen Sekundenbruchteil später vollendete der Croupier seinen Spruch:

». . . geht mehr.«

Littlecloud atmete hörbar auf. Aber nur für einen Moment. Der Croupier ließ die Kugel nämlich nicht fallen, sondern hatte das Rad wieder angehalten und blickte ihn an.

»Sir, es tut mir leid«, sagte er.

»So?« Littlecloud grinste. »Mir nicht. Hier, das ist für Sie.« Er schob dem Mann einen Hundert-Dollar-Chip zu und stand auf, aber der Croupier beachtete den Jeton gar nicht. Statt dessen deutete er auf den Stapel vor Littlecloud.

»Ich fürchte, Sie müssen den gesamten Betrag stehen lassen«, sagte er.

»Das glaube ich kaum«, antwortete Littlecloud. »Ich habe meinen Einsatz zurückgenommen.«

»Aber leider zu spät. Sobald angesagt ist, geht nichts mehr. Es tut mir leid, aber so sind nun einmal die Regeln.«

»Sie hatten noch nicht angesagt«, antwortete Littlecloud, nun schon in hörbar schärferem Ton. Einige der anderen

Spieler pflichteten ihm lautstark bei, aber der Croupier ließ sich nicht beirren.

»Ich muß darauf bestehen, Sir, daß –«

»Dann tun Sie das«, unterbrach ihn Littlecloud. »Bestehen Sie, worauf Sie wollen. In der Zwischenzeit gehe ich zur Kasse und löse meinen Gewinn ein.« Er raffte seine Chips an sich, stand vollends auf und verließ unter den schadenfrohen Kommentaren der anderen Spieler den Tisch. Vierzigtausend! Er hatte ein Jahresgehalt in der Tasche!

Er kam nicht einmal zehn Schritte weit.

Es waren drei, die ihm den Weg vertraten. Sie trugen schwarze Anzüge, gestärkte Hemden und Fliegen, und Littlecloud brauchte nur einen einzigen Blick, um zu wissen, mit wem er es zu tun hatte.

»Sir«, sagte einer der Männer, »ich fürchte, es hat da ein kleines Mißverständnis gegeben.«

»So?« antwortete Littlecloud. »Hat mir der Croupier zu wenig ausgezahlt? Machen Sie sich nichts daraus. Ich habe heute meinen großzügigen Tag.«

Sein Gegenüber machte sich nicht einmal die Mühe zu lächeln.

»Bitte machen Sie keine Schwierigkeiten, Sir«, sagte er. »Wenn Sie uns zurück zum Spieltisch begleiten würden ...«

»Um was zu tun?« fragte Littlecloud.

»Ihr Spiel zu machen«, erwiderte der Manager. »Sie haben immerhin noch die Möglichkeit zu gewinnen.«

»Und dann? Was zum Teufel soll ich mit einer Million?« Littlecloud schüttelte heftig den Kopf. »Soviel Geld würde nur meinen Charakter verderben. Außerdem bin ich nicht gierig.«

Der andere widersprach nicht mehr. Er trat nur einen Schritt zur Seite und machte einen kaum sichtbaren Wink zu seinen Begleitern, die sich nahezu synchron in Bewegung setzten. Sie waren weder besonders schnell, noch wirkten sie sonderlich aufmerksam. Zwischenfälle wie diese zu regeln, war schließlich ihr Job. Und zumindest dem äußeren Anschein nach handelte es sich bei dem Mann, dem sie

19

gegenüberstanden, ohnehin nur um einen weiteren Touristen, der es einfach nicht verwinden konnte, *nicht* als frischgebackener Millionär aus dem DUNES herauszumarschieren. Ein Routinejob, der in zwei Minuten erledigt sein würde. Ihr Pech war nur, daß diese Einschätzung so falsch war, wie sie nur sein konnte.

Zum einen dauerte es keine zwei Minuten, sondern nur ein paar Sekunden. Und zum anderen war Marc Littlecloud eben kein durchschnittlicher Tourist, sondern nicht nur einer der letzten wirklich reinblütigen Apache-Indianer des Landes, sondern auch Mitglied einer Spezialeinheit der US-Marines, die vielleicht zu den besten der Welt gehörte, mit Sicherheit aber zu den besten der Vereinigten Staaten. Jedes Mitglied dieser aus gerade einmal zwölf Mann bestehenden Truppe hatte sein eigenes Spezialgebiet – und das Littleclouds war der waffenlose Nahkampf.

Sein Fuß beschrieb einen engen Halbkreis und landete wuchtig auf dem Knie des einen Gorillas. Er hatte längst nicht mit ganzer Kraft zugetreten, denn er wollte den Mann schließlich nicht für den Rest seines Lebens verkrüppeln, sondern nur für den Moment kampfunfähig machen; trotzdem reichte die Wucht seines Trittes, den Burschen zu Boden zu schicken.

Die Reaktion des zweiten bewies, daß zumindest er sein Gehalt nicht umsonst bekam: Littleclouds Angriff hatte ihm blitzartig klargemacht, daß sie ihren Gegner wohl doch unterschätzt hatten, und er zog ebenso blitzartig die Konsequenzen daraus und änderte seine Taktik. Trotzdem reagierte er falsch. Er prallte mitten in der Bewegung zurück, und seine Hand fuhr unter die Jacke, um eine Waffe zu ziehen.

Littleclouds Faust traf sein Handgelenk. Der Mann keuchte vor Schmerz und Überraschung und gesellte sich zu seinem Kameraden auf den Boden. Die ganze Aktion hatte kaum länger als drei Sekunden gedauert.

Littlecloud wandte sich fast gemächlich wieder zum Manager des Spielcasinos um.

»Wirklich«, sagte er in vollkommen ruhigem Ton, als wäre gar nichts geschehen, »ich weiß Ihr großzügiges Angebot zu schätzen, aber ich möchte nicht noch mehr gewinnen. Und jetzt sollte ich besser gehen, ehe noch jemand zu Schaden kommt.«

Der Manager war zwei, drei weitere Schritte vor ihm zurückgewichen und leichenblaß geworden. Er hatte die Hände halb erhoben, als hätte er Angst, daß Littlecloud sich als nächstes auf ihn stürzen könne. Er sagte kein Wort, aber seine Reaktion verriet Littlecloud trotzdem alles, was er wissen wollte. Der Blick seiner vor Schreck und Staunen geweiteten Augen war nur scheinbar auf Littlecloud gerichtet. Tatsächlich fixierte er einen Punkt ein kleines Stück hinter ihm.

Littlecloud ließ noch eine Sekunde verstreichen. Dann hörte er, wie sich im Rhythmus der näherkommenden Schritte etwas veränderte, machte blitzschnell eine Bewegung nach links und duckte sich. Der Schlag, der auf seinen Hinterkopf gezielt gewesen war, ging ins Leere. Der Angreifer stolperte, vom Schwung seiner eigenen Bewegung mitgerissen, an ihm vorbei. Littlecloud versetzte ihm einen Handkantenschlag gegen den Hals und bereicherte damit die Sammlung der hilflos am Boden liegenden Schläger um ein weiteres Exemplar.

Littlecloud sah sich um. Allmählich wurde die Situation brenzlig – er sah mindestens drei weitere Schläger auf sich zustürmen. Er traute sich durchaus zu, auch mit einer größeren Übermacht fertig zu werden, aber wenn die Kerle ihn zwangen, Ernst zu machen, würde es nicht mehr mit ein paar blauen Flecken abgehen. Und er wollte niemanden ernsthaft verletzen oder gar umbringen, nur wegen ein paar Dollar. Littlecloud fuhr auf der Stelle herum und wandte sich dem Ausgang zu.

Er hatte den Manager vergessen. Der Mann stand immer noch zwei Schritte vor ihm, und er wirkte noch immer so blaß und verschreckt wie zuvor. Aber seine Hände waren nicht mehr leer.

Littlecloud wunderte sich ungefähr eine Zehntelsekunde lang, warum um alles in der Welt der Kerl mit einem elektrischen Rasierapparat auf ihn zielte, und als er seinen Irrtum erkannte, war es zu spät. Der Manager drückte den Auslöser seiner Teaser-Waffe, und Littlecloud stürzte mit hilflos zuckenden Muskeln zu Boden, als sich die beiden an haarfeinen Drähten hängenden Kontakte durch seine Kleidung bissen und fünfzigtausend Volt durch seinen Körper schossen.

Der Würfel sah aus wie geschmolzen. Er war zu einem verdrehten, auf fast unmöglich anmutende Weise verzerrten und in sich selbst gewundenen Ding geworden, dessen bloßes Betrachten Schneider schon körperliches Unwohlsein bereitete. Trotzdem registrierte er diesen Anblick nur am Rande, denn was ihm *wirkliches* Entsetzen einflößte, waren die Ratten.

Sie sahen aus, als hätte man sie gewendet. Die kleinen Körper waren zu roten, blutigen Fleischbällen geworden, aus denen weiße Knochensplitter ragten, bloßgelegte Arterien und Organe, winzige weiße Fellbüschel und Glieder, die nicht mehr da waren, wo sie hingehörten. Irgend etwas hatte die Körper der Tiere genommen und das Innerste nach außen gekehrt.

Das Allerschlimmste aber, war, daß mindestens eines der beiden Tiere noch *lebte*.

»Großer Gott! Was ist denn *das?*« murmelte jemand hinter ihm. Schneider riß sich mühsam von dem grauenerregenden Anblick los und wandte den Kopf. Der Mann, der die Frage gestellt hatte, trug die Uniform eines Air-Force-Generals. Es war einer von Stantons Begleitern. Er und die beiden anderen waren hereingekommen, ohne daß Schneider es überhaupt bemerkt hatte.

Schneider würdigte ihn nicht einmal einer Antwort. Er ging zu Jenkins zurück. Mittlerweile hatten sich alle Anwesenden um den jungen Techniker versammelt, der verkrümmt am Boden lag. Sein Gesicht war dunkelrot angelaufen, und er hatte beide Hände gegen die Kehle gepreßt. Von Zeit zu Zeit gab er leise, schreckliche Geräusche von sich.

Schneider drehte ihn behutsam auf den Rücken und versuchte ein paarmal, ihn anzusprechen, aber Jenkins reagierte nicht.

»Was ist mit dem Mann los?« fragte General Stanton.

Diesmal erkannte Schneider die Stimme sofort.

»Woher zum Teufel soll ich das wissen?« fragte er scharf. Er starrte Stanton einige Sekunden lang herausfordernd an, ehe er hinzufügte: »Wenn Sie mich fragen, sieht es nach einem Herzanfall aus. Aber ich bin kein Arzt.«

»Ein Herzanfall?« Stanton zog die Augenbrauen zusammen. »Wie kann so etwas passieren? Müssen sich Ihre Leute keiner Gesundheitsprüfung unter-«

»Zum Teufel, ich weiß es nicht!« unterbrach ihn Schneider. »Jenkins ist noch nicht einmal dreißig! Außerdem haben wir im Moment wirklich andere Sorgen! Hat jemand einen Arzt verständigt?«

Niemand antwortete, aber Schneider sah aus den Augenwinkeln, wie einer der Techniker hastig nach einem Telefon griff und eine Nummer wählte. Er versuchte noch zwei- oder dreimal, Jenkins anzusprechen, aber er bekam keine Antwort.

Nervös richtete er sich auf und näherte sich ein zweites Mal der Versuchsanordnung. Aber er wagte es auch diesmal nicht, näher als einen Meter an den Plexiglaswürfel und seinen fürchterlichen Inhalt heranzutreten. Erneut überkam ihn eine Mischung aus Entsetzen und Ekel, als er sah, daß die Körper der Tiere zum Teil Bestandteil des Plastikmaterials geworden waren, und umgekehrt. Aber wenigstens lebten sie jetzt nicht mehr. Das winzige, offenliegende Herz hatte aufgehört zu schlagen.

»Was ist schiefgegangen?« fragte Stanton, der ihm gefolgt war. Seine Stimme war so kalt, als unterhielten sie sich über einen kaputtgegangenen Fernseher.

»Ich weiß es nicht«, antwortete Schneider. »Es war nicht

geplant, die Leistung so zu erhöhen. Vor allem nicht so schnell.«

»Aber es hat funktioniert«, sagte Stanton.

»Ja«, antwortete Schneider. »Ganz hervorragend, wie man sieht.«

Stanton tat so, als hätte er den sarkastischen Tonfall nicht gehört. »Wenn es nur daran gelegen hat, daß das Zyklotron zu schnell hochgefahren worden ist, könnten wir es wiederholen«, sagte er.

»Sicherlich«, antwortete Schneider. »In zwei bis drei Monaten. Sobald wir herausgefunden haben, was schiefgegangen ist.«

»Nein«, sagte Stanton. »Jetzt.«

Es dauerte ein paar Sekunden, bis Schneider überhaupt begriff, was Stanton da gesagt hatte. Ganz langsam drehte er sich herum und starrte den grauhaarigen General an.

»Hören Sie«, begann er, wurde aber sofort wieder von Stanton unterbrochen:

»Nein, Professor. *Sie* hören *mir* zu. Es hat funktioniert, oder? Das Kraftfeld ist aufgebaut worden. Zum Teufel, ich habe *gesehen*, wie der Würfel unsichtbar wurde! Was wollen Sie mehr? Genau das war das Ziel von *Projekt Laurin*.«

»Wissen Sie überhaupt, was Sie da reden?« Es fiel Schneider immer schwerer, die Beherrschung nicht zu verlieren. »Großer Gott, dort drüben liegt einer meiner Mitarbeiter im Sterben, und Sie verlangen von mir, daß ich einfach weitermache, als wäre nichts passiert? Sie sind ja verrückt!«

»Ich kann Sie ja verstehen, Professor«, sagte Stanton. »Aber bitte, versuchen Sie auch, mich zu verstehen. Ich werde ebenfalls unter Druck gesetzt. Allmählich will man im Pentagon Erfolge sehen! Ich kann nicht zurückfahren und sagen, daß es leider noch drei Monate dauert und noch einmal zehn Millionen kostet, weil einer Ihrer Mitarbeiter einen Herzanfall bekommen hat!«

»Das ist Ihr Problem«, antwortete Schneider kalt.

»Ich könnte es Ihnen befehlen«, drohte Stanton.

Schneider lachte.

»Nein, General, das können Sie nicht«, antwortete er. »Ich bin keiner von Ihren Rekruten. Was wollen Sie tun? Mich standrechtlich erschießen lassen?« Er deutete auf die Versuchsanordnung. »Hier geschieht nichts, bis ich nicht ganz genau weiß, was zu *dem da* geführt hat. Und jetzt entschuldigen Sie mich bitte. Ich muß mich um meinen Mitarbeiter kümmern.«

Er ließ Stanton einfach stehen und wandte sich an den Mann, der telefoniert hatte. »Was ist mit dem Arzt?«

»Sie schicken einen Helikopter«, antwortete der Techniker. »Er ist in zwanzig Minuten hier.«

Das Erwachen war eine Qual; vor allem, weil er gar nicht bewußtlos gewesen war. Der Stromschlag hatte ihn gelähmt und jeden einzelnen Nerv in seinem Körper zum Kreischen gebracht, aber er hatte trotzdem alles mitbekommen, was um ihn herum und vor allem *mit* ihm geschah.

Das Sicherheitspersonal hatte ihn aus dem Casino heraus und in einen kleinen Nebenraum gebracht, und zumindest während dieser und den folgenden fünf Minuten noch war er felsenfest davon überzeugt gewesen, daß sie ihn nun umbringen oder sich wenigstens entsprechend für das rächen würden, was er ihnen angetan hatte. Doch niemand war gekommen, um ihm die Finger zu brechen oder ein paar Zähne auszutreten. Dafür waren kurz darauf ein paar Cops erschienen, die ihn reichlich unsanft in einen Streifenwagen geworfen und aufs nächste Revier gebracht hatten. Das war ungefähr eine halbe Stunde her. Man hatte ihn in eine leerstehende Zelle geworfen und die Tür abgeschlossen. Von Zeit zu Zeit kam jemand, wahrscheinlich um nachzusehen, ob er schon in der Lage war, eine Aussage zu machen, aber das war auch alles.

Littlecloud schloß rasch wieder die Augen, als sich Schritte der Zelle näherten, aber diesmal entfernten sie sich nicht mehr. Einen Moment später konnte er hören, wie ein Schlüssel ins Schloß gesteckt und herumgedreht wurde, und eine Stimme sagte: »Du kannst aufhören, den Bewußtlosen zu spielen, Winnetou. Ich weiß ziemlich genau, wie lange die Wirkung eines Teasers anhält.«

Littlecloud öffnete widerwillig die Augen und blickte in ein kantiges, von einem sorgsam ausrasierten Drei-Tage-Bart beherrschtes Gesicht.

»Wie fühlst du dich?«

Littlecloud zog eine Grimasse und setzte sich auf. Sofort wurde ihm schwindelig. Stöhnend ließ er die Schultern nach vorne sinken und verbarg das Gesicht in den Händen.

»Wenn Sie sich mit den Dingern so gut auskennen, dann wissen Sie es ja«, murmelte er.

Der andere lachte. Es war ein harter, unsympathischer Laut. »Scheißspiel, wie? Trotzdem ...« Er trat wieder aus der Zelle zurück und machte eine einladende Geste. »Komm mit.«

Littlecloud erhob sich vorsichtig von der unbequemen Pritsche, auf die man ihn geworfen hatte.

»Nun beeil dich schon, Winnetou«, sagte der andere. »Ich habe nicht die ganze Nacht Zeit.«

»Nennen Sie mich nicht so«, erwiderte Littlecloud zornig. »Ich habe einen Namen.«

»Kein Problem«, erwiderte der andere. »Sag ihn mir.«

Littlecloud setzte automatisch dazu an, die Frage zu beantworten – und überlegte es sich im letzten Moment wieder anders. Er konnte den Grund dafür selbst nicht nennen, aber irgend etwas warnte ihn nachdrücklich, daß es besser war, im Moment zu schweigen.

Littlecloud unterzog sein Gegenüber einer raschen, aber ebenso aufmerksamen Musterung. Der Mann trug die Uniform eines Streifenpolizisten, aber seine Rangabzeichen wiesen ihn als Lieutenant aus. Er war Ende Dreißig und von kräftiger Statur, und seine Bewegungen verrieten Littlecloud, daß er mit dieser Kraft auch etwas anzufangen wußte. Er hatte ein durchaus sympathisches Gesicht, aber seine Augen straften diesen Eindruck Lügen. Sie waren hart wie Glas.

»Du bist in Schwierigkeiten, Winnetou«, sagte er, während er Littlecloud in ein kleines, durchaus ansehnlich ausgestattetes, aber völlig unordentliches Büro geleitete. »Ist dir das klar?«

»So?« Littlecloud setzte sich auf den einzigen freien Stuhl diesseits des mit Papieren und Akten überladenen Schreibtisches und wartete, bis der Polizeibeamte auf der anderen Seite des Möbels Platz genommen hatte. Inmitten des Chaos entdeckte er ein Namensschildchen, das den Herrn über dieses Durcheinander als Lt. Mainland auswies. »Bin ich das?«

Mainland nickte; gleich ein paarmal, wie um der Antwort dadurch mehr Gewicht zu verleihen. »Übrigens – willst du einen Anwalt?«

Hinter Littleclouds Stirn begann eine Alarmglocke zu läuten. Offensichtlich gehörte diese sprunghafte Art zu Mainlands Verhörtaktik. Er mußte aufpassen.

»Brauche ich denn einen?« fragte er.

Mainland lachte.

»Ich sagte dir doch – du steckst in Schwierigkeiten«, antwortete er. »Anscheinend ist dir gar nicht klar, in *was* für Schwierigkeiten.«

»Übertreiben Sie jetzt nicht ein bißchen?« fragte Littlecloud. »Okay, ich habe Mist gebaut, aber –«

»Mist gebaut?« Mainland blies eine Rauchwolke in seine Richtung. »Na, so kann man es auch ausdrücken. Hausfriedensbruch, Nötigung, schwere Körperverletzung und versuchter Totschlag in drei Fällen – das nenne ich nicht mehr *Mist gebaut.*«

»Wie?« entfuhr es Littlecloud. »Moment mal! Ich habe mich lediglich verteidigt!«

»Das sieht der Manager des Casinos etwas anders«, erwiderte Mainland. »Und ungefähr drei Dutzend Zeugen auch.« Er lächelte. »Na, wie sieht es jetzt mit einem Anwalt aus?«

Littlecloud war viel zu schockiert, um überhaupt antworten zu können.

Er hatte geahnt, daß er sich Ärger eingehandelt hatte – aber das?

»Der Manager des Spielcasinos hat Anzeige erstattet. Dein kleiner Scherz von vorhin bringt dich für drei bis fünf Jahre in den Bau.«

»Verdammt noch mal, ich habe mich nur gewehrt!« protestierte Littlecloud. »Die Typen wollten mich betrügen! Dafür muß es Zeugen geben!«

»Das wird der Richter entscheiden«, antwortete Mainland gelassen. Er drückte seine Zigarette aus. »Wenn du einen guten Rat willst – du solltest aufhören, den Unnahbaren zu spielen, und mit mir zusammenarbeiten. Möglich, daß sich das positiv auf das Urteil auswirkt. Also: Wer bist du?«

Littlecloud schwieg.

»Es geht auch anders«, sagte Mainland. »Wir müssen nur deine Fingerabdrücke nehmen, und nach spätestens zwei Stunden wissen wir, wer du bist. Aber ich garantiere dir, daß es sich in deiner Akte nicht besonders gut macht.«

Littlecloud schwieg noch immer. Seine Gedanken überschlugen sich. Drei bis fünf Jahre? Für einen Moment war er nahe daran, in Panik zu geraten. Das war... lächerlich! Vollkommen verrückt!

»Na, bist du immer noch der Meinung, daß du keinen Anwalt brauchst?« fragte Mainland.

»Vielleicht«, antwortete Littlecloud stockend, »später. Lassen Sie mich... zehn Minuten darüber nachdenken.«

»Ganz wie du willst«, antwortete Mainland achselzuckend. Er stand auf. »Ich schicke dir jemanden, der deine Fingerabdrücke nimmt und ein hübsches Foto von dir macht. Du kannst ja in der Zwischenzeit darüber nachdenken, ob du weiter den unbeugsamen Krieger spielen willst. Ich weiß ja, daß du ein harter Bursche bist, aber glaub mir – im Staatsgefängnis werden sie auch mit Typen wie dir fertig. Und ich fürchte, sie mögen Rothäute dort gar nicht.«

Nachdem die Hauptbeleuchtung wieder ein- und die meisten Computer und Monitore ausgeschaltet worden waren, wirkte der Raum sonderbarerweise kleiner und auf eine desillusionierende Art nüchterner. Ein schwacher Ozongeruch lag noch immer in der Luft, und zwei Drucker hatten angefangen, meterweise beschriebenes Endlospapier auszuspucken, aber darüber hinaus erinnerte nichts mehr an das, was sich vor nicht einmal zehn Minuten in diesem Raum abgespielt hatte. Jemand hatte den zerschmolzenen Plexiglaswürfel samt seines schrecklichen Inhaltes weggeschafft.

General Stanton starrte die nun leere Oberfläche der Chromsäule aus brennenden Augen an. Sein Gesicht war unbewegt, aber der Aufruhr, der hinter seiner Stirn tobte, war dafür um so größer. Er war wütend, frustriert, erschrocken – und sehr viel verzweifelter, als er jemals zugegeben hätte. Er hatte nicht die ganze Wahrheit gesagt, als er mit Schneider sprach. Das Pentagon hatte ihn nicht nur als Beobachter hierhergeschickt. Tatsache war, daß das Projekt LAURIN schon vor drei Monaten kurz davor gestanden hatte, gekippt zu werden. Schneider und seine Crew hatten in den letzten beiden Jahren Unmengen an Geld und technischem Equipment angefordert – und auch bekommen –, aber bisher so gut wie keine Ergebnisse geliefert. Und das Militär hatte kein Geld. Die schlechte wirtschaftliche Lage des Landes führte mit schöner Regelmäßigkeit dazu, daß jeder Militärhaushalt ein bißchen kleiner ausfiel als der vorhergehende. Hätte Stanton nicht mit Engelszungen geredet, dann wäre das Projekt LAURIN schon vor einem Vierteljahr Opfer dieser Sparpolitik geworden. Er hatte Schneider und seinen Mitarbeitern nichts davon erzählt, um sie nicht unnötig nervös zu machen, aber nun sah es so aus, als wäre das ein Fehler gewesen. Wenn er ohne Ergebnisse zurückkam, bedeutete es das endgültige Aus für dieses Forschungsprojekt. Und so ganz nebenbei wahrscheinlich auch für Stantons Karriere.

Er hätte Schneider das alles natürlich sagen können, aber das würde nichts nutzen. Stanton wußte sehr wohl, daß

Schneider das Militär insgeheim verachtete und sich auf dieses Projekt nur eingelassen hatte, weil er mit seiner geradezu abenteuerlich klingenden Idee ansonsten überall abgeblitzt war: ein Kraftfeld, das Dinge unsichtbar machte.

Stanton drehte sich mit einer entschlossenen Bewegung von der leeren Stahlsäule weg und deutete auf den erstbesten Techniker, auf den sein Blick fiel.

»Sie!« sagte er. »Besorgen Sie einen neuen Käfig. Und zwei weitere Ratten!«

Der Mann starrte ihn völlig verständnislos an. »Sir?«

»Hören Sie schlecht?« schnappte Stanton. »Sie sollen einen neuen Käfig holen. Sie werden in diesem dreihundert Millionen teuren Bau doch wohl noch ein zweites Paar Laborratten haben, oder?«

»Sicher, aber –«

»Dann holen Sie sie!« unterbrach ihn Stanton scharf. »Wir wiederholen das Experiment. Jetzt gleich.«

Unter den versammelten Wissenschaftlern entstand Unruhe. Stanton fuhr mit erhobener Stimme fort: »Sie haben ganz richtig verstanden. Wir versuchen es noch mal. Also werfen Sie Ihre Computer an oder tun Sie, was immer nötig ist.«

Einer der Männer trat auf ihn zu. »General Stanton, bitte verzeihen Sie, aber das ist nicht möglich.«

»Und warum nicht, wenn ich fragen darf?«

»Nun, weil...« Der Mann brach ab, biß sich verlegen auf die Unterlippe und deutete schließlich auf die Versuchsanordnung. »Sie haben doch selbst gesehen, was gerade passiert ist.«

»Ich habe gesehen, daß es einen Unfall gegeben hat«, erwiderte Stanton kalt. »Das ist bedauerlich, aber noch lange kein Grund, alles abzublasen, oder?«

»Aber wir müssen erst herausfinden, was schiefgegangen ist!« protestierte der Wissenschaftler.

»Ja, und das tun wir am besten, indem wir das Experiment wiederholen.« Stanton sah den Mann noch eine Sekunde lang durchdringend an und fuhr dann fort: »Um

30

das ganz klarzustellen, meine Herren: Sie alle sind Angestellte des Militärs. Daß Sie keine Uniformen tragen, sondern weiße Kittel, ändert daran nichts. Sie werden meine Befehle befolgen, oder Sie alle haben sich wegen Befehlsverweigerung vor einem Militärgericht zu verantworten!«

Seine Worte hatten die erhoffte Wirkung. Nur ein einziger versuchte noch einmal zu widersprechen.

»Aber wir sind nicht vollständig, Sir. Professor Schneider fehlt, und Jenkins –«

»Professor Schneider«, unterbrach ihn Stanton, »hat sowieso nichts Konkretes zu tun gehabt, wenn ich gerade richtig gesehen habe. Und was Jenkins angeht«, er deutete auf den freien Stuhl vor dem Kontrollpult des Gamma-Zyklotrons, »so werde ich seine Aufgabe übernehmen. Oder trauen Sie mir nicht zu, daß ich einen Hebel bediene?«

»Selbstverständlich, Sir«, sagte der Mann hastig.

»Tun Sie, was ich Ihnen gesagt habe.« Er wies auf den Techniker, dem er befohlen hatte, einen neuen Käfig zu holen. Der Mann zögerte noch einen winzigen Augenblick, aber dann stand er gehorsam auf und wandte sich zur Tür. Kurz bevor er den Raum verließ, rief Stanton ihn noch einmal zurück.

»Noch etwas«, sagte er. »Kein Wort zu Schneider. Betrachten Sie ihn als vorübergehend suspendiert.«

Es dauerte kaum fünf Minuten, bis der Mann mit dem Plexiglaskäfig zurückkam.

Nach und nach fiel der Raum wieder in den gleichen Zustand zurück, in dem er sich vor Jenkins' Zusammenbruch befunden hatte. Die Hauptbeleuchtung erlosch. Computer und Monitore erwachten zum Leben, und Stanton registrierte befriedigt, daß sich auch unter den Wissenschaftlern wieder die gleiche Stimmung nervöser Neugier breitmachte wie vorhin. Ganz egal, was sie von seinem Eingreifen halten mochten, die meisten waren wahrscheinlich froh, eine zweite Chance zu bekommen, ihre Arbeit doch noch zu vollenden. Niemand gab gerne auf, so kurz vor dem Ziel.

Weitere gute zehn Minuten vergingen, dann sagte jemand: »General. Wir sind soweit.«

Stanton streckte die Hand nach dem Schalthebel aus und schob ihn behutsam ein winziges Stück nach vorne. Das Licht flackerte. Zwanzig Meter unter ihnen begann das Gamma-Zyklotron zum zweiten Mal an diesem Tag, Materie und Antimaterie zu verschmelzen und damit eine unvorstellbare Energiemenge freizusetzen. Stanton zögerte noch eine Sekunde, schob den Hebel weiter und dann noch ein Stück nach vorne, als niemand protestierte.

Die Luft über dem Plexiglaswürfel begann zu flimmern, als die Leistungskontrolle bei zehn Prozent angelangt war. Stantons Hand schloß sich nervös fester um den Hebel. Er spürte ein leises Kribbeln, von dem er nicht einmal sicher war, ob er es wirklich fühlte oder ob ihm seine Nerven nur einen Streich spielten. Plötzlich fragte er sich, woher er eigentlich die Gewißheit nahm, daß Jenkins *tatsächlich* einen Herzinfarkt erlitten hatte. Was, wenn es in Wahrheit etwas anderes gewesen war – zum Beispiel eine Nebenwirkung der Strahlung, mit der niemand gerechnet hatte?

Trotzdem schob er den Hebel langsam weiter. Als er die Fünfzehn-Prozent-Marke erreicht hatte, begannen die Konturen des Würfels zu verschwimmen. Pastellfarbene Lichter in Grün und Blau und Rot erschienen aus dem Nichts.

Zwanzig Prozent. Der Würfel war jetzt kaum noch zu erkennen. Die beiden Laborratten, die aufgeregt darin herumrannten, waren zu halbtransparenten Schemen geworden. Ein sonderbarer, fremdartiger Geruch erfüllte die Luft.

»Weiter?« fragte Stanton. Seine Stimme bebte. Sein Blick war wie hypnotisiert auf den Würfel gerichtet, der jetzt kaum noch zu erkennen war.

Nach einer Sekunde antwortete einer der Techniker: »Ja. Aber ganz vorsichtig. Irgend etwas ... passiert da.«

Fünfundzwanzig Prozent. Das Kribbeln *war* real. Stanton konnte körperlich fühlen, wie sich das Kraftfeld zwischen den beiden Metallsäulen aufbaute. Er schob den Hebel weiter. Sechsundzwanzig Prozent. Siebenundzwanzig. Bei achtundzwanzig verschwand der Würfel. Stantons Blick fiel vollkommen unbehindert auf die dahinterliegende Wand.

Für eine Sekunde.

Dann erschien... *etwas* zwischen den beiden Metallstümpfen. Ein Flimmern. Die Luft zitterte, wand und bog sich auf unmöglich anmutende Weise. Stanton fühlte einen Hauch extremer Hitze, aber er war zu schnell vorbei, um ihn wirklich zu verbrennen, und den Bruchteil einer Sekunde danach überflutete eine Woge sengender Helligkeit das Labor.

Stanton schrie auf und schlug beide Hände vor das Gesicht. Hinter ihm schrien Männer, etwas zerbrach mit einem hellen, peitschenden Laut, und das Wispern und Piepsen der Computer wurde hektischer.

Das Licht erlosch ebenso schnell wie die Hitze. Trotzdem preßte Stanton noch sekundenlang die Lider aufeinander, ehe er es wagte, die Hände herunterzunehmen und vorsichtig die Augen zu öffnen.

Das Flimmern zwischen den Metallsäulen war verschwunden. Statt dessen sah Stanton etwas, das ihn mit einer Mischung aus Faszination und Schrecken erfüllte und das zu beschreiben ihm im ersten Moment die Worte fehlten.

Es war wie ein Riß in der Wirklichkeit, eine flackernde, zuckende Wunde mit aufgeworfenen Rändern, hinter der eine Schwärze lag, die hundertmal tiefer als die des Weltalls war, und tausendmal leerer. Und trotzdem bewegte sich etwas in dieser Leere. Stanton konnte nicht erkennen, was, denn es war nicht sichtbar, und es hatte auch keine Substanz. Es war reine Bewegung, ein Gleiten und Rasen durch die Abgründe der Dimensionen und der Zeit, als beobachte er in einer einzigen Sekunde die Geburt eines neuen Universums.

»Großer Gott!« flüsterte jemand. »Was ist das?«

Und dann war die Schwärze nicht mehr leer. Die Dunkelheit bekam Substanz, und etwas Kleines, braun und sandfarben Geflecktes explodierte aus dem Riß – und raste unmittelbar auf Stanton zu! Der General schrie auf und riß in einer instinktiven Bewegung die Hände vor das Gesicht. Ein fürchterlicher Schlag schleuderte ihn rücklings von seinem Stuhl und zu Boden. Rings um ihn herum erscholl plötzlich ein Chor gellender Schreie. Etwas Warmes lief an seinem Handgelenk herab.

Stanton prallte so hart auf dem Boden auf, daß er für zwei oder drei Sekunden das Bewußtsein verlor. Als sich sein Blick wieder klärte, bot sich ihm ein Bild, das ebenso schreckenerregend wie phantastisch war.

Auf seiner Brust hockte ein Ungeheuer. Es war etwas größer als ein Schäferhund, aber sehr viel länger – wäre Stanton in der Verfassung gewesen, eine solche Schätzung anzustellen, wäre er auf gute drei Meter gekommen, die die braun- und sandfarben gestreifte Bestie vom Kopf bis zur Schwanzspitze messen mochte.

Aber das war er nicht. Alles, wozu er in der Lage war, war das grienende Eidechsengesicht anzustarren, das aus einem knappen Meter Höhe auf ihn herabblickte. In dem Maul, das für den fast zierlich gebauten Körper von erstaunlicher Größe war, blitzte eine Doppelreihe ebenso erstaunlich großer Zähne, mit denen es genüßlich auf etwas herumkaute. Blut und Speichel liefen aus dem Maul des Mini-Dinosauriers und tropften auf Stantons Gesicht und seine Brust.

Das Ungeheuer war nicht das einzige seiner Art. Drei weitere der bizarren, entfernt an zu klein geratene Tyrannosaurier erinnernde Kreaturen bewegten sich mit grotesk anmutenden, aber sehr kraftvollen Sprüngen durch den Raum, und der Chor gellender Schreie und das Klirren und Bersten zerbrechenden Glases und umgeworfener Möbel bewies, daß Stanton nicht der einzige war, der von den kleinen Bestien angegriffen wurde.

Stanton versuchte das Ungeheuer von sich herunterzuschieben, aber seine Kraft reichte nicht. Irgend etwas stimmte nicht mit seiner rechten Hand. Benommen sah er hin – und erstarrte mitten in der Bewegung.

Der unwiderruflich allerletzte Gedanke, den General Stanton in seinem Leben dachte, war der, daß er nun wußte, worauf das Ungeheuer so genußvoll herumgekaut hatte.

Dann schnappten die Kiefer des Coelophysis zum zweiten Mal zu. Und diesmal zielten sie auf seine Kehle.

Es war beinahe *zu* leicht. Wenigstens am Anfang. Littlecloud hatte den Vorteil der Überraschung auf seiner Seite.

Er empfing den Mann, der seine Fingerabdrücke nehmen sollte, mit einem Hieb, der ihn nicht kampfunfähig machte, ihm aber den Atem und somit die Möglichkeit nahm, einen warnenden Schrei auszustoßen. Der Cop krümmte sich vor Schmerz, griff aber trotzdem blitzschnell nach seiner Waffe.

Littlecloud schlug sie ihm aus der Hand, war mit einer raschen Bewegung hinter ihm und schlang ihm den Arm um den Hals.

»Wenn du vernünftig bist, geschieht dir nichts«, zischte er. »Können wir reden?«

Es war dem Mann nicht möglich, zu antworten. Aber nach zwei oder drei Sekunden machte er eine Bewegung, die man als den Versuch eines Nickens auslegen konnte, und Littlecloud lockerte den Druck auf seine Kehle ein wenig.

»Also gut«, sagte Littlecloud. »Du weißt ja wahrscheinlich, wie das läuft. Wie komme ich hier raus?«

»Gar nicht«, antwortete der Polizist. »Sei vernünftig, Mann. Du hast keine Chance.«

»Ich habe dich«, erinnerte Littlecloud.

»Und? Was willst du tun? Mich umbringen?« Der Mann lachte kurz. »Weißt du, was sie mit jemandem machen, der einen Cop umbringt?«

»Wer spricht von umbringen?« fragte Littlecloud. »Keine Angst – ich habe nicht vor, dich zu töten. Aber ich werde dir das Ellbogengelenk brechen. Ich kann dir sagen, daß das eine verdammt schmerzhafte Geschichte ist.«

»Schon gut, schon gut!« keuchte der Cop. »Ich sag's dir!«

»Das klingt schon besser«, sagte Littlecloud. »Also?«

»Es gibt einen Hinterausgang, zum Parkplatz. Vielleicht kommen wir unbemerkt hin. Wenn keiner zum Klo muß oder nicht zufällig eine Streife zurückkommt. Aber du hast trotzdem keine Chance. Du kommst nicht mal aus der Stadt raus.«

»Das kommt auf einen Versuch an«, antwortete Littlecloud. »Wohin müssen wir draußen? Nach links oder rechts?«

»Nach rechts«, antwortete sein Gefangener. »Dann die Tür am Ende des Ganges.«

»Also los«, sagte Littlecloud.

Sie verließen das Büro und traten auf einen schmalen, nur unzureichend beleuchteten Korridor hinaus, von dessen Wänden sich die Farbe zu lösen begann.

Es war niemand zu sehen, und sie verließen die Polizeiwache unbehelligt.

»Prima«, sagte Littlecloud, als sie auf den unbeleuchtet daliegenden Parkplatz hinaustraten. »Bis hierhin scheinst du ja die Wahrheit gesagt zu haben. Wo sind deine Autoschlüssel?«

»Drinnen«, antwortete der Beamte. »Glaubst du vielleicht, ich schleppe sie mit mir herum, du Trottel?«

Littlecloud seufzte. Natürlich hatte der Mann recht – auch was die Bezeichnung anging, mit der er ihn belegt hatte. Andererseits – er wäre wahrscheinlich sowieso nicht weit gekommen in einem gestohlenen Polizeiwagen. Sein Blick glitt suchend über den Parkplatz und blieb an einer verchromten Harley Davidson hängen.

»Wem gehört die Kiste da?« fragte er.

»Mainland«, antwortete der Polizist. »Laß bloß die Finger davon. Der Lieutenant reißt dich in Stücke, wenn du sein Motorrad auch nur anrührst.«

»Mainland?« Littlecloud grinste. »Na, das trifft sich doch wunderbar. Du kannst ihm ausrichten, daß ich seine Maschine wie meinen Augapfel hüten werde – sobald deine Kopfschmerzen nicht mehr allzu schlimm sind, heißt das.«

»Kopfschmerzen?« fragte der Cop. »Was für Kopfschmerzen?«

Littlecloud schlug ihm die geballte Faust in den Nacken und fing ihn auf, als er in seinen Armen zusammenbrach. Er schleifte den Bewußtlosen in einen dunklen Winkel ein gutes Stück von der Tür entfernt. Sein Verschwinden würde sicher bald auffallen, aber mit etwas Glück würde es noch eine gute halbe Stunde dauern, bis Mainland herausfand, *wie* er geflüchtet war. Wenn alles gutging, war er bis dahin bereits aus der Stadt heraus.

Kaum eine Minute später hatte Littlecloud die Zündung der Harley kurzgeschlossen und fuhr vom Hof der Polizeiwache.

Tatsächlich waren sogar weniger als zwanzig Minuten vergangen, als der Rettungshubschrauber aus dem fünfundzwanzig Meilen entfernten Las Vegas eintraf. Die Maschine mußte unmittelbar nach dem Anruf losgeflogen sein, und ihre Besatzung erwies sich als echte Profis in ihrem Fach. Rasch und mit der routinierten Selbstverständlichkeit von Männern, die jeden Handgriff, den sie taten, schon tausendmal ausgeführt hatten, luden sie Jenkins in den Helikopter und führten eine erste Notversorgung durch – was Schneider zumindest bewies, daß der Ingenieur noch am Leben war.

So war er mehr als nur erleichtert, als die Maschine wieder abhob und mit schwirrenden Rotorblättern in der Nacht über der Wüste verschwand. Jenkins war in guten Händen. Wenn er überhaupt eine Chance hatte, dann bei diesen Männern.

Schneider trat wieder in den bunkerähnlichen Eingangsbau des Laborkomplexes zurück und wartete, bis der Computer seinen Ausweis geprüft und die innere Tür freigegeben hatte. Aber er ging nicht direkt zurück zum Labor, sondern schlug den Weg in die entgegengesetzte Richtung ein, zur Cafeteria.

Trotz der späten Stunde war die Cafeteria nicht leer. An einem Tisch gleich neben der Tür saßen zwei Techniker, und auf der anderen Seite des Raumes entdeckte er zwei Marines in sandfarbenen Wüstenuniformen. Der Anblick überraschte Schneider im allerersten Moment, denn die Männer waren keine Offiziere, sondern Mannschaftsdienstgrade, und sie waren bewaffnet. Erst nach einer weiteren Sekunde wurde ihm klar, daß es sich wahrscheinlich um Stantons Fahrer handelte. Er nickte den beiden Technikern grüßend zu, ignorierte die Soldaten und zog sich einen Kaffee am Automaten.

Schneider war nicht in der Stimmung zu reden; trotzdem nahm er am Tisch neben den beiden Labortechnikern Platz und erwiderte das freundliche Nicken eines der beiden Männer. Er wollte nicht reden, aber noch viel weniger wollte er allein sein.

Das Licht flackerte. Im Grunde war es nur ein kurzes Zittern, das Schneider vielleicht noch nicht einmal bemerkt hätte, wäre er auch nur für einen Moment abgelenkt gewesen. Aber er bemerkte es, und er wußte sofort, was es bedeutete: Der General wiederholte den Versuch!

»Stanton!« sagte er laut. »Dieser verdammte Narr!« Hastig sprang er auf und wandte sich zur Tür. Im Vorbeilaufen gab er den Technikern einen entsprechenden Wink. »Kommen Sie mit! Schnell!«

Die Männer sprangen auf, aber auch die beiden Soldaten erhoben sich von ihren Plätzen und folgten Schneider, als auf den Korridor hinausstürmte. Vielleicht hätte er den Namen ihres Kommandanten nicht so laut rufen sollen.

Daran dachte er allerdings nicht, als er sich mit gewaltigen Sprüngen der Treppe näherte. Immer zwei Stufen auf einmal nehmend, polterte er die Treppe hinunter.

Wieder flackerte das Licht, und eine Sekunde später konnte Schneider fühlen, wie der Boden ganz sacht zu vibrieren begann.

»Dieser Idiot!« schrie er in vollem Lauf. »Dieser gottverdammte Idiot!«

Schneider erreichte den Korridor, an dessen Ende der Zugang zum Versuchslabor lag. Die Tür war geschlossen, und einer von Stantons uniformierten Begleitern stand mit verschränkten Armen davor.

»Aus dem Weg!« rief Schneider.

Der Soldat rührte sich nicht.

»Es tut mir leid, Professor«, sagte er, »aber ich habe Befehl, Sie nicht hereinzulassen.«

»Gehen Sie mir aus dem Weg!« brüllte Schneider. »Ihr sogenannter General hat hier gar nichts zu sagen!« Er packte den Mann mit beiden Händen bei den Schultern, um ihn gewaltsam von der Tür wegzuzerren, aber er hatte sein schlank gewachsenes Gegenüber unterschätzt. Der Mann stand felsenfest vor ihm. Mit sanfter Gewalt löste er Schneiders Hände von seinen Schultern und schob ihn ein Stück von sich weg.

»Seien Sie doch vernünftig, Professor«, sagte er. »Ich befolge nur meine Befehle.«

»Vernünftig?« Schneider keuchte. »Wissen Sie eigentlich, was dieser Wahnsinnige dort drinnen tut?« Er versuchte noch einmal, den Mann gewaltsam zur Seite zu schieben, aber wieder ohne Erfolg.

»Es tut mir leid, Professor, aber –«

Weiter kam der Soldat nicht. Auf der anderen Seite der Tür erscholl ein peitschender, lang nachhallender Klang, dem nur Sekundenbruchteile später ein Chor gellender Schreie und tosender Lärm folgten.

Eine Sekunde lang erstarrten die sechs Menschen auf dem Gang vor Schrecken.

Dann fuhren der Offizier und Schneider zugleich herum; so hastig, daß sie sich gegenseitig dabei behinderten, die Tür aufzureißen und hindurchzustürmen.

Der vordere Teil des Labors war menschenleer. Ein unheimliches Heulen und Brausen erfüllte die Luft, und durch die Panzerglasscheibe, die das hintere Drittel des Raumes abriegelte, drang ein wahres Gewitter greller, verschiedenfarbiger Blitze. Die Schreie und das Splittern von zerberstendem Glas und Kunststoff waren noch immer zu hören. Aber die dazugehörigen Bilder fehlten.

Schneider blieb verblüfft und erschrocken zugleich stehen und starrte den Raum hinter der Panzerglasscheibe an. Die Schreie und der Kampflärm verstummten allmählich, wobei sie nicht direkt leiser wurden, sondern sich vielmehr zu *entfernen* schienen. Auch das Lichtgewitter verebbte allmählich.

»Aber ... aber das ist doch ... nicht ... nicht möglich.«

Schneider näherte sich langsam der gläsernen Trennwand. Die Schreie waren mittlerweile vollends verstummt, die Lichter erloschen.

Und das gesamte Versuchslabor war verschwunden.

An seiner Stelle erhob sich hinter der zehn Zentimeter dicken Glasscheibe ein schier undurchdringliches Gewirr aus Blättern, Ästen, Farnwedeln und Gestrüpp. Ein sonderbar klares, sehr helles Licht drang durch das Blättergewirr. Überall war hektische, raschelnde, huschende Bewegung.

»Professor, was ist das?« fragte der Offizier gepreßt. »Wo, zum Teufel, ist der General?«

»Dort drüben«, antwortete Schneider mit leiser, fast tonloser Stimme. »Wo immer das auch sein mag.« Dieser Dschungel. Was war nur mit diesem Dschungel nicht in Ordnung?

Der Offizier blickte ihn sekundenlang nachdenklich an – und bewies ein erstaunliches Maß an Mut, als er sich plötzlich herumdrehte und auf die Tür zuging.

»Was haben Sie vor?« fragte Schneider erschrocken.

»Ich hole den General«, antwortete der Offizier.

Schneider korrigierte seine vielleicht etwas vorschnell gefaßte Meinung über den Mann. Vielleicht war, was er für besonderen Mut gehalten hatte, nur besondere Dummheit.

Er setzte zu einer scharfen Antwort an, aber in diesem Moment gewahrte er eine Bewegung zwischen dem wuchernden Grün auf der anderen Seite der Glasscheibe – und im gleichen Moment wußte er, was mit diesem Dschungel nicht stimmte.

»Ich würde das nicht tun, wenn ich Sie wäre«, sagte er leise.

»Ach?« Die Augen des Offiziers wurden schmal. »Und wieso, wenn ich fragen darf?«

Schneider hob wortlos die Hand und deutete auf den Dschungel. Der Blick des Offiziers folgte der Geste – und sein Gesicht verlor schlagartig jede Farbe.

Im Gegensatz zu Stanton zuvor erkannte Schneider die Kreatur sofort, der er sich gegenübersah. Er war kein Paläontologe, aber immerhin stand er einem der prominentesten Vertreter der Gattung aufrecht gehender, zweibeiniger Dinosaurier gegenüber: einem Deinonychus. Das Geschöpf war nicht ganz so groß wie ein ausgewachsener Mann, aber dieser Eindruck entstand nur durch die weit vorgebeugte Haltung, in der es sich bewegte. Vom Kopf bis zur Schwanzspitze mochte es gute dreieinhalb Meter messen, und das Auffälligste an ihm waren vielleicht die langen, fast menschlich wirkenden Arme. Die dreifingrigen Hände endeten in gut zehn Zentimeter langen, rasiermesserscharfen Krallen. In dem schlanken Kopf blitzte ein ehrfurchtgebietendes Gebiß, und ein einziger Blick in die großen dunklen Augen des Geschöpfes machte Schneider klar, daß alles, was man über die vermeintliche Dummheit der ausgestorbenen Riesenechsen zu wissen glaubte, falsch war.

»O mein Gott!« keuchte der Offizier. »Was ist das?«

Schneider hob erschrocken die Hand, als er sah, daß einer der Soldaten sein Gewehr hob und auf den Saurier anlegte.

»Nicht!« sagte er hastig.

»Aber... aber das Ungeheuer, Sir!« protestierte der Marine.

»Es tut uns nichts«, antwortete Schneider. »Die Glasscheibe schützt uns.« Er hob die Hand und klopfte mit den Knöcheln gegen das Glas, um seine Worte zu beweisen. »Das ist zehn Zentimeter dickes Panzerglas. Nicht einmal dieses Ungeheuer kann die Scheibe zerbrechen. Keine Angst.«

Der Soldat zögerte. Auf seinem Gesicht mischten sich

Unsicherheit und Furcht, aber letztendlich siegte wohl doch das Vertrauen in Schneider; nicht einmal in ihn als Person, sondern in den *Wissenschaftler*, der er war. Langsam senkte er sein Gewehr, und Schneider wandte sich wieder mit einem hörbar erleichterten Seufzer um.

»Das ist ... unglaublich«, flüsterte er. »Unvorstellbar! Wissen Sie, was das ist?« Er wies auf die graubraune, aufrecht stehende Echse, die noch immer in drei, vier Metern Entfernung dastand und seinen Blick ruhig erwiderte.

»Nein.« Es war wieder der Offizier, der antwortete. Er war neben ihn getreten und bedachte den Saurier mit weitaus furchtsameren Blicken als Schneider. »So etwas habe ich noch nie gesehen.«

»Das können Sie auch nicht«, sagte Schneider. Seine Stimme zitterte vor Ehrfurcht. »Das da ist ein Deinonychus. Verstehen Sie? Ein *lebendiger* Deinonychus!«

»Ich verstehe«, antwortete der Offizier mit einer Stimme, die bewies, daß er rein gar nichts verstand. »Sie meinen, so eine Art Saurier?«

»Nicht *so eine Art*«, berichtigte ihn Schneider. »Ein *echter* Dinosaurier! Verstehen Sie denn nicht, was das bedeutet?« Er begann aufgeregt mit beiden Händen auf die Glasscheibe zu trommeln. »Diese Gattung ist vor etwa fünfundsechzig Millionen Jahren ausgestorben! Wissen Sie, was Stanton getan hat? Er... er hat ein Fenster in die Vergangenheit geöffnet!«

»Aber Sie haben doch gar nicht mit der Zeit experimentiert!« sagte der Offizier.

»Wir haben mit Hochenergiefeldern experimentiert. Mit ... mit etwas vollkommen Neuem. Vielleicht neuer und anders, als uns selbst bewußt war«, erklärte Schneider.

»Im Klartext: Sie haben selbst nicht gewußt, was Sie taten.«

»Vor einer Minute noch hätte ich es anders ausgedrückt«, gestand der Wissenschaftler. »Aber jetzt...« Er machte eine Bewegung, die irgendwo zwischen einem Kopfschütteln und einem Achselzucken lag. »Ich fürchte, Sie haben recht.

Was immer Stanton getan hat – *damit* hat niemand gerechnet.«

»Aber wo *ist* er?« beharrte der Offizier.

»Ich weiß es nicht«, antwortete Schneider. »Vielleicht dort drüben. Vielleicht . . . nirgendwo.«

Der Deinonychus bewegte sich. Bisher hatte er reglos dagestanden und Schneider und die anderen angestarrt, doch als er jetzt aus seiner Starre erwachte, geschah es dafür um so plötzlicher. Mit einer Geschwindigkeit und Eleganz, die für ein Wesen seiner Größe und seines Körperbaus geradezu absurd erschien, fuhr er herum und verschwand wieder im Gebüsch.

»Unvorstellbar«, flüsterte Schneider zum wiederholten Male. »Ein Fenster in der Zeit! Das . . . das ist tausendmal fantastischer als alles, was ich mir jemals auch nur vorzustellen gewagt hätte! Das könnte die größte Entdeckung seit der Erfindung des Rades sein!«

Der Offizier drehte sich mit einem entschlossenen Ruck herum und näherte sich der Tür. »Private, folgen Sie mir!«

»Sie wollen doch nicht etwa dort hinein!« keuchte Schneider.

»Ganz genau, Professor, das wollen wir«, antwortete der Offizier grimmig. »Sie haben es selbst gesagt – niemand weiß, was mit dem General und den anderen passiert ist. Möglicherweise sind sie tot. Aber möglicherweise leben sie auch noch. Und vielleicht sind sie dort drüben. Wenn es so ist, werde ich sie finden.«

»Aber das dürfen Sie nicht!« protestierte Schneider. »Um Gottes willen, nein!« Er machte einen Schritt auf den Offizier zu, blieb aber sofort wieder stehen, als ihm einer der Soldaten den Weg vertrat.

»Und wer sollte mich daran hindern?« fragte der Offizier. Er lächelte kalt. »Keine Angst, Professor. Ich werde niemandem verraten, daß Sie nicht als erster durch diese Tür getreten sind.«

»Nein, das meine ich nicht«, antwortete Schneider ernst. »Ich rede davon, daß das da eine vollkommen andere Welt ist, nicht einfach nur ein anderes Land mit ein paar komisch aussehenden Tieren und Pflanzen. Ich rede von Krankheiten. Ich rede von Gefahren, die Sie sich nicht einmal vorstellen können. Sie könnten etwas mit zurückbringen, das nicht in *unsere* Zeit gehört.«

»Wie meinen Sie das?« fragte der Offizier. Aber zumindest ging er nicht einfach weiter.

»Zwischen uns und dieser Welt da«, antwortete Schneider, »liegen über einhundert Millionen Jahre! Das ist eine vollkommen andere Welt. Jede Pflanze, jedes Tier ist anders. Die Luft könnte anders sein. Selbst die Mikroorganismen, die es in unserer Welt gibt, sind nicht mehr dieselben wie früher.«

»Mikroorganismen?« Der Offizier lachte. »Haben Sie Angst, daß ich die Dinosaurier mit Grippe infiziere?«

»Aber so verstehen Sie doch!« rief Schneider. »Sie könnten das Ende *unserer* Welt einleiten!«

»Blödsinn«, sagte der Offizier. Und damit streckte er die Hand aus, öffnete die Tür und trat hindurch.

Schneider hielt instinktiv den Atem an; und die vier anderen wohl auch. Doch nichts Außergewöhnliches geschah – weder verschwand der Offizier einfach, noch tat sich der Boden auf, um ihn zu verschlingen. Und das Universum hörte auch nicht auf zu existieren. Der Mann machte einfach einen Schritt durch die Tür, so, wie man ganz normal durch eine ganz normale Tür tritt, und war auf der anderen Seite. Plötzlich spürte Schneider, wie wichtig, wie ungemein kostbar und unwiderruflich einmalig dieser Augenblick war. Er würde etwas sehen, das vor ihm noch kein Mensch mit eigenen Augen gesehen hatte. Alle Angst und alle Zweifel waren wie weggeblasen.

Professor Carl Schneider atmete noch einmal tief ein, dann machte er einen einzelnen Schritt, mit dem er heraus aus seiner Welt trat und hinein in ein Universum, das vor Millionen Jahren untergegangen war.

Das Gefühl, etwas ganz und gar Einmaliges, Wundervolles zu erleben, blieb, auch nachdem er die Tür durchschritten hatte und stehengeblieben war. Das Wunder hatte Bestand, und er war Teil davon. Schneider war überwältigt. Tränen liefen über sein Gesicht, ohne daß er sich ihrer auch nur bewußt gewesen wäre. Er war erschüttert bis ins Innerste, und das Gefühl ließ nicht nach, sondern schien im Gegenteil immer intensiver zu werden. Wohin er auch sah, erblickte er neue Wunder, sah er neue, unglaubliche Dinge. Hier den schuppigen Stamm eines Baumes, der kein Baum war, sondern nur so aussah, und sich bei näherer Betrachtung als ins Gigantische vergrößertes Farngewächs herausgestellt hätte. Dort einen Busch, dessen vermeintliche Blüten sich als winzige zahnbewehrte Mäuler erwiesen, die auf jede Annäherung mit einem blitzartigen Zuschnappen reagierten. Wohin er auch sah, es gab buchstäblich keinen Quadratzentimeter in seiner Umgebung, der nicht ein neues Wunder, eine neue Überraschung, ein neues, faszinierendes Detail offenbarte, und das, obwohl ringsum tiefe Nacht herrschte.

Es war die Stimme des Offiziers, die ihn wieder in die Wirklichkeit zurückholte.

»Sehen Sie, Professor«, sagte er. »Die Welt ist nicht untergegangen.«

Schneider benötigte einige Sekunden, um die Worte überhaupt zu verarbeiten. »Wie?«

»Sogar ich habe schon Science-Fiction-Romane gelesen und weiß, was ein Zeitparadoxon ist«, antwortete der Mann. »Sieht so aus, als hätten wir die Welt, aus der wir stammen, nicht vernichtet, indem wir einen Grashalm niedergetrampelt haben.«

Schneider fand das nicht lustig. Die Worte des Mannes mochten mehr Wahrheit beinhalten, als dieser selbst ahnte. Wenn sie sich tatsächlich in ihrer eigenen Vergangenheit befanden, dann bestand durchaus die ernstzunehmende Gefahr, daß sie durch eine unbedachte Tat, eine Winzigkeit nur, die gesamte Zukunft dieses Planeten änderten, und somit ihre Gegenwart. Andererseits – bewies nicht allein der

Umstand, daß er diesen Gedanken noch denken konnte, daß dem nicht so war?

»Das ist seltsam«, sagte einer der beiden Labortechniker, die Schneider – ebenso wie die beiden Soldaten – gefolgt waren. »Müßten wir uns nicht eigentlich zehn Meter unter der Erde befinden?«

»Vielleicht hat das Bodenniveau damals tiefer gelegen als heute«, murmelte Schneider.

»Das hat es sogar ganz bestimmt, Professor«, sagte der Offizier. »Drehen Sie sich mal um.«

Schneider gehorchte – und riß erstaunt die Augen auf.

Es war wie ein Schlag ins Gesicht. Ohne sich dieses Gedankens auch nur bewußt zu sein, hatte er ganz selbstverständlich angenommen, daß sie der Schritt aus dem Labor hinaus direkt in die Vergangenheit geführt hatte, und so hatte er erwartet, auch hinter sich nichts als einen nächtlichen Urzeitdschungel zu gewahren.

Statt dessen blickte er in sein eigenes Gesicht, das sich im Glas der Panzerglasscheibe spiegelte, eine Scheibe, die in eine graue Stahlbetonwand eingelassen war, die sich zu beiden Seiten gute zwanzig oder dreißig Meter weit erstreckte, ehe sie in eine schwarze Klippe überging, die ihn und die anderen um gute zwanzig Meter überragte. Ihre Oberkante war zu symmetrisch, um natürlichen Ursprungs zu sein, aber es vergingen noch einmal Sekunden, ehe Schneider wirklich *verstand*, was der phantastische Anblick bedeutete.

Die Wand vor ihnen war die Gegenwart, die Zeit, in der das Labor und die Nevada-Wüste lagen und aus der er und die anderen stammten. Und die Trennlinie war nicht imaginär, sondern sicht- und greifbar; eine messerscharf gezogene Grenze, die das Labor und die Felsen, auf und in die hinein es gebaut worden war, genau zweigeteilt hatte. Schneiders Blick wanderte nach links, dorthin, wo die Trennwand zum benachbarten Raum gelegen hatte. Sie war verschwunden. Er sah abgetrennte Leitungen, gekappte Kabel und halbierte Stahlträger, alles so präzise wie mit einem chirurgischen Messer geteilt.

»Ob wir ... noch zurück können?« fragte einer der Techniker stockend.

Schneider antwortete nicht, aber er fuhr sichtbar zusammen. An die Möglichkeit, daß die Tür in die Vergangenheit vielleicht nur in *eine* Richtung funktionierte, hatte er noch gar nicht gedacht. Hastig machte er einen Schritt an dem Techniker vorbei und auf die noch immer offenstehende Tür zu.

Und fand sich im Vorraum des Versuchslabors wieder. Seine Angst war unbegründet gewesen. Der Durchgang funktionierte in beide Richtungen.

Und trotzdem blieb das nagende Gefühl zurück, daß hier irgend etwas nicht stimmte. Etwas war nicht so, wie es sein sollte – sein *mußte*. Trotz aller Unmöglichkeiten gehorchte doch selbst dieses Wunder den Gesetzen der Logik. Aber da war etwas, das nicht in dieses Bild paßte. Und es dauerte auch nur eine Sekunde, bis Schneider erkannte, was es war.

Alles funktionierte noch. Das Licht brannte. Er sah blinkende Kontrollanzeigen und arbeitende Computer, hörte das leise Rauschen der Klimaanlage und spürte das Vibrieren des Zyklotrons, das noch immer arbeitete und Energie produzierte.

Nichts von alledem hätte noch funktionieren dürfen.

Trotz seiner Größe war das gesamte Labor im Grunde nicht mehr als eine einzige, ungeheuer komplizierte Maschine, ein riesenhafter Komplex, dessen Teile praktisch alle irgendwie miteinander verbunden waren. Und diese gigantische Maschinerie war in der Mitte durchgeschnitten worden. Das Ergebnis hätte das gleiche sein müssen, als hätte jemand ein Messer genommen und ein lebendes Gehirn geteilt: sofortiger Tod. Aber hier funktionierte buchstäblich *alles* noch.

Zutiefst verwirrt kehrte Schneider wieder zu den anderen zurück und besah sich ein zweites Mal die abgetrennten Leitungen und Stromkabel. Gut die Hälfte des Labors war einfach verschwunden, und doch war es, als wäre es irgendwo noch vorhanden.

Oder irgendwann ...

»Damit wäre bewiesen, daß wir wieder zurück können«, sagte der Offizier. Er klang hörbar erleichtert. »Also, suchen wir den General.«

»Nicht so schnell.« Schneider machte eine entsprechende Geste und wandte sich wieder an den Techniker.

»Gehen Sie zurück«, sagte er. »Holen Sie die anderen. Sie sollen alles mitbringen, was sie haben – Kameras, Fotoapparate, Video ... und stellen Sie ein Team zusammen, das Boden- und Pflanzenproben nehmen kann. Und versuchen Sie, eine Verbindung nach Sydney zu bekommen. Sie sollen bei der dortigen Universität nach Professor Sandstrup suchen. Ich weiß nicht, wie spät es dort jetzt ist – nötigenfalls müssen Sie ihn aus dem Bett holen. Wecken Sie die Computerleute. Alle. Ich brauche ein komplettes Backup von allem, was in den letzten drei Stunden hier im Labor getan wurde, und zwar auf Wechselplatte.«

»Professor Schneider!« sagte der Offizier drängend.

Während der Techniker davoneilte, um seine Befehle auszuführen, drehte sich Schneider widerwillig wieder zu dem Offizier um.

»Ihren Forscherdrang in Ehren, Professor«, sagte der Soldat, »aber wir sind nicht hier, um Fotos zu machen und Bodenproben zu nehmen, sondern um den General zu suchen.«

Um ein Haar hätte Schneider laut losgelacht.

»Sie begreifen nichts, wie?« fragte er. »Guter Mann, das hier ist mehr als ein sonderbares Phänomen. Das ist ...« Er suchte ein paar Sekunden lang vergeblich nach Worten. »Etwas Unglaubliches!« sagte er schließlich. »Vielleicht die größte Sensation, seit es Menschen auf dieser Welt gibt. Begreifen Sie denn nicht? Das hier ist ein Tor in die Vergangenheit!«

»Das mag schon sein«, erwiderte der Offizier ungerührt. »Aber wir sind hier, um den General zu finden. Und die, die bei ihm waren. Es sind *Ihre* Leute, Professor. Haben Sie das vergessen?«

»Nein«, antwortete Schneider ernst. »Aber sie sind nicht hier.«

»Und wo sind sie, Ihrer Meinung nach?«

»Ich weiß es nicht«, gestand Schneider. Er zuckte hilflos mit den Schultern und deutete auf die wie poliertes Glas schimmernde Schnittfläche zwischen den Zeiten. »Vielleicht dort, wo auch der Rest des Labors ist. Jedenfalls nicht hier.«

»Sie gestatten, daß ich mich selbst davon überzeuge?« fragte der Offizier.

»Ich an Ihrer Stelle würde das nicht tun«, sagte Schneider ernst. »Diese Zeit ist nicht nur äußerst interessant, sondern auch äußerst gefährlich. Haben Sie den Deinonychus vergessen?«

»Den was?« Der Offizier runzelte die Stirn. »Oh, ich verstehe. Sie meinen diese Bestie. Nein, keine Sekunde lang. Aber machen Sie sich keine Sorgen.« Er wies auf das automatische Gewehr, das einer der Marines in Händen hielt. »Das da reicht, um selbst diesem Vieh Respekt beizubringen.«

»Das glaube ich kaum«, antwortete Schneider. »Sie haben anscheinend keine Vorstellung davon, wie –«

Er kam nicht weiter. *Etwas* geschah. Schneider konnte es nicht in Worte fassen und es war auch im Bruchteil einer Sekunde bereits wieder vorbei: ein winziger Ruck in der Wirklichkeit, so als ob die Welt sich ein ganz kleines Stück weit in eine Richtung verschoben hätte, die es im Grunde gar nicht gab. Ein heftiges Schwindelgefühl ergriff ihn, und für einen Moment schien der Boden unter seinen Füßen zu schwanken.

Als es vorbei war, hatte sich das Gesicht des Offiziers in eine Grimasse schieren Entsetzens verwandelt. Aus hervorquellenden Augen starrte er einen Punkt hinter Schneider an.

Der Professor drehte sich mit klopfendem Herzen herum.

Für lange Sekunden stand er vollkommen reglos und stumm da und blickte in die gleiche Richtung wie der Soldat. Er konnte den Ausdruck absoluten Entsetzens in dessen

Blick jetzt verstehen. Er verspürte es selbst. Die Glasscheibe, die Tür, das gesamte Labor waren verschwunden. An ihrer Stelle erhob sich nun auch hinter ihnen ein urzeitlicher Dschungel.

Die Tür, die zurück in die Gegenwart geführt hatte, war nicht mehr da.

Natürlich konnte er das Versprechen, das er dem Cop auf dem Parkplatz des Polizeireviers gegeben hatte, nicht einhalten. Mainlands Harley veränderte ihr Aussehen im gleichen Maße, in dem Littlecloud auf seiner Flucht tiefer in die Wüste eindrang, und wenn er den zerbrochenen Spiegel am Anfang mit drei Monaten bewertet hatte, die Mainland ihn einbuchten würde, so hatte sich mittlerweile vermutlich ein knappes Jahrhundert verschärfter Einzelhaft angesammelt.

Littlecloud war an sich ein ganz passabler Motorradfahrer, aber er war allein auf den ersten drei Meilen ein halbes Dutzend Male gestürzt und hatte sich den Arm so übel geprellt, daß ihn der pochende Schmerz in seinem Ellbogen nun zwang, erheblich langsamer zu fahren. Das Gelände erwies sich als schwieriger, als er erwartet hatte.

Ein weiterer Fehler: Er war praktisch auf gut Glück losgefahren und hatte sich darauf verlassen, früher oder später schon wieder auf eine Straße zu treffen, wenn er nur schnurgerade nach Osten fuhr. Theoretisch mochte das stimmen. Praktisch sah die Wüste auf der Landkarte ebenso harmlos und klein aus, wie sie in Wirklichkeit gefährlich und groß war. Der Tachometer der Harley hatte bei einem der letzten Stürze seinen Geist aufgegeben, aber Littlecloud wußte, daß er bisher kaum mehr als fünf, sechs Meilen hinter sich gebracht hatte. In einer halben Stunde ging die Sonne auf. Und dann würde es hier verdammt heiß werden.

Littlecloud war weitere zehn Minuten unterwegs, als er das Licht im Rückspiegel sah.

Verblüfft brachte er die Maschine zum Stehen und wandte sich im Sattel um. Es war keine Täuschung. Hinter ihm war ein Licht in der Wüste erschienen. Es war winzig klein und bewegte sich heftig schaukelnd von rechts nach links, auf und ab, aber es kam allmählich näher.

Ein Wagen.

Littlecloud weigerte sich für einen Moment einfach, zu glauben, was er sah. Es war vollkommen unmöglich, daß sie seine Spur gefunden hatten. Selbst er hätte in der Nacht und auf dem hartgebackenen Wüstenboden die Reifenspur der Harley nicht gefunden – ganz davon abgesehen, daß sie gar nicht wissen konnten, wo sie nach ihm suchen sollten! Er wußte ja selbst nicht genau, wo er sich befand!

Aber unmöglich oder nicht, der Wagen war da, und er bewegte sich genau in seine Richtung. Zu genau, als daß es noch Zufall sein konnte!

Littlecloud fluchte, startete den Motor wieder und fuhr los. Trotz der schlechten Sicht und der pochenden Schmerzen in seinem Arm fuhr er wesentlich schneller als bisher. Das Risiko, erneut zu stürzen, mußte er eingehen. Ab und zu sah er in den Rückspiegel. Der Wagen war noch immer da. Er holte nicht auf, aber er war da. Verdammt!

Sein Blick glitt über den Horizont und blieb schließlich an einem kantigen Schatten in schwer zu bestimmender Entfernung hängen. Ein kleiner Berg, vielleicht auch nur eine Felsgruppe – aber etwas, wo er sich verstecken konnte. Er wußte, daß er das Rennen mit dem Wagen hinter sich auf die Dauer nicht gewinnen konnte. Das Fahren in diesem Gelände und bei diesem Tempo kostete enorme Kraft. Er begann die Anstrengung bereits jetzt zu spüren.

Aber wie sich zeigte, brauchte er sich um seine *Kondition* keine Sorgen zu machen. Er stürzte nämlich, und zwar eher und härter, als er gehofft hatte. Die Harley pflügte durch einen ausgedörrten Busch, dessen Äste unter den Reifen mit einem Geräusch wie zersplitterndes Glas brachen – und hing für eine Zehntelsekunde scheinbar schwerelos in der Luft.

Hinter dem Busch war kein fester Boden mehr, sondern ein metertiefer, breiter Graben, vielleicht ein ausgetrockneter Flußlauf. Der Motor der Harley heulte auf, als das Hinterrad plötzlich durchdrehte, dann beschrieb die Maschine einen flachen Bogen und schlug mit entsetzlicher Wucht auf. Littlecloud wurde kopfüber nach vorne geschleudert, drehte einen zweieinhalbfachen Salto in der Luft und riß noch die Hände vor das Gesicht, um seinem Aufprall wenigstens die schlimmste Wucht zu nehmen.

Viel nutzte es allerdings nicht.

Sie waren gestrandet in einer Welt, die so fremd und tödlich war, wie es nur ging, und so vollkommen verschieden von der, die sie kannten, daß es genausogut auch ein anderer Planet hätte sein können.

»Was, zum Teufel, ist jetzt schon wieder passiert?« murmelte der Offizier. »Was bedeutet das, Professor? Wo ist die Tür?«

»Ich weiß es nicht«, sagte Schneider ehrlich.

»Soll das heißen, daß ... wir gefangen sind?« fragte der Offizier. Schneider entging weder die Pause in seinen Worten, noch der Umstand, daß seine Stimme zum Schluß hin immer schriller wurde. Der Mann war gar nicht so beherrscht, wie er tat.

»Noch wissen wir gar nichts«, sagte Schneider in bewußt ruhigem Ton. »Ziehen Sie keine voreiligen Schlüsse. Wir sollten uns zuallererst ein wenig umsehen. Das wollten Sie doch sowieso, oder?«

Der Offizier starrte ihn an. In seinem Gesicht arbeitete es. Aber er widersprach nicht, sondern drehte sich herum und winkte die beiden Marines heran. Dann machte er einen Schritt auf den Waldrand zu – und blieb wieder stehen. Seine Haltung wirkte plötzlich angespannt, und zumindest einer der beiden Marines mußte wohl auch irgend etwas bemerkt haben, denn er hob sein Gewehr und richtete es auf den Waldrand. Das Gestrüpp begann zu zittern. Die Palm- und Farnwedel wogten, und dahinter bewegte sich etwas Großes, Massiges.

»Vorsichtig«, sagte der Offizier. »Da kommt etwas!«

Trotz seiner Warnung kam der Angriff vollkommen überraschend. Der Waldrand schien regelrecht zu explodieren. Etwas Riesiges, Dunkles barst zwischen den Blättern hervor und fuhr wie ein Wirbelwind unter die Soldaten. Alles ging so schnell, daß Schneider kaum mitbekam, was geschah.

Der Offizier wurde von irgend etwas getroffen und meterweit durch die Luft geschleudert. Praktisch im gleichen Moment schrie auch einer der beiden Soldaten auf und stürzte mit hilflos rudernden Armen rücklings zu Boden. Das Gewehr wurde ihm aus den Händen geschlagen. Ein einzelner Schuß löste sich. Schneider duckte sich instinktiv, aber die Kugel fuhr meterweit neben ihm ins Gebüsch.

Der dritte Soldat hatte weniger Glück als seine beiden Kameraden. Der Schatten rannte ihn nieder. Schneider sah das Blitzen von scharfen Klauen und hörte einen Schrei, gellend und spitz und unmenschlich hoch, und dann einen Laut wie das Zuschnappen einer Bärenfalle. Ein schreckliches Reißen und Zerren erklang, und plötzlich starrte Schneider in das Gesicht der Bestie, die direkt einem Fiebertraum entsprungen zu sein schien. Kleine tückische Augen, in denen eine boshafte Intelligenz funkelte, starrten ihn an.

Schneider erstarrte zur Reglosigkeit. Er hatte den Deinonychus vorhin aus zehn Metern Entfernung und der Sicherheit der Panzerglasscheibe hervor beobachtet, und er erkannte ihn sofort wieder. Und trotzdem schien es ein vollkommen anderes Tier zu sein. Jetzt war es ein Monster, vierhundert Kilo Muskeln, Klauen, Hunger und Wut, denen Schneider kaum auf Armeslänge gegenüberstand.

»Professor! Zur Seite!«

Schneider hörte die Warnung, aber er war noch immer nicht in der Lage, auch nur einen Finger zu rühren. Der Schädel des Deinonychus ruckte mit einer abgehackten, vogelhaften Bewegung herum und schoß auf Schneider zu. Das Maul, groß genug, um Schneiders ganzen Kopf aufzunehmen, klappte auf. Ein Schwall heißer, nach Fäulnis und Blut riechender Luft schlug ihm ins Gesicht und nahm ihm den Atem. Im allerletzten Moment traf etwas seine Kniekehlen. Schneider fiel mit haltlos rudernden Armen auf die Knie herab, und die gewaltigen Kiefer des Deinonychus schlugen genau dort zusammen, wo sich vor einer halben Sekunde noch sein Gesicht befunden hatte.

Hinter Schneider begann eine Maschinenpistole zu hämmern. Die Geschosse jagten so knapp an Schneiders Wange vorbei, daß er den glühenden Luftzug fühlen konnte, und schlugen in einer schräg aufwärts führenden Linie in Brust, Hals und Gesicht des Dinosauriers ein.

Die pure Wucht der Geschosse ließ den Deinonychus zurücktaumeln. Seine Klauen, die ganz instinktiv zuschnappten, verfehlten Schneider ein zweites Mal um Haaresbreite. Das Ungeheuer wankte, machte einen grotesken, taumelnden Schritt und richtete sich mit einem schrillen, wütenden Schrei wieder auf.

Die MPi feuerte zum zweiten Mal. Die Salve steppte über die muskulöse Brust der heranstürmenden Bestie und riß eine zweite Reihe furchtbarer Wunden, aber auch sie vermochte das heranstürmende Ungeheuer nicht wirklich aufzuhalten. Der Deinonychus taumelte, rannte aber immer noch weiter auf Schneider und die anderen zu. Erst, als auch das zweite Gewehr loszuhämmern begann, stürzte der Saurier.

Die Luft stank plötzlich durchdringend nach Schießpulver und Blut, und die Schreie des Deinonychus brachen nach einer letzten, schrillen Kadenz ab. Das Zucken seiner Glieder und das wütende Peitschen des Schwanzes erlahmten und hörten schließlich ganz auf. Trotzdem stellten die beiden Soldaten das Feuer auf das Ungeheuer erst ein, als die Magazine ihrer Waffen leergeschossen waren.

Schneider blieb noch einige Sekunden mit angezogenen Knien und fest gegen die Schläfen gepreßten Handflächen liegen, ehe er überhaupt begriff, daß die Gefahr vorüber war. Benommen und unsicher richtete er sich auf.

Die beiden Soldaten – der Offizier und der überlebende Marine – standen nebeneinander und in respektvollem

Abstand vor dem toten Deinonychus. Die rauchenden Läufe ihrer Gewehre waren noch immer auf den Kadaver gerichtet. Die Waffen waren leergeschossen, aber Schneider hatte sowieso den Eindruck, daß sich die Männer mit verzweifelter Kraft daran festhielten.

Der Offizier hatte bisher kein Wort gesagt, und er schwieg auch jetzt weiter. Wortlos bückte er sich nach der Leiche des Marine, die nur ein kleines Stück neben der ihres Mörders lag, zog das Reservemagazin aus seinem Gurt und schob es in den Griff seiner Waffe.

»Nur keine Angst, meine Herren«, sagte er, während er das Magazin mit einem Schlag der flachen Hand sicherte. »Wie Sie sehen, werden wir selbst damit fertig.«

Vielleicht war es ein schlechtes Omen, vielleicht auch nur Zufall. Aber gleich wie, die Katastrophe geschah im gleichen Augenblick, in dem der Offizier diese Worte aussprach.

Und in diesem Augenblick erinnerte sich Schneider auch wieder, was er einmal über das Beuteverhalten dieser Tiere gelesen hatte:

Deinonychus jagte in Rudeln.

»Er bringt dich um. Ich bin ganz sicher, dafür bringt er dich um«, sagte der jüngere der beiden Cops. Die Worte waren an Littlecloud gerichtet, aber er sah unverwandt den verbeulten Trümmerhaufen an, in den sich die Harley Davidson verwandelt hatte. »Die Kiste war Mainlands ganzer Stolz, weißt du? Er hat in jeder freien Minute daran herumgeschraubt und -poliert. Ich fürchte, es war keine besonders gute Idee, ausgerechnet Mainlands Motorrad zu klauen und damit abzuhauen.«

Zu dieser tiefschürfenden Einsicht war Littlecloud mittlerweile auch schon gelangt – so weit er überhaupt in der Lage war, einen klaren Gedanken zu fassen. Er hatte rasende Kopfschmerzen, und den rechten Arm hätte er wahrscheinlich selbst dann nicht richtig bewegen können, wenn seine Gelenke nicht mit Handschellen aneinandergefesselt gewesen wären.

Er konnte nicht besonders lange bewußtlos gewesen sein; drei, vier Minuten allerhöchstens. Es war noch immer dunkel. Aber als er aufgewacht war, hatte er sich auf dem Rücken liegend wiedergefunden, und das erste, was er erblickte, war die schwarze Mündung einer doppelläufigen Flinte, die ihm einer der Polizisten vor das Gesicht hielt, während ihm der zweite die Handschellen anlegte. Das war ungefähr fünf Minuten her.

»Was hast du überhaupt ausgefressen?« fuhr der Cop fort, nachdem er seinen Blick endlich vom Wrack der Harley losgerissen und sich wieder zu Littlecloud herumgedreht hatte.

»Ich habe beim Roulett gewonnen«, antwortete Littlecloud. »Anscheinend hat das jemandem nicht gepaßt. Wie habt ihr mich überhaupt gefunden? Hat das Ding einen eingebauten Peilsender?«

»Ganz genau«, antwortete der Polizist.

»Wie?« Littlecloud war ehrlich überrascht. Seine Frage war alles andere als ernst gemeint gewesen.

»Ich sagte doch, daß Mainland völlig meschugge ist, was sein Bike angeht«, erklärte der junge Streifenbeamte. »Die beiden ersten Maschinen, die er hatte, sind ihm gestohlen worden. Daraufhin hat er in die einen Sender eingebaut. In den letzten drei Jahren ist sie viermal geklaut worden. Er hat sie jedesmal zurückbekommen. Die Burschen, die sie gestohlen hatten, sitzen heute noch«, fügte er nach kurzem Zögern hinzu. Littlecloud fand, daß zumindest diese letzte Bemerkung vollkommen überflüssig war.

Der ältere der beiden Polizisten kam zurück. Er hielt Littleclouds Brieftasche in der Hand.

»Alles klar?« fragte der jüngere Beamte.

»Mainland weiß Bescheid.« Sein Kollege ließ Littleclouds Brieftasche in seiner Jacke verschwinden und zog in der gleichen Bewegung ein Päckchen Marlboro heraus.

»Wir sollen hier warten«, sagte er, während er sich eine Zigarette anzündete. »Mainland kommt selbst her, um ihn abzuholen. Und wahrscheinlich, um sich die Bescherung mit eigenen Augen anzusehen.« Er nahm einen tiefen Zug aus seiner Zigarette, schüttelte ein paarmal den Kopf und sah einige Augenblicke nachdenklich auf das zerstörte Motorrad hinab, das im Scheinwerferlicht des Streifenwagens glänzte. Dann wandte er sich wieder Littlecloud zu. »Ich möchte nicht in Ihrer Haut stecken, wenn er hier aufkreuzt.«

»Kann ich ... auch eine Zigarette haben?« fragte Littlecloud.

Der Polizist zögerte einen Moment. Aber dann griff er in die Brusttasche seines Hemdes und zog die Packung heraus.

»Wahrscheinlich brauchst du die jetzt«, sagte er. Er beugte sich vor, hielt Littlecloud die Packung mit der rechten Hand hin und suchte mit der anderen in der Jackentasche nach dem Feuerzeug. Littlecloud trat ihm die Beine unter dem Körper weg.

Der Angriff kam so überraschend, daß dem Mann nicht einmal Zeit blieb, einen Schrei auszustoßen. Littlecloud zog die Knie an den Leib, streckte die Beine mit einem Ruck wieder und federte mit einer kraftvollen Bewegung in die Höhe.

Der zweite Polizist versuchte seine Waffe zu ziehen, aber er war zu langsam.

Littleclouds Fuß traf ihn wuchtig unter dem Kinn und schleuderte ihn rücklings zu Boden, und noch ehe der andere sich von seinem Sturz erholt hatte, war Littlecloud bereits wieder über ihm. Sein rechtes Knie knallte gegen die Schläfe des Mannes und schickte ihn ebenfalls ins Land der Träume.

Es erwies sich als gar nicht so einfach, dem Bewußtlosen die Schlüssel abzunehmen und die Handschellen aufzuschließen. Seine Verletzung behinderte ihn zusätzlich, so daß er es gerade noch schaffte, ehe sich einer der beiden Beamten stöhnend zu regen begann und die Augen aufschlug.

Sofort wollte er nach seiner Waffe greifen, aber Littlecloud war schneller. Er fesselte den Mann mit seinen eigenen Handschellen und zog ihm die Waffe aus dem Gürtel.

»Was glaubst du eigentlich, wie weit du kommst?« stöhnte der Polizist.

»Vielleicht wenigstens aus diesem Bundesstaat heraus«, antwortete Littlecloud. »Das würde mir schon reichen.«

»Du machst doch alles nur noch schlimmer!«

»Das bezweifle ich«, antwortete Littlecloud. Er ging zu dem zweiten Polizisten hinüber und fesselte und entwaffnete auch ihn, ehe er weitersprach. »Schlimmer kann es nämlich kaum noch kommen. Ich weiß nicht, was Mainland Ihnen über mich erzählt hat, aber ich bin kein Verbrecher. Ich will nur eine faire Chance. Und ich glaube nicht, daß ich die hier bekomme.« Er meinte das ernst. Jetzt, wo sie wußten, wer er war, hatte er keine Chance mehr, ungestraft davonzukommen. Auch nicht in einem anderen Bundesstaat. Aber wenn es ihm gelang, Nevada zu verlassen und sich einen guten Anwalt zu nehmen, dann standen seine Aussichten wesentlich besser, einen Richter und Geschworene zu finden, die ihm wenigstens *zuhörten*.

»Sagen Sie Mainland, daß ich ihm den Schaden ersetze«, sagte er, während er sich ein zweites Mal zu dem Polizisten niederbeugte und ihm die Wagenschlüssel abnahm. Der Mann sagte nichts, sondern blickte ihn nur vollkommen verwirrt an.

Littlecloud schleifte ihn zu seinem Kollegen ein Stück weit in den Graben hinein, der ihm zum Verhängnis geworden war. Dann deponierte er den Schlüssel für die Handschellen deutlich sichtbar in zehn Metern Entfernung auf einem Felsen, ging zum Polizeiwagen zurück und fuhr los.

Es war die Hölle. Sie konnten nicht sagen, wie viele der Ungeheuer es waren, die warnungslos aus dem Unterholz über sie hereinbrachen – drei, vier oder gar fünf –, aber es hätten ebensogut auch zwanzig oder dreißig sein können. Die Nacht war plötzlich voller rasender Schatten, blitzender

Klauen und zupackender Kiefer, voller Schreie und Schüsse. Schneider sah einen gewaltigen Schatten auf sich zuspringen, warf sich instinktiv zur Seite und entging um Haaresbreite den zuschnappenden Klauen des Raubsauriers. Trotzdem traf ihn der peitschende Schwanz des Tieres mit der Wucht eines Hammerschlages und schleuderte ihn meterweit davon.

Er stürzte, versuchte instinktiv sein Gesicht zu schützen und rollte mit über dem Kopf zusammengeschlagenen Armen drei-, viermal herum. Ein Fuß mit einer riesigen, fast zwanzig Zentimeter langen, gebogenen Klaue riß den Boden neben ihm auf. Schneider schrie, warf sich abermals herum und trat mit beiden Beinen nach dem Saurier. Er traf, aber das Tier konnte den Tritt kaum spüren. Mit einer ungeheuer schnellen, fast eleganten Bewegung war es über ihm. Seine tödlichen Klauen hoben sich zum Schlag.

Ein einzelner Schuß krachte. Schneider sah, wie das Tier unter dem Einschlag der Kugel erzitterte. Der Treffer hatte es nicht ernsthaft verletzt, aber es war für einen Moment abgelenkt, als es aus zornig funkelnden Augen nach dem neuen Feind Ausschau hielt, der ihm den plötzlichen, brennenden Schmerz zugefügt hatte. Schneider nutzte die Chance, um hastig auf die Füße zu kommen.

Wie es aussah, war er geradewegs vom Regen in die Traufe geraten. Allein vor ihm befanden sich drei der riesigen Raubsaurier, und Gott allein mochte wissen, wie viele sich noch in der Nacht und dem Dschungel verbergen mochten. Zwei der Ungeheuer waren offensichtlich über eine Beute in Streit geraten, die zwischen ihnen lag; ein regloser Körper in einem zerfetzten, rotweiß gefleckten Mantel. Das dritte tötete genau in diesem Moment den Marine, der verzweifelt versuchte, ein frisches Magazin in seine Waffe zu schieben. Von dem Offizier war keine Spur zu entdecken.

Dafür hörte Schneider hinter sich plötzlich das Stampfen schwerer, krallenbewehrter Füße und spürte, wie der Deinonychus erneut heranraste. Instinktiv warf er sich nach links und praktisch in der gleichen Bewegung wieder in die entgegengesetzte Richtung, und obwohl er selbst nicht damit gerechnet hatte, hatte das Manöver Erfolg: Der Saurier stürmte mit einem wütenden Kreischen an ihm vorbei und noch ein gutes Stück weiter, vom Schwung seines eigenen, ungestümen Angriffes vorwärtsgerissen. Seine zuschnappenden Kiefer verfehlten Schneider, aber er verspürte einen plötzlichen, heißen Schmerz im rechten Arm. Er stolperte, versuchte die Richtung abzuschätzen, in der der Saurier kehrtmachen würde, und wandte sich in die entgegengesetzte. Nicht, daß er sich einbildete, auch nur die winzigste Chance zu haben. Kein Mensch konnte ein Wettrennen mit diesen Tieren gewinnen, die auf ihren langen Hinterläufen spielend eine Geschwindigkeit von mehr als fünfzig Meilen zu entwickeln vermochten.

»Professor! Hierher!«

Gleichzeitig mit dem Schrei ertönte ein kurzer, abgehackter Feuerstoß. Eine orangerote Feuerlanze stieß schräg von oben durch die Nacht herab, und hinter Schneider erscholl ein spitzer, schmerzerfüllter Schrei. Hastig blickte er über die Schulter zurück und sah, wie der Deinonychus zu Boden ging und mit zuckenden Gliedern liegenblieb.

»Hierher, Professor! Hier oben!«

Schneider erkannte jetzt, wohin sich der Offizier geflüchtet hatte: sein winkender Arm und der Lauf des M13 ragten in fünf Metern Höhe zwischen den Blättern einer Baumkrone hervor. Irgendwie war es ihm gelungen, dort hinaufzukommen, während die Saurier mit Schneider und den beiden anderen beschäftigt gewesen waren. Schneider beschleunigte seine Schritte noch mehr und erreichte den Baum im gleichen Moment, in dem die beiden Deinonychus den Streit um ihre Beute entschieden hatten und sich der Verlierer umwandte, um sich eine andere Mahlzeit zu besorgen.

Professor Schneider war kein besonders sportlicher Mann. Aber jetzt rannte er den mannsdicken, geschuppten Stamm regelrecht hinauf.

Über ihm krachte ein einzelner Schuß. Die Kugel zischte

so dicht an ihm vorüber, daß er sie hören konnte. Schneider sah nun doch nach unten.

Fast wünschte er sich, es nicht getan zu haben. Der Saurier turnte mit schon fast absurd anmutender Leichtigkeit hinter ihm den Baumstamm herauf. Seine langen, gebogenen Krallen fanden in der schuppigen Rinde sicheren Halt, und die kräftigen Hinterläufe katapultierten das Tier regelrecht in die Höhe.

Der Offizier schoß erneut, und diesmal zielte er besser. Die Kugel traf den Schädel des Sauriers und zerschmetterte ihn. Das Tier stürzte sich überschlagend zu Boden und blieb reglos liegen.

»Kommen Sie, Professor. Schnell.« Der Offizier streckte Schneider eine blutverschmierte Hand entgegen und half ihm, sich in die Astgabel hinaufzuziehen, in der er selbst Zuflucht gefunden hatte. Erschöpft sank Schneider neben dem Soldaten zusammen. Alles drehte sich um ihn. Ihm war übel vor Schwäche. Minutenlang tat er nichts anderes, als mit geschlossenen Augen dazuliegen und darauf zu warten, daß sein Herz aufhörte zu rasen und sein Magen zu rebellieren.

Von ihrer erhöhten Position aus konnten sie die drei übriggebliebenen Deinonychus deutlich erkennen. Das Tier, das der Offizier zuerst angeschossen hatte, humpelte zwar, hatte sich aber wieder erhoben. Die beiden anderen waren damit beschäftigt, ihre Beute zu verzehren. Ein neues Gefühl von Übelkeit breitete sich in Schneider aus, als er die schrecklichen, reißenden Laute hörte, die das Fressen begleiteten.

»Ob sie raufkommen?« fragte der Offizier nach einer Weile.

»Vielleicht geben sie sich mit dem zufrieden, was sie haben«, murmelte Schneider.

»Wie ist Ihr Name?« fragte er nach einer Weile.

»William Darford«, antwortete der Offizier. »Meine Freunde nennen mich Will. Nicht Bill – bitte. Das kann ich nicht leiden.«

Schneider lächelte flüchtig, bevor er übergangslos wieder ernst wurde und mit einer Kopfbewegung dorthin wies, wo die drei Deinonychus noch immer mit ihrem schrecklichen Mahl beschäftigt waren. »Waren das ... Freunde von Ihnen?«

Er war beinahe erleichtert, als Will den Kopf schüttelte. »Die beiden Marines? Nein. Ich kannte sie kaum.«

»Und Stanton?«

Diesmal zögerte Will einen spürbaren Moment.

»Er ist mein Vorgesetzter«, sagte er schließlich ausweichend. »Und solange wir nicht genau wissen, ob wir ihn wiedersehen oder nicht, würde ich es vorziehen, diese Frage nicht zu beantworten.« Er sah Schneider lange und sehr ernst an. »Werden wir ihn wiedersehen?«

»Ich habe keine Ahnung«, gestand Schneider. »Ich weiß nicht, wo er ist. Ich weiß ja nicht einmal, wo wir sind.«

Die Zeit verstrich nur träge. Trotzdem begann sich der Himmel im Osten schließlich grau zu färben. Es würde bald hell werden.

»Sie ziehen ab!« sagte Will plötzlich. Er beugte sich erregt vor.

Der junge Offizier hatte recht. Die Tiere hatten ihr blutiges Mahl endlich beendet und verließen die Lichtung. Sie bewegten sich jetzt langsam, beinahe träge. Bevor es in den Wald eintauchte, blieb das letzte Tier, jenes, das Will angeschossen hatte, noch einmal stehen und blickte zu ihnen zurück, und obwohl Schneider wußte, wie lächerlich dieser Gedanke war, hatte er für einen Moment das Gefühl, eine Woge von Haß und Zorn zu spüren, die von der Kreatur ausging. Sie hatten ihr weh getan, und sie würde sich dafür rächen.

»Sie sind weg«, sagte Will. Seine Stimme klang hörbar erleichtert. »Ich schlage vor, daß wir trotzdem hier bleiben, bis es hell geworden ist, und erst dann aufbrechen.«

»Aufbrechen?« fragte Schneider. »Aber wohin denn?«

Es sah beinahe so aus, als hätte seine Pechsträhne endlich ein Ende. Im Handschuhfach des Polizeiwagens hatte er eine Karte gefunden, außerdem eine Dose Bier und zwei Schokoladenriegel, mit denen er seinen ärgsten Hunger gestillt hatte. Der Wagen war vollgetankt, und die Karte war wirklich gut – sie zeigte nicht nur die Highways und geteerten Straßen, sondern auch jeden Trampelpfad und Weg, der durch die Wüste führte. Littlecloud begann neuen Mut zu schöpfen. Er war noch ungefähr vierzig Meilen von der Staatsgrenze entfernt – zwar vierzig Meilen quer durch die Wüste, was nun wirklich etwas anderes als vierzig Meilen auf einem Highway bedeutete – aber er konnte es schaffen.

Littlecloud studierte die Karte aufmerksam. Er versuchte sich an Mainlands Stelle zu versetzen. Was würde er tun, um jemanden in diesem gewaltigen, leeren Gebiet aufzuspüren? Zweifellos würde er einen oder mehrere Hubschrauber einsetzen, und ein Flugzeug, falls er eines zur Verfügung hatte. Der Bereich der Grenze, der für Littlecloud in Frage kam, maß gute hundert Meilen. Ein gewaltiges Stück – aber es *war* zu überwachen, wenn man das wirklich wollte. Und Littlecloud zweifelte keine Sekunde daran, daß Mainland *wollte*.

Das Funkgerät meldete sich. Littlecloud blickte den Apparat einen Moment lang stirnrunzelnd an, dann senkte er die Karte und löste das Mikrofon aus der Halterung. »Ja?«

»Mainland hier«, antwortete eine Lautsprecherstimme. »Hallo Winnetou.«

»Nennen Sie mich nicht so«, sagte Littlecloud scharf. »Ich denke, Sie kennen mittlerweile meinen Namen, oder?«

»Sicher«, antwortete Mainland. »Und nicht nur das. Ich weiß mittlerweile nicht nur, wer du bist, sondern auch, *was* du bist.« Er lachte. »Kein Wunder, daß du die Typen im DUNES so gründlich aufgemischt hast. Du bist einer von der ganz harten Sorte, wie?«

»Was wollen Sie, Mainland?« fragte Littlecloud. »Sich nur mit mir unterhalten?«

»Ich will an etwas appellieren, von dem ich nicht einmal sicher bin, ob du es überhaupt hast«, antwortete Mainland. »Deine Vernunft. Gib auf, Winnetou. Du hast keine Chance.«

»Bis jetzt habe ich mich ganz gut gehalten, oder?«

»Du hattest Glück«, antwortete Mainland. »Und wir haben dich unterschätzt. Aber das wird mir nicht noch einmal passieren.«

»Ich lasse mich überraschen«, sagte Littlecloud. Sein Blick suchte den Himmel ab. Was hatte Mainland vor? Wollte er ihn in ein Gespräch verwickeln, damit er unaufmerksamer wurde?

»Das könnte eine tödliche Überraschung werden«, sagte Mainland. »Meine Männer haben Befehl, auf dich zu schießen. Du hast keine Chance. Und selbst wenn du aus diesem Staat herauskommst, wirst du verhaftet, sobald du deinen roten Arsch irgendwo blicken läßt. Mittlerweile interessiert sich nämlich auch schon das FBI für dich.«

»Was haben Sie denen erzählt?« fragte Littlecloud. »Daß ich Ihr Motorrad kaputtgemacht habe?«

»Wir sprechen von Kidnapping, Winnetou«, antwortete Mainland. »Von Geiselnahme und tätlichem Angriff auf drei Polizeibeamte. Das ist nicht lustig.«

»Ich lache ja auch gar nicht«, sagte Littlecloud.

»Ich gebe dir eine letzte Chance«, sagte Mainland. »Wenn du dich stellst und keinen weiteren Widerstand leistest, dann verspreche ich dir, daß du wenigstens mit dem Leben davonkommst.«

»Wie großzügig!« höhnte Littlecloud.

»Wenn du weiter den wilden Mann spielst, kommst du nicht lebend aus der Wüste heraus«, sagte Mainland. »Du bist nicht der erste, der das versucht. Glaub mir, wir haben Erfahrung in solchen Dingen.«

»Sie können mich mal, Mainland«, sagte Littlecloud. Er schaltete das Funkgerät ab, knallte das Mikrofon wütend aufs Armaturenbrett zurück und ballte die Fäuste. Das Schlimme war, daß Mainland wahrscheinlich recht hatte.

Wenn mittlerweile wirklich das FBI hinter ihm her war, hatte er keine Chance, die Grenze zu erreichen.

Sein Blick tastete über den Horizont im Osten. Die Wüste erwies sich bei Tage betrachtet als nicht annähernd so flach wie bei Nacht. Überall erhoben sich Hügel und kleine Berge und immer wieder kleinere und größere Ansammlungen gewaltiger Felsbrocken, manchmal einzeln, manchmal zu ungeheuren Schutthalden aufgetürmt. Und plötzlich wußte er, was er zu tun hatte.

Littlecloud startete den Motor und fuhr los. Er würde den Wagen irgendwo zwischen diesen Felsen verbergen und warten, bis es wieder dunkel wurde. Der Tag würde heiß werden, und sehr, sehr lang, aber irgendwie würde er ihn schon überstehen. Wenn er wartete, bis die Sonne wieder untergegangen war, hatte er trotz allem noch eine gute Chance.

Littlecloud umkreiste die Felsenburg zweimal, ehe er einen Spalt fand, der für den Streifenwagen breit genug war. Die Felswände verengten sich nach oben hin, und es gab in der Nähe genug trockenes Gestrüpp, mit dem er den Wagen tarnen konnte. Er lenkte den Streifenwagen in den Spalt, stieg aus und verbrachte die nächsten zehn Minuten damit, das Fahrzeug zu tarnen. Als er fertig war, hätte man in drei Metern Entfernung daran vorbeigehen können, ohne es zu bemerken.

Wie er befürchtet hatte, wurde es bald heiß im Wagen. Trotzdem begann Littlecloud müde zu werden, und schließlich verlangte sein Körper nach der durchwachten Nacht sein Recht, und er schlief ein.

Allerdings nicht für lange. Littlecloud konnte nicht sagen, was genau ihn geweckt hatte – die erstickende Hitze oder das penetrante Piepsen des Funkgerätes. Zuallererst warf er einen Blick in den Himmel hinauf. Wenn er den Sonnenstand richtig deutete, dann war sie vor allerhöchstens einer halben Stunde aufgegangen. Der Tag würde noch lang werden; endlos.

Das Funkgerät randalierte noch immer. Littlecloud widerstand der Versuchung, das Mikrofon zur Hand zu nehmen, aber er schaltete den Empfänger ein. Soweit er wußte, würde Mainland dies von seiner Seite der Verbindung aus nicht feststellen können.

»Hörst du mich, Winnetou?« drang Mainlands Stimme aus dem Lautsprecher. »Ich bin sicher, du hörst mich. Ist ziemlich heiß da draußen in der Wüste, wie? Warum gibst du nicht einfach auf? Du hast sowieso keine Chance, glaub mir.«

Littlecloud zeigte dem Funkgerät den ausgestreckten Mittelfinger. Er hätte ohne Risiko antworten können – Mainland besaß garantiert nicht die Möglichkeit, seine Position zu ermitteln. Aber es war vielleicht besser, wenn er nicht wußte, ob sich Littlecloud noch im Empfangsbereich des Senders aufhielt.

»Du ziehst es vor, den Schweigsamen zu spielen, ich verstehe.« Mainland lachte. »Der stolze Indianer auf dem Kriegspfad, wie? Du weißt zwar, daß du keine Chance hast, aber das ist dir egal. Du gehst hoch erhobenen Hauptes in den Untergang. Blöd, aber stolz. Wirf doch mal einen Blick in den Himmel hinauf.«

Littlecloud schaltete wütend ab. Er mußte sich zusammenreißen, um das Funkgerät nicht zu zertrümmern. Mainlands Worte trafen ihn um so härter, weil etwas in ihm wußte, daß er recht hatte. Er benahm sich wie ein kompletter Narr. Aber welche andere Wahl hatte er schon? Er hatte den Moment, an dem er noch hätte umkehren können, längst verpaßt.

Trotz allem tat er, was Mainland ihm geraten hatte, und hob den Blick in den Himmel empor. Er sah den Helikopter fast sofort.

Der Chopper war noch ziemlich weit entfernt. Er flog keinen geraden Kurs, sondern schwenkte von rechts nach links, stieg manchmal auf und verlor dann wieder Höhe. Der Anblick trug nicht unbedingt dazu bei, Littleclouds Sorge zu zerstreuen. Die Männer in dem Helikopter dort flogen nicht *nur so* über die Wüste. Sie suchten ganz gezielt und sehr gründlich ein ganz bestimmtes Gebiet ab. Und das hieß, daß Mainland zumindest eine ungefähre Vorstellung davon hatte, wo er ihn suchen mußte.

Plötzlich schwenkte der Helikopter herum, beschrieb eine enge Kurve und setzte zur Landung an. Seine Rotorblätter wirbelten Staub und Wüstensand in so dichten Wolken auf, daß Littlecloud für einen Moment gar nichts mehr sah. Trotzdem erkannte Littlecloud wenig später, worüber er kreiste: ein Wohnmobil. Es war eines von den ganz großen, das Platz für vier oder sechs Personen bieten mußte; schon fast ein kleines Haus auf Rädern. Der Fahrer mußte entweder völlig die Orientierung oder den Verstand verloren haben, sich mit einem solchen Wagen abseits jeder befahrbaren Straße in die Wüste hineinzuwagen.

Der Helikopter landete in einer gewaltigen Staubwolke zwanzig Meter von dem Wohnmobil entfernt, und einer der beiden Polizisten stieg aus und lief geduckt auf den Wagen zu. Er blieb lange im Inneren des Fahrzeugs, sicher fünf Minuten, in denen Littlecloud sowohl den Chopper als auch das Wohnmobil aufmerksam weiter beobachtete. Schließlich kam er wieder heraus und lief zu seinem Hubschrauber zurück. Als die Maschine startete, schaltete Littlecloud das Funkgerät wieder ein.

»... wirklich langsam Vernunft annehmen, mein Freund«, drang Mainlands Stimme aus dem Empfänger. Littlecloud fragte sich, wie lange es wohl dauern würde, bis er endlich begriff, daß er keine Antwort bekommen würde, und aufgab. Während der Chopper rasch an Höhe gewann und dann nach Osten schwenkte, drehte Littlecloud weiter am Empfangsknopf, bis er die richtige Frequenz gefunden hatte.

»... völlig verfranst. Man sollte diese Typen einsperren und sie eine Woche lang jeden Tag dreimal verprügeln!« Das mußte die Stimme des Hubschrauberpiloten sein, den Hintergrundgeräuschen nach zu urteilen. »Das muß man sich einmal vorstellen! Fährt mit einer Frau und zwei Kindern quer durch die Wüste und hat nicht einmal eine vernünftige

Karte bei sich, geschweige denn einen Kompaß! Ein boden-
loser Leichtsinn!«

»Hat er irgend etwas gesehen?« fragte eine andere
Stimme.

»Negativ«, antwortete der Pilot. »Aber das muß nichts
bedeuten. Wie ich den Kerl einschätze, hätte er die Rothaut
überfahren können, ohne es zu merken. Der gehört zu den
Typen, die es fertigbringen, sich in einer Liftkabine zu ver-
irren.«

Littlecloud betrachtete den Wagen eine ganze Weile und
sehr nachdenklich. Wenn er den Kurs, den er im Moment
nahm, in Gedanken verlängerte, dann mußte der Wagen fast
unmittelbar an seinem Versteck vorbeifahren.

Littlecloud sah dem näherkommenden Wohnmobil noch
einige Sekunden lang entgegen, dann wußte er, was er tun
mußte. Ein dünnes Lächeln erschien auf seinen Lippen, als
er den Motor startete und den Polizeiwagen aus dem Fels-
spalt herauslenkte, Blaulicht und Sirene einschaltete und
direkten Kurs auf das Wohnmobil nahm.

»Alles verstanden, Professor?« Will hob das M13 und
deutete auf einen kleinen Hebel an der Seite, der so angebracht war, daß man ihn bequem mit dem Daumen betäti-
gen konnte, ohne den Finger vom Abzug zu nehmen. »Hier
schalten Sie von Einzel- auf Dauerfeuer um. Aber tun Sie es
nur im äußersten Notfall. Wir haben nicht sehr viel Munition. Und hier«, er deutete auf einen anderen Hebel, »ist die
Sicherung. Solange die Waffe schußbereit ist, sollten Sie besser nicht an den Abzug kommen. Er ist sehr empfindlich.
Noch Fragen?«

Schneider schüttelte den Kopf und nahm die Waffe mit
allen Anzeichen von Unbehagen entgegen.

Während der Professor noch unglücklich die schwere
Waffe in den Händen drehte, inspizierte Will sein eigenes
Gewehr. Das Ergebnis, zu dem er kam, schien ihm nicht zu
gefallen.

»Neun«, sagte er.

Schneider sah auf. »Neun was?«

»Patronen«, antwortete Will. »Ihr Magazin ist voll, aber ich habe nur noch neun Schuß. Nicht besonders viel, wenn man bedenkt, wie zäh diese Viecher sind.«

»Dann sollten wir vielleicht die Waffen tauschen«, schlug Schneider vor. »Sie können besser damit umgehen als ich.«

Will dachte einen Moment lang über diesen Vorschlag nach, aber dann schüttelte er den Kopf. Und wahrscheinlich, dachte Schneider, war es sowieso egal. Ihre nächste Begegnung mit den Deinonychus würde die letzte sein, ganz egal, wie viel Munition sie hatten.

»Also, was schlagen Sie vor?« fragte Will. »Welche Richtung?« Er deutete nach Süden, Norden und Westen. Den Osten ließ er aus. Das war die Richtung, in die sich die drei Raubsaurier zurückgezogen hatten.

Als Schneider nicht antwortete, deutete Will auf die zackige Kuppe eines Felsenhügels, die sich in zwei oder drei Meilen Entfernung über den Baumwipfeln erhob.

»Von dort aus hat man wahrscheinlich einen guten Ausblick«, sagte er. »Wenn Stanton hier ist, ist er garantiert ebenfalls dorthin gegangen. Und selbst wenn nicht, können wir ihn vielleicht sehen oder zumindest ein Zeichen geben. Wir zünden ein Feuer an und geben Rauchsignale. Außerdem sind wir dort oben wahrscheinlich sicherer als hier.«

Schneider war nicht überzeugt, aber er hatte auch keinen besseren Vorschlag zu machen, und so nickte er nur, und sie marschierten los.

Auf dem ersten Stück kamen sie weitaus besser voran, als Schneider befürchtet hatte. Der Dschungel erwies sich als nicht so dicht, wie es in der Dunkelheit den Anschein gehabt hatte, und als nicht einmal annähernd so gefährlich. Von einigen – wenn auch zum Teil erstaunlich großen – Insekten einmal abgesehen, sahen sie im Grunde überhaupt keine Tiere, auch wenn Schneider ein paarmal ein Rascheln und Huschen im Unterholz wahrzunehmen glaubte und zumindest einmal einen gefleckten Schatten erkannte, der vor ihnen floh. Einmal gingen sie ein Stück weit auf ihrer eigenen Spur zurück und machten einen Umweg, um einem Spinnennetz auszuweichen, das sich zwischen zwei Bäumen spannte und von solchen Dimensionen war, daß Schneider sehr wenig Lust verspürte, seinen Erbauer kennenzulernen, aber im allgemeinen blieb ihre Umgebung so friedlich, daß es Schneider schon fast wieder unheimlich war.

Schließlich trafen sie doch auf einen weiteren Bewohner dieses Urzeitdschungels. Will blieb plötzlich stehen, hob warnend die Hand und brachte mit der anderen sein Gewehr in Anschlag.

»Still!« sagte er. »Da vorne ist etwas.«

Auch Schneider erstarrte mitten in der Bewegung. Die Angst war wieder da. Sein Herz begann zu jagen, und seine Hände schlossen sich so fest um das Gewehr, daß es weh tat. Aber er kam nicht auf die Idee, die Waffe nach vorne zu halten. Statt dessen richtete sich die Mündung zitternd auf Wills Gesicht, der es plötzlich sehr eilig hatte, einen Schritt zur Seite zu machen und den Gewehrlauf dann herunterzudrücken.

»Vielleicht ist es doch besser, wenn Sie vor mir gehen«, murmelte er. »Passen Sie auf.« Trotzdem bedeutete er Schneider, hinter ihm zu bleiben, ergriff seine eigene Waffe mit beiden Händen und ging geduckt weiter.

Schneider folgte ihm. Auch er sah nur einen Schatten, aber es vergingen trotzdem noch Sekunden, bis die verschwommenen Umrisse zu einem Körper wurden. Er wußte immer noch nicht, *was* da vor ihnen war, aber es war groß. Verdammt groß.

Doch es stellte keine Gefahr dar. Schneider und Will näherten sich dem reglosen Koloß mit äußerster Vorsicht, aber sie begriffen beide, daß er tot war, noch ehe sie ihn erreicht hatten.

Der Anblick erschütterte Schneider bis ins Innerste. Er wußte nicht, was das für ein Geschöpf war, das da vor ihnen lag – niemals zuvor, in keinem Buch, auf keiner Zeichnung, in keinem wissenschaftlichen Fachblatt hatte er je etwas gesehen, das diesem toten Koloß auch nur *ähnelte*. Es war gigantisch. Schneider schätzte, daß es aufrecht stehend mindestens fünfzehn Meter groß gewesen sein mußte, und seine Länge vermochte er nicht einmal zu erahnen. Doch trotz seiner gewaltigen Ausmaße wirkte es irgendwie zerbrechlich und verwundbar.

Und schön.

Will sah die ganze Geschichte wohl etwas pragmatischer, denn er sagte: »Es muß ein furchtbarer Kampf gewesen sein. Sehen Sie sich nur die Bäume an!«

Widerwillig löste Schneider seinen Blick vom Körper des toten Riesen. Will hatte recht – die Bäume in weitem Umkreis waren geknickt oder gleich ganz entwurzelt, das Unterholz wie von einer Planierraupe plattgewalzt. Gewaltige Krallen hatten den Boden aufgerissen und Baumwipfel zerfetzt, und Schneider bemerkte erst jetzt, daß sie praktisch in einem See aus Blut standen.

»Ich möchte wissen, was ihn umgebracht hat«, fuhr Will fort. »Ob es die Deinos waren?«

Schneider schwieg. Er zweifelte nicht daran, daß eine genügend große Anzahl Deinonychus' selbst diesen Titanen hätte überwältigen können, aber irgend etwas sagte ihm, daß es nicht so gewesen war. Der Koloß hatte sich gewehrt, wie die unvorstellbare Zerstörung ringsum bewies. Auch wenn er am Ende der Unterlegene gewesen war, hätten sie die Kadaver etlicher Deinonychus' finden müssen. Und er vermutete auch, daß die Raubsaurier einfach zu klug waren, um ein solch wehrhaftes Opfer anzugreifen. Es gab in diesem Dschungel genug Beute, die sie mit weitaus geringerem Risiko schlagen konnten.

»Nein«, sagte Will plötzlich. »Es waren nicht die Deinos.«

Er war einige Schritte weiter um den Kadaver herumgegangen und wieder stehengeblieben.

Seine Stimme zitterte ganz leicht, und sein Gesicht war plötzlich sehr blaß. Und als Schneider ihm folgte, verstand er auch, warum.

Es war ganz eindeutig kein Rudel Deinonychus gewesen, das den Koloß erlegte. Was immer ihn umgebracht hatte, es hatte es mit einem einzigen Biß getan. Die Wunde war so groß, daß Schneider sich bequem hätte hineinlegen können, und seine Phantasie weigerte sich einfach, sich das dazugehörige Maul vorzustellen.

Was sie ihm allerdings nicht verweigern konnte, das war der Anblick des abgebrochenen Zahnes, der noch immer in dieser Wunde steckte.

Er war so lang wie seine Hand.

Littlecloud brachte den Streifenwagen in einer gewaltigen Staubwolke unmittelbar vor dem Wohnmobil zum Stehen. Die Sirene heulte noch, und er ließ sie auch noch eine Sekunde weiterheulen, ehe er den Zündschlüssel herumdrehte, das Gewehr vom Beifahrersitz nahm und ausstieg. »Bin ich froh, daß ich Sie noch erwischt habe«, sagte er.

Der Mann hinter dem Steuer blinzelte verwirrt. »Officer?«

»Blake«, sagte Littlecloud. »Officer Jim Blake«. Er streckte dem Mann die Hand entgegen und drückte kräftig zu, als dieser ganz automatisch danach griff.

»Corman«, sagte der andere. »Mein Name ist Boris Corman.« Er deutete hinter sich. »Und das sind meine Frau Helen und meine Tochter Sandy.«

Littlecloud hatte die Frau und das vielleicht zwölfjährige Mädchen schon beim Einsteigen bemerkt, aber er tat Corman den Gefallen, seiner Geste mit einem entsprechenden Blick zu folgen und den beiden zuzunicken.

»Ma'am«, sagte er. »Ich hoffe, ich habe Sie nicht erschreckt. Wieder an Corman gewandt, fügte er hinzu: »Hatten Sie nicht zwei Kinder bei sich?«

Der dunkelhaarige Mann riß erstaunt die Augen auf. »Ja. Aber woher wissen Sie. .?«

»Von Nick«, antwortete Littlecloud. Er machte eine wedelnde Geste zum Himmel hinauf. »Dem Chopperpiloten.«

Cormans Verwirrung war nun offensichtlich komplett, aber genau das war ja auch Littleclouds Absicht gewesen.

»Ich glaube, ich bin Ihnen eine Erklärung schuldig«, sagte er. »Zuerst einmal möchte ich mich für den Auftritt entschuldigen. Ich wollte Sie wirklich nicht erschrecken. Aber ich war froh, Sie gerade noch erwischt zu haben. Als Nick mir sagte, daß Sie in der Nähe sind, ist mir ein Stein vom Herzen gefallen.«

»Ich verstehe nicht ...«, murmelte Corman.

Prima, dachte Littlecloud. Laut sagte er: »Wir sind auf der Suche nach einem flüchtigen Verbrecher, Mister Corman. Er hält sich irgendwo hier in der Gegend auf. Ich bin seit Mitternacht unterwegs, zusammen mit einer ganzen Anzahl Kollegen, aber jetzt habe ich Schwierigkeiten mit meinem Wagen bekommen.« Er deutete auf den Streifenwagen, der quer vor der Kühlerhaube des Wohnmobils stand. »Keine Ahnung, was mit der Kiste los ist, aber in der letzten halben Stunde hatte ich ernsthaft Angst, daß sie mir um die Ohren fliegt. Ich habe mich schon den halben Tag in dieser Bruthitze hocken und auf den Abschleppwagen warten sehen. Na, und als Nick mir dann von Ihnen erzählte ...« Er ließ den Satz unvollendet und versuchte, ein möglichst verzeihungheischendes Lächeln auf sein Gesicht zu zaubern.

Corman nickte.

»Ich verstehe«, sagte er. »Ich kann Ihnen vielleicht helfen. Ich verstehe ein wenig von Motoren und solchen Sachen. Wenn Sie wollen, schaue ich einmal nach Ihrem Wagen.« Er machte Anstalten, die Hand nach dem Türgriff auszustrecken, aber Littlecloud winkte hastig ab.

»Das ist wirklich nicht nötig«, sagte er. »Wir haben Spezialisten für so etwas. Ich habe bereits in der Zentrale Bescheid gesagt, damit sie einen Abschleppwagen schicken. Aber es wäre nett, wenn Sie mich mit in die Stadt zurück nehmen könnten. Sie fahren doch nach Las Vegas?«

»Selbstverständlich«, sagte Corman eifrig. »Meine Familie und ich machen eine Tour durch ganz Nevada. Las Vegas, Death Valley ... Sie können gerne mitfahren.« Er lachte.

»Dann sind wir wenigstens sicher, falls wir auf den Burschen treffen, hinter dem Sie und Ihre Kollegen her sind.«

Auf eine einladende Geste Cormans hin nahm Littlecloud auf dem Beifahrersitz Platz und schloß mit einem erschöpften Seufzer die Augen.

Corman lenkte das Wohnmobil umständlich um den Streifenwagen herum. Hinter Littlecloud wurde ein Vorhang beiseite geschoben, und ein blondhaariges Mädchen trat dahinter hervor. Littlecloud blinzelte überrascht.

»Das ist Tippy«, sagte er. »Sandys Zwillingsschwester.«

»Das sieht man«, antwortete Littlecloud überrascht. Die Ähnlichkeit zwischen den beiden Kindern war verblüffend. Littlecloud hatte schon Zwillinge gesehen, die einander ähnelten wie das sprichwörtliche Ei dem anderen. Aber Sandy und Tippy schienen absolut *identisch.*

»Unglaublich«, murmelte er. »Wie halten Sie sie auseinander?«

»Gar nicht«, sagte Corman fröhlich. »Wir fragen sie einfach und hoffen, daß sie die Wahrheit sagen.«

»Sie sind der, den sie suchen.«

Corman trat so hart auf die Bremse, daß Littlecloud im Sitz nach vorne geschleudert wurde und erst im allerletzten Moment Halt am Armaturenbrett fand. Die Frau hatte weniger Glück: Sie rutschte von ihrem Sitz und fiel auf ein Knie herab, klammerte sich aber instinktiv irgendwo fest und sagte impulsiv und in strengem Ton: »Tippy, sei nicht so vorlaut! Das gehört sich nicht!«

Corman starrte ihn an. Auf seinem Gesicht mischten sich Verblüffung und Schrecken, Unglauben und Überraschung und eine Spur von Zorn mit einer allmählich aufkeimenden Furcht. Ein einziger Blick in Cormans Augen machte Littlecloud klar, daß es vollkommen sinnlos war, das Offensichtliche zu leugnen.

Corman drehte sich langsam zu dem Mädchen herum und sah ihm fest in die Augen, aber Tippy erwiderte seinen Blick ruhig, ohne die geringste Spur von Furcht oder auch nur Unsicherheit.

»Wie kommst du darauf?« fragte er – lächelnd, aber zu spät, um noch überzeugend zu klingen.

»Sie sind kein Polizist, Mister«, behauptete das Mädchen. »Die Jacke, die Sie anhaben, ist Ihnen mindestens zwei Nummern zu groß. Außerdem tragen Sie Jeans und Sportschuhe, und das würde ein echter Cop niemals tun. Nicht in dieser Gegend. Und außerdem – wo ist Ihr Revolvergürtel? Sie haben nur das Gewehr. Ich nehme an, Sie haben es aus dem Streifenwagen, den Sie gestohlen haben. Was haben Sie mit den beiden Officers gemacht? Sie getötet?«

»Tippy!« rief Corman »Sei sofort still!«

»Lassen Sie sie ruhig«, sagte Littlecloud. »Sie hat recht.« Es hatte keinen Sinn, zu leugnen. »Ich *bin* der, den sie suchen, das stimmt. Aber ich habe niemanden getötet. Weder die beiden Polizisten noch sonst jemanden.«

»Was haben Sie gemacht?« fragte Tippy.

»Eine ziemliche Dummheit, fürchte ich«, antwortete Littlecloud. »Aber ihr braucht keine Angst vor mir zu haben. Ich werde niemandem etwas tun. Weder dir und deiner Schwester, noch deinen Eltern. Das verspreche ich.« Er drehte sich zu Corman herum. Der Blick des dunkelhaarigen Mannes hing wie hypnotisiert an dem Gewehr, das Littlecloud vor sich gegen das Armaturenbrett gelehnt hatte. Er stellte die Waffe auf die andere Seite und sah Corman ernst an.

»Ihnen wird nichts geschehen«, sagte er noch einmal. »Glauben Sie mir – ich will Ihnen keine Schwierigkeiten machen. Ich will nur zurück in die Stadt, das ist alles.«

Ohne ein weiteres Wort gab Corman Gas und schaltete in einen höheren Gang. Das Wohnmobil begann den Felsen langsam zu umkreisen.

Littlecloud drehte sich flüchtig zu Cormans Frau und den Kindern um. Die Frau sah ihn voller Angst an, die sie aber augenscheinlich unter Kontrolle hatte. In den Gesichtern der beiden Mädchen las er überhaupt keine Furcht. Wahrscheinlich, dachte er, war das alles hier für sie nichts als ein großes Abenteuer.

Der Wagen umkreiste die gewaltige Felsansammlung langsam – und dann trat Corman noch einmal und so hart auf die Bremse, daß Littlecloud und die drei anderen diesmal *wirklich* von den Sitzen geschleudert wurden. Die beiden Mädchen schrien hell auf, und Littlecloud stieß sich schmerzhaft den Kopf am Fensterholm.

Trotzdem sagte er kein Wort, und nachdem sie ihren ersten Schrecken überwunden hatten, verstummten auch die beiden Mädchen. Corman hatte so abrupt gebremst, daß der Motor ausgegangen war. Eine schon fast unnatürliche Stille begann sich im Wagen auszubreiten, während seine Insassen das anstarrten, was hinter dem Felsen aufgetaucht war.

Etwas vollkommen und ganz und gar Unmögliches.

»Wo ... wo ist die Wüste?« flüsterte Corman nach einer Weile.

Er starrte vollkommen fassungslos und zugleich fasziniert dorthin, wo sich der von der Sonne ausgedörrte Boden der Nevada-Wüste befinden sollte.

Er war nicht mehr da.

»Aber das ... das kann doch gar nicht sein«, murmelte Cormans Frau. »Wir hätten es doch sehen müssen, von der anderen Seite aus.«

»Vielleicht ist es so eine Art ... Oase«, erwiderte Corman. Natürlich mußte er wissen, daß die gewaltige, grünbraun gefleckte Wand, die sich dicht vor ihnen erhob, keinesfalls eine *Oase* sein konnte. Dazu war sie einfach zu groß. Das war ein ausgewachsener Wald. Und so ganz nebenbei der sonderbarste Wald, den Littlecloud jemals zu Gesicht bekommen hatte.

Er war nicht der einzige, dem auffiel, daß damit etwas nicht stimmte.

»Was sind das überhaupt für komische Bäume?« fragte Tippy.

Littlecloud registrierte beiläufig, daß das Mädchen mit seiner Frage ins Schwarze getroffen hatte – eigentlich waren es gar keine richtigen Bäume. Nur etwas, das so *aussah*. Er wußte nicht, was er da wirklich sah – und trotzdem hatte er das Gefühl, etwas im Grunde Vertrautes zu betrachten. Es war sonderbar. Und unheimlich.

»Vielleicht ist es eine Täuschung«, sagte Corman. »So eine Art … wie nennt man das? *Fata Morgana*.«

Seine Stimme klang nicht überzeugt, und irgendwie wußte Littlecloud auch, daß der Wald *keine* Fata Morgana war.

Aber eine Sekunde später *wünschte* er sich, daß es so wäre. Sehnlicher als alles andere auf der Welt. Denn plötzlich begannen sich die an übergroße Farnwedel erinnernden Baumwipfel zu bewegen, und dann brach etwas aus dem Schatten des Waldes heraus, das nicht nur Littlecloud einen überraschten Aufschrei entlockte.

»Was ist das?!« keuchte Corman. Es war eine rhetorische Frage, die nur Ausdruck seines Erschreckens war. Das … *Ding* war groß, häßlich, hatte einen gewaltigen Kopf mit einem dazu passend dimensionierten Gebiß, einen peitschenden Schwanz und zwei geradezu lächerlich kleine Ärmchen, die allerdings mit mörderischen Krallen bewehrt waren. Es war schwer, seine Größe zu schätzen, aber es mußte, völlig aufgerichtet, sicherlich sechs oder sieben Meter erreichen. Und sie alle wußten, was es war:

Vor ihnen stand ein leibhaftiger Dinosaurier.

Sie mußten seit einer Stunde unterwegs sein, vielleicht auch länger. Schneider hatte längst jedes Zeitgefühl verloren, und seine Uhr war – übrigens genau wie die Wills – im Augenblick ihres Überwechselns in diese vergangene Zeit stehengeblieben. Obwohl der Dschungel nicht einmal besonders dicht und der Boden sehr eben war, bereitete ihnen das Gehen immer mehr Mühe. Sie sahen auch weiterhin kaum einen lebenden Bewohner dieses Dschungels – ein paar Insekten, einige kleinere Tiere, die aber allesamt zu schnell davonhuschten, als daß sie sie genau identifizieren konnten, und dann und wann hörten sie ein Rascheln und Knacken im Unterholz. Will blieb plötzlich stehen und hob den Kopf, und auch Schneider hielt an. Erschöpft beugte er sich vor, stützte die Hände auf den Oberschenkeln auf und sah dann wieder in Richtung des Felsens, auf den sie zuhielten.

»Professor«, sagte Will ruhig. »Sind Sie sicher, daß das hier die – wie sagten Sie – Kreidezeit ist?«

»Die Kreide, ja«, antwortete Schneider. »Vielleicht auch spätes Jura. Wenn nicht alles falsch ist, was wir darüber zu wissen glauben. Warum?«

Will hob den Arm und deutete in den Himmel hinauf, und als Schneiders Blick der Geste folgte, hatte er das Gefühl, von einem plötzlichen, eiskalten Wasserguß getroffen zu werden.

»Wenn wir wirklich hundert Millionen Jahre in der Vergangenheit sind«, fuhr Will fort, »was um alles in der Welt macht dann dieser Hubschrauber dort am Himmel?«

Dieses *Ding* da vorne war echt. Es hatte nicht die allerkleinste Existenzberechtigung, aber es war da, und es war real.

»Das ist ein Allosaurus, nicht wahr?« flüsterte eines der Mädchen.

Irgend etwas machte in Littleclouds Kopf deutlich hörbar *Klick*, und dann war der Schrecken da, eine lähmende, mit Panik gemischte Furcht, die für einen Moment sein klares Denken zu überwältigen drohte. Er war dafür ausgebildet worden, in Extremsituationen einen klaren Kopf zu behalten, aber verdammt, niemand hatte ihn darauf vorbereitet, plötzlich einem lebendigen *Dinosaurier* gegenüberzustehen, noch dazu dem Wesen, dessen Name neben dem des Tyrannosaurus Rex am meisten für die Begriffe *Kraft* und *Zerstörung*, *Jagd* und *Tod* stand.

Der Saurier bewegte sich. Sein Schädel pendelte hin und her, seine Arme, die größer und muskulöser waren als die des T. Rex, bewegten sich, und die Augen, die in dem gewaltigen Schädel nur klein aussahen, in Wirklichkeit aber so groß wie eine geballte Männerfaust sein mußten, suchten die Umgebung ab. Es dauerte nur einen Moment, bis Littlecloud voller Entsetzen begriff, was das Tier da tat: Es nahm Witterung auf wie ein Hund!

»Bitte fahr los, Boris!« flehte Cormans Frau.

Corman zögerte. Sein Ausdruck war beinahe gequält. Er wagte es nicht, den Zündschlüssel herumzudrehen. Der Saurier war kaum hundert Meter von ihnen entfernt, aber noch schien er sie nicht bemerkt zu haben. Vielleicht paßte der Wagen nicht in sein Beuteschema. Ganz egal, wie dieses Tier, das sich um die Kleinigkeit von einhundert Millionen Jahre in der Zeit verirrt hatte, nun wirklich hierhergekommen war: Es war es nicht gewohnt, Wohnmobile zu jagen.

»Wie schnell ist dieser Wagen?« fragte Littlecloud, ohne den gigantischen Raubsaurier auch nur eine Sekunde aus den Augen zu lassen. »Schnell genug?«

»Nein«, antwortete Corman. Er zog demonstrativ die Hand vom Zündschlüssel zurück. »Sie haben recht. Wir können nicht vor ihm davonfahren.«

Hinzu kam noch etwas, was Corman und seiner Frau bisher entgangen zu sein schien: Der Wagen stand in direkter Fahrtrichtung auf den Saurier. Sie würden nicht die Zeit haben, in aller Ruhe zu wenden, sondern mußten sofort losrasen – und das bedeutete, daß ihr Vorsprung bereits auf die Hälfte zusammengeschrumpft sein würde, noch ehe der Saurier sich auch nur in Bewegung gesetzt hatte.

»Er kommt auf uns zu!« sagte Cormans Frau plötzlich. Und dann schrie sie den Satz noch einmal: »*Mein Gott, er kommt auf uns zu!!*«

Tatsächlich hatte sich das Ungeheuer in Bewegung gesetzt und kam auf sie zu, nicht unbedingt in direkter Linie, sondern auf eine irgendwie unschlüssig wirkende, zögerliche Art, die aber trotzdem alles andere als langsam war. Um die hundert Meter zu ihrem Wagen zurückzulegen, brauchte er kaum mehr als ein gutes Dutzend Schritte. Corman hatte recht – sie hätten keine Chance gehabt, vor diesem Monster davonzufahren.

In vielleicht zehn Metern Abstand blieb der Saurier wieder stehen. Sein gigantischer Schädel pendelte hin und her. Mal betrachtete er den Wagen aus dem einen, mal aus dem anderen Auge, und immer wieder glitt sein Blick ab und sondierte das umliegende Gelände. Der Saurier war unschlüssig, und er war vorsichtig. Er war in unbekanntem, vielleicht feindseligem Terrain, und er benahm sich dementsprechend – was Littleclouds Furcht nicht unbedingt milderte, denn es bewies ziemlich drastisch, daß dieses Monster alles andere als ein hirnloser Fleischkloß war, sondern wahrscheinlich über die verschlagene Schläue des geborenen Räubers verfügte. Und noch etwas, das ihn – wenn auch auf eine gänzlich andere Art – fast noch mehr erschreckte: Es bewies, daß auch dieses Geschöpf Feinde hatte, die es durchaus fürchtete.

Während der Saurier langsam herankam, näherte sich Littleclouds Hand dem Gewehr. Er hatte keine Ahnung, ob die Waffe dem Tier überhaupt ernsthaften Schaden zuzufügen vermochte, aber er würde auch nicht hier sitzen und sich auffressen lassen, ohne etwas zu tun.

Doch sie wurden nicht gefressen.

Vielleicht war es tatsächlich Cormans Theorie über das Beuteverhalten des Sauriers, vielleicht rettete sie auch schlicht ihre eigene Angst, denn während das Ungeheuer den Wagen mißtrauisch von allen Seiten beäugte, saßen sie alle vier wie gelähmt da. Falls der Saurier sie im Inneren des Wagens überhaupt sah, dann mochte er sie für einen Teil dieses sonderbaren Etwas halten, das so gar nicht in seine Welt paßte – und zweifellos auch einen üblen Geruch ausströmte. Es dauerte zwei Minuten, vielleicht auch drei, doch dann wandte sich der Saurier wieder um und begann davonzutrotten. Wahrscheinlich ohne daß er selbst es auch nur spürte, berührte sein Schwanz dabei den Wagen und beulte die gesamte Seite ein. Das Wohnmobil zitterte und ächzte, Gläser und Geschirr fielen von den Regalen und zerbrachen, und Cormans Frau schlug die geballte Faust vor den Mund und biß auf ihre Knöchel, um einen Schrei zu unterdrücken.

»Er geht!« flüsterte Littlecloud fassungslos. »Er . . . er geht tatsächlich wieder weg!«

»Er hat uns nicht als Beute akzeptiert«, sagte Corman. Er klang unvorstellbar erleichtert. »Wahrscheinlich ist er völlig verwirrt. Habt ihr gesehen, wie vorsichtig er war? Er scheint die Wüste nicht zu mögen.«

»Fahr los, Boris!« drängte seine Frau.

»Das ist die Sensation des Jahrhunderts!« fuhr Corman kopfschüttelnd fort. Jetzt, wo die unmittelbare Gefahr vorüber war, ergriff ihn eine immer stärker werdende Begeisterung. »Wir müssen sofort in die Stadt! Wir müssen auf der Stelle jemandem Bescheid geben! Das . . . das ist einfach unvorstellbar!«

Littlecloud dämpfte seine Begeisterung. »Zuerst einmal sollten wir warten, bis er wirklich fort ist«, sagte er mit einer Geste auf den Saurier. Er hatte den Waldrand fast erreicht, und er schien sogar schneller zu werden. Wahrscheinlich hatte er es nach dem Ausflug in die Wüste eilig, wieder in seine gewohnte Umgebung zurückzukehren.

Und wahrscheinlich wären sie auch alle mit dem Leben davongekommen, hätte es Mainland nicht gegeben. Genauer gesagt, den Helikopter, den er auf Littleclouds Spur gesetzt hatte.

Die Maschine tauchte im Tiefflug hinter dem Felsen auf, so niedrig und so schnell, daß Littlecloud im gleichen Moment, in dem er sie erblickte, begriff, daß sie den Streifenwagen gefunden und die richtigen Schlüsse daraus gezogen hatten.

Der Chopper jagte wie eine wütende Hornisse aus Metall und Glas auf das Wohnmobil zu, und Littlecloud sah, daß der Mann neben dem Piloten die Tür geöffnet und sein Gewehr in Anschlag gebracht hatte. Offenbar hatten sie nicht vor, lange zu fackeln.

Dann sahen sie den Wald, und im gleichen Sekundenbruchteil wohl auch den Saurier.

Um ein Haar wäre das schon das Ende gewesen.

Der Anblick schlug den Piloten so sehr in seinen Bann,

daß er für einen Moment alles andere zu vergessen schien. Der Chopper raste direkt auf das Wohnmobil zu.

»Um Gottes willen!« keuchte Corman. »Er wird uns rammen!«

Im buchstäblich allerletzten Moment riß der Pilot die Maschine hoch. Der Helikopter jagte mit aufheulender Turbine steil nach oben. Seine Kufen verfehlten den Wagen so knapp, daß sie die Fernsehantenne vom Dach rissen. Hätte der Pilot auch nur den Bruchteil einer Sekunde später reagiert, wäre ein Zusammenstoß unvermeidlich gewesen.

Der Chopper stieg taumelnd und schwankend weiter in die Höhe, flog eine enge Schleife über dem Wald und kam zurück. Sein Ziel war jetzt nicht mehr der Wagen.

»Da!« rief Corman. »Seht doch!«

Sein ausgestreckter Arm wies auf den Saurier, der den Waldrand fast erreicht hatte. Das Tier war stehengeblieben und hatte den Kopf gehoben, und wieder machte es jene sonderbaren, schnüffelnden Bewegungen, als nähme es Witterung auf. Sein Blick folgte dem Helikopter, der den Urzeitriesen in respektvollem Abstand umkreiste.

»Verschwinden wir von hier«, sagte Littlecloud, »solange er abgelenkt ist!«

Corman nickte nervös. Er zögerte noch ein allerletztes Mal, aber dann streckte er entschlossen die Hand nach dem Zündschlüssel aus und drehte ihn herum. Der Anlasser arbeitete mahlend, aber der Motor sprang nicht an.

»Verdammt!« sagte Corman. »Die Kiste ist abgesoffen!«

»Was . . . was tun diese Narren da?« murmelte Littlecloud fassungslos. Die Worte galten dem Chopperpiloten, der seine Maschine in sieben oder acht Metern Höhe angehalten hatte und jetzt langsam näher an den Saurier heranglitt. Das Tier folgte jeder Bewegung der Maschine aufmerksam. Sein muskulöser Schwanz peitschte hin und her wie der einer nervösen Katze.

»Er wird angreifen!« sagte Corman. »Diese Idioten reizen ihn so lange, bis er angreift! Seht doch!«

Er hatte recht. Der Chopper war jetzt noch zehn Meter

von dem Saurier entfernt und nicht ganz so hoch in der Luft. Wahrscheinlich fühlte der Pilot sich vollkommen sicher, weil er den Giganten unterschätzte. Er unterlag wohl dem Irrtum, den Riesen für schwerfällig und plump zu halten.

Aber das war er nicht.

Corman betätigte erneut den Anlasser, und zwei Dinge geschahen gleichzeitig: Der Motor erwachte stotternd zum Leben, und der Saurier griff den Helikopter an. Mit einer einzigen, unvorstellbar kraftvollen Bewegung stieß er sich ab und machte einen Satz, der ihn nicht nur mehr als zehn Meter vorwärts, sondern auch ein gutes Stück in die Höhe katapultierte. Sein gigantisches Gebiß schnappte nach den Kufen des Choppers, schloß sich darum und zerriß das daumendicke Metall mühelos.

Der Chopper torkelte davon. Seine Turbine heulte schrill auf, als der Pilot verzweifelt versuchte, die Kontrolle über die Maschine zurückzugewinnen.

Der Saurier war zu Boden gestürzt, kam aber mit einer unvorstellbar schnellen und mühelosen Bewegung wieder auf die Füße und setzte unverzüglich zur Verfolgung der Maschine an.

»Weg hier!« schrie Littlecloud. »*Corman, fahren Sie!*«

Corman kurbelte bereits wild am Lenkrad und versuchte zugleich, durch hektisches Treten auf Kupplung und Gas den noch immer stotternden Motor auf Touren zu bringen. Das Getriebe knirschte protestierend, als er den Gang hineinhämmerte, und der Wagen setzte sich quälend langsam in Bewegung.

Mittlerweile hatte der Allosaurus den Chopper beinahe erreicht. Der Pilot begriff die Gefahr sehr wohl und versuchte, die Maschine nach oben zu bringen, aber er war nicht schnell genug. Der Chopper stellte sich auf, drehte sich dabei heulend um seine eigene Achse – und das Heck berührte den Saurier.

Das Tier brüllte vor Schmerz und Wut, als die schwirrenden Klingen des Heckrotors seine Haut aufrissen. Es taumelte zurück und stürzte kreischend und wild um sich schlagend und tretend zu Boden, während der Helikopter wie von einem Faustschlag getroffen herumwirbelte, sich anderthalb Mal in der Luft überschlug und am Ende des zweiten Saltos den Boden berührte. Eine ungeheure Explosion riß den Helikopter in Stücke. Flammen und glühende Trümmerstücke regneten in weitem Umkreis vom Himmel, dann verschlang eine fettige schwarze Qualmwolke den Waldrand und den noch immer tobenden Saurier.

»O Gott!« schrie Corman. »Nein! Um Himmels willen!«

Seine Frau schlug entsetzt die Hände vor das Gesicht, und auch Littlecloud starrte die schwarze Qualmwolke ein paar Sekunden lang wie gelähmt an.

»Fahren Sie, Corman«, sagte Littlecloud schließlich.

Corman sah ihn aus großen Augen an, und Littlecloud machte eine Geste zurück in die Richtung, aus der sie gekommen waren. »Zurück zum Streifenwagen. Ich sage über Funk Bescheid, was hier passiert ist. Und danach ... verschwinde ich. Ich will Sie nicht mit hineinziehen.«

»Aber –«

Littlecloud unterbrach ihn mit einer Geste auf das Gewehr.

»Sagen Sie einfach, daß ich Sie gezwungen habe«, sagte er. »Mainland wird Ihnen glauben.«

»Boris! DA!«

Der Schrei von Cormans Frau ließ sie herumfahren – und dann stieß auch Littlecloud ein entsetztes Stöhnen aus.

Der schwarze Qualm gebar einen Dämon.

Das Ungeheuer taumelte brüllend aus der Rauchwolke hervor, verletzt, mit blutender, aufgerissener Flanke und einem verheerten Gesicht, das nur noch ein Auge hatte und in dem sich weiße Knochensplitter mit zerfetztem Gewebe und Strömen von dunklem, fast schwarzem Blut zu einer grausigen Landschaft der Zerstörung mischten. Das Tier schrie; ein unvorstellbar *lauter*, unvorstellbar wilder und zorniger Schrei, in dem aller Schmerz und alle Furcht lagen, die das sterbende Geschöpf empfand. Und Wut. Eine brodelnde, unbezähmbare, mörderische Wut auf alles, was lebte und sich bewegte, und die niemals und durch nichts zu stillen war. Mit einer torkelnden, nichtsdestotrotz aber ungeheuer kraftvollen und schnellen Bewegung wirbelte es herum. Der Blick seines noch sehenden Auges richtete sich auf den Wagen, und plötzlich war Littlecloud sicher, daß es *sie* anstarrte, nicht den Wagen, sondern seine Insassen, ihn und Corman und seine Familie, und er wußte, was geschehen würde, noch bevor der Koloß die Drehung ganz vollendet hatte und den ersten Schritt in ihre Richtung tat.

»Um Gottes willen, Corman!« schrie er mit schriller, überschnappender Stimme. »*Fahren Sie los. ER GREIFT AN!*«

Buch 2

PANIK IN LAS VEGAS

Der Dinosaurier stampfte wie ein lebendig gewordener Alptraum heran. Unter seinen Schritten erzitterte die Erde, und sein Brüllen, in dem sich Zorn mit einem tödlichen Schmerz mischte, übertönte den überdrehten Motor mit Leichtigkeit, ebenso wie die Schreie Cormans und seiner Familie.

Der Wagen raste mit durchdrehenden Rädern los, so schnell und mit einem so harten Ruck, daß Littlecloud um ein Haar aus dem Sitz gestürzt wäre, und für eine einzelne grauenhafte Sekunde raste er direkt auf den heranstampfenden Allosaurus zu, als hätte sich Corman in einem Verzweiflungsakt dazu entschlossen, das Ungeheuer zu rammen.

Im buchstäblich letzten Moment riß er das Lenkrad herum, aber da war das Monstrum bereits heran. Was dann kam, war wie ein Alptraum in 3D, Technicolor und Dolby–Surround, in dem ein wahnsinnig gewordener Regisseur den Ablauf der Zeit und der Dinge willkürlich durcheinanderwarf. Noch während Littleclouds Verstand vergeblich versuchte, die Eindrücke zu verarbeiten, brach das Chaos bereits mit tödlicher Wucht über sie herein.

Glas splitterte. Metall zerriß.

Littlecloud wurde nach vorn und zur Seite geworfen, prallte mit furchtbarer Wucht gegen die Tür und spürte, wie das Schloß unter der Belastung nachgab. Die Tür flog mit solcher Wucht auf, daß das Fangband zerriß und sie gegen den Kotflügel prallte, aber er wurde trotzdem nicht aus dem Wagen geschleudert, denn in der gleichen Sekunde erzitterte das Wohnmobil unter einem weiteren, noch fürchterlicheren Hieb des Sauriers, der ihn zurückschleuderte.

Seine eigenen Schreie, die Cormans und seiner Familie und das nicht enden wollende Kreischen und Splittern von Metall und Glas vermischten sich in Littleclouds Ohren zu einer wahnsinnigen Sinfonie des Todes. Er versuchte sich irgendwo festzuklammern, aber seine Kraft reichte einfach nicht.

Seine Fingernägel brachen ab. Littlecloud stürzte zu Boden und sah einen kleinen, hilflos um sich schlagenden Körper durch die Luft fliegen und gegen die zerberstende Frontscheibe prallen. Etwas unvorstellbar Riesiges brach durch das Dach des Wagens und schnappte nach ihm.

Gleichzeitig zersplitterten der Fensterholm und die Rückenlehne des Sitzes, auf dem sich Littlecloud gerade noch befunden hatte, unter dem Hieb einer ungeheuerlichen Kralle, die noch mit dem gleichen Hieb die gesamte Flanke des Wagens aufschlitzte. Wo gerade noch das Wagendach gewesen war, ragte plötzlich die riesige Flanke des Ungeheuers über ihnen empor. Das alles geschah in einer einzigen apokalyptischen Sekunde.

In der zweiten schleuderte der Wagen den Saurier zur Seite.

Das Ungeheuer mußte fünf oder sechs Tonnen wiegen, aber das Wohnmobil hielt mit diesem Gewicht leicht mit, und Cormans verzweifelter Ausbruchsversuch hatte es auf sicherlich vierzig oder fünfzig Meilen beschleunigt.

Der Gigant wurde einfach von den Füßen gerissen, stürzte schwer auf die Seite und überschlug sich zwei– oder dreimal, während der Wagen in die entgegengesetzte Richtung davonschlitterte. Eines der Räder brach ab. Die linke Vorderseite des Wohnmobils grub sich tief in den Wüstenboden und barst regelrecht auseinander.

Corman, der noch immer mit aller Kraft das Lenkrad umklammerte, wurde in die Höhe gerissen und in weitem Bogen aus dem Wagen geschleudert, aber die Energie des dahinrasenden Fahrzeugs war noch immer nicht aufgebraucht. Seine Schnauze bohrte sich tiefer und tiefer in den Wüstensand und schob sich dabei immer weiter zusammen. Gleichzeitig verloren die Hinterräder den Kontakt zum Boden. Der Wagen stellte sich auf, stand für einen Moment fast senkrecht und fiel dann zurück.

Wie durch ein Wunder verlor Littlecloud durch den Aufprall nicht das Bewußtsein, und wie durch ein zweites Wunder stürzte das Wohnmobil nicht um, sondern blieb auf seinen drei verbliebenen Rädern stehen. Und wie um sie zu verhöhnen, lief der Motor sogar noch.

Littlecloud arbeitete sich stöhnend in eine halb sitzende Position hoch. Jeder einzelne Knochen in seinem Körper tat weh, aber er schien sich zumindest nichts gebrochen zu haben. Wenn er irgendwelche anderen schweren Verletzungen davongetragen hatte, so spürte er sie noch nicht.

Er wußte, daß das nicht so bleiben würde – zwei, drei Minuten, länger hielt die Gnadenfrist, die der Schock seinem Nervensystem zubilligte, nicht vor. Aber diese Zeit mochte reichen, den Wagen zu verlassen und sich in Sicherheit zu bringen.

Stöhnend griff er nach den zerbrochenen Resten des Lenkrades und zog sich daran in die Höhe.

Beinahe wünschte er sich, es nicht getan zu haben.

Der Wagen bot einen grauenerregenden Anblick. Überall war Blut; größtenteils wohl das des Dinosauriers. Die Hälfte des Daches war verschwunden, und in der linken Flanke klaffte ein handbreiter Riß, als hätte jemand ein Messer genommen und den Wagen wie eine Konservendose aufgeschnitten.

Es schien buchstäblich nichts hier drinnen zu geben, was nicht auf die eine oder andere Weise zerstört oder beschädigt war. Littlecloud verschwendete eine Sekunde mit der Frage, wieso er eigentlich noch lebte. Eine Antwort darauf fand er nicht.

Erst dann fiel ihm wieder ein, daß er nicht allein im Wagen gewesen war. Hastig richtete er sich weiter auf und suchte nach den anderen.

Cormans Frau befand sich noch immer dort, wo sie gesessen hatte, als der Saurier gegen den Wagen geprallt war. Und als hätte sich das Schicksal einen besonders bösartigen Scherz mit ihr erlauben wollen, saß sie sogar noch in ihrem Stuhl, der als einziges Teil der Einrichtung nicht aus seiner

Verankerung gerissen worden war. Aber die furchtbare Wunde in ihrem Nacken ließ keinen Zweifel daran, daß sie tot war.

Littlecloud sah hastig weg. Wo waren die Kinder?

Wie zur Antwort auf diese Frage hörte er ein halblautes Stöhnen. Littlecloud sah sich wild um, entdeckte einen weißen Fetzen Stoff, der unter den Trümmern eines Schrankes vorlugte, und war mit einem Satz bei ihm.

Die scharfkantigen Kunststofftrümmer zerschnitten seine Hände, und in seiner linken Hüfte erwachte allmählich ein pochender Schmerz, der mit jeder Bewegung ein bißchen heftiger zu werden schien, aber Littlecloud achtete nicht darauf, sondern grub und zerrte mit zusammengebissenen Zähnen weiter, bis er das Mädchen unter dem zertrümmerten Möbelstück hervorgezogen hatte.

Im ersten Moment dachte er, es wäre tot. Seine Augen waren weit geöffnet und starr, und sein Gesicht sah aus wie eine Maske. Aber dann begann es leise und krampfhaft zu schluchzen. Seine Hände bewegten sich, suchten irgendeinen Halt und krallten sich schließlich so fest in Littleclouds Arme, daß es weh tat.

»Keine Angst, Kleines«, sagte Littlecloud. »Es ist alles in Ordnung. Dir passiert nichts.«

Die Worte kamen ihm selbst idiotisch vor, aber es war alles, was er sagen konnte. Sein Kopf war wie leergefegt. Er hatte nicht einmal wirklich Angst. Vielleicht war der Schrecken einfach zu groß, um ihn wirklich verarbeiten zu können.

Das Mädchen bewegte sich, versuchte den Kopf zu drehen, und Littlecloud fiel gerade noch rechtzeitig ein, was hinter ihnen war. Hastig griff er zu und zog das Mädchen so fest an seine Brust, daß es ihm unmöglich war, den Kopf zu wenden.

»Sieh nicht hin«, sagte er. »Ich bringe dich hier heraus. Komm. Halt dich an mir fest.« Rückwärts gehend versuchte er, die offenstehende Hecktür zu erreichen.

Von draußen drang ein gellender Schrei herein, so hoch

und spitz, wie Littlecloud noch niemals zuvor einen Menschen hatte schreien hören. Erschrocken fuhr er herum und riß ungläubig die Augen auf.

Es war Corman, der geschrien hatte. Er war mehr als zehn Meter weit weggeschleudert worden, aber auch er schien nicht lebensgefährlich verletzt zu sein, denn er hatte sich bereits wieder hochgestemmt – und stand mit hoch erhobenen Armen und heftig winkend da!

In der ersten Sekunde zweifelte Littlecloud einfach an Cormans Verstand. Aber dann sah er den Schatten, der sich über den Wüstensand legte, und er begriff, was Corman tat. So unmöglich es auch erschien, der Zusammenstoß hatte den Saurier nicht getötet. Das Ungeheuer stampfte bereits wieder heran – und Corman versuchte mit seinem verzweifelten Winken und Schreien nichts anderes, als den Saurier vom Wagen und seinen Insassen abzulenken.

Aber es funktionierte nicht.

Littleclouds Blick folgte dem monströsen Schatten und wanderte an einem Paar nicht weniger monströser, gigantischer Beine hinauf, über denen ein riesenhafter Körper und ein Schädel wie ein fleischgewordener Fiebertraum emporragten.

Zum ersten Mal sah er die Bestie deutlich aus allernächster Nähe, und es war ein Anblick, den er nie wieder vergessen sollte.

Corman schrie immer schriller, als er begriff, daß es ihm nicht gelingen würde, die Bestie abzulenken. Schließlich griff er in seiner Verzweiflung nach einem Stein und schleuderte ihn nach dem Saurier. Das Ungeheuer bemerkte es nicht einmal, sondern stampfte ungerührt weiter heran. Noch zwei, allerhöchstens drei Schritte, und es hatte den Wagen erreicht.

Der Wagen erzitterte unter einem Fußtritt des Giganten, der die aufgerissene Seite noch weiter eindrückte und Littlecloud und das Mädchen von den Füßen riß. Wie durch ein Wunder wurden sie nicht von den gefährlichen Trümmerstücken und Kanten aufgespießt, und irgendwie gelang es

Littlecloud sogar, sich schützend über den Körper des Mädchens zu werfen.

Der Saurier brüllte jetzt wieder, und das Geräusch war so laut, daß es Littlecloud körperlich weh tat. Das zerbrochene Glas, das den Wagenboden wie sonderbar eckiger Tau bedeckte, begann zu vibrieren, und dann hörte er wieder den schrecklichen Laut zerreißenden Metalls, als der Saurier damit begann, auch noch den Rest des Wagendaches abzureißen.

Ein paar Sekunden! dachte er. *Großer Gott, ich brauche nur ein paar Sekunden! Ein Versteck, oder –*

Das Gewehr lag so dicht vor ihm, als hätte es jemand griffbereit neben seiner rechten Hand plaziert. Blitzartig griff er nach der Waffe, rollte sich in der gleichen Bewegung auf den Rücken und riß das Gewehr in die Höhe.

Der Lauf prallte mit einem dumpfen Knall gegen die Schnauze des Sauriers und wäre ihm fast aus der Hand gerissen worden.

Die Bestie war über ihnen. Sie hatte das Wagendach vollends heruntergefetzt und sich weit vorgebeugt. Ihre riesigen Kiefer klafften weit auseinander. Eine Woge heißen, nach Verwesung und Blut stinkenden Atems schlug Littlecloud ins Gesicht, und das blinde Auge hing so dicht über ihm, daß er nur die Hand hätte auszustrecken brauchen, um es zu berühren. Neben ihm begann das Mädchen hoch und mit schier unmenschlicher Stimme zu schreien, so laut und ausdauernd, als wolle es nie wieder damit aufhören.

Was Littlecloud dann tat, geschah aus purer Verzweiflung. Ohne auch nur darüber nachzudenken, riß er das Gewehr in die Höhe und schmetterte dem Saurier den Kolben gegen die Kiefer. Zwei, drei der riesigen Zähne brachen einfach ab und flogen davon. Der monströse Schädel zog sich ein Stück zurück, bewegte sich mit einem plötzlichen Ruck, und dann starrte Littlecloud aus unmittelbarer Nähe in ein Auge, das fast so groß wie sein Kopf war.

Er drückte ab.

Die beiden Läufe des Schrotgewehres entluden sich mit

einem einzigen dumpfen Krachen. Die tödlichen Ladungen bissen tief ins verwundbare Innere des Saurierschädels.

Mit einem unvorstellbaren Brüllen richtete sich der Allosaurus wieder auf. Seine Krallen begannen wild und ziellos zu schlagen, rissen mannsgroße Metallfetzen aus dem Wagen. Sein Schwanz peitschte, schlug mit einem ohrenbetäubenden Krachen gegen die Flanke des Campingmobils und halbierte es praktisch.

Die Schreie des Sauriers wurden immer lauter. Die Erde zitterte unter seinen stampfenden Schritten, und der peitschende Schwanz traf das Autowrack noch zwei –, dreimal, wenn auch nicht mehr mit auch nur annähernd so vernichtender Wucht.

Und dann, ganz plötzlich, wurde es still.

Littlecloud hob zögernd den Kopf.

Das Tier hatte sich in seinem sinnlosen Toben fünf oder sechs Meter weit entfernt. Es stand völlig still. Der gigantische, jetzt blinde Schädel war zum Himmel gerichtet, Kiefer und Klauen wie zu einem letzten Zupacken geöffnet, als hätte der Saurier sich selbst jetzt noch nicht mit seinem Tod abgefunden und wäre bereit, das Schicksal selbst herauszufordern.

Plötzlich begann das Tier zu zittern, stieß ein letztes, fast wie ein Seufzen klingendes Grollen aus und stürzte dann wie vom Blitz getroffen zur Seite. Sein gigantischer Schädel krachte kaum einen halben Meter neben dem Wagen auf den Boden. Und Littlecloud schwanden endgültig die Sinne.

»Was war das?!« Will war stehengeblieben und hatte warnend die Hand erhoben.

»Was meinen Sie?« Professor Schneider hatte nichts gehört. Da er keine Antwort bekam, lauschte auch er einen Moment lang angestrengt. Aber er hörte nichts. Nichts außer dem Hämmern seines eigenen Pulsschlages und den natürlichen Geräuschen dieses Waldes – so weit er dies beurteilen konnte. Schließlich befanden sie sich in einem

Wald, der mehr als einhundert Millionen Jahre von ihrer gewohnten Umwelt – und Zeit! – entfernt war. Wer wollte schon sagen, was damals normal gewesen war und was nicht?

In einem einzigen Punkt allerdings war Schneider sicher: Der Helikopter, den sie vor einigen Minuten am Himmel gesehen hatten, gehörte eindeutig *nicht* hierher.

»Ich höre nichts«, sagte er schließlich laut.

Will entspannte sich ein wenig und drehte sich zu ihm herum.

»Vielleicht habe ich mich getäuscht«, gestand er. »Aber ich hätte schwören können, einen Schuß gehört zu haben.«

»Einen Schuß?« Schneider wurde hellhörig. »Aus welcher Richtung?« fragte er aufgeregt.

Will deutete nach vorne, in Richtung des Felsens, auf den sie sowieso zumarschierten. Vielleicht war seine Theorie ja richtig, dachte Schneider. Der gewaltige Brocken überragte den Farndschungel wie eine natürliche Festung, und so weit sie es von hier aus hatten erkennen können, war nur eine seiner Flanken weit genug geneigt, um hinaufklettern zu können.

Wenn es außer ihnen noch andere Überlebende des fehlgeschlagenen Experiments gab, dann hatten sie möglicherweise auch erkannt, daß dies einer der wenigen Orte war, an denen sie relative Sicherheit finden konnten. Zumindest konnten sie sich auf diesem Felsen besser vor den gefräßigen Bewohnern des Dschungels verteidigen als hier am Waldboden.

Ohne ein Wort gingen sie weiter. Schneider war sehr müde. Sein verletzter Arm tat entsetzlich weh, und er wagte es gar nicht, sich vorzustellen, welche Vielzahl unbekannter Krankheitserreger und Viren sich bereits in der Wunde festgesetzt haben mochten.

Sie hatten den Felsen nun beinahe erreicht. Schneider ertappte sich dabei, immer öfter in den Himmel hinaufzublicken.

Er konnte das Gefühl nicht in Worte kleiden, aber es war,

als wolle der Anblick dieses Himmels, an dem sich seit Sonnenaufgang nicht die kleinste Wolke gezeigt hatte, einfach nicht zum Rest des Bildes passen. Das führte ihn wieder zu dem Gedanken, den er schon einmal gedacht hatte: Wer wollte schon sagen, was hierher paßte und was nicht? Sie waren ja nicht einfach nur in einer etwas ungewöhnlichen Ecke der Welt gestrandet, sondern anscheinend in einer anderen Zeitepoche!

Sie waren gerade weitere fünf Minuten unterwegs, als Will erneut und sehr plötzlich stehenblieb, und diesmal sah Schneider sofort, warum.

Er hatte geglaubt, nach allem, was sie bisher erlebt hatten, gegen Überraschungen gefeit zu sein. Aber das stimmte nicht. Der Anblick, der sich dem jungen Offizier und ihm bot, war so bizarr, daß Schneider fast eine Minute lang zu keiner Reaktion fähig war.

Sie hatten den Felsen erreicht. Kaum einen Meter vor ihnen endete der Wald, und nur einen halben Schritt dahinter strebte die Felswand in die Höhe. Sie tat es absolut senkrecht, und sie war so glatt, daß der Stein zu einem Spiegel geworden war, in dem sich ihrer beiden Gestalten deutlich erkennbar abzeichneten.

»Was ist denn ... das?« murmelte Will halblaut. Er trat vollends aus dem Wald heraus, hob die Hand, zögerte aber dann noch einmal, den Stein anzufassen. Seine Finger verharrten sekundenlang vor der spiegelglatt polierten Wand, und als er sie endlich berührte, hielt Schneider instinktiv den Atem an.

»Es ... fühlt sich ganz normal an«, murmelte Will. »Sehr glatt. Wie Glas oder Metall. Aber es ist eindeutig Stein.« Plötzlich klang seine Stimme aufgeregt. Er trat wieder einen halben Schritt zurück und machte eine weit ausholende Geste zur Mauerkrone hinauf. »Großer Gott, Professor, so etwas kann die Natur niemals erschaffen! Dieser Fels ist künstlich bearbeitet worden! Wissen Sie, was das bedeutet?« Er beantwortete seine Frage gleich selbst. »Diese Welt ist bewohnt. Irgend jemand hat das hier *gemacht!*«

Sie bewegten sich parallel zu der schimmernden Felswand, hielten aber ganz instinktiv einen größeren Abstand, als nötig gewesen wäre. Der Fels hatte die Ausmaße eines kleinen Berges – Schneider schätzte, daß sie eine gute halbe Meile zurücklegten, ehe sein Ende in Sicht kam. Und damit auch das Ende des Waldes.

Schneider blieb so abrupt stehen, daß Will, der hinter ihm ging, ihm schmerzhaft in die Wade trat. Aber er sagte kein Wort, und auch der Soldat blieb sekundenlang wie vom Donner gerührt stehen und starrte aus weit aufgerissenen Augen an ihm vorbei.

Zur Linken, in einer schnurgeraden Fortführung der Linie, der sie bisher gefolgt waren, setzte sich der Wald fort. Die Grenze war nicht einfach nur *gerade*. Sie war wie mit einem Messer gezogen, und das im wortwörtlichen Sinne.

Schneider sah einige Riesenfarne, die einfach halbiert worden waren, durchgeschnittene Büsche, zertrennte Sträucher ... in einiger Entfernung sogar den zweigeteilten Körper eines kleinen Tieres, das der unsichtbaren Sense, die die Welt geteilt hatte, zum Opfer gefallen war.

Und auf der anderen Seite erstreckte sich das dunkel gemusterte Braun der Nevada–Wüste. Nichts unterschied den Anblick von der Landschaft und Vegetation, die Schneider gewohnt war. Es war, als befänden sie sich auf der Trennlinie zweier Welten. Und jetzt, ganz plötzlich, begriff er auch, was mit dem Felsen geschehen war. Er war nicht poliert worden. Etwas hatte ihn *geteilt*.

Das gleiche Etwas, das auch die Station geteilt hatte, in der vergangenen Nacht.

»Großer Gott«, flüsterte Will. »Was ist das, Schneider?«

»Ich ... weiß es nicht«, antwortete Schneider zögernd.

Er bewegte sich einen Schritt nach vorne und zugleich nach rechts. Nichts geschah. Er stand jetzt auf dem von der Sonne hartgebackenen Sand der Wüste und spürte den heißen, trockenen Wind auf dem Gesicht, aber das war alles. Der Wald blieb, wo er war.

Schneider raffte all seinen Mut zusammen, drehte sich

nach links und trat zwei Schritte weit in den Urzeitdschungel hinein. Das Ergebnis war das gleiche. Auch er blieb, was und wo er war, und als er sich herumdrehte, war auch die Wüste noch vorhanden. Ebenso wie Will, der ihn stirnrunzelnd und eindeutig besorgt anblickte.

»Was ist, Professor?« fragte er.

»Ich habe nur ... etwas ausprobiert«, antwortete Schneider hastig. »Sie kennen uns Wissenschaftler ja: Wir können der Möglichkeit einfach nicht widerstehen, ein Experiment durchzuführen.«

Er lächelte, aber Will blieb ernst. »Und was haben Sie herausgefunden?«

»Nichts«, sagte Schneider. Er deutete in die Wüste. »Kommen Sie. Lassen Sie uns gehen.«

»Es sind zwanzig Meilen bis Las Vegas«, sagte Will. Er rührte sich nicht von der Stelle.

»Aber nur zwei oder drei bis zur Straße«, widersprach Schneider. »Das schaffen wir schon. Vielleicht kommt ja auch der Hubschrauber zurück, und wir können ihm zuwinken.«

Insgeheim wunderte er sich darüber, daß der Helikopter überhaupt *verschwunden* war. Seine Besatzung mußte diesen unmöglichen Dschungel gesehen haben. Aber vielleicht waren sie ja auch nur zurückgeflogen, um ihre Entdeckung irgend jemandem zu melden.

Es wurde sehr viel heißer, als sie den Schutz des Dschungels verließen. Schneiders Uhr war im Augenblick ihres Zeitsprunges stehengeblieben, aber er schätzte, daß es kaum später als sieben sein konnte. Trotzdem brannte die Sonne bereits mit unbarmherziger Kraft vom Himmel, so daß sie sich dicht an der Flanke des Felsens hielten, um in seinem Schatten zu bleiben.

Was sie von weitem gesehen zu haben glaubten, bestätigte sich: Der Felsen hatte einen annähernd quadratischen Grundriß, aber diese Seite bildete eine steile, trotzdem begehbare Böschung. Von Stanton und seinen Begleitern war allerdings keine Spur zu entdecken.

Dafür fanden sie schließlich den Helikopter.

Sein brennendes Wrack tauchte jäh vor ihnen auf, als sie das Ende des Felsens erreicht hatten und sich gerade wappneten, in die Gluthitze der Sonne hinauszutreten.

Die Maschine mußte sich wie ein Geschoß in den Boden gebohrt haben und dann zerbrochen sein; in zwei große und unzählige kleine Trümmerstücke, die brennend in weitem Umkreis lagen.

Eine fettige schwarze Qualmwolke erhob sich nahezu senkrecht in die Luft. Wären sie bisher nicht genau hinter dem Felsen gewesen, hätten sie sie schon von weitem sehen müssen.

Die Hitze, die das brennende Wrack verströmte, war grausam. Trotzdem näherten sie sich ihm, so weit sie nur konnten. Die Maschine war völlig ausgebrannt. Schneider hatte Mühe, das Gebilde aus ausgeglühtem Stahl und zerschmolzenem Glas und Kunststoff überhaupt noch als Helikopter zu identifizieren. Um so überraschter war er, als Will nach einigen Sekunden sagte: »Das war ein Polizeihubschrauber.«

»Sind Sie sicher?« fragte Schneider zweifelnd.

»Einer von den kleinen Choppern«, bestätigte Will. Er hob sein Gewehr und gab dicht hintereinander zwei Schüsse in die Luft ab.

»Was tun Sie da?« fragte Schneider erschrocken.

»Vielleicht hört uns jemand«, antwortete Will. »Möglicherweise ist eine Rettungsmannschaft unterwegs. Die Maschinen stehen in ständigem Funkkontakt mit ihrer Basis. Wenn er abbricht, wissen sie sofort, daß etwas nicht stimmt, und schicken einen Suchtrupp.« Er atmete hörbar erleichtert ein. »Ich glaube, wir haben es geschafft, Professor. Wir müssen nur hier warten, bis – «

Schneider war einige Schritte vor der Hitze zurückgewichen, die das brennende Wrack ausstrahlte. Er hob schützend die Hand vor die Augen und versuchte konzentriert, irgend etwas im Inneren des brennenden Cockpits zu erkennen, sah aber nur Schatten und dunkle, formlose Umrisse.

Er fragte sich, warum diese Maschine überhaupt abgestürzt war.

»Worauf müssen wir nur warten, Will?« fragte er.

Darford antwortete nicht. Als Schneider sich zu ihm umwandte, sah er, daß der Offizier ein Stück zur Seite gegangen war, um an der Maschine vorbeisehen zu können.

»Will?« fragte Schneider. Mit klopfendem Herzen näherte er sich dem Offizier – und stieß einen keuchenden, halberstickten Schrei aus.

Nicht einmal fünfzig Meter entfernt bot sich ihnen ein Anblick, der geradewegs aus der Dekoration eines Horror–Films hätte stammen können. Aber es war kein Pappmaché, und es war auch keine Horrorgeschichte, in der sie sich befanden. Es war die Wirklichkeit, und die war tausendmal schlimmer, als es jede erdachte Geschichte hätte sein können.

Vor ihnen lag das fast bis zur Unkenntlichkeit zerstörte Wrack eines Wohnmobils. Das Dach fehlte, sämtliche Scheiben waren zersplittert, und die rechte Seite war von vorn bis hinten aufgerissen wie die Stanniolverpackung einer Tafel Schokolade, die einem ungeduldigen Kind in die Hände gefallen war.

Aber was neben dem zerstörten Wagen lag, war kein Kind.

Es war der Kadaver eines ausgewachsenen Allosaurus.

Littlecloud mußte Corman schließlich niederschlagen. Er hatte mit sanfter Gewalt versucht, ihn davon abzuhalten, in den Wagen zu gehen und nach seiner Frau und dem zweiten Mädchen zu suchen, es aber nicht geschafft. So hatte er Cormans überlebende Tochter genommen und sie zu dem Streifenwagen getragen.

Das Mädchen hatte sich weder gewehrt noch irgendeinen Laut von sich gegeben, und obwohl Littlecloud am Anfang fast erleichtert darüber gewesen war, erfüllte ihn die vollkommene Teilnahmslosigkeit des Kindes schließlich mit großer Beunruhigung. Er hatte das Mädchen ein paarmal angesprochen, aber keine Reaktion erhalten, und schließlich hatte er es wie eine Puppe auf den Rücksitz des Polizeiwagens gesetzt und angeschnallt.

Littlecloud war kein Psychologe, und von Kindern verstand er kaum mehr, als daß sie meistens laut waren und gewöhnlich mehr Ärger als Freude bereiteten, aber dieser Anblick brach ihm fast das Herz. Das Ungeheuer hatte ein weiteres Opfer gefunden, auch wenn es körperlich unversehrt sein mochte.

Er dachte einen Moment darüber nach, das Funkgerät zu benutzen, um Hilfe herbeizurufen, entschied sich dann aber dagegen. Mit dem Wagen waren es keine fünfzehn Minuten bis in die Stadt. Er würde auf jeden Fall schneller dort sein als ein Krankenwagen brauchte, hierher und wieder zurück nach Las Vegas zu fahren. Also startete er den Wagen, fuhr zurück zum Wrack des Wohnmobils und stieg aus, um Corman zu holen.

Er hatte sich gründlich verschätzt. Littlecloud brauchte allein zwanzig Minuten, um den Highway wiederzufinden, und dann noch einmal zehn, ehe er auch nur die Randbezirke von Las Vegas erreichte. Er hatte keine Ahnung, wo das nächste Krankenhaus liegen mochte – im Grunde wußte er nicht einmal genau, wo er *war*. Vielleicht sollte er doch das Funkgerät benutzen und um Hilfe bitten.

Aber die Entscheidung wurde ihm abgenommen. Hinter ihm heulte plötzlich eine Sirene auf. Littlecloud warf einen Blick in den Rückspiegel und sah gleich zwei Patrol–Cars, die ihm mit flackernden Blaulichtern folgten.

Einer der beiden Polizeiwagen scherte aus und setzte sich mit kreischenden Reifen neben ihn. Aus dem Seitenfenster zielte eine Schrotflinte, und eine Lautsprecherstimme schrie:

»Fahren Sie sofort rechts ran! Das ist die erste und letzte Warnung!«

Littlecloud hob hastig die Hände, nahm den Fuß allerdings nicht vom Gas. Er wartete eine Sekunde, griff dann mit der Rechten wieder zum Steuer und deutete mit der anderen Hand nach hinten; alles sehr vorsichtig und übermäßig langsam, um den Polizisten neben sich nicht zu einer unbedachten Handlung zu provozieren. Aber diesmal hatte er Glück. Der Mann mußte das reglose Kind auf dem Rücksitz gesehen haben, und er schloß daraus zumindest nicht sofort, daß der flüchtige Indianer sich nun auch noch eine Geisel besorgt hatte. Das Gewehr zielte weiter auf ihn, aber der Beamte schoß nicht.

»Was ist mit dem Kind?« fragte die Lautsprecherstimme. »Ist es verletzt? Brauchen Sie Hilfe?«

Erneut nickte Littlecloud.

»Okay. Folgen Sie uns – und keine Dummheiten. Wir schießen sofort.«

Der Wagen vor ihm blinkte nach rechts, und als sie von der Hauptstraße abbogen, registrierte Littlecloud ohne sonderliche Überraschung, daß sie sich auf direktem Wege zu Mainlands Revier befanden.

Es war egal. Auf jeden Fall würde dort ein Krankenwagen auf sie warten, der Corman und seine Tochter übernahm. Was danach kam … Littlecloud konnte sich ein schadenfrohes Lächeln trotz allem nicht ganz verkneifen, als er daran dachte, was Mainland wohl für ein Gesicht machen würde, wenn er sah, was sie in der Wüste gefunden hatten.

Sie hatten die Wache erreicht. Der vorausfahrende Wagen schaltete Blaulicht und Sirene ab und rollte als erster durch die Toreinfahrt. Littlecloud tippte auf die Bremse, lenkte den Wagen behutsam auf den an allen Seiten von Mauern umschlossenen Parkplatz und stellte den Motor ab. Sehr vorsichtig öffnete er die Tür und stieg mit erhobenen Händen aus.

Sofort wurde er von zwei Beamten zugleich gepackt und gegen den Wagen geworfen. Ein harter Tritt zwang seine Beine auseinander, so daß er weit vorgebeugt, die Hände auf das Wagendach gelegt und vermeintlich hilflos dastand.

»Hallo, Winnetou«, sagte eine wohlbekannte Stimme hinter ihm. »Ich wußte doch, daß wir uns wiedersehen.«

Littleclouds Arme wurden grob auf den Rücken gedreht

und mit Handschellen aneinandergefesselt. Erst danach packte ihn eine Hand und drehte ihn roh herum. Die Bewegung war unnötig hart; Littlecloud taumelte und prallte gegen den Wagen.

»Schön, daß du uns besuchen kommst«, fuhr Mainland fort. »Ich freue mich immer, alte Freunde zu treffen. Und wie ich sehe, hast du sogar unseren Wagen zurückgebracht. Um die Besatzung brauchst du dir keine Sorgen zu machen. Die Männer sind wohlbehalten zurück – aber nicht unbedingt gut gelaunt, fürchte ich. Wenn ich du wäre, würde ich einen Bogen um sie machen.«

»Hören Sie auf, dummes Zeug zu reden, Mainland!« sagte Littlecloud. »Kümmern Sie sich lieber um den Mann und das Kind. Die beiden müssen ins Krankenhaus.«

»Das passiert Leuten, die dir über den Weg laufen, verdächtig oft«, erwiderte Mainland. Trotzdem gab er einem der dabeistehenden Beamten einen Wink, nach Corman und seiner Tochter zu sehen.

»Was hast du mit den beiden gemacht?« fuhr er fort. »Vergreifst du dich jetzt schon an unschuldigen Touristen? Oder haben die dich auch betrogen?«

»Verdammt, hören Sie endlich mit dem blöden Gequatsche auf!« Littlecloud schrie fast, und in seiner Stimme mußte wohl etwas gewesen sein, das Mainland klarmachte, daß er nicht einfach nur wütend und frustriert war, ihm wieder in die Hände gefallen zu sein. Eine Sekunde lang sah er Littlecloud fast erschrocken an, doch dann hatte er sich wieder in der Gewalt, und auf seinem Gesicht erschien wieder das bekannte, überhebliche Lächeln.

»Gerne«, sagte er. »Wenn du mir verrätst, was ich statt dessen tun soll.«

»Zum Beispiel Ihre Vorgesetzten benachrichtigen«, antwortete Littlecloud, etwas leiser, aber in kaum weniger erregtem Ton als zuvor. »Oder das Militär. Am besten beide.«

»Warum nicht gleich den Präsidenten der Vereinigten Staaten?« fragte Mainland amüsiert.

»Vielleicht wäre das gar keine so schlechte Idee«, sagte Littlecloud. »Hören Sie mir zu, Mainland! Es ist völlig egal, was zwischen uns war. Dort draußen in der Wüste ist ... etwas Unglaubliches passiert.«

Er suchte nach Worten, aber im ersten Moment fand er sie nicht.

»Dort draußen ist ... plötzlich ein Wald aufgetaucht«, begann er. »Fragen Sie mich nicht wie, aber er war einfach da. Und ein riesiges Ungeheuer. Es hat Cormans Wagen zerstört und seine Frau und eine seiner Töchter getötet.« Er vermied das Wort *Dinosaurier* ganz bewußt. Mainland *konnte* ihm gar nicht glauben. Aber noch während Mainland ihn völlig perplex anstarrte, fügte er hinzu: »Und so ganz nebenbei hat es auch Ihren Chopper heruntergeholt.«

»Wie bitte?« entfuhr es Mainland. »Was soll das heißen? Was ist mit der Maschine?«

»Sie ist abgestürzt«, wiederholte Littlecloud. »Ich fürchte, die Besatzung ist tot.«

Mainland starrte ihn weitere zwei oder drei Sekunden lang durchdringend an, dann drehte er sich ohne ein weiteres Wort herum und eilte zu Corman, der auf der anderen Seite des Streifenwagens stand. Er hatte seine Tochter an sich gepreßt und strich immer wieder mit der Hand über ihren Kopf. Sein Gesicht war vollkommen starr.

»Ist das wahr, Sir?« fragte Mainland. »Was ist mit dem Chopper passiert? Und mit Ihrer Familie?«

»Ich weiß nichts von einem Chopper«, antwortete Corman. Er sah Mainland an, aber sein Blick schien trotzdem direkt durch ihn hindurchzugehen. »Meine Familie ist ...« Er brach ab. Etwas in seinen Augen begann zu flackern, als begänne die Erinnerung ihn nun endlich einzuholen, aber dann richtete sich ihr Blick auf Littlecloud, und das furchtbare Lächeln kehrte auf sein Gesicht zurück.

»Sie tun diesem Mann unrecht, Sir«, sagte er. »Er hat uns nichts getan. Im Gegenteil. Er war sehr hilfsbereit.«

»Was ist mit dem Hubschrauber?!« beharrte Mainland.

Corman schüttelte ein paarmal hintereinander den Kopf.

»Ich weiß nicht«, sagte er. »Da war ein Hubschrauber, aber...«

»Lassen Sie ihn in Ruhe«, sagte Littlecloud. »Sie sehen doch, daß der Mann unter Schock steht.«

»Ja.« Mainland drehte sich wieder zu Littlecloud um. »Und ich kann mir auch denken, warum. Wissen Sie, wie ich die Sache sehe? Ich denke, Sie haben den Hubschrauber heruntergeholt, und wahrscheinlich haben Sie auch seine Frau und das andere Kind auf dem Gewissen.«

»Sie sind ja verrückt«, antwortete Littlecloud müde.

»Das wird sich zeigen«, antwortete Mainland kalt. Er machte eine entsprechende Geste. »Bringt ihn weg!«

Es vergingen fast fünf Minuten, bis Will wieder aus dem Wohnmobil herauskam. Er sagte nicht, was er dort drinnen gefunden hatte, aber er war kreidebleich, und in seinen Augen stand ein Ausdruck von Grauen, der allein vollkommen ausreichte, Schneider einen Schauer über den Rücken zu jagen.

Eigentlich aus keinem anderen Grund, als sich irgendwie abzulenken und so mit dem Unfaßbaren fertig zu werden, hatte Schneider den Kadaver des Sauriers in der Zwischenzeit einer gründlichen Untersuchung unterzogen.

Der Anblick war so bizarr, so absurd und so phantastisch zugleich, daß die Schneider bekannten Superlative nicht mehr ausreichten und er eigentlich ein neues Wort dafür hätte erfinden müssen.

Es war eine Sache, von einem sieben Meter hohen und vierzehn Meter langen Ungeheuer zu lesen, das gute sechs Tonnen auf die Waage brachte, aber eine völlig andere, neben ihm zu stehen, es *berühren* zu können.

Der Allosaurus war nicht einfach nur eine Bestie, wie es jedes andere Raubtier gewesen wäre. Er war Gewalt, die einen Körper bekommen hatte. Und daß auch dieser Körper vernichtet und letztendlich gestorben war, änderte daran gar nichts.

»Professor?« Will war leise hinter ihn getreten und hatte sein Gewehr wieder aufgenommen. Er war immer noch blaß, seine Hände zitterten sichtbar. »Sind Sie soweit?«

»Was meinen Sie damit?«

Wills Blick glitt über den Leib des toten Sauriers. Schneider suchte vergeblich nach Zufriedenheit darin, oder wenigstens so etwas wie Genugtuung. Er sah einfach nur Angst.

»Ich glaube nicht, daß es Sinn hat, hier zu warten«, fuhr Will nach einer schier endlosen Pause fort. »Wir sollten besser weitergehen. Es könnte eine Weile dauern, bis jemand herkommt. Ich glaube, es hat Überlebende gegeben. Drinnen im Wagen liegt ein leergeschossenes Gewehr, und dort hinten sind Reifenspuren. Irgend jemand hat dieses Vieh abgeschossen und sich dann aus dem Staub gemacht.« Er zögerte, dann deutete er mit dem Gewehrlauf auf den brennenden Helikopter und den Waldrand. »Außerdem ist es zu gefährlich, hierzubleiben. Wo dieser eine aufgetaucht ist, könnten noch mehr kommen. Sie sehen ja, daß sie den Wald verlassen können.«

Schneider seufzte ergeben. Bei dem bloßen Gedanken an einen möglicherweise stundenlangen Marsch durch diese Gluthitze wurde ihm schon schwindelig, aber Will hatte recht – sie *konnten* gar nicht hierbleiben.

»Ich habe im Wagen eine Karte gefunden«, sagte Will. »Es sind nur ein paar Meilen bis zum Highway. Ich glaube, wir schaffen es. Also?«

»Gehen wir«, sagte Schneider.

Sie wandten sich nach Süden und folgten den Wagenspuren, die in die gleiche Richtung führten. Offensichtlich hatte der Fahrer ebenfalls den Weg zum Highway eingeschlagen, und Schneider schickte insgeheim ein Stoßgebet zum Himmel, daß er wenigstens halbwegs ortskundig gewesen war.

Sie marschierten so schnell und zielsicher es nur ging, aber der Wald und das brennende Helikopterwrack schienen nicht sichtbar hinter ihnen zurückzufallen.

Schneider wußte, daß man mit solcherlei Schätzungen – zumal in einer Gegend wie dieser und vor allem in einem

Zustand wie dem ihren – vorsichtig sein mußte, aber sie mußten mittlerweile eine gute halbe Stunde unterwegs sein, ohne mehr als eine Meile zurückgelegt zu haben.

»Jetzt, wo es so aussieht, als würden wir es überleben«, sagte Will plötzlich, »könnten Sie es mir eigentlich verraten, Professor.«

»Was?« fragte Schneider verwirrt.

»Die Erklärung«, antwortete Will. »Der Grund, aus dem das alles hier passiert ist.«

»Also gut«, begann Schneider. »Bis vorhin dachte ich, wir wären irgendwie in die Urzeit gerutscht. Als ... als hätte irgend etwas die Zeit aufgerissen und uns um Millionen Jahre zurückversetzt.«

»Aber wie es aussieht, stimmt das nicht ganz.«

»Richtig«, bestätigte Schneider. Er sprach jetzt flüssiger und auch ein wenig lauter. So viel Angst er davor gehabt hatte, den Gedanken in Worte zu kleiden, so sehr erleichterte es ihn plötzlich, genau dies zu tun.

Vielleicht, weil der schlimmste Schrecken noch immer derjenige ist, den man nicht erkennt. »Diese Tür gestern nacht ... irgendwie führte sie in die Urzeit, aber zugleich auch ...« Er brach ab, dachte eine Sekunde nach und setzte dann noch einmal neu an:

»Wie gesagt, es ist nur eine Theorie – aber so, wie ich die Dinge sehe, sind nicht *wir* in die Vergangenheit gestürzt, sondern die Vergangenheit in die Gegenwart.«

Will runzelte die Stirn, aber schon seine nächsten Worte bewiesen, daß er ziemlich genau verstanden hatte, was Schneider meinte. »Dieser komplette Wald mit all seinen Bewohnern ist gewissermaßen aus seiner Zeit herausgerissen und in unsere versetzt worden?«

»Das scheint mir die einzige vernünftige Erklärung zu sein.«

Wieder lachte Will. »Verzeihung, Professor – aber *vernünftig* ist an dieser Geschichte überhaupt nichts.«

»Aber es ist die einzige, die ich habe«, beharrte Schneider. »Es ist das einzige, was Sinn macht. Wie anders hätten wir sonst wieder aus dem Wald herauskommen sollen? Er ist Teil unserer Welt geworden.«

»Hm«, machte Will. »Wenn es wirklich so ist, Professor – wo ist dann das Stück Gegenwart, das eigentlich hier sein sollte?«

»Vielleicht ... hat es eine Art ... eine Art *Austausch* gegeben«, sagte Schneider zögernd.

»Sie meinen, die Wüste, das Labor ... alles, was sich dort befunden hat, wo jetzt der Wald ist, das ist jetzt an seiner Stelle in der Vergangenheit gelandet? So wie eine Art Drehtür, durch die die Welt gegangen ist?«

Will lächelte, aber Schneider blieb ernst. Der Vergleich gefiel ihm, aber er machte ihm zugleich auch angst.

Ein leises Schwindelgefühl ergriff ihn. Im allerersten Moment achtete er gar nicht darauf, sondern hielt es für eine Auswirkung der Schwäche und Entkräftung.

Aber das war es nicht. Das Gefühl wiederholte sich, und es war etwas unheimlich *Vertrautes* darin. Ein Gefühl, das er schon einmal gehabt hatte und das irgendwie nicht nur körperlicher Art zu sein schien, so phantastisch dieser Gedanke auch klingen mochte. Es war fast, als wäre nicht er es, sondern die Welt um ihn herum, der schwindelte, und dann –

– erkannte er es wieder.

»O Gott!« keuchte er. »Will! *Laufen Sie!*«

Gleichzeitig stürmte er los. Sein ganzer Körper schien protestierend aufzuschreien und sich in einen einzigen lodernden Schmerz zu verwandeln, aber das Bewußtsein dessen, was geschehen würde, verlieh ihm noch einmal Kraft. Schneider jagte los, und Will folgte ihm, obwohl er nicht einmal verstand, was geschah.

Schneider rannte wie niemals zuvor in seinem Leben. Das Schwindelgefühl war noch immer da, und die Schwäche und die Schmerzen in seinem Rücken und seiner verletzten Seite wurden übermächtig.

Er spürte, wie ihn die Kräfte verließen, begann zu taumeln und sah wie durch einen Vorhang blutgetränkter Nebel einen Felsbuckel, der drei oder vier Schritte vor ihnen aus der Wüste ragte. Mit einer allerletzten Anstrengung taumelte er darauf zu, fiel auf die Knie und kroch das letzte Stück in Deckung des Felsens, ehe er sich zusammenkrümmte und schützend die Arme über den Kopf riß.

Die Anstrengung war zuviel. Schneider verlor das Bewußtsein. Als er die Kontrolle über seinen Körper und seine Sinne zurückerlangte, war das erste, was er sah, Wills Gestalt, die geduckt neben ihm hockte.

Der Offizier hatte sein Gewehr auf den Felsen gelegt und zielte auf etwas auf der anderen Seite.

Schneider wälzte sich mühsam herum und raffte einige Kraftfetzchen zusammen, die er irgendwo in seinem Körper vergessen hatte, um sich wenigstens so weit in die Höhe zu stemmen, daß er über den Felsen hinwegsehen konnte. Und erstarrte.

Als er das letzte Mal zurückgeblickt hatte, war der Waldrand eine Meile entfernt gewesen.

Jetzt war er das nicht mehr.

Die Wüste war verschwunden. Der riesige Felsen, der ihnen als Orientierungspunkt gedient hatte, war ebenso fort wie der brennende Hubschrauber, der Rauch, der tote Saurier und das Wrack des Wohnmobils. Wo all dies gewesen war, erstreckte sich jetzt nichts als ein wogender grüner Farndschungel. So bizarr der Gedanke Schneider auch selbst vorkommen mochte, es war so:

Der Wald war ihnen gefolgt.

»Das ... das ist doch nicht ... nicht möglich«, stammelte Will. »Das kann doch nicht sein!«

»Wissen Sie, was das bedeutet, Will?« krächzte Schneider.

»Was?« fragte Will. Er kannte die Antwort. Schneider las es in seinem Gesicht.

»Daß es noch nicht vorbei ist«, erklärte der Professor. Er deutete mit einer müden Bewegung auf den Waldrand. Seine Hand zitterte so sehr, daß er mit der anderen danach griff, um sie festzuhalten. »Es wächst.«

Wenn es etwas auf der Welt gab, das Benny noch mehr haßte als Ameisen, dann waren es *viele* Ameisen. Er hatte die kleinen Biester bekämpft, seit er hier herausgekommen war und die Tankstelle eröffnet hatte, und das war mittlerweile immerhin fast vierzig Jahre her.

Seitdem hatte sich nicht viel verändert. Benny war noch immer der hagere, wortkarge Bursche mit den starken Händen und dem einfachen Verstand, als der er nach Nevada gekommen war, und die Tankstelle war noch immer eine windschiefe Bretterbude, vor der zwei rostzerfressene Zapfsäulen aus dem Wüstensand ragten.

Auch die Ameisen hatten sich in all den Jahren nicht verändert. Mal waren es rote, große Ameisen, mal die viel kleineren, dafür aber auch flinkeren schwarzen, und zweimal in den vergangenen vier Jahrzehnten hatte Benny es auch mit Termiten zu tun gehabt; seine beiden härtesten Kämpfe, aber auch seine beiden größten Siege.

Benny wußte, daß ihn die meisten Menschen in seiner Umgebung für verrückt hielten. Es war ihm egal. Er wußte auch, daß viele von denen, die sich manchmal an seine Tankstelle verirrten und einige Gallonen Sprit kauften, dies nur taten, um ihm ein paar Dollar zukommen zu lassen. Er konnte weder mit dem Service noch mit den Preisen der großen SB–Tankstellen weiter unten am Highway mithalten.

Aber Benny war nicht hier, um Benzin zu verkaufen. Er war hierhergeschickt worden, um Krieg gegen die Ameisen zu führen, davon war er fest überzeugt. Las Vegas existierte nämlich nur noch, weil es ihn, Benny, gab. Hätte er die kribbelnde Invasion aus der Wüste nicht seit mittlerweile vierzig Jahren aufgehalten, dann wären die Ameisen längst über die zehn Meilen entfernte Stadt hereingebrochen und hätten sie mit Mann und Maus aufgefressen.

Natürlich waren seine Kriege nur kleine Scharmützel; die Armeen, gegen die er kämpfte, waren nichts, verglichen mit den gewaltigen Heerscharen, die darauf warteten, über Las Vegas und danach vielleicht alle anderen Städte herzufallen, aber solange er ihre Vorhut aufhielt, solange er ihnen zeigte, wozu ein einzelner entschlossener Mann in der Lage war, würden sie es nicht wagen, den großen Angriff zu starten.

Und bisher hatte er sich ganz gut gehalten. Er hatte nicht alle Schlachten gewonnen, aber doch die meisten, und selbst seine Niederlagen hatten den kleinen Kriechern gehörigen Respekt eingeflößt. Trotz allem tödlichen Ernst, mit dem dieser Krieg geführt wurde, spielten sie dieses Spiel nach gewissen Regeln, an die sich beide Seiten wie nach einer geheimen Vereinbarung hielten.

Jedenfalls hatten sie das bis heute getan.

Aber jetzt hatten sie es übertrieben.

Benny nahm einen gehörigen Schluck aus der flachen Metallflasche, die er stets in der Gesäßtasche bei sich trug, schraubte den Verschluß wieder zu und in der gleichen Bewegung wieder auf, um einen weiteren Schluck zu nehmen. Der Whisky schmeckte schal, und er schien überhaupt nicht zu wirken. Aber vielleicht brauchte er auch etwas Stärkeres, um mit dem Anblick fertigzuwerden, der sich ihm geboten hatte, als er am Morgen aufgewacht und gewohnheitsmäßig einen Blick aus dem Fenster auf der Rückseite seiner Hütte geworfen hatte.

Er hatte einen Termitenhügel gesehen. Jedenfalls hatte er bisher *geglaubt*, daß es sich um einen Termitenhügel handelte. Jetzt war er nicht mehr sicher.

Benny hatte den Anblick ohne sonderliche Beunruhigung zur Kenntnis genommen und sich dadurch auch nicht von seinem normalen Tagesrhythmus abbringen lassen. Er war in aller Ruhe aufgestanden, hatte sich sein übliches Frühstück zubereitet und es in ebensolcher Ruhe verspeist.

Er hatte schlecht geschlafen in der vorangegangenen Nacht. Einmal hatte er einen Kojoten jaulen hören, und ein anderes Mal hatte er geglaubt, Schüsse und das Geräusch eines Hubschraubers zu hören.

So hatte er an diesem Morgen sogar länger als gewöhnlich gebraucht, um wirklich wach zu werden, ehe er – noch immer ohne irgendwelche Anzeichen von Eile oder gar Hast – zur Vorderseite des Hauses gegangen war und das

OPEN–Schild an eine der Tanksäulen gehängt hatte. Schließlich hatte er seinen Fünf–Liter–Kanister mit unverbleitem Superbenzin gefüllt und war hierher gekommen.

Und nun begann er ganz allmählich zu begreifen, daß hier eine ganze Menge nicht so war, wie es eigentlich sein sollte.

Es begann damit, daß der Weg zu dem über Nacht aufgetauchten Termitenhügel gut dreimal so weit war, wie er geschätzt hatte – was einfach daran lag, daß das Ding *dreimal so groß* war, wie es eigentlich sein dürfte.

Statt knappen zwei erhob sich die Miniatur–Festung mehr als sechs Meter hoch in die Luft, und sie bestand auch nicht nur aus einem einzigen steil aufragenden Kegel, sondern aus mehreren asymmetrischen Gebilden, die eine ineinandergewachsene Einheit zu bilden schienen. Es war zu groß, es war zu schnell entstanden – außerdem waren keine Termiten zu sehen.

Die beiden letzten Male, die seine Feinde diese weißen Krieger gegen ihn ins Feld geschickt hatten, hatte er sich seinen Weg bis zu ihrem Hügel regelrecht freitrampeln müssen, jetzt sah er nicht ein einziges Tier. Außerdem war da dieser Geruch – ein seltsamer, fremdartiger Hauch, wie Benny ihn noch nie zuvor gerochen hatte. Er roch eindeutig *nicht* nach Ameisensäure, aber auch nach nichts anderem, was er kannte.

Und es war still. *Zu* still.

Benny war in gut zehn Metern Abstand zu dem Termitenbau stehengeblieben. Er war vielleicht verrückt, aber er war nicht dämlich: Ein Termitenvolk, das ein solches Monstrum zu errichten imstande war – noch dazu über Nacht! – mußte unvorstellbar viele Tiere enthalten.

Und er war im Laufe seines lebenslangen Krieges oft genug gebissen worden, um zu wissen, daß die winzigen Killer selbst einem Menschen gefährlich werden konnten, wenn sie nur in ausreichend großer Zahl anrückten. Seine vernarbten Hände und die hart gewordenen, dunklen Stellen auf seinem Hals und in seinem Gesicht legten ein beredtes Zeugnis davon ab, was Ameisensäure und mikroskopisch kleine Mandibeln menschlicher Haut anzutun imstande waren.

Er hatte den Benzinkanister nicht wirklich mitgenommen, um den Bau sofort in Brand zu setzen, sondern nur, um nicht ganz mit leeren Händen zu kommen. Jetzt kam er ihm lächerlich vor – die fünf Liter würden nicht reichen, um den Bau auszuräuchern.

Mißtrauisch betrachtete er die drei Ausgänge, die er von dieser Seite aus sehen konnte. Jeder war groß genug, an die hundert Termiten auf einmal passieren zu lassen.

Die Herausforderung gefiel ihm. Es würde nicht leicht werden. Er würde sich etwas einfallen lassen müssen, um mit *diesem* Ding fertigzuwerden, etwas wirklich *Neues*. Er konnte den Bau nicht einfach verbrennen, ohne ihm gefährlich nahe zu kommen. Selbst für die Planierraupe war das Ding entschieden zu groß – und wer wußte schon, welche Überraschungen noch in seinem Inneren auf ihn warteten? Trotzdem – Benny nahm die Herausforderung ohne zu zögern an.

Er nahm seinen Benzinkanister auf und drehte sich um, um zum Haus zurückzugehen. Dabei stolperte er über ein Hindernis, das er auf dem Weg hierher nicht bemerkt hatte, und fiel der Länge nach hin. Zornig über seine eigene Ungeschicklichkeit rollte er sich auf den Rücken, um nachzusehen, worüber er gestolpert war.

Im nächsten Moment wußte er, warum der Kojote in der vergangenen Nacht so erbärmlich geschrien hatte. Es war gar kein Kojote gewesen, sondern ein Hund, ein sehr großer Hund sogar, etwas von den Ausmaßen eines Retrievers oder sogar Schäferhundes. Aber seine Größe hatte ihm nicht viel genutzt. Was von ihm übrig war, das war nichts als ein weißes, sauber abgenagtes Skelett. Bennys Fußtritt hatte den Schädel getroffen und ein paar Meter weit davonkollern lassen. Die leeren Augenhöhlen und das zu einem erstarrten Totenkopfgrinsen gebleckte Gebiß schienen ihn höhnisch anzulächeln.

Benny fröstelte. Er zweifelte keine Sekunde lang, daß es genau dieses Tier gewesen war, dessen Todesschreie er in der vergangenen Nacht gehört hatte.

Benny stemmte sich mit einer Hand in die Höhe und streckte die andere nach dem Benzinkanister aus. Noch bevor er ihn berührte, schoß ein plötzlicher scharfer Schmerz durch seinen Arm.

Benny schrie auf, riß den Arm instinktiv zurück und starrte entsetzt auf seine rechte Hand. Blut lief daran herab. Das letzte Glied des kleinen Fingers fehlte, und der Anblick allein reichte aus, den Schmerz zu doppelter Intensität zu entfachen. Benny taumelte vollends in die Höhe, preßte die verletzte Hand gegen den Magen und suchte zugleich mit Blicken den Boden ab.

Der Benzinkanister lag genau dort, wo er ihn fallengelassen hatte. Der Verschluß war aufgesprungen, und sein Inhalt versickerte in einem gluckernden Strom im Wüstensand. Aber es war keine scharfe Metallkante, an der sich Benny verletzt hatte.

Etwas hatte seinen Finger *abgebissen*.

Benny starrte fassungslos auf die fünfzehn Zentimeter lange Ameise, die breitbeinig auf der Oberseite des Benzinkanisters hockte.

Er kannte sie. Er hatte das Tier tausendmal gesehen, in seinen Träumen, aus denen er manchmal schweißgebadet und schreiend hochgefahren war. Es war die Große Ameise. Er hatte gewußt, daß sie eines Tages kommen würde, um ihn zu einem letzten Kampf auf Leben und Tod herauszufordern, der letzten Schlacht, die vielleicht den Krieg entscheiden würde.

Sie hatten also endgültig genug. Sie hatten *Sie* geschickt, die finstere Göttin der Ameisen, die den Vernichter herausfordern und das uralte Ringen endgültig entscheiden sollte.

Benny zertrat sie.

Er trug schwere, dicksohlige Arbeitsschuhe mit harten Metallkappen, und er trat mit aller Kraft zu, und da er trotz seines Alters noch immer ein starker Mann war, reichte die

Wucht seines Trittes nicht nur, den roten Chitinpanzer zersplittern zu lassen, sondern auch noch, eine Delle in den Benzinkanister zu hämmern, so daß das unverbleite Super herumspritzte und seine Hose tränkte. Die abgebrochenen Beine der Ameise zappelten noch einen Moment, dann lagen sie still.

Benny verzog geringschätzig das Gesicht. Ihre *Große Göttin?* Lächerlich. Das war fast zu leicht gewesen. Benny empfand eine spürbare Enttäuschung, ehe er sich herumdrehte und dieses Gefühl plötzlich und warnungslos in pures Entsetzen herumschlug.

Vor ihm stand ein Dutzend weiterer Riesenameisen, und noch während er ungläubig auf sie hinabstarrte, grub sich ein weiteres halbes Dutzend der häßlichen Geschöpfe aus dem Sand heraus. Der Boden war an dieser Stelle fast so hart wie Stein, aber das schien sie nicht zu stören.

Plötzlich erschien da, wo gerade noch massive Wüste gewesen war, ein fast symmetrisches Muster faustgroßer runder Löcher, aus denen mehr und mehr der scheußlichen Kreaturen herauskrochen.

Benny wich mit einem keuchenden Laut zurück, bis sein Fuß gegen den Benzinkanister stieß. Er hörte jetzt auch hinter sich klickende, raschelnde Laute, ein Geräusch, als bewege sich Stein über Stein, und er mußte sich nicht herumdrehen, um zu wissen, was sie bedeuteten.

Er war eingekreist. Noch griffen die Ameisen nicht an, aber sie hatten ihn bereits umzingelt.

Bennys Gedanken rasten. Er schätzte, daß er von mindestens hundert der gewaltigen Tiere eingekreist war, und es wurden mit jeder Sekunde mehr. Der riesige Hügel mit den deutlich sichtbaren Schlupflöchern war nichts als ein Ablenkungsmanöver gewesen, damit er die wirkliche Falle nicht bemerkte, das Labyrinth von Stollen und Gängen, in das sie die Wüste unter seinen Füßen verwandelt hatten. Vermutlich warteten dort unten noch weitere Tausende von Ameisen.

Der Wahnsinn, der Bennys gesamtes Leben bestimmt

hatte, half ihm jetzt. Einen normalen Menschen hätte der Anblick der riesigen Ameisen vermutlich so gelähmt, daß er hilflos gewesen wäre, Benny nicht.

Er griff mit der unverletzten Hand in die Hosentasche, zog sein Feuerzeug heraus und drehte am Rad. Es war ein sehr altes, altmodisches Feuerzeug, keines von diesen modernen Wegwerfdingern, die ausgingen, sobald man den Daumen von der Taste nahm, sondern ein guter alter Docht, der brannte, bis man ihn ausblies.

Statt ihn jedoch zu löschen, ließ Benny das Feuerzeug fallen und warf sich zugleich herum.

Die Ameisen reagierten sofort. In einer einzigen roten Bewegung schnappte der Kreis zu. Benny hatte das vorausgesehen und schaffte es irgendwie, den meisten zu entgehen, aber zwei oder drei der kleinen Ungeheuer verbissen sich trotzdem in seine Hose. Ihre Zangen schnitten mühelos durch den groben Stoff und Bennys Fleisch.

Der alte Mann schrie vor Schmerz, aber in dieser Sekunde berührte das Feuerzeug den Boden. Die Flammen griffen auf das ausgelaufene Benzin über, und aus dem winzigen Flämmchen des Dochtes wurde eine brüllende Stichflamme, die fünf Meter weit in die Höhe züngelte.

Benny stürzte. Er war halb wahnsinnig vor Schmerzen, und das grelle Licht der Explosion hatte ihn für eine Sekunde blind gemacht, so daß er gar nicht sah, wie hervorragend sein Plan aufging. Die Hälfte der Ameisen war von der Stichflamme versengt worden und tot. Einige wenige rannten noch mit brennenden Gliedern oder zerschmelzenden Chitinpanzern davon, ehe auch sie zuckend verendeten, und die wenigen, die unverletzt geblieben waren, suchten ihr Heil in der Flucht. Auch die Tiere, die sich in Bennys Beine verbissen hatten, ließen sofort von ihrem Opfer ab und huschten davon.

Doch Bennys improvisierter Feuerangriff hatte noch einen weiteren, gar nicht erwarteten Effekt: Der Kanister hatte weitaus mehr Benzin enthalten, als er geglaubt hatte, und war wie eine Bombe explodiert. Die Detonation hatte den

Wüstenboden aufgerissen und das System aus Tunneln und Röhren freigelegt, das die emsigen Insekten hineingegraben hatten.

Jetzt ergoß sich brennendes Benzin in ihre unterirdische Stadt.

Benny spürte, wie der Boden unter ihm plötzlich zu zittern begann. Es war keine große, schwere Bewegung wie etwa bei einem Erdbeben, sondern ein Gefühl, als begännen Millionen und Abermillionen winziger harter Füße in rasendem Stakkato zu hämmern.

Benny stemmte sich stöhnend und mit zusammengebissenen Zähnen in die Höhe. Er bemerkte erst jetzt, daß sein rechter Hosensaum brannte. Hastig schlug er die Flammen aus und setzte sich dabei weiter auf.

Er blutete jetzt aus insgesamt vier tiefen Schnittwunden, aber er hatte keine Zeit, sich darum zu kümmern.

Das Benzin würde nicht sehr lange brennen, und Benny zweifelte nicht daran, daß die Ameisen zu Millionen aus ihren Löchern kriechen und voller Rachelust über ihn herfallen würden, sobald die letzten Flammen erloschen waren.

Er stand auf, drehte sich zur Tankstelle herum und begann loszuhumpeln. Zweimal drohten ihn unterwegs die Kräfte zu verlassen, aber er schaffte es, sich trotzdem weiterzuschleppen.

Benny erreichte die Hütte nur Sekunden, bevor die letzten Flammen erloschen. Hastig warf er die Tür hinter sich ins Schloß, eilte zu den beiden einzigen Fenstern und verriegelte auch sie. Erst dann gestattete er sich, Erschöpfung und Schmerz wirklich zu spüren.

Ihm wurde schwarz vor Augen. Für einen Moment wurde die Übelkeit übermächtig. Benny erbrach sich würgend auf den Fußboden, spuckte noch ein paarmal aus und fühlte sich hinterher besser. Schwach, aber nicht mehr so furchtbar elend. Auch sein Kopf war ein wenig klarer. Nur mit dem Sehen hatte er Schwierigkeiten.

Hätte Benny sich nicht Zeit seines Lebens ausschließlich mit Ameisen und sonst nichts beschäftigt, dann wäre ihm vielleicht klargeworden, daß er deutliche Anzeichen einer Vergiftung verspürte.

Benny hörte ein Knistern hinter sich, und dann ein Geräusch, als würden Streichhölzer zerbrochen. Erschrocken fuhr er herum. Gerade noch rechtzeitig, um zu sehen, wie eine winzige rote Hornsäge ein Loch in den Fußboden der Hütte schnitt.

Benny verschwendete keine Zeit damit, auf das Erscheinen der Ameise zu warten, sondern hastete zur Tür, riß sie auf und stürmte ins Freie.

Er wußte, daß er sterben würde. Er spürte den Tod nahen. Dies war die letzte, entscheidende Schlacht. Er hatte stets gewußt, daß er sie nicht überleben konnte.

Aber er konnte sie gewinnen.

Eine Ameise sprang auf seinen Rücken und grub ihre Kiefer tief in sein Fleisch, aber Benny spürte es schon gar nicht mehr. Hin und her schwankend taumelte er auf die Zapfsäule mit dem Superbenzin zu, stürzte schwer dagegen und versuchte mit tauben Fingern, den Zapfhahn zu lösen. Es gelang ihm erst beim dritten Anlauf.

Benny sank kraftlos an der Säule entlang zu Boden. Seine Hand schloß sich um den Abzug. Kaltes, stechend riechendes Benzin ergoß sich über seine Finger, tränkte seine Hose und lief zu Boden. Benny registrierte fast beiläufig, wie sich gleich drei Ameisen in sein linkes Knie verbissen. Er spürte keinen Schmerz. Das Gift, das ihn umbrachte, schützte ihn in seinen letzten Augenblicken noch.

Er konnte jetzt kaum noch etwas sehen. Langsam sank er nach vorne, tastete mit der linken Hand über den Boden und spürte ein rundes, senkrecht nach unten verlaufendes Loch, das am Morgen noch nicht dagewesen war.

Etwas Rotes schnappte aus dem Loch heraus und biß ihm einen weiteren Finger ab, aber auch das spürte er nicht. Mit einem fast erleichterten Seufzen ließ sich Benny nach vorne kippen, fiel schwer auf die Seite und schob, sich nur noch auf sein Tastgefühl verlassend, den Zapfhahn in den Ameisengang. Es klickte hörbar, als der Verschluß einrastete.

Benny hatte nicht mehr die Kraft, die Pistole weiter festzuhalten, aber das war auch nicht mehr nötig. In jeder Minute ergossen sich jetzt siebzehn Gallonen Benzin in das unterirdische Tunnelsystem der Ameisen.

Mühsam griff Benny in die Tasche, zog seine Zigaretten heraus und kramte so lange in der anderen Hosentasche herum, bis er ein Streichholz gefunden hatte. Er achtete peinlich genau darauf, daß kein Glutfünkchen auf den benzingetränkten Boden oder seine Kleider fiel, als er die Zigarette anzündete und einen tiefen Zug nahm. Das Streichholz zerdrückte er zwischen den Fingern.

Bennys Kraft reichte gerade noch aus, die Zigarette zwischen die Lippen zu klemmen und ein letztes Mal daran zu ziehen, dann lähmte das Ameisengift sein Herz. Er starb. Schnell und vollkommen schmerzlos.

Vier Minuten später fiel die glimmende Zigarette aus seinem Mundwinkel.

Der ungeheure Donnerschlag, mit dem Benny seine letzte Schlacht gewann und den Ameisen ihr Armageddon bereitete, war selbst in den Randbezirken der zehn Meilen entfernten Stadt noch zu hören.

Durch das winzige, hoch oben unter der Decke angebrachte Fenster seiner Zelle konnte Littlecloud nicht sehen, was sich draußen auf dem Hof der Polizeistation abspielte, aber die Geräusche und der Widerschein eines flackernden roten Lichtes sagten ihm genug: Der Krankenwagen war gekommen. Wenigstens würde sich jetzt jemand um Corman und seine Tochter kümmern.

Für die nächsten zwanzig Minuten ließ man ihn allein, und Littlecloud nutzte die Zeit, um das Vernünftigste zu tun, was er im Moment konnte: Er streckte sich auf der harten Pritsche aus und schlief auf der Stelle ein.

Es war kein sehr entspannender Schlaf.

Natürlich träumte er, und ebenso natürlich war es ein Alptraum, einer von der ganz üblen Sorte, in dem er vor einem namenlosen Ungeheuer floh und rannte und rannte, ohne wirklich von der Stelle zu kommen. Als er endlich daraus erwachte, raste sein Herz, und er war in Schweiß gebadet.

»Schlecht geschlafen, Red?«

Littlecloud sah auf und blickte in Mainlands Gesicht, das ihn durch die Gitterstäbe der Tür hindurch anstarrte.

»Wenigstens nennen Sie mich nicht mehr Winnetou«, murmelte er.

»Gefällt dir Red nicht?« Mainland lachte. »Ich finde, es paßt besser zu dir als Marc. Das ist kein Name für einen Indianer.«

Littlecloud stand auf und machte eine deutende Geste, die die gesamte Zelle einschloß. »Sie haben Ihren Triumph gehabt, Mainland. Warum also lassen Sie mich nicht hier heraus, und wir unterhalten uns wie erwachsene Menschen?«

»Das letzte Mal, als ich das versucht habe, ist es schiefgegangen«, antwortete Mainland. Trotzdem griff er nach ein paar Sekunden in die Tasche, zog den Zellenschlüssel heraus und schob ihn von außen ins Schloß.

»Geh einen Schritt zurück«, sagte er.

Gehorsam trat Littlecloud zwei Schritte zurück und wartete mit erhobenen Händen, bis Mainland die Tür geöffnet hatte und ihn mit einem Wink dazu aufforderte, die Zelle zu verlassen.

Sie gingen wieder in Mainlands Büro, das aber diesmal nicht leer war. Neben der Tür wartete ein stämmiger Polizeibeamter, der zwar keine Waffe im Gürtel trug, dafür aber einen Schlagstock in den Händen. Mainland deutete wortlos auf den Stuhl vor seinem Schreibtisch, auf dem Littlecloud schon einmal gesessen hatte, und nahm auf der anderen Seite Platz.

»So«, sagte er. »Ich muß sagen, du hast es mir wirklich nicht leicht gemacht. Aber irgendwie habe ich das Gefühl, daß es sich nicht gelohnt hat. Wärst du gleich hiergeblieben, statt den Wilden zu spielen, wäre dir eine Menge Ärger erspart geblieben. Und mir auch.« Er seufzte. »Übrigens: Willst du einen Anwalt?«

»Einen Anwalt?« wiederholte Littlecloud. »Sind Sie verrückt geworden, Mainland? Dort draußen in der Wüste liegt –«

»Also keinen Anwalt«, unterbrach ihn Mainland ungerührt. »Gut. Ganz wie du meinst. Den Rest kennst du ja: Du hast das Recht zu schweigen und so weiter. Alles klar?«

Littlecloud starrte ihn fassungslos an.

Das ungute Gefühl, das ihn sofort beim Anblick von Mainlands Gesicht beschlichen hatte, wurde stärker. Irgend etwas war nicht so gelaufen, wie er sich das vorgestellt hatte.

»Wenn Sie wissen, wer ich bin, dann sollten Sie meine Vorgesetzten verständigen, Mainland«, sagte er.

»Das ist bereits geschehen, Red, keine Angst. Einer von euren Jungs ist auch bereits auf dem Weg hierher. Ein gewisser ...« Er begann in der Unordnung auf seinem Schreibtisch herumzusuchen. Nach fast einer Minute hatte er einen kleinen Notizzettel gefunden und fuhr fort: »... Colonel Straiter. Sagt dir das was?«

Straiter selbst? Littlecloud war ehrlich überrascht. Straiter war nicht nur Littleclouds unmittelbarer Vorgesetzter, sondern auch der Kommandant der Spezialeinheit, der er angehörte. Littlecloud mußte sich zusammenreißen, um nicht in gehässiger Vorfreude zu grinsen.

Wenn Straiter erfuhr, was hier geschehen war, dann würde sich Mainland nichts sehnlicher wünschen, als am vergangenen Abend seinen noch ausstehenden Jahresurlaub genommen zu haben. Straiter bekleidete zwar nur den Rang eines Colonel, aber das hieß gar nichts.

Littlecloud hatte schon Drei–Sterne–Generäle vor ihm kuschen sehen.

»Seien Sie doch vernünftig, Mainland«, sagte er. »Okay, ich gebe zu, ich habe Mist gebaut. Ich hätte diese Jungs nicht verprügeln sollen, und es tut mir auch wirklich leid, daß ich ausgerechnet Ihr Motorrad gestohlen habe. Aber das sind doch Kleinigkeiten, verdammt.«

»Kleinigkeiten?« Mainland klang, als zweifele er an seinem Verstand.

»Es ist bestimmt nicht das erste Mal, daß die Gorillas im Casino bei einer Schlägerei den Kürzeren ziehen«, antwortete Littlecloud. »Und den Schaden an Ihrer Harley werde ich bezahlen.«

»Ich rede nicht von meinem Motorrad«, sagte Mainland, obwohl sein Blick und der scharfe Ton seiner Worte das genaue Gegenteil zu beweisen schienen. »Und schon gar nicht von diesen Idioten im Casino.« Er beugte sich vor und begann mit einem Feuerzeug zu spielen, das vor ihm auf dem Tisch lag. »Wovon ich rede, Mister Littlecloud«, fuhr er fort, »das ist Kidnapping. Das ist bewaffneter Widerstand gegen die Staatsgewalt, tätlicher Angriff auf mindestens zwei Polizeibeamte und der Mord an zwei Zivilisten. Möglicherweise auch noch der an zwei Polizisten.«

Littlecloud riß ungläubig die Augen auf. »Wie?«

»Der Mann, den du als Geisel genommen hast«, fuhr Mainland fort. »Er hatte eine Frau und ein zweites Kind bei sich. Sie sind tot, nicht wahr?«

»Ja, verdammt, aber –«

»Hast du sie umgebracht?« fragte Mainland.

»Sie ... Sie sind ja verrückt«, murmelte Littlecloud.

»So, bin ich das? Dann sag mir, wo sie sind. Was hast du mit ihnen gemacht und mit dem Wagen. Und wenn wir schon einmal dabei sind: Wo ist unser Helikopter geblieben?«

Littlecloud zweifelte mittlerweile ernsthaft an seinem Verstand. Er weigerte sich zu glauben, daß er das alles wirklich erlebte. Er mußte träumen. »Aber Sie ... Sie wissen doch genau, was passiert ist!« keuchte er. »Fragen Sie Corman!«

»Den armen Hund, den du mitgebracht hast?« Mainland lächelte. »Das habe ich versucht. Leider redet er nur wirres Zeug. Und der Arzt, der ihn untersucht hat, ist nicht sicher, ob sich das jemals wieder ändern wird. Er sagt, der Mann hätte offensichtlich etwas erlebt, was ihn völlig aus der Bahn geworfen hat. Tut mir leid, aber dein Zeuge ist keiner.«

»Was ist mit dem Helikopter?« fragte Littlecloud. »Ich hatte Sie gebeten, einen zweiten Helikopter loszuschicken.«

»Das habe ich getan«, antwortete Mainland. Für einen winzigen Moment wirkte er unsicher. »Und ich muß gestehen, daß das, was er gefunden hat, auch der einzige Grund ist, aus dem ich überhaupt noch mit dir rede, statt dich sofort ins Staatsgefängnis überstellen zu lassen. Du sagst, daß etwas den Chopper und auch den Wagen dieser Familie angegriffen und beide zerstört hat. Eine Art ... Tier?«

Eine innere Stimme riet Littlecloud, lieber vorsichtig zu sein und die Klappe zu halten, aber er war nicht in der Stimmung, vorsichtig oder gar *vernünftig* zu sein.

»Ein Allosaurus«, sagte er.

»Ein was?« Mainland tauschte einen bezeichnenden Blick mit dem Cop, der hinter Littlecloud stand.

»Ein Allosaurus«, wiederholte Littlecloud. »Ein fleischfressender Raubsaurier aus der Kreidezeit.«

»O ja, ich verstehe«, sagte Mainland. »Und du hast ihn natürlich sofort erkannt, nehme ich an.«

»Ich bin kein Spezialist für prähistorische Tiere«, erwiderte Littlecloud gereizt. »Aber Corman scheint etwas davon zu verstehen.«

»Der Saurier hat den Chopper heruntergeholt?« vergewisserte sich Mainland. »Wie hat er das gemacht? Ich meine: Hat er sich Flügel wachsen lassen, oder hat er Feuer gespuckt?«

Littlecloud starrte ihn an.

»Was soll das, Mainland?« fragte er wütend. »Ihre Piloten müssen Ihnen doch gesagt haben, wie es draußen in der Wüste aussieht. Macht es Ihnen Spaß, den Hanswurst zu spielen?«

»Nein«, antwortete Mainland ernst. »Und es macht mir auch absolut keinen Spaß, mich von dir verarschen zu lassen. Ich will dir sagen, was der Pilot dort draußen gefunden hat. Da ist tatsächlich plötzlich ein Wald. Ein ziemlich großer Wald sogar. Frag mich nicht, wie er dorthin kommt, aber er ist plötzlich da.«

»Also!« sagte Littlecloud. »Was wollen Sie noch?«

»Über diesen Wald sollen sich andere den Kopf zerbrechen«, fuhr Mainland ungerührt fort. »Ich denke, für so etwas gibt es Spezialisten. Mich interessiert im Moment nur der Verbleib des Choppers und seiner Besatzung.«

»Aber ich habe doch gesagt –«

»Dort draußen ist nichts«, unterbrach ihn Mainland kalt. »Kein abgestürzter Hubschrauber, kein zertrampelter Wagen, und schon gar kein *Dinosaurier*.« Seine Stimme wurde förmlich. »Marc Littlecloud, ich verhafte Sie unter dem dringenden Verdacht des vierfachen Mordes.«

Endlich konnten sie den Highway sehen – ein anthrazitfarbener, schnurgerader Fluß aus flimmernder Hitze, der die Wüste vor ihnen in zwei ungleiche Hälften teilte und sich in beiden Richtungen in verschwimmender Entfernung auflöste. Als Will ihn entdeckt und Schneider darauf aufmerksam gemacht hatte, da war er ihm ganz nahe erschienen.

Doch nun marschierten sie seit einer halben Stunde darauf zu, aber er schien nicht sichtbar näher gekommen zu sein. Im Gegenteil – jedesmal, wenn Schneider die Kraft aufbrachte, den Kopf zu heben, schien die Straße ein ganz kleines Stückchen *weiter* entfernt zu sein.

Neben ihm krachte ein Schuß, aber Schneider brachte nicht einmal mehr die Energie auf, den Kopf zu drehen. Es war das siebte oder achte Mal, daß Will seine Waffe abfeuerte. Er hatte es jedesmal getan, wenn auf dem Highway vor ihnen ein Wagen aufgetaucht war, und jedesmal hatte der Fahrer den Schuß entweder nicht gehört oder nicht hören wollen und war weitergefahren. So wie auch diesmal.

»Da kommt wieder ein Wagen«, sagte Will. Gleichzeitig hob er sein Gewehr und schoß in die Luft.

Und das Wunder geschah. Der Wagen wurde tatsächlich langsamer. Er hielt nicht an, aber es war klar zu erkennen, daß der Fahrer irgend etwas bemerkt und sein Tempo vermindert hatte, um nach der Ursache des Lärms Ausschau zu halten.

Schneider verfolgte das Auto mit Blicken, bis es hinter dem Hügel verschwand, und wartete mit klopfendem Herzen darauf, es auf der anderen Seite wieder auftauchen zu sehen; womöglich sogar wieder schneller werdend, weil der Fahrer zu dem Schluß gekommen war, daß er sich wohl doch getäuscht hatte – oder im Zweifelsfall gar keine Lust verspürte, jemanden kennenzulernen, der hier in der Wüste mit einem Gewehr herumballerte.

Der Wagen kam nicht. Schneider zählte in Gedanken bis zehn, dann noch einmal bis fünf, aber der Wagen tauchte nicht wieder hinter dem Hügel auf. Er hatte tatsächlich angehalten. Zum ersten Mal, seit sie den Wald verlassen und sich auf den Weg gemacht hatten, wagte es Schneider wirklich, wieder so etwas wie Hoffnung zu schöpfen.

Und genau in diesem Moment erscholl auf der anderen Seite des Hügels ein gellender Schrei, gefolgt von dem fürchterlichen Geräusch von zersplitterndem Glas und berstendem Metall.

Seit sie das Motel verlassen hatten, hatte Mary kein Wort mehr mit ihm gesprochen; und das war ungewöhnlich genug, denn in den letzten zehn Jahren war praktisch kein Tag vergangen, an dem Ron sich nicht mindestens einmal über ihre Schwatzhaftigkeit geärgert hatte.

Sie hatte ihn auch nicht angesehen, sondern starrte stur und mit steinernem Gesicht geradeaus. Vor zehn Minuten waren sie an einer brennenden Tankstelle vorübergekommen, vor der ein halbes Dutzend Streifenwagen der Highway-Patrol und ein riesiger roter Löschzug gestanden hatten.

Rons Herz war beim Anblick der Polizisten fast stehengeblieben. Für eine Sekunde war er felsenfest davon überzeugt, daß der Manager des Motels bereits bemerkt hatte, daß die Gäste aus Zimmer elf abgereist waren, ohne die Rechnung zu begleichen, und er gleich herangewinkt und zum Aussteigen aufgefordert werden würde, damit man ihn wie einen Verbrecher in Handschellen abführen konnte.

Seine Angstphantasien wurden nicht wahr. Ganz im Gegenteil hatte ihn einer der Cops mit ungeduldigen Gesten zum Weiterfahren aufgefordert, und Ron war dieser Aufforderung schnell nachgekommen.

Nicht, daß sich sein schlechtes Gefühl dadurch irgendwie gebessert hätte. Die nicht beglichene Motelrechnung war nicht alles, was er auf dem Kerbholz hatte. Im SANDS lagen zwei ungedeckte Schecks von ihm, die darauf warteten zu platzen, und der nächste Bankautomat, in den er seine Kreditkarte schob, würde sie wohl auf der Stelle zu kleinen Plastikschnipselchen zerschreddern.

Dabei hatte alles so gut angefangen. Sie waren vor drei Tagen nach Las Vegas gekommen, und Ron hatte in den ersten beiden Tagen die Kleinigkeit von fünftausend Dollar gewonnen – fast das Doppelte ihrer gesamten Urlaubskasse. Selbst Mary hatte nach einer Weile aufgehört, ihm Vorhaltungen zu machen und ihn an sein Versprechen zu erinnern, nicht mehr als hundert Dollar für das Vergnügen zu riskieren, einmal in einer der großen Spielhöllen Las Vegas gewesen zu sein und den Duft des großen Geldes geschnuppert zu haben.

Das waren die beiden ersten Tage gewesen.

Am dritten – gestern – hatte er zu verlieren begonnen. Zuerst nur ein paar hundert Dollar, dann die Hälfte seines bisherigen Gewinns, und schließlich alles. Gestern abend hatte er mit der gleichen Summe dagestanden, mit der sie Las Vegas zwei Tage zuvor erreicht hatten, und vielleicht wäre das der Moment gewesen, aufzuhören.

Aber er hatte sich nicht damit zufriedengegeben. Es war die alte Geschichte, wie Las Vegas sie millionenfach gesehen hatte und noch millionenfach sehen würde.

Er hatte nicht nur ihre gesamte Barschaft verloren, sondern auch seine Kreditkarte bis zum Limit ausgeschöpft und schließlich noch zwei ungedeckte Schecks ausgestellt, jeder über die Summe von zweitausend Dollar.

Alles in allem hatten sie Las Vegas mit Schulden in Höhe von siebentausendfünfhundert Dollar verlassen; mehr, als er in den nächsten zwei Jahren würde aufbringen können. Er war nicht einmal sicher, daß sie es noch bis nach Hause schafften. Seine gesamte Barschaft bestand noch aus sieben Dollar, und der Tank war nur halb voll. Wenn sie keine Tankstelle fanden, die noch nicht an das elektronische Kreditkartensystem angeschlossen war, das binnen Sekunden feststellen konnte, ob eine Karte überzogen war oder nicht, würden sie in ein paar Stunden liegenbleiben.

Draußen in der Wüste krachte ein Schuß, und fast im gleichen Moment ein zweiter und dann ein dritter. Sie waren nicht sehr laut. Das Summen der Klimaanlage übertönte sie fast. Trotzdem hörte Ron sie deutlich genug, um sicher zu sein. Er nahm den Fuß vom Gas und ließ seinen Blick aufmerksam über die Wüste rechts und links des Highways streifen.

»Hast du das auch gehört?« fragte er. »Das waren Schüsse!«

Mary schwieg beharrlich weiter, aber auch sie konzentrierte sich für einen Moment auf die vorüberhuschende Wüste. Sie mußte die Schüsse wohl ebenfalls gehört haben.

»Vielleicht ... ein Jäger«, murmelte Ron. *Oder aber jemand, der in Gefahr war*, fügte er in Gedanken hinzu.

Er sah noch immer nichts, tippte aber trotzdem auf die Bremse, und der Wagen wurde abermals langsamer. Aufmerksam sah er immer wieder abwechselnd nach rechts und links. Die Luft über der Wüste flimmerte vor Hitze, so daß alles, was weiter als fünfzig Meter entfernt lag, eigentlich nur noch zu erahnen war. Weit im Osten glaubte er sogar einen dünnen grünen Strich wahrzunehmen, wie die Silhouette eines Waldes über dem Horizont. Natürlich war das ganz und gar unmöglich. Der nächste Wald war tausend Meilen entfernt.

In diesem Moment krachte ein weiterer Schuß. Ron fuhr

sichtbar zusammen und bremste noch weiter ab. Er konnte immer noch nichts sehen, aber er war jetzt vollkommen sicher, daß da irgend jemand war, der Hilfe brauchte.

»Ich halte an«, sagte er. »Da vorne, bei dem Hügel. Wenn ich hinaufsteige, habe ich einen guten Überblick.«

Marys Gesichtsausdruck machte deutlich, daß sie nicht sonderlich begeistert davon war. Vielleicht dachte sie an Räuberbanden, an Motorradrocker und verrückte Einsiedler.

Womit sie ganz bestimmt *nicht* gerechnet hatte, war das, was in dieser Sekunde am Straßenrand auftauchte und in der nächsten auf die Fahrbahn heraustrat.

Eine geschlagene Sekunde lang saß Ron einfach wie gelähmt da und fuhr weiter auf das ... *Ding* zu, das plötzlich vor ihnen stand.

Das Geschöpf war nicht ganz so groß wie ein Mensch, aber es sah entschieden bösartiger aus, als jeder Motorradrocker oder Verrückte es hätte sein können. Es stand auf zwei kräftigen, in fürchterlichen Krallen endenden Hinterläufen, die einen stämmigen, dunkelgrün und oliv gefleckten Körper trugen. Ein gut zwei oder drei Meter langer Schwanz hielt die bizarre Gestalt in einer aufrechten Haltung. Seine Vorderläufe, die in Haltung und Wuchs eine frappierende Ähnlichkeit mit menschlichen Armen hatten, endeten in ebenso respekteinflößenden Klauen wie die Beine, und der Schädel war ein reiner Alptraum, der nur aus Zähnen und bösartig starrenden Augen zu bestehen schien. Sein Gesicht war zu jenem reptilienhaften Grinsen verzogen, das schon immer der Hauptgrund für das Unbehagen gewesen war, das viele Menschen beim Anblick einer Schlange empfanden.

Dann, endlich, begriff Ron, daß das Geschöpf weder eine Fata Morgana war, noch daran dachte, etwa zur Seite zu treten – und daß er noch immer mit gut dreißig Meilen in der Stunde darauf zufuhr!

Seine Reaktion und Marys gellender Schrei erfolgten gleichzeitig; und das eine nutzte so wenig wie das andere.

Ron trat mit aller Gewalt auf die Bremse, aber da hatten sie das bizarre Geschöpf schon beinahe erreicht. Der Wagen rutschte auf blockierenden Reifen darauf zu und brach aus, als Ron verzweifelt am Lenkrad zu kurbeln begann.

Die Frontscheibe zerbarst wie unter einem Hammerschlag, und Ron konnte gerade noch sehen, daß sich die Kühlerhaube wie Papier zusammenzuschieben begann, ehe der Airbag aus dem Lenkrad herausschnellte und sich im Bruchteil einer Sekunde aufblies.

Ron wurde nach vorne in eine weiche Gummiwand geworfen, prallte zurück und verlor fast das Bewußtsein, als sein Hinterkopf gegen die wesentlich massivere Kopfstütze stieß. Bunte Schmerzblitze explodierten vor seinen Augen, und für eine Sekunde fürchtete er, das Bewußtsein zu verlieren.

Wahrscheinlich hätte er es, wäre da nicht das *Ding* gewesen, diese unmögliche Kreatur, die sie gerammt hatten.

Mühsam kämpfte er sich hinter dem Airbag hervor, tastete nach dem verborgenen Knopf unter dem Lenkrad, der ihn entleerte, und beugte sich hastig zu Mary hinüber, noch während die Luft zischend aus dem Kunststoffsack entwich.

Die teuer bezahlte Sicherheitstechnik hatte sich bezahlt gemacht. Mary wirkte verstört und zu Tode erschrocken, war aber offensichtlich ebenso unverletzt geblieben wie er. Ron sah seine Frau mit einer Mischung aus Schrecken und vorsichtiger Erleichterung an.

»Wie geht es dir?« fragte er. »Bist du unverletzt?«

»Was ... was ist passiert?« stammelte sie. »Wieso ist ...«
Sie stockte, wurde noch bleicher und fuhr mit schriller, fast schon hysterischer Stimme fort: »Was war das für ein Ding, Ron?«

Statt zu antworten – was er gar nicht gekonnt hätte –, drehte sich Ron mit klopfendem Herzen wieder auf dem Sitz herum und blickte durch die zersplitterte Frontscheibe. Die Kühlerhaube des Dodge war auf weniger als die Hälfte ihrer normalen Länge zusammengestaucht worden, was die unvorstellbare Wucht des Zusammenstoßes verdeutlichte, und unter dem zerborstenen Metall quoll weißer Wasserdampf hervor.

Das Tier lag gute zwei Meter vor dem Wagen. Es regte sich nicht, und Ron wäre auch höchst erstaunt gewesen, wenn es noch das allerkleinste Lebenszeichen gezeigt hätte. Der Zusammenstoß mußte es auf der Stelle umgebracht haben.

Gottlob. Ron schauderte, als er sah, *wie* groß das Ungeheuer wirklich war. Er schätzte, daß es vom Kopf bis zum Schwanz vier Meter messen mußte, vielleicht sogar mehr.

Mit tauben Fingern löste er den Verschluß des Sicherheitsgurtes, öffnete die Tür und stieg aus.

»Um Gottes willen, bleib hier!« rief Mary.

Ron machte eine beruhigende Geste.

Langsam näherte sich Ron dem toten Geschöpf. Sein Staunen nahm nicht ab, während er es genauer ansah. Im Gegenteil. Er hatte niemals ein Tier gesehen, daß diesem auch nur *ähnelte.* Das hieß – eigentlich hatte er Wesen wie dieses unzählige Male gesehen. In Büchern, auf Bildern und in Trickfilmen. Das Ding sah nämlich ganz und gar so aus wie ein Dinosaurier.

Plötzlich spürte Ron eine immer stärker werdende Erregung.

»Mary!« sagte er. »Komm her! Weißt du, was wir da haben?«

»Nein«, antwortete Mary. »Was ist das? Eine von diesen Gila-Echsen, vor denen sie uns gewarnt haben?«

»Bestimmt nicht«, sagte er. »Ich ... ich bin fast sicher, daß das eine Art Dinosaurier ist!«

Mary sah ihn stirnrunzelnd an. »Aber sind die nicht ausgestorben?« fragte sie.

»Verstehst du denn nicht?« sagte er erregt. »Das ... das ist vielleicht *die* wissenschaftliche Sensation dieses Jahrhunderts! Und wir haben sie entdeckt! Vielleicht ... vielleicht wird doch noch alles gut. Wir werden reich! Buchrechte, Fernsehen, Filme, Interviews ...«

Der Saurier öffnete die Augen.

Mary kreischte und riß die Arme vors Gesicht, und auch Ron wich instinktiv zwei oder drei Schritte zurück, bis er gegen die Kühlerhaube des Dodge stieß.

Langsam hob der Saurier den Kopf. Sein langer Schlangenhals bewegte sich mit einer unglaublichen Grazie, und mit der gleichen, erstaunlichen Behendigkeit stemmte er sich mit den Vordertatzen gegen den Boden und richtete sich dann ganz auf. Er schwankte, stand aber trotzdem sicher auf seinen beiden muskulösen Hinterbeinen.

Ron reagierte einen Sekundenbruchteil vor dem Raubsaurier. Mit einer von der puren Todesangst diktierten Schnelligkeit warf er sich herum und duckte sich zugleich, und praktisch im selben Moment schlossen sich die Kiefer mit einem furchtbaren, klappenden Laut genau dort, wo gerade noch sein Gesicht gewesen war. Die krallenbewehrten Finger rissen einen der Fensterholme weg, und der muskulöse Schwanz peitschte in Rons Richtung.

Instinktiv duckte er sich, entging dem Hieb nur noch um Haaresbreite und machte einen gewaltigen Satz, der ihn aus der Reichweite des Ungeheuers brachte.

Ron begann mit verzweifelter Kraft zu rennen. Ein Blick über die Schulter zurück zeigte ihm, daß der Saurier bereits zur Verfolgung ansetzte.

»*Ron!*« kreischte Mary.

»Lauf weg!« schrie Ron zurück. »Versteck dich! Ich lenke es ab!«

Er sah hastig über die Schulter zurück, paßte den Moment ab, in dem der Saurier zum Sprung ansetzte, und warf sich dann zur Seite. Die Bestie flog mit einem enttäuschten, wütenden Schrei an ihm vorbei und stürzte in einer Staubwolke zu Boden, und Ron schlug einen Haken und jagte mit gewaltigen Sätzen auf den Hügel zu.

Der Saurier war bereits wieder auf den Beinen und kam erneut näher. Er bewegte sich jetzt schneller. Entweder hatte er die Kontrolle über seinen Körper völlig zurückgewonnen, oder die Wut ließ ihn den Schmerz vergessen.

Ron begriff, daß es ihn eingeholt haben würde, noch ehe er die Hügelkuppe erreichte. Mit verzweifelter Kraft griff er weiter aus und raste hakenschlagend die Böschung hinauf.

Eine Sekunde, ehe er oben war, erschienen zwei Gestalten auf dem Hügel. Eine von ihnen trug einen weißen Kittel, die andere die zerfetzten Reste einer Uniform. Und ein Gewehr, das direkt auf Ron zielte.

Er fand nicht einmal wirklich Zeit, zu erschrecken. Die erste Kugel traf ihn mit der Wucht eines Hammerschlages und löschte sein Bewußtsein aus.

»Es tut mir aufrichtig leid«, sagte Will. »Wirklich, ich ... kann Ihnen gar nicht sagen, *wie* leid es mir tut. Das hätte nicht passieren dürfen.«

Die Antwort des Verletzten (Schneider hatte aus den Schreien seiner Frau herausgehört, daß er Ron hieß) bestand aus einem gequälten Stöhnen, das er zwischen zusammengepreßten Zähnen hervorquetschte. Möglich, daß er tatsächlich versuchte, etwas zu sagen, aber wenn, dann machte der Schmerz dieses Vorhaben zunichte.

Die Kugel, die den Schädel des Dinosauriers zerschmetterte, hatte zuvor einen zwei Zentimeter breiten Graben in den Oberarm des Mannes gerissen; tief genug, daß Schneider bequem einen Finger hätte hineinlegen können. Die Wunde blutete nicht mehr. Will hatte eine Adernkompresse angelegt, so daß wenigstens nicht mehr die Gefahr bestand, daß der Mann verblutete.

»Ich hatte wirklich keine andere Wahl«, sagte der Offizier. »Hätte ich auf ein freies Schußfeld gewartet, hätte er Sie erwischt.«

Schneider gab ihm in diesem Punkt durchaus recht. Ihm selbst war es ein Rätsel, wie Will – noch dazu in seinem Zustand! – so unvorstellbar schnell und im Grunde auch richtig hatte reagieren können.

Er selbst hatte den Saurier noch nicht einmal richtig *bemerkt*, da hatte Will auch schon sein Gewehr hochgerissen

und ihn mit einem einzigen gezielten Schuß aus seiner großkalibrigen Waffe erledigt.

»Schon gut«, preßte Ron endlich hervor. Er versuchte aufzustehen, sank mit einem Schmerzlaut zurück und griff
dankbar mit der unverletzten Hand nach Wills Rechter, um
sich in die Höhe helfen zu lassen. »Ich bin nur froh, daß er
nicht genau hinter mir war«, fuhr er fort. »Was hätten Sie
getan – direkt durch meinen Kopf hindurchgeschossen?«

Will fuhr sichtbar zusammen und hatte es plötzlich sehr
eilig, sich herumzudrehen und zu dem verendeten Saurier
hinüberzugehen. Schneider folgte ihm, nachdem er sich mit
einem raschen Blick davon überzeugt hatte, daß Ron aus
eigener Kraft stehen konnte.

»Was ist das?« fragte Will. »Ein Deino?«

Er deutete mit dem Lauf seiner Waffe auf das, was vom
Kopf des Sauriers übriggeblieben war. Will hatte ihn mit
dem ersten Schuß erwischt. Trotzdem hatte er den Rest seines Magazins aus allernächster Nähe in den Schädel des
Urzeitmonsters entleert. Und überflüssig oder nicht, es hatte
auch Schneider beruhigt. Leider machte es die Identifizie-
rung des Wesens ein wenig schwierig.

Trotzdem schüttelte er nach einigen Sekunden den Kopf.

»Nein«, sagte er. »Sehen Sie sich die Hinterläufe an.
Deinonychus' haben diese riesige Kralle, erinnern Sie sich?«

»Warum haben Sie ihn so verstümmelt?« fragte Rons Frau
plötzlich.

Schneider und Will tauschten einen verwirrten Blick, ehe
sie sich beide gemeinsam zu ihr herumdrehten.

»Mary!« sagte Ron. »Bitte laß das!«

»Aber es wäre nicht nötig gewesen«, protestierte Mary.
Sie sah Will strafend an. »Ich meine, ein einziger gezielter
Schuß hätte es auch getan. Jetzt ist er beschädigt.«

»Wie?« machte Will.

Die grauhaarige, nicht besonders ansehnliche Frau nickte
heftig.

»Das mindert seinen Wert«, sagte sie. »Und nur, damit
das klar ist – *wir* haben ihn entdeckt. Er ist *uns* vor den

Wagen gelaufen. Sehen Sie sich unseren Wagen an, wenn Sie mir nicht glauben. Daß Sie dazugekommen sind, war ein glücklicher Zufall, aber es ändert nichts daran, daß *wir* es waren, die ihn als erste gesehen haben.«

»Ich ... glaube nicht, daß Ihnen irgend jemand dieses Verdienst streitig machen will, Madam«, sagte Will verwirrt.

»Dann ist es ja gut«, antwortete Mary. »Ich meine, Sie müssen auch mich verstehen. Ich bin Ihnen natürlich dankbar, daß Sie meinen Mann gerettet haben, aber letztendlich zählt doch wohl, wer ihn zuerst gesehen hat.«

»Mary, das reicht!« sagte Ron scharf. »Halt jetzt endlich den Mund!«

Will drehte sich kopfschüttelnd um.

»Was für eine dämliche Kuh«, sagte er; laut genug, daß Mary es hören mußte. Schneider hielt instinktiv den Atem an, aber sie schien zu sehr damit beschäftigt zu sein, ihren Mann herunterzuputzen, um die Beleidigung sofort zu ahnden.

»Vielleicht sollten Sie es Ihr nicht allzu übel nehmen«, sagte Schneider, während sie sich ein paar Schritte von dem toten Dinosaurier entfernten und zur Straßenmitte hinausgingen. »Ich denke, sie weiß gar nicht, was sie redet. Wahrscheinlich steht sie unter Schock.«

Will warf ihm einen schrägen Blick zu, der für sich allein schon vielsagend genug war, ging aber nicht weiter auf das Thema ein, sondern blickte konzentriert einige Sekunden lang abwechselnd in die eine, dann in die andere Richtung. Und plötzlich hellte sich seine Miene auf.

Hinter ihnen war ein Wagen aufgetaucht. Es handelte sich um einen schweren, dreiachsigen Sattelschlepper. Auf dem Auflieger lag etwas, das einmal ein Motorrad gewesen sein mochte.

Ganz sicher war Schneider nicht.

Der Wagen verlor rapide an Geschwindigkeit und kam schließlich mit dem charakteristischen Zischen starker Luftdruckbremsen und einem leichten Wippen zum Stehen. Schneider atmete innerlich auf, als er das Emblem der Polizei von Las Vegas auf der Tür erkannte. Ihre Pechsträhne schien endgültig beendet zu sein.

Der Fahrer kurbelte die Seitenscheibe herunter.

»Was ist passiert?« fragte er. »Brauchen Sie Hilfe? Hatten Sie einen Unfall?«

»So könnte man es nennen«, antwortete Will. »Sie schickt der Himmel, Mann!«

Sie waren nicht allein, als sie auf den Hof hinaustraten. Soweit Littlecloud dies beurteilen konnte, schienen sich wohl beinahe alle zur Zeit anwesenden Beamten des Reviers auf dem Innenhof versammelt zu haben, um die Ankunft des Abschleppwagens mitzuerleben.

Sie kamen gerade zurecht, um zu sehen, wie der Truck vorsichtig durch die enge Einfahrt rollte. Es war im wahrsten Sinne des Wortes Zentimeterarbeit – zu beiden Seiten der riesigen Zugmaschine blieb kaum eine Handbreit Luft.

Littlecloud zollte dem Können des Fahrers in Gedanken Respekt, aber er fragte sich auch, warum der Mann dieses Risiko überhaupt einging – selbst wenn der Hof nicht voller Wagen gewesen wäre (was er war), hätte der Platz auf keinen Fall gereicht, um zu wenden. Und mit diesem Koloß rückwärts wieder auf die Straße hinauszurangieren mußte noch ungleich schwieriger sein. Der Mann war entweder nicht ganz dicht, oder er hatte einen triftigen Grund.

Die Zugmaschine hatte die Einfahrt passiert, und ein Teil des Aufliegers kam in Sicht. Mainland wurde blaß. Selbst Littlecloud erschrak ein wenig, als er sah, *wie* zertrümmert Mainlands Harley war. Es erschien ihm jetzt selbst fast unglaublich, daß er den Sturz, der die Maschine in einen wirren Haufen aus zerknülltem Blech und gesplittertem Kunststoff verwandelt hatte, so unbeschadet überstanden haben sollte.

Aber da war noch etwas, das ihm auffiel. Hinter dem Truck hatte sich eine Menschenmenge versammelt, die mit großer Aufregung etwas betrachtete, das auf der Ladefläche lag. Nicht das Motorrad.

»Das wirst du mir bezahlen«, flüsterte Mainland. »Ich schwöre dir, du –«

Der Truck rollte weiter, und Mainland brach mit einem fast komisch klingenden Keuchen und mitten im Satz ab, als er sah, was hinter der Harley auf der Ladefläche lag.

Er sagte kein Wort. Der Truck rollte im Schrittempo auf den Hof, gefolgt von einer neugierigen, aufgeregt durcheinanderredenden und -gestikulierenden Menge, und Mainland machte wohl ganz automatisch eine entsprechende Geste, auf die hin vier oder fünf seiner Männer zur Einfahrt eilten und die Menge zurückhielten; oder es zumindest versuchten.

Mainland schien es kaum zu bemerken; ebensowenig wie die beiden Gestalten, die vorne im Führerhaus neben dem Fahrer saßen und ungeduldig darauf warteten, daß der Wagen anhielt und sie aussteigen konnten. Littlecloud registrierte das alles, aber auch seine Aufmerksamkeit wurde zum größten Teil von dem grünbraun marmorierten Kadaver gefesselt, der hinter den Überresten von Mainlands Motorrad lag.

Schließlich setzte sich Mainland langsam in Bewegung und ging auf den Truck zu, und da niemand ihn davon abzuhalten versuchte, folgte ihm Littlecloud. Vermutlich waren alle hier viel zu fasziniert von dem phantastischen Anblick.

»Nun?« fragte Littlecloud nach einigen Sekunden. »Glauben Sie mir jetzt?«

Mainland starrte den toten Saurier an.

Er sagte nichts, aber Littlecloud konnte regelrecht sehen, wie sich die Gedanken hinter seiner Stirn überschlugen. Hinter ihnen wurde die Tür des Fahrerhauses geöffnet, dann näherten sich Schritte. Mainland nahm auch davon keine Notiz.

»Was *ist* das?« murmelte er schließlich.

»Ein Raubsaurier«, sagte eine Stimme hinter ihnen. »Wel-

135

cher Spezies er genau angehört, ist leider nicht mehr festzustellen. Vielleicht ist sie auch bisher nicht bekannt.«

Littlecloud und Mainland drehten sich im gleichen Sekundenbruchteil herum. Hinter ihnen waren zwei Männer aufgetaucht, die einen wahrhaft bemitleidenswerten Anblick boten. Ihre Gesichter waren von der Sonne verbrannt und von Anstrengung und überstandenen Gefahren gezeichnet: die Lippen gerissen und eiternd, ihre Augen entzündet und von dunklen, schweren Ringen umgeben, und beide schienen so geschwächt zu sein, daß sie kaum mehr auf den Füßen zu stehen vermochten.

»Wer sind Sie?« fragte Mainland. »Und was bedeutet das?«

»Mein Name ist Schneider«, antwortete der Grauhaarige. »Carl Schneider. Ich bin ...« Er verbesserte sich. »Ich *war* Leiter der Forschungsstation draußen in der Wüste. Sie haben davon gehört?«

Mainland nickte. »Und was haben Sie mit diesem ... diesem *Ding* zu tun?«

Auf Schneiders Gesicht erschien ein gequälter Ausdruck.

»Ich fürchte, es würde zu weit gehen, Ihnen das jetzt im Detail zu erklären«, antwortete er. »Aber um Ihre zweite Frage zu beantworten: Es bedeutet eine schreckliche Gefahr für jeden Menschen in dieser Stadt. Sie müssen sofort etwas unternehmen.«

»Ich muß telefonieren«, sagte der Soldat. Seine Stimme war so schwach, daß man sie kaum noch verstand. Er schwankte wie ein Betrunkener hin und her. »Wo ist hier ... ein Telefon?«

In seiner Stimme war etwas, was selbst Mainland für einen Moment nachdenklich zu machen schien. Aber nur für eine Sekunde. Dann schüttelte er entschieden den Kopf und deutete auf den Eingang zum Revier. »Gehen Sie erst einmal ins Haus. Jemand soll Ihnen einen starken Kaffee bringen. Ich komme sofort nach, und dann reden wir. Und schafft zum Teufel noch mal die Leute hier vom Hof! Wir sind hier doch nicht im Zirkus!«

Mainland und Littlecloud traten wieder näher an den Sattelschlepper heran. Der tote Saurier bot einen fast majestätischen Anblick, obwohl sein Kopf fast bis zur Unkenntlichkeit zertrümmert war und er Littlecloud nicht einmal besonders groß vorkam, wenigstens nicht im Vergleich mit dem gigantischen Allosaurus, der Cormans Wagen zerstört hatte.

Selbst aufrecht stehend konnte das Tier kaum größer als ein Mensch sein. Trotzdem mußte es eine halbe Tonne oder mehr wiegen, und selbst der Tod und die schreckliche Verstümmelung hatten ihm nicht viel von dem Eindruck von Eleganz und Kraft genommen, den es bei jedem Betrachter hinterließ. Littlecloud versuchte sich vorzustellen, wie dieses Tier *lebendig* gewirkt haben mochte, aber das einzige Ergebnis dieses Versuchs war pure Angst.

»Was ist mit den Leuten im Wagen?«

»Die Frau hat wohl einen verletzten Arm«, antwortete der Fahrer. »Nur ein Kratzer. Eine schreckliche Zimtziege übrigens. Sie hat die ganze Zeit herumgenörgelt, daß ich vorsichtig sein soll. Irgendwie scheint Sie der Meinung zu sein, daß *ihr* dieses Biest gehört. Ihr Mann hat im Eifer des Gefechts eine Kugel abgekriegt. Sie sind beide im Krankenhaus.«

Mainland überlegte eine Sekunde, dann fuhr er herum und deutete auf den erstbesten Beamten in ihrer Nähe. »Becker – Sie fahren sofort ins Krankenhaus und suchen die beiden. Sie dürfen mit niemandem sprechen. Sie stellen sich vor ihr Zimmer und lassen außer den Ärzten niemanden zu ihnen, ist das klar?«

Er wartete auch jetzt keine Antwort ab, sondern drehte sich wieder herum, um sich diesmal direkt an Littlecloud zu wenden. »Und jetzt zu uns. Ich denke, wir müssen über einiges reden, Mister Littlecloud.«

In diesem Moment tauchte ein vollkommen aufgelöster Beamter unter der Tür der Wache auf und kam, mehrmals und laut Mainlands Namen rufend, auf sie zugerannt.

»Sir! Ein Notruf von der Texaco an der nördlichen Ausfahrt!«

»Was ist passiert?«

»Genau konnte ich es nicht verstehen«, antwortete der Beamte. »Aber es klang, als wäre die Hölle los. Schreie und Lärm. Der Anrufer sagte, sie würden von Monstern angegriffen!«

Der Helikopter kreiste seit einer guten Viertelstunde über dem Wald, aber es fiel Straiter immer noch schwer, wirklich zu *glauben*, was er sah. Der Anblick unter ihnen war so absurd, daß Straiter nicht umhin kam, an seinem Verstand zu zweifeln.

Unter ihnen erstreckte sich ein *Wald*. Straiter war vor drei Monaten das letzte Mal hier in Nevada gewesen, und damals hatte diese Landschaft noch so ausgesehen, wie sie aussehen sollte – nämlich braun und ockerfarben und aus nichts anderem als Sand und ein paar Felsen bestehend.

Jetzt lag unter ihnen ein ausgewachsener Dschungel. Und als wäre das nicht phantastisch genug, war es noch dazu ein Dschungel, den es auf diesem ganzen Planeten eigentlich gar nicht geben durfte; auch nicht an Stellen, an denen er Zeit genug gehabt hätte, sich auszubreiten.

Straiter verstand herzlich wenig von solcherlei Dingen, aber das, was sich da unter ihnen ausbreitete, so weit sein Blick reichte, glich frappierend den Illustrationen, die er von der Vegetation der Frühzeit der Erde gesehen hatte. Und seine Bewohner schienen dazu zu passen.

Bisher hatten sie zwar nur zwei dieser Bewohner überhaupt zu Gesicht bekommen, aber diese beiden Bilder hatten Straiter nicht unbedingt Appetit auf mehr gemacht: Der erste war etwas gewesen, das wie eine Kreuzung aus einer Fledermaus und einem Fiebertraum aussah, dabei allerdings eine Spannweite von mindestens zehn oder zwölf Metern gehabt haben mußte. Von der zweiten Kreatur hatten sie nur Kopf und Hals zu Gesicht bekommen, die über die Wipfel der gewiß nicht kleinen Bäume unter ihnen emporragten.

»Ich würde sagen, Schneider und seine Freunde haben verdammte Scheiße gebaut«, murmelte Straiter.

Er riß sich von dem phantastischen Anblick los und faltete die Karte auseinander, die er mitgebracht hatte. Sie war längst nicht so präzise wie die, die der Pilot besaß, und nicht einmal annähernd so genau wie die, die im Bordcomputer des Apache eingespeichert war.

Aber es gab einen entscheidenden Unterschied: einen kleinen roten Kreis, in den Straiter in seiner winzigen, akribischen Handschrift die Buchstaben »PL« eingetragen hatte – die Abkürzung für PROJEKT LAURIN. Vermutlich gab es auf der ganzen Welt nicht mehr als ein Dutzend Karten, auf denen die genauen Koordinaten der Forschungsstation eingetragen waren.

»Finden Sie das?« fragte er, während er dem Piloten die Karte reichte. »Trotz dieses ...«, er suchte nach Worten, »... *Zeugs* da unten?«

Der Mann nickte nur wortlos, nahm Straiter die Karte aus der Hand und betrachtete sie nicht länger als eine Sekunde, aber äußerst konzentriert. Einen Moment später wechselte der Kampfhubschrauber den Kurs. Einen weiteren Moment später sagte der Pilot: »Das ist seltsam.«

»*Was* ist seltsam?« erkundigte sich Straiter.

»Nach Ihrer Karte müßte dort vor uns ein kleiner Berg sein«, antwortete der Pilot. Hastig fügte er hinzu: »Nach meiner übrigens auch. Aber da ist nichts.«

Tatsächlich erstreckte sich der Dschungel vor ihnen scheinbar endlos dahin – und vollkommen eben. Straiter wußte, welchen »Berg« der Mann meinte; der gigantische Felsquader hatte vor ihm schon anderen Piloten, mit denen Straiter hierhergeflogen war, als Orientierungspunkt gedient. Jetzt war er nicht mehr da.

»Ich finde die Koordinaten trotzdem«, versicherte der Pilot. »Es kam mir nur sonderbar vor; das ist – «

Er brach plötzlich ab und legte den Kopf schräg, als lausche er.

»Was ist?« fragte Straiter.

»Ich ... habe den örtlichen Polizeifunk eingeschaltet«, antwortete der Pilot. Er sprach schleppend, was bewies, daß er zugleich noch auf das lauschte, was aus seinen Kopfhörern drang. »Irgendwas scheint da passiert zu sein. Sie erzählen etwas von ... von Monstern und Ungeheuern, die angeblich die Stadt angreifen.«

Straiter verschwendete keine Sekunde damit, zu erschrecken oder auch nur erstaunt zu sein.

»Drehen Sie ab«, sagte er. »Nach Las Vegas. So schnell Sie können.«

Mainland brachte den Wagen mit kreischenden Reifen zum Stehen. Seine Reaktion war erstaunlich schnell, und die Bremsen des Streifenwagens funktionierten ausgezeichnet. Trotzdem schaffte er es nicht ganz – der Wagen bohrte sich krachend ins Dach eines umgestürzten VW-Busses, der quer über der Straße lag und den Mainland zu spät erkannt hatte, als sie mit heulenden Sirenen um die Ecke bogen.

Der Fahrer des Streifenwagens, der ihnen folgte, reagierte ebenfalls zu spät. Littlecloud, der sich instinktiv mit beiden Armen gegen das Armaturenbrett gestemmt und so die allerschlimmste Wucht des Aufpralls abgefangen hatte, wurde nun doch gegen die Windschutzscheibe geschleudert, als der Wagen ihr Heck rammte, und auch Mainlands Gesicht kollidierte unsanft mit dem Lenkrad.

Hinter ihnen erstarb die Sirene des zweiten Wagens mit einem seltsamen Mißklang, und jemand begann so laut zu fluchen, daß sie es selbst hier im Wagen noch hören konnten. Die Fahrer der nachfolgenden Wagen reagierten besser. Die Fahrzeuge kamen mit kreischenden Reifen rechts und links von ihnen zum Stehen oder wichen auf die Bürgersteige aus.

Littlecloud stemmte sich benommen in die Höhe. Er hatte sich auf die Lippe gebissen und schmeckte Blut, war aber ansonsten mit dem Schrecken davongekommen, und auch Mainland richtete sich schon wieder auf.

Sie stiegen gleichzeitig aus. Im ersten Moment konnte Littlecloud außer dem eingedrückten Dach des Kleinbusses, der ihre Fahrt so jäh gestoppt hatte, nichts erkennen. Aber er hörte Schreie, vereinzelte Schüsse und einen gewaltigen Lärm, der ihn eigentlich auf das hätte vorbereiten müssen, was er sah, als er um den Wagen herumlief.

Trotzdem traf ihn der Anblick wie ein Schlag. Es gab Dinge, auf die *konnte* man sich nicht vorbereiten, und das Bild, das sich Littlecloud und den anderen bot, gehörte eindeutig dazu.

Der VW-Bus war nicht der einzige Wagen, der zerstört oder von seinen Fahrern einfach stehengelassen worden war. Vor ihnen blockierte ein ganzes Knäuel von sieben oder acht ineinandergerammten Fahrzeugen die Straße. Die Türen der meisten standen offen, was deutlich machte, in welcher Hast ihre Insassen die Fahrzeuge verlassen hatten, aber hinter mindestens einem Steuer konnte Littlecloud auch noch eine zusammengesunkene Gestalt erkennen. Er sah überall flüchtende Menschen, und zwischen ihnen ...

Die Tiere ähnelten dem, dessen Kadaver der Abschleppwagen aus der Wüste mitgebracht hatte, aber sie waren eine Spur kleiner, und ihre Haut war hell- und dunkelbraun gestreift, und sie bewegten sich mit einer geradezu unvorstellbaren Schnelligkeit.

Es waren mindestens fünf oder sechs, aber die Schreie und der Lärm, die von der anderen Seite der großen SB-Tankstelle herüberdrangen, bewiesen, daß sich dort noch mehr Ungeheuer aufhielten. Ihre Bewegungen wirkten auf den ersten Blick geradezu absurd – sie rannten nicht wirklich, sondern hoppelten mit grotesk anmutenden Sprüngen einher; aber sie taten es ungeheuer *schnell*, und auf eine Weise, die deutlich machte, über welch unvorstellbare Kraft die Geschöpfe verfügten.

Littlecloud beobachtete mit einer Mischung aus Entsetzen und morbider Faszination, wie einer der Raubsaurier einen flüchtenden Mann ansprang. Er erwartete instinktiv, daß er ihn mit den gewaltigen Klauen packen oder sein Gebiß einsetzen würde, doch statt dessen trat das bizarre Geschöpf mitten im Sprung mit den kräftigen Hinterbeinen zu. Littlecloud sah eine einzelne, riesenhaft vergrößerte Kralle wie ein Skalpell aufblitzen. Hätte sie den Mann getroffen, hätte sie ihn wahrscheinlich in zwei Teile geschnitten.

Einen Sekundenbruchteil vorher krachte ein Schuß. Der Saurier schien mitten in der Bewegung von einem Schlag getroffen und herumgerissen zu werden. Die tödliche Kralle verfehlte ihr Opfer, und der Mann wurde nur von der stumpfen Ferse getroffen und meterweit davongeschleudert. Er kam sofort wieder auf die Beine und stolperte weiter, humpelnd und vor Schmerz wimmernd, aber zumindest noch am Leben.

Damit war die Gefahr natürlich keineswegs vorbei. Auf der Straße vor ihnen hielten sich noch immer vier oder fünf weitere Saurier auf – und außerdem entschieden zu viele Menschen, als daß die Polizeibeamten es wagen konnten, einfach aus allen Rohren auf die Tiere zu feuern, was wahrscheinlich die einzige Möglichkeit gewesen wäre, dieses Rudel von Ungeheuern zu stoppen.

»Schießt auf die Köpfe!« brüllte Mainland. »Das scheint die einzige verwundbare Stelle zu sein!« Er verschwendete eine Sekunde damit, den toten Saurier anzusehen, der vor ihm auf der Straße lag, dann fuhr er auf dem Absatz herum, eilte zu seinem Wagen und kam einen Moment später mit gleich zwei Gewehren unter dem Arm zurück.

»Sind Sie wirklich so gut, wie Ihre Akte behauptet?« fragte er.

»Ich denke schon«, antwortete Littlecloud.

»Okay.« Mainland warf ihm eines der Gewehre und fast in der gleichen Bewegung einen .38er zu. »Dann kommen Sie mit!«

Littlecloud fing die beiden Waffen geschickt auf. Er schob den Revolver unter seinen Gürtel, lud eine Patrone in die Kammer des Winchester-Gewehres und schloß sich Mainland an, der bereits losgelaufen war.

Sie bewegten sich nicht in direkter Linie auf die Texaco-

Station zu, denn dazu hätten sie praktisch direkt durch das Dinosaurierrudel hindurchlaufen müssen. Trotzdem kamen sie den Tieren näher, als Littlecloud lieb war.

Die Tiere schienen in eine Art Blutrausch verfallen zu sein. Littlecloud sah allein auf dem Weg über die Straße drei oder vier Leichen, und wahrscheinlich waren es nicht die einzigen. Trotzdem versuchte keiner der Saurier, seine Beute in Sicherheit zu bringen oder gar an Ort und Stelle aufzufressen.

Statt dessen befanden sie sich auf der Suche nach immer neuen Opfern. Und sie hätten sie auch garantiert gefunden, hätten sich Mainlands Männer nicht allmählich eingeschossen. Zwei der sechs Tiere lagen bereits am Boden und rührten sich nicht mehr, und die anderen waren ausnahmslos verletzt. Doch sie waren entweder zu dumm oder zu wütend, um Schmerz zu spüren, und so etwas wie Furcht schienen sie nicht einmal zu kennen.

Als sie das Knäuel aus zerstörten Wagen hinter sich gebracht hatten, sahen sie noch mehr Saurier – und mehr Tote. Die Ungeheuer mußten vollkommen warnungslos über die Menschen hier hereingebrochen sein.

Sie hatten das Tankstellengelände erreicht, und Littlecloud wollte unverzüglich weiterstürmen, aber Mainland machte eine abwehrende Handbewegung und zog ein kleines Funkgerät aus der Tasche.

»Ich glaube, in der Tankstelle sind noch Leute«, sagte er. »Wir gehen hinein. Schickt ein paar Mann, die die Rückseite sichern. Ich will nicht unerwartet Besuch bekommen!«

Die Tankstelle bot einen fast noch schlimmeren Anblick als die Straße davor. Zwei oder drei verlassene Wagen standen an den Zapfsäulen, und ein Fahrer hatte offenbar versucht, mit einem verzweifelten Manöver zu entkommen. Seine Flucht hatte an einem der Betonpfeiler geendet, die das Dach trugen. Dicht vor ihnen stand ein italienisches Cabrio mit zerfetztem Stoffdach. Die Sitze waren zerrissen und blutgetränkt. Von dem Fahrer fehlte jede Spur.

»Hier ist Benzin ausgelaufen«, sagte Mainland in sein

Funkgerät. »Seid vorsichtig. Schießt auf keinen Fall in Richtung der Tankstelle. Ein Funke, und alles fliegt in die Luft!«

»Wunderbar«, knurrte Littlecloud mißgelaunt. »Dann können wir unsere Waffen ja ebensogut wegwerfen und versuchen, mit bloßen Händen gegen die Biester zu kämpfen.«

»Haben Sie eine bessere Idee?« Mainland zuckte mit den Schultern. »Sie können natürlich auch ein Streichholz nehmen und dem ganzen Spuk ein Ende bereiten. Aber warten Sie bitte damit, bis meine Leute und ich uns in Sicherheit gebracht haben.«

Er wartete Littleclouds Reaktion gar nicht ab, sondern tauschte den .38er gegen das Gewehr aus, drehte sich herum und lief mit weit ausgreifenden Schritten auf das Tankstellengebäude zu. Littlecloud folgte ihm.

Als sie die Tür erreichten, hörten sie bereits den Lärm aus dem Inneren. Littlecloud identifizierte jetzt ganz eindeutig die Schreie mehrerer Menschen – und darunter die mindestens eines Kindes.

Aber sie hörten auch andere, schrecklichere Geräusche, die Littlecloud einen eisigen Schauer über den Rücken laufen ließen. Es klang, als wäre jemand mit großen Eifer dabei, die gesamte Inneneinrichtung der Tankstelle kurz und klein zu schlagen.

Das Bild, das sich ihnen bot, als sie hintereinander durch die Tür stürmten, paßte zu diesen Geräuschen.

Wie die meisten großen Tankstellen glich auch diese eher einem Warenhaus als einem Ort, an dem man Benzin kaufte. Sie war sehr groß, und die in drei Reihen angeordneten Regale mußten reichhaltig bestückt gewesen sein. Jetzt waren sie umgeworfen und bildeten eine regelrechte Barrikade aus Trümmern, aufgerissenen Lebensmittelpackungen und scharfkantigen Glassplittern, die es fast unmöglich machte, in den hinteren Teil des Raumes zu gelangen. Die Schreie waren lauter geworden. Littlecloud war jetzt sicher, die gellenden Hilferufe eines Kindes zu hören.

»Verdammter Mist!« fluchte Mainland. »Red – nach links. Ich nehme die andere Seite!«

144

Das Gewehr im Anschlag und den Rücken dicht an die Wand gepreßt, schob sich Littlecloud an der Barriere aus umgestürzten Regalen vorbei. Die Schreie hielten unverändert an, aber das Splittern und Bersten hatte aufgehört. Dafür hörte er etwas anderes, ein durch und durch entsetzliches Geräusch, das ihn mit einem Gefühl puren Grauens erfüllte: ein schreckliches Mahlen und Krachen, zu dem seine Phantasie die passenden Bilder erschuf, noch ehe er den Saurier sah.

Die Bestie stand mit dem Rücken zu ihm und war über etwas gebeugt, aus dem sie mit großem Genuß große Stücke herausriß.

Obwohl Littlecloud sich Mühe gegeben hatte, nicht den geringsten Laut zu verursachen, bemerkte ihn der Saurier. Vielleicht hatte er ihn gewittert, vielleicht war sein Gehör viel feiner entwickelt, als man angesichts seiner gewaltigen Körpermasse annehmen mochte. Mit einem Ruck richtete er sich auf und fuhr herum, und im gleichen Moment erkannte Littlecloud, was er da mit sichtlichem Genuß herunterschlang.

Es war eine Familienpackung Corn Flakes.

Der Anblick war so absurd, daß Littlecloud eine Sekunde lang wie gelähmt dastand, den Raubsaurier anstarrte und einfach nicht wußte, ob er laut loslachen oder den Abzug seines Gewehres durchziehen sollte, und um ein Haar hätte ihn diese Sekunde das Leben gekostet.

Anders als er reagierte der Deinonychus sofort. Blitzartig ließ er die Packung fallen und hob in einer fast menschlich anmutenden Geste die Arme. An seinen dreifingrigen Händen befanden sich Krallen, die jede für sich nicht viel kürzer waren als Littleclouds Finger. Der Kiefer, in dem sich scheinbar Hunderte von Zähnen zu drängen schienen, öffnete sich zu einem boshaften Grinsen, und Littlecloud hörte einen Schrei, den er nie mehr im Leben ganz vergessen sollte.

Dann sprang das Ungeheuer, aus dem Stand und ohne die geringste Vorwarnung.

Mainlands Kugel traf es mitten im Sprung. Es war ein

unglaublich präziser Schuß, der das Auge des Sauriers traf und sich tief in sein Gehirn bohrte, und trotzdem hätte er Littlecloud nicht mehr gerettet, hätte dieser nicht im letzten Moment doch noch reagiert.

Lebend oder tot, es war eine halbe Tonne Fleisch und Knochen, die auf Littlecloud zuflog. Mit einer verzweifelten Bewegung warf er sich nach rechts, mitten hinein in das gefährliche Gewirr aus Trümmern und Glasscherben. Der Saurier flog über ihn hinweg, krachte gegen die Wand und brach einfach hindurch.

»Alles okay?« Mainland war mit einem Satz bei ihm und streckte die Hand aus, um Littlecloud hochzuhelfen. Aber es dauerte einen Moment, bis Littlecloud danach griff.

»Warum hast du nicht geschossen?« fragte Mainland.

»Später«, antwortete Littlecloud. Er deutete mit einer Kopfbewegung in die Richtung, aus der noch immer die Schreie drangen. Sie konnten die Eingeschlossenen noch immer nicht sehen, aber jetzt war wenigstens auszumachen, woher der Lärm kam: An der hinteren Wand des Raumes befand sich eine schmale Metalltür, hinter der noch immer gellende Schreie hervordrangen. »Beeilen wir uns, ehe noch mehr von diesen Biestern –«

Er verstummte abrupt, als er Mainlands entsetzten Gesichtsausdruck sah. Diesmal verlor er keine Zeit, sondern fuhr herum und brachte in der gleichen Bewegung seine Waffe in Anschlag, felsenfest davon überzeugt, einen oder auch mehrere Saurier zu sehen, die durch das Loch in der Wand hereindrangen.

Es waren keine Saurier. Aber das Bild, das sich ihnen durch die gewaltsam geschaffene Öffnung hindurch bot, war beinahe noch bizarrer.

Die Ungeheuer aus der Urzeit wurden von einem Monster aus der Zukunft gejagt – das war jedenfalls der allererste Eindruck, den Littlecloud hatte.

Über der Straße schwebte ein olivgrün gespritzter Kampfhubschrauber. Der Pilot hielt die Maschine in acht, allerhöchstens zehn Metern Höhe in der Luft, und gerade als sich Littlecloud zu ihr herumdrehte, begann sie leicht nach vorne zu kippen. Littlecloud verstand den Sinn dieses Manövers sehr wohl, aber er weigerte sich für eine halbe Sekunde einfach, es zu begreifen.

»Nein!« flüsterte er. »Um Gottes wil –«

Der Rest seines Satzes ging im heulenden Kreischen der modifizierten Gatlin-Gun unter, die unter dem Cockpit des Apache angebracht war.

Es war, als ob die ganze Straße explodierte.

Die Geschosse zerfetzten den Asphalt, die Autowracks und die Saurier gleichermaßen, in einer einzigen brüllenden Salve, die nur wenige Sekunden anhielt, aber von unvorstellbarer Vernichtungskraft war. Die drei oder vier Deinonychus', die dem Angriff von Mainlands Männern bisher noch standgehalten hatten, wurden regelrecht in Stücke gerissen, schneller, als sie überhaupt begreifen konnten, was ihnen geschah.

Littlecloud wartete mit angehaltenem Atem darauf, daß eine verirrte Kugel einen Funken aus dem Asphalt riß, der das Benzin draußen unter dem Vordach entzündete, aber nichts geschah.

Dann schwenkte der Apache auf der Stelle herum, und Littlecloud wußte bereits, was geschehen würde, noch ehe er die Bewegung aus den Augenwinkeln wahrnahm. Plötzlich fiel ihm wieder ein, daß sie auch von der Rückseite der Tankstelle her Schreie und den Lärm eines entsetzlichen Kampfes gehört hatten.

Die Gatlin-Gun brüllte erneut auf, und diesmal geschah die Katastrophe.

Littlecloud konnte den Funken sogar sehen, der aus einer der Betonsäulen heraussprirtzte. Es schien wie in Zeitlupe zu passieren. Langsam, unendlich langsam, wie es ihm vorkam, glitt der winzige Glutpunkt zu Boden und wurde dabei immer kleiner und blasser. Als er die Erde erreichte, war er fast erloschen. Aber eben nur fast.

Die Benzinlache fing mit einem sonderbar weichen, dumpfen *Wuuuusch* Feuer. Mainland und Littlecloud taumelten im gleichen Moment und mit schützend vor die Gesichter gerissenen Armen zurück. Trotzdem traf sie die Hitzewelle mit grausamer Wucht, versengte ihre Augenbrauen und Haare und ließ sie keuchend nach Atem ringen.

»Raus hier!« brüllte Mainland. »*Der ganze Laden fliegt gleich in die Luft!*«

Selbst wenn sie gewollt hätten – sie konnten es gar nicht mehr. Der gesamte Tanksäulen-Bereich der Texaco stand in Flammen. Die Hitze drang wie eine erstickende Woge zu ihnen herein, und es konnte nur noch Sekunden dauern, bis die Flammen auch auf die unterirdischen Tanks übergriffen und die gesamte Tankstelle wie eine übergroße Bombe hochging. Und trotz allem hörten sie immer noch die gellenden Schreie auf der anderen Seite der Tür.

Littlecloud stolperte halb blind vor Hitze und Atemnot los und zerrte eine Sekunde lang vergeblich an der Tür, ehe ihm aufging, daß sie verschlossen war. In panischer Hast wich er zurück, zog den Revolver aus dem Gürtel und feuerte dreimal hintereinander auf das Schloß. Trotzdem mußten sie sich mit vereinten Kräften gegen die Tür werfen, ehe sie endlich nachgab und sie nebeneinander in den dahinterliegenden Raum stolperten.

Littlecloud riß seine Waffe in die Höhe. Er hörte die Schreie jetzt ganz deutlich. Aber vor ihnen war kein weiterer Dinosaurier. Der Raum wäre gar nicht groß genug gewesen, einem dieser Tiere Platz zu bieten. Es war im Grunde nicht mehr als eine kleine Kammer, an deren Rückseite sich eine schmale Tür befand, die lose in den Angeln pendelte. Es waren auch keine Menschen da.

Die Schreie kamen aus dem kleinen Fernsehgerät, das auf einem Regal an der Wand stand und einen japanischen Monsterfilm zeigte.

Ein dumpfer Knall wehte zu ihnen herein. Für eine Sekunde loderte der Himmel draußen über der Stadt in einem hellen, boshaften Rot, und Littlecloud konnte fühlen, wie tief unter ihren Füßen irgend etwas zerbrach.

Mit verzweifelter Hast rannten sie los, aber Littlecloud

war bis zum letzten Moment nicht sicher, ob sie es schaffen würden.

Die unterirdischen Tanks der Texaco-Station enthielten mehr als dreihunderttausend Gallonen Benzin, und ein boshaftes Schicksal hatte es so gefügt, daß sie weniger als eine halbe Stunde, bevor die Saurier ihren Großangriff auf Las Vegas begannen, erst frisch gefüllt worden waren.

Sie explodierten, als sich Littlecloud und Mainland ungefähr hundert Meter von der Tankstelle entfernt hatten.

Buch 3

DIE STATION IN DER URZEIT

Littlecloud krümmte sich wimmernd zusammen, verbarg das Gesicht in der Armbeuge und wartete darauf, daß der Himmel aufhörte, in Stücke zu brechen, die brennend auf ihn herabfielen. Er hatte jedes Zeitgefühl verloren. Ein winziger, noch zu klarem Denken fähiger Teil seines Bewußtseins sagte ihm, daß es nur Sekunden gedauert haben konnte, und doch schienen Ewigkeiten zu vergehen, bis der Donner der Explosion endlich verebbte und der Trümmerregen aufhörte, und weitere Ewigkeiten, bis er es wagte, die Augen wieder zu öffnen und den Kopf zu heben.

Seine Umgebung bot einen furchteinflößenden Anblick.

Die Druckwelle hatte ihn meterweit durch die Luft geschleudert und herumgewirbelt, so daß er im ersten Moment Mühe hatte, sich zu orientieren. Die zerstörte Tankstelle befand sich irgendwo links von ihm, aber alles, was er davon sehen konnte, war eine brodelnde schwarze Qualmwolke, hinter der es immer wieder weiß und orangerot aufflammte.

Littlecloud sah mindestens ein Dutzend regloser Gestalten rings um sich herum auf dem Boden liegen, und er war sicher, daß einige davon sich nie wieder erheben würden.

Überall brannte es. Glühende Trümmerstücke und brennendes Benzin waren in weitem Umkreis vom Himmel geregnet und hatten die Straße, Automobile, Häuser und Vorgärten in Brand gesetzt, und die Druckwelle schien jede einzelne Fensterscheibe im Umkreis einer Meile zertrümmert zu haben. Daß er überhaupt noch am Leben war, kam ihm selbst wie ein Wunder vor.

Er hörte ein halblautes Stöhnen hinter sich, drehte mühsam den Kopf und erkannte Mainland, der ebenso wie er zu Boden geschleudert worden war, aber offensichtlich nicht ganz so glimpflich davongekommen war. Sein Hemd war zerrissen und an zahlreichen Stellen verkohlt, und sein Gesicht war über und über mit Blut verschmiert, das aus einer breiten, häßlichen Schnittwunde unter seinem Haaransatz lief.

Trotzdem hatte er Glück gehabt: Kaum einen Meter neben ihm loderte eine Pfütze aus brennendem Benzin, und unmittelbar neben seinem rechten Fuß war ein glühendes Trümmerstück mit solcher Gewalt vom Himmel gestürzt, daß es sich tief in den Asphalt gegraben hatte.

Littlecloud stemmte sich mühsam auf Hände und Knie hoch, überzeugte sich mit einem flüchtigen Blick davon, daß er selbst nicht ernsthaft verletzt war, und kroch dann zu dem Lieutenant hin. Mainland war bei Bewußtsein, aber seine Augen waren trüb.

Im allerersten Moment erkannte er Littlecloud nicht einmal. Dann versuchte er sich aufzurichten, verzog schmerzhaft das Gesicht und sank stöhnend wieder zurück. Erst beim zweiten Versuch – und mit Littleclouds Hilfe – gelang es ihm, sich in eine halb sitzende Position hochzustemmen.

»Haben Sie Schmerzen?« fragte Littlecloud.

»Ja«, stöhnte Mainland.

Littlecloud ließ Mainlands Hand los und drehte sich erneut zu der brennenden Tankstelle herum. Die Rauchsäule war noch dichter geworden, aber zumindest hatten die Explosionen in ihrem Inneren aufgehört. Auch die meisten Verletzten regten sich wieder; einige waren bereits auf den Beinen oder versuchten, anderen zu helfen, und die allermeisten Brände waren schon wieder erloschen.

Eine plötzliche Windböe trieb den Rauch auseinander, und in der Lücke erschien ein schwarzes, kreischendes Ungeheuer aus Stahl und Glas, das zielsicher auf Littlecloud und Mainland zuhielt und sich keine zwanzig Meter von ihnen entfernt zu Boden senkte.

Der Pilot ging dabei ziemlich rücksichtslos vor: Zwar befanden sich genau dort, wo er den Helikopter landete, keine Menschen, aber die Wucht der aufgepeitschten Luft war selbst in zehn Metern Entfernung noch groß genug, einige von denen, die sich gerade mühsam hochgestemmt hatten, wieder zu Boden zu schleudern. Auch Littlecloud und Mainland hatten Mühe, sich auf den Beinen zu halten.

Plötzlich riß der Apache ungläubig die Augen auf, als er den Mann erkannte, der aus der Pilotenkanzel sprang und geduckt auf Mainland und ihn zugerannt kam.

»Schön, Sie zu sehen, Red«, sagte Straiter. Mit einem nicht besonders humorvoll wirkenden Lächeln fuhr er fort: »Obwohl ich sagen muß, daß ich es allmählich lästig finde, Sie jedesmal aus irgendeiner unangenehmen Situation heraushauen zu müssen.«

»Sie kennen sich?« murmelte Mainland.

»Ja, wir kennen uns«, antwortete Straiter an Littleclouds Stelle. »Und mit wem habe ich das Vergnügen?«

»Mein Name ist Mainland«, antwortete Mainland.

»Mainland?« Straiter legte fragend den Kopf auf die Seite. »*Lieutenant* Mainland?« Ohne Mainlands Antwort abzuwarten, trat er einen Schritt auf ihn zu und streckte ihm die Hand entgegen.

»Mein Name ist Straiter«, sagte Straiter. »Colonel Straiter von der Air Force. Wir haben heute morgen miteinander telefoniert.«

Mainland riß verblüfft die Augen auf. »Sie sind Win –, ich meine, Littleclouds Vorgesetzter?«

»Ganz recht.« Straiter hatte Mainlands Beinahe-Versprecher natürlich bemerkt und lächelte flüchtig. »Aber ich fürchte, ich bin nicht nur in dieser Eigenschaft hier. Nach allem, was ich auf dem Weg hierher gesehen habe, haben sich die Dinge ein wenig ... geändert.«

»Geändert?« fragte Mainland mißtrauisch. »Wie meinen Sie das?«

»Lieutenant Mainland«, fuhr Straiter fort. Seine Stimme wurde offiziell. »Unter Inanspruchnahme der mir vom Präsidenten der Vereinigten Staaten von Amerika verliehenen Vollmachten verhänge ich hiermit den Ausnahmezustand über diese Stadt. Las Vegas steht ab sofort unter meinem Kommando.«

Das Tier war so groß wie ein dreistöckiges Haus, und hätte es seinen langen, muskulösen Hals nicht gesenkt, um an einem der wenigen, dürren Büsche zu zupfen, deren Wurzeln im kargen Wüstensand neben dem Highway Halt gefunden hatten, hätte es vermutlich noch weitaus größer und beeindruckender ausgesehen. Seine Beine, säulenförmig und plump wie die eines Elefanten, aber zehnmal so massig, blockierten den vierspurigen Highway auf ganzer Breite, und der gewaltige Schwanz hatte einen Graben in den Sand gerissen, in dem ein ausgewachsener Mensch bequem hätte liegen können.

»Unglaublich!« sagte Parmeter. »Ab-so-lut un-glaublich!« Jede einzelne Silbe, die er sprach, wurde vom Klicken seiner Kamera begleitet.

Eine zweite, deren Film bereits voll war, lag neben ihm auf dem Sitz des Landrovers, und eine dritte, deren Film noch darauf wartete, ebenso schnell und beinahe wahllos verschossen zu werden wie seine beiden Vorgänger, baumelte um seinen Hals.

»Dein Informant hatte recht«, fuhr er fort, während er den Sucher der Kamera auf den vergleichsweise winzigen Schädel des Sauriers richtete und so schnell auf den Auslöser drückte, daß dem Motor der Kamera kaum Zeit blieb, den Film weiterzutransportieren. »Das waren die bestangelegten fünfhundert Dollar, die du mir je abgeschwatzt hast.«

»Wenn du es schon selbst sagst – wie wäre es mit einer kleinen Prämie?« Das blonde, allerhöchstens zwanzigjährige Mädchen, das neben Parmeter hinter dem Steuer saß, griff nach der Kamera und begann den Film zu wechseln. Sie stellte sich nicht besonders geschickt dabei an, aber das lag weniger daran, daß sie nicht genug Übung darin gehabt hätte, als wohl vielmehr daran, daß ihre gesamte Aufmerksamkeit dem Saurier galt, der wie ein zum Leben erwachtes Fabelwesen über dem Wagen aufragte.

»Eine *kleine* Prämie?« Parmeter lachte, wechselte die Kamera und visierte den Brachiosaurus aus einem anderen Blickwinkel an. »Liebling, wenn wir diese Bilder hier als erste an den Mann bringen, haben wir ausgesorgt, ist dir das klar?«

Das Mädchen antwortete nicht, sondern klappte die Kamera wieder zu und legte sie griffbereit vor Parmeter auf das Armaturenbrett. Ihr Blick suchte den Saurier. Das Tier war noch gute fünfzig oder sechzig Meter entfernt; aber für ein Geschöpf dieser Größe bedeutete das nicht mehr als einige Schritte.

»Aber wo ... wo kommt dieses Tier bloß her?« murmelte das Mädchen.

»Angst?« Parmeter lachte nervös, schoß noch drei oder vier Aufnahmen von dem davontrottenden Saurier und ließ sich dann wieder auf den Sitz niedersinken. »Brauchst du nicht zu haben. Das ist ein Pflanzenfresser.«

»Ach?« sagte Sue. »Und woher weißt du das?« Sie griff nervös nach dem Zündschlüssel, zögerte aber noch, den Motor zu starten.

»Warte noch«, sagte er. »Vielleicht sollten wir uns noch ein bißchen umsehen.«

»Aber was gibt es denn hier zu sehen?«

»Dieser Wald«, murmelte er. »Ich verstehe nicht, wo er so plötzlich herkommt. Das ... das ist eigentlich unmöglich!«

»Vielleicht haben sie es die ganze Zeit über geheimgehalten«, murmelte Sue. »Ich meine ... vielleicht haben sie diesen Wald in aller Stille angepflanzt, um ihn –« Sie verstummte, als sie ein Blick Parmeters traf.

»Manchmal bist du geradezu genial«, sagte er. »Ich meine – du weißt es wahrscheinlich nicht, aber ich glaube, du bist der Wahrheit verdammt nahe gekommen. Fahr los.« Er deutete mit einer Kopfbewegung auf den Waldrand, annähernd zwei Meilen von der Straße entfernt. »Dorthin.«

»Aber ... aber fahren wir ihm denn nicht nach?« wunderte sich Sue.

»Dem Saurier?« Parmeter lachte. »Wozu? Die Bilder laufen uns nicht davon. Außerdem – so ungern ich es auch zugebe, aber ich fürchte, in spätestens zwei Stunden sind unsere Fotos nicht mehr ganz so exklusiv. Es spielt wahrscheinlich keine Rolle, ob wir sie ein paar Minuten früher oder später durchfaxen. Nein – das *wahre* Geheimnis liegt dort drüben. Wußtest du, daß das Militär irgendwo dort drüben eine geheime Forschungsstation betreibt?«

Sue schüttelte den Kopf und sagte: »So geheim kann sie nicht sein, wenn du davon weißt.«

Es war ein sehr sonderbarer Wald. Die Bäume sahen gar nicht aus wie richtige Bäume, sondern erinnerten viel mehr an zu groß geratene Farngewächse, und es gab nur sehr wenige Büsche. Außerdem fehlte etwas, auch wenn Sue nicht genau sagen konnte, was.

»Unglaublich«, murmelte Parmeter. »Das ... das kann nicht sein. Ich sehe es, aber ich ... ich weigere mich, es zu glauben!«

»Was?« fragte Sue.

»Dieser Wald!« Parmeter wirkte plötzlich furchtbar aufgeregt. »Begreifst du denn nicht? Diesen Wald dürfte es gar nicht geben!«

»Ich weiß«, antwortete Sue. »Du hast selbst gesagt, daß –«

»Das meine ich nicht«, unterbrach sie Parmeter. »Einen Wald wie diesen dürfte es auf der ganzen Welt nicht geben. Nirgendwo! Das ... das ist ein Wald aus dem Mesozoikum!«

»Aus dem *was?*« fragte Sue. Sie hatten den Waldrand erreicht, und der Wagen wurde langsamer. Sue ließ das Golf Cabriolet ausrollen und trat auf die Bremse, so daß der Wagen halb im Wald, halb aber noch in der Wüste zum Stehen kam. Sie traten aus dem Wald heraus, über eine Linie, die so exakt wie mit dem Lineal gezogen den Wüstensand vom Waldboden trennte.

»Sieh dir das an!« sagte Parmeter. »Das ... das sind überhaupt keine Bäume! Das ist –«

»Was?« fragte Sue, als Parmeter nicht weitersprach.

»Still!« Der Journalist hob warnend die Hand.

»Was hast du?« fragte Sue erschrocken.

Parmeter setzte zu einer Antwort an, aber bevor er etwas sagen konnte, hörte auch das Mädchen, was ihn offensichtlich alarmiert hatte: eine Folge splitternder, krachender

Geräusche, noch weit entfernt, aber langsam lauter werdend. Etwas kam näher. Etwas Großes.

»Wir sollten besser von hier verschwinden«, sagte Sue nervös.

»Vielleicht hast du recht«, murmelte Parmeter – was an sich schon ungewöhnlich genug war. Er gab normalerweise *nie* zu, daß Sue recht hatte; ganz gleich, ob es so war oder nicht.

Aber es war zu spät. Sue blieb nicht einmal genug Zeit, sich über Parmeters plötzlichen Gesinnungswandel zu wundern. Das Splittern und Krachen wurde lauter, kam näher, und dann brach etwas Gewaltiges, Grüngraues zwischen den Bäumen hervor und stürmte auf vier dicken, aber erstaunlich flinken Beinen keine fünf Meter neben dem Wagen in die Wüste hinaus.

Sue stieß einen erschrockenen Schrei aus, schlug fast im gleichen Moment die Hand vor den Mund und prallte zurück, und auch Parmeter brachte sich mit einem hastigen Satz in Sicherheit.

Das Tier war nicht so groß wie das, das sie draußen in der Wüste gesehen hatten – aber es war noch immer ein Gigant, zwei-, dreimal so groß wie ein Elefant und sicher fünfmal so schwer. Wäre es unmittelbar vor ihnen aus dem Wald gebrochen, so hätte es den Wagen und seine beiden Insassen wahrscheinlich einfach überrannt, ohne es auch nur zu bemerken.

Und selbst wenn, wäre es ihm vermutlich egal gewesen, denn das Tier rannte um sein Leben.

Zehn Meter hinter ihm brach eine ganze Horde sandfarbener Teufel aus dem Wald. Wenigstens war das der allererste Eindruck, den Sue hatte. Die Tiere – es mußte ein Dutzend sein, wenn nicht mehr – waren nicht annähernd so groß wie die Beute, die sie verfolgten, aber viel schneller, und ungleich gefährlicher.

Sue hatte Geschöpfe wie diese noch nie zuvor im Leben gesehen, und trotzdem spürte sie instinktiv, daß sie Killern gegenüberstand; vielleicht den gefährlichsten Geschöpfen überhaupt, die es jemals auf diesem Planeten gegeben hatte.

»Großer Gott!« keuchte Parmeter. »Weg! Nichts wie weg hier!«

Sue hätte hinterher nicht mehr sagen können, ob es bloßer Zufall oder sein Schrei gewesen war, der die Aufmerksamkeit der Deinonychus' ausgerechnet in diesem Moment erregte. Es spielte eigentlich auch keine Rolle.

Der Großteil der Meute jagte weiter mit gewaltigen, fast grotesk anmutenden Sprüngen hinter seiner Beute her, aber zwei der Tiere wurden plötzlich langsamer, blieben schließlich ganz stehen und drehten sich schließlich, so synchron und schnell, als hätten sie sich auf eine geheimnisvolle, lautlose Weise miteinander verständigt, zu ihnen herum.

Für die Dauer einer Sekunde blickte Sue in ein Paar dunkler, beunruhigend wacher Augen.

Und dann ging alles unglaublich schnell. Das ganze, furchtbare Geschehen dauerte allerhöchstens zwei Sekunden, aber für Sue wurden sie zu zwei Ewigkeiten, die sie nie wieder vergessen sollte.

Die beiden Ungeheuer näherten sich Parmeter und ihr, mit langsamen, wiegenden Schritten.

Zugleich hörte Sue einen sonderbaren, summenden Ton, der aus dem Nichts zu kommen schien und von überallher zugleich erscholl. Er wurde nicht lauter, nahm aber rasch an Intensität zu.

Parmeter schrie erneut auf und wich rückwärts gehend vor den beiden Deinonychus' zurück.

Das linke der beiden Tiere, das sich ihn als Opfer auserkoren hatte, schwenkte um eine Winzigkeit herum und begann zu rennen. Es machte zwei, drei gewaltige Schritte und stieß sich dann ab, um sein Opfer mit weit vorgestreckten Hinterläufen und ausgebreiteten Klauen anzuspringen. Seine Bewegungen erinnerten auf absurde Weise an die eines Känguruhs.

Auch der zweite Deinonychus raste los. Sue schrie gellend auf und taumelte zurück, auf den Waldrand zu. Sie spürte Widerstand in ihrem Rücken, fuhr mit einem Schrei herum und stolperte im gleichen Moment über eine Luftwurzel. Dicke, fleischige Farnwedel schlugen über ihr zusammen.

Das Summen wurde intensiver.

Plötzlich war überall Licht. Für den Bruchteil einer Sekunde schienen Millionen und Abermillionen winziger weißer Glühwürmchen über der Wüste in der Luft zu tanzen, Milliarden winziger vergänglicher Lichtpunkte, die die Konturen jeder einzelnen Sanddüne, jedes Steines, aber auch des flüchtenden Sauriers und der ihn verfolgenden Räuber nachzeichneten.

Und dann waren da plötzlich *zwei* Bilder, wie bei einer doppelt belichteten Fotografie. Einen Moment lang sah Sue *zwei* Wirklichkeiten: die Wüste, die Saurier und den vertrauten Himmel von Nevada, aber zugleich, parallel und irgendwie in dieses Bild hineingewoben, auch die Fortsetzung des Dschungels, in dem sie sich befand. Es war, als gäbe es da mit einem Mal zwei Realitäten, die versuchten, den gleichen Platz im Universum einzunehmen.

Die beiden Deinonychus' explodierten.

Irgend etwas packte die beiden Geschöpfe und zerriß sie von innen heraus. Ihre Körper wurden nicht in Stücke gerissen, sondern regelrecht desintegriert, als hätte sich die unsichtbare Kraft, die die Moleküle und Atome im Gleichgewicht hielt, von einer Sekunde auf die andere ins Gegenteil verkehrt.

Was gerade noch ein sich im tödlichen Sprung befindendes Ungeheuer gewesen war, verwandelte sich im hundertsten Teil einer Sekunde in eine brodelnde, rasch auseinandertreibende Wolke aus rötlichem Nebel. Das gleiche widerfuhr auch dem großen Saurier und ebenso dem Rudel, das ihn verfolgte. Nur einen winzigen Moment später erloschen die tanzenden Lichtpunkte, und die Wüste war endgültig verschwunden. An ihrer Stelle erstreckte sich nun der wuchernde Urzeitdschungel, die zweite Wirklichkeit, die die erste verschlungen und überwältigt hatte.

Das Mädchen stand sekundenlang wie gelähmt da. Sue

versuchte erst gar nicht, zu begreifen, was sie gerade erlebt hatte.

Die Wüste war verschwunden, so spurlos und endgültig, als hätte es sie nie gegeben, und an ihrer Stelle erstreckte sich die Fortsetzung des Farnwaldes, in dem sie sich zum Zeitpunkt des Phänomens aufgehalten hatte.

Sue verstand es nicht, und sie *wollte* es auch nicht verstehen. Die Wüste war fort, aber auch die beiden Ungeheuer waren fort, die Parmeter und sie hatten töten wollen, und das allein zählte. Mit einem tiefen, unendlich erleichterten Seufzen wandte Sue sich zu Parmeter um – und erstarrte.

Nicht nur die Wüste war verschwunden.

Auch Parmeter war fort – und die Hälfte des Volkswagens. Etwas hatte den Wagen halbiert. Die Motorhaube und ein Teil der vorderen Sitzbank, bis genau zu jener imaginären Linie, hinter der vor einer Sekunde noch die Wüste gelegen hatte, waren noch da, und der Rest war einfach ... *weg*. Der Wagen war so sauber wie mit einem gewaltigen, superscharfen Skalpell durchgeschnitten worden.

Sue machte einen Schritt, und dann fiel ihr Blick auf das, was auf der anderen Seite des Wagens auf dem Boden lag, und sie begriff, daß nicht nur der Volkswagen, sondern auch Parmeter zu einem Teil auf dieser Seite der Wirklichkeit und zu einem anderen Teil auf der anderen gestanden hatte, als der Wechsel erfolgte.

Sue begann zu schreien, und sie hatte das Gefühl, nie wieder damit aufhören zu können.

Selbst durch das Dreifachglas der Klinikfenster war das Heulen der Sirenen noch deutlich zu vernehmen. Das Zimmer ging nach Süden hinaus, so daß man die schwarze Qualmwolke, die sich mittlerweile über dem gesamten nördlichen Teil der Stadt ausgebreitet hatte, nicht sehen konnte, aber Littlecloud wußte, daß der Brand noch immer tobte.

Im Verlauf der letzten Stunde waren sämtliche Löschzüge

von Las Vegas ausgerückt, um die brennende Tankstelle zu löschen, aber alles, was ihnen bisher gelungen war, war, eine Ausdehnung des Brandes zu verhindern, nicht, das Feuer wirklich unter Kontrolle zu bekommen. Wenn die Zahlen stimmten, die Mainland ihm genannt hatte, hatte die Katastrophe neun Menschenleben gefordert, und etliche Dutzend Verletzte. Trotzdem hatten sie Glück im Unglück gehabt. Es hätte leicht auch die zehnfache Anzahl von Toten sein können.

»Wie lange dauert das denn noch?« Straiters Stimme klang ungewohnt scharf.

»Sie werden sich wohl noch einen Moment gedulden müssen«, antwortete Mainland. »Außerdem wäre ich an Ihrer Stelle vielleicht nicht ganz so versessen darauf, mit Bürgermeister Clayton zu sprechen. Es ist nämlich möglich, daß er nicht besonders begeistert davon ist, daß Sie seine halbe Stadt in die Luft gesprengt haben.«

Straiter ersparte es sich, zu antworten, und wandte sich an den grauhaarigen, etwa sechzigjährigen Mann, der aufrecht in einem der beiden Betten saß, die es in dem Krankenzimmer gab.

»Also, Professor?« begann Straiter. »Sie sind völlig sicher, daß es näher kommt?«

»Hundertprozentig«, antwortete Schneider. »Will und ich ...« Er verbesserte sich. »*Captain Darford* und ich haben es mit eigenen Augen gesehen. Es weitet sich aus. Und ich fürchte, sehr schnell.«

Straiter wandte sich mit einem fragenden Blick an den Mann, der im zweiten Bett lag.

Er war sehr viel jünger als Schneider, bot aber ansonsten einen kaum erfreulicheren Anblick. Er nickte, ohne etwas zu sagen.

Die Tür wurde geöffnet, ohne daß jemand angeklopft hätte. Straiter sah mit einem leicht verärgerten Gesichtsausdruck auf.

»Doktor«, sagte er, »ich hatte Sie gebeten, nicht unangemeldet hereinzukommen, wenn ich mich recht erinnere.«

»Sie erinnern sich recht«, antwortete der Arzt kühl und marschierte an Straiter vorbei.

»Dann halten Sie sich bitte auch daran«, fuhr Straiter fort. »Bitte lassen Sie uns allein.«

Der Arzt würdigte ihn nicht einmal eines Blickes.

»Das hier ist *meine* Klinik, wissen Sie?« sagte er. »Ich fürchte, Sie haben hier nichts zu sagen, Colonel. Wenn Sie jemandem Befehle erteilen wollen, gehen Sie in Ihre Kaserne.«

Der Arzt trat an Schneiders Bett, leuchtete ihm kurz mit einer kleinen Taschenlampe ins linke Auge und schüttelte den Kopf. Er steckte die Lampe ein und zog in der gleichen Bewegung ein verchromtes Spritzenetui aus der Kitteltasche.

»Was haben Sie da?« fragte Schneider mißtrauisch, während der Arzt das Etui aufklappte und eine bereits fertig aufgezogene Spritze herausnahm.

»Nichts, wovor Sie Angst haben müßten«, antwortete der Arzt, wobei er unbewußt in jenen charakteristischen Ton verfiel, in dem die meisten Ärzte mit ihren Patienten sprechen – vor allem, wenn sie diese für besonders starrköpfig halten. »Nur ein leichtes Beruhigungsmittel. Es wird Ihnen helfen, einzuschlafen. Geben Sie mir Ihren Arm, bitte.«

»Den Teufel werde ich tun!« antwortete Schneider. »Geben Sie mir lieber etwas, das mich wachhält!«

Der Arzt seufzte tief.

»Bitte, Professor, seien Sie vernünftig –«, begann er, aber Schneider unterbrach ihn sofort, und in noch schärferem Ton:

»Ich *bin* vernünftig, Doc. Aber Sie nicht. Sie scheinen nicht zu begreifen, worum es hier geht!«

»Ich begreife, daß Sie anscheinend wild entschlossen sind, sich umzubringen«, antwortete der Arzt. »Ihnen scheint nicht klar zu sein, in welchem Zustand der Erschöpfung Sie sich befinden. Es ist schon ein kleines Wunder, daß Sie überhaupt noch am Leben sind. Jetzt geben Sie mir Ihren Arm, bevor ich einen Pfleger rufe, der Sie festhält.«

»Doktor«, sagte Straiter ruhig.

Der Arzt verdrehte die Augen, wandte mit einem zornigen Ruck den Kopf – und erbleichte, als er direkt in die Mündung der Pistole sah, die Straiter auf ihn richtete.

»Was ... was soll das?« stammelte der Arzt.

»Sie haben Professor Schneider doch gehört«, erwiderte Straiter. »Ich glaube nicht, daß Sie berechtigt sind, ihm gegen seinen Willen irgend etwas zu spritzen. Also seien Sie bitte vernünftig und verlassen Sie das Zimmer.«

»Ich ... ich protestiere!« keuchte der Arzt. »Das ist eine Ungeheuerlichkeit! Ich werde die Polizei rufen!«

»*Was ist denn hier los?*« sagte eine scharfe Stimme von der Tür her.

Mit Ausnahme Mainlands wandten sich alle Beteiligten um und blickten den etwa fünfzigjährigen, untersetzten Mann an, der hinter ihnen eingetreten war.

Er trug einen teuren, maßgeschneiderten Anzug, ebenso teure Schuhe und ein nicht ganz dazu passendes Rüschenhemd mit einem schwarzen Binder anstelle einer Krawatte.

»Stecken Sie die Waffe ein!« befahl Bürgermeister Clayton scharf. »Das hier ist ein Krankenhaus, kein Truppenübungsplatz!«

Littlecloud drehte sich erwartungsvoll zu Straiter herum, aber zu seinem Erstaunen gehorchte der Colonel sofort. Er wirkte sogar erleichtert.

»Sie sind Mister Clayton, nehme ich an?«

»Ganz recht!« Clayton nickte heftig, schloß die Tür hinter sich und maß Straiter mit einem langen, nicht besonders freundlichen Blick.

»Und Sie müssen der Mann sein, der glaubt, mir meine Stadt wegnehmen zu können«, sagte er. »Was soll dieser Unsinn, daß Sie den Ausnahmezustand über Las Vegas verhängen wollen?«

Straiter seufzte erneut. Aber er antwortete nicht sofort, sondern drehte sich noch einmal zu dem Arzt herum, auf dessen Gesicht sich beim Klang von Claytons Worten ein

Ausdruck tiefer Bestürzung breitzumachen begonnen hatte.

»Bitte, Doc«, sagte er. »Lassen Sie uns einen Moment allein. Nur zehn Minuten. Danach übergebe ich Ihre beiden Patienten widerspruchslos in Ihre Obhut, das verspreche ich Ihnen.«

Nach allem, was er vorher gesagt hatte, überraschte diese plötzliche Versöhnlichkeit den Arzt wohl vollkommen. Er starrte Straiter nur verwirrt an, ohne zu antworten, und er protestierte nicht einmal, als der Colonel ihn am Arm ergriff und mit sanfter Gewalt zur Tür geleitete.

Erst, als Straiter ihn bereits auf den Gang hinausschob, erwachte er aus seiner Erstarrung und versuchte sich noch einmal zu widersetzen – aber da war es zu spät. Straiter bugsierte ihn einfach nach draußen und schob die Tür hinter ihm ins Schloß.

»Also?« fragte Clayton. »Ich höre.«

»Professor?« Straiter wandte sich mit einem fragenden Blick an Schneider. Der Wissenschaftler hatte sich in seinem Bett aufgerichtet, aber das änderte nichts daran, daß er aussah, als würde er jeden Augenblick einfach zusammenklappen. Insgeheim bewunderte Littlecloud die Zähigkeit dieses Mannes.

»Ja«, sagte Schneider müde. »Das beste wird wohl tatsächlich sein, wenn ich es erzähle – so weit ich das kann, heißt das.«

Auch diese Antwort schien Clayton nicht besonders zu gefallen. Aber er sagte auch jetzt nichts, sondern ging zum Fenster, öffnete es und lehnte sich mit verschränkten Armen gegen das Fensterbrett, während Schneider, langsam und sich auf das Wesentliche beschränkend, die ganze Geschichte zum dritten Mal erzählte. Clayton unterbrach ihn nicht, aber sein Gesichtsausdruck verfinsterte sich praktisch mit jedem Wort, das er hörte.

»Das ist das Verrückteste, was ich jemals gehört habe«, sagte er, als Schneider schließlich geendet hatte. Er versuchte zu lachen, aber es klang nicht überzeugend. »Und jetzt erwarten Sie tatsächlich, daß ich das alles glaube?«

»Mein Helikopter steht noch auf dem Dach«, sagte Straiter. »Sie können gerne hinausfliegen und sich selbst überzeugen.« Er griff in seine Jacke und zog einen zusammenge-
falteten Umschlag hervor. »Sie können allerdings auch mit
diesen Satellitenaufnahmen vorlieb nehmen.«

Clayton nahm den Umschlag entgegen, öffnete ihn und
zog eine Anzahl großformatiger Schwarz-Weiß-Fotos hervor, die er einen Moment lang konzentriert betrachtete.

»Und?« fragte er schließlich. »Soll ich mir ein Gewehr
nehmen und auf Saurierjagd gehen?« Er sog nervös an seiner Zigarette. Seine Hände zitterten ganz leicht.

Straiter wollte auffahren, aber Schneider warf ihm einen
raschen, mahnenden Blick zu.

»Ich kann verstehen, daß Sie verwirrt sind, Mister
Clayton«, sagte er. »Ich glaube, ich an Ihrer Stelle würde
auch kein Wort glauben. Aber ich sage die Wahrheit. Dort
draußen geht etwas ... Unvorstellbares vor sich. Diese Stadt
und alle ihre Bewohner sind in Gefahr.«

Clayton seufzte.

»Ich wiederhole meine Frage, meine Herren«, sagte er.
»Was erwarten Sie jetzt von mir? Was soll ich tun? Die
Nationalgarde alarmieren?«

»Das habe ich bereits getan«, erklärte Straiter. Clayton
blickte ihn zornig an, sagte aber nichts, und Straiter fuhr
fort: »Ich hoffe selbst, daß es nicht nötig ist – aber wir sollten
uns allmählich mit dem Gedanken beschäftigen, wie diese
Stadt am schnellsten zu evakuieren ist.«

Das Telefon piepste. Straiter starrte den Apparat einen
Sekundenbruchteil lang beinahe verblüfft an, dann schaltete
er ihn wieder ein und meldete sich. Er hörte einen Moment
lang wortlos zu. Als er das Gerät wieder einsteckte, war er
sichtbar blasser geworden.

»Was ... ist passiert?« fragte Clayton zögernd.

»Das war der Pilot des Hubschraubers, der über dem
Highway postiert ist. Eines von den großen Biestern ist auf
dem Weg hierher.«

Die Straße dreißig Meter unter dem Helikopter war von einem Dutzend quergestellter Polizei- und Privatwagen blockiert. Einige Meter hinter dieser provisorischen Barrikade erstreckte sich eine zweite, lebende Kette aus gut dreißig oder vierzig Polizeibeamten, die ebenso tapfer wie vergeblich versuchten, die rasch anwachsende Menschenmenge zurückzuhalten, die sich hinter ihnen gebildet hatte.

Littlecloud schätzte ihre Anzahl bereits jetzt auf mindestens drei- bis vierhundert, und sie bekamen ununterbrochen Verstärkung.

»Was, zum Teufel, ist denn hier los?« murmelte Clayton. »Eine Jahrmarktsvorstellung?« Er drehte sich im Sitz herum und warf Mainland einen auffordernden Blick zu. »Verdammt noch mal, Lieutenant, rufen Sie Ihre Männer an und sorgen Sie dafür, daß die Leute verschwinden!«

Littlecloud fragte sich, was Mainland eigentlich *tun* sollte – seinen Männern vielleicht befehlen, auf die Menschenmenge dort unten zu schießen? Trotzdem hob Mainland sein Funkgerät an die Lippen und begann mit leiser, aber sehr scharfer Stimme hineinzusprechen.

Die Beamten dort unten kämpften auf verlorenem Posten. Die Menschenmenge wuchs ununterbrochen, und nicht nur auf der Straße. Auch hinter den Fenstern der umliegenden Gebäude, auf Balkonen und Dächern erschienen immer mehr Neugierige.

Sie kamen wirklich aus *allen* Richtungen: Straiter hob plötzlich die Hand und deutete nach Norden, und als Littleclouds Blick der Geste folgte, erkannte er einen kleinen Hubschrauber, der sich ihnen rasch näherte. Die Beschriftung verriet, daß er dem örtlichen Radiosender gehörte.

Straiter tippte dem Piloten des *Apache* auf die Schulter.

»Rufen Sie den Piloten über Funk«, sagte er. »Er soll abdrehen, oder er ist seine Lizenz los.«

Während der Pilot tat, was Straiter ihm aufgetragen hatte, beugte sich Littlecloud wieder zur Seite und sah nach Norden. Der Saurier hatte sich in den letzten beiden Minuten nicht weiter genähert, sondern war stehengeblieben und schien unschlüssig zu sein. Vielleicht erschreckte ihn der Hubschrauber, vielleicht war er auch einfach nur verwirrt. Oder er überlegte, welchen der im Übermaß vorhandenen Appetithappen er zuerst verspeisen sollte.

»Was ist das für ein Tier?« murmelte Mainland. Er hatte das Walky-talky wieder gesenkt und blickte gebannt zu dem riesigen, grünbraun geschuppten Wesen hin.

Der *Apache* schwebte in dreißig Metern Höhe über der Straße, aber der Kopf des Sauriers befand sich trotzdem nicht sehr weit unter ihnen. Littlecloud hatte nie zuvor ein Wesen dieser Größe gesehen. Selbst der Allosaurus, der Cormans Familie getötet hatte, kam ihm gegen diesen Koloß wie ein Zwerg vor.

»Ein Brachiosaurier«, sagte Clayton. Seine Stimme klang flach, als hätte er Mühe, überhaupt zu sprechen. »Er ist völlig harmlos. Ein Pflanzenfresser. Wahrscheinlich hat er mehr Angst vor uns als wir vor ihm.«

»Sie kennen sich mit so etwas aus?« fragte Straiter überrascht.

»Notgedrungen«, antwortete Clayton. »Ich habe einen neunjährigen Enkel, der ganz versessen auf Dinosaurier ist.«

»Dann wollen wir hoffen, daß Ihr Enkel recht hat«, sagte Straiter düster. »Denn wenn nicht, gibt es eine Katastrophe.«

Als hätte er die Worte gehört, bewegte sich der Saurier weiter. Quasi im Vorbeigehen – und wahrscheinlich, ohne daß er es überhaupt bemerkte – zermalmte sein gewaltiger Schwanz einen Wagen, der am Straßenrand geparkt war. Die riesigen Elefantenfüße hinterließen handtiefe Abdrücke im Straßenbelag, und hinter dem Geschöpf blieb eine Spur der Vernichtung zurück: niedergetrampelte Gartenzäune, zerbeulte Autos, die eingedrückten Fassaden von zwei, drei kleineren Häusern, eine geknickte Laterne.

»Wir müssen ihn aufhalten«, sagte Clayton nervös. »Straiter, können Sie etwas tun?«

Der Colonel überlegte einen Moment, dann wandte er

sich wieder dem Piloten des Kampfhubschraubers zu. »Feuern Sie einen Warnschuß ab«, sagte er. »Aber seien Sie vorsichtig. Sie dürfen ihn auf keinen Fall treffen.«

Der Mann nickte nervös, löste die linke Hand vom Steuerknüppel und betätigte rasch hintereinander ein halbes Dutzend Schalter und Hebel auf dem Armaturenbrett vor sich. Einen Moment später stießen die MGs des Helikopters zwei lange, brüllende Feuerzungen aus. Die Leuchtspurgeschosse rasten auf den Brachiosaurier zu und steppten eine schnurgerade, wie mit einem Lineal gezogene Linie keine zehn Meter vor ihm über die Straße.

Das Tier hielt für einen Moment tatsächlich an, aber es wirkte eher irritiert als wirklich erschrocken. Nach einer Sekunde setzte es seinen Weg fort.

Littlecloud sah nervös nach hinten. Die Barrikade aus Automobilen war noch fünfzig Meter entfernt. Für ein Geschöpf dieser Größe kaum mehr als ein paar Schritte.

»Er reagiert nicht«, sagte Clayton überflüssigerweise. Nervös griff er in die Tasche und zog eine Zigarette heraus, die er sich zwischen die Lippen klemmte, ohne sie allerdings anzuzünden.

»Wie auch?« murmelte Littlecloud. »Ich glaube nicht, daß er weiß, was eine Schußwaffe ist. Geschweige denn, daß sie ihm gefährlich werden kann. Wahrscheinlich hält er uns für so eine Art Libelle.«

»Feuern Sie eine Rakete ab«, befahl Straiter. »Aber vorsichtig!«

Der Pilot bestätigte seinen Befehl mit einem nervösen Nicken und betätigte wieder einige Schalter. Aber er schoß noch nicht, sondern ließ den *Apache* ein Stück weit rückwärts durch die Luft gleiten, bis sie sich unmittelbar über der Autobarrikade befanden. Der Saurier kam näher.

»Feuern Sie!« befahl Straiter noch einmal.

Das Geschoß heulte davon und explodierte zwanzig Meter vor dem Saurier auf der Straße. Eine gewaltige Flammensäule brodelte in die Höhe, Flammen, Funken und glühende Trümmerstücke in alle Richtungen verschleudernd. Diesmal reagierte der Saurier. Er blieb erschrocken stehen und bog den langen Schlangenhals nach hinten. Sein Schwanz zuckte nervös, entwurzelte einen Baum und deckte das halbe Dach eines Einfamilienhauses ab. Dann begann sich der Koloß schwerfällig auf der Stelle zu drehen.

»Es funktioniert!« rief Clayton. »Er geht!«

Littlecloud hatte bis zu diesem Moment nie an böse Omen geglaubt, aber von nun an tat er es. Der Saurier beendete seine Drehung nämlich nicht, sondern verharrte plötzlich wieder mitten in der Bewegung. Sein Kopf wandte sich unschlüssig nach rechts und links, und für eine Sekunde schien sich der Blick seiner großen, erschrocken wirkenden Augen direkt auf den Hubschrauber und seine Insassen zu richten. Dann drehte er sich wieder herum und setzte seinen Weg in die Stadt fort.

»Feuern Sie noch einmal!« befahl Straiter. »Wir müssen ihn irgendwie aus der Stadt herausbekommen. «

Der Pilot nickte, streckte die Hand nach dem Feuerknopf aus, und eine halbe Sekunde, ehe er ihn drücken konnte, fiel unter ihnen auf der Straße ein Schuß.

Sie sollten nie herausfinden, ob einer der Polizeibeamten das Feuer eröffnet oder irgend jemand in der Menge unter ihnen die Nerven verloren und geschossen hatte. Aber die Wirkung dieses einen Schusses war verheerend.

Die Kugel traf das Tier in den Hals, und wenn sie ihm auch keinen wirklichen Schaden zufügen konnte, so bereitete sie ihm doch *Schmerz*, und der Saurier reagierte wie jedes Geschöpf, dem Schmerzen zugefügt wurden: Er schrie, ein unvorstellbar *lauter*, unvorstellbar *mächtiger* Schrei, der Littlecloud und die anderen hier oben im Helikopter erschrocken die Hände vor die Ohren schlagen ließ.

Auf der Straße dreißig Meter unter ihnen löste er eine Panik aus.

Die Menge, die noch vor einer Sekunde ihr Möglichstes getan hatte, um die Polizeiabsperrung niederzurennen, wandte sich um und begann sich scheinbar träge in die entgegengesetzte Richtung in Bewegung zu setzen. Ein zweiter

Schuß fiel, dann ein dritter und vierter – und sie alle trafen.

Der Saurier begann zu toben. Sein gewaltiger Schwanz zuckte hin und her, zertrümmerte Hauswände und Automobile und fegte die Straße leer wie eine übergroße, tödliche Sense. Das gewaltige Wesen bäumte sich auf, torkelte über die Straße und näherte sich dabei der schimmernden Fassade eines Hotelhochhauses.

Der massige Schädel, so groß wie ein Kleinwagen, schlug in der Höhe des vierten Stockwerks gegen die Fassade und zertrümmerte Fenster und Wände. Glas und Steine regneten zu Boden, und der Schmerz, den das Wesen sich damit selbst zufügte, steigerte seine Wut noch und machte sie zu purer Raserei.

Mainland begann wie wild in sein Walky-talky zu schreien, während unter ihnen mehr und mehr Schüsse fielen. Die meisten wurden von Mainlands Polizeibeamten abgegeben, die in die Luft feuerten und so versuchten, die Menschenmenge zurückzutreiben – mit dem einzigen Ergebnis allerdings, daß sie die allgemeine Panik damit noch verstärkten.

»Diese Idioten!« Littlecloud riß Mainland das Funkgerät aus der Hand und drückte die Sprechtaste, überlegte es sich dann aber anders und griff am Piloten vorbei nach dem Mikrofon des Außenlautsprechers.

»*Feuer einstellen!*« schrie er. »*Hört sofort auf zu schießen! Ihr macht ihn nur wild!*«

Tatsächlich stellten die meisten Beamten das Feuer ein, aber es war trotzdem zu spät, um die Katastrophe noch zu verhindern.

Die Menschen versuchten in wilder Panik, sich in Sicherheit zu bringen, wobei sie sich gegenseitig von den Füßen rissen und niederrannten, aber aus den angrenzenden Straßen strömten immer noch mehr Neugierige herbei.

Der Saurier war wieder ein Stück von der Hotelfassade zurückgewichen. Sein Gesicht und sein Hals waren zerschnitten. Blut lief in dunklen Strömen an seiner geschuppten Haut herab, und sein linkes Vorderbein war verletzt und drohte immer wieder unter dem unvorstellbaren Gewicht des Giganten einzuknicken.

»Feuern Sie!« befahl Straiter. »Aber Sie dürfen ihn nicht treffen! Versuchen Sie ihn aus der Stadt zu treiben!«

Der Pilot reagierte sofort. Eine ganze Salve greller Leuchtspurgeschosse explodierte nur Meter vor dem Koloß im Asphalt, und diesmal zeigten sie die erhoffte Wirkung.

Der Saurier brüllte noch immer vor Schmerz, aber er schien begriffen zu haben, denn er wich rückwärts gehend vor ihnen zurück und versuchte ungeschickt, sich herumzudrehen. Sein Hinterleib krachte dabei gegen das Hotel und drückte die Fassade fast auf ganzer Länge des Foliers ein. Betontrümmer und Glassplitter regneten auf die Straße.

»Um Gottes willen!« schrie Mainland plötzlich. »Da!«

Littleclouds Blick folgte seinem ausgestreckten Arm. Er erstarrte.

Der Pilot des Presse-Choppers hatte Straiters Befehl mißachtet. Er war nicht abgedreht, sondern hatte nur eine Schleife geflogen und näherte sich dem Riesensaurier nun aus nördlicher Richtung, direkt aus der Wüste heraus – der Richtung, in die die MG-Salve ihn abzudrängen versuchte.

Die Maschine flog langsam und so tief, daß sie sich fast auf gleicher Höhe mit dem Schädel des Tieres befand, und Littlecloud wußte bereits, was geschehen würde, noch ehe der Saurier stehenblieb und seine noch nicht ganz vollendete Drehung abermals rückgängig machte.

»Diese verdammten Idioten!« keuchte Straiter. Mit fliegenden Fingern riß er das Mikrophon des Funkgerätes aus der Halterung und schaltete es ein.

»An den Piloten des Choppers vor uns!« schrie er. »Hier spricht Colonel Straiter von der US-Army. Drehen Sie ab! Verschwinden Sie auf der Stelle, oder ich lasse Sie abschießen! Haben Sie mich verstanden?!«

Die Maschine reagierte nicht. Sie wurde langsamer, hielt aber nicht an und drehte schon gar nicht bei. Der Saurier bewegte sich nervös vor und zurück, wandte immer hektischer und schneller den Kopf und suchte sichtlich nach einem Ausweg aus der Falle, in die sich die Straße verwandelt hatte.

»Das ist die letzte Warnung!« brüllte Straiter. »Drehen Sie ab! Sofort!«

Der Chopper kam weiter näher. Littlecloud konnte jetzt die Gestalt des Piloten erkennen, und neben ihm die eines zweiten Mannes, der eine Kamera in der Hand hielt und die sensationellsten Aufnahmen seines Lebens schoß. Und mit größter Wahrscheinlichkeit die letzten.

»Okay«, sagte Straiter. »Schießen Sie!«

Der Pilot hatte offensichtlich schon mit diesem Befehl gerechnet, denn er reagierte sofort. Eine kurze, aber mit unglaublicher Präzision gezielte Salve aus den MGs traf den Chopper. Der Hubschrauber wurde zur Seite geworfen.

Der Pilot behielt die Kontrolle über seine Maschine, aber aus dem Motor des Choppers quoll plötzlich schwarzer, fettiger Rauch. Der Helikopter taumelte. Nur mit äußerster Mühe gelang es dem Piloten, die Maschine halbwegs in der Luft zu halten.

Während der Chopper mit heulendem Motor zu Boden sank und zweihundert Meter entfernt in einem Vorgarten zu einer Bruchlandung ansetzte, schwenkte der *Apache* bereits wieder herum und näherte sich erneut dem Saurier, wenn auch in respektvollem Abstand und sicherer Höhe.

Plötzlich stolperte ein halbes Dutzend Gestalten zwischen den Trümmern der Hotelfassade hervor. Die meisten wandten sich sofort nach rechts, der Barrikade und der vermeintlichen Sicherheit der Stadt zu, aber zwei flohen in kopfloser Panik in die entgegengesetzte Richtung. Als sie bemerkten, daß sie damit genau auf den Saurier zuliefen, war es zu spät.

Die wild stampfenden Beine des Riesen erfaßten einen der Männer und töteten ihn auf der Stelle. Der zweite warf sich mit einer verzweifelten Bewegung herum und riß die rechte Hand in die Höhe. Sie hielt eine Pistole.

Der Saurier tötete ihn mit einer beiläufigen – und ganz gewiß nicht gezielten – Bewegung seiner gewaltigen Beine, aber die Zeit, die dem Mann noch blieb, reichte aus, drei oder vier Schüsse aus allernächster Nähe auf den Koloß abzugeben.

Das Tier begann zu toben. Der gewaltige Körper krachte gegen das Hotel und ließ das gesamte Gebäude erzittern. Der peitschende Schwanz zertrümmerte ein kleineres Haus auf der gegenüberliegenden Straßenseite vollkommen, knickte Laternen und schleuderte Automobile wie Spielzeuge durch die Luft, und der riesige Schädel krachte immer wieder gegen die Hotelfassade. Das Tier war blind und wahnsinnig vor Schmerz und Angst.

»Es geht nicht anders«, sagte Straiter schweren Herzens. »Erschießen Sie ihn!«

Die MGs des Kampfhubschraubers begannen zu feuern. Das Schreien des Sauriers steigerte sich zu einem unvorstellbaren, gepeinigten Kreischen, als die Geschosse seinen Körper trafen.

Der sterbende Koloß vernichtete alles, was in seine Reichweite kam. Sein Körper krachte immer wieder und wieder gegen das Hotel und ließ das Gebäude in seinen Grundfesten erbeben. Er torkelte, brach in die Knie und kämpfte sich wieder in die Höhe.

Die Straße riß auf einer Länge von mindestens dreißig Metern auseinander, und an einem halben Dutzend Stellen zugleich sprudelten plötzlich weiße Geysire aus geborstenen Wasserleitungen. Und dazwischen...

Der Pilot registrierte die Gefahr einen Sekundenbruchteil, bevor Littlecloud mit überschnappender Stimme schrie: »*Aufhören! Gas!*«

Die MGs verstummten. Die Gasleitung, die unter der Straße entlanglief, gab in wirbelnden, durch das Wasser gut sichtbaren Wolken ihren tödlichen Inhalt frei. Sie konnten es nicht mehr riskieren, die Waffen des Helikopters einzusetzen.

Und vielleicht war es auch nicht mehr nötig.

Die Bewegungen des Sauriers begannen zu erlahmen. Er hielt sich jetzt nur noch mühsam auf den Beinen, torkelte hin und her und hob schließlich den Kopf auf dem riesigen, zehn Meter langen Schlangenhals hoch in die Luft, um einen langgezogenen, klagenden Schrei auszustoßen.

Mit einer letzten, verzweifelten Kraftanstrengung richtete sich das sterbende Geschöpf noch einmal auf die Hinterläufe auf, wodurch es eine Höhe von mehr als zwanzig Metern erreichte, und stand eine Sekunde lang reglos so da. Sein Schrei brach ab.

Dann stürzte er.

Der Körper des Kolosses neigte sich wie in Zeitlupe zur Seite, prallte gegen die Hotelfassade und drückte sie ein. Zwischendecken und Mauern gaben unter den mehr als fünfzig Tonnen Gewicht des Riesen nach und zerbarsten. Der zusammenbrechende Körper des Sauriers spaltete das Haus wie ein Axthieb.

Littlecloud schloß mit einem lautlosen Stöhnen die Augen, als das gesamte Gebäude zusammenbrach und den toten Saurier unter sich begrub.

Fünf Minuten später, als der Helikopter hinter dem chrom- und glasblitzenden Gebäude der Stadtverwaltung zur Landung ansetzte, brach Clayton als erster das lähmende Schweigen.

»Okay«, sagte er. »Ich bin einverstanden, Colonel Straiter. Wir beginnen noch heute mit der Evakuierung.«

Sue hätte nicht sagen können, wie sie die Nacht überstanden hatte. Irgendwann wurde es über dem grüngefleckten Gewölbe des Dschungels wieder hell, und vielleicht war dies der erste wirklich klare Gedanke, den sie zu fassen imstande war, seit die Wirklichkeit in Stücke gebrochen und Parmeter zusammen mit dem Rest der Welt vor ihren Augen verschwunden war: Sie war noch am Leben.

Sie hatte keine wirkliche Erinnerung an die vergangene Nacht. Sie war stundenlang durch diesen grünen Alptraum geirrt, und sie glaubte, einigen bizarren Wesen begegnet zu sein, Geschöpfen, die ihr fremd und absurd erschienen waren, aber zugleich auch zu real und zu gefährlich, um bloße Ausgeburten ihrer Fantasie sein zu können.

Irgendwann hatte es zu dämmern begonnen, und Sue war – mehr einem Instinkt als klarer Überlegung folgend – auf einen dieser sonderbaren, schuppenhäutigen Bäume geklettert und hatte sich in einer Astgabel zusammengerollt.

Und jetzt lebte sie noch, und irgendwie weckte dieser Gedanke ihren Trotz; und er gab ihr neue Kraft.

Sie wußte nicht, wo sie war. Sie wußte noch immer nicht, was überhaupt mit ihr geschehen war. Aber jetzt, als erfülle sie das Licht der Sonne dort oben am Himmel nicht nur mit Wärme, sondern auch mit einer inneren Kraft, war sie wild entschlossen, weiter am Leben zu bleiben. Sie würde den Weg aus diesem Wald heraus finden, ganz gleich, wie.

Rasch, aber trotzdem sehr vorsichtig, begann sie den Baum wieder hinabzuklettern; ein Kunststück, das ihre Kräfte beinahe überstieg. Jetzt, wo sie ihre Umgebung genauer erkennen konnte als in der Nacht, sah sie, daß es gar kein richtiger Baum war, sondern eher etwas wie ein zu groß geratener Farn.

Die letzten zwei Meter stürzte sie dann auch hinab, aber der weiche Waldboden dämpfte ihren Aufprall, so daß sie sich nicht verletzte.

Sue sah sich unschlüssig um. Sie hatte keine Ahnung, wo sie war – der Dschungel erstreckte sich in alle Richtungen, so weit sie sehen konnte. Und auch die Sonne half ihr nicht weiter. Sue war ein typischer Zivilisationsmensch. Sie hatte davon gehört, daß man anhand des Sonnenstandes erkennen konnte, wo Norden war, aber sie hatte keine Ahnung, *wie*.

Der Gedanke an Parmeter erfüllte sie mit einer tiefen Trauer. Sie hatten sich fünf Jahre gekannt, und auch, wenn es in diesen fünf Jahren nur eine kurze und nicht einmal besonders heftige Affäre zwischen ihnen gegeben hatte, so hatte sie ihn doch gemocht, trotz allem.

Sue fragte sich ganz ruhig, wie ihre Chancen standen, den Weg zurück in die Wirklichkeit, die auf so bizarre Weise vor ihren Augen verschwunden war, jemals zu finden – *wenn* es noch einen Weg gab. Wahrscheinlich nicht sehr gut.

Auf dem ersten Stück des Weges kam sie gut voran, besser fast, als sie zu hoffen gewagt hatte. Es gab nicht viel Unterholz, und die seltsamen Nicht-Bäume standen weit auseinander. Und wenn dieser unheimliche Wald überhaupt Bewohner hatte, so bekam sie sie – wenigstens während der ersten halben Stunde – jedenfalls nicht zu Gesicht.

Doch das sollte sich ändern.

Es begann mit einer Spur, über die Sue im wahrsten Sinne des Wortes stolperte. Sie hatte einen kleinen, aber mit ehr- furchtgebietenden Stacheln gespickten Busch umgangen und achtete für eine Sekunde nicht darauf, wohin sie ihre Füße setzte, und diese Unachtsamkeit wurde sofort bestraft.

Statt des weichen, unter ihrem Gewicht leicht federnden Waldbodens fühlte sie plötzlich schmierseifenglatten Morast unter den Füßen, und die instinktive Bewegung, mit der sie die Arme hochriß, um ihr Gleichgewicht zu wahren, kam nicht nur zu spät, sondern beschleunigte ihren Sturz nur noch.

Sue fiel der Länge nach hin, schlug mit dem Gesicht in eine Pfütze aus klebrigem Schlamm und war die nächsten Sekunden voll und ganz damit beschäftigt, sich die Augen freizuwischen und hustend und würgend nach Luft zu rin- gen. Mühsam richtete sie sich in eine halb kniende Position auf, fuhr sich mit beiden Händen durch das Gesicht, um den ekelhaften Morast fortzuwischen – und riß ungläubig die Augen auf.

Die Pfütze, in die sie gefallen war, war keine.

Die Vertiefung maß etwa einen Meter und war von leicht ovaler Form, und sie gehörte zu einer regelmäßigen Reihe gleichartiger Eindrücke im Boden, die ihren Weg kreuzten und sich in beide Richtungen fortsetzten, so weit sie sehen konnte.

Es war eine *Spur*. Die Spur eines Wesen, das von so unvorstellbarer Größe sein mußte, daß sich Sue im ersten Moment schlichtweg weigerte, zu glauben, was sie sah.

Aber unglaublich oder nicht – es war Realität. Sie hockte inmitten eines *einen Meter durchmessenden* Fußabdruckes!

Die Erkenntnis führte zu einem anderen Gedanken, der noch so tief unter der Oberfläche des bewußten Begreifens lauerte, daß es ihr zumindest einige Sekunden lang noch gelang, ihn wegzuleugnen. Aber die Kausalkette, einmal in Gang gebracht, setzte sich unbarmherzig fort.

Es gab keine Wesen, die einen Meter durchmessende Fußspuren im Boden hinterließen. Es gab auch keine Bäume, die eigentlich keine Bäume, sondern dreißig Meter hohe Farngewächse waren.

Aber es *hatte* all dies einmal gegeben. Vor hundert oder auch hundertfünfzig Millionen Jahren.

Sue versuchte mit verzweifelter Kraft, die Panik niederzukämpfen. Sie mußte logisch denken. Es war unmöglich. Sie *konnte* nicht in der Vergangenheit sein, nicht in *dieser* Vergangenheit. Zeitreisen waren etwas für Science-Fiction-Romane, eine hübsche Idee, mit der man spielen konnte, aber mehr auch nicht.

Wenn dieser Wald wirklich das war, was sie glaubte, dann hätte das bedeutet, daß es hier auch leibhaftige Dinosaurier gab, und das war einfach un-mög-lich. Basta.

Sue zwang sich zu einem nervösen Lächeln, stand auf und drehte sich in der gleichen Bewegung herum.

Hinter ihr stand ein Dinosaurier.

Der Anblick traf Sue so unvermittelt, daß sie prompt wieder das Gleichgewicht verlor und ein zweites Mal im Schlamm landete. Sie spürte es kaum. So erstarrt vor Schrecken und Entsetzen, daß sie im allerersten Moment nicht einmal Angst verspürte, hockte sie da und starrte das geschuppte, etwa einen Meter große Geschöpf an, das lautlos hinter ihr aus dem Wald getreten war und sie aus seinen dunklen, beunruhigend großen Augen abschätzend betrachtete.

Obwohl es nicht sehr viel größer als ein großer Hund war,

mußte es gut und gerne zweihundert Kilogramm wiegen. Sein Körper war massig, von gedrungenem, sehr kräftigem Wuchs und ruhte auf vier säulenförmigen Beinen, die durchaus zu der Spur gepaßt hätten, in der Sue saß, wären sie von entsprechender Größe gewesen. Es hatte einen langen, mit spitzen Hornstacheln bewehrten Schwanz und einen gepanzerten, ebenfalls stachelbewehrten Kopf, der in etwas endete, das wie ein stumpfer Papageienschnabel aussah. Der ganze Körper war mit handtellergroßen, äußerst stabil aussehenden Hornplatten gepanzert.

Das Erstaunlichste an diesem Wesen aber waren die Augen, die überhaupt nicht zu dem martialischen Äußeren der Kreatur passen wollten. Sie waren sehr groß und hatten einen sonderbar weichen Blick – und sie waren irgendwie ... klug. Sue ging nicht so weit, diesem Geschöpf so etwas wie *Intelligenz* zuzubilligen, aber sie spürte ganz instinktiv, daß es auch kein hirn-, und vernunftloses Tier war. Und sie spürte ebenso instinktiv, daß das Wesen nicht gefährlich war.

Sue hob sehr vorsichtig die Hand, und der Saurier – denn um nichts anderes konnte es sich handeln – kam mit einem zögernden Schritt näher. Er trat nicht in die schlammgefüllte Fußspur seines größeren Artgenossen hinein, sondern blieb dicht davor stehen, aber als Sue aufstand und sich vorsichtig auf ihn zubewegte, machte er auch keine Anstalten zu fliehen, sondern sah sie nur weiter sehr aufmerksam an.

Sue zögerte noch einen letzten Moment, dann berührte sie den stacheligen Kopf des Geschöpfes.

Es floh nicht, sondern ließ es zu, daß Sue ihm ein paarmal über den Kopf strich. Als sie die Hand schließlich zurückzog, stieß es ein leises, fast bedauernd klingendes Brummen aus.

Sue lachte. Sie hatte, nachdem sie in einen Abgrund aus Furcht und Verzweiflung gestürzt war, endlich wieder ein lebendes Wesen gefunden, dem sie ihre Zuneigung spenden konnte und das sie mit Freundlichkeit belohnte, und das allein zählte.

Aber schließlich gewann ihr logisches Denken doch wieder die Oberhand. Nach einer Weile hörte sie auf, den Saurier zu streicheln.

»Es tut mir leid, mein Kleiner«, sagte sie, »aber ich muß weiter. Und ich denke, du solltest auch lieber zu deiner Mami gehen – ehe sie am Ende noch hierherkommt. Vielleicht ist sie nicht besonders begeistert davon, daß du eine neue Freundin gefunden hast.« *Oder sie ist so begeistert, daß sie diese Freundin gleich zum Essen dabehält*, fügte eine boshafte Stimme in ihren Gedanken hinzu.

Mit einem letzten, bedauernden Lächeln wandte sie sich um und setzte ihren Weg fort.

Der Protoceratops folgte ihr.

»Verschwinde!« sagte Sue. »Ich kann dich nicht gebrauchen. Geh zurück zu deiner Herde.«

Der Saurier gab erneut diesen seltsam brummenden Laut von sich, der Sue nun tatsächlich an das Schnurren einer Katze erinnerte, und machte einen weiteren Schritt auf sie zu.

Und Sue kapitulierte endgültig. Sie hätte versuchen können, das Tier zu verscheuchen, und wahrscheinlich wäre es ihr sogar gelungen, wenn sie es angeschrien oder nach ihm geschlagen hätte – aber im Grunde wollte sie das gar nicht.

So bizarr ihr horngepanzerter Begleiter auch sein mochte, er war ein lebendes Wesen – und vielleicht der einzige Freund, den sie auf diesem ganzen Planeten noch hatte.

»Also gut«, sagte sie resignierend. »Dann komm meinetwegen mit.«

Sie ging weiter. Der Saurier trottete neben ihr her. Von Zeit zu Zeit blieb er stehen, um an einem Busch zu zupfen oder ein Farnblatt abzureißen, und Sue wartete geduldig, bis er weiterging.

Auf diese Weise verging die nächste Stunde. Sue begann müde zu werden. Der Schlaf der vergangenen Nacht hatte sie nicht besonders erfrischt, und allmählich begannen sich auch ihre ganz normalen körperlichen Bedürfnisse bemerkbar zu machen: Hunger und Durst.

Sie war so sehr in ihre mehr oder weniger düsteren Gedanken versunken, daß sie es fast nicht gemerkt hätte, als sie schließlich den Waldrand erreichte. Und so war es auch nicht sie, sondern ihr gepanzerter Begleiter, der als erster stehenblieb und ein unsicheres Brummen ausstieß; einen Laut, der Sue aus ihren Gedanken riß und sie alarmiert aufblicken ließ.

Mit einem Gefühl plötzlichen, heftigen Erschreckens wurde sie sich des Umstandes bewußt, daß sie zehn Minuten durch den Wald gelaufen war, ohne überhaupt zu wissen, wohin sie ging. Das Tier hatte etwas bemerkt. Vielleicht eine Gefahr.

Dann sah sie das Licht zwischen den Bäumen vor sich, und noch ehe diese Erkenntnis den *bewußten* Teil ihres Denkens richtig erreichen konnte, lief sie schon los. Diesmal nahm sie keine Rücksicht mehr auf dornige Büsche oder Unterholz, sondern brach einfach hindurch, griff immer schneller aus und erreichte nach kaum einer Minute den Waldrand, wo sie wieder stehenblieb.

Vor ihr lag die Wüste; eine braungelbe, leicht gewellte Ebene, die sich ohne Unterbrechung bis zum Horizont erstreckte und über der die Luft vor Hitze flimmerte. Und im gleichen Augenblick, in dem sie aus dem Wald hinaustrat, begriff sie auch, daß alles falsch gewesen war, was sie seit ihrem Erwachen gedacht hatte.

Sie war nicht in der Vergangenheit. Das Rätsel dieses Waldes wurde dadurch nicht kleiner, sondern eher noch phantastischer, aber der Anblick, der sich ihr bot, machte ihr unzweifelhaft klar, daß sie sich noch immer im Amerika des ausklingenden zwanzigsten Jahrhunderts befand, nicht im Mesozoikum oder irgendeiner anderen vergangenen Epoche.

In einer Entfernung von zwei oder drei Meilen schwebte ein Hubschrauber.

Der Anblick erfüllte Sue mit einer solchen Erleichterung, daß sie die Chance, die die Anwesenheit der Maschine bedeutete, um ein Haar verspielt hätte. Sie blieb einfach stehen und blickte zu dem Hubschrauber hinauf, und erst, als die Maschine scheinbar träge beidrehte und sich wieder von ihr und dem Waldrand zu entfernen begann, wurde ihr klar, daß sie keineswegs in Sicherheit war, solange nur *sie* den *Hubschrauber* sah.

Sie rannte los. Aus den Augenwinkeln sah sie, wie ihr vierbeiniger Begleiter, der neben ihr aus dem Wald herausgetreten war, einen Moment zögerte und sich dann hoppelnd in Bewegung setzte, um ihr wie ein Hund zu folgen. Seine Bewegungen wirkten plump, waren aber trotzdem erstaunlich schnell. Es bereitete dem Tier nicht die geringste Mühe, mit ihr Schritt zu halten.

Die Verzweiflung gab Sue noch einmal neue Kraft. Sie griff schneller aus und legte schließlich alle Kraft in einen verzweifelten Spurt – und das Wunder geschah.

Im allererersten Moment wagte Sue kaum zu glauben, was sie sah, aber es war eindeutig: der Hubschrauber wurde langsamer, verlor ein wenig an Höhe und drehte schließlich wieder herum. Und dann bewegte er sich auf sie zu. In so direkter Linie, daß es kein Zufall sein konnte. Der Pilot hatte sie gesehen.

Sie rannte weiter, obwohl das gar nicht mehr nötig gewesen wäre, wobei sie immer noch mit beiden Armen winkte und schrie, so laut sie nur konnte.

Der Hubschrauber wurde jetzt langsamer und verlor gleichzeitig rasch an Höhe, und irgend etwas daran stimmte nicht. Sue verstand nichts von Flugzeugen oder Helikoptern, aber etwas an der Maschine kam ihr sonderbar vor, auf eine unangenehme, beunruhigende Weise. Was es war, das begriff sie erst, als die Maschine allerhöchstens noch hundert Meter von ihr entfernt war.

Es war nicht *irgendein* Helikopter. Es war ein Kampfhubschrauber. Eigentlich hätte das für Sue keine Rolle spielen dürfen – die Anwesenheit dieser Maschine bedeutete ihre Rettung, und das war alles, was zählte –, und trotzdem beunruhigte sie dieser Gedanke.

Plötzlich schwenkte die Maschine ein kleines Stück nach

rechts, so daß sie sich nicht mehr direkt vor Sue befand, und in der gleichen Sekunde hörte sie eine scharfe, lautsprecher-verstärkte Stimme. »*Vorsicht, Miß! Hinter Ihnen! Werfen Sie sich hin!*«

Und ganz plötzlich begriff Sue, was die Männer dort oben sahen – keine junge Frau, die einfach nur erleichtert war, dem schon sicher geglaubten Tod entronnen zu sein, sondern eine Frau, die um ihr Leben rannte und von einem horngepanzerten Ungeheuer verfolgt wurde ...

»Nein!« schrie Sue. »*Nein! Nicht! Er ist harmlos!*«

Es war zu spät. Das Bordgeschütz des Helikopters spie eine brüllende Geschoßsalve aus, und plötzlich barst die Wüste vor ihr in einer irrsinnig schnell heranrasenden Kette meterhoher Sandexplosionen auseinander. Der Pilot mußte ein wahrer Meisterschütze sein. Die Salve verfehlte Sue um weniger als zwei Meter, raste an ihr vorbei und traf den Saurier mit tödlicher Präzision. Das Tier starb so schnell, daß es wahrscheinlich nicht einmal mehr spürte, wie es getroffen wurde.

Sue stolperte, als sie versuchte, im vollen Lauf herumzu-wirbeln. Sie fiel auf die Knie, rappelte sich sofort wieder hoch und rannte zurück. Über ihr begann der Lautsprecher immer hysterischer zu brüllen, aber Sue hörte die Worte gar nicht mehr. Sie spürte auch den heulenden Sandorkan nicht, als der Helikopter keine zwanzig Meter von ihr entfernt zur Landung ansetzte, und sie registrierte nicht einmal die drei Männer, die aus der Maschine heraussprangen und geduckt und mit angelegten Waffen auf sie zurannten.

Ihr Freund war tot. Die Panzerplatten, die ihn sein Leben lang zuverlässig geschützt hatten, hatten der von Menschen geschaffenen Zerstörungskraft nicht standgehalten, sondern waren geborsten wie Glas, das von Hammerschlägen getroffen wurde. Die freundlichen braunen Augen des Wesens schienen Sue noch im Tode mit vollkommenem Erstaunen anzublicken.

Sue begann zu weinen. Sie streckte die Hände nach dem reglosen Körper aus, aber sie wagte es nicht, ihn zu berühren. Sie empfand eine tiefe, schmerzhafte Trauer, und ein Gefühl von Schuld, das sie nie wieder ganz loswerden sollte. In einer Welt, die für sie nur Schrecken und tödliche Gefahren parat gehabt hatte, war dieses Wesen ihr einziger Verbündeter gewesen, ein Geschöpf, das ihr vorbehaltlos vertraut hatte. Und als Belohnung hatte sie es in den sicheren Tod geführt.

Jemand trat neben sie und sprach sie an, aber sie hörte es nicht. Tränen liefen über ihr Gesicht, und sie begann am ganzen Leib zu zittern. Die Männer mußten sie schließlich mit Gewalt vom Leichnam des toten Dinosauriers fort und in den wartenden Helikopter zerren.

Littlecloud erwachte eine Stunde vor Sonnenaufgang. Er hatte sich kaum auf der Bettkante aufgerichtet, da wurde die Tür zu seinem Zimmer aufgerissen und jemand stürmte herein. Sehr schnell, ohne anzuklopfen und alles andere als leise. Ohne daß er hätte sagen können, wieso, wußte Littlecloud, daß es Mainland war.

»Was ist los?« fragte er. »Ist irgend etwas passiert?«

»Die Welt geht unter. Aber sonst ist alles in Ordnung«, antwortete Mainland fast fröhlich. Aber dann wurde er schlagartig ernst. »Ich weiß es nicht genau. Schneider will Sie sprechen. Sofort.«

»Wieso Schneider?« fragte Littlecloud, während er mit hängenden Schultern ins Badezimmer schlurfte. »Ich denke, der liegt im Krankenhaus und schläft die nächsten vierundzwanzig Stunden durch?«

Mainland folgte ihm, lehnte sich gegen den Türrahmen und sah zu, wie Littlecloud den Kaltwasserhahn aufdrehte und die Handgelenke unter den sprudelnden Strom hielt.

»Das dachte der Arzt wohl auch«, antwortete er. »Aber er ist vor einer guten Stunde hier aufgetaucht. Captain Darford übrigens auch. Irgend etwas ist passiert. Ich weiß nicht genau, was, aber Schneider wirkt ziemlich aufgeregt.« Etwas klickte. Der Geruch verriet Littlecloud, daß Mainland sich eine Zigarette anzündete. »Außerdem wimmelt die Stadt mittlerweile von Militär. Ihr Boß hat ganze Arbeit geleistet. Wenn man aus dem Fenster sieht, könnte man denken, der dritte Weltkrieg wäre ausgebrochen.«

»Was macht die Evakuierung?« fragte Littlecloud und tastete halb blind nach einem Handtuch.

»Was denkst du?« erwiderte Mainland achselzuckend. »Las Vegas ist schließlich kein Dorf. Es wird Tage dauern, die Stadt zu räumen.«

Littlecloud bezweifelte das. Er kannte Straiter gut genug, um zu wissen, wozu dieser so unscheinbar wirkende Mann in der Lage war, wenn er wirklich wollte – und er kannte auch gewisse Notfallpläne und Sandkastenspiele besser als offensichtlich Mainland.

Da er am vergangenen Abend so müde gewesen war, daß er sich in seinen Kleidern auf das Bett gelegt hatte und sofort eingeschlafen war, konnten sie die Suite sofort verlassen.

Trotz der frühen Stunde waren einige der anderen Hotelgäste schon – oder vielleicht auch noch – wach, so daß ihnen eine Reihe verwunderter Blicke folgte, als sie die Halle durchquerten und den Konferenzraum des Sheratons ansteuerten, den Straiter kurzerhand zu seiner Kommandobasis erklärt hatte.

Littlecloud sah auf die Uhr. Es war nicht einmal fünf, und das bedeutete, daß er gerade drei Stunden Schlaf bekommen hatte. Und *das* wiederum bedeutete, daß wirklich etwas passiert sein mußte. Straiter gehörte nicht zu den Vorgesetzten, die ihre Untergebenen aus purem Spaß drangsalierten. Ein unausgeschlafener Soldat war kein guter Soldat.

Vor der Tür des großen Konferenzsaales standen zwei Männer der Nationalgarde, die sich redliche Mühe gaben, furchtbar wichtig auszusehen, eigentlich aber eher hilflos wirkten: Die Uniformen paßten nicht richtig, und die Art, auf die sie ihre Waffen hielten, machte Littlecloud klar, daß sie damit vermutlich vor allem *sich selbst* gefährdeten.

Straiter, Clayton und eine Anzahl weiterer, Littlecloud allesamt unbekannter Männer saßen an einem großen Konferenztisch am Fenster beisammen, als Mainland und Littlecloud eintraten.

Straiter sah nur flüchtig auf und winkte Littlecloud heran, wandte sich dann aber sofort wieder um und konzentrierte sich auf eine in eine zerschlissene Polizeiuniform gekleidete Gestalt, die zusammengesunken vor ihm auf einem Stuhl saß. Der Mann sah sehr müde aus, und sehr erschöpft. Er sprach schleppend und so leise, daß Littlecloud die Worte kaum verstand, als er auf der anderen Seite des Tisches Platz nahm.

»... ich sage Ihnen doch, ich weiß es nicht«, murmelte er erschöpft. Er sah auf, blickte Littlecloud eine Sekunde lang fast hilfesuchend an und senkte dann wieder den Blick. »Er war einfach *weg*. Von einer Sekunde auf die andere. Plötzlich waren da diese Lichter, und dann war Ben verschwunden, und an seiner Stelle –«

»Lichter?« Das war Schneiders Stimme. Littlecloud hatte ihn bisher gar nicht bemerkt, und als er in die Richtung sah, aus der seine Stimme kam, begriff er auch, warum: Schneider trug einen gefleckten Tarnanzug, der offenbar aus den Lagern der Nationalgarde stammte. Er war ihm eine Nummer zu groß. Mindestens. »Was für Lichter?«

»Lichter eben«, flüsterte der Officer erschöpft. »Ich habe es doch schon zehnmal erzählt.«

»Dann erzählen Sie es eben zum elften Mal, Marten«, verlangte Mainland scharf. »Und wenn wir es wollen, auch noch hundert Mal.«

»Bitte, Lieutenant!« Schneider hob besänftigend die Hand. »Ich weiß, wie Sie sich fühlen, Mister Marten«, fuhr er fort, wieder an den Polizeibeamten gewandt. »Aber jede Kleinigkeit ist wichtig. Wir müssen alles ganz genau wissen. Was waren das für Lichter, von denen Sie sprechen?«

»Ich ... ich kann es wirklich nicht genauer beschreiben«, sagte Marten stockend. »Alles ging so schnell. Ben ist zu diesem ... diesem Loch hinübergerannt. Ich hörte ihn schreien und sah, wie er seine Waffe zog, aber ich konnte nichts mehr tun. Plötzlich war da dieses Summen. Ein ... ein unheimlicher Laut. Ich habe so etwas noch nie zuvor gehört. Und dann die Lichter. Wie Funken oder Glühwürmchen. Alles funkelte und blitzte, und dann war die Wüste plötzlich weg, und an ihrer Stelle war dieser Wald da. Verstehen Sie, ich konnte nichts tun. Ich wollte Ben helfen, aber er war ... er war einfach *weg*. Da war nur noch der Wald. Und ich ...«

»Sie haben es mit der Angst zu tun bekommen und sind davongerannt, statt Ihrem Kollegen zu Hilfe zu eilen«, vollendete Mainland den Satz. Marten schwieg.

»Und das war das Vernünftigste, was Sie tun konnten«, sagte Schneider. Seine Blicke schienen Mainland durchbohren zu wollen. »Glauben Sie mir, Sie hätten nichts für ihn tun können. Wahrscheinlich wären Sie ums Leben gekommen, hätten Sie den Wald betreten.«

Schneider stand auf.

»Ich danke Ihnen, Officer Marten«, sagte er. »Bitte bleiben Sie noch einen Moment hier. Es kann sein, daß wir noch ein paar Fragen an Sie haben.«

Er trat vom Tisch zurück und ging auf eine Tür in der gegenüberliegenden Wand zu. Darford und nach einer Sekunde auch Straiter und Clayton folgten ihm, und auch Littlecloud und Mainland erhoben sich unaufgefordert und schlossen sich der Gruppe an.

Sie betraten einen sehr viel kleineren Nebenraum, der offensichtlich einmal ein Büro gewesen, jetzt aber zu einer Art provisorischem Kommunikationszentrum umfunktioniert worden war.

Schneider schloß mit übertriebener Sorgfalt die Tür hinter sich, ging zum Schreibtisch und schaltete den Rechner ein. Er sagte nichts, sondern wartete, bis das Gerät hochgefahren war.

Auf dem Monitor erschien eine farbige Grafik. Schneider tippte rasch und ohne hinzusehen einige Zahlen in die Tastatur, und Littlecloud konnte sehen, wie sich die Grafik änderte. Er hatte keine Ahnung, was sie bedeutete, aber das sichere Gefühl, daß es nichts Gutes war.

»Das habe ich befürchtet«, murmelte Schneider.

»Was?« fragte Littlecloud. »Ich meine .... was ist hier überhaupt los? Gibt es Probleme bei der Evakuierung?«

»Nein«, antwortete Straiter, und Schneider sagte im gleichen Moment: »Ja.«

»Aha«, meinte Littlecloud. »Und was stimmt nun?«

»Sie haben den Mann gehört«, sagte Schneider düster. »Was er erzählt hat, ist gestern passiert. Am späten Nachmittag. Offensichtlich war er mit einem Kollegen draußen in der Wüste, um irgendeinen Unfall aufzuklären. Bisher ist er der erste Augenzeuge dieses ... *Wechsels*.«

»Von Captain Darford und Ihnen abgesehen«, erwiderte Littlecloud.

Schneider schüttelte den Kopf. »Ich habe es nicht direkt *gesehen*«, sagte er. »Diese Lichter und das Summen sind mir nicht aufgefallen. Aber das ist nicht das Wichtige. Das Besondere ist, daß Marten auf den Meter genau sagen konnte, *wo* der Wechsel stattgefunden hat.« Er deutete auf die Grafik auf seinem Bildschirm. »Ich habe einige Berechnungen angestellt. Natürlich kann ich nicht garantieren, daß sie stimmen. Ich müßte mindestens zehnmal so viele Daten haben, um auch nur eine verläßliche Schätzung abgeben zu können, aber da ich sie nicht habe, muß ich mich mit dem zufriedengeben, was ich weiß.«

»Machen Sie es nicht so spannend«, sagte Mainland unfreundlich. »*Was* wissen Sie?«

Schneider seufzte. »Ich fürchte, uns bleibt nicht mehr genug Zeit.«

»Wofür?« fragte Littlecloud.

Anstelle einer direkten Antwort wandte sich Schneider mit einem fragenden Blick an Straiter.

»Wie lange brauchen Sie, um die Stadt zu evakuieren?« fragte er.

»Vollkommen?« Straiter überlegte einen Moment. »Achtundvierzig Stunden, plus minus ein paar.«

»Ja, das habe ich befürchtet«, murmelte Schneider.

»Wieso?« Straiter wirkte alarmiert.

»Weil wir keine achtundvierzig Stunden mehr haben«, antwortete Schneider düster. »Wenn meine Berechnungen stimmen, bleiben uns allerhöchstens noch zwölf Stunden.«

Für einige Sekunden wurde es sehr still.

»Aber Sie ... Sie müssen doch etwas tun können«, murmelte Mainland.

»Und was?« fragte Schneider traurig. »Ich weiß ja nicht einmal genau, was da draußen vorgeht, Lieutenant. Wie soll ich da wissen, was ich dagegen tun kann?«

»Sie wußten immerhin, wie man es auslöst!« fuhr Mainland auf. »Verdammt noch mal, ich wußte, daß so etwas irgendwann einmal passiert! Woran habt ihr dort draußen in eurem Geheimlabor in der Wüste herumgepfuscht? Was habt ihr gesucht? Irgendeine neue Superwaffe?«

Schneider schwieg, aber der Ausdruck auf seinem Gesicht machte Littlecloud klar, daß Mainland mit seiner Vermutung der Wahrheit vielleicht näher gekommen war, als Schneider lieb sein konnte.

Und auch Mainland deutete den betroffenen Blick des grauhaarigen Wissenschaftlers richtig.

»Also doch«, sagte er. »Ihr verdammten, verantwortungslosen Idioten!«

»Lieutenant, mäßigen Sie sich!« sagte Clayton scharf.

Schneider winkte ab. »Es ist schon gut, Mister Clayton. Er hat ja recht. Es gibt Dinge, von denen sollte man die Finger lassen, aber ich fürchte, das haben wir alle ein wenig zu spät begriffen.«

»Das bringt uns nicht weiter, Professor«, sagte Littlecloud. »Ich meine, es ist nicht der Moment, um Schuld zuzuweisen. Auch, wenn ich es nicht gerne tue, aber in einem stimme ich Mainland zu: Wir müssen irgend etwas tun.« Er registrierte Mainlands überraschten Blick, ignorierte ihn aber und wandte sich direkt an Straiter.

»Was ist mit den Maschinen aus Ellis? Sie haben zwei komplette Kampfgeschwader dort, nicht? Das müßte doch reichen, diese Biester lange genug zurückzuhalten, bis die Stadt evakuiert worden ist.«

»Drei«, verbesserte ihn Straiter. Er klang müde. »Ich habe bereits zwei Hubschrauberstaffeln hier in der Stadt. Sie patrouillieren ununterbrochen am Waldrand. Keine Sorge – ich garantiere dafür, daß nichts der Stadt auch nur nahe kommt. Im Notfall lasse ich diesen ganzen verdammten Dschungel niederbomben.«

»Aber darum geht es doch nicht!« protestierte Schneider. »Sie verstehen immer noch nicht, wovon ich rede! Es nutzt überhaupt nichts, wenn Ihre Kampfmaschinen dort draußen herumfliegen und Jagd auf Dinosaurier machen! Selbst wenn Sie eine Atombombe auf diesen Dschungel werfen würden, würde das nichts ändern!«

Straiters Blick machte deutlich, daß er diese Möglichkeit insgeheim schon erwogen hatte.

»Und wieso?« fragte er.

»Weil nicht die Saurier unser Problem sind, weder sie noch sonst irgend etwas, was aus diesem Wald herauskommen könnte.« Schneider deutete heftig gestikulierend auf seinen Monitor. »Der Dschungel ist das Problem, Colonel. Er wächst. Er dehnt sich aus, und das schneller, als ich befürchtet habe. Wenn wir es nicht stoppen können, dann ist Las Vegas in spätestens zwölf Stunden nicht mehr da, verstehen Sie?«

»Nein«, sagte Straiter.

Schneider seufzte tief. »Oh, verdammt, ich weiß, es ist schwer zu erklären«, sagte er. »Dabei ist es im Grunde ganz einfach. Erinnern Sie sich genau, was der Officer erzählt hat: Sein Kollege und das Stück Wüste sind vor seinen Augen einfach verschwunden, und an ihrer Stelle ist der Dschungel aufgetaucht. Es ist nur eine Theorie, aber ich stelle es mir wie ... wie eine Art Wippe vor, verstehen Sie?« Er machte eine entsprechende Handbewegung. »Oder eine Drehtür, wenn Ihnen dieser Vergleich lieber ist. Ein Teil unserer Welt verschwindet, und an seiner Stelle taucht dieser ... dieser Dschungel auf. Es ist nicht so, daß er die Wüste überwuchert oder einfach rasend schnell wächst. Captain Darford und ich haben es selbst erlebt. Die Realität verschwindet einfach und macht einem Teil der Urzeit Platz.«

»Und wohin?« fragte Straiter.

»Ich nehme an, sie nimmt den Platz ein, an dem zuvor der Dschungel war«, antwortete Schneider. »Wie gesagt, es ist nur eine Theorie – aber die einzige, die ich habe. Und vielleicht die einzige Hoffnung, die uns bleibt.«

»Ich sehe in dieser Vorstellung keine *Hoffnung*«, sagte Clayton. »Sie meinen, alles, was hier verschwindet, taucht in der Vergangenheit wieder auf, hundert Millionen Jahre entfernt?«

»Ich nehme es an«, sagte Schneider. »Ich *hoffe*, daß es so ist.«

»Sie hoffen es? Wieso?«

»Weil wir dann vielleicht noch eine Chance haben«, antwortete Schneider. Er deutete wieder auf seinen Computer. »Ich habe versucht, die Wahrscheinlichkeit zu errechnen, daß ein solches Phänomen von selbst auftaucht. Es ist praktisch ausgeschlossen.«

»Und das heißt?«

Schneider sah Mainland an, als er antwortete, nicht Clayton. »Das heißt, daß Sie vermutlich recht haben, Lieutenant. Es ist unsere Schuld. Meine und die der anderen, die an dem Projekt mitgearbeitet haben. Projekt *Laurin* hat etwas in Gang gesetzt, womit niemand von uns rechnen konnte, etwas, von dem wir nicht einmal gewußt haben, daß es möglich ist. Eine Art ... Riß in der Zeit. Und offensichtlich dehnt er sich immer noch weiter aus.«

»Ich wiederhole meine Frage«, sagte Clayton. »Was an dieser Theorie gibt Ihnen Anlaß zu irgendeiner *Hoffnung*?«

»Weil wir es dann vielleicht aufhalten können«, erklärte Schneider. Er sah alle Anwesenden der Reihe nach und sehr ernst an; vielleicht suchte er auf irgendeinem Gesicht nach einer Spur von Begreifen, aber wenn, so wurde er enttäuscht.

»Wenn meine Theorie des Wechsels stimmt«, fuhr er

190

schließlich fort, »dann befinden sich nicht nur die Wüste und dieser unglückselige Officer in der Vergangenheit, sondern auch unsere Forschungsstation. Und ich nehme an, daß sie für das verantwortlich ist, was hier geschieht.«

»Sie?« Mainland lachte schrill. »Oh, ich verstehe. Es ist die Station. Das Haus, wie? Wahrscheinlich ist es von einem bösen Geist besessen. Nicht die Leute, die darin gearbeitet haben.«

»Allmählich reicht es, Mainland«, sagte Darford. »Wenn Sie es genau wissen wollen – es war nicht Professor Schneider, der den entscheidenden Fehler begangen hat, sondern General Stanton.«

Straiter fuhr unmerklich zusammen, und auch Mainland sah für einen Moment sehr überrascht aus.

»Und?« fragte er trotzig. »Was ändert das?«

»Nichts«, sagte Schneider rasch. »Aber wie gesagt: Vielleicht haben wir eine Chance. Ich habe die Energiemengen berechnet, die nötig sind, um so etwas zu bewerkstelligen, wie wir es hier erleben. Sie sind schlichtweg unvorstellbar. Man würde die Kraft einer kleinen Sonne brauchen, um diesen ... *Dimensionsriß* auch nur aufrechtzuerhalten, geschweige denn, ihn auszuweiten.«

»Aha, ich verstehe«, sagte Mainland spöttisch. »Und Sie hatten eine kleine Sonne in Ihrer Station.«

»Ja«, antwortete Schneider.

Mainland erbleichte. »Wie?«

»Zumindest etwas, das die gleiche Energie produziert«, erklärte Schneider. »Wir hatten unsere eigene Kraftstation. Ich weiß, daß die meisten hier in Las Vegas glaubten, daß es sich um einen Atomreaktor handelt, aber das ist nicht die Wahrheit. Wir haben die Gerüchte absichtlich nicht dementiert.« Er lachte bitter. »Die paar Bürgerinitiativen und Proteste haben wir in Kauf genommen. Sie waren nichts gegen das, was passiert wäre, wenn die Leute hier gewußt hätten, was es *wirklich* ist.«

»Und was ist es?« fragte Mainland mißtrauisch.

»Ein Gamma-Zyklotron«, antwortete Schneider.

»Ein *was*?« fragte Clayton verständnislos.

»Etwas, von dem neunundneunzig Prozent aller Wissenschaftler auf der Welt behaupten würden, daß es nicht existiert«, sagte Schneider. »Ein Teilchenbeschleuniger, Mister Clayton. Aber ein ganz besonderer. Er produziert Antimaterie.«

Clayton verstand offensichtlich überhaupt nicht, wovon Schneider sprach, aber Littlecloud sah aus den Augenwinkeln, wie Straiter leichenblaß wurde und sich Darford plötzlich kerzengerade aufrichtete.

»Antimaterie?« murmelte er. »Aber so etwas ist doch ... gar nicht möglich!«

»Ja«, sagte Schneider gelassen. »Das denken die meisten. Aber es *ist* möglich. Und es funktioniert. Das Zyklotron erzeugt einen beständigen Antimateriestrom. Die stärkste Energiequelle im Universum.«

»So gut wie grenzenlos und so gut wie unerschöpflich«, flüsterte Mainland. »Wie lange gibt es so etwas schon?«

»Drei Jahre«, antwortete Schneider. »Das Zyklotron unter der Forschungsstation ist das zweite, das nach dem Prototyp gebaut wurde.«

»Drei Jahre«, murmelte Mainland. »Sie erzählen mir hier so ganz nebenbei, daß Sie alle Energieprobleme dieser Welt gelöst haben? Sie ... Sie haben den Schlüssel zu –«

»– zum Wohlstand für alle Menschen auf der Welt in der Hand?« unterbrach ihn Schneider. Er lächelte, aber es war ein sehr bitteres Lächeln. »Das wollten Sie sagen? Energie im Überfluß? Kein Hunger mehr auf der Welt, keine Rohstoffprobleme mehr? Sie irren sich. Das haben wir alle geglaubt, als dieses Gerät entwickelt wurde, aber es war ein kurzer Traum. Antimaterie ist viel zu gefährlich, um sie kommerziell einzusetzen.« Er schwieg einen Moment, und als er weitersprach, hatte seine Stimme einen anderen, viel sachlicheren Ton.

»Außerdem steht das jetzt nicht zur Debatte, Lieutenant. Falls wir diese ganze Geschichte überleben sollten, können wir gerne ein Streitgespräch darüber führen, aber im

Moment ist nur eines wichtig. Und das ist, daß ich vermute, daß das Zyklotron noch immer arbeitet. Ich bin fast sicher, daß es so ist.«

»Sie meinen, in der Vergangenheit?« fragte Littlecloud ungläubig.

»Und warum nicht?« gab Schneider zurück. »Die Anlage arbeitet vollautomatisch. Theoretisch kann sie mindestens noch zwanzig Jahre weiterlaufen, ohne daß ein einziger Mensch dafür notwendig wäre. Ich vermute, daß das Zyklotron noch immer läuft. Und was immer Stanton in Gang gesetzt hat, es wird nicht aufhören, solange es weiter mit Energie versorgt wird.«

»Dann ist alles verloren«, sagte Clayton. »Wenn das stimmt, dann haben wir keine Möglichkeit, irgend etwas dagegen zu tun.«

»Doch«, behauptete Schneider. »Die haben wir.«

Clayton starrte ihn an. »Und welche?«

Diesmal vergingen einige Sekunden, ehe Schneider antwortete. »Irgend jemand muß in die Vergangenheit reisen und das Gerät abschalten«, sagte er ruhig. »Und so, wie die Dinge liegen, bin ich wahrscheinlich der einzige hier, der weiß, wie das zu bewerkstelligen ist.« Er deutete auf Will. »Captain Darford hat sich freiwillig angeboten, mich zu begleiten, aber ich fürchte, wir zwei allein haben keine besonders große Chance, die Station zu erreichen.« Sein Blick glitt über die Gesichter aller Anwesenden und blieb schließlich an Littlecloud hängen.

»Sie hätten nicht zufällig Lust, uns dabei zu helfen, die Welt zu retten?« fragte er. Littlecloud seufzte tief. Irgendwie hatte er gewußt, daß Schneider diese Frage stellen würde. Und er war auch ganz sicher, daß Schneider gewußt hatte, wie seine Antwort lautete.

Der Norden der Stadt glich einer belagerten Festung. Ein dichter Kordon aus Panzerwagen, Tanks und gelandeten Hubschraubern blockierte den nach Norden führenden

Highway, und über der Wüste beiderseits der Straße patrouillierten ununterbrochen Flugzeuge und Helikopter, die keine andere Aufgabe hatten, als nach jeder noch so winzigen Bewegung Ausschau zu halten, die sich zwischen den Sanddünen regen mochte.

Einige Meilen weiter im Norden befand sich eine zweite, nicht ganz so eindrucksvolle, aber sehr viel undurchdringlichere Barriere, die aus Hubschraubern und niedrig fliegenden Propellermaschinen bestand, deren Besatzungen keine andere Aufgabe hatten, als auf verräterische Bewegungen zu achten. Jede einzelne Sichtung wurde sofort weitergemeldet.

Den beiden Saurierangriffen auf Las Vegas war kein dritter mehr gefolgt. Die Besatzungen der Kampfhubschrauber und Bomber hatten mehr als ein Dutzend der großen Tiere getötet und die zehnfache Anzahl von ihnen zurückgejagt.

Straiters Männer verstanden ihr Handwerk. Nichts, was wesentlich größer war als eine Maus, entging den aufmerksamen Blicken der Piloten und ihren elektronischen Helfern. Las Vegas war sicher. Vor *dieser* Gefahr.

Aber es gab eine andere, viel schlimmere, der die Männer nicht mit Waffengewalt begegnen konnten. Auf der anderen Seite der Stadt, auf dem nach Süden führenden Highway, landeten seit den frühen Morgenstunden ununterbrochen Flugzeuge: gewaltige Galaxy-Transporter der Army, Passagier- und Frachtmaschinen, die Straiter kurzerhand auf allen Flughäfen im Umkreis von dreihundert Meilen hatte beschlagnahmen oder auch mitten im Flug hatte umleiten lassen, und in der Wüste beiderseits des Highways ging ein fast ununterbrochener Strom kleinerer Maschinen und Hubschrauber nieder, um die Menschen aufzunehmen, die aus der Stadt flohen.

Es war ein Exodus von nie gesehenen Ausmaßen. Die Männer der Nationalgarde hatten den Strom von Automobilen umgeleitet und auf eine provisorische Bahn durch die Wüste gelenkt, um die asphaltierte Straße für die Flugzeuge freizuhalten, und ein zweiter, kaum weniger breiter Strom von Flüchtlingen versuchte auf der anderen Seite des Highways die Stadt zu Fuß zu verlassen.

Die große Panik, vor der sich Straiter und vor allem Clayton und seine Mitarbeiter gefürchtet hatten, war bisher ausgeblieben. Vielleicht war das Entsetzen über das, was geschehen war, einfach zu groß, um eine Panik zuzulassen.

Ja, alles verlief beinahe beunruhigend ruhig und schnell. Und trotzdem war es ein Wettlauf, den die Stadt nicht gewinnen konnte, denn die *wirkliche* Gefahr näherte sich unsichtbar, lautlos und unaufhaltsam.

Während sich der Strom der Flüchtlinge in einer endlosen Schlange weiter aus dem Süden von Las Vegas herausquälte, verschwand auf der anderen Seite der Stadt, weniger als zehn Meilen entfernt, ein fünfhundert Meter breiter Wüstenstreifen und machte einem wuchernden, grünen Dschungel Platz.

Schneider sah zum wiederholten Mal auf die Uhr. Noch zehn Minuten – wenn seine Schätzung richtig war. Er war nervös, sehr nervös. Mehr noch: Er hatte Angst.

Und er hatte allen Grund dazu. Den Optimismus, den er sich vorhin im Hotel zu verbreiten solche Mühe gegeben hatte, empfand er selbst nicht einmal annähernd. Alles, was er vorhergesagt, alles, was er sich zurechtgelegt und auf seinem Computer errechnet hatte, war *Theorie*.

Der Wald vor ihnen aber war real – falls diese ganze Geschichte wirklich war und nicht nur ein Traum, aus dem er einfach nicht aufwachen konnte. Die beiden Helikopter waren fünfzig Meter vom Waldrand entfernt gelandet, weit genug, um sicher vor unliebsamen Überraschungen zu sein, aber nahe genug, um den nächsten Sprung auch tatsächlich mitzumachen.

Wenn er zu dem Zeitpunkt stattfand, den Schneider berechnet hatte, und *wenn* es wieder gute fünfhundert Meter Wüstensand waren, die verschwanden und der Dschungellandschaft der Urzeit Platz machten, und *wenn* sie sich tatsächlich dort wiederfanden, wo Schneider glaubte . . . .

»Sie sehen ziemlich nachdenklich aus, Professor«, sagte Littlecloud neben ihm.

Schneider fuhr sichtbar erschrocken aus seinen Gedanken hoch und wandte sich zu dem schwarzhaarigen Indianer um. Er versuchte zu lächeln, aber es wurde nur eine Grimasse daraus.

»Noch zwölf Minuten«, sagte er. »Kommen Sie – wir sprechen alles noch einmal durch. Wer weiß, ob wir hinterher noch Zeit dazu finden.«

Ihr Plan war so einfach, daß er diese Bezeichnung im Grunde gar nicht verdiente: Die beiden Helikopter, die unweit des Waldrandes auf sie warteten, würden sie binnen weniger Minuten zu der Forschungsstation bringen. Sie würden hineingehen, die Anlage abschalten, und das war es. Theoretisch.

Schneider und Littlecloud mitgerechnet, waren sie zu acht: die Piloten und Bordschützen der beiden Helikopter, Captain Will Darford – und Lieutenant Mainland, der mit Nachdruck darauf bestanden hatte, sie zu begleiten.

Littlecloud hatte sich nicht widersetzt, obwohl er beim besten Willen nicht hätte sagen können, *warum* Mainland unbedingt bei diesem Beinahe-Selbstmordkommando dabeisein wollte. Aber ob er ihn nun mochte oder nicht – Mainland war ein guter Mann, und vor allem: er wußte bereits Bescheid. Auch wenn Straiter es bisher nicht ausgesprochen hatte, so schmerzte ihn doch jeder einzelne Mann, den sie einweihen mußten.

Schneider sah wieder auf die Uhr. Noch elf Minuten.

Mainland trat ihm mit steinernem Gesicht entgegen, als sie sich den beiden Hubschraubern näherten. Die Turbinen der Maschinen summten leise im Leerlauf. Die Rotoren zitterten sacht, wie die Muskeln eines Rennpferdes, das sich auf den Start vorbereitete, bewegten sich aber noch nicht.

»Also, noch einmal«, sagte Schneider. »Für den Fall, daß wir getrennt werden oder nur einige von uns die Station erreichen: Der Hauptkontrollraum liegt auf der dritten Ebene, den Eingangsbereich und das daran anschließende Treppenhaus nicht mitgerechnet. Wir gehen die Treppe hinunter und folgen dem Hauptkorridor bis zu der Sicherheitstür an seinem Ende.«

Sein Zeigefinger wanderte über den Plan der Station und zeichnete den Weg nach, den er beschrieb.

»Sie wird verschlossen sein, nehme ich an. Der Zugangscode lautet Laurin sieben-drei-fünf. Seien Sie vorsichtig bei der Eingabe. Wenn Sie sich vertippen, haben Sie nur noch einen weiteren Versuch. Ist diese Eingabe auch falsch, oder erfolgt sie nicht binnen fünf Minuten nach dem ersten Versuch, wird automatisch Alarm ausgelöst, und die Sicherheitsschaltung übernimmt das Kommando über die gesamte Station. In diesem Fall haben wir keine Chance mehr, hineinzukommen – übrigens auch nicht mehr hinaus. Sämtliche Türen werden automatisch verschlossen. Sie bestehen aus einem Spezialmaterial, das selbst einem Schneidbrenner stundenlang standhalten kann.«

»Wie schaltet man die Automatik ab?« wollte Mainland wissen. »Nur für den Notfall, meine ich?«

»Ich habe keine Ahnung«, gestand Schneider. »Die Notfallabschaltung für das Zyklotron jedenfalls befindet sich an der Stirnwand des Kontrollraumes. Sie ist gar nicht zu übersehen: ein großer roter Hebel hinter einer Glasscheibe. Er ist zweifach verplombt. Die erste Plombe reißen Sie einfach ab, die zweite müssen Sie aufschrauben – wenn Sie versuchen, sie gewaltsam zu öffnen, blockiert der Computer automatisch den Hebel. Aber es wird schon gutgehen.«

»Und dann?« fragte Mainland.

Genau vor dieser Frage hatte Schneider die größte Angst gehabt. Er wußte nicht, was *dann* war. Und wie auch? Selbst wenn sie die Station erreichten, und selbst wenn es ihnen gelang, das Zyklotron abzuschalten – keiner von ihnen konnte sagen, was danach geschah. Vielleicht nichts. Vielleicht alles.

»Das wird sich zeigen«, sagte er ausweichend. »Ich hoffe,

daß wir hinausgehen und feststellen können, daß alles wieder beim alten ist. Möglicherweise schließt sich der Riß in der Zeit, sobald er nicht mehr mit Energie versorgt wird, und wir finden uns in der Gegenwart wieder.«

»Ja«, fügte Mainland düster hinzu, der offensichtlich gerade seine defätistische Ader entdeckt hatte. »Oder er schließt sich hinter uns, und wir sind für alle Zeiten im Mesozoikum gefangen.«

»Wenn Sie das glauben, warum haben Sie dann darauf bestanden, uns zu begleiten?« fragte Littlecloud scharf.

Mainland grinste. »Nur deinetwegen, Winnetou. Gegen dich liegt immer noch ein Haftbefehl vor, schon vergessen?«

Schneider suchte nach den passenden Worten, um den Streit der beiden zu unterbrechen, aber er kam nicht dazu. Etwas summte laut. Schneider sah irritiert auf. Es dauerte einen Moment, bis ihm klar wurde, daß das Geräusch aus seiner Jackentasche drang.

»Ihr Walky-talky, Professor«, sagte Littlecloud. »Jemand versucht Sie zu erreichen.«

Schneider griff in die Tasche, zog das Gerät heraus und schaltete es ein.

»Professor?« Die Stimme drang verzerrt und von statischen Störungen überlagert aus dem Lautsprecher, obwohl das Gegengerät keine zweihundert Meter entfernt war – Schneider sah einen Soldaten, der bei den wartenden Jeeps zurückgeblieben war und winkend die Hand hob, während er mit der anderen das Sprechgerät ans Ohr hielt. »Ich habe Colonel Straiter hier für Sie am Funkgerät. Er muß Sie sprechen.«

Schneider überlegte angestrengt. Sie hatten noch gute neun Minuten. Bis zum Wagen hin würde er höchstens eine brauchen, und noch einmal die gleiche Zeit zurück. Und Straiter würde ihn nicht ausgerechnet *jetzt* anrufen, wenn es nicht wirklich wichtig war.

»Also gut«, sagte er. »Ich komme.« Mit einem entschuldigenden Blick in Littleclouds Richtung fügte er hinzu: »Ich bin in spätestens fünf Minuten wieder hier.«

Er verschwendete keine weitere Zeit, sondern steckte das Walky-talky ein und rannte im Laufschritt los. Er erreichte die drei Jeeps, die mit ihren Besatzungen außerhalb der gefährdeten Zone zurückgeblieben waren, in weniger als einer Minute. Der Mann, der ihm zugewunken hatte, hatte das Walky-talky gegen den Telefonhörer eines tragbaren Feldfunkgerätes eingetauscht, den er ihm hinhielt. Schneider griff hastig danach.

»Ja?«

»Professor Schneider?« Straiters Stimme klang gehetzt, beinahe erschrocken. »Wo sind Sie?«

»Am Waldrand«, antwortete Schneider. »Wo sonst? Was gibt es, Colonel? Ich habe nicht mehr viel –«

»Einer der Patrouillenhubschrauber hat eine junge Frau aufgegriffen«, unterbrach ihn Straiter. »Sie ist offenbar bereits gestern in den Wald eingedrungen und hat sich verirrt. Sie hat den Wechsel mit angesehen, genau wie dieser Marten. Aber sie hat auch etwas beobachtet, das Sie wissen sollten.«

»Was?« fragte Schneider.

»Das erzählt sie Ihnen am besten selbst«, sagte Straiter. »Ich werde nicht schlau daraus, wenn ich ehrlich sein soll. Aber es gefällt mir nicht. Brechen Sie das Unternehmen ab, hören Sie? Auf der Stelle!«

»Aber das geht nicht!« protestierte Schneider. »Alles ist vorbereitet. In fünf oder sechs Minuten –«

»Wenn das, was das Mädchen erzählt, wahr ist«, unterbrach ihn Straiter erneut, »dann haben Sie keine Chance! Sie werden sterben. Also kommen Sie verdammt noch mal zurück und reden Sie selbst mit ihr. Wenn Sie es danach immer noch versuchen wollen, ist noch Zeit genug für einen zweiten Anlauf. Versuchen Sie die Helikopter zu retten, aber gehen Sie kein Risiko ein, hören Sie? Schnell jetzt!«

Schneider sah wieder auf die Uhr. Noch sechs Minuten. Die Motoren der Hubschrauber liefen, so daß die Maschinen nur Augenblicke brauchen würden, um abzuheben und die gefährdete Zone zu verlassen.

»Also gut«, antwortete er. »Ich melde mich, sobald wir in Sicherheit sind.« Er hängte ein, tauschte das Funkgerät wieder gegen das kleinere Walky-talky und drückte die Ruftaste. Hundert Meter entfernt zog Littlecloud sein eigenes Gerät aus der Tasche.

»Professor?«

»Kommen Sie zurück!« sagte Schneider. »Die Aktion ist abgeblasen! Schnell!«

Littlecloud stellte keine Fragen. Er widersprach auch nicht oder verschwendete sonstwie Zeit, sondern steckte sein Gerät ein und wandte sich zu den anderen Männern um. Schneider konnte sehen, wie die Soldaten im Laufschritt auf die Helikopter zuzurennen begannen. Der einzige, der unschlüssig weiter dastand, war Mainland.

Plötzlich erfüllte ein Summen die Luft. Es war ein unheimlicher, vibrierender Laut, der immer mächtiger und mächtiger wurde, obwohl er im Grunde nicht lauter zu werden schien, und in dem etwas ungemein *Drohendes* lag. Der Wüstenstreifen vor dem Waldrand begann zu flimmern, und mit einem Male war es, als erschienen Millionen und Abermillionen winziger weißer Funken aus dem Nichts, die einen irrsinnigen Tanz begannen.

»Nein!« flüsterte Schneider. Sein Herz schien auszusetzen. Das konnte nicht sein. Sie hatten noch Zeit, über sieben Minuten!

Aber das war nur die Theorie. Er hatte ja selbst zu Straiter und den anderen gesagt, daß alles, was er herausgefunden zu haben glaubte, nur auf Schätzungen beruhte. Und wenn man bedachte, wie wenig Daten ihm zur Verfügung gestanden hatten, dann war seine Schätzung sogar erstaunlich präzise gewesen.

Er hatte sich gerade einmal um sieben Minuten vertan.

Vor Schneiders entsetzt aufgerissenen Augen begannen die Wüste, die beiden Hubschrauber und die sieben Männer zu verschwinden ...

Der Sandsturm traf ihn mit der Gewalt eines Hammerschlages und so vollkommen warnungslos, daß Littlecloud nicht einmal wirklich begriff, was mit ihm geschah, als er auch schon von den Füßen gerissen und mit grausamer Wucht gegen den Hubschrauber geschleudert wurde.

Ein ungeheures Heulen und Brüllen marterte seine Ohren. Littlecloud war für einen Moment blind und taub. Er bekam kaum noch Luft. Der Sand drang in seine Nase, seinen Mund, kroch in jede Pore seiner Haut und drohte ihn zu ersticken. Und er war *heiß*.

Littlecloud vergrub das Gesicht zwischen den Armen, so gut er konnte, und versuchte sich aufzurichten. Der Sturm packte ihn sofort wieder und schmetterte ihn zu Boden, und der Sand schien wie mit Schaufeln auf ihn herabgeworfen zu werden. Das Atmen fiel ihm immer schwerer, und er wagte es nicht, die Augen zu öffnen.

Von einer Sekunde auf die andere begriff Littlecloud, daß er sterben würde, wenn er nicht sofort aus dieser Hölle herauskam. Das war kein normaler Sandsturm. Littlecloud hatte Sandstürme erlebt, in allen Teilen der Welt und allen denkbaren Ausführungen, aber noch nie so etwas. Seine Beine waren bereits jetzt, nach wenigen Sekunden, unter einer kleinen Sanddüne vergraben, und er hustete ununterbrochen. Er würde diese Hölle allerhöchstens noch ein paar Sekunden durchstehen.

Littlecloud nahm vorsichtig den rechten Arm herunter, vergrub das Gesicht in der Beuge des anderen und tastete blind mit der freien Hand um sich. Er fühlte nur Sand, Hitze und Schmerz.

Der Helikopter mußte unmittelbar neben ihm sein – immerhin war er mit solcher Wucht gegen die Maschine geschleudert worden, daß er seine Rippen knacken hörte – aber er fühlte nichts. Vielleicht war er davongeschleudert worden; drei, vier Meter in dieser Hölle aus Lärm und Bewegung reichten vollkommen, ihn die Orientierung verlieren zu lassen. Und wenn er in die falsche Richtung loskroch, war es um ihn geschehen.

Da ertastete seine Hand etwas Hartes, das zu glatt, zu gleichmäßig geformt war, um natürlichen Ursprungs zu sein – die Kufe des Hubschraubers!

Die Tür wurde von innen aufgestoßen. Kräftige Hände griffen aus dem Helikopter heraus, umfaßten Littleclouds Gelenke und zerrten ihn mit einem Ruck ins Innere der Kabine.

Einige Sekunden lang blieb Littlecloud keuchend und zusammengekrümmt zwischen den Sitzen liegen, ehe er die Kraft fand, sich hochzustemmen. Er öffnete die Augen, konnte aber im ersten Moment trotzdem kaum sehen. Sand brannte wie Schmirgelpapier in seinen Augen, und auch die Luft hier drinnen war von feinem, wirbelndem Staub erfüllt, der mit ihm hereingeweht worden war.

Aber immerhin erkannte er die Stimme, die sagte: »Für einen Top-Mann, wie du es sein sollst, stellst du dich ganz schön dämlich an, Winnetou.«

Littlecloud hustete, rieb sich mit beiden Händen über die Augen und stand vollends auf. Er konnte immer noch nicht richtig sehen, aber er erkannte zumindest, daß außer Mainland und ihm noch zwei weitere Männer im Hubschrauber waren.

»Alles in Ordnung?« fragte Mainland. Der spöttische Ton war aus seiner Stimme verschwunden. Hätte Littlecloud nicht gewußt, daß es ganz und gar unmöglich war, dann hätte er sogar geglaubt, so etwas wie echte Sorge in den Worten des Polizisten zu hören.

»Was ist ... mit den anderen?« fragte er mühsam.

Mainland schüttelte den Kopf.

»Keine Ahnung«, sagte er. »Der Pilot versucht gerade, die andere Maschine anzufunken. Vielleicht haben sie sie erreicht. Wenn nicht ...«

Er sprach nicht weiter, aber das mußte er auch nicht. Niemand konnte in dieser Hölle dort draußen überleben.

»Wo zum Teufel kommt dieser verdammte Sturm überhaupt her?« murmelte Mainland. »Davon hatte Schneider nichts gesagt!«

»Wahrscheinlich, weil er es nicht wußte«, antwortete Littlecloud automatisch. »Ich nehme an, es hat irgendwie mit diesem Zeitsprung zu tun!«

»Ja – mir scheint sowieso, daß er eine ganze Menge nicht wußte«, maulte Mainland. »Schade, daß er nicht dabei ist. Ich würde ihm gerne die eine oder andere Frage stellen.«

Als das graubraune Toben vor der Kanzel nachließ, offenbarte sich ihnen ein furchtbarer Anblick. Die Wüste rings um sie herum sah aus wie planiert. Der Wind hatte alle Dünen abgetragen und die Felsen, die hier und da aus dem Sand ragten, so glatt poliert, daß sie wie Glas schimmerten.

Und er hatte den *Stingray* zerschmettert.

Vorsichtig verließen sie die Maschine und gingen zu dem zerstörten Helikopter hinüber. Littlecloud überließ es Mainland und dem Piloten des anderen Hubschraubers, das Wrack in Augenschein zu nehmen, und suchte statt dessen die nähere Umgebung nach Spuren der drei Männer ab. Er fand nichts, mit Ausnahme eines verbogenen Gewehres, das nur noch aus den reinen Metallteilen bestand. Alles, was aus Materialien gewesen war, die nicht die Härte von Stahl hatten, war einfach verschwunden.

Littlecloud empfand nicht einmal Schrecken, aber ein Gefühl, das schlimmer war: Resignation. Sie hatten noch nicht einmal richtig angefangen, und die Hälfte von ihnen war bereits tot. Welchen Sinn hatte es überhaupt noch, weiterzumachen?

Nach einer Weile kehrte er zu den anderen zurück. Mainland sagte nichts, aber er sah ihn auf eine Weise an, die Littlecloud dazu bewog, an ihm vorbeizugehen und einen Blick ins Innere des auf die Seite gestürzten Hubschraubers zu werfen.

Wie er erwartet hatte, war die Kabine fast zur Gänze mit Sand gefüllt. Aus der Oberfläche der braunen Masse ragte eine verkrümmte Hand. An zwei Fingern war das Fleisch bis auf die blanken Knochen abgeschmirgelt. Der Helikopter hatte sich in ein Grab verwandelt.

Mainland grub mit zitternden Fingern in seiner Tasche,

zog eine Zigarettenpackung hervor und steckte sie wieder ein, ohne sich eine Zigarette angezündet zu haben.

»Und was jetzt?« fragte er.

»Was schon?« antwortete Littlecloud. »Wir machen weiter. Es sei denn, Sie möchten nach Hause gehen, Lieutenant.« Er deutete auf den Waldrand, der nun auf der anderen Seite und hundert Meter weiter entfernt lag, und wandte sich an den Hubschrauberpiloten, ohne Mainlands Antwort abzuwarten.

»Was ist mit unserer Maschine? Kriegen Sie sie flott?«

»Sinnlos«, erwiderte der Pilot. »Ich denke, ich könnte sie tatsächlich wieder hinkriegen – nicht umsonst ist der Bell UH-1 unser zuverlässigstes Baby. Aber das dauert. Die Turbinen sind vollkommen verstopft. Was der Sand sonst noch angerichtet hat, wage ich nicht einmal zu schätzen.«

Littlecloud hatte mit genau dieser Antwort gerechnet.

»Also gut«, sagte er. »Dann anders.« Er sah auf die Uhr, drehte sich dann nach Norden und blickte in die Wüste hinaus, die trotz allem einen geradezu grotesk normalen Anblick bot. In einer schwer zu schätzenden Entfernung ragte ein großer, fast würfelförmiger Felsen auf. Irgendwo dahinter lag ihr Ziel.

»Wir haben noch gute sieben Stunden«, sagte er. »Sieben Stunden für fünfzehn Meilen. Wir können es schaffen.«

Straiters Männer hatten mehr als ein Wunder vollbracht: Sie hatten sowohl die Gesetze der Logik als auch alle Regeln der Wahrscheinlichkeit außer Kraft gesetzt.

Als Schneider aus dem Hubschrauber stieg, der ihn auf halbem Wege aufgelesen und auf dem Dach des Sheraton abgesetzt hatte, blickte er auf eine verlassene Stadt hinab. Natürlich gewahrte er überall noch Bewegung: Hier rollte ein Panzerwagen der Nationalgarde über eine Straße, dort patrouillierten Soldaten, Lastwagen rasten auf kreischenden Reifen durch die Stadt, und er wußte, daß Hunderte von Männern noch damit beschäftigt waren, Haus für Haus zu durchsuchen, ohne daß sie auch nur die allerkleinste Chance hatten, diese Aufgabe zu beenden.

Las Vegas war nicht *leer* – es mußte Hunderte, wenn nicht Tausende von Menschen geben, die sich noch in den Gebäuden aufhielten, manche vielleicht aus Leichtsinn, manche aus falsch verstandenem Mut oder einfach Abenteuerlust, viele sicher aus purer Neugier, die zu groß war, um der Vernunft eine Chance zu geben. Und es mochte welche geben, die noch gar nicht wußten, was geschehen war.

Und trotzdem – der allergrößte Teil der Stadt war evakuiert. Irgendwie hatte es Straiter geschafft, eine halbe Million Menschen innerhalb einer einzigen Nacht aus Las Vegas herauszubringen.

Ein Soldat in der Uniform eines Air-Force-Captains kam geduckt auf ihn zugelaufen, als Schneider sich dem Aufzug näherte. »Professor Schneider? Der Colonel erwartet Sie bereits. Kommen Sie!«

Der Mann ergriff ihn am Arm und zerrte ihn mit schon etwas mehr als sanfter Gewalt auf den würfelförmigen Dachaufbau zu, in dem sich der Lift verbarg.

»Wissen Sie, was passiert ist?« fragte Schneider. »Straiter sagte, es wäre äußerst wichtig.«

»Bedaure, Sir.« Der Offizier schüttelte den Kopf. »Ich habe Anweisung, Sie so schnell wie möglich zu ihm zu bringen, aber ich weiß nicht, warum.«

Schneider konnte Straiter bereits hören, lange bevor sie den Konferenzraum erreichten. Bisher hatte er gar nicht gewußt, daß Straiter dazu überhaupt in der Lage war – aber er brüllte aus Leibeskräften, und auch wenn Schneider die Worte nicht verstand, so verstand er dafür um so besser den *Ton*, in dem sie vorgebracht wurden.

Straiter war wütend. Das Ziel seines Zornesausbruchs war eine Gruppe von fünf Gestalten, unter denen Schneider auch Bürgermeister Clayton erkannte. Er konnte immer noch nicht verstehen, worum es bei dem Streit eigentlich ging, aber die Männer vor Straiter sahen auf ihre Weise ebenso zornig und aufgebracht aus wie der Colonel.

Als Straiter ihn erkannte, brach er sofort ab und drehte sich zu ihm um. »Schneider! Schön, wenigstens Sie lebendig wiederzusehen! Kommen Sie her! Schnell!«

»Colonel Straiter«, begann Clayton, »ich muß darauf bestehen, daß –«

Straiter fuhr mit einer so heftigen Bewegung herum, daß Clayton instinktiv einen Schritt vor ihm zurückwich und mitten im Satz verstummte.

»Raus jetzt!« sagte er. »Alle! Verschwinden Sie, ehe ich sie abführen lasse!«

Clayton verschlug es endgültig die Sprache. Er starrte Straiter mit offenem Mund an – aber nur noch eine Sekunde lang. Dann drehte er sich mit einem Ruck herum und stürmte so rasch aus dem Raum, daß Schneider und der Offizier hastig beiseitetreten mußten, um nicht über den Haufen gerannt zu werden.

»Unglaublich!« sagte Straiter. »Ich ... ich weigere mich einfach, es zu glauben! Wissen Sie, was diese Verrückten allen Ernstes von mir verlangt haben? Sie wollten, daß ich Truppen abstelle, um ihr *Geld* in Sicherheit zu bringen.«

»Das ist nicht Ihr Ernst«, sagte Schneider.

»Meiner nicht, aber ihrer«, antwortete Straiter. »Das ist unvorstellbar. Dort draußen vor der Stadt läuft eine halbe Million Menschen um ihr Leben, und diese Wahnsinnigen verlangen von mir, daß ich ihre Tresore rette!« Er wechselte übergangslos das Thema. »Kommen Sie, Schneider. Sie müssen mit dieser jungen Frau reden.«

Er stellte keine Frage nach Littlecloud und den anderen. Schneider hatte ihm schon aus dem Helikopter heraus erklärt, was passiert war, und Straiter hatte die Hiobsbotschaft ohne ein Wort zur Kenntnis genommen.

Sie betraten den kleinen Nebenraum, in dem sie schon am Morgen gewesen waren, und Straiter stellte ihn einer jungen Frau vor, die zusammengesunken auf einem Stuhl unter dem Fenster hockte und ins Leere starrte. Sie sah sehr erschöpft aus und unendlich müde, aber in ihrem Gesicht war auch noch mehr: ein Schmerz und eine Trauer, die

Schneider klarmachten, daß sie etwas sehr Wertvolles verloren haben mußte.

»Miß Carden, das ist Professor Schneider«, sagte Straiter. »Ich möchte, daß Sie ihm noch einmal erzählen, was Sie gestern erlebt haben.«

Es vergingen endlose Sekunden, bis Sue ihr Schweigen brach. Aber dann erzählte sie, mit leiser, stockender Stimme, aber trotzdem sehr genau, ohne irgend etwas wegzulassen oder ihren Gefühlen zu gestatten, sie zu überwältigen. Schneider war sehr erstaunt, welche präzise Beobachterin diese junge Frau zu sein schien – und sehr erschrocken über das, was er hörte.

»... heute morgen bin ich dann auf einem Baum aufgewacht und habe den Waldrand gesucht«, schloß sie. »Ich habe nicht gedacht, daß ich es schaffe, aber ...« Ihre Stimme versagte. Plötzlich füllten sich ihre Augen mit Tränen. Sie drehte mit einem Ruck den Kopf zur Seite und starrte aus dem Fenster.

Schneider wollte die Hand ausstrecken, um sie beruhigend an der Schulter zu ergreifen, aber Straiter schüttelte wortlos den Kopf und deutete auf die Tür.

Schneider gab ihm insgeheim recht. Das Mädchen mußte etwas ungemein Schreckliches erlebt haben, aber es wollte nicht darüber sprechen, und sie hatten kein Recht, es dazu zu zwingen. Jeder mußte auf seine Art mit dem Entsetzen fertig werden.

»Nun«, begann Straiter, nachdem sie das Zimmer verlassen und er die Tür hinter ihnen geschlossen hatte. »Was halten Sie davon?«

»Ich weiß es nicht«, antwortete Schneider. »Es scheint zu stimmen. Dieses Geräusch und die Lichter habe ich auch gesehen. Allerdings sind die Männer nicht vor meinen Augen explodiert, wenn Sie das meinen.«

»Sie glauben, sie hat es sich nur eingebildet?«

»Nein«, antwortete Schneider überzeugt. »Sie sagt die Wahrheit. Ich bin sicher, was sie über die Saurier erzählt, stimmt. Aber es ist Littlecloud und den anderen nicht widerfahren. Jedenfalls nicht in *dieser* Zeit.« Er überlegte einen Moment. »Vielleicht geschieht es nicht immer«, sagte er dann. »Oder nur ...«

Er stockte.

Ein phantastischer, aber auch durch und durch erschreckender Gedanke begann in seinem Kopf Gestalt anzunehmen.

»Oder nur was?« fragte Straiter.

»Diese Saurier«, murmelte Schneider. »Es waren Wesen aus der Vergangenheit, nicht wahr?«

»Sicher. Und?«

»Wesen, die aus ihrer Zeit hierher versetzt worden sind. Und sie starben, als sie in das Zeitfeld gerieten und wieder zurückgeschickt werden sollten. Vielleicht geht es nicht. Vielleicht ... vielleicht funktioniert es nur einmal.«

»Wie meinen Sie das?« fragte Straiter.

»Vielleicht kann man den Weg nur einmal gehen«, wiederholte Schneider. »Wer weiß ... vielleicht lädt sich ein Körper mit einer Art ... Energie auf, sobald er durch das Zeitfeld geht. Irgendeine Kraft, die es nicht zuläßt, den gleichen Weg in umgekehrter Richtung zu gehen.«

Straiter erbleichte.

»Wissen Sie, was Sie da sagen?« fragte er.

»Ich fürchte, ja«, antwortete Schneider. »Wenn es wirklich so ist, dann können die Männer nie wieder zurück. Und wenn sie es trotzdem versuchen, dann werden sie bei diesem Versuch sterben.«

Sie hatten noch eine halbe Stunde, als sie die Station erreichten. Littlecloud hätte nicht sagen können, *wie* sie es geschafft hatten – die fünfzehn Meilen, die auf der Landkarte kaum mehr als eine Handspanne gewesen waren, hatten sich zu einem Marsch durch die Hölle gedehnt. Dabei waren sie nicht einmal von den Bewohnern dieser Welt angegriffen worden. Mit Ausnahme einiger geflügelter Kreaturen, die hoch über ihnen an einem fast unnatürlich blauen Himmel dahingezogen waren, hatten die vier Männer kein einziges Lebewesen zu Gesicht bekommen.

Ihr Feind war die Sonne gewesen.

Die Sonne, die Hitze und die Wüste, denn es war eine Sonne, die nur *aussah* wie die, unter der Littlecloud und die anderen geboren waren. Sie war heller, *greller*, und sie verströmte eine Hitze, die ungleich intensiver war als die, die über der Nevada-Wüste des zwanzigsten Jahrhunderts lastete.

Mainland blieb plötzlich stehen. Littlecloud registrierte die Bewegung zu spät und ging noch zwei Schritte weiter, ehe auch er anhielt, aber Mainland mußte schließlich die Hand heben und nach vorne deuten, bis Littlecloud erkannte, was er entdeckt hatte.

Er fuhr so erschrocken zusammen, daß er fast gestürzt wäre. Instinktiv griff er nach seinem Gewehr und hatte die Waffe schon halb von der Schulter gezerrt, ehe ihm klar wurde, daß er sie nicht brauchte.

Vor ihnen, nur wenige Dutzend Meter von den offenstehenden Türen der Station entfernt, lagen die Skelette mehrerer Saurier.

»Großer Gott«, flüsterte Mainland mit bebender Stimme.

Als sie sich dem ersten der gigantischen Knochengerüste weit genug genähert hatten, sahen sie, wie die Saurier gestorben waren. Nicht durch einen Sandsturm, der zweifellos dafür verantwortlich war, daß alles Fleisch von den wie poliert glänzenden Gebeinen gerissen worden war.

Viele der Brust- und Schädelknochen wiesen zahllose Einschußlöcher auf.

Was nur eines bedeuten konnte: Die Männer, die mit der Station in die Vergangenheit gelangt waren, hatten sich mit den Bewohnern dieser Welt eine regelrechte Schlacht geliefert. Wie war sie ausgegangen?

»Kommt«, sagte Littlecloud. »Wir haben nicht mehr viel Zeit. Und seid vorsichtig.«

Die wuchtigen Metalltore des Gebäudes waren verbeult und halb aus den Angeln gerissen, der Sand davor zerwühlt. Hier und da war die Wand dunkelrot verfärbt, und gleich hinter dem Eingang fanden sie ein paar Stoffetzen und ein zerbrochenes Gewehr.

»Keine Toten«, sagte Mainland plötzlich.

Littlecloud sah ihn fragend an.

»Es sind keine Leichen da«, wiederholte Mainland. »Sie haben den Kampf gewonnen, verstehen Sie nicht?«

»Und wo sind sie dann?« fragte Littlecloud.

Unendlich behutsam drangen sie weiter in das Gebäude vor.

Der weitläufigen, hohen Halle, die sich hinter dem Eingang erstreckte, schloß sich ein holzvertäfelter, behaglich eingerichteter Raum an, der früher einmal sogar recht anheimelnd und wohnlich ausgesehen haben mußte.

Jetzt aber war er zerstört, und das so vollkommen, daß Littlecloud einen Moment lang schockiert stehenblieb. Das Mobiliar war zertrümmert, die Holzvertäfelung von den Wänden gefetzt, der Boden aufgerissen. Direkt neben der Tür lag der Kadaver eines weiteren Sauriers. Er ähnelte einem Deinonychus, war aber etwas größer, und er sah weitaus gefährlicher aus. Die Hälfte seines Kopfes, die rechte Schulter und der Arm fehlten.

Littlecloud gab den drei anderen mit einer Geste zu verstehen, daß sie zurückbleiben sollten, hob seine Waffe und ging langsam weiter. So zerstört der Raum auch war, bot er doch keinem dieser fast menschengroßen Geschöpfe ein Versteck – aber er *spürte* einfach, daß sie nicht allein waren. Etwas war hier. Das Gefühl, belauert zu werden, war von fast körperlicher Intensität.

Den Finger am Abzug des Gewehres, näherte er sich der Treppe. Die Tür war aus den Angeln gerissen und der metallene Rahmen geschwärzt und verbogen. Der charakteristische Geruch und der schwarze Brandfleck auf dem Boden verrieten Littlecloud, daß hier eine Granate explodiert sein mußte.

In den Wänden unmittelbar neben der Tür gähnten Dutzende von Einschußlöchern, aber er sah auch die Spuren gewaltiger Krallen, die die Holzvertäfelung zerfetzt und tiefe Rillen in den Beton dahinter gegraben hatten.

Littlecloud trat vorsichtig durch die Tür und spähte in die Tiefe. Trotz aller Zerstörung brannte das Licht noch, so daß er sehen konnte, daß der Treppenschacht leer war. Auch hier gewahrte er überall Spuren eines entsetzlichen Kampfes. Und irgend etwas sagte ihm, daß es ein *Rückzugsgefecht* gewesen war.

Er winkte Mainland und die beiden Soldaten zu sich heran, ehe er weiterging.

»Was ist hier passiert?« murmelte Mainland. »Mein Gott, wo ... wo sind sie alle? Vielleicht weiter unten?«

Eine trügerische Hoffnung, denn was sie auf dem Weg nach unten sahen, sprach eine eindeutige Sprache: Was hier geschehen war, war so einfach wie furchtbar. Die Bewohner des Waldes, dessen Grenze vor zwei Tagen noch unmittelbar vor den Toren der Station gelegen hatte, hatten einen reich gedeckten Tisch vorgefunden. Aber keiner der vier sprach diesen Gedanken aus.

»Vielleicht haben sie sich irgendwo unten verschanzt«, meinte Littlecloud. »Hinter der Sicherheitstür, von der Schneider gesprochen hat.«

»Weißt du den Code noch?« fragte Mainland nervös.

Littlecloud nickte, ohne den Blick von der Treppe vor sich zu wenden.

Unbehelligt erreichten sie die nächstuntere Etage, dann die zweite und schließlich die dritte. Und trotzdem: Littlecloud *wußte* einfach, daß sie nicht allein waren. Hier unten war etwas, und es war kein Mensch.

Sie fanden einen weiteren toten Saurier, und schließlich erreichten sie den Hauptkorridor, an dessen Ende die Panzertür lag, die Schneider ihnen beschrieben hatte.

Littlecloud brauchte den Zugangscode nicht. Die Tür stand weit offen. Langsam, unendlich vorsichtig, näherten sie sich dem Ende des Ganges.

Sie hatten noch vier Minuten, als sie den Kontrollraum betraten.

Littlecloud spürte die Bewegung, ehe er sie sah, und er reagierte ganz instinktiv darauf. Blitzschnell ließ er sich nach links fallen, drehte gleichzeitig den Oberkörper in die entgegengesetzte Richtung und riß den Abzug der MPi durch.

Der Rückstoß der Salve verlieh seinem Sturz noch mehr Wucht, als er ohnehin gehabt hatte. Littlecloud fiel ungeschickt und sehr hart auf den Rücken, während die Gewehrsalve Funken aus der Wand über ihm schlug, elektronische Geräte und Monitore zertrümmerte und schließlich den Saurier traf, der ihn angesprungen hatte.

Das Tier wurde zurückgeschleudert, stürzte mit einem schrillen Kreischen zu Boden und versuchte wieder hochzuspringen. Mitten in der Bewegung wurde es von einem einzelnen, aber sehr genau gezielten Schuß getroffen, der durch die geöffnete Tür fiel.

Das Tier war nicht das einzige seiner Art. Während Littlecloud sich verzweifelt herumwälzte und auf die Knie hochzustemmen versuchte, erkannte er, daß der Kontrollraum von Raubsauriern geradezu wimmelte. Es mußten ein Dutzend sein, wenn nicht mehr, Wesen wie das tote Geschöpf, das sie oben in der Halle gefunden hatten, keine Deinonychus', aber zweifellos Fleischfresser – und sie griffen praktisch alle im gleichen Augenblick an.

Littlecloud schoß einen weiteren Saurier nieder, spürte eine Bewegung hinter sich und warf sich zur Seite. Eine dreifingrige Klaue mit rasiermesserscharfen Krallen schlug nach ihm und fetzte ein Stück seiner Uniform weg, ohne ihn jedoch zu verletzen. Littlecloud fiel, rollte sich herum und feuerte auf dem Rücken liegend direkt in das grinsende Reptiliengesicht, das plötzlich über ihm auftauchte.

Blitzschnell kam er wieder auf die Füße, aber nur, um sich von gleich zwei weiteren Sauriern attackiert zu sehen.

Littlecloud schoß den einen nieder, duckte sich unter einem Krallenhieb weg und versetzte dem Tier einen Karate-Tritt, der jeden menschlichen Gegner auf der Stelle paralysiert hätte. Der Saurier torkelte nur einen Schritt zurück und griff sofort wieder an.

Littlecloud erschoß ihn.

Das Tier fiel, und er hatte für eine Sekunde Luft. Er sah, wie Mainland und die beiden Soldaten nebeneinander durch die Tür hereinstürmten und sofort das Feuer auf die Saurier eröffneten, ihrerseits aber auch sofort angegriffen wurden. Die Anzahl der Tiere schien unerschöpflich. Für jedes, das sie erschossen, schienen zwei neue aus dem Nichts aufzutauchen. Es war ein ganzes Rudel der geschuppten, grünhäutigen Ungeheuer, das hier unten auf sie gewartet hatte.

Und nicht nur das.

Die Besatzung der Station, die sie bisher vergeblich gesucht hatten, war ebenfalls hier. Ihre Leichen lagen fast säuberlich sortiert auf der linken Seite des großen Raumes.

Littlecloud drehte sich, ununterbrochen feuernd, einmal im Kreis und traf zwei oder drei weitere Saurier, aber es mußten noch immer mehr als ein Dutzend Tiere sein, denen sie gegenüberstanden. Und sie waren unglaublich zäh. Die meisten Tiere standen fast sofort wieder auf und griffen erneut an. Es war ein Kampf, den sie nicht gewinnen konnten.

Der Bolzen des Gewehres schlug ins Leere. Das Magazin war erschöpft. Littlecloud drehte blitzschnell einen Schalter an der Seite der Waffe, visierte einen der etwas weiter entfernten Saurier an und drückte ab. Die Gewehrgranate traf das Tier und riß es buchstäblich in Stücke, und die Explosion schleuderte zwei, drei weitere Saurier zu Boden.

Der Hebel, dachte er verzweifelt. Wo war der Hebel?

Während er mit fliegenden Fingern das Magazin der Waffe wechselte, irrte sein Blick durch den großen, fast vollständig verwüsteten Raum. Er konnte nicht besonders gut sehen. Rauch und schwarzer, fettiger Qualm verschleierten seinen Blick. Schneider hatte gesagt, daß sie den Hebel gar nicht übersehen konnten, aber *wo war er?!*

Littlecloud feuerte, wechselte blitzschnell seine Position

und traf einen Saurier, der sich von hinten auf Mainland hatte stürzen wollen. Das Tier wurde mitten in der Bewegung herumgerissen, überschlug sich zweimal in der Luft und landete krachend auf dem Kadaver eines anderen Raubsauriers.

Und Littlecloud sah den Hebel.

Er befand sich auf der anderen Seite des Raumes hinter einer mannshohen, von einem roten Metallrahmen eingefaßten Glasscheibe und war fast so lang wie sein Arm.

»Mainland!« schrie er mit überschnappender Stimme. »Der Hebel! Dort! Gib mir Deckung!«

Das Krachen der Schüsse und das schrille, wütende Kreischen der angreifenden Ungeheuer verschluckte jeden Laut, so daß er nicht wußte, ob Mainland antwortete oder ihn überhaupt gehört hatte, aber er stürmte einfach los. Sein Zeigefinger riß den Abzug der Waffe durch und hielt ihn fest.

Eine Kette funkensprühender, querschlägerverstreuender Explosionen eilte ihm voraus, fegte zwei angreifende Saurier aus dem Weg und zerschmetterte die Glasscheibe, die vor dem Hebel der Notabschaltung lag. Etwas griff nach ihm. Mainland verspürte einen heißen, brennenden Schmerz an der Seite, aber er achtete nicht darauf, sondern rannte einfach weiter. Er hatte allerhöchstens noch eine Minute.

Littlecloud verdrängte gewaltsam den Gedanken an die anderen, dachte nicht mehr an die Saurier, nicht mehr an seine eigene Sicherheit. Mit einer einzigen, kraftvollen Bewegung riß er die obere der beiden Plomben ab, die den Hebel sicherten. Er zerschnitt sich an den scharfkantigen Scherben der Scheibe die Hände, aber er spürte auch den Schmerz nicht, sondern griff nach der zweiten, mit einer verchromten Mutter gesicherten Plombe und begann sie zu lösen.

Es ging schwer, so schwer, daß er sich mehrere Fingernägel abbrach und noch mehr Blut an seinen Händen herabrann, aber Littlecloud kämpfte verzweifelt weiter – und schließlich begann sich die Mutter zu drehen, quälend langsam und schwerfällig, aber sie drehte sich. Nach einer Ewigkeit hatte er den Verschluß gelöst, riß den dünnen Draht herunter und griff mit beiden Händen nach dem riesigen roten Hebel, während hinter ihm Mainland den letzten Saurier erschoß.

Das Licht flackerte. Für eine Sekunde wurde es dunkel, dann glomm das rötliche, blasse Licht der Notbeleuchtung unter der Decke auf und vermischte seinen Schein mit dem blutigroten Flackern der Brände, die überall im Raum aufgeflammt waren.

Etwas geschah. Littlecloud glaubte etwas wie ein Seufzen zu hören, einen sonderbaren, fast nur zu erahnenden, aber unvorstellbar *mächtigen* Laut, und dann konnte er mit fast körperlicher Intensität spüren, wie das Antimaterie-Zyklotron zwanzig Meter unter ihren Füßen abgeschaltet wurde.

Das Seufzen verklang. Littlecloud sank mit einem stöhnenden Laut in die Knie, preßte die blutenden Hände an den Leib und schloß die Augen. Sie hatten es geschafft. Sie hatten das Unmögliche geschafft. Sie hatten das Rennen gegen die Zeit gewonnen.

Noch ahnten sie nicht, daß es kein Zurück mehr geben würde in die Gegenwart, die nun zu einer unerreichbaren Zukunft geworden war. Daß sich ihre Hoffnung, mit dem Abschalten des Zyklotrons würde sich alles wieder normalisieren, nicht erfüllt hatte. Daß sie gefangen waren in der frühen Urzeit der Erde ...

Das sonnenheiße Herz der Station hörte auf zu schlagen, und es hörte auf, Energie zu produzieren, die das Gefüge der Zeit weiter und weiter aufriß.

Aber bevor es endgültig erlosch, bäumte es sich noch einmal auf, fast wie ein wirkliches, lebendes Herz, das sich noch einmal, vergeblich, aber mit aller Gewalt, gegen das

Unausweichliche stemmte, und ein letzter, urgewaltiger Strom unvorstellbarer Energien pulsierte durch das phantastische Gebilde, das Schneider und seine Mitarbeiter erschaffen hatten, ohne es zu wollen und ohne es zu wissen.

Und einhundertzwanzig Millionen Jahre und eine Sekunde später in der Zukunft verschwand die Stadt Las Vegas lautlos vom Antlitz der Erde ...

Buch 4

DUELL IN DEN LÜFTEN

Die Bestie, die aus den wabernden Rauchschwaden des abgestürzten Hubschraubers gestapft kam, war ein gestaltgewordener Alptraum.

Bereits zuvor hatte der Allosaurus einen grauenerregenden Anblick geboten, aber nun war er verletzt und erinnerte weniger an ein Tier denn an einen Dämon, der direkt aus den tiefsten Tiefen der Hölle emporgestiegen zu sein schien. Sein Gesicht war verwüstet, eine Maske aus weißen Knochensplittern und zerfetztem Gewebe, in dem sich nur noch ein Auge befand. Seine Flanke war aufgerissen, und Ströme von dunklem, fast schwarzem Blut quollen aus seinem Körper und tränkten den Wüstensand.

Es war das Entsetzlichste, das Boris Corman jemals in seinem Leben gesehen hatte.

Der Allosaurus kam wie ein todbringendes Gebirge aus Fleisch und Knochen und mörderischen Krallen herangestapft, viel schneller, als es ihm mit diesen schrecklichen Wunden hätte möglich sein dürfen, und gleich darauf ging ein furchtbarer Ruck durch das Fahrzeug.

Corman spürte noch den Aufprall, doch noch bevor der Schmerz sein Gehirn erreichen konnte, verlor er das Bewußtsein – *und erwachte!*

Noch immer gellten Schreie in seinen Ohren, und erst nach Sekunden wurde Boris Corman bewußt, daß er selbst sie ausstieß. Einen gnädigen Moment lang verspürte er nichts als grenzenlose Erleichterung, daß er sich nicht zusammen mit der Alptraumbestie in der Wüste befand, sondern sicher und wohlbehalten in seinem Bett lag.

Dann holte ihn die grausame Erinnerung ein und fegte die Erleichterung mit Schmerz und Verzweiflung beiseite. Es war *kein* Alptraum gewesen, sondern die nackte Realität, und auch wenn das Erlebnis bereits gut zwei Jahre zurücklag, hatte er es noch lange nicht überwunden. Vermutlich würde es ihm nie gelingen.

Binnen weniger schicksalhafter Minuten war sein gesamtes Leben damals zerstört worden. Er war nicht gestorben, sondern hatte wie durch ein Wunder sogar nur einige leichte Verletzungen davongetragen, doch gerade dieses Wunder erschien ihm noch heute wie ein besonders böser Streich des Schicksals. Seit damals verging kein Tag, an dem er sich nicht gewünscht hatte, ebenfalls tot zu sein.

Was ein harmloser Familienausflug nach Las Vegas hatte werden sollen, war zu einer Reise in die Abgründe der Hölle geworden und hatte in der Apokalypse geendet. Helen und Sandy waren tot, ermordet von einer Bestie, wie es sie seit Jahrmillionen nicht mehr auf der Erde gegeben hatte. Und Tippy, seine zweite Tochter ...

Boris Corman ballte die Hände so fest zusammen, daß ihm die Nägel ins Fleisch schnitten. Der körperliche Schmerz vertrieb kurzfristig die viel schlimmere Pein in seinem Inneren. Oft hatte er daran gedacht, seinem sinnlos gewordenen Leben selbst ein Ende zu setzen, war letztlich aber dennoch immer davon zurückgeschreckt. In ihm waren nur noch Schmerz und Haß, aber gerade dieser Haß war es, der ihn noch am Leben erhielt.

Er würde sich rächen.

Sie würden *alle* für das büßen, was das Ungeheuer ihm und seiner Familie angetan hatte.

Corman starrte mit haßerfülltem Blick zur Decke hinauf und bemühte sich, die Gedanken an die Vergangenheit zu verdrängen. Wichtig war jetzt nur noch die Zukunft, die Aufgabe, die er sich selbst gestellt hatte. Seine Rache. Das einzige, was er noch für Helen, Sandy und Tippy tun konnte.

Seine Arbeit näherte sich bereits der Vollendung. Nicht mehr lange, dann würde er sein Ziel erreicht haben.

Es gab Tage, an denen man glatt verzweifeln konnte, weil einfach alles schiefging. Für Betty Sanders war dies ein solcher Tag. Sie atmete ein paarmal tief durch, um sich nicht von ihrer Enttäuschung und ihrem Ärger überwältigen zu lassen. Dabei warf sie den beiden uniformierten Wachsoldaten, die mit umgehängten Maschinenpistolen ein paar Schritte entfernt standen, einen scheuen Seitenblick zu. Die beiden zeigten einen ebenso gelangweilten Gesichtsausdruck wie der Mann hinter dem schußfesten Glas in der Pförtnerloge, mit dem sie sprach.

»Hören Sie, Mister«, unternahm sie einen neuen Anlauf. »Meine Redaktion hat mir mitgeteilt, es wäre alles geregelt. Mister Schneider wäre informiert und bereit, sich mit mir zu einem Interview zu treffen.«

»*Professor* Schneiders Sekretärin sagt, sie wüßte nichts von einem Termin mit einer Betty Sanders vom TIME-LIFE-Magazin«, gab der Pförtner mit stoischer Ruhe zurück.

»Rufen Sie sie noch einmal an«, bat Betty. »Ich bin sicher, es handelt sich nur um ein Mißverständnis. Oder, noch besser, lassen Sie mich kurz selbst mit ihr sprechen. Es wird sich alles aufklären.«

Der Pförtner schüttelte den Kopf. Es war unverkennbar, daß ihn Bettys Hartnäckigkeit zu nerven begann.

Bevor Betty Gelegenheit fand, noch etwas zu sagen, schloß er die kleine Luke in dem Glasfenster. Die Journalistin warf ihm zum Abschied einen bösen Blick zu, dann wandte sie sich resignierend ab.

Wäre sie nicht so zornig gewesen, hätte sie vor Enttäuschung heulen können. Sie hatte ihr Glück anfangs selbst kaum fassen können, daß sich Schneider zu einem Interview ausgerechnet mit ihr bereitgefunden hatte. Angesichts der Pressescheu, die er in den letzten beiden Jahren gezeigt hatte, war das schon eine kleine Sensation.

Aber statt in Schneiders Büro geführt zu werden, wurde sie erst gar nicht in das Forschungsgebäude hineingelassen, sondern wie ein lästiges Kind vom Pförtner abgewiesen.

Irgend etwas war gründlich schiefgegangen, und es war

ihr zumindest im Augenblick völlig egal, auf welcher Seite der Fehler lag. Sollte sie herausfinden, daß Bredham, ihr Chefredakteur, die Sache verbockt hatte, würde sie ihm gehörig die Leviten lesen, aber das war Zukunftsmusik.

Glücklicherweise war sie nicht allein nur deshalb hergekommen, wie sie dem Pförtner gegenüber behauptet hatte. Das Interview mit Professor Carl Schneider, dem Chef des Wissenschaftlerteams, das sich mit DINO-LAND beschäftigte, sollte ihrer Planung zufolge zwar das Kernstück ihrer Reportage werden, doch sie mußte sich auf jeden Fall auch noch um weitere Quellen kümmern, und vor allem mußte sie einige persönliche Eindrücke gewinnen.

Sie warf einen letzten wütenden Blick zu dem futuristisch anmutenden Forschungszentrum zurück, dann stieg sie in ihren Leihwagen.

Betty lenkte den Wagen über eine kleine Zufahrtsstraße auf den US-Highway 95, der einst mitten durch Las Vegas geführt hatte, doch statt nach Henderson, der nächstgelegenen Stadt, zurückzukehren, fuhr sie in nördlicher Richtung weiter. Der Highway war kaum weniger stark befahren als in früheren Zeiten, vor den Zeitbeben, wie das Phänomen von den Medien bezeichnet worden war, auch wenn es sich jetzt um eine andere Form von Tourismus handelte. Damals waren die Menschen nach Las Vegas geströmt, um ihr Geld voller Hoffnung auf einen Gewinn in den Casinos zu verspielen. Das war noch nicht einmal zwei Jahre her.

Mittlerweile gab es Las Vegas nicht mehr.

Als sie ihr Ziel erreichte, reihte sich Betty in die Autoschlange ein, die sich vor der Straßenschranke gebildet hatte. Ungeduldig wartete sie, bis sie an der Reihe war, und bezahlte den Eintritt von zehn Dollar. Obwohl es sich in ihren Augen um einen Wucherpreis handelte, war der riesige Parkplatz beinahe voll. Irgendein findiger Unternehmer hatte das vorher so gut wie wertlose Wüstengrundstück gekauft und in eine Goldgrube verwandelt.

Es gab unzählige Buden, an denen man zu überhöhten Preisen vom Dino-Burger bis zum Plüschsaurier alles kaufen konnte, was auch nur im entferntesten mit Dinosauriern zu tun hatte. Man bekam Getränke in Tassen und Gläsern mit DINO-LAND-Aufdruck verkauft, und Kinder konnten an den Karussells auf den verschiedenen Kunststoffsauriern reiten.

Betty stieg auf einen der vielen Aussichtstürme hinauf. In der Ferne, gute fünf, sechs Meilen entfernt, sah sie DINO-LAND wie eine dunkle Wand aufragen. Auch diese Bezeichnung war von den Medien geprägt worden.

Betty wartete, bis eines der Fernrohre frei war, dann warf sie eine Münze ein, strich sich die dunkelblonden Locken aus dem Gesicht und starrte mit einem Auge durch das Okular.

Was sie sah, war beeindruckend. Obwohl sie sich vorgenommen hatte, alles kühl und distanziert zu betrachten, wurde sie von dem Anblick überwältigt. Nur unbewußt registrierte sie, daß sich ihr Herzschlag vor Aufregung beschleunigte und ihre Hände, die das Fernrohr umklammert hielten, feucht wurden.

Betty sah einen Urzeitdschungel, der sich allen Naturgesetzen zum Trotz bis zum Horizont und darüber hinaus vor ihr ausbreitete.

Langsam schwenkte sie das Fernrohr herum. Einige Male glaubte sie, Bewegungen zwischen den Farngewächsen des Urwaldes auszumachen, doch konnte sie sich nie ganz sicher sein. Dann bekam sie eine nur von niedrigeren Pflanzen bewachsene Lichtung ins Blickfeld, und diesmal konnte sie einen Saurier sehen, der gerade auf die Lichtung hinaustrat.

Zu ihrem Bedauern gelang es ihr nicht mehr zu erkennen, um was für ein Tier es sich handelte, da das Okular im gleichen Moment dunkel wurde. Betty unterdrückte einen Fluch. Sie nahm eine weitere Münze aus ihrem Portemonnaie und warf sie ein, doch stieß sie dabei leicht gegen das Teleskop und veränderte dessen Richtung. Als sie wieder hindurchblickte, war es nicht mehr auf die Lichtung gerichtet, und es gelang ihr auch nicht, diese wiederzufinden.

»Sind Sie bald fertig? Andere wollen auch mal was sehen«, vernahm sie eine nörgelnde Stimme hinter sich, als sie nach einer weiteren Münze griff. Es handelte sich um einen Mann Mitte Vierzig, der an jeder Hand einen etwa zehnjährigen, eisschleckenden Jungen hielt und sichtlich genervt war.

»Einen Moment noch«, bat Betty und preßte ihr Auge wieder an das Okular. Diesmal zwang sie sich, ihrer kindlichen Neugier nicht mehr nachzugeben, sondern sich auf ihren Auftrag zu konzentrieren, der sie hierhergeführt hatte. Aus diesem Grund schwenkte sie das Teleskop so weit herum, daß sie den Rand des auf so unerklärliche Weise aufgetauchten Urzeitdschungels sehen konnte.

Um zu verhindern, daß die Saurier ausbrechen konnten, hatte man einen Zaun rund um das Gelände gezogen, was bei dessen ungeheurer Größe bereits eine unglaubliche Leistung darstellte. Es gab noch weitere Sicherheitsvorrichtungen, da kein noch so massiver Zaun einen der Giganten der Urzeit wirklich hätte aufhalten können. So erblickte sie mehrere automatische Selbstschußanlagen, und unbestätigten Gerüchten zufolge, die seit langem durch die Medien geisterten, sollte es noch eine Reihe weiterer Sicherungen geben, über die nur spekuliert wurde.

Betty trat zurück und ließ den ungeduldigen Familienvater ans Teleskop. Langsam stieg sie von dem Aussichtsturm hinunter. Was sie gesehen hatte, hatte ihre Enttäuschung über das geplatzte Interview vertrieben und sie stärker beeindruckt, als sie erwartet hätte.

Ihr wurde bewußte, wie wenig sie im Grunde über DINO-LAND und alles, was damit zusammenhing, wußte. Zugleich war sie entschlossener als zuvor, so bald wie möglich das Interview mit Professor Schneider nachzuholen.

Erschöpft lehnte sich Michael Atkinson mit dem Rücken gegen einen schattenspendenden Felsen und rang keuchend nach Luft. Mit dem Handrücken wischte er sich den

Schweiß von der Stirn. Die Hitze war schier unerträglich. Seine Kleidung war schweißgetränkt. Er griff nach seiner Feldflasche und trank einige Schlucke. Das Wasser war warm und schal, aber es brachte wenigstens ein bißchen Erfrischung.

Atkinson ließ seinen Blick umherschweifen. Wenn es einen Landstrich der Erde gab, der seinen Namen verdiente, dann war es das Death Valley. Die Gegend war so tot, wie man es sich nur vorstellen konnte. Hier gab es nur Felsen und sonnendurchglühten Wüstensand. Nicht einmal Klapperschlangen, Skorpione oder Wüstenspinnen hatte er bislang entdeckt.

Wer in der prallen Tageshitze hier Forschungen anstellte, war entweder lebensmüde oder ein Fanatiker. Michael Atkinson rechnete sich zu der zweiten Kategorie. Das Death Valley war ein Ort des Todes, und der Tod war alles, was man hier finden konnte, aber genau deshalb war er schließlich hergekommen. Ihn interessierte, was nach dem Tod von den Lebensformen übriggeblieben war, die vor vielen Jahrmillionen die Erde bevölkert hatten.

Atkinson war Paläontologe, ein Wissenschaftler, der sich mit der Entwicklung der Lebewesen im Verlauf der Erdgeschichte befaßte, und besonders faszinierten ihn die Kreide- und die Jurazeit. Sein Schwerpunkt dabei lag auf dem Gebiet der Paläobiologie. Die Botanik der damaligen Zeit und die Verhaltensformen der prähistorischen Tiere interessierten ihn weniger. Seine Leidenschaft galt dem Aufspüren von Knochen und fossilen Fundstücken, aus denen sich dann Rückschlüsse auf das Aussehen und die Beschaffenheit der damaligen Erdbewohner ziehen ließen.

Im Laufe des vergangenen halben Jahres hatte er in Seitentälern am Rande des Death Valley bereits mehrere kleine Funde gemacht. Keiner davon war besonders bedeutend oder sonstwie aufsehenerregend, doch für ihn waren sie Hinweise gewesen, daß er sich auf der richtigen Spur befand.

Er zog sich seinen Tropenhut tiefer in die Stirn und trat

einige Schritte vor. Der Schatten des Felsens hatte zumindest ein bißchen Abkühlung gebracht, so daß ihn die Hitze in der prallen Sonne wie ein Schlag traf. Die Temperaturen mußten bei annähernd sechzig, möglicherweise sogar siebzig Grad liegen.

Michael griff wieder nach seiner Schaufel und machte sich erneut an die Arbeit.

Behutsam räumte er Sand zur Seite. Gelegentlich mußte er seine Spitzhacke einsetzen, um härtere Erdschichten aufzulockern.

Schließlich traf er mit seiner Schaufel auf Widerstand. Ein kleines Stück bleicher Knochen schimmerte vor ihm im Sand. Michael legte die Schaufel zur Seite und schob den Sand behutsam mit den Händen weiter zur Seite.

Er hatte sich nicht getäuscht. Unter dem Sand begraben lag tatsächlich ein Gerippe, das sogar noch ziemlich gut erhalten war. *Zu* gut. Wütend schleuderte er den ersten Knochen, den er ausgrub, zur Seite.

Es handelte sich um das Gerippe eines stinknormalen Pferdes, das hier verendet war. Der Fund kam ihm wie blanker Hohn vor.

Eine Enttäuschung nach einem kurzen Hoffnungsschimmer war besonders schwer zu verkraften. Vor allem wirkte sie deprimierend und raubte viel von jedem vorhandenen Arbeitseifer. Michael erging es nicht anders.

Er rammte seine Schaufel in den Boden und beschloß, sich zunächst eine weitere Pause zu gönnen und auf etwas Abkühlung zu hoffen, bevor er sich endgültig entschied, ob er noch ein, zwei Stunden weitermachen oder für diesen Abend aufhören sollte.

Vor Erschöpfung taumelte er mehr zu einer größeren Felsengruppe hinüber, als daß er ging. Er stützte sich mit beiden Händen auf einen der Felsen und wäre um ein Haar gestürzt, als dieser unerwartet unter seinem Gewicht nachgab. Erst jetzt bemerkte Atkinson, daß es sich nur um eine verhältnismäßig dünne Felsplatte handelte. Neugierig versuchte er, sie zur Seite zu wälzen. Einen Moment zu spät entdeckte er, daß sich dahinter ein Hohlraum verbarg, der noch dazu tiefer lag.

Die Felsplatte rutschte von dem kleinen Vorsprung ab, auf dem sie geruht hatte, und fiel nach hinten. Michael verlor dadurch vollends das Gleichgewicht und stürzte kopfüber hinter ihr her durch die Öffnung.

Hart prallte er mit der Stirn gegen ein Hindernis, doch glücklicherweise war der Hohlraum nicht allzu tief, so daß er sich nicht ernsthaft verletzte.

Benommen massierte er seine Stirn und sah sich um. Durch den Eingang fiel Tageslicht herein, doch nach der grellen Helligkeit der Sonne brauchten seine Augen eine Weile, bis sie sich an die veränderten Lichtverhältnisse gewöhnt hatten.

Der Hohlraum war größer, als er zunächst vermutet hatte, eine regelrechte Höhle, doch vollkommen leer. Der Boden war mit Sand bedeckt.

Michael richtete sich auf, um wieder hinauszukriechen, als er mit dem Fuß an etwas Hartem hängenblieb, das unter einer dünnen Sandschicht verborgen lag. Er drehte sich um, um das Hindernis genauer zu untersuchen. Als er es aus dem Sand herausgezogen hatte, dachte er zunächst, es handele sich um eine dünne Steintafel von etwa einer Unterarmlänge Durchmesser, doch fühlte sich das Material nicht wie Stein an.

Er kletterte wieder aus der Höhle, was nicht besonders schwierig war, da der Eingang nicht viel mehr als einen halben Yard höher als der Boden lag.

Im Freien untersuchte er seinen Fund genauer. Sein Herz schlug unwillkürlich schneller, als er erkannte, daß es sich tatsächlich keineswegs um Stein, sondern um eine dreieckige Hornplatte mit abgerundeten Ecken handelte, vermutlich eine Panzerplatte, wie sie sich in Doppelreihen über den Rücken eines Stegosaurus gezogen hatten.

Erst eine Sekunde später setzte die Ernüchterung ein, als ihm bewußt wurde, daß die Stegosaurier dem späten Jura entstammten und bis zur mittleren Kreidezeit überlebt hatten. Bereits mehrere von ihnen waren in DINO-LAND gesichtet worden, was die Entdeckung fossiler Überreste dieser Gattung nahezu wertlos machte.

Unschlüssig drehte Michael seinen Fund in den Händen und entdeckte einige Einkerbungen in der Hornplatte. Er zog ein Taschentuch aus der Tasche und wischte seinen Fund sorgfältig ab. Ein paar der Kerben sahen fast wie Buchstaben aus. Ganz oben konnte er deutlich ein M, ein I und ein C erkennen. Danach folgten weitere Kerben, deren Form sich nicht eindeutig bestimmen ließ, dann ein E und ein L. Mit etwas Phantasie ließ sich daraus sein Vorname lesen.

Gleich darauf lächelte er über diesen Gedanken. Die Vorstellung, seinen Namen in eine rund hundertfünfzig Millionen Jahre alte Hornplatte eines Stegosauriers eingeritzt zu finden, war zu absurd, um sie auch nur näher ins Auge zu fassen. Und dennoch ...

Auch viele weitere Kerben auf der Platte erinnerten fatal an Buchstaben, eigentlich zu deutlich und zu viele, als daß es sich um einen Zufall handeln konnte. Obwohl er nur zu genau wußte, wie verrückt jeder Gedanke in dieser Richtung war, konnte er die Aufregung nicht völlig unterdrücken, die plötzlich von ihm Besitz ergriff.

Obwohl er sich, während er seine Ausrüstung zusammenpackte, mindestens weitere hundert Male sagte, wie abwegig die Vorstellung wäre, bei den Kerben könnte es sich um Buchstaben des lateinischen Alphabets handeln, beeilte er sich wie an keinem der vorigen Tage, nach Henderson in sein Motel zurückzukehren.

»Gestern habe ich mir mal wieder *Blue Thunder* in der Glotze angesehen«, berichtete Thomas Burger und zog den Helikopter in eine weitgeschwungene Kurve. Genau wie sein Copilot Jeffrey Holder trug er Kopfhörer und ein kleines Mikrofon, das an einer Halterung direkt vor seinem Mund hing, so daß sie sich trotz des Lärms der Rotorblätter unterhalten konnten, ohne schreien zu müssen. »Jammerschade nur, daß die Kiste am Schluß zerstört wird. Das Ding könnten wir hier gut gebrauchen.«

»Bei der Air Force haben sie inzwischen einige Helis entwickelt, die dem *Blue Thunder* durchaus das Wasser reichen können«, erwiderte Holder verdrossen. »Aber die brauchen sie, um Krieg zu spielen oder wenigstens dafür zu üben. Hier kriegen wir es ja höchstens mit ein paar Flugsauriern zu tun, da können sie uns alte Gurken wie diese andrehen.«

Sie befanden sich auf einem Patrouillenflug entlang der Grenzen von DINO-LAND, um zu kontrollieren, ob einer der aus der Urzeit in die Gegenwart herübergekommenen Saurier die Absperrungen verließ. Ihre Aufgabe war es, das zu verhindern. Zwar waren in regelmäßigen Abständen an der Umzäunung kleine Lautsprecher angebracht, aus denen für Menschen fast unhörbare Töne im Infraschallbereich drangen, die speziell auf die Hörorgane von Echsen wirkten und den Giganten der Vorzeit äußerst unangenehm waren, so daß sie sich meist von dem Zaun fernhielten.

Einige Saurierarten reagierten jedoch nicht darauf, weil ihr Gehörzentrum anders entwickelt war. Auch waren einige der Tiere aufgrund ihres Alters, eines Geburtsfehlers oder einer Verletzung schlichtweg schwerhörig und ließen sich deshalb von den akustischen Signalen nicht abschrecken. Oder – das genaue Gegenteil – ihr Gehör war so extrem gut entwickelt, daß sie gerade deshalb kaum auf die Infraschalltöne reagierten.

Selbst die mit Bewegungsmeldern gekoppelten automatischen Waffen boten keine völlige Sicherheit. Die einzelnen Stellungen lagen zu weit auseinander, so daß regelmäßige Patrouillenflüge unerläßlich blieben.

»Ein Scheißjob ist das«, ergriff Burger nach einigen Minuten wieder das Wort. »Ich hoffe, mein Gesuch, in eine andere Einheit versetzt zu werden, wird nun endlich bald genehmigt. Ich bin es leid, den halben Tag lang nur im Kreis herumzufliegen, stets darauf gefaßt, von einem dieser Mistviecher angegriffen zu werden.«

Holder schüttelte den Kopf. »Nur gut, daß nicht alle so denken wie du. Na schön, ein paar der Biester sind nicht ganz ungefährlich, aber –« Er unterbrach sich und deutete mit der Hand nach vorne. »He, sieh mal da unten.«

Etwa hundert Yards entfernt war ein Loch in der Umzäunung zu erkennen. Nicht weit davon rannte ein mehr als drei Yards langer Deinonychus durch die Wüste. »Ein Ausbrecher. Sieht nach Arbeit für uns aus.«

»Natürlich wieder einer von diesen Deinos«, stieß Burger hervor. »Was auch sonst? Ich hasse diese Biester.«

Während Burger den Helikopter näher an den Saurier heransteuerte, schaltete Holder auf Außenfunk um.

»Hier C-16 an Zentrale«, sagte er. »Bitte melden.«

»Hier Zentrale«, erklang es aus dem Kopfhörer. »Was ist los, C-16?«

»Wir haben einen ausgebrochenen Deinonychus gesichtet«, berichtete Jeffrey Holder. Er gab die genauen Koordinaten durch. »Wir werden versuchen, ihn in den Wald zurückzutreiben. Schickt schon mal einen Reparaturtrupp los, der das Loch im Zaun flickt.«

»Verstanden. Zehn-vier.«

Holder schaltete wieder auf Bordfunk. »Also gut, zeigen wir dem Tierchen, wo es hingehört.«

Burger drückte den Helikopter tiefer und raste nur wenige Yards über dem Wüstensand im Tiefflug auf den Deinonychus zu. Wie nicht anders zu erwarten, geriet das Tier in Panik und ergriff die Flucht.

»Bist du verrückt?« brüllte Holder. »Zieh die Maschine hoch!«

Burger dachte gar nicht daran. So dicht, daß die Kufen des Helikopters fast noch den Kopf des Sauriers berührten, donnerte er über das Tier hinweg. Der Deinonychus schlug einen Haken und rannte in panischer Angst weiter.

»Er läuft in die falsche Richtung«, stieß Holder hervor. »Wirklich toll! Manchmal denke ich, bei dir tickt irgendwas nicht ganz richtig.«

»Was regst du dich auf? Macht doch Spaß«, gab Burger

zurück. Zum ersten Mal an diesem Tag klang seine Stimme fast fröhlich. Er riß den Helikopter herum und raste erneut auf den Saurier zu. »Den kriegen wir schon. Hetzen wir ihn ein bißchen, bis er müde wird, dann können wir ihn um so leichter zurücktreiben.«

Holder warf seinem Partner einen finsteren Seitenblick zu. »Zum Teufel, Tom, du bist wirklich verrückt. Halt dich endlich an die Vorschriften. Du läßt mir sonst keine andere Wahl, als Meldung zu erstatten.«

»Das würdest du nicht tun«, behauptete Burger und nahm erneut Kurs auf den Deinonychus, doch in seiner Stimme klang ein Unterton von Unsicherheit mit. »Doch nicht wegen so eines blöden Viechs.«

»Laß es lieber nicht darauf ankommen. Tierquälerei war mir schon immer ein Greuel.«

Burger zögerte einige Sekunden, dann zog er den Helikopter höher.

»So einer bist du also«, knurrte er zornig. »Ich hätte nicht gedacht, daß dir Dienstvorschriften mehr bedeuten als eine Freundschaft.«

»Flieg in ausreichendem Abstand neben ihm her«, verlangte Holder. »Mit Schüssen kriegen wir das Tier nicht zurückgetrieben. Ich werde Blendgranaten einsetzen.«

Holder visierte sein Ziel an und betätigte den Feuerknopf.

Zischend löste sich eine eigens für Einsätze wie diesen konstruierte Blendgranate vom Bug der Maschine, detonierte mit ohrenbetäubendem Knall dicht vor dem Saurier und entfaltete für wenige Sekunden grelle Helligkeit.

Der Deinonychus bewies seine Wendigkeit, indem er aus vollem Lauf binnen weniger Schritte abbremste, sich herumwarf und in die Richtung zurückstürmte, aus der er gekommen war.

»Okay«, sagte Holder ruhig. »Folge ihm im gleichen Abstand, damit wir ihm nicht noch mehr Angst einjagen. Wenn er die Höhe des Lochs erreicht hat, setze ich ihm einige gezielte Schüsse vor die Nase, dann dürfte er von selbst in den Wald zurückkehren.«

Burger brummte irgend etwas in seinen nicht vorhandenen Bart, wohlweislich so leise, daß es nicht einmal durch die Kopfhörer zu verstehen war, doch er tat, was Holder von ihm verlangte. Anscheinend hatte er erkannt, daß er den Bogen überspannt hatte und sich keine weiteren Ausrutscher mehr leisten durfte. Zwar wollte er aus dieser Wacheinheit versetzt werden, aber nicht aufgrund eines Disziplinareintrages in seiner bislang makellosen Akte, der ihm seine weitere Karriere verbauen könnte.

Sie waren beide so damit beschäftigt, ihrem Ärger aufeinander nachzuhängen und den flüchtenden Deinonychus zu beobachten, daß sie auf die beiden Schatten, die sich ihnen von hinten näherten, erst aufmerksam wurden, als einer direkt neben der Flugkanzel auf der Copilotenseite auftauchte.

Holder stieß vor Schreck einen leisen Schrei aus, als er kaum zwei Yards von sich entfernt jenseits des Fensters das furchterregende Gebiß eines Rhamphorhynchus mit seinen langen, spitz vorstehenden Zähnen erblickte. Der Leib des Flugsauriers maß zwar nicht viel mehr als einen Yard, doch erreichte er mit seinen gewaltigen Schwingen gut die doppelte Flügelspannweite.

Und die Tiere waren gefährlich.

Wenn man sie rechtzeitig entdeckte, waren sie leicht mit Schüssen zu vertreiben oder notfalls zu töten, doch wenn es einem Tier gelang, einer Maschine unbemerkt so nahe wie jetzt zu kommen, wurde es brenzlig.

Das bekamen Burger und Holder gleich darauf zu spüren. Einer der Flugsaurier hatte seine Schwingen eng angelegt und schoß wie ein Pfeil neben dem Helikopter her.

Mit wahrhaft selbstmörderischer Wut hämmerte das Tier seinen Kopf gegen das Seitenfenster. Einer der fast fingerlangen, vorstehenden Zähne brach ab, doch das schien die Wut der Bestie nur noch mehr zu steigern. Sofort stieß sie noch einmal vor, und diesmal war der Angriff so heftig, daß ein Riß das Glas von einem Ende zum anderen spaltete.

Aber auch der Flugsaurier hatte die Attacke nicht unbeschadet überstanden. Benommen driftete das Tier zur Seite und ließ sich ein paar Yards tiefer sinken, um zunächst Kraft für einen neuen Angriff zu sammeln.

Der zweite Rhamphorhynchus sprang währenddessen in die Bresche. Er überholte den Helikopter, schwang herum und näherte sich der Maschine frontal. Anscheinend hatte er vor, den Helikopter zu rammen, indem er sich direkt in die Frontscheibe stürzte.

»Paß auf!« stieß Holder erschrocken hervor.

Thomas Burger reagierte gedankenschnell. Er riß den Helikopter herum und entging mit knapper Not dem Aufprall. Lediglich eine der Schwingen traf die Frontscheibe, ohne jedoch Schaden anzurichten. Holder glaubte hören zu können, wie der Flügelknochen des Flugsauriers brach.

Burger zwang den Helikopter wieder auf den alten Kurs zurück. Einen Sekundenbruchteil zu spät entdeckte er das zweite Tier, das unter der Maschine hindurchgeflogen war und sich ihnen von der anderen Seite genähert hatte.

Als der Helikopter unvermutet herumschwenkte, versuchte es mit hektischen Flügelschlägen auszuweichen und stieg dabei in die Höhe. Sofort wurde es von den Rotorblättern erfaßt und binnen Sekundenbruchteilen regelrecht zerfetzt. Ein Ruck ging durch die Maschine, und Blut spritzte bis auf die Frontscheibe.

Es war deutlich zu merken, daß der Rotor bei dem Zusammenprall beschädigt worden war. Das bislang monotone Geräusch der rotierenden Blätter wurde ungleichmäßig und steigerte sich zugleich zu einem schrillen Kreischen. Der Hubschrauber begann von einer Seite zur anderen zu schwanken.

»Verdammt!« stieß Burger mit sich überschlagender Stimme hervor. In fliegender Hast betätigte er einige Knöpfe und Schalter und bewegte den Steuerknüppel hin und her, doch konnte er nicht verhindern, daß der Flug des Helikopters mehr und mehr in ein unregelmäßiges Taumeln überging. »Das Biest hat den Rotor beschädigt. Wir stürzen ab!«

Atkinson erreichte Henderson. Das einst kleine Provinznest hatte sich seit der Entstehung von DINO-LAND gründlich verändert, war es doch die dem Urzeitgebiet nächstgelegene Stadt. In Rekordzeit waren zahlreiche Hotels aus dem Boden gestampft worden, meist einfache Bauten ohne gehobene Ansprüche für die Lawine von Touristen, die kamen, um selbst einen Blick auf den Urzeitdschungel zu werfen und meist nur eine Nacht blieben. Atkinson, der für eine ganze Woche gebucht hatte, bildete diesbezüglich eine Ausnahme.

Er parkte den Jeep auf dem kiesbedeckten Parkplatz vor dem Desert Inn.

Nur mit der Hornplatte unter dem Arm schlug er den Weg zu seinem Zimmer ein; die übrige Ausrüstung ließ er zunächst im Wagen.

Der Raum war nicht besonders groß und auch nicht sehr komfortabel, doch für seine Ansprüche reichte er aus. Michael legte die Hornplatte auf den Tisch und öffnete einen seiner Koffer. Darin befanden sich verschiedene Tinkturen, Pinsel und weitere Hilfsmittel, die er benötigte, um fossile Fundstücke zu reinigen und gegebenenfalls bis zu seiner Rückkehr nach Denver neu zu konservieren.

Behutsam fegte er zunächst mit einem feinen, aber harten Pinsel die losen Sandkörner und Schmutzteile aus den Kerben. Einige weitere waren jetzt ebenfalls deutlich als Buchstaben zu erkennen. Michael trug eine sanfte Reinigungstinktur auf einen weichen Lappen auf und rieb damit behutsam über die Platte.

Er ließ das Reinigungsmittel einige Sekunden lang wirken, dann entfernte er es mit einem frischen Lappen und einer anderen Tinktur. Gebannt starrte er auf die Platte.

Die Buchstaben waren nun fast alle deutlich zu erkennen. Die wenigen, die noch immer undeutlich waren, konnte man zumindest erahnen. Wie er vermutet hatte, handelte es sich um eine richtige Nachricht, die in englischer Sprache verfaßt war.

Und sie war an ihn adressiert.

Deutlich stand sein Vor- und Nachname in der ersten Zeile. Ein Irrtum war ausgeschlossen.

Der nächste Gedanke, der ihm durch den Kopf schoß, war der, daß es sich um einen Streich handelte, den ihm jemand gespielt hatte. Jeder seiner Kollegen hatte gewußt, daß er ins Death Valley fahren würde, um dort zu graben. Es wäre also durchaus möglich ...

Michael Atkinson schüttelte den Kopf, als ihm bewußt wurde, daß es eben *nicht* möglich war. Wer würde schon eine Fahrt von Denver hierher auf sich nehmen, geschweige denn einen Flug bezahlen, nur wegen eines solchen Scherzes? Und selbst wenn doch – das Death Valley war riesig, nicht nur einfach ein Tal, wie viele Menschen sich vorstellen mochten, sondern ein ganzes Gebiet. Irgend jemand hätte also genau wissen müssen, wo er graben würde, hätte die Höhle finden und die Platte darin verstecken müssen, und hätte auch noch im voraus wissen müssen, daß er sich durch puren Zufall vor Erschöpfung gerade auf diesen Felsen stützen würde. Das war völliger Blödsinn – und zugleich war es sein Hauptproblem, denn alle anderen Erklärungsansätze waren genauso blödsinnig.

Der Paläontologe strich sich das hellblonde Haar aus der Stirn, blinzelte ein paarmal und ließ sich auf einen Stuhl sinken. Er griff erneut nach der Platte, und diesmal las er auch den Rest der Nachricht.

MICHAEL ATKINSON:
STOPPE BORIS CORMAN
SERUM FÜR DINO-LAND
BETTY SANDERS
T REX HOTEL
ZIMMER 215
PROJEKT LAURIN

Das waren die Worte, die auf der Platte eingeritzt waren. Michael schloß die Augen. Er hatte das Gefühl, alles würde sich in seinem Kopf drehen. Der Inhalt der Nachricht deutete erst recht auf einen Streich hin, doch abgesehen von den Argumenten, die ihm zuvor schon dagegen eingefallen waren, war ihm mittlerweile auch bewußt geworden, daß die Buchstaben bereits vor geraumer Zeit eingeritzt worden sein mußten.

Das zeigte die Abnutzung. Vielfach waren die Kanten der Kerben vom Sand abgeschliffen worden.

Man konnte Alter vortäuschen, doch nicht so perfekt. Selbst wenn jemand das Alter der Nachricht gründlich gefälscht hatte, änderte das nichts daran, daß die Platte dennoch bereits mindestens seit einigen Dutzend Jahren im Wüstensand gelegen hatte.

Irgend etwas stimmte hier ganz gewaltig nicht. Minutenlang saß Atkinson einfach nur reglos da und zermarterte sich den Kopf, was das alles bedeuten konnte, aber mit welchen logischen Erklärungsversuchen er auch an das Phänomen heranging, sie konnten alle nicht zutreffen. Gegen jede These gab es Gegenargumente. Wie er die Sache auch drehte und wendete, stets stieß er auf etwas, das schlichtweg unmöglich war.

Das T. Rex Hotel existierte. Bei der Planung seiner Expedition hatte er sich Prospekte von sämtlichen Übernachtungsmöglichkeiten in Henderson zuschicken lassen. Auch das T. Rex Hotel, das schon mit seinem Namen zeigte, daß es nur gegründet worden war, um von der Touristenwelle zu profitieren, war dabeigewesen.

Ein Serum und dieser Boris Corman, den er stoppen sollte, waren ihm allerdings unbekannt.

Aus dem Kontext der abgehackten Sätze war lediglich zu vermuten, daß Corman etwas mit dem Serum zu tun hatte. Was es mit diesem *Projekt Laurin* auf sich hatte, wußte er ebenfalls nicht.

Die einzigen konkreten Informationen, die die Nachricht bot, waren der Name Betty Sanders und die Adresse. Falls diese Sanders zur Zeit gerade im Zimmer 215 wohnen sollte, wäre dies ein weiterer Hinweis darauf, daß die Buchstaben erst ganz frisch eingeritzt worden waren und daß jemand – wie um alles in der Welt auch immer – gewußt oder wenigstens gehofft hatte, daß er die Nachricht zu genau diesem Zeitpunkt finden würde.

Wieder hatte Michael Atkinson das Gefühl, alles würde sich in seinem Kopf drehen. Er mußte dieses Rätsel unter allen Umständen zu lösen versuchen. Das war nur möglich, wenn er den wenigen Spuren, die er besaß, nachging.

Er duschte rasch und zog frische Kleidung an, anschließend wickelte er die Hornplatte des Stegosaurus in ein großes Tuch, stopfte sie in eine Tasche und verließ sein Zimmer.

Sein Ziel war das T. Rex Hotel.

»Das dürfte wieder mal nichts Gutes bedeuten«, sagte Professor Carl Schneider mit einem wenig humorvollen Lächeln, als Carolyn Cole mit einem Schnellhefter in der Hand sein Büro betrat.

»Informationen über die letzten beiden Zeitbeben«, erklärte die Sekretärin und reichte ihm den Hefter. Sie war eine ältere, stets korrekt und etwas altmodisch gekleidete Frau mit angegrautem Haar.

»Was ist eigentlich mit dem Interview?« erkundigte sich Schneider. »Ist diese Reporterin noch nicht gekommen?«

»Interview?« Carolyn Cole hob eine Augenbraue. »Ich weiß nichts von einem Interview.«

»Mit dem TIME-LIFE-Magazin. Ich habe den Termin gestern abgesprochen. Eine Miß Sanders wollte heute kommen.«

»Es tut mir leid, aber davon weiß ich nichts.«

»Aber ich habe Ihnen doch gestern in Ihrer Mittagspause eine Nachricht hinge-« Er brach ab und zog zielsicher einen kleinen Zettel aus dem Stapel von Papieren auf seinem Schreibtisch hervor. »Oh, anscheinend habe ich es vergessen. Tut mir leid.«

»Vorhin kam ein Anruf vom Pförtner, daß eine Reporterin mit Ihnen sprechen wollte«, berichtete die Sekretärin. »Aber da ich von einem Interview nichts wußte, habe ich sie wegschicken lassen.«

»Meine Schuld«, murmelte Schneider. »Na ja, leider nicht mehr zu ändern. Wahrscheinlich wird demnächst ein Anruf deswegen kommen. Stellen Sie ihn dann direkt zu mir durch.«

Carolyn Cole verließ das Büro. Schneider ärgerte sich über das Versehen. Jetzt erinnerte er sich wieder, daß kurz nach dem Anruf General Pounder zu ihm gekommen war, um irgend etwas mit ihm zu besprechen, und darüber hatte er vergessen, seine Sekretärin zu informieren.

Carl Schneider war der Chefwissenschaftler des ehemaligen Projektes *Laurin*. Es war ein militärisches Forschungsprojekt gewesen, das die Entwicklung eines Schirmes zum Ziel hatte, der alles, was sich darunter befand, für die Umwelt unsichtbar machte. Doch das Experiment war vor zwei Jahren gescheitert. Die gewaltigen Energien, die dabei freigesetzt wurden, hatten eine unglaubliche Wirkung gehabt: Sie hatten das Gefüge der Zeit auseinandergerissen. Was genau geschehen war, wußte Schneider auch heute noch nicht, da er damals von einem übereifrigen General übergangen worden war und so an dem entscheidenden Experiment nicht teilgenommen hatte.

Als erstes war das Labor betroffen gewesen. Es war spurlos verschwunden; an seiner Stelle war wie aus dem Nichts ein Stück Urzeitdschungel entstanden, mitsamt einiger kleinerer Saurier. In kurzen Zeitabständen hatte es weitere Zeitbeben gegeben. Das Stück Urzeit hatte sich in mehreren Schüben fast explosionsartig ausgebreitet. Was immer sich vorher in den betroffenen Gebieten befunden hatte, war spurlos verschwunden; die gesamte Forschungsstation, Hügelketten, ein gewaltiges Gebiet Wüste und einige vereinzelte Ansiedlungen.

Schließlich war sogar Las Vegas bedroht worden. Um die Stadt zu retten, hatte man einen verzweifelten Versuch gestartet. Es bestand die Chance, daß auf bislang noch unvorstellbare Art ein Austausch zwischen den Zeiten stattfand, daß die entsprechenden Gebiete der Gegenwart nicht vernichtet, sondern umgekehrt in die Urzeit geschleudert wurden.

Auch konnte bislang nicht geklärt werden, was diese Zeitbeben überhaupt auslöste. Eine der wahrscheinlichsten Theorien besagte, daß die Energien der Forschungsstation dafür verantwortlich waren. Falls die Anlage noch immer funktionierte, würde sie dank des autarken Atomreaktors in ihrem Zentrum noch für Jahrtausende weiterlaufen. So lange, bis die gesamte Erdoberfläche von dem Phänomen verschluckt worden war.

Die Station mußte abgeschaltet werden! Ein militärischer Stoßtrupp hatte sich von einem der Zeitbeben verschlucken lassen. Die Männer waren wie alles andere spurlos verschwunden, und seither wußte niemand, was mit ihnen geschehen war.

Die Katastrophe zumindest hatten sie nicht verhindern können. Las Vegas war von dem Dschungel verschluckt worden und verschwunden, nachdem man die Bewohner in panischer Hast evakuiert hatte.

Anschließend hatte sich der Prozeß zwar immens verlangsamt, doch die Zeitbeben waren nicht zum Ende gekommen, sondern setzten sich auch weiterhin fort. Anfangs hatte Schneider noch gehofft, daß der Stoßtrupp doch Erfolg gehabt hätte, doch nun mußte man davon ausgehen, daß die Bemühungen gescheitert waren.

Professor Schneider seufzte und griff nach dem Schnellhefter. Als er die Angaben überflog und eine beigefügte Karte studierte, wurde er blaß.

In der vergangenen Nacht hatte es drei weitere Beben gegeben. Eines war winzig gewesen und hatte nur eine Fläche von wenigen Yards am südlichen Rand des Urzeitdschungels betroffen. Im Westen hingegen war ein Wüstengebiet mit einem Durchmesser von fast einer halben Meile verschlungen worden, und im Nordosten waren sogar anderthalb Meilen dem Urwald gewichen.

Die Beben, die eine Zeitlang so schwach gewesen waren,

daß man sie kaum bemerkte, verstärkten sich wieder! Sie fanden nicht nur häufiger statt, sondern es wurden auch immer größere Gebiete davon betroffen.

Wenn sich dieser Trend fortsetzte, stand die wirklich große Katastrophe erst noch bevor.

Und es gab nichts, was man tun konnte, um dies zu verhindern!

Das blondhaarige Mädchen lag noch genauso im Bett wie am vergangenen Tag und am Tag davor und jedem weiteren Tag seit fast zwei Jahren. Natürlich gab es winzige Unterschiede. Mal waren die Kissen oder die Decke etwas anders gefaltet, mal lag das Haar anders, doch diese Unterschiede waren von den Pflegern verursacht worden, die das Mädchen jeden Tag wuschen und durch Bewegungen seiner Arme und Beine versuchten, die Sehnen und Gelenke geschmeidig zu halten. Ein Schlauch führte von ihrem Arm zu einem Tropf; über Kabel war sie mit mehreren Maschinen verbunden.

Der Anblick seiner Tochter schnitt Boris Corman noch genauso ins Herz wie am ersten Tag. Er trat an ihr Bett, beugte sich zu ihr hinunter und hauchte ihr einen Kuß auf die Wangen. Dann setzte er sich auf eine Kante des Bettes und strich ihr einige Haare aus der Stirn. Ihre Haut fühlte sich kühl wie die einer Toten an.

»Hallo, Tippy«, murmelte er mit belegter Stimme. Die Ärzte behaupteten zwar, daß sie ihn nicht hören könne, doch es war ihm egal. Das Mädchen war alles, was ihm noch von seiner Familie geblieben war.

Im Gegensatz zu ihrer Zwillingsschwester hatte Tippy den Angriff des Allosaurus überlebt und genau wie Corman selbst nicht einmal allzu schlimme körperliche Verletzungen davongetragen. Einige Prellungen und eine Reihe von Schürf- und Schnittwunden, die schnell verheilten.

Viel schlimmer jedoch waren die seelischen Wunden, die bis heute geblieben waren. Tippys Verstand hatte das Entsetzen nicht verarbeiten können. Sie hatte einen so schweren Schock erlitten, daß sie sich seither in einem komaähnlichen katatonischen Zustand befand. Nach Aussagen der Ärzte nahm sie nichts wahr, was um sie herum geschah, sie registrierte nicht einmal Schmerz.

Corman griff nach der kühlen Hand seiner Tochter und drückte sie.

»Heute ist dein Geburtstag, mein Schatz«, murmelte er. Mochten die Ärzte auch noch so oft erklären, daß Tippy ihn nicht hören konnte, es gab keinen sicheren Beweis dafür. Und selbst dann hätte er weiterhin mit ihr gesprochen. »Weißt du noch, wie wir deinen und ... Sandys Geburtstag früher immer gefeiert haben? Mum hat Kuchen gebacken und ...«

Er wußte nicht, wie lange er sprach. Seine Stimme klang erstickt, immer wieder liefen ihm Tränen über die Wangen. Alles um ihn herum hatte an Bedeutung verloren. Er verstummte erst, als er hörte, wie die Tür des Krankenzimmers plötzlich geöffnet wurde. Dr. Peterson, der verantwortliche Arzt, trat ein. Er mochte um die Fünfzig sein, war hochgewachsen und schlank. Sein dunkles Haar begann an den Schläfen grau zu werden, was ihn jedoch eher noch charismatischer erscheinen ließ.

Corman erhob sich. Er wischte sich hastig die Tränenspuren von den Wangen, räusperte sich und reichte dem Arzt die Hand. »Guten Tag, Doktor.«

Peterson erwiderte den Gruß.

»Ich habe gehört, daß Sie hier wären«, sagte er. »Ich habe darum gebeten, mich zu verständigen, da ich mit Ihnen sprechen muß.«

»Wegen Tippy«, vermutete Corman. Ein hoffnungsvoller Unterton schlich sich in seine Stimme. »Haben Sie einen Weg gefunden, um ihr zu helfen?«

»Leider nicht.« Peterson schüttelte den Kopf. »Ich habe Ihnen schon gesagt, daß die Chancen, daß Ihre Tochter jemals wieder aufwacht, sehr gering sind. Ihre Gehirnströme sind praktisch kaum meßbar, ihre körperlichen

Funktionen auf ein absolutes Minimum gesunken. Sie wird nur noch künstlich am Leben erhalten.«

»Das stimmt nicht«, widersprach Corman heftig. »Sie lebt, und solange besteht auch Hoffnung für sie. Ich habe von genügend Fällen gelesen, in denen Menschen nach Jahren aus dem Koma erwacht sind, obwohl sie von den Ärzten schon aufgegeben wurden.«

»Es hat derartige Fälle gegeben«, bestätigte der Arzt. »Aber da lagen die Voraussetzungen anders. Es hätte wenig Sinn, Ihnen die exakten medizinischen Unterschiede darzulegen, sie sind für einen Laien nur schwer verständlich. Zahlreiche Kapazitäten haben Ihre Tochter in den vergangenen Jahren untersucht, und jedes Gutachten bestätigte das vorige. Selbst wenn Ihre Tochter jemals wieder erwachen sollte, hätte ihr Gehirn mit höchster Wahrscheinlichkeit Schaden genommen.«

Boris ließ sich auf die Kante des Bettes zurücksinken.

»Worauf wollen Sie hinaus?« erkundigte er sich beunruhigt.

»Wie ich schon sagte, wird Ihre Tochter nur noch künstlich am Leben erhalten«, sagte Peterson umständlich. »Das kostet Geld, sehr viel Geld.«

»Und? Habe ich nicht bislang alle Rechnungen bezahlt? Ich habe einen gutbezahlten Beruf als Biochemiker und kann es mir durchaus leisten –«

»Aber ich bitte Sie, Mister Corman.« Besänftigend hob der Arzt die Hände. »Sicherlich konnten Sie bislang stets bezahlen. Aber es hat doch keinen Sinn, die Augen einfach vor der Wirklichkeit zu verschließen. Sehen Sie den Tatsachen ins Gesicht. Tippy ist praktisch tot. Und selbst wenn Sie es anders sehen, diese Existenz kann man doch nicht als *Leben* bezeichnen. Ihr Herz schlägt, und auch die anderen Organe arbeiten noch, aber sie denkt nicht. Alles wird nur noch künstlich erhalten, anders ist sie nicht lebensfähig. Man braucht nur eine einzige der Maschinen abzuschalten, und sie findet endgültig ihren Frieden. Wollen Sie ihr den nicht gönnen?«

»Frieden? Den Tod meinen Sie wohl!« stieß Corman erregt hervor. »Auf gar keinen Fall werde ich dazu meine Zustimmung geben. Und wegen der Kosten brauchen Sie sich auch keine Sorgen zu machen, falls es nur das ist, worum es Ihnen geht. Notfalls werde ich bis zum Umfallen Überstunden machen, um das nötige Geld zu verdienen.«

»Wie Sie meinen.« Peterson zuckte mit den Schultern. »Am besten lassen Sie sich alles noch einmal in Ruhe durch den Kopf gehen.« Er verabschiedete sich und verließ das Zimmer.

Corman setzte sich wieder auf das Bett und griff nach Tippys Hand.

»Ich werde dich retten, mein Schatz!« raunte er. »Und ich werde Rache für das üben, was man dir, Sandy und Mum angetan hat, das schwöre ich. Meine Arbeit ist fast beendet.« Er beugte sich vor, bis sich sein Mund direkt an ihrem Ohr befand. »Ich kann nicht laut darüber sprechen, wer weiß, ob wir nicht abgehört werden«, flüsterte er verschwörerisch. »Aber ich werde sie töten. Sie werden alle sterben.«

»Also gut«, sagte Betty Sanders. »Morgen. Aber kümmern Sie sich auch wirklich direkt morgen früh darum. Rufen Sie mich an, sobald Sie mit Schneiders Sekretärin gesprochen haben. Spätestens übermorgen muß ich das Interview führen, besser wäre, wenn es doch noch morgen klappen würde.«

»Sie müssen doch ohnehin in der Gegend recherchieren«, erklang die brummige Stimme Bredhams aus dem Hörer. Der Chefredakteur hatte ihr versichert, daß von Seiten der Redaktion aus bei dem Termin alles in Ordnung gewesen wäre.

Bredham hätte sich selbst darum gekümmert und den Termin sogar mit Professor Schneider persönlich vereinbart, nicht nur mit dessen Sekretärin.

Man mochte Bredham vorwerfen, was man wollte – und da gab es eine ganze Menge –, aber er verrichtete seine

Arbeit gewissenhaft und speiste niemals jemanden mit Ausflüchten oder Lügen ab. »Also ist es letztlich egal, ob Sie das Interview am Anfang oder am Ende Ihrer Nachforschungen führen.«

Betty verzog das Gesicht.

»Das ist es nicht«, widersprach sie. »Falls ich Schneider noch unbekannte Informationen entlocken kann, muß ich die Fakten auf dieser Basis vielleicht ganz neu ordnen. Also sehen Sie zu, daß es möglichst schon morgen mit dem Interview hinhaut. Lassen Sie sich einen neuen Termin am besten per Fax bestätigen und schicken Sie mir eine Kopie, damit es auch wirklich keine Schwierigkeiten mehr gibt.«

»Ich tue, was ich kann«, versprach Bredham. »Aber dafür erwarte ich auch von Ihnen vollen Einsatz. Lassen Sie sich bloß nicht mit ein paar Allgemeinplätzen abspeisen. Wenn Sie diesen Job verpatzen, können Sie sicher sein, daß Sie in den nächsten Jahren wieder über Verkehrsunfälle und ähnlich Interessantes berichten dürfen.«

Es klickte in der Leitung. Bredham hatte wieder einmal grußlos aufgelegt, eine seiner besonders unangenehmen Angewohnheiten, mit denen er Betty – und nicht nur sie – schon manches Mal fast zur Raserei getrieben hatte. Auch sie ließ den Hörer auf die Gabel sinken. In Gedanken versunken begann sie, in ihrem Hotelzimmer auf und ab zu gehen.

Betty schrak zusammen, als das Telefon klingelte. Sie vermutete, daß es sich um Bredham handelte, der ihr etwas mitzuteilen vergessen hatte, doch statt dessen vernahm sie die Stimme des Portiers.

»Bitte entschuldigen Sie die Störung, Miß Sanders, aber hier ist ein junger Mann, der mit Ihnen sprechen möchte«, erklärte er. »Sein Name ist Michael Atkinson.«

Betty überlegte kurz, doch der Name sagte ihr gar nichts.

»Fragen Sie ihn, was er möchte«, bat sie.

Es dauerte einige Sekunden, bis sie Antwort bekam.

»Mister Atkinson sagt, er wäre Paläontologe und müßte im Zusammenhang mit einem Fund, den er bei Ausgrabungen gemacht hätte, unbedingt mit Ihnen sprechen«, berichtete der Portier.

»In Ordnung«, entschied sie. »Bitte schicken Sie ihn zu mir hoch.«

»Mayday, Mayday!« schrie Jeffrey Holder verzweifelt ins Mikrofon. »Wir stürzen ab! Mayday! Verdammt, hört uns denn keiner?«

Genau das schien der Fall zu sein. Er wußte nicht, wie oft er den Notruf bereits durchgegeben hatte. Es war gerade erst knapp eine halbe Minute her, seit der Rhamphorhynchus in den Rotor geraten war, doch die Zeit kam Holder wie eine kleine Ewigkeit vor.

Burger versuchte, die Maschine wieder in die Gewalt zu bekommen, doch es war aussichtslos. Der Helikopter reagierte fast gar nicht auf seine Steuerversuche, sondern taumelte wie eine riesige betrunkene Libelle wenige Yards über dem Wüstenboden dahin. Eigentlich war es ein Wunder, daß die Kufen nicht längst den Boden berührt hatten.

»Mayday!« brüllte Holder erneut ins Mikrofon. »May-« Weiter kam er nicht. Von einer Sekunde zur anderen fiel der Rotor mit einem schrillen Kreischen vollständig aus. Wahrscheinlich hatte sich das Kugellager irgendwie verkantet oder festgefressen.

Ein harter Ruck ging durch die Maschine, dem gleich darauf ein noch ungleich stärkerer folgte, als sie wie ein Stein vom Himmel stürzte und am Boden aufschlug. Sand wurde von der Wucht des Aufschlages aufgewirbelt, und vermutlich hatten sie es nur dem nachgiebigen Wüstenboden zu verdanken, daß sie den Absturz überlebten und der Helikopter nicht explodierte. Die Kufen bohrten sich tief in den Sand, dann fühlte sich Holder von einer ungeheuer mächtigen Hand gepackt und nach vorne geschleudert.

Schmerzhaft preßten sich die Gurte in seine Brust und schnürten ihm die Luft ab. Die Kopfhörer glitten ihm von den Ohren. Gleich darauf wurde er in seinen Sitz zurückgeworfen. In seinem Mund schmeckte er Blut, und gleich darauf spürte er auch den Schmerz. Er hatte sich auf die Zunge gebissen. Aber immerhin lebte er noch.

Das Brummen des Motors war verstummt. Nach all dem Lärm wirkte die plötzliche Stille fast geisterhaft. Einige Sekunden lang blieb Holder reglos sitzen, dann drehte er langsam den Kopf zur Seite.

»Tom?«

Die Tür auf der Pilotenseite war aufgesprungen. Thomas Burger hing schlaff auf seinem Sitz, sein Kopf war ihm auf die Brust gesunken. Eine Platzwunde klaffte an seiner linken Schläfe, Blut rann daraus hervor. Er mußte mit dem Kopf gegen das Seitenfenster oder eine der Streben geschlagen sein. Holder tastete nach dem Handgelenk seines Partners und atmete erleichtert auf, als er dessen zwar schwachen, aber doch regelmäßigen Puls fühlen konnte.

Vergeblich bemühte er sich, seinen Gurt zu lösen. Irgend etwas hatte sich verhakt. Er sah sich nach einem Hilfsmittel um, und dabei fiel sein Blick durch die große Frontscheibe nach draußen. Wie durch ein Wunder war sie unbeschädigt geblieben, doch was er sah, gefiel ihm ganz und gar nicht.

Der zweite Rhamphorhynchus hatte längst die Flucht ergriffen, von ihm war nichts mehr zu entdecken. Anders jedoch verhielt es sich mit dem Deinonychus. Das Tier hatte nicht nur aufgehört, vor ihnen davonzurennen, sondern kam sogar langsam näher. Mit seiner erschreckend hohen Intelligenz schien der Saurier ganz genau zu merken, daß ihm von dem Hubschrauber keine Gefahr mehr drohte.

»Tom, wach auf!« schrie Holder so laut er nur konnte. »Zum Teufel, komm endlich zu dir!« Seine Stimme überschlug sich, und er rüttelte seinen Begleiter noch fester, während er mit der anderen Hand mit aller Kraft an seinem Gurt zerrte.

Keine seiner Bemühungen hatte Erfolg. Burger hing wie ein Toter in seinem Sitz.

Der Deinonychus hatte den Helikopter erreicht. Mit seinen boshaft funkelnden Augen starrte er durch die Frontscheibe ins Innere, aber noch schien er sich zu einem Angriff nicht entschließen zu können.

Sein Maul öffnete sich etwas weiter und gab den Blick auf die mörderischen Zähne frei.

In diesem Moment erlangte Burger das Bewußtsein zurück. Sein Blick fiel genau auf den langgezogenen Schädel des Deinonychus, der gerade in der Öffnung erschien. Burger schrie auf.

»Die Tür!« brüllte Holder. »Schließ die Tür!«

Sein Partner war noch zu benommen und geschockt, um richtig reagieren zu können, doch er streckte instinktiv die Hand aus, um nach der Tür zu greifen.

Der Deinonychus biß sie ihm ab – mitsamt der Hälfte des dazugehörenden Armes. Seine nadelspitzen Zahnreihen gruben sich in das Ellbogengelenk des Piloten und durchtrennten es mühelos. Burger kam nicht einmal dazu, einen weiteren Schrei auszustoßen. Vermutlich begriff er erst gar nicht, was überhaupt mit ihm geschah, und er dürfte auch nicht mehr den Schmerz gespürt haben, bevor der Saurier ein weiteres Mal zubiß.

Diesmal gab der Deinonychus sich nicht mit einem Arm zufrieden. Seine Zähne zielten auf Burgers Kehle.

»Mister Atkinson?« erkundigte sich die junge Frau. »Ich bin Betty Sanders vom TIME-LIFE-Magazin. Kommen Sie herein.«

Eine Reporterin, schoß es Michael durch den Kopf. Das erleichterte ihm sein weiteres Vorgehen ein wenig, zumindest bot es einen guten Ansatz für ein Gespräch. Er lächelte flüchtig und folgte ihrer Aufforderung. Sie bot ihm einen Platz an.

»Also, Mister Atkinson«, begann sie das Gespräch, nachdem sie ihm gegenüber Platz genommen hatte. »Was führt Sie zu mir? Ich kann mich nicht erinnern, schon einmal von Ihnen gehört zu haben.«

»Bis vor einer knappen Stunde kannte auch ich noch nicht

einmal Ihren Namen«, gestand Michael. Verlegen rutschte er in seinem Sessel hin und her. »Sie schreiben für das TIME-LIFE-Magazin?«

»Ganz recht. Woher wissen Sie von meiner Reportage? Schickt Professor Schneider Sie?«

»Schneider?« Es dauerte einen kurzen Moment, bis Michael begriff, wen sie meinte. Seine Aufregung steigerte sich noch. Also hatte die Journalistin auch noch etwas mit DINO-LAND zu tun. Vermutlich wollte sie darüber schreiben. »Nein. Wie ich dem Portier schon sagte, bin ich Paläontologe, aber ich arbeite nicht für DINO-LAND, sondern für ein kleines Forschungsinstitut in Denver. Ich führe momentan im Death Valley Ausgrabungen durch.«

»Momentan sitzen Sie in meinem Hotelzimmer und drucksen um den Grund für Ihr Kommen herum«, korrigierte sie mit sanfter Ironie. »Bitte entschuldigen Sie meine Direktheit, doch ich habe wenig Zeit.«

Sie erkannte, daß ihre barschen Worte ihn verunsicherten, und fügte in freundlicherem Tonfall hinzu: »Geht es um meine Reportage? Ich nehme an, Sie haben irgendwelche Informationen für mich. Falls es Ihnen um Geld geht, so müßten Sie mir allerdings erst einige Hinweise über die Art Ihrer Informationen geben, bevor ich entscheiden kann, ob –«

»Aber nein!« fiel Atkinson ihr ins Wort. Es klang regelrecht entsetzt. »Um Geld geht es mir wirklich nicht. Ich bin lediglich auf ... na ja, ich bin auf etwas sehr Seltsames gestoßen, das auch mit Ihnen zu tun hat. Wie ich schon sagte, führe ich in einem Seitental des Death Valleys Ausgrabungen noch fossilen Fundstücken durch, und dabei bin ich auf das hier gestoßen.« Er klopfte mit einem Fingerknöchel auf die flache Tasche, die auf seinen Oberschenkeln lag. »Am besten sehen Sie es sich erst einmal an, und ich erkläre Ihnen anschließend, was es damit auf sich hat.«

Er öffnete die Tasche und zog einen in ein großes Tuch eingeschlagenen Gegenstand heraus. Unter dem Stoff kam eine bräunliche, dreieckige Platte zum Vorschein, die er ihr entgegenhielt. Betty nahm sie und betrachtete sie interessiert. Es schien sich um ein knochenähnliches Material zu handeln. Sie las die darin eingeritzten Buchstaben und runzelte die Stirn.

»Ich fürchte, ich verstehe nicht ganz, was das bedeuten soll.«

»Da geht es Ihnen nicht viel anders als mir auch«, erwiderte Atkinson mit einem gequälten Lächeln. »Das ist mit allergrößter Wahrscheinlichkeit die Hornplatte eines Stegosauriers, eines Wesens also, das vor rund hundertdreißig Millionen Jahren gelebt hat. Ich habe die Platte heute nachmittag im Sand einer kleinen Höhle im Death Valley vergraben gefunden.«

»Und warum haben Sie die Worte hineingeritzt?« erkundigte sich Betty verwirrt. Sie begriff nicht, worauf der Paläontologe hinauswollte.

»Das ist ja gerade das Seltsame. Sehen Sie, die Nachricht befand sich bereits auf der Platte. Aus diesem Grund bin ich hergekommen. Ich hatte gehofft, Sie könnten mir erklären, was es damit auf sich hat.«

Betty schwieg einige Sekunden lang.

»Sie wollen mir also erzählen, daß irgend jemand Ihren und meinen Namen und die Nummer meines Hotelzimmers in die Hornplatte geritzt und diese irgendwo im Niemandsland versteckt hat?« hakte sie dann ungläubig nach. Sie merkte, wie Ärger in ihr aufstieg. »Hören Sie, Mister Atkinson, ich habe schon viel Merkwürdiges erlebt, aber Sie werden wohl selbst zugeben müssen, daß das ziemlich hirnverbrannt klingt. Was soll der Unsinn? Warum sagen Sie mir nicht klipp und klar, was Sie von mir wollen?«

Michael Atkinson senkte den Kopf. Ein gequälter Ausdruck glitt über sein Gesicht.

»Ich weiß, wie verrückt das klingt«, murmelte er. »Und mir war auch klar, daß Sie mir nicht glauben würden. Ich glaube das alles ja selbst kaum, und vor allem finde ich einfach keine Erklärung dafür. Wahrscheinlich werden Sie mich jetzt auffordern zu gehen, aber vorher möchte ich

247

Ihnen noch den Rest erzählen, auch wenn alles dadurch noch verwirrender wird. Als ich die Platte fand, war die Nachricht kaum zu lesen. Sand und Schmutzpartikel hatten sich in die Kerben gesetzt, und zwar auf eine Art, die zeigte, daß die Worte schon vor geraumer Zeit eingraviert wurden. Das beweisen auch die Abschleifungen am Rand der Kerben. Vor wie langer Zeit das geschah, dürfte sich nicht mehr nachweisen lassen. Theoretisch könnte es schon vor Jahrhunderten geschehen sein, zumindest aber vor einigen Jahrzehnten. Ich finde einfach keine Erklärung dafür.«

Betty musterte ihn eine Weile schweigend. Für einen Moment war sie nahe darangewesen, ihn tatsächlich hinauszuwerfen, doch irgend etwas hielt sie davon ab. Der gequälte Ausdruck und die Verwirrung im Gesicht des jungen Mannes wirkten überzeugend.

»Dieser andere Name«, sagte sie schließlich und deutete auf die Platte. »Boris Corman. Wer ist das? Und was hat die Erwähnung dieses Serums zu bedeuten? Und was soll dieses Projekt Laurin sein?«

Atkinson hob den Kopf. Ein Hoffnungsfunke blitzte in seinen Augen auf, weil sie ihm nicht unverzüglich die Tür gewiesen hatte – was vermutlich das einzig Vernünftige gewesen wäre.

»Ich weiß es nicht«, gestand er. »Auch darauf habe ich mir von Ihnen Antworten erhofft. Aber vielleicht können wir es gemeinsam herausfinden. Es muß Sie doch auch neugierig machen, was das alles zu bedeuten hat. Der Teil der Nachricht, der Sie betrifft, hat immerhin genau gestimmt. Deshalb bin ich sicher, daß es auch mit diesem Corman etwas Besonderes auf sich hat.«

»Ich mache Ihnen einen Vorschlag. Ich werde in der Redaktion anrufen, ob man dort etwas über diesen Boris Corman herausfinden kann. Wir haben ein großes Archiv und ein paar ganz gute Verbindungen zu Behörden. Falls die Nachforschungen etwas ergeben sollten, werden wir diese Spur weiterverfolgen. Anderenfalls bin ich aus der Sache draußen. Mehr kann ich Ihnen nicht anbieten.«

»Das ist immerhin schon etwas.«

»Die entsprechenden Informationen kann ich frühestens morgen bekommen. Ich werde mich dann mit Ihnen in Verbindung setzen und Ihnen sagen, was sich ergeben hat. Wo kann ich Sie erreichen?«

Michael Atkinson nannte ihr den Namen seines Motels und seine Zimmernummer.

»Ich hoffe wirklich, daß Sie etwas herausfinden«, sagte er. »Sie müssen mir einfach glauben, so schwer es auch fallen mag.«

Biochemics war ein außerordentlich erfolgreich arbeitendes biochemisches Forschungslabor mit Sitz in Reno. Der Aufschwung hatte mit der Entwicklung der Gentechnik begonnen. Die verantwortlichen Leute hatten frühzeitig das Potential dieses neuen Wissenschaftszweiges erkannt und fast ganz darauf umgesattelt.

Den zweiten bedeutsamen Impuls für die Entwicklung der Firma hatte DINO-LAND geliefert. Im Zusammenhang mit diesem in die Gegenwart gelangten Stück Urzeit gab es fast unendlich viel zu erforschen, sowohl gentechnisch wie auch in sonstiger biochemischer Hinsicht. Aufgrund der guten Ausrüstung des Forschungslabors und der geographischen Nähe hatte sich *Biochemics* eine ziemlich dicke Scheibe von diesem Kuchen abschneiden können.

Für Boris Corman war es einer der Gründe, weshalb er noch dort arbeitete.

Er hatte einen gutbezahlten Posten als wissenschaftlicher Leiter einer eigenen Abteilung, doch das war ihm gleichgültig. Auf Geld kam es ihm nur noch an, damit er die Klinikkosten für Tippy bezahlen konnte sowie seine eigenen privaten Forschungen, die er seit dem schrecklichen Unglück vor zwei Jahren betrieb.

Diese aber waren nur möglich, weil die Arbeit im Institut ihm die entsprechenden Voraussetzungen dafür bot. Hätte *Biochemics* den Auftrag nicht bekommen, hätte er alles daran gesetzt, zu einem anderen Institut zu wechseln. Glücklicherweise hatte sich dies jedoch als unnötig erwiesen.

Cormans Abteilung beschäftigte sich schwerpunktmäßig mit der Nachkommenschaft der Saurier. Einige der Saurierarten, vor allem die Deinonychus', vermehrten sich außerordentlich schnell, weil ihre Lebensbedingungen durch die geographische Begrenzung von DINO-LAND offenbar günstiger als in ihrer ursprünglichen Zeit waren. Vermutlich hatten einige ihrer natürlichen Feinde nur in geringer Zahl den Zeitsprung mitgemacht.

Aus diesem Grund gab es Überlegungen, künstlich in diese Entwicklung einzugreifen und die Fortpflanzung der Tiere auf biochemischem Wege zu beeinflussen. Corman hatte sich sofort dafür engagiert, mit den entsprechenden Forschungen betraut zu werden, und er hatte Erfolg gehabt.

Niemand ahnte etwas davon, daß er insgeheim ganz andere Ziele verfolgte. Ihm ging es nach wie vor nur um Rache für seine Familie.

Eine gezielt reduzierte Fortpflanzung der Saurier interessierte ihn nicht. Seine Ambitionen reichten wesentlich weiter. Sein Ziel war die *vollständige* Sterilisation aller Saurierarten, und – damit verbunden – ihre vollkommene Auslöschung.

Boris Corman lehnte sich auf seinem Stuhl zurück und legte die Füße auf den Schreibtisch. Versonnen betrachtete er die sorgfältig verschlossenen, mit einer leicht gelblichen Flüssigkeit gefüllten Reagenzgläser vor sich sowie den Zettel, auf dem eine lange chemische Formel geschrieben stand.

Das Serum, auf das er fast zwei Jahre lang mit aller Verbissenheit hingearbeitet hatte, war endlich fertig.

Noch besaß er keinen konkreten Beweis, daß es in der Praxis genau so wirken würde, wie er es sich vorstellte, da er hier im Labor keine Möglichkeit hatte, es an Versuchsobjekten zu testen. Entsprechende Tests hätten nicht zuletzt aufgrund der Tierschutzverordnungen erst genehmigt werden müssen, und das hätte bedeutet, daß man die Formeln zuvor genauer geprüft hätte. Zu leicht hätte dabei auffallen können, daß die Zusammensetzung des Serums auf eine ganz andere Wirkungsweise als die offiziell beabsichtigte hinwies.

Corman hatte jedoch vorgesorgt. Er würde die entsprechenden Tests durchführen können, wenn auch nicht hier. Ihm war genügend Zeit geblieben, sich auf diesen Moment vorzubereiten.

Es war erst Mittag, doch er wollte nicht mehr bis zum Abend warten. Aus diesem Grund verpackte er die Reagenzgläser mit dem Serum in eine bruchsichere schmale Box und steckte diese zusammen mit der Formel in seine Jacketttasche.

Anschließend meldete er sich mit dem Hinweis auf starke Kopfschmerzen krank und verließ das Institut. Er konnte es kaum erwarten, nach Hause zu kommen und das Ergebnis seiner Forschungen in der Praxis zu erproben.

Michael war überzeugt, einer großen Sache auf die Spur gekommen zu sein, deren Bedeutung er möglicherweise noch nicht einmal ansatzweise abschätzen konnte. Dafür lohnte es sich auch, ein Risiko einzugehen und etwas Geld zu investieren, statt nur tatenlos abzuwarten, ob in den Archiven von Bettys Redaktion Informationen über einen Boris Corman gespeichert wären.

Er mußte nach Denver zurück, um die Hornplatte dort im Labor untersuchen zu lassen. Mit dem Auto war die Strecke hin und zurück in einer Nacht nicht zu schaffen. Immerhin handelte es sich um rund siebenhundertsechzig Meilen, und die Untersuchung würde auch einige Stunden in Anspruch nehmen.

Also blieb nur ein Flug, auch wenn dieser teuer war und fast das gesamte Geld, das er auf seinem Konto angespart hatte, verschlingen würde. Er hoffte, daß die Belastbarkeit seiner Kreditkarte ausreichte, um Hin- und Rückflug zu bezahlen.

Von einem Fernsprecher in der Rezeption seines Motels

aus erkundigte sich Michael nach der nächsten Flugverbindung nach Denver.

Er hatte tatsächlich Erfolg. Kaum zwei Stunden später nahm er in Los Angeles in einem Flugzeug nach Denver Platz.

Seine Kreditkarte war anstandslos akzeptiert worden. Glücklicherweise hatte er in letzter Zeit nicht allzu viele Rechnungen damit beglichen, so daß ihre Belastbarkeit für diesen Monat noch nicht überschritten war.

Eine knappe Stunde später befand er sich bereits in Denver. Mit einem Taxi ließ er sich zu dem Forschungszentrum bringen, in dem er beschäftigt war. Hier wurde im Schichtdienst rund um die Uhr gearbeitet; die einzige Möglichkeit, sich gegen die Konkurrenz zu behaupten. Auch Michael hatte sich hier schon so manche Nacht um die Ohren geschlagen. Der Pförtner kannte ihn und ließ ihn verwundert ein.

»Ich dachte, Sie hätten Urlaub?«

»Kein Urlaub«, stellte Michael richtig. »Eine Forschungsexpedition. Möglicherweise habe ich etwas entdeckt. Jedenfalls muß ich es sofort im Labor untersuchen lassen.«

Er fuhr mit dem Fahrstuhl in den dritten Stock hoch. In Steve Gardners Büro brannte Licht, wie er erleichtert feststellte. Zwar kam er mit den meisten seiner Kollegen ganz gut aus, aber mit Steve verband ihn eine lockere Freundschaft. Außerdem war er genau der richtige, um die Altersbestimmung durchzuführen.

Der blonde, knapp vierzigjährige Wissenschaftler saß hinter seinem Schreibtisch und wühlte sich gerade durch einen Stapel von Papieren. Er sah auf, als die Tür geöffnet wurde. Ein verblüffter Blick aus seinen hellblauen Augen traf den Besucher.

»Mike, was verschlägt dich denn hierher? Ich denke, du wühlst im Wüstensand herum.«

»Habe ich auch bis heute mittag. Paß auf, Steve, ich habe keine lange Zeit für Erklärungen, mir brennt die Zeit unter den Nägeln. Ich brauche deine Hilfe.«

»Du hast doch hoffentlich nicht irgendwelche Dummheiten gemacht?«

»Nein, keine Sorge«, beruhigte ihn Michael. »Aber ich bin da auf etwas gestoßen und brauche unbedingt eine Analyse von dir.«

»Aber doch nicht jetzt sofort? Was glaubst du, warum ich noch hier rumhänge? Ich ertrinke fast in Arbeit.«

Michael rang sich ein Lächeln ab und packte die Hornplatte aus.

»Es geht um diese Schriftzeichen hier. Ich muß wissen, wie alt sie ungefähr sind.«

Steve Gardner betrachtete die Platte kurz. »Das ist doch wohl ein Witz, oder? Hast du den Quatsch selbst eingeritzt? Nimm es mir nicht übel, Mike, aber für solche Dummheiten habe ich jetzt wirklich keine Zeit.«

»Verdammt, Steve, das sind keine Dummheiten«, ereiferte sich Michael Atkinson. »Ich habe die Platte heute nachmittag im Death Valley entdeckt, mitsamt der eingekerbten Nachricht. Anfangs habe ich es auch für einen Streich gehalten, aber sieh dir die Kerben doch mal genauer an. Ich bin überzeugt, daß sie ein paar Jahrzehnte, mindestens aber einige Jahre alt sind.«

»Könnte sein«, bestätigte Steve zweifelnd. »Aber selbst wenn, was ist daran so Besonderes? Was ist das überhaupt für ein Zeug? Sieht wie Knochen oder Horn aus.«

»Wahrscheinlich die Panzerplatte eines Stegosaurus«, erklärte Michael Atkinson. »Aber mir geht es nur um die Schrift. Sie ist alt, davon bin ich überzeugt. Vorhin war ich bei dieser Betty Sanders. Sie wohnt für ein paar Tage im T. Rex Hotel, Zimmer 215. Und jetzt frage ich mich, wie jemand vor Jahrzenten so etwas an mich schreiben konnte und davon wußte. Na, dämmert es bei dir allmählich?«

Gardner schwieg einige Sekunden lang.

»Ich denke lieber nicht weiter darüber nach«, sagte er dann. »Das ist mir zu abgedreht. Aber gut, ich mache die Altersbestimmung für dich. Wird wahrscheinlich nicht mehr als ein, zwei Stunden dauern. Du solltest dich in der

Zwischenzeit etwas hinlegen, siehst ganz so aus, als ob du dringend eine Mütze Schlaf gebrauchen könntest.«

Wie zur Bestätigung mußte Michael gähnen.

»Okay«, stimmte er zu. »Ich bin in meinem Büro. Weck mich, sobald du mit der Analyse fertig bist. Wie gesagt, ein ungefährer Annäherungswert genügt schon. Und Steve – danke.«

Kaum hatte Michael sich hingelegt, dauerte es keine zehn Sekunden, bis er in einen Schlummer gesunken war, aus dem er erst wieder aufschrak, als ihn jemand an der Schulter rüttelte. Im ersten Moment war Michael verwirrt, denn er hatte das Gefühl, gerade erst eingeschlafen zu sein.

»Wach endlich auf, Mike!« rief Steve Gardner. »Los doch, verdammt.«

Michael blinzelte in das grelle Licht der Deckenbeleuchtung und blickte auf seine Armbanduhr. Er hatte über zwei Stunden geschlafen.

»Hast du etwas herausgefunden?« erkundigte er sich schlaftrunken. »Warum hat es so lange gedauert?«

»Ich wollte ganz sicher gehen, weil ich es einfach nicht glauben konnte. Ich habe das Ergebnis. Und jetzt rate, wie alt die eingeritzten Buchstaben sind.«

Michael schwang die Beine von der Couch, stand auf und rieb sich den Schlaf aus den Augen.

»Wenn du so fragst, dürften es wohl mehr als ein paar Jahrzehnte sein. Wieviel also? Jahrhunderte etwa?«

»Jahrhunderte?« echote Steve Gardner. »Halt dich fest, Mann, bevor du umfällst. Die Buchstaben wurden eingeritzt, als der Saurier, dem die Hornplatte gehörte, erst seit relativ kurzer Zeit tot war!«

»Aber ...« Es dauerte einen Moment, bis Michael begriff, was diese Aussage letztlich wirklich zu bedeuten hatte. »Aber das würde ja heißen, daß wir –«

»– von mehr als hundert Millionen Jahren sprechen!« fiel ihm Gardner mit an Hysterie grenzender Stimme ins Wort. »Genau das heißt es! Es ist einfach unvorstellbar! Eine ganz und gar unglaubliche Entdeckung!«

»Bist du ganz sicher?« Auch Michael konnte die Aufregung nicht aus seiner Stimme verbannen.

»Kein Zweifel«, bestätigte Steve. »Ich habe die Tests mehrfach gemacht, dabei ist es im Grunde unübersehbar. Um eine so lange Zeit zu überdauern, mußte die Platte gänzlich dehydriert werden, das heißt, ihr mußte alle Flüssigkeit entzogen werden. An den Seiten der Kerben kann man erkennen, daß sie eingeritzt wurden, noch bevor diese Dehydrierung begann. Geschnitzt wurde übrigens mit einem spitzen und scharfen metallischen Gegenstand, vermutlich einem Messer.« Er breitete hilflos die Arme aus.

»Und jetzt erzähl mir endlich, was das alles zu bedeuten hat. Wie kann jemand vor über hundert Millionen Jahren Buchstaben in die Panzerplatte eines Sauriers geschnitzt haben?«

»Vor rund hundertdreißig Millionen Jahren sogar, wenn das stimmt, was wir über die Stegosaurier wissen«, korrigierte Michael grinsend. »Aber streiten wir nicht über Lappalien von einigen Dutzend Jahrmillionen. Und was das zu bedeuten hat – ich weiß es eben selbst nicht. Noch nicht. Aber ich werde es herausfinden. Ich habe bereits einen ganz vagen Verdacht.«

»Ich werde sofort die Medien von diesem unglaublichen Fund unterrichten. Und natürlich den Boß. Willow wird im Quadrat springen, wenn er davon erfährt. Du wirst berühmt werden, Mike.« Er machte Anstalten, aus dem Büro zu eilen, doch Michael hielt ihn am Arm zurück.

»Warte!« verlangte er.

Irritiert blickte sein Kollege ihn an. »Worauf warten?«

»Es wird dir vielleicht nicht gefallen, aber es wird keinen Presserummel geben, wie du ihn dir vorstellst«, erklärte Michael. »Jedenfalls im Moment noch nicht. Erst will ich herausfinden, was das alles zu bedeuten hat.«

»Aber –« Verständnislos brach Steve Gardner ab und schüttelte den Kopf. »Du kannst eine solche Entdeckung doch nicht einfach verschweigen!«

»Doch, das kann ich, zumindest für eine Weile. Hier geht

es nicht nur darum, berühmt zu werden, sondern vielleicht um ganz andere Konsequenzen. Ich brauche wenigstens ein, zwei Tage. Solange möchte ich dich bitten, über diese Analyse Stillschweigen zu bewahren. Versprich mir das.«

»Zwei Tage?«

»Mehr werde ich hoffentlich nicht brauchen«, antwortete Michael, obwohl er sich dessen keineswegs sicher war. »Und ich verspreche dir, daß ich auch deine Rolle gebührend erwähnen werde, wenn ich den Fund publik mache.« Er sah erneut auf seine Uhr. »Ich muß wieder zum Flughafen, um die nächste Maschine zurück nach Los Angeles zu bekommen. Versprichst du mir, erst einmal Stillschweigen zu bewahren?«

Zögernd nickte Steve Gardner. »Also gut, obwohl es mir gar nicht gefällt, dich mit der Platte unter dem Arm so einfach durch die Gegend ziehen zu lassen. Ich hoffe nur, du weißt, was du tust.«

»Das hoffe ich auch«, murmelte Michael. »Das hoffe ich wirklich.«

Jeffrey Holder schrie auf und wandte den Blick ab, als der Deinonychus zubiß und Burger tötete. Er hatte an mehr als einer militärischen Operation teilgenommen und kannte das Antlitz des Todes, aber die schrecklichen Wunden, die der Saurier riß, verursachten ihm Übelkeit.

Er wußte nur, daß er sich befreien mußte, wollte er nicht das nächste Opfer der Urzeitbestie werden. Solange er hier festgeschnallt saß und sich kaum bewegen konnte, war er nahezu hilflos.

Noch einmal mobilisierte er alle Kraftreserven. Verzweifelt zerrte er an seinem Gurt, und endlich gelang es ihm, diesen zu lösen. Holder griff hinter den Sitz. Seine Finger ertasteten die Maschinenpistole, die sich dort befand. Daneben lag noch das Betäubungsgewehr – aber das wäre in dieser Situation nutzlos gewesen. Es dauerte viel zu lange, bis die Wirkung einsetzte.

Holder schwenkte den Lauf des M13 herum und legte auf den Deinonychus an, doch das Tier schien die Gefahr, die ihm von der Waffe drohte, instinktiv zu spüren.

Eine halbe Sekunde, bevor Holder den Abzug betätigte, sprang der Deinonychus mit einem grotesk anmutenden Satz zur Seite. Die Kugelgarbe verfehlte ihn und raste in die Wüste hinaus, wo sie in eine Sanddüne einschlug.

Der Deinonychus war nicht einmal mehr zu sehen. Das Tier war nach rechts ausgewichen und befand sich nun irgendwo am Heck der Maschine, wo es keine Fenster gab. Es konnte auf jeder Seite wieder auftauchen, während Holder immer nur eine im Visier behalten konnte. Bis er die MPi herumgerissen und geschossen hätte, wäre er bereits tot.

So wenig ihm der Gedanke auch behagte, er mußte den Helikopter verlassen. Er war verloren, wenn er hierblieb.

Holder tastete nach der Verriegelung an seiner Seite und löste sie behutsam. Selbst das leise Knacken kam ihm überlaut vor, und er hoffte, daß diese Empfindlichkeit nur seiner Nervosität entsprang. Er öffnete die Tür nicht weiter als einen Spaltbreit.

Er mußte das Tier irgendwie weglocken. Ein oder zwei Sekunden würden bereits reichen, aber diese kurze Frist brauchte er unbedingt. Er benötigte etwas, das den Deinonychus wenigstens für einige Sekunden auf die andere Seite lockte.

Sein Blick irrte zu seinem toten Partner, und ihm kam eine Idee. Der bloße Gedanke bereits entsetzte ihn, doch ihm blieb keine andere Wahl. Hier ging es nur noch ums Überleben.

Entschlossen löste er Burgers Gurt. Seine Finger waren anschließend voller Blut, und er wischte sie angeekelt an seiner Uniformhose ab. Dann versetzte er dem Leichnam einen Stoß, der ihn zur Seite und durch die offene Tür ins Freie stürzen ließ.

Es verging nicht einmal eine Sekunde, bis der Deinonychus sich auf die Leiche stürzte. Im gleichen Moment stieß Holder die Tür auf seiner Seite auf und ließ sich fallen. Er stürzte in den weichen Sand, rollte sich einmal um die Achse und kam mit einer fließenden Bewegung auf die Beine, die Maschinenpistole im Anschlag. Alles hatte kaum länger als zwei, drei Sekunden gedauert.

Der Deinonychus stieß einen wütenden, animalischen Schrei aus, als er erkannte, daß er getäuscht worden war. Von blindem Zorn getrieben, kam das Tier herbeigerast. Holder wartete kaltblütig, bis es die Vorderseite des Helikopters umrundet hatte und sich direkt in seinem Schußfeld befand, dann zog er den Abzug durch.

Die Kugeln trafen den Deinonychus an der rechten Seite. Die Salve riß seine Haut auf, und die pure Wucht der Geschosse schleuderte die Bestie zurück, aber Holder hatte nicht richtig zielen können, und viele der Kugeln verfehlten die Bestie. Sie brüllte vor Schmerz auf und wankte, doch sie war noch längst nicht besiegt.

Jeffrey Holder feuerte ein weiteres Mal. Diesmal schlugen die Kugeln in die Brust des Sauriers ein. Er hob die Maschinenpistole weiter an, wollte den Kopf des Deinonychus treffen, als das Hämmern der Waffe abrupt endete.

Es dauerte gut eine Sekunde, bis Holder überhaupt begriff, was geschah. Er hielt den Abzug immer noch durchgezogen, ließ ihn nun los und drückte gleich darauf noch einmal ab, doch nichts geschah. Das Magazin konnte noch nicht leer sein; die Maschinenpistole mußte Ladehemmungen haben.

Eine weitere Sekunde später erfaßte Holder die Bedeutung dieses Versagens. Die Maschinenpistole war nutzlos geworden; er war dem Deinonychus hilflos ausgeliefert. Eine weitere Waffe trug er nicht bei sich, da bei den Patrouillenflügen keine Landungen vorgesehen waren.

Sogar die Bestie schien verwirrt. Sie war stehengeblieben und starrte aus ihren kalten, vor mörderischer Wut funkelnden Echsenaugen auf ihn herab. Stärker noch als zuvor hatte Holder das Gefühl, daß sich ihr Maul zu einem gehässigen Grinsen verzogen hatte. Dann machte der Deinonychus einen weiteren Schritt auf ihn zu.

Jeffrey Holder schloß mit seinem Leben ab. Er konnte der Bestie nicht mehr entkommen; sie vermochte um ein Vielfaches schneller zu rennen als er. In einer letzten Aufwallung von Trotz schleuderte er ihr die nutzlose Maschinenpistole entgegen. Der Deinonychus schlug sie mit seinen Klauen zur Seite.

Holder verspürte nicht einmal mehr Angst, nur eine merkwürdige Taubheit tief in seinem Inneren. Es war nicht das erste Mal, daß er dem Tod ins Angesicht schaute, doch noch niemals war es ein so häßliches Antlitz gewesen. Sein einziger Trost war, daß es ein schnelles Ende sein würde.

Der Deinonychus machte einen weiteren Schritt auf ihn zu. Die Muskeln des Tieres spannten sich zum Sprung.

Im gleichen Moment hallte ein Schuß durch die Wüste, unmittelbar gefolgt von einem weiteren. Von einer Sekunde zur anderen verwandelte sich der Schädel des Sauriers in eine Masse aus Blut, Haut und weißen Knochensplittern.

Als hätte die Bestie noch gar nicht gemerkt, daß sie bereits tot war, machte sie noch einen weiteren halben Schritt, bevor sie zusammenbrach und kaum einen halben Yard neben Jeffrey Holder zu Boden stürzte.

»Es war alles nichts weiter als ein Mißverständnis«, berichtete Bredham, der Chefredakteur des TIME-LIFE-Magazins, am Telefon. »Genauer gesagt, eigentlich war es eine Schusseligkeit Professor Schneiders. Ich hatte den Termin mit ihm persönlich vereinbart. Anscheinend hat er schlichtweg vergessen, dies seiner Sekretärin mitzuteilen. Dadurch wußte sie von nichts.«

»Dieser verdammte Pförtner.« Betty knirschte mit den Zähnen. »Ich habe ihn ausdrücklich gebeten, noch einmal Rücksprache zu halten und sich auch bei Schneider selbst zu erkundigen. Ich wußte, daß es nur ein Mißverständnis sein konnte.«

»Professor Schneider hat sich für das Versäumnis entschuldigt und alle Schuld auf sich genommen. Deshalb war er auch sofort zu einem neuen Treffen bereit, sogar noch heute. Sie sind um halb elf mit ihm verabredet.«

Erleichtert vernahm Betty diese positive Nachricht. Jetzt war es kurz nach neun, ihr blieb also genügend Zeit.

»Kommen wir zu dem zweiten Punkt. Haben Sie etwas über einen Boris Corman herausgefunden?«

»Habe ich«, bestätigte Bredham. »Es war sogar viel leichter als erwartet. Corman ist zusammen mit dem Erscheinen von DINO-LAND vor zwei Jahren in die Schlagzeilen geraten. Seine Familie gehörte zu den ersten Opfern unter der Zivilbevölkerung, die die Saurier gefordert haben. Er war mit einem Wohnmobil nach Las Vegas unterwegs, als er von einem Tier, vermutlich einem Allosaurus, angegriffen wurde. Die Bestie tötete seine Frau und eine seiner Zwillingstöchter. Das zweite Mädchen wurde durch einen Schock ins Koma geschleudert, aus dem es bislang nicht wieder aufgewacht ist. Die Ärzte haben auch kaum noch Hoffnung.«

»Ich erinnere mich vage, irgend etwas darüber gelesen zu haben«, murmelte Betty. »Aber die Details kenne ich nicht mehr. Wissen Sie, was Corman heute macht und wo er sich befindet?«

»Diese Informationen waren schon etwas schwerer zu bekommen«, berichtete Bredham. »Er arbeitet bei *Biochemics*, einem biochemischen Labor, wie der Name schon sagt. Es liegt ganz in Ihrer Nähe, in Reno.«

»Nähe ist gut, immerhin sind es über vierhundert Meilen«, gab Betty zurück. »Aber die Informationen reichen mir für den Anfang. Am besten faxen Sie mir alle weiteren Unterlagen über ihn ans Hotel durch, damit ich sie in Ruhe studieren kann.«

Kurz darauf machte Betty sich auf den Weg zum Desert Inn, dem Motel, in dem Michael Atkinson wohnte. Sie wollte noch vor ihrem Interview mit Schneider mit dem jungen Paläontologen sprechen. Falls nicht alles nur ein Schwindel war, erwartete er sie schon sehnsüchtig.

Als sie das Desert Inn erreichte und sich am Empfang

nach seinem Zimmer erkundigte, erwartete sie eine Überraschung.

»Sind Sie Betty Sanders?« fragte der ältere Mann hinter der Rezeption.

Sie nickte.

»Dann habe ich eine Nachricht für Sie. Mister Atkinson ist heute nacht gar nicht in seinem Zimmer gewesen. Ich habe mitbekommen, wie er sich gestern abend nach einem Flug nach Denver erkundigte. Kurz darauf fuhr er weg und ist bislang nicht zurückgekommen. Er hat jedoch vor etwa einer Stunde aus Los Angeles angerufen. Falls Sie vor seiner Rückkehr herkämen, soll ich Sie bitten, ein wenig zu warten. Er sagte, es würde wohl noch etwas über eine Stunde dauern, also muß er jede Minute ankommen. Ich soll Ihnen auch sagen, er hätte etwas sehr Wichtiges herausgefunden und müßte unbedingt mit Ihnen sprechen.«

Betty bedankte sich für die Auskunft. Ziellos schlenderte sie vor dem Motel auf und ab. Sie war noch nie besonders geduldig gewesen, eine ihrer größten Schwächen.

Mit jeder verstreichenden Minute steigerte sich ihre Ungeduld. Allzu lange konnte sie nicht warten, wollte sie den Termin mit Schneider einhalten, und auch wenn Atkinson behauptete, er hätte etwas herausgefunden, war ihr das Interview auf jeden Fall wichtiger.

Eine gute halbe Stunde verstrich, dann war ihre Geduld endgültig erschöpft. Betty hatte sich gerade zu dem Entschluß durchgerungen, nicht mehr länger zu warten, sondern Atkinson eine kurze Notiz zu hinterlassen und ihn später noch einmal aufzusuchen, als ein offener Jeep auf den Parkplatz des Motels gebraust kam und direkt neben ihr anhielt.

Am Steuer saß Michael Atkinson. Er sah übermüdet aus, als hätte er die ganze Nacht nicht geschlafen. Dunkle Schatten lagen unter seinen Augen.

»Ich hoffe, Sie haben nicht allzu lange warten müssen«, stieß er hervor.

»Eine geschlagene halbe Stunde«, erwiderte Betty verärgert. »Wo haben Sie denn bloß gesteckt? Ich habe gleich einen äußerst wichtigen Interviewtermin mit Professor Carl Schneider von DINO-LAND.«

»Es tut mir leid«, erklärte Atkinson, doch sein Bedauern klang nicht sonderlich echt. Dafür wirkte er viel zu aufgeregt. »Ich habe mich beeilt. Aber glauben Sie mir, die Warterei hat sich gelohnt. Ich habe etwas erfahren, das Sie vom Hocker hauen wird.«

»Dafür müßte ich erst einmal auf einem sitzen«, gab Betty spitzfindig zurück. »Machen Sie es kurz, ich habe es wirklich eilig.«

»Also gut. Ich war in Denver, in dem Forschungsinstitut, für das ich arbeite, da ich Klarheit über das Alter der Nachricht haben wollte. Am besten lesen Sie es selbst. Hier.«

Atkinson reichte ihr ein Blatt Papier in einer Klarsichthülle. Es handelte sich um einen Laborbefund, einen offiziellen Bescheid über eine vorgenommene Altersanalyse, versehen mit einem Stempel des Instituts und der Unterschrift eines Wissenschaftlers namens Steve Gardner.

Betty las das Ergebnis der Analyse, las die unglaubliche Zahl, die das Alter der Kerben bezeichnete, noch ein zweites Mal, und konnte es immer noch nicht glauben. Sie schluckte, ohne den Frosch loszuwerden, der plötzlich in ihrem Hals zu stecken schien.

»Über einhundert Millionen Jahre?« las sie fragend vor.

»Eine präzisere Angabe würde längere und gründlichere Untersuchungen erfordern, für die jetzt keine Zeit war«, erklärte Michael. »Aber diese Angaben sind auf jeden Fall gesichert. Ein Irrtum ist ausgeschlossen. Die Kerben sind auf keinen Fall jüngeren Datums. Was sagen Sie nun?«

»Daß Sie anfangen, sich vollends lächerlich zu machen«, antwortete Betty trocken. »Ein ziemlicher Aufwand, extra nach Denver zu fliegen, nur um sich von Ihrem Kollegen diesen Wisch ausstellen zu lassen. Aber das brauchten Sie ja gar nicht erst, nicht wahr? Wahrscheinlich hatten Sie diesen angeblichen Befund schon die ganze Zeit bei sich.« Sie blickte Michael Atkinson zornig an. »Damit haben Sie die

Grenze des Glaubwürdigen endgültig überschritten. Ich gebe Ihnen noch genau eine Minute Zeit, mir zu erklären, was das ganze Theater soll, und wenn Sie keine verdammt gute Erklärung haben, sind wir geschiedene Leute.«

»Ach ja?« Zu Bettys Überraschung wurde nun auch Michael zornig. »Jetzt werde ich Ihnen mal was sagen. Ich verstehe Ihre Zweifel sehr gut, aber das ist ein offizielles Gutachten. Mein Kollege würde nicht nur seinen Ruf, sondern auch seine Arbeit verlieren, wenn er so etwas nur wegen eines Scherzes ausstellen würde.« Er zog Flugtickets aus seiner Tasche. »Hier haben Sie den Beweis, daß ich wirklich nach Denver geflogen bin. Etwas viel Aufwand für einen Scherz, finden Sie nicht auch? Und noch etwas will ich Ihnen sagen. Ich habe die Hornplatte in relativer Nähe von DINO-LAND gefunden, das direkt aus der Urzeit aufgetaucht ist – aus einer Zeit, die ziemlich identisch mit dem Alter dieser Hornplatte und der Nachricht ist. Und jetzt beweisen Sie mal, ob Sie in der Lage sind, zwei und zwei zusammenzuzählen.«

Betty überlegte blitzschnell und rang sich zu einem Entschluß durch.

»Parken Sie Ihren Wagen und steigen Sie mit bei mir ein«, sagte sie. »Wir fahren zusammen zu Professor Schneider. Ich bin schon sehr gespannt, was er zu diesem Fund sagen wird.«

Als er sein Haus an diesem Tag betrat, eilte Boris Corman sofort in den Keller hinunter. Früher hatten sich hier eine Waschküche, ein Hobbykeller sowie einige Vorratsräume befunden. Nachdem er angefangen hatte, konkret auf sein Ziel hinzuarbeiten, die Ausrottung aller Saurier in DINO-LAND, hatte er den Keller vollständig umgebaut. In einem Raum befand sich eine verkleinerte Ausgabe seines Forschungslabors bei *Biochemics*.

In einem Nebenraum, dem größten des Kellers, befanden sich drei lebende Compsognathi.

Die Saurier erinnerten ganz vage an kleine Deinonychus', doch waren ihre vorderen Gliedmaßen viel kürzer und ihre Krallen nicht annähernd so mörderisch. Zudem waren sie nicht viel größer als Hühner. Lediglich aufgrund ihres langen Schwanzes erreichten sie eine Länge von knapp eineinhalb Yards.

Noch heute war Corman stolz darauf, daß es ihm gelungen war, die Compsognathi, die sich zu Forschungszwecken im Institut befunden hatten, unbemerkt zu entführen. Genauer gesagt, er hatte nicht die Forschungstiere selbst entführt, sondern einige Eier aus ihrem Gelege. Vorgeblich waren die Eier unbefruchtet gewesen, und er hatte sie für ein Experiment benötigt. In Wahrheit jedoch hatte er sie unter Wärmestrahlern in speziellen Kammern in seinem Keller selbst ausgebrütet.

Der Anblick der frisch geschlüpften winzigen Tiere, die ihn noch dazu als einen Elternersatz zu betrachten schienen, hatte seine Pläne für kurze Zeit ins Wanken gebracht. Zu süß und unschuldig sahen die Baby-Saurier aus. Er hatte sie gefüttert und aufgepeppelt, so daß es ihm wirklich schwergefallen war, sie als reines Versuchsmaterial zu betrachten.

Letztlich aber hatten doch sein Haß und der Gedanke an Rache die Oberhand gewonnen.

Die Compsognathi hatten schon bald weitere Nachkommen bekommen. Die Experimente mit den geschlüpften Jungen, zum Teil aber auch schon mit den noch nicht ausgebrüteten Eiern hatten Corman unersetzliche Erkenntnisse für seine Forschungen gebracht. Es waren Experimente, wie er sie im Institut niemals hätte durchführen können. Hier jedoch gab es niemanden, der ihn kontrollierte und auf die Einhaltung irgendwelcher Bestimmungen achtete.

Die Aufzucht der Saurier war alles andere als einfach gewesen. Corman hatte genügend Fleisch zum Fressen herbeischaffen müssen und war so in den letzten Jahren zum Stammkunden zahlreicher Metzgereien und der Fleischabteilungen von Supermärkten geworden. Alles aus einer Quelle zu beziehen, hätte zu leicht Verdacht erregt.

Viel schwieriger noch war es gewesen, mit künstlichem Licht und der richtigen Temperatur und Luftfeuchtigkeit die natürlichen Lebensbedingungen der Saurier zu simulieren. Der begrenzte Platz im Keller hatte jedoch das größte Problem dargestellt.

Eigentlich brauchten die Tiere viel Auslauf, den er ihnen keinesfalls bieten konnte. Aus diesem Grund waren die gefangenen Compsognathi gegenüber ihren frei aufgewachsenen Artgenossen degeneriert. Sie hatten sich als vergleichsweise apathisch und depressiv erwiesen. Einige waren sogar schlichtweg durchgedreht und waren so lange mit dem Schädel gegen die Wände gerannt, bis sie starben.

Corman trat an die Glasscheibe, die das Gelege luftdicht abschirmte. Diese Isolierung war nicht nur zur Aufrechterhaltung der idealen Temperatur und Luftfeuchtigkeit notwendig, sondern vor allem für seine Experimente.

Das Serum verwandelte sich in Verbindung mit Sauerstoff in ein überaus flüchtiges Gas, das seinen Forschungen zufolge noch in extremer Verdünnung wirksam sein mußte. Zugleich verband es sich auch mit Wassermolekülen und denen vieler fester Stoffe, so daß es von ihnen weitertransportiert wurde.

Verseuchte Tiere sowie Pflanzen und Wasser würden noch gesunde Saurier anstecken. Nur so war gewährleistet, daß sich das Serum noch selbst in geringer Menge über ganz DINO-LAND ausbreitete und auf sämtliche Saurier wirkte.

Aus diesem Grund konnte er nicht riskieren, daß auch nur eine noch so geringe Menge frei wurde, bevor er seine Versuche abgeschlossen hatte. Allzu groß war die Gefahr nicht, da das Serum weder auf Menschen noch auf andere Tiere als Saurier wirkte.

Letzteres ließ sich allerdings noch nicht mit völliger Sicherheit ausschließen. Es war vorstellbar, daß auch einige wenige Echsenarten der Gegenwart von der Wirkung getroffen werden könnten. Das jedoch war ein Risiko, das er einzugehen bereit war.

Zunächst aber wollte er die Wirkung ausschließlich an

den Compsognathi erproben. Es handelte sich um zwei Weibchen und ein Männchen. Mindestens eines der Weibchen legte an durchschnittlich jedem zweiten Tag Eier. Diese hohe Fortpflanzungsrate war zumindest in freier Wildbahn für das Überleben der Rassen notwendig, da die Gelege und auch die geschlüpften Jungen häufig von räuberischen Tieren gefressen wurden. Corman würde nicht lange auf das Ergebnis seines Versuches warten müssen.

Über eine kleine Luftschleuse leitete er etwas von dem Serum ins Innere des Geheges. Unsichtbar breitete sich das Gas sofort darin aus. Anschließend verseuchte er auch einige bereits befruchtete Eier, die er in einer gleichfalls luftdicht isolierten Brutkammer aufbewahrte.

Das Serum verband sich mit den Schalen und gelangte auf diese Weise ins Innere der Eier. Er ließ es etwa eine Stunde einwirken, dann leitete er ein Gegenserum in die Kammer. Es neutralisierte die frei in der Luft befindlichen Gaspartikel. Ohne dieses Gegenmittel wäre ein Praxisversuch nicht möglich gewesen, da sonst beim Öffnen der Kammer zwangsläufig etwas von dem Gas in die Atmosphäre gelangt wäre und sich weiter ausgebreitet hätte.

Voller Ungeduld untersuchte Corman die Eier und stieß schließlich einen lauten Triumphschrei aus. Die vorher befruchteten Eier waren noch nachträglich sterilisiert worden. Es würden keine Sauriernachkommen mehr aus ihnen schlüpfen.

In dieser Hinsicht war er sich bezüglich seiner Forschungen nicht sicher gewesen. Aber selbst wenn noch Junge aus den bereits gelegten und befruchteten Eiern schlüpfen würden, würden die Tiere spätestens dann unfruchtbar werden. Das hätte den Erfolg seiner Bemühungen lediglich um eine Generation verzögert. So aber war es noch besser.

Boris Corman zweifelte nun nicht mehr daran, daß auch sein Versuch an den lebenden Tieren erfolgreich verlaufen würde. Letzte Klarheit würde er spätestens am nächsten oder übernächsten Tag gewinnen.

Sollte alles wie erwartet klappen, konnte er damit beginnen, das Serum in größerer Menge herzustellen und DINO-LAND damit zu verseuchen. Niemals wieder würde ein Mensch einem Saurier zum Opfer fallen.

Und er hätte seine Familie gerächt, wie er es geschworen hatte.

»Hier entlang, bitte«, sagte die Sekretärin und führte Betty und Michael durch ein kleines Büro. Sie klopfte an eine Tür am anderen Ende des Büros und öffnete sie, ohne Antwort abzuwarten.

»Miß Sanders und ihr Assistent vom TIME-LIFE-Magazin«, kündigte sie die Besucher an und schloß die Tür hinter ihnen.

Schneiders Büro war im Gegensatz zum Vorzimmer ziemlich geräumig, dafür aber so unaufgeräumt, daß der Professor Betty sofort sympathisch war. Auf Tischen, Stühlen und sogar auf dem Boden stapelten sich die verschiedensten Dinge, hauptsächlich Zeitschriften und andere Papiere.

Schneider unterhielt sich gerade hitzig mit einem weiteren Mann, doch verstummte das Gespräch abrupt, als die beiden Besucher eintraten.

Betty kannte Schneider aus einigen Fernsehinterviews und hatte Fotos von ihm in Zeitungen gesehen, so daß sie wußte, wie er aussah. Dennoch war sie überrascht. Gemeinhin mochte man sich unter einem Professor, insbesonders unter dem wissenschaftlichen Leiter eines solchen Projektes, einen älteren, seriös und konservativ wirkenden Mann vorstellen. Nun, als sonderlich jung konnte man Schneider mit seinen etwa sechzig Jahren nicht gerade bezeichnen, ansonsten jedoch ...

Seriös oder gar konservativ wirkte er ganz bestimmt nicht, im Gegenteil. Er besaß ein etwas rundliches, dabei jedoch markant geschnittenes Gesicht mit für sein Alter erstaunlich wenig Falten. Obwohl er ernst blickte, vermittelten seine dunklen Augen den Eindruck, als würden sie ironisch funkeln. Vage fühlte sich Betty an Sean Connery erinnert.

Da sie wußte, wie Schneider aussah, überraschte sein Anblick sie nicht. Worauf sie jedoch nicht vorbereitet war, was weder Fotos noch das Fernsehen vermitteln konnte, das war das ungeheure Charisma des Professors. Ohne daß Schneider etwas sagte oder tat, schien seine Persönlichkeit den gesamten Raum auszufüllen.

Dennoch warf Betty Sanders ihm nur einen kurzen Blick zu. Unwillkürlich wurden ihre Blicke von der zweiten, neben dem Schreibtisch stehenden Person angezogen, mit der sich Schneider unterhalten hatte. Es handelte sich um einen schlanken, fast ausgemergelt erscheinenden Mann schwer zu schätzenden Alters mit einem hageren Gesicht und angegrautem Haar.

Betty erkannte ihn sofort – und erstarrte.

Jeffrey Holder starrte ungläubig den toten Deinonychus an, dann hob er langsam den Kopf und sah zu dem Mann hinüber, der sich hinter einem der Sandhügel aufrichtete und ohne jede Eile auf ihn zukam. Der Unbekannte trug eine sandfarbene Hose und ein gleichfalls beiges Hemd. An einem Gurt hing ein Gewehr über seiner Schulter.

Noch immer konnte Holder kaum glauben, daß er noch einmal mit dem Leben davongekommen war. Das Auftauchen des Unbekannten war wie ein Wunder. Der Schock saß so tief, daß Holder das Gefühl hatte, seine Beine würden nur noch aus Pudding bestehen. Unsicher blickte er seinem Retter entgegen.

Der Mann hatte kurzgeschnittenes, strohblondes Haar und ein hartes, kantiges Gesicht, das trotz eines grausamen Zuges um die Mundwinkel nicht unsympathisch wirkte. Quer über seine linke Gesichtshälfte zog sich vom Kinn bis fast zur Stirn eine Narbe. Seine Augen waren hinter einer Sonnenbrille verborgen.

»Danke«, krächzte Holder, als der Mann herangekommen war, und streckte ihm die Hand entgegen. »Sie ... Sie haben mir das Leben gerettet.«

»Das habe ich wohl«, bestätigte der Unbekannte. Er ignorierte die ausgestreckte Hand, schob seine Sonnenbrille ins Haar hoch und musterte sein Gegenüber aus stahlgrauen Augen. »Gut, daß Sie das eingesehen haben, aber es war wohl auch unverkennbar. Hoffentlich ist Ihr Gedächtnis ebenso gut ausgeprägt wie Ihre Auffassungsgabe, und Sie vergessen diese kleine Gefälligkeit nicht so schnell wieder.«

Jähes Mißtrauen erwachte in dem Soldaten. Mit einem Mal war er sich nicht mehr so sicher, ob das Auftauchen des Mannes wirklich so ein unglaublicher Glücksfall war. Natürlich war Holder glücklich, gerettet worden zu sein, doch irgend etwas stimmte hier nicht. Er betrachtete das Gewehr. Zwar verstand er nicht viel von Jagdwaffen, doch es mußte sich um ein beachtliches Kaliber handeln, wie es zur Jagd auf Großwild verwendet wurde.

»Ich heiße Jeffrey Holder«, stellte er sich vor. »Und wer sind Sie?«

»Das ist unwichtig«, behauptete der Narbige und blies ihm eine Rauchwolke ins Gesicht.

Holder ging mit einem Schulterzucken über die barsche Antwort hinweg, doch sein Mißtrauen wuchs noch weiter an. »Wie Sie meinen. Das war wirklich Rettung in letzter Sekunde«, sagte er. »Aber woher um alles in der Welt sind Sie eigentlich so plötzlich gekommen?«

»Ich war zufällig in der Nähe«, erklärte der Unbekannte. »Mehr braucht Sie nicht zu interessieren. Was zählt, ist nur, daß Sie ohne mich tot wären. Aber Sie dürften wissen, daß es nichts umsonst gibt. Sie stehen in meiner Schuld. Und Schulden, die jemand bei mir hat, vergesse ich niemals.«

»Geht es Ihnen um Geld? Ich bin nur ein einfacher Soldat, aber ich habe ein paar Dollar gespart.«

»Geld«, wiederholte der Unbekannte und schnaubte verächtlich. »Glauben Sie ernsthaft, Sie kämen so billig davon? Ich bin an Ihren paar Dollar nicht interessiert.« Er trat auf den toten Deinonychus zu und musterte den Kadaver flüchtig, dann schüttelte er den Kopf. »Unnütz«, stellte er fest. »Grauenhaft zugerichtet.«

»Hören Sie, Mister Geheimnisvoll, ich bin Ihnen wirklich zu Dank verpflichtet«, begann Holder, doch weiter kam er nicht. Der Unbekannte fuhr herum und bedachte ihn mit einem eisigen Blick.

»Halten Sie endlich den Mund!« blaffte er. »Ich habe kein Interesse an belangloser Konversation mit Ihnen.«

Holder zuckte unwillkürlich zusammen. Er hatte seinen Schock inzwischen weitgehend überwunden und konnte allmählich wieder klarer denken. Das Verhalten des Unbekannten gab ihm Rätsel auf. Auf der einen Seite wirkte der Mann beherrscht und eiskalt, dann wieder benahm er sich so merkwürdig. Handelte es sich möglicherweise um einen Geisteskranken?

»Nein, ich werde nicht den Mund halten«, gab er in nicht minder scharfem Tonfall zurück. »Auch wenn ich Ihnen zur Dankbarkeit verpflichtet bin, so bin ich auch Soldat der US-Army, und Sie befinden sich hier auf Sperrgebiet. Es dürfte Ihnen wohl bekannt sein, daß der Zutritt in das Gebiet zwei Meilen außerhalb des Sperrzauns Zivilisten verboten ist, schließlich stehen überall Schilder. Theoretisch könnte ich Sie auf der Stelle festnehmen, was ich unter den gegebenen Umständen natürlich nicht tun werde. Aber ich verlange von Ihnen endlich Antworten auf einige Fragen. Ihr Verhalten läßt mir leider keine andere Wahl.«

»Ach ja? Sie verlangen etwas von mir?« Der Mann lachte herablassend. Im nächsten Moment löste er das Gewehr mit einer blitzschnellen Bewegung von seiner Schulter und richtete es auf den Soldaten. »Ich glaube nicht, daß Sie in der Position sind, etwas zu verlangen.«

Trotz der Hitze lief Jeffrey Holder ein eisiger Schauer über den Rücken. Anscheinend hatte er es tatsächlich mit einem Wahnsinnigen zu tun, und er war ihm hilflos ausgeliefert.

»Seien Sie unbesorgt, Holder«, sprach der Unbekannte weiter. »Ich habe Sie ganz sicher nicht gerettet, nur um Sie nun zu töten, obwohl ich einige Zeit ernstlich überlegt habe, ob ich überhaupt eingreifen sollte. Aber ich vermute, daß Sie mir noch nützlich sein können. Ich werde mich bald wieder bei Ihnen melden und die Einlösung Ihrer Schulden verlangen. Für die Zwischenzeit rate ich Ihnen, mich in Ihrem Bericht über das Geschehen nicht zu erwähnen. Ich könnte sonst sehr böse werden, und Sie sollten mich nicht unterschätzen. Nicht nur in Ihrem eigenen Interesse, sondern auch in dem Ihrer Freunde und Ihrer Familie, falls Sie eine haben sollten. Ich werde es herausfinden. Also tun Sie besser, was ich Ihnen sage. Sie hören wieder von mir.«

Er hängte sich das Gewehr wieder um die Schulter und schob die Sonnenbrille zurück vor seine Augen. Dann drehte er sich um und ging ohne Hast davon.

Holder schauderte noch immer. Die Gedanken überschlugen sich in seinem Kopf. Der Mann war gefährlich, daran konnte es keinen Zweifel geben, und er machte nicht den Eindruck, als ob er nur geblufft hätte.

Betty Sanders wußte nicht, wie lange sie und Schneiders Besucher sich wie entgeistert gegenseitig anstarrten, doch es kam ihr wie eine kleine Ewigkeit vor. Sie hätte nicht erwartet, den Mann jemals wiederzusehen, und schon gar nicht *hier*.

Erinnerungen stiegen in ihr auf und überschwemmten ihr Bewußtsein; Erinnerungen, die von Grauen und vielfachem Tod dominiert wurden und untrennbar mit diesem Gesicht verbunden waren, auch wenn der Mann vor ihr nicht für diese Schrecken verantwortlich zu machen war.

»Wie es aussieht, scheinen Sie sich bereits zu kennen«, stellte Schneider fest.

Seine Stimme brach den Bann. Betty nickte abgehackt und rang um ihre Fassung. »Allerdings«, murmelte sie. »Wir ... haben uns vor einigen Jahren im Rahmen einer anderen Reportage, die ich schreiben sollte, kennengelernt. Das war in Australien.« Sie wandte sich wieder dem anderen Mann zu. »Allerdings hätte ich nicht erwartet, Sie hier wiederzutreffen, Professor Sondstrup.«

Der hagere, hochgewachsene Mann lächelte, doch es

wirkte nicht sehr humorvoll. »Mir geht es genauso, Miß Sanders. Aber wir sollten die wenig glücklichen Umstände, unter denen unsere erste Bekanntschaft stattfand, ruhen lassen. Wie ist es Ihnen seither ergangen?«

»Ich habe einige Zeit gebraucht, um mich von dem Schock zu erholen«, erwiderte Betty. »Aber wie Sie sehen, arbeite ich inzwischen wieder.«

Sondstrup nickte und sah auf seine Armbanduhr. »Leider muß ich dringend weg. Wir sprechen später noch einmal über die Angelegenheit, Carl.« Er nickte Schneider, Michael Atkinson und Betty kurz zu und verließ den Raum.

»Professor Sondstrup leitet die paläontologischen Forschungen im Zusammenhang mit DINO-LAND«, erklärte Schneider. »Auf diesem Gebiet kann er Ihnen für Ihre Reportage bestimmt mehr erzählen als ich. Ich hatte vor, Sie im Anschluß an unser Gespräch ohnehin miteinander bekannt zu machen, aber das ist ja nun unnötig.« Er stand auf und reichte Betty und Michael die Hand, dann räumte er zwei Stühle von den darauf gestapelten Zeitschriften frei und bat die beiden Besucher, sich zu setzen, bevor er selbst wieder hinter dem Schreibtisch Platz nahm.

»Es wird sich zeigen, ob ich später noch mit ihm sprechen muß«, antwortete Betty. Sie sah nicht besonders erfreut ob dieser Möglichkeit aus. »Aber bevor ich mit dem eigentlichen Interview beginne, möchte ich Ihnen Mister Atkinson vorstellen.«

»Ihr Assistent, wie Miß Cole sagte. Ihr Chef hat bei der Absprache des Termins nichts von einem Assistenten erwähnt, aber was soll's. Bei der Gelegenheit möchte ich mich übrigens noch einmal persönlich für das Mißverständnis gestern entschuldigen.«

»Schon gut.« Betty zögerte einen Moment. »Aber auch ich muß mich entschuldigen, und zwar für eine kleine Notlüge. Es ist kein Zufall, daß Mister Atkinson nicht angekündigt wurde, denn in Wahrheit ist er nicht mein Assistent. Um ganz ehrlich zu sein, ich habe ihn selbst gestern erst kennengelernt.«

Verwundert zog Schneider eine Augenbraue in die Höhe. »Darf ich Sie bitten, mir das etwas genauer zu erklären.«

»Er ist Paläontologe«, berichtete Betty, noch bevor Michael selbst etwas sagen konnte. »Und er hat eine Entdeckung gemacht, von der ich glaube, daß sie Ihr Interesse finden dürfte.«

Michael stand auf, zog die Hornplatte aus der Tasche und reichte sie Schneider, nachdem er sie aus ihrer Umhüllung gewickelt hatte. »Ich führe Ausgrabungen im Death Valley durch«, erklärte er. »Dabei stieß ich in einer Felshöhle gestern auf diese Platte. Es handelt sich um die Hornplatte eines Stegosaurus. Als ich sie fand, waren die Buchstaben bereits eingeritzt, worüber ich nicht weniger erstaunt war, als Sie es jetzt vermutlich sind. Die Nachricht führte mich zu Miß Sanders, die tatsächlich in dem angegebenen Hotelzimmer wohnt. Noch in der vergangenen Nacht ließ ich das Alter der Buchstaben in dem Institut, für das ich arbeite, analysieren.« Er reichte Schneider auch den Analysebefund. »Wie Sie selbst sehen können, wird das Alter auf über einhundert Millionen Jahre datiert. Anscheinend stammen die Schriftzeichen aus der gleichen Zeit wie DINO-LAND.«

»Das ist absurd«, erwiderte Schneider, doch er wirkte sichtlich verstört.

»Lassen Sie die Platte von Ihren eigenen Spezialisten prüfen«, schlug Michael vor.

Der Professor zögerte einige Sekunden, dann griff er nach dem Telefon und drückte einen Knopf. »Hier Schneider. Kommen Sie in mein Büro, Garrett«, ordnete er an und legte den Hörer wieder auf.

Nur Sekunden später kam ein junger braunhaariger Mann in den Raum geeilt. »Sie wollen mich sprechen, Professor?«

»Ich habe Arbeit für Sie. Überprüfen Sie sofort diesen Laborbefund, was das Alter der Buchstaben auf dieser Hornplatte betrifft. Wie lange werden Sie brauchen?«

»Nun, eine gründliche Analyse wird sicherlich mindestens eine halbe Stunde –«

»Eine flüchtige Untersuchung reicht mir für den Moment. Sie haben bereits alle wichtigen Angaben auf dem Befund stehen und sollen Sie zunächst nur überprüfen. Ich gebe Ihnen fünf Minuten Zeit. Das dürfte ausreichen.«

Der junge Mann versuchte erst gar nicht zu widersprechen. Er zuckte mit den Schultern, ergriff die Platte und das Gutachten und eilte wieder aus dem Büro.

»Sie überraschen mich, Professor«, gestand Betty. »Wir hätten nicht erwartet, daß Sie so bereitwillig unsere Behauptungen überprüfen lassen würden. Mister Atkinson hat wesentlich länger gebraucht, um mich halbwegs zu überzeugen. Sie scheinen durchaus in Erwägung zu ziehen, daß die Schriftzeichen wirklich so alt sein könnten.«

»Sehen Sie es anders«, erwiderte Schneider. »Ich kann viel Zeit sparen. Sollte sich herausstellen, daß Ihre Behauptungen haltlos sind, war dies das kürzeste Interview, das ich je gegeben habe. Ihnen dürfte doch klar sein, daß ich es in diesem Fall sofort als beendet betrachte? Sollte die Nachricht hingegen wirklich so alt sein, haben Sie einen Knüller und ich eine sensationelle Entdeckung, die sehr wichtig sein kann.«

»Inwiefern?« hakte Betty nach. »Mir scheint, Sie haben bereits eine theoretische Erklärung auf Lager.«

»Möglicherweise«, wich Schneider aus. »Warten wir erst einmal die Analyse ab. In der Zwischenzeit haben Sie sicherlich einige Fragen.«

»Die habe ich«, bestätigte Betty. »Wie Sie sich vorstellen können, sind unsere Leser besonders an den Ursachen dieses Phänomens interessiert. Es gibt zahlreiche Gerüchte, aber keine konkreten Fakten. Eines der Gerüchte besagt, daß es sich um ein fehlgeschlagenes militärisches Experiment handelt.«

»Nur ein Gerücht, oder haben Sie konkretere Hinweise?« wollte Schneider wissen. Ein lauernder Unterton lag in seiner Stimme.

»Nun, aus dem Etat des Verteidigungsministeriums geht hervor, daß schon Jahre vor dem Erscheinen des Urzeitgebietes enorme Gelder in ein Forschungsprojekt gesteckt wurden, das in einem Militärstützpunkt nördlich von Las Vegas entwickelt wurde.«

»Sie haben sich gründlich vorbereitet«, gab Schneider lächelnd zu. »Und Sie haben recht. Ob es allerdings eine Verbindung zwischen diesem Projekt und DINO-LAND gibt, kann ich weder bestätigen noch dementieren.«

»Projekt Laurin«, setzte Betty nach. Es war nur ein Schuß ins Blaue.

Irgend etwas im Zusammenhang mit der Hornplatte hatte den Professor nervös gemacht, daß er so schnell bereit gewesen war, die völlig unglaubwürdige Altersbestimmung überprüfen zu lassen. Neben der Warnung vor Corman war gerade die Erwähnung dieses Projektes der Teil der Nachricht, auf den sie sich am wenigsten einen Reim machen konnte.

Schneider zuckte fast unmerklich zusammen und bewies ihr damit, daß sie auf dem richtigen Weg war. Bevor er jedoch antworten konnte, klingelte das Telefon. Fast überhastet griff er nach dem Hörer, offenbar erleichtert, die Antwort auf diese Weise noch etwas hinauszögern zu können. Als er den Hörer wieder auflegte, war er eine Spur blasser im Gesicht geworden.

Er wandte sich an Michael Atkinson.

»Erzählen Sie mir alles über die Umstände, wie Sie diese Platte gefunden haben«, verlangte er.

»Also stimmt die Altersangabe«, gab Michael zurück. »Bevor ich Ihnen weitere Informationen gebe, möchte ich erst von Ihnen hören, was Sie davon halten.«

»Es … ist noch zu früh, irgendwelche Schlüsse zu ziehen«, behauptete Schneider mit sichtlicher Nervosität.

»Dann werde ich das für Sie tun«, ergriff Betty wieder das Wort. »Es dürfte wohl unbestritten sein, daß zur damaligen Zeit noch niemand gelebt hat, der das lateinische Alphabet und die englische Sprache beherrschte. Erst recht dürfte damals niemand gewußt haben, daß ich gerade während dieser Tage in einem bestimmten Hotelzimmer wohnen würde. Also bleibt nur eine einzige Erklärung. Die Platte muß aus der Gegenwart in die Urzeit gelangt sein. Geben Sie es zu, Professor: Es besteht durch DINO-LAND eine Verbindung, durch welche Reisen in die Vergangenheit möglich sind.«

»Nein!« protestierte Schneider energisch. »Das stimmt nicht. Wir hatten eine Zeitlang entsprechende Theorien, doch deutet alles darauf hin, daß sie falsch waren. Gut, ich gebe zu, daß ein fehlgeschlagenes militärisches Experiment ein Loch in die Zeit gerissen hat, durch das ein Teil der Urzeit in die Gegenwart gelangen konnte. Wie Sie wissen, dehnt sich dieses Loch langsam aus, aber nach allem, was wir wissen, ist es eine Einbahnstraße. Diese Platte weist höchstens darauf hin, daß der Prozeß sich irgendwann umkehren wird, daß DINO-LAND wieder zurück in die Vergangenheit versetzt wird. Und damit offenbar auch diese Platte.«

»Und dann bleibt einfach ein leeres Loch zurück?« bohrte Betty nach. »Was ist mit der Wüste, die sich vorher an dieser Stelle befand? Was mit Las Vegas und den Menschen, die spurlos verschwunden sind?«

»So schrecklich es auch ist, wir müssen uns wohl damit abfinden, daß sie tot sind. Es gibt keinerlei Beweis, daß sie noch am Leben sind. Alles spricht dagegen.«

»O nein, das stimmt nicht«, widersprach Betty. »Sie *haben* jetzt einen Beweis. Wer sonst sollte die Nachricht geschrieben haben?«

Schneiders Blick begann zu flackern. Er ließ seine Hände unruhig über die Unterlagen auf seinem Schreibtisch wandern.

»Ich wünschte, Sie hätten recht«, stieß er leise hervor. »Vielleicht gibt es ja tatsächlich noch eine Hoffnung, nachdem wir sie in den letzten zwei Jahren immer mehr verloren haben. Wenn diese Menschen noch leben ...«

»Sie leben«, bekräftigte Betty. Sie bemühte sich, ihrer Stimme einen festen Klang zu verleihen, konnte jedoch nicht verhindern, daß sich ein Zittern einschlich. »Zumindest einige von ihnen sind nicht tot. Aber vielleicht wäre der Tod sogar ein gnädigeres Schicksal, denn sie sind rund hundertdreißig Millionen Jahre in der Vergangenheit gestrandet, geradewegs in der Hölle! Möge Gott ihnen gnädig sein!«

Buch 5

HETZJAGD DURCH DIE ZEIT

Es ging besser, als Jeffrey Holder erwartet hatte. Trotz des schrecklichen Erlebnisses, das gerade erst zwei Tage zurücklag, einen Kameraden das Leben gekostet und ihn selbst in höchste Gefahr gebracht hatte, verspürte er keinerlei Angst oder auch nur Beklemmung, wieder in der Kanzel eines Helikopters zu sitzen und die Maschine zu fliegen.

»Freut mich, daß du die ganze Sache so gut überstanden hast«, drang die Stimme seines Begleiters über Kopfhörer in seine Gedanken. Bill Collins war mit seinen fast fünfzig Jahren bereits ein Veteran bei der Army. »Ich weiß nicht, ob ich auch genug Kraft aufgebracht hätte, sofort mit meinem Dienst weiterzumachen, als ob nichts geschehen wäre.«

Collins, ein hagerer Mann, dessen Bürstenhaarschnitt absolut nicht zu seinem länglichen, grobknochigen Gesicht paßte, war der eigentliche Pilot des Helikopters; man hatte ihm Holder lediglich als Copilot zugeteilt, doch ließ sich die Kontrolle über die Maschine jederzeit zu ihm umstellen, was bei Gefahr lebensnotwendig sein konnte.

Jeffrey Holder arbeitete genau wie Collins für die Army. Mit einem Helikopter flog er Patrouilleneinsätze, um die Grenzen von DINO-LAND zu kontrollieren, diesem Stück Urzeit, das vor gut zwei Jahren in die Gegenwart herübergekommen und seither zu gewaltiger Größe angewachsen war. Es gab eine Menge Sicherheitsvorrichtungen, dennoch kam es immer wieder vor, daß Saurier aus dem Dschungelgebiet ausbrachen.

Auch vor zwei Tagen war Holder zusammen mit seinem vorigen Partner Thomas Burger einen solchen Einsatz geflogen. Sie hatten versucht, einen entlaufenen Deinonychus in die Umzäunung zurückzutreiben, als zwei Flugsaurier den Helikopter attackiert hatten. Eines der Tiere war in den Rotor geraten und hatte die Maschine zum Absturz gebracht.

Der Deinonychus hatte Burger getötet, und auch Holder wäre um ein Haar ein Opfer der Bestie geworden. Seine Maschinenpistole hatte Ladehemmungen gehabt, und er wäre verloren gewesen, wenn nicht wie aus dem Nichts plötzlich ein Unbekannter aufgetaucht wäre und den Deinonychus im letzten Moment durch einen gezielten Kopfschuß mit seinem Gewehr erlegt hätte. Es war ein sehr seltsamer Mann gewesen, dessen Verhalten stark an das eines Psychopathen erinnerte. Immer wieder hatte er darauf hingewiesen, daß Holder ihm nun etwas schulde und er diese Schuld irgendwann eintreiben würde.

Jeffrey Holder wußte immer noch nicht, was er von der ganzen Sache zu halten hatte, doch bei der bloßen Erinnerung an den Mann, ebenso wie bei der an den Deinonychus, lief ihm ein Schauer über den Rücken.

Per Knopfdruck übergab er die Kontrolle über den Helikopter wieder an Bill Collins.

»Wir sollten etwas abdrehen«, sagte Collins und zog die Maschine in eine Kurve. »Das Zeitbeben steht dicht bevor. Es soll zwar nur ein schwaches werden, aber sicher ist sicher. Ich habe keine Lust, in die Urzeit geschleudert zu werden, nur weil irgendein Idiot möglicherweise eine falsche Zahl in den Computer eingegeben hat.«

»Du hast ziemlich wenig Vertrauen in die moderne Technik«, stellte Holder schmunzelnd fest.

»Da vorne«, sagte Collins plötzlich. »Es beginnt.«

Es war nicht das erste Zeitbeben, das Jeffrey Holder zu sehen bekam, doch das Phänomen war so fremdartig, daß es bislang nichts von seiner Faszination verloren hatte. Unwillkürlich hielt er den Atem an.

Ein Gebiet mit einem Durchmesser von gut zweihundert Metern begann mit einem Mal zu flimmern, als wäre es hinter einem gigantischen Vorhang aus wabernder Hitze verborgen. Alle Konturen wurden unscharf und verschwammen wie bei einer Fata Morgana. Eine Decke aus winzigen flackernden und huschenden Lichtpunkten schien sich über die Wüste zu legen.

Es kam Holder vor, als würde sich alles wie in Zeitlupe ereignen, obwohl der gesamte Prozeß nur wenige Sekunden dauerte. Immer unschärfer wurden die Umrisse der Sandhügel und der vereinzelt herumliegenden Felsbrocken. Gleichzeitig entstand etwas Neues aus dem Nichts heraus. Noch waren die riesigen Pflanzen nur zu erahnen, doch mit jeder Sekunde wurden sie deutlicher. Das Flimmern ließ nach, auch die flirrenden Lichtpunkte wurden weniger und verschwanden schließlich ganz.

DINO-LAND war wieder ein Stück gewachsen. Ein dichter Urzeitdschungel aus Farnen, Ginkgos, Schachtelhalmgewächsen, Zykaden und Koniferen erstreckte sich dort, wo noch vor wenigen Sekunden nichts als karge Wüste gewesen war.

Geräuschvoll stieß Jeffrey Holder die Luft aus. Während der ersten Zeit hatte man noch alle vorausberechneten Zeitbeben aus der Luft überwachen lassen, schließlich aber darauf verzichtet. Zweimal waren Helikopter in den Einflußbereich geraten und verschwunden. Die Überwachung der restlichen Grenzstreifen hatte Vorrang, und es war kaum mehr als Zufall, daß sich ihr Hubschrauber gerade in der Nähe befunden hatte.

Collins zog die Maschine herum und überflog das neu hinzugekommene Stück Dschungel.

Er und Holder sahen das Tier im selben Moment.

»Mein Gott!« keuchte Collins. »Was ist *das*?«

Fassungslos starrten sie auf das Ungeheuer, das ein Stück vor ihnen in die Höhe wuchs, höher und immer höher. Längst schon überragte es selbst die höchsten Baumwipfel. Allein der spitz zulaufende, auf einem ungeheuer langen Hals sitzende Kopf des Giganten hatte die Ausmaße eines Kleinwagens, und dennoch wirkte er im Vergleich zu dem restlichen Körper geradezu winzig. Das Tier ähnelte vage einem Apatosaurus, doch war der Hals noch wesentlich länger und der übrige Körper erheblich schlanker.

Und nun erhob es sich auf die Hinterbeine und richtete sich zu einer Höhe von weit über zwanzig Metern auf! Es war unzweifelhaft der größte Saurier, den jemals ein Mensch zu Gesicht bekommen hatte.

Der Koloß öffnete das Maul und stieß ein durchdringendes, unvorstellbar lautes Brüllen aus. Im nächsten Moment sackte der Kopf des Kolosses nach vorne weg, als er sich wieder auf alle vier Beine herabließ, wobei er zwei mächtige Koniferen und eine ganze Reihe kleinerer Gewächse wie Streichhölzer knickte und unter sich begrub.

»Das ... muß ein Diplodocus sein«, hauchte Collins. In respektvollem Abstand kreiste er über dem Saurier.

»Nein«, murmelte Holder. Auch er konnte seinen Blick nicht von dem ehrfurchtgebietenden Giganten abwenden. »Selbst dafür ist er viel zu groß. Wir sollten der Zentrale Bescheid geben. Sondstrup wird bestimmt ausrasten, wenn er das sieht.«

»Nicht nur Sondstrup.« Collins Stimme hatte einen gehetzten Klang angenommen. »Sieh dir das an. Er läuft Amok!«

Noch einmal stieß der Saurier ein dröhnendes Brüllen aus, dann rannte er plötzlich los. Im Grunde rannte er nicht wirklich, aber mit jedem einzelnen Schritt seiner gewaltigen Beine legte er eine Distanz von mehr als einem halben Dutzend Meter zurück, so daß er eine beachtliche Geschwindigkeit erreichte.

Was immer in seinem Weg stand, walzte er mit seinem gewaltigen Leib nieder, ohne sein Tempo auch nur zu verringern.

Der Saurier hatte sich bereits vorher ziemlich am Rande des neu entstandenen Dschungelabschnittes befunden. Nun stürmte er direkt auf die freie Wüste zu.

»Mach endlich Meldung!« keuchte Collins. Er selbst war vollauf damit beschäftigt, den Helikopter zu beschleunigen und dem Saurier zu folgen. »Wir brauchen Verstärkung, um ihn aufzuhalten!«

Holder schaltete bereits das Mikrofon, das an einer Halterung vor seinem Mund hing, auf Außenfunk um und rief die Zentrale.

Dabei fragte er sich verzweifelt, wie sie einen rund vierzig Meter langen Koloß stoppen sollten, der aussah, als ob selbst eine Panzergranate für ihn nicht viel mehr wäre als ein Nadelstich für einen Menschen.

Professor Carl Schneider nahm seine Füße vom Schreibtisch und erhob sich.

»Ich nehme an, Sie haben Verständnis, daß ich das Interview unter den gegebenen Umständen auf einen anderen Termin verschieben muß«, sagte er. »Sie haben ja nun immerhin schon einen dicken Knüller für Ihre Reportage, Miß Sanders.«

»O nein, so einfach ist das nicht«, entgegnete Betty Sanders heftig. Die Augen der dunkelblonden Journalistin blitzten. »Noch einmal ziehe ich nicht unverrichteter Dinge wieder ab. Immerhin haben Sie es nur Mister Atkinson und mir zu verdanken, daß Sie überhaupt von dieser Hornplatte und der Jahrmillionen alten Nachricht darauf erfahren haben. Dafür dürften Sie mir wenigstens ein paar Antworten schuldig sein. Dieser Knüller, wie Sie ihn nennen, nutzt mir gar nichts. TIME-LIFE ist keine aktuelle Tageszeitung, sondern ein monatliches Magazin. Bis unsere nächste Ausgabe erscheint, haben längst andere darüber berichtet.«

Der Dritte im Raum, Michael Atkinson, hörte dem Disput schweigend zu. Er bewunderte Betty dafür, daß sie es wagte, so mit einem bedeutenden Mann wie Professor Schneider zu sprechen. Er selbst hätte das niemals gewagt. Er war schon immer etwas schüchtern veranlagt gewesen und besaß gar nicht genügend Selbstbewußtsein, gegen einen so erdrückend charismatischen Mann wie Schneider aufzubegehren.

Dabei war eigentlich er es gewesen, der die ganze Aufregung ausgelöst hatte. Atkinson war Paläontologe und arbeitete für ein kleines Forschungsinstitut in Denver. Bei Ausgrabungen im Death Valley hatte er am vergangenen Tag die Rückenplatte eines Stegosaurus entdeckt, in die

jemand eine an ihn persönlich gerichtete Nachricht eingeritzt hatte:

MICHAEL ATKINSON:
STOPPE BORIS CORMAN
SERUM FÜR DINO-LAND
BETTY SANDERS
T. REX HOTEL
ZIMMER 215
PROJEKT LAURIN

Untersuchungen hatten ergeben, daß die Schriftzeichen
bereits rund hundertzwanzig Millionen Jahre alt waren.
Diese Botschaft hatte ihn mit der Journalistin zusammenge-
führt, und sie hatte ihn kurzentschlossen zu ihrem Interview mit Professor Schneider mitgenommen.

»Also gut«, gab Schneider nach einigen Sekunden nach.
»In gewisser Weise haben Sie natürlich recht. Trotzdem muß
ich mich jetzt erst einmal um wichtigere Sachen kümmern.
Aber ich mache Ihnen einen Kompromißvorschlag. Sie warten hier auf mich, und ich komme in ein paar Minuten
zurück und stehe Ihnen anschließend für das Interview zur
Verfügung. Allerdings werden auch Sie und Mister Atkinson mir noch einige Fragen beantworten müssen. Einverstanden?«

Betty und Michael nickten. Sie sahen dem Professor hinterher, als er aus dem Büro eilte. Wer Schneider nicht
kannte, hätte in ihm niemals den wissenschaftlichen Leiter
eines so bedeutsamen Forschungsobjektes wie DINO-
LAND vermutet.

»Dieser andere Mann, der sich bei unserer Ankunft mit
ihm unterhalten hat«, wechselte Michael das Thema. »Wer
war das?«

»Professor Sondstrup?« Betty zuckte mit sichtlichem
Unbehagen die Schultern. »Ich habe ihn vor einigen Jahren
kennengelernt«, erwiderte sie ausweichend. »Leider habe
ich keine allzu angenehmen Erinnerungen an diese Begeg-

nung. Eigentlich kann Sondstrup nichts dafür, aber er war damals der Leiter eines Projektes, das außer Kontrolle geriet.« Sie zögerte kurz, dann fügte sie hinzu: »Ein Kollege, der mir ... sehr nahe stand, kam dabei ums Leben.«

»Das tut mir leid«, erwiderte Michael. Bereits bei seiner ersten Begegnung mit Betty hatte er bemerkt, daß sie in ihrem Leben schon viel mitgemacht hatte. In ihren Augen war ein niemals ganz verlöschender Schmerz zu lesen. Zum Teil mochte dies auf ihren Beruf zurückzuführen sein, der sie zwangsläufig oft mit Tod und Elend konfrontierte, aber da mußte noch etwas anderes sein, ein tief in ihr verwurzelter Verlust, den sie nie überwunden hatte. »Haben Sie ihn geliebt?«

Betty nickte. »Ja«, murmelte sie. »Ja, das habe ich wohl, auch wenn mir das erst bewußt geworden ist, als es bereits zu spät war. Aber ich möchte nicht darüber sprechen.«

Es dauerte fast zehn Minuten, bis der Professor zurückkehrte und wieder hinter dem Schreibtisch Platz nahm. Sein Gesicht glänzte, einige hektische rote Flecken hatten sich auf seinen Wangen ausgebreitet.

»Wie es scheint, haben Sie uns mit Ihrem Fund wirklich unschätzbare Dienste erwiesen«, wandte er sich an Michael. Was die Konsequenzen betrifft, so müssen wir nunmehr davon ausgehen, daß die Landstriche, die von dem Zeitfeld betroffen waren, nicht vernichtet, sondern tatsächlich in die Vergangenheit versetzt wurden. Und daß die davon erfaßten Menschen die Reise unbeschadet überstanden haben.«

Der bloße Gedanke daran ließ Betty schaudern. Sie versuchte sich vorzustellen, wie es sein mußte, von einer unbekannten Kraft in eine für Menschen so extrem lebensfeindliche Urzeit geschleudert zu werden.

Es mußte wirklich wie eine Reise in die Hölle sein, in eine Welt, in der überall und in jeder Sekunde der Tod lauern konnte.

Die drei Compsognathi lagen dicht aneinandergekauert und zitternd in einer Ecke des großen, durch eine massive Glasscheibe hermetisch von der Außenwelt abgeschirmten Kellerraumes. Durch künstliches Licht und eine regelbare Temperatur und Luftfeuchtigkeit herrschten hier wenigstens in dieser Hinsicht für sie ideale Bedingungen.

Der Compsognathus gehörte zu den kleinsten Sauriern überhaupt. Sein Körper war kaum größer als der eines Huhnes. Lediglich aufgrund seines langen, spitz zulaufenden Schwanzes erreichte er eine Gesamtkörperlänge von knapp einem dreiviertel Meter.

Nur gelegentlich regte sich eines der Tiere.

Eigentlich waren sie flinke Jäger, die sich von Eidechsen und Insekten ernährten und schon deshalb äußerst schnell und gelenkig sein mußten. Da sie jedoch bereits in diesem Raum aus den Eiern geschlüpft waren, hatten sie sich von Kindheit an an die Enge gewöhnen müssen, und weil sie zudem regelmäßig gefüttert wurden, waren sie auch nicht darauf angewiesen, Beute zu jagen und zu erlegen, so daß sie notgedrungen weitgehend passiv und träge geworden waren.

Boris Corman beobachtete es mit Zufriedenheit. Er hatte die Saurier gezüchtet, doch er haßte sie aus ganzem Herzen, und nur aus Forschungsgründen hatte er ihre Aufzucht heimlich im Keller seines Hauses betrieben.

Forschungen, die letztlich die völlige Ausrottung aller Saurier zum Ziel hatten!

Es war nun fast zwei Jahre her, seit ein Allosaurus, der mit einem der ersten DINO-LAND-Gebiete in die Gegenwart gelangt war, seine Familie ausgelöscht hatte. Seine Frau Helen und seine Tochter Sandy waren von der Bestie getötet worden. Sandys Zwillingsschwester Tippy war durch den erlittenen Schock in einen komaartigen, katatonischen Zustand gefallen. Seit damals lag sie im Krankenhaus, nahm nichts mehr von dem wahr, was um sie herum geschah, und mußte intravenös ernährt werden. Ihre Gehirntätigkeit war auf ein kaum noch meßbares Minimum gesunken, und sie war nur deshalb noch nicht gestorben, weil sie von Maschinen künstlich am Leben erhalten wurde.

Seit diesem verhängnisvollen Tag wurde Boris Cormans Leben nur noch von dem Gedanken an Rache diktiert. An Tippys Bett im Krankenhaus hatte er diese Rache geschworen, und sie war zu seiner Triebfeder geworden, seiner einzigen Lebensaufgabe.

Er war Biochemiker, und dieser Beruf stellte für ihn den einzig möglichen Weg dar, seine Rache zu vollstrecken. Es war ihm gelungen, die Eier der Compsognathi aus dem Labor, in dem er arbeitete, unbemerkt zu stehlen und sie hier auszubrüten. Seither experimentierte er mit den Tieren. In langer, aufopfernder Forschungsarbeit hatte er ein Serum entwickelt, das speziell auf Saurier wirkte und die männlichen Tiere unfruchtbar machte – zumindest sollte es das in der Theorie. Den ersten praktischen Versuch führte er gerade durch.

Es war bereits bewiesen, daß das Serum befruchtete Eier noch nachträglich sterilisierte. Nun mußte sich nur noch erweisen, ob auch die Tiere selbst unfruchtbar wurden. Aus diesem Grund hatte er etwas von dem Serum, das sich bei Kontakt mit Sauerstoff in ein extrem haltbares Gas verwandelte, vor einigen Stunden in das Gehege geleitet. Eigentlich hätte es den Tieren selbst nichts ausmachen dürfen, doch genau das schien der Fall zu sein. Ganz offensichtlich waren sie an dem Serum erkrankt.

Nun hatte Corman ein Gegenmittel in das Gehege gepumpt. Es zerstörte den molekularen Zusammenhalt des Serums und ließ es wieder in seine für sich allein harmlosen Grundsubstanzen zerfallen. Immer wieder sah er auf seine Uhr und wartete voller Ungeduld darauf, daß dieser Prozeß abgeschlossen war. Noch besaß er keinen sicheren Beweis, daß das Serum für Menschen harmlos war, deshalb wollte er keinerlei Risiko eingehen.

Als er schließlich sicher sein konnte, daß sich keinerlei Restbestände des Serums mehr im Inneren des Geheges befanden, öffnete er mit einem Knopfdruck die luftdicht abschließende Glastür. Er trat in den abgetrennten Kellerraum, ließ die Tür wieder zugleiten und näherte sich den kleinen Sauriern. Langsam griff er nach dem ersten der apathisch daliegenden Tiere.

Erst einen Moment zu spät begriff er, wie trügerisch der Schein bei den verschlagenen kleinen Urzeitbestien sein konnte. So apathisch das Serum sie machte, steigerte es offenbar auch ihre Aggressivität, sobald sie sich bedroht fühlten. Zwar hatten sie sich ihm gegenüber stets als recht friedfertig erwiesen und sich in den letzten Stunden kaum gerührt, doch jetzt reagierten sie mit einer solchen Schnelligkeit, daß Corman davon völlig überrascht wurde.

Der Kopf des einen Compsognathus zuckte herum, und das Tier schnappte nach ihm. Instinktiv riß Corman seine Hand zur Seite, doch erwischte das Tier seinen rechten Unterarm dicht unterhalb des Ellbogens. Auch wenn die Saurier nicht groß waren, so maß ihr Maul doch immerhin eine gute Handlänge und war mit nadelspitzen Zähnen bestückt. Corman schrie auf. Ein heißer Schmerz zuckte durch seinen Arm, und Blut strömte aus der Bißwunde. Er taumelte zurück, doch auch die anderen beiden Tiere waren nicht untätig geblieben. Eines geriet zwischen seine Beine und ließ ihn stolpern. Verzweifelt versuchte Boris Corman, sein Gleichgewicht wiederzugewinnen, doch es gelang ihm nicht.

Schwer stürzte er zu Boden und blieb benommen liegen.

Seit einigen Sekunden herrschte Stille in Professor Schneiders Büro. Betty verdrängte ihre Grübeleien, die sie im Moment nicht weiterbrachten. Immerhin war ihr ein unlogischer Punkt in den Ausführungen Schneiders aufgefallen.

»Eines nur verstehe ich nicht«, sagte sie nach kurzem Überlegen. »DINO-LAND ist schließlich nicht schlagartig entstanden, sondern allmählich gewachsen. Und es wächst langsam weiter. Also ist da doch ein ständiger Wechsel zwischen Gegenwart und Vergangenheit.«

»Richtig«, bestätigte Schneider. »Wir nennen das Phänomen *Zeitbeben*. Worauf wollen Sie hinaus?«

»Nun, wenn alles, was sich bei einem solchen Zeitbeben in dem betroffenen Gebiet befindet, also von einer Zeit in die andere geschleudert wird, warum ist dann noch keiner der Menschen zurückgekehrt? Sie bräuchten doch nur am Rande der bereits versetzten Landstriche zu warten. Beim nächsten ... Beben würden sie dann wieder in die Gegenwart versetzt.«

Schneider schüttelte langsam den Kopf.

»Auch darüber haben wir uns schon Gedanken gemacht«, erklärte er. »Wie es scheint, funktioniert der Transport nur einmal. Jede Materie, die in die Vergangenheit oder Gegenwart versetzt wurde, kann nicht mehr an ihren Ursprung zurück. Wir konnten in den vergangenen Jahren mehrfach beobachten, wie Saurier, die sich in einem Zeitbeben aufhielten, regelrecht zerrissen wurden. Bedenken Sie bitte, welch ein sensibles Gebilde die Zeit ist. Es könnte sich um eine Schutzfunktion handeln, die Zeitparadoxa verhindert. Vielleicht wird die Materie, die durch den Zeitstrom geht, mit einer Art Energie aufgeladen, die sich bei einem erneuten Wechsel addiert und zu einer Überspannung führt. Aber das sind nur Theorien. Wir wissen bislang noch so gut wie nichts über die Zeit.«

»Für die Menschen, die in die Urzeit versetzt wurden, gibt es also keine Hoffnung auf eine Rückkehr mehr?« faßte Betty mit belegter Stimme zusammen.

»Zumindest besteht gegenwärtig keine Möglichkeit«, gab Schneider zu. »Aber das bedeutet auf keinen Fall, daß es keine Hoffnung mehr gibt. Vielleicht finden wir einen Weg, wenn wir gezielt in dieser Richtung forschen.«

Er erschrak, als die Tür so wuchtig aufgestoßen wurde, daß sie gegen die Wand knallte. Ein uniformierter Mann kam in das Büro gestürmt. Seine Rangabzeichen wiesen ihn als Vier-Sterne-General aus. Er war leicht übergewichtig, und sein gerötetes Gesicht deutete darauf hin, daß er zu hohem Blutdruck und zu cholerischen Anfällen zu neigen schien. »Schneider, haben Sie völlig den Verstand –«, polterte er los, verstummte jedoch, als er die anderen Besucher im Büro sah. »Sie sind noch hier, sehr gut.«

»Darf ich miteinander bekannt machen? Das ist General Pounder, der militärische Oberbefehlshaber dieses Projektes«, sagte Schneider ruhig. Es war unverkennbar, daß er dem General keine sonderlich großen Sympathien entgegenbrachte. »Und das sind Miß Sanders vom TIME-LIFE-Magazin und Mister Atkinson. Er ist Paläontologe und hat die Hornplatte mit der Botschaft gefunden, wegen der Sie wohl hergekommen sein dürften.«

»Allerdings, das bin ich«, bestätigte Pounder. Mit einem Nicken deutete er einen Gruß an. »Zunächst einmal die wichtigste Frage, Mister Atkinson. Wer weiß außer Ihnen von diesem Knochenstück?«

»Eine Hornplatte, Sir«, korrigierte Michael. »Außer uns habe ich lediglich –«

»Sagen Sie nichts!« fiel ihm Betty ins Wort. Ihr Mißtrauen war jäh erwacht. Die Frage, vor allem aber die lauernde Art, wie Pounder sie gestellt hatte, gefiel ihr nicht. »Warum sagen Sie uns nicht erst einmal, warum Sie das wissen wollen?«

Der General fuhr herum und deutete mit dem Finger auf sie. »Sie halten sich da raus!« fuhr er sie an. »Zu Ihnen komme ich später noch.«

»Dann habe ich ja etwas, worauf ich mich freuen kann.« Betty hielt seinem zornigen Blick gelassen stand. »Aber erstens wüßte ich gerne, aus was ich mich warum heraushalten sollte, und zweitens, was dieses ganze Theater überhaupt bedeuten soll. Wir haben Ihnen einen Beweis für etwas herbeigeschafft, worüber Sie seit zwei Jahren im unklaren waren, doch statt etwas Dankbarkeit zu zeigen, kommen Sie hereingestürmt und benehmen sich, als hätten wir Ihnen eine Atombombe unter dem Hintern weggeklaut. Bevor wir also irgendeine Ihrer Fragen beantworten, möchten wir gerne wissen, was für ein Spiel hier gespielt wird.«

Pounder hatte den Mund aufgesperrt und schnappte nach

Luft wie ein Fisch auf dem Trockenen. Anscheinend hatte es schon lange niemand mehr gewagt, so mit ihm zu sprechen.

»Das ist ... Passen Sie auf, was Sie sagen!« stieß er zornbebend hervor. »Sie sollten den Bogen nicht überspannen, Miß Sanders! Die Angelegenheit ist wesentlich ernster, als Sie vielleicht denken. Also noch einmal: Wer weiß von der Botschaft auf dem Knochenstück?«

»Ich bin Journalistin«, entgegnete Betty. »Es gibt Gesetze, die sowohl Pressefreiheit als auch einen Informantenschutz gewährleisten.«

»Das interessiert mich nicht«, gab Pounder kalt zurück. Zwei Soldaten der Militärpolizei tauchten hinter ihm am Türrahmen auf. »Hier handelt es sich um eine Angelegenheit der nationalen Sicherheit, hinter der Ihre Pressefreiheit zurückzustehen hat. Warum machen Sie es sich und mir unnötig schwer? Ich finde früher oder später ja doch heraus, was ich wissen will. Einen Namen habe ich ohnehin schon: diesen Steve Gardner, der die erste Analyse angefertigt hat. Jetzt sagen Sie mir endlich, ob Sie es auch anderen erzählt haben.«

Betty verzog abfällig das Gesicht. »Ein prähistorisches Fundstück soll die nationale Sicherheit gefährden? Sie machen sich lächerlich. Was passiert, wenn wir uns weigern, Namen zu nennen? Lassen Sie uns dann verhaften?«

»Das werde ich ohnehin«, erklärte er. »Eine Bereitschaft Ihrerseits zur Kooperation hätte ich als Zeichen guten Willens ausgelegt, aber ich kann auch anders. Mir scheint, Sie haben Ihre Situation immer noch nicht begriffen. Ich kann nicht zulassen, daß Sie Ihr Wissen an die Öffentlichkeit bringen. Betrachten Sie sich deshalb als vorübergehend festgenommen.«

»Aber –« Michael Atkinson schluckte schwer. Er war kreidebleich geworden. Entgeistert starrte er den General an. »Aber wir haben doch nichts Verbotenes getan!«

Betty sprang von ihrem Stuhl auf. »Das können Sie nicht machen!« fauchte sie. »Dazu haben Sie keinerlei Recht!«

»O doch, das habe ich«, behauptete Pounder. »Sie befinden sich hier auf militärischem Gelände, und ich sagte schon, daß es sich um eine Angelegenheit der nationalen Sicherheit handelt, was mir die Möglichkeit gibt, Ihre zivilen Rechte vorläufig außer Kraft zu setzen. Wachen, führen Sie die beiden ab.«

»Sieh nur, er ist verletzt!« stieß Jeffrey Holder hervor. Der gigantische Saurier war inzwischen vollends aus dem Dschungel hervorgebrochen, so daß sie ihn in voller Größe sehen konnten. Das Tier mußte tatsächlich an die vierzig Meter lang sein, auch wenn ein beträchtlicher Teil seines Körpers aus einem langen, giraffenartigen Hals und einem noch längeren Schwanz bestand. Und von eben diesem Schwanz fehlte ein Stück. Es schien sauber, wie mit einem riesigen Messer, abgetrennt worden zu sein. Blut floß aus der Wunde und hinterließ eine rote Spur im Wüstensand.

»Ich möchte nur wissen, was einen solchen Giganten derart verletzen kann«, sinnierte Collins.

»Wenn es überhaupt ein anderes Tier war«, murmelte Holder zweifelnd.

»Was meinst du damit?«

»Ist nur eine verrückte Idee, aber könnte es nicht sein, daß das Tier erst beim Wechsel in die Gegenwart verletzt worden ist? Bei dieser gewaltigen Körpergröße – kann es da nicht sein, daß ein Teil des Schwanzes vom Zeitbeben nicht erfaßt wurde und in der Urzeit zurückblieb?«

Collins schüttelte zweifelnd den Kopf. »Mach dir lieber Gedanken darüber, wie wir diesen Koloß stoppen sollen. Ich glaube nicht, daß du mit diesem Spielzeug da viel ausrichten kannst.«

Er meinte das Betäubungsgewehr, das Holder mittlerweile hinter den Sitzen hervorgeholt hatte. Es war eine Büchse, die Pfeile mit einer Dosis verschoß, die ausreichte, einen ausgewachsenen Elefanten für Stunden ins Land der Träume zu schicken. Gegen diesen Koloß jedoch nahm sich die Waffe tatsächlich nur wie ein Spielzeug aus.

Der Saurier hatte inzwischen die Umzäunung von DINO-LAND erreicht und trampelte darüber hinweg, vermutlich ohne sie überhaupt zu bemerken. Der Zaun konnte ohnehin nur die kleinen und mittelgroßen Saurier aufhalten. Für die größeren Tiere stellte er kaum noch ein Hindernis dar.

Wirkungsvoller waren die kleinen Lautsprecher, die überall entlang der Umzäunung angebracht waren und aus denen Töne im Infraschallbereich drangen, die für einen Menschen kaum hörbar waren. Für die meisten Saurier waren diese Frequenzen äußerst unangenehm, weshalb sie die Lautsprecher und damit auch die Umzäunung weitgehend mieden.

Der Gigant schräg unter ihnen ließ sich davon jedoch in keiner Form beeindrucken. Der Schmerz mußte das Tier halb wahnsinnig machen. Immer wieder brüllte es auf. Einige Male schien es nach seinem eigenen Schwanz schnappen zu wollen. Anscheinend begriff es nicht, daß es trotz der Verletzung und des Schmerzes gar keinen Gegner gab, der es angriff.

»Ich bin mir nicht mal sicher, ob die Pfeile überhaupt durch seine Haut dringen«, erklärte Holder, während er die Waffe schußbereit machte. »Uns bleibt wohl nichts anderes übrig, als es auszuprobieren.«

»Und zu beten«, ergänzte Collins in nervösem Tonfall. »Hast du dir schon mal bewußt gemacht, worauf das Tier zuläuft, wenn es seine bisherige Richtung beibehält? Ein paar Meilen voraus ist einer dieser verdammten Aussichtspunkte. Um diese Zeit halten sich da wahrscheinlich Hunderte von Menschen auf.«

Collins drückte den Helikopter etwas nach unten. Bislang hatte das Tier den Hubschrauber nicht beachtet; der Schmerz schien es blind und taub zu machen. Sollte es die Maschine jedoch bemerken, als Feind einstufen und angreifen, konnte es bei seiner enormen Größe gefährlich werden, wenn sie sich noch näher herantrauten.

Holder öffnete die Tür auf seiner Seite und visierte durch das Zielfernrohr den Hals des Sauriers an.

Der Knall der Waffe, ohnehin gedämpft durch die Kopfhörer, war wesentlich leiser als bei einem normalen Gewehr. Das Projektil mit der Ampulle voller Betäubungsmittel wurde aus dem Lauf geschleudert. Es traf den Hals des Sauriers genau wie geplant etwa einen Meter unterhalb des Kopfes.

»Guter Schuß«, lobte Collins. »Gleich noch mal.«

Holder nickte. Er wartete auf irgendeine Reaktion des Tieres. Vergeblich. Anscheinend hatte es den Treffer nicht einmal bemerkt. Wahrscheinlich überlagerte der Schmerz seiner Verletzung alle anderen Empfindungen.

Holder lud das Gewehr nach und zielte erneut. Wieder traf er, doch abermals erzielte er keine Reaktion.

Mehrere schwarze Punkte tauchten am Horizont auf. Die angeforderte Verstärkung traf ein.

»Endlich«, seufzte Collins erleichtert. »Gemeinsam dürften wir das Biest wohl schaffen.«

Holder antwortete nicht. Mit brennenden Augen sah er den Aussichtstürmen und den darum gruppierten Buden und Ständen hinüber, die inzwischen deutlich zu erkennen waren – ebenso wie die Vielzahl an Menschen, die sich dort aufhielten.

Immer noch stapfte der Riesensaurier unbeirrt weiter darauf zu. Und trotz der beiden Betäubungsampullen hatte er sein Tempo bislang nicht einmal um eine Winzigkeit verringert.

»Zum Teufel, können Sie mir mal erklären, was das bedeuten soll?« polterte Professor Schneider und ließ seine Faust wuchtig auf die Schreibtischplatte niederfahren. Betty Sanders und Michael Atkinson waren verhaftet und aus seinem Büro geführt worden. »Sind Sie übergeschnappt, so mit meinen Gästen umzuspringen?«

»Vorsicht, Schneider, auch Sie sollten besser aufpassen, was Sie sagen. Ihre Position ist nicht unantastbar, und Ihre Aufsässigkeit ist mir schon lange ein Dorn im Auge. Mir scheint, Sie vergessen des öfteren, daß es sich immer noch um ein militärisches Projekt handelt. Sie mögen ein fähiger Wissenschaftler sein, aber mehr auch nicht. Das Oberkommando hier führe ich, und ich verbitte es mir, daß Sie sich in meine Angelegenheiten mischen. War das jetzt deutlich genug?«

»Völlig«, bestätigte Schneider trocken. »Ich bekomme richtig Angst.« Er stand auf, stützte die Hände auf den Schreibtisch und beugte sich vor. »Und jetzt werde ich Ihnen mal etwas sagen. Es ist mir völlig egal, wie viele Sterne Sie an Ihrer Uniform tragen. Wenn Ihnen meine angebliche Aufsässigkeit auf die Nerven geht, so tut es Ihre Wichtigtuerei umgekehrt schon lange, und ich lasse mir von Ihnen nicht den Mund verbieten.«

Pounders Gesicht lief rot an. Es war unverkennbar, daß er sich nur noch mit Mühe beherrschen konnte. »Schneider, ich warne Sie. Treiben Sie es nicht auf die Spitze, oder Sie können Ihren Freunden in einer hübschen Arrestzelle Gesellschaft leisten!«

»So dumm sind nicht einmal Sie.« Schneider griff nach seinen Zigaretten und zündete sich eine an. Demonstrativ blies er den Rauch in Pounders Richtung. »Ich bin keiner Ihrer Stiefellecker, dem Sie Befehle erteilen können, sondern ein ziviler Angestellter bei diesem Projekt, und theoretisch kann ich jederzeit kündigen. Sie wissen so gut wie ich, daß Sie sich selbst den Ast absägen würden, auf dem Sie sitzen, wenn Sie gegen mich vorgehen, denn dann käme es zu einer Untersuchung, und Sie können sich darauf verlassen, daß ich dabei kein Blatt vor den Mund nehmen würde. Also hören Sie auf, mit leeren Drohungen um sich zu schmeißen, und lassen Sie uns wie vernünftige Menschen miteinander reden.«

»Na schön.« Pounder atmete tief durch. »Dann möchte ich von Ihnen wissen, was Sie sich dabei gedacht haben, Geheiminformationen an Außenstehende weiterzugeben.«

»Das haben wir doch geklärt. Sie waren einverstanden, daß ich bis auf den ursprünglichen Zweck des Projektes

Laurin alles in Bezug auf DINO-LAND an die Öffentlichkeit bringen darf.«

»Das war, bevor wir die Hornplatte erhielten.«

»Und was hat sich seither so grundlegend geändert? Immerhin hat Atkinson sie gefunden. Wenn er damit nicht freiwillig zu mir gekommen wäre, wüßten wir noch nicht einmal davon. Da ist es natürlich ungeheuer geschickt, ihn zum Dank dafür einzusperren.«

»Aber begreifen Sie denn nicht, was diese Botschaft bedeutet?« Pounder nahm seine Uniformmütze ab und strich sich mit der Hand über seine lediglich von einem spärlichen blonden Haarkranz umrahmte Glatze. Ohne die Mütze sah sein Kopf so kugelrund aus, daß sich Schneider unwillkürlich an eine Bowlingkugel erinnert fühlte. »Wir können von Glück sagen, daß er zu uns gekommen ist, und ich werde alles tun, um zu verhindern, daß Informationen über diese Sache durchsickern. Wenn sicher ist, daß die Opfer der Zeitbeben den Wechsel überlebt haben, verschafft uns das ungeahnte Möglichkeiten, auch in militärischer Hinsicht. Wir können beispielsweise Atombomben in die Vergangenheit schicken und sie an Orten stationieren, die in der Jetztzeit militärisch wichtig werden. Das ist ein Machtinstrument sondergleichen. Verstehen Sie jetzt, wieso der Fund dieser Botschaft unmittelbar unsere nationale Sicherheit betrifft?«

Schneider musterte sein Gegenüber einige Sekunden schweigend. »Sie meinen das wirklich ernst, nicht wahr?«

»Natürlich! Selbst ein Zivilist wie Sie dürfte doch erkennen, welche ungeahnten Möglichkeiten sich uns hier eröffnen.«

Wieder schwieg Professor Schneider ein paar Sekunden lang und starrte den General nur stumm an. Dann drückte er seine Zigarette aus und schüttelte verbittert den Kopf. »Sie sind ja krank«, murmelte er.

»Ich verbitte –«

»Auf eine solche Idee kann wirklich nur ein völlig größenwahnsinniger Militärbürokrat kommen«, fuhr der

Professor unbeirrt fort. »Und darüber hinaus würde es auch nicht funktionieren, wie ich Ihnen als Physiker versichern kann. Was glauben Sie, wie haltbar eine Atombombe ist? Selbst das härteste Metall würde nach einigen tausend Jahren verrotten, und selbst wenn es Zehntausende von Jahren wären, würde das nichts ändern. Immerhin sprechen wir hier von weit über hundert Millionen Jahren. Also schlagen Sie sich diese Idee aus dem Kopf.«

»Es wird sich ein Weg finden lassen«, beharrte Pounder. »Auf jeden Fall wissen wir nun, daß wir die konkrete Möglichkeit haben, Reisen in die Vergangenheit durchzuführen. Ein erster Durchbruch ist geschafft, und vielleicht wird es schon bald möglich sein, gezielt Reisen in bestimmte Zeitepochen durchzuführen. Anstatt einen Unsichtbarkeitsschirm zu entwickeln, wie es das ursprüngliche Ziel von Projekt Laurin war, haben Sie einen ersten Schritt hin zur Konstruktion einer Zeitmaschine getan! Wenn das kein Staatsgeheimnis ist, dann weiß ich nicht, was sonst.«

Seine Augen glänzten vor Aufregung, wie die eines Kindes, das gerade begann, seine Geschenke unter dem Weihnachtsbaum auszupacken. Er hatte sich so in seine Tagträumereien hineingesteigert, daß er sogar Schneiders respektlose Anklagen ignorierte, sie vermutlich schon vergessen hatte. Deutlicher noch als seine Worte zeigte dies, wie sehr er von dem überzeugt war, was er sagte.

Für Professor Schneider hingegen war es eine Alptraumvision. Das Projekt, das er ursprünglich geleitet hatte, war in seinen Augen so gründlich fehlgeschlagen, wie es nur möglich war. Es hatte zu einer Katastrophe geführt, und es war ihm ein schwacher Trost, daß er und seine Mitarbeiter nur einen Teil der Schuld daran trugen.

So war er beinahe froh, als das Telefon klingelte und er kurzzeitig abgelenkt wurde. Er nahm den Hörer ab, lauschte ein paar Sekunden und reichte ihn dann an Pounder weiter.

»Für Sie. Ihr Adjutant.«

»Hier Pounder«, blaffte der General in den Hörer. »Was

gibt es?« Auch er lauschte kurz, ohne Zwischenfragen zu stellen. Sein Gesicht wurde ernst. »Ich komme sofort«, sagte er schließlich und legte auf.

»Was ist denn los?« erkundigte sich Schneider.

»Unvorhergesehene Schwierigkeiten«, erklärte der General und setzte seine Mütze wieder auf. »Beim letzten Zeitbeben ist anscheinend ein ziemlich gewaltiges Vieh mit in die Gegenwart gelangt. Es hat die Umzäunung verlassen und bedroht einen Aussichtsposten. Aber keine Sorge, das kriegen wir in den Griff.« Er räusperte sich. »Und was die Platte betrifft – hoffen wir, daß noch nichts darüber an Außenstehende gedrungen ist, damit kein irreparabler Schaden entsteht.«

Er eilte aus dem Büro. Schneider blieb allein zurück. Er zündete sich eine weitere Zigarette an und starrte nachdenklich ins Leere. Dann hatte er sich zu einem Entschluß durchgerungen. Er war sich bewußt, daß man ihm sein Tun, wenn Pounder jemals davon erfahren würde, als Hochverrat auslegen konnte, doch dieses Risiko war er einzugehen bereit. Es war die einzige Möglichkeit, der Journalistin und Michael Atkinson zu helfen und zugleich Pounders wahnsinnige Pläne zu durchkreuzen.

Er griff nach dem Telefonhörer und legte ein zusammengefaltetes Taschentuch über die Muschel. Zusätzlich zerknüllte er zwei Zettel und stopfte sie sich in den Mund, um seine Stimme zu verstellen. Statt sich von seiner Sekretärin verbinden zu lassen, wählte er selbst die Nummer der Redaktion des amerikanischen Nachrichtensenders CNN in Atlanta.

»Mein Name tut nichts zur Sache«, sagte er, als am anderen Ende der Leitung abgehoben wurde. »Ich habe wichtige Informationen für Sie. Hören Sie zu ...«

Steve Gardner erschien an diesem Tag erst am frühen Nachmittag zur Arbeit. Genau wie Michael Atkinson war er bei *Humanidyne* beschäftigt, einem privaten Forschungslabor, das sich schwerpunktmäßig mit Paläontologie beschäftigte. Es ging dem Labor finanziell nicht allzu gut, und dementsprechend fielen die Gehälter nicht besonders hoch aus. Auch die Aufstiegschancen waren nicht rosig, im Grunde bestanden sie hauptsächlich darin, irgendwann zu einem der großen, erfolgreichen Labors wechseln zu können. Dafür bot *Humanidyne* immerhin ein hervorragendes Sprungbrett. Schon so mancher Wissenschaftler, der sich hier seine ersten Sporen verdient hatte, war später in die Industrie gewechselt und hatte dort Karriere gemacht.

Gardner war daran nicht sonderlich interessiert, und er wußte auch, daß seine Chancen dafür nicht mehr allzu gut standen. Er war bereits zweiundvierzig Jahre alt, und bislang hatte niemand versucht, ihn abzuwerben. Doch wichtiger als eine Karriere war ihm ohnehin, daß er eine Arbeit hatte, die ihm Spaß machte und ihn ausfüllte.

In der vergangenen Nacht war dies wieder einmal der Fall gewesen. Im Auftrag eines Museums hatte er eine ganze Reihe eiliger Analysen anfertigen müssen. Mitten in der Nacht war dann noch seine Kollege Michael Atkinson eingetroffen, der im Death Valley Ausgrabungen durchführte, und hatte ihn gebeten, das Alter von Schriftzeichen auf einer gefunden Hornplatte zu analysieren.

Anfangs hatte Steve alles für einen dummen Scherz gehalten und sich trotz der knappen Zeit nur darauf eingelassen, weil er mit Michael gut befreundet war. Mit dem sensationellen Ergebnis, zu dem die Untersuchungen geführt hatten, hatte er keinesfalls gerechnet. Es stellte sich heraus, daß die eingeritzten Buchstaben bereits über einhundert Millionen Jahre alt waren.

Erst spät in der Nacht hatte Steve Gardner sämtliche Untersuchungen abschließen können und sich deshalb am folgenden Tag den Vormittag freigenommen, um ausschlafen zu können. So kam es, daß er erst mittags bei *Humanidyne* eintraf.

»In Ihrem Büro warten zwei Männer auf Sie. Sie kommen vom FBI«, empfing ihn seine Sekretärin.

Ungläubig runzelte Steve die Stirn. »FBI? Haben sie gesagt, was sie wollen?«

Die Sekretärin schüttelte den Kopf. »Nein. Nur, daß sie Sie sprechen müßten. Ich habe gesagt, Sie wären bereits auf dem Weg hierher.«

»In Ordnung, danke.«

Langsamer als bisher ging Steve weiter. Was konnte das FBI von ihm wollen? Er empfand automatisch Unbehagen, wie es wohl die meisten Menschen verspüren, wenn sie erfahren, daß die Polizei sie sprechen will. Er atmete noch einmal tief durch und öffnete dann die Tür.

Man hätte ihm gar nicht sagen müssen, daß die beiden Männer vom FBI waren. Er hätte es auch so im gleichen Moment vermutet, in dem er sie sah. Sie entsprachen so sehr dem Klischee vom Special Agent, wie es in den meisten Filmen und Fernsehserien verbreitet wurde, daß es ihn nicht einmal gewundert hätte, wenn sie so originelle Namen wie »Smith« oder »Johnson« getragen hätten.

Das immerhin war jedoch nicht der Fall. Sie stellten sich ihm als Chester Desmond und Sam Stanley vor. Beide waren schlank, mittelgroß und trugen dunkle Anzüge. Desmond hatte kurzes schwarzes Haar, das von Stanley war hellblond. Sie hatten Allerweltsgesichter ohne besondere Merkmale, so daß es schon kurz nach einer Begegnung schwierig gewesen wäre, sie in der Menge wiederzuerkennen, und sie zeigten den Ausdruck gelangweilter Gleichgültigkeit, der allen Spezialagenten bei ihrer Ausbildung in einem Pflichtfach beigebracht zu werden schien.

»Kommen wir direkt zum Thema, unsere Zeit ist begrenzt«, begann Desmond das Gespräch, nachdem sie sich vorgestellt und ihre Ausweise gezeigt hatten. »Sie haben gestern für einen Mister Atkinson eine Altersanalyse an einer Dinosaurier-Hornplatte durchgeführt?«

Steve nickte unsicher. Aus dieser Richtung also wehte der Wind.

»Ein Kollege hat mir die Platte gebracht und mich um eine Altersbestimmung gebeten«, erklärte er und knetete nervös seine Hände. »Ich habe nur eine ganz normale Analyse gemacht. Was ist denn überhaupt los? Stimmt etwas mit der Platte nicht?«

»Nein, nein, alles in Ordnung«, erwiderte Desmond. »Beantworten Sie nur einfach unsere Fragen. Haben Sie bereits irgend jemandem von der Nachricht auf der Platte und Ihrer Analyse erzählt?«

»Nein, bislang nicht. Michael hat mich gebeten, darüber Stillschweigen zu bewahren.«

»Haben Sie Kopien des Analyse-Ergebnisses oder sonst irgendwelche Aufzeichnungen angefertigt?«

»Nein, das war nicht nötig.«

»Sehr gut.« Zufrieden nickten die beiden Beamten und standen auf. »Es tut mir leid, Mister Gardner, aber im Interesse der nationalen Sicherheit müssen wir Sie vorübergehend festnehmen. Bitte kommen Sie mit uns, ohne Widerstand zu leisten.«

Steve sprang auf. »Aber ... warum denn?« stieß er fassungslos hervor. »Ich habe doch nichts getan!«

»Man wird Ihnen später alles erklären«, entgegnete Desmond. »Wir sind nur hier, um Sie abzuholen. Ich hoffe, Sie machen uns keine Schwierigkeiten, dann können wir wohl auf Handschellen verzichten. Glauben Sie uns, Sie haben nichts zu befürchten, es handelt sich nur um eine reine Vorsichtsmaßnahme.«

Ohne Widerstand ließ sich Steve Gardner aus dem Büro führen. Er war viel zu schockiert, um auch nur an Gegenwehr zu denken.

Ein, zwei schreckliche Sekunden lang war Boris Corman unfähig, sich zu bewegen. Der harte Sturz war ebenso dafür verantwortlich wie der Schrecken. Hilflos mußte er mitansehen, wie die drei Compsognathi immer näher kamen.

Gleich darauf zuckte ein greller Schmerz durch sein Bein. Einer der Saurier hatte ihn in den Oberschenkel gebissen, und wenn die Tiere auch verhältnismäßig klein waren, so besaßen sie doch fast handlange Mäuler mit nadelspitzen Zähnen. Dennoch hatte Corman gleich in zweifacher Hinsicht Glück. Zum einen war sein Schenkel zu dick, als daß der Compsognathus sich richtig darin verbeißen konnte, so daß sich nur die vordersten Zähne durch den Stoff der Hose in seine Haut bohrten. Und außerdem riß der Schmerz ihn aus seiner Lähmung.

Gerade noch rechtzeitig konnte er den Kopf zur Seite wenden. Nur wenige Fingerbreit vor seinem Gesicht klappten die Fänge eines zweiten Reptils zusammen.

Blindlings schlug Boris Corman mit der Faust um sich. Er traf einen der Saurier, der unter der Wucht des Hiebes davongeschleudert wurde, gegen die Wand prallte und benommen liegenblieb. Der zweite Compsognathus versuchte nach seinem Arm zu schnappen, verfehlte ihn jedoch.

Corman wälzte sich herum und stemmte sich in die Höhe. Mühsam kam er auf die Beine. Die Bißwunde im Schenkel schmerzte so stark, daß er fast wieder gestürzt wäre, doch es gelang ihm gerade noch rechtzeitig, sich an der Wand abzustützen.

Noch einmal schnappte einer der Compsognathi nach ihm, aber diesmal war Corman auf der Hut. Er versetzte dem Tier einen leichten Tritt, der es zurückweichen ließ. Nachdem er wieder aufrecht stand, schienen auch die beiden anderen Saurier einzusehen, daß er ein zu großer und gefährlicher Gegner für sie war. Sie krochen in die Ecke zurück, in der sie zuvor gelegen hatten, und verfielen wieder in Apathie.

Corman humpelte zum Ausgang und verließ das Gehege. Er verstand nicht, was mit den Tieren los war. So aggressiv hatte er sie noch nie erlebt. Für gewöhnlich waren sie völlig friedlich.

Vermutlich hing es mit dem Serum zusammen – es schien unvorhersehbare Nebenwirkungen zu haben. Wenigstens machte es die Tiere allem Anschein nach nicht grundsätzlich aggressiv, sondern löste diese Reaktion lediglich dann aus, wenn man sich ihnen näherte und sie sich bedroht fühlten. Corman verließ den Keller. Beim Hochsteigen der Treppe konnte er das verletzte Bein nicht voll belasten; die Wunde war wohl doch schlimmer, als er gedacht hatte, und sie blutete stark. Ein großer, dunkler Blutfleck tränkte seine Hose am Oberschenkel.

Leise vor sich hin fluchend, humpelte er zum Badezimmer, wo er den Medizinschrank öffnete und sich auf den Badewannenrand setzte. Mit einer Schere schnitt er das zerrissene Hosenbein ab und betrachtete die Verletzung genauer.

Die vorderen Zähne des Compsognathus hatten sich tief in seine Haut gebohrt, doch handelte es sich nur um Fleischwunden, die zwar sehr schmerzhaft waren, aber schlimmer aussahen, als sie tatsächlich waren.

Ein stetiger roter Strom pulsierte aus den Wunden und lief an seinem Bein herab, doch würde es nicht schwer sein, die Blutung zu stillen. Zunächst jedoch mußte er die Wunden desinfizieren.

Corman griff nach einem Fläschchen mit einer Jodtinktur. Sie brannte höllisch, als er sie auf die Verletzungen träufelte und rund um die Wundränder auftrug, aber er biß die Zähne zusammen. Anschließend legte er einen festen Verband an. Als er schließlich aufstand, war der Schmerz einigermaßen erträglich geworden, und er konnte wieder fast normal gehen.

Er mußte sich beruhigen, damit er nichts Unüberlegtes tat. Corman ließ sich in einen Sessel sinken. Um sich abzulenken, schaltete er den Fernseher ein. Ohne sonderliches Interesse zappte er die Programme durch, bis eine Meldung auf dem Nachrichtensender CNN plötzlich seine Aufmerksamkeit erregte.

Es ging um DINO-LAND und darum, was mit Las Vegas geschehen wäre, das vor zwei Jahren von dem Urzeitdschungel verschlungen worden war.

Corman bekam nur den letzten Teil der Meldung mit, so daß er den Gesamtkontext nicht richtig verstand. Deshalb ließ er den Sender eingestellt und wartete darauf, daß der Bericht wiederholt wurde.

Er mußte sich eine halbe Stunde gedulden, doch das Warten lohnte sich. Es wurde von angeblichen Beweisen berichtet, daß die verschwundenen Landstriche nicht vernichtet und die vermißten Personen nicht zwangsläufig tot wären, sondern daß es einen Austausch zwischen Vergangenheit und Gegenwart gegeben hätte, der sich mit jedem weiteren Zeitbeben fortsetzte.

Aufgeregt sprang Corman hoch und schaltete den Fernseher aus. Der Schmerz in seinem Bein war vergessen. Die Gedanken überschlugen sich in seinem Kopf.

Durch die Nachricht eröffneten sich ihm völlig neue Perspektiven. Bislang war er davon ausgegangen, daß er nur die Saurier durch sein Serum unfruchtbar machen und dadurch zum Aussterben verurteilen könnte, die sich im DINO-LAND aufhielten.

Nun jedoch gab es für ihn eine Möglichkeit, an *allen* Sauriern Rache zu nehmen. An all den Bestien, die vor Jahrhundertmillionen Jahren gelebt hatten!

Es existierte ein Weg in die Urzeit der Erde, und er würde alles daran setzen, diesen Weg zu beschreiten!

»Ich glaube das alles nicht«, murmelte Betty zum wiederholten Male innerhalb der letzten Stunden. Unablässig ging sie in der engen Zelle auf und ab. »Am liebsten würde diesem Pounder den Hals umdrehen.«

Man hatte sie und Michael zusammen in eine Gefängniszelle im Keller des Gebäudes gesperrt. Sie hätte nicht einmal gedacht, daß es so etwas hier gab. Aufgrund des wissenschaftlichen Anstriches, den man sich gab, hatte sie wohl etwas zu gründlich verdrängt, daß DINO-LAND militärisches Sperrgebiet war und alles, was damit zu tun hatte, dem Oberkommando des Militärs unterstand. Also auch dieses Forschungszentrum. Insgesamt gab es sechs Zellen, doch die restlichen fünf standen leer.

»Es tut mir leid, daß du meinetwegen in Schwierigkeiten geraten bist, Betty«, versicherte Michael Atkinson. In sich zusammengesunken saß er auf einer der beiden Pritschen. Angesichts der Situation, in der sie sich befanden, hatten sie die förmlichen Anreden fallenlassen. »Wenn ich das vorher geahnt hätte . . .«

Betty winkte ab. »Das konnte niemand ahnen. Anderenfalls hätte ich mich ganz anders abgesichert. Aber dieser General wird den Ärger seines Lebens bekommen, das verspreche ich dir. In der Redaktion weiß man, wo ich bin, und man wird es schnell merken, wenn ich nicht zurückkomme.«

»Ich hatte bislang selten mit der Polizei und erst recht nicht mit dem Militär zu tun«, erklärte Michael. »Aber aus dem Fernsehen weiß ich, daß wir das Recht auf ein Telefongespräch und einen Anwalt haben.«

»Ich fürchte, so einfach ist das hier nicht«, entgegnete Betty niedergeschlagen. »Wir haben uns keiner kriminellen Handlung im zivilrechtlichen Sinne strafbar gemacht. Wenn es um die nationale Sicherheit geht, gelten andere Maßstäbe. Pounder kann völlig zu Recht damit argumentieren, daß bei einem Anruf die Gefahr besteht, wir könnten Staatsgeheimnisse ausplaudern, denn anscheinend stuft er die Nachricht so ein.«

»Vielleicht kann Professor Schneider etwas für uns tun«, warf Michael hoffnungsvoll ein. »Er schien mit der ganzen Sache nicht einverstanden zu sein.«

»Mehr noch, er kann Pounder nicht ausstehen«, ergänzte Betty. »Das war unverkennbar. Aber seine persönliche Meinung ist unerheblich. Ich glaube nicht, daß er viel für uns erreichen kann. Er ist nur ein Wissenschaftler und hat mit solchen Sicherheitsfragen nichts zu tun.«

Als wäre die Erwähnung des Professors ein Stichwort gewesen, wurde in diesem Moment die Tür des kleinen Zellentraktes geöffnet. Schneider kam herein und trat an das Gitter ihrer Zelle.

»Verschwinden Sie! Ich will allein mit den Leuten reden«,

schnauzte er den uniformierten Militärpolizisten in seiner Begleitung an. Er schien ziemlich schlechte Laune zu haben, und seine barschen Worte verfehlten ihre Wirkung nicht. Der Soldat nickte hastig, kehrte um und schloß die Tür hinter sich wieder. »Ich kann Ihnen gar nicht sagen, wie leid mir das alles tut«, wandte sich Schneider an die beiden Gefangenen.

»Dann tun Sie etwas, damit wir hier herauskommen«, verlangte Michael Atkinson.

»Ich fürchte, das kann ich nicht«, entgegnete Schneider. »Wenn es nach mir ginge, kämen Sie sofort frei, aber Pounder hat nun mal hier das Sagen. Schade, daß Colonel Straiter nicht hier ist; er könnte vielleicht etwas ausrichten. Er ist so etwas wie ein militärischer Berater und hat auch auf Pounder einigen Einfluß.« Schneider zuckte mit den Schultern. »Nur leider ist er zur Zeit auf irgendeiner Tagung in Washington.«

»Können Sie nicht wenigstens dafür sorgen, daß wir aus diesem Loch herauskommen?« erkundigte sich Betty. »Schließlich sind wir keine Schwerverbrecher. Es gibt doch sicher auch andere Möglichkeiten, uns ausbruchsicher unterzubringen.«

»Sicher«, bestätigte Schneider zerknirscht. »Aber ich fürchte, Sie haben es sich selbst zuzuschreiben, daß Pounder Sie hierher gebracht hat. Sie haben ihm ganz schön zugesetzt, Miß Sanders, und ich denke, dafür will er Sie beide erst einmal schmoren lassen. Aber verlassen Sie sich darauf, spätestens heute abend wird man Sie in vernünftige Quartiere bringen. Sofern Sie dann überhaupt noch unter Arrest stehen.«

Betty trat an das Gitter. »Demnach glauben Sie, daß Pounder es sich doch noch anders überlegt?«

»Ich glaube, ihm wird keine andere Wahl bleiben«, erwiderte Schneider mit einem angedeuteten Grinsen und kratzte sich am Kopf. »Ich habe vor ein paar Minuten Anrufe von CNN und einigen anderen Fernsehstationen bekommen, die sich erkundigt haben, ob wir wirklich einen sicheren Beweis dafür haben, daß die verschwunden Menschen in die Vergangenheit versetzt wurden und dort noch leben. Irgendwie muß wohl doch etwas durchgesickert sein.« Sein Grinsen verstärkte sich noch. »Natürlich mußte ich alles abstreiten, aber ich fürchte, ich war nicht allzu überzeugend. Wenn Sie mich fragen, wird die Nachricht noch in dieser Stunde landesweit über die Bildschirme flimmern, und dann gibt es keinen Grund mehr, Sie länger festzuhalten.«

»Gardner«, stieß Michael hervor. »Steve war der einzige, der noch von der Nachricht auf der Hornplatte wußte. Er muß geplaudert haben. Verdammt, ich habe ihn ausdrücklich gebeten, es für sich zu behalten. Statt dessen rennt dieser Idiot direkt zum Fernsehen.« Er schüttelte den Kopf. »Hätte ich nicht von ihm erwartet.«

»Gehen Sie nicht zu hart mit ihm ins Gericht«, gab Schneider zurück. »Noch ist ja nicht sicher, daß er die undichte Stelle ist. Und selbst wenn, hat er Ihnen in diesem Fall unbewußt einen großen Gefallen getan. Übrigens habe ich erfahren, daß Pounder das FBI eingeschaltet hat und Ihr Kollege ebenfalls verhaftet wurde.« Er blickte auf seine Armbanduhr. »Das wollte ich Ihnen nur kurz sagen. Ich muß wieder zurück. Gibt es noch irgend etwas, das ich für Sie tun kann?«

»Sie könnten uns einen Fernseher bringen«, antwortete Michael. »Wenn schon über meinen Fund berichtet wird, würde ich mir das gerne auch ansehen.«

Schneider lachte. »Ich hoffe, daß Sie sich die Nachrichten schon heute abend in Ihrem Hotelzimmer ansehen können«, sagte er.

Er verabschiedete sich, lächelte ihnen noch einmal aufmunternd zu und verließ den Zellentrakt.

Sie versanken wieder in Schweigen und hingen stumm ihren Gedanken nach. Betty hörte auf, von einer Seite der Zelle zur anderen zu laufen, und ließ sich auf die freie Pritsche sinken. Eine gute Stunde verstrich, bis die Tür wieder geöffnet wurde. Diesmal war es General Pounder, der in

Begleitung von gleich zwei Militärpolizisten den Zellentrakt betrat.

»Welch hoher Besuch«, spottete Betty, obwohl sie wußte, daß es besser wäre, den Mund zu halten und Pounder nicht noch weiter zu reizen.

Er sah aus, als wäre seine Laune kein bißchen besser als die Schneiders vorhin, aber im Gegensatz zum Groll des Professors galt Pounders Ärger ihnen beiden.

»Ihnen wird das Lachen schon noch vergehen«, behauptete er. »Ich könnte Sie wegen des Verrats von Staatsgeheimnissen anklagen, das ist Ihnen hoffentlich bewußt?«

»Das ist doch Unsinn«, widersprach Betty ungerührt. »Michael hat zufällig eine Jahrmillionen alte Hornplatte entdeckt. Davon konnte er erzählen, wem er wollte. Das Ding betraf erst die nationale Sicherheit, nachdem Sie es dazu erklärt haben.«

»Es steht der Name eines militärischen Geheimprojektes darauf«, erinnerte Pounder. »Aber was passiert ist, ist nun einmal passiert. Ich hätte mir nur gewünscht, daß Sie etwas kooperationsbereiter gewesen wären. Mußten Sie ausgerechnet dafür sorgen, daß die Meldung von dem Fund direkt über das Fernsehen in alle Welt hinausposaunt wurde?« Er wirkte fast verzweifelt und machte eine resignierende Handbewegung. »Sie konnten es vielleicht nicht wissen, aber lassen Sie sich sagen, daß Sie Ihrem Land damit einen sehr schlechten Dienst erwiesen haben.«

»Meiner Meinung nach hätte die Öffentlichkeit ohnehin ein Recht gehabt, zu erfahren, was mit den vermißten Menschen passiert ist, vor allem deren Angehörige«, widersprach Betty. »Ich wüßte nicht, wie eine solche Information die nationale Sicherheit bedrohen könnte, aber wahrscheinlich ist auch das geheim. Halten Sie uns jetzt noch länger fest, oder lassen Sie uns gehen?«

»Wenn es nach mir ginge, würden Sie noch ein paar Tage hier schmoren«, entgegnete Pounder. Er gab einem seiner Begleiter einen Wink, worauf dieser die Zellentür aufschloß. »Aber leider fehlt mir die rechtliche Handhabe, um Sie noch länger festzuhalten. Die Informationen, die Sie verraten könnten, sind ja nun leider öffentlich geworden.«

»Dann haben Sie vielen Dank für Ihre Gastfreundschaft«, sagte Betty ironisch, als sie die Zelle zusammen mit Michael verließ.

»Die Knochenplatte mit der Botschaft bleibt allerdings beschlagnahmt«, fuhr Pounder fort. »Außerdem haben Sie Hausverbot für diese Militärbasis.«

»Ein Seismosaurus«, flüsterte Professor Henry Sondstrup andächtig und starrte aus dem Helikopter auf den vorwärtsstapfenden Saurier hinab. »Es kann gar nicht anders sein. Mein Gott, ein lebender Seismosaurus!«

»Ein ziemlicher Brocken«, entgegnete der Pilot der Maschine wesentlich weniger beeindruckt.

»Vermutlich der größte Saurier, der jemals gelebt hat«, fuhr der Professor fort. Wie gebannt beobachtete er den Giganten. Sondstrup war der Leiter des paläontologischen Wissenschaftlerstabes, der DINO-LAND erforschte. »Man hat bislang nur Knochenfragmente eines einzigen Seismosauriers entdeckt, die nicht einmal annähernd ein vollständiges Skelett bilden. In Wahrheit ist er noch größer, als man angenommen hat. Sehen Sie nur, er dürfte fast vierzig Meter messen, obwohl ein Teil seines Schwanzes fehlt.« Die Stimme des Professors überschlug sich fast vor Aufregung. »Wissen Sie, was der Name Seismosaurus bedeutet? Der *Erderschütterer*. Ich wüßte wirklich keine passendere Bezeichnung.«

»Ich hoffe, das nächste Mal erschüttert er die Erde, wenn er bewußtlos zusammenbricht«, gab der Pilot prosaisch zurück. »Denn wenn das nicht bald passiert, gibt es eine mittlere Katastrophe.«

Trotz seiner Begeisterung, einen der absoluten Giganten der Urzeit mit eigenen Augen sehen zu können, war auch Sondstrup besorgt. Außer der Maschine, in der er selbst saß, umkreisten bereits vier weitere Helikopter den Seismosaurus. Inzwischen ignorierte das Tier sie nicht mehr. Entweder hatte es gemerkt, daß sie ihm mit ihren Schüssen ständig Nadelstiche versetzten, oder sie wurden ihm schlichtweg lästig. Immer wieder hob es den Kopf, versuchte erfolglos nach ihnen zu schnappen und brüllte sie voller unbändiger Wut an.

Rund ein Dutzend Ampullen mit Betäubungsmittel steckten bereits im Hals des Monstrums, mindestens noch einmal die gleiche Anzahl von Schüssen hatten es verpaßt oder in so ungünstigem Winkel getroffen, daß die dünnen Spitzen abgebrochen waren. Das Tier war langsamer geworden, doch hatte es sich dem Aussichtspunkt inzwischen bis auf nicht einmal eine halbe Meile genähert.

Dort befanden sich nicht nur die insgesamt sechs Türme mit ihren Plattformen voller Teleskope, mittels derer die Touristen DINO-LAND aus der Ferne beobachten konnten. Es gab zahlreiche Buden, Verkaufsstände und sogar Karussells rundum. Alles war wie ein kleiner, auf Saurier zugeschnittener Jahrmarkt, wo Besucher, vor allem kinderreiche Familien, sich einen ganzen Tag lang aufhalten konnten, ohne sich zu langweilen, und das Angebot wurde dankbar angenommen. Weit über hundert Touristen hielten sich an diesem späten Vormittag dort auf.

Mittlerweile waren militärische Sicherheitskräfte eingetroffen und versuchten ein Chaos zu verhindern. Einige der Besucher waren mit eigenen Wagen gekommen und flohen nun in heilloser Panik. Die ersten Unfälle hatten sich bereits ereignet. Mehrere Autos hatten sich ineinander verkeilt und blockierten die Straße.

Die meisten Touristen jedoch waren mit Bussen angereist, zu denen sie nun zurückhasteten. Nur dem Eingreifen der Sicherheitskräfte war es zu verdanken, daß die Menschen sich in ihrer Panik vor dem heranstampfenden Seismosaurus nicht gegenseitig niedertrampelten.

Und das war noch das kleinere Übel. Immer deutlicher zeichnete sich ab, daß nicht alle Touristen rechtzeitig wegkommen würden. Einige von ihnen waren zudem ganz offensichtlich lebensmüde, denn vor den Teleskopen herrschte noch immer reger Andrang, und an den Geländern sah man weitere Menschen mit Fotoapparaten und Videokameras.

Irgendwie mußte der Saurier aufgehalten werden. Wenn es nicht gelang, ihn rechtzeitig zu betäuben, mußte er notfalls getötet werden, um Menschenleben zu retten, so weh der Gedanke Sondstrup auch tat. Mit den schweren Bordwaffen der Helikopter wäre es kein Problem, selbst diesen Giganten auszuschalten.

»Wir müssen etwas tun«, drängte der Pilot. Der Seismosaurus war nur noch knapp zweihundert Meter von den Türmen entfernt, und nichts deutete darauf hin, daß das Betäubungsmittel noch rechtzeitig wirken würde. »Uns bleibt nichts anderes übrig, als ihn abzuschießen, oder die Menschen sind verloren.«

»Wir unternehmen noch einen letzten Versuch«, entschied Sondstrup. »Setzen wir Blendgranaten ein. Geben sie es an die anderen Piloten durch; sie sollen sich bereithalten. Wir lassen in Abständen von jeweils zwei Sekunden vier Granaten wenige Meter vor ihm explodieren. Falls das Tier seine Richtung dann nicht ändert, sofort scharf schießen. Eine gezielte Maschinengewehrsalve auf seinen Kopf dürfte ausreichen.«

»Verstanden.« Der Pilot gab die Anweisung an die anderen Helikopter weiter. Es dauerte nur wenige Sekunden, bis sie die richtige Position eingenommen hatten. Der Copilot eines der Hubschrauber visierte mit dem Maschinengewehr zur Sicherheit bereits den Kopf des Sauriers an, um sofort schießen zu können, falls der Versuch fehlschlug.

Die erste Blendgranate explodierte ein Stück vor dem Seismosaurus. Eine zweite Sonne schien unmittelbar über dem Wüstenboden aufzuglühen.

Der Saurier brüllte auf, doch er änderte seine Richtung nur geringfügig, um dem grellen Licht auszuweichen.

Die zweite Granate explodierte. Wieder stieß der Titan ein lautes Brüllen aus. Er rannte nun noch schneller als vorher und hatte seine Richtung erneut etwas geändert, allerdings noch längst nicht weit genug.

Die dritte Granate brachte ihn zum Stoppen. Fast wie ein durchgehendes Pferd bäumte er sich auf. Er stemmte sich auf die säulenartigen Hinterbeine hoch, doch zeigte sich jetzt eine erste Wirkung der Betäubungspfeile. Er besaß nicht mehr genug Kraft, um die Bewegung zu vollenden, und stürzte wieder vornüber.

»Wir schaffen es!« keuchte Professor Sondstrup.

Die vierte Granate trieb den Seismosaurus endgültig in die Flucht.

Immer noch brüllend stürmte das Tier in einer Richtung davon, die im scharfen Winkel von seinem bisherigen Kurs abbog und weit an den Aussichtstürmen und dem Rest der Anlage vorbeiführen würde.

»Es hat geklappt!« stieß Sondstrup hervor. »Jetzt schießt weitere Betäubungspfeile auf ihn ab. Irgendwann muß doch selbst dieser Koloß genug haben!«

Boris Cormans Erregung hatte im Verlauf der letzten halben Stunde nicht nachgelassen, sondern sich sogar noch verstärkt. Die Nachricht, daß nicht nur Teile der Urzeit in die Gegenwart versetzt worden waren, sondern es offenbar auch möglich war, auf diesem Weg unbeschadet in die Vergangenheit zu reisen, hatte ihn regelrecht elektrisiert.

Bislang hatte er lediglich geringe Mengen seines Serums hergestellt, da er davon ausgegangen war, daß er es nur für das Gebiet von DINO-LAND brauchen würde. Statt dessen eröffneten sich ihm jetzt plötzlich globale Perspektiven.

Er würde alle Saurier der Urzeit auf einmal auslöschen!

Der Haß auf diese Kreaturen, die seine Familie umgebracht hatten, war seine größte Antriebsfeder dabei. Darüber hinaus gab es jedoch auch noch andere Gründe. Seit langem schon war bekannt, daß sich DINO-LAND zwar langsam, aber beständig ausbreitete. Anfangs hatten die Militärs zwar versucht, dies geheimzuhalten, doch auf

Dauer hatte es sich natürlich nicht verbergen lassen. Immerhin war bei jedem Zeitbeben ein Gebiet von mehreren Dutzend bis mehreren hundert Quadratmetern betroffen.

Die Saurier, die auf diese Art in die Gegenwart gelangt waren, stellten für die Menschheit eine tödliche Gefahr dar. Schaffte er es, sie schon in der Vergangenheit auszurotten, so war diese Gefahr ein für allemal gebannt. Dann würden niemals wieder Menschen den Bestien zum Opfer fallen.

Sicher gab es viele unbekannte Faktoren und Risiken in seinem Plan. Was er vorhatte, lief letztlich auf ein Zeitparadoxon hinaus. Immerhin *waren* die Saurier nicht vor hundertdreißig Millionen Jahren ausgestorben, sondern erst rund fünfundsechzig Millionen Jahre später. Wenn er sie also schon in der frühen Kreidezeit auslöschte, griff er damit konkret in die Erdgeschichte ein, in die Vergangenheit.

Theoretisch bestand die Gefahr, daß er damit auch die Gegenwart veränderte. Wenn die Saurier so frühzeitig ausstarben, würden andere Tiere zur beherrschenden Spezies werden, auch würde sich eine ganz andere Pflanzenwelt entwickeln. Möglicherweise würde diese Entwicklung dazu führen, daß die Evolution niemals Menschen hervorbringen würde – oder im Gegenteil viel früher.

Ein faszinierender Gedanke: Was würde geschehen, wenn er der Menschheit auf diese Weise einen Evolutionsvorsprung von fünfundsechzig Millionen Jahren ermöglichte? Würde er auf den Menschen einer fernen Zukunft treffen, wenn er zurückkehrte? Auf eine Spezies, die alle Probleme gelöst und längst das Weltall besiedelt hatte?

Niemand konnte sagen, ob ein Zeitparadoxon überhaupt möglich war und wie es ausfallen würde. Wenn die Nachricht von dem Zeitentausch stimmte, hatte es immerhin seit zwei Jahren Eingriffe in die Vergangenheit gegeben, wenn ein ganzer Landstrich verschwunden und durch ein Gebiet aus der Gegenwart ersetzt worden war. Dann lebten jetzt Menschen in der Vergangenheit und veränderten sie mit jedem Schritt, jeder Handbewegung.

Die Zeit war anscheinend doch nicht so empfindlich, wie

man bislang geglaubt hatte. Andererseits ... war es vielleicht möglich, daß noch gar kein Paradoxon geschaffen worden war, weil sich alles tatsächlich genau so ereignet hatte? Das jedoch würde zwangsläufig bedeuten, daß er die Vergangenheit nicht verändern konnte und mit seinem Plan scheitern würde. Corman dachte lieber gar nicht weiter darüber nach. Dies war ohnehin ein Gebiet, auf dem das menschliche Gehirn überfordert wurde. Ihm würde nichts anderes übrigbleiben, als es einfach zu versuchen.

Boris Corman suchte eine Nummer aus seinem Telefonverzeichnis heraus und wählte sie. Ein Anrufbeantworter meldete sich, aber das war er gewohnt. Leo Richards nahm niemals direkt ab, selbst wenn er zu Hause war, sondern wartete darauf, daß der Anrufer sich meldete. Corman wartete, bis der Ansagetext abgelaufen und der Pfeifton ertönt war.

»Hier Corman«, sprach er auf Band. »Ich muß mit Ihnen sprechen. Falls Sie mithören sollten, heben Sie bitte ab, ansonsten rufen Sie mich zurück.«

Er hatte Glück. Kaum hatte er ausgesprochen, wurde am anderen Ende der Leitung der Hörer abgenommen. »Was gibt es?« vernahm er die harte Stimme von Leo Richards.

»Wie weit sind Sie mit Ihren Vorbereitungen?« erkundigte sich Corman. »Haben Sie einen Weg gefunden, wie wir nach DINO-LAND gelangen können?«

»Ich arbeite noch daran«, erwiderte Richards. »Aber ich habe zumindest einen Ansatz. Zwar war es im Grunde nur ein Zufall, doch vorgestern habe ich Kontakt zu einem der Hubschrauberpiloten bekommen, die ständig Kontrollflüge machen. Der Mann steht in meiner Schuld, und ich denke, er wird mir alle notwendigen Informationen liefern.«

»Gut«, sagte Corman zufrieden. »Aber da ist noch etwas. Wie Sie wohl wissen, dehnt sich DINO-LAND aus. Man kann angeblich sogar im voraus berechnen, wo dies geschieht. Ich muß ungefähr wissen, wo und wann das nächste Mal ein solches Phänomen auftritt. Können Sie mir diese Informationen beschaffen?«

314

»Wenn es solche Berechnungen gibt, wird mein Kontaktmann sie mir verraten. Gerade die Piloten dürften sie wissen, damit sie nicht versehentlich zu nahe an die gefährdeten Gebiete herankommen.« Richards machte eine kurze Pause. »Aber warum wollen Sie das wissen?«

»Ich möchte es sehen«, log Corman. »Und zwar aus der Nähe, nicht nur mit einem Fernglas.«

»Sie sind verrückt«, behauptete Richards. »Aber das ist Ihre Sache, solange sie bezahlen.«

»Das werde ich, verlassen Sie sich darauf. Bar im voraus, wie abgesprochen. Was schätzen Sie, wie lange Sie brauchen, bis es losgehen kann?«

»Das hängt von Ihnen ab. Meinetwegen können wir so bald wie möglich beginnen.«

»Das ist ideal. Klappt es schon morgen?«

Richards zögerte kurz mit der Antwort. »Das ist etwas sehr knapp«, sagte er dann. »Ich muß noch eine Reihe von Vorkehrungen treffen. Übermorgen wäre mir lieber. Eine solche Aktion sollte man nicht übers Knie brechen. Sind Sie damit einverstanden?«

»Übermorgen ist in Ordnung«, bestätigte Corman. »Ich rufe morgen noch einmal an, damit wir die letzten Einzelheiten besprechen können. Bis dann.«

Corman stand auf. Eigentlich hatte er sich krankgemeldet und an diesem Tag nicht zur Arbeit gehen wollen, um in Ruhe zu Hause weiterforschen zu können. Aber wie sich zeigte, wirkte sein Serum, auch wenn es noch kleine Nebenwirkungen zu haben schien, die letztlich unerheblich waren. Er mußte es nur noch in größerer Menge herstellen, da er nun ein weitaus größeres Gebiet verseuchen wollte.

Die meisten Bestandteile des Serums waren für sich allein harmlos und frei erhältlich. Einige Zutaten jedoch konnte er sich nur im Labor bei *Biochemics* besorgen, dem Forschungsinstitut, bei dem er arbeitete. Man würde den Diebstahl irgendwann bemerken, doch würde dies mindestens einige Tage, eher noch Wochen dauern, und deshalb brauchte er sich darüber nun wirklich keine Sorgen zu machen.

»Es ist unglaublich«, flüsterte Professor Sondstrup fast andächtig, während er neben dem reglosen Seismosaurus auf und ab ging. »Neununddreißig Meter, und das fehlende Schwanzstück dürfte auch noch einmal gut zwei Meter gemessen haben, eher mehr. Wahrscheinlich haben wir wirklich ein Exemplar der größten Tiergattung vor uns, die es je auf der Erde gab.«

Auch nachdem sie den Seismosaurus mit den Blendgranaten zu einer Richtungsänderung getrieben hatten, hatte der Gigant noch mehrere Minuten lang durchgehalten und war gut eine Viertelmeile weitergestapft, ohne allerdings jemanden zu gefährden. Dabei war er immer langsamer geworden, bis das Betäubungsmittel schließlich seine volle Wirkung entfaltet hatte.

Noch einmal hatte der Erderschütterer seinem Namen alle Ehre gemacht, als er in die Knie gesackt und dann vollständig zusammengebrochen war, um kurz darauf bewußtlos liegenzubleiben. Die Dosis an Betäubungsmittel war zum Schluß hoch genug gewesen, eine ganze Elefantenherde einzuschläfern.

Erst nachdem sich die Soldaten vergewissert hatten, daß von dem Tier keinerlei Gefahr mehr drohte, war Sondstrup gelandet, und auch weitere Wissenschaftler und Tierärzte waren eingetroffen. Sie hatten den Saurier gründlich untersucht, sich vor allem aber um die Schwanzwunde gekümmert, aus der der Seismosaurus noch immer Blut verlor. Die Verletzung war zu schlimm, als daß die Blutung von allein aufhören würde, und selbst der Gigant würde früher oder später an Blutverlust sterben, wenn sie ihm nicht halfen.

Die klassischen medizinischen Methoden mußten hier alle versagen. Selbst an der Stelle, an der das Ende abgetrennt worden war, maß der Schwanz noch mehr als einen halben Meter. Das Glied hätte abgebunden werden müssen, was bei diesem gewaltigen Umfang jedoch ebenso unmöglich war wie jede andere Form von Druckkompressen oder dergleichen.

Die einzige praktikable Lösung hatte Sondstrup vor

Abscheu fast den Magen umgedreht, doch sie hatte funktioniert. Mit einem Schweißbrenner hatten sie die Wunde ausgebrannt und zugleich die offenen Adern und Venen versiegelt. Immer noch stand das Bild vor Sondstrups Augen, wie die Flammen über die Schnittstelle geleckt hatten, und der Geruch nach verbranntem Fleisch hing auch jetzt noch in der Luft, doch wenigstens bestand keine Gefahr mehr, daß der Saurier verblutete.

Träge wälzte sich der Saurier herum. Er war noch zu benommen, um von der brachialen Operation Schmerz zu empfinden, doch würde dieser Zustand nicht mehr lange anhalten.

»Zurück!« brüllte Sondstrup, so laut er konnte, doch der Befehl war gar nicht nötig. Die Menschen hasteten auch so in wilder Flucht davon.

Es dauerte mehrere Minuten, bis sich der Seismosaurus soweit erholt hatte, daß er sich schwerfällig aufrichtete. Er ließ seinen Kopf pendeln und blickte sich ein paar Sekunden lang träge um, dann trottete er langsam davon, auf den ein paar Meilen entfernt liegenden Dschungel zu. Vermutlich ließen Hunger und Durst das Tier instinktiv in seine gewohnte Umgebung zurückkehren.

Professor Sondstrup atmete auf und wischte sich mit dem Handrücken den Schweiß von der Stirn.

»Ab heute haben wir wohl eine Sensation mehr im DINO-LAND«, sagte er, und er war sich nicht sicher, ob er seiner Stimme einen erleichterten oder leidenden Tonfall geben sollte.

Michael setzte sich an einen der freien Tische im Restaurant. Es dauerte nicht lange, bis auch Betty erschien. Sie hatte ein luftiges, geblümtes Kleid angezogen, das ihr ausgezeichnet stand. Die bewundernden Blicke einiger anderer männlicher Gäste folgten ihr, während sie durch den Raum ging.

»Jetzt fühle ich mich schon wohler«, sagte sie, als sie ihm gegenüber Platz nahm.

Michael hätte sich ebenfalls liebend gerne umgezogen. Es war den ganzen Tag über heiß gewesen, und seine Kleidung war verschwitzt. Dazu kam, daß er völlig übermüdet war; er hatte in der vergangenen Nacht lediglich im Flugzeug und auf seiner Bürocouch kurz geschlafen. Seine Wangen wirkten eingefallen, und unter seinen Augen lagen dunkle Schatten. Auch ihn hatten bei seinem Eintreten einige Blicke getroffen, doch anders als bei Betty war die Musterung bei ihm ziemlich mißbilligend ausgefallen.

»Es bleibt immer noch die Frage, wie wir nun weiter vorgehen«, begann er das Gespräch, nachdem sie die Speisekarte studiert und ihr Essen bestellt hatten. »Nach allem, was passiert ist, wäre ich dir nicht böse, falls du aussteigen willst, aber ich zumindest möchte unbedingt auch den Rest herausfinden.«

»Ich ebenfalls, darauf kannst du Gift nehmen«, bekräftigte Betty. »Nicht nur aus reiner Neugier. Nach der Pleite mit dem Interview brauche ich unbedingt etwas anderes Interessantes für meine Reportage.«

»Okay, dann fassen wir mal zusammen«, sagte Michael. »Vor allem zwei Rätsel sind noch ungeklärt: Wie konnte jemand wissen, daß genau ich diese Botschaft finden würde, und hat deshalb meinen Namen darübergeschrieben, und was hat es mit diesem Boris Corman, den wir stoppen sollen, und mit diesem Serum auf sich?«

»Wir sollten uns zunächst um Corman kümmern«, meinte Betty. Über ihre Redaktion hatte sie bereits erfahren, daß Boris Corman vor zwei Jahren seine Familie beim unvermuteten Erscheinen von DINO-LAND durch den Angriff eines Allosaurus verloren hatte. Er arbeitete bei *Biochemics*, einem – wie der Name schon sagte – biochemischen Labor in Reno, das im Auftrag von Professor Schneider auch Forschungen an Sauriern durchführte. »Ich schlage vor, wir fahren morgen nach Reno und sprechen einfach mit ihm.«

»Und wie sollen wir an ihn herankommen? Wir können ihm schlecht erzählen, daß wir den Auftrag aus der Urzeit erhalten haben, ihn aufzuhalten – wobei auch immer.«

Betty nippte an ihrem Wein. »Ganz einfach: Ich behaupte, für meine Reportage ein Interview mit ihm führen zu wollen. Auf diese Art kommen wir zumindest schon mal an ihn heran und können uns einen ersten Eindruck verschaffen.«

»Aber wir können ihn schlecht tagelang beobachten, um herauszufinden, ob er irgend etwas im Schilde führt.«

Betty zuckte mit den Schultern. »Das wird sich schon ergeben. Fahren wir erst einmal hin und sprechen mit ihm. Alles weitere werden wir dann sehen.«

Es stellte sich heraus, daß es noch weitaus mehr als nur ihr gemeinsames Interesse an der Hornplatte gab, was ihn und Betty verband. Sie mochten beide die gleiche Musik und die gleiche Art von Filmen, hatten zu vielen politischen und gesellschaftlichen Fragen ähnliche Einstellungen.

Auch nachdem sie längst fertig gegessen hatten, blieben sie noch lange Zeit sitzen und unterhielten sich, bis sie schließlich merkten, daß sie die letzten Gäste waren. Ohne daß es einer Absprache bedurfte, wechselten sie in die Hotelbar, um dort ihr Gespräch fortzusetzen. Schon lange hatte sich Michael nicht mehr so wohl und entspannt gefühlt.

Erst lange nach Mitternacht verließen sie die Bar.

»Wie kommst du nun in dein Motel?« erkundigte sich Betty. »Ich fürchte, wir haben beide ein paar Drinks zuviel getrunken, um noch zu fahren.«

»Ich könnte mir vom Nachtportier ein Taxi rufen lassen«, entgegnete Michael zögernd. »Aber ich glaube, ich gehe lieber zu Fuß. Ist ja nicht weit, und ich kann ein bißchen frische Luft gebrauchen.«

»Das wäre eine Möglichkeit.« Betty trat verlegen von einem Bein aufs andere. In diesem Moment wirkte sie fast wie ein zu groß geratenes Schulmädchen. »Aber da wir uns morgen früh ja doch wieder treffen, könntest du eigentlich auch direkt hierbleiben.«

Es dauerte einen Augenblick, bis Michael begriff. »Du meinst . . .« Er sprach nicht weiter.

Mit einem Mal war auch er nervös. Instinktiv hatte er

gehofft, daß sie so etwas sagen würde, aber nicht ernsthaft damit gerechnet.

»Wir sind schließlich erwachsene Menschen und niemandem verpflichtet«, stellte Betty fest. »Außerdem empfinde ich etwas für dich, und ich glaube, daß ich dir auch nicht ganz gleichgültig bin.«

Michael konnte nicht antworten. Er hatte das Gefühl, seine Kehle wäre plötzlich zugeschnürt, und so nickte er nur stumm und legte einen Arm um ihre Taille. Mit dem Lift fuhren sie nach oben.

Betty bewohnte eine relativ luxuriös eingerichtete Suite, die außer einem Schlaf- und einem Badezimmer auch einen kleinen Wohnraum beinhaltete. Er war am vergangenen Tag schon einmal hiergewesen, als er die Journalistin kennengelernt hatte. Hatte er sich anfangs noch darüber gewundert, daß ihr Spesenetat eine so komfortable Unterkunft zuließ, so hatte Betty ihm inzwischen erklärt, daß es aufgrund ihrer kurzfristigen Buchung das einzige noch freie Zimmer gewesen war.

Mehrere Sekunden lang standen sie sich regungslos gegenüber und betrachteten sich gegenseitig, nachdem sie die Tür hinter sich geschlossen hatten. Michael hatte das Gefühl, daß Betty ebenso unsicher wie er war, obwohl sie es beide wollten. Er überwand seine Beklommenheit als erster, trat einen Schritt auf sie zu und schloß sie in seine Arme. Ihre Lippen trafen sich zu einem ersten zärtlichen Kuß, der rasch leidenschaftlich wurde.

»Warte«, keuchte Betty. Ihre Finger verkrallten sich in seinem Haar.

Michael hob widerstrebend den Kopf. »Was ist?« fragte er mit rauher Stimme.

»Laß uns ... ins Schlafzimmer hinübergehen«, raunte Betty. Sie wandte sich um und huschte auf die Tür zum Nebenraum zu. Michael folgte ihr. Als er ins Schlafzimmer trat, hatte sie sich bereits in einer malerischen Pose auf dem Doppelbett ausgestreckt, doch als er sich zu ihr legen wollte, wehrte sie ihn ab.

»Nicht«, bat sie. »Du solltest ... erst duschen.«

Ihre Worte ernüchterten ihn ein wenig, doch er sah ein, daß sie recht hatte. Seit über dreißig Stunden hatte er seine Kleidung nicht mehr gewechselt und in der Zwischenzeit kräftig geschwitzt, so daß er wahrscheinlich gotterbärmlich stank.

Michael ging ins Badezimmer hinüber, befreite sich von seinen restlichen Klamotten und stieg unter die Dusche. Er beeilte sich, sich einzuseifen, spülte die Seife weg und trocknete sich hastig ab. Zum Schluß band er sich das Handtuch aus einem albernen Schamgefühl heraus um die Hüften und kehrte voller Verlangen und Vorfreude ins Schlafzimmer zurück.

Er konnte nicht länger als höchstens zwei Minuten unter der Dusche gewesen sein, doch der Anblick, der sich ihm bot, war wie ein eisiger Guß. Betty lag zusammengerollt seitlich auf der Decke und hatte die Augen geschlossen. Ihr Atem ging flach und gleichmäßig.

Nein, dachte Michael verzweifelt. *Nicht das!*

»Betty?« Er rief ihren Namen nur leise, gleich darauf jedoch noch einmal etwas lauter. Sie reagierte nicht darauf. Es gab keinen Zweifel, sie war tatsächlich fest eingeschlafen.

Michael hätte vor Enttäuschung schreien können. Er wußte, daß es keinen Sinn hätte, sie jetzt noch zu wecken. Der Zauber des Augenblicks war verflogen, und er konnte Betty nicht einmal böse sein. Wahrscheinlich würde es ihr am nächsten Morgen selbst furchtbar peinlich sein, daß ihr das passiert war.

Behutsam zog er die Decke unter ihr hervor und deckte Betty damit zu, dann löschte er das Licht, ehe er sich in das freie Bett neben ihr legte. Von seiner eigenen Müdigkeit spürte er immer noch nichts.

Lange lag er noch wach und starrte enttäuscht in die Dunkelheit.

»Bis nächstes Wochenende dann«, sagte Jeffrey Holder und hängte den Telefonhörer ein. Er hatte von einer Bar in Henderson aus telefoniert; der Münzfernsprecher hing im Gang, der zu den Toiletten führte. Aus dem Schankraum drangen Musik und gedämpfte Stimmen. Nach Feierabend kamen viele Soldaten und andere Angehörige des Militärs, die in der Nähe von DINO-LAND stationiert waren, auf ein paar Drinks in diesen Schuppen. Gerade nach einem Tag wie diesem tat etwas Entspannung not.

»Ein Gespräch mit Ihrer Freundin in Los Angeles?« vernahm Holder eine Stimme direkt hinter sich, die er nur zu gut kannte. Obwohl er sie erst vor zwei Tagen zum ersten Mal gehört hatte, würde er sie wohl nie mehr vergessen. Ein Schauer rann über seinen Rücken. Mit einem Ruck drehte er sich um.

»Sie!« zischte er. »Woher wissen Sie davon?«

»Ich weiß vieles über Sie«, erwiderte der schlanke, blondhaarige Mann, über dessen linke Gesichtshälfte sich von der Stirn bis fast zum Kinn eine lange Narbe zog. Holder hatte ihn nicht einmal kommen hören. »Mehr, als Sie vielleicht glauben. Es ist immer gut, etwas über Menschen zu wissen, die einem verpflichtet sind. Sonst könnten sie womöglich auf den törichten Gedanken kommen, ihre Schulden nicht zu bezahlen.«

Schulden, dachte Holder und erbebte in stillem Zorn. Mehr war sein Leben für den Unbekannten offenbar nicht. Es war erst zweieinhalb Tage her, daß der Mann ihn aus tödlicher Gefahr gerettet hatte, doch hatte er von Anfang an keinen Zweifel daran gelassen, daß er dafür einen Lohn erwartete, der nicht aus Geld bestand.

Holder blickte sich rasch um. Sie waren allein auf dem Gang. Er war Soldat und auch im Nahkampf ausgebildet, dennoch war etwas an dem so ungeheuer selbstsicheren Unbekannten, das ihm Angst einflößte.

»Was wollen Sie von mir?« fragte er. »Ich lasse mich nicht erpressen. Sie haben mir geholfen, und dafür bin ich Ihnen dankbar, auch wenn Sie sich in verbotenem Sperrgebiet aufgehalten haben. Wenn Sie Geld wollen, dann bin ich auch bereit, Ihnen im Rahmen meiner Möglichkeiten etwas zu bezahlen, aber hören Sie endlich auf, den Geheimnisvollen zu spielen, und sagen Sie, was Sie verlangen. Oder verschwinden Sie!«

Der Mann lachte kalt. »Sie haben keine Meldung über mein Eingreifen erstattet, sondern behauptet, den Deinonychus allein getötet zu haben«, sagte er. »Das war sehr clever von Ihnen. Sprechen wir nun über die Gegenleistung, die ich dafür verlange, daß ich Ihnen das Leben gerettet habe. Sie fliegen bereits wieder?«

Es war im Grunde keine Frage, sondern eine Feststellung, dennoch nickte Holder. Er fragte sich, woher der Unbekannte seine Informationen hatte. Mit jeder Sekunde wurde ihm der Mann unheimlicher.

»Der Zeitpunkt, an dem Sie Ihre Schulden bei mir begleichen können, ist schneller gekommen, als ich selbst erwartet habe«, fuhr sein Gegenüber fort. »Sie werden sehen, meine Forderungen sind recht bescheiden. Als Überwachungspilot bekommen Sie Informationen über alle bevorstehenden Zeitbeben. Was ich von Ihnen verlange, sind exakte Angaben über die nächsten Beben. Genauer Zeitpunkt und Ort, und falls es möglich ist, das im voraus ungefähr zu berechnen, auch die erwartete Stärke.«

Ungläubig starrte Holder den Unbekannten an. »Das … das kann nicht Ihr Ernst sein«, stieß er hervor. »Wissen Sie überhaupt, was Sie da verlangen? Diese Informationen unterliegen der höchsten Geheimhaltungsstufe. Wenn jemand herausfinden würde, daß ich sie Ihnen gegeben hätte, würde mich das erheblich mehr als nur meinen Job kosten.«

»Besser als Ihr Leben«, entgegnete der Mann ungerührt. »Denn das habe ich Ihnen gerettet. Und ich habe Ihnen schon gesagt, daß es von mir nichts umsonst gibt. Übrigens sind das noch nicht alle meine Forderungen. Was ich außerdem benötige, sind Angaben über eventuelle Patrouillenflüge zu den entsprechenden Zeiten in den Bebengebieten.«

»Sie ... Sie sind verrückt«, hauchte Holder. »Sie müssen vollkommen wahnsinnig sein, wenn Sie glauben, daß ich mich darauf einlasse. Ich warne Sie, überspannen Sie den Bogen nicht. Ich brauche nur laut zu rufen, um Sie festnehmen zu lassen. Es sind genügend meiner Kameraden nebenan.«

»Sie wären tot, bevor Sie den ersten Ton herausbringen könnten«, behauptete der Unbekannte gelassen. In scheinbar entspannter Haltung lehnte er an der Wand des Ganges. Die Hände hatte er in den Taschen seiner Lederjacke vergraben. »Und verlassen Sie sich darauf, ich stoße niemals leere Drohungen aus.«

»Sie wollen nach DINO-LAND hinein«, sagte Holder ihm auf den Kopf zu.

Sein Gegenüber verzog nicht einmal eine Miene. »Das geht Sie nichts an«, erwiderte er. »Wann können Sie mir die Informationen geben?«

Die Tür zum Kneipenraum wurde geöffnet. Dean Platter, ein anderer Soldat, kam den Gang entlang. Holder kannte den Mann flüchtig, obwohl dieser bei den Bodentruppen stationiert war.

»Hi, Jeff.« Grüßend hob Platter die Hand. Er war bereits leicht angetrunken. »Wie geht's?«

Einen Moment war Holder versucht, ihn um Hilfe zu bitten, verwarf den Gedanken aber sofort wieder. Ein Gefühl sagte ihm, daß sie selbst zu zweit gegen den Unbekannten nicht viel ausrichten konnten, nicht zuletzt, weil Platter schon nicht mehr ganz nüchtern war. Deshalb nickte er nur und zwang sich zu einem Lächeln.

»Alles in Ordnung.«

»Gut. Wir sehen uns noch.« Platter ging an ihnen vorbei auf die Tür zur Toilette zu, hinter der er verschwand.

»Sehr vernünftig von dir«, sagte der Unbekannte. »Wir wollen doch schließlich beide keinen Ärger. Also, wann bekomme ich die Informationen?«

»Gar nicht, das habe ich doch schon gesagt«, gab Holder aufgebracht zurück.

Tadelnd schüttelte der Mann den Kopf. »Mir scheint, Sie haben die Spielregeln immer noch nicht begriffen. Ich bitte Sie nicht um etwas, ich *fordere*, und wenn ich etwas haben will, kenne ich auch keine Grenzen. Denken Sie nur einmal an Ihre Freundin in Los Angeles. Mary ist bestimmt ein äußerst hübsches Mädchen. Sie wollen doch bestimmt nicht, daß ihr etwas zustößt.«

»Das ... das wagen Sie nicht!« keuchte Holder mit sich überschlagender Stimme. Kaltes Entsetzen hatte ihn gepackt.

»Ich sagte doch schon, daß ich keine Grenzen kenne. Wenn Sie sich so undankbar zeigen, mir nicht einmal eine kleine Gefälligkeit zu erweisen, nachdem ich Ihnen das Leben gerettet habe, muß ich eben leider zu solchen Maßnahmen greifen. Es würde auch nichts nützen, wenn Ihre Freundin sich versteckt, glauben Sie mir. Ich habe Möglichkeiten, jeden aufzuspüren. Überlegen Sie sich besser noch einmal gründlich, was Sie tun. Wann also können Sie mir die Informationen liefern?«

»Morgen«, flüsterte Jeffrey Holder erschüttert. Er liebte Mary seit fast einem Jahr, obwohl er so weit von ihr entfernt stationiert worden war. Sie dachten sogar beide schon über eine Heirat nach. Ihr durfte nichts geschehen, selbst wenn es ihn seine Karriere kosten sollte. »Und es wird niemand etwas davon erfahren?«

»Von mir jedenfalls nicht. Aber ich warne Sie, kommen Sie besser erst gar nicht auf die Idee, mir falsche Informationen unterzuschieben. Ich habe Freunde, und sollte mir etwas zustoßen, ich zum Beispiel von einem Zeitbeben erfaßt werden, wird es das Todesurteil für Ihre Freundin bedeuten.« Der Unbekannte grinste nur kalt, griff in die Innentasche seiner Jacke und zog einen Zettel heraus, den er Holder reichte. »Ich erwarte die Informationen morgen. Sie können mich unter dieser Nummer erreichen. Übrigens brauchen Sie sie nicht überprüfen zu lassen, es ist selbstverständlich nicht meine eigene.«

Er klopfte Holder zum Abschied scheinbar freundschaftlich auf die Schulter, drehte sich um und verschwand durch die Tür zur Kneipe.

»Verfluchter Bastard!« flüsterte Jeffrey Holder, nachdem der Mann verschwunden war. »Hoffentlich holt dich der Teufel und läßt dich in der Hölle schmoren!«

Zugleich jedoch war ihm bewußt, daß er wegen Mary nicht anders konnte, als zu hoffen, daß das Vorhaben des Unbekannten gelingen möge. Es war eine wahrhaft teuflische Zwickmühle, in der er sich befand.

Der US-Highway 95 schien sich wie ein schnurgerader Strich in nordwestlicher Richtung durch die Wüste zu ziehen. Auf der Karte beschrieb er zahlreiche Knicke und Biegungen, was allerdings nur durch den verkleinerten Maßstab deutlich zu erkennen war. Fuhr man ihn entlang, waren die Windungen so extrem langgezogen, daß man sie kaum wahrnahm.

Die Sonne loderte als greller Feuerball von einem intensiv blauen Himmel herab, an dem auch nicht die kleinste Wolke zu entdecken war, die Linderung vor der sengenden Glut versprach. Wabernde Hitze stieg von dem Asphalt auf und ließ alles, was weiter als eine halbe Meile entfernt war, wie hinter einem Vorhang aus Wasser verschwimmen.

Betty saß stumm hinter dem Steuer ihres Rovers. Sie hatte den ganzen Vormittag über nicht viel gesprochen, genauso wie Michael. Vor allem hatten sie es vermieden, auf die vergangene Nacht zu sprechen zu kommen. Wie nicht anders zu erwarten, war es ihr wirklich peinlich.

Immer wieder warf Michael ihr verstohlene Seitenblicke zu. Es war seltsam; obwohl er Betty immer noch mindestens so sehr begehrte wie in der letzten Nacht, war er beinahe froh, daß sie nicht miteinander geschlafen hatten. Sie waren beide völlig übermüdet und zudem angetrunken gewesen, so daß es trotz der aufgeputschten Stimmung vermutlich in einer Enttäuschung geendet hätte. Zumindest wäre es mit Sicherheit kein umwerfendes Erlebnis gewesen.

So jedoch hatten sie das erste Mal noch vor sich. Michael war überzeugt, daß es dazu kommen würde. Er glaubte nicht, daß Betty nur aus der durch den Alkohol zusätzlich angeheizten Stimmung des Augenblicks heraus mit ihm ins Bett hatte gehen wollen und dies nachträglich bedauert hätte. Und falls es so wäre, war es erst recht gut, daß sie es nicht getan hatten.

Seit mehreren Stunden waren sie nun schon unterwegs. Bei der kleinen Ortschaft Fernley wechselten sie auf die berühmte Interstate 80, die ganz Amerika von Küste zu Küste durchschnitt und von New York bis nach San Francisco führte. Knapp eine halbe Stunde später erreichten sie die ersten Außenbezirke von Reno. Im Stadtzentrum fuhr Betty von der Interstate ab, doch benötigten sie noch einmal fast eine Stunde, in der sie sich durchfragen mußten, bis sie schließlich *Biochemics* fanden, das Forschungsinstitut, für das Boris Corman arbeitete.

Dort erwartete sie eine Enttäuschung, denn als sie sich nach Corman erkundigten, erfuhren sie, daß er sich für diesen Tag krankgemeldet hatte.

»Dann müssen wir ihn eben zu Hause aufsuchen«, meinte Betty. »Falls er nicht wirklich ernsthaft krank ist, könnte das sogar ein Vorteil sein. Ich habe schon ein paarmal die Erfahrung gemacht, daß man in ihrer privaten Umgebung leichter mit Leuten reden kann, als wenn man sie aus ihrer Arbeit herausreißt.«

Während Michael vor ihrer Abfahrt mit Steve Gardner telefoniert hatte, der ebenfalls wieder auf freiem Fuß war und hoch und heilig schwor, nichts von der Platte verraten zu haben, hatte Betty noch einmal mit Bredham gesprochen und sich zur Sicherheit auch Cormans Privatadresse durchgeben lassen.

»Irgend etwas stimmt hier nicht«, murmelte Michael, als sie das Haus schließlich erreichten. Es stand als letztes am Ende einer schmalen Sackgasse am Stadtrand, durch mehrere unbebaute Grundstücke von den nächsten Gebäuden getrennt. Ein hohe, ungepflegte Hecke umgab das Anwesen, dahinter war ein völlig verwilderter Garten zu erkennen.

»Wieso?« wollte Betty wissen. »Nur weil er seinen Garten nicht pflegen läßt?«

»Der Mann ist ein angesehener Professor und dürfte so viel verdienen, daß der Lohn für einen Gärtner für ihn nicht mehr sein dürfte als für andere ein Trinkgeld. Leute in einer solchen Gesellschaftsschicht achten gewöhnlich sehr auf den äußeren Schein. Das hier ist eher die Behausung eines Einsiedlers, dem alles um sich herum völlig egal ist. Das ganze Anwesen mitsamt des Hauses sieht verwahrlost aus.«

»Corman hat immerhin seine ganze Familie verloren«, erinnerte Betty.

»Eben das meine ich ja. Das alles hier macht den Anschein, als wäre er über diesen Schock nicht hinweggekommen. Es ist irgendwie ...« Michael zuckte mit den Schultern. »Na ja, es macht nicht den Eindruck, als hätte Corman angefangen, sich ein neues Leben aufzubauen. Ich weiß nicht, ob du verstehst, was ich meine.«

»Ich glaube, schon.« Betty nickte. »Aber wir werden kaum etwas herausfinden, wenn wir länger untätig hier draußen herumstehen. Komm jetzt.«

Sie schoben das nur angelehnte Gartentörchen auf und näherten sich dem Haus über einen schmalen, zum Teil auch schon von Unkraut überwucherten Weg. Aus der Nähe sah der Garten noch verwilderter aus. Alles machte einen unbewohnten Eindruck, so daß Michael schon überlegte, ob die Adresse möglicherweise nicht stimmte oder Corman in den letzten Jahren umgezogen wäre.

Als Betty jedoch an der Haustür klingelte, wurde diese kurz darauf geöffnet, allerdings blieb die Sicherheitskette vorgelegt.

Ein hageres, ausgezehrt wirkendes Gesicht tauchte hinter dem Spalt auf und beäugte sie mißtrauisch.

»Was wollen Sie?« fauchte der Mann unfreundlich.

»Betty Sanders, TIME-LIFE-Magazin«, stellte sich die

Journalistin vor und zeigte ihm ihren Presseausweis. »Wir würden Ihnen gerne ein paar Fragen stellen.«

»Worüber?«

»Warum lassen Sie uns nicht erst einmal herein oder öffnen wenigstens die Tür? Es ist nicht besonders angenehm, sich durch einen Türspalt zu unterhalten.«

Corman zögerte einen Moment, dann hakte er die Kette los und öffnete die Tür. Sein Anblick erschreckte Betty. Sie hatte sich am Morgen noch einige Kopien der Artikel über das Unglück, das zum Tod seiner Familie geführt hatte, durchfaxen lassen. Dabei waren auch Fotos von ihm gewesen, wie er vor dem Unglück ausgesehen hatte, und obwohl die Kopien ziemlich schlecht ausgefallen waren, konnte man deutlich die Veränderung erkennen, die er in den seither vergangenen zwei Jahren durchgemacht hatte.

Er wirkte ausgemergelt und um Jahrzehnte gealtert. Sein auf den Fotos dunkles Haar hatte sich weitgehend grau verfärbt. In seinen Augen war ein Flackern, das Betty nicht einordnen konnte, das sie jedoch beunruhigte.

»Also?« erkundigte sich Corman. »Worüber wollen Sie mit mir sprechen? Ich habe nicht viel Zeit.«

»Man sagte uns, Sie wären krank.«

»Das ist richtig, aber ich glaube kaum, daß Sie deshalb gekommen sind.«

»Nein.« Betty räusperte sich. »Ich hätte ein paar Fragen zu Ihrer Arbeit bei *Biochemics*. Sehen Sie, ich schreibe eine Reportage über DINO-LAND, und Sie führen Forschungen durch, die damit im Zusammenhang –«

»Darüber kann ich nicht sprechen«, fiel Corman ihr ins Wort. »Diese Forschungen sind geheim.«

»Mir geht es nicht um geheime Ergebnisse«, stellte Betty richtig. »Ich habe bereits mit Professor Schneider gesprochen und möchte die Reportage nur noch ein wenig abrunden. Mir geht es darum, die Menschen daran zu erinnern, daß DINO-LAND nicht einfach nur eine Art Touristenattraktion ist, sondern auch eine gewaltige Gefahr bedeutet. Sie arbeiten an dem Projekt mit, obwohl Sie durch einen der

Urzeitsaurier einen schrecklichen Verlust erlitten haben. Ich möchte mit dazu beitragen, daß die Toten nicht in Vergessenheit geraten.«

»Ich kann Ihnen nicht helfen«, beharrte Corman. Er wirkte mit einem Mal sehr nervös, sein Blick flackerte stärker. »Weder möchte ich über meine Familie sprechen, noch über meine Arbeit. Bitte gehen Sie jetzt.«

Betty sah ein, daß sie ihn nicht umstimmen konnte, doch zugleich verstärkte sich ihre Meinung, daß er etwas zu verbergen hatte. Sein Verhalten war ganz und gar nicht normal. Ihr blieb nur noch die Alternative, entweder unverrichteter Dinge wieder umzukehren, oder alles auf eine Karte zu setzen und einen Schuß ins Blaue abzugeben. Sie warf Michael einen fragenden Blick zu. Er begriff sofort, was sie meinte, und nickte fast unmerklich.

»Dann sagen Sie mir nur noch eines«, bat sie. »Was hat es mit diesem Serum für DINO-LAND auf sich?«

Boris Corman zuckte wie ein ertappter Sünder zusammen und verriet allein dadurch schon beinahe mehr, als er es mit Worten gekonnt hätte.

»Welches . . . Serum?« fragte er, dann begriff er, daß es ihm nichts mehr nutzte, sich zu verstellen. Seine Unsicherheit schlug in Aggressivität um. »Gehen Sie endlich!« stieß er wütend hervor. »Ich habe Ihnen nichts zu sagen. Wenn Sie nicht von meinem Grundstück verschwinden, rufe ich die Polizei.« Er drängte sie hinaus und schlug die Tür zu. Gleich darauf war zu hören, wie er die Sicherheitskette von innen wieder vorlegte. Betty trat einen Schritt zurück und zuckte mit den Schultern.

»Das war wohl ein Schlag ins Wasser«, kommentierte Michael.

»So würde ich das nicht bezeichnen«, widersprach Betty. »Ich glaube, du hattest recht vorhin. Corman hat den Tod seiner Familie bis heute nicht verwunden und dadurch auch keinen Weg in ein neues Leben gefunden. Er brütet irgend etwas aus, und seiner Reaktion nach dürfte es etwas Illegales sein.«

»Denke ich auch.« Michael nickte. »Aber was? Und was machen wir jetzt?«

»Wir warten«, erwiderte Betty mit einem grimmigen Lächeln. »Aber so, daß er uns nicht sieht. Komm, tun wir erst einmal so, als würden wir verschwinden. Was immer er vorhat, es muß dicht bevorstehen.«

»Und wie kommst du darauf?«

»Aus gleich zwei Gründen«, antwortete Betty, während sie das Grundstück verließen. »Da wäre zunächst die Hornplatte. Wer immer die Nachricht eingeritzt hat, wußte, daß du sie finden würdest, und auch ziemlich genau, wann, denn ich wohne ja nur ein paar Tage im T. Rex Hotel. Da man uns ausdrücklich auf Cormans Spur gebracht hat, dürfte dies auch in etwa der Zeitpunkt für sein Vorhaben sein.«

»Klingt einleuchtend. Und der zweite Grund?«

»Den hat mir Corman selbst geliefert. Der Mann war aufgeregt und völlig durcheinander. Wenn das sein Normalzustand sein sollte, wäre er wirklich krank, allerdings psychisch, und es wäre mit Sicherheit auch anderen schon aufgefallen. Ich glaube nicht, daß man ihn dann noch in so verantwortungsvoller Position arbeiten lassen würde.« Sie schüttelte energisch den Kopf. »Ich habe eher den Eindruck, als hätten wir ihn bei etwas Wichtigem gestört.«

Sie hatten den Wagen erreicht. Betty öffnete die Tür. »Steig ein. Wir fahren ein Stück weg und beobachten das Haus aus der Ferne. Ich bin sicher, daß schon bald etwas passieren wird.«

Ruhig! hämmerte sich Boris Corman ein und kämpfte gegen die in ihm aufsteigende Panik an. Sein Herz schlug wie wild, und er mußte sich schwer atmend gegen die Wand lehnen. Seine Hände zitterten.

Vergeblich versuchte er sich einzureden, daß alles nur ein Zufall wäre. Die Journalistin war nur an einer Story interessiert gewesen, und ihre Frage nach dem Serum bezog sich wahrscheinlich auf etwas ganz anderes als auf sein Gift. Sie hatte bestimmt vorher Erkundigungen eingezogen und erfahren, daß er auch bei *Biochemics* an einer ganz ähnlichen Formel arbeitete.

Das biologische Gleichgewicht des Urzeitgebietes war durch den Transport in die Gegenwart durcheinandergeraten. Gerade in den von den Zeitbeben betroffenen Gebieten hatten sich aus irgendwelchen Gründen ungewöhnlich viele Saurier aufgehalten, die nun auf vergleichsweise engem Raum lebten. Einige Rassen vermehrten sich auch überdurchschnittlich stark, weil ihre natürlichen Feinde nicht ebenfalls in genügender Zahl in die Gegenwart gelangt waren. Das betraf vor allem die – gemessen an den Urzeitgiganten – zwar recht kleinen, aber dafür extrem gerissenen und gefährlichen Deinonychus.

Die zwei Möglichkeiten, ihre allzu starke Population zu bremsen, bestanden darin, entweder immer wieder regelrechte Treibjagden auf die Tiere zu veranstalten und sie abzuschießen oder aber ihre Vermehrung auf gentechnischem Wege zu bremsen. So hatte *Biochemics* den Auftrag bekommen, in dieser Richtung zu forschen, und Corman leitete die entsprechenden Experimente.

Bestimmt hatte die Journalistin nur dieses Serum gemeint, an dem er offiziell seit geraumer Zeit arbeitete. Niemand konnte ahnen, daß er die dabei gewonnenen Erkenntnisse nutzte, um insgeheim ein Gift zu entwickeln, daß die Fortpflanzung der Saurier nicht nur hemmte, sondern sie gänzlich verhinderte und die Tiere dadurch zum Aussterben verdammen würde.

Was konnte schon groß passieren? Er wußte, daß sein Serum wirkte, sogar besser, als er erwartet hatte. Die drei Compsognathus-Saurier waren vor wenigen Stunden gestorben. Auch hatte er im Laufe der vergangenen Nacht und des Tages eine genügend große Menge des Serums fertiggestellt.

Da es sich so extrem schnell verbreitete und selbst in minimaler Dosis noch wirkte, dürften bereits zwanzig Liter genügen, um eine Giftwolke zu erzeugen, die in die Atmosphäre aufsteigen und ganz Amerika verseuchen würde.

Das von ihm entwickelte Serum würde sich zunächst als Gas ausbreiten, aber das speziell gezüchtete Gen, das den Hauptbestandteil des Serums bildete, würde sich wie ein Parasit an die Molekülketten fester Stoffe anhängen, vor allem an Wassermoleküle. Auf diese Art würde es nach und nach auch auf die anderen Kontinente übergreifen, letztlich sogar auf die ganze Welt, wie es sein Traum war.

Die bereits hergestellte Menge reichte also aus, so daß ihn eigentlich nichts mehr hier hielt. Irgendwann im Verlauf der nächsten vierundzwanzig Stunden würde es bestimmt wieder ein Zeitbeben geben. Es kam nur noch darauf an, wie schnell Richards die nötigen Informationen erhielt. Noch in der vergangenen Nacht hatte der Großwildjäger angerufen und ihm mitgeteilt, der Pilot würde sie ihm heute im Laufe des Tages liefern. Im Grunde ging es somit nur noch um Stunden, bis sie aufbrechen konnten.

Corman ging ins Wohnzimmer, nahm den Telefonhörer ab und wählte Richards Nummer. Wie üblich meldete sich nur dessen Anrufbeantworter.

»Hier Corman. Melden Sie sich, falls Sie da sind«, drängte er. »Es ist wichtig. Wir müssen die Operation so bald wie möglich durchführen, ich kann nicht mehr länger warten. Also nehmen Sie schon ab.«

Richards meldete sich nicht, war also offenbar nicht zu Hause. Corman wartete, bis nach einer Minute die Verbindung automatisch unterbrochen wurde, dann legte er zornig auf. Er überlegte einige Minuten lang, dann hatte er sich zu einem Entschluß durchgerungen.

Es war sinnlos, wenn er untätig hier herumsaß und wartete. So lief er höchstens Gefahr, daß sein Vorhaben noch durchkreuzt wurde, falls diese Schnüfflerin und ihr Begleiter zurückkehrten oder womöglich tatsächlich die Polizei verständigt haben sollten.

Warum sollte er abwarten, bis Richards ihn anrief? Genausogut konnte er direkt zu ihm fahren. So entging er nicht nur jeder Gefahr, noch im letzten Moment entlarvt und aufgehalten zu werden, sondern sparte zusätzlich auch noch Zeit.

Boris Corman eilte in sein Kellerlabor. Hier stand der Zwanzig-Liter-Kanister, den er mit seinem Serum gefüllt hatte. Es war ein innen mit Glas und Asbest ausgekleideter Spezialbehälter aus Aluminium und besonders gehärtetem Stahl, der dennoch äußerst leicht war.

Mehr brauchte Corman nicht. Er wußte, daß er von dieser Expedition nicht mehr zurückkehren würde. Warum auch? Die letzten zwei Jahre hatte er nur für den Augenblick gelebt, wenn er den Verschluß des Behälters öffnen und die Saurier, die seine Familie auf dem Gewissen hatten, damit ausrotten würde. Wenn dies geschehen war, hatte sein Leben seinen Sinn erfüllt.

Dann konnte er beruhigt sterben, um vielleicht – wenn es so etwas wie ein Leben nach dem Tod gab – wieder mit seiner Frau und seinen Kindern vereint zu sein.

Eine einzelne Träne lief über Boris Cormans Wange, als er mit dem Kanister voll des tödlichen Serums in der Hand zum letzten Mal sein Haus verließ.

Bettys und Michaels Geduld wurde auf keine sonderlich harte Probe gestellt. Es dauerte nicht einmal eine Stunde, bis Boris Corman sein Haus verließ. Er trug einen mittelgroßen Behälter bei sich, den er auf den Beifahrersitz eines vor dem Grundstück geparkten Wagens stellte, bevor er selbst einstieg und losfuhr.

Die beiden Beobachter, die etwa hundert Meter entfernt zwischen anderen Wagen geparkt hatten, bemerkte er nicht, er warf nicht einmal einen Blick in ihre Richtung. Als Corman an ihnen vorbeifuhr, duckten sich Betty und Michael hastig.

»Worauf wartest du noch?« fragte Michael. »Gib Gas, sonst verlieren wir ihn.«

Betty schüttelte den Kopf. »Du siehst zu viele Krimis im

Fernsehen«, sagte sie. »Was soll uns so eine Verfolgung bringen?«

»Aber ... ich dachte, wir wollten herausfinden, was er vorhat. Worauf haben wir sonst gewartet?«

»Es wäre sinnlos, ihm zu folgen. Auf einem vielbefahrenen Highway oder im Innenstadtverkehr könnten wir ihn vielleicht unauffällig beschatten, aber in einer so ruhigen Wohngegend wie dieser würde Corman uns sofort bemerken. Dafür braucht er nicht einmal besonders auf seine Umgebung zu achten. Nein, wir werden uns statt dessen sein Haus genauer ansehen.«

Michael runzelte die Stirn, erhob aber keine Einwände. Sie stiegen aus und näherten sich dem Grundstück erneut. Bevor sie durch das kleine Gartentor traten, blickte sich Betty rasch um, um sich zu vergewissern, daß niemand sie beobachtete.

»Du weißt doch hoffentlich, daß das illegal ist?« meinte Michael nervös. »Außerdem wüßte ich nicht, was es uns bringen soll, hier draußen herumzuschnüffeln.«

Betty seufzte. »Manchmal denke ich, ich hätte es mit einem zu groß geratenen Kind zu tun.« Sie hatten die Haustür erreicht. Betty zog ein kleines Etui aus ihrer Handtasche. Als sie es aufklappte, kamen darin zahlreiche kleine Häkchen zum Vorschein. »Wer sagt denn eigentlich, daß wir hier draußen bleiben?«

Sie wählte zwei der Häkchen aus, schob sie ins Schloß und bewegte sie etwas darin. Mit einem leisen Klicken schnappte der Verschluß zurück; die Tür sprang auf.

»Na also. Craigh kann stolz auf seine Schülerin sein. Er war ... ein Kollege. Vor Jahren hat er mir mal beigebracht, wie man solche Schlösser knackt. Jetzt komm.«

Michael gab seinen Widerstand auf. In aller Eile verschafften sie sich zunächst einen Überblick über die Räume im Haus.

Im Erdgeschoß gab es ein großes Wohnzimmer, ein Bad, eine Küche und einen Hobbyraum. Alles wirkte vernachlässigt. Weder herrschte sonderliche Ordnung, noch wurde regelmäßig geputzt. Auf einigen Möbeln lag eine dicke Staubschicht. Über eine Treppe im Flur gelangten sie in den ersten Stock. Hier gab es ein Schlafzimmer, ein weiteres, größeres Bad sowie zwei Kinderzimmer. Sah man davon ab, daß auch hier nur selten geputzt wurde, konnte man glauben, sich im Haus einer normalen Familie zu befinden. Corman hatte vor allem in den Kinderzimmern seit dem Unglück vor zwei Jahren offenbar nichts verändert.

»Nichts, was uns weiterhilft«, stellte Michael fest, als sie wieder ins Erdgeschoß zurückgekehrt waren. Er war immer noch nervös. »Verschwinden wir wieder.«

»Erst will ich noch einen Blick in den Keller werfen«, widersprach Betty und trat auf die entsprechende Tür unter der Treppe zu. Dahinter führten Stufen in die Tiefe. Auch hier war seit längerem nicht mehr geputzt worden, doch zeigten unzählige Fußabdrücke, daß Corman häufig hier hinunterging.

Der Keller war komplett ausgebaut und beherbergte ein überraschend gut ausgestattetes Labor. Ein großer Nebenraum war durch eine massive Glaswand abgetrennt. Betty blieb davor stehen.

»Mein Gott«, murmelte sie erschüttert und blickte auf die grünlich-grauen, reglos in einer Ecke zusammengekauerten Tiere.

»Compsognathus. Ein Theropode aus dem späten Jura«, dozierte Michael, ohne es recht zu merken. »Ein naher Verwandter des Archaeopteryx, des ersten echten Vogels.« Er öffnete die gläserne Tür und trat in den Nebenraum. Vorsichtig näherte er sich den Tieren, ohne daß sie reagierten. Nicht einmal, als er direkt vor ihnen in die Hocke ging, bewegten sie sich.

»Sie sind tot«, erklärte Michael. Zorn klang in seiner Stimme mit. »Weiß der Teufel, woher dieser Wahnsinnige die Tiere bekommen hat.« Er bückte sich, ergriff einen der kleinen Saurier und betrachtete ihn genauer. »Anscheinend hat er sie umgebracht. Die verkrampfte Haltung deutet auf Gift hin, aber sicher kann ich das natürlich nicht sagen.«

»Sieh dir das hier an«, sagte Betty. Sie deutete auf einen der Labortische. »Sind das Sauriereier?«

Michael trat neben sie und nickte. »Compsognathus-Eier. Corman muß die Saurier hier unten regelrecht gezüchtet und als Versuchstiere mißbraucht haben. Und das alles unter diesen Bedingungen.« Er schüttelte verbittert den Kopf. »Wenn ich dieses Schwein in die Finger bekomme ...«

»Wonach mag er geforscht haben?« murmelte Betty.

»Es muß etwas Gefährliches sein«, überlegte Michael. »Der Raum, in dem er die Compsognathi zusammengepfercht hat, ist luftdicht von der Außenwelt zu isolieren. Es muß ihn ein kleines Vermögen gekostet haben, das alles zu installieren, und es ergibt nur Sinn, wenn er Versuche mit gefährlichen Stoffen unternommen hat.«

»Außerdem müssen sie illegal gewesen sein, sonst hätte er sie wesentlich leichter in den Labors von *Biochemics* durchführen können. Er hatte einen Kanister dabei, als er das Haus verließ. Wahrscheinlich befand sich das Ergebnis seiner Arbeiten darin.«

»Dann hätten wir ihn doch besser verfolgen sollen, um herauszufinden, was er damit vorhat«, stellte Michael fest. »Aber dafür ist es jetzt zu spät. Für meinen Geschmack haben wir genug gesehen. Wir sollten die Polizei verständigen. Was immer Corman hier getan hat, es war eindeutig illegal. Die Compsognathus' kann er nur entführt haben.«

»Das ist aber auch alles, was wir bislang wissen«, wandte Betty ein. »Der Polizei können wir außerdem höchstens anonym einen Hinweis geben, schließlich sind wir unbefugt hier eingedrungen.« Sie trat an einen weiteren Tisch, auf dem bizarr geformte Glasgefäße und Behälter mit Chemikalien standen. Auch einige Blätter, auf die chemische Formeln gekritzelt waren, lagen dort. »Kannst du etwas damit anfangen?«

Michael warf einen kurzen Blick auf die Notizen, dann zuckte er mit den Schultern. »Auch wenn ich Wissenschaftler bin, bin ich als Chemiker eine ziemliche Niete. Ich kann höchstens ein paar Tinkturen zusammenschütten.« Er betrachtete die Blätter noch einmal genauer. »Einige der Verbindungen kenne ich, aber die meisten sagen mir gar nichts. Das wäre eher etwas für Steve.«

»Dann ruf ihn an!« verlangte Betty.

Michael starrte sie entgeistert an. »Jetzt? Von hier aus? Das ist nicht dein Ernst.«

»Es ist mir sogar bitter ernst«, bekräftigte die Journalistin. »Ich habe das Gefühl, daß wir einer verdammt großen Sauerei auf die Spur gekommen sind, und ich will wenigstens ungefähr wissen, um was es überhaupt geht.« Sie ergriff Michael an den Schultern und schob ihn in Richtung Treppe. »Wenn wir uns statt dessen jetzt schon an die Polizei wenden, wird gar nichts passieren. Man wird Corman vielleicht der Tierquälerei anklagen, aber damit hat es sich auch schon. Was sollen wir denn auch erzählen? Daß wir *glauben*, Corman würde irgend etwas Illegales planen? Man würde uns auslachen. Nein, wir müssen schon irgendwelche konkreten Hinweise vorweisen können.« Sie traten ins Wohnzimmer. Betty nahm den Telefonhörer ab und drückte ihn dem Paläontologen in die Hand. »Na los, ruf diesen Steve an.«

Michael zögerte noch einen Moment, dann gab er resignierend nach und begann zu wählen. Gardners Nummer kannte er auswendig. »Hallo?« drang die Stimme Steve Gardners aus dem Hörer.

»Steve, hier ist Michael. Du mußt mir einen Gefallen tun.«

»Ach ja?« Gardner klang nicht gerade begeistert. »Weißt du eigentlich, daß ich wegen des letzten Gefallens für dich gestern vom FBI verhaftet worden bin?«

»Das tut mir leid«, entschuldigte sich Michael. »Es war ... so eine Art Mißverständnis. Mir ist es genauso ergangen, aber schließlich hat man uns wieder freigelassen. Das Militär wollte nur verhindern, daß etwas über die Hornplatte an die Öffentlichkeit dringt.«

»Wo bist du überhaupt, Mike, und was hat das alles zu bedeuten? Junge, ich mache mir echt Sorgen um dich. Du steckst doch in irgendwelchen Schwierigkeiten.«

»Nein, keine Schwierigkeiten«, behauptete Michael. »Ich erkläre dir alles später. Hör zu, ich habe hier einige Berechnungen und chemische Formeln, mit denen ich allerdings überhaupt nichts anfangen kann. Vielleicht kannst du mir sagen, was es damit auf sich hat.«

Bevor Gardner weitere Fragen stellen oder sonst etwas sagen konnte, begann Michael vorzulesen, was auf den Zetteln stand. Er las langsam, so daß sein Freund und Kollege mitschreiben konnte. »Was hältst du davon?« erkundigte er sich abschließend.

»Klingt irgendwie interessant«, gab Gardner zurück. »Das meiste scheinen nur Zwischenergebnisse oder Gedankenstützen zu sein, und du hast offenbar die Reihenfolge etwas durcheinandergebracht. Es läßt sich alles auf eine einzige, ziemlich umfangreiche Formel reduzieren. Um was geht es dabei denn überhaupt?«

»Genau das will ich ja gerade von dir erfahren. Ich habe keine Ahnung. Es kann ebensogut eine neue Medizin sein wie eine Kosmetik oder auch ein chemischer Kampfstoff.«

Gardner lachte, doch es klang nicht besonders humorvoll.

»Entweder bist du übergeschnappt oder hast heute deinen besonders lustigen Tag. Okay, ich sehe mir das Ganze mal an. Aber das wird bestimmt eine Stunde dauern.«

»Unmöglich«, stieß Michael hervor. »So lange kann ich nicht warten. Ich will nur ganz grob wissen, um was für ein Zeug es sich handeln könnte.«

»Also gut, vielleicht reicht eine halbe Stunde. Wo kann ich dich erreichen?«

Michael fing einen warnenden Blick von Betty auf, die das Gespräch über einen Raumlautsprecher mitanhörte.

»Ich melde mich in einer halben Stunde selbst wieder«, gab er zurück. »Bis später dann.«

Nervös wandte er sich an Betty.

»Warum müssen wir gerade hier warten?« Michael machte keinen Hehl daraus, daß er das Haus am liebsten sofort verlassen hätte. »Du tust ganz so, als wären wir hier zu Hause. Muß ich dich erst daran erinnern, daß wir unerlaubt hier eingedrungen sind? Einbruch nennt man so etwas.«

»Keine Sorge«, wiegelte Betty ab. »Sollte Corman zurückkommen, verschwinden wir durch den Garten.«

»Trotzdem brauchen wir nicht länger als unbedingt nötig hierzubleiben«, beharrte Michael. Die Hälfte der vereinbarten Zeit war bereits verstrichen. »Ich kann Steve auch von jeder öffentlichen Telefonzelle aus anrufen.«

Wie auf ein Stichwort hin läutete in diesem Moment das Telefon. Instinktiv wollte Michael nach dem Hörer greifen, zog den Arm aber gerade noch rechtzeitig zurück. Nach dem vierten Klingeln schaltete sich der Anrufbeantworter ein. Vom Band verkündete Boris Corman, daß er nicht da wäre, der Anrufer aber eine beliebig lange Nachricht hinterlassen könne.

»Melden Sie sich, Corman«, drang eine unbekannte männliche Stimme aus dem Lautsprecher des Geräts. »Ich sollte Sie zurückrufen.« Einen Moment herrschte Stille, dann fuhr der Unbekannte fort: »Also gut, hören Sie zu. Ich weiß nicht, warum Sie es plötzlich so eilig haben, aber ich habe die Informationen bekommen, die wir brauchen. Das nächste Zeitbeben findet heute abend kurz vor zehn Uhr statt, und zwar ein paar Meilen südöstlich von Beatty. Wenn Sie also so scharf darauf sind, es mitzuerleben, sollten Sie Ihren Hintern möglichst bald zu mir herüberschwingen. Ich erwarte Sie bei mir zu Hause.«

Ein Klicken zeigte an, daß der Unbekannte aufgelegt hatte. Der Anrufbeantworter schaltete sich ab.

»Das also ist es.« Michael lächelte erleichtert. »Corman will einfach nur nach DINO-LAND, um sich eines der Zeitbeben anzusehen.«

»Einfach, ja?« Betty stand aus ihrem Sessel auf, ging ein paarmal im Zimmer auf und ab und blieb schließlich vor dem Paläontologen stehen. »Was ist eigentlich mit dir los? Seit wir hier sind, scheint dir die Angst das Gehirn völlig zu vernebeln. Wenn er nach DINO-LAND will, dann höchstens, um noch einmal ein paar Saurier zu entführen, nachdem seine Versuchstiere tot sind. Aber was ist dann mit diesem Kanister, den er mit sich herumschleppt? Und warum ist für ihn die Information so wichtig, wann und wo das nächste Zeitbeben stattfindet?«

»Vielleicht hat er ein Betäubungsgas, mit dem er sich die Saurier vom Hals halten will. Und er will über das nächste Beben Bescheid wissen, um nicht hineinzugeraten«, spekulierte er.

»Könnte sein«, gab Betty zu. »Aber das Herumraten nutzt uns nichts. Die halbe Stunde ist zwar noch nicht rum, aber du solltest deinen Freund trotzdem jetzt schon anrufen. Vielleicht hat er bereits etwas herausgefunden. Wenn Corman wirklich nach DINO-LAND unterwegs ist, wird die Zeit verdammt knapp, denn ich glaube nicht recht daran, daß er dort nur ein paar neue Versuchstiere einfangen will.«

Michael wählte erneut Gardners Nummer. Kaum hatte er seinen Namen genannt, begann Steve bereits loszureden.

»Mike, sag mir jetzt endlich, was das alles zu bedeuten hat! Du kannst mir nicht mehr erzählen, daß du nur ganz normale Ausgrabungen betreibst. Im Laufe der letzten Minuten war ich schon ein paarmal nahe dran, die Polizei zu rufen. In was bist du da reingeraten?«

»Sag mir erst, was es mit der Formel auf sich hat«, verlangte Michael. »Danach erzähle ich dir alles übrige.«

»Also gut.« Steve holte tief Luft. »Mit deinem chemischen Kampfstoff lagst du gar nicht mal so falsch. Zumindest sind einige Bestandteile darin enthalten, die in diese Richtung gehen. Wahrscheinlich würde es Wochen dauern, die ganze Formel zu entschlüsseln. In der kurzen Zeit konnte ich nur einige Molekülgruppen und Verbindungen erkennen, aber sie sind brillant zusammengesetzt.«

»Steve, deine Begeisterung in allen Ehren, aber ich brauche wirklich nur ganz grobe Informationen, wozu das Zeug dienen könnte«, bremste Michael den Redefluß seines Freundes.

»Na gut. Das Serum, das bei der Formel herauskommt, verwandelt sich in Verbindung mit Sauerstoff in ein Gas, das sich extrem schnell ausbreitet. Da es selbst in winziger Dosis noch wirksam ist, könnten ein paar Liter davon unter Umständen einen ganzen Kontinent erfassen. Außerdem besitzt es, laienhaft ausgedrückt, zahlreiche Widerhaken, die es ihm ermöglichen, sich auch an feste Materie anzuklammern und sie zu verseuchen, vor allem Wasser.«

»Verseuchen?« bohrte Michael alarmiert nach.

»Nun, das Serum enthält zahlreiche verschiedene Giftstoffe, allerdings scheinen diese nur einige bestimmte Eiweißverbindungen anzugreifen. Welche das sind, kann ich jetzt noch nicht im einzelnen sagen, doch einige davon kommen vor allem bei Reptilien vor.«

Betty griff nach dem Hörer. »Also auch bei Sauriern?«

»Ja, sicher. Mit wem spreche ich denn jetzt?«

»Danke. Sie haben uns sehr geholfen«, sagte Betty anstelle einer Antwort und legte kurzerhand auf. Sie war blaß geworden.

»Was soll denn das bedeuten?« erkundigte sich Michael verständnislos. »Ich begreife gar nichts mehr.«

»Aber ich«, stieß Betty hervor. »Ich glaube, ich kann mir jetzt denken, was Corman vorhat. So ergibt auch der Anruf vorhin Sinn. Dieser Wahnsinnige! Er war nicht etwa an dem Zeitbeben interessiert, um das betroffene Gebiet bei seinem Ausflug nach DINO-LAND zu meiden; im Gegenteil! Ich vermute, daß er auf diese Art in die Vergangenheit gelangen will.«

»Und was hätte er davon?« Ratlos zuckte Michael mit den Schultern. »So fasziniert kann doch niemand von der Urzeit sein, daß er sich freiwillig dorthin verbannt.«

»Fasziniert?« wiederholte Betty. Ihre Stimme überschlug sich fast. »Michael, denk nach! Corman hat seine ganze Familie durch einen Saurier verloren, und über diesen Verlust ist er offenbar nie hinweggekommen, so daß er Saurier vermutlich abgrundtief haßt. Zwei Jahre lang hat er heimlich daran gearbeitet, ein ungeheuer wirksames Gift zu entwickeln, das nur auf Saurier wirkt, und damit ist er nun auf dem Weg nach DINO-LAND, um sich in die Vergangenheit schleudern zu lassen. Kannst du dir immer noch nicht denken, was er dort vorhat?«

»Mein Gott«, murmelte Michael nur und wurde ebenfalls blaß, als er endlich begriff.

»Sie?« meinte Leo Richards überrascht, als er die Tür öffnete und Boris Corman erblickte. »Donnerwetter, Sie müssen es ja wirklich eilig haben, wenn Sie sich so beeilen. Haben Sie ein Privatflugzeug gechartert oder so etwas?«

Verständnislos blickte Corman den Jäger an, während er eintrat. »Wieso?«

»Na ja, es ist gerade erst eineinhalb Stunden her, daß ich angerufen habe, und von Reno bis Sacramento sind es immerhin fast hundertvierzig Meilen. Oder haben Sie meine Nachricht auf Ihrem Anrufbeantworter gar nicht abgehört?«

»Nein«, gestand Corman. Nachdem nun einige Zeit verstrichen war, erschien ihm seine Nervosität wegen der Journalistin übertrieben, und er entschied sich, nichts darüber zu erzählen. »Ich war einfach ungeduldig und hatte keine Lust, länger als unbedingt nötig zu Hause herumzusitzen. Da habe ich beschlossen, schon mal herzukommen. Als Sie anriefen, war ich wohl bereits unterwegs. Haben Sie die Informationen?«

Richards nickte. »Ja. Noch heute nacht gibt es ein weiteres Beben. Haben Sie das Geld?«

»Habe ich.«

Im Wohnraum ließ sich Corman in einen Sessel fallen, zog ein Scheckheft aus der Tasche und füllte einen Scheck auf die Summe von einhunderttausend Dollar aus, den er an Richards weitergab.

»He, Moment mal, so läuft das nicht.« Die Augen des Großwildjägers verengten sich zu schmalen Schlitzen. »Barzahlung war ausgemacht.«

»Tut mir leid, aber da alles so schnell ging, konnte ich meine Bank nicht mehr rechtzeitig informieren, daß ich einen so hohen Betrag abheben würde. Aber wenn Sie

Bedenken haben, daß der Scheck nicht gedeckt sein könnte, können Sie gerne anrufen.«

Den wahren Grund, warum er sich für einen Scheck entschieden hatte, verschwieg Corman.

Er hatte nicht vor, Richards zu bezahlen, sondern wollte, daß auch dieses Geld, das hauptsächlich aus der Lebensversicherung seiner Frau stammte, für Tippys Krankenpflege verwendet wurde. Bislang ahnte Richards noch nichts von seinen Plänen, von dieser Expedition nicht mehr zurückzukehren, und er hatte auch nicht vor, den Jäger zurückkehren zu lassen.

Außerdem hatte er sich noch zusätzlich abgesichert. Im Augenblick befand sich zwar noch genügend Geld auf dem angegebenen Konto, doch hatte er bereits den Auftrag erteilt, dieses am nächsten Tag auf ein Konto bei einer anderen Bank zu überweisen.

»Das gefällt mir nicht«, erklärte Richards mißtrauisch. »Ich warne Sie. Wenn Sie vorhaben, mich reinzulegen, wird Ihnen das schlecht bekommen.«

»Was soll denn schon passieren? Sie können den Scheck gleich morgen früh einlösen. Rufen Sie an und überzeugen Sie sich, daß er gedeckt ist.«

Richards zögerte ein paar Sekunden, dann schüttelte er den Kopf.

»Das dürfte nicht nötig sein. Zerreißen Sie den Scheck. Er würde eine zu deutliche Spur von Ihnen zu mir hinterlassen, und solche Spuren mag ich nicht. Eigentlich sollte ich das ganze Unternehmen verschieben, aber ich weiß nicht, ob mein Kontaktmann mir noch einmal Informationen liefern würde. Also werden Sie mir das Geld nach unserer Rückkehr in bar geben. Und glauben Sie nicht, daß Sie sich irgendwie davor drücken können. Ich werde Sie keinen Moment aus den Augen lassen, bis ich das Geld habe.«

»Da brauchen Sie sich keine Sorgen zu machen«, log Corman und atmete innerlich auf. »Wann und wo findet das Beben nun statt?«

»Kurz vor zehn Uhr heute abend. Jetzt ist es fast halb

sechs. Uns bleibt also noch etwas Zeit, aber zur Sicherheit sollten wir so früh wie möglich losfahren. Ist noch eine ganz schöne Strecke.«

»Worauf warten wir dann noch?« erkundigte sich Corman.

»Fehlanzeige«, stellte Betty resignierend fest und legte den Hörer wieder auf. »Man stellt mich nicht durch.«

Sie hatte versucht, Professor Schneider anzurufen, doch hatte sie nur erfahren, daß er bereits nach Hause gegangen wäre, und trotz ihrer Behauptung, daß es wirklich wichtig wäre, hatte man sich geweigert, ihr seine Privatnummer zu nennen. Auch ein Anruf bei der Auskunft hatte nichts genutzt; Schneider besaß eine Geheimnummer.

Anschließend hatte sie – wenngleich schon ohne allzu große Hoffnungen – versucht, General Pounder zu erreichen. Man hatte sie mit seiner Sekretärin verbunden, die behauptet hatte, der General befände sich gerade in einer Konferenz und wolle nicht gestört werden.

Auch hier hatten Bettys Beteuerungen, daß es ungeheuer wichtig wäre, nichts gefruchtet. Als sie begonnen hatte, der Sekretärin zu erklären, was sie herausgefunden hätten, hatte diese kurzerhand aufgelegt.

»Diese borntierten Idioten!« schimpfte Michael. »Womöglich wird Corman tatsächlich noch Erfolg haben, nur weil die Bürokratie verhindert, daß wir die Leute warnen können, und weil dieser hirnrissige Pounder sauer auf uns ist.« Er schüttelte erbittert den Kopf. »Irgend jemanden müssen wir doch warnen können. Wenn wir niemanden erreichen, der mit DINO-LAND zu tun hat, müssen wir uns eben an die Polizei wenden.«

»Sinnlos«, behauptete Betty. »Wer würde uns schon glauben, wenn wir erzählen, daß ein Mann unterwegs ist, um sich in die Vergangenheit versetzen zu lassen und dort mit einem selbst entwickelten Gift alle Dinosaurier auszurotten? Man würde uns für verrückt halten.«

»Aber wir müssen es wenigstens versuchen«, drängte Michael. »Ich hoffe, man wird zumindest einen Wagen herschicken. Dann können wir den Polizisten das Labor im Keller zeigen und –«

»Wie es aussieht, können wir höchstens versuchen, Corman selbst aufzuhalten«, unterbrach Betty ihn.

»Wir?« Michael schnitt eine Grimasse. Er wirkte mutlos. »Und wie sollen wir das machen?«

»Nun, wir wissen, wo und wann das Zeitbeben stattfinden wird. Also wird Corman zu dieser Zeit dort sein. Uns bleibt genug Zeit, ebenfalls hinzufahren. Dann müssen wir nur noch irgendwie verhindern, daß er den Kanister öffnet und in die Vergangenheit reist, notfalls mit Gewalt.«

»Aber dafür müßten wir erst die Umzäunung überwinden«, wandte Michael ein. »Und das würde sofort Alarm auslösen. Mit etwas Pech nimmt man uns fest, und bis wir alles erklärt hätten, wäre es bereits zu spät.«

»Könnte passieren«, gestand Betty. »Also müssen wir es schaffen, unbemerkt über die Absperrungen zu kommen.« Sie ließ sich wieder in einen Sessel fallen und stützte ihren Kopf in die Hände. Einige Minuten lang grübelte sie schweigend nach, dann hellte sich ihr Gesicht auf. »Ich habe eine Idee«, stieß sie hervor. »Sag mal, verstehst du etwas vom Drachenfliegen?«

»Graben?« hakte Corman ungläubig nach, als Richards neben zwei Gewehren auch zwei Schaufeln aus dem Kofferraum des Wagens holte. »Das ist doch nicht Ihr Ernst! Wir sollen uns ernsthaft unter dem Zaun durchgraben?«

»Ganz genau. Die ganzen Gerüchte über die angeblich so komplizierten Absperrungen sind alle nur absichtlich in die Welt gesetzt, um die Leute abzuschrecken«, behauptete Richards. »Man will damit nur verhindern, daß jemand so wie wir nach DINO-LAND hineingeht. Gegen die Saurier, zumindest die großen, helfen sowieso keine Absperrungen. Man registriert sie durch einen Alarm, sobald der Zaun zerstört wird. Den Rest erledigen dann die Hubschrauber. Mein Informant sagt, der Zaun reicht nicht mal einen halben Meter tief in den Boden. Also graben wir uns einfach drunter durch. Manchmal sind die Lösungen für die schwierigsten Probleme viel einfacher, als man denkt.«

Gemeinsam deckten sie eine sandfarbene Kunststoffolie über das Fahrzeug und schaufelten zusätzlich noch etwas Sand darauf. Selbst wenn ein Hubschrauber auf einem Patrouillenflug hier vorbeikam, war der Wagen auf diese Art im Dunkeln nicht mehr zu entdecken. Anderenfalls hätte der Pilot mit Sicherheit Verdacht geschöpft, wenn ein verlassener Wagen mitten in der Wüste in so unmittelbarer Nähe der Umzäunung geparkt hätte. Immerhin befanden sie sich auch hier schon im Sperrgebiet.

Sie stapften die letzten knapp hundert Meter zum Zaun hinüber und begannen zu graben. Der trockene Sand bot ihnen kaum Widerstand, rutschte höchstens immer wieder etwas nach. Sie brauchten nur wenige Minuten, bis sie ein ausreichend großes Loch geschaufelt hatten, um unter dem Zaun durchkriechen zu können, der tatsächlich nicht einmal eine halbe Armlänge tief im Boden endete.

»Na also.« Richards grinste zufrieden. »Wenn die Leute wüßten, wie einfach das ist, kämen sie wahrscheinlich in Scharen.« Er drückte Corman eines der Gewehre in die Hand. »Hier, ab jetzt wird es gefährlich. Aber benutzen Sie es nur im Notfall. Ich hoffe, Sie können wirklich so gut damit umgehen, wie Sie behaupten.«

Die Distanz zwischen dem Zaun und dem Dschungel betrug hier annähernd zwei Meilen.

Aus Richtung des Dschungels drang gelegentlich das ferne Brüllen eines Sauriers zu ihnen herüber, ansonsten war es totenstill.

Sie machten sich auf den Weg. Die Schaufeln ließen sie liegen und häuften lediglich etwas Sand darüber.

Immer wieder blickte Boris Corman auf seine Armbanduhr. Es war kurz nach halb neun. Von Sacramento aus, wo Richards wohnte, hatten sie rund drei Stunden bis zu dem kleinen Ort Beatty gebraucht, der dem Gebiet des Bebens am nächsten lag. Damit befanden sie sich gut innerhalb des Zeitplans. Ihnen blieb genügend Zeit, den Dschungel zu erreichen und sich dort bis zum Beginn des Bebens zu verstecken.

Der Marsch erwies sich allerdings als schwieriger, als Corman erwartet hätte. Seine Füße sanken bei jedem Schritt im nachgiebigen Sand ein. Der an sich leichte Kanister und das Gewehr, das an einem Riemen über seiner Schulter hing, schienen mit jeder Minute schwerer zu werden.

Jetzt rächte sich, daß Corman in den vergangenen Jahren keinerlei Sport getrieben hatte. Er befand sich in miserabler körperlicher Verfassung, war keinerlei Anstrengung mehr gewöhnt. Mehrfach bat er um eine Pause, die Richards jedoch mit dem Hinweis, es wäre zu gefährlich, kategorisch ablehnte.

Corman war schweißgebadet und am Ende seiner Kräfte, als sie nach einer knappen Stunde schließlich den Rand des Dschungels erreichten. Keuchend ließ er sich zwischen den Farngewächsen zu Boden sinken.

Wieder sah er auf seine Uhr. Es war Viertel vor zehn, also noch etwa eine Viertelstunde Zeit.

Zähflüssig tropften die Minuten dahin. Einmal war in der Ferne ein Hubschrauber zu hören, doch kurz darauf verklang das Geräusch auch schon wieder.

»Was ist das?« fragte Richards plötzlich und richtete sich auf. Corman folgte seiner Blickrichtung. Zwei dunkle Punkte waren ein Stück entfernt am Himmel erschienen und näherten sich ihnen mit unsicher erscheinenden Bewegungen. Sie mochten etwa zwei Dutzend Meter hoch sein.

Erneut blickte Corman auf seine Uhr. Zwei Minuten vor zehn. Das Beben konnte jeden Moment beginnen, und die Gelegenheit war günstig wie nie, denn Richards war abgelenkt. Er packte den Kanister mit der einen Hand, mit der anderen hielt er das Gewehr und preßte die Mündung in Richards' Rücken.

»Eine kleine Änderung unserer Pläne«, stieß er hervor.

»Ich habe beschlossen, mir das Beben nicht nur anzusehen, sondern die Reise in die Vergangenheit mitzumachen. Und zwar zusammen mit Ihnen, da ich auch dort etwas Schutz gebrauchen kann.«

»Was? Sie sind ja verrückt! Das können Sie nicht ernst –«

»Vorwärts!« befahl Corman. »Na los doch, oder soll ich Sie erschießen? Gehen Sie ein paar Schritte weit in die Wüste hinaus!«

Etwas in seiner Stimme schien den Jäger zu überzeugen, daß er es bitter ernst meinte. Zögernd machte Richards einen Schritt nach vorne, dann noch einen, bis sie beide den Waldrand verlassen hatten.

»Verdammt, Corman, lassen Sie den Scheiß«, stieß Richards hervor. Panik klang in seiner Stimme mit. »Wir müssen . . .«

Er brach ab, und im gleichen Moment spürte auch Corman die Veränderung. Es war ein seltsames Gefühl, eine Art Kribbeln, das seinen ganzen Körper erfaßte. Die Härchen auf seiner Haut richteten sich auf. Die Luft schien plötzlich vor Elektrizität zu knistern.

Blitzschnell fuhr Richards herum und schlug das auf ihn gerichtete Gewehr zur Seite.

Er versetzte Corman einen Stoß und warf sich mit einem gewaltigen Hechtsprung zurück in das rettende Dickicht des Waldes.

Von dort aus sah er, wie Corman den Kanister verlor und von dem Stoß getrieben ein paar Schritte weiter in die Wüste hinaustaumelte.

Im nächsten Moment schien sich etwas wie ein wabernder Schleier vor die Wirklichkeit zu legen. Lichtblitze zuckten auf, die alles mit einer irrisierenden Funkenflut nachzuzeichnen schienen. Die Wüste verschwamm vor Leo Richards' Augen – und mit ihr verschwand auch Corman inmitten tanzender Fünkchen. Wo gerade noch Sand gewesen war, schälten sich nun Farne und gewaltige Urzeitbäume aus dem Flimmern heraus. Eine bizarre, längst vergangene Zeitebene legte sich über die Wirklichkeit. Für einen Moment waren beide Welten existent, dann begann die Wüste zu verblassen. Das Zeitbeben hatte den Wissenschaftler in die Vergangenheit gerissen.

»Das ist Wahnsinn!« rief Michael Atkinson zum ungezählten Male während der letzten Minute und bemühte sich, den Drachen einigermaßen auf Kurs zu halten. Er mußte schreien, um sich zu verständigen.

»Spar dir lieber deinen Atem und konzentriere dich auf das Fliegen!« rief Betty zurück. »Uns bleibt nicht mehr viel Zeit.« Da sie beide Hände benötigte, um das aus Leichtholz, Aluminium und einem großen Stück Synthetikstoff bestehende Gefährt zu lenken, konnte sie nicht auf ihre Uhr sehen, doch es mußte bereits kurz vor zehn sein. Das Beben konnte jeden Moment beginnen, und da die Angaben auf Cormans Anrufbeantworter sehr vage gewesen waren, wußten sie noch nicht einmal genau, wo es stattfinden würde.

Die Aufgabe, die vor ihnen lag, schien unlösbar. Binnen der wenigen Minuten, die ihnen höchstens noch blieben, mußten sie Corman nicht nur finden, sondern auch noch verhindern, daß er sich durch das Zeitbeben in die Vergangenheit schleudern ließ und dort den Kanister mit dem Gift öffnete. Verbissen kämpfte Betty gegen das Gefühl der Verzweiflung an, das sie zu überwältigen drohte. Es gab keinen Grund zu resignieren, noch hatten sie eine Chance.

Zuvor hatte Michael doch noch bei der Polizei angerufen und versucht, die Beamten auf die drohende Gefahr aufmerksam zu machen. Wie Betty befürchtet hatte, schien der Polizist, mit dem Michael gesprochen hatte, ihm kein Wort zu glauben. Zu verrückt klang die Geschichte. Sie hofften jedoch, daß man wenigstens einen Streifenwagen zu Cormans Haus schicken würde. Aus diesem Grund hatten sie dort vor ihrem Aufbruch eine Abschrift der Formel und einige weitere kurze Mitteilungen hinterlassen.

In Bishop hatte Betty ihre Bekannten überreden können,

ihnen die beiden Drachen zu verkaufen, ohne zu verraten, was sie vorhatte. Mit ihrer Kreditkarte hatte sie alles Geld abgehoben, das sich noch auf ihrem Konto befand, und sich eine neunschüssige Automatik-Pistole gekauft, um Corman und eventuellen weiteren Gefahren in DINO-LAND nicht ganz hilflos gegenüberzutreten.

Es hatte mehr als eine Stunde gedauert, Michael auch nur die allernötigsten Grundregeln des Drachenfliegens beizubringen. Sie hatte nicht wirklich ernsthaft geglaubt, daß es überhaupt gelingen würde, sondern befürchtet, sie würde alleine fliegen müssen, doch er hatte sich als ein verblüffend gelehriger Schüler entpuppt.

Er war auch jetzt noch alles andere als *gut* – das hätte an ein Wunder gegrenzt –, doch immerhin schaffte er es, den Drachen in der Luft zu halten und zu steuern. Seit gut zehn Minuten waren sie nun in der Luft und flogen auf der Suche nach Corman den Rand von DINO-LAND ab, stets in der Angst, einem Patrouillenhubschrauber oder einem Flugsaurier zu begegnen. Zumindest letztere schienen um diese Zeit glücklicherweise nicht mehr unterwegs zu sein.

»Da vorne!« rief Betty plötzlich aufgeregt und korrigierte ihren Kurs durch eine verstärkte Neigung des Drachengestänges. »Das muß es sein!«

Eine große Nische war in dem ansonsten fast wie mit dem Zirkel gezogenen Rand des Urwalds zu erkennen. Die Lücke schien nur darauf zu warten, durch ein weiteres Zeitbeben ebenfalls mit einem Stück Urzeitdschungel gefüllt zu werden.

Betty entdeckte zwei Menschen, die aus dem Waldrand hervortraten. Es konnte sich nur um Boris Corman und den Mann handeln, der ihn am Nachmittag angerufen hatte. Einer der beiden bedrohte den anderen mit dem Gewehr. Offenbar hatte Cormans Begleiter erst jetzt von dem wahren Vorhaben des Wissenschaftlers erfahren und war nicht unbedingt begeistert davon.

Betty steuerte direkt auf die beiden Männer zu, als der vordere der beiden plötzlich herumfuhr, dem anderen einen kräftigen Stoß versetzte und sich mit einem weiten Sprung zurück in den Dschungel flüchtete.

Im gleichen Moment spürte auch Betty die Veränderung. *Irgend etwas* geschah um sie herum, und für ein, zwei Sekunden war sie vor Schreck und Faszination wie gelähmt. Etwas wie eine unsichtbare Hand schien über ihren Körper zu streichen. Elektrizität erfüllte die Luft, unzählige daraus geborene Lichtfünkchen tanzten vor ihr. Jetzt erst begriff sie wirklich, was geschah.

»Zurück!« schrie sie und riß ihren Drachen so abrupt herum, daß sie um ein Haar abgestürzt wäre, doch es nutzte ihr nichts mehr. Sie waren zu spät gekommen, um wenige Minuten zwar nur, aber dennoch zu spät, und darüber hinaus waren sie nun mitten hineingeraten in das Zeitbeben. Die Wüste unter ihnen verschwamm und schien sich aufzulösen.

Um Michael konnte sie sich nicht mehr kümmern, nur noch versuchen, sich selbst in Sicherheit zu bringen. So schnell es ging, schoß sie dahin, doch der Drachen war nicht für besonders hohe Geschwindigkeiten konstruiert, sondern nur für ein eher gemächliches Gleiten in der Luft. Sie wußte, daß es auch für sie bereits zu spät war, aber der Gedanke war zu entsetzlich, als daß sie sich damit abfinden konnte.

Es war ein Gefühl, als würde sie von einer gigantischen Flutwelle überrollt, nur hatte sie es hier nicht mit Wasser zu tun, sondern mit etwas völlig Fremdartigem. Ihre Verfolgung von Boris Corman hatte sie ungewollt weiter geführt, als sie je zu gehen bereit gewesen war.

Fast einhundertdreißig Millionen Jahre weiter!

Unvorstellbar gewaltige, dennoch aber bis auf die silbrigen Lichtfünkchen unsichtbare Kräfte griffen nach ihr, erfaßten sie und durchdrangen ihren Körper. Ihre Umwelt löste sich wie hinter einem Schleier aus flimmernder Hitze auf. Betty hatte das Gefühl, in einem Meer aus blendender Helligkeit zu treiben. Es war ein nicht einmal unangenehmes Gefühl.

Dann war da nichts mehr.

Buch 6

AUF DER SPUR DES VERNICHTERS

Betty meinte das Bewußtsein zu verlieren, allerdings konnte ihre Ohnmacht nicht länger als höchstens ein oder zwei Sekunden gedauert haben, denn als sie die Augen wieder aufschlug, hatte sich ihre Umgebung nicht nennenswert verändert. Lediglich der Dschungel war noch unschärfer geworden, die gewaltigen Urzeitgewächse waren nur noch schemenhaft zu erkennen und verschwammen im nächsten Moment vollends.

Das Zeitbeben war zu Ende, aber es hatte Betty mit sich gerissen. Die Bedeutung dieser Erkenntnis ließ sie innerlich aufschreien.

Eine starke Sturmbö fuhr unter das Segel des Drachens. Betty fühlte sich wie von unsichtbaren Händen gepackt und herumgewirbelt. Sie verlor für einige Sekunden völlig die Orientierung. Himmel und Erde vollführten einen wilden Tanz um sie herum. Aufgewirbelter Sand scheuerte wie Schmirgelpapier über ihre Haut und brannte in ihren Augen.

Boris Corman, der sich im Moment des Bebens nur noch knapp eine Viertelmeile von ihr entfernt befunden hatte, war nirgendwo zu entdecken. Dafür sah sie jedoch Michael Atkinson für einen kurzen Moment. Wider besseres Wissen hatte sie gehofft, daß er nicht ebenfalls in das Zeitbeben hineingerissen worden wäre, aber diese Hoffnung wurde nun grausam zerstört.

Sie war selbst keine allzu geübte Drachenfliegerin, doch er hatte es erst kurz vor ihrem Aufbruch mehr schlecht als recht gelernt. Schon unter den günstigen Windverhältnissen vor dem Zeitbeben hatte er sich nur mit Mühe in der Luft halten können. Jetzt jedoch war er zu einem hilflosen Spielball des Sturmes geworden. Haltlos wurde er mit seinem Drachen umhergewirbelt.

Gleich darauf verlor Betty ihn wieder aus dem Blick. Sie konnte ihm nicht helfen, sondern kämpfte mit aller Kraft um ihr eigenes Leben.

Zu ihrem Schrecken mußte sie erkennen, daß sie und Michael nicht allein waren. Mehrere Flugsaurier mit relativ kleinem Körper, dafür aber Schwingen mit einer Spannweite von mehreren Metern hoben sich ein Stück entfernt als dunkle Silhouetten gegen den Mond ab. Glücklicherweise schienen die Tiere abgelenkt zu sein und selbst genug mit dem Sturm zu kämpfen zu haben, um die beiden Eindringlinge anzugreifen.

Verzweifelt bemühte sich Betty, den Drachen wieder in die Gewalt zu bekommen, doch das leichte Gefährt war nicht für solche Belastungen konstruiert. Knirschend brach eine der dünnen Streben, als Betty versuchte, gegen den Sturm zu steuern. Das Fluggerät sackte ab, und erst dicht über dem Boden gelang es ihr, es wieder abzufangen, doch war es jetzt noch schwerer zu steuern.

Wieder wurde sie von einer Sturmbö erfaßt, und Betty schrie auf, als sie erkannte, daß sie genau auf mehrere dicht beieinanderstehende Koniferen zugeschleudert wurde.

Ein greller Schmerz zuckte durch ihre Augen, als sie Sand hineinbekam. Sie kniff die Lider instinktiv zusammen, und nur mit äußerster Willenskraft schaffte sie es, dem ersten Impuls nicht nachzugeben und ihre Augen mit den Händen zu reiben.

Das nächste, was sie spürte, war ein harter Ruck. Etwas Spitzes, hart und zugleich nachgiebig, peitschte ihr Gesicht und ihre Arme. Sie wollte schützend die Hände heben, und wieder konnte sie nur mit Mühe der Versuchung widerstehen, ihren Halt loszulassen.

Dann plötzlich war es vorbei. Betty öffnete die Augen und versuchte, durch den Tränenschleier etwas von ihrer Umgebung zu erkennen. Ihre Augen brannten noch immer, als hätte jemand Säure hineingespritzt, doch die Tränen spülten die Sandkörner weg, und allmählich konnte sie wieder klarer sehen.

Der Drache war direkt in die Wipfel zweier Koniferen hineingerast und hatte sich zwischen den Zweigen der beiden Bäume verkeilt. Die spitzen Nadeln stachen in ihre Haut, und ein Ast hatte sich dicht unter ihrer Achsel durch ihre Jacke gebohrt, ohne sie jedoch zu verletzen.

»Betty? Betty, wo bist du?« trug der Wind Michaels besorgte Stimme aus einiger Entfernung an ihr Ohr. »Betty?«

Dem Himmel sei Dank, er lebte. Anscheinend hatte er es mit viel Glück irgendwie geschafft, seinen Drachen zu landen, ohne sich das Genick zu brechen.

»Ich bin hier!« brüllte sie so laut sie konnte und wußte zugleich, daß er sie trotzdem nicht hören konnte. Der Wind kam aus seiner Richtung.

»Betty? Bist du das, Betty?« Gleich darauf sah sie Michael, wie er sich durch die Farne und Schlinggewächse einen Weg bahnte. »Wo bist du?«

»Hier oben!« schrie sie zurück. »Ich hänge hier oben fest.«

Er legte den Kopf in den Nacken und starrte zu ihr herauf. Gleich darauf verzog sich sein Gesicht zu einem breiten Grinsen.

»Verdammt, was gibt es da zu lachen?« fauchte sie ihn an. »Ich finde das gar nicht komisch. Hol mich hier runter!«

Noch bevor sie oder Michael eine Möglichkeit ersinnen konnten, um sie aus ihrer Lage zu befreien, ertönte ganz in der Nähe das laute Bersten und Brechen von Zweigen. Voller Schrecken drehte Betty den Kopf und sah sich um. Ein paar Dutzend Meter entfernt nahm sie inmitten der üppigen Vegetation undeutlich den Umriß eines gewaltigen Ungeheuers wahr.

Es kam direkt auf sie zugestapft.

Einst hatte die Stadt zu den prachtvollsten der Welt gehört und hatte jedes Jahr Millionen von Touristen angelockt. Sie war ein El Dorado für Vergnügungssüchtige jeder Art gewesen, ein Paradies für alle, die einen Nervenkitzel schätzten, vor allem aber ein Mekka für Spieler. Hier hatte es die meisten Casinos gegeben, die opulentesten Shows, die meisten Spielautomaten und -tische. Und eine der höchsten Selbstmordraten der USA, weil sich – abgesehen vielleicht von der Wall-Street – nirgendwo sonst binnen kürzester Zeit so viele Menschen in den finanziellen Ruin gestürzt hatten.

Las Vegas war in jeder Hinsicht ein allesverschlingender Moloch gewesen, eine Illusion, der pompös in Szene gesetzte Triumph des Scheins über das Sein.

Wenn man es ganz genau nahm, traf all dies sogar immer noch auf die Stadt zu, dachte Littlecloud. Allerdings nur deshalb, weil es die *einzige* Stadt war, die noch auf der Erde existierte.

Jedenfalls in dieser Zeit.

Rund hundertzwanzig Millionen Jahre, bevor Las Vegas überhaupt gegründet worden war. Die ganze Sache war zu verrückt, um ernsthaft darüber nachzudenken.

Littlecloud blickte durch die Frontscheibe des aufsteigenden Bell UH-1 Hubschraubers. Als er und einige Begleiter vor zwei Jahren in diese Zeit gereist waren, um das Gamma-Zyklotron abzuschalten, dessen ungeheure Energien man für den Riß in der Zeit verantwortlich machte, waren sie mit zwei Hubschraubern gekommen, dem Bell UH-1 und einem ultramodernen Stingray. Niemand hatte voraussehen können, daß sie geradewegs im schlimmsten Sandsturm des Jahrhunderts – oder der Jahrhundertmillionen – landen würden.

Der Stingray war von dem Sturm nahezu zerfetzt worden, und daß der Bell das Unwetter halbwegs überstanden hatte, lag nur daran, daß er schwerer und klobiger war. Aber auch diese Maschine hatte schlimme Schäden davongetragen. Es hatte über ein Jahr gedauert, die beiden Hubschrauber wieder einigermaßen herzurichten, aber wie durch ein Wunder war es gelungen.

Einige Meilen entfernt waren am vom Sonnenuntergang rot gefärbten Himmel ein paar dunkle Punkte zu entdecken, die nur Flugsaurier darstellen konnten. Vermutlich handelte es sich um Rhamphorhynchus' oder vielleicht auch nur um die kleineren Pterodactyloiden. Auf jeden Fall bildeten sie kaum eine Gefahr für den gepanzerten und schwer bewaffneten Kampfhubschrauber.

Littlecloud wandte sich wieder dem Seitenfenster zu, durch das er einen guten Ausblick über Las Vegas hatte. Die Stadt hatte sich binnen der vergangenen zwei Jahre, seit sie von einem Zeitbeben erfaßt und in die Vergangenheit geschleudert worden war, so gründlich verändert, wie dies überhaupt nur möglich war.

Aus der ehemaligen Metropole mit ihren zwar nur rund zweihundertsechzigtausend Einwohnern, dafür aber der gut dreifachen Zahl von Touristen, die sich durchschnittlich dort aufhielten, war eine Geisterstadt geworden. Nur vereinzelt und auch nur in einigen bestimmten Stadtteilen sah man manchmal noch Menschen, meist schwerbewaffnete Militärstreifen.

Wenn man sie ließ, war die Natur nicht nur unerbittlich, wenn es darum ging, ihr ursprüngliches Territorium zurückzuerobern und die Zeugnisse menschlicher Zivilisation auszulöschen, sondern auch sehr viel schneller, als die meisten Menschen annehmen mochten. Ganz besonders in dieser Zeit, in der die Flora ganz anders und in vielfacher Hinsicht üppiger als in der Gegenwart war.

Gerade einmal zwei Jahre hatte sie benötigt, um den Asphalt an unzähligen Stellen zu kleinen Kratern aufzusprengen, aus denen Grünpflanzen sprossen. Viele ehemalige Straßen waren kaum noch als solche zu erkennen. Sie bildeten ein dschungelartiges, mehr als mannshohes Gewirr aus Farnen und Schlingpflanzen, durch das man sich zu Fuß stellenweise nur noch mit einer Machete einen Weg bahnen konnte.

Dennoch war es nicht unbedingt ein deprimierender Anblick, jedenfalls nicht für Littlecloud. Er war indianischer Abstammung, und wenn er auch nicht mehr das intensive Verhältnis zur Natur hatte, wie es seinen Vorfahren eigen gewesen war, so gefiel ihm die Natürlichkeit eines Waldes trotzdem besser als die trügerische Künstlichkeit einer Stadt, wie es gerade bei Las Vegas der Fall gewesen war.

Der Kampfhubschrauber, auf dessen Copilotensitz er saß, gewann rasch an Höhe. Früher war die Stadt von karger, lebensfeindlicher Wüste umgeben gewesen. Auch diese Wüste war mit in die Vergangenheit versetzt worden, aber sie hatte sich verändert.

Ein Fluß, der weit außerhalb der von den Zeitbeben betroffenen Gebiete entsprang, hatte sich nicht weit von der Stadt entfernt über den Sand ergossen und sich binnen weniger Monate ein neues Bett quer durch das Ödland gebahnt.

Kaum weniger schnell hatte sich der Dschungel an seinen Ufern entlang in breiten Streifen vorwärts geschoben. Auch das veränderte Klima mit seinen häufigen und sehr heftigen Regenfällen hatte dazu beigetragen, Teile der Wüste in fruchtbares Grünland zu verwandeln.

Nicht zuletzt waren auch die Menschen selbst, die es wie ihn selbst in die Urzeit verschlagen hatte, zum Teil an diesem Prozeß beteiligt gewesen. Einige Gebiete direkt am Stadtrand waren mit kleinen Kanälen bewässert, sorgfältig gerodet und mit verschiedenen Gemüse- und Obstgewächsen bepflanzt worden.

Mit Frischfleisch konnten sie sich durch die Jagd eindecken, und sie hatten bereits festgestellt, daß das Fleisch einiger Saurierarten hervorragend schmeckte.

Nun jedoch war all dies durch eine Gefahr bedroht, wie sie sich ihnen in den vergangenen Jahren noch nicht gestellt hatte.

Die Stadt mitsamt der Plantage, wie sie die kultivierten Flächen bezeichneten, blieb hinter dem Hubschrauber zurück, als der Pilot beschleunigte. Einige Minuten flogen sie mit Höchstgeschwindigkeit in südlicher Richtung dahin.

Die Vegetation nahm zu, je weiter sie sich dem Dschungel näherten, der die Grenze zwischen den aus der Gegenwart herübergekommenen Landstrichen und dem rechtmäßig aus dieser Zeit stammenden Urwald markierte. In der näheren Umgebung hatte bereits seit geraumer Zeit kein Zeitbeben mehr stattgefunden.

»Da vorne ist es«, sagte der Pilot schließlich und deutete mit einer Hand nach vorne.

Auch Littlecloud hatte die Schneise bereits entdeckt. Der Anblick war noch genauso bizarr und schreckenerregend wie vor einigen Tagen. Ein gut eine Meile breites, schnurgerade verlaufendes Band der Vernichtung zog sich wie mit einem riesigen Lineal gezogen durch den Dschungel und setzte sich darüber hinaus auch in die ursprüngliche Wüstengegend fort, die inzwischen dicht bewachsen war.

Innerhalb dieser Schneise war nicht der kleinste Fetzen Grün mehr zu entdecken. Das Gebiet war so tot, als wäre es einer Feuersbrunst zum Opfer gefallen, doch das war nicht der Fall.

In Wahrheit waren die Pflanzen kahlgefressen worden. An der vorderen Spitze der Schneise war der Boden schwarz, und Littlecloud glaubte selbst aus dieser Höhe noch erkennen zu können, wie er sich in schwerfälligen Wellen bewegte. Ein beständiges, einzeln kaum wahrnehmbares Huschen und Wabern erfüllte die Schwärze.

Aber es handelte sich nicht um den Boden selbst. Es hätte nicht viel gefehlt, und Littlecloud hätte diesen Irrtum mit seinem Leben bezahlt, als er die Schneise bei einem Kontrollflug vor einigen Tagen erstmals entdeckt und den Piloten zur Landung aufgefordert hatte. Erst im buchstäblich letzten Moment hatten sie die Gefahr erkannt und waren wieder aufgestiegen.

Der vermeintliche schwarze Fleck bestand aus Hunderttausenden, vielleicht sogar Millionen einzelner Tiere, wie Littlecloud sie noch nie gesehen hatte. Sie waren beinahe halb so lang wie ein Finger und erinnerten vage an eine Mischung aus Ameisen und Heuschrecken.

Ähnlich wie es Heuschrecken oder Treiberameisen auch in der Gegenwart noch vor allem in Afrika und Südamerika manchmal taten, hatten die Tiere sich zu einem Schwarm zusammengefunden und zogen quer durch das Land, wobei sie alles fraßen, was ihnen auf ihrer Wanderschaft begegnete.

Dabei beschränkte sich ihr Appetit bei weitem nicht nur auf Pflanzen. Beim Überfliegen der Schneise hatte Littlecloud mehrere säuberlich abgenagte Skelette entdeckt, darunter sogar das gewaltige Gerippe eines Apatosauriers. Die Gier der winzigen Vielfraße schien unerschöpflich.

Voller Abscheu starrte Littlecloud auf das Gewimmel hinunter. Sogar mit bloßem Auge konnte man verfolgen, wie die Wanderameisen weiter vordrangen.

»Sie scheinen noch schneller geworden zu sein«, stieß der Pilot hervor. »Irgendeine Möglichkeit muß es doch geben, um sie aufzuhalten. Warum schießen wir nicht einige Granaten auf sie ab?«

Littlecloud schüttelte müde den Kopf. Darüber hatte er mit Mainland und den anderen schon oft genug diskutiert. Sie verfügten über ein beachtliches Vernichtungspotential, aber gegen einen Gegner wie diesen nutzten ihnen großkalibrige Waffen nichts. Sicherlich hätten sie mit jeder Granate einige hundert Tiere getötet, doch bei ihrer ungeheuren Zahl fiel das kaum ins Gewicht.

Außerdem hätte in diesem Fall noch eine andere, kaum minder große Gefahr gedroht. Schon seit mehreren Wochen hatte es keinen Regen mehr gegeben. Mit einem Bombardement hätten sie mit Sicherheit ein Feuer ausgelöst, und vermutlich würden sie es nicht unter Kontrolle halten können.

Aus diesem Grund war es ihnen auch unmöglich, einen Teil des Waldes gezielt abzubrennen, um entweder die Ameisen mit zu verbrennen oder sie dazu zu bringen, ihre Richtung zu ändern, was sie vermutlich tun würden, wenn sie auf ein karges, ausgebranntes Stück Wald vor sich treffen würden.

Nach eingehender Beratung hatten sie diese Ideen jedoch alle wieder verworfen. Verwerfen müssen.

»Einen knappen Tag noch, wenn sie sich im bisherigen Tempo weiterbewegen und wir keinen Weg finden, um sie zu stoppen«, murmelte der Pilot. »Bestenfalls zwei.«

»Ich weiß«, entgegnete Littlecloud. Eine immer größere Verzweiflung machte sich in ihm breit.

Er verfolgte den breiten, kahlgefressenen Streifen der Schneise in Gedanken weiter, aber das Ergebnis blieb stets das gleiche.

Der Schwarm der unersättlichen Heuschrecken bewegte sich von Südosten her in gerader Linie genau auf Las Vegas zu. Unaufhaltsam.

»Verschwinde, Mike«, brüllte Betty. »Es kommt direkt auf uns zu. Versteck dich irgendwo!«

»Aber ich kann dich doch nicht einfach hier allein lassen«, gab er ebenso heldenhaft wie dumm zurück.

»Was willst du denn sonst machen? Den Saurier mit bloßen Händen aufhalten?«

»Wirf mir deine Waffe runter!«

An die Pistole, die in ihrer Jacke steckte, hatte Betty gar nicht mehr gedacht. Sie hatte die Waffe auf dem Weg hierher gekauft, um Corman notfalls mit Gewalt zur Umkehr zwingen zu können. Gegen den heranstapfenden Giganten jedoch war sie höchstens ein Spielzeug.

»Verschwinde endlich!« schrie sie noch einmal. Das furchterregende Bersten und Brechen von Holz klang inzwischen bereits in unmittelbarer Nähe auf. Betty konnte den titanischen, gräulichen Körper des Sauriers nun schon deutlicher erkennen, auch wenn er immer noch teilweise von Pflanzen verdeckt war und das Mondlicht nicht ausreichte, um die Schatten unter den Kronen der Nadelbäume zu erhellen.

Auch Michael schien endlich einzusehen, daß er ihr nicht helfen konnte, wenn er tatenlos stehenblieb. Nach einem letzten verzweifelten Blick zu ihr herauf verschwand er seitlich zwischen den Farnwedeln und war nach wenigen Sekunden verschwunden.

Gleich darauf hatte der Saurier die Koniferengruppe erreicht, in deren Wipfel sie hing. Das Tier war groß, riesig groß sogar, doch war sein Leib vergleichsweise schlank. Seine enorme Länge erreichte das Tier vor allem durch den langen Schwanz, der zum größten Teil noch unter den Farnen verborgen blieb, sowie seinen bestimmt fünf Meter langen Hals, an dessen Ende sich ein schlanker, spitz zulaufender Kopf befand.

Betty kannte sich aufgrund ihrer Vorbereitungen für die Reportage mit Sauriern einigermaßen aus und atmete erleichtert auf. Das Tier war ein Diplodocus, ein im Grunde harmloser Pflanzenfresser, der sich hauptsächlich von den Nadeln der Koniferen ernährte.

Dennoch stellte er durchaus eine Gefahr dar. Bei seiner gewaltigen Größe konnte er einen Menschen versehentlich zertreten, ohne ihn überhaupt zu bemerken, aber auch hier oben fühlte sich Betty keineswegs sicher. Womöglich kam der Diplodocus auf die Idee, dieses störende bunte Etwas, das mitten in seiner Lieblingsmahlzeit hing, mal eben aus dem Weg zu räumen.

Entdeckt hatte er Betty jedenfalls schon. Wahrscheinlich mußte man halbblind sein, um ihre neongrüne Windjacke und vor allem die große, bunte Stoffbespannung des Drachen nicht zu bemerken.

Der Diplodocus reckte seinen giraffenartigen Hals, bis sich sein Kopf mit ihr auf gleicher Höhe befand. Dafür brauchte er sich nicht einmal auf seine Hinterbeine aufzurichten, wie Betty es schon in einem Buch gesehen hatte. Unsicher, aber wie es schien auch etwas neugierig, musterte er das merkwürdige Fluggerät und die Frau.

Betty wagte nicht, sich zu rühren. Möglicherweise überlegte der Saurier gerade, ob ihm auch dieser Happen schmecken könnte, obwohl es sich ganz eindeutig nicht um seine bevorzugte Nahrung handelte. Dann begriff Betty, daß ihr Verhalten genau falsch war. Da sie es nicht mit einem Fleischfresser zu tun hatte, konnte höchstens Bewegung den Diplodocus abschrecken. Sie begann mit den Beinen zu strampeln.

Tatsächlich wich der Kopf des Sauriers ein bißchen

zurück, doch beobachtete das Tier sie weiterhin. Betty bewegte ihren rechten Arm ruckartig zurück. Der dünne Stoff der Jacke zerriß an dem Ast, der sich hindurchgebohrt hatte, so daß sie nicht mehr länger festhing.

Sie hatte nun etwas mehr Bewegungsfreiheit, konnte entlang der Haltestange ein Stück zur Seite rutschen und ihre Füße auf einen Ast stellen. Er sah nicht massiv genug aus, ihr volles Gewicht zu tragen, doch entlastete sie ihre bereits schmerzenden Hände auf diese Art ein bißchen.

Langsam ließ Bettys Angst nach. Sie hätte nun ihre Pistole ziehen können, und ein Schuß aus nächster Nähe hätte sicherlich auch diesem Giganten Schmerzen bereitet und ihn vielleicht sogar in die Flucht geschlagen.

Andererseits war sie inzwischen fast überzeugt, daß ihr von dem Diplodocus keine Gefahr drohte. Wahrscheinlich war es nicht nur albern, sondern sogar ausgesprochen töricht, solche Maßstäbe bei einer so fremdartigen Lebensform anzulegen, doch sie konnte in den Augen des Sauriers keinerlei Aggressivität entdecken.

Ganz im Gegenteil wirkten sie außerordentlich sanftmütig, erinnerten sie ein bißchen an die übergroßen Augen von Teddybären oder E. T., dem putzigen Außerirdischen aus Steven Spielbergs Film.

Der Kopf des Sauriers kam wieder näher. Für einen ganz kurzen Moment wallte noch einmal Panik in Betty auf, als das Tier sie mit der Spitze seiner Schnauze anstupste, doch es war eine so sanfte Berührung, als wüßte der Diplodocus genau, wie leicht er sie verletzen oder töten konnte.

Betty konnte nicht anders, als einen Arm auszustrecken und dem Saurier über die Schnauze zu streichen. Seine Haut fühlte sich seltsam an, fast wie Leder, aber zugleich weicher, samtartiger. Das Tier stieß einen kehligen Laut aus, der nicht feindselig, sondern eher zufrieden klang, Betty aber dennoch erschreckte, denn das Maul des Sauriers öffnete sich dabei etwas.

Für einen Moment sah sie die zwei Reihen stiftförmiger Zähne in seinem Vorderkiefer. Stinkender Atem schlug ihr entgegen und ließ sie angeekelt das Gesicht abwenden. Erneut stupste der Diplodocus sie sanft an. Offenbar gefiel ihm, daß sie ihn streichelte, und er wollte sie zum Spielen auffordern.

»Du scheinst ja wirklich ein lieber Kerl zu sein, nur bräuchtest du dringend mal etwas Mundwasser«, murmelte sie, während sie ihm mit der Hand weiter die Schnauze tätschelte.

Allmählich schien der Diplodocus des Spiels müde zu sein, oder sein Hunger überwog. Er senkte den Kopf etwas und begann, die nadelbespickten Zweige abzurupfen und zu verschlingen. Sein Kopf befand sich nun direkt unter Betty, und sie faßte einen verzweifelten Entschluß.

Springen konnte sie aus dieser Höhe nicht, und die Baumstämme waren zu weit entfernt, um sie zu erreichen, doch vielleicht konnte ihr der Saurier tatsächlich helfen, den Erdboden zu erreichen.

Dazu jedoch mußte sie alles auf eine Karte setzen. Ihr Leben hing davon ab, wie das Tier reagieren würde, und auch wenn der Diplodocus sich bisher als absolut friedfertig erwiesen hatte, war nicht gesagt, daß dies so bleiben würde.

Es war ebensogut möglich, daß er ihr Vorhaben als Angriff auffaßte oder sie ihm einfach nur lästig fiele, doch die Chance war trotz des hohen Risikos zu verlockend, um sie einfach ungenutzt verstreichen zu lassen.

Sie griff mit einer Hand nach dem Hals des Tieres. Die Haut war hier sehr viel rauher als an der Schnauze und von zahlreichen Falten durchfurcht, an denen sie sich mühelos festklammern konnte. Entschlossen löste sie auch ihre zweite Hand, packte damit ebenfalls den rauhen Hals und schlang zugleich auch ihre Beine darum.

Der Diplodocus stieß ein leises Grollen aus, das nicht erkennen ließ, ob es sich um einen Laut des Ärgers oder des Wohlbefindens handelte. Immerhin machte er keine Anstalten, Betty abzuschütteln. Er senkte sogar seinen Kopf noch ein weiteres Stück, so daß der Neigungswinkel seines Halses nicht mehr so steil war und ihr das Klettern erleichterte.

Behende kroch sie auf allen vieren rückwärts an der Oberseite des Halses hinab, wobei die rauhe Haut ihr genügend Halt verschaffte.

Erst als sie den Ansatz eines der beiden wuchtigen Vorderbeine erreichte, verharrte sie einen Moment. Sie mußte an dem Bein selbst hinabklettern, doch dies würde der schwierigste Teil der Kletterpartie sein. Noch während sie nach der bestmöglichen Position suchte, stieß der Saurier plötzlich ein durchdringendes Brüllen aus und machte im gleichen Moment einen Schritt nach vorne.

Die Bewegung kam völlig überraschend für Betty, doch selbst wenn sie darauf vorbereitet gewesen wäre, hätte sie sich vermutlich nicht mehr festhalten können. Zu stark dehnte sich die Haut des Tieres bei dem Schritt.

Ihre Finger glitten ab, und wild mit den Armen rudernd stürzte sie nach hinten. Sie befand sich keine vier Meter mehr über dem Boden, und einige weiche Farngewächse dämpften ihren Sturz, dennoch raubte der Aufprall ihr fast die Besinnung. Sekundenlang war sie völlig benommen.

Ein kräftiger Stoß erschütterte den Boden, dann setzte der Diplodocus zu einem weiteren Schritt an. Betty sah eines der gewaltigen Beine direkt auf sich zukommen.

Sie glaubte nicht, daß der Saurier bewußt nach ihr trat. Wahrscheinlich wußte er sogar nicht einmal, wo sie sich befand, da sie durch die Farne halb verborgen war, aber es machte keinen Unterschied, ob sie mit Absicht oder durch ein bloßes Versehen zerquetscht wurde.

Reaktionsschnell wälzte sie sich herum, doch sie erkannte sofort, daß es nicht reichen würde, sie aus der Gefahrenzone zu bringen. Die relative Langsamkeit, mit der sich der Diplodocus bewegte, kam ihr nun zugute.

Es gelang ihr, sich aus der Drehung in die Hocke hochzustemmen und sich mit einem gewaltigen Satz abzustoßen. Kaum eine Sekunde später setzte der Fuß des Diplodocus dort auf, wo sie gerade noch gelegen hatte, zermalmte Gestrüpp unter sich und brachte den Boden erneut zum Erbeben.

Betty rappelte sich auf. Sie fühlte sich am ganzen Körper wie gerädert, doch noch war die Gefahr nicht vorbei. Immer noch befand sie sich in bedrohlicher Nähe des Giganten.

»Hierher!« vernahm sie Michaels gedämpften Ruf aus einem Farngebüsch vor sich. Betty eilte darauf zu. Geduckt und die Arme schützend vor das Gesicht erhoben, drang sie in das Gebüsch ein, bis sie Michael schließlich erreichte.

»Alles in Ordnung?« erkundigte er sich und musterte sie besorgt.

Betty nickte. »Nur ein paar Kratzer und Prellungen«, gab sie zurück. »Nichts Ernstes.«

Boris Corman erwachte mit bohrenden Kopfschmerzen. Er wußte nicht, wie lange er ohnmächtig gewesen war, nicht einmal, wieso er überhaupt das Bewußtsein verloren hatte. Für Sekunden war er völlig orientierungslos, und die Kopfschmerzen erschwerten es ihm, sich auf irgend etwas zu konzentrieren.

Er lag in weichem Sand.

Obwohl ihm sofort schwindelig wurde und die Schmerzen noch zunahmen, stemmte er sich mühsam auf die Ellbogen hoch und sah sich um.

Der Anblick der nächtlichen Wüstenlandschaft mit dem dunklen Streifen urzeitlichen Waldes in gut einer Meile Entfernung ließ sein Gedächtnis langsam zurückkehren. Er erinnerte sich wieder, wie er Leo Richards, den kriminellen Großwildjäger, der ihn nach DINO-LAND geführt hatte, mit seinem Gewehr bedroht und ihn gezwungen hatte, unmittelbar vor dem Zeitbeben aus dem sicheren Waldrand auf das Wüstenstück hinauszutreten, das von dem Beben in die Vergangenheit versetzt werden würde.

Es war ein von vornherein geplanter Betrug gewesen. Richards hatte nichts von Cormans wahrem Vorhaben geahnt, sondern war davon ausgegangen, daß er nur aus Begeisterung für die Saurier in das zum militärischen Sperrgebiet erklärte DINO-LAND hineinwollte, um sich dort umzusehen und vor allem eines der Zeitbeben aus nächster Nähe zu beobachten.

Begeisterung für Saurier? Boris Corman verzog angewidert das Gesicht. Er haßte die verdammten Biester mit jeder Faser, seit ein Allosaurus, der mit einem der allerersten Zeitbeben vor rund zwei Jahren in die Gegenwart gelangt war, seine Familie ausgelöscht hatte. Seine Frau und seine Tochter Sandy waren direkt getötet worden, seine zweite Tochter Tippy lag seit dieser Zeit im Koma und würde wohl niemals wieder daraus erwachen.

Seither hatte Corman nur noch an Rache gedacht. Als Biochemiker hatte er in den vergangenen Jahren ein Serum entwickelt, das speziell auf Saurier wirkte, sie sterilisierte und auf diese Art zum Aussterben verdammte. Nach Abschluß dieser Forschungen hatte er nur noch jemanden gebraucht, der ihn nach DINO-LAND brachte, und diesen Helfer in Leo Richards gefunden.

Richards war ein Krimineller mit einer bewegten, abenteuerlichen Vergangenheit, der sich schon in allen Teilen der Welt als Grabräuber, Bodyguard, Söldner und Lohnkiller verdingt hatte. Zudem besaß er eine Vorliebe für die Großwildjagd und hatte es sich zum Ziel gesetzt, seiner Trophäensammlung auch einen Saurier einzuverleiben.

Dennoch hatte Boris Corman seinen Plan nur zum Teil umsetzen können. Er hatte Richards' Reaktionsschnelligkeit unterschätzt, denn entsetzt von dem Gedanken an eine Verbannung in die Urzeit, war es dem Jäger gelungen, ihn zu überwältigen und zu fliehen. Corman erinnerte sich noch an den Stoß, der ihn zu Boden geschleudert hatte, bevor Schwärze sein Bewußtsein verschlang.

Immerhin erkannte er jetzt, warum er ohnmächtig geworden war. Dicht neben ihm ragte die Spitze eines Felsens aus dem Sand. Sie war mit Blut verkrustet, und als Corman die Hand zum Hinterkopf hob, fühlte er, daß seine Haare verklebt waren und sich eine mächtige Beule gebildet hatte. Er mußte mit seinem Kopf direkt auf den Stein geschlagen sein.

Ein paar Schritte entfernt sah er das Gewehr liegen, aber wo befand sich der Kanister mit dem Serum?

Erst jetzt, als Corman sich noch einmal genauer umblickte, erkannte er, daß er nicht allein war. Mehrere dunkle Umrisse kreisten über ihm und hoben sich scherenschnittartig gegen den Nachthimmel ab.

Die Tiere waren nicht besonders groß, sondern besaßen nur eine Flügelspannweite von etwas über einem halben Meter. Zu seinem Glück handelte es sich anscheinend nur um Pterodactyloiden, nicht um die wesentlich größeren und gefährlicheren Rhamphorhynchus', die mit ihrem mörderischen Gebiß einen Menschen durchaus verstümmeln oder sogar töten konnten.

Gleich darauf sah er auch, was die Pterodactylen angelockt hatte. Gleich zwei von ihnen stritten sich um etwas, das fast so groß wie sie selbst war und einige Dutzend Meter entfernt im Sand lag. Einer der Flugsaurier hatte es mit seiner spitzen Schnauze an einem Trageband gepackt und zerrte es mit sich. Das Etwas glänzte metallisch im Mondlicht, und Corman erkannte, daß es sich um den Kanister handelte.

»Na wartet, verdammte Mistviecher«, knurrte Corman. Er sprang auf – und sank gleich darauf mit einem Schrei zurück, als der Kopfschmerz wie eine feurige Lohe durch seinen Schädel zuckte. Gerade noch konnte er seinen Sturz mit den Händen abfangen.

Anscheinend war der Sturz auf den Felsbrocken doch nicht so glimpflich abgegangen, wie er geglaubt hatte. Die Anzeichen waren eindeutig, er hatte sich zumindest eine Gehirnerschütterung zugezogen.

Boris Corman hätte vor Wut und Enttäuschung schreien können. Er war nur noch eine Handbreit von seinem Ziel entfernt gewesen. Alles, was er hatte tun wollen, war, den Kanister zu öffnen, sobald er in die Vergangenheit gelangt war.

Das Serum hätte sich beim Kontakt mit Sauerstoff vollends in Gas verwandelt und sich nach und nach über die ganze Welt ausgebreitet. Ohne Nachkommenschaft wären binnen weniger Jahrzehnte auch die letzten Saurier ausgestorben und hätten so für das bezahlt, was sie ihm und seiner Familie angetan hatten.

Alles wäre so einfach gewesen. Eine knappe Drehung am Verschluß des Kanisters, und er hätte seine Rache vollendet, die allein seinem Leben in den letzten zwei Jahren einen Sinn verliehen hatte. Was danach mit ihm passierte, wäre ihm gleichgültig gewesen.

Corman hob den Kopf. Die Pterodactylen hatten den Kanister inzwischen fast hundert Meter weit weggeschleppt, und es sah nicht so aus, als ob sie das Interesse an ihrem neuen Spielzeug so schnell wieder verlieren würden. Irgendwie mußte er sie vertreiben.

Mühevoll und langsam wie ein uralter Mann kroch er auf das Gewehr zu. Schon die wenigen Meter stellten eine fast unüberwindliche Distanz für ihn dar. Er fühlte sich sterbenselend. Sein überhastetes Aufstehen hatte sich als ein Bumerang erwiesen.

Das einzig Vernünftige wäre es gewesen, sich auszuruhen und zu warten, bis er wieder zu Kräften kam, doch dann wäre der Kanister wahrscheinlich ein für allemal verloren. Er konnte sein Unternehmen nicht abbrechen und in ein paar Tagen einen neuen Versuch starten. Eine Rückkehr war unmöglich, und hier gab es für ihn keinerlei Möglichkeit, neues Serum herzustellen.

Corman war schweißgebadet, als er das Gewehr schließlich erreichte und sich seine Finger um das kalte Metall schlossen. Wieder begann sich alles vor seinen Augen zu drehen, und obwohl er längst alles erbrochen hatte, was sich in seinem Magen befunden hatte, mußte er schon wieder würgen. Angewidert spuckte er die bittere Gallenflüssigkeit aus, die ihm in den Mund stieg.

Er drehte sich im Liegen herum. Trotz des hervorragenden Zielfernrohrs gelang es ihm nicht, einen der Flugsaurier klar ins Visier zu nehmen. Sein Blick war zu sehr getrübt, und außerdem schaffte er es auch nicht, das Gewehr ruhig genug zu halten, doch spielte das letztlich keine Rolle. Ihm kam es nur darauf an, die Pterodactylen zu verscheuchen. Im Idealfall würde er sogar den Kanister selbst treffen. Die Stahlhülle war zwar äußerst widerstandsfähig, aber eine Gewehrkugel würde sie trotzdem durchschlagen, und ein Loch hätte den gleichen Effekt, als würde er den Verschluß öffnen.

Der Schuß hallte wie Kanonendonner durch die nächtliche, nur vom gelegentlichen fernen Brüllen eines Sauriers durchbrochene Stille. Die leere Patronenhülse wurde durch einen seitlichen Schlitz an der Waffe ausgeworfen.

Corman hatte nicht richtig zielen können, dennoch registrierte er zufrieden, daß die Kugel eines der Tiere streifte. Doch es war ein reiner Glückstreffer. Auf jeden Fall konnte die Verletzung nicht schwer sein; vielleicht erschrak der Flugsaurier auch nur so sehr, daß er eine überhastete Bewegung machte und deshalb ins Trudeln geriet, denn nach wenigen Sekunden flatterte er bereits wieder so sicher wie zuvor.

Immerhin zeigte der Schuß Wirkung. Beide Saurier ließen von ihrer Beute ab und schraubten sich mit hastigen Flügelschlägen in den Himmel.

Boris Corman verschnaufte noch einige Sekunden lang, dann stemmte er sich behutsam in die Höhe.

Diesmal schaffte er es. Ihm war immer noch schwindlig, doch es gelang ihm, sich auf den Beinen zu halten. Seine ersten Schritte fielen noch sehr unsicher und taumelnd aus, aber verbissen kämpfte er gegen Schwäche und Schmerz an. Das Gewehr benutzte er als Krücke, auf die er sich stützte.

Langsam und mühevoll wankte er auf den Kanister mit dem tödlichen Inhalt zu.

Langsam, aber mit ungeheuerlicher Präzision senkte sich der Bell UH-1 auf das Landefeld hinunter. Die Kufen setzten auf, ohne daß der leichteste Ruck zu spüren war. Der Lärm ebbte ab, als der Motor ausgeschaltet wurde und sich die

Rotorblätter nur noch im Leerlauf weiterdrehten. Littlecloud wartete nicht, bis sie zum Stillstand gekommen waren, sondern stieß die Tür auf und stieg ins Freie. Geduckt hastete er auf den ein Stück entfernt stehenden Mann zu. Auch wenn er nur Zivilkleidung trug, war Mainland so etwas wie der Oberbefehlshaber.

Bereits vor dem Sturz in die Vergangenheit war er Lieutenant bei der Polizei von Las Vegas gewesen, und wie selbstverständlich hatte er auch hier das Kommando übernommen, ganz einfach deshalb, weil er der beste Mann für diesen Posten war.

»Nun?« erkundigte sich Mainland. Die Besorgnis, die sogar in diesem einen Wort mitklang, war nicht zu überhören.

»Unverändert«, antwortete Littlecloud und schüttelte den Kopf. »Die Biester kommen direkt auf uns zu. Auch das Ende des Dschungels hat sie nicht von ihrer Richtung abbringen können, und sie sind sogar noch schneller geworden. Wahrscheinlich, weil sie weniger zu fressen finden, seit sie aus dem Dschungel heraus sind. Spätestens morgen abend sind sie hier.«

»Dann werden wir also kämpfen müssen«, murmelte Mainland. Seine Stimme klang wie die eines uralten Mannes, gewann jedoch abrupt an Kraft, als er in einer Aufwallung von Zorn hinzufügte: »Diese verdammten Biester! Warum folgen sie nicht dem Waldrand? Der Dschungel bietet ihnen zehnmal mehr zu fressen als die Wüstenvegetation!«

Littlecloud zuckte mit den Schultern. »Vielleicht sind sie einfach zu blöd dazu«, erwiderte er respektlos. »Sie ziehen einfach in der einmal eingeschlagenen Richtung weiter, ob sie etwas zu fressen finden oder nicht. Wahrscheinlich werden sie so lange weiterlaufen, bis sie tief in der Wüste schließlich verhungern.« Er räusperte sich. »Aber bis dahin ist es für uns zu spät, und es bringt nichts, uns den Kopf über *Wenns* und *Abers* zu zerbrechen. Überlegen wir lieber, was wir tun können.«

Mainland legte ihm eine Hand auf die Schulter. »Komm mit, wir können wohl beide eine Tasse Kaffee vertragen.«

»Das einzig Vernünftige wäre es, Las Vegas zu räumen«, behauptete Littlecloud, während sie gemeinsam auf eines der Gebäude am Rande des kleinen Flugfeldes zugingen. »Wahrscheinlich würde es schon reichen, für einige Tage in ein anderes Stadtviertel weiter im Nordwesten umzuziehen.«

»Um nach unserer Rückkehr alles, was wir aufgebaut haben, zerstört vorzufinden?« Mainland schüttelte abermals den Kopf. »Die Leute würden sich weigern.«

»Du könntest es notfalls mit Gewalt durchsetzen. Was verlieren wir schon? Ein paar Gemüsegärten und einen Teil von dem, was wir nicht aus den Häusern herausschaffen können. Ist es das wert, dafür unser aller Leben aufs Spiel zu setzen?«

»Du verstehst das nicht«, entgegnete Mainland niedergeschlagen. Er blieb stehen und drehte sich zu Littlecloud herum. »Die meisten Menschen hier sind Zivilisten. Es war schwer genug, sich damit abzufinden, hier gestrandet zu sein. Diese paar *Gärten*, wie du es nennst, sind alles, was sie haben, ihre eigene kleine Welt, die sie hier aufgebaut haben. Natürlich könnten sie alles neu anpflanzen, aber darum geht es nicht. Sie wollen nicht noch einmal alles verlieren, so wenig es auch ist. Sie könnten es gar nicht verkraften, und deshalb haben sie sich entschieden, hierzubleiben und die Stadt zu verteidigen. Das Abstimmungsergebnis war eindeutig.«

Littlecloud schwieg ein paar Sekunden lang.

Mainland hatte alle Bewohner abstimmen lassen, und fast achtzig Prozent hatten sich dafür ausgesprochen, hierzubleiben.

»Eine Abstimmung«, murmelte Littlecloud bitter. »Du solltest dich darüber hinwegsetzen. Die Leute haben keine Vorstellung von dem, was sie erwartet; sie haben den Schwarm nicht gesehen. Willst du unser aller Leben wirklich davon abhängig machen, was Menschen beschließen, die die Situation nicht richtig einschätzen können und das wahre Ausmaß der Gefahr nicht einmal kennen?«

»Mir bleibt nichts anderes übrig«, erklärte Mainland. »Jeder, der gehen will, kann gehen, aber ich kann nicht alle anderen mit Gewalt wegschaffen lassen. Außerdem bin ich überzeugt, daß die Abstimmung nicht viel anders ausfallen würde, wenn alle genau wüßten, wie groß die Gefahr wirklich ist. Die meisten würden lieber sterben, als auch nur für ein paar Tage wegzugehen.«

»Und genau das werden wir«, prophezeite Littlecloud düster.

Die Flugsaurier kehrten zurück, noch bevor Boris Corman die Hälfte der Strecke zurückgelegt hatte. Im Grunde waren sie gar nicht wirklich weggewesen, sondern hatten hoch am Himmel lauernd über dem Kanister gekreist, aber immerhin hatte der Schuß sie erschrocken aufflattern lassen und sie für eine Weile vertrieben.

Aber sie waren zurückgekommen. Cormans schlimmste Horrorvorstellung war es, daß sie den Kanister stets so weit wegschleppen würden, daß dieser außerhalb seiner Reichweite blieb und er gezwungen wäre, wieder und wieder auf sie zu schießen, bis sein ohnehin knapper Vorrat an Munition aufgebraucht wäre.

Er wußte nicht einmal genau, wie viele Patronen er besaß, da er nicht damit gerechnet hatte, das Gewehr benutzen zu müssen. Mit Waffen kannte er sich ohnehin nicht besonders gut aus, so daß er nicht sicher war, wie viele Kugeln das Magazin des Gewehres faßte. Darüber hinaus steckte noch etwa ein halbes Dutzend Patronen, die Richards ihm für den Notfall in die Hand gedrückt hatte, in seiner Jackentasche.

Immer noch fiel ihm das Gehen schwer, wenn es auch bei weitem nicht mehr so schlimm wie am Anfang war. Seine Kopfschmerzen hatten nachgelassen und waren auf ein erträgliches Maß gesunken, doch das Schwindelgefühl und die Übelkeit waren geblieben. In seinem Kopf herrschte eine merkwürdige Taubheit, eine Kälte, als wären Teile seines Gehirns eingefroren.

Es fiel ihm schwer, sich auf etwas zu konzentrieren, sein Denken war einzig darauf ausgerichtet, den Kanister wieder in seinen Besitz zu bringen. Zeitweise war er geistig sogar so benommen, daß es ihm schwerfiel, sich überhaupt zu erinnern, was sich in dem Behälter befand und warum er hergekommen war.

Die Gehirnerschütterung mußte in der Tat ziemlich schlimm sein.

Er kam nur langsam voran. Vor allem die Schwäche und beharrliche Gleichgewichtsstörungen machten ihm zu schaffen.

Jetzt mußte er hilflos mitansehen, wie die beiden Flugsaurier zurückgekehrt waren und sogar noch Unterstützung durch ein drittes Tier bekamen. Erneut schnappte sich eine der Pterodactylen das Trageband des Kanisters, hob sich mitsamt ihrer Last in die Luft und kam mehrere Meter weit, ehe sie den Behälter wieder fallen ließ.

Der Anblick erfüllte Corman mit ohnmächtiger Wut, die sogar stärker als seine Benommenheit war. Er spreizte seine Beine etwas, um einen sichereren Stand zu haben, hob das Gewehr und gab einen weiteren Schuß in Richtung der Flugechsen ab. Er traf keines der Tiere, doch ließen sie auch diesmal erschrocken den Kanister fallen, stoben auseinander und stiegen hastig mit den Flügeln schlagend in die Höhe.

Corman ließ das Gewehr sinken, stützte sich wieder darauf und humpelte weiter. Tief im Inneren wußte er, daß es ein Wettlauf war, den er nicht gewinnen konnte, auch wenn er sich weigerte, sich dies offen einzugestehen.

Mit seinem ersten Schuß hatte er den Flugsauriern noch einen gewaltigen Schrecken eingejagt, doch bereits der zweite Schuß zeigte deutlich weniger Wirkung. Die Pterodactylen waren nicht annähernd so hoch wie beim ersten Mal aufgeflattert, und ihr Schreck hielt auch bedeutend weniger lange an.

Es dauerte nur Sekunden, bis sich das erste Tier bereits wieder dem Kanister näherte. Es unternahm mehrere Anflüge. Ein paarmal hintereinander schoß es darauf zu, und auch wenn es sich noch nicht ganz herantraute, so drehte es jedesmal etwas später ab. Als nichts geschah, schien es schließlich genug Mut gefaßt zu haben, seine Zurückhaltung ganz aufzugeben.

Corman hatte kaum ein Dutzend kleiner, schleppender Schritte hinter sich gebracht, als der Pterodactylus bereits wieder nach dem Trageband schnappte, den Kanister hochhob und ihn mehrere Meter weit fortschleppte. Kaum hatte das Tier ihn fallen lassen, kam bereits das nächste heran und übernahm die Last.

Am liebsten hätte Corman sofort wieder geschossen, doch angesichts des geringen Erfolges waren ihm die Patronen zu kostbar. Er besaß nur eine begrenzte Menge an Munition und wußte nicht, ob er nicht jede einzelne Kugel noch dringend brauchen würde. Zwar lag ihm nicht mehr viel an seinem Leben, doch er durfte nicht sterben, bevor er seine selbstgewählte Mission erfüllt und seine Rache vollstreckt hatte.

Notfalls würde er die Pterodactylen bis zu ihrem Nest oder Hort oder was auch immer verfolgen, und sollte er in der Zwischenzeit angegriffen werden, mußte er sich verteidigen können.

Immerhin aber blieb ihm eine recht realistische Hoffnung, daß die Verfolgung trotzdem nicht mehr allzu lange dauern würde. Er wußte nicht, was das Ziel der Flugsaurier war, aber sie näherten sich immer weiter der Grenze des Dschungels.

Der Kanister wog genug, daß es bei ihrer geringen Größe ohnehin eine ungeheure Anstrengung für sie sein mußte, ihn hochzuheben und wegzuzerren. Hoch in die Luft steigen und davonfliegen konnten sie mit dieser Last jedenfalls nicht, und er konnte sich kaum vorstellen, daß sie den Behälter direkt durch den Wald schleppen würden.

Mit etwas Glück würden sie also spätestens am Waldrand

einsehen, daß sie mit dem Kanister nicht mehr weiterkamen, und ihn zurücklassen, um davonzufliegen und sich ein neues Spielzeug zu suchen.

Der Gedanke verlieh Corman neue Kraft. Schneller als bisher schleppte er sich vorwärts, und allmählich schmolz die Distanz zwischen ihm und den Flugsauriern zusammen, zumal die Tiere mittlerweile auch deutlich an Kraft verloren und nur noch immer kleinere Strecken schafften.

Nach einer Weile opferte er doch noch eine Kugel, vertrieb die Pterodactylen damit abermals und verschaffte sich erneut einen Zeitvorteil von knapp einer Minute, in der er dem Kanister wieder ein Stück näher kam.

Als sie diesmal zurückkehrten, waren die drei Tiere nicht mehr allein, und mit jähem Schrecken erkannte Boris Corman, wie sehr er sich die ganze Zeit über getäuscht hatte. Aufgrund ihrer geringen Größe hatte er die Flugsaurier für Pterodactylen gehalten, doch das waren sie nicht.

In Wahrheit handelte es sich um Exemplare der Gattung Rhamphorhynchus. Wäre er nicht so benommen gewesen, hätten ihn ihre Kraft und Ausdauer, vor allem aber die geradezu kindliche Begeisterung für den glänzenden Kanister auf die richtige Spur bringen können. Kindlich war genau das richtige Stichwort, denn die Flugsaurier waren nur deshalb so klein, weil es sich um noch nicht ausgewachsene Jungtiere handelte.

Als die drei Saurier diesmal zurückkehrten, brachten sie ihre Eltern mit. Sie waren gut dreimal so groß wie ihre Jungen, und anscheinend hatten sie begriffen, daß den Kleinen Gefahr drohte.

Wie es aussah, schien Corman jedoch noch Glück im Unglück zu haben. Keiner der beiden großen Rhamphorhynchus' machte Anstalten, sich auf ihn zu stürzen. Statt dessen stießen sie einige krächzende Laute aus. Die drei Jungsaurier ließen sofort von dem Kanister ab. Dafür aber packte eines der erwachsenen Tiere das Trageband des Behälters und schwang sich ohne sichtliche Anstrengung mit seiner Beute in die Höhe.

Boris Corman schrie vor Zorn und Enttäuschung auf. Er riß das Gewehr an seine Wange, zielte kurz und drückte dreimal kurz hintereinander ab.

Keine seiner Kugeln traf. Er war kein guter Schütze, zudem zitterten seine Finger viel zu stark für einen sicheren Schuß, obwohl er das Gewehr im Liegen mit beiden Händen hielt und seine Ellbogen am Boden aufstützte.

Als er ein viertes Mal abdrückte, ertönte nur ein metallisches Klicken. Das Magazin der Waffe war leergeschossen. In fieberhafter Eile fingerte er einige neue Patronen aus seiner Tasche und betrachtete das Gewehr hilflos. Er hatte keine Ahnung, wie man die Waffe nachlud, und ihm blieb auch keine Zeit mehr dafür.

Mit einem schrillen Krächzen griff der zweite Rhamphorhynchus an. Das Tier hatte die Flügel angelegt und schoß pfeilschnell auf ihn herab.

Corman wälzte sich herum. Er packte das Gewehr am Lauf und benutzte es wie eine Keule. Wuchtig hieb er nach dem Rhamphorhynchus. Das Tier wich dem Schlag aus. Es segelte dicht über dem Wüstenboden dahin, flog eine Schleife und kam erneut auf den Wissenschaftler zugeschossen.

Um beweglicher zu sein, stand er auf, doch das war ein Fehler, wie er gleich darauf merkte. Sein Hieb verfehlte den angreifenden Rhamphorhynchus, und er konnte sich gerade noch zur Seite werfen, als das Tier mit seinem mörderischen Gebiß nach ihm schnappte.

Eine der Schwingen traf ihn noch im Fallen an der Schulter. Obwohl der Flügel dünn und geradezu zerbrechlich aussah, war er erstaunlich hart. Corman wurde herumgewirbelt, stürzte unglücklich und hatte plötzlich den Mund voller Sand, der ekelhaft zwischen seinen Zähnen knirschte. Angewidert spuckte er aus.

Seine Schulter schmerzte, als wäre sie von einem Baseballschläger getroffen worden, doch er unterdrückte den Schmerz, da der Rhamphorhynchus bereits wieder zu einem weiteren Angriff ansetzte.

Zeit, um ganz aufzustehen, blieb ihm nicht mehr, so begnügte sich Corman damit, sich auf die Knie aufzurichten. In dieser Position schlug er ein weiteres Mal mit dem Gewehr zu, und diesmal verfehlte er sein Ziel nicht.

Der Gewehrkolben traf eine der Schwingen des Flugsauriers. Corman konnte hören, wie der Knochen brach. Das Krächzen des Rhamphorhynchus verwandelte sich in ein schrilles, schmerzerfülltes Kreischen. Das Tier taumelte und stürzte zu Boden. Wie wild schlug es mit dem unverletzten Flügel und versuchte gleichzeitig, mit dem Maul nach Cormans Beinen zu schnappen.

Er wollte aufstehen, doch im gleichen Moment, in dem er seinen rechten Fuß belastete, schoß ein stechender Schmerz durch seinen Knöchel. Der Wissenschaftler stürzte in den Sand zurück und stöhnte vor Schmerz. Vorsichtig betastete er den Knöchel.

Das Fußgelenk war angeschwollen und tat bei der Berührung weh. Er mußte bei seinem Sturz mit dem Fuß umgeschlagen sein. Gebrochen schien der Knöchel nicht zu sein, zumindest war er jedoch geprellt oder sogar verstaucht.

Wesentlich vorsichtiger als zuvor stand Corman auf, wobei er den verletzten Knöchel nur sehr behutsam belastete. Solange er aufpaßte, war der Schmerz zu ertragen, aber als wäre die Gehirnerschütterung noch nicht genug, hatte er nun eine weitere Verletzung erlitten, die ihn stark behinderte. Die Wut auf den Rhamphorhynchus, dem er das zu verdanken hatte, wurde übermächtig.

Corman trat einen Schritt zurück und betrachtete das zuckende Tier vor seinen Füßen einige Sekunden lang haßerfüllt. Dann schlug er noch einmal mit aller Kraft mit dem Gewehr zu.

Dabei ging es ihm nicht darum, es von den Qualen zu erlösen. Nachdem die Flugsaurier ihm den Kanister gestohlen hatten, wollte er nur seinen Haß abreagieren. Ihm wurde nicht einmal bewußt, daß er dem schwerverletzten Rhamphorhynchus einen Gefallen tat, indem er ihn tötete.

Das Kreischen verstummte; das Zucken des Tieres hörte auf. Reglos lag es vor Boris Corman im Sand.

Er würdigte es nicht einmal eines weiteren Blickes, sondern suchte den Himmel sofort nach dem Rhamphorhynchus ab, der seinen Kanister weggeschleppt hatte. Begleitet von seinen Nachkommen hatte sich das Tier bereits ein beträchtliches Stück entfernt. Den Tod seines Gefährten schien es gar nicht bemerkt zu haben, oder es kümmerte sich nicht darum.

Corman bückte sich nach den Patronen, die er fallen gelassen hatte. Noch einmal betrachtete er das Gewehr. Wenn er sich etwas intensiver damit beschäftigte, würde er sicherlich herausfinden, wie man es nachlud, doch das konnte er später erledigen.

Für einen gezielten Schuß war die Distanz ohnehin längst schon viel zu groß. Er hatte es ja nicht einmal geschafft, die Saurier zu treffen, als sie sich nur wenige Dutzend Meter von ihm entfernt befunden hatten, und mittlerweile schwebten die Tiere bereits weit über dem Dschungel.

Corman verdrängte die Frage, wie es ihm unter diesen Bedingungen jemals gelingen sollte, den Kanister zurückzubekommen. Er war niemand, der einfach aufgab, auch wenn die vor ihm liegende Aufgabe noch so unmöglich erscheinen mochte. Er mußte nur herausfinden, wohin die Rhamphorhynchus' den Behälter brachten. Falls er nicht bei dem Versuch sein Leben verlieren sollte, würde er ihnen irgendwie folgen.

Zunächst aber mußte er die Saurier weiter beobachten. Verlor er sie aus den Augen, war seine Aufgabe wirklich gescheitert. Er bedauerte, daß er kein Fernglas bei sich hatte. Hier hätte es ihm gute Dienste geleistet.

Das Ziel der Tiere schien ein Berg zu sein, dessen Gipfel sich etwa fünf oder sechs Meilen entfernt aus dem Wald erhob.

Corman hatte die Rhamphorhynchus' bereits fast aus dem Blickfeld verloren, als ihm endlich der rettende Einfall kam. Ein Fernglas? Zum Teufel, er hatte etwas bei sich, das beinahe ebensogut war. Corman hob das Gewehr wieder. Das Zielfernrohr war nicht gerade ein Teleskop, aber es verbesserte seine Sicht doch ganz erheblich. Deutlich konnte er das Tier sehen, das den Kanister mit sich trug.

Er hatte sich nicht getäuscht, ihr Ziel schien tatsächlich der Berg zu sein. Etwa auf halber Höhe gingen sie nieder. Genaueres war auf diese Entfernung auch durch das Zielfernrohr nicht mehr zu erkennen, aber es war anzunehmen, daß sie dort eine Art Horst hatten.

Boris Corman setzte das Gewehr ab. Im gleichen Moment entdeckte er die beiden Menschen, die sich ihm von der Seite her näherten.

Boris Corman hatte keine Ahnung, woher die Journalistin und ihr Begleiter gekommen waren, doch hatte er sie durch das Zielfernrohr des Gewehres eindeutig erkannt.

Erst einmal zuvor hatte er sie gesehen, das war gegen Mittag des vergangenen Tages gewesen. Da hatten die beiden an seiner Tür geklingelt, als er gerade mit der Herstellung seines Unfruchtbarkeitsserums fertiggeworden war, und diese Sanders hatte angefangen, ihm seltsame Fragen über seine Arbeit zu stellen.

Schon da hatte er befürchtet, daß die beiden ihm irgendwie auf die Spur gekommen waren. Auch wenn sie bestimmt nicht wußten, was genau er vorhatte, mußten sie irgendwie Verdacht geschöpft haben. Diese Erkenntnis hatte ihn letztlich bewogen, den Zeitsprung so schnell wie nur irgend möglich zu machen, bevor noch irgend etwas schiefgehen und seine Pläne im letzten Moment vereiteln konnte.

Wie recht er mit dieser Vermutung gehabt hatte, zeigte sich jetzt. Die beiden konnten nur seinetwegen gekommen sein. Irgendwie mußten sie das Zeitbeben genau wie er mitgemacht haben, auch wenn er sich kaum vorstellen konnte, wie das möglich war, denn dafür hätten sie an die gleichen streng geheimen Informationen gelangen müssen, die Richards für ihn herausgefunden hatte. Vielleicht hatten sie ihn unbemerkt verfolgt. Im Grunde war es egal. Schlimm genug, daß sie da waren. Und wenn sie gekommen waren, um ihn aufzuhalten, standen ihre Chancen angesichts seines Zustandes nicht schlecht.

Mit knapper Not hatte Corman es geschafft, vor ihnen den Waldrand zu erreichen, doch war sein Vorsprung so gering, daß er keine Chance hatte, im Dschungel unterzutauchen und sie hier abzuhängen. Er würde nicht mehr weit kommen, so daß sie nur die nähere Umgebung absuchen mußten, um ihn zu finden.

Er umrundete ein Farngebüsch und kauerte sich dahinter nieder. Mit aller Kraft mußte Corman gegen die Verlockung ankämpfen, sich einfach zu Boden sinken zu lassen und die Augen zu schließen, wobei er wahrscheinlich auf der Stelle eingeschlafen wäre.

Es dauerte nicht lange, bis seine Verfolger auftauchten. Corman wartete, bis sie an seinem Versteck vorbei waren, und er hatte zusätzlich noch Glück. Die Frau stolperte über irgend etwas und stürzte der Länge nach hin. Dadurch war ihr Begleiter abgelenkt. Corman konnte sich unbemerkt an ihn heranschleichen und den Kolben des Gewehres auf dessen Kopf niedersausen lassen.

Er war zu benommen, um die Heftigkeit seines Hiebes richtig abzuschätzen, hoffte jedoch, daß er nicht allzu fest zugeschlagen hatte. Er wollte die beiden Menschen nicht ernsthaft verletzen oder gar töten, sondern sie lediglich eine Weile aufhalten, um sie so daran zu hindern, ihn weiterhin zu verfolgen.

Bevor die gestürzte Journalistin begriff, daß etwas nicht stimmte, hatte er das Gewehr bereits wieder herumgedreht und die Mündung auf sie gerichtet. Zwar befanden sich keine Patronen mehr darin, doch das konnte sie schließlich nicht wissen.

»Bleiben Sie liegen!« stieß er hervor. »Keine hastigen Bewegungen, oder ich schieße. Haben Sie verstanden?«

Die Frau nickte. Ihr Gesicht war schweißüberströmt, was aber wohl nicht an ihrer Angst lag, sondern an der kräfteraubenden Verfolgung. Er sah den Griff einer Pistole aus ihrem Gürtel ragen.

»Werfen Sie die Waffe weg!« befahl er. »Aber ganz vorsichtig. Fassen Sie sie nur mit zwei Fingern am Griff an.«

Mißtrauisch beobachtete er jede Bewegung, doch die Journalistin schien seinem Bluff zu glauben und vermied alles, was ihn provozieren könnte. Mit Daumen und Zeigefinger packte sie das äußere Ende des Pistolengriffes. Sie mußte sich ein bißchen zur Seite drehen, um die Waffe hervorziehen zu können.

Für einen Moment zögerte sie noch, dann warf sie die Pistole zur Seite. Etwa einen Meter von ihr entfernt blieb die Waffe liegen.

»Gut«, kommentierte Corman. »Jetzt verschränken Sie die Hände hinter dem Kopf!«

Auch diesem Befehl kam Betty Sanders widerstandslos nach. Ohne sie aus den Augen zu lassen, ging Corman neben ihrem Begleiter in die Hocke und untersuchte ihn flüchtig. An seinem Hinterkopf entwickelte sich eine Beule, doch war die Haut nicht einmal aufgeplatzt. Der Puls des jungen Mannes war deutlich zu fühlen.

»Was ist mit ihm?« wollte Betty besorgt wissen.

»Ihm fehlt nichts«, behauptete Corman. »Wahrscheinlich wird er schon bald mit kräftigen Kopfschmerzen wieder aufwachen. Es tut mir leid, daß ich zu solchen Methoden greifen muß, aber Sie lassen mir keine andere Wahl. Was tun Sie überhaupt hier? Wie sind Sie hierhergekommen?«

»Wir haben herausgefunden, was Sie vorhaben«, antwortete Betty offen. »Und wir wissen auch, was das Serum bewirkt. Haben Sie den Kanister schon geöffnet?«

Corman überlegte kurz, ob er lügen sollte, verzichtete dann aber darauf. »Nein«, erklärte er. »Der Kanister ist ... Zum Teufel, das geht Sie nichts an. Ich weiß, wo er ist, und ich werde ihn mir wiederholen.«

»Aber das ist Wahnsinn!« ereiferte sich die Journalistin. Die Erleichterung war ihr deutlich anzusehen. »Ich beschwöre Sie, Corman, geben Sie Ihren Plan auf. Haben Sie überhaupt schon einmal darüber nachgedacht, welche Folgen es haben kann, wenn Sie Erfolg haben?«

»Das ist mir egal!« stieß Corman hervor, so schnell, daß es selbst in seinen eigenen Ohren kaum glaubhaft klang. In der Tat hatte die Frau einen wunden Punkt berührt, denn bislang hatte er sich geweigert, auch nur darüber nachzudenken.

Er *wollte* nicht darüber nachdenken. Was zählte, das war nur seine Rache, von der er sich durch nichts abbringen lassen durfte. Wenn er zuviel darüber grübelte, was *vielleicht* passieren könnte, würde ihn dies nur verunsichern. Genau das war vermutlich die Absicht der Journalistin. Er durfte sich gar nicht erst auf Diskussionen mit ihr einlassen. »Ich will nichts davon hören. Seien Sie still!«

»Corman, benutzen Sie doch Ihren Verstand. Wollen Sie denn wirklich riskieren, nur wegen Ihrer Rache die Entwicklung der ganzen Welt –«

»Sie sollen den Mund halten!« brüllte er sie an und unterstrich seine Worte, indem er das Gewehr, das er ein bißchen gesenkt hatte, wieder anhob, so daß die Mündung erneut genau auf ihren Kopf gerichtet war.

Die Journalistin zuckte zusammen. Sie wagte nicht, weiterzusprechen, sondern starrte ihn nur erschrocken an.

Corman dachte darüber nach, was er tun konnte, um die beiden daran zu hindern, ihn weiterhin zu verfolgen. Es würde schon genügen, sie nur für eine Stunde aufzuhalten, danach würden sie ihn inmitten des Dschungels mit größter Wahrscheinlichkeit nicht mehr finden.

Er bedauerte, daß er kein Seil bei sich hatte, doch er entdeckte etwas, das er statt dessen benutzen konnte, um seine Verfolger zu fesseln. Betty Sanders trug eine dünne, aber wetterfeste Synthetikjacke, deren unterer Bund sich ebenso wie die Kapuze mit einer Kordel zusammenzuziehen ließ.

»Ihre Jacke«, sagte er. »Ziehen Sie die beiden Kordeln heraus!« Er wartete, bis die Journalistin seinem Befehl nachgekommen war, dann trat er zwei Schritte zurück und deutete mit dem Kopf auf ihren immer noch bewußtlosen Begleiter.

»Binden Sie ihm mit einer davon die Hände auf dem Rücken zusammen. Aber ich warne Sie, versuchen Sie keine Tricks. Ich werde den Knoten kontrollieren.«

»Bitte, Corman, hören Sie auf mit diesem Irrsinn!« flehte sie ihn an, zog jedoch gehorsam die Kordel aus der Kapuze. Ein Blick in seine Augen schien sie zu überzeugen, daß er sich nicht umstimmen lassen würde, denn nach ein paar Sekunden senkte sie resignierend den Kopf.

Sie richtete sich etwas auf, um die zweite Kordel aus dem Jackenbund zu ziehen. »Sie werden uns alle ins Unglück stürzen«, murmelte sie bitter. »Was Sie vorhaben, kann nur zu einer Katastrophe ...«

Corman hatte sich durch ihre Worte und vor allem den resignierenden Tonfall täuschen lassen und keine Gefahr mehr erwartet. Als sie angriff, wurde er völlig überrascht, und alles passierte so schnell, daß er keine Zeit zum Reagieren mehr fand.

Betty sprang mit einem gewaltigen Satz auf ihn zu. Mit der einen Hand schlug sie den Gewehrlauf zur Seite, die andere hatte sie zur Faust geballt und schlug sie ihm in den Magen. Der Schlag war nicht besonders hart, doch der Anprall ihres Körpers brachte ihn aus dem Gleichgewicht.

Gemeinsam stürzten sie zu Boden. Sie kam über ihm zu liegen. Ihr Gewicht preßte ihm die Luft aus den Lungen. Viel schlimmer jedoch war der Schmerz, der wie ein sengender Blitz durch seinen Kopf zuckte. Er war nicht damit aufgeschlagen, doch allein schon der harte Stoß genügte, daß er seine Gehirnerschütterung wieder spürte.

Boris Corman schrie auf. Er konnte nicht mehr denken, sein Kopf schien zu explodieren. Instinktiv schlug er um sich und benutzte dazu das Gewehr, das er noch immer in der Hand hielt.

Als sich der Vorhang aus wabernden schwarzen Nebeln vor seinen Augen schließlich lichtete, sah er, daß die Journalistin neben ihm zusammengebrochen war. Sie stöhnte und hielt beide Hände gegen ihren Kopf gepreßt.

Erneut verspürte Corman heftigen Brechreiz, doch er

kämpfte gegen die Übelkeit an. Mühsam stemmte er sich auf die Knie hoch. Er packte die Kordel, die neben der Frau auf dem Boden lag, packte Betty Sanders' Arme und verdrehte sie ihr auf den Rücken. Rasch schlang er die Kordel um ihre Handgelenke und verknotete sie sorgfältig.

Er überzeugte sich, daß die Fessel fest genug saß, dann erst ließ er von der Journalistin ab. Mit der zweiten Kordel in der Hand kroch er zu ihrem Begleiter hinüber und fesselte auch ihm die Handgelenke auf den Rücken. Dann erst ließ Corman sich erschöpft gegen einen Baumstamm sinken und gönnte sich eine kurze Rast, in der Hoffnung, daß seine noch immer rasenden Kopfschmerzen abklingen würden.

Betty Sanders hatte das Bewußtsein nicht vollständig verloren, sondern war nur stark benommen gewesen. Auch sie richtete sich stöhnend in eine sitzende Haltung auf.

»Corman«, keuchte sie. »Ich flehe Sie an, geben Sie ... Ihren Plan auf! Lassen Sie uns ... zusammenarbeiten. Gemeinsam schaffen wir es ... vielleicht bis nach Las Vegas. Sonst werden wir alle sterben!«

»Sterben«, wiederholte er dumpf. Begriff Sie denn wirklich nicht, daß er nicht mehr aufhören *konnte*, selbst wenn er es gewollt hätte? »Glauben Sie wirklich, mir läge noch etwas am Leben? Die letzten zwei Jahre habe ich nur noch für die Rache gelebt. Auch Sie werden mich nicht davon abbringen.« Er schüttelte den Kopf. »Es tut mir leid, was mit Ihnen passiert ist, das müssen Sie mir glauben. Sie hätten mir nicht folgen sollen, dann hätte es Sie nicht auch in diese grauenvolle Zeit verschlagen. Ihr Opfer war sinnlos. Ich will nicht, daß Ihnen etwas passiert. Sie werden nicht lange brauchen, um die Fesseln zu lösen. Gehen Sie nach Vegas und versuchen Sie, dort ein neues Leben anzufangen. Ich muß meinen eigenen Weg ...«

Er brach ab, als er das Geräusch hörte. Es wirkte in dieser Umgebung so bizarr, so fremdartig und unpassend, daß er einen Augenblick brauchte, um überhaupt zu erkennen, um was es sich handelte. Dann sprang er auf, ignorierte das Schwindelgefühl und die Übelkeit, die sofort wieder von ihm Besitz ergriffen, und humpelte auf den Waldrand zu, so schnell er nur konnte.

Was er hörte, war Motorenlärm, das Geräusch eines sich nähernden Hubschraubers!

Betty Sanders schrie ihm irgend etwas nach, doch Corman beachtete es nicht. Er erreichte den Waldrand und stolperte in die Wüste hinaus.

Der Helikopter war gut hundert Meter entfernt, flog jedoch nicht besonders hoch. Corman winkte mit beiden Armen und brüllte aus vollem Hals, auch wenn der Pilot ihn unmöglich hören konnte.

Aber das Wunder geschah, der Helikopter kam näher. Corman erkannte, daß es sich um eine seltsame Konstruktion handelte, die ihn ein bißchen an einen Fluggleiter aus einem Science-Fiction-Film erinnerte, doch das registrierte er nur am Rande.

Als der Hubschrauber ein Stück vor ihm zur Landung ansetzte, verließen ihn die Kräfte. Boris Corman brach zusammen. Undeutlich nahm er wahr, daß sich ihm jemand näherte, man ihn hochhob und zu dem Hubschrauber hinübertrug, wo man ihn auf einen Sitz legte. Eine Stimme drang an sein Ohr, aber er verstand lediglich einzelne Wortfetzen.

Dann schien sich die Schwärze um ihn herum zusammenzuziehen und ihn zu verschlingen. Er verlor vollends das Bewußtsein.

»Corman, warten Sie!« brüllte Betty aus Leibeskräften. Auch sie hatte den sich nähernden Hubschrauber gehört. »Corman, kommen Sie zurück! Sie können uns doch nicht einfach hierlassen!«

Der wahnsinnige Wissenschaftler schien sie nicht einmal zu hören. Nach wenigen Sekunden bereits war er im Gebüsch verschwunden, ohne sich um sie zu kümmern.

Eisiger Schrecken griff nach ihrem Herzen. Erst jetzt wurde Betty ihre Situation richtig bewußt. Sie war gefesselt und hilflos den in diesem Dschungel lauernden Gefahren ausgeliefert, und Michael war immer noch bewußtlos.

Der Hubschrauber konnte ihre Rettung darstellen, doch sie durfte nicht damit rechnen, daß Corman den Leuten, die sich darin befanden, von ihr und Michael erzählte. Ihre einzige Chance lag darin, sich irgendwie bemerkbar zu machen, und dafür mußte sie dem Wahnsinnigen folgen.

Sie versuchte aufzustehen, mußte jedoch schmerzhaft erfahren, daß dies mit auf dem Rücken gefesselten Händen gar nicht so einfach war. Es gelang ihr nicht, das Gleichgewicht zu halten, so daß sie sofort wieder nach vorne stürzte und sich noch nicht einmal abstützen konnte. Ein Ast schrammte hart an ihrer Schulter vorbei, schürfte ihr die Jacke und die Haut auf.

Erneut versuchte sie aufzustehen, und im zweiten Anlauf gelang es ihr diesmal. Der Hubschrauber mußte inzwischen bereits sehr nah sein, und das Geräusch hatte sich leicht verändert. Wahrscheinlich landete er bereits. Sie mußte sich beeilen.

So schnell es ihr mit den gefesselten Händen möglich war, hastete sie vorwärts, dabei ständig um ihr Gleichgewicht kämpfend. Sie konnte keine Zweige mit den Händen zur Seite biegen, so daß diese ihr ins Gesicht peitschten und die Nadeln in ihre Haut stachen.

Inzwischen hatte sich der Lärm des Motors und der Rotorblätter abermals verändert, und als Betty endlich aus dem Dschungel taumelte, schrie sie vor Wut und Enttäuschung laut auf.

Der Hubschrauber befand sich kaum ein Dutzend Meter vor ihr, doch er war bereits wieder gestartet, gewann rasch an Höhe und begann sich in die Wüste hinaus zu entfernen.

Sie konnte nicht einmal mit den Armen winken, um auf sich aufmerksam zu machen. So beschränkte sie sich darauf, hinter der Maschine herzustolpern, ohne sie freilich erreichen zu können. Als der Helikopter zu einem dunklen Punkt am Himmel zusammengeschrumpft war, brach sie schließlich in die Knie und schrie noch einmal vor Enttäuschung. Betty wußte nicht, wie lange sie regungslos im Sand kniete, bevor sie schließlich wieder aufstand und mit schleppenden Schritten in den Wald zurückkehrte. Als sie den Ort erreichte, an dem Corman sie überwältigt hatte, kam Michael gerade wieder zu sich.

»Was, zum Teufel, ist passiert?« murmelte er.

»Corman«, antwortete Betty. »Er hat uns aufgelauert. Wir müssen zusehen, daß wir die Fesseln loswerden.« Sie kniete hinter ihm nieder und rutschte so lange auf den Knien herum, bis sie mit den Fingerspitzen Michaels Fessel ertastete. »Ich versuche es erst einmal bei dir.«

Die Aufgabe war bei weitem nicht so leicht, wie sie gehofft hatte. Corman hatte die Kordel mehrfach verknotet. Anders als erhofft brachten ihr auch die längeren Fingernägel keinen Vorteil, im Gegenteil. Einer ihrer Nägel brach ab, ein zweiter riß dicht dem Nagelbett ein, so daß sie vor Schmerz aufstöhnte.

»Laß mich mal versuchen«, verlangte Michael. »Ich war früher bei den Pfadfindern und kenne mich mit Knoten ein bißchen aus.«

Sie spürte, wie er sich an ihrer Fessel zu schaffen machte und an dem Knoten herumzupfte. Fast eine Viertelstunde lang mühte er sich damit ab, bevor sie spürte, wie sich die Fessel endlich etwas lockerte.

»Probier mal, ob du jetzt eine Hand herausziehen kannst.«

Betty drehte und wand ihre Hände, doch die Kordel saß immer noch zu stramm.

»Es geht nicht«, keuchte sie schließlich. Gleich darauf versteifte sie sich erschrocken. »Hast du das gehört? Was war das?«

Ganz in ihrer Nähe knackte ein trockener Ast, gleich darauf ein weiterer. Ein Rascheln ertönte, dann schob sich nur wenige Meter von ihnen entfernt der Kopf eines Sauriers aus den Farnsträuchern. Der Schädel war länglich und endete in einer spitzen Schnauze.

Das Tier stieß ein leises Fauchen aus und entblößte dabei

nadelspitze Zähne. Einige Sekunden lang beobachtete es die beiden Menschen aus seinen Reptilienaugen, dann trat es vollends aus dem Gebüsch heraus.

Der Saurier ging aufrecht auf seinen Hinterbeinen und erinnerte vage an einen Deinonychus, und auch wenn er ein Stück kleiner war, sah er mindestens genauso gefährlich aus. Immerhin fehlte ihm wenigstens die dolchartige Klaue an den Hinterläufen, die gefährlichste Waffe eines Deinonychus.

»Michael, der Knoten!« stieß Betty entsetzt hervor. »Beeil dich!« Wieder tastete Michael nach ihrer Fessel. Noch hastiger als zuvor fingerte er daran herum. Betty spürte, wie ihr Puls zu rasen begann. Sie ließ den Saurier nicht aus den Augen. Noch zögerte das Tier, sie anzugreifen, sondern beschränkte sich darauf, vor ihnen auf und ab zu stapfen und dabei zu fauchen, doch es kam beständig näher.

»Mach schneller!« drängte Betty. Ihre Stimme überschlug sich fast. Sie wußte nicht, um was für einen Saurier es sich handelte, doch es gab für sie keinen Zweifel, daß das Tier gefährlich war.

Ein weiterer Knoten löste sich.

»Versuch's jetzt noch einmal«, keuchte Michael.

Betty zerrte an den Fesseln, aber immer noch ließen sie sich nicht abstreifen.

»Weiter!«

Noch zögernd schlug der Saurier mit einer seiner Vorderklauen nach ihr, aber er war zu weit entfernt, um sie zu verletzen. Sein Hieb war kein Angriff gewesen, sondern nur ein vorsichtiges Tasten, aber er zeigte, daß das Tier seine Scheu allmählich überwand. Es konnte nicht mehr lange dauern, bis es tatsächlich angriff.

Gar nicht weit von sich entfernt sah Betty ihre Pistole auf dem Boden liegen, doch solange sie gefesselt war, nutzte die Waffe ihr nichts. Sie konnte sie nicht ergreifen, und vor allem konnte sie nicht rückwärts schießen.

Wehrlos waren sie und Michael einem Angriff ausgeliefert.

Es war Wahnsinn.

Verbittert schüttelte Littlecloud den Kopf. Diese Narren hatten wirklich keine Ahnung, worauf sie sich einließen. Sicher, sie gaben sich alle Mühe, Verteidigungslinien aufzubauen, und im Rahmen dessen, was überhaupt möglich war, erzielten sie sogar beträchtliche Erfolge.

Dennoch würde es nicht reichen.

Sie hätten vielleicht eine kleine Chance gehabt, wenn es sich um einfache Treiberameisen gehandelt hätte, aber nicht gegen diese Biester, die sich im Anmarsch auf die Stadt befanden und mehr als zehnmal so groß wie herkömmliche Ameisen waren.

Es war gelungen, von einem Hubschrauber aus einige von ihnen mit einem Netz einzufangen und sie im Labor zu untersuchen. Die Kraft der Rieseninsekten war ungeheuerlich. Schon eine normale Ameise konnte ein Vielfaches ihres eigenen Gewichtes schleppen, und dieses Verhältnis galt auch für diese Tiere.

Das schlimmste jedoch war, daß ihre Bisse nicht nur schmerzhaft, sondern auch giftig waren. Sterben würde trotzdem wahrscheinlich niemand an dem Gift, dachte Littlecloud in einem Anflug von Zynismus. Für eine tödliche Dosis wären so viele Bisse erforderlich, daß die entsprechende Anzahl Ameisen einen Menschen vermutlich schneller auffressen würde, als das Gift wirken könnte. Immerhin aber würde jeder Biß starke Schmerzen bereiten, und mehrere dicht beieinanderliegende konnten zu Lähmungserscheinungen führen.

»Nun?« erkundigte sich Mainland. Er hatte einen beträchtlichen Teil der Verteidigungssysteme ersonnen und dabei wieder einmal sein Talent für Strategie und Organisation unter Beweis gestellt. »Was hältst du davon, Red?«

»Beeindruckend«, kommentierte Littlecloud. »Besser und mehr, als ich erwartet habe.« Das war durchaus aufrichtig gemeint, und es fiel ihm nicht einmal schwer, das Lob auszusprechen.

Noch einmal ließ Littlecloud seinen Blick über die Menschen schweifen, die dabei waren, den Südosten von Las Vegas in eine Festung zu verwandeln.

»Es wird trotzdem nichts nutzen«, fügte er dann seinen letzten Worten hinzu. »Es wird den Vormarsch der Tiere aufhalten, und wahrscheinlich werden einige tausend oder auch hunderttausend von ihnen sterben, aber sie werden dennoch in die Stadt eindringen. Und was die Menschen hier dann erwartet, brauche ich wohl nicht erst zu sagen. Für eine Flucht wird es dann zu spät sein.«

Mainland schwieg einige Sekunden lang. »Ein gesunder Pessimismus in allen Ehren, aber ich denke, du siehst zu schwarz«, entgegnete er dann. »Ich glaube, daß wir eine echte Chance haben.«

Schweigend schauten sie den Arbeiten einige Minuten lang zu. Ein ganzes System von Gräben und Erdwällen wurde errichtet. Vor allem aber wurde die ehemalige Wüste vor dem Stadtrand und den Gärten auf einer großen Fläche gründlich gerodet und jede noch so kleine Pflanze entfernt. So hoffte man zum einen die Ameisen doch noch von ihrer Richtung abbringen zu können, wenn sie auf ihrem eigentlichen Weg über Hunderte Meter nichts mehr zu fressen fanden.

Zum zweiten würden sie bei ihrer Verteidigung auf Benzin und Flammenwerfer zurückgreifen müssen, und sie mußten verhindern, daß das Feuer auf den Dschungel übergreifen konnte. Bei dem ständig wechselnden Wind wäre das Risiko sonst zu groß gewesen.

Gelegentlich gab Mainland einige knappe Anweisungen, doch er war nicht nur mit herausgekommen, um die Arbeiten zu beaufsichtigen. Etwas brannte ihm auf der Seele. Seine Nervosität war unverkennbar, während er nach den richtigen Worten für sein Anliegen suchte oder einfach nur auf eine günstige Gelegenheit wartete. Littlecloud konnte sich sogar denken, um was es sich handelte, doch er genoß es, Mainland für eine Weile schmoren zu lassen, statt ihm entgegenzukommen, was mit ein paar Worten möglich gewesen wäre.

»Da ist noch etwas, worüber ich mit dir sprechen muß«, begann Mainland schließlich umständlich. »Etwas, von dem unser Überleben letztlich am meisten abhängen dürfte. Du hast keinen Zweifel daran gelassen, daß du dagegen bist, hierzubleiben und zu versuchen, die Stadt zu verteidigen.«

»Allerdings«, bekräftigte Littlecloud.

»Aber die meisten werden nun einmal bleiben«, fuhr Mainland fort. »Und selbst von denen, die anders gestimmt haben, bleiben fast alle trotzdem hier, weil sie wissen, daß wir jede nur denkbare Hilfe brauchen. Die Frage ist nur, wie es mit dir und dem Rest der Schutztruppe aussieht. Ohne militärische Unterstützung dürften unsere Chancen noch um einiges geringer sein. Du hast Einfluß auf die anderen. Wenn du bleibst, werden sicher auch viele von ihnen bleiben. Ich habe gesagt, daß ich niemanden gegen seinen Willen hier halten werde, aber wenn du dich zum Abhauen entschließen solltest . . .«

»Du solltest nicht nur niemanden am Verschwinden hindern, sondern alle dazu *zwingen*«, entgegnete Littlecloud. »Aber darüber haben wir wohl oft genug diskutiert. Und was mich betrifft, so überschätzt du meine Bedeutung vielleicht etwas. Siehst du, wir haben auch innerhalb der Schutztruppe abgestimmt.« Er seufzte gekünstelt. »Die glücklichen Zeiten, in denen beim Militär nur kommandiert wurde, scheinen vorbei zu sein.«

»Und?« drängte Mainland, als Littlecloud keine Anstalten machte, von sich aus weiterzusprechen.

Aus der Ferne klang das Geräusch eines sich nähernden Hubschraubers auf. Der Stingray kehrte von seiner Erkundungstour zurück. Littlecloud starrte den Positionslichtern des Helikopters einige Sekunden lang entgegen, bevor er sich wieder Mainland zuwandte.

»Wie es aussieht, tragen wir von der Schutztruppe eine besonders große Verantwortung für die übrigen Menschen hier«, erklärte er. »Wir sind zwar ausnahmslos der Ansicht, daß eine Evakuierung am sinnvollsten wäre, aber die meisten von uns meinen auch, daß wir uns unserer Verantwortung nicht entziehen können, auch wenn es uns freigestellt wird. Wir bleiben und helfen.«

Mainland atmete sichtlich erleichtert auf und wirkte, als wäre ihm nicht nur ein Steinbrocken, sondern ein ganzes Gebirge vom Herzen gefallen.

Der Saurier fauchte und schlug ein weiteres Mal mit seinen Klauen zu. Inzwischen war er so nahe herangekommen, daß seine Krallen Bettys Gesicht nur knapp verfehlten, doch dafür befand er sich nun auch in Reichweite ihrer Füße. Blitzschnell zog sie die Beine an und trat mit aller Kraft zu.

Der Tritt war hart genug, selbst dem Saurier Schmerz zuzufügen. Fast wäre das Tier sogar aus dem Gleichgewicht geraten, hielt es jedoch, indem es mit einem schnellen Schritt nach hinten zurückwich.

Es stieß ein zorniges Brüllen aus, doch anders als es bei einem Deinonychus der Fall gewesen wäre, schien der Tritt ihm Respekt eingeflößt zu haben. Nun wußte der Saurier immerhin, daß er kein wehrloses Opfer vor sich hatte, und verharrte lauernd.

Wie abschätzend musterte er Betty. Obwohl ihre Angst fast übermächtig wurde und es ihr mit jedem Moment schwerer fiel, dem Blick der geschlitzten Reptilienaugen standzuhalten, wandte sie den Kopf nicht ab. Solange sie sich gegenseitig anstarrten, griff der Saurier wenigstens nicht an, als würde er von ihrem Blick gebannt.

Die Sekunden dehnten sich zu Ewigkeiten, so daß Betty nicht sagen konnte, wie lange das stumme Duell dauerte. Auf jeden Fall verschaffte es ihnen einen Zeitgewinn, denn Michael fingerte weiterhin in fliegender Hast an ihren Fesseln herum. Er sagte nichts, doch seine Hände zitterten und verrieten seine Nervosität und Angst, so daß er noch langsamer als zuvor vorankam.

Auch der letzte Knoten begann sich endlich zu lösen, als der Saurier ein tief aus seiner Kehle kommendes Grollen ausstieß.

Mit einer seiner Hinterklauen scharrte er im Sand, dann wagte er sich wieder einen Schritt vor.

Es war unmöglich, im Gesicht eines Sauriers Gefühle zu erkennen, doch Betty war trotzdem sicher, Wut und Boshaftigkeit darin zu erkennen. Die ganze Körperhaltung des Tieres war angespannt; offenbar hatte es seine Unsicherheit nun überwunden und bereitete sich auf einen Sprung vor. Der entscheidende Angriff stand unmittelbar bevor.

Betty entschloß sich, alles auf eine Karte zu setzen, und stieß Michaels Hände zurück. Die Kordel hatte sich weiter gelockert, und auch wenn der letzte Knoten noch hielt, konnte sie doch immerhin ihre Handgelenke bereits gegeneinander drehen. Ruckartig riß sie ihre Arme auseinander, lockerte die Fessel dadurch noch weiter, und endlich gelang es ihr, eine Hand daraus hervorzuziehen.

Der Saurier registrierte die hastige Bewegung und wurde dadurch endgültig zum Angriff gereizt. Betty sah, wie das Tier mit den Beinen federte, um mehr Kraft für einen Sprung zu bekommen, und sich abstieß. Sie rief Michael eine Warnung zu, warf sich zur Seite und rollte mehrfach um die eigene Achse.

Der Saurier kam dort auf, wo sie sich gerade noch befunden hatte. Auch Michael war es gelungen, sich weit genug zur Seite zu wälzen, um nicht verletzt zu werden. Das Tier hatte nicht mehr schnell genug auf die Bewegung reagieren können und war für einen kurzen Moment irritiert.

Dieser Augenblick reichte Betty, um die Pistole zu packen. Als der Saurier erneut auf sie zukam, hielt sie die Waffe auf das Tier gerichtet und zog den Abzug zweimal direkt hintereinander durch.

Die erste Kugel verfehlte das Tier um eine Winzigkeit, die zweite traf es dicht neben dem Hals in die Schulter. Es wurde von dem Treffer herumgewirbelt und brüllte laut auf. Betty korrigierte die Zielrichtung um eine Winzigkeit und drückte noch einmal ab.

Diesmal traf sie den Kopf des Sauriers und tötete das Tier auf der Stelle. Es brach zusammen, zuckte noch einmal und starb. Noch im Tode hielt es seine gefährlichen Krallen in Bettys Richtung gestreckt.

Die Journalistin ließ sich zurücksinken. Erst jetzt, nachdem die Gefahr vorüber war, begriff sie richtig, wie nahe sie dem Tode gewesen waren. Sie begann am ganzen Körper zu zittern. Die Pistole entglitt ihren plötzlich kraftlos gewordenen Händen.

Es dauerte lange, bis Betty sich wieder soweit unter Kontrolle hatte, daß sie zu Michael hinüberkriechen und damit beginnen konnte, seine Fesseln zu lösen.

Als Boris Corman das Bewußtsein wiedererlangte, lag er in einem weichen Bett. Der Raum war karg und unpersönlich eingerichtet, und der antiseptische Geruch nach Putz- und Desinfektionsmitteln, der in allen Krankenhäusern der Welt gleich zu sein schien, verriet ihm, wo er sich befand.

Auch diesmal verspürte er bohrende Kopfschmerzen, doch waren sie längst nicht so schlimm wie bei seinem ersten Erwachen. Als er sich vorsichtig im Bett aufsetzte, war das Schwindelgefühl nicht annähernd so stark, wie er erwartet hatte, und der Brechreiz blieb ganz aus.

Flüchtig kam ihm der Gedanke, alles nur geträumt zu haben, doch die Schwäche, die ihn auch jetzt noch in ihrem Griff hielt, und die bleierne Schwere in seinen Gliedern überzeugten ihn rasch vom Gegenteil. Er hatte das Gefühl, ein tonnenschweres Gewicht würde auf seiner Brust lasten und ihn zwingen, sich wieder zurückzulegen, doch er kämpfte dagegen an.

In die Wand über dem Kopfteil seines Bettes war ein kleiner Knopf eingelassen. Corman drückte darauf und griff nach einem Glas Wasser, das auf dem rollbaren Beistelltischchen neben dem Bett stand. Er hatte das Gefühl, seine Zunge würde am Gaumen festkleben.

Durstig trank er einige Schlucke, stellte das Glas zurück und ließ sich wieder auf die Matratze sinken. Ein Kopfkissen hatte man ihm nicht gegeben, so daß er völlig flach lag, wie es bei Patienten mit einer Gehirnerschütterung üblich war.

Die Vorhänge vor dem Fenster waren zugezogen, lediglich durch einen schmalen Schlitz dazwischen konnte er erkennen, daß draußen Dämmerung herrschte, doch wußte er nicht, ob es Morgen oder Abend war. Da er sich trotz der übergroßen Erschöpfung zuvor einigermaßen ausgeruht fühlte, vermutete er, daß eher letzteres zutraf. Der Gedanke erschreckte ihn, um so mehr, da er sich denken konnte, wo er sich befand.

Nur eine einzige Stadt, die groß genug für ein richtiges Krankenhaus war, war bislang von den Zeitbeben in die Vergangenheit gerissen worden; also hatte der Hubschrauber ihn nach Las Vegas gebracht.

Corman verfluchte sich selbst, daß er nicht die Kraft aufgebracht hatte, ein paar Minuten länger bei Bewußtsein zu bleiben, um dem Piloten ein paar Erklärungen abzugeben. Vegas lag annähernd hundert Meilen von dem Berg entfernt, zu dem die Flugsaurier den Kanister gebracht hatten. Mit dem Helikopter hätte es nur wenige Minuten gedauert, dorthin zu fliegen und den Behälter zu holen, wohingegen dies von hier aus wesentlich umständlicher war.

Unter Umständen würde man ihn schlimmstenfalls sogar zwingen, zunächst einmal ein oder zwei Wochen im Bett zu bleiben, um seine Verletzungen auszukurieren – nur zu seinem eigenen Besten freilich, wie es Ärzte in der ihnen eigenen arroganten Art auszudrücken pflegten.

Das durfte nicht geschehen; es gab keinerlei Gewähr, daß sich der Kanister dann noch dort befinden würde. Er mußte so schnell wie möglich zu diesem Berg, und das bedeutete, daß er sich eine glaubwürdige Geschichte ausdenken mußte, denn mit Sicherheit würde man ihn nirgendwo mehr hinlassen, wenn man seine wahren Motive herausfand.

Auch das war ein Grund zur Eile. Man hatte ihn gefunden, also war es möglich, daß man auch die Journalistin und ihren Begleiter entdeckte oder die beiden es aus eigener Kraft schafften, sich bis nach Las Vegas durchzuschlagen.

Falls dies geschah und die beiden von seinen wirklichen Absichten berichteten – was sie sicherlich sofort tun würden –, war sein Vorhaben zum Scheitern verurteilt.

Natürlich würde man den Kanister trotzdem holen, schon um zu verhindern, daß dieser durch einen Saurier oder durch andere Umstände zerstört werden und seinen tödlichen Inhalt freisetzen konnte, doch würde man ihn dann auf keinen Fall mehr in die Nähe des Behälters lassen, sondern diesen im sichersten Tresor der Stadt einschließen.

Corman wurde aus seinen Gedanken gerissen, als er Schritte auf dem Gang vor seinem Zimmer hörte. Wenige Sekunden später wurde die Tür geöffnet, und eine junge, dunkelhaarige Frau mit einem Schwesternkittel betrat den Raum.

»Ich bin Schwester Cathy«, stellte sie sich vor. »Wie fühlen Sie sich, Mister Corman?«

»Woher wissen Sie meinen Namen?« erkundigte er sich verblüfft.

»Aus Ihrem Ausweis«, erklärte die Schwester und deutete auf seine Kleidung, die ordentlich zusammengefaltet über einem Stuhl hing. »Außerdem kennt Lieutenant Mainland Sie. Er war vorhin schon kurz hier, und da ich ihm Bescheid gesagt habe, dürfte er sich auch jetzt bereits auf dem Weg hierher befinden.«

Der Name Mainland kam Corman bekannt vor, doch wußte er ihn nicht richtig einzuordnen. Im Moment gab es jedoch ohnehin Wichtigeres.

»Wie lange war ich bewußtlos?« fragte er.

»Über zwölf Stunden lang. Man hat Sie heute morgen mehr tot als lebendig hierher gebracht, und vor wenigen Minuten ist die Sonne bereits wieder untergegangen. Und jetzt beantworten Sie endlich meine Frage. Wie geht es Ihnen?«

Obwohl er damit gerechnet hatte, erschreckte die Erklärung Corman. Er hatte einen ganzen Tag verloren, und er befand sich darüber hinaus weiter als je zuvor seit dem Zeitbeben von seinem Ziel entfernt. Fast bedauerte er schon, daß er sich dem Hubschrauberpiloten überhaupt gezeigt hatte.

»Es geht«, erwiderte er mit Verspätung. »Ich habe mich schon besser gefühlt, aber auch schon schlechter. Eine leichte Gehirnerschütterung bringt mich schon nicht gleich um.«

»Leichte Gehirnerschütterung?« Die Krankenschwester verzog das Gesicht, als hätte sie in eine Zitrone gebissen. »Es hat nur eine Winzigkeit gefehlt, und anstelle Ihrer *leichten Gehirnerschütterung* hätten Sie einen Schädelbruch davongetragen. Und so, wie Sie sich nach Ihrer Verletzung offenbar noch angestrengt haben, ist es fast ein Wunder, daß Sie keinen Gehirnschlag erlitten haben. Sie sind erst jetzt aus der Gegenwart herübergekommen?«

»Bin ich«, bestätigte Corman. »Gibt es hier so etwas wie einen militärischen Oberbefehlshaber? Jemanden, der das Kommando führt?«

»Ja, mich«, ertönte eine Stimme von der Tür her. Corman hatte nicht einmal gehört, wie sie geöffnet worden war, doch an den Rahmen gelehnt stand ein dunkelhaariger, leicht untersetzter Mann. Corman erkannte ihn sofort wieder, und jetzt fiel ihm auch ein, in welchem Zusammenhang er den Namen Mainland schon gehört hatte. Es war dieser Mann gewesen, der vor zwei Jahren im Zusammenhang mit dem Tod seiner Familie die Ermittlungen geführt hatte.

»Lieutenant Mainland?«

»Der bin ich.« Der Mann nickte und kam näher, um neben dem Bett stehenzubleiben. »Aber nur Mainland reicht. Wir legen hier nicht mehr so viel Wert auf Rangordnungen. Woher kommen Sie?«

»Ich komme im Auftrag von Professor Schneider«, log Corman. »Er hat mich hergeschickt.«

»Sie allein?« Mainland gab sich nicht einmal Mühe, die Skepsis in seiner Stimme zu verbergen. »Als wir uns zuletzt trafen –«

»– war ich auch schon Wissenschaftler«, fiel ihm Corman ins Wort. Er wollte die auch nach zwei Jahren noch nicht verheilte Wunde in seinem Inneren von Mainland nicht wieder aufreißen lassen. »Und inzwischen arbeite ich für Professor Schneider.« Er rang sich ein gequältes Lächeln ab. »Ich war der einzige, der bereit war, in diese Zeit zu reisen. Sollte man mir vielleicht eine persönliche Leibgarde mitgeben? Selbst die meisten Elitesoldaten quittieren lieber ihren Dienst oder lassen sich wegen Befehlsverweigerung einsperren, als sich freiwillig auf so einen Sprung ins Unbekannte einzulassen.«

»Und warum gerade Sie?« wollte Mainland wissen.

»Ich hatte den Auftrag, Ihnen wichtige Unterlagen zu bringen«, baute Corman seine Lügengeschichte aus. »Aber es gab Schwierigkeiten. Einige Flugsaurier fanden wohl besonderen Gefallen an dem Koffer und schleppten ihn zu ihrem Horst. Professor Schneider hat behauptet, die Unterlagen wären extrem wichtig. Wir müssen sie unbedingt so schnell wie möglich zurückholen. Es sind Informationen, wie sich die Zeitbeben vermutlich umkehren lassen und Ihnen eine Rückkehr in die Gegenwart möglich ist.«

Mit dieser Lüge hoffte er, einen besonders empfindlichen Punkt zu treffen. Es war anzunehmen, daß es der größte Wunsch aller hier war, nach Hause zurückzukehren.

»Und wie sollen wir das tun?« Die plötzliche Aufregung in Mainlands Stimme verriet Corman, daß seine Vermutung goldrichtig war.

»Ich weiß, wo der Horst liegt«, erklärte er. »Er ist nur wenige Meilen von der Stelle entfernt, an der man mich gefunden hat. Lassen Sie mich mit einem Hubschrauber dorthin bringen, am besten sofort.«

»Das ist völlig ausgeschlossen!« mischte sich die Krankenschwester ein. »Doktor Williams hat gesagt, Sie müßten mindestens zwei Wochen –«

»Ich kann mir denken, was er gesagt hat«, unterbrach Corman sie barsch. »Aber Sie haben selbst gehört, wie wichtig diese Angelegenheit ist. Oder wollen Sie nicht in die Gegenwart zurückkehren?« Es war eine rein rhetorische Frage, und er ließ sie einige Sekunden lang wirken, bevor er fortfuhr: »Ich zumindest möchte es, und wenn es nicht endlich eine konkrete Möglichkeit dazu gäbe, hätte ich mich erst gar nicht auf dieses Unternehmen eingelassen.«

Die Krankenschwester rang sichtlich mit sich. »Ich ... ich kann das nicht zulassen«, sagte sie gequält. »Das kann nur Doktor Williams entscheiden, aber er hat sich hingelegt, um ein paar Stunden auszuruhen. Ich soll ihn nur im äußersten Notfall wecken.«

»Das *ist* ein Notfall«, beharrte Corman.

»Nein, das ist es nicht«, widersprach Mainland. »Hier geht es um etwas anderes als die Bettruhe eines Arztes oder das Wohl eines Patienten. Lassen Sie den Doktor schlafen, Schwester, ich fürchte, er wird nachher noch genug zu tun bekommen. Selbst wenn ich wollte, könnte ich jetzt keinen Hubschrauber entbehren, um nach den Papieren zu suchen. Ich brauche beide Maschinen und jede helfende Hand, um die Stadt zu verteidigen. Wir können frühestens morgen aufbrechen, wenn wir dann noch leben.«

»Was ist denn los?« wollte Corman wissen. Die ernsten Worte des Lieutenants beunruhigten ihn.

Mainland sagte es ihm.

»Da vorne«, krächzte Michael und riß ungläubig die Augen auf. »Siehst du das auch? Sag mir, daß ich träume!«

Betty blieb stehen und lehnte sich gegen ihn. Sie schirmte ihre Augen mit der Hand gegen das grelle Sonnenlicht ab, um überhaupt etwas sehen zu können, doch es gelang ihr nicht, irgendwelche Einzelheiten zu erkennen. Nach dem stundenlangen Marsch durch die sonnendurchglühte Wüste war sie nahezu blind.

Ihre Augen waren geschwollen und tränten, außerdem juckten sie unerträglich.

Da sie keine Chance mehr gehabt hatten, Corman einzuholen, hatten sie sich nach dem Kampf mit dem Saurier einige Stunden Ruhe gegönnt. Sie waren auf einen Baum hinaufgeklettert und hatten sich auf einer Baumgabel niedergelassen, um wenigstens vor kleinen Raubsauriern geschützt zu sein.

Dennoch hatten sie sich nicht getraut, beide gleichzeitig zu schlafen, sondern hatten abwechselnd Wache gehalten, so daß jeder von ihnen kaum mehr als zwei Stunden Schlaf bekommen hatte. Betty hatte sogar befürchtet, daß sie vor Aufregung und Angst gar nicht würde schlafen können, doch ihre Erschöpfung war so groß gewesen, daß ihr nach Ablauf ihrer Wachschicht die Augen binnen weniger Sekunden zugefallen waren.

Erholt hatte sie sich beim Aufwachen nicht gefühlt, sondern beinahe noch erschöpfter als vor dem Einschlafen, und Michael ging es nicht anders.

Auch der Zeitpunkt, den sie sich zum Schlafen ausgesucht hatten, erwies sich im nachhinein als denkbar ungünstig. Sie konnten nicht einfach weiter hier herumirren und hoffen, daß man sie irgendwann durch Zufall so wie Corman entdecken würde. Statt dessen hatten sie beschlossen, ihr Schicksal in die eigenen Hände zu nehmen, und es gab nur einen Ort hier, an dem sie sich Sicherheit und Hilfe erhoffen durften: Las Vegas, auch wenn es eine Tour durch die Hölle werden würde, sich bis dorthin durchzuschlagen.

Wie höllisch diese Tour war, stellte sich erst im Verlauf der folgenden Stunden heraus. Sie hatten sich in der Morgendämmerung wieder auf den Weg gemacht, ohne daran zu denken, wie heiß es hier in der Wüste wurde.

Zudem hatten sie auch noch beschlossen, den Weg in direkter Luftlinie zu gehen, statt am Waldrand entlang. Zum einen barg der Wald eine Vielzahl unbekannter Gefahren, während es ihnen hier draußen einigermaßen sicher erschien, zum zweiten wäre es ein Riesenumweg von sicherlich zwanzig, dreißig Meilen gewesen.

Trotzdem war sich Betty nicht mehr sicher, ob sie am Waldrand nicht dennoch schneller vorangekommen wären. Binnen einer knappen Stunde nach Sonnenaufgang hatte sich die Wüste in einen gigantischen Backofen verwandelt, den jemand mit Sand vollgeschaufelt hatte.

Ein heißer, böiger Wind wirbelte den Sand auf; Sand, der so staubfein war, daß es keinen Schutz davor zu geben schien. Er drang in ihre Kleidung, ihre Ohren, Nasen und Münder, sogar unter ihren Augenlidern scheuerten winzige Körnchen.

Sie waren nicht nur dumm, sondern regelrecht verrückt gewesen, und Betty konnte es nur auf ihre Erschöpfung schieben, daß sie die Wüste so ungeheuerlich unterschätzt hatten. Ihr Verhalten war geradezu selbstmörderisch, doch das war ihnen erst richtig bewußt geworden, als es bereits zu spät gewesen war.

Nicht nur die Hitze machte ihnen zu schaffen. Sie hatten keinerlei Wasser bei sich, sondern waren losmarschiert, ohne auch nur einen einzigen Gedanken daran zu verschwenden. Betty hätte sich selber ohrfeigen können. Bei soviel sträflichem Leichtsinn hatten sie es fast schon verdient, daß sie hier umkamen.

»Ich sehe nichts«, murmelte sie. Sie konnte kaum sprechen, denn ihre Lippen waren ausgedörrt und aufgeplatzt wie angestochene Kirschen. »Ich kann ja kaum noch den Boden vor meinen Füßen erkennen.«

Auch Michael glaubte immer mehr, daß das, was er gesehen hatte, nur eine Fata Morgana gewesen war, denn es gelang ihm jetzt ebenfalls nicht mehr, noch irgend etwas in dem flimmernden Sonnenglast vor sich zu erkennen. Dennoch änderte er die Richtung und taumelte auf das *Etwas* zu, das er entdeckt zu haben glaubte.

Die Lider hielt er halb geschlossen und starrte nur auf den Boden direkt vor sich, weil er befürchtete, daß das grelle Sonnenlicht, das ihn schon jetzt ständig farbige Lichtreflexe vor seinen Augen sehen ließ, ihm die Hornhaut ausbrennen würde, wenn er den Kopf hob und länger als ein paar Sekunden in die Helligkeit blickte.

Erst nach gut zwei Dutzend taumelnden Schritten wagte er es, wieder aufzuschauen, vielleicht auch aus Angst davor, daß sich tatsächlich alles als eine Halluzination entpuppen und seine Hoffnung zerstören würde.

Seine Furcht jedoch war unbegründet.

Das Haus stand noch immer da, wo er es zuvor entdeckt hatte. Es handelte sich um ein kleines Farmgebäude, mit einem Anbau, der als Garage diente.

Das allein war schon eine Sensation, denn in dem Haus würden sie nicht nur eine Zuflucht vor der Sonnenhitze finden, sondern möglicherweise auch einen Brunnen oder zurückgelassene Getränkevorräte.

Das Ungeheuerliche jedoch war die quer zwischen den beiden Gebäuden gespannte Wäscheleine, auf der zahlreiche Kleidungsstücke hingen und sanft vom Wind hin und her bewegt wurden. Es handelte sich um *saubere* Wäsche, die nicht länger als ein paar Stunden hier hängen konnte.

»Da ... da muß jemand wohnen«, keuchte Michael. »Sieh doch nur!«

Auch Betty sah das Haus jetzt. Sie klammerte sich an Michaels Arm und merkte nicht einmal, daß sie ihre Fingernägel tief in seine Haut bohrte.

»Ich glaube es einfach nicht«, flüsterte sie. »Das ... das ist unsere Rettung!« Sie wollte schreien, um auf sich aufmerksam zu machen, brachte jedoch nicht mehr als ein heiseres Krächzen zustande.

Aber es war auch nicht nötig. Noch während sie zu dem Farmhaus hinüberstarrten, wurde dort die Tür geöffnet, und eine Frau im mittleren Alter trat ins Freie. Sie ging zielsicher auf die Wäsche zu und fühlte an ihr, dann erst fiel ihr Blick auf die beiden zu Tode erschöpften Gestalten, die keine hundert Meter von ihr entfernt standen.

Einige Sekunden lang starrte die Frau sie ungläubig an, dann kam sie hinter der Wäscheleine hervor und eilte ihnen entgegen. Erst jetzt sahen Betty und Michael das Gewehr, das sie in der Hand hielt.

Zwei Stunden nach Sonnenuntergang, als auch die letzten grauen und rötlichen Streifen am Horizont ihren aussichtslosen Kampf gegen die hereinbrechende Nacht verloren, erreichten die ersten Ameisen die Verteidigungslinien vor Las Vegas.

Laute Rufe ertönten, aber auch sie vermochten das leise Scharren von Millionen, wenn nicht Milliarden kleiner Chitinpanzer, das die Luft erfüllte, nicht völlig zu übertönen.

»Sie sind da«, stieß Littlecloud mit zusammengepreßten Zähnen hervor.

Mainland hatte starke Scheinwerfer herbeischaffen lassen, die das Areal der Verteidigungsanlagen in fast taghelles Licht tauchten. Die Stromversorgung war kein Problem. Wegen des immens hohen Verbrauchs wurden gerade in Las Vegas schon seit vielen Jahren Experimente mit alternativen Energien angestellt, die ihnen nun zugute kamen.

»Jetzt entscheidet es sich«, murmelte Mainland. Zusammen mit Littlecloud und einem Dutzend anderer Männer stand er auf einem Wall zwischen den beiden vordersten Gräben.

Die gesamte Einwohnerschaft von Las Vegas war auf den Beinen, um ihre kleine Enklave der Zivilisation gegen den anrückenden Feind zu verteidigen.

»Worauf wartest du noch?« drängte Littlecloud. »Gib endlich den Befehl, oder sie kommen zu nahe.« Die vordersten Ameisen hatten schon die Hälfte der gerodeten Fläche überwunden.

Mainland schien aus einem Traum aufzuwachen, nickte fahrig und hob sein Walkie-talkie an die Lippen. »Hubschrauber eins und zwei kommen. Es ist soweit. Abwurf der Bomben!«

Die Piloten der beiden bereits in der Luft kreisenden Maschinen bestätigten den Befehl. Nur Sekunden später schossen inmitten der wimmelnden Ameisenschar grelle Stichflammen in die Höhe, als die aus benzingefüllten Flaschen bestehenden Molotow-Cocktails abgeworfen wurden. Gegen einen Feind wie diesen waren sie wirksamer als alle Explosivgeschosse.

Tausende und Abertausende Ameisen verbrannten in den lodernden Flammen, aber es dauerte nur wenige Sekunden, bis nach dem Erlöschen der Brände die Lücken in dem wogenden schwarzen Teppich von den nachfolgenden Tieren geschlossen wurden.

Weitere Molotow-Cocktails wurden abgeworfen und verwandelten die Wüste in ein flammendes Inferno, dennoch waren es nur Nadelstiche, die sie der lebenden Flut zufügten. Die Zahl der Ameisen, die auf die freie Fläche vordrangen, schien unbegrenzt zu sein.

Wieder hob Mainland das Walkie-talkie. »Schleusen eins und zwei leicht fluten!« befahl er.

Die ausgehobenen Gräben erstreckten sich bis zum New Potomac, wie sie den nahe an der Stadt vorbeiströmenden Fluß genannt hatten.

Träge wälzte sich Wasser durch den vorderen Graben. Es hatte wenig Gefälle, aber die Schleusen waren auch nur ein Stück geöffnet worden. Kaum handtief füllte das Wasser den Graben, doch zunächst handelte es sich auch nur um eine reine Vorsichtsmaßnahme.

Trotz des Bombardements erreichten die ersten Ameisen den vordersten Graben bereits wenige Minuten später. Für einen kurzen Moment geriet ihr Vormarsch ins Stocken, doch schon Sekunden später quollen die ersten Tiere bereits den Hang hinab. Vielleicht wurden sie auch einfach von den nachfolgenden vorwärtsgeschoben, so daß sie gar nicht stoppen konnten.

Die Ameisen rutschten ins Wasser, wo sie verzweifelt zappelten und mit den Beinen ruderten, um sich an der Oberfläche zu halten.

»Schleusen eins und zwei ganz öffnen!« ordnete Mainland über Funk an. Sein Gesicht wirkte wie versteinert, eine Maske höchster Konzentration.

Das zuvor nur träge und flach dahinrinnende Wasser wurde zu einem reißenden Strom, der die Ameisen packte und mit sich fortriß, aber es kamen immer mehr und mehr. Zu Hunderten und Tausenden stürzten sie sich selbstmörderisch in den Graben, wo sie in dicken schwarzen Klumpen auf dem Wasser trieben und von der reißenden Strömung mitgerissen wurden. Dennoch erreichten einige wenige von ihnen das andere Ufer, die sicher nicht die einzigen bleiben würden, da sich die Tiere inzwischen in Massen auf einem mehrere Meter breiten Stück den Abhang hinabstürzten. Trotz der Strömung schien bereits der gesamte Graben von einer Decke aus winzigen schwarzen Leibern überzogen zu sein.

»Pumpen vier und fünf auf volle Kraft!« brüllte Mainland ins Funkgerät. »Von den Hubschraubern aus mit Flammenwerfern das Gebiet unmittelbar vor dem Hang unter Feuer nehmen. Wir müssen den Nachschub wenigstens für ein paar Sekunden stoppen.«

Zusätzlich zu dem durch die Schleusen strömenden Wasser wurde auch noch welches aus den leistungsstarken Pumpen in den Graben gepreßt. Der Pegel stieg rasch an, und zugleich auch die Wucht, mit der das Wasser vorwärtsschoß. Die wogende Decke im Graben wurde auseinandergerissen und fortgespült.

Einige Ameisen, die bereits das diesseitige Ufer erreicht hatten, wurden von den ansteigenden Fluten zurückgerissen und ebenfalls weggetragen.

Littlecloud beobachtete einen kurzen Moment lang, wie die beiden Helikopter über dem anderen Ufer tiefer sanken. Aus den offenen Seitentüren schossen Stichflammen, die über die Ameisenarmee leckten und Tausende von Tieren rösteten. Zurück blieb ein mehrere Meter breiter Streifen schwarzer, verbrannter Kadaver.

Mehr Zeit blieb Littlecloud nicht, um untätig zuzusehen. Die ersten Ameisen, die das diesseitige Ufer erreicht hatten, kamen den Hang heraufgekrabbelt. Genau wie die anderen Männer packte Littlecloud einen bereitstehenden Besen mit langem Stiel. Es bereitete ihnen keine Schwierigkeiten, die Ameisen ins Wasser zurückzufegen, wo sie erneut von der Strömung ergriffen und diesmal endgültig weggespült wurden.

Für kurze Zeit kehrte Ruhe ein. Nur vereinzelt stürzten sich noch Ameisen in den Graben hinein, wurden aber sofort von dem Wasser weggerissen. Die übrigen stauten sich am gegenüberliegenden Ufer.

»Pumpen vier und fünf ausschalten«, befahl Mainland. »Schleusen eins und zwei drosseln. Für den Augenblick haben wir es geschafft.« Er steckte das Walkie-talkie in die Jackentasche. Sein Gesicht blieb ernst.

Vereinzelte Jubelschreie klangen auf, doch Littlecloud wußte, daß es noch viel zu früh zum Triumphieren war. Was sie bislang erlebt hatten, war nur ein erstes Vortasten gewesen. Der eigentliche Angriff hatte noch nicht einmal begonnen.

Dankend nahm Betty die Tasse Kaffee entgegen, die Mrs. Dankwart ihr reichte, genoß ein paar Sekunden den Duft des heißen Getränks und nippte vorsichtig daran, ehe sie die Tasse abstellte.

Der kurze Schreck beim Anblick des Gewehres in Mrs. Dankwarts Hand hatte sich schnell gelegt, nachdem diese sie freundlich begrüßt und ihnen erklärt hatte, sie hätte es nur zum Schutz, falls sich einmal ein Saurier in diese Gegend verirrte. Sie hatte Betty und Michael ins Haus geführt, ihnen etwas Kühles zu trinken gebracht und sie duschen lassen. Inzwischen hatten sie sich bereits wieder einigermaßen erholt.

»Und Sie leben wirklich ganz allein mit Ihrem Mann hier draußen?« erkundigte sich Michael.

»Ja.« Mrs. Dankwart nickte. Sie mochte Ende Dreißig sein, keine Schönheit, aber dennoch eine attraktive Frau. Kleine Lachfältchen hatten sich um ihre Augenwinkel eingegraben und verliehen ihrem Gesicht Leben; das hellbraune, schulterlange Haar fiel ihr als Pony in die Stirn und ließ sie jünger aussehen, als sie war. »Wie ich schon sagte, Burt und ich sind Paläontologen wie Sie. Gleich nachdem damals die ersten Meldungen über DINO-LAND an die Öffentlichkeit drangen, reisten wir für unser Institut dorthin, doch bereits wenige Wochen später gerieten wir in ein Zeitbeben.

Damals konnte man sie noch nicht so genau vorherberechnen.«

»Aber warum leben Sie allein hier draußen und nicht in Las Vegas?«

»Weil wir hier unsere Forschungen besser fortsetzen können. Sie wissen ja, daß man in einem Beruf wie dem unseren nicht reich werden kann. Wer sich trotzdem entschließt, Paläontologe zu werden, der tut es nur aus Leidenschaft. Das ist bei Ihnen vermutlich nicht anders. Als wir dieses Haus hier verlassen vorfanden, haben wir beschlossen, uns hier einzurichten.«

»Aber hier draußen dürfte es doch ziemlich gefährlich sein.«

»Es geht.« Mrs. Dankwart zuckte mit den Schultern. »Nur selten wagen sich Saurier so weit in die Wüste hinaus, schon gar nicht die großen. Außerdem sind wir nicht ganz abgeschnitten. Wir haben zwar kein Funkgerät, mit dem wir nach Las Vegas durchkommen können, aber es finden regelmäßige Patrouillenflüge statt, und spätestens jeden zweiten Tag kommt ein Hubschrauber hier in der Nähe vorbei und nimmt Kontakt mit uns auf. Solange werden Sie sich gedulden müssen.«

»Hoffentlich ist es dann noch nicht zu spät«, murmelte Betty düster. Sie hatte bereits ausgiebig erzählt, unter welchen Umständen es sie und Michael hierher verschlagen hatte. »Wenn der Hubschrauber Corman zu dem Kanister gebracht hat, war alles umsonst.«

»Falls es so war, dann ist es auch jetzt schon zu spät«, stellte Mrs. Dankwart fest. »Das wäre schrecklich, aber nicht mehr zu ändern. Wenn man so lebt wie wir, dann lernt man, pragmatisch zu denken. Sie haben wirklich keine Ahnung, wo sich der Kanister befinden könnte?«

»Nur eine ganz vage«, erwiderte Michael. »Da Corman zusammen mit dem Behälter in die Vergangenheit geschleudert wurde, muß das Ding von irgendeinem Tier weggeschleppt worden sein. Als wir Corman fanden, starrte er durch das Zielfernrohr seines Gewehres zu einem Berg hinüber, so lange und angestrengt, daß es kein Zufall gewesen sein ...«

Er unterbrach sich, als er aus der Ferne leises Motorgeräusch hörte.

»Das wird Burt sein.« Mrs. Dankwart stand auf, trat ans Fenster und blickte hinaus, dann nickte sie.

Das Geräusch kam näher, bis schließlich ein Wagen direkt vor dem Haus hielt. Kurz darauf wurde die Tür geöffnet. Ein kräftiger, dunkelhaariger Mann Mitte Vierzig mit einem wettergegerbten Gesicht trat ein und musterte die beiden Besucher überrascht. In der Hand trug er eine große Reisetasche.

»Sieh an, Besuch«, sagte er. »Kommt nicht oft vor. Sind Sie erst vor kurzem aus der Gegenwart hergekommen?«

»Das sind Betty Sanders und Michael Atkinson«, antwortete Mrs. Dankwart, bevor einer der beiden etwas sagen konnte. »Sie haben eine interessante Geschichte zu erzählen, aber das sollen sie gleich selber tun.« Sie stand auf, trat auf ihren Mann zu und begrüßte ihn mit einem Kuß. Dann deutete sie auf die Reisetasche. »Hast du sie?«

Burt Dankwart nickte. »War nicht leicht, aber ich habe es geschafft.« Vorsichtig stellte er die Tasche ab und öffnete sie ebenso vorsichtig. Heraus holte er ein fast fußballgroßes Dinosaurierei. »Das stammt von einem Iguanodon, und wie es scheint, dürfte das Junge schon in den nächsten Stunden schlüpfen.«

Mainlands schlimmste Befürchtungen erfüllten sich knapp zwei Stunden später.

Bis dahin hatten die Ameisen sich ruhig verhalten, waren lediglich in der Breite ausgeschwärmt, um sich vor dem Graben zu stauen. Es schien tatsächlich so, als würden sie Kriegsrat halten. Alle paar Minuten senkte sich einer der Hubschrauber bis dicht über sie, bestrich sie mit Flammenwerfern und dezimierte ihre Zahl, dennoch schienen es nicht weniger Angreifer zu werden.

»Vielleicht ist dies die letzte Gelegenheit, die Stadt doch noch zu evakuieren«, sagte Littlecloud wider besseres Wissen. Als wäre dies ein Signal gewesen, begannen die Ameisen in diesem Moment mit ihrer zweiten Angriffswelle.

Zu Tausenden und Abertausenden stürzten sie sich in den Graben, wobei jedes der Tiere etwas bei sich trug.

»Was ... was ist das?« keuchte Mainland.

Auch Littlecloud brauchte einige Sekunden, um das Geschehen zu begreifen.

»Das sind die Tiere, die wir vorhin verbrannt haben«, stieß er hervor. Tatsächlich hatte sich jede der Ameisen an einen der verkohlten Kadaver geklammert. Die toten Tiere schwammen auf dem Wasser, und die lebenden Ameisen kauerten auf ihnen. Nach wenigen Sekunden bildeten die winzigen Kadaver eine regelrechte Brücke, über die die nachfolgenden Tiere in Windeseile hasteten und so das diesseitige Ufer erreichten.

»Schleusen eins und zwei sofort fluten!« schrie Mainland in das Walkie-talkie. »Volle Kraft. Das gleiche gilt für die Pumpen!«

Noch während er sprach, hatten die ersten Ameisen das Ufer erreicht und eilten an Land. Es waren Hunderte, und hinter ihnen drängten Tausende nach. Zielsicher stürzten sie sich auf die Menschen.

Littlecloud und die anderen versuchten, sie mit ihren Besen zurückzutreiben. Wie besessen fegten sie über das lockere Erdreich, und es schien, als könnten sie tatsächlich Erfolg haben, zumal das Wasser inzwischen wieder schäumend durch den Graben sprudelte, die Brücke aus toten Ameisenleibern zerriß und fortspülte, so daß keine weiteren Tiere nachfolgen konnten.

Allerdings nur für wenige Sekunden. Littlecloud erkannte die Gefahr als erster. Mit jeder Bewegung des Besens fegten sie Dutzende Tiere in den Graben zurück, in erster Linie jedoch Sand. Es war, als würden sie den Graben vollschaufeln. Die Sandkörner versanken nur langsam, vorher trieben sie mehrere Sekunden lang auf dem Wasser und bildeten bei ihrer Masse eine weitere, beinahe ebenso stabile Brücke, über die sofort weitere Ameisen quollen.

Littlecloud wollte eine Warnung rufen, als er einen heftigen Schmerz im rechten Handrücken verspürte. Eine Ameise war am Stiel des Besens bis zu seiner Hand heraufgeklettert und hatte ihn gebissen. Es brannte, als hätte jemand eine Zigarette auf seiner Haut ausgedrückt.

Er fluchte unterdrückt und schlenkerte die Hand. Die Ameise fiel zu Boden, wo er sie zusammen mit zwei anderen zertrat.

Die kurze Pause hatte ausgereicht, daß sechs, sieben weitere Ameisen auf den Stiel hinaufgekrabbelt waren. Mit einem weiteren Fluch ließ Littlecloud den Besen fallen. Der Boden vor ihm wimmelte nur so von den winzigen Körpern.

»Zurück!« brüllte Mainland aus voller Kehle, doch es war unnötig. Die Männer hatten bereits erkannt, daß der Inselstreifen nicht mehr zu halten war. Hals über Kopf flohen sie über einen Holzsteg, der über dem zweiten Graben lag.

Littlecloud rannte hinter ihnen her, und als letzter verließ Mainland die Insel. Kaum hatte er das andere Ufer erreicht, zogen zwei Männer den Holzsteg zurück. Einige wenige Ameisen waren bereits hinaufgelangt und wurden zertreten.

Littlecloud massierte seinen schmerzenden Handrücken. Das Ameisengift brannte wie verrückt. Die Haut um die Bißstelle hatte sich gerötet und schwoll an. Er sog an der Wunde, um wenigstens etwas von dem Gift herauszubekommen, während er zu Doktor Williams hinüberging, der sich bereits um einige andere Männer kümmerte, die ebenfalls gebissen worden waren.

Eine Krankenschwester versorgte Littleclouds Verletzung, doch konnte sie nicht viel mehr tun, als die Wunde mit Jod zu desinfizieren und ein Pflaster darüber zu kleben.

»Auf keinen Fall daran kratzen«, ermahnte sie ihn. »Und sehen Sie zu, daß Sie keine weiteren Bisse mehr abbekommen. Noch mehr Gift wird Ihre Hand lähmen.«

Obwohl der vorderste Graben noch immer mit voller Kraft geflutet wurde, gelangten mittlerweile mehr und mehr Ameisen auf die Insel zwischen den Kanälen.

»Schleusen eins und zwei intervallartig öffnen und schließen, Abstände jeweils fünf Sekunden!« ordnete Mainland an. »Drei und vier dafür halb öffnen, damit die Biester nicht zu uns herüberkommen.«

Kaum ließ die Wucht des Wassers im vorderen Graben nach, strömten die Ameisen in Scharen hinein. Sie hatten den Graben gerade zur Hälfte überwunden, als eine neue Flutwelle heranbrauste und sie mit sich riß.

Das Spiel wiederholte sich mehrere Male. Jedesmal ertranken Tausende von Ameisen, aber bedrohlich viele von ihnen kamen auch durch und sammelten sich auf der Insel zwischen den Kanälen. Schon war sie mit wimmelndem schwarzem Leben bedeckt. Die ersten Tiere versuchten bereits, über den zweiten Graben zu gelangen, wenn auch zunächst noch vergeblich.

Mainland gab über Funk einen weiteren knappen Befehl. Der Bell UH-1 flog auf die Insel zu, einer der Insassen bestrich sie mit seinem Flammenwerfer. Binnen Sekundenbruchteilen lebte keine der Ameisen mehr, die bis dorthin vorgedrungen waren.

»Das Gas für die Flammenwerfer wird allmählich knapp«, schnappte Littlecloud eine Stimme aus dem Funkgerät auf. Das war von Anfang an eine seiner größten Befürchtungen gewesen. Es war abzusehen gewesen, daß ihre Vorräte an Spezialgas nicht lange reichen würden, allerdings hatte er nicht damit gerechnet, daß sie schon so schnell aufgebraucht sein würden. Ohne Unterstützung durch die Flammenwerfer würden sie sich erst recht nicht halten können.

Er blickte zu der verbrannten Insel hinüber. Schon jetzt waren dort bereits wieder vereinzelte Bewegungen zu erkennen.

Obwohl er sich so sehnlich wie nie zuvor gewünscht hatte, daß er sich irrte, erwies sich seine Einschätzung der

Lage als richtig. Den Krieg gegen diesen Feind konnten sie mit herkömmlichen Mitteln nicht gewinnen, und wenn sie die einzigen Waffen einsetzten, mit denen sie die Ameisen vernichten konnten, würden sie damit höchstwahrscheinlich auch sich selbst töten, zumindest aber alles zerstören, um das sie überhaupt kämpften.

Eine weitere Angriffswelle von Ameisen stürmte auf den zweiten Graben zu.

Die kurze Hoffnung, die von Betty und Michael Besitz ergriffen hatte, sie könnten mit Burt Dankwarts Jeep nach Las Vegas fahren, hatte sich zu ihrem Leidwesen schnell wieder zerschlagen. Der Tank des Wagens war nach Aussage Dankwarts fast leer, und er hatte keine Benzinvorräte mehr. Weiter als höchstens zwanzig, dreißig Meilen würde es der Jeep nicht mehr schaffen, und das wäre mit dem Stück, das sie bereits zu Fuß zurückgelegt hatten, nicht einmal die halbe Strecke bis nach Vegas.

Immerhin hatten sie dadurch Gelegenheit, sich in aller Ruhe auszuschlafen und neue Kräfte für den nächsten Tag zu sammeln. Melanie Dankwart hatte im Gästezimmer ein Bett für sie bezogen, wo sich Betty und Michael hinlegten, nachdem die Dankwarts ihnen versprochen hatten, sie zu wecken, falls ein Junges aus dem mitgebrachten Ei schlüpfen sollte. Das wollte sich vor allem Michael nicht entgehen lassen, doch fußte dieses Interesse nicht nur in Neugier, sondern besaß noch einen anderen, wesentlich ernsteren Hintergrund.

Wie sie aufgrund einer Analyse wußten, machte Cormans Serum Saurier nicht nur unfruchtbar, indem es bestimmte Eiweißmoleküle zerstörte, die zur Fortpflanzung nötig waren, sondern es griff auch bereits befruchtete Eier an und tötete die noch ungeborenen Nachkommen. Sollte aus dem Iguanodon-Ei also ein Junges schlüpfen, war dies ein Beweis dafür, daß es Corman noch nicht gelungen war, den Kanister zu öffnen.

Ansonsten war sich Michael nicht sicher, was er von der Idee der Dankwarts halten sollte, zu versuchen, sich ein kleines Iguanodon zu Forschungszwecken quasi als Haustier zu halten, bis das Tier zu groß dafür geworden sein würde. Etwas in ihm sträubte sich dagegen, er konnte sich die mächtigen Saurier nur in Freiheit vorstellen, doch war er zu müde, um objektiv darüber nachzudenken.

Es gab einen Moment der Verlegenheit, als er und Betty sich in das Gästezimmer zurückgezogen hatten und er sah, wie sie begann, sich auszuziehen. Nur mit ihrer Unterwäsche bekleidet, schlüpfte sie unter die Bettdecke.

»Worauf wartest du noch?« fragte sie.

Michael schüttelte seine Verlegenheit ab, zog sich ebenfalls aus und folgte ihr. Er kannte Betty erst seit wenigen Tagen, doch sie waren sich auf Anhieb sympathisch gewesen, und mittlerweile hatten sie sich längst ineinander verliebt. Schon vor einigen Nächten hatten sie zusammen schlafen wollen, doch war sie vor Erschöpfung eingenickt, während er kurz geduscht hatte. Es gab keinerlei Grund für alberne Scham. Kaum lagen sie nebeneinander, kuschelte sich Betty an ihn.

Draußen prasselte Regen plötzlich heftig gegen die Fensterscheiben und aufs Dach. Blitze zuckten vom Himmel, und immer wieder krachten laute Donnerschläge.

»Wir haben noch etwas nachzuholen«, flüsterte Betty ihm ins Ohr.

»Heben wir es uns noch etwas auf. Ich glaube nicht, daß wir heute viel zuwege bringen würden, so kaputt, wie wir beide sind«, gab Michael fast gegen seinen Willen zurück. Die Müdigkeit schien seinen Kopf wie dichter, dunkler Nebel auszufüllen.

»Wahrscheinlich nicht«, stimmte Betty zu. »Ich wollte dir auch nur sagen, daß ich es nicht vergessen habe und mich noch immer darauf freue.« Sie lächelte spitzbübisch. »Außerdem liebe ich dich noch genauso wie in hundertzwanzig Millionen Jahren.«

»Du bist verrückt«, erwiderte Michael und mußte ebenfalls grinsen. »Aber gerade deshalb liebe ich dich wohl.« Er küßte sie und löschte das Licht. Nur wenige Sekunden später war er bereits tief und fest eingeschlafen und wurde erst wieder wach, als ihn jemand ausdauernd an der Schulter rüttelte und dabei seinen Namen rief.

Benommen öffnete er die Augen und erkannte im Licht der Nachttischlampe das Gesicht von Melanie Dankwart. Er brauchte mehrere Sekunden, um sich überhaupt daran zu erinnern, wer sie war und wo er sich befand.

»Was ist los?« murmelte er. Unterbewußt registrierte er, daß das Unwetter bereits wieder vorbei war. Es mußte mit hoher Geschwindigkeit über sie hinweggezogen sein.

»Burt meint, daß es jetzt jeden Moment soweit sein dürfte.« Als Mrs. Dankwart an seinem verwirrten Gesichtsausdruck erkannte, daß er nicht sofort begriff, fügte sie hinzu: »Das Saurierei. Das Junge wird gleich schlüpfen.«

Erst jetzt fiel Michael alles wieder ein. Mit einem Schlag war er hellwach. Er blickte sich zu Betty um und sah, daß sie ebenfalls bereits aufgewacht war. »Wir kommen«, sagte er.

»Okay. Burt und ich sind im Labor.«

Er wartete, bis Mrs. Dankwart das Zimmer verlassen hatte, dann drehte er sich zu Betty um und gab ihr einen Kuß. »Willst du wirklich mitkommen? Du kannst auch liegenbleiben und weiterschlafen.«

»Kommt gar nicht in die Tüte. Das will ich auch mitansehen.« Sie schwang die Beine aus dem Bett und stand auf.

Kurz darauf verließen sie das Zimmer und gelangten über einen Flur in einen Raum neben dem Wohnzimmer, den sich die Dankwarts als Labor für ihre Forschungen eingerichtet hatten. Schon am Nachmittag hatten sie es sich kurz angesehen. Es war nicht besonders gut ausgestattet, vor allem fehlten alle etwas komplizierteren Apparaturen, von denen einige für paläontologische Forschungen eigentlich vonnöten wären, dennoch konnte es sich angesichts der Umstände sehen lassen.

»Kommen Sie schnell her!« stieß Burt Dankwart aufgeregt hervor, als sie das Labor betraten. Er saß über einen Tisch gebeugt, auf dem zahlreiche Reagenzgläser und andere Gefäße sowie ein Mikroskop standen, doch seine Aufmerksamkeit galt ausschließlich dem Saurierei vor sich. »Das Ungeborene lebt. Hören Sie, wie es sich bewegt? Es versucht bereits, von innen die Schale zu durchbrechen.«

Betty und Michael traten neben ihn und seine Frau. Tatsächlich waren leise Geräusche aus dem Ei zu hören, und es schwankte leicht hin und her.

»Das bedeutet, daß Corman es noch nicht geschafft hat«, flüsterte Betty. Sie spürte, welch ein bedeutsamer Moment dies war, und wagte instinktiv nicht, ihn durch lautes Sprechen zu entweihen. »Dann besteht noch Hoffnung.«

Sie brauchten nicht mehr lange zu warten. Es dauerte nicht einmal eine Minute, bis mit einem leisen Knacken ein erster haarfeiner Riß in der Eierschale entstand, dem rasch weitere folgten, bis sie von einem ganzen Spinnwebenmuster aus Rissen durchzogen war.

Gleich darauf brach das erste kleine Stückchen Schale heraus. Irgend etwas Kleines, Dunkles war undeutlich dahinter zu sehen. Ein zweites Stück Schale fiel, ein drittes und viertes, dann stieß der winzige Kopf des Iguanodon-Babys aus der Öffnung und bemühte sich, auch den Rest der Hülle aufzubrechen. Noch hielt das Kleine die Augen geschlossen.

Vor Aufregung vergaß Betty beinahe zu atmen. Seit sie als Kind bei einem Besuch auf der Farm ihres Onkels einmal zugesehen hatte, wie ein Fohlen zur Welt kam, hatte sie die Geburt eines Lebewesens immer für einen ganz besonderen Moment gehalten.

Sie war offensichtlich nicht die einzige, die so empfand. Auch Michael und die Dankwarts starrten völlig gebannt auf das schlüpfende Saurierbaby, das mittlerweile die ganze obere Hälfte des Eis aufgebrochen hatte. Es verharrte einige Sekunden, dann öffnete es die Augen und stieß einen leisen, wimmernd klingenden Laut aus.

»Angeblich sollen Saurier die ersten Wesen, die sie nach der Geburt sehen, als ihre Eltern akzeptieren«, sagte Mrs. Dankwart leise. »Demnach müßte ich jetzt wohl seine Mami sein.« Sie sah ihren Mann lächelnd von der Seite an. »Was hältst du davon, wenn wir es Urmel nennen?«

»Urmel?«

»Ja, Urmel aus dem Ei. So heißt auch ein Saurier in einem berühmten Jugend –«

Bettys gellender Schrei ließ sie verstummen. Aus den Augenwinkeln hatte die Journalistin eine Bewegung wahrgenommen und war herumgefahren.

Der Anblick, der sich ihr bot, hätte direkt aus einem Horrorfilm stammen können. Unmittelbar vor der großen Fensterfront des Labors war ein gewaltiger, monströser Schädel aufgetaucht, mit einem Maul voller gebleckter Reißzähne und einem riesigen Auge, das zu ihnen hereinstarrte.

Nur Sekundenbruchteile später zersplitterte das Glas mit einem lauten Knall. Splitter flogen in den Raum, die Fensterflügel wurden vom Kopf des Sauriers aufgedrückt und krachten scheppernd gegen die Wand. Eines wurde aus seiner Verankerung gerissen.

»Zurück!« brüllte Burt Dankwart. Er war ebenso aufgesprungen wie seine Frau. Zusammen mit Betty und Michael wichen sie an die gegenüberliegende Wand zurück.

Auch der Saurier zog sich ein kleines Stück zurück, aber nur, um seinen Schädel im nächsten Moment erneut vorrucken zu lassen. Diesmal streifte er das Mauerwerk. Das ganze Haus wurde in seinen Grundfesten erschüttert. Verputz rieselte von der Decke und den Wänden, einige Steine direkt über den Fenstern wurden aus ihrer Verankerung gerissen, als der Saurier seinen geschuppten Schädel ins Innere des Zimmers streckte.

Er stieß einen dumpfen Laut aus, der nicht einmal feindselig klang. Der neugeschlüpfte Saurier antwortete mit einem weiteren Wimmern darauf.

»Das ... das ist ein Iguanodon«, keuchte Michael. »Er hat es nicht auf uns abgesehen. Iguanodons sind Pflanzenfresser. Wahrscheinlich ist es die Mutter des Kleinen.« Er fuhr zu Burt Dankwart herum. »Das Tier ist Ihnen gefolgt, weil sie ihm die Eier gestohlen haben!«

»Das ist unmöglich«, behauptete Dankwart. »Das Nest lag fast dreißig Meilen von hier entfernt!«

»Aber es ist so. Sehen Sie doch, er will nur das Kleine.«

Nachdem das Iguanodon merkte, daß es den Tisch vom Fenster aus nicht erreichen konnte, trat es mit einem seiner Vorderläufe wuchtig gegen das Mauerwerk unter dem Fenster. Wieder wurden Steine aus ihrer Verankerung gerissen.

Das Tier mochte drei Meter hoch und etwa doppelt so lang sein, womit es ein eher kleiner Vertreter seiner Art war. Manche Iguanodons wurden über neun Meter lang und hätten das Haus vermutlich mühelos niedergerissen.

»Ich hole die Gewehre«, raunte Mrs. Dankwart, aber Betty vertrat ihr den Weg zur Tür.

»Nein«, stieß sie hervor. »Es will nur das Junge. Deshalb ist es so vorsichtig. Helfen Sie mir, den Tisch näher ans Fenster zu schieben, das ist unsere einzige Rettung.«

»Sie sind verrückt!« Melanie Dankwart versuchte Betty zurückzuhalten, doch die Journalistin riß sich aus ihrem Griff los. Mit aller Kraft stemmte sie sich gegen den klobigen Tisch, ohne ihn bewegen zu können.

»Vielleicht haben Sie recht«, bekam sie Unterstützung von Burt Dankwart, und auch Michael nickte zustimmend. »Auf jeden Fall ist es einen Versuch wert.«

Die beiden Männer drückten mit gegen den Tisch, und nach kurzem Zögern half ihnen auch Mrs. Dankwart. Mit vereinten Kräften gelang es ihnen, ihn langsam in Richtung der Fenster zu schieben. Scharrend glitten die Holzbeine über den Boden.

Das Iguanodon wartete regungslos, doch beobachtete es mißtrauisch jede ihrer Bewegungen, als begriffe es genau, was sie taten.

»Zurück!« schrie Burt, als der Kopf des Sauriers plötzlich ein weiteres Mal vorruckte, doch seine Warnung war unnötig. Das Iguanodon schien tatsächlich nur an dem frisch geschlüpften Baby-Saurier interessiert zu sein. Es streckte den Kopf so weit herein, bis es ihn erreichen konnte, und beschnupperte ihn einige Sekunden lang, wobei es leise, beinahe zärtlich klingende Laute ausstieß, auf die das Kleine mit leisem, behaglichem Wimmern reagierte.

Mit seiner fast handtuchgroßen Zunge leckte das Iguanodon über das Kleine, packte es dann unendlich behutsam, um es nicht zu verletzen, mit seinen Lippen und hob es hoch. Es warf den Menschen einen drohend erscheinenden Blick zu, der von einem tief aus seiner Kehle kommenden Grollen untermalt wurde, dann wandte es sich um und stapfte in die Nacht davon.

Erleichtert atmeten die Menschen auf. Betty lehnte sich gegen die Wand. Michael legte einen Arm um ihre Schultern.

»Das war knapp«, wandte er sich an die kreidebleich gewordenen Dankwarts. »Ich hoffe, Sie lassen sich das eine Lehre sein und verzichten in Zukunft auf solche Experimente. Sie haben es hier nicht mit irgendwelchen Dingen, sondern mit lebenden Tieren zu tun, die offenbar über einen ausgezeichneten Mutterinstinkt verfügen.«

Ohne eine Antwort abzuwarten, verließ er zusammen mit Betty das Labor.

Die Ameisen brauchten insgesamt keine sieben Stunden, um die ausgetüftelten Verteidigungsanlagen zu überrennen, an deren Errichtung die Menschen mehr als drei Tage lang rund um die Uhr geschuftet hatten.

Nur ein einziger Graben trennte sie noch von der Stadt, den Gärten und den Menschen, und es war nur eine Frage der Zeit, bis sie auch diesen überwinden würden.

Das gesamte Gebiet dahinter, wo sich einst das System von Wällen, Kanälen und anderen Hindernissen befunden hatte, war praktisch eingeebnet, begraben unter einem Teppich aus wimmelndem schwarzem Leben, winzig und tödlich. Die Zahl der Ameisen hatte sich deutlich verringert, doch es mußten immer noch Millionen sein, zu viele, als daß der eine Graben sie auf Dauer aufhalten konnte.

Inzwischen gab es zahlreiche Verletzte auf Seiten der Verteidiger. Mehrere Menschen hatten bereits ins Krankenhaus gebracht werden müssen, weil sie so oft gebissen worden waren, daß sie durch das Gift in Lebensgefahr schwebten. Ein Mann war sogar bereits gestorben. Er hatte auf einem der Wälle den Halt verloren, war gestürzt, und binnen Sekunden waren die Ameisen über ihn hergefallen.

Auch Littlecloud hatte inzwischen mehrere Bisse erlitten, einen weiteren in die rechte Hand, die nun stark angeschwollen und fast gefühllos geworden war, andere Bisse über den Körper verteilt. Obwohl es insgesamt nur sechs oder sieben Bisse waren, schien es kaum noch eine Stelle seiner Haut zu geben, die nicht brannte. Vor allem aber schwächte ihn das Gift. Seine Bewegungen waren deutlich langsamer geworden und fielen ihm immer schwerer.

Littlecloud sah zu, wie die Ameisen in Scharen in den Graben zurückgefegt und dort von dem Wasser weggespült wurden. Er selbst war bereits zu erschöpft und geschwächt, um noch aktiv mitzuhelfen.

»Benzin!« krächzte Mainland in sein Funkgerät. Er war heiser vom vielen Schreien geworden, seine Stimme war kaum noch zu verstehen. Auch er hatte während einem der vorigen Angriffe eine Bißwunde an der Wade erlitten, aber keine Zeit gehabt, sie sofort behandeln zu lassen, so daß er das Bein jetzt bei jedem Schritt leicht nachzog.

Dicht hinter der Schleuse wurde der Hahn an einem Faß geöffnet. Benzin floß heraus und trieb als im Scheinwerferlicht bunt schimmernde Lache auf dem Wasser. Jemand warf ein brennendes Streichholz hinterher. Mit einem leisen Fauchen fing das Benzin Feuer. Die im Wasser treibenden Ameisen und die, die gerade ans Ufer kletterten, verbrannten in Massen, doch kaum war das Feuer erloschen, quollen neue nach.

»Warum bloß halten sie so verbissen an ihrem Weg fest?« murmelte Mainland verzweifelt. »Sie brauchen nur ihre Richtung ein wenig zu ändern und an der Stadt vorbeizuziehen. Statt dessen stürzen sie sich zu Millionen in den Tod.«

»Insekten«, gab Littlecloud müde zurück. »Der Wind hat aufgefrischt und steht günstig. Gib endlich den Befehl, das ganze Gebiet mit Napalm zu bombardieren. Es ist unsere letzte Chance. Vielleicht sterben wir daran, aber das tun wir sonst auch.«

Mainland wandte seinen Kopf in Richtung der Stadt. Tatsächlich war der Wind während der vergangenen halben Stunde stärker geworden. Er trug schwere Wolken mit sich. Die Luft war schwül, und am Horizont war vereinzeltes Wetterleuchten zu erkennen. Es konnte nicht mehr lange dauern, bis ein Gewitter losbrechen würde.

»Wenn du es jetzt nicht tust, wird es zu spät sein«, drängte Littlecloud. »Sind die Biester erst über den Graben, können wir sie nicht einmal mehr bombardieren, ohne uns selbst zu verbrennen. Wir haben schon zu lange gezögert. Verdammt, wir haben nichts mehr zu verlieren, begreif das endlich. Wenn du den Befehl jetzt nicht gibst, dann tue ich es!«

Seine letzten Worte gingen fast in einem lauten Donnergrollen unter.

Ein Ruck schien durch Lieutenant Mainland zu gehen. Er straffte sich. »Also gut«, sagte er mit plötzlich wieder kraftvollerer Stimme. »Pumpt alles noch bereitstehende Benzin in den Graben, und dann zurück. Wir setzen Napalm ein.«

Sein Entschluß wurde mit lautstarker Begeisterung aufgenommen, obwohl die Gefahren eines Napalm-Einsatzes bekannt waren.

Eine gewaltige Flammenwand schoß aus dem Graben. Der Bell-Hubschrauber zog sich auf Mainlands Befehl hin zurück, während der Stingray den Abwurf der Bomben vorbereitete.

Die Menschen nutzten die Atempause, die das Feuer ihnen verschaffte, um sich so schnell sie konnten von dem Graben zurückzuziehen. Mainland wartete, bis sich auch der letzte von ihnen in sicherer Entfernung befand und das Feuer im Graben bereits wieder erlosch, dann gab er den entscheidenden Befehl.

Kaum eine Sekunde später brach dort, wo die Heerscharen der Ameisen lauerten, die Hölle los. Das gesamte Gebiet jenseits des Grabens verwandelte sich binnen weniger Augenblicke in eine Feuersbrunst. Die Flammen schienen bis zum Himmel hinaufzulodern und färbten die Wolken rötlich.

Selbst gegen den Wind trieben Glutfunken bis zu den Menschen hinüber, die immer noch weiter zurückwichen. Die Hitze wurde unerträglich, die Luft schien zu kochen, doch Littlecloud bemerkte es kaum. Aus tränenden Augen starrte er in die Feuersbrunst.

Aus Mainlands Walkie-talkie drangen Meldungen des Stingray-Piloten, daß die Flammen sich wie befürchtet über die trockene Steppe ausbreiteten und bereits auf den Rand des Waldes übergriffen. Ein Feuer wie dieses ließ sich nicht unter Kontrolle halten, zumal es vom Wind noch zusätzlich angefacht wurde.

Bange Stille breitete sich aus. Die Ameisen waren besiegt, doch nun erst würde sich zeigen, ob sie selbst diesen Sieg überleben würden.

Mehrere Minuten verstrichen, dann spürte Littlecloud plötzlich eine Berührung an der Nase. Instinktiv wischte er sich mit der Hand durch das Gesicht, dann erst, während um ihn herum bereits laute Jubelschreie ausbrachen, begriff er, daß es ein Regentropfen gewesen war, der ihn getroffen hatte.

Ein Blitz schien den Himmel zu zerreißen. Er war hell genug, selbst die lodernde Flammenhölle zu übertreffen. Ein Donnerschlag folgte.

Mehr und mehr Tropfen fielen, bis der Regen schließlich wie ein Wasserfall niederrauschte.

Überall um Littlecloud herum lachten und schrien die Menschen, fielen sich gegenseitig um den Hals und tanzten, doch er selbst war sogar dafür zu erschöpft.

Er mußte an diesen Boris Corman denken, der in einem Zimmer des Krankenhauses lag. Wenn es stimmte, was der Mann behauptet hatte, dann gab es für sie alle endlich einen

Weg hier heraus, zurück in ihre eigene Zeit, und es gab nichts, was er sich sehnlicher wünschte.

Sie waren schon viel zu lange in dieser Hölle auf Erden gefangen.

Trotz des ausgestandenen Schreckens schliefen Betty und Michael den Rest der Nacht ausgezeichnet, nachdem sie sich wieder hingelegt hatten. Als sie früh am nächsten Morgen aufwachten, fühlten sie sich frisch und erholt, wie schon seit Tagen nicht mehr.

Während sie mit ihren Gastgebern frühstückten, rückte Burt Dankwart mit einer Idee heraus. Corman selbst hatte ihnen ja zumindest einen vagen Anhaltspunkt geliefert, wo ungefähr sich der Kanister befinden dürfte, und nach dem Schlüpfen des Iguanodon-Babys konnten sie mit größter Wahrscheinlichkeit davon ausgehen, daß er ihn noch nicht zurückgeholt und geöffnet hatte.

Wenn man Corman nach Las Vegas geflogen hatte, würde er sich vermutlich irgendeine Geschichte ausdenken, damit man ihn zu dem Kanister zurückbrachte, und es war sehr unsicher, ob der Hubschrauber vorher die Farm der Dankwarts ansteuern würde. Also mußten sie zu dem Berg, den Corman durch das Zielfernrohr seines Gewehres beobachtet hatte, um ihm dort aufzulauern und ihn daran zu hindern, das giftige Serum freizusetzen.

Ihr Hauptproblem war, wie sie dorthin gelangen sollten, doch gerade dafür bot Burt Dankwart eine Lösung an. Sie bestand aus einem altersschwachen Geländemotorrad, das er bereit war, ihnen zur Verfügung zu stellen. Das Benzin im Tank dürfte seiner Behauptung nach ausreichen, um bis zum Berg und wahrscheinlich auch zurück zu kommen, zumindest den größten Teil der Strecke.

Betty hatte zuvor lediglich einige Male als Beifahrerin auf einem Motorrad gesessen, doch Michael überraschte sie damit, daß er erklärte, in seiner Jugend mehrere Jahre lang Motorrad gefahren zu sein. Zwar hatte es sich um ein wesentlich leichteres Modell gehandelt, doch er traute sich zu, mit der Geländemaschine zurechtzukommen. Nachdem er einige Proberunden um die Farm gedreht hatte, war Betty bereit, ihm zu glauben.

Dankbar verabschiedeten sie sich von ihren Gastgebern, nachdem sie verabredet hatten, daß die Dankwarts den ganzen Tag über versuchen würden, über Funk jemanden zu warnen. Falls Corman mit dem Hubschrauber zu seinem Ziel gebracht werden sollte, würde es ihnen im Idealfall gelingen, den Piloten noch auf dem Hinflug zu erreichen und ihm von der Gefahr zu berichten.

Mit genügend Verpflegung für zwei Tage brachen Betty und Michael kurz nach dem Frühstück auf. Auf einer selbstgezeichneten Karte hatte Burt Dankwart ihnen gezeigt, daß sie am Vortag kaum eine Meile von einer befestigten Straße entfernt durch die Wüste gelaufen waren. Auf der Straße kamen sie nun problemlos voran, obwohl sie stellenweise kaum noch zu erkennen war, weil der Wind Sand über den Asphalt geweht hatte.

Sie brauchten knapp eine Stunde für die gleiche Strecke, die sie sich in entgegengesetzter Richtung fast einen ganzen Tag lang vorwärtsgequält hatten. Michael erwies sich als überaus geschickter Fahrer, wie er vor allem unter Beweis stellte, als sie den Rand des aus der Gegenwart herübergelangten Gebietes erreichten und in den Wald vordrangen.

Hier kamen sie nicht mehr annähernd so schnell voran, doch einen großen Teil der Strecke konnten sie fahren. Es erwies sich als unschätzbarer Vorteil, daß es abgesehen von einigen niedrigen Farngewächsen kaum Unterholz gab. Außerdem stießen sie immer wieder auf Wildwechsel, denen sie ein Stück folgen konnten, wobei die Spuren der großen Saurier beinahe ebenso breit und komfortabel wie eine asphaltierte Straße waren.

Nur ein paarmal mußten sie absteigen und das Motorrad ein Stück schieben, doch zusammengenommen addierten diese Passagen sich auf kaum eine halbe Meile.

Auch mit Sauriern hatten sie keine Probleme. Zwar sahen

sie mehrere Tiere, doch erwiesen diese sich als harmlose Pflanzenfresser, die kaum Notiz von ihnen nahmen. So erreichten sie ohne größere Schwierigkeiten den Fuß des Berges, den Corman beobachtet hatte.

Auf einer Höhe, ab der es zu steil wurde, als daß sie mit dem Motorrad weiterkommen konnten, machten sie Rast. Es war früher Vormittag.

Betty stieg vom Soziussitz und machte einige Dehnungsübungen. Ihre Gelenke knackten, und während einer Kniebeuge verlor sie sogar für einen Moment das Gleichgewicht. Sie hatte das Gefühl, als ob sich die Erde unter ihr leicht bewegt hätte. Erst als sie bemerkte, daß auch Michael sich erschrocken umsah, wurde ihr bewußt, daß sie sich nicht nur etwas eingebildet hatte.

»Was ... was war das?« fragte sie unsicher.

»Könnte ein leichter Erdstoß gewesen sein«, antwortete Michael. Nervosität klang in seiner Stimme mit. »Zu dieser Zeit war die Erdkruste noch viel stärker in Bewegung als in der Gegenwart. Leichte und auch stärkere Erdbeben waren hier fast an der Tagesordnung.«

»Ein Erdbeben?« Betty erschrak.

»Aber wenn, dann nur ein ganz leichtes. Kein Grund zur Sorge.«

Der Tonfall, in dem Michael sprach, ließ seine Worte nicht allzu überzeugend klingen, doch Betty kam nicht dazu, weiter darüber nachzudenken.

Aus der Ferne drang das Geräusch eines Hubschraubers an ihre Ohren.

Nur undeutlich erinnerte sich Boris Corman noch an die vergangene Nacht. Man hatte ihm ein Schlafmittel gegeben, und er wußte nur noch von einem einzigen Mal, als er aus seinem Schlaf aufgewacht war. Heftiger Regen hatte gegen die Fensterscheiben geprasselt, und er hatte Donner gehört, dazu Jubelschreie, doch seine Erinnerungen daran waren nur ganz vage, und er war beinahe augenblicklich wieder eingeschlafen. Mittlerweile wußte er, daß das vorüberziehende Gewitter die Stadt gerettet und der Jubel dieser Rettung gegolten hatte.

Es war ihm gleichgültig.

Die Gefühlskälte, die er verspürte, erschreckte ihn selbst, und er hoffte, daß sie nur auf die Medikamente zurückzuführen war, mit denen man ihn vollgestopft hatte, doch tief in seinem Herzen wußte er, daß es nicht so war. Las Vegas bedeutete ihm nichts, so wenig wie die Menschen, die hier lebten. Er rechnete nicht einmal mehr damit, hierher zurückzukehren, und auch das war ihm egal.

Sein gesamtes Denken war nur noch darauf ausgerichtet, endlich den Kanister zurückzubekommen und ihn zu öffnen, um seine Rache zu vollstrecken. Die Menschen in dieser Stadt würden dafür kein Verständnis haben. Sie allein konnten ihn zu dem Horst der Flugsaurier bringen, aber wenn er sein Ziel erreicht hatte und sie von seinen wahren Absichten erfuhren, würden sie kein Verständnis dafür haben und ihn für sein Tun zur Rechenschaft ziehen. Was also sollte er noch hier?

Wenige Stunden nach Sonnenaufgang waren sie losgeflogen. In Begleitung von einem Piloten und einem Soldaten saß er in dem gleichen futuristisch anmutenden Hubschrauber, der ihn in der vorletzten Nacht nach Las Vegas gebracht hatte.

Rasend schnell zog die monotone Wüstenlandschaft unter ihnen dahin. Corman interessierte sich nicht dafür. Immer wieder fielen ihm die Augen zu, und er sank in einen leichten Schlummer, aus dem ihn schließlich der neben ihm sitzende Soldat weckte.

»Wir sind gleich da«, teilte er mit. »Da vorne hat man Sie gefunden.«

Corman richtete sich auf und warf einen Blick aus dem Fenster. Er versuchte, die Landschaft wiederzuerkennen, doch es gelang ihm nicht. Für ihn sah alles gleich aus. Den am Horizont aufragenden Berg dagegen erkannte Corman sofort wieder.

Noch bevor er etwas sagen konnte, ertönte plötzlich eine von statischem Knistern und Rauschen überlagerte männliche Stimme aus dem Lautsprecher des Funkgeräts. Er verstand nicht mehr als einzelne Wortfetzen.

»Was ist das?« erkundigte er sich.

»Die Dankwarts«, erklärte der Pilot. »Ein Forscherehepaar, das hier in der Nähe auf einer kleinen Farm wohnt. Zwar nett, aber völlig verrückt die beiden, wenn Sie mich fragen. Ziehen sich hierher in die Einöde zurück, nur um ungestört Forschungen über die Saurier anstellen zu können.« Er drückte einen Knopf am Armaturenbrett. »Hier Stingray. Bitte kommen.«

Er mußte seine Durchsage mehrfach wiederholen, bis er endlich Antwort bekam. Wieder waren die Worte durch Störgeräusche überlagert, so daß nur einzelne Fetzen zu verstehen waren. Der Sender mußte sich weit entfernt befinden oder sehr schwach sein. Das wenige, was Corman jedoch verstand, gefiel ihm gar nicht. Deutlich konnte er seinen eigenen Namen aufschnappen, sowie den von Betty Sanders. Alles weitere war zu undeutlich.

»Was hat er gesagt?« erkundigte er sich, um herauszufinden, ob der Pilot über seine Kopfhörer mehr mitbekommen hatte.

»Irgend etwas über Sie, aber was, konnte ich nicht verstehen. Wir sind noch zu weit von der Farm weg. Ich werde eine Schleife fliegen, bis der Empfang besser wird. Was haben Sie mit den Dankwarts zu tun?«

Corman suchte fieberhaft nach einer glaubwürdigen Ausrede. Ihm war klar, was geschehen sein mußte. Offenbar waren diese Dankwarts mit Betty Sanders und ihrem Begleiter zusammengetroffen und hatten die wahren Hintergründe erfahren.

»Ich ... bin kurz mit ihnen zusammengetroffen«, log er stockend. »Aber gleich darauf wurden wir von einem Saurier angegriffen und dadurch wieder getrennt. Kurz darauf kam dann Ihr Kollege und hat mich aufgesammelt. Wahrscheinlich wollen die Dankwarts Ihnen nur mitteilen, daß ich irgendwo hier draußen herumirre. Sie können ja noch nichts von meiner Rettung wissen. Ein Umweg ist also nicht nötig.«

Der Pilot überlegte einen Moment. »Es würde nur ein oder zwei Minuten dauern. Wir scheinen inzwischen schon wieder ganz aus dem Empfangsbereich heraus zu sein.«

»Kein Umweg«, beharrte Corman. »Wir müssen den Koffer mit den Papieren unbedingt bekommen. Wer weiß, ob die Flugsaurier ihn nicht vielleicht schon woanders hingebracht haben, dann wäre er verloren. Jede Minute kann kostbar sein.«

»Also gut«, willigte der Pilot nach kurzem Zögern ein. »Auf dem Rückweg müssen wir sowieso bei den Dankwarts vorbei, um ihnen einige Sachen zu bringen. Hoffen wir, daß der Koffer mit den Unterlagen noch da ist und wir ihn leicht erreichen können.«

Sie brauchten keine Viertelstunde mehr, um den Berg zu erreichen, obwohl Corman sich deutlich verschätzt hatte, was die Entfernung anging. Vom Rand der Wüste bis zum Fuß des Berges waren es gut zehn Meilen, was es um so erstaunlicher machte, daß es die Rhamphorhynchus' geschafft hatten, den Kanister bis dorthin mit sich zu schleppen. Es zeigte, wie ungeheuer stark die Tiere trotz ihrer relativ geringen Größe waren.

»Wo ist nun dieser Horst?« erkundigte sich der Pilot.

»Ich weiß es nicht genau«, erwiderte Corman. »Schließlich habe ich die Tiere nur aus der Ferne beobachtet. Aber sie sind weiter rechts gelandet, und auch etwas höher.«

Folgsam steuerte der Pilot den Stingray nach seinen Angaben, aber das Auffinden des Horstes erwies sich als wesentlich komplizierter, als Corman geglaubt hatte. Gründlich suchten sie die Felswand ab, und es dauerte mehr als eine halbe Stunde, bis sie endlich Erfolg hatten, und auch dann hatten sie ihn letztlich nur einem Zufall zu verdanken.

Wohl aufgeschreckt durch den Lärm kam ein Rhamphorhynchus aus einer Felshöhle gewatschelt, einem unregelmäßigen, kaum mannsgroßen Einschnitt im Berg. Von einem kleinen, vorgelagerten Plateau aus stieß er sich ab und schwang sich in die Luft. In direkter Linie kam er auf den Hubschrauber zu.

»Diese verdammten Biester!« fluchte der Pilot. »Die werden wohl nie begreifen, saß sie gegen uns keine Chance haben. Immer wieder greifen sie an, sobald man in ihren Luftraum eindringt. Die reinsten Kamikaze-Flieger.«

Er flog ein Ausweichmanöver und wartete, bis er den Rhamphorhynchus direkt vor sich hatte, dann drückte er einen kleinen Knopf. Eines der beiden seitlich am Bug des Stingray angebrachten Maschinengewehre begann zu rattern. Eine tödliche Feuergarbe raste auf den Flugsaurier zu und zerfetzte ihn regelrecht.

»Ging nicht anders, sicher ist sicher«, kommentierte der Pilot. »Wollen wir hoffen, daß es der einzige war.« Er ließ die Maschine in der Luft verharren und suchte die Felswand ab. »Tja, landen kann ich hier nirgendwo, höchstens da unten.« Er zeigte auf ein Plateau, das gut sechshundert Meter tiefer lag. »Die restliche Strecke werden Sie klettern müssen, aber seien Sie vorsichtig, das scheint mir hier alles nicht besonders sicher zu sein. Sehen Sie den Geröllhang da vorne, ein Stück über der Höhle? Sieht so aus, als könnte das Zeug jeden Moment herunterkommen.«

»Das Risiko müssen wir eingehen«, antwortete Corman. »Landen Sie so nahe wie möglich an der Höhle. Den Rest schaffe ich dann schon.«

Dem ersten Erdstoß schlossen sich weitere an, und wie sich im Laufe der nächsten zwei Stunden herausstellte, hatte Michael in gleich zweifacher Hinsicht unrecht gehabt. Zum ersten war seine Hoffnung bezüglich ihrer Stärke nicht aufgegangen, denn sie waren beständig härter geworden, und zweitens handelte es sich nicht um ein normales Erdbeben.

Die Stöße kamen aus dem Inneren des Berges. Möglicherweise würde er in den nächsten Jahren oder auch Jahrtausenden als Vulkan ausbrechen. Ein Ausbruch in naher Zukunft war nicht zu befürchten – zumindest behauptete Michael dies, aber er war so wenig Fachmann auf diesem Gebiet wie Betty.

Sie hatten beobachtet, wie der Hubschrauber sich einen kurzen Luftkampf mit einem Flugsaurier geliefert hatte, dessen Ergebnis wenig überraschend gewesen war. Kurz darauf war die Maschine nur wenige hundert Meter von ihnen entfernt gelandet und kurz darauf wieder aufgestiegen.

Als Betty und Michael den Landeplatz erreichten, fanden sie die Fußspuren zweier Menschen. Kurz darauf hatten sie Corman und einen Soldaten entdeckt, die den Berg hinaufkletterten. Beide waren in grün-braune Tarnanzüge gekleidet.

Seither folgten sie den beiden Männern und bemühten sich verbissen, sie einzuholen. Wenn sie dem Soldaten die Wahrheit über Corman sagen konnten, dürfte es ihnen mit vereinten Kräften leichtfallen, den wahnsinnigen Fanatiker aufzuhalten. Bislang waren sie den Männern jedoch nicht nennenswert nähergekommen.

Der Hubschrauber kreiste ein Stück entfernt. Sie wußten nicht, ob der Pilot sie entdeckt hatte und über Funk Kontakt mit dem Soldaten aufnehmen konnte. Aber auch wenn er ihn bereits über die beiden Verfolger informiert hatte, machte der Mann keine Anstalten, auf sie zu warten, um sich zu erkundigen, was sie hier wollten.

Sie begannen den Hang hinaufzuklettern und hatten etwa die Hälfte der Strecke überwunden, als ein weiterer, besonders heftiger Stoß den Berg erschütterte. Es schien, als würde sich die Erde wie ein bockendes Pferd aufbäumen. Betty verlor das Gleichgewicht und schlug der Länge nach hin. Schmerzhaft schürfte sie sich die Knie an den Geröllbrocken auf, und immer noch erbebte die Erde unter ihr.

Der Erdstoß war stark genug, mehrere Steine aus ihrer Verankerung zu lösen. Sie kullerten den Hang hinab, rissen dabei andere mit sich und verfehlten Betty und Michael nur um wenige Armlängen. Am Ende des Hanges hatte sich eine regelrechte kleine Lawine gebildet, die, Farne und Büsche niederwalzend, tiefer ins Tal donnerte.

Geräuschvoll stieß Betty die Luft aus. »Das war knapp.«

»Das war lebensgefährlich«, korrigierte Michael. »Allmählich wird es wirklich brenzlig. Wir sollten umkehren. Die Erdstöße werden immer schlimmer. Wer weiß, was beim nächsten geschieht. Es wäre Wahnsinn, weiter hinaufzuklettern.«

»Wir *müssen!*« keuchte Betty. »Corman ist irgendwo vor uns und hat mit Sicherheit mit den gleichen Schwierigkeiten zu kämpfen.«

Michael zögerte einen Moment und mußte gegen seine Angst ankämpfen, dann quälte er sich hinter ihr her weiter den Hang hinauf.

Boris Corman fühlte sich von den Beinen gerissen und zu Boden geschleudert, als sich die Erde plötzlich unter ihm aufbäumte. Hart prallte er gegen einen Felsen und blieb sekundenlang halb betäubt liegen. Ein Knirschen und Krachen von Gestein war zu hören, als würde der ganze Berg in sich zusammenstürzen.

Erst ein gellender Schrei hinter ihm riß ihn aus seiner Benommenheit. Er richtete sich auf und blickte über die Schulter zurück. Nur wenige Meter hinter ihm war die Erde zu einer breiten Spalte aufgerissen, aus der Dampf quoll.

Der Soldat, der ihn begleitet hatte, klammerte sich mühsam an der Kante der Spalte fest. Corman sah direkt in die vor Angst und Entsetzen weit aufgerissenen Augen des Mannes. Im nächsten Moment glitten die Finger des Soldaten ab.

Corman machte sich nicht einmal die Mühe, nachzusehen, was aus ihm geworden war. Er konnte bereits die Sanders und ihren Begleiter ein Stück hinter sich entdecken. Mochte der Teufel wissen, woher die beiden gekommen waren. Über Funk hatte der Pilot des Hubschraubers vor wenigen Minuten die Nachricht durchgegeben, daß sie von zwei Menschen verfolgt würden.

Es hatte Corman alle Überredungskunst gekostet, den Soldaten zum Weitergehen zu bewegen. Wahrscheinlich war es nur der Angst des Mannes vor den Erdstößen zu verdanken, daß es ihm mit dem Hinweis gelungen war, sie hätten keine Minute zu verlieren.

Aber so sehr die beiden sich auch anstrengen mochten, sie würden zu spät kommen. Die Höhle, in der sich der Horst der Rhamphorhynchus' befand, lag nur noch knapp zwanzig Meter vor ihm. Bereits der vorangegangene Erdstoß hatte die Jungtiere, die sich noch darin befunden hatten, herausgetrieben. Sie kreisten irgendwo hoch über ihm und trauten sich nicht mehr heran.

Er kroch weiter. Das Gelände war so uneben, daß er nicht mehr aufrecht gehen konnte. Irgendwo krachten Schüsse, doch er registrierte es kaum.

Obwohl die Entfernung geradezu lächerlich gering war, brauchte er mehrere Minuten, bis er die Felsöffnung endlich erreichte und in die Höhle kroch. Aus einer Tasche seiner Uniform holte er eine Taschenlampe heraus. In ihrem Schein entdeckte er nur wenige Schritte von sich entfernt das Ziel seiner mühevollen Suche, den Kanister mit dem Serum.

Corman kroch weiter, als ein weiterer Stoß den Berg erschütterte, noch stärker als alle vorhergehenden. Er hörte das Bersten von Fels, dann traf ihn ein ungeheuer harter Schlag und löschte sein Bewußtsein auf der Stelle aus.

»Da vorne ist Corman«, keuchte Michael. Sein Atem ging schwer und rasselnd.

»Aber wo ist der Soldat?« An Bettys Stimme war zu erkennen, daß sie ebenso erschöpft war wie er selbst. Seit sie unversehens zu Hauptfiguren dieser Hetzjagd durch die Zeiten geworden waren, schien sich das schon fast zu einem Dauerzustand zu entwickeln.

Michael antwortete nicht. »Corman scheint zu der kleinen

Höhle da oben zu wollen«, stellte er statt dessen fest. »Wenn sich der Kanister dort befindet, können wir den Mistkerl nicht mehr einholen.«

»Vielleicht doch«, erwiderte Betty. Obwohl ihre Stimme bebte, lag ein Unterton von kalter Entschlossenheit darin.

Michael beobachtete, wie sie ihre Pistole zog. Sie legte auf Corman an und stützte ihren Arm dabei auf einem Felsen ab. Sorgfältig zielte sie, ehe sie mehrmals kurz hintereinander abdrückte, doch die Entfernung war für einen sicheren Schuß schon zu groß, und sie war kein sonderlich geübter Schütze.

Die Kugeln verfehlten Corman, und bevor Betty ein neues Magazin aus ihrer Jackentasche holen und einschieben konnte, hatte Corman die Höhle bereits erreicht.

Er war noch nicht ganz hineingekrochen, als die Erde wieder zu bocken begann. Verzweifelt klammerte sich Michael an einem Felsen fest.

Infernalischer Lärm erfüllte die Luft, als das Geröll oberhalb der Höhle ins Rutschen geriet. Selbst mächtige Gesteinsbrocken verloren ihren Halt und wälzten sich donnernd in die Tiefe. Und dann quoll flüssiger, rotglühender Stein aus einem Spalt dicht unterhalb des Gipfels.

»Das ist Lava!« hörte Michael die Journalistin in sein Ohr brüllen. »Los, nichts wie weg von hier!« Er fühlte sich gepackt und weggezogen. Unter einem überhängenden Felsen fanden sie vorerst Deckung. Selbst durch den Staub hindurch, der in dichten Schwaden aufwirbelte und ihnen weitgehend die Sicht nahm, konnte er erkennen, daß die Lawine genau dort entlangdonnerte, wo sie sich gerade noch befunden hatten. Erst nach Minuten kehrte allmählich wieder Stille ein, und sie wagten sich vorsichtig aus ihrer Deckung hervor.

Michael zitterte am ganzen Körper. Nacktes Entsetzen hielt ihn gepackt. Wo vor wenigen Minuten noch der Höhleneingang gewesen war, hatten sich nun Tonnen von Gestein aufgetürmt. Und noch immer quoll Lava aus dem Riß im Berg und ergoß sich über den Hang.

Sie mußten weg von hier, bevor es weitere Erdstöße dieser Kraft gab, die womöglich den ganzen Berg auseinanderreißen und den neu entstehenden Vulkan vollends zum Ausbruch bringen würden!

Irgendwie schafften sie es, zum Motorrad zurückzukehren. Sie waren immer weiter in die Tiefe gehetzt, mehr taumelnd als gehend, verfolgt von weiteren Beben und der tödlichen Lava.

Wie von allen Teufeln der Hölle gehetzt waren sie davongerast, ohne auf die Richtung zu achten. Erst als der Tank schließlich leer war und der Motor erstarb, waren sie langsam wieder zu klarem Verstand gekommen. Viele Meilen entfernt sahen sie den Berg aufragen, der ihnen beinahe zum Verhängnis geworden wäre. Rauch stieg von seinem Gipfel auf.

»Ich kann mir nicht vorstellen, daß Corman das überlebt hat«, sagte Betty schließlich. »Und selbst wenn – die Lava hat die Höhle versiegelt. Ich denke, die Gefahr durch das Serum ist gebannt. Und wir leben noch. Ob es irgendeinen Weg zurück in die Gegenwart gibt?«

»Das wird sich zeigen«, antwortete Michael bedächtig. »Alles weitere liegt allein an uns.«

»Wer hätte gedacht, daß sich das alles aus dieser merkwürdigen Hornplatte mit der eingeritzten Nachricht entwickeln würde, die du gefunden hast. Was es damit auf sich hat, haben wir auch noch nicht herausgefunden.«

»Wirklich nicht?« Michael lächelte. »Sieh mal da hinten.«

Er deutete auf etwas Gewaltiges, Dunkles, das nicht weit von ihnen entfernt zwischen den Bäumen zu erkennen war. Gemeinsam gingen sie darauf zu. Michael war nicht überrascht, als er erkannte, daß es sich um einen toten Stegosaurus handelte, der von Raubtieren bereits zu einem beträchtlichen Teil gefressen worden war.

Er hob eine abgebrochene Hornplatte auf, die vor ihm auf dem Boden lag, dann zog er ein Messer aus der Tasche und begann damit, Buchstaben hineinzuritzen. Er brauchte sich nicht einmal Gedanken über den Inhalt der Botschaft zu machen, die er an sich selbst schrieb. Er kannte jedes einzelne Wort.

»Was tust du da?« erkundigte sich Betty verwirrt.

Michael reichte ihr die Platte, nachdem er sein Werk beendet hatte.

»Ich vermute, wir befinden uns jetzt ungefähr dort, wo in der Gegenwart das Death Valley sein wird, und das hier ist die Platte, die ich in gut hundertzwanzig Millionen Jahren finden werde«, erklärte er. »Und genau diese Nachricht wird alles in Gang setzen. Oder denkst du, ich sollte die Platte lieber vernichten? Vielleicht bliebe uns dann viel erspart.«

Nach kurzem Überlegen schüttelte Betty den Kopf.

»Ich schätze, alles muß so kommen, wie es vorherbestimmt ist«, entgegnete sie philosophisch. »Versuchen wir lieber nicht, den Ablauf der Zeit zu verändern.«

Michael senkte resigniert den Kopf. »Da hast ja recht«, murmelte er. »Es wäre einfach zu leicht, um keinen Haken zu haben.«

Sie lächelte. »Aber da gibt es noch ein Versprechen, das ich jetzt wohl einlösen muß.«

Ehe sich Michael versah, versetzte sie ihm eine schallende Ohrfeige.

»Was ... was sollte das denn?« fragte er fassungslos.

Bettys Lächeln wurde zu einem breiten Grinsen. »Als du mir deinen Fund gezeigt hast, habe ich dir diese Ohrfeige prophezeit, falls ich jemals herausfinden sollte, daß du die Nachricht selber verfaßt hast«, erklärte sie. »Und auch wenn die Umstände ein klein bißchen anders sind, als ich zu dem Zeitpunkt gedacht hatte, soll man Versprechen halten. Aber dafür gibt es auch eine Entschädigung.«

Sie umarmte ihn und küßte ihn lange und zärtlich.

»Und jetzt sollten wir diese Höhle suchen, in der du die Platte in hundertzwanzig Millionen Jahren finden wirst«, sagte sie, als sie sich nach einer Weile wieder voneinander lösten. »Schließlich wissen wir ja, daß es ganz genau so kommen wird, nicht wahr?«

Der erste Gedanke Boris Cormans, als er das Bewußtsein wiedererlangte, war der, daß er höchstens noch wenige Minuten zu leben hatte. Er empfand keinen Schrecken bei diesem Gedanken.

Es war unerträglich heiß. Die Taschenlampe war ihm aus der Hand geglitten, aber sie brannte noch immer. In ihrem Schein sah er, wie rotglosende Lava zwischen den Felsen hervorquoll. Und er sah, höchstens einen Meter von sich entfernt, den Kanister mit dem Serum liegen.

Er wollte darauf zukriechen, doch es gelang ihm nicht, sich zu bewegen. Seine Beine gehorchten ihm nicht, und als er zurückblickte, entdeckte er, daß sein gesamter Leib unterhalb seines Beckens unter herabgebrochenem Gestein begraben lag. Sein Rückgrat war gebrochen, so daß er nicht einmal Schmerz verspürte.

Dennoch hätte er vor Verzweiflung schreien können. Nur einen Meter lag der Kanister von ihm entfernt, und doch unerreichbar. Einen grausameren Streich hätte das Schicksal ihm nicht spielen können.

Er dachte an Helen, seine Frau, und an seine Töchter Sandy und Tippy, und an die Rache, die zu vollstrecken er ihnen geschworen hatte, die er nun aber nicht mehr würde üben können.

Doch stimmte das auch wirklich? Der Gedanke durchfuhr ihn wie ein Stromschlag. Das Serum war innerhalb des luftdicht abgeschlossenen Behälters unbegrenzt haltbar, der Kanister selbst hingegen nicht. Die Speziallegierung aus Aluminium, Stahl, Glas und Asbest war langlebig und auch hitzebeständig, doch auch sie würde im Laufe der Jahrmillionen irgendwann verrotten.

Und selbst falls die Höhle durch den Steinschlag und die Lava hermetisch von der Außenwelt abgeschlossen sein sollte, würde sie sich vielleicht irgendwann durch eine Veränderung in der Erdkruste und durch Erosion wieder öffnen und das für Saurier tödliche Gas in die Atmosphäre entweichen lassen.

Er hatte sogar eine vage Vorstellung, wann dies der Fall

sein könnte. Bislang hatte noch niemand herausgefunden, warum die Saurier etwa fünfundsechzig Millionen Jahre vor der modernen Zeitrechnung ausgestorben waren.

Boris Corman wußte nicht, ob seine Theorie zutraf, aber er klammerte sich daran. In diesem Fall wäre doch er derjenige, der den Giganten der Urzeit das Geschenk der Rache für den Tod seiner Familie bereitet hätte, wenn auch fünfundfünfzig Millionen Jahre später, als er es geplant hatte.

Das war sein letzter Gedanke, ehe er starb.

Noch im Tode umspielte ein zufriedenes Lächeln Boris Cormans Lippen.

Buch 7

DIE PILGER DER ZEIT

Wie immer kam das Mädchen in Begleitung des dunkelhaarigen, bärtigen Muskelprotzes in Blowers Lebensmittelgeschäft, und wie immer, wenn die beiden den Laden betraten, begann Nick Pettys Herz schneller zu schlagen.

Um ein Haar wäre ihm die Milchpalette aus den Händen geglitten, die er gerade zur Kühltheke trug. Hastig stellte er sie ab, strich sich die braunen Haare aus dem Gesicht und bemühte sich, sein strahlendstes Lächeln aufzusetzen.

»Hi«, grüßte er. »Wieder mal in der Stadt?«

Es war eine selten dämliche Frage, wie ihm im gleichen Moment bewußt wurde, in dem er sie aussprach, aber auch daran hatte er sich fast schon gewöhnt. Er war zwar bereits einundzwanzig Jahre alt, aber hübschen Mädchen gegenüber verhielt er sich immer noch stets etwas unbeholfen, und ihm fiel nichts Originelles ein, was er sagen konnte. Er war schon froh, wenn er sich nicht vollständig zum Trottel machte.

»Das ist wohl nicht zu übersehen, oder?« gab sie schnippisch zurück.

»Nein, natürlich nicht, ich meinte auch bloß ...« Nick brach ab, bevor er noch mehr dummes Zeug stammeln konnte. Die junge Frau schaffte es jedesmal, ihn durch ihre bloße Anwesenheit völlig zu verunsichern. Allerdings sah sie auch aus, als wäre sie genau zu diesem Zweck auf der Welt; als wäre es ihre Aufgabe, Männer zu verunsichern.

Sie mochte genau wie er Anfang Zwanzig sein und hatte goldblonde Haare, die ihr in sanften Locken fast hüftlang über den Rücken fielen. Ihr Gesicht wurde beherrscht von den ausdrucksstarken, stets etwas traurig wirkenden blauen Augen, dem sinnlichen Mund und der Stupsnase, die es besonders hübsch aussehen ließ. Ihre Figur erinnerte an die der Models im *Playboy* und anderen Zeitschriften. Wie meist trug sie ein einfaches, knielanges Baumwollkleid mit einem kleinen Blümchenmuster.

Nick wußte nicht viel mehr über sie, als daß sie Nicole hieß und in einer kleinen Siedlung einige Meilen nördlich von Beatty wohnte. Etwa fünfzig Menschen lebten dort seit etwa einem halben Jahr in einfachen, selbstgebauten Hütten oder Wohncontainern. Sie bildeten eine verschworene Gemeinschaft, in der Fremde nicht geduldet wurden. Selbst der flüchtige Kontakt zu Außenstehenden wurde weitgehend vermieden.

Naturgemäß kursierten entsprechend viele Gerüchte. Von einer Aussteigerkommune wurde geredet, hinter vorgehaltener Hand tuschelte man sogar von Drogen und Sexorgien. Nick glaubte nicht daran, aber bei vielen anderen hielten sich solche oder ähnliche Verdächtigungen. In einem Ort wie Beatty, in dem nur knapp über tausendsechshundert Einwohnern lebten, von denen rund die Hälfte innerhalb der letzten Wochen und Monate bereits weggezogen waren, wurde nun mal gerne getratscht.

Selbst die Polizei wußte nichts Genaues. Ein paarmal war sie draußen bei der Kommune gewesen, hatte aber keinerlei Hinweise auf kriminelle Handlungen – welcher Art auch immer – finden können. Also ließ man die Leute ungestört gewähren, zumal sie mit ihrer Anwesenheit niemandem schadeten. Vielleicht handelte es sich einfach um eine kleine Sekte oder eine andere Gemeinschaft von Gläubigen.

»Was meinten Sie bloß?« Nicole zwinkerte ihm aufmunternd zu.

»Ach, nichts.« Nervös trat Nick von einem Bein auf das andere. Zum Glück waren gerade keine anderen Kunden hier, und Mister Blowers, der Besitzer des kleinen Ladens am Stadtrand von Beatty, räumte im Lager irgendwelche Kisten um. »Ist schon gut.«

»Nein, das ist es nicht«, widersprach Nicole ernst. »Leider ist nicht besonders viel in der Welt gut. Die Ozonlöcher wachsen jeden Tag. Luft und Wasser werden jeden Tag mehr vergiftet. Die tropischen Regenwälder sind fast vollständig abgeholzt. Gefühlskälte und Habgier bestimmen das Handeln der Menschen, und so treiben sie diese Welt immer tiefer in den Abgrund. Und da meinen Sie, es wäre schon gut?«

»So habe ich das doch nicht gemeint«, verteidigte sich Nick. »Das Kleid, das Sie tragen ...« Er räusperte sich. »Es ... es steht Ihnen sehr gut.«

»Danke.« Nicole lächelte.

Ihr Begleiter legte ihr die Hand auf den Arm.

»Wir sind hier, um einzukaufen«, sagte er mit unbewegtem Gesicht. Kalt blickte er Nick an, der das Gefühl hatte, unter diesem Blick zusammenzuschrumpfen.

»Okay, okay«, murmelte er. »Die meisten Kunden haben nichts dagegen, wenn man ein paar Worte mit ihnen wechselt. Ich wollte nur freundlich sein.«

»Seien Sie Wedge nicht böse. Er ist nun mal nicht besonders gesellig. War er noch nie.« Nicole lächelte noch einmal kurz, dann griff sie in ihre Tasche und zog ein zusammengefaltetes Stück Papier heraus. »Hier ist die Einkaufsliste für diese Woche.«

Nick überflog die Liste. Was darauf stand, war alles vorrätig. Die Sektenmitglieder hatten nie besonders ausgefallene Wünsche. Lediglich die geforderte Menge hatte anfangs Schwierigkeiten bereitet, da es sich um Sachen, hauptsächlich Lebensmittel, handelte, die eine ganze Woche lang für die rund fünfzig Menschen reichen sollten. Da Nicole oder ein anderer Bewohner der Siedlung aber meistens Freitag kam und stets ungefähr das gleiche verlangte, hatte sich Mister Blowers inzwischen darauf eingestellt und deckte sich rechtzeitig mit einer entsprechend größeren Menge an Vorräten ein.

Ansonsten war hier in Beatty nicht viel von den Touristen zu bemerken, die seit nun gut zweieinhalb Jahren nahezu jeden Ort überfluteten, der in der Nähe von DINO-LAND lag. Auch nach Beatty waren sie anfangs gekommen. Einige Einwohner hatten freie Zimmer vermietet oder ihre Häuser teilweise in Pensionen umgewandelt, aber der große Run war ausgeblieben.

Hauptsächlich lag es daran, daß Beatty *zu* nahe an DINO-LAND lag. In anderen Orten hatten die großen Touristikunternehmen und Hotelkonzerne zahlreiche Hotels innerhalb kürzester Zeit aus dem Boden gestampft. In Beatty aber lohnte es sich nicht. Von Anfang an war abzusehen gewesen, daß der Ort schon bald von den Zeitbeben erfaßt werden würde, so daß sich teure Investitionen nicht lohnten.

Anfangs war es auch für Nick eine Sensation gewesen, als aus dem Nichts heraus eines Tages mitten in der Wüste von Nevada ein Stück urzeitlichen Dschungels erschienen war, mitsamt der darin befindlichen Tiere. Zum ersten Mal war es möglich gewesen, lebende Dinosaurier zu sehen – für manche sogar aus zu großer Nähe. Obwohl das Militär das Gebiet abgesperrt hatte, hatte es vor allem im Chaos der ersten Stunden und Tage zahlreiche Tote gegeben.

Niemand war auf einen Angriff der Urzeitgiganten vorbereitet gewesen, aber natürlich waren die Saurier nicht nur innerhalb des Waldes geblieben. Einige von ihnen waren bis zu den Vororten von Las Vegas vorgedrungen und hatten dort Tod und Vernichtung verbreitet. Auch in Beatty hatte es einige Zwischenfälle mit unerwünschten Besuchern aus der Kreidezeit gegeben, doch waren sie glimpflich abgelaufen.

Das Schlimmste an allem jedoch war, daß das Zeitbeben, das aus einem fehlgeschlagenen militärischen Experiment resultierte, wie mittlerweile bekannt geworden war, kein einmaliger Vorfall geblieben war. Binnen kürzester Zeit hatte es weitere Beben gegeben, jedes etwas stärker als das vorige. Der Höhepunkt war erreicht worden, als ganz Las Vegas schließlich erfaßt und in die Vergangenheit gerissen worden war. Obwohl zahlreiche Politiker und Militärs die Gefahr herunterzuspielen versucht hatten, war die Stadt überhastet evakuiert worden – keine Sekunde zu früh!

Wo sich zuvor die Glücksspielmetropole befunden hatte, erstreckte sich nun nichts anderes mehr als Urzeitdschungel. Die Stadt selbst existierte mitsamt der Menschen, die sich zum Zeitpunkt des Bebens noch dort befunden hatten, rund hundertzwanzig Millionen Jahre in der Vergangenheit.

Auch das war etwas, was man erst später herausgefunden hatte. Zwar hatte man von Anfang an gehofft, daß nicht alles, was sich im Bereich der Beben befunden hatte, einfach vernichtet worden war, doch sichere Beweise, daß es sich um eine Art Zeitwippe handelte, besaß man erst seit wenigen Monaten.

Nick Petty hatte die meisten der verlangten Sachen bereits in einer Ecke des Ladens neben der Tür gestapelt und begann nun damit, sie auf die Pritsche des Lieferwagens zu laden, mit dem Nicole und ihr Begleiter gekommen waren. Wie üblich handelte es sich nur um Grundnahrungsmittel. Genußmittel kauften die Siedler nie, weder Kaffee noch Tee, Zucker, Alkohol oder sonst etwas.

Mühsam wuchtete er die Säcke mit Mehl, Saatgut und anderem auf die Ladefläche. Wedge sah ihm zu, ohne einen Finger zu rühren, obwohl er mit Sicherheit um einiges stärker war als Nick. Zum Abschluß schleppte Nick auch noch einige Schaufeln, Spaten und Hacken zum Wagen und verstaute sie dort.

Zwischendurch warf er immer wieder einige Blicke zu Nicole, die ihn jedoch weitgehend ignorierte.

»So, das war alles«, sagte er schließlich. »Ich rechne mal eben zusammen.«

»Vergessen Sie unseren Rabatt nicht«, erinnerte ihn Nicole.

»Keine Sorge. Zehn Prozent, wie abgemacht.« Während er mit dem Zusammenzählen begann, verließ Wedge den Laden, um zu überprüfen, ob alles richtig auf dem Lieferwagen verstaut war. Nick nutzte die Gelegenheit, sich für einen Moment mit Nicole zu unterhalten. »Wie lebt es sich eigentlich bei euch da draußen?«

»Es ist schön«, erwiderte sie. »Aber natürlich nicht vollkommen. Es ist ... ein Übergang.«

»Ein Übergang wohin?«

»Die Welt sinkt in den Abgrund und ist dem Untergang geweiht, aber aus den Trümmern der alten wird eine neue erstehen«, antwortete das Mädchen geheimnisvoll. »Gott selbst hat uns ein Zeichen geschickt, um uns den Weg zu weisen.«

»Ich verstehe gar nichts.« Nick runzelte die Stirn. Offenbar stimmte die Theorie, daß es sich um eine religiöse Sekte handelte. »Wie kann es ein Mädchen wie Sie nur da draußen so einsam aushalten? Gehen Sie denn niemals aus?«

»Das sind alles nur oberflächliche Vergnügungen«, behauptete sie. »Nur die zu sehen vermögen und sich nicht durch unnütze Ablenkungen selbst mit Blindheit schlagen, werden den Weg ins gelobte Land finden. Der große Tag ist schon bald nahe.«

»Was bald nahe sein wird, ist ein neues Zeitbeben«, stellte Nick fest. »In ein paar Wochen oder Monaten spätestens wird Beatty verschlungen werden. Viele Einwohner sind schon weggezogen, und bald werden auch wir anderen evakuiert werden. Auch ihr werdet eure Siedlung dann verlegen müssen.«

»Noch ist es nicht soweit.«

»Das nicht, aber Sie kaufen auch immer Saatgut und Geräte für Ackerbau. Ich glaube nicht, daß es sich noch lohnt, etwas anzubauen. Sie haben sich nicht gerade den günstigsten Platz ausgesucht, um sich niederzulassen.«

»Wir werden gehen, wenn die Zeit reif ist«, erklärte Nicole. »Und der Platz ist . . .«

Sie brach abrupt ab, als Wedge in den Laden zurückkehrte, was in Nick den Verdacht erhärtete, daß es sich bei dem Muskelprotz weniger um einen Helfer, als vielmehr um einen Aufpasser handelte, der verhindern sollte, daß das Mädchen irgendwelche Kontakte knüpfte und womöglich etwas ausplauderte. Nick bemühte sich, sich nichts von diesen Gedanken anmerken zu lassen. Sorgfältig machte er die Rechnung fertig und rief anschließend Mister Blowers, der darauf bestanden hatte, bei solch hohen Beträgen alles noch einmal nachzukontrollieren und persönlich zu kassieren. Immerhin handelte es sich um über tausend Dollar.

Wie üblich bezahlte Nicole in bar und verabschiedete sich gleich darauf.

Sinnend blickte Nick ihr nach.

Ihre Worte hatten sein Interesse geweckt. Er war entschlossen, mehr über die seltsame Sekte herauszufinden, in deren Klauen sich das Mädchen befand.

Die Entwicklung gefiel Professor Carl Schneider ganz und gar nicht.

Er galt als brillanter Wissenschaftler und war der geistige Vater des Projektes *Laurin* gewesen, das der Entwicklung eines Schutzschirmes hatte dienen sollen, der alles, was sich darunter befand, unsichtbar machen sollte. Durch den Übereifer des damaligen militärischen Oberbefehlshabers jedoch war das Experiment nicht nur gescheitert, sondern hatte ein Loch in die Wirklichkeit gerissen und die Zeitbeben ausgelöst.

Sämtliche Hoffnungen, die Beben zu stoppen und die Zeitverschiebungen rückgängig zu machen, hatten auf Schneider geruht. Zwar unterstand alles, was mit der Sicherheit von DINO-LAND zu tun hatte, nach wie vor dem Militär, aber er war zum wissenschaftlichen Leiter des Gesamtprojektes ernannt worden. Als solcher hatte er zeitweise beinahe mehr zu sagen gehabt als sämtliche Generäle, doch diese Zeiten waren vorbei

Immer stärker hatte er in den letzten Monaten das Gefühl, zu einem Statisten degradiert zu werden. Für die Erforschung der urzeitlichen Fauna und Flora in DINO-LAND war er nicht notwendig. Er verstand von Sauriern und der übrigen Paläontologie nicht viel mehr als die meisten Durchschnittsmenschen auch. Das war Professor Sondstrups Gebiet, und der Chefpaläontologe erledigte seine Aufgabe ausgezeichnet. Schneider hatte ihm von Anfang an so wenig wie möglich in sein Forschungsgebiet hineingeredet. Viel schlimmer für Schneider war der Eindruck, daß Militärs und Politiker in letzter Zeit immer häufiger über seinen Kopf hinweg entschieden, vielfach nicht einmal mehr Wert auf seinen Rat legten.

Innerhalb von zweieinhalb Jahren hatte man sich an DINO-LAND gewöhnt, und seit man sicher wußte, daß die Menschen in der Vergangenheit noch lebten und man einen Weg gefunden hatte, die Zeitbeben für eine Kontaktaufnahme mit ihnen zu nutzen, schien man bei weitem nicht mehr so interessiert zu sein wie anfangs, alles rückgängig zu machen.

Im Gegenteil.

Machtgierige Narren wie General Pounder, der gegenwärtige Oberbefehlshaber, schienen Gefallen am Status Quo gefunden zu haben. Nachdem die Erinnerung an die anfänglichen Schrecken längst in den Hintergrund gedrängt worden war, sahen sie mittlerweile nur noch die Vorteile des Unglücks und begannen größenwahnsinnige Machtphantasien zu entwickeln, was dadurch noch alles möglich wäre.

Eine Station in der Urzeit war bereits ein guter Anfang auf dem Weg zur absoluten militärischen Überlegenheit über jede beliebige fremde Macht. Perfekt würde diese Überlegenheit aber erst werden, wenn sie die Möglichkeit besaßen, nicht nur in eine einzige festgelegte Epoche zu springen, sondern wenn sie nach Belieben in verschiedene Zeiten reisen konnten.

Direkte Eingriffe in das Zeitgefüge, die die Gefahr von Paradoxa in sich bargen, waren dabei nicht einmal unbedingt erforderlich – sofern sie überhaupt möglich waren. Es gab ganz andere Möglichkeiten.

Wahrscheinlich träumten General Pounder und andere bereits davon, ein paar Jahrhunderte oder notfalls auch Jahrtausende in die Vergangenheit zu gehen, um Atombomben oder Giftgasbehälter unter Moskau, Peking, Bagdad und anderen Städten zu verstecken und sie bei Krisen als Druckmittel zu benutzen.

Oder Wirtschaftsexperten rechneten aus, wieviel Geld sie wann auf welcher Bank zu Beginn des Jahrhunderts anlegen mußten, um mit den nun fälligen Zinsen das amerikanische Finanzdefizit zu begleichen.

Dummköpfe lauerten überall, und Professor Schneider

wußte, daß er ihnen bei ihren wirren Ideen nur im Weg war. Ohne die Füße von einer Ecke seines Schreibtisches zu nehmen, blickte Schneider auf, als die Tür geöffnet wurde und einer seiner Assistenten mit einem Stapel Computerausdrucke in sein Büro geeilt kam, ohne vorher auch nur anzuklopfen. Das Gesicht des jungen Mannes war ernst und drückte eine Besorgnis aus, die Schneider sofort alarmierte. Irgend etwas Bedeutsames mußte geschehen sein, und es war kaum zu hoffen, daß es etwas Angenehmes war.

»Was ist los?« erkundigte sich Schneider knapp.

»Wir haben die Berechnungen für die Zeitbeben in nächster Zeit ausgewertet«, erklärte der junge Mann und reichte Schneider die Computerausdrucke. »Sehen Sie selbst.«

Professor Schneider überflog die Daten, dann meinte er geradezu spüren zu können, wie er selbst blaß wurde.

»Mein Gott«, murmelte er und sprang auf.

Nick Petty war nicht sicher, ob er das Richtige tat, aber er konnte nicht anders handeln.

Verantwortungsgefühl, Zivilcourage oder einfach nur schlichte Neugier – er wußte nicht, was der genaue Grund für sein Handeln war. Vermutlich eine Mischung aus allem, vermengt noch mit einer Portion Verliebtheit.

Nick war zur Polizei gegangen und hatte dort – ergänzt um einige persönliche Interpretationen – erzählt, was er von Nicole gehört hatte. Er hatte gehofft, daß man die Siedler noch einmal genauer unter die Lupe nahm, wenn man wußte, daß es sich um eine Sekte religiöser Fanatiker handelte, doch diese Hoffnung hatte sich nicht erfüllt.

Statt dessen hatte man ihm nur gesagt, daß man bei früheren Überprüfungen keine Hinweise auf irgendwelche kriminellen Aktivitäten oder Ziele gefunden hätte.

Damit gab sich Nick jedoch nicht zufrieden. Er war überzeugt, daß irgend etwas mit dieser sonderbaren Mini-Sekte nicht stimmte. Warum sonst wohl durfte Nicole stets nur von einem Aufpasser bewacht nach Beatty?

Die meisten anderen Sektenmitglieder verließen die kleine Siedlung anscheinend sogar nie, und auch das war merkwürdig. Eine Sekte versuchte gewöhnlich, ihre Lehre an andere zu vermitteln und diese ebenfalls zu ihrem Glauben zu bekehren. Dies fand in diesem Fall jedoch gar nicht statt, und auch das machte Nick mißtrauisch.

Er war entschlossen, mehr über die Hintergründe herauszufinden, und das konnte er nur, wenn er sich vor Ort selbst ein Bild machte.

Kurz nach Einbruch der Dunkelheit war er an diesem Abend aufgebrochen und hatte sich auf den Weg zur Siedlung gemacht. In sicherer Entfernung hatte er seinen Wagen geparkt und ging nun zu Fuß weiter. Um seinen Hals hing ein starkes Fernglas.

Um nicht schon von weitem entdeckt zu werden, trug er dunkle Kleidung. Auch das hügelige Gelände half ihm dabei, sich unbemerkt an die Siedlung heranzuschleichen.

Ohne Schwierigkeiten gelangte Nick Petty bis zu einer Felsgruppe auf der Kuppe eines Hügels, von dem aus er die Siedlung gut überblicken konnte, ohne selbst direkt entdeckt zu werden.

In der Mitte des kleinen Dorfes erhob sich ein größeres, aus Holz und Stein errichtetes Gebäude, das sogar von einem niedrigen Turm gekrönt war. Offensichtlich handelte es sich um eine Kirche oder vielleicht auch eine Art Gemeindezentrum. Darum herum gruppierten sich die Wohnmobile und -container, Campinganhänger oder auch einfach zusammengezimmerten Hütten, in denen die Sektenmitglieder lebten. Die meisten von ihnen waren erleuchtet. Vereinzelt hatten die Menschen kleine Gärten angelegt.

Irgend etwas störte Nick gerade an diesem Anblick, doch es dauerte eine Weile, bis er darauf kam, was es war. Bei jedem Besuch in Mr. Blowers Laden hatten die Sektenmitglieder Saatgut verschiedenster Art gekauft. Hafer, Gerste, Weizen, Roggen, Mais, Sonnenblumenkerne und anderes mehr, darunter alle möglichen Gemüsesorten und sogar Reis, der hier überhaupt nicht gedieh, weil das Land viel zu trocken war. Sie hatten Hunderte von Dollars dafür ausgegeben.

Es war jedoch nicht zu entdecken, daß sie bislang irgend etwas damit gemacht hatten.

Die kleinen Gärten dienten lediglich zur Zierde, es wuchsen nur ein paar Blumen darin. Von irgendeiner Form der Landwirtschaft war nichts zu entdecken, obwohl jetzt die richtige Zeit zur Getreideaussaat war.

Natürlich konnten die Felder irgendwo anders angelegt worden sein, zumal dieser Landstrich in absehbarer Zeit von der Vergangenheit verschlungen werden würde. Aber warum hatten die Menschen ihre Siedlung dann nicht auch direkt an dem betreffenden Ort errichtet?

Nick stützte sich mit den Ellbogen auf die Felsen auf, hob das Fernglas vor die Augen und regulierte die Schärfeneinstellung, bis er ein völlig klares Bild hatte. Etwas sonderlich Bemerkenswertes gab es jedoch nicht zu erblicken.

Alles erinnerte an eine Mischung aus einer Kleingartensiedlung und einem Campingplatz. Menschen kamen aus den Häusern oder gingen hinein, standen beieinander und unterhielten sich, manche saßen im Schein von Lampen in ihren Gärten. Das gesamte Dorf vermittelte den Eindruck von friedlicher, gelöster Ruhe und Entspannung; nichts deutete auf irgendeine Form von Zwang, Unterdrückung oder Gewalt hin.

Nick kauerte gut eine Viertelstunde auf dem Hügel und beobachtete die Siedlung, bis er schließlich Nicole entdeckte.

Sie kam aus einem besonders großen Wohnmobil neben dem kirchenartigen Gebäude heraus. Sie schien guter Laune zu sein; auf ihrem Gesicht lag ein Lächeln. Freundlich grüßte sie zwei vorbeikommende Männer, wechselte ein paar Worte mit ihnen und schlenderte weiter, um in der Kirche zu verschwinden.

Mehr und mehr Menschen schlossen sich ihr an. Innerhalb weniger Minuten schienen sich sämtliche Sektenmitglieder in der Kirche zu versammeln.

Nick sah auf seine Armbanduhr. Es war genau elf. Vielleicht fand eine Art Gottesdienst statt.

Kurz entschlossen richtete sich Nick hinter seiner Deckung auf und hastete den Hügel hinunter auf das Camp zu. Er mußte sich beeilen, da er nicht wußte, wie lange der Gottesdienst oder die Versammlung andauerte.

Seine Nerven waren zum Zerreißen gespannt. Es war nicht nur die Angst vor einer Entdeckung, sondern auch andere Faktoren machten ihm zu schaffen. Dazu gehörte die Angst vor DINO-LAND, das sich kaum zwei Meilen entfernt befand. Nick meinte sogar, einige Saurier in der Ferne brüllen zu hören, doch das war vermutlich nur Einbildung.

Unbeschadet erreichte Nick die ersten Wohncontainer und schlich zwischen ihnen hindurch. Er überlegte, ob er einige von ihnen öffnen und hineinsehen sollte, doch ein natürlicher Respekt vor dem Eigentum und dem Lebensraum anderer hielt ihn davon ab.

Das änderte sich erst, als er das Wohnmobil erreichte, aus dem Nicole zuvor gekommen war. Nicks Neugier war stärker als alles andere. Er konnte der Versuchung nicht widerstehen, die Klinke niederzudrücken und die Tür zu öffnen.

Im Inneren war es dunkel, und er fand nicht auf Anhieb einen Lichtschalter, so daß er nach kurzem Zögern auf ein weiteres Herumschnüffeln verzichtete und die Tür wieder schloß.

Aus dem Kirchengebäude waren Stimmen zu hören. Nick schlich darauf zu und verharrte ein paar Sekunden lang unter einem der wenigen Fenster, ehe er sich aufrichtete, um einen Blick ins Innere zu werfen.

Er führte die Bewegung nicht zu Ende, sondern schrak zusammen und erstarrte gleich darauf zur Regungslosigkeit, als er spürte, wie etwas Hartes, Dünnes gegen seinen Rücken gepreßt wurde.

»Ich rate dir, keine Dummheiten zu machen, Schnüffler!« vernahm er eine Stimme dicht an seinem Ohr.

»Es tut mir leid, Sir, aber Sie dürfen da nicht rein«, beharrte die Sekretärin. »General Pounder hat mir eindeutige Anweisungen erteilt. Er möchte unter keinen Umständen gestört werden.«

Sie warf den beiden Uniformierten, die im Hintergrund des großen Vorzimmers in einer Sitzgruppe saßen, einen Blick zu. Die beiden erhoben sich und nahmen vor der Tür zum Konferenzraum Aufstellung, um jeden Versuch, dort einzudringen, schon im Ansatz zu vereiteln.

Professor Schneider atmete tief durch. Noch vor wenigen Monaten wäre es undenkbar gewesen, daß man eine Planungskonferenz einberief, ohne ihn zu benachrichtigen, aber ihn ausdrücklich auszuschließen war eine weitere Drehung der Schraube. Er konnte sich gut vorstellen, daß sich die *eindeutigen Anweisungen* Pounders nicht nur generell auf irgendwelche Störungen, sondern ganz gezielt auf ihn bezogen.

»Wie lange wird die Konferenz noch dauern?«

»Das weiß ich nicht, aber wenn sie vorbei ist, kann ich General Pounder gerne ausrichten, daß Sie nach ihm gefragt haben. Und nun entschuldigen Sie mich bitte, ich habe zu arbeiten.«

Sie wandte sich demonstrativ ihrem Computer zu, doch Schneider ließ nicht locker.

»Jetzt hören Sie mir mal gut zu, Goldköpfchen«, sagte er. Er sprach leise, aber mit einem Nachdruck, der die junge Frau verwirrt wieder aufblicken ließ. »Ich bin immer noch der wissenschaftliche Leiter dieses Projektes, aber darum geht es jetzt nicht. Ich habe hier Informationen, von denen das Leben zahlreicher Menschen abhängt, und wenn ich nicht sofort mit Pounder sprechen kann, ist hier die Hölle los, das verspreche ich Ihnen.«

»Aber ich –« Der Tonfall der Sekretärin war merklich kleinlauter geworden, doch Schneider ließ sie erst gar nicht aussprechen.

»Es handelt sich um Informationen, die unmittelbar die Sicherheit von DINO-LAND betreffen«, fuhr er fort. »Wenn

Sie mich nicht sofort zu Pounder lassen, dann werde ich höchstpersönlich mit dem Generalstab in Washington telefonieren, sobald ich dieses Büro verlassen habe, damit die nötigen Maßnahmen von dort aus eingeleitet werden. Und wenn man mich fragt, wieso sich General Pounder nicht darum kümmert, werde ich wahrheitsgemäß berichten, daß er gerade zu beschäftigt ist, um sich um DINO-LAND zu kümmern. Dann kann er seinen Vorgesetzten selbst erklären, was es auf dieser Konferenz so umwerfend Wichtiges zu besprechen gab. Also?«

Die Sekretärin rang einen Moment mit sich, dann nickte sie und stand auf.

»Bitte warten Sie einen Augenblick, Professor«, murmelte sie unsicher. »Ich werde General Pounder ausrichten, daß Sie ihn sprechen möchten.«

»Tun Sie das.«

Schneider beobachtete, wie sie an den beiden Wachsoldaten vorbei in den Konferenzraum ging. Eine knappe Minute später kehrte sie zusammen mit Pounder zurück. Der zur Dicklichkeit neigende Vier-Sterne-General schnaufte wie eine alte Dampflok.

Als deutliches Anzeichen seiner cholerischen Veranlagung war sein Gesicht wie stets, wenn er sich über irgend etwas aufregte, gerötet. Seine Augen funkelten angriffslustig, während er auf den Professor zueilte.

»Können Sie mir mal erklären, was dieses Affentheater soll, Schneider?« blaffte er. »Was fällt Ihnen ein, mich einfach so aus einer wichtigen Geheimkonferenz herauszuholen?«

»Sobald Sie mir erklären, wieso ich als wissenschaftlicher Leiter von DINO-LAND zu einer solchen Konferenz nicht eingeladen wurde«, konterte Schneider. »Aber das ist etwas, worüber wir uns später unterhalten können, jetzt gibt es Wichtigeres.« Er drückte Pounder den Stapel Computerausdrucke, den er mitgebracht hatte, in die Hand. »Das sind die Berechnungen über die in den nächsten Tagen zu erwartenden Zeitbeben. Achten Sie ganz besonders auf das zweite.«

Pounder warf nur einen flüchtigen Blick auf die Blätter und schüttelte verärgert den Kopf.

»Sie wissen doch genau, daß ich von diesem Formelkram nichts verstehe. Hätten Sie vielleicht die Güte, mir in leicht verständlichen Worten zu erklären, was das zu bedeuten hat?«

»Der mittlere Westrand von DINO-LAND«, entgegnete Schneider. »Ziemliche Anomalien bei den Zeitbeben in den letzten fünf, sechs Wochen. Ein vorherberechnetes Beben hat gar nicht stattgefunden, drei weitere sind weitaus schwächer ausgefallen, als wir berechnet haben. In allen drei Fällen sind nur wenige Quadratmeter versetzt worden.«

»Und?« Verständnislos runzelte Pounder die Stirn. »Es ist doch bekannt, daß die Berechnungen nur auf Annäherungswerten beruhen. Kleinere Fehler sind da nie ausgeschlossen, das dürften Sie besser wissen als ich.«

»Ich spreche hier nicht von *kleineren* Fehlern, sondern davon, daß irgend etwas die Zeitbeben in diesem Gebiet völlig durcheinandergebracht hat«, ereiferte sich Schneider. »Das schlimmste aber ist, daß sich die gewaltigen Energien, die sich bei den Mini-Beben nicht entladen konnten, offenbar aufgestaut haben. Morgen zur Mittagsstunde wird es in dieser Gegend ein Mammutbeben geben. Voraussichtlich dürfte es fast einhundert Quadratmeilen auf einen Schlag in die Vergangenheit reißen.«

»*Einhundert* Quadratmeilen?« wiederholte Pounder erschrocken. »Das wären zehn Meilen in der Länge und noch einmal soviel in der Breite.«

»Dann verstehen Sie jetzt vielleicht, wieso ich unbedingt mit Ihnen sprechen mußte. Eine ganze Ortschaft ist davon betroffen.« Schneider legte das letzte Blatt nach oben. Es zeigte eine Karte des betroffenen Geländes. Ein roter Kreis markierte das voraussichtliche Bebengebiet.

»Beatty«, murmelte der General. »Und damit auch der Highway 95. Das ist die letzte vernünftige Verbindung von hier nach Norden. Alle anderen Strecken stellen einen

Riesenumweg dar.« Er machte eine kurze Pause. »Sind Sie ganz sicher, daß sich der Computer nicht geirrt hat?«

»Völlig sicher«, bestätigte Schneider. »Alle Daten sind mehrfach überprüft worden. Wir müssen sofort mit der Evakuierung von Beatty beginnen, den Highway sperren und einen neuen Sperrzaun ziehen.«

Pounder nickte. »Bei dem gewaltigen Gebiet keine leichte Aufgabe.« Er drehte sich zu der Sekretärin um. »Bitte sagen Sie drinnen Bescheid, daß die Konferenz erst einmal vertagt wird. Ich muß dringend weg. Kommen Sie, Professor, wir haben viel zu erledigen.«

Nick hatte den Mann noch nie zuvor gesehen, und dennoch wußte er vom ersten Moment an, daß es sich um den Führer der Sekte handelte. Der Unbekannte stand inmitten der anderen Menschen innerhalb des großen Hauses, und doch war irgend etwas an ihm, das Nicks Blick fast magisch anzog. Vielleicht war es das, was man gemeinhin als Charisma bezeichnete, eine Art Aura, die den Mann umgab, und wenn sie auch unsichtbar war, so war sie doch um so deutlicher zu spüren.

Es waren an die fünfzig Leute in dem großen Raum versammelt, Männer und Frauen und sogar einige Kinder, von denen das jüngste kaum fünf Jahre alt zu sein schien. Tische und Bänke bildeten die einzige Einrichtung.

Ein Stoß in den Rücken ließ Nick vorwärts taumeln, direkt auf den Unbekannten zu.

»Ich habe ihn entdeckt, als er draußen herumschnüffelte«, erklärte der Wachposten, der ihn erwischt hatte. »Er schlich um das Gemeindehaus und wollte gerade durch eines der Fenster schauen.«

Wenige Schritte vor dem Oberhaupt der Sekte blieb Nick stehen und betrachtete sein Gegenüber genauer. Der Mann befand sich in dem schwer zu schätzenden Alter zwischen vierzig und sechzig Jahren. Er war schlank, fast hager, mit kurzen, dunkelgrauen Haaren. Am bemerkenswertesten waren die Augen in seinem ausgedörrten Gesicht mit den eingefallenen Wangen. Sie waren tief in die Höhlen gesunken, doch schienen sie wie unter einem inneren Feuer zu glühen.

Es waren die Augen eines uralten Mannes, die Dinge gesehen hatten, von denen andere nicht einmal ahnen mochten. Ihr Blick schien sich tief in Nick hineinzubohren, schien bis in die Tiefen seiner Seele zu dringen und darin lesen zu können wie in einem offenen Buch.

»Wer bist du, und warum bist du gekommen?« fragte der Mann. Seine Stimme klang sanft und zugleich kraftvoll, und sie brach etwas von dem Bann, in den sein Anblick Nick geschlagen hatte. Mühsam senkte er den Kopf ein bißchen, um dem Blick des Unbekannten nicht mehr so direkt ausgeliefert zu sein. In seinem Kopf drehte sich alles, seine Gedanken rasten wirr und ungeordnet durcheinander. Selbst wenn er gewollt hätte, hätte er nicht antworten können.

»Ich kenne ihn«, ergriff Nicole an seiner Stelle das Wort. »Er arbeitet in dem kleinen Laden in Beatty, in dem wir immer einkaufen. Ich habe ihn erst heute mittag noch da gesehen.«

Der Mann wandte sich wieder Nick zu.

»Und warum schnüffelst du hier herum? Was wolltest du hier?«

»Ich ... ich habe ... ich wollte nur ...«, begann Nick und verstummte dann ganz. Die Sektenmitglieder hatten sich alle um ihn herum versammelt und starrten ihn an, und wenn ihre Blicke auch nicht so stechend wie der des Mannes vor ihm waren, flößten sie ihm dennoch Unbehagen ein. Nick empfand panische Angst. Sein Magen krampfte sich zusammen, und ein eiserner Ring schien um seine Brust zu liegen und ihm die Luft abzuschnüren.

»Mein Name ist Hesekiel«, sprach der Mann vor ihm weiter. »Du brauchst keine Angst zu haben, wir werden dir nichts tun. Glaub mir, wir sind friedliebende Menschen, aber du wirst verstehen, daß wir es nicht mögen, wenn sich jemand in unser Camp schleicht und hier herumspioniert. Was also wolltest du hier?«

»Ich wollte ...« Nick schluckte. Jedes Wort fiel ihm schwer. »Ich wollte ... nur sehen, was ihr ... hier draußen macht«, stieß er hervor. »Ich war neugierig ... was für eine Art Sekte ihr seid.«

»Eine Sekte?« Für einen kurzen Moment mischte sich ein drohender Unterton in Hesekiels Stimme, der aber gleich darauf wieder verschwand. »Das ist nicht ganz die richtige Bezeichnung«, erklärte er. »Sicher, wir haben unseren Glauben, aber wir sind keine Sekte. Wir sehen uns eher als Pilger. Waren die Israeliten eine Sekte, als Moses sie ins gelobte Land führte?«

Es war das zweite Mal innerhalb der letzten Stunden, daß Nick diese Bezeichnung hörte.

»Das gelobte Land?« hakte er nach. »Was soll das bedeuten?«

»Später«, wich Hesekiel aus. »Sag uns, was du hier gesehen hast.«

Die Frage, vor allem aber der betont beiläufige Tonfall, in dem Hesekiel sie gestellt hatte und der in Wahrheit ein Zeichen für höchste Spannung war, war für Nick ein Beweis, das auf keinen Fall alles so harmlos war, wie es sich ihm präsentierte. Die Sektenmitglieder – oder Pilger, wie sie sich selbst bezeichneten – hatten etwas zu verbergen, davon war er nun felsenfest überzeugt.

»Nun?« drängte Hesekiel, als er keine Antwort bekam. »Du bist widerrechtlich hier eingedrungen. Wir können Anzeige gegen dich erstatten, aber wir können auch versuchen, die Angelegenheit unter uns zu regeln, falls du dich nicht weiterhin stur stellst.«

»Ich habe nichts Ungesetzliches getan«, behauptete Nick mit einer jähen Aufwallung von Trotz. »Es ist schließlich nicht verboten, durch die Straßen eines Dorfes oder einer Siedlung zu schlendern.«

»Wie du meinst.« Hesekiels Gesicht schien sich zu verdunkeln, als ob ein Schatten darüber gleiten würde. Seine

Stimme klang mit einem Mal schneidend scharf. »Wir werden sehen, ob . . .«

Aus einer Ecke des großen Saales erklang ein Klopfen und ließ Hesekiel abrupt verstummen. Es hatte sich angehört, als würde jemand gegen Holz schlagen. Unwillkürlich wandte Nick den Kopf zur Seite und blickte zu der Ecke hinüber, doch sie war völlig leer. Nach zwei, drei Sekunden jedoch bewegte sich plötzlich der Boden, erst dann erkannte Nick, daß es sich um eine Klappe im Holz handelte, die nach oben gedrückt wurde. Wedge, mit dem zusammen Nicole am Nachmittag in Beatty gewesen war, erschien in der Öffnung.

»Hast du alle Vorräte im Keller verstaut?« erkundigte sich Hesekiel.

Sein Versuch, Nick von dem Vorgang abzulenken, wäre vielleicht gelungen, wenn Wedge ein klein wenig intelligenter gewesen wäre oder zumindest schneller reagiert hätte. Statt dessen starrte er das Sektenoberhaupt fast eine Sekunde lang verwirrt an, ehe sein Blick auf Nick fiel und ein Ausdruck plötzlichen Begreifens in seinem Gesicht erschien.

»O ja, natürlich«, versicherte er hastig und mit einer Betonung, die auch Nicks letzte Zweifel beseitigte, daß es mit der Falltür etwas Besonderes auf sich hatte. »Ist schon kaum noch Platz in dem kleinen Loch. Wir sollten demnächst etwas weniger einkaufen.«

»Wenn es sich noch lohnen würde, würden wir uns einen kleinen Lagerschuppen bauen«, wandte sich Hesekiel an Nick. »Statt dessen haben wir nur einen winzigen Keller. Gar nicht einfach, alles darin unterzubringen, aber da wir ja bald sowieso hier weg müssen, wird es sich wohl nicht mehr lohnen.«

Nick nickte nur stumm. Es gehörte nicht viel dazu, um zu erkennen, daß es sich um eine Lüge handelte, und wahrscheinlich wußte Hesekiel das selbst, denn nachdem er den Jungen einige Sekunden lang eindringlich angestarrt hatte, schüttelte er fast traurig den Kopf.

»Du machst nicht den Eindruck, als ob du dumm wärest«,

sagte er. »Es hat wohl wenig Sinn, dir etwas vormachen zu wollen. Schade, ich wollte nicht, daß es soweit kommt, aber unter den gegebenen Umständen bleibt uns leider nichts anderes übrig, als dich bei uns zu behalten.«

Nick prallte zurück, doch sofort wurde er von zwei kräftigen Männern an den Armen gepackt.

»Das ... das könnt ihr nicht machen!« stieß er hervor. »Ihr könnt mich nicht einfach gegen meinen Willen hier festhalten!«

»Es wird nur für wenige Tage sein«, entgegnete Hesekiel. Seine Stimme war so energisch, daß sie keinen Widerspruch zuließ. »Und du wirst uns noch dankbar für diese Chance sein, wenn du erst alles erfahren hast.«

Vergeblich stemmte sich Nick gegen den Griff der beiden Männer, die ihn festhielten.

»Laßt mich los!« brüllte er. »Ihr seid ja wahnsinnig!« Er trat um sich, bis zwei weitere Männer auch seine Beine packten. Verzweifelt schaute er sich um. »Steht doch nicht einfach so herum! Ihr könnt das doch nicht so einfach zulassen! Das ist Freiheitsberaubung! Ihr werdet alle ins Gefängnis kommen.«

Keiner der Umstehenden reagierte. Nicks Blick blieb an Nicole hängen.

»Tu du doch wenigstens etwas!« flehte er verzweifelt. Sie hatte die Arme vor der Brust verschränkt und kaute nervös auf ihrer Unterlippe herum. Nach ein paar Sekunden wandte sie den Blick ab.

»Bringt ihn nach unten!« befahl Hesekiel und machte eine bestimmende Geste in Richtung der Falltür im Boden. »Nun soll er auch alles zu sehen bekommen.«

Schon seit Monaten hatte sich Sheriff Warner auf den Moment der Evakuierung Beattys vorbereitet. Es existierten exakte Pläne, aber wenn man hinter einem Schreibtisch saß und auf ein Strategiepapier starrte, sah meistens alles ganz anders und viel einfacher aus als in der Realität.

Der erste grundlegende Unterschied zwischen Planung und Wirklichkeit betraf den zeitlichen Ablauf. Die Zeitbeben konnten inzwischen schon Tage im voraus fast auf die Sekunde und den Meter genau vorherberechnet werden. Entsprechend war Warner davon ausgegangen, daß ihm entsprechend viel Zeit für die Evakuierung bleiben würde.

Am frühen Morgen jedoch war Warner durch einen Anruf Pounders aus dem Bett geklingelt worden, in dem dieser ihm mitgeteilt hatte, daß für die Mittagszeit ein ungeheuer starkes Zeitbeben zu erwarten wäre, das sich bis über Beatty hinaus erstrecken würde. Damit blieben für die Evakuierung nicht einmal mehr sechs Stunden Zeit.

Bereits kurz nach dem Anruf Pounders waren zahlreiche Armeehubschrauber in der Nähe Beattys gelandet und hatten damit begonnen, in fieberhafter Eile neue Sperrzäune außerhalb des von dem Zeitbeben betroffenen Gebietes zu errichten. Erwartungsgemäß würden mit dem Beben zahlreiche neue Saurier in die Gegenwart gelangen, deren Ausbruch auf diese Weise verhindert werden sollte.

Das jedoch kümmerte Warner wenig. Seine Aufgabe war es, dafür zu sorgen, daß die Leute Beatty schnell genug verließen, und das war bereits schwer genug. Natürlich wußte jeder seit langem, daß dieser Moment irgendwann kommen würde, und viele waren bereits weggezogen, aber von den übrigen hatten es viele nicht wahrhaben wollen und schlichtweg verdrängt.

Die meisten nahmen die Nachricht gefaßt auf. Sie hatten ihre Sachen, die sie mitnehmen wollten, weitgehend gepackt, aber vieles ließ sich einfach nicht mitnehmen, und dies betraf nicht nur die Häuser, Geschäfte und Erinnerungen. Wer nicht vorher schon einen Teil seines Hab und Gutes woanders hingebracht hatte, mußte zurücklassen, was er nicht in den Wagen packen konnte.

Dies war besonders durch die knappe Zeit bitter. Wäre die Warnung einige Tage vorher erfolgt, hätte man genügend Lastwagen für einen Umzug anfordern können, was nun nicht mehr möglich war.

Schon vor längerem hatte Warner mehrere Freiwillige ausgewählt, die er für diesen Tag als zusätzliche Deputies verpflichtet hatte. Nur mit den beiden Hilfskräften, die ihm gewöhnlich zur Seite standen, wäre die Evakuierung gar nicht durchzuführen gewesen.

Zunächst hatte er die Warnung vor dem bevorstehenden Zeitbeben über einen lokalen Rundfunksender verbreiten lassen und war durch sämtliche Straßen gefahren, um den Text noch einmal über Lautsprecher durchzugeben.

Anschließend hatte er seinen Deputies den Auftrag erteilt, bei sämtlichen Häusern zu klingeln, wo keine Auszugsvorbereitungen zu erkennen waren. Immerhin hatten viele Bewohner noch geschlafen und seine Durchsagen deshalb nicht gehört. Schon diese Warnungen hatten gut zwei Stunden Zeit in Anspruch genommen.

Spätestens zwei Stunden vor dem Beginn des Bebens hatte der Ort den Anweisungen des Militärs zufolge geräumt zu sein, damit man noch eine gründliche Kontrolle durchführen konnte, ob wirklich alle Häuser leer waren. Dadurch hatten einige Bewohner nicht viel mehr als zwei Stunden Zeit, ihr wichtigstes Hab und Gut im Wagen zu verstauen und ihr Heim zu verlassen.

Im Rahmen seiner Möglichkeiten leistete sogar das Militär Hilfe. Die Lastwagen und einige der Hubschrauber, die im Laufe des Vormittages eintrafen, um Material für die neuen Sperrzäune anzuliefern, wurden nach dem Entladen sofort für die Evakuierung eingesetzt. Unablässig wurden sie mit Habseligkeiten der Einwohner beladen, die sie zu einem Sammelpunkt außerhalb des gefährdeten Gebietes brachten, um anschließend sofort für einen neuen Transport zurückzukehren. Gerade für kinderreiche Familien, die in ihrem Wagen kaum noch Platz für ihren Besitz hatten, bedeuteten sie eine unschätzbare Hilfe.

Im großen und ganzen verlief die Evakuierung trotz der Zeitnot in ziemlich geordneten Bahnen, doch kam es immer wieder zu Zwischenfällen. Im Bemühen, möglichst viele Pendelfahrten durchzuführen, um mehr von ihrem Besitz in

Sicherheit zu bringen, fuhren viele zu schnell und verursachten Unfälle, durch die die Straßen verstopft wurden. Ein Abschleppwagen des Militärs stand bereit, um verunglückte Wagen sofort zur Seite zu schaffen.

Innerhalb einer einzigen Stunde zählte Sheriff Warner neun solcher Unfälle, von denen der neunte der schlimmste war. Zwar hatte es auch hier nur Blechschaden gegeben, doch war ein Ehepaar mit zwei Kindern ohne eigenes Verschulden darin verwickelt worden, und die Vorderachse des Wagens war gebrochen.

Verantwortlich für den Unfall war Ed Johnson, gewissermaßen ein Stammgast im Sheriffsbüro, der jede Woche mindestens ein oder zwei Nächte in der Ausnüchterungszelle verbrachte. Johnson war dafür berüchtigt, mehr zu trinken, als er vertrug, und dann mit irgend jemandem Streit anzufangen, der ihm gerade in die Quere kam.

An diesem Morgen hatte er bereits mehrere Fahrten zum Sammelpunkt gemacht, um möglichst viel von seinem größtenteils wertlosen Plunder in Sicherheit zu bringen. Bei der letzten dieser Touren war er ohne abzustoppen aus einer Seitenstraße über eine Kreuzung gerast und hatte den anderen Wagen am vorderen Kotflügel erwischt.

Wie nicht anders zu erwarten, hatte Johnson die Schuld natürlich nicht bei sich selbst gesucht und beinahe eine Schlägerei mit dem anderen Fahrer angefangen. Sheriff Warner war gerade noch rechtzeitig eingetroffen, um das Schlimmste zu verhindern, aber es war schwer genug gewesen, Johnson zu bändigen. Erst die Drohung, ihn der Militärpolizei zu übergeben, hatte schließlich Früchte getragen.

Warner wischte sich den Schweiß von der Stirn und blickte auf seine Uhr. Es war bereits halb zehn. Allein in den letzten Stunden hatte er mehr Streß gehabt als im ganzen vergangenen Jahr, und ausgerechnet dieser Tag versprach auch noch einer der heißesten dieses Sommers zu werden.

Über Funk hatte Warner einen Militärlastwagen angefordert, um das Eigentum der Familie zu transportieren, deren

Wagen von Johnson zerstört worden war. Eine besonders bittere Ironie war es, daß Johnson selbst mit seinem Dodge noch weiterfahren konnte.

Als Warner sich umblickte, entdeckte er das Kind, das ein Stück von ihm entfernt auf dem Gehweg stand und mit sichtbarer Verwirrung das Durcheinander um sich herum betrachtete. Der Junge mochte sechs, sieben Jahre alt sein, und Warner konnte sich nicht erinnern, ihn schon einmal zuvor gesehen zu haben, was um so seltsamer war, da er geglaubt hatte, sämtliche Einwohner von Beatty zu kennen. Möglicherweise war das Kind gerade mit seinen Verwandten zu Besuch in Beatty und hatte sich nun im Chaos der Evakuierung in dem fremden Ort verlaufen.

Warner ging zu dem Jungen hinüber und ließ sich vor ihm in die Hocke nieder.

»Nun, wer bis du denn, mein Kleiner?« erkundigte er sich.

»Alexander«, antwortete der Junge. In seinem Gesicht war weniger Angst als Neugier zu lesen.

»Und wo kommst du her? Bist du mit deinen Eltern zu Besuch gekommen?«

»Mit meinen Eltern?« Der Junge schüttelte den Kopf. »Nö, ganz allein.«

Bevor Warner noch etwas sagen konnte, war hinter ihm das Kreischen von Bremsen zu hören, gefolgt vom Scheppern von Metall. Er verdrehte die Augen, stand auf und sah zurück. Fast an der gleichen Stelle, an der Johnson gerade erst den Unfall verursacht hatte, waren erneut zwei Wagen aufeinander aufgefahren.

»Warte einen Moment hier, ich bin gleich zurück«, sagte Warner zu dem Jungen und eilte zum Unfallort hinüber. Noch bevor er dort ankam, fuhren beide Wagen jedoch bereits weiter. Sie hatten lediglich die Stoßstangen etwas eingebeult.

Warner drehte sich wieder um.

Der Platz, wo das Kind gerade noch gestanden hatte, war leer, der Junge verschwunden. Warner seufzte, doch er hatte keine Zeit, sich weiter darum zu kümmern. Vielleicht war das Kind bereits zu seinen Eltern zurückgelaufen.

Sein Funkgerät begann zu piepsen.

»Sheriff, hier ist Lucy«, meldete sich seine Sekretärin. »Die alte Mrs. Petty hat gerade angerufen. Ihr Enkelsohn ist bereits den ganzen Morgen über verschwunden. Sie wissen schon, Nick Petty, der bei Mister Blowers im Geschäft arbeitet.«

Warner seufzte noch einmal. Er hatte ja auch so noch nicht genug zu tun.

»In Ordnung, Lucy«, bestätigte er. »Ich kümmere mich darum.«

Der Anblick war so ungeheuerlich, daß sich Nick seinem Bann nicht entziehen konnte, obwohl ihn Angst und hilflose Wut noch immer in ihrem Würgegriff hielten.

Er wußte nicht, was er erwartet hatte, irgend etwas Illegales, vielleicht ein paar Kellerräume, in denen Drogen oder Waffen oder sonst irgend etwas gelagert wurde, aber *das* auf keinen Fall.

Unter der Falltür begann eine Leiter in einem senkrecht in die Erde führenden Schacht. Während des ersten Stücks wurde er durch massive Holzbretter gestützt, doch bereits in einer Tiefe von kaum einem Dutzend Fuß ging er in sorgsam behauenen Fels über.

Am Fuß des Schachtes begann ein Stollen, der direkt durch das Gestein getrieben war. Er führte mit einer Neigung von gut zwanzig Prozent weiter abwärts, um nach etwa fünfzig Metern schließlich in eine große Höhle zu münden, die von an den Wänden befestigten Fackeln und Petroleumlampen erleuchtet wurde.

Die Höhle durchmaß gut zwanzig Meter, die bogenförmige Decke wölbte sich durch einige steinerne, ungleichmäßige Pfeiler gestützt hoch über Nicks Kopf. An den Wänden standen zahlreiche Kisten und Säcke gestapelt, von denen einige noch die Aufschrift von Mister Blowers'

Geschäft trugen. Im Hintergrund zweigten weitere Stollen ab.

»Das ist ... unglaublich«, entfuhr es Nick. »Wie konnten Sie all das errichten, ohne daß es jemand bemerkt hat?«

Hesekiel lächelte.

»Es war bei weitem nicht soviel Arbeit, wie du vielleicht glaubst«, entgegnete er. »Die Stollen und Höhlen sind größtenteils ganz natürlich entstanden. Es gibt ein ganzes Labyrinth davon unter dem Wüstenboden. Wir brauchten sie nur ein bißchen zu bearbeiten, die Stollen etwas zu verbreitern und stellenweise abzustützen.«

»Nur – warum das alles?« erkundigte sich Nick verständnislos.

Hesekiels Lächeln vertiefte sich noch. In einer pathetischen Geste breitete er die Arme aus.

»Als sich die Menschenkinder dereinst mit ruchlosen Taten und lästerlichen Reden gegen Gott auflehnten, erkannte der Allmächtige, daß sie seiner Gnade nicht länger würdig waren. Er beschloß, die alte Welt zu vernichten, um aus ihren Ruinen eine neue, prachtvollere auferstehen zu lassen. So ließ er wochenlangen Regen auf die Erde niedergehen, auf daß die Welt vom Wasser der Sintflut gereinigt werde.« Hesekiel machte eine kurze Pause, ehe er fortfuhr: »Nun ist es wieder soweit, und auch wenn die Welt kein weiteres Mal durch eine Sintflut untergehen wird, sind die Vorzeichen der drohenden Apokalypse unübersehbar.«

»Aber –«, begann Nick, erhielt jedoch von Wedge einen so heftigen Ellbogenstoß in die Rippen, daß er nach Luft keuchend verstummte.

»Vom Teufel getrieben, vernichten wir Menschen unsere Welt diesmal selbst«, sprach Hesekiel mit kraftvoller, von den Höhlenwänden verzerrt widerhallender und dadurch noch lauter erscheinender Stimme weiter. »Aber so wie damals besteht auch diesmal Hoffnung auf Rettung für eine kleine Schar von Auserwählten. Damals sprach der Allmächtige zu Noah und beauftragte ihn, eine Arche zu bauen, um seine Familie und von jedem Tier ein Paar zu retten.« Hesekiel hob die Hände noch ein bißchen weiter. »Auch wir haben ein Zeichen erhalten, aber die meisten Menschen sind zu blind, um es zu sehen und zu verstehen. Begreifst du wenigstens, wovon ich spreche?«

»Ich ... ich weiß nicht«, murmelte Nick. »Ich habe mir noch nie Gedanken darüber gemacht.«

»Genau das ist es. So geht es den meisten«, rief Hesekiel. »Du solltest dich glücklich schätzen, daß wir bereit sind, dir die Augen zu öffnen, und dich auf unsere Pilgerreise ins gelobte Land mitnehmen. Der Herr sendet uns ein Zeichen, wie wir in eine neue, noch jungfräuliche und von den Menschen unverdorbene Welt gelangen können, aber alle sehen nur eine Gefahr darin, während sie die Augen vor den wahren Gefahren, die die Welt bereits vernichten, verschließen.«

»Sie ... Sie sprechen von DINO-LAND?« Eine grauenvolle Ahnung stieg in Nick auf.

»Ich spreche von dem Tor ins gelobte Land, wo wir ein neues Leben anfangen werden«, bestätigte Hesekiel. »Seit das Tor geöffnet wurde, haben wir nach dem geeigneten Ort für einen Übergang gesucht und ihn schließlich hier gefunden. Niemand wird uns bei einer Evakuierung hier unten finden. Diese Höhlen werden für uns das sein, was die Arche für Noah darstellte.«

Fassungslos sah Nick sich um, doch überall sah er nur zufriedene, erwartungsvolle Gesichter. Nur langsam begriff er, was die Worte Hesekiels in voller Konsequenz zu bedeuten hatten.

»Ihr ... ihr seid ja wahnsinnig!« keuchte er. »Ihr wollt euch von den Zeitbeben in die Vergangenheit schleudern lassen!«

»Direkt ins gelobte Land«, bestätigte Hesekiel. »So sei es.«

»Amen«, stimmten die übrigen Pilger ihm zu.

Cliff Jennings fühlte sich äußerst unwohl, während er zu dem kleinen Camp einige Meilen außerhalb von Beatty hinausfuhr. Seit vielen Jahren schon arbeitete er als Deputy für

Sheriff Warner, und wie alle anderen Einwohner des kleinen Ortes hatte er diesen Tag mit Schrecken erwartet. Er hatte eine Frau und einen kleinen Sohn in Beatty, und er wünschte sich, bei ihnen sein zu können, um mit ihnen gemeinsam alles für den überstürzten Aufbruch zusammenzupacken, doch er war auch ein pflichtbewußter Mann und wußte, daß der Sheriff und die anderen Menschen seine Hilfe an diesem Tag dringender als je zuvor benötigten. Dem konnte und wollte er sich nicht entziehen.

Daß ausgerechnet er jedoch zu diesen merkwürdigen Siedlern geschickt wurde, gefiel ihm gar nicht.

Er mochte keine Fremden, und gerade sie waren ihm vom ersten Tag an suspekt gewesen. Er hatte den Ärger, den sie bringen würden, förmlich riechen können, doch wie es aussah, hatte sein Instinkt ihn in diesem Punkt getäuscht. Die Siedler hatten sich zwar abgekapselt, aber wenn welche von ihnen in die Stadt gekommen waren, waren sie stets freundlich gewesen und hatten keinerlei Schwierigkeiten bereitet.

Trotzdem hatte Jennings dem Frieden nicht getraut. Er war dabeigewesen, als Warner das Camp aufgesucht und sich davon überzeugt hatte, daß dort alles mit rechten Dingen zuging. Auch Cliff Jennings hatte nichts finden können, das auf irgendwelche kriminellen Aktivitäten hindeutete, dennoch war er weiterhin mißtrauisch geblieben. Ohne Grund kapselte sich niemand so von der Außenwelt ab. Irgend etwas Illegales ging in diesem merkwürdigen Camp vor sich, davon war Jennings überzeugt.

Während in Beatty die Hölle los war, mußte ausgerechnet er nun hier herausfahren, bereits zum zweiten Mal an diesem Tag. Bereits früh am Morgen hatte er diesem Hesekiel die Nachricht von dem bevorstehenden Zeitbeben überbringen müssen, und nun hatte Sheriff Warner ihn erneut geschickt, damit er sich davon überzeugte, daß die Siedlung geräumt worden war.

Jennings schnaubte. Wenn die Spinner keine Lust zum Weggehen haben sollten, dann konnten sie seinetwegen ruhig dableiben.

Seine ohnehin schlechte Laune sank noch einmal beträchtlich, als er die Siedlung erreichte und feststellen mußte, daß sich dort absolut nichts verändert hatte. Gut, die Hütten mußten zurückbleiben, und vielleicht auch einige der Campinganhänger, aber selbst die Wohnmobile, die ohne weiteres wegzufahren gewesen wären, standen noch immer an Ort und Stelle. Cliff Jennings stieß einen Fluch aus. Wenn diese verdammten Idioten ihn verarschen wollten, dann waren sie genau an den Richtigen geraten.

Er parkte seinen Wagen dicht am Siedlungsrand und stieg wutentbrannt aus. Wahrscheinlich würde er nun länger als geplant hier festhängen, obwohl er in Beatty sicherlich dringend gebraucht wurde.

Niemand war zu sehen, so daß er auf den erstbesten Wohncontainer zutrat und mit der Faust wuchtig gegen die Tür schlug. Wahrscheinlich konnte man das Klopfen noch am anderen Ende der Siedlung hören, aber es tat sich nichts.

»Aufmachen!« rief er und hämmerte noch einmal gegen die Tür. »Hier ist die Polizei. Machen Sie sofort auf!«

Auch jetzt bekam er keine Antwort. Zornig wandte sich Jennings ab und ging zu einem der Campinganhänger. Auch hier bekam er keine Antwort.

»Öffnen Sie, oder ich bin gezwungen, die Tür aufzubrechen!«

Er wartete einige Sekunden, und als sich auch dann noch nichts rührte, griff er nach dem Türknauf und drehte ihn. Zu seiner Überraschung war die Tür nicht verschlossen, sondern schwang sofort auf. Jennings trat ein und sah sich um. Das Innere des Anhängers war bis auf die fest eingebauten Möbel völlig leer. Nirgendwo waren irgendwelche persönlichen Gebrauchsgegenstände zu entdecken.

Cliff Jennings eilte zu einem Wohnmobil. Auch hier war die Tür nicht abgeschlossen, und im Inneren bot sich ihm das gleiche Bild. Er versuchte es bei einigen weiteren Unterkünften, doch sie alle waren bis auf einige überflüssige Dinge leergeräumt.

Der Anblick versöhnte Jennings ein wenig. Offenbar hatten die Siedler das Camp tatsächlich ordnungsgemäß verlassen, auch wenn er nicht begriff, warum sie die teuren Wohnmobile und Campinganhänger so einfach zurückgelassen hatten. Aber das war schließlich die Angelegenheit dieser Spinner.

Jennings kehrte zu seinem Streifenwagen zurück und erstattete über Funk Meldung, daß die Siedlung verlassen wäre, er zur Sicherheit aber noch alles kontrollieren würde. Dies war zwar seine Pflicht, aber es spielte auch eine gehörige Portion Neugier hinein. Endlich hatte er Gelegenheit, sich hier einmal ganz ungestört umzusehen. Seit einem halben Jahr schon quälte ihn die Frage, was hier draußen wirklich vorging; jetzt hatte er endlich eine Gelegenheit, alles zu durchstöbern und vielleicht ein paar Hinweise zu finden. Zeitlich würde es ihn nicht lange aufhalten.

Jennings wandte sich dem großen Bau in der Mitte des Camps zu, dem einzigen massiven Steinhaus. Im Inneren standen zahlreiche Bänke und Tische, doch ansonsten war auch hier alles so sauber und aufgeräumt verlassen worden, als ob das Haus an einen neuen Besitzer verkauft werden sollte.

Auf dem vordersten der Tische entdeckte er einen mit einem Stein beschwerten Zettel und griff danach.

Wir haben die Siedlung verlassen, wie es unsere Pflicht ist, stand in einer säuberlichen Handschrift darauf geschrieben. *Materielle Güter bedeuten uns nichts, und so wie unsere Nachbarn in Beatty ihre Häuser nicht mitnehmen können, lassen auch wir unsere Heimstätten zurück und werden uns irgendwo einen neuen Platz zum Leben suchen. Hesekiel.*

Cliff Jennings schüttelte den Kopf. Das Zurücklassen der Wohnmobile mochte auf den ersten Blick wie eine noble, symbolische Geste erscheinen, aber sie nutzte niemandem und zeigte nur besonders deutlich, wie verrückt die Spinner und ihr geistiger Führer waren.

Die Siedlung verlassen, wie es unsere Pflicht ist, wiederholte er in Gedanken. Irgend etwas daran störte ihn. Er fragte sich, wie diese Evakuierung überhaupt abgelaufen war.

Sogar der altersschwache Lieferwagen, mit dem einige der Siedler jede Woche zum Einkaufen nach Beatty gekommen waren, stand noch neben einer der Hütten. Waren diese Verrückten etwa zu Fuß losgezogen? Es schien beinahe so, zumindest fand Jennings keine andere Erklärung.

Er zündete sich eine Zigarette an und schaute sich noch einmal in dem einzigen Raum des Gebäudes um. Es war nichts Auffälliges zu entdecken, dennoch konnte er sich nicht überwinden, es zu verlassen und nach Beatty zurückzukehren. Unterschwellig hatte er das Gefühl, daß er irgend etwas Wichtiges bislang übersehen hatte.

Unruhig ging er im Raum auf und ab und dachte nach. Jennings wußte, daß ihm nicht mehr viel Zeit blieb, er mußte nach Beatty zurück.

Als er aus den Augenwinkeln eine Bewegung wahrnahm, schrak er zusammen, doch es handelte sich nur um einen Salamander, der wohl durch die offene Tür eingedrungen war und nun in einer Ecke herumkrabbelte. Jennings ging zu ihm hinüber und in die Hocke, um ihn genauer zu betrachten. Es handelte sich um ein besonders farbenprächtiges Tier. Vorsichtig streckte er die Hand danach aus, doch der Salamander huschte flink davon.

Enttäuscht wollte sich Jennings wieder aufrichten, als ihm etwas auffiel. Direkt vor ihm befand sich eine hauchdünne, wie mit einem Messer gezogene Linie inmitten der Holzplanken des Fußbodens. Sie war so fein, daß er sie normalerweise gar nicht entdeckt hätte, doch als er ihrem Verlauf mit dem Blick folgte, stellte er fest, daß sie ein Quadrat mit einer Kantenlänge von jeweils rund zwei Metern umgab.

Sofort erwachte sein kriminalistischer Instinkt wieder. Er versuchte, die Platte mit den Fingerspitzen zu öffnen, doch es gelang ihm nicht. Dafür war die Ritze zu fein.

Mit einem Taschenmesser hatte er schließlich mehr Erfolg. Nachdem er ein wenig am Holz herumgeschabt hatte, gelang es ihm, die Klinge in den Spalt zu bohren und diesen an einer Stelle zu vergrößern. Jennings bemühte sich, das Messer als Hebel zu benutzen, doch wenn es sich um eine

Falltür handelte, so war sie so massiv, daß er sie auf diese Art nicht aufbekam. Eher würde er die Klinge abbrechen.

Er ging zu seinem Streifenwagen hinaus. Im Kofferraum lag eine fast armlange Brechstange, mit der er ins Haus zurückkehrte. Er vergrößerte den Spalt mit dem Messer noch weiter, bis er die Spitze der Stange ansetzen konnte, dann stützte er sich mit seinem gesamten Körpergewicht darauf. Das Holz knirschte hörbar, aber die Klappe öffnete sich nicht. Sie mußte durch irgend etwas blockiert werden.

Jennings verstärkte seine Anstrengungen noch. Einige Holzsplitter brachen ab, doch er ließ nicht locker. Das Holz begann noch lauter zu ächzen und zu knirschen. Er konnte das charakteristische Geräusch von sich lösenden Nägeln hören, dann brach irgend etwas, und die Klappe flog so überraschend auf, daß Jennings um ein Haar das Gleichgewicht verloren hätte und nach hinten gestürzt wäre.

Noch bevor er seinen Halt vollständig wiedergewann, erschien jemand in der Öffnung vor ihm. Jennings fühlte sich gepackt und abrupt nach vorne gerissen. Er versuchte, sich irgendwo festzuhalten, doch es gelang ihm nicht. Haltlos stürzte er in die Öffnung im Boden. Er prallte mit dem Körper gegen ein hölzernes Gestell und erkannte erst, daß es sich um eine Leiter handelte, als er eine der Sprossen zu packen bekam. Der Ruck kugelte ihm fast den Arm aus dem Gelenk, und die Sprosse brach unter seinem Griff, aber sein Sturz wurde etwas abgemildert.

Kaum eine Sekunde später prallte er auf dem Boden auf und blieb benommen liegen.

Irgend jemand stieg hinter ihm die Treppe herunter, packte ihn am Kragen seiner Uniform und hob ihn in die Höhe. Als Cliff Jennings die Augen öffnete, sah er Hesekiel mit vor der Brust verschränkten Armen vor sich stehen.

»Sei uns willkommen bei unserem Pilgermarsch ins gelobte Land«, begrüßte Hesekiel ihn.

Der Mann, der Jennings gepackt hatte, schüttelte ihn.

»Freust du dich nicht?« fragte er grinsend.

Man hatte Nick in einer kleinen, mit einer stabilen Holztür verriegelten Nebenhöhle eingesperrt, hatte ihm aber wenigstens einige Decken und ein Kissen gegeben. Nachdem er fast eine Stunde lang vergeblich versucht hatte, die Tür aufzubrechen, hatte er es sich schließlich auf und unter den Decken so bequem gemacht, wie es ihm unter den gegebenen Umständen möglich war – was nicht sonderlich bequem war. Dennoch war er nach einiger Zeit sogar eingeschlafen.

Er mußte eine ganze Weile geschlafen haben, denn als er erwachte, fühlte er sich erholt und ausgeruht. Jemand hatte die Tür geöffnet und leuchtete ihn mit einer Lampe an. Nick Petty blinzelte, hob eine Hand, um seine Augen damit abzuschirmen, und richtete sich in eine sitzende Position auf. Sein Nacken schmerzte vom unbequemen Liegen.

»Hallo, Nick«, vernahm er Nicoles Stimme. Gleich darauf senkte sie die Taschenlampe, so daß er nicht mehr geblendet wurde. »Ich hoffe, es war nicht allzu unbequem hier für dich.«

»Noch ein paar solche Nächte, und ich brauche mir keine Gedanken mehr zu machen, wie ich vor dem nächsten Zeitbeben von euch Wahnsinnigen wegkomme«, brummte er unfreundlich. »Warum bringt ihr mich nicht gleich um? Das geht schneller und schmerzloser.«

»Niemand will dich umbringen«, entgegnete Nicole. »Es tut mir leid, daß wir dich hier einsperren mußten. Aber ich bin froh, daß du hergekommen bist und sich alles so entwickelt hat. So können wir uns wenigstens näher kennenlernen.«

»Wir können uns auch anders kennenlernen«, sagte Nick eindringlich. »Du brauchst mir nur zu helfen, von hier zu fliehen, und wir können gemeinsam weggehen. Nicole, du kannst diesen Wahnsinn doch nicht wirklich gutheißen. Sicher, es gibt viel Unrecht auf der Welt, aber sie wird nicht untergehen. Denkst du wirklich, daß es in der Urzeit besser ist, daß sie das gelobte Land ist? Dort erwartet euch eine grausame Welt voller Bestien und anderer Gefahren, in der wir Menschen kaum eine Überlebenschance haben. Dieser Hesekiel ist ein Fanatiker, der euch alle ins Verderben führen wird. Wie kannst du nur so blindlings einem solchen Menschen folgen?«

»Er ist mein Vater«, erklärte Nicole ruhig.

Nick starrte sie entgeistert an. Er war unfähig, etwas zu sagen, bis er schließlich ein nicht gerade intelligentes: »Was?« hervorbrachte.

»Er ist mein Vater«, wiederholte Nicole. »Vielleicht begreifst du jetzt, daß das alles für mich nicht so einfach ist.«

»Aber ...« Nick ballte die Fäuste. »Das ändert nichts daran, daß euch in der Urzeit nur der Tod erwartet. Doch das ist eure Entscheidung. Unrecht aber ist es, wenn ihr mich zwingen wollt, mitzukommen. Findest du wirklich, daß es richtig ist, den Aufbruch in ein neues, angeblich besseres Leben direkt mit einem Unrecht zu beginnen?«

Nicole knetete nervös ihre Hände.

»Es ... es geht nicht anders«, erwiderte sie. »Du hättest nicht bei uns herumspionieren sollen, dann wäre das nicht nötig. So hast du es dir selber eingebrockt.« Ihre Gesichtszüge wurden etwas weicher. »Warum bist du überhaupt gekommen?«

»Du hast gestern mittag im Geschäft ein paar Sachen gesagt, die mir sehr zu denken gegeben haben«, erzählte Nick.

»Du ... hast den Eindruck gemacht, als ob du recht intelligent wärest und –«

»Magst du mich?« Nicole lächelte ihn nun ganz offen an. Ohne ihm Zeit für eine Antwort zu lassen, fügte sie hinzu: »Ich weiß, daß es so ist. Das war nicht schwer zu erkennen, aber ich konnte dir nie zeigen, daß ich ebenfalls etwas für dich empfinde, da ich ja die ganze Zeit wußte, daß ich nicht mehr lange hierbleiben würde. Jetzt aber haben wir die Chance, länger zusammenzubleiben, und ich würde mir wünschen, daß du dich aus freien Stücken entscheiden würdest, mit uns zu kommen.«

»Ich kann nicht«, erwiderte Nick langsam. »Selbst wenn

ich wollte, könnte ich nicht so einfach weg. Meine Großmutter braucht mich. Ich bin bei ihr aufgewachsen, weil meine Eltern schon früh gestorben sind. Jetzt ist sie alt, und ich kann sie nicht im Stich lassen.«

»Du wirst es müssen. Irgend jemand wird sich schon um sie kümmern. Begreif es doch, Nick, mein Vater wird dich nicht mehr gehen lassen.«

»Mitkommen muß ich also sowieso, ob freiwillig oder gezwungen. Eine wirkliche Entscheidungsfreiheit«, murmelte Nick bitter. »Aber ihr habt euch getäuscht. Ihr könnt mich nicht wochenlang hier festhalten. Man wird mich vermissen und nach mir suchen. Ich habe eine Nachricht hinterlassen, wohin ich gehe, und wenn ich nicht zurückkomme, wird die Polizei hier so lange suchen, bis sie euer Geheimnis entdeckt.« Das war nur ein Bluff, aber er hoffte, daß sie darauf hereinfallen würde.

Nicole schüttelte den Kopf.

»Dazu wird es nicht mehr kommen«, behauptete sie. »Deinen Wagen haben wir so mit Sand zugeschaufelt, daß ihn niemand entdeckt, und es wird nicht mehr lange bis zum nächsten Zeitbeben dauern. Heute morgen war ein Deputy hier, um uns zu warnen und uns zum Weggehen aufzufordern. Das Beben wird heute mittag gegen zwölf Uhr stattfinden. Das sind nicht einmal mehr zwei Stunden.«

Nick erschrak. Er glaubte spüren zu können, wie alle Farbe aus seinem Gesicht wich. Mit weit aufgerissenen Augen starrte er Nicole an.

»Das ... das ist nicht wahr«, keuchte er. »Du lügst.«

»Es ist die Wahrheit«, erklärte das Mädchen. »Wir sind bereits alle hier unten und haben den Eingang hinter uns verschlossen. Außerdem haben wir eine Nachricht hinterlassen, daß wir fortgezogen wären. Niemand wird mehr nach uns suchen.«

»Leider doch«, ertönte vom Stollen her Wedges Stimme. Er führte einen Mann mit sich, den er in die Höhle stieß. Erst jetzt erkannte Nick, daß es sich um Deputy Cliff Jennings handelte. Mit seinen eigenen Handschellen waren ihm die

Arme auf den Rücken gefesselt, die Dienstwaffe hatte man ihm abgenommen. Auch Hesekiel befand sich bei ihnen.

»Er hat den Eingang gefunden«, erklärte das Oberhaupt der Pilger. »Uns bleibt also nichts anderes übrig, als ihn ebenfalls mitzunehmen.«

»Man wird mich suchen!« stieß Jennings hervor. »Der Sheriff weiß, daß ich hergekommen bin, und wenn ich mich nicht melde, wird er weitere Leute herschicken.«

»Er wird es vielleicht versuchen«, entgegnete Hesekiel ruhig. »Aber wir haben auch für einen solchen Fall Vorsorge getroffen.« Er gab Wedge ein Zeichen. »Du weißt, was du zu tun hast.« Der Hüne nickte. Mit einem gehässigen Grinsen verließ er die Höhle.

»Was soll das bedeuten?« fragte Nick.

»Einige dieser unterirdischen Stollen erstrecken sich bis an DINO-LAND heran«, erklärte Hesekiel. »Auch wenn er vielleicht nicht so aussieht, ist Wedge ein hervorragender Elektriker. Mit einem Schalter kann er einen beträchtlichen Teil des Sicherheitszaunes lahmlegen. In ein paar Minuten wird es an der Oberfläche von Sauriern nur so wimmeln. Ich glaube nicht, daß man das Camp dann noch besonders intensiv überprüfen wird.«

»Sie sind ja wahnsinnig!« stöhnte Jennings.

»Sie irren sich«, erwiderte Hesekiel. »Wir sind nur Menschen, die ein festes Ziel haben, und wir werden alles tun, um es auch zu erreichen.«

»Ausgefallen?« General Pounder umklammerte das Funktelefon so fest, daß das Kunststoffgehäuse knirschte. »Wie konnte das passieren?«

»Wir wissen es noch nicht«, drang die gehetzt klingende Stimme eines der Elektrotechniker die damit beschäftigt waren, die neuen Absperrungen zu errichten, aus dem kleinen Lautsprecher. »Auf einer Länge von fast fünf Meilen sind sämtliche elektrischen Anlagen des Sperrzaunes ausgefallen.«

474

»Ich denke, so etwas ist überhaupt nicht möglich.«

»Eigentlich ist es das nach unserem Ermessen auch nicht, aber irgendwie ist es trotzdem passiert. Es ist uns ein völliges Rätsel.«

»Dann rätseln Sie nicht, sondern sehen Sie zu, daß Sie den Zaun wieder in Betrieb nehmen können.«

»Das . . . das ist unmöglich«, stammelte der Elektrotechniker. »Zumindest brauchen wir dafür massive militärische Unterstützung. In dem ganzen Gebiet wimmelt es nur so von Sauriern.«

»Ich werde alles in die Wege leiten.« Pounder unterbrach die Verbindung und führte sofort anschließend mehrere weitere Gespräche, die sich auf knappe Kommandos und eine Warnung an Sheriff Warner beschränkten. Nur wenige Minuten später stieg er in einen der bereitstehenden Helikopter, der zusammen mit zwei weiteren Militärmaschinen gleich darauf startete und Kurs auf die defekten Absperrungen nahm.

Schon gut eine Meile davon entfernt entdeckten sie den ersten Saurier, ein mehrere Meter langes Tier, das gut doppelt so hoch wie ein Mensch war. Pounder kannte sich mit den Urzeitbestien nicht besonders gut aus, aber anhand des kleinen Zackenkammes, der sich vom Kopf bis zur Schwanzspitze des Tieres zog, erkannte er, daß es sich um einen Ceratosaurus handelte, einen schnellen und starken Fleischfresser. In der Ferne waren weitere dunkle Punkte zu entdecken.

»Geben Sie Nachricht an die anderen, daß sie das Gebiet nach weiteren Sauriern absuchen und sie zurücktreiben oder töten sollen«, wandte sich Pounder an den Piloten. »Wir kümmern uns um dieses Tier.«

Der Pilot gab den Befehl über Funk weiter.

»Es sind zu viele, als daß wir uns einzeln um sie kümmern und sie zurücktreiben können«, erwiderte einer der anderen Piloten. »Allein von hier aus sind fast ein Dutzend Tiere zu entdecken. Die meisten nähern sich der Stadt.«

»Sie spüren das Zeitbeben«, murmelte Pounder. »Verdammt, muß denn dieser Mist ausgerechnet jetzt passieren?«

Tiere, aber auch tote Gegenstände, die aus der Urzeit in die Gegenwart gelangt waren, wurden augenblicklich vernichtet, wenn sie von einem weiteren Zeitbeben erfaßt wurden, ebenso wie es auch umgekehrt mit Gegenständen oder Lebewesen geschah, die aus der Gegenwart in die Vergangenheit geschleudert worden waren. Anscheinend bewirkte der Transport durch die Zeit etwas mit ihnen, das eine Rückkehr auf dem gleichen Weg ausschloß.

Ein Instinkt warnte die Saurier in DINO-LAND, wenn ein Beben bevorstand. Sie wurden unruhig und flohen, und da sie nicht mehr von den Absperrungen zurückgehalten wurden, rannte ein Teil der Tiere blindlings in die Wüste hinaus, während zu einem anderen Zeitpunkt wahrscheinlich nur einige wenige ihr angestammtes Territorium verlassen hätten.

»Also gut.« General Pounder atmete tief durch. »Dann bleibt uns nichts anderes übrig, als die Tiere abzuschießen. Sie dürfen Beatty auf keinen Fall erreichen, sonst gibt es ein Massaker unter der Bevölkerung. Es ist schon zu spät, um noch Verstärkung herbeizurufen. In spätestens einer Stunde müssen wir hier weg.«

Er beobachtete, wie der Pilot den Ceratosaurus schräg unter ihnen ins Visier nahm. Das Tier starb im Kugelhagel der Maschinengewehre. Anschließend nahm der Hubschrauber Kurs auf eine ein Stück entfernt dahinstürmende Bestie, aber Pounder wußte, daß es einfach zu viele waren, um sie alle zu erwischen.

Der gesamte Vormittag war für Sheriff Warner bereits schlimm gewesen, aber das Szenario, das sich jetzt vor ihm abspielte, schien geradewegs aus einem Alptraum zu stammen. Nicht nur, daß er es bereits mit zwei vermißten Menschen zu tun hatte – Nick Petty und Deputy Cliff Jennings –, hatten auch zahlreiche Dinosaurier Beatty erreicht. Das

Militär hatte es trotz aller Bemühungen nicht verhindern können.

Das Problem waren dabei nicht so sehr die wirklich großen Tiere. Diese entwickelten keine besonders große Geschwindigkeit, zudem waren sie leicht zu entdecken gewesen und von den Hubschrauberbesatzungen erschossen worden, lange bevor sie den Ort hatten erreichen können.

Schlimmer waren die kleineren Saurier, vor allem die Deinonychus'. Sie waren nicht nur blutrünstiger als ihre meisten Artgenossen, sondern zeichneten sich auch noch durch eine für Tiere geradezu diabolische Intelligenz aus. Mehrere von ihnen waren nach Beatty eingedrungen.

Warner wußte nicht einmal, ob es bereits Todesopfer gegeben hatte. Die Situation glitt ihm mehr und mehr aus der Hand, die schon vorher schwierige Evakuierung ließ sich so gut wie gar nicht mehr ordnen. Er hatte völlig den Überblick verloren. Die Koordination sämtlicher Aktivitäten lag mittlerweile ausschließlich in den Händen des Militärs, das der Situation allerdings kaum weniger hilflos gegenüberstand. Auf einen Fall wie diesen war niemand vorbereitet gewesen.

Sheriff Warner fuhr in langsamem Tempo mit seinem Streifenwagen durch die Straßen. Vereinzelt begegneten ihm Militärfahrzeuge, und auch einige wenige Einwohner kamen ihm noch mit ihren Wagen entgegen.

Gelegentlich entdeckte er einen Saurier. Um die harmlosen Pflanzenfresser kümmerte sich das Militär erst gar nicht, zumindest wenn sie klein genug waren, um nicht schon allein durch ihre Masse eine Gefahr darzustellen.

Als er um eine Hausecke bog, erblickte Warner den Deinonychus. Obwohl die Bestien meistens in ganzen Rudeln jagten, handelte es sich nur um ein einzelnes Tier, das einen kleineren Saurier getötet hatte und mit seinem scharfen Gebiß Fleischbrocken aus dem Kadaver riß.

Von dem Motorengeräusch irritiert, blickte die gut mannsgroße Echse von ihrer Beute auf. Blut tropfte von ihrem Maul, während sie dem Streifenwagen entgegen-starrte und ihr mörderisches Gebiß fletschte.

Einem ersten Impuls folgend, wollte Sheriff Warner abbremsen, doch dann gab er statt dessen noch mehr Gas. Er würde mehrmals rangieren müssen, um den Wagen zu wenden, und auch rückwärts fahrend hatte er kaum eine Chance, dem schnellen Raubsaurier zu entkommen. Je langsamer er war, ein desto leichteres Opfer bildete er.

Immer schneller werdend raste er direkt auf den Dei-nonychus zu. Dieses Verhalten verwirrte das Tier ganz offensichtlich. Es kam von sich aus nicht näher, sondern war stehengeblieben und starrte ihm entgegen.

Warner warf einen Blick auf den Tachometer. Die Nadel hing bei nicht ganz vierzig Meilen in der Stunde. Der Deino-nychus hob seine Vorderarme und ließ die messerscharfen Klauen durch die Luft sausen.

Nur Sekunden später war Warner heran. Die Straße war neben dem Saurier breit genug, daß er vorbeifahren konnte, und alles wäre ohne Schwierigkeiten verlaufen, wenn der Deinonychus den heranrasenden Wagen vorbeigelassen oder sogar davor zurückgewichen wäre.

Statt dessen jedoch ging er zum Angriff über.

Mit einer seiner Vorderklauen schlug er zu. Der Schlag war hart genug, die Windschutzscheibe zersplittern zu las-sen. Das Sicherheitsglas zersprang in unzählige kleine Stücke, so daß sie fast undurchsichtig wurde. Ein harter Schlag erschütterte den Wagen, ließ ihn ins Schleudern gera-ten und brachte ihn aus der Richtung. Verzweifelt bemühte sich Warner, das Fahrzeug wieder unter Kontrolle zu brin-gen, doch es war ein aussichtsloses Unterfangen, solange er kaum etwas sehen konnte.

Es gab einen weiteren leichten Schlag, als der Wagen ein Verkehrsschild rammte, und wenige Sekunden später einen ungleich härteren, als er mit dem vorderen Kotflügel an der Front eines Gebäudes entlangschrammte und schließlich gegen die Wand eines vorstehenden Hauses prallte.

Warner wurde nach vorne geschleudert, um vom Gurt

gleich darauf zurückgerissen und in den Sitz gepreßt zu werden. Ansonsten passierte ihm nichts, er blieb glücklicherweise völlig unverletzt.

Der Deinonychus zwar nicht, aber der Zusammenstoß mit dem Wagen hatte ihn auch nicht getötet. Das Ungeheuer blutete aus mehreren Wunden, doch wie Warner mit einem Blick durch das Rückfenster sah, hatte es sich bereits wieder aufgerichtet und kam mit taumelnden Schritten auf den Wagen zu.

Zusätzlich zu seinem Dienstrevolver hatte Warner nach dem Ausfall der Absperrungen noch ein Gewehr mitgenommen, das neben ihm auf dem Beifahrersitz lag. Während er es mit der einen Hand packte, löste er mit der anderen seinen Gurt und versuchte, die Tür zu öffnen.

Es gelang ihm nicht. Offenbar hatte sie sich durch den Aufprall verzogen. Warner verlor weitere kostbare Sekunden, indem er auf den Beifahrersitz rutschte. Das Ungeheuer war schon fast heran. Ihm blieb keine Zeit mehr, die Tür zu öffnen und auszusteigen. Kurz entschlossen stieß er das Gewehr durch das Seitenfenster ins Freie, beschrieb mit dem Lauf einen Kreis, um die Glasstückchen herauszuschlagen und freies Sichtfeld zu haben, dann drückte er ab.

Die Kugel traf den Deinonychus in die Brust und trieb ihn einen halben Schritt zurück, brachte ihn aber nicht einmal aus dem Gleichgewicht. Er stieß ein schmerzerfülltes, wütendes Knurren aus. Unbeirrt näherte er sich dem Wagen wieder.

Warner schoß ein weiteres Mal.

Diesmal hatte er etwas höher gezielt. Die Kugel riß einen Teil des Halses weg. Blut schoß aus der Wunde, aber immer noch fiel der Saurier nicht.

Die Verletzungen und das viele Blut ließen ihn weniger wie ein Tier, als vielmehr wie einen Dämon aus der Hölle erscheinen, und genau wie einem solchen schienen die Kugeln ihm nichts anhaben zu können.

Warner hatte wahre Horrorgeschichten gerade über die Deinonychus' gehört, sie jedoch für hemmungslos übertrieben gehalten. Nun mußte er hautnah miterleben, daß sie vollkommen der Wahrheit entsprachen.

Die Bestie war kaum noch fünf Meter von dem Wagen entfernt, dennoch verlor Sheriff Warner nicht die Nerven. Mit einer Kaltblütigkeit, die er sich selbst nicht zugetraut hätte, zielte er auf das linke Auge des Ungeheuers, und erst als er völlig sicher war, auch zu treffen, drückte er dreimal unmittelbar hintereinander ab.

Alle drei Kugeln trafen. Sie verwandelten die linke Kopfhälfte des Sauriers in ein blutendes Etwas aus Fleisch und Knochensplittern.

Der Deinonychus machte noch einen weiteren halben Schritt nach vorne, als weigerte er sich zu begreifen, daß er längst tot sein müßte, dann lief ein Zittern durch seinen Körper. Er stieß noch ein letztes zorniges Fauchen aus, dann brach er endlich zusammen. Als er nach vorne stürzte, streifte sein Schädel noch die Wagentür, so nah war er dem Fahrzeug bereits gekommen.

Warner ließ sich auf dem Sitz zurücksinken und atmete ein paarmal tief durch. Kalter Schweiß bedeckte sein Gesicht, und als sich die Anspannung löste, merkte er, daß er am ganzen Körper zu zittern begann. So nahe wie gerade war er dem Tod noch nie gewesen. Seine Hände bebten so stark, daß er mehrere Anläufe brauchte, um nach dem Funkgerät zu greifen und Hilfe herbeizurufen.

Wenige Minuten später traf eine Militärpatrouille ein und holte ihn ab.

Mandy war ein hübsches Tier mit schwarz-weiß gescheck-tem Fell, und wenn es sich auch nur um eine einfache Hauskatze ohne Stammbaum handelte, bewegte sie sich doch mit einer selbst für diese geschmeidigen Tiere ungewöhnlichen Eleganz. Wenn sie sich einmal bewegte, was allerdings nicht gerade ihre Lieblingsbeschäftigung war.

Sie gehörte dem siebenjährigen Frank Doefield, der das Tier abgöttisch liebte – manchmal so sehr, daß er es mit seiner Liebe fast erdrückte, und das im wahrsten Sinne des Wortes.

Fast den ganzen Vormittag über hatte Mandy sich in ihrem Körbchen im Vorgarten des Hauses faul von der Sonne bescheinen lassen und träge blinzelnd zugesehen, wie ein Möbelstück nach dem anderen in den Lastwagen verladen wurde. Inzwischen war beinahe alles verstaut und eine der großen Hecktüren bereits geschlossen worden.

Eine Bewegung am Rande des Gartens erregte Mandys Aufmerksamkeit. Sie richtete sich auf und spähte mißtrauisch zu den Ziersträuchern hinüber. Die Zweige schwankten hin und her, um sich gleich darauf zu teilen. Mit vorsichtigen, hoppelnden Bewegungen kam ein Wesen näher, wie Mandy es noch nie zuvor gesehen hatte.

Es war größer als sie, viel größer, sogar noch etwas größer als der Schäferhund der Walkers, die ein Stück die Straße hinunter wohnten. Vor allem hatte es einen dickeren Bauch.

Mandy wußte nicht, ob es harmlos war oder eine ähnliche Gefahr wie der Mistköter der Walkers darstellte, deshalb beobachtete sie es weiterhin aufmerksam. Als es bis auf ein paar Schritte herangekommen war, richtete sie sich halb auf, machte einen Buckel und fauchte warnend.

Das fremde Wesen beachtete die Warnung nicht. Mit plötzlich blitzschnellen Sätzen kam es herangeschossen, doch Mandy war noch schneller. Mit einem erschrockenen Fauchen sprang sie aus dem Korb heraus. Das fremde Wesen verfolgte sie.

Mandy rannte auf den Möbelwagen zu und versteckte sich darunter, doch das Wesen ließ sich davon nicht beirren. Es preßte sich auf den Boden und schlug mit seinem langen Schwanz nach ihr.

Mandy rannte hinter dem Wagen hervor und sprang durch die offene Hecktür ins Innere, wo sie sich im herrschenden Halbdunkel in eine schmale Ritze zwischen den Möbelstücken zwängte. Das Wesen folgte ihr in den Wagen und begann zwischen den darin verstauten Teilen herumzustöbern.

Nur wenige Sekunden später verließ Franks Vater nach einem letzten Kontrollgang das Haus und schloß die Tür des Lastwagens. Er war bereit, Beatty zu verlassen.

Weder Mandys klägliches Miauen, noch das leise Fauchen des anderen Wesens waren außerhalb des Wagens zu hören.

Gut eine halbe Stunde war vergangen, seit man Cliff Jennings zu Nick in die kleine Höhle gesperrt hatte. Der Deputy hatte bestätigt, daß das Zeitbeben unmittelbar bevorstand, und Nick hatte erzählt, was er von den Siedlern und über deren wahnwitzigen Plan erfahren hatte. Seither schwiegen sie weitgehend und hingen niedergeschlagen ihren Gedanken nach. Im Gegensatz zur vergangenen Nacht war es wenigstens nicht mehr völlig dunkel, da Nicole ihnen eine Taschenlampe dagelassen hatte. Außerdem hatte man Jennings die Handschellen wieder abgenommen.

Wäre nicht die schreckliche Aussicht gewesen, vermutlich niemals wieder in die Gegenwart zurückkehren zu können, wäre Nick vielleicht sogar bereit gewesen, sich auf das Abenteuer einzulassen. Nach dem Tod seiner Eltern war seine Großmutter die einzige nähere Verwandte, und sie würde ohnehin bald sterben. Doktor Hayward gab ihr nur noch eine Lebenserwartung von höchstens einem halben Jahr.

Auch war Nick ein ziemlicher Einzelgänger und hatte kaum Freunde in Beatty, vor allem keine *Freundin*, und aufgrund seiner Schüchternheit Frauen gegenüber waren seine Hoffnungen, ein Mädchen nach seinem Geschmack näher kennenzulernen, im Laufe der letzten Jahre immer mehr gesunken. Nicole jedoch war so ein Mädchen, und allem Anschein nach mochte sie ihn auch. Er konnte sich nicht vorstellen, daß sie ihm etwas vorspielte, nur damit er sich ihrer Sekte anschloß. Schließlich blieb ihm ohnehin keine Wahl; er würde mitkommen müssen, ob er wollte oder nicht.

Ganz abgesehen von seiner Abenteuerlust wäre schon die

Aussicht, weiterhin mit ihr zusammensein zu können, ein triftiger Grund für ihn gewesen, über die Reise in die Vergangenheit näher nachzudenken.

Was ihn abstieß, war lediglich die Vorstellung, für immer dort bleiben zu müssen und auf nahezu alles verzichten zu müssen, was das Leben in den letzten Jahren für ihn bequem und angenehm gemacht hatte. Hesekiel hatte keinen Zweifel daran gelassen, daß das neue Leben, das er mit seinen Anhängern beginnen wollte, nicht mehr viel mit der normalen Zivilisation im zwanzigsten Jahrhundert zu tun haben würde, sondern daß er vielmehr an eine Kommune von Aussteigern unter dem Motto »Zurück zur Natur« dachte. Für eine gewisse Zeit wäre Nick auch dazu bereit gewesen, allerdings nur, wenn er jederzeit wieder in die gewohnte Zivilisation zurückkehren konnte, falls ihm der Sinn danach stünde.

Nun, er würde lernen müssen, umzudenken. Es sah nicht so aus, als ob ihm noch eine Möglichkeit bliebe, diesem Schicksal auszuweichen. Eine Veränderung konnte es höchstens in der Vergangenheit selbst für ihn geben. Immerhin würden Hesekiel und seine Anhänger nicht die einzigen Menschen dort sein. Bereits Hunderte von Menschen waren durch die Zeitbeben in die Urzeit verschlagen worden. Die meisten hatten sich wahrscheinlich in Las Vegas niedergelassen.

Selbst wenn er also keine Chance mehr hatte, dem Beben zu entrinnen, würde in der Vergangenheit vielleicht eine Chance bestehen, sich nach Las Vegas durchzuschlagen und dort unter anderen Menschen ein zumindest einigermaßen normales Leben zu führen.

Nick schreckte aus seinen Überlegungen auf, als die Tür geöffnet wurde. Nicole huschte in den Raum und legte warnend den Zeigefinger auf die Lippen.

»Seid leise«, flüsterte sie. »Niemand weiß, daß ich hier bin.«

»Und was willst du?« fragte Nick barsch, aber ebenso leise wie sie.

»Ich habe mir noch einmal durch den Kopf gehen lassen, was du vorhin gesagt hast«, erklärte sie. »Ich glaube, du hattest recht. Man kann kein neues, besseres Leben damit beginnen, daß man ein Unrecht begeht, erst recht kein doppeltes. Ich bin gekommen, um euch zu helfen. Es spielt keine Rolle mehr, ob ihr mitkommt oder ich euch freilasse. Die Zeit ist viel zu knapp, als daß ihr unseren Plan noch verhindern könntet.«

»Hast du mit deinem Vater darüber gesprochen?«

»Ich habe es versucht, aber er will keinerlei Risiko mehr eingehen. Ich konnte ihn nicht umstimmen, aber ich finde es nicht richtig, und deshalb werde ich euch freilassen. Wenn ihr euch beeilt, könnt ihr das gefährdete Gebiet noch rechtzeitig verlassen.«

»Das ist das erste Vernünftige, was ich heute höre«, stieß Deputy Jennings hervor. »Schaffen Sie es, uns unbemerkt hier herauszubringen?«

»Ich hoffe es zumindest. Die meisten sind tiefer in den Höhlen, um sich um die Ballons zu kümmern.«

»Die Ballons?« hakte Nick nach.

»Kommt endlich, euch bleibt nicht mehr viel Zeit«, forderte Nicole, ohne auf die Frage zu antworten.

Nick zog es vor, nicht länger mit ihr zu debattieren und damit seine vielleicht letzte Chance zur Flucht aufs Spiel zu setzen.

Genau wie Jennings verließ er hinter ihr die zur Gefängniszelle umfunktionierte Höhle. Sie huschten einen Stollen entlang, dann einen weiteren.

Ein paarmal hörten sie vor sich gedämpfte Stimmen, doch stets fand Nicole eine Ausweichmöglichkeit. Das Labyrinth unterirdischer Gänge und Höhlen mußte riesig sein. Nick hatte schon längst die Orientierung verloren. Einige Male, wenn sie vor sich Menschen hörten und keine Möglichkeit bestand, sie unbemerkt zu umgehen, ging Nicole zu ihnen hin und schickte sie unter irgendeinem Vorwand weg.

»Alles wäre viel leichter, wenn ihr nicht ausgerechnet durch das Gemeindehaus ins Freie müßtet«, raunte sie. »Es

gibt auch ein paar natürliche Ausgänge zwischen irgendwelchen Felsengruppen oder dergleichen.«

»Wenn sie nicht allzu weit entfernt liegen, können Sie uns
auch dort rauslassen«, gab der Deputy leise zurück. »Besser
ein kleiner Fußmarsch, als daß wir vorher entdeckt und wieder zurückgebracht werden.«

Nicole schüttelte den Kopf.

»Es wäre zu gefährlich. Haben Sie vergessen, daß Wedge
die Umzäunung von DINO-LAND außer Kraft gesetzt hat?
Da oben wimmelt es wahrscheinlich von Sauriern. Eure einzige Chance ist es, ihnen mit dem Wagen zu entkommen.
Wir sind gleich da.«

Aus dem *gleich* wurde ein Weg von weiteren drei, vier
Minuten.

»Hinter der nächsten Gangbiegung erreichen wir den
Stollen, der direkt zu dem Schacht zum Gemeindehaus
führt«, teilte sie mit. »Aber er wird bewacht, das habe ich
schon ausgekundschaftet. Zwei Männer, die aufpassen sollen, ob jemand den Eingang von außen entdeckt. Mit einem
Ausbruch von hier unten werden sie nicht rechnen. Mit
etwas Glück kann ich sie ebenfalls wegschicken. Ihr wartet
hier!«

Ohne sich weiterhin Mühe zu geben, leise zu sein, trat sie
vor. Nick wartete, bis sie hinter der nächsten Gangbiegung
verschwunden war, dann schlich er ihr nach. Vorsichtig
spähte er um die Felsecke und sah, wie sie auf die beiden
Wachen einredete. Kurz darauf kam einer der Männer auf
Nicks Versteck zu.

Hastig drehte sich Nick um, und kehrte zu Cliff Jennings
zurück.

»Sie hat nur einen wegschicken können«, berichtete er
leise. »Der andere wartet mit ihr zusammen. Aber gemeinsam dürfte es uns wohl gelingen, ihn zu überwältigen.«

»Worauf du dich verlassen kannst, mein Junge«, knurrte
der Deputy. »Also los, worauf warten wir?«

Sie huschten bis zur Biegung. Erneut riskierte Nick einen
knappen Blick, stellte aber gleich darauf fest, daß seine Vor-

sicht unnötig war. Der Wächter stand mit dem Rücken zu ihm. Nick gab Jennings ein Zeichen, und gemeinsam schlichen sie näher.

Sie schafften es, sich dem Wächter unbemerkt bis auf wenige Schritte zu nähern, ehe dieser durch ein leises Schleifen von Jennings' Schuhsohlen aufmerksam wurde. Noch bevor der Mann sich ganz herumgedreht hatte, war der Deputy bereits bei ihm und schickte ihn mit einem harten Handkantenschlag ins Genick ins Reich der Träume.

»Na also«, murmelte er zufrieden. »War doch gar nicht so schwer. Haben Sie vielen Dank für Ihre Hilfe, Miß. Wollen Sie es sich nicht doch noch überlegen und mit uns kommen?«

Nicole schüttelte den Kopf.

»Nein, das ist unmöglich.« Sie trat auf Nick zu und legte ihm die Hände auf die Schultern. »Und du? Willst *du* es dir nicht anders überlegen? Ich würde mir so wünschen, daß du bei uns bleiben würdest.«

Der Blick, mit dem sie ihn aus ihren kornblumenblauen Augen bedachte, hätte Gletscher zum Schmelzen bringen können. Nick mußte sich zwingen, ebenfalls den Kopf zu schütteln. Sie machte ihm die Entscheidung wirklich verdammt schwer.

»Schon gut, du brauchst es nicht zu sagen. Ich verstehe schon«, murmelte sie, darum bemüht, sich die Enttäuschung nicht allzu deutlich anmerken zu lassen. Bevor Nick es verhindern konnte – ganz abgesehen davon, daß er es gar nicht verhindern *wollte* –, beugte sie den Kopf vor und küßte ihn sanft auf die Lippen. »Geht jetzt besser, bevor Bill zurückkommt.«

Jennings begann bereits, die Leiter hinaufzusteigen, doch Nick zögerte noch.

»Ich . . . ich würde gerne bei dir bleiben, das mußt du mir glauben. Wenn wir uns unter anderen Umständen kennengelernt hätten . . .«

Nick verstummte. Das Getrampel sich hastig nähernder Schritte war zu hören.

»Komm schon!« rief Deputy Jennings von oben. Er hatte das Ende der Leiter erreicht, öffnete den mittlerweile erneuerten Riegel an der Falltür und klappte sie nach außen auf.

Zusammen mit Wedge und drei anderen Männern, von denen einer der Wachposten war, den Nicole weggeschickt hatte, kam Hesekiel um die Ecke gerannt. Nick packte die Leiter und begann, immer zwei Sprossen auf einmal nehmend, an ihr in die Höhe zu klettern.

Wedge zog einen Revolver aus dem Hosenbund und legte an. Nick bekam die Bewegung aus den Augenwinkeln mit und duckte sich instinktiv. Überlaut dröhnte der Schuß von den Felswänden wider. Die Kugel fuhr dicht an Nicks Kopf vorbei und prallte gegen die Wand, von der sie abprallte und als Querschläger davonsauste.

»Aufhören!« brüllte Hesekiel. »Nicht mehr schießen! Hast du denn gar nichts von dem begriffen, was ich euch predige? Fangt die beiden ein, aber lebend!«

Nick hatte fast das obere Ende der Leiter erreicht, als sie von unten gepackt und weggezogen wurde. Im letzten Moment gelang es ihm, sich an der Kante der offenen Luke festzuklammern, von wo aus er sich mit einem Klimmzug in die Höhe stemmte, bis er ein Bein hochschwingen und sich auf den Boden des Gemeindehauses wälzen konnte.

Hinter ihm wurde die Leiter wieder aufgerichtet. Mit affenartiger Geschicklichkeit turnte Wedge empor. Nick packte die Luke und schlug sie zu, doch würde ihnen das nur einen Vorsprung von wenigen Sekunden verschaffen. Selbst wenn sie den Wagen erreichten, brauchte Wedge ihnen nur die Reifen zu zerschießen, um ihre Flucht zu beenden.

»Komm doch endlich! Beeil dich!« brüllte Deputy Jennings von der Tür her.

Nick sah sich verzweifelt nach etwas um, womit er die Luke blockieren konnte, doch die Tische und Bänke sahen alle zu leicht aus, um Wedge aufzuhalten, und außerdem blieb ihm auch keine Zeit, sie zu holen und aufzutürmen.

In diesem Augenblick faßte er einen Entschluß, auch

wenn er sich fast sicher war, daß er ihn noch tausendfach bereuen würde.

»Gehen Sie allein!« rief er und stemmte sich mit seinem ganzen Körpergewicht auf die Luke. »Ich halte sie ein paar Minuten auf, das dürfte reichen.«

»Und was wird mit dir?«

»Ich bleibe hier. Es geht nicht anders, sonst schnappen sie uns beide.« Nick spürte, wie sich Wedge von unten gegen die Luke stemmte und irgend etwas brüllte, doch die Position auf der Leiter war so ungünstig, daß der Hüne seine Kraft nicht richtig entfalten konnte. »Grüßen Sie meine Großmutter von mir und sagen Sie ihr, sie soll sich keine Sorgen machen. Versuchen Sie erst gar nicht, zurückzukommen und mich zu befreien, dazu wird die Zeit nicht mehr reichen. Und jetzt laufen Sie!«

»Wie du meinst.« Der Deputy zögerte noch einen Moment. »Danke, Junge. Und alles Gute für dich.«

»Mutwillig unterbrochen, sagen Sie?« General Pounder atmete tief durch und starrte durch die Frontscheibe der Hubschrauberkanzel ins Leere. »Das ist Sabotage und darüber hinaus eine unglaubliche Sauerei. Vorsätzlicher Mord sogar! Bislang scheint es außer diesem Deputy keine Toten gegeben zu haben, aber es hätten leicht mehr sein können. Viel mehr.« Er machte eine kurze Pause. »Haben Sie schon eine Spur, wer es gewesen sein könnte?«

»Leider nein, Sir«, erwiderte der Elektrotechniker über Funk. »Wir konnten lediglich feststellen, daß die Leitungen mitsamt sämtlicher Ersatzleitungen für die Stromzufuhr zu allen Abschirmanlagen der Sicherheitszone unterbrochen wurden.«

»Eine Sauerei«, wiederholte Pounder.

Er blickte auf seine Uhr. Es war kurz nach halb zwölf. Das Beben war für exakt vier Minuten nach zwölf vorausgesagt worden. In rund einer halben Stunde würde der Spuk also vorüber sein.

»Wie sieht es in Beatty aus?« erkundigte er sich. »Haben alle Einwohner die Stadt mittlerweile verlassen?«

»Unsere Patrouillen haben niemanden mehr entdecken können. Auch der Sheriff und seine Deputies haben sich inzwischen zurückgezogen. Unsere Leute beginnen nun ebenfalls mit dem Rückzug.«

»Gut so. Und die Container und der restliche Kram? Befindet sich alles an Ort und Stelle?«

»Alles bereit.«

Seit sicher war, daß die Menschen in der Urzeit überlebt hatten, hatte Pounder damit begonnen, sie bei jedem Zeitbeben systematisch mit Hilfsmitteln zu versorgen. Das reichte von einfachen Dingen wie Saatgut, Kleidung, Zeitschriften und dergleichen bis hin zu gepanzerten Fahrzeugen, Computern und sogar Zuchttieren. Die meisten Gegenstände wurden in stabilen Containern in einem Bebengebiet deponiert, damit sie nicht von herumstreifenden Sauriern zerstört wurden, bevor sie von den Menschen in der Vergangenheit geborgen werden konnten.

Der ehemalige Polizeilieutenant Mainland, der in Las Vegas das Kommando übernommen hatte, deponierte seinerseits Behälter mit Nachrichten über die Situation in der Urzeit sowie Listen mit Bestellungen der dringend benötigten Gegenstände, so daß selbst über mehr als hundert Millionen Jahre hinweg ein einigermaßen geregelter Informationsaustausch möglich war.

»In Ordnung«, kommentierte Pounder. »Wir fliegen noch eine letzte Kontrollrunde, dann verlassen wir das Gebiet ebenfalls.«

»Ich habe da gerade etwas entdeckt«, teilte der Pilot mit, als Pounder das Gespräch beendet hatte. »Sehen Sie die Staubwolke da hinten?«

»Die sieht nicht aus, als würde sie von einem Saurier stammen«, meinte der General. »Scheint mir eher ein fahrender Wagen zu sein. Wir fliegen hin und sehen uns das einmal genauer an.«

Der Helikopter nahm Kurs auf die Staubwolke. Kurz darauf war zu erkennen, daß es sich tatsächlich um einen in halsbrecherischem Tempo dahinrasenden Wagen handelte, und zwar um einen Streifenwagen der Polizei. Auch der Grund für seine Raserei war zu entdecken. Zwei Saurier, die vage Ähnlichkeit mit Deinonychus' hatten, jedoch größer als diese waren, folgten ihm. Sie hielten mit dem Tempo des Wagens mit, waren sogar um eine Winzigkeit schneller, so daß sich der Abstand allmählich verringerte.

»Er kommt aus der Richtung, in der die Siedlung dieser merkwürdigen Aussteiger liegt«, berichtete der Pilot. »Da stand doch ein Streifenwagen. Vielleicht handelt es sich um den vermißten Deputy.«

»Hoffen wir, daß es so ist, dann wäre alles ganz ohne Todesopfer abgegangen«, erwiderte Pounder. »Auf jeden Fall müssen wir ihm helfen. Schießen Sie die beiden Saurier ab. Anschließend landen wir und nehmen den Fahrer des Wagens an Bord, sonst wird es für ihn knapp, das Bebengebiet noch rechtzeitig zu verlassen.«

Der Pilot beschleunigte, bis er den Polizeiwagen überholt hatte, dann ließ er den Hubschrauber herumschwenken und die Maschine fast regungslos in der Luft verharren, während er die Bordgeschütze feuerbereit machte.

Ein Garbe aus einem der Maschinengewehre jagte den beiden Sauriern entgegen. Die Tiere wurden von den Einschlägen durchgeschüttelt, doch obwohl viele der Kugeln getroffen hatten, rannten die Saurier immer weiter, wenn auch etwas langsamer als bisher, wodurch sich der Abstand zu dem Wagen wieder vergrößerte.

Die amerikanische Army war eine der vielleicht am modernsten ausgerüsteten Armeen der Welt, aber selbst alle Waffentechnik sicherte nicht automatisch einen Sieg gegen die unbändige Wildheit der Urzeitbestien.

Der einzige wirklich gewaltige Vorteil der Technik war die Möglichkeit, einen Kampf aus der Luft zu bestreiten. Gegen einen Gegner, den sie nicht erreichen konnten, waren selbst die größten und stärksten Saurier hilflos, und glücklicherweise waren nur wenige Flugsaurier groß und stark

genug, um einem bewaffneten Armeehubschrauber gefährlich werden zu können. Allein diese Luftüberlegenheit
ermöglichte es, einen relativ risikolosen Kampf gegen die in
die Gegenwart gelangten Ungeheuer einer längst vergangenen Zeitepoche zu führen.

Genau das bestätigte sich auch jetzt wieder. Wenn man
wie Pounder schon so lange beim Militär war und sich bis
zum Vier-Sterne-General hochgedient hatte, verlernte man
Skrupel und lernte, nur noch in taktischen Maßstäben zu
denken – etwas, das gerade ein Zivilist wie Professor
Schneider, mit dem er bezüglich der militärischen Planun-
gen immer wieder Auseinandersetzungen hatte, nicht nachvollziehen konnte. Oder es gar nicht erst wollte, das machte
keinen Unterschied.

Dennoch tat es Pounder fast ein bißchen leid, diese
stolzen, wilden Tiere so einfach wie Schlachtvieh niederzu-
machen, ohne ihnen auch nur eine Chance zu lassen.
Schließlich handelten sie nicht aus böser Absicht, sondern
folgten nur ihren Jagdinstinkten. Dieses Gemetzel hatte
nichts mit militärischer Strategie oder Taktik zu tun; die
Saurier aus der Luft abzuschießen, ohne daß sie die geringste Chance hatten, war so, als tötete man die Hühner in
einer Legebatterie, indem man einen Schalter umlegte und
einen Stromstoß durch die Gitterkäfige jagte.

Pounder sah erst gar nicht mehr hin, als ein weiterer Feuerstoß aus dem Maschinengewehr die beiden Saurier endgültig niedermähte.

Der Streifenwagen bremste ab und hielt dann ganz an.
Ein Mann in Polizeiuniform stieg aus und winkte mit beiden Armen. Der Helikopter sank tiefer, bis die Kufen fast
den Boden berührten. Der Polizist kam geduckt herüber-
gerannt und zwängte sich auf die hintere Sitzbank.

»Haben Sie vielen Dank«, stieß er hervor. »Schätze, Sie
haben mir wohl gerade das Leben gerettet. Ich bin Deputy
Cliff Jennings aus Beatty.«

»Was ist geschehen?« wollte Pounder wissen. »Wir haben
Ihren Wagen in der Siedlung stehen sehen, konnten Sie aber

nirgendwo entdecken.« In Kurzform berichtete Jennings, was ihm passiert war.

»Unglaublich«, kommentierte der General, als er geendet hatte. »Diese Narren wollen wirklich aus freien Stücken in die Urzeit reisen?«

»Jawohl, Sir. Wenn die Tochter ihres Anführers mir nicht zur Flucht verholfen hätte, hätte es mich auch erwischt.«

Alles lief sehr viel undramatischer ab, als Nick Petty erwartet hatte – jedenfalls zunächst.

Das Zeitbeben kündete sich durch ein leichtes Kribbeln an, das seinen Körper durchlief. Die Luft schien sich elektrisch aufzuladen. Eine Gänsehaut rann über seinen Rücken, und die feinen Härchen auf seinen Armen richteten sich auf.

Winzige Funken tanzten in der großen Höhle, in der er zusammen mit Nicole, die seine Hand hielt, und den anderen rund fünfzig Pilgern stand. Sie zeichneten die Umrisse der Felsen, aber auch der Menschen nach. Nick sah, daß über seinen Körper ebenfalls Funken tanzten. Die meisten von ihnen hatten eine silbrige Färbung, und sie vermehrten sich mit rasender Geschwindigkeit.

Alles wurde durchscheinend und unscharf. Eine unsichtbare Hand aus purer Energie schien über Nicks Körper zu streichen. Er versteifte sich, drückte Nicoles Hand fester und öffnete den Mund zu einem Schrei, unterdrückte ihn dann aber. Das Gefühl war zwar grenzenlos fremdartig, aber trotzdem keineswegs unangenehm.

Dann war es vorbei.

Nichts schien sich auf den ersten Blick verändert zu haben, und Nick konnte kaum glauben, daß er gerade eine Reise um mehr als hundert Millionen Jahre in die Vergangenheit angetreten hatte. Der Eindruck währte jedoch nicht einmal eine Sekunde lang.

Gleißendes Sonnenlicht blendete ihn, und irgendwo hinter ihm ertönte ein lautes Knirschen, gefolgt vom urgewaltigen Bersten und Brechen von Stein. Schwere Felsbrocken brachen herab, schlugen auf dem Boden auf und zerbarsten dort.

Schreie gellten auf, und binnen Sekundenbruchteilen verwandelte sich der Raum in einen Hexenkessel durcheinanderhastender, panikerfüllter Menschen.

»Da!« schrie Nicole.

Ein Teil der Höhle war schlichtweg nicht mehr vorhanden. Die letzten Meter waren verschwunden, als hätte es sie nie gegeben, – und mit ihnen zwei der Pilger, die dort gestanden hatten. Das Zeitbeben hatte exakt dort geendet und den restlichen Teil nicht mit in die Vergangenheit transportiert. Wo sich vorher eine nur durch den Stollen unterbrochene Felswand befunden hatte, gähnte nun eine Öffnung, durch die Sonnenlicht hereinflutete.

Offenbar hatte das Bodenniveau an dieser Stelle in der Urzeit tiefer gelegen, denn an der Bruchstelle fiel der Fels senkrecht wie mit einem Messer geschnitten mehrere Meter tief ab. Dahinter begann eine urwüchsige, von Menschenhand unberührte Landschaft, in der hauptsächlich Farngewächse, Zypressen und palmenartige Bäume wuchsen. Am Ufer eines sich dahinschlängelnden Flusses weideten mehrere gewaltige Apatosaurier, doch dafür hatte Nick nur einen flüchtigen Blick übrig.

Die steinerne Höhlendecke, an dieser Seite schlagartig ihres Haltes beraubt, begann herabzubrechen. Blitzartig geformte Risse durchfurchten sie. Mannsgroße Felsbrocken stürzten nieder, und Nick sah, wie sie einen der Pilger unter sich begruben. Auch er wurde von einigen zum Glück nur winzigen Gesteinssplittern getroffen.

»Raus hier!« brüllte er, deutete auf einen der seitlich abzweigenden Nebenstollen und rannte darauf zu, Nicole einfach hinter sich herzerrend.

Eine Frau, die von einem mehr als faustgroßen Stein am Kopf getroffen worden war, lag bewußtlos vor ihm auf dem Boden. Nick ließ Nicole los, bückte sich nach der Frau und hob sie hoch, dann lief er zusammen mit ihr weiter.

Auch die meisten der übrigen Pilger hatten die Gefahr

erkannt und suchten ebenfalls in den Seitenstollen Rettung, doch glücklicherweise gab es mehrere davon, so daß kein Gedränge entstand.

Der schlimmste Fall, nämlich daß die gesamte Höhlendecke herabbrach, trat zum Glück nicht ein. Einige vereinzelte Brocken lösten sich noch von der Decke, doch allmählich kehrte Ruhe ein.

Hesekiel war der erste, der es wagte, wieder in die Höhle zu treten. Schon vor dem Zeitbeben hatte er ein schlichtes, bis zu den Knöcheln reichendes Gewand übergezogen, das mit seinem Stehkragen ein wenig an einen Priestertalar erinnerte, allerdings weiß war und von einem breiten Gürtel um die Taille gerafft wurde.

»Habt keine Angst, Brüder und Schwestern«, rief er mit fester, von den Wänden widerhallender Stimme. »Die Gefahr ist vorbei. Kommt zurück, damit wir ein Gebet sprechen und dem Herrn danken können. Zuvor aber wollen wir uns um die Verletzten kümmern.«

Zögernd traten die Pilger wieder in die Höhle, wobei sie den Blick immer wieder angstvoll zur Decke schweifen ließen.

Nick beachtete sie nicht weiter. Er hatte die bewußtlose Frau vor sich hingelegt und untersuchte sie. Die Verletzung schien nicht weiter schlimm zu sein, nur eine Platzwunde an der Stirn, die zwar stark geblutet hatte, doch auch die Blutung ließ bereits nach. Er fand ein sauberes Taschentuch in seiner Hosentasche und preßte es auf die Wunde.

»Wie geht es ihr?« erkundigte sich Nicole.

»Wird schon wieder. Sieht schlimmer aus, als es ist. Könnte sein, daß sie eine Gehirnerschütterung erlitten hat. Am besten lassen wir sie erst einmal ruhig liegen.«

Auch er trat in die Höhle. Mehrere der Pilger waren damit beschäftigt, die Gesteinstrümmer zur Seite zu räumen, unter denen einer der Männer begraben lag. Wie nicht anders zu erwarten, war er tot, so daß sie nur seinen Leichnam bergen konnten.

Die übrigen Menschen jedoch hatten wie durch ein Wunder alle nur leichte Verletzungen erlitten. Einschließlich der Kinder halfen sie alle mit, die herabgebrochenen Felsbrocken wegzuräumen. Einige waren so groß, daß sie erst mit Hilfe von Spitzhacken in kleinere Trümmer zerschlagen werden mußten, doch die Arbeit ging zügig voran.

Wedge schob zwei große Kisten vor die Höhlenöffnung, auf die Hesekiel sich stellte. Beschwörend hob er die Arme. Sofort kehrte absolute Stille ein. Die Pilger versammelten sich in einem Halbkreis vor den Kisten.

Es war so still, daß man eine Stecknadel hätte fallen hören können. Hesekiel stand völlig regungslos da und ließ die Stille wirken, während die Menschen ihn erwartungsvoll anstarrten.

»Es ist vollbracht!« rief er schließlich, als die Spannung schier unerträglich zu werden drohte. »Über die Abgründe der Zeit hinweg haben wir in Gottes Auftrag und mit seiner Hilfe den Weg in eine Welt gefunden, die noch nicht von der Habgier und Rücksichtslosigkeit vom Teufel verblendeter Menschen ausgeplündert und verdorben wurde. Wir sind seine auserwählten Kinder, die ich nach seiner Weisung ins gelobte Land geführt habe, so wie es einst Moses tat.«

»Er ist wirklich wahnsinnig«, murmelte Nick so leise, daß selbst Nicole seine Worte höchstens erahnen konnte.

»Amen!« riefen die Pilger wie aus einem Munde.

»Keine von Menschen gesprochenen Worte können diesem Ereignis, der unendlich tiefen Bedeutung dieses Augenblicks wirklich gerecht werden«, sprach der Prediger weiter. »Deshalb fordere ich euch auf, es mir gleichzutun, mit mir niederzuknien und für unsere Errettung in stummer Andacht mit einem Gebet zu danken. Beten wir auch für Bruder John und Schwester Mary, die zurückbleiben mußten, weil sie offenbar nicht für würdig befunden wurden, ebenfalls errettet zu werden, und beten wir ebenso für Bruder William, der die Ankunft im gelobten Land mit seinem Leben bezahlen mußte.«

Er ließ sich auf die Knie sinken, und nur wenige Sekunden später folgten die übrigen Pilger seinem Beispiel. Jeder von ihnen faltete die Hände und senkte demütig den Kopf. Nick beobachtete es fassungslos, vor allem, als auch Nicole neben ihm auf die Knie sank und die Hände faltete.

Er hatte geglaubt, das Schlimmste wäre überwunden, wenn sie sich erst einmal in der Urzeit befänden, doch das war ein gewaltiger Irrtum gewesen.

Es begann erst.

Die Kette der Überraschungen für Nick riß nicht ab. Nach dem Gebet hatten die Pilger begonnen, das Höhlensystem genauer zu inspizieren, um zu sehen, ob es weitere Schäden gegeben hatte. Immerhin hatte das teilweise Herabbrechen der Decke starke Erschütterungen verursacht, die sich durch das Gestein fortgepflanzt hatten, und da das ganze unterirdische System durch das Zeitbeben auseinandergerissen worden war, konnte an anderen Stellen das gleiche passiert sein.

Schon wenige Minuten später kam einer der Männer zurückgelaufen und blieb vor Hesekiel stehen. Schrecken stand in sein Gesicht geschrieben.

»Die Ballons!« stieß er nach Luft schnappend hervor. »Ein Teil der Höhlendecke dort ... ist ebenfalls eingestürzt. Sie ... sind stark beschädigt. Am besten sehen ... Sie sich das selbst an.«

Erst jetzt erinnerte sich Nick wieder daran, daß auch Nicole vor noch nicht einmal zwei Stunden *Ballons* erwähnt hatte. In der ganzen anschließenden Aufregung und dem Durcheinander hatte er es völlig vergessen und wurde erst jetzt wieder daran erinnert.

»Ich komme«, entgegnete Hesekiel und wandte sich dann an Nick. »Und du kommst am besten auch gleich mit. Du gehörst schließlich jetzt zu uns, also sollst du auch alles erfahren.«

Im Lichtschein von Taschenlampen gingen sie einen Stollen entlang, der – wenn Nicks Orientierungssinn ihn nicht völlig täuschte – ungefähr parallel zu der Linie verlief, bis zu der das Zeitbeben gereicht hatte. Der Stollen war für die Verhältnisse hier unten ziemlich lang, fast eine halbe Meile, schätzte Nick, bis es vor ihnen schließlich wieder hell wurde und sie in eine weitere, ebenfalls ziemlich große Höhle gelangten.

Auch hier fehlte ein Teil der rückwärtigen Wand, das von dem Zeitbeben nicht mit erfaßt und in die Vergangenheit gerissen worden war. Dadurch war in dieser Höhle ebenfalls ein Teil der Decke herabgebrochen, ein wesentlich größerer Teil sogar als in der, in der sie sich aufgehalten hatten. Die Verwüstungen führten Nick noch einmal drastisch vor Augen, welches ungeheure Glück sie gehabt hatten. Genausogut hätten sie alle von den Felsen erschlagen werden können.

Er verdrängte alle Gedanken daran und betrachtete das, was in der Höhle gelagert war, denn der Anblick war seltsam genug.

Es handelte sich um verschiedene technische Geräte, die an Brenner erinnerten, aufgeschichtete Säcke und gewaltige zusammengeschnürte Bündel bunten Stoffes.

Ein Großteil der Höhle aber wurde von drei Gebilden eingenommen, die an halb mannshohe Gartenschwimmbecken erinnerten. Jedes von ihnen durchmaß gut fünf, sechs Meter. Zumindest hatten sie das einmal, denn nun waren zwei davon zerstört. Eines der Gebilde war fast vollständig von Felsbrocken zermalmt und auch das zweite stark in Mitleidenschaft gezogen worden. Nur eines war noch unbeschädigt.

»Was ist das?« erkundigte sich Nick verwirrt.

»Zusammengebaut werden es riesige Heißluftballons«, erklärte Hesekiel mit hörbarem Stolz. »Das hier sind Spezialkörbe. Sonderanfertigungen. So etwas wird normalerweise gar nicht gebaut, nur auf besondere Bestellung, und dann kosten sie ein Vermögen.« Ein bitterer Unterton schlich sich in seine Stimme. »Wir hatten vier davon, und nun ist nur noch einer unversehrt. Zwei sind völlig zerstört, der eine ist ja nicht einmal mehr zu sehen. Aber vielleicht können wir wenigstens den vierten wieder instandsetzen, dann hätten wir zwei.«

»Aber wozu braucht ihr sie überhaupt?«

Hesekiel bedachte ihn mit einem so mitleidigen Blick, als hätte Nick ihn gerade gefragt, woher die Sonne jeden Morgen wußte, wann es Zeit zum Aufgehen wäre, dann deutete er durch die riesige Öffnung in der Höhlenwand ins Freie.

»Glaubst du, wir würden uns ausgerechnet *hier* niederlassen, um eine neue Menschheit zu gründen, wo uns doch eine ganze Welt zur Verfügung steht und wir uns ihren schönsten Flecken aussuchen können? Außerdem wären wir hier ständig von weiteren Zeitbeben bedroht. Nein, wir werden bestimmt nicht hierbleiben, sondern weit, weit wegziehen, tief ins Landesinnere. Wir haben lange überlegt, wie wir die Reise dorthin am besten bewältigen. Zu Fuß wäre sie zu anstrengend, zu gefährlich und würde auch zu lange dauern. Mit Fahrzeugen kämen wir wahrscheinlich an vielen Stellen nicht weiter, und es wäre ebenfalls ziemlich gefährlich. Am sichersten erschien uns noch der Weg durch die Luft. Mit Hubschraubern wären wir ständig vom Treibstoff abhängig, und wir würden viel zu viele brauchen. Die meisten von uns sind recht wohlhabend, aber das hätte unsere finanziellen Mittel weit überstiegen. Dann kamen wir auf die Idee mit den Ballons. In allen vieren hätten wir mitsamt unserer Ausrüstung bequem Platz gehabt, aber so ... Nun, wir werden sehen.«

Er schaute von den Ballons auf, als aus der Ferne ein Geräusch zu hören war. Auch Nick war für einen Moment irritiert. Obwohl er wußte, um was für ein Geräusch es sich handelte, wirkte es in dieser Umgebung so bizarr, so fremdartig, daß sich sein Verstand sekundenlang einfach weigerte, es als das zu begreifen, was es war.

Es handelte sich um einen Hubschrauber, der gar nicht weit entfernt dahinflog.

Ein Hubschrauber.

Hundertzwanzig Millionen Jahre in der Vergangenheit.

Erst nach Sekunden wurde sich Nick bewußt, daß sie

schließlich nicht die einzigen Menschen in dieser Zeit waren, aber Las Vegas lag so weit entfernt, daß es schon fast eine andere Welt war. Daß die Menschen dort Hubschrauber und anderes moderne technische Gerät haben könnten, hatte er sich so deutlich noch gar nicht vor Augen geführt, dabei war es nur logisch. Schließlich hatte das Militär in der Gegenwart durch die fast regelmäßigen Zeitbeben genügend Gelegenheit, alles benötigte Material herzuschicken.

Vermutlich führten die Leute hier Patrouillenflüge zu allen Bebengebieten durch, schon um nachzuprüfen, ob man ihnen eine neue Ladung mit Hilfsmitteln geschickt hatte.

Und damit stellte der Hubschrauber für Nick einen Weg dar, in die Zivilisation zurückzukehren, selbst wenn es in vielerlei Hinsicht sicherlich eine andere war, als er sie kannte.

Seine Gedanken mußten sich wohl deutlich auf seinem Gesicht gespiegelt haben, denn im gleichen Moment ergriff Hesekiel seinen Arm.

»Keine Dummheiten!« sagte er scharf. »Wir wollen uns nicht mit diesen Leuten herumstreiten. Sie befinden sich ebenfalls hier, aber sie sind keine Auserwählten, sondern stellen Relikte der Welt dar, der wir entfliehen wollen.«

Instinktiv wollte sich Nick zur Wehr setzen, um doch noch aus der Höhle zu stürmen, aber er konnte hören, daß sich der Hubschrauber bereits wieder entfernte. Mit größter Wahrscheinlichkeit würde ihn die Besatzung nicht mehr bemerken. Er mußte auf eine günstigere Gelegenheit warten, und er hoffte, daß sie schnell kommen würde.

»Aber warum sollte ich denn Dummheiten machen?« fragte er mit gespielter Unschuld. »Schließlich gehöre ich ja jetzt zu euch.«

»Das ist richtig«, erwiderte Hesekiel mit einer Betonung, die deutlich machte, daß er sich so leicht nichts vormachen ließ und Nicks Maske aus falscher Freundlichkeit mühelos durchschaute. »Du gehörst jetzt zu uns, auf Gedeih und Verderb.«

»Es ist kleiner«, murmelte Marc Littlecloud und starrte aus der Kanzel des Hubschraubers auf das Land hinab. »Ein viel kleineres Gebiet, als es den Berechnungen zufolge eigentlich hätte sein müssen.«

»Um etwa die Hälfte«, stimmte der Pilot ihm zu. »Und es ist nicht das erste Mal in genau dieser Gegend. Ich brauche wohl gar nicht erst zu fragen, ob du eine Erklärung dafür hast.«

»Ich wäre froh, aber ich bin nur Soldat und verstehe nicht viel davon. Bei einem Computer finde ich vielleicht den Knopf zum Anschalten, aber mehr kann ich mit einer solchen Kiste nicht anfangen. Aber die Rechner und die Programme, die Professor Schneider geschickt hat, sollen ziemlich zuverlässig sein, und bislang haben fast alle Berechnungen ja auch ziemlich genau ins Schwarze getroffen. Ich begreife das nicht.«

Er war von Las Vegas aus mit einem der mittlerweile drei ultramodernen Stingray-Hubschrauber, die ihnen zur Verfügung standen, zum Bebengebiet geflogen, um zu überprüfen, was General Pounder ihnen diesmal mit dem Zeitbeben geschickt hatte. Damit gerade bei größeren Beben keine lange Suche notwendig war, hatte es sich eingebürgert, daß den Lieferungen ein kleiner Peilsender beigefügt wurde. Diesmal jedoch waren keinerlei Peilimpulse zu empfangen.

»Ich kann mir kaum vorstellen, daß man uns diesmal gar nichts geschickt hat«, stellte Littlecloud fest. »Sonst können General Pounder und Konsorten doch kaum genug Material an uns loswerden. Mit dem Waffenarsenal, das sich mittlerweile bei uns angehäuft hat, könnte man ja fast schon einen Krieg führen.«

»Vielleicht wurden Schneider und Pounder auch davon überrascht, daß das Beben so schwach ausfiel«, spekulierte der Pilot. »Oder es blieb nicht genug Zeit. Siehst du den Ort da vorne? Den Karten zufolge dürfte das Beatty sein. Du weißt ja, was so eine Evakuierung für ein Chaos bedeuten kann.«

»Lande mal dort«, verlangte Littlecloud. »Zur Sicherheit

werden wir uns da genauer umsehen. Vielleicht finden wir in den Häusern noch Sachen, die uns nützlich sein können. Oder irgend jemand hat es wieder mal nicht rechtzeitig geschafft, von dort zu verschwinden.«

Es wäre nicht das erste Mal, daß so etwas passierte. Gerade während der ersten Zeit waren häufig Menschen mit in den Einfluß der Beben geraten. Entweder irgendwelche Neugierige, die sich trotz aller Warnungen in die bedrohten Gebiete geschlichen hatten, oder Besitzer von kleinen Farmen oder Gehöften, die sich geweigert hatten, diese zu verlassen, und sich statt dessen irgendwo versteckt hatten. Ein paarmal waren sie sogar auf einige – vor allem ältere – Leute gestoßen, die geglaubt hatten, den Zeitbeben entkommen zu können, indem sie einfach in den Kellern ihrer Häuser Schutz suchten.

Noch bevor die gezielten Materiallieferungen begonnen hatten, war dies für Littlecloud und Mainland ein Grund gewesen, in jedes Bebengebiet Kontrollflüge durchführen zu lassen. Ein paarmal war es ihnen dadurch schon gelungen, Menschen zu retten, die anderenfalls mit Sicherheit verloren gewesen wären.

»Anschließend sehen wir uns noch dieses seltsame Camp vor der Stadt an«, fuhr Littlecloud fort. »Es kommt mir ziemlich merkwürdig vor, daß man teure Wohnmobile, die problemlos wegzufahren wären, bei einer Evakuierung so einfach stehen läßt.«

»Und was ist mit den Dankwarts?«

Die Dankwarts waren Paläontologen, ein Wissenschaftlerehepaar, das hier im Osten des aus der Gegenwart stammenden Gebietes auf einer Farm lebte und Studien über Saurier betrieb. Bei Patrouillenflügen in diese Gegend wurde stets eine Zwischenlandung bei ihnen eingeplant, um sich zu vergewissern, ob alles in Ordnung wäre und ob sie etwas brauchten, das beim nächsten Flug dann mitgebracht werden konnte.

Von Zeit zu Zeit kam ihr kleiner Sohn Alex zu Besuch und blieb ein paar Tage oder Wochen, wie es auch gegenwärtig der Fall war. Damit er nicht nur in Gesellschaft seiner Eltern in dieser Einöde aufwuchs, verbrachte er die übrige Zeit bei einer Familie in Las Vegas, wo er gleichaltrige Spielkameraden hatte und zusammen mit ihnen in einer provisorisch eingerichteten Schule unterrichtet wurde.

»Wir sehen auf dem Rückweg kurz bei ihnen vorbei und erkundigen uns nur, ob sie etwas brauchen. Bis zum Einbruch der Dunkelheit können wir dann wieder in Vegas sein.«

Langsam flog der Hubschrauber auf den verlassenen Ort zu und sank dabei tiefer.

Die folgende Stunde war für Nick relativ langweilig. Er schlenderte ziellos umher, wobei er sich von den Pilgern weitgehend fernhielt, ihnen höchstens gelegentlich bei einigen Arbeiten kurz zusah.

Er wollte mit seinen Gedanken allein sein und grübelte darüber nach, was er als nächstes unternehmen sollte. Einfach durch die riesigen Höhlenöffnungen davonzurennen, wäre ihm ein paarmal möglich gewesen, doch hätte er damit höchstwahrscheinlich sein eigenes Todesurteil unterschrieben.

Die Pilger hätten ihn nicht einmal verfolgen müssen; allein und ohne Waffen hätte er in der Wildnis dort draußen kaum eine Überlebenschance gehabt. Bei weitem nicht alle Saurier waren so harmlos wie die beiden Apatosaurier am Ufer des Flusses, die ihr Mahl inzwischen beendet hatten und schwerfällig weitergezogen waren.

Nicks größte Chance war Hilfe von außen, aber die war so bald wohl kaum zu erwarten, nachdem der Hubschrauber weitergeflogen war. Irgendwie mußte er einen Weg finden, aus eigener Kraft nicht nur von hier wegzukommen, sondern auch Kontakt zu anderen Menschen zu erhalten.

Auch Nicole spürte, daß er für eine Weile allein sein wollte, und hielt sich von ihm fern. Statt dessen half sie ihren Gefährten, die damit beschäftigt waren, die Schäden, die durch das Einstürzen der Decke entstanden waren, zu beheben. In erster Linie mußte kontrolliert werden, welche der mitgeführten Sachen beschädigt waren oder die Reise in die Vergangenheit erst gar nicht mitgemacht hatten, so wie die beiden fehlenden Pilger, die in dem Teil der Höhle gestanden hatten, der von dem Zeitbeben nicht mehr erfaßt worden war.

Hesekiel selbst stand mit einigen seiner Gefolgsleute zusammen und diskutierte mit ihnen darüber, wie es überhaupt dazu gekommen war, daß es diese Schwierigkeiten gegeben hatte. Das war eine Frage, die auch Nick auf der Seele brannte. Nach dem, was Deputy Jennings gesagt hatte, hätte ein weit größeres Gebiet, das auch das gesamte Höhlensystem umfaßt hätte, von dem Zeitbeben betroffen sein müssen.

Antworten auf diese Frage aber wußte freilich auch Hesekiel nicht.

Die meisten der Pilger jedoch waren damit beschäftigt, die beschädigten Ballongondeln wieder zu reparieren. Sie wußten, daß sie ihre Pläne ohne die Gondeln nicht wie vorgesehen würden verwirklichen können, vielleicht sogar gar nicht. Ballons ließen sich nicht so leicht wie andere Fluggefährte steuern, sie waren dem Wind in wesentlich stärkerem Maße ausgeliefert. Dadurch war es praktisch unmöglich, daß ein paar der Pilger schon einmal vorausflogen, nach einem Platz suchten, an dem sie sich niederlassen wollten, und die anderen später mit dem gleichen Ballon nachholten.

Da zumindest zwei der Ballongondeln unrettbar zerstört worden waren, fragte sich Nick ohnehin, wie Hesekiel den Exodus ins gelobte Land durchführen wollte. Selbst wenn es den Pilgern gelang, die zweite Gondel wieder herzurichten, würden die beiden nicht ausreichen, daß sie mitsamt der Vorräte und sonstigen Hilfsmitteln alle darin Platz fanden. Selbst wenn alles Material zurückgelassen wurde und die Menschen sich wie die Ölsardinen zusammendrängten, würde es wahrscheinlich nicht klappen.

Dieses Thema schien jedoch tabu zu sein, jedenfalls

wurde es von niemandem angesprochen. Entweder verdrängten die Pilger es schlichtweg, oder sie hatten irgendeinen Plan, von dem Nick bislang nichts wußte.

Nach einiger Zeit entstand leichte Unruhe unter den Pilgern. Nick ging zu Nicole hinüber, die ein Stück entfernt stand.

»Was ist denn los?« erkundigte er sich.

»Wir haben festgestellt, daß wir einen großen Teil unseres Trinkwassers verloren haben«, erklärte sie. »In einer anderen Höhle hatten wir große Behälter gelagert. Ausgerechnet von den beiden größten sind Teile durch das Zeitbeben abgetrennt worden, und das ganze Wasser ist ausgelaufen.«

»Ist doch kein großes Problem. Im Fluß da draußen ist genug Wasser.«

»Diese braune Brühe? Wahrscheinlich tummeln sich alle möglichen Bakterien darin, und was sonst noch da rumschwimmt, daran will ich lieber erst gar nicht denken. Ich trinke jedenfalls keinen Schluck davon.«

»Und was jetzt?«

»Mein Vater will ein paar Freiwillige als Erkundungstrupp losschicken, die sich in der Umgebung mal ein bißchen umsehen und nach einer Quelle suchen sollen.«

»Hört sich vernünftig an. Ich werde mitgehen«, entschied Nick spontan.

Nicole sah ihn erschrocken an.

»Aber das ist bestimmt gefährlich«, stieß sie hervor.

»Ich weiß.« Nick zuckte mit den Schultern. »Aber wahrscheinlich ist hier kein einziger Schritt ohne Risiko. Was glaubst du, warum ich mich entschlossen habe, doch mit euch zu gehen – außer wegen dir natürlich? Mich hat schon immer das Abenteuer gereizt, und in dieser Hinsicht hatte Beatty nicht eben übermäßig viel zu bieten.«

»Aber deshalb brauchst du dich doch jetzt nicht blindlings in jede Gefahr zu stürzen. Bitte, Nick, tu es nicht, bleib hier.«

Er schüttelte den Kopf und senkte den Blick, weil er es nicht mehr ertrug, ihr direkt in die Augen zu sehen. Den wahren Grund, warum er sich dem Erkundungstrupp anschließen wollte, konnte er ihr schließlich nicht sagen. Ihm ging es nicht um das Abenteuer oder die Gefahr.

In Wahrheit hoffte er darauf, daß ihm diese Expedition eine Chance bieten würde, sich irgend jemandem bemerkbar zu machen. Vielleicht würde er dort draußen entdeckt werden, falls der Hubschrauber zurückkehrte, auf jeden Fall eher, als wenn er nur tatenlos hier herumsaß und Däumchen drehte.

Nach ein paar Sekunden drehte er sich abrupt um und eilte davon. Er fand Hesekiel in einer Nebenhöhle, wo dieser sich mit sechs Männern unterhielt, die allesamt Gewehre in den Händen hielten. Anscheinend handelte es sich um die Freiwilligen, die sich bereits für den Erkundungstrupp gemeldet hatten.

»... eine Quelle entdecken solltet, dann kommt sofort zurück und markiert den Weg dorthin«, hörte Nick den Sektenführer sagen, als er die Höhle betrat. »Und denkt daran, daß ihr keinerlei unnötiges Risiko eingeht. Das ist die Sache nicht wert. Für gut einen Tag haben wir noch genug Wasser.« Er unterbrach sich, als er sah, daß Nick näherkam. »Was gibt es?«

»Ich möchte mitgehen«, sagte Nick geradeheraus.

»Das kommt nicht in Frage«, erwiderte Hesekiel.

»Und warum nicht? Haben Sie Angst, daß ich im Dschungel draußen weglaufen könnte?« erkundigte sich Nick bewußt provozierend. »Ich weiß, daß Sie mir nicht trauen, aber wenn Sie vorhaben, mich bis zum Ende meines Lebens in einen goldenen Käfig zu sperren, kann ich mir auch direkt einen Strick nehmen und mich aufhängen. Was soll ich da draußen schon groß anstellen, das Ihnen in irgendeiner Form schaden könnte? Sie sind da, wo Sie hinwollten, in der Urzeit. Was sollte es die Leute in Las Vegas kümmern, was wir hier treiben?«

Er hoffte ganz entschieden, daß dies nicht so sein würde, aber seine Worte erreichten ihr Ziel, Hesekiel zögern zu lassen.

»Es geht nicht darum, dich gefangenzuhalten«, entgegnete er nach kurzem Zögern unschlüssig. »Aber meine Tochter mag dich sehr, und ich möchte nicht, daß sie sich grämt, wenn dir etwas passieren sollte. Sie würde mir zu recht Vorwürfe machen, wenn ich es erlauben würde.«

»Demnach schätzen Sie mein Leben höher ein als das der anderen Menschen, die Ihnen gefolgt sind? Sie haben keine Skrupel, die anderen einer Gefahr auszusetzen, aber bei mir haben Sie zu große Bedenken, nur weil ich mit Ihrer Tochter befreundet bin? Sind das Ihre Vorstellungen von einer neuen Menschheit, einer Gemeinschaft, in der alle frei und gleichberechtigt sein sollen?«

Nick wußte, daß er ein gefährliches Spiel betrieb, aber er hatte schon zu lange stillgehalten. Es wurde Zeit, daß er darum kämpfte, nicht mehr als Gefangener behandelt zu werden, und wie es schien, erreichte er auch diesmal sein Ziel.

Die Pilger begannen, leise miteinander zu tuscheln, und der Ausdruck auf ihren Gesichtern war nicht eben freudig. Nick hatte es geschafft, Hesekiels Autorität zu untergraben und ihn in eine Ecke zu drängen, aus der es für ihn nur einen Ausweg gab.

»Also gut«, gab der Sektenführer schließlich nach, wobei es ihm nur mit Mühe gelang, seinen Zorn zu verbergen. »Wenn du unbedingt darauf bestehst, dich dem Erkundungstrupp anzuschließen, dann meinetwegen. Ich hoffe, du kannst wenigstens mit einem Gewehr umgehen?«

»Einigermaßen«, behauptete Nick. »Mein Vater war ein begeisterter Jäger und hat mich als Kind manchmal mitgenommen. Ich habe schon ziemlich früh gelernt, wie man schießt.«

»Das ist immerhin schon mal etwas.« Hesekiel gab einem der Männer einen Wink. »Gebt ihm ein Gewehr. Aber ich warne dich, Nick. Wenn du versuchst, uns irgendwelche Schwierigkeiten zu machen, dann wirst du einmal erleben, was es heißt, wenn ich ungemütlich werde. Und das ist keine leere Drohung, sondern ein Versprechen, darauf kannst du dich verlassen.« Es gelang Nick nur mit äußerster Mühe, seinem bohrenden Blick standzuhalten, aber er schaffte es.

»Nichts«, murmelte Littlecloud kopfschüttelnd.

»Was hast du denn erwartet?« wollte sein Begleiter wissen. »Irgend etwas Bestimmtes?«

»Ich weiß nicht. Irgend etwas eben. Die Sache kam mir komisch vor, und das tut sie noch. Mehr sogar noch als zuvor.«

Er ließ seinen Blick durch die Straßen des kleinen Camps schweifen. Zwischen vierzig und achtzig Leute mochten hier gelebt haben. Da sämtliche Unterkünfte vollständig leergeräumt waren, ließ sich nur noch grob schätzen, wie viele Menschen darin gewohnt hatten.

Gerade das jedoch hatte sein Interesse geweckt. Die Siedlung bot eine seltsame Mischung aus Wohncontainern, eher behelfsmäßig zusammengezimmerten Hütten und einigen teuren Luxus-Wohnmobilen, als hätten sich Menschen unterschiedlichster Einkommensschichten aus irgendeinem Grund hier gemeinsam niedergelassen.

Überrascht worden waren sie von dem Zeitbeben ganz offensichtlich nicht, sonst hätten sie nicht ihre sämtlichen Besitztümer so gründlich ausräumen und mitnehmen können. Warum jedoch hatten sie es überhaupt getan? Bei den Containern und Hütten war es klar, nicht aber bei den Wohnmobilen. Jedes von ihnen war mehr wert, als Littlecloud früher im Jahr verdient hatte.

Irgendwie paßte das ganze Bild nicht richtig zusammen. Wem Geld so gleichgültig war, daß er solche Vermögenswerte einfach zurücklassen konnte, statt damit wegzufahren, der räumte nicht vorher jede noch so wertlose Kleinigkeit aus, um diese mit sich zu nehmen. Und man mußte schon sehr reich sein, damit Geld einem so gleichgültig werden konnte, oder aber man ging irgendwohin, wo Reichtümer einem nichts mehr nutzten.

Für einen ganz kurzen Moment hatte Littlecloud das Gefühl, der Lösung des Rätsels ganz nahe gekommen zu sein, aber der Gedanke entglitt ihm, noch bevor er ihn richtig zu greifen bekam.

Noch ein letztes Mal blickte er sich um, dann ging er zusammen mit dem Piloten zum Hubschrauber zurück.

»Ich weiß, du willst zurück nach Hause, aber auch wenn du mir dafür die Pest an den Hals wünschst, du wirst dich noch etwas gedulden müssen«, sagte er, während er in die Maschine kletterte. »Irgend etwas ist hier faul. Wir werden uns die Umgebung noch mal genauer ansehen.«

Eine unangenehme Überraschung erwartete Nick, als er sah, daß Hesekiel sein Priestergewand ausgezogen hatte, nun derbe Stiefel, eine dunkle Hose und ein ebenfalls dunkles Hemd trug und sich ihm mit einem Gewehr in der Hand näherte.

»Ich habe mich anders entschieden«, verkündete er. »Nick hatte recht, was die Verteilung von Verantwortung betrifft. Mir ist bewußt geworden, daß es nicht richtig wäre, andere zu einem gefährlichen Unterfangen hinauszuschicken und selbst hier in Sicherheit zurückzubleiben. Aus diesem Grund werde ich selbst mit gutem Beispiel vorangehen. Sollte es in der Zwischenzeit irgendwelche Schwierigkeiten geben, dann wendet euch an Wedge.«

Seine Erklärung löste leichte Unruhe unter den Pilgern aus. Anscheinend hatten sie sich völlig auf Hesekiel fixiert, und die Vorstellung, unter Umständen mehrere Stunden ohne ihren Propheten hier zurückbleiben zu müssen, gefiel ihnen gar nicht, doch keiner wagte es, offen gegen diesen Entschluß zu protestieren.

Auch Nick gefiel es nicht, daß Hesekiel sich ihnen anschließen würde, allerdings aus anderen Gründen. Für ihn gab es kaum einen Zweifel, daß der Sektenführer es in erster Linie tat, um ihn besser kontrollieren zu können, aber damit mußte er sich abfinden.

Ein paar Minuten später brachen sie auf. Hesekiel führte den Trupp an. Sie gingen zunächst in Richtung des Flusses, wagten es aber nicht, ganz bis zum Ufer zu gehen, wo es keinerlei Deckung für sie gab. Hier hingegen schützten die zu einem großen Teil mehr als mannshohen Farngewächse sie einigermaßen vor einer Entdeckung.

Anders als Nick zunächst befürchtet hatte, war es nicht besonders schwer, sich im Dschungel vorwärtszubewegen. Abgesehen von den verschiedenen Farngewächsen gab es kaum Unterholz, und vielfach war es flachgetrampelt worden. Wenn sich Kolosse wie die riesigen Apatosaurier, die sie vorhin gesehen hatten, durch einen solchen Wald bewegten, dann hinterließen sie breite Schneisen, in denen die Menschen problemlos vorankamen.

Hier im Wald waren die mannigfachen Geräusche noch viel zahlreicher, und vor allem klangen sie unheimlicher. Mehr als einmal zuckte Nick zusammen, und eine Gänsehaut lief über seinen Rücken, wenn irgendwo Gebrüll von Sauriern erklang, aber den anderen Pilgern, Hesekiel eingeschlossen, erging es nicht anders. Sie bewegten sich langsam und so leise wie möglich, und ihre Nervosität war überdeutlich zu spüren. Keiner von ihnen sprach ein Wort.

Einige Male war ganz in ihrer Nähe das Knacken von Zweigen zu hören. Sicherheitshalber suchten sie jedesmal Schutz in den Büschen, und wenn es auch meistens unnötig war, weil es sich um winzige Tiere handelte, die mehr Angst vor ihnen als umgekehrt hatten, so rettete ihre Vorsicht ihnen zumindest zweimal das Leben.

Einmal zogen gar nicht weit von ihnen entfernt vier der gefährlichen Deinonychus' vorbei, die mehrere kleinere Tiere hetzten. Der Anblick der blutrünstigen Killersaurier jagte Nick einen Schauer über den Rücken.

Die Deinonychus' waren die wohl bösartigsten und intelligentesten Raubbestien.

Seit der Entstehung von DINO-LAND hatten sie allein schon mehr menschliche Todesopfer gefordert als alle anderen Saurier zusammen, und jetzt, da sich Nick kaum ein

Dutzend Meter von ihnen entfernt befand, konnte er es sich auch gut vorstellen.

Die großen Raubechsen sahen nicht nur ungeheuer bedrohlich aus, sondern bewegten sich auch mit einer kaum vorstellbaren Schnelligkeit, und obwohl er wußte, daß die Augen von Tieren keine Gefühle ausdrücken konnten, glaubte er in denen der Deinonychus' blanke Mordlust zu entdecken.

Etwa eine Viertelstunde später gerieten sie erneut in eine brenzlige Situation und mußten sich im Gebüsch verbergen. Diesmal war das Bersten und Brechen der Zweige wesentlich lauter, und sogar der Boden bebte leicht unter den Schritten des sich nähernden Sauriers, der aus dem Wald hervorbrach.

Auch diesmal lief Nick ein Schauer über den Rücken, obwohl es sich nur um ein einzelnes Tier handelte, dafür aber um einen rund sechs Meter hohen und gut zehn Meter langen Allosaurus, einem Vetter des berühmten Tyrannosaurus Rex, der diesem allerdings in nichts nachstand, sondern mit seinen längeren und kräftigeren Vorderarmen beinahe noch wilder und gefährlicher aussah.

Als er die Schneise erreichte, stieß er ein dumpfes Grollen aus und entblößte dabei mörderische Reißzähne, zwischen denen noch blutige Fetzen seiner letzten Mahlzeit hingen. Sein Witterungsvermögen schien glücklicherweise nicht gut ausgeprägt zu sein, denn er schien die Menschen nicht wahrzunehmen.

Oder er war bereits satt und kümmerte sich deshalb nicht um die Witterung, denn ohne auch nur einen Moment langsamer zu werden, verschwand er auf der anderen Seite der Schneise wieder im Dickicht.

Erleichtert kamen die Pilger wieder aus ihrem Versteck hervor und setzten ihren Weg fort.

Nach einiger Zeit stießen sie auf einen kleinen Bach, der dem Fluß zuströmte und wahrscheinlich in ihn mündete. Sie folgten ihm in entgegengesetzter Richtung, da sie hofften, daß seine Quelle nicht allzu weit entfernt lag.

Etwa eine halbe Meile weit folgten sie dem Lauf des Baches, dann hatten sie das Ende des Wäldchens erreicht. Die Nadelbäume und Koniferen wurden seltener, die Abstände zwischen ihnen größer, bis sich der inzwischen kaum noch zwei Handspannen breite Bach nur noch zwischen Moos, niedrigen, grasähnlichen Halmgewächsen und vereinzelten großen Farnbüschen hindurchschlängelte.

Nick taten die Füße weh. Sie hatten inzwischen sicherlich zwei Meilen zurückgelegt, und er war längere Fußmärsche nicht gewohnt, schon gar nicht in solchem Gebiet. Dennoch wagte er nicht, eine Pause vorzuschlagen. Mit etwas Glück war es nicht mehr weit bis zur Quelle.

Wie es jedoch aussah, war die Glücksgöttin gerade anderweitig zu sehr beschäftigt und fand keine Zeit, sich um Nick zu kümmern. Nach einer weiteren Viertelstunde hatten sie die Quelle immer noch nicht erreicht, aber da sich auch einige der anderen Pilger mittlerweile kaum noch auf den Beinen halten konnten, hatte Hesekiel ein Einsehen und ordnete eine Rast an. Ermattet ließen sie sich zu Boden sinken.

Aus der erhofften Ruhepause wurde jedoch nichts. Schon nach kaum einer Minute stieß ein Mann, den Hesekiel als Posten eingeteilt hatte, einen erschrockenen Ruf aus. Nick fuhr hoch und blickte in die Richtung, in die der Mann zeigte.

Ein äußerst merkwürdiges Tier war aus einem riesigen Farngebüsch etwa zwei-, dreihundert Meter entfernt hervorgebrochen. Im ersten Moment erinnerte es Nick an einen Vogel Strauß, aber dafür war es viel zu groß. Es mochte gut doppelt mannshoch sein, wobei allein seine Beine fast drei Meter ausmachten. Sein Kopf, der auf einem schlangenartigen Hals ruhte, endete in einem langen, spitzen Schnabel.

Nick hatte die Abbildung eines solchen Tieres schon in einem Buch gesehen. Wenn er sich recht erinnerte, hatte man der Spezies den Namen Deinocheirus verliehen. Ein lebendes Exemplar hatte bislang noch niemand zu Gesicht bekommen, und auch Nick hätte auf dieses zweifelhafte

Vergnügen liebend gern verzichten können, zumal das Tier einen äußerst angriffslustigen Eindruck machte.

Mit langen, stelzigen Schritten kam es näher, wobei es schreckenerregende krächzende Laute ausstieß. Der lange Hals schwang rhythmisch vor und zurück.

»Schießt ihn ab!« brüllte Hesekiel.

Die meisten Pilger legten bereits auf den heranstürmenden Saurier an. Nick warf einen raschen Blick nach links und rechts und erschrak, als er sah, wie ungeschickt die Männer mit ihren Waffen umgingen. Die meisten von ihnen schienen kaum zu wissen, wie man ein Gewehr benutzte, das war bereits an der Art zu erkennen, wie sie es hielten. So hatten sie kaum eine Chance, zu treffen.

Sorgfältig zielte er auf den Kopf des Deinocheirus. Es war ein schwer zu treffendes Ziel, da der Schädel ständig hin und her pendelte.

Noch während Nick zielte, donnerten bereits beiderseits von ihm Schüsse los. Nur eine einzige Kugel traf den Leib des Sauriers, sämtliche anderen Schüsse gingen ins Leere. Nick hatte kaum etwas anderes erwartet, und der Treffer schien die Wut des Sauriers nur noch mehr angestachelt zu haben.

Auch Nick drückte ab, und ihm gelang das fast Unmögliche. Seine Kugel traf den Deinocheirus am Schädel. Blut schoß aus der Wunde, doch statt zu fallen, bäumte sich der Saurier mit einem schrillen Schrei auf – und rannte weiter. Nick konnte sehen, daß er nur einen Streifschuß gelandet hatte. Er ließ sich zur Seite fallen und suchte Schutz in einer kleinen Erdmulde hinter einem Busch.

Drei, vier der anderen Pilger, unter ihnen Hesekiel, taten es ihm gleich, die übrigen waren vor Schrecken wie gelähmt. Zwei versuchten vergeblich, erneut auf den Saurier anzulegen, nachdem sie durch den Rückschlag ihrer Waffen fast das Gleichgewicht verloren hätten.

Der Deinocheirus rannte einen von ihnen einfach nieder. Die scharfen, fingerlangen Krallen an seinen Füßen rissen den Leib des Mannes auf. Gleichzeitig stieß der Saurier seinen Kopf nach unten. Der Schnabel klaffte auf und gab den Blick auf krokodilartige, spitze Zähne frei, die sich gleich darauf in den Hals des zweiten Mannes bohrten.

Nick wollte entsetzt den Blick abwenden, doch alles ging viel zu schnell, als daß er hätte reagieren können.

Einer der Pilger hatte sein Gewehr am Lauf gepackt und hieb damit wie mit einer Keule nach den Beinen des Sauriers. Es gab ein lautes Knacken, als würde Holz zerbrechen. Der Deinocheirus schrie schmerzerfüllt auf und ließ seinen Schädel erneut nach unten zucken. Diesmal öffnete er den Schnabel erst gar nicht, sondern stieß damit zu. Wie ein Dolch bohrte er sich in die Brust des Pilgers, so tief, daß er fast am Rücken wieder heraustrat.

Doch schon im nächsten Augenblick brach auch der Deinocheirus zusammen. Das zerschmetterte Bein versagte ihm den Dienst, und es gelang ihm nicht mehr, auf dem anderen das Gleichgewicht zu halten. Doch auch am Boden war er immer noch ein furchtbarer Gegner. Wild schlug er mit seinem unverletzten Bein um sich, traf mit seinen Krallen einen weiteren Pilger und tötete ihn.

Sein Schädel befand sich kaum zwei Armlängen von Hesekiel entfernt. Haßerfüllt starrte er den Pilgerführer aus seinen fast faustgroßen Augen an und bog den Schädel zum tödlichen Stoß zurück.

Hesekiel versuchte verzweifelt, auf die Beine zu kommen, um sich in Sicherheit zu bringen, doch in seiner Hast glitt er aus und stürzte zurück.

Am Boden liegend wälzte sich Nick herum und riß das Gewehr hoch. Eine neue Patrone hatte er bereits in den Lauf gehebelt. Ihm blieb nicht viel Zeit zum Zielen, doch unmittelbar bevor er zustoßen wollte, hielt der Saurier seinen Schädel für knapp eine Sekunde völlig still. Diese Zeit reichte Nick.

Seine Kugel drang genau in die Mitte des Hinterkopfes und tötete den Deinocheirus augenblicklich. Lediglich seine Gliedmaßen zuckten noch einmal, dann blieb das Tier regungslos liegen.

Seitdem einer der Männer den Saurier entdeckt hatte, waren kaum fünfzehn Sekunden vergangen. Innerhalb dieser kurzen Zeitspanne waren vier Pilger, die Hälfte ihres kleinen Trupps, getötet worden.

Unsicher richtete Nick sich auf. Jetzt, nachdem alles vorbei war, wirkte der Schock erst nach. Er zitterte so stark, daß seine Beine kaum das Gewicht seines Körpers zu tragen vermochten.

Den anderen erging es genauso. Blankes Entsetzen stand in ihren Gesichtern geschrieben, auch in dem Hesekiels. Mit taumelnden Schritten kam er zu Nick herüber und legte ihm die Hand auf die Schulter.

»Danke«, stieß er keuchend hervor. »Du ... du hast mir das Leben gerettet.«

Nick antwortete nicht. Sein Blick ging an Hesekiel vorbei, und seine Augen weiteten sich vor Schrecken.

Es war noch nicht vorbei. Im Gegenteil.

Der Deinocheirus war nicht allein gewesen. Ein zweites Tier stürmte mit weit ausgreifenden Schritten heran, um den Tod seines Gefährten zu rächen.

Nick rannte so schnell wie noch nie zuvor in seinem Leben, genau wie Hesekiel und die beiden anderen Pilger, aber er wußte, daß er nicht schnell genug sein würde. Ihre einzige Chance, dem zweiten Deinocheirus zu entkommen, bestand darin, daß sie im Dschungel untertauchten, doch der Waldrand lag noch viel zu weit entfernt, und der Saurier bewegte sich ungleich schneller als sie. Er würde sie einholen, lange bevor sie die ersten Bäume erreichten.

Obwohl er wußte, daß er damit nur wertvolle Sekundenbruchteile vergeudete, warf Nick von Zeit zu Zeit einen Blick über die Schulter zurück und erschrak jedesmal erneut darüber, wie schnell ihr Vorsprung vor dem heranstürmenden Deinocheirus zusammenschmolz. Das Tier befand sich kaum noch zwanzig Meter hinter ihnen.

Es wäre völlig sinnlos, auf ihn zu schießen. Schon das

erste Tier hatte Nick kaum getroffen, während es lief, und jetzt zitterten seine Hände, und er war so erschöpft, daß es ihm kaum gelingen würde, mit dem Gewehr überhaupt zu zielen.

Das Blut rauschte in seinen Ohren, und als er das fremde Geräusch schließlich hörte, hielt er es im ersten Moment für Einbildung. Dann aber warf er einen weiteren Blick zurück und entdeckte den Hubschrauber, der sich dem Deinocheirus von hinten näherte.

Im nächsten Augenblick rächte es sich, daß er nicht aufpaßte, wohin er rannte. Mit dem Fuß blieb er an einer Wurzel oder einem Erdhügel hängen, verlor das Gleichgewicht und stürzte der Länge nach hin.

Noch während er fiel, hörte er, wie die Maschinengewehre des Hubschraubers losratterten. Der Deinocheirus schrie auf. Mindestens ein, zwei Dutzend Kugeln schüttelten seinen Körper durch und rissen ihn von den Beinen. Das Tier mußte bereits tot sein, noch bevor es zu Boden stürzte.

Ein Stück entfernt sank der Hubschrauber tiefer, bis er mit den Kufen fast auf dem Boden aufsetzte.

»Werfen Sie ihre Waffen weg und kommen Sie her, damit wir Sie an Bord nehmen können«, ertönte die megaphonverstärkte Stimme des Piloten. »Und beeilen Sie sich, bevor noch mehr dieser Ungeheuer auftauchen.«

Nick rappelte sich auf und wollte auf den Hubschrauber zugehen, als ein weiterer Schuß fiel. Kaum einen Meter von dem Helikopter entfernt schlug die Kugel in den Boden.

»Verschwinden Sie!« brüllte Hesekiel. »Wir wollen Ihre Hilfe nicht. Hauen Sie ab!«

Für ein paar Sekunden starrte Nick ihn fassungslos an, dann ging er weiter auf die Maschine zu.

Ein zweiter Schuß ertönte, und diesmal fuhr die Kugel nur ein Stück neben seinen Füßen in den Boden.

»Stehenbleiben!« rief Hesekiel. »Wenn du noch einen Schritt weitergehst, trifft dich die nächste Kugel.«

»Sie sind ja völlig wahnsinnig!« keuchte Nick, blieb aber stehen. Die anderen beiden Pilger verhielten sich völlig passiv; von ihnen war keine Hilfe zu erwarten. »Ich habe Ihnen vor ein paar Minuten das Leben gerettet! Der Hubschrauber kann uns sicher zurückbringen.«

»Wir schaffen es auch so. Laß dein Gewehr fallen.«

Nick blieb nichts anderes übrig, als dem Befehl widerstrebend nachzukommen. Er traute es Hesekiel durchaus zu, ihn einfach zu erschießen.

Ein uniformierter Mann sprang aus der Maschine und kam auf sie zu.

»Wer zum Teufel sind Sie, und was soll das bedeuten?« rief er. »Wir haben gerade Ihren Arsch gerettet, falls Sie das nicht bemerkt haben. Hier wimmelt es nur so von blutgierigen Bestien. Also kommen Sie endlich!«

Hesekiel schoß in die Luft und richtete das Gewehr dann auf den Soldaten.

»Steigen Sie wieder ein und verschwinden Sie!« befahl er. »Wir wollen Ihre Hilfe nicht.«

»So seien Sie doch vernünftig«, beschwor ihn der Mann. »Allein haben Sie hier draußen in der Wildnis keine Chance.«

Kommentarlos schoß Hesekiel noch einmal. Diesmal verfehlte sein Schuß den Uniformierten nur um eine knappe Armlänge.

»Also gut«, rief der Unbekannte. »Wenn Sie sich nicht helfen lassen wollen, können wir Sie nicht zwingen. Aber wir sehen uns wieder, verlassen Sie sich darauf. Vorausgesetzt, Sie leben dann noch.«

Hilflos mußte Nick mitansehen, wie der Mann wieder in den Hubschrauber kletterte und dieser gleich darauf abhob. Die Maschine entfernte sich ein Stück und verharrte dann in der Luft.

»Diese Idioten«, schnaubte Hesekiel. »Sie glauben, Sie könnten uns beobachten. Spätestens im Dschungel verlieren sie unsere Fährte.« Er richtete das Gewehr erneut auf Nick. »Na los, mein Junge. Worauf wartest du noch? Du gehst von jetzt an vor, damit ich dich stets im Blickfeld habe.«

Nick bedachte ihn mit einem haßerfüllten Blick, sah noch

einmal kurz zu dem Hubschrauber hinüber und setzte sich widerstrebend in Bewegung.

Diese Chance war vertan, aber es würde eine neue kommen.

Wenigstens hoffte er das.

Epilog

Am frühen Abend erreichte der Möbelwagen das Haus in Phoenix, Arizona, das William Doefield schon vor zwei Wochen gekauft hatte. Mit seinem Privatwagen waren er, seine Frau Jamie und sein Sohn Frank dem Möbelwagen von Beatty aus vorausgefahren.

Es war eine anstrengende Fahrt gewesen. Selbst die Klimaanlage des Wagens war mit der Hitze kaum fertig geworden, aber viel schlimmer war Frank gewesen.

Kurz vor der Abreise war die Katze des Jungen spurlos verschwunden, und ihnen war keine Zeit geblieben, erst lange nach ihr zu suchen. Frank hing an ihr, wie ein Kind nun einmal an seinem Haustier hing, und er hatte bitterlich geweint. Auch das Versprechen, daß er eine neue Katze bekäme, hatte ihn nicht trösten können.

William Doefield war heilfroh, als sie ihr Ziel endlich erreicht hatten. Während er einen der beiden Möbelpacker durch das neue Haus führte, um ihm zu erklären, wohin wenigstens die größten Möbelstücke zu bringen wären, öffnete dessen Kollege den Fachtraum des Lastwagens.

Er starb so schnell, daß er nicht einmal begriff, was ihn getötet hatte.

Buch 8

AUFBRUCH INS UNGEWISSE

27. Mai

Heute abend habe ich damit begonnen, dieses Tagebuch zu führen. Mein Name ist Nick Petty. Ich bin einundzwanzig Jahre alt und wuchs in Beatty auf, einem kleinen verschlafenen Nest in Nevada, wo ich bis gestern ein ganz normales Leben führte. Ein Leben, von dem ich nun rund hundertzwanzig Millionen Jahre entfernt bin!

Ich werde versuchen, die Ereignisse der letzten Zeit so knapp wie möglich zusammenzufassen, auch wenn ich die Wunder dieser neuen Welt kaum selbst begreifen kann ...

Schon vor fast einem halben Jahr hatte eine Gruppe von rund fünfzig merkwürdigen Sonderlingen ein paar Meilen von Beatty entfernt eine Siedlung errichtet. Wie ich mittlerweile weiß, handelt es sich um eine Sekte, deren Mitglieder sich selbst als ›Pilger‹ bezeichnen und von einem mysteriösen Mann namens Hesekiel angeführt werden. Seine Tochter Nicole kam gelegentlich in Mister Blowers Laden, wo ich arbeitete, zum Einkaufen, ein wunderhübsches Mädchen mit einem engelsgleichen Gesicht und langen goldenen Haaren.

Ich mußte mehr über sie herausfinden, denn ich befürchtete, daß man sie durch Drogen, Gehirnwäsche oder andere Methoden beeinflußt haben könnte, da sie – jedenfalls nach meiner Meinung – ziemlich wirres Zeug über den Untergang der Welt und eine Pilgerfahrt ins gelobte Land erzählte, die kurz bevorstünde.

Ich schlich mich vergangene Nacht in die Siedlung ein, doch ich wurde erwischt und von den Pilgern gefangengehalten. Ihr »gelobtes Land« lag in der Urzeit. Als Beatty wegen eines bevorstehenden Zeitbebens evakuiert wurde, versteckten sie sich in einem unterirdischen Höhlensystem, in dem sie alle möglichen Vorräte gehortet hatten. In ihrem religiösen Wahn ließen sie sich von dem Zeitbeben erfassen und in die Kreidezeit schleudern, um hier eine neue, bessere Menschheit zu gründen, und damit ich niemandem etwas erzählen und ihre Pläne vereiteln konnte, zwangen sie mich, sie zu begleiten.

Aus diesem Grund sitze ich nun mit diesen Fanatikern hier hundertzwanzig Millionen Jahre in der Vergangenheit fest, in einer von Dinosauriern beherrschten Zeitepoche voll tödlicher Gefahren.

Wie gefährlich diese Umwelt wirklich ist, zeigte sich heute nachmittag, als ich mich einem von Hesekiel geführten Erkundungstrupp anschloß. Wir suchten nach einer Quelle, um unsere Wasservorräte zu ergänzen, als wir auf einen Deinocheirus stießen, einen gigantischen, straußenähnlichen Saurier, der uns angriff. Die Bestie tötete vier Männer unseres Trupps, und auch Hesekiel überlebte nur, weil ich ihm das Leben rettete.

Er dankte es mir auf wenig freundliche Art. Als wir vor dem Gefährten des Deinocheirus flohen, der schließlich von einem Hubschrauber getötet wurde, und die Besatzung des Helikopters uns an Bord nehmen wollte, bedrohte er mich mit seinem Gewehr und zwang die Maschine zum Abdrehen. Vermutlich kam sie aus Las Vegas, das bereits vor einigen Jahren bei einem Zeitbeben in die Vergangenheit geschleudert wurde, und ich wäre gerne bereit gewesen, einzusteigen und dorthin zu fliegen, in die einzige Enklave der Zivilisation in dieser Urzeithölle.

Mittlerweile scheint Hesekiel ein schlechtes Gewissen zu haben. Seit wir kurz vor Einbruch der Dunkelheit zurückgekehrt sind, gibt er sich mir gegenüber äußerst zuvorkommend, und auf meine Bitte hin gab er mir sofort den dicken Block, in den ich nun schreibe.

Während ich hier im Schein einer Petroleumlampe vor einer Kiste auf dem Boden sitze, bemühen sich die Pilger verzweifelt, die Ballons wieder zu reparieren, die beschä-

digt wurden, als nach dem Zeitbeben ein Teil einer Nebenhöhle auf die Vorräte stürzte. Mit diesen Ballons wollten
Hesekiel und seine Anhänger in ihren ›Garten Eden‹ fliegen,
um sich dort niederzulassen.

Zwei der riesigen Ballongondeln jedoch, die jeweils Platz
für mehr als zehn Menschen und ausreichend große Mengen an Vorräten bieten, sind unter herabstürzenden Felstrümmern verschüttet und völlig zerstört worden. Eine weitere war stark beschädigt, aber wie es aussieht, bekommen
die Pilger sie wieder hin, obwohl sie nicht gerade mit großer
Begeisterung bei der Arbeit sind.

Überhaupt ist die Stimmung ziemlich gedrückt, und das
nicht nur, weil jeder erkennen muß, daß nicht alle Anwesenden in den Gondeln Platz haben werden. Viel stärker wirkt
das nach, was geschehen ist.

Die vier Männer, die bei der Erkundungsexpedition getötet wurden, waren verheiratet, einer von ihnen war sogar
Vater eines achtjährigen Jungen. Ihr Tod hat Bestürzung und
Trauer ausgelöst, nicht nur bei ihren Familien. Natürlich
wußten die Pilger von Anfang an, daß es hier gefährlich sein
würde, aber ich glaube, erst dieses schreckliche Unglück hat
einigen von ihnen die Augen über die tatsächlichen
Umstände geöffnet.

Hesekiel hat ihnen versprochen, sie mit Gottes Hilfe aus
einer durch Umweltzerstörung, Kriegsgefahr und Kalther-
zigkeit bedrohten Welt zu retten und in ein gelobtes Land zu
führen, das er ihnen wohl paradiesisch ausgemalt hat. Statt
dessen sind in den wenigen Stunden, die sie sich in dieser
Zeit befinden, bereits fünf von ihnen gestorben, denn einer
der Pilger wurde bereits unmittelbar nach dem Zeitbeben
von herabstürzenden Felsen erschlagen.

Zweifel an Hesekiel und seinem angeblich von Gott erteil-
ten Auftrag sind aufgekommen und wurden zum Teil lautstark geäußert. Hesekiel bemüht sich verzweifelt, die Menschen zu beruhigen, aber er hat das Vertrauen vieler seiner
Anhänger bereits verloren, und ich habe Zweifel, daß es ihm
gelingen wird, es zurückzugewinnen.

Mir soll es nur recht sein. Möglicherweise werden die Pilger sich gegen Hesekiel auflehnen und darauf bestehen, nach Las Vegas gebracht zu werden, wo die anderen Menschen, die es bereits in diese Zeit verschlagen hat, in relativer Sicherheit leben. Ich hoffe, daß wir nicht zum letzten Mal mit ihnen Kontakt hatten. Seit Hesekiel den Hubschrauber verscheucht hat, wissen sie, daß wir hier irgendwo sind, und ich hoffe, daß sie die Suche nicht aufgeben.

Anderseits stelle ich mir immer mehr die Frage, ob es wirklich das ist, was ich will. Wahrscheinlich würde sich im Vergleich zu meinem früheren, so erbärmlich langweiligen Leben nicht allzu viel ändern, wenn ich nach Las Vegas gehen würde, statt die einmalige Chance zu ergreifen, diese Welt zu erforschen, in die es mich nun einmal verschlagen hat. Daran gibt es nichts mehr zu ändern; ich muß mich damit abfinden und versuchen, das Beste aus der Situation zu machen.

Und dann ist da natürlich noch Nicole. Ich war immer schon etwas schüchtern, Frauen gegenüber, und von einigen kurzen, flüchtigen Beziehungen einmal abgesehen, ist sie die erste, in die ich mich ernsthaft verliebt habe. Das Wunderbarste aber ist, daß sie diese Gefühle teilt. Egal, was sonst geschehen mag, ich möchte unbedingt mit ihr zusammenbleiben, wohin sie auch geht.

Wir werden sehen, was der nächste Tag an neuen Überraschungen bringt ...

Mainland schüttelte den Kopf, seufzte und holte gleich darauf tief Luft, ohne sich dessen überhaupt bewußt zu sein. Alle drei Reaktionen wurden von seinem Unterbewußtsein gesteuert und dienten nur dazu, sich einerseits selbst Mut zu machen und anderseits noch einige wenige Sekundenbruchteile Zeit zu gewinnen, ehe er durch die Drehtür des *Caesar's Palace* trat.

Beklommen sah er sich um. Seit dem Sprung in die Urzeit

war er erst ein einziges Mal hiergewesen, um mit den *Schatten* zu sprechen. Das war kurz nach dem Zeitbeben gewesen, und er hatte keine besonders guten Erinnerungen an diesen Besuch. Nicht, daß die Schatten ihm irgend etwas getan hätten oder überhaupt nur in irgendeiner Form gefährlich wären. Sie waren einfach nur *anders* als die übrigen Menschen, die in dem um hundertzwanzig Millionen Jahre zurückversetzten Las Vegas seinem Kommando unterstellt waren, aber auf eine so bizarre Art anders, daß es ihm Unbehagen bereitete.

Das große Casino hatte sich in den vergangenen Jahren verändert. Kaum noch etwas war von seiner einstigen Pracht erhalten geblieben. Früher war die ganze Decke ein Lichtermeer gewesen, unterbrochen von einigen riesigen Spiegeln. Jetzt brannten nur noch vereinzelte Birnen. Die allermeisten waren kaputt, und niemand hatte sich die Mühe gemacht, sie auszuwechseln, so daß im Inneren des gewaltigen Saales ein gedämpftes Halbdunkel herrschte.

Überall lag Müll herum, hauptsächlich leere Flaschen und zerbrochene Gläser. In einer Ecke türmte sich ein fast deckenhoher Berg aus Zigarettenkippen und -asche auf, dessen Gestank sich mit dem von Schnaps, Wein und Bier vermengte und Mainland fast den Atem raubte.

Lediglich die bis einen knappen Meter über die Spieltische herabgezogenen Lampen funktionierten alle noch. Offenbar wurden zumindest hier die Birnen ausgetauscht, wenn sie durchbrannten.

Es waren die Tische, an denen auch die Schatten saßen. Mainland wußte nicht einmal, um wie viele es sich insgesamt handelte. Er schätzte ungefähr dreißig. Während er nähertrat, zählte er die Gestalten und kam auf fünfundzwanzig; also waren sie fast vollzählig versammelt. Falls es noch weitere gab, mochten sie in den ehemaligen Hotelzimmern im oberen Teil des Gebäudes schlafen – neben Spielen, Trinken und Rauchen ihre einzige Beschäftigung.

Genau deshalb war er hergekommen.

Obwohl er sich seelisch auf den Anblick vorzubereiten

versucht hatte, erschrak er doch, als er nahe genug an die Tische herangekommen war, um die Schatten genauer zu erkennen. Es war ein Anblick, der direkt aus einem Gruselfilm hätte stammen können.

Die Gestalten, hauptsächlich Männer, aber auch einige Frauen, sahen wie eine Mischung aus Zombies und Vampiren aus. Sie waren verwahrlost, legten keinerlei Wert mehr auf ihr Aussehen. Ihre strähnigen und ungepflegten Haare waren zwar geschnitten, allerdings auf miserable Art. Seit mittlerweile fast drei Jahren hatten sie kaum noch das Licht der Sonne gesehen, und entsprechend totenbleich sah ihre Haut aus.

Mainland wußte nicht mehr, wer die Gestalten zuerst als »Schatten« bezeichnet hatte, aber der Begriff war so treffend, daß er von allen übernommen worden war. Die Spieler waren nicht viel mehr als Schatten ihrer selbst, Gestrandete, die nicht mit dem Sturz in die Vergangenheit fertig wurden und sich in eine künstliche Scheinwelt geflüchtet hatten. Sie lebten hier im *Caesar's Palace* und verließen das Casino nur, wenn ihre Vorräte an Alkohol, Tabak oder tiefgefrorenen Lebensmitteln zur Neige gingen.

Man sah den Schatten ihre ungesunde Ernährung, das Übermaß an Alkohol und Nikotin und den Mangel an Bewegung und Frischluft deutlich an. Sie wirkten ausgezehrt; ihre Gesichter waren eingefallen und hatten eine ungesunde gräuliche Färbung angenommen. Ihre Augen waren tief in die Höhlen gesunken und hatten sich bei vielen entzündet.

Mainland schauderte.

Sie sahen wirklich aus wie Schatten, die allmählich verblaßten. Im Grunde war es fast ein Wunder, daß sie überhaupt noch lebten – sofern man ihr Dahinvegetieren so bezeichnen konnte –, aber da er keine Zahlen über sie hatte, wußte er auch nicht, wie viele von ihnen bereits gestorben waren.

Das einzige an ihnen, was nicht heruntergekommen wirkte, war ihre Kleidung. Einem alten Ritual folgend, trugen die Frauen Abendkleider, die Männer Smokings oder zumindest dunkle Anzüge, die sie aus irgendwelchen Geschäften geholt hatten oder die die früheren Besitzer in den Hotelzimmern zurückgelassen hatten.

Keine der Gestalten nahm Notiz von Mainland. Sie hatten sich an mehreren Roulett-, Blackjack- und Würfeltischen versammelt. Statt um Chips spielten sie um Bargeld, das in dieser Zeit keinerlei Wert mehr besaß und in Milliardenhöhe in den Tresoren der Banken und Casinos gestapelt lag.

Jeder der Schatten hatte Geldscheine im Wert mehrerer Millionen vor sich liegen und spielte auch noch nach diesen rund drei Jahren, in denen das Glücksspiel ihre fast einzige Beschäftigung gewesen war, mit einer Unermüdlichkeit, als könnte man sich damit den Weg zurück in die Gegenwart erkaufen.

Dabei war keinerlei Leidenschaft in den Gesichtern zu erkennen. Die Handgriffe, mit denen sie auf Zahlen setzten, Karten aufhoben und zurücklegten und gelegentlich einen Schluck tranken oder an einer Zigarette zogen, waren monoton und gleichmäßig wie die von Maschinen.

Mainland begriff es einfach nicht. Glücksspiele hatten ihm noch nie gefallen. Dafür hatte er als Polizeilieutenant zu viele Menschen erlebt, die sich dadurch ins Unglück gestürzt hatten.

Er räusperte sich übertrieben laut, doch er erzielte immer noch keine Reaktion.

»Bitte hören Sie mir alle einmal einen Moment zu«, sagte er.

Auch jetzt beachteten die Schatten ihn nicht, sondern spielten unverdrossen weiter, als würde er gar nicht existieren. Ein paar Sekunden lang blickte Mainland sich hilflos um. Genau diese Situation hatte er befürchtet. Die Schatten lebten in ihrer eigenen Welt, aus der sie jeden Fremden durch pure Nichtbeachtung ausschlossen.

Kurz entschlossen nahm er einen Tausend-Dollar-Schein von einem der Stapel und legte ihn auf das Feld mit der Nummer dreizehn, kurz bevor der Mann, der die Rolle des

Croupiers übernommen hatte, auf französisch verkündete, »daß nichts mehr ginge«.

Die Kugel rollte aus.

»Dreizehn gewinnt«, verkündete der Croupier. »Dreizehn, Impair, Noir.«

Mainland konnte es nicht glauben. Ein Zufall wie dieser war praktisch ausgeschlossen, doch er dachte erst gar nicht weiter darüber nach. Für einige Sekunden genoß er die Aufmerksamkeit zumindest aller Spieler an diesem Tisch, doch erlosch diese so schnell wieder, wie sie aufgeflackert war, und er entschloß sich zu einem radikaleren Vorgehen. Blitzschnell schnappte er sich die Kugel, als der Croupier sie wieder rotieren ließ, eilte zum nächsten Roulett-Tisch und fischte auch dort die Kugel von der sich drehenden Scheibe. Auch die Würfel am dritten Tisch konnte er problemlos an sich bringen.

Diesmal schaffte es Mainland, sich Aufmerksamkeit zu verschaffen. Lediglich an den beiden Blackjack-Tischen spielten die Schatten immer noch. Mit sanfter Gewalt nahm Mainland den beiden Gebern kurzerhand die Kartenstapel aus den Händen. Dann trat er ein paar Schritte zurück, so daß alle ihn sehen konnten, und hob die Arme.

»Bitte, Herrschaften, hören Sie mir einen Moment zu«, sagte er noch einmal.

»Was wollen Sie? Warum lassen Sie uns nicht in Ruhe spielen?« fuhr ihn eine klapperdürre, etwa sechzigjährige Frau mit grauen Haaren ungnädig an.

»Es wird bestimmt nicht lange dauern«, versicherte Mainland und hätte sich gleich darauf am liebsten auf die Zunge gebissen, als ihm bewußt wurde, daß seine Worte wie eine Entschuldigung klangen. »Ich weiß nicht, ob Sie mich alle kennen. Mein Name ist Mainland, und ich wurde von den Bürgern von Las Vegas zum Oberbefehlshaber und Verwalter der Stadt gewählt, zu einer Art Bürgermeister also.«

»Von uns nicht!« rief ein älterer Mann dazwischen, während er das Geld vor sich auf dem Tisch zählte. »Also verschwinden Sie und lassen Sie uns in Ruhe. Wir wollen weder mit Ihnen noch mit sonst jemandem etwas zu tun haben, begreift das endlich.«

»So einfach geht das aber nicht, und genau deshalb bin ich hier. Wir – und damit spreche ich auch für die anderen Menschen dort draußen – werden es nicht mehr länger dulden, daß Sie hier wie die Maden im Speck leben, sich von gestohlenen Vorräten ernähren und sich um nichts sonst kümmern, während alle anderen hart arbeiten, um sich hier in dieser Zeit ein neues Leben aufzubauen. Wir schaffen es kaum, die Felder und Gärten zu bewirtschaften.«

»Wir haben kein Interesse an Ihrem Gemüse und Ihrem selbstgebackenen Brot!« rief ein Mann dazwischen. »Warum also sollten wir dafür arbeiten?«

»Wir tun auch einiges für Sie«, erwiderte Mainland. »Zum Beispiel riskieren wir immer wieder unser Leben, um zu verhindern, daß Saurier in die Stadt gelangen, die auch über Sie herfallen würden. Außerdem können wir es nicht länger dulden, daß Sie dauerhaft haltbare Konserven aufessen, die wir noch dringend brauchen werden, wenn unsere Ernte einmal schlecht ausfallen sollte. Jedenfalls tolerieren wir es nicht mehr, solange Sie nicht im Gegenzug bereit sind, wenigstens einen Teil Ihrer Zeit für das Gemeinwohl –«

Das Piepsen des Walkie-talkies in seiner Hemdentasche unterbrach ihn. Verärgert zog er es hervor und drückte die Sprechtaste.

»Hier Mainland. Was gibt es?«

»Ich habe Littlecloud am Funkgerät«, vernahm er die Stimme seines Fahrers, der draußen im Wagen wartete. »Er möchte Sie unbedingt sprechen. Es wäre sehr dringend.«

»Also gut, ich komme.« Mainland legte die Roulettkugeln, Würfel und Karten auf einen Tisch. »Wir sprechen ein anderes Mal weiter. Alles Wesentliche habe ich Ihnen gesagt. Denken Sie darüber nach«, erklärte er, drehte sich um und ging mit raschen Schritten auf den Ausgang zu.

»Und Sie haben wirklich keinerlei Ahnung, wer ihn ermordet haben könnte?«

Es war ungefähr das tausendste Mal, daß Lieutenant Bruce Haldeman vom Morddezernat in Phoenix, Arizona, diese Frage in dieser oder ähnlicher Form im Verlauf der letzten halben Stunde stellte, und allmählich ging er William Doefield damit kräftig auf die Nerven.

»Nein«, schnaubte er. »Wie oft soll ich Ihnen das eigentlich noch sagen?«

Er blickte zu dem toten Möbelpacker hinüber, der ein paar Schritte entfernt am Straßenrand lag. Die Leiche war aus allen nur denkbaren Positionen fotografiert worden, und die Beamten von der Spurensicherung hatten ihre Untersuchungen inzwischen abgeschlossen. Einer von ihnen zog gerade eine Decke über den Kopf des grauenhaft zugerichteten Toten.

»So oft, wie ich es für nötig halte«, entgegnete Haldeman ruhig. »Passen Sie auf, die Sache ist ganz einfach. Ich stelle die Fragen, und Sie antworten auf die Fragen, die ich stelle. Ist das klar?«

Doefield nickte resignierend.

»Also, dann berichten Sie bitte noch einmal, was genau geschehen ist«, verlangte Haldeman. »Jedes Detail kann wichtig sein.«

»Aber es gibt keine erwähnenswerten Details«, behauptete Doefield. »Wir kamen gegen acht Uhr hier an, der Möbelwagen und meine Familie und ich in meinem Privatwagen. Mit meinem Sohn Frank, meiner Frau Jamie und Jeff, dem zweiten Möbelpacker, ging ich ins Haus. Ich wollte Jeff zeigen, in welche Räume die Möbel zu bringen wären. Sein Kollege John«, er machte eine Kopfbewegung in Richtung des Toten, der gerade in einen schmucklosen Metallsarg verladen wurde, »blieb zurück. Mehr kann ich Ihnen nicht erzählen.«

»Ihre Frau fand dann den Toten?«

»Ja.« Doefield nickte. »Sie ging hinaus, um einige Kleinigkeiten aus unserem Wagen zu holen, dann habe ich sie

528

plötzlich schreien hören. Ich rannte hinaus und sah den Toten ebenfalls. Anschließend habe ich sofort die Polizei angerufen. Das ist alles. Sind Sie nun endlich fertig? Ich möchte zu meiner Frau.«

Jamie hatte durch den Anblick des Toten, dessen Kehle nicht nur durchgeschnitten, sondern regelrecht zerfleischt worden war, einen Schock erlitten und einen hysterischen Anfall bekommen, was William Doefield durchaus begreifen konnte. Der Mann sah aus, als wäre er von einem Raubtier angefallen worden. Ein Arzt kümmerte sich im Inneren des Hauses um Jamie.

»Ein Haustier haben Sie nicht, oder?« erkundigte sich Haldeman, ohne auf seine Frage einzugehen.

»Ein Haustier?« Doefield lachte schrill. »Wir hatten eine Katze, aber erstens ist sie uns vor unserer Abreise heute vormittag entlaufen, und zweitens kann sie wohl kaum *so etwas* angerichtet haben. Sie sollten sich lieber mal erkundigen, ob irgendwo aus einem Zoo ein Raubtier ausgebrochen ist.«

»Eine Katze, aha. Ich frage nicht ohne Grund. Kommen Sie, ich möchte Ihnen etwas zeigen.« Der Lieutenant führte Doefield zum Möbelwagen. »Das hier haben meine Leute im Inneren des Wagens inmitten einer kleinen Blutlache gefunden«, sagte er und deutete auf das in Plastikfolie gewickelte Skelett eines kleinen Tieres. »Wir werden es im Labor untersuchen, aber ich bin völlig sicher, daß es von einer Katze stammt, und ich könnte mir gut vorstellen, daß es sich um *Ihre* Katze handelt.«

»Aber ... wie ist das möglich?« preßte William Doefield fassungslos hervor.

Lieutenant Haldeman betrachtete ihn beinahe mitleidig.

»Können Sie sich das wirklich nicht denken? Alles deutet darauf hin, daß Sie während Ihrer Fahrt hierher einen blinden Passagier im Wagen hatten. Sie haben erwähnt, daß die Sicherheitsabschirmungen von DINO-LAND vorübergehend ausgefallen waren und einige Saurier in die Stadt gelangten. Verstehen Sie jetzt allmählich, um was es geht?«

»Mein Gott«, murmelte Doefield, als er begriff.

»Also, was gibt es?« erkundigte sich Mainland, ohne sich erst lange mit irgendwelchen Höflichkeitsfloskeln aufzuhalten, als er sein Büro betrat. Er kannte Marc Littlecloud gut genug, um zu wissen, daß dieser nicht ohne Grund die Pferde scheu machte. Wenn er ihn direkt nach seiner Rückkehr von einem Patrouillenflug unbedingt sprechen wollte und behauptete, es wäre dringend, dann war auch etwas Wichtiges passiert.

»Wir haben Besuch bekommen«, erwiderte Littlecloud. Der Soldat indianischer Abstammung hatte es sich in einem Sessel bequem gemacht.

»Besuch?« Mainland runzelte die Stirn. »Leute aus der Gegenwart? Wo sind sie?«

»Nicht hier. Das ist ja gerade das Problem. Sie wollen anscheinend nichts mit uns zu tun haben.«

»Wie viele?«

»Schwer zu sagen. Konkret habe ich vier gesehen. Vier weitere sind tot, aber ich bin überzeugt, daß es noch mehr gibt.«

»Viele sind es bestimmt nicht. General Pounder sorgt dafür, daß niemand in die Bebengebiete kommt. Einzelne können ihm vielleicht mal durchschlüpfen, aber eine größere Menge hätte er sicherlich bemerkt.«

»Kommt ganz darauf an, wie geschickt sie es angestellt haben«, wandte Littlecloud ein. »Ich hatte den Eindruck, als ob diese Leute mit voller Absicht hergekommen sind. Aber am besten erzähle ich alles der Reihe nach.«

»Glänzende Idee. Vielleicht verstehe ich dann ja sogar etwas.«

Littlecloud zündete sich eine Zigarette an und spielte mit dem Feuerzeug.

»Die erste erwähnenswerte Unregelmäßigkeit ist die, daß das Beben nur knapp halb so stark wie vorherberechnet ausgefallen ist, und das gerade in dieser Gegend nicht zum ersten Mal. Aber das ist eher etwas für die Wissenschaftler. Stutzig hat mich eine kleine Siedlung in der Nähe von Beatty gemacht. Sie war bunt aus selbstgebauten Hütten,

Campinganhängern und Wohnmobilen zusammengewürfelt, die aber völlig ausgeräumt waren.«

»Und was kommt dir daran so merkwürdig vor?«

»Es waren zum Teil fast neuwertige Wohnmobile«, erklärte Littlecloud und zog an seiner Zigarette. »Wer macht sich die Mühe, sie auszuräumen und zurückzulassen, statt einfach mit ihnen wegzufahren? Jedenfalls kam es mir merkwürdig vor, und wir haben uns die Umgebung genauer angesehen. Schließlich haben wir die vier Leute entdeckt. Sie flohen in Panik vor einem Saurier. Wir haben die Bestie erschossen, doch als wir die Überlebenden an Bord nehmen wollten, haben sie sich geweigert und uns aufgefordert, zu verschwinden. Einer von ihnen, wahrscheinlich ihr Anführer, hat sich dabei besonders hervorgetan. Er hat nicht nur mehrere Warnschüsse in unsere Richtung abgegeben, sondern auch einen seiner eigenen Leute, der vermutlich zu uns wollte, mit dem Gewehr bedroht.«

»Das hört sich allerdings ganz verdammt nach Problemen an.«

»Wir haben versucht, die Leute aus der Ferne zu beobachten, um eingreifen zu können, falls sie wieder in Gefahr geraten wären, doch sie sind im Dschungel untergetaucht. Außerdem ging unser Sprit allmählich zur Neige, so daß wir umkehren mußten.«

Mainland überlegte, wobei er sich ausgiebig Zeit ließ. Über eine Minute lang durchbrach nur das leise Ticken einer Standuhr in einer Ecke des Büros die Stille.

»Es wäre möglich, daß diese Leute die teuren Wohnmobile absichtlich haben stehenlassen, um auch hier darin wohnen zu können«, sagte er schließlich. »Das ist die einzige Erklärung, die mir auf Anhieb einfällt. Also sollten wir uns morgen früh noch einmal genauer bei dieser Siedlung umsehen. Wir müssen herausfinden, mit wie vielen Leuten wir es hier zu tun haben und mit welchen Absichten sie hergekommen sind. Dann erst können wir entscheiden, wie wir uns verhalten. Vielleicht können wir sie doch noch überreden, mit uns zu kommen.«

Littlecloud zuckte die Achseln.

»Möglicherweise ein paar von ihnen, das wird sich zeigen, aber ich habe so meine Zweifel. Dieser Kerl, mit dem wir es vorhin zu tun hatten, machte den Eindruck eines Fanatikers, und die Leute waren außerdem bewaffnet. Falls wir sie finden, könnte es zu Auseinandersetzungen kommen. Wir sollten also in entsprechender Stärke hinfliegen. Wenn einige der Leute wirklich zu uns überlaufen wollen, müssen wir sie auch schützen können.«

»Such dir so viele Männer aus, wie du für richtig hältst«, entschied Mainland. »Wir fliegen morgen direkt bei Sonnenaufgang los. Ich werde persönlich an diesem Einsatz teilnehmen.«

27. Mai, nachts

»Nick? Hörst du mich, Nick?«

Nicoles Stimme war nur ein leises Wispern an meinem Ohr, dennoch hörte ich sie. Wir hatten uns bereits vor über einer halben Stunde gemeinsam mit den übrigen Pilgern in der großen Höhle zur Ruhe gelegt, doch ich konnte keinen Schlaf finden. Wir lagen direkt auf dem Felsboden, und durch den dünnen Schlafsack spürte ich jede Unebenheit, aber das war nicht der eigentliche Grund.

In Wahrheit lag es daran, daß sich Nicole zu nah bei mir befand. Zwar hatte sie ihren eigenen Schlafsack, aber ihre bloße Nähe reichte aus, meine Gedanken wild durcheinanderwirbeln zu lassen.

Ich drehte mich zu ihr um.

»Ich bin noch wach«, antwortete ich ebenso leise.

»Ich kann einfach nicht schlafen«, erklärte sie. »Dauernd muß ich daran denken, wie leicht du vorhin hättest getötet werden können.«

»Ich bin es aber nicht. Keine Sorge, ich kann schon auf mich aufpassen.«

»Trotzdem. Ich ... ich weiß nicht, was ich gemacht hätte, wenn dir wirklich etwas zugestoßen wäre. Wir kennen uns zwar noch nicht sehr lange, aber du bedeutest mir sehr viel, Nick, weißt du das eigentlich?«

»Du ... bedeutest mir auch viel«, stotterte ich unbeholfen und kam mir ziemlich blöde dabei vor, doch im schwachen Licht des Mondes, der durch die große Öffnung in der Seitenwand der Höhle hereinfiel, sah ich, wie ein Lächeln über Nicoles Gesicht glitt.

»Warum nimmst du mich dann nicht einfach mal in den Arm?« fragte sie.

»Hier?« Unsicher blickte ich mich um. Die meisten Pilger schliefen schon, aber Wedge hielt während der ersten zwei Stunden Nachtwache. Als schwarzer Scherenschnitt hob er sich gegen den Höhlenausgang ab, und ich hatte das Gefühl, daß er genau zu uns herüberstarrte.

»Du hast recht«, stimmte Nicole mir zu. »Hier ist wirklich nicht der beste Platz.« Nach ein paar Sekunden fügte sie hinzu: »Komm mit, aber sei leise. Die anderen brauchen nichts davon mitzukriegen.«

Verwundert sah ich ein paar Sekunden lang zu, wie sie aus ihrem Schlafsack schlüpfte, ihn zusammenrollte und sich unter den Arm klemmte. Auf Händen und Knien begann sie zu kriechen. Nach kurzem Zögern folgte ich ihr.

Nicoles Ziel war ein Stollen, der nur ein paar Meter entfernt abzweigte. Als sie ihn erreichte, stand sie auf und tastete sich an der Wand entlang weiter. Nach kurzer Strecke machte der Gang einen Knick.

Es war so dunkel, daß ich nicht die Hand vor Augen sehen konnte, und als ich unvermittelt gegen Nicole prallte, hätte ich vor Schreck fast aufgeschrien. Der Schlafsack glitt mir aus den Händen.

Im nächsten Moment schlang Nicole die Arme um meinen Hals, preßte sich fest an mich und verschloß meine Lippen mit den ihren. Ich fühlte ihre Zunge in meinen Mund eindringen und erwiderte den Kuß instinktiv.

Als wir uns wieder voneinander lösten, schaltete Nicole eine Taschenlampe an, die mit einem Tuch verhüllt war, so daß nur ein schwacher Lichtschein hindurchdrang, gerade genug, daß wir uns gegenseitig erkennen konnten. Bis in die große Höhle sah man das Licht bestimmt nicht. Nicole öffnete den Reißverschluß ihres Schlafsackes ganz und breitete den gefütterten Stoff wie eine Decke auf dem Boden aus.

»Darauf dürften wir wohl beide Platz haben, dann können wir uns mit deinem zudecken. Das ist bestimmt schöner, als wenn wir jeder für uns allein liegen.«

Ich nickte beklommen und breitete auch meinen Schlafsack aus. Hastig krochen wir darunter. Zwar war das Urzeitklima tagsüber stickig und warm, doch nachts kühlte es stark ab, vor allem innerhalb dieses Höhlensystems.

Ich fühlte, wie Nicole zitterte, als sie sich an mich schmiegte, doch ihr Körper war ganz warm, und ich war mir nicht sicher, ob das Zittern nur von der Kälte stammte. Der gedämpfte Schein der Taschenlampe verzauberte ihr Gesicht durch das Spiel von Licht und Schatten. Erneut küßten wir uns lange und ausdauernd.

Ich ließ meine Hände über ihren Körper wandern, der unter dem knielangen, dünnen Shirt, das sie trug, deutlich zu spüren war. Gleich darauf richtete sie sich auf und streifte es über ihren Kopf. Für einen kurzen Moment konnte ich ihre nackten Brüste sehen, ehe sie wieder unter die Decke kroch. Hastig schlüpfte auch ich aus meinem T-Shirt. Ihre Hände streiften über meine Brust und glitten allmählich tiefer.

Obwohl ich Nicoles Nähe genoß, fühlte ich mich unsicher und verwirrt. Ich hatte noch nicht besonders viel Erfahrung mit Mädchen. Bei einigen hatte ich ein bißchen fummeln und streicheln dürfen, und es lag bereits fast vier Jahre zurück, daß ich zum ersten und bislang einzigen Mal mit einem Mädchen geschlafen hatte.

Ich dachte nicht besonders gern an diese Nacht zurück. Mary-Beth Colter war ein richtiges kleines Flittchen, das es schon mit allen möglichen Jungs getrieben hatte, aber ich hatte mich ungeschickt und tölpelhaft angestellt, und es war so ziemlich alles schiefgegangen, was nur schiefgehen konnte. Am schlimmsten aber war gewesen, daß Mary-Beth ihren Freundinnen am nächsten Tag alles brühwarm erzählt und mich zum Gespött der halben Schule gemacht hatte. Vielleicht lag es an diesen schlimmen Erfahrungen, daß ich seither Mädchen gegenüber noch gehemmter als vorher gewesen war.

Jetzt aber war alles anders, das spürte ich, und ich empfand auch keinerlei Angst. Meine Hände tasteten nach Nicoles Brüsten und streichelten sie. Ihre Brustwarzen wurden unter meinen Berührungen steif und hart, und auch bei mir regte sich schon die ganze Zeit über etwas, vor allem, als Nicole unter der Decke nach meinen Boxer-Shorts griff und sie herunterschob.

Während sie mich streichelte, verharrte ich mit einer Hand an ihren Brüsten, ließ die andere über ihren Bauch wandern und strich mit den Fingern durch das Vlies aus weichen Haaren zwischen ihren Beinen. Nicole stöhnte leise auf.

Schließlich schob sie meine Hand zur Seite und schwang sich mit einer geschmeidigen Bewegung auf mich. Wir bewegten uns in einer perfekten Einheit auf und ab, bis wir nach einer schier endlos anmutenden Zeit von einem Orkan entfesselter Lust überrollt und mitgerissen wurden.

»Ich glaube das einfach nicht«, murmelte Gudrun Heber. »Ich meine, ich sehe es, aber deshalb glaube ich es trotzdem nicht.«

»Nach allem, was wir in den vergangenen Jahren erlebt haben, dürftest du doch allmählich an das Unglaubliche gewöhnt sein«, entgegnete Tom Ericson mit mildem Spott. »Und außerdem hätte man A.I.M. kaum zu diesen Ausgrabungen dazugebeten, wenn es nur um normale Routine ginge.« Er machte einige Sekunden Pause und blickte sich um, dann fügte er hinzu: »Aber ehrlich gesagt habe auch ich Schwierigkeiten, es zu glauben.«

Ericson stammte aus den USA und war Doktor der Archäologie, wohingegen die deutschstämmige Gudrun

Heber sich einem benachbarten Gebiet verschrieben hatte, nämlich der Anthropologie, der Lehre vom Menschen und seiner Abstammung. Beide hatten sie lange Jahre als Dozenten für die berühmte Yale-Universität gearbeitet, bevor sie zu A.I.M. gewechselt waren.

Das *Analytic Institute for Mysteries* war eine private Organisation unter Leitung von Sir Ian Sutherland. Er hatte sie mit dem Ziel ins Leben gerufen, die zahlreichen ungeklärten Mysterien der Menschheitsgeschichte aufzuklären, die letzten großen Rätsel der Erde zu erforschen.

Wie sich im Laufe der Zeit herausgestellt hatte, hingen viele davon mit dem versunkenen Atlantis zusammen, dessen Existenz von den meisten Wissenschaftlern nach wie vor bestritten wurde.

Die Mitarbeiter von A.I.M. hingegen wußten schon seit langem, daß der verlorene Kontinent einst existiert hatte. Zahlreiche Hinterlassenschaften der hochstehenden atlantischen Zivilisation kündeten davon.

Im Laufe ihrer Forschungen waren die Mitarbeiter von A.I.M. aber auch auf viele andere Artefakte gestoßen, die in keiner oder nur einer vagen Verbindung zu Atlantis standen. So hatten sie das Orakel von Delphi aufgespürt und sogar die Bundeslade in einer südamerikanischen Ruinenstadt entdeckt, nachdem sie herausgefunden hatten, daß im äthiopischen Aksum nur eine Kopie aufbewahrt wurde.

Insgesamt hatten sie schon vieles erlebt und gesehen, was man als *unglaublich* bezeichnen konnte.

Etwas wie das hier war jedoch auch für Tom und Gudrun neu.

Man hatte A.I.M., das sich nicht zuletzt aufgrund von Sutherlands guten Verbindungen zur UNO weltweit einen guten Namen gemacht hatte, benachrichtigt und um Unterstützung gebeten, als man in der Nähe von Ashland, Oregon, auf allem Anschein nach uralte Ruinen gestoßen war. Begonnen hatte alles mit Ausschachtungsarbeiten für den Bau eines Einkaufszentrums außerhalb der Stadt, doch diese waren nach dem Fund auf Anordnung des Bürgermeisters und in Absprache mit den zuständigen staatlichen Stellen sofort unterbrochen worden.

»Ich frage mich, wer so etwas gebaut haben kann«, sagte Gudrun und ließ ihren Blick über die bereits freigelegte Fläche mit den zahlreichen Mauern schweifen. Zwischen den Steinen schimmerte es gelblich. Zunächst hatten sie angenommen, daß alle Fugen mit Bernstein verziert worden wären, doch das hatte sich als Trugschluß erwiesen. Wie es aussah, hatten die Erbauer dieser Anlage den Bernstein nicht nur zur Verzierung benutzt, sondern dünne Schichten davon auch zwischen sämtliche Steine gelegt. Zahlreiche Männer waren damit beschäftigt, die Ruinen mit Schaufeln und Hacken weiter auszugraben. »Das sieht fast wie eine richtige befestigte Stadt aus.«

»Nicht alle Indianerstämme haben nur in Zelten gewohnt«, warf Tom ein. »Pueblos waren keine Seltenheit.«

»Die Bauweise der indianischen Pueblos war ganz anders«, stellte Gudrun statt dessen ernst fest. »Das ist ja gerade das Besondere. Außerdem bin ich überzeugt, daß diese Ruinen hier viel älter sind. Das Erdreich, in dem sie eingeschlossen sind, besteht weitgehend aus Asche, und zwar aus mit Lava vermischter Asche, wie sie nur beim Ausbruch eines Vulkans frei wird. In dieser Gegend gibt es jedoch keine tätigen Vulkane, die in den letzten Jahrtausenden ausgebrochen sein können.«

»Dann stammt die Siedlung wohl von irgendwelchen Höhlenmenschen«, entgegnete Tom, doch die Worte klangen nicht halb so spöttisch, wie er es beabsichtigt hatte.

»Höhlenmenschen haben auch nicht in dieser Art gebaut, sondern waren vielfach Nomaden und wohnten entweder – wie der Name schon sagt – in Höhlen oder in Zelten aus Fellen, die sie mit sich führten.« Gudrun schüttelte den Kopf, daß ihre langen dunklen Haare nur so flogen. »Mal ganz davon abgesehen, hast du mich auch mißverstanden. Mit *älter* meinte ich *bedeutend älter*. Jahrzehntausende mindestens. Sieh dir die Umgebung hier doch nur einmal an. Keinerlei Berge, die vulkanischen Ursprungs sein könnten, und so schnell ändert die Erdoberfläche ihr Gesicht nicht. Insofern tippe ich sogar eher auf Jahrhunderttausende.«

»Warum nicht gleich Millionen?« Tom grinste, doch auch jetzt blieb Gudrun ernst.

»Das wäre sogar noch wahrscheinlicher«, erwiderte sie. »Ich bin keine Geologin, aber ich könnte mir gut vorstellen, daß der letzte Vulkanausbruch in dieser Gegend schon Millionen Jahre zurückliegt. Und wenn das alles tatsächlich schon *so* alt sein sollte, dann würde es auch die Schichten aus Bernstein erklären. Möglicherweise war es damals noch ganz gewöhnliches Baumharz, das erst im Laufe der Zeit kristallisiert ist.«

Verständnislos starrte Tom sie an, dann streckte er langsam die Hand aus und legte sie einige Sekunden lang auf ihre Stirn.

»Fieber hast du anscheinend keines«, behauptete er. »Schade, wäre eine plausible Erklärung gewesen. Ganz im Ernst, Gudrun, du mußt doch selbst einsehen, wie unglaubwürdig das klingt. Vor so langer Zeit gab es überhaupt noch keine Menschen, nicht mal ihre Vorfahren, es sei denn, sämtliche bisher gewonnenen Erkenntnisse der Archäologie und Anthropologie wären grundlegend falsch.«

»So mag es aussehen, aber du übersiehst dabei etwas.« Eindringlich blickte Gudrun den Archäologen an. »Es gibt nämlich noch eine ganz andere Möglichkeit. Du hast recht, *Menschen* gab es unseres Wissens damals wirklich noch nicht. Aber was macht dich eigentlich so sicher, daß diese Siedlung von Menschen erbaut wurde?«

28. Mai

Nachdem wir uns geliebt hatten, waren Nicole und ich gegen unseren Willen eingeschlafen. Wir hatten uns nur etwas ausruhen wollen, aber als wir schließlich aneinandergekauert erwachten und uns in die Höhle zurückzuschleichen versuchten, war es draußen schon hell, und die meisten Pilger waren bereits auf den Beinen. Einige vieldeutige

Blicke trafen uns, doch niemand schien uns unser Verhalten zu verübeln.

Dennoch wäre ich am liebsten vor Scham im Boden versunken, vor allem, als ich Hesekiel ein Stück entfernt entdeckte. Aber auch Nicoles Vater sagte nichts, sondern lächelte nur flüchtig.

Glücklicherweise gab es so viel zu tun, daß niemand Zeit fand, sich um uns zu kümmern. Es war den Pilgern tatsächlich gelungen, die zweite Ballongondel zu reparieren, und das so gründlich, daß man keinerlei Spuren von Beschädigungen mehr sah. Beide Gondeln waren bereits ins Freie gebracht worden. Auch die Heißluftbrenner hatten die Pilger schon montiert und waren gerade damit beschäftigt, die gewaltigen, aus Kunstfasern bestehenden Hüllen auseinanderzurollen und mit Seilen an den Gondeln zu befestigen.

Auf ein Kommando Hesekiels hin wurden die Brenner eingeschaltet. Die erwärmte Luft stieg in die Ballonhüllen und begann damit, sie aufzublähen. Jede der Hüllen war gut dreißig Meter lang und fast genauso breit, doch wie gewaltig sie wirklich waren, zeigte sich erst, als sie sich mit der heißen Luft füllten und langsam in die Höhe wuchsen.

Sie überragten das Felsmassiv, in dem sich die Höhlen befanden, um ein Vielfaches, als sie sich schließlich ganz aufgebläht hatten, und obwohl ich dem ganzen Unternehmen immer noch skeptisch gegenüberstand, konnte auch ich mich der Faszination des Anblicks nicht entziehen.

»Ich begreife nur immer noch nicht, was dein Vater vorhat«, wandte ich mich an Nicole, die die Ballons ebenfalls ergriffen betrachtete. »Wir finden doch unmöglich alle Platz in den beiden Gondeln.«

Nicole zuckte die Achseln.

»Frag mich etwas Leichteres. Ich habe auch keine Ahnung. Mein Vater ist jeder entsprechenden Frage bislang ausgewichen.« Sie machte eine kurze Pause und blickte sich um, bevor sie leise ergänzte: »Aber ich glaube nicht, daß uns alle folgen werden. Eine Menge unserer Brüder und Schwestern haben Angst bekommen nach dem, was gestern passiert ist. Wahrscheinlich rechnet mein Vater damit, daß einige zurückbleiben wollen. Dann wäre für die übrigen genug Platz.«

»Dann müßte aber gut die Hälfte von euch zurückbleiben«, wandte ich skeptisch ein.

»Der momentanen Stimmung nach könnte das auch gut hinkommen«, entgegnete Nicole. »Ich glaube, es wird eher schwierig werden, die Hälfte dazu zu bewegen, mit uns zu kommen.«

Ich war mir nicht sicher, ob sie damit nicht übertrieb, aber auch das war eine Möglichkeit. Die Pilger hatten fast alle Angst, und viele von ihnen waren unschlüssig. Gerade in einem solchen Fall aber klammern Menschen sich gerne an jemanden, der ihnen sagt, was sie tun sollten, und dieser Jemand wäre Hesekiel. Außerdem würde es nicht viel weniger Mut erfordern, einfach hier zurückzubleiben und darauf zu hoffen, von einem Hubschrauber entdeckt zu werden.

Als wäre dieser Gedanke der Auslöser gewesen, vernahm ich nur wenige Sekunden später erneut Motorengeräusche. Kurz darauf waren die Geräusche so deutlich geworden, daß ich erkennen konnte, daß es sich um mehr als nur eine Maschine handelte.

In einer Kette donnerten insgesamt vier Hubschrauber in geringer Höhe über die Ballons hinweg und flogen eine Schleife, dann setzten zwei davon nicht weit entfernt zur Landung an. Einige der Siedler brachen in offenen Jubel aus. Hesekiels Gesicht hingegen verdüsterte sich, seine Besorgnis war unverkennbar.

Kaum waren die Hubschrauber gelandet, sprangen Soldaten mit Maschinenpistolen in den Händen aus der Transportmaschine heraus, eilten auf uns zu und verharrten mit ihren Waffen im Anschlag einige Dutzend Schritte entfernt.

Auch Hesekiel, Wedge und einige Pilger, die nach wie vor treu auf der Seite ihres selbsternannten Propheten standen, hielten Waffen in den Händen. Die Situation war hochexplosiv, und ich konnte nur hoffen, daß nicht irgend jemand die Nerven verlor und dadurch ein Blutbad heraufbeschwor. Nicole klammerte sich fest an meinen Arm. Auch sie hatte Angst.

Zwei Männer, einer in Zivil, der andere in Uniform, stiegen aus einem anderen Hubschrauber und traten zwischen den Reihen der Soldaten hindurch. In dem Uniformierten erkannte ich den Mann wieder, mit dem wir schon am vergangenen Tag gesprochen hatten. Littlecloud oder so ähnlich war sein Name.

Ein Stück entfernt blieben die beiden Männer stehen. Hesekiel ging ihnen ein paar Schritte entgegen und verharrte dann ebenfalls.

»Sie haben also Verstärkung mitgebracht«, sagte er so laut, daß alle ihn hören konnten. »Ich wußte, daß Sie wiederkommen würden, aber ich kann Ihnen nichts anderes als gestern sagen. Mein Name ist Hesekiel, und ich spreche für diese Menschen. Wir wollen Sie hier nicht. Sie können uns nicht zwingen, mit Ihnen zu kommen. Wenn Sie es wirklich darauf ankommen lassen wollen, müssen Sie uns schon töten, und das dürfte weder in Ihrem noch in meinem Interesse liegen.«

»Mein Name ist Mainland, und ich bin zum obersten Verwalter von Las Vegas gewählt worden, dem Bürgermeister, wenn Sie so wollen«, stellte sich der Zivilist vor. »Alles, was die Zeitbeben betrifft, fällt in militärische Zuständigkeit. Indem Sie unbefugt hergekommen sind, haben Sie Militärgesetze verletzt, außerdem haben Sie gestern einen unserer Hubschrauber beschossen. Das allein gibt mir bereits das Recht, Sie alle zu verhaften, aber ich hoffe, daß wir zu einer friedlichen Übereinkunft kommen können, die unser aller Interessen berücksichtigt. Dafür müßten wir zunächst einmal etwas über Ihre Pläne und Vorhaben erfahren.«

Ich atmete ein wenig auf. Dieser Mainland schien kein sturer Bürokrat oder blindwütiger Militärstratege zu sein, sondern ein besonnener Mann, mit dem man reden konnte. Was weiter passieren würde, lag nun hauptsächlich an Hesekiel, doch wie sich gleich darauf zeigte, besaß dieser wenig Bereitschaft zum Einlenken.

»Leute wie Sie haben schon die Gegenwart an den Rand des Abgrunds getrieben«, stieß er hervor. »Wie können Sie es sich anmaßen, auch hier in dieser Zeit herrschen zu wollen? Wir sind freie Menschen, und wir sind aus freien Stücken in diese Welt gekommen, eine freie Welt, die noch nicht von Menschen verdorben wurde. Was also sollte Ihnen das Recht geben, uns Vorschriften zu machen?«

»Zum Beispiel der Verdacht, daß Sie keineswegs für alle hier sprechen, wie Sie behaupten«, mischte sich der uniformierte Mann neben Mainland ein und deutete auf mich. »Zumindest dieser junge Mann wollte gestern zu uns kommen, aber Sie haben ihn mit Waffengewalt daran gehindert. Ich könnte mir gut vorstellen, daß einige der anderen Menschen hier genauso denken.«

Zur Unterstützung seiner Worte nickten diejenigen Pilger, die fest entschlossen waren, Hesekiel nicht länger zu folgen, beifällig.

»Wie Sie sehen, trifft unser Verdacht zu«, kommentierte Mainland. »Wir werden nicht zulassen, daß Sie Menschen gegen ihren Willen festhalten und zu etwas zwingen. Wenn Sie uns überzeugen können, daß Ihre Pläne weder krimineller Natur noch in irgendeiner Form gegen uns gerichtet sind, können Sie und diejenigen, die bei Ihnen bleiben wollen, machen, was Sie wollen. Aber wir werden umgekehrt jeden mit uns nach Las Vegas nehmen, der das möchte.«

Hesekiel zögerte ein paar Sekunden, dann nickte er schließlich. Da er ohnehin nicht alle seine Anhänger mitnehmen konnte, war es ein Einlenken, das ihm leichtfallen mußte. Was er hier abzog, war nicht mehr als eine Show.

»Ihr habt alle gehört, um was es geht«, sagte er. »Auch ohne diese Drohung hätte ich niemanden von euch gewaltsam gezwungen, mir weiterhin zu folgen. Es ist allein eure Entscheidung, und man kann niemanden zwingen, den richtigen Weg zu Gott zu beschreiten. Wenn euer Glaube nicht stark genug ist, so kann ich euch ohnehin nicht brauchen. Wer es will, der kann mit diesen Männern in den Sündenpfuhl Las Vegas ziehen, den Ableger der von Haß, Gier und menschlicher Kälte geprägten Welt, der wir gemeinsam entfliehen wollten, um eine neue, bessere zu finden. Dies ist eine Entscheidung, die ihr ganz allein treffen müßt. Wer also meint, sein Glaube an Gott wäre nicht stark genug, um dieser Versuchung zu widerstehen, der möge ruhig gehen.«

Unruhe entstand unter den Pilgern.

»Du bist kein Gesandter Gottes!« rief eine Frau. Es war die Witwe eines der Männer, die bei der Erkundungstour am Vortag gestorben waren. »Du bist nur ein Blender. Jack und ich haben aus tiefstem Herzen an den Herrn geglaubt und dir vertraut, und was war der Lohn dafür? Mein Mann ist tot, gestorben, kaum daß wir dieses angeblich gelobte Land erreicht haben. Du hast uns alle betrogen, Hesekiel. Ich glaube dir nicht mehr länger.«

Mit diesen Worten verließ sie als erste die Gruppe der Pilger und ging den Soldaten entgegen. Wedge machte Anstalten, ihr den Weg zu verstellen, wich aber auf eine Geste Hesekiels hin wieder zurück.

Nachdem das Eis einmal gebrochen war, folgten weitere Pilger der Frau. Anfangs nur einzelne und zögernd, schließlich mehr als zwei Dutzend. Nicole hatte mit ihrer Befürchtung recht gehabt; es würde für Hesekiel schwer werden, auch nur die Hälfte seiner Anhänger zu halten. Auch viele derer, die noch auf seiner Seite standen, wirkten unschlüssig.

»Was ist mit dir?« erkundigte sich Littlecloud und deutete auf mich. »Gestern noch hat dieser Hesekiel dich mit Waffengewalt daran hindern müssen, zu uns zu kommen. Heute brauchst du keine Angst mehr zu haben, dir wird nichts geschehen.«

»Ich habe keine Angst«, entgegnete ich. »Aber gestern war gestern, und heute . . .«

Ich brach mit einem Achselzucken ab. Gestern wäre ich ohne zu zögern gegangen, zumal ich mich Hesekiel keineswegs aus freien Stücken angeschlossen hatte. Aber gestern hatte ich auch noch nicht gewußt, ob Nicole mich wirklich liebte. Nach der letzten Nacht jedoch . . .

Nicole war sicherlich nicht so durchtrieben, nur mit mir zu schlafen, um zu verhindern, daß ich die Pilgertruppe verließ, das konnte ich mir nicht vorstellen. Viel mehr aber noch zählte, daß sie mir gezeigt hatte, auf was ich in meinem Leben bisher verzichtet hatte. Ich war in sie verliebt und wollte ihre Gegenwart nicht mehr missen. Aber das würde geschehen, wenn ich jetzt ging, da sie ihren Vater nicht im Stich lassen würde. Und das hieße, daß ich sie wahrscheinlich niemals mehr wiedersehen würde.

Nicole bedeutete mir mehr, als einsam in der relativen Sicherheit von Las Vegas zu leben.

Also blieb ich.

31. Mai

Wir sind jetzt seit drei Tagen unterwegs.

Natürlich habe ich mich in den letzten Tagen immer wieder gefragt, ob ich das Richtige getan habe, als ich bei den Pilgern blieb, aber bislang zumindest habe ich meine Entscheidung noch nicht bedauert. Im Grunde bin ich ja auch nicht bei den Pilgern, sondern nur bei Nicole geblieben.

Wie er es versprochen hat, hat uns Mainland anstandslos ziehen lassen, nachdem er davon überzeugt war, daß wir alle aus freiem Entschluß handeln. Er hat uns sogar noch viel Glück gewünscht.

Ein Mann und seine Frau, die sich bereits entschlossen hatten, nach Las Vegas zu fliegen, haben es sich quasi im letzten Moment noch anders überlegt und sind wieder zu uns zurückgekehrt. Mich eingerechnet sind wir jetzt noch sechsundzwanzig. In unserer Gondel befinden sich siebzehn Leute, in der anderen sind zusätzlich zu den restlichen neun noch zahlreiche Materialien wie Werkzeuge und Saatgut untergebracht, die zur Gründung einer Siedlung dringend erforderlich sind. Auch wir haben Hilfsmittel an Bord, vor allem natürlich Lebensmittel.

Bislang treibt uns ein leichter und ziemlich beständiger Wind in nordwestlicher Richtung, doch es gibt keine Garantien, daß das so bleibt. Zwar hat Hesekiel angeordnet, daß wir sofort landen, sobald es stürmisch werden sollte. Je nachdem, wie das Gelände unter uns ist, mag dies jedoch nicht sofort möglich sein, so daß es passieren kann, daß einer der Ballons abgetrieben und wir vorübergehend getrennt werden.

Bislang hat Hesekiel noch nichts über ein konkretes Ziel sagen können. Er behauptet nur, er würde den richtigen Platz, an dem wir uns niederlassen sollten, erkennen, wenn er ihn sieht.

Ein solcher Ort sollte eine ganze Reihe von Voraussetzungen erfüllen. Am idealsten wäre ein Talkessel, der sich gegen Saurier leicht verteidigen ließe. Der Boden dort müßte fruchtbar genug sein, um Landwirtschaft betreiben zu können, und natürlich dürfte es kein Gebiet mit aktiven Vulkanen sein.

Gerade von diesen haben wir in den letzten Tagen ziemlich viele gesehen. Die Erdoberfläche ist in dieser Epoche noch bei weitem nicht so gefestigt wie in unserer ursprünglichen Zeit. Fast immer sind irgendwo rauchende Bergkegel zu entdecken, mehrfach haben wir sogar schon ausbrechende Vulkane gesehen, die glühende Lavaströme ausspuckten. Glücklicherweise waren wir stets weit entfernt, dennoch haben wir ein paarmal starke Luftturbulenzen zu spüren bekommen.

Ansonsten gibt es freilich unzählige Saurier zu beobachten, die sich tief unter uns tummeln. Anfangs hatte ich noch vor, die verschiedenen Arten, die ich zu Gesicht bekam, in diesem Buch zu katalogisieren, aber diese Idee habe ich schon bald wieder aufgegeben.

Tagsüber ist das Schreiben ohnehin schwierig. Es ist ziemlich eng in der Gondel, außerdem weht der Wind die Seiten ständig um. Gelegenheit zum Schreiben habe ich – so wie jetzt – eigentlich nur abends. Schon vor Einbruch der Dämmerung suchen wir uns einen Platz zum Rasten.

In den letzten Nächten war ich so müde, daß ich fast sofort eingeschlafen bin, und es gab auch nichts Nennenswertes niederzuschreiben. In dieser Nacht habe ich jedoch Wache und muß mich wachhalten, wobei mir das Schreiben hilft.

Ich hoffe, daß ich in nächster Zeit wieder öfters dazu komme, meine Gedanken auf diese Art festzuhalten.

Tom Ericson wurde aus seinen Gedanken aufgeschreckt, als sich ein Wagen der Ausgrabungsstelle näherte und anhielt. Mit einer Papiertüte unter dem Arm stieg Pierre Leroy aus. Genau wie er und Gudrun arbeitete auch der gebürtige Franzose für A.I.M., sogar schon wesentlich länger als sie. Seinem Gesicht war anzusehen, daß er nicht gerade blendender Laune war.

»Mon dieu, dieses Land ist wirklich eine Hochburg der Barbarei«, schimpfte er. »Man erntet nichts als verständnisloses Kopfschütteln, wenn man hier irgendwo nach einem Baguette oder gar Croissants fragt. Außer Sandwiches, Hamburgern oder Hot Dogs scheint es hier nichts zu geben.« Verdrossen schüttelte er den Kopf. »Von einem anständigen Cidre mal ganz zu schweigen.«

Tom, der die Vorliebe seines Freundes für Apfelwein nur zu gut kannte, lächelte flüchtig, wurde aber sofort wieder ernst.

»Was zieht ihr denn für Gesichter?« wollte Pierre verdutzt wissen. »Wenn hier einer Grund hat, sauer zu sein, dann bin ich es. Ihr gebt euch doch mit allem zufrieden, was wie Essen aussieht und sattmacht. Ich dagegen büße hier wahrscheinlich meine gesamten Geschmacksnerven ein.« Als er auch jetzt noch keine Reaktion erntete, fügte er hinzu: »Oder habt ihr gerade festgestellt, daß all die schönen Sachen hier nur bei einem Familienausflug letztes Jahr zurückgelassen wurden?«

Tom schüttelte den Kopf.

»Schlimmer«, behauptete er. »Und der Schuß geht auch genau in die andere Richtung los. Deswegen bin ich im Moment nicht zu Späßen aufgelegt.«

»Dann erzähl schon«, verlangte Pierre. »Muß ja etwas mächtig Bedeutendes sein.«

»Das kommt drauf an«, erwiderte Tom. »Ungefähr eine Minute, bevor du gekommen bist, hat mich Gudrun auf etwas aufmerksam gemacht, das mir ziemlich zu denken gibt.« Er zögerte kurz. »Bislang sind wir davon ausgegangen, daß wir es hier mit den Hinterlassenschaften irgendwelcher Vorfahren der bekannten Indianerstämme zu tun haben.«

»Aber wir haben das Erdreich inzwischen analysiert«, platzte Gudrun heraus. »Es handelt sich um Vulkanasche, auch wenn sie inzwischen nur noch auf chemischem Wege als solche zu erkennen ist.«

»Vulkanasche hat auch Pompeji unter sich begraben«, warf Pierre ein. »Deshalb ist dort ja auch alles so gut konserviert. Ich weiß gar nicht, was ihr habt, das steigert doch nur unsere Aussichten, daß hier alles ähnlich gut erhalten ist.«

Gudrun nickte langsam.

»Pompeji lag am Fuße des Vesuvs, und der ist nachweislich vor knapp zweitausend Jahren ausgebrochen.«

»Und?« Verständnislos blickte Pierre sie an. »Worauf willst du hinaus?«

»Sieh dich doch mal um«, erklärte Gudrun. »Siehst du irgend etwas, das auch nur entfernte Ähnlichkeit mit einem Berg hat, der innerhalb der letzten Jahrtausende mal ein Vulkan gewesen sein könnte?«

»Mon dieu«, murmelte Pierre erneut. »Warum ist noch keiner darauf gekommen? Sie hat recht.«

»Männer«, brummte Gudrun und verschränkte die Arme vor der Brust.

»Das würde bedeuten, daß die Ruinen *sehr* viel älter sind«, schlußfolgerte Pierre. Anscheinend fiel es ihm leichter als Tom, das scheinbar Unmögliche zu akzeptieren. »Aber nach allem, was wir wissen, ist die Menschheit bei weitem nicht so alt. Das wäre ja noch lange vor der atlantischen Zeit.«

»Eben«, ergriff Tom wieder das Wort. Er schob seinen Hut höher und wischte sich mit dem Handrücken über die Stirn. »Genau bis zu diesem Punkt waren wir schon gekommen. Und dann erkundigte sich Gudrun, was mich eigentlich so sicher macht, daß dies hier von Menschen erbaut wurde.«

»Oh.« Die Papiertüte mit den Frühstückseinkäufen wäre Pierre um ein Haar unter dem Arm hervorgerutscht. Erst im letzten Moment griff er danach und fing sie auf.

»Wir haben in den letzten Jahren bereits eine Menge Hinweise gefunden, die auf eine fremde, uralte Zivilisation hindeuten, die sich mit der atlantischen im Krieg befand«, führte Gudrun ihre Idee weiter aus. »Denkt nur an Kars schwarze Pyramide. Möglicherweise handelt es sich hier um Zeugnisse des gleichen Volkes, von dem wir ja annehmen, daß es eine echsenhafte Rasse war.«

Kar, lange Zeit ihr Gegenspieler, war bei Forschungen auf ein uraltes, mit fremder Technik angefülltes Bauwerk gestoßen und hatte begonnen, es für sich zu nutzen. Gleichzeitig hatte er sich an einer unbekannten Substanz infiziert, die dafür sorgte, daß er sich selbst in ein Zwitterwesen zwischen Mensch und Echse verwandelte, bis es ihnen schließlich gelungen war, ihn zu besiegen.

»Das erscheint mir ziemlich weit hergeholt«, behauptete Tom. »Ich finde, es ist noch völlig verfrüht für solche Spekulationen. Außerdem scheint mir das hier nicht viel Ähnlichkeit mit Kars Pyramide zu haben.«

»Darum geht es 'doch auch gar nicht«, ereiferte sich Gudrun. »Ich wollte nur darauf hinweisen, daß es mit ziemlicher Sicherheit vor den Menschen schon einmal eine hochentwickelte Zivilisation auf der Erde gegeben hat. Möglicherweise sind dies hier Fundstücke aus ihrer Frühepoche.«

Tom und Pierre schwiegen ein paar Sekunden lang und ließen sich ihre Worte durch den Kopf gehen.

»Wir sollten uns keine allzu großen Hoffnungen machen«, gab Tom schließlich zu bedenken. »Aber wenn es tatsächlich so wäre, dann könnte A.I.M. endlich konkrete Beweise für die Existenz einer solchen Zivilisation vorlegen. Niemand könnte unsere Vermutungen dann mehr als blinde Spekulationen oder Spinnereien abtun. Trotzdem – oder gerade deshalb – sollten wir uns jedoch vor übereilten Schlußfolgerungen hüten.«

Er drehte sich um, als er hinter sich Schritte hörte. Einer der Arbeiter kam auf sie zu.

»Wir haben da etwas entdeckt, das Sie sich ansehen sollten«, berichtete der Mann. »Es scheint sich um so etwas wie einen ehemaligen Brunnenschacht zu handeln, und auf seinem Grund liegt irgend etwas. Ich dachte mir, Sie würden sich bestimmt gern selbst darum kümmern.«

10. Juni

Heute ist das schrecklichste Unglück passiert, das ich jemals miterlebt habe und das ich wohl bis zum Ende meines Lebens niemals vergessen werde.

Genau wie alle anderen stehe ich noch voll im Bann dessen, was passiert ist, aber ich hoffe, daß es mir hilft, damit fertigzuwerden, wenn ich alles aufschreibe.

Die vergangenen Tage verstrichen so ereignislos wie die vor meinem letzten Tagebucheintrag. Wir dürften inzwischen schon eine ganz schöne Strecke zurückgelegt haben, aber ich kann unmöglich schätzen, um wieviel hundert Meilen es sich handelt. Auch Landkarten nutzen uns nicht viel, da die Landschaft keinerlei Ähnlichkeit mit der aufweist, wie wir sie in der Gegenwart kennen. Wo einst Wüste sein wird, erstreckt sich Dschungel, anstelle von flachem Land Bergketten oder umgekehrt, und wir fliegen über Seen und mächtige Flüsse hinweg, von denen man im zwanzigsten Jahrhundert nie etwas gehört hat.

Einige Male schon sind wir Flugsauriern begegnet, hauptsächlich kleinen Rhamphorhynchi oder auch Pterodactylen, wie sie mit DINO-LAND in die Gegenwart gelangt sind. Ich weiß noch, daß sich einer sogar schon nach Beatty verirrt hatte. Selbst die besten Abschirmanlagen am

Boden können nicht verhindern, daß Flugsaurier einfach über sie hinwegfliegen. Glücklicherweise sind die Pterodactylen mit ihrer Flügelspannweite von gerade mal einem halben Meter harmlos.

Gefährlicher sind da schon die mehr als doppelt so großen und wesentlich angriffslustigeren Rhamphorhynchi. Von uns haben sie sich jedoch tunlichst ferngehalten; die ungeheure Größe der beiden Ballons hat sie wohl abgeschreckt.

Um die Mittagszeit heute erreichten wir erneut eine Bergkette. Das Erdreich hier war sehr instabil. Die Spuren noch nicht lange zurückliegender Vulkanausbrüche waren unverkennbar, zwei Vulkane waren auch heute mittag noch aktiv. An den Hängen des einen Berges rann Lava in breiten, glühenden Strömen herab und vernichtete alles, was ihr im Weg stand. Büsche und Bäume flammten wie Zündhölzer auf, zahlreiche Tiere flohen in Panik. Am beeindruckendsten sah eine ganze Herde gewaltiger Iguanodons aus, die unter uns vor dem Feuer die Flucht ergriffen.

Wir hatten jedoch kaum Gelegenheit, sie zu beobachten. Die beiden Vulkane machten uns ziemlich zu schaffen, zumal uns der Wind direkt auf einen davon zutrieb. Der Berg schien noch nicht lange aktiv zu sein. Von ausgetretener Lava war nichts zu entdecken, dennoch bot er einen furchterregenden Anblick. Gigantische Flammen leckten aus dem Krater, und Rauch, Asche und Ruß wurden mehr als eine Meile hoch in die Luft geschleudert. Die riesige Rauchwolke erinnerte mich auf schreckliche Weise an einen Atompilz, und auch sie war alles andere als harmlos.

Die Luft über dem Krater wurde stark erwärmt, wirbelte in die Höhe und erzeugte auf diese Weise einen Unterdruck, der wie ein Sog auf die Ballons wirkte. Da dies ohnehin auch die herrschende Windrichtung war, wurden wir immer weiter auf den Vulkan zugetrieben.

Hektische Betriebsamkeit brach in unserer Ballongondel aus.

»Wir müssen höher steigen!« schrie Hesekiel. »Nur wenn

wir höher als die Rauchwolke kommen, können wir dem Sog entgehen!«

Er ließ die Gasventile der beiden Brenner weiter öffnen. Fauchend stiegen Flammen ins Innere der unten offenen Ballonhülle.

Die Hitze bewirkte einen stärkeren Auftrieb, und zusätzlich ließ Hesekiel noch einige Sandsäcke leeren. Da wir keine Möglichkeit besaßen, uns neue zu besorgen, hatten wir von Anfang an darauf verzichtet, sie einfach abzuwerfen.

Tatsächlich ließ der Sog nach, je höher wir kamen, doch dafür erwartete uns bereits eine ganz andere Gefahr. Bislang hatten wir die dunklen, hoch über uns am Himmel kreisenden Punkte kaum beachtet, da wir uns an den Anblick von Flugsauriern längst gewöhnt hatten. Als wir jedoch höher stiegen, betrachteten die Tiere uns offenbar als Eindringlinge in ihr Revier, und als sie sich uns näherten, mußten wir erkennen, daß wir uns bezüglich ihrer Größe und Flughöhe gründlich geirrt hatten.

Weder handelte es sich um Pterodactylen noch um Rhamphorhynchi, sondern um eine völlig andere Spezies, die noch in keinem Buch aufgeführt worden war.

Die Tiere sahen nur deshalb so klein aus, weil sie so extrem hoch geflogen waren. Mit ihrem Knochenkamm am Hinterkopf erinnerten sie vage an Pteranodons, wie es sie vor allem gegen Ende der Kreidezeit vermehrt gegeben hatte, allerdings waren die Tiere, mit denen wir es hier zu tun hatten, ungleich massiger. Ihre Flügelspannweite betrug sicherlich zehn, zwölf Meter, ihre Körper erreichten mindestens die dreifache Größe eines Menschen. Ihre spitzen, weit vorgezogenen Schnäbel bargen scharfe, gut handlange Reißzähne.

Das Schlimmste jedoch war, daß die Flugsaurier wegen des Vulkanausbruches allem Anschein nach besonders aggressiv waren und sich blindlings auf uns stürzten. Nicht einmal die gewaltige Größe der Ballons, die uns bislang ziemliche Sicherheit geboten hatte, schreckte sie ab.

»Nehmt die Gewehre!« brüllte Hesekiel. »Schießt die Biester ab!«

Die Waffen waren griffbereit am Rand der Gondel befestigt, wo wir sie blitzschnell erreichen konnten. Ich hatte mir bereits eines der Gewehre geschnappt und legte damit auf den vordersten Flugsaurier an, der uns bedrohlich nah gekommen war.

Nur wenige Meter von mir entfernt klappte sein gewaltiges Maul auf.

Ich schoß direkt hinein und konnte sehen, wie das großkalibrige Geschoß den Rachenraum zerfetzte. Der Saurier stieß ein ersticktes Krächzen aus, schlug noch ein paarmal wild mit den Flügeln und stürzte dann wie ein Stein zu Boden.

Drei weitere Tiere waren von den übrigen Männern inzwischen abgeschossen worden. Ich hatte schon Gelegenheit gehabt, mich von den miserablen Schießkünsten der meisten Pilger zu überzeugen, doch zumindest Hesekiel und vor allem Wedge erwiesen sich als recht gute Schützen.

Die Saurier schienen es viel mehr auf die Ballonhüllen als auf uns abgesehen zu haben. Anscheinend ging es ihnen nur darum, die beiden vermeintlichen riesigen Eindringlinge wieder aus ihrem Revier zu vertreiben, und deshalb stürzten sie sich auf die Hüllen, die ihnen am meisten Angriffsfläche boten.

Es gelang mir, zwei weitere Flugsaurier zu treffen. Auch rechts und links von mir donnerten unablässig Schüsse. Wir mußten bereits gut ein Dutzend Tiere getötet haben, aber wir hatten es mit der mindestens drei- bis vierfachen Zahl zu tun.

Falls es einem der Flugmonster gelingen sollte, sich uns direkt von oben zu nähern, wo wir es aufgrund der Hülle nicht entdecken konnten, sähe es schlimm für uns aus. Die Heißluftballons waren zum Glück nicht ganz so empfindlich wie Heliumballons, aus denen beim kleinsten Loch sofort das Gas entweichen würde, aber dennoch würden wir mehr und mehr absinken und schon bald stranden, wenn die heiße Luft durch eine Öffnung abziehen konnte, statt für neuen Auftrieb zu sorgen.

Gemeinsam mit der Besatzung des anderen Ballons schossen wir sicherlich zwanzig, fünfundzwanzig Flugsaurier ab, ehe die übrigen Biester schließlich genug hatten und mit schrillem Krächzen davonflatterten.

Lauter Jubel brach unter den Pilgern aus. Auch mir fiel vor Erleichterung ein Stein vom Herzen. Nicole umarmte mich stürmisch, aber noch konnte ich nicht völlig an einen Sieg glauben. Es war durchaus möglich, daß sich die Flugsaurier nur kurzfristig zurückgezogen hatten und noch einmal wiederkehren würden.

Solange wir uns in dieser Gegend aufhielten, bestand weiterhin Gefahr, allerdings drohte sie aus einer ganz anderen Richtung als erwartet. Da sie weitgehend dem Wind ausgeliefert waren, war es schon unter normalen Umständen fast unmöglich, die Ballons zu steuern, und während des Kampfes erst recht nicht. Zwangsläufig waren die beiden Fluggefährte dadurch weiter auseinandergetrieben.

Aber der Wind war nicht der einzige Grund dafür. Der zweite Ballon flog bereits deutlich tiefer als unserer.

»Höher! Ihr müßt hochziehen!« brüllte Hesekiel vom Rand der Gondel aus und gestikulierte wild mit den Armen, doch ich glaubte nicht, daß man ihn im anderen Ballon über die Entfernung hinweg überhaupt hören konnte.

Auch von sich aus waren die Menschen dort drüben bereits aktiv geworden. Systematisch leerten sie sämtliche Sandsäcke und ließen die Brenner auf vollen Touren laufen. Außerdem begannen sie damit, Ausrüstungsgegenstände über Bord zu werfen.

Es nutzte nichts; der Ballon sank dennoch tiefer und wurde wieder stärker vom Sog des Vulkans erfaßt. Die ursprünglich straffe Hülle hing an einer Seite deutlich durch. Selbst aus der Distanz war der mehrere Meter lange Riß zu erkennen. Immer rascher verlor die Hülle an Spannkraft und sank in sich zusammen.

Ich drängte mich zu Hesekiel durch.

»Unternehmen Sie doch etwas!« stieß ich hervor. »Wir müssen den Leuten irgendwie helfen.«

»Und wie?« fuhr er mich an. Seine Augen schienen wie unter einem inneren Feuer zu brennen. »Hast du dafür vielleicht auch einen Vorschlag?«

»Aber Sie können die Menschen doch nicht so einfach sterben lassen!« schrie ich Hesekiel mit vor Schrecken überkippender Stimme an. Auch wenn ich mich weigerte, die Wahrheit zu akzeptieren, wußte ich so gut wie er, daß es nichts gab, was wir tun konnten.

Der Ballon verschwand mit rasender Geschwindigkeit inmitten der dichten Rauchschwaden, die vom Vulkan ausgespien wurden.

Obwohl es schlichtweg unmöglich war, meinte ich den Todesschrei der neun Menschen in meinen Ohren gellen zu hören.

Die Pilger begannen zu beten.

Gordie Lander wäre am liebsten vor Scham im Boden versunken. Seit Minuten schon kämpfte er verbissen gegen den Drang an, aber es hatte keinen Sinn mehr. Die Unterrichtsstunde dauerte nur noch zehn Minuten, und danach begann das Wochenende. Trotzdem würde er es nicht mehr so lange aushalten. Wenn er nicht zur Toilette ging, würde er sich in die Hose machen, und das wäre dann erst recht peinlich. Immerhin war er kein kleines Kind mehr, sondern würde in wenigen Wochen neun Jahre alt werden.

Also nahm er all seinen Mut zusammen, zeigte auf und wartete, bis Miß Duggan ihn drannahm.

»Ich ... ich muß mal zum Klo«, murmelte er und meinte zu spüren, wie sein Gesicht rot anlief.

»*Jetzt?*« Miß Duggan blickte auf ihre Uhr. Sie war eine ältere, strenge Frau, die ihr graues Haar im Nacken zu einem Knoten gebunden trug. Keiner der Schüler mochte sie. Die meisten, Gordie eingeschlossen, fürchteten sich sogar ein bißchen vor ihr, aber da sie Musik unterrichtete, hatte er nur zweimal in der Woche bei ihr Unterricht, und das ließ sich gerade noch ertragen.

»Die Schulstunde ist in elf Minuten zu Ende«, fügte Miß Duggan barsch hinzu. »Bis dahin wirst du es wohl noch aushalten.«

Gordie schüttelte den Kopf.

»Es ... es geht nicht mehr«, preßte er hervor. Er hatte das Gefühl, daß alle ihn anstarrten, und er hatte es schon immer gehaßt, irgendwelche Aufmerksamkeit zu erregen. Er galt als stiller, schüchterner Junge. Da er ein bißchen dicklich war, war er nicht besonders gut im Sport und hatte nicht viele Freunde, da er lieber in Comics oder Büchern herumschmökerte, als mit den anderen zu spielen. »Ich muß wirklich ganz dringend.«

Mit ihren vogelartigen Augen musterte Miß Duggan ihn einige endlos erscheinende Sekunden lang über ihre schmale Brille hinweg.

»Also gut, dann geh, aber komm sofort zurück«, sagte sie schließlich.

Gordie nickte hastig, stand auf und eilte zur Tür. Kaum hatte er den Raum verlassen, begann er zu laufen.

Im Gegensatz zu den normalen, in den höheren Stockwerken liegenden Klassenzimmern der Old Central School in Phoenix befand sich der Musikraum im Keller der Schule, damit der Unterricht in den anderen Klassen durch das Singen und das Spielen der Instrumente nicht gestört wurde. Außerdem gab es hier unten noch einen Werkraum; die meisten anderen Räume wurden nur dazu genutzt, um Lehrmittel wie Schautafeln oder große Landkarten aufzubewahren.

Die Toiletten befanden sich ganz am Ende des Ganges, nur ein Stückchen vor der großen, schwarzen Eisentür an der Kopfseite. Es war eine Tür, an der sich schon die Phantasien unzähliger Generationen von Schülern entzündet hatten, zumal sie nahezu immer verschlossen war.

Als Gordie die Toilette fast erreicht hatte, wurde die Eisentür jedoch gerade von innen geöffnet. Mister Lennard, der Hausmeister der Schule, kam mit einem großen und offenbar sehr schweren Karton auf den Armen heraus und nickte dem Jungen flüchtig zu.

Gordie verschwand in der Jungentoilette und stellte sich an eines der Becken. Sein Drang war inzwischen so stark geworden, daß ihm der ganze Unterleib weh tat, und es bedeutete eine grenzenlose Erleichterung, als er ihm endlich nachgeben konnte.

Als er sich die Hände gewaschen hatte und die Toilette wieder verließ, stand die Eisentür immer noch einen Spalt offen.

Mister Lennards Schritte waren auf der Treppe am anderen Ende des Ganges zu hören; so schnell würde der Hausmeister also wohl nicht zurückkehren. Gordie konnte der Versuchung nicht widerstehen, die Tür ein Stück weiter zu öffnen und hindurchzuschlüpfen.

Im Keller brannte eine schwache Glühbirne, die an einem nackten Kabel an der Decke hing und kaum ausreichte, den Raum vollständig auszuleuchten. Die Ecken lagen im Dunkeln, und das Zwielicht schuf eine eigentümliche, etwas unheimliche Atmosphäre. Auch die sich anschließenden Räume wurden nur schwach beleuchtet.

Gordies Herz schlug schneller, während er durch den ersten Raum zum Durchgang des nächsten huschte. Er wollte sich lediglich ein paar Sekunden lang umsehen, nur um des Nervenkitzels willen. Sonst riskierte er, daß er erwischt wurde oder Miß Duggan wegen seines langen Fehlens Verdacht schöpfte.

Er wollte gerade umkehren, als er das Geräusch hörte. Es klang wie ein leises Scharren und drang aus einem der Nebenräume. Nach ein paar Sekunden brach es wieder ab. Für einen kurzen Moment erwachten all die Geschichten über Monster, Geister und Menschenfresser in Gordie zu neuem Leben, die man ihm über den Keller erzählt hatte, doch fast augenblicklich gelang es ihm, sie wieder beiseite zu schieben. Spiderman oder ein anderer Held seiner Comics würde sich auch nicht von solchen Schauermärchen beeindrucken lassen, mit denen man kleinen Kindern einen Schrecken einjagte.

Als nächstes dachte Gordie an Ratten. Er hatte noch nie Ratten gehört oder gesehen, deshalb wußte er auch nicht, was sie für Geräusche machten.

Auf jeden Fall war seine Neugier geweckt. Obwohl er sich trotz aller Versuche, sich selbst Mut einzureden, noch immer fürchtete, ging er bis zum nächsten Raum. Als er den Durchgang erreichte, nahm er gerade noch aus den Augenwinkeln wahr, wie irgend etwas durch eine niedrige Tür in einen unbeleuchteten Nebenraum verschwand.

Tapfer ging Gordie weiter. Ein erwachsener Mann hätte sich unter der Türöffnung durchbücken müssen, aber bei ihm war es nicht nötig. Auf der Schwelle verharrte er. Bis auf ein kleines helles Rechteck, wo Licht durch die Tür hereinfiel, war der Nebenraum völlig dunkel. Es roch muffig und feucht, sogar ein bißchen faulig. Selbst Mister Lennard kam offenbar nicht oft her; wenn überhaupt.

Vergeblich tastete Gordie an der Wand nach einem Lichtschalter, deshalb blieb er auf der Schwelle stehen und hoffte darauf, daß seine Augen sich an die Dunkelheit gewöhnen würden, doch dafür war es einfach *zu* dunkel. Er nahm nur ganz vage die Umrisse irgendwelcher abgestellten Gegenstände wahr.

Dann hörte er wieder das Kratzen, und diesmal war er sich sicher, daß es aus diesem Raum kam. Aber da waren noch andere Geräusche, die er nur schwer einordnen konnte. Sie klangen wie eine Mischung aus Gackern und leisem Wimmern, und vereinzelt ertönte auch ein Knacken, als würde man behutsam ein Frühstücksei aufschlagen.

Etwas huschte ein Stück vor Gordies Füßen über den Boden und durchquerte dabei auch das helle Rechteck, doch er bemerkte es erst zu spät. Von der Größe her könnte es eine Ratte gewesen sein, aber die Art der Bewegungen war auf eine schwer zu beschreibende Art anders als bei Mäusen oder Goldhamstern gewesen.

Erst jetzt erinnerte sich Gordie daran, daß er noch Streichhölzer in der Hosentasche trug. Seine Eltern hatten ihm schon oft verboten, mit Feuer zu spielen, aber wie bei wahrscheinlich allen Jungen seines Alters übte gerade das Verbotene einen besonderen Reiz auf ihn aus. Als er gestern auf dem Weg zur Schule gesehen hatte, wie ein Mann das Streichholzheftchen verloren hatte, nachdem er sich eine Zigarette angezündet hatte, hatte Gordie es heimlich aufgehoben und behalten.

Rasch holte er es hervor und zündete ein Streichholz an. Im ersten Moment blendete ihn das Licht so sehr, daß er gar nichts sah. Was er dann jedoch entdeckte, war so unglaublich, daß er sich im ersten Moment schlichtweg weigerte, es richtig zu erkennen. Es war ein seltsames Gewusel auf dem Boden, und noch bevor er genauer hinsehen konnte, war das Streichholz soweit abgebrannt, daß es ihm die Finger zu verbrennen drohte. Mit einer gemurmelten Verwünschung ließ Gordie es hastig fallen, nur um gleich ein neues anzuzünden.

Diesmal erkannte er eine Vielzahl von Eierschalen auf dem Boden, die meisten davon zerbrochen, und dazwischen bewegten sich Wesen, wie er sie noch nie zuvor gesehen hatte. Einige von ihnen waren winzig und bewegten sich nur schwach. Wahrscheinlich waren sie erst frisch geschlüpft.

Andere waren schon älter und bewegten sich recht flink. Ihre Haut zeigte bereits deutlich den Ansatz zur Schuppenbildung. Ihr Leib war schlank und länglich und endete in einem kleinen Schwanz. Sie bewegten sich auf zwei Beinen und hatten auch zwei kurze Arme, die fast an die Ärmchen menschlicher Babies erinnerten.

Mit weit aufgerissenen Augen trat Gordie darauf zu. Der Anblick war so unglaublich, daß er sich ein weiteres Mal die Finger verbrannte. Sofort zündete er ein weiteres Streichholz an. Im gleichen Moment, in dem es aufflackerte, vernahm Gordie einen schrillen, pfeifenden Laut, unmittelbar gefolgt von einem Fauchen. Etwas, das beinahe ebenso groß war wie er selbst, jagte von der Seite auf ihn zu und prallte gegen ihn. Mit einem Schrei stürzte Gordie zu Boden. Das Streichholzheft entglitt ihm ebenso wie das gerade erst aufgeflammte Zündholz.

Es war das Monster.

Die alten Geschichten waren doch wahr! Er hätte es wissen müssen. Es *gab* ein Monster im Keller der Schule, und es hatte die ganze Zeit auf einen kleinen Jungen wie ihn gewartet.

Jetzt hatte es ihn erwischt.

Halb wahnsinnig vor Angst trat und schlug Gordie blindlings um sich. Ein paarmal traf er auf irgendeinen Widerstand, dann schoß plötzlich ein brennender Schmerz durch sein Bein.

Gordie kroch vorwärts, auf das Licht zu. Er wußte nicht mehr, ob er es schaffte. Alles um ihn herum begann sich zu drehen, dann verschlang ein tiefer, dunkler Schacht sein Bewußtsein.

11. Juni

Den ganzen Tag über war die Stimmung gedrückt. Wir befinden uns immer noch in einem Schockzustand, als wären wir von einer geistigen Lähmung befallen.

Von dem zweiten Ballon haben wir nichts mehr entdecken können, obwohl wir die Umgebung des Vulkans über eine halbe Stunde lang beobachtet haben. Auch ein Bergen der bereits vorher von der Besatzung über Bord geworfenen Materialien erwies sich als unmöglich, obwohl wir vieles davon dringend hätten gebrauchen können. Aber dafür hätten wir in der Nähe des Vulkans landen müssen, und die Gefahr wäre zu groß gewesen, daß der Sog auch uns erfaßt hätte.

In genügend großer Entfernung waren wir bei Einbruch der Dämmerung dann niedergegangen und hatten unser Nachtlager aufgeschlagen. Genau wie wohl auch viele der anderen Pilger konnte ich kaum ein Auge zumachen, und als ich irgendwann endlich doch eingeschlafen war, wurde ich von schrecklichen Alpträumen gequält, aus denen ich schweißgebadet und wenig erholt wieder erwachte. Dafür bin ich den ganzen Tag über schon todmüde und werde heute abend auch sicherlich nicht mehr lange schreiben. Außerdem ist es ziemlich stürmisch geworden, und dauernd werden mir die Seiten umgeschlagen.

Die Pilger haben in einiger Entfernung im Schutz der Bäume ein Lagerfeuer gemacht, und zur Zeit wird gerade das Abendessen zubereitet. Wenn sich der Wind bis morgen nicht legt, werden wir wahrscheinlich gar nicht aufsteigen können, weil es zu gefährlich wäre, was die Stimmung noch zusätzlich negativ beeinflußt.

Hesekiel hat es zwar geschafft, den Absturz des zweiten Ballons als eine weitere Prüfung Gottes hinzustellen, und zumindest im Augenblick stehen die Pilger sogar noch enger zu ihm, ich glaube jedoch, daß dies nur eine vorübergehende Erscheinung sein wird.

Vermutlich ist sich auch Hesekiel dessen bewußt. Trotz seiner religiösen Verblendung ist er ein intelligenter Mann, und er weiß nur zu gut, wie man mit Menschen umgeht. Zur Zeit hält er sich deshalb etwas zurück und läßt Wedge alle nötigen Anordnungen verkünden. Stärker noch als er verkörpert Wedge den benötigten starken Mann, so daß sich Hesekiel ganz darauf konzentrieren kann, sich wieder als Vertrauensperson zu etablieren, indem er sich scheinbar nicht mehr um die weltlichen, sondern nur noch um die religiösen Dinge kümmert.

Möglicherweise wird sein Plan sogar aufgehen. Wedge ist bei den meisten Pilgern nicht sehr beliebt, zum Teil sogar gefürchtet.

Je mehr er in den Vordergrund tritt, desto stärker werden die Menschen sich wahrscheinlich wieder Hesekiel zuwenden.

Auch Wedges wachsender Einfluß ist etwas, das mir Sorge bereitet. Noch steht er loyal zu Hesekiel, doch das muß nicht immer so bleiben. Auch die Vorstellung, daß er das Kommando übernehmen wird, wenn Hesekiel einmal etwas zustößt, behagt mir gar nicht. Ich weiß, daß Wedge mich nicht sonderlich schätzt.

Mit Nicole kann ich darüber nicht reden. Ich habe sogar das Gefühl, daß sie sich seit dem Unglück mit dem Ballon ein bißchen von mir zurückzieht. Das ist nicht gegen mich gerichtet. Ich nehme eher an, daß auch ihr inzwischen immer stärkere Zweifel kommen, was die vermeintlich göttliche Mission ihres Vaters angeht. Sie beginnt zu ahnen, daß wir so etwas wie das *gelobte Land* hier nicht finden werden und daß es ein Fehler war, sich diesem Pilgerzug anzuschließen. Jetzt wird sie von Schuldgefühlen geplagt, daß sie auch mich dazu getrieben hat, ihrem Vater zu folgen, und das macht ihr zu schaffen.

Wir werden sehen, was ...

»Auch ein Teil des Schachtes war mit steinhart gewordener Asche angefüllt«, berichtete der Arbeiter. »Glücklicherweise fast nur im oberen Bereich. Wir haben sie mit langen Stangen aufgebrochen und abgeschlagen und jemanden mit einem Schlagbohrer ein Stück weit in den Schacht hinabgelassen, der die Öffnung vergrößert.«

Tom Ericson hörte kaum zu. Er hatte sich auf den Boden gelegt und leuchtete mit einer starken Taschenlampe in das Loch hinab.

»Du unten blitzt irgend etwas im Lampenlicht!« stieß er hervor, beugte sich noch etwas weiter vor und stieß im nächsten Moment einen Fluch aus, als ihm der Hut vom Kopf fiel und in der Öffnung verschwand.

»Genau das meinte ich«, erklärte der Arbeiter. »Anfangs war es nicht zu sehen, wahrscheinlich war es auch unter einer Ascheschicht verborgen. Einige der abgeschlagenen Brocken haben die Kruste um das funkelnde Ding anscheinend aufbrechen lassen.«

»Können wir es herausholen?« wollte Gudrun wissen.

»Das wird schwer. Es ist nicht magnetisch, das haben wir bereits versucht. Wir müßten jemanden hinunterlassen, der es heraufholt, aber dafür müßten wir erst vorsichtig die Öffnung zwischen den Asche- und Felsbrocken vergrößern. Der Durchlaß ist noch zu schmal.«

Auch Gudrun beugte sich noch einmal über das Loch und spähte in die Tiefe.

»Für mich könnte es reichen«, stellte sie fest. »Ich bin schlanker als Ihre Leute. Sie bräuchten mich nur abzuseilen.«

»Das ist zu gefährlich«, protestierte Tom.

»Wenn das alles hier wirklich so alt ist, wie wir vermuten, dann ist es das reinste Wunder, daß dieser Schacht trotz der Bewegungen in der Erdkruste überhaupt noch existiert«, gab die Anthropologin mit ironischem Unterton zurück. Ihre Augen blitzten unternehmungslustig. »Da wird er wohl auch noch ein paar Minuten länger halten. Ich werde es tun.«

Erfolglos bemühte sich Tom, sie von ihrem Vorhaben abzubringen, während sich Pierre Leroy und die umstehenden Arbeiter aus der Diskussion heraushielten. Schließlich blieb auch Tom nichts anderes übrig, als nachzugeben.

Gudrun legte einige Gurte an, an denen ein stabiles, fast fingerdickes Nylonseil befestigt wurde, wie es auch von Bergsteigern benutzt wurde. Zur Sicherheit und der Bequemlichkeit halber setzte sie auch einen Helm mit einer darin integrierten Lampe auf.

Vorsichtig stieg sie in den Schacht hinab. Die Wände waren so rauh und unregelmäßig, daß sie ihren Händen und Füßen genügend Vorsprünge zum Klettern boten. Wenn sie doch einmal den Halt verlor, wurde sie durch das straff gespannte Seil gehalten.

An einigen Stellen wurde es ziemlich eng, doch sie schaffte es, sich zwischen dem Gestein hindurchzuzwängen. Nur einige wenige Kanten mußte sie mit einem vorsorglich mitgenommenen Hammer abschlagen, um vorbeizukommen.

Unbeschadet erreichte sie den Grund des Schachtes. Der Gedanke, daß dies hier künstlich errichtet wurde und vielleicht schon Jahrmillionen alt sein könnte, ließ sie ehrfürchtig erschauern.

Gudrun leuchtete mit ihrer Helmlampe umher. Der Boden war mit Geröll und erst frisch abgeschlagenen Gesteinsbrocken übersät, zwischen denen noch immer das Funkeln zu erkennen war. Irgend etwas brach und reflektierte das Licht der Lampe. Rasch räumte Gudrun einige Brocken zur Seite, um die Ursache des gelblichen Glimmens genauer erkennen zu können.

Es handelte sich um ein Stück Bernstein. Wie sie richtig vermutet hatten, war es in der verkrusteten Asche eingeschlossen gewesen, und einige Trümmer hatten die Kruste zerschlagen und dadurch eine Ecke freigelegt.

Mit ihrem Hammer schlug Gudrun weitere Stücke der versteinerten Asche ab, in der Hoffnung, den Bernstein freilegen zu können, doch mußte sie feststellen, daß es ein weitaus größerer Brocken als erwartet und dieser fest im Boden verankert war. Es war unmöglich, ihn nur mit dem Hammer freizulegen. Hier waren Spezialwerkzeuge nötig.

Sie legte den Kopf in den Nacken und blickte zu dem runden Stück Himmel über sich auf.

»Holt mich wieder rauf!« rief sie. Ihre Stimme hallte so dumpf und verzerrt durch den Schacht, daß sie selbst davor erschrak, doch sie wurde verstanden. Kurz darauf befand sie sich wieder an der Erdoberfläche.

Während der nächsten Stunden herrschte eine fieberhafte Aktivität.

Die engen Stellen des Schachtes wurden verbreitert, die lockeren Brocken in Körben heraufgeholt, damit sie nicht mehr im Weg waren. Dann konnten sich Männer mit entsprechendem Werkzeug an die Arbeit machen. Mit speziellen Bohrern und Gesteinssägen wurde der Boden des Schachtes aufgebrochen und der Bernsteinklumpen großflächig freigelegt.

Erst an der Erdoberfläche wurde dann vorsichtig mehr und mehr der Ascheschicht abgeschliffen, bis der Bernsteinbrocken völlig frei lag. Er war gut kopfgroß, und jetzt ließ sich verschwommen erkennen, daß irgend etwas darin eingeschlossen war.

»Sieht fast wie eine Konservendose aus«, meinte Pierre scherzhaft und erntete dafür einen finsteren Blick der anderen.

Dabei mußte sich Tom eingestehen, daß der Fund tatsächlich zu dieser Assoziation anregte. Es waren noch weitere Schatten in dem Bernstein zu erkennen, einer davon immerhin auch gut faustgroß, aber zumindest bei dem größten Stück handelte es sich ganz sicher nicht um ein gewöhnliches Fossil. Der Gegenstand schien sogar farbig zu schimmern, aber das mochte eine Illusion sein, die durch den dicken Bernstein hervorgerufen wurde.

»Tja, und was nun?« erkundigte sich Gudrun. »Eigentlich müßten wir das Ding so wie es ist zu einem Labor bringen, aber bis die es untersucht haben ...«

»Das heißt im Klartext, du bist genauso neugierig wie ich«, stellte Tom fest.

»Bernstein ist nicht gerade selten und deshalb auch nicht besonders viel wert«, erklärte Pierre Leroy. »Wird höchstens für Modeschmuck verwendet, also ist es nicht schade drum. Es kommt in diesem Fall wohl nur auf den Inhalt an. Wenn wir vorsichtig in der Nähe dieses bunten Dinges ein Stück von dem Brocken abschneiden, dürften wir eher erkennen können, um was es sich handelt.«

Behutsam trennte er mit einer Spezialsäge eine Kante des Brockens ab. Er schnitt dabei dicht in der Nähe des größten eingeschlossenen Gegenstandes vorbei, achtete aber sorgsam darauf, daß er ihn nicht ganz freilegte, sondern eine gut fingerdicke Schicht Bernstein übrigließ.

Als er die Ecke schließlich abnahm, konnten sie deutlich erkennen, um was es sich bei dem prähistorischen Fundstück handelte.

Um eine rot-weiße Büchse Coca-Cola.

Langsam, aber sicher begann Lieutenant Haldeman Kinder zu hassen. Kein Wunder, war es doch erst ein paar Tage her, daß so ein Gör den ganzen Polizeiapparat auf Trab gehalten hatte, nur weil es die Schule geschwänzt hatte.

Nun war es wieder passiert, allerdings lag der Fall diesmal etwas anders. Gordie Lander war nicht einfach nur irgendwo verschwunden, sondern direkt aus einer Schulstunde heraus.

Eigentlich war es nicht gerade die Aufgabe des Morddezernats, sich um verschwundene Kinder zu kümmern. Haldeman hatte jedoch von sich aus verlangt, daß alle Verkommnisse, die mit vermißten Personen zu tun hätten, auf seinem Schreibtisch landeten. Wenn ein Saurier in Phoenix sein Unwesen trieb, mußte das nicht zwangsläufig heißen, daß man seine Opfer so schnell fand, wie es bei dem Möbelpacker der Fall gewesen war.

Deshalb hatte er beschlossen, besonderes Augenmerk auf Vermißtenmeldungen zu legen.

Besonders stutzig machten ihn die Umstände von Gordies Verschwinden. Ein Mitschüler hatte berichtet, Gordie Lander wäre kurz vor Ende der letzten Stunde zur Toilette gegangen und bis zum Unterrichtsschluß nicht zurückgekommen. Seine Sachen hätten noch auf dem Platz gelegen.

Haldeman besorgte sich die Telefonnummer der betreffenden Lehrerin, erreichte sie jedoch nicht. Miß Duggan hatte lediglich eine Nachricht auf ihrem Anrufbeantworter hinterlassen, sie wäre übers Wochenende zu einer Bekannten gefahren.

Auch ein Gespräch mit dem Hausmeister der Schule ergab nichts Neues. Er kannte Gordie Lander flüchtig und behauptete, er hätte den Jungen gesehen, wie dieser auf dem Weg zur Toilette gewesen wäre, danach jedoch nicht mehr.

Haldeman ließ sich von den Eltern ein Foto des Jungen geben und leitete die Fahndung ein. Mehr konnte er im Moment nicht tun.

Am nächsten Tag war Gordie noch immer nicht wieder

aufgetaucht. Allmählich begann sich auch Lieutenant Haldeman Sorgen zu machen.

Er befragte die mittlerweile von Verzweiflung geplagten Eltern gezielt nach irgendwelchen häuslichen oder sonstigen Problemen, die den Jungen dazu getrieben haben könnten, mit Absicht nicht nach Hause zu kommen, doch solche schien es nicht zu geben.

Anschließend suchte er sämtliche Klassenkameraden von Gordie auf und erkundigte sich bei ihnen, doch keiner hatte den Jungen nach dem Unterricht mehr gesehen oder wußte sonst irgend etwas, das weiterhelfen konnte.

Als Gordie Lander auch am Sonntag noch nicht wieder aufgetaucht war, setzte sich Haldeman mit dem Direktor der Old Central School in Verbindung, um in dem Gebäude nach Spuren suchen zu dürfen, obwohl er sich nicht besonders viel davon versprach. Aber es erschien ihm wenigstens einen Versuch wert, und vor allem war es alles, was er noch tun konnte.

11. Juni, später

Jetzt habe ich es geschafft, mich richtig tief in die Scheiße zu reiten. Das ist die einzige Art, wie man es nennen kann.

Daß ich den letzten Eintrag so abrupt beenden mußte, hat seinen Grund, denn ich wurde durch einen erschrockenen Ruf hinter mir aufgeschreckt. Ich hatte ja schon erwähnt, daß es an diesem Abend ziemlich stürmisch war. Als ich aufsprang und mich umsah, entdeckte ich, daß sich einer der beiden Anker des Ballons aus seiner Verankerung gelöst hatte. Noch wurde das Gefährt von dem zweiten Anker gehalten, aber es war bereits mehr als kopfhoch aufgestiegen und wurde von den Böen wild hin und her geschaukelt, und es sah nicht so aus, als ob das zweite Seil allein den Belastungen standhalten würde.

Es konnte nur noch Sekunden dauern, bis es zerreißen und der Sturm den Ballon führerlos davonwirbeln würde.

Ohne weiter nachzudenken, sprang ich auf und rannte

auf den Ballon zu. Die meisten Pilger schliefen schon oder hatten sich zumindest hingelegt. Von ihnen war so schnell keine Hilfe zu erwarten.

Auch ich wußte nicht recht, was ich tun sollte, sondern handelte rein instinktiv, nur von dem Gedanken getrieben, daß ich *irgend etwas* tun mußte. Der Ballon befand sich bereits so weit über mir, daß ich höchstens die Unterseite des Korbes mit ausgestreckten Armen noch erreichen konnte, was mir nichts genutzt hätte.

So packte ich das Halteseil zwischen dem Ballon und dem Anker und begann daran in die Höhe zu klettern. Zum einen beschwerte ich den Ballon dadurch, und wenn ich mich erst einmal in der Gondel befand, konnte ich weitere Seile, die an Bord waren, herunterlassen, die die anderen dann wieder an dem Anker oder sonstwo befestigten, damit der Ballon wieder doppelt gesichert war.

Dazu kam es jedoch nicht mehr.

Noch während ich an dem Seil emporkletterte, das so straff gespannt war, daß es kaum durchhing, gab es einen harten Ruck. Mehrere Faserstränge des Seils waren ein Stück unter mir gerissen. Gleich darauf erfolgte ein weiterer, noch ungleich härterer Ruck, als auch die übrigen Stränge nachgaben.

Wie eine gesprungene Gitarrensaite peitschte das Seil durch die Luft, daß ich auch jetzt noch kaum begreife, wie ich es geschafft habe, mich weiterhin daran festzuklammern.

Zu spät wurde mir die Lage bewußt, in die ich dadurch geraten war. Wäre ich gestürzt, wäre es vermutlich ziemlich glimpflich abgegangen, auch wenn der Ballon dann führerlos davongetrieben und mitsamt der gesamten Ausrüstung für uns verloren gewesen wäre. So jedoch war die Situation für mich äußerst brenzlig.

Nachdem sich die erste Spannung entladen hatte, baumelte der Rest des Seils, an dem ich noch hing, schlaff von der Gondel herunter. Der Ballon jedoch hatte, wie von einem Katapult abgeschossen, einen regelrechten Satz in die

Höhe gemacht, wurde sofort von einer weiteren Sturmbö erfaßt und mitgerissen.

Von unten drangen entsetzte Schreie an meine Ohren. Als ich in die Tiefe blickte, war der Erdboden bereits gut sieben, acht Meter entfernt, und mit jeder Sekunde stieg der Ballon höher. Einen Sprung aus dieser Höhe hätte ich mit Sicherheit nicht unbeschadet überstanden.

Der Sturm schien nach mir zu schlagen, fuhr unter meine Jacke und zerrte wie mit unsichtbaren Händen an mir. Schmerzhaft wurde ich durch einige baumhohe Farne gezerrt, die mir die Haut zerkratzten. Noch klammerte ich mich eisern fest, aber lange würde ich mich nicht mehr halten können. Ich mußte die Gondel erreichen.

Mühsam hangelte ich mich an dem hin und her pendelnden Seil höher, bis es mir endlich gelang, die Brüstung der Gondel zu packen und mich mit letzter Kraft hinaufzuziehen. Erschöpft ließ ich mich auf der anderen Seite zu Boden sinken, schnappte nach Luft und wartete darauf, daß sich mein rasender Herzschlag beruhigte und der Schmerz in meinen Muskeln nachließ.

Als ich mich schließlich wieder aufrichtete, war der Lagerplatz der Pilger schon außer Sichtweite. Dafür wartete der nächste Schrecken auf mich.

Der Ballon war zu einem hilflosen Spielball des Sturmes geworden und trieb direkt auf eine steile Felswand zu. Ausweichen konnte ich ihr nicht, da es keine Möglichkeit gab, den Ballon gezielt zu steuern. Man konnte ihn höchstens aufsteigen oder absinken lassen.

Die Brenner liefen nur auf kleiner Flamme, gerade genug, um zu verhindern, daß die Ballonhülle in sich zusammensank. In fieberhafter Eile drehte ich sie höher und begann zusätzlich damit, Sandsäcke auszuschütten. Mir kam es vor, als würde der Ballon nur in Zeitlupe höher steigen, während die Felswand in rasendem Tempo näherzukommen schien.

Noch hastiger kippte ich die Sandsäcke aus, und allmählich beschleunigte sich der Aufstieg des Ballons, zumal sich auch die Luft in der Hülle immer rascher erhitzte und für Auftrieb sorgte.

Einige Sekunden lang noch sah ich die Steilwand direkt auf mich zurasen, dann schoß der Ballon darüber hinweg, so dicht, daß ich noch eine leichte Erschütterung der Gondel zu spüren glaubte, als ihr Boden über Stein schabte, dann hatte ich es geschafft.

Für einen kurzen Moment schien sich der zweite Anker, der sich lediglich aus dem Boden gelöst hatte und immer noch an einem Seil unter der Gondel hing, an einem Felsvorsprung zu verfangen, doch diese Hoffnung erfüllte sich nicht. Er schleifte über das Gestein und glitt haltlos daran ab.

Zwar war ich dem Schicksal entronnen, an der Felswand zerschmettert zu werden, aber ich war mir nur zu deutlich bewußt, daß es nur eine kurzfristige Rettung war. Allein in dieser fremden Welt war ich verloren. Ich durfte auf keinen Fall zu weit von Nicole, Hesekiel und den anderen abgetrieben werden.

In der allmählich hereinbrechenden Dämmerung sah ich, wie die Hänge auf dieser Seite des Berges in eine dicht bewaldete Ebene übergingen, einen riesigen Talkessel. Ich mußte den Ballon herunterbringen und versuchen, ihn irgendwo zu landen, deshalb drehte ich die Brenner wieder kleiner.

Glücklicherweise nahm das Bergmassiv dem Sturm einen Teil seiner Wucht, so daß er nicht mehr ganz so stark zu spüren war. Dennoch dauerte es über eine halbe Stunde, bis der Ballon schließlich so weit abgesunken war, daß er nur noch ein Stück über den Baumwipfeln dahintrieb. Wie aber sollte ich ihn landen und am Boden sichern?

Es dauerte nicht mehr lange, bis sich der immer noch unter der Gondel hängende Anker in den Zweigen eines Baumes verfing, doch schon bei der nächsten etwas heftigeren Bö riß sich der Ballon wieder los. Die Zweige waren nicht fest genug, ihn zu halten.

Mir kam eine Idee. Gewichtsmäßig am Rande der Gondel

verteilt waren Kisten mit den verschiedensten Gegenständen gestapelt. Ich durchwühlte sie, bis ich fand, was ich gesucht hatte. Die beiden Spitzhacken sahen mit ihren spitzen Enden fast wie eine verkleinerte Ausgabe des Ankers aus.

Vor allem waren sie sehr viel handlicher, da der richtige Anker ein beträchtliches Gewicht hatte und ich allein ihn kaum heben konnte. Rasch verknotete ich zwei Seile um die Hacken und befestigte die anderen Enden an der Gondel.

Kurz darauf verfing der Anker sich erneut im Geäst eines Nadelbaumes. Bevor er sich wieder losreißen konnte, schleuderte ich eine der Hacken mit aller Kraft in Richtung eines anderen Baumes. Das Seil wickelte sich einmal um den massiven Stamm, dann geriet die Spitzhacke unter eine Astgabel und verschaffte dem Ballon zusätzlichen Halt.

Mit der zweiten Hacke verfuhr ich genauso. Diesmal brauchte ich mehrere Anläufe, bis ich den behelfsmäßigen Zusatzanker richtig befestigt hatte, aber die Bemühungen hatten sich gelohnt. Selbst nachdem mehrere heftige Sturmböen den Ballon erfaßt hatten, riß er sich nicht wieder los. Ich atmete erleichtert auf.

Die Gondel hängt nun in Höhe der Wipfel zwischen den Bäumen. Der riesige Ballon muß schon von weitem zu sehen sein, aber ich habe keine Ahnung, wie viele Meilen ich abgetrieben worden bin, zumal es mittlerweile völlig dunkel geworden ist und ich diese Einträge im Lichtschein einer Taschenlampe schreibe.

Der Himmel verbirgt sich hinter dichten Wolken, die vom Sturm über das Firmament gejagt werden, und nur gelegentlich bricht einmal für wenige Sekunden das Licht des Mondes durch.

Mir bleibt nur zu hoffen, daß Hesekiel und seine Begleiter mich recht bald finden. In dieser Nacht werden sie es kaum wagen, loszuziehen und nach mir zu suchen. Es wäre viel zu gefährlich, nachts durch den Dschungel zu ziehen und sich an die Erklimmung der Bergkette zu machen, die sich zwischen uns erstreckt.

Bis zum nächsten Tag werde ich mich mindestens gedulden müssen, und es gibt absolut nichts, was ich tun kann, als untätig herumzusitzen, zu warten und zu hoffen.

Die Durchsuchung des Schulgebäudes erleichterte Lieutenant Haldeman, soweit es den vermißten Jungen betraf, bestätigte aber in anderer Hinsicht zugleich auch seine schlimmsten Befürchtungen und übertraf sie sogar noch.

Zunächst stieg er mit William Lennard, dem Hausmeister der Old Central School, ins Kellergeschoß hinab, wo Gordie Lander zuletzt Unterricht gehabt hatte. Sie kontrollierten sowohl den Musikraum, wo immer noch die Sachen des Jungen auf einem Pult lagen, als auch die Toilette.

»Was ist hinter den anderen Türen?« erkundigte sich Haldeman.

»Hilfsmittel für den Unterricht. Dazu haben nur einige Lehrer die Schlüssel, aber das Zeug wird kaum jemals benutzt. Die Türen sind wahrscheinlich schon seit Wochen nicht mehr geöffnet worden.«

»Und da hinten?« Haldeman deutete auf die Eisentür am Ende des Ganges.

»Der Keller der Schule«, erklärte Lennard. Er war ein hagerer, älterer Mann mit grauem Haar. »Heizungsanlage und dergleichen. Der größte Teil wird nicht genutzt, da steht nur Gerümpel herum. Aber die Tür ist stets abgeschlossen, in den Keller kann kein Schüler hinein.«

»Haben Sie nicht gesagt, Sie wären Gordie begegnet, als Sie gerade einige Sachen aus dem Keller nach oben gebracht haben? Dann wäre die Tür zu diesem Zeitpunkt doch offen gewesen.«

»Aber ich war ein paar Minuten später schon zurück. Da habe ich noch was geholt, das Licht ausgeschaltet und abgeschlossen. Spätestens dann hätte der Junge sich doch gemeldet, wenn er da drin gewesen wäre. Die Schüler haben alle ziemliche Angst vor dem Keller. Im Dunkeln wäre da bestimmt keiner freiwillig drin geblieben.«

Haldeman schüttelte den Kopf. »Trotzdem würde ich mir den Keller gern mal ansehen.«

»Dann müßte ich den Schlüssel holen. Er hängt oben in meiner Loge.«

»Sehen wir uns erst einmal den Rest des Gebäudes an«, schlug Haldeman vor. »Falls wir nichts entdecken, werfe ich später vielleicht noch einen Blick in den Keller.«

Sie drehten sich um und kehrten zur Treppe zurück, doch noch bevor sie diese erreichten, vernahmen sie ein schwaches Klopfen. Haldeman verharrte und lauschte. Das Klopfen wiederholte sich, und diesmal war eindeutig auszumachen, daß es von der Eisentür herkam.

»Rasch, holen Sie den Schlüssel!« befahl Haldeman und eilte zur Tür zurück. »Bist du das, Gordie? Bist du da drin?«

Er meinte eine krächzende Stimme zu hören, doch sie war zu leise, als daß er etwas verstehen konnte. Ungeduldig wartete er darauf, daß Lennard mit dem Schlüssel zurückkehrte und die Tür öffnete. Sie ließ sich nur mit viel Kraft aufschieben, und als sie weit genug geöffnet war, daß der Lieutenant hindurchschlüpfen konnte, erkannte er auch, woran das lag.

Im Keller brannte Licht, und unmittelbar hinter der Tür, so daß er sie blockiert hatte, lag der Körper eines Jungen. Es handelte sich um Gordie Lander, doch bot er einen erbarmungswürdigen Anblick.

Er war nicht nur über und über verdreckt, sondern auch verletzt. Sein Hemd war zerrissen, der fehlende Teil über eine Wunde am rechten Arm des Jungen gebunden. Anscheinend hatte sich Gordie den notdürftigen Verband selbst angelegt. Der Stoff war durchgeblutet, das Blut allerdings mittlerweile getrocknet.

Der Junge lebte, doch schien er seine Umgebung kaum wahrzunehmen. Sein Atem ging flach und in hektischen, unregelmäßigen Stößen. Schweiß bedeckte sein Gesicht. Seine Augen glänzten fiebrig, und als Haldeman ihm die Hand auf die Stirn legte, schien die Haut zu glühen.

»Mein Gott«, murmelte Lennard.

»Rufen Sie einen Krankenwagen«, ordnete Haldeman an. »Der Junge muß sofort ins Krankenhaus.«

Vorsichtig entfernte er den verschmutzten und durchgebluteten Verband und wurde blaß, als er sah, was darunter zum Vorschein kam. Das Fleisch hatte sich entzündet und vom Wundbrand bereits dunkel verfärbt. Kein Wunder, daß der Junge so hohes Fieber hatte.

Das Wunder war eher, daß er überhaupt noch lebte.

12. Juni, gegen Morgen

Die provisorischen Anker hielten bombenfest, und schließlich war ich davon überzeugt, daß sie dies auch weiterhin tun würden und wenigstens die Gefahr nicht mehr bestand, daß sich der Ballon losreißen und weitergetrieben werden könnte. Außerdem begann zu diesem Zeitpunkt der Sturm bereits allmählich abzuflauen.

Trotz meiner Verzweiflung forderte mein Körper schließlich sein Recht, und ich sank in einen unruhigen, von Alpträumen beherrschten Schlaf.

Als ich schließlich erwachte, fror ich erbärmlich. Ich hatte mich zwar in eine Decke gehüllt, aber sie war nur dünn, und außerdem hatte ich sie im Schlaf weitgehend abgestreift. Zitternd verkroch ich mich wieder darunter, nachdem mir ein Blick auf meine Armbanduhr gezeigt hatte, daß es erst kurz vor vier war.

Erst dann begriff ich, daß es nicht die Kälte gewesen war, die mich geweckt hatte. Leise Geräusche drangen an mein Ohr, das Rascheln von Zweigen, aber noch etwas anderes, das sich wie das leise Splittern von Rinde anhörte. Der Wind konnte nicht dafür verantwortlich sein, denn er war inzwischen fast völlig abgeflaut.

Alarmiert richtete ich mich auf und spähte über die Brüstung der Gondel. Die Wolkendecke hatte sich mittlerweile gelichtet, so daß der Mond durchschien, und wenn er auch aussah, als wäre er von einem mehrlagigen Schleier aus Gaze verhangen, spendete er doch etwas Licht. Die Bäume um mich herum waren von huschenden Bewegungen erfüllt, ohne daß ich die Ursache dafür erkennen konnte.

Als ich die Taschenlampe einschaltete und damit umherleuchtete, verstärkten sich die Bewegungen für einen Moment noch, und jetzt sah ich auch, wodurch sie verursacht wurden. Es handelte sich um äußerst seltsame Tiere, die etwas über einen Meter lang waren und einen schlanken Körper mit fast gleichlangen Armen und Beinen besaßen. Während die Beine in dreizehigen Klauen ausliefen, endeten die Arme wie beim Menschen in fünf mit scharfen Krallen bewehrten Fingern, die den Tieren in Verbindung mit ihrem geschmeidigen Schwanz offensichtlich sogar das Klettern auf Bäume ermöglichten.

Ihre Köpfe und damit auch ihre Mäuler waren zwar nicht besonders groß, doch besaßen sie spitze Raubtierzähne, mit denen ich keine nähere Bekanntschaft machen wollte.

Der starke Lichtkegel der Taschenlampe verschreckte die Tiere und ließ sie zurückweichen, so daß ich nicht genau erkennen konnte, mit wie vielen ich es zu tun hatte. Zu meinem Leidwesen überwanden sie ihre Scheu jedoch recht schnell. Sobald ich den Lichtkegel wandern ließ, trauten sie sich wieder aus ihren Verstecken hervor.

Ein leichter Stoß erschütterte den Ballon. Mit der Lampe in der einen und einem Gewehr in der anderen Hand fuhr ich herum. Einer der Saurier hatte die Gondel erreicht und kletterte mit der Geschicklichkeit eines Äffchens über den Rand ins Innere. Anscheinend war er von einem der nicht weit entfernten Äste aus gesprungen.

Ich schoß aus der Hüfte, und obwohl mir fast das Gewehr aus der Hand gerissen worden wäre, traf ich das Tier, noch bevor es ganz in die Gondel klettern konnte. Es kam nicht einmal dazu, einen Laut von sich zu geben. Nur das Brechen einiger Zweige begleitete seinen Sturz in die Tiefe.

Der laute Knall ließ die übrigen Tiere erschrocken zurückweichen, doch wie schon bei dem Licht hielt die abschreckende Wirkung nicht lange an. Immerhin hatte ich genügend Zeit, das unhandliche Gewehr gegen einen

Revolver einzutauschen, bevor erneut einer der Saurier die Gondel erreichte.

Ich erschoß ihn und nahm gleichzeitig aus den Augenwinkeln eine Bewegung schräg hinter mir wahr. Als ich herumfuhr, entdeckte ich ein weiteres Tier.

Diesmal war ich nicht schnell genug. Einen Sekundenbruchteil bevor ich abdrückte, sprang die Echse ins Innere der Gondel, so daß die Kugel sie verfehlte. Zu einem zweiten Schuß kam ich nicht mehr. Blitzschnell raste der Saurier auf mich zu. Er reichte mir nur bis knapp über die Knie, was aber noch längst nicht bedeutete, daß er ungefährlich war.

Ein beißender Schmerz durchzuckte mein Bein, als er seine Raubtierfänge in meinen Oberschenkel grub. Ich schrie auf und war sekundenlang wie gelähmt. Der Schmerz trieb mir die Tränen in die Augen, so daß ich kaum noch etwas sah. Die Taschenlampe konnte ich festhalten, aber der Revolver entglitt meinen Fingern. Er hätte mir im Moment ohnehin nicht viel genutzt; ein Schuß mit der großkalibrigen Waffe wäre auf die knappe Distanz viel zu gefährlich gewesen, zumal ich kaum noch etwas sah und mir womöglich selbst ins Bein geschossen hätte.

Statt dessen benutzte ich die massive Taschenlampe, um mich zu verteidigen. Wuchtig ließ ich sie zweimal hintereinander auf den Kopf des Sauriers niedersausen. Erst beim zweiten Schlag öffnete er sein Maul wieder und ließ mein Bein los. Ein dritter, diesmal mit aller Kraft geführter Hieb betäubte das Tier.

Hastig schleuderte ich es in die Tiefe, hob den Revolver auf und sah mich um, doch meine Angst war wenigstens für den Moment unbegründet. Noch waren keine weiteren Tiere an Bord der Gondel geklettert, aber lange würden sie sicherlich nicht auf sich warten lassen, und ich würde sie nicht alle töten können, vor allem, wenn mehrere gleichzeitig angriffen.

Ich mußte einen größeren Abstand zwischen die Gondel und die Bäume bringen. Nacheinander verlängerte ich die Halteseile, so daß der Ballon einige Fuß höher steigen konnte. So dürfte der Abstand groß genug sein. Jetzt konnte ich nur hoffen, daß die Tiere nicht auch wie Affen an den Seilen selbst hochklettern konnten.

Einige von ihnen versuchten es tatsächlich, doch sie hatten keinen Erfolg damit. Offenbar waren ihre Finger dafür nicht fein genug gegliedert. Nachdem einer der Saurier seinen Versuch sogar mit einem Sturz in die Tiefe bezahlt hatte, gaben die anderen ihre erfolglosen Versuche schließlich auf, aber sie zogen sich auch nicht zurück, sondern wuselten weiter auf den Bäumen unter mir herum.

In welche Gefahr sie mich mit ihren Versuchen, zu mir hochzuklettern, noch hätten bringen können, wurde mir erst später richtig bewußt. Es wäre durchaus möglich gewesen, daß sie die Halteseile mit ihren scharfen Klauen zerschnitten hätten und der Ballon erneut abgetrieben wäre.

Da dies immer noch möglich ist, wage ich es trotz meiner Müdigkeit nicht, wieder einzuschlafen. Der Schmerz hilft mir, wachzubleiben. Die Wunde hat stark geblutet, scheint aber nicht besonders schlimm zu sein, obwohl sie höllisch weh tut. Ich habe sie desinfiziert und verbunden.

Das hilflose Warten in einer Umgebung, in der jede noch so kleine Unaufmerksamkeit bereits den Tod bedeuten kann, geht weiter.

Es hatte zwei Tage gedauert, bis Haldeman endlich mit Gordie Lander sprechen konnte. Der Zustand des Jungen war sogar noch weitaus ernster, als er befürchtet hatte. Der Wundbrand war entsetzlich, und die Blutvergiftung war schon weit fortgeschritten. Nur mit Mühe hatten die Ärzte den Arm retten können, doch würde Gordie ihn wohl nie wieder richtig bewegen können.

Das Fieber des Jungen war zwar gesunken, doch von den vielen Medikamenten war er noch ziemlich benommen gewesen und hatte eine Menge wirres Zeug geredet. Immer wieder sprach er von einem Monster, das im Keller der Schule lauerte und ihn erwischt hätte.

Aus dem, was er sonst noch wirr und ungeordnet erzählt hatte, hatte sich Haldeman ein Bild zusammengereimt, das der Wahrheit ziemlich nahe kommen dürfte. Demzufolge hatte sich Gordie Lander wie vermutet in den Keller der Schule geschlichen, wo er in einem kleinen Nebenraum eine Menge Eier und kleine Tiere entdeckt hatte. Gleich darauf war er dort von einer Art Monster angegriffen und verletzt worden. Er hatte das Bewußtsein verloren, und als er wieder aufgewacht war, hatte der Hausmeister den Keller bereits wieder abgeschlossen.

Gordie war eingesperrt gewesen, aber glücklicherweise hatte das vermeintliche Monster ihn kein weiteres Mal mehr angegriffen. Der Junge hatte das Licht wieder eingeschaltet und seither darauf gewartet, daß ihn jemand fand.

Dieser Bericht, so lückenhaft und zugleich mit Fiebervisionen angereichert er auch gewesen war, hatte Haldeman alarmiert und war ihm Grund genug gewesen, um eine weitere, wesentlich gründlichere Durchsuchung des Kellers vorzunehmen. Beim ersten Mal hatte er sich nach dem Abtransport Gordies dort nur flüchtig umgesehen.

Diesmal entdeckte er auch den kleinen Nebenraum, von dem der Junge gesprochen hatte, und seine schlimmsten Befürchtungen hatten sich bestätigt. Zwar war er auf kein Monster gestoßen, dafür aber auf Dutzende zerbrochener Eierschalen sowie einen offenen Einstieg in die Kanalisation.

Die Untersuchungen der Schalen in einem Labor hatten seinen Verdacht bestätigt, daß es sich zweifelsfrei um Sauriereier handelte, auch wenn man nicht sicher sagen konnte, von welcher Spezies sie stammten.

Der entscheidende Sachverhalt jedoch war für Haldeman klar. Das Tier, das im Möbelwagen der Doefields nach Phoenix gekommen war, war trächtig gewesen. Es war durch die Kanalisation in den Keller der Old Central School gelangt und hatte dort seine Eier gelegt und ausgebrütet.

Das bedeutete, daß es nicht länger nur um einen einzelnen Saurier ging, sondern daß sich Dutzende der Tiere in der Stadt herumtrieben, vermutlich irgendwo in der Kanalisation, und daß diese sich dort auch sehr bald wieder paaren und noch weiter vermehren würden.

Das wiederum bedeutete eine immense Gefahr für die Bevölkerung, die höchstens noch einzudämmen war, wenn unverzüglich mit aller Entschlossenheit gehandelt wurde.

Haldeman hatte versucht, das seinem Vorgesetzten klarzumachen, doch obwohl er mit den Eierschalen und dem Laborgutachten konkrete Beweise vorlegen konnte, hatte er auf Granit gebissen.

Gordons einzige Reaktion hatte darin bestanden, alles herunterzuspielen und ihn einer unnötigen Panikmache zu beschuldigen, die weitreichende schädliche Folgen haben könnte. Mit diesen *schädlichen Folgen* war eindeutig die wenige Wochen bevorstehende Wahl des Bürgermeisters gemeint, vor der alles vermieden werden sollte, was die Bevölkerung beunruhigen könnte.

Haldeman hätte ihn erwürgen können. Er wußte, daß Gordon und der Bürgermeister gute Freunde waren, aber er hätte nicht erwartet, daß diese Freundschaft so weit gehen würde, daß der Commissioner eine Gefährdung der Menschen, die in dieser Stadt lebten, einkalkulierte, nur um zu verhindern, daß Unruhe entstand, die die Wahl beeinflussen könnte.

»Ich bedaure, Sir, aber diese Entscheidung werde ich nicht so einfach hinnehmen«, erwiderte er, nachdem Gordon geendet hatte. Er sprach bewußt steif und förmlich, um sich die maßlose Wut nicht allzu deutlich anmerken zu lassen, die in seinem Inneren brodelte.

»O doch, das werden Sie«, behauptete Gordon. Der neunundfünfzigjährige Commissioner mit dem schmalen Gesicht und dem kurzgeschnittenen grauen Haar beugte sich vor und fixierte ihn mit eindringlichem Blick. »Denn es handelt sich um eine dienstliche Anordnung. Ich verpflichte Sie zu absolutem Stillschweigen über alles, was mit dieser angeblichen Sauriergeschichte zu tun hat. Sollten Sie gegen diesen Befehl verstoßen, sorge ich persönlich dafür, daß Sie ein Disziplinarverfahren an den Hals kriegen, das sich gewaschen hat. Dann können Sie sich in Zukunft an irgendeiner gottverlassenen Straßenkreuzung um Verkehrssünder kümmern. Haben wir uns verstanden?«

»Jawohl, Sir«, preßte Haldeman hervor und knirschte mit den Zähnen. Er entschloß sich, seinen letzten Trumpf auszuspielen. »Und was ist mit dem Hausmeister und Gordies Eltern? Ich glaube nicht, daß sie ebenfalls schweigen werden. So gern Sie es auch wollen, diese Angelegenheit kann gar nicht mehr so einfach vertuscht werden.«

»Lassen Sie das nur meine Sorge sein«, erklärte Gordon und lehnte sich wieder in seinem Bürosessel zurück. »Der Hausmeister ist ein städtischer Angestellter. Wenn er Wert darauf legt, seinen Job zu behalten, wird er brav den Mund halten. Und den Eltern dürfte leicht begreiflich zu machen sein, daß sie nicht allzu viel auf die Fieberphantasien eines achtjährigen Kindes geben sollten und sich nur öffentlich lächerlich machen würden, wenn sie diese Geschichte an die große Glocke hängen.«

Der Commissioner lächelte zufrieden.

»Bei Ihrem Talent, alles Unangenehme unter den Teppich zu kehren, hätten Sie selbst Politiker werden sollen«, murmelte Haldemann bitter. »Verschwenden Sie eigentlich auch mal einen Gedanken an die Menschen, die verletzt oder sogar getötet werden könnten? Menschen, die uns, der Polizei, vertrauen, daß wir alles in unserer Kraft Stehende tun, um sie zu beschützen?«

»Ihren Zynismus können Sie sich sparen«, stieß Gordon scharf hervor. »Schon vor über einer Woche haben Sie Schreckensvisionen eines blutgierigen Raubtieres an die Wand gemalt, das mordend durch unsere Stadt ziehen würde. Na schön, diese Sache mit dem Möbelpacker war nicht gerade schön, aber seither ist nichts mehr passiert, außer daß ein vorwitziger kleiner Junge eine Bißwunde abbekommen hat. Er wurde nicht einmal getötet.«

»Der Saurier war damit beschäftigt, seine Jungen auszubrüten.« Haldemann ballte unauffällig die Fäuste. Angesichts soviel Ignoranz konnte er sich nur noch mit Mühe beherrschen. »Aber jetzt ist eine ganz andere Situation eingetreten. In kurzer Zeit werden die Jungen selbst zu gefährlichen Raubtieren herangewachsen sein, und daß die Tiere in der Lage sind, sogar erwachsene Menschen zu töten, haben wir ja schon erlebt.«

»Dazu wird es nicht noch einmal kommen«, behauptete der Commissioner überheblich. »Ich habe ja nicht gesagt, daß wir die Hände in den Schoß legen. Aber das ist von nun an nicht mehr Ihr Problem. Ich entziehe Ihnen diesen Fall, Lieutenant. Einer Ihrer Kollegen wird sich darum kümmern. Und ich warne Sie ausdrücklich davor, sich weiterhin in diese Angelegenheit einzumischen. Ich hoffe in Ihrem eigenen Interesse, daß Sie auch das gut verstanden haben.«

»Ja, Sir«, preßte Haldeman hervor.

»Damit dürfte dann wohl alles geklärt sein. Wie ich Ihrer Akte entnehme, stehen Ihnen noch mehrere Wochen Urlaub zu. Mir scheint, daß dies genau der richtige Moment wäre, diesen Urlaub anzutreten. Aber das ist natürlich nur eine freundliche Empfehlung. Trotzdem sollten Sie gründlich darüber nachdenken.«

Ohne weiteren Kommentar stand Haldeman auf und verließ das Büro. Kaum hatte er die Tür hinter sich geschlossen, hämmerte er seine Faust in unbändiger Wut so fest gegen die Wand des Korridors, daß seine Haut über den Knöcheln aufplatzte, doch er spürte den Schmerz kaum.

»Ich denke gar nicht daran, mich so einfach abservieren zu lassen«, flüsterte er fast unhörbar.

»So, ihr weigert euch also?« Wedges Stimme klang scharf und belustigt zugleich, während er seinen Blick über die fünf Pilger schweifen ließ, die gegen ihn zu rebellieren wagten. »Dann habt ihr doch bestimmt auch bessere Gegenvorschläge, was wir machen sollten?«

»Zumindest erst einmal eine Rast«, verlangte Mary Hershey. »Wir können nicht mehr weiter.«

Bereits mit der Morgendämmerung waren sie aufgebrochen, und seither trieb Wedge die Leute unbarmherzig voran, damit sie den Ballon möglichst bald wiederfanden. Immerhin wußten sie ziemlich genau, in welche Richtung er getrieben war, aber das bedeutete nicht, daß der Weg dorthin einfach war.

Eine besondere Strapaze stellte die Überwindung des Felsmassivs dar. Nachdem sie gut eine Stunde gebraucht hatten, um überhaupt den Fuß des Berges zu erreichen, quälten sie sich nun schon seit fast drei Stunden über steile Geröllhalden und unwegsame Pässe.

»Dafür bleibt keine Zeit«, behauptete Wedge. »Jede Minute kann kostbar sein, solange wir nicht wissen, was mit Nick und dem Ballon ist. Ihr wißt selbst, wie dringend wir darauf angewiesen sind. Alle unsere Lebensmittel und unsere Ausrüstung befinden sich dort. – Aber wenn ihr darauf keinen Wert legt, könnt ihr ja hier gemütlich rasten und später nachkommen«, fügte er voller Sarkasmus hinzu.

Nicole konnte die Bitte der fünf Pilger gut nachvollziehen. Auch ihr taten die Beine weh, und den meisten anderen ging es wahrscheinlich genauso, auch wenn sie es noch nicht wagten, sich offen gegen Wedge zu stellen. Eine Spaltung ihrer Gemeinschaft zeichnete sich bereits in Ansätzen ab.

Dabei ging es im Grunde gar nicht um eine Rast, jedenfalls nicht nur. Es war eher eine Auflehnung gegen Wedges Führungsstil und damit auch gegen ihren Vater. In den letzten Tagen waren zu viele Unglücke passiert, so daß sie ihr Vertrauen und ihren Glauben zu verlieren drohten. Alles war so völlig anders, als ihr Vater es ihnen in leuchtenden Farben ausgemalt hatte.

»Du mußt etwas tun«, raunte sie Hesekiel zu. »Wenn das so weitergeht, fallen wir sonst bald noch alle übereinander her.«

Ihr Vater nickte, trat vor und hob die Arme.

»Hört mir zu!« verlangte er. »Ich weiß, dieser Marsch ist anstrengend, und ihr seid alle erschöpft. Glaubt mir, auch mir geht es nicht anders. Aber es steht zuviel auf dem Spiel, als daß wir unserer Schwäche nachgeben dürften. Es wird über unser aller Schicksal entscheiden, ob wir den Ballon wiederfinden. Deshalb sollten wir zusehen, daß wir wenigstens noch bis zur Spitze des Passes weitergehen, wo wir sehen können, was auf der anderen Seite des Berges liegt. Wenn es Nick gelungen ist, den Ballon dort irgendwo zu landen, können wir eine Rast einlegen, denn dann wissen wir, daß wir uns nicht umsonst abplagen.«

Sie brauchten noch einmal rund eine Dreiviertelstunde, um die Spitze des Bergmassivs zu erreichen, doch ihre Anstrengungen waren nicht vergebens. Nicht nur, daß die Hänge auf der anderen Seite sehr viel sanfter abfielen, so daß der Abstieg leichter sein würde, sie entdeckten auch den Ballon einige Meilen entfernt.

Das Fluggefährt war offenbar unversehrt. Sicher verankert schwebte es ein Stück über den Baumwipfeln. Wie Hesekiel erhofft hatte, wirkte der Anblick wie ein Aufputschmittel. Zwar legten sie eine Rast ein, doch hielten sie diese ziemlich knapp.

Jetzt, da sie ein konkretes Ziel vor Augen hatten und wußten, daß ihre Anstrengungen nicht umsonst waren, machten sie sich mit frischer Kraft an den Abstieg.

Obwohl sie selbst es gewesen war, die die Vermutung aufgeworfen hatte, die Ruinen könnten bereits Jahrmillionen alt sein, erschütterten die Ergebnisse der Laboranalyse Gudrun Heber sichtlich.

»So alt«, murmelte sie fassungslos. »Eine Million Jahre oder etwas in der Gegend habe ich ja erwartet, aber *hundertzwanzig* Millionen Jahre? Das ist der älteste Bernsteinfund, der jemals gemacht wurde.«

»Und vermutlich nur möglich, weil er inmitten der Asche- und Lavaschicht zusätzlich konserviert wurde«, ergänzte der Laborangestellte, der die Analyse durchgeführt hatte.

»Ich frage mich vielmehr, wie eine Coladose mit einem Haltbarkeitsdatum, das erst in zwei Jahren abläuft, in diese Zeit gelangt ist«, meinte Tom Ericson. »Und dazu noch ein Kugelschreiber.«

Im Labor hatte man den Bernstein wie erwartet zerschnitten, um die Dinge darin freizulegen. Mittels eines Lasers war es möglich, diese Schnitte unvorstellbar präzise auszuführen, so daß die eingeschlossenen Gegenstände nur noch von einer hauchdünnen Bernsteinschicht umgeben und völlig klar zu erkennen waren. Außer der Colabüchse und dem Kugelschreiber befanden sich noch ein Stück Stein darin, das an einen primitiven Faustkeil erinnerte, irgend etwas Undefinierbares, das organischen Ursprung hatte, aber nicht richtig fossiliert worden war, sowie eine Haarlocke und eine Echsenschuppe.

»Es kann wohl keinen Zweifel daran geben, daß einige der Gegenstände aus unserer heutigen Zeit in die Vergangenheit gebracht wurden«, faßte der Laborangestellte zusammen. »Und ich habe auch eine Vermutung, die –«

»Einen Augenblick«, unterbrach Tom ihn, als er bemerkte, daß Gudrun ihm mit den Augen etwas zu signalisieren versuchte. »Bitte entschuldigen Sie uns einen Moment, ich muß kurz mit meiner Kollegin allein sprechen.«

Er ergriff Gudrun am Arm und zog sie mit sich in eine Ecke des Raumes.

»Irgend etwas stimmt hier nicht«, raunte sie leise. »Das alles paßt gar nicht mit unseren Theorien zusammen. Und es paßt auch nicht zu unseren bisherigen Erkenntnissen über diese echsenartige, intelligente Rasse, die es irgendwann einmal auf der Erde gegeben hat. Ich habe das dumpfe Gefühl, daß wir hier völlig auf dem Holzweg sind.«

»Und was ist mit dieser Schuppe?« erinnerte Tom. »Sie scheint völlig denen zu gleichen, die unserem alten Erzfeind Kar bei seiner Mutation gewachsen sind.«

»So wie sie aber auch denen fast jedes schuppenbewehrten Tieres gleicht«, wandte Gudrun ein. »Das ist noch längst kein Beweis. Wenn der Bernstein rund hundertzwanzig Millionen Jahre alt ist, dann stammen die Gegenstände aus der Zeit der Dinosaurier, und von denen hatten die meisten Schuppen.«

»Und ›unsere‹ Echsen dürften wohl irgendwie aus ihnen hervorgegangen sein«, konterte Tom.

Das war eine bloße Spekulation.

Sie wußten im Grunde noch kaum etwas Konkretes über diese Echsenrasse, außer daß es sie einst gegeben hatte, daß sie eine hochstehende Technik entwickelt und vor rund fünftausend Jahren beim Untergang von Atlantis ihre Hand im Spiel gehabt hatte. Einigen Anzeichen zufolge hatten sich die Echsen vor Jahrmillionen, als die klimatischen Verhältnisse sich immer mehr verschlechterten und es schließlich zum Aussterben der Saurier kam, in eine andere Dimension zurückgezogen, so phantastisch dies auch klingen mochte. In dieser vermutlich künstlich geschaffenen Sumpfweltblase hatten sie die Jahrmillionen überdauert, und zumindest einige von ihnen waren zur Zeit der Atlanter auf die Erde zurückgekehrt. Genaueres aber wußte man nicht.

»Das bringt uns jetzt nicht weiter«, behauptete Gudrun. »Wie ich schon sagte: Wahrscheinlich haben wir es hier mit etwas ganz anderem zu tun, und ich könnte mir sogar denken, um was es geht. Norman hat vermutlich die gleiche Theorie.« Sie warf einen Blick zu dem Laborangestellten hinüber, der sich weiter mit den Funden beschäftigte. »Immerhin existiert seit einigen Jahren ein Riß zwischen den Zeiten, durch den bereits Menschen in die Urzeit geschleudert wurden – und zwar in eine Zeit, die sich mit dem Alter unseres Fundes deckt.«

»DINO-LAND«, murmelte Ericson. »Aber das ist weit von hier entfernt.«

»Trotzdem. Ich bin so gut wie sicher, daß die Dose und der Kugelschreiber auf diesem Weg in die Urzeit gelangt sind, und das dürfte bedeuten, daß auch die Ruinen, die wir so emsig ausgraben, einst von Menschen errichtet wurden.«

Tom schwieg einige Sekunden lang, bis er schließlich seufzte und sichtlich widerwillig nickte.

»Der Gedanke liegt nahe«, erwiderte er bedrückt. »Dann wäre es Essig mit der Hoffnung auf unsterblichen Ruhm und den Nobelpreis.« Er rang sich ein wenig humorvolles Lächeln ab. »Aber noch ist auch das nur eine Theorie. Meines Erachtens lohnt es sich auf jeden Fall, die Spur weiter zu verfolgen.«

»Ganz meine Ansicht«, stimmte Gudrun zu. »Ich finde, wir sollten uns vor allem mal mit diesem Kugelschreiber beschäftigen. Vielleicht kann uns der Werbeaufdruck weitere Hinweise liefern. Wie hieß der Ort doch gleich, aus dem er stammt?«

»Beatty«, antwortete Tom Ericson. »Der Stift stammt aus dem Lebensmittel- und Haushaltswarenladen eines Mister Blowers.«

»Du darfst ihn nicht weiter so wie bisher gewähren lassen«, verlangte Nicole. »Wedge ist völlig unfähig, Menschen zu führen.«

»Er war immerhin Offizier beim Militär«, erinnerte Hesekiel. »Da hat er genügend Autorität gelernt. Er verkörpert genau den starken Mann, den unsere Brüder und Schwestern jetzt brauchen.«

»Und beim Militär ist er unehrenhaft entlassen worden«, entgegnete Nicole. »Auch ich habe mich genau erkundigt. Man hat ihn rausgeworfen, weil er Untergebene schikaniert hat. Außerdem geht es hier nicht um Autorität. Unsere Leute brauchen keinen Drill, schließlich sind sie dir alle freiwillig gefolgt. Sie sind Idealisten und Gläubige, keine Soldaten, die man herumkommandiert. Du bist der einzige, der sie führen kann. Solange Wedge mit deiner Zustimmung das Kommando führt, werden sie nur noch unzufriedener.«

Hesekiel lächelte flüchtig.

»Genau deshalb habe ich Wedge ja vorgeschickt. Wenn Sie von ihm genug haben, werden Sie froh sein, wenn ich wieder die Führung übernehme, statt mich nur in Verbindung mit den schlimmen Schicksalsschlägen zu sehen, die uns ereilt haben.«

»Meinst du, das wüßte ich nicht?« Nicole schüttelte den Kopf. »Aber deine Rechnung geht nicht länger auf. Wenn du Wedge nicht aufhältst, wird sich die Gruppe zersplittern, weil die Unzufriedenheit bis dahin so groß geworden ist, daß sie sich nicht mehr so einfach mit ein paar Worten hinwegfegen läßt.«

Kurze Zeit gingen sie schweigend nebeneinander her, dann nickte Hesekiel bedächtig.

»Vielleicht hast du recht, mein Kind. Sobald wir den Ballon erreicht haben, übernehme ich wieder die Führung. Ich überlege sogar, ob wir unsere Reise überhaupt noch weiter fortsetzen sollen. Dieser Talkessel scheint mir geeignet, um hier unsere Siedlung zu errichten, findest du nicht auch?«

»Mag sein«, erwiderte Nicole knapp. »Darüber können wir uns ja später noch Gedanken machen.«

Wie sich zeigte, war der Ballon doch weiter entfernt, als sie zunächst angenommen hatten. Nach einiger Zeit erreichten sie das Ende des Waldes. Die Bäume gingen in niedrigere Gewächse über, bis sich eine von Moosflechten und grasartigen, niedrigen Farngewächsen bedeckte Ebene vor ihnen ausbreitete, durch die sich, nicht weit entfernt, ein Fluß schlängelte.

An seinem Ufer lagen drei Tiere auf der Lauer, die von ihnen keinerlei Notiz nahmen. Vage erinnerten sie an Krokodile. Ihr Leib war wuchtiger, ihre Arme, Beine und der Hals ein wenig länger, aber ansonsten war die Ähnlichkeit unverkennbar. Vor ihrem Aufbruch in die Urzeit hatte sich Nicole eingehend über Saurier informiert und wußte, daß sie es mit Baryonyxen zu tun hatten, die sich hauptsächlich vom Fischfang ernährten.

Nicole konnte beobachten, wie einer der Baryonyxe blitzschnell ins Wasser hieb und einen Fisch mit dieser Kralle regelrecht aufspießte, um ihn anschließend genußvoll zu verzehren.

»Essen ist eine ganz ausgezeichnete Idee«, sagte Wedge

zynisch und hob sein Gewehr. »Vor allem, wenn einem eine so appetitliche Mahlzeit direkt vor dem Lauf herumturnt.«

»Nein!« rief Nicole. Das Bild der friedlich fischenden Tiere gefiel ihr, und sie wollte nicht, daß die Saurier abgeschossen wurden. Einer der Baryonyxe blickte nach ihrem Ruf kurz herüber, wandte sich dann aber sofort wieder dem Fluß zu. »Schieß nicht!«

»Und warum nicht?« wollte Wedge wissen. »Es kann noch Stunden dauern, bis wir den Ballon erreichen, und ich denke, wir können alle einen kräftigen Happen vertragen. Ich jedenfalls habe Hunger.«

Noch bevor Nicole es verhindern konnte, hatte er auf den vordersten Baryonyx angelegt und abgedrückt. Seine Kugel traf den Leib des Tieres, tötete es jedoch nicht. Mit einem furchteinflößenden Fauchen fuhr es herum. Wedge drückte noch ein paarmal in rascher Folge hintereinander ab. Seine zweite Kugel ging fehl, die dritte traf erneut den Leib des Baryonyx, und die vierte zerschmetterte seinen Kopf. Das Tier brach zusammen, zuckte noch ein letztes Mal und blieb dann reglos liegen.

Ganz anders die beiden übrigen Saurier. Von den Schüssen aufgeschreckt, fuhren sie herum und griffen an. Dabei verwandelten sich die zuvor so träge erscheinenden Tiere in furchterregende Bestien, die sich blitzschnell zu bewegen verstanden. Auch einige der anderen Pilger eröffneten das Feuer auf sie, doch Nicole vermutete, daß Wedge es war, der auch den zweiten Baryonyx tödlich traf.

Das dritte Tier ergriff die Flucht.

»Na also«, tönte Wedge überheblich. »War doch ganz leicht. Sammelt schon mal Brennholz, gleich gibt es ein paar leckere Sauriersteaks.« Kaum hatte er ausgesprochen, ertönten aus einiger Entfernung zwei Schüsse.

Am vergangenen Abend hatte Haldeman lange überlegt, ob er sich gegen Gordons Anordnung zur Wehr setzen sollte. Möglichkeiten gab es schon, dagegen vorzugehen, wenn man ohne eigenes Verschulden so eiskalt auf ein Abstellgleis geschoben wurde.

Dennoch hatte er sich dagegen entschieden. Commissioner Gordon war nicht nur voreingenommen, sondern auch als äußerst nachtragend bekannt. Selbst wenn Haldeman durchsetzen konnte, daß man ihm den Fall wieder zuteilte, würde Gordon ihm eine Menge Knüppel zwischen die Beine werfen, und die Atmosphäre wäre auf Jahre hinaus vergiftet. Vor allem aber würde es eine Weile dauern, bis er zu seinem Recht käme, da die Mühlen der Justiz bekanntlich ziemlich langsam mahlten.

Gerade die Zeit aber war knapp, deshalb hatte sich Haldeman für ein anderes Vorgehen entschlossen. Die Ermittlungen waren seinem Kollegen Roy Greenway übertragen worden, der wie er selbst den Rang eines Lieutenants bekleidete. Haldeman verstand sich recht gut mit ihm und hatte deshalb beschlossen, sich direkt an ihn zu wenden.

»Das geht nicht so einfach«, behauptete Greenway, nachdem Haldeman ihm seinen Vorschlag unterbreitet hatte. »Ich kann dich nicht so ohne weiteres an den Ermittlungen beteiligen. Bruce, ich finde es ja auch nicht gut, daß dich der Alte so einfach geschaßt hat, aber –«

»Kein aber«, fiel ihm Haldeman ins Wort. »Ich habe mich in die Materie eingearbeitet. Ich weiß über alles Bescheid, was diesen Fall betrifft, und ich kann dir mit Sicherheit eine Menge nützlicher Tips geben. Gordon braucht nichts davon zu erfahren. Ich will nur, daß du mich unter der Hand ein bißchen über alles auf dem laufenden hältst.«

»Ich weiß nicht recht«, murmelte Greenway.

Er war bereits wankelmütig geworden, und Haldeman wußte, daß er gewonnen hatte.

»Wie es aussieht, dürften sich die Saurier in die Kanalisation zurückgezogen haben«, sagte er. »Jedenfalls liegt es nahe, außerdem konnten sie nur auf diesem Weg aus dem Keller der Schule verschwinden.«

»Davon gehe ich auch aus«, bestätigte Greenway. »Obwohl mich das Ganze fatal an alberne Horrorfilme erinnert. Du weißt ja, diese alten Geschichten aus New York. Eltern schenken ihrem Zögling ein Krokodilbaby, und sobald das Tier größer wird, spült man es durchs Klo. Es halten sich hartnäckig Gerüchte, daß es in der New Yorker Kanalisation ganze Kolonien von Krokodilen geben soll, obwohl man nie irgendwelche konkreten Hinweise darauf entdeckt hat.«

»Hier *haben* wir konkrete Hinweise«, stellte Haldeman fest. »Was hast du als nächstes vor?«

»Gordon hat eine Firma für Schädlingsbekämpfung eingeschaltet. Die schicken in städtischem Auftrag regelmäßig Teams in die Kanalisation, um dafür zu sorgen, daß sich die Ratten da nicht zu stark vermehren. Ich wollte gerade hinfahren, um mich zu erkundigen, ob sie Erfolg hatten.«

Wortlos schloß sich Haldeman ihm an.

12. Juni, später Vormittag

Noch immer ist von den Pilgern nichts zu entdecken. Es ist jetzt fast Mittag, und obwohl ich mir sage, daß sie noch längst nicht hiersein können, wenn sie erst am Morgen aufgebrochen sind, sinken meine Hoffnungen immer mehr.

Es ist eine irrationale Reaktion, doch ich komme nicht dagegen an. Immer wieder drängen sich schreckliche Bilder in mein Bewußtsein, wie ich dazu verurteilt bleibe, einsam hier auszuharren, tage- und wochenlang, bis die Lebensmittel irgendwann aufgebraucht sind. Ich könnte natürlich wieder mit dem Ballon aufsteigen und irgendwo anders hinfliegen und landen, aber was brächte es mir?

Der Wind weht immer noch aus südlicher Richtung und würde mich vom Rastplatz der Pilger noch weiter forttreiben.

Mit Anbruch des Tages sind die kleinen Baumsaurier verschwunden, so daß wenigstens diese Gefahr für den Moment nicht mehr besteht. Anscheinend handelt es sich um Tiere, die nur nachts aktiv sind.

Gerade habe ich mehrere Schüsse aus südlicher Richtung

gehört. Mit größter Wahrscheinlichkeit dürften sie von den Pilgern abgefeuert worden sein, die sich auf dem Weg zu mir befinden. Ich kann nur hoffen, daß die Schüsse nicht bedeuten, daß sie in Gefahr geraten sind und um ihr Leben kämpfen müssen.

Um ein Zeichen zu geben, habe ich selber zwei Schüsse abgefeuert, die im unmittelbaren Anschluß mit zwei weiteren Schüssen beantwortet wurden. Es scheint also alles in Ordnung zu sein. Man hat mich entdeckt und befindet sich auf dem Weg zu mir. Nun kann es nicht mehr allzu lange dauern, bis ich wieder mit Nicole vereint und in Gesellschaft der anderen bin.

Aber es gibt noch etwas zu berichten. Es ist nun etwa eine Viertelstunde her, seit die Schüsse gefallen sind. Bereits wenige Minuten später sah ich in einigen Meilen Entfernung eine dünne Rauchfahne aufsteigen. Ich vermute, daß die Pilger für ihre Verpflegung ein Tier geschossen haben und es braten.

Bemerkenswert, ja geradezu unglaublich ist jedoch, daß ich von hier aus noch eine weitere Rauchfahne entdecken kann. Der Rauch ist erst vor zwei oder drei Minuten aufgestiegen, und zwar genau in der entgegengesetzten Richtung, fast am nördlichen Rand des Talkessels.

Wer aber kann dort ein Feuer entzündet haben? Die wenigen Menschen, die in dieser Zeit leben, befinden sich viele hundert Meilen entfernt in der Gegend von Las Vegas.

Ein Rätsel, das mich fasziniert und mein Herz unwillkürlich schneller schlagen läßt. Befinden sich wider alle Wahrscheinlichkeit möglicherweise doch andere Menschen in unserer Nähe? Noch ungeduldiger als zuvor erwarte ich das Eintreffen der Pilger, damit wir hinfliegen und uns selbst davon überzeugen können.

»Ich habe drei Teams aus jeweils zwei Männern hineingeschickt«, berichtete Jeffrey Stringer, der Chef der Firma zur Schädlingsbekämpfung. Er war ein kleiner, dicklicher

Mann, von dessen Haaren nur ein schmaler, hellgrauer Kranz übriggeblieben war. »Zwei davon sind inzwischen zurückgekehrt.«

»Haben sie etwas entdeckt?« wollte Lieutenant Roy Greenway wissen.

Haldeman stand nur wenige Schritte neben ihm und lauschte dem Gespräch.

»Sie haben einige Eierschalen gefunden«, berichtete Stringer. »Und eine Menge toter Ratten. Die Tiere sind geradezu zerfleischt worden. Einige wurden bis auf die Knochen abgenagt. Was das bedeutet, brauche ich Ihnen wohl nicht zu sagen. Denken Sie nicht, daß es allmählich an der Zeit wäre, mir zu erzählen, um was es hier überhaupt geht? Nach was für Schädlingen sollen wir suchen?«

»Es tut mir leid, aber das darf ich Ihnen nicht sagen.« Greenway zuckte entschuldigend mit den Schultern. »Anordnung von oben. Man will erst ganz sicher sein, daß es überhaupt Grund zur Beunruhigung gibt.«

»Den gibt es, Lieutenant, das können Sie mir glauben«, behauptete Stringer. »Es gehört einiges dazu, Ratten zu töten. Sie sind flink, stark und relativ intelligent. Wenn sie in so großer Zahl getötet wurden, dann handelt es sich um einen außerordentlich gefährlichen Gegner.«

»Trotzdem müssen wir zumindest einen dieser Gegner als Beweis vorlegen können«, beharrte der Lieutenant. »Nur der Commissioner kann entscheiden, wann weitere Informationen preisgegeben werden.«

»Nun, dann will ich es etwas anders formulieren.« Stringers Stimme wurde hart. »Ich mache mir Sorgen um meine Männer. Solange wir nicht wissen, womit wir es hier zu tun haben, können wir uns nicht entsprechend schützen. Dies wird unsere letzte Erkundungstour in die Kanalisation bleiben, wenn wir nicht mehr erfahren. Ich warte nur noch darauf, daß das letzte Team zurückkehrt, dann rücken wir ab. Das können Sie Ihrem Vorgesetzten so ausrichten.«

Haldeman warf einen Blick in den Kanalisationstunnel am Rande der Stadt, in den die Männer eingedrungen waren, dann stieß er sich von dem Streifenwagen ab, an dem er bislang gelehnt hatte, und trat auf den Mann zu.

»Sie sagten, daß nur noch eines Ihrer Teams in den Stollen ist«, ergriff er das Wort. »Warum ist es nicht wie die anderen bereits zurückgekehrt?«

»Ich weiß es nicht«, antwortete Stringer. »Deshalb mache ich mir ja allmählich Sorgen. Die vereinbarte Zeit ist längst verstrichen.«

»Haben Sie keine Möglichkeit, Funkkontakt mit den Männern aufzunehmen?«

»Leider nein. Funkwellen reichen nicht um Ecken. Schon eine einzige Abzweigung reicht aus, um den Kontakt zu unterbrechen, und da drinnen gibt es Tausende. Wir können nur warten.« Er blickte auf seine Armbanduhr. »Das heißt, wenn die Leute in zehn Minuten noch nicht zurück sind, werde ich ein Suchteam zu ihrer Unterstützung losschicken.«

Zähflüssig verrannen die Minuten. Haldeman kam es vor, als würden sich die ersten fünf Minuten zu einer wahren Ewigkeit dehnen, dann stieß plötzlich einer der Leute am Stollenausgang einen erschrockenen Ruf aus.

Sofort eilte Haldeman zu ihm hin – gerade rechtzeitig, um zu sehen, wie einer der Männer des Suchteams mit letzter Kraft aus dem Stollen taumelte und vor ihm zusammenbrach. Der Rücken des Mannes war eine einzige offene Wunde ...

12. Juni, später Nachmittag

Endlich haben die Pilger den Ballon erreicht. Hesekiels Stimme riß mich aus einem leichten Halbschlaf, in den ich wider Willen im Laufe des Nachmittags gesunken war, und als ich über den Rand des Ballons in die Tiefe blickte, sah ich die Pilger dort stehen.

Zwei der Männer, die sich mit der Steuerung des Ballons auskannten, kletterten an einem Seil zu mir herauf. Wir lösten die provisorischen Anker und stiegen ein Stück auf, um ein paar hundert Meter entfernt auf einer Lichtung zu landen. Allein hätte ich dieses Manöver niemals geschafft.

Dort stießen auch die anderen Pilger zu uns, vor allem Nicole. Überglücklich schloß ich sie in die Arme, und wir küßten uns, als ob wir uns niemals wieder loslassen wollten. Genauso fühlte ich mich auch.

Ansonsten jedoch verlief das Wiedersehen eher kühl. Zwar sprach Hesekiel eine Weile mit mir, um zu erfahren, was in der Zwischenzeit passiert war, doch er wirkte nervös und unaufmerksam. Es war unverkennbar, daß es innerhalb der Gemeinschaft Spannungen gab.

Ich erkundigte mich bei Nicole danach.

»Das liegt an Wedge«, berichtete sie. »Mein Vater hat ihm viel zu viele Vollmachten überlassen, und die nutzt er aus. Damit sind nicht alle einverstanden. Er kommandiert uns herum, wie es ihm paßt, und das gefällt einigen nicht mehr.«

»Kann ich verstehen.«

»Mir stinkt sein Verhalten allmählich auch. Mein Vater meinte, in dieser Krisensituation wäre ein starker Mann nötig, der allen mit entsprechendem Nachdruck befiehlt, was zu tun ist, aber das war ein Fehler. Ich glaube, er hat ihn inzwischen auch eingesehen. Jedenfalls hat er versprochen, wieder selbst die Führung zu übernehmen. Das wird die Gemüter etwas beruhigen, weil er für die Leute immer noch die größte Vertrauensfigur darstellt.«

Diese Entwicklung, die sich bereits abzuzeichnen begann, noch bevor sich der Ballon losriß, machte mir Sorgen, aber ich sagte zunächst nichts mehr dazu, sondern beschloß, erst einmal aufmerksam zu beobachten.

Dafür berichtete ich, daß ich in der Ferne Rauch gesehen hatte, und erntete damit zunächst Unglauben, zumal der Rauch von der Lichtung aus nicht zu sehen war. Da die beiden Männer, die als erste zu mir in den Ballon geklettert waren, meine Beobachtung jedoch bestätigten, gab auch Hesekiel seine Vorbehalte auf. Kurze Zeit später stiegen wir wieder auf, und diesmal konnten alle die dünne Rauchfahne sehen, die irgendwo am Ende des Talkessels aufstieg.

»Wir werden hinfliegen und uns dort genauer umsehen«, verkündete Hesekiel.

»Ich halte das nicht für besonders klug«, widersprach Wedge sofort. »Was immer uns dort erwartet, es könnte eine Gefahr bedeuten, und davon hatten wir in der letzten Zeit doch eigentlich genug.«

»Wir werden entsprechend vorsichtig sein«, erklärte Hesekiel. »Es ist ein Risiko, das wir wohl beruhigt eingehen können, wenn sich uns dafür die Chance bietet, wieder in die Sicherheit der Zivilisation zurückkehren zu können.«

Die Pilger nickten zustimmend. »Mein Entschluß steht fest. Wir nehmen Kurs auf das Feuer.«

Es dauerte fast eine Stunde, bis wir das hintere Ende des Talkessels erreichten. Ich weiß nicht, was ich erwartet hatte. Am ehesten noch ein Lagerfeuer auf einer Lichtung, aber auf keinen Fall *das*.

Unter uns erstreckte sich eine regelrechte kleine Festungsanlage mit primitiven Hütten, in den Fels geschlagenen Höhlen und gemauerten Wällen. Insgesamt zwei Feuer brannten dort, und auch sie waren eindeutig künstlich angelegt worden, denn sie bestanden aus in Steinkreisen aufgeschichtetem Holz.

Von Menschen jedoch war nichts zu entdecken.

Wir beobachteten die Siedlung aus sicherer Höhe, und erst als nichts auf eine Gefahr hindeutete, gab Hesekiel den Befehl zur Landung, bevor wir vom Wind abgetrieben werden konnten. In der Nähe der äußersten Hütten setzten wir auf.

Hesekiel stellte einen kleinen Erkundungstrupp zusammen, dem neben Wedge und mir noch zwei weitere Männer angehörten, die sich genau wie wir freiwillig gemeldet hatten.

»Ihr anderen wartet hier im Ballon!« befahl Hesekiel. »Sollte uns etwas zustoßen oder sonst irgend etwas Verdächtiges geschehen, steigt ihr sofort auf.«

Die Pilger nickten zögernd, obwohl ihnen diese Vorstellung sichtlich wenig behagte. Aber sie sahen ein, daß es das einzig Vernünftige war, weshalb sie sich der Anordnung fügten.

Zu fünft brachen wir auf. Vorsichtig näherten wir uns den Hütten und spähten hinein. Es hielt sich niemand darin auf, doch lagen allerlei Gebrauchsgegenstände herum.

Ich griff nach einer tönernen Schale, dann nach einem geschliffenen Stein, der eine Art Messer darzustellen schien.

»Nach Bewohnern aus unserer Zeit sieht das nicht aus«, sagte ich. »Oder wenn, dann sind sie aus irgendwelchen Gründen hier gestrandet und haben offenbar überhaupt keine moderne Ausrüstung.«

»Hilfe haben wir hier offensichtlich nicht zu erwarten«, bestätigte Wedge. »Also sollten wir so schnell wie möglich wieder verschwinden.«

Hesekiel beachtete ihn nicht. Auch er griff nach einem Tonschälchen und betrachtete es.

»Wenn uns nicht über hundert Millionen Jahre von der Entstehung der ersten menschenähnlichen Lebewesen trennen würden, könnte man glauben, daß wir es hier mit einer Art von Höhlenmenschen zu tun haben. Eine äußerst primitive Kultur, aber immerhin Anzeichen von Intelligenz.«

»Was kümmert es uns? Laßt uns gehen«, drängte Wedge.

Diesmal nickte Hesekiel zustimmend. Wir verließen die Hütte wieder und wandten uns einer anderen zu. Noch bevor wir sie erreichten, nahm ich aus dem Augenwinkel plötzlich eine Bewegung wahr und fuhr herum.

Ich hatte mich nicht getäuscht. Wir waren nicht länger allein.

Gut zwei Dutzend mehr als mannsgroßer Saurier mit einem schmalen Leib, straußenähnlichen Beinen, schmalen Armen und einem Kopf, der auf einem fast armlangen Hals saß, hatten uns umzingelt. Sie mußten sich zwischen den Bäumen jenseits der Lichtung verborgen haben und näherten sich uns nun aus allen Richtungen.

Schlagartig wurde uns klar, warum hier keine Menschenseele mehr lebte. Dieses Dorf war zu einer tödlichen Falle geworden. Entweder waren die Bewohner vor den Bestien geflohen – oder von ihnen verspeist worden.

Der Kreis schloß sich um uns. Wie gebannt starrten wir den Sauriern entgegen. Gegen diese Übermacht halfen auch unsere Waffen nicht. Es gab kein Entkommen mehr ...

Buch 9

Land der fallenden Sterne

Tagebuch Nick Petty, 12. Juni

Wir waren umzingelt.

Es handelte sich um gut zwei Dutzend mannsgroßer Saurier mit einem schlanken Leib, straußenähnlichen Beinen, schmalen Armen und einem Kopf, der auf einem gut armlangen Hals saß. Ihre Arme und Beine endeten in dreigliedrigen Klauen.

Sie hatten sich uns unbemerkt aus dem Sichtschutz der Hütten und Wälle des primitiven Dorfes genähert und den Kreis um uns mittlerweile geschlossen. Dabei mußten sie äußerst geschickt vorgegangen sein, daß wir sie nicht früher entdeckt hatten, nicht einmal vom Ballon aus, als wir das Dorf überflogen hatten.

Noch fielen die Saurier nicht über uns her, sondern standen regungslos da und starrten nur zu uns herüber.

»Nicht schießen!« befahl Hesekiel. »Nur, wenn sie uns angreifen.«

Mein Herz schlug rasend schnell. Noch fester als bisher hielt ich mein Gewehr umklammert. Ich fühlte kalten Schweiß auf meiner Stirn, der mir in die Augen zu rinnen drohte, doch ich wagte nicht, ihn wegzuwischen, aus Furcht, daß jede noch so kleine Bewegung den Bann brechen und das Zeichen zum Angriff darstellen könnte.

Am Ausgang eines Kampfes konnte es wenig Zweifel geben. Zwar besaßen wir Gewehre, aber uns stand eine mehrfache Übermacht gegenüber, und die Krallen der Saurier stellten natürliche Waffen dar, die in ihrer Wirkung mit Sicherheit fürchterlich waren.

Vorsichtig sah ich zum Ballon hinüber. Die meisten Pilger waren dort in der Gondel geblieben und hatten von Hesekiel die Anweisung erhalten, bei den kleinsten Anzeichen einer Gefahr sofort aufzusteigen. Allerdings waren sie dazu erst gar nicht mehr gekommen. Auch ihnen hatten sich die Saurier so unbemerkt genähert, daß die Menschen keine Chance mehr gehabt hatten, rechtzeitig zu reagieren, und genau wie wir verharrten auch sie jetzt regungslos, um keinen Angriff zu provozieren.

Die Saurier gehörten einer Gattung an, wie ich sie noch nie zuvor gesehen hatte. Seit der Entstehung von DINO-LAND, als durch Beben in der Zeit Stücke aus der Urzeit in die Gegenwart gelangt waren und umgekehrt, hatte die Paläontologie gewaltige Fortschritte gemacht. Zahlreiche neue Saurierrassen, von deren Existenz man vorher nicht einmal etwas geahnt hatte, waren entdeckt worden, aber eine Spezies wie diese hatte ich auch in den neuesten Büchern noch nicht gefunden.

Am stärksten ähnelten die Tiere noch den Stenonychosauriern, die zu den Saurornithoididen gehörten und zu den intelligentesten Sauriern gezählt wurden, allerdings waren sie dafür um gut die Hälfte zu groß. Dennoch mußten ihre Gehirne beträchtlich entwickelt sein, mindestens so wie die moderner Raubtiere, das zeigte ihr ganzes Verhalten, das Welten von dem der oft stumpfsinnigen großen Saurier entfernt lag, die es gerade schafften, ihre eigenen Bewegungen zu koordinieren.

Das Faszinierendste an ihnen jedoch waren ihre Augen. Die Augen der meisten Saurier waren vergleichsweise starr und primitiv strukturiert, aber die der Tiere um uns herum sahen fast genauso aus wie die von Menschen. Obwohl es sich nur um Einbildung handeln konnte, glaubte ich, darin eine Vielzahl sich widerspiegelnder Gefühle zu erkennen: Unsicherheit, Furcht, Neugier und noch mehr.

Es schien fast, als würden die Saurier auf etwas ganz Bestimmtes warten.

»Wir sollten es drauf ankommen lassen«, raunte Wedge leise. »Sieht mir alles nicht so aus, als ob die Biester wieder abhauen würden. Wir könnten einen Großteil von ihnen abschießen, wenn wir einigermaßen schnell sind.«

»Und die anderen fallen dann über uns her«, widersprach

ich. Schließlich hatte ich schon ein paarmal erlebt, daß die meisten Pilger erbärmliche Schützen waren. »Es sind zu viele, wir können sie nicht alle erwischen.«

»Daß die Mistviecher uns nicht schon längst angegriffen haben, zeigt doch, daß sie Angst haben. Wenn wir ein paar von ihnen töten, ergreifen die anderen vielleicht die Flucht.«

»Womöglich haben die Bewohner dieses Dorfes das auch gedacht«, wandte Hesekiel ein. »Seht ihr sie irgendwo? Sie sind getötet worden oder geflohen.«

»Das sind doch nur Spekulationen«, entgegnete Wedge verächtlich. »Ich sage euch, wenn wir ein paar von den Biestern abknallen, werden die anderen rennen, was das Zeug hält.«

»Und wenn nicht, sind wir tot«, warf ich ein.

»Das werden wir auch sein, wenn wir so lange abwarten, bis sie sich endlich entschlossen haben, uns anzugreifen«, ereiferte sich Wedge und packte sein Gewehr fester. »Im Augenblick haben wir noch den Vorteil der Überraschung auf unserer Seite, und den sollten wir nicht verschenken. Ich jedenfalls habe keine Lust, mich so einfach von diesen Bestien auffressen zu lassen. Ich werde um mein Leben kämpfen.«

Er hob sein Gewehr, und sein Gesichtsausdruck zeigte deutlich, daß er entschlossen war, nicht mehr länger zu warten.

»Hesekiel, Vorsicht!« rief ich, da ich selbst zu weit von Wedge entfernt stand, um noch eingreifen zu können.

Hesekiel jedoch reagierte blitzartig. Wahrscheinlich hatte er die Gefahr schon vor meiner Warnung erkannt. Mit seinem linken Arm schlug er von unten gegen den Gewehrlauf, mit dem Wedge auf einen der Saurier anlegte. Er konnte den Schuß nicht mehr verhindern, aber die Kugel sauste wirkungslos in die Höhe.

Glücklicherweise werteten die Saurier den Schuß nicht als Zeichen zum Angriff. Im Gegenteil, sie wichen ein Stück zurück. Dabei stießen sie merkwürdige Laute aus, die wie eine Mischung aus Zischen und Gackern klangen. Es hatte fast den Anschein, als würden sie sich miteinander unterhalten.

»Verdammter Narr!« stieß Hesekiel zornig hervor. »Ich hatte ausdrücklich befohlen, nicht zu schießen. Das wird noch ein Nachspiel haben.«

»Aber du siehst doch, daß sie Angst haben«, verteidigte sich Wedge und hielt seinem Blick ungerührt stand. »Sie werden fliehen, wenn wir ein paar von ihnen töten.«

Ich verfolgte die Auseinandersetzung nur am Rande und beobachtete weiterhin die Saurier. An einer Stelle teilte sich ihre Reihe, und eines der Tiere kam mit langsamen, vorsichtigen Bewegungen auf uns zu, wobei es sich geradezu zu bemühen schien, jeden Anschein von Feindseligkeit zu vermeiden.

Wie gebannt starrte ich auf das, was der Saurier in den Klauen hielt.

Es handelte sich um ein primitives Werkzeug, eine Art Beil. Ein dreieckiger, an einer Kante scharf geschliffener Stein war mittels irgendwelcher Pflanzenfasern an einen hölzernen Griff gebunden.

Der Saurier trug die Waffe offen auf beiden Klauen, als wollte er demonstrativ zeigen, daß er sie nicht benutzen würde. Ja, mehr noch, als wollte er sie uns zum Geschenk machen.

Selbst Wedge war von dem Geschehen so überrascht, daß er keine Anstalten zu einem neuen Angriff machte.

Auf halber Strecke zwischen uns und den anderen Tieren verharrte der Saurier. Er bückte sich und legte das primitive Beil auf den Boden, dann trat er so langsam zurück, wie er sich genähert hatte.

Mein erster Eindruck, obwohl ich ihn selbst nicht einmal ernstgenommen hatte, war richtig gewesen. Das Niederlegen des Beils *war* eine demonstrative Geste, die offensichtlich Friedfertigkeit ausdrücken sollte.

Gezielte Gesten dieser Art jedoch waren etwas, was nur ein intelligentes Wesen ersinnen konnte, so wie auch nur ein intelligentes Wesen in der Lage war, die einzelnen Bestandteile des Beils in dieser Form zusammenzufügen. Keinesfalls war ein Tier dazu fähig.

Mit einem Mal war ich mir nicht mehr so sicher, daß die Saurier die Erbauer dieses Hüttendorfes getötet oder vertrieben hatten.

Vielmehr hielt ich es für möglich, daß wir diesen Erbauern direkt gegenüberstanden.

Phoenix, Gegenwart

Einige der umstehenden Männer wandten den Blick von dem schrecklich zugerichteten Leichnam zu ihren Füßen ab. Immerhin handelte es sich um einen Kollegen. Genau wie sie hatte er für *Ratkill* gearbeitet. Jeffrey Stringer, der Chef der Schädlingsbekämpfungsfirma, trat ein paar Schritte zur Seite und übergab sich.

»So eine verdammte Scheiße«, brummte Lieutenant Roy Greenway.

»Glaubst du, daß das jetzt auch für den Chief Beweis genug ist, um endlich aufzuwachen und mit seiner Verschleierungstaktik aufzuhören?« stieß Bruce Haldeman bitter hervor und legte ihm die Hand auf die Schulter.

»Dieser Tote geht indirekt auf Gordons Konto«, fuhr Haldeman mit noch größerer Bitterkeit in der Stimme fort. »Wie kann man nur Menschen da reinschicken, ohne ihnen zu sagen, wonach sie überhaupt suchen sollen? Nur mal so nach dem Rechten sehen, zum Teufel damit.«

»Es sind immerhin Spezialisten«, erwiderte Greenway.

»Ja, Spezialisten, um gegen Ratten, Termiten und andere Plagegeister vorzugehen, aber doch nicht gegen *Saurier*«, ereiferte sich Haldeman. »Was ihnen ihre Rückentornister mit ein bißchen Gift zum Versprühen genutzt haben, siehst du ja. Wenn schon, dann hätte er schwerbewaffnete Trupps mit Flammenwerfern losschicken müssen, aber dann hätte er ja verraten müssen, um was es hier wirklich geht.«

»Noch ist nicht erwiesen, daß wir es tatsächlich mit Sauriern zu tun haben«, wandte Greenway ein. »Ich persönlich glaube dir ja, aber was meinst du, in was für eine Klemme Gordon gekommen wäre, wenn sich alles als blinder Alarm herausgestellt hätte?«

»Denkst du vielleicht, das hier hätten ein paar Ratten oder andere Schädlinge getan?« Haldeman deutete auf den Toten. »Und er wird nicht das letzte Opfer bleiben, wenn nicht bald etwas geschieht.«

»Wir wissen nicht, was es war, und ich kann Gordon verstehen, daß er ohne Beweise keine Panik unter der Bevölkerung auslösen wollte.«

»Willst du ihn etwa noch verteidigen?« Zornig starrte Haldeman seinen Kollegen an. »Verstehst du eigentlich nicht, um was es wirklich geht? Dieses Tier, das als erstes herkam, war trächtig. Hätte dieser Idiot nicht alle Aktionen verhindert, hätten wir es vielleicht erwischen können, bevor es seine Eier ausgebrütet hat. Statt dessen haben wir es jetzt mit einer Vielzahl von Sauriern zu tun. Wir haben keine Ahnung, wann die ersten geschlüpft sind, und wie lange es dauern wird, bis sie sich ebenfalls vermehren. Da sie hier keinerlei natürliche Feinde haben, kann das in kürzester Zeit zu einer Lawine ohne Ende führen. Begreifst du jetzt endlich, in welcher Gefahr die ganze Stadt schwebt?«

Greenway wurde noch blasser. »Was schlägst du vor?«

»Es ist dein Fall«, erinnerte Haldeman und tippte seinem Kollegen gegen die Brust. »Ich bin quasi nur rein zufällig hier.«

»Deswegen kannst du mir trotzdem einen Rat geben, oder spielst du jetzt den Beleidigten, weil du recht hattest und man dir den Fall dennoch weggenommen hat?«

»Ich bin nicht beleidigt«, behauptete Haldeman. »Ich bin höchstens auf dem besten Weg, meinen Beruf an den Nagel zu hängen, weil man mich nämlich vermutlich feuern wird, aber das ist mir auch egal. Wenn du wirklich einen Rat von mir haben willst, dann verhalte dich einfach noch ein, zwei Tage ruhig. I dieser Zeit werde ich Gordon nämlich einen so gewaltigen Tritt in den Arsch verpassen, daß er sich noch lange daran erinnern wird.«

»Du bist ja verrückt, Mann!«

»Vielleicht bin ich das.« Haldeman nickte langsam. »Aber ich kann nicht mehr länger tatenlos zusehen, wie dieser Trottel Unschuldige in Gefahr bringt, nur weil er seinem werten Freund vor der Bürgermeisterwahl keine Unruhe unter der Bevölkerung zumuten will. Unsere Aufgabe ist es, das Leben der Menschen in dieser Stadt zu schützen, und genau das werde ich tun. Um sich gegen eine Gefahr wappnen zu können, muß man erst einmal wissen, daß sie existiert, und um sie zu bekämpfen, ist die Hilfe von –«

Er unterbrach sich, als Stringer neben ihn trat.

»Allmählich dürfte es wirklich an der Zeit sein, daß Sie mir verraten, womit wir es hier zu tun haben«, verlangte der Chef von *Ratkill*. »Ich muß einen Suchtrupp in die Kanalisation schicken, und ich möchte die Männer keiner größeren Gefahr aussetzen, als unbedingt nötig. Dafür müssen wir wissen, was uns erwartet.«

»Einen Suchtrupp?« Greenway runzelte die Stirn. »Das wäre viel zu gefährlich.«

»Es geht nicht anders«, beharrte Stringer. »Immerhin ist es möglich, daß John noch am Leben ist. John war Hanks Begleiter.« Er deutete auf den Toten. »Wir müssen uns vergewissern, ob er noch lebt und wir ihm vielleicht helfen können.«

»So leid es mir tut, Ihnen das sagen zu müssen, aber die Chancen dafür stehen nicht besonders gut«, mischte sich Haldeman ein. »Sie würden nur unnötig das Leben weiterer Männer in Gefahr bringen. Warten Sie, bis die Verstärkung eintrifft, die mein Kollege bereits angefordert hat. Mit entsprechender Bewaffnung und in ausreichender Zahl können wir es riskieren, aber nicht so.«

»Dann erzählen Sie mir, um was für Tiere es sich handelt, die einen Menschen so zurichten können«, beharrte Stringer auf seiner Forderung.

Greenway warf seinem Kollegen einen beschwörenden Blick zu, doch Haldeman ignorierte ihn.

»Wir haben Hinweise darauf, daß ein Saurier aus DINO-

LAND hierher gelangt ist«, berichtete er. »Die genaueren Umstände spielen erst einmal keine Rolle.«

Stringer schluckte.

»Ein *Saurier*?« vergewisserte er sich.

»Ja.« Haldeman nickte. »Leider haben wir noch keine Ahnung, um was für ein Tier es sich konkret handelt. Vermutlich ist es nicht allzu groß, da es sich unbemerkt in einem Möbelwagen verstecken konnte und wohl durch einen einfachen Gully in die Kanalisation gelangt ist. Aber daß es trotzdem gefährlich ist, hat es ja schon drastisch bewiesen. Und vermutlich hat das Tier bereits Nachwuchs bekommen, der bald genauso gefährlich wird.«

»Saurier«, murmelte Stringer noch einmal erschüttert. »Und Sie haben meine Leute unbewaffnet und ahnungslos da reingehen lassen?« Er ballte die Fäuste. »Ich glaube es einfach nicht. Aber das wird ein Nachspiel haben, das verspreche ich Ihnen! Ich werde vor Gericht klagen.«

»Tun Sie das«, erwiderte Haldeman. »Ich wünsche Ihnen sogar, daß Sie Erfolg haben, aber ich bezweifle es. Chief Commissioner Gordon wird bestreiten, daß es irgendwelche konkreten Hinweise gab. Er weigert sich, die Existenz des Sauriers anzuerkennen, und hat eine Nachrichtensperre verhängt, um die Öffentlichkeit nicht zu beunruhigen. Wäre es nach mir gegangen, dann wäre alles etwas anders gelaufen, aber leider sind mir die Hände gebunden.«

»Du redest dich um Kopf und Kragen«, stellte Greenway kopfschüttelnd fest. »Ich sollte dir die dienstliche Anweisung geben, von hier zu verschwinden, bevor du dich noch tiefer in die Scheiße reiten kannst.«

Zwei Streifenwagen näherten sich und hielten nicht weit von ihnen entfernt an.

Sechs uniformierte Polizisten stiegen aus und kamen auf sie zu.

»Officer Sunny Bond«, stellte sich einer von ihnen vor. »Der Leichenwagen und der Gerichtsmediziner dürften auch gleich hier sein. Was ist denn überhaupt los?«

»Es gibt Ärger in der Kanalisation«, berichtete Greenway,

noch bevor Haldeman zuviel verraten konnte. »Irgendwelche Tiere haben den Mann hier getötet.«

»Vermutlich Saurier«, ergänzte Haldeman lakonisch und erntete dafür einen zornigen Blick seines Kollegen.

»Das wäre möglich, aber wir wissen bislang nichts Genaues«, behauptete Greenway. »Der Partner des Mannes ist noch irgendwo da drin. Wir werden hineingehen und uns vergewissern, was mit ihm geschehen ist.«

Stringer hielt ihm eine Karte entgegen. Sie zeigte die Rohre und Stollen der Kanalisation. Einige Bereiche waren in unterschiedlichen Farben markiert.

»Das blau eingekreiste Gebiet haben John und Hank überprüft, also müssen wir dort suchen«, erklärte er. »Ich und wenigstens einer meiner Männer werden Sie begleiten. Im Gegensatz zu Ihnen kennen wir uns dort unten aus. Die Kanalisation ist ein wahres Labyrinth, in dem Sie sich selbst mit der Karte nur schwer zurechtfinden würden, und falls Sie fliehen müssen, werden Sie nicht viel Zeit haben, sie zu studieren.«

Greenway zögerte kurz, dann nickte er.

»Also gut, obwohl es mir lieber wäre, wenn keine Zivilisten dabei wären.«

»Ich kann mich meiner Haut ganz gut wehren, wenn es darauf ankommt.« Stringer klopfte auf eine Pistole, die er zusammen mit der Karte aus seinem Wagen geholt hatte und die nun in seinem Gürtel steckte. »Und fangen Sie jetzt nicht mit Formalitäten an. Ich habe einen gültigen Waffenschein für das Ding.«

»Also gut, dann gehen wir«, sagte Haldeman, doch Greenway hielt ihn am Arm zurück.

»Einen Moment, Bruce, so haben wir nicht gewettet. Wenn es dir egal ist, ob Gordon deine Polizeimarke einstampfen läßt, weil du gegen so ziemlich alle allgemeinen Dienstvorschriften verstoßen hast, so ist das deine Angelegenheit. Wahrscheinlich wird er auch mir den Kopf abreißen, weil ich das nicht verhindert und dich sogar noch mitgenommen habe. Aber ich habe keine Lust, auch noch durch den Fleischwolf gedreht zu werden, falls dir hierbei etwas zustoßen sollte.« Er schüttelte den Kopf. »Tut mir leid, aber von jetzt an läuft die Aktion ohne dich.«

»Roy, das kannst du doch nicht machen. Ich –«

»Du hast sicher irgendwelche eigenen Fälle, um die du dich kümmern mußt, oder? Vielleicht solltest du jetzt damit beginnen, statt dich in meine Arbeit zu mischen«, fiel ihm Greenway in einem Tonfall ins Wort, der deutlich machte, daß seine Entscheidung feststand. »Du wirst dich uns nicht anschließen, verstanden?«

Zornig starrte Haldeman ihn noch einige Sekunden lang an, dann fuhr er auf dem Absatz herum und stürmte zu seinem Wagen zurück.

12. Juni

»Das ist unmöglich«, behauptete Hesekiel. »Intelligent? Nick, das sind *Tiere*!«

»Ich weiß«, raunte ich leise. »Aber deshalb können ihre Gehirne sich ja trotzdem weiterentwickelt haben. Denk nur an Affen und Delphine, die sind auch sehr viel intelligenter als die meisten anderen Tiere.«

»Aber auch Affen bauen keine Dörfer.«

»Auf jeden Fall scheint mir das Verhalten dieser Saurier ganz eindeutig auf eine gewisse Intelligenz hinzudeuten. Sie haben ihre Friedfertigkeit demonstriert und das Kriegsbeil abgelegt. Für eine primitive Zivilisation, die wahrscheinlich gerade erst damit begonnen hat, Werkzeuge zu entwickeln, muß es eine ungeheuer mächtige Waffe darstellen.«

»Was tuschelt ihr da eigentlich?« mischte sich Wedge ein. »Verdammt, laßt uns endlich zuschlagen, bevor diese Bestien über uns herfallen.«

Ich ignorierte ihn. Offenbar war er zu blind, um zu erkennen, was um uns herum geschah.

»Sieh dir die Saurier doch an«, fuhr ich fort. »Sie scheinen auf etwas zu warten, und ich kann mir auch denken, auf was. Wir sind an der Reihe, Ihnen unsere Friedfertigkeit zu bekunden.«

Langsam drehte ich mein Gewehr halb herum, so daß ich es am Schaft und am Lauf packen konnte, und trat vor. Hesekiel versuchte mich zurückzuhalten, doch ich wich ihm aus und ging weiter, bis ich die Stelle erreicht hatte, an der der Saurier das Beil hingelegt hatte. Bedächtig legte ich das Gewehr daneben und kehrte an meinen vorherigen Platz zurück.

Mehrere der Saurier wandten sich einander zu und stießen ein wildes Durcheinander an kehligen und zischenden Lauten aus.

»Für mich sieht das ganz so aus, als würden sie sich unterhalten«, sagte ich leise. »Vielleicht keine so ausgeprägte Sprache, wie wir sie haben, aber eine Form der Verständigung.«

»Ich glaube es einfach nicht«, flüsterte Hesekiel. »Das ist einfach zu unglaublich.«

»Was soll der ganze Scheiß?« brummte Wedge. »Ihr tut ja gerade so, als hätten wir es hier mit denkenden Wesen zu tun. Glaubt ihr ernsthaft, ihr könntet euch mit Sauriern unterhalten? Ihr seid ja völlig verrückt!«

»Nimm dein Gewehr runter«, zischte ich und drehte mich zu den beiden Pilgern rechts von mir um. »Ihr auch.«

»Das kann auch alles ein Trick sein«, wandte Hesekiel zweifelnd ein. »Selbst wenn sie eine gewisse Intelligenz entwickelt haben, sind es trotzdem Raubtiere.«

»Wenn sie es gewollt hätten, hätten sie uns längst töten können«, entgegnete ich. »Wenn sie dieses Dorf gebaut haben, sind sie zivilisatorisch in etwa mit den frühen Steinzeitmenschen zu vergleichen. Wie hätten diese wohl reagiert, wenn ein so riesengroßes Gebilde vom Himmel herabgeschwebt wäre und fremde Wesen mit Donnerstöcken, die Feuer speien können, ausgestiegen wären?«

»Sie hätten Sie wahrscheinlich für Götter ...« Hesekiel brach ab. »Du glaubst, sie ... verehren uns?«

»Ich könnte es mir zumindest gut vorstellen. Auf mich

wirkt ihre Haltung alles andere als aggressiv. Ich denke eher, sie haben Angst, weil sie noch nicht wissen, ob wir gute oder böse Götter sind. Sie werden uns nicht angreifen, solange wir ihnen keinen Anlaß dafür bieten.«

»Das ist der hirnverbrannteste Unsinn, den ich je gehört habe«, behauptete Wedge.

Der Saurier, der zuvor das Beil abgelegt hatte, trat erneut vor und blieb vor den beiden Waffen stehen. Dann deutete er mit einer seiner Klauen auf mich und machte eine Art winkende Bewegung.

»Er will anscheinend, daß du zu ihm kommst«, erklärte Hesekiel. »Allmählich fange ich an, tatsächlich zu glauben, daß die Biester intelligent sind. Sei vorsichtig, aber versuch ihn dazu zu bringen, daß er uns zum Ballon zurückkehren läßt.«

Ich nickte und trat langsam vor. Mein Herz hämmerte so rasend schnell, als wollte es zerspringen. Ich glaubte verstandesmäßig nicht mehr daran, daß die Saurier uns etwas antun würden, aber das änderte nichts daran, daß ich dennoch höllische Angst empfand. Immerhin war das Tier, dem ich mich unbewaffnet näherte, gut einen Kopf größer als ich, und seine spitzen Krallen sahen aus, als könnte es mich damit ohne die geringste Mühe der Länge nach aufschlitzen.

Einige Sekunden lang blickten wir uns nur gegenseitig an, und obwohl der Saurier aus so unmittelbarer Nähe noch furchteinflößender aussah, verlor er dabei zugleich auch etwas von seiner Bedrohlichkeit.

Es mußte an seinen Augen liegen. Es waren nicht die Augen einer wilden Bestie, sondern sie erinnerten eher an die eines Menschen, eines alten Menschen, der viel gesehen und erlebt hatte und dabei auch ein wenig müde geworden war.

»Wir kommen in friedlicher Absicht«, sagte ich und drehte gleichzeitig die Handflächen nach oben, ein Zeichen, das zumindest unter Menschen auf der ganzen Welt verstanden wurde. Auch wenn der Saurier meine Worte nicht verstand, so hoffte ich doch, daß der Tonfall, in dem ich sie aussprach, sowie die Geste ihm vermitteln würden, was ich meinte.

Er stieß einige kehlige Laute aus, aus denen ich umgekehrt absolut nichts herausinterpretieren konnte. Es konnte sich ebensogut um eine Drohung wie auch das genaue Gegenteil handeln. Vermutlich gelang es dem Wesen ebenso wenig, meine Absichten zu deuten. Meine Hoffnungen sanken. Wie sollten wir unter solchen Umständen jemals zu einer Verständigung gelangen?

Ich deutete mit dem Finger auf mich und sagte ein paarmal meinen Namen. Der Saurier legte den Kopf schief und brachte einen Laut hervor, der sich wie »Iiiek« anhörte. Es war eine groteske Nachahmung meines Namens, mehr eine Art Quietschen, aber es stellte immerhin schon einmal einen ersten Schritt dar.

Genau wie ich zuvor, zeigte das Wesen anschließend auf sich selbst. Das Geräusch, das es dabei von sich gab, klang ein bißchen wie Vogelgekrächze, etwas wie »Chroooak«.

»Kroak«, wiederholte ich mühsam.

»Chroooak«, wiederholte das Wesen eifrig. Es zeigte auf sich selbst, dann auf seine Artgenossen.

»Chraahnasss«, stieß es hervor. Anscheinend bezeichneten die Wesen ihren Stamm so.

»Kranas«, vereinfachte ich die Aussprache, um mir keinen Knoten in die Stimmbänder zu winden.

Der Saurier wirkte wenig begeistert von meiner Imitation, sofern es überhaupt möglich war, in dem Echsengesicht eine Regung zu erkennen, doch darauf kam es jetzt nicht an.

Schließlich bückte er sich. Mit einer seiner Krallen begann er, Symbole in den Sand zu malen. Erst nach einigen Sekunden erkannte ich, daß er sich selbst, oder zumindest ein Wesen seiner Art zeichnete. Direkt daneben malte er die grobe Karikatur eines Menschen, nicht viel mehr als ein Strichmännchen, doch es war immerhin erkennbar, was es darstellen sollte. Um die beiden zog er einen Kreis, um sie symbolisch zu vereinen.

Ich wußte nicht recht, wie ich mich verhalten sollte, um keine Mißverständnisse zu provozieren. Nach kurzem Zögern zog ich mit dem Zeigefinger einen weiteren Kreis um den ersten.

Kroak gab ein gackerndes Geräusch von sich. Auch wenn alle Deutungsversuche nur mit Vorsicht zu genießen waren, klang es in meinen Ohren erfreut. Dann begann er rings um die beiden Kreise einige Erhebungen zu zeichnen, die wohl die Hütten darstellen sollten. Mensch und Saurier gemeinsam im Dorf; vermutlich wollte er auf diese Art seine Gastfreundschaft ausdrücken.

Obwohl mir die Tiere noch immer etwas unheimlich waren, hätte ich nichts dagegen gehabt, dieser Einladung Folge zu leisten. Saurier, die eine deutlich mehr als nur rudimentäre Intelligenz aufwiesen, das war eine schier unglaubliche Entdeckung.

Doch ich mußte meine eigene Neugier bremsen und an die Pilger denken, die ich hier gewissermaßen als Unterhändler vertrat. Deshalb malte ich dicht neben der alten eine neue Skizze, in der ich nicht nur unseren Erkundungstrupp, sondern auch den Ballon und die Kette der Kranas dazwischen eintrug. Mit Pfeilen deutete ich an, daß die Saurier zur Seite gehen und uns den Weg zum Ballon freigeben sollten.

Kroak betrachtete meine Skizze einige Sekunden lang, dann wischte er mit einer Klaue darüber und deutete wieder auf seine eigene Zeichnung. Es war offensichtlich, daß er wollte, daß wir hierblieben.

Gleich darauf ergänzte er seine Skizze. Er deutete den das Dorf umgebenden Wald an und malte weitere Tiere hinein. Eines davon zeichnete er vergrößert als eigenes Bild. Zunächst dachte ich, er wollte seine eigenen Artgenossen darstellen, dann begriff ich, daß es einige Unterschiede gab. Die anderen Tiere waren kleiner, ihre Gliedmassen etwas anders ausgeprägt. Zusätzlich zu ihnen zeichnete Kroak auch einige sehr viel größere Saurier.

Mit Pfeilen deutete er an, wie diese sich dem Dorf näherten, doch Kranas stellten sich ihnen gemeinsam mit uns

Menschen entgegen, so daß die Angreifer vertrieben wurden. Dabei deutete Kroak auf das Gewehr neben uns. Offenbar erhoffte er sich von uns Hilfe bei der Abwehr angreifender Saurier.

Ich zeigte auf meine eigene halb ausgewischte Skizze, dann in Richtung der Kranas, die uns den Weg zum Ballon verstellten.

Kroak zögerte ein paar Sekunden, dann stieß er einen krächzenden Ruf aus. Die Saurier zwischen uns und dem Ballon traten zur Seite und gaben einen mehrere Meter breiten Durchgang frei.

Ich wollte mich aufrichten, um zu Hesekiel zurückzukehren und ihm Bericht zu erstatten, als plötzlich einer der Kranas durch die Lücke und auf mich zugeschossen kam. Er war nicht einmal halb so groß wie seine Artgenossen, anscheinend noch ein Kind.

Aus den Augenwinkeln sah ich, wie Wedge auf ihn anlegte.

»Nicht schießen!« brüllte ich. »Auf keinen Fall schieß ...«

Ich kam nicht zum Aussprechen. Kroak stieß einen befehlenden Laut aus und griff nach dem Mini-Saurier, doch dieser wich ihm geschickt aus und war im nächsten Moment über mir. Der Schwung des Zusammenstoßes riß mich aus meiner hockenden Haltung und schleuderte mich zu Boden. Heißer, stinkender Raubtieratem schlug mir entgegen. Dicht vor meinem Gesicht öffnete sich das Maul mit den bereits ausgeprägten Reißzähnen.

Ich hörte Nicole aufschreien und stieß selbst ebenfalls einen erschrockenen Schrei aus, mit einemmal gar nicht mehr so sicher, daß es besonders klug war, mich allein auf die Gutmütigkeit und Harmlosigkeit des Wesens zu verlassen. Wenn ich es wirklich mit einem Saurier-Kind zu tun hatte, war es sich möglicherweise nicht einmal bewußt, daß es mich mit einem freundschaftlich Hieb oder Biß schwer verletzen und sogar töten konnte.

Dazu kam es jedoch nicht. Es wurde dunkel vor meinen Augen, und ich spürte etwas ekelerregend Feuchtes, Weiches im Gesicht. Erst als der Saurier seine Zunge wieder zurückzog, begriff ich, daß er mir das Gesicht abgeleckt hatte.

Angewidert spie ich aus. Im gleichen Moment packte Kroak das Saurierkind, riß es von mir herunter und versetzte ihm einen Klapps, der es mehrere Meter weit durch die Luft schleuderte, bevor es zu Boden prallte und mit Lauten, die mich tatsächlich ein bißchen an menschliches Weinen erinnerten, wieder hinter den Reihen der übrigen Kranas verschwand.

Mit dem Ärmel wischte ich mir das Gesicht ab. Ich fühlte mich, als hätte man mir mit einem nassen Waschlappen darübergestrichen – allerdings einem Waschlappen, den man in Jauche angefeuchtet hatte.

Kroak gab einige Laute von sich, die wohl eine Mischung aus Bedauern, Entschuldigungen und Fragen darstellten. Verdrossen deutete ich noch einmal auf die Skizze im Sand, um Kroak zu zeigen, daß ich meine Meinung trotz des Zwischenfalls nicht geändert hatte, dann kehrte ich zu Hesekiel zurück.

»Sie bitten uns zu bleiben und ihnen zu helfen, das Dorf gegen die Angriffe anderer Saurier zu verteidigen«, berichtete ich. »Wir –«

»Und unser Leben dabei riskieren?« fiel mir Wedge ins Wort. »So ein Schwachsinn. Woher sollen wir überhaupt wissen, ob wir ihnen trauen können? Und was hätten wir davon? Laßt uns von hier verschwinden, solange wir es noch können.«

»Ich habe nicht den Eindruck, als ob sie irgend etwas gegen uns im Schilde führen«, erwiderte ich. »Wie ich vermutet habe, scheinen Sie uns eher als Gesandte der Götter zu sehen. Vor den Gewehren haben sie anscheinend einen Heidenrespekt.«

»Wahrscheinlich wollen sie uns die Waffen irgendwie wegnehmen«, vermutete Wedge.

»Halt jetzt endlich mal den Mund«, fuhr ihn Hesekiel barsch an. »Wir kennen deine Meinung inzwischen.« Er wandte sich wieder mir zu. »Angenommen, wir helfen ihnen tatsächlich. Was können sie uns dafür als Gegenleistung bieten?«

»Die Verständigung ist nicht ganz leicht«, gestand ich. »Aber sie scheinen nicht nur Frieden, sondern sogar Freundschaft mit uns schließen zu wollen, und ich denke, wir sollten uns darauf einlassen. Egal, wo wir uns niederlassen, wir werden immer Probleme mit wilden Sauriern bekommen. Dieses Tal wäre ideal für uns, um hier eine Siedlung zu errichten. Wir stünden mit Sicherheit unter dem Schutz der Kranas.«

»Kranas?«

»So bezeichnen sie sich selbst. Zumindest hört es sich so ähnlich an. Ich finde, wir sollten hierbleiben. So günstige Bedingungen finden wir nirgendwo sonst. Die Kranas haben mit Sicherheit nicht viel, was sie uns anbieten können, aber sie würden uns helfen. Ich schätze, beim Ackerbau könnten sie uns gute Dienste leisten, und gemeinsam dürften wir uns aller Angriffe räuberischer Saurier besser erwehren können, als wenn wir auf uns allein gestellt sind.«

Hesekiel überlegte eine Weile. »Es bleibt ein äußerst großes Risiko«, stellte er dann fest. »Eine Entscheidung von solcher Tragweite kann ich nicht alleine treffen, die Verantwortung wäre einfach zu groß. Ich werde die anderen darüber entscheiden lassen. Kommt mit.«

Er wandte sich um und wollte zum Ballon hinübergehen, doch dazu kam es nicht mehr.

Einige entsetzte Schreie der Pilger klangen auf, in die sich hektisches Krächzen der Kranas mischte, dann sah auch ich die Deinonychus', die am anderen Ende des Dorfes aufgetaucht waren und sich mit lautem Brüllen auf uns stürzten.

Mit jedem Schritt, den sie tiefer in die Kanalisation eindrangen, fühlte sich Roy Greenway unwohler in seiner Haut. Er wußte, daß er nicht der Richtige für diesen Fall war, und er hätte liebend gern darauf verzichtet, ihn zugeteilt zu bekommen. Zum größten Teil bestand das unterirdische Kanalisationssystem aus schnurgerade verlaufenden Betonröhren mit nahezu unzählbaren Abzweigungen und Staubecken. Auf beiden Seiten verliefen im Inneren der Röhren schmale Simse, auf denen sie trockenen Fußes gehen konnten, ohne in die widerlich stinkende Brühe treten zu müssen, die sich am Boden dahinwälzte. Allerdings waren die Simse feucht und glitschig, so daß die Männer bei jedem Schritt aufpassen mußten.

Gerade der Gestank war nahezu unerträglich und verursachte Greenway so starke Übelkeit, daß er beständig gegen einen Brechreiz ankämpfen mußte. Er hatte gehofft, sich nach ein paar Minuten wenigstens einigermaßen an den Geruch gewöhnt zu haben, doch diese Hoffnung war nicht in Erfüllung gegangen. Vielleicht lag es auch daran, daß es immer schlimmer stank, je weiter sie kamen.

Dennoch machte all das Greenway nicht annähernd so zu schaffen wie der Gedanke an das, was sie erwarten mochte. Schließlich hatte Haldeman das mögliche Szenario drastisch ausgemalt.

Die Vorstellung, auf eine Horde blutgieriger Saurier zu treffen, zerrte wie ein Bleigewicht an seinen Nerven. In der rechten Hand hielt er seine Pistole, in der linken eine Taschenlampe, deren Schein ein Stück der Tunnelröhre aus der Dunkelheit riß.

Manchmal glaubte Greenway, ganz dicht außerhalb des Lichtscheins Bewegungen wahrzunehmen, doch entstammten sie vermutlich nur seiner Einbildung.

Vor sich auf dem Sims entdeckte er eine tote Ratte. Zunächst glaubte er, das Tier wäre bereits in Verwesung übergegangen, doch als er sich bückte und es genauer betrachtete, stellte er fest, daß es angenagt und fast zur Hälfte aufgefressen worden war. Mit dem Fuß stieß er die tote Ratte ins Wasser und kämpfte den aufsteigenden Ekel nieder.

»Wie weit ist es noch?« wandte er sich an den hinter ihm gehenden Stringer. Er sprach leise, dennoch hallte seine

Stimme dumpf verzerrt von den Wänden wider. Ein Blick auf die Uhr zeigte ihm, daß sie noch keine fünf Minuten unterwegs waren, und sie kamen nur langsam auf den schmalen Simsen voran. Trotzdem schien es ihm, als würden sie schon eine halbe Ewigkeit durch dieses unterirdische Betonlabyrinth irren.

»Nicht mehr weit«, erwiderte Stringer. »Etwa fünfzig Meter voraus stoßen wir auf eine Abzweigung. Dahinter beginnt das Gebiet, das John und Hank überprüft haben.«

Tatsächlich erreichten sie kurz darauf die Abzweigung und gelangten an eine schräg in die Tiefe führende Röhre. Aus dem Sims wurden Stufen, die sie hinunterstiegen.

An ihrem Ende befanden sich keine aus einzelnen Segmenten zusammengesetzten Röhren mehr, sondern gemauerte Stollen. Der Stein war dunkel und nicht so eben wie der Beton, so daß sich das Licht der Taschenlampen an unzähligen winzigen Vorsprüngen brach und unheimlich huschende Schatten schuf, die Bewegungen vorgaukelten, wo keine waren.

»Dieser Teil der Kanalisation ist ziemlich alt«, berichtete Stringer mit gedämpfter Stimme. »Aber er ist noch gut genug erhalten, daß die Stadt bislang keine Veranlassung sah, ihn erneuern zu lassen.« Nach einer kurzen Pause fügte er hinzu: »Für diesen Bereich waren John und Hank eingeteilt, also seien Sie vorsichtig.«

Der Boden zwischen den Simsen war hier mit halb getrocknetem Morast bedeckt. Auch darin waren immer wieder angefressene oder sogar bis aufs Skelett abgenagte Rattenkadaver zu entdecken.

Greenway ließ den Schein seiner Lampe kurz über die Gesichter seiner Begleiter schweifen. In allen stand die gleiche Mischung aus mühsam unterdrückter Furcht und trotziger Entschlossenheit geschrieben.

»Also gut, Männer, ihr wißt, um was es geht«, sagte er, und obwohl er es niemals offen zugegeben hätte, war er Bruce Haldeman insgeheim dankbar, daß dieser entgegen Gordons Anweisungen ausgesprochen hatte, womit sie rechnen mußten. »Beim geringsten Anzeichen einer Gefahr wird sofort scharf geschossen. Die Biester sind gefährlich, wir können uns kein Zögern erlauben.« Er räusperte sich. »Aber denkt auch daran, daß wir nicht hier sind, um die Tiere auszurotten. Darum sollen sich andere kümmern, wir sind nicht dafür ausgerüstet. Das bedeutet, daß wir uns zurückziehen, falls es brenzlig werden sollte. Wenn das klar ist, möchte ich jetzt allgemeines Kopfnicken hören.«

Einige Männer lächelten flüchtig über den müden Scherz, wurden aber sofort wieder ernst. Alle hielten ihre Waffen schußbereit in den Händen.

»Also gut«, schloß Greenway. »Gehen wir und finden wir heraus, was hier unten los ist.«

Vorsichtig drangen sie weiter vor.

Greenways Nerven waren zum Zerreißen gespannt, während er einen Fuß vor den anderen setzte. Der Sims war hier beinahe noch schmaler als in den Betonröhren und mindestens ebenso glitschig. Gelegentlich bröckelte sogar etwas lockeres Gestein ab, dennoch wagte er immer nur einen kurzen Blick nach unten. Immerhin hing sein Leben davon ab, daß er einen sich nähernden Saurier rechtzeitig entdeckte und schnell genug schoß. Das Schicksal des toten Angestellten von *Ratkill* war ihm Warnung genug, keinen Augenblick in seiner Aufmerksamkeit nachzulassen.

»Sehen Sie da«, sagte Stringer plötzlich und packte ihn am Arm. Dabei leuchtete er mit der Taschenlampe auf den Morast neben ihnen. An einer Stelle war der Schlamm bereits weit genug getrocknet, daß der gut handtellergroße Abdruck einer dreizehigen Klaue darin deutlich zu erkennen war.

Greenway nickte nur. Er wünschte, Haldeman wäre bei ihnen, um diese Bestätigung seiner Vermutungen zu sehen. Am besten gleich in Begleitung des Chief Commissioners. Falls Gordon auch diesen Beweis noch nicht anerkennen sollte, würde Haldeman den Chief wahrscheinlich packen und dessen Nase in den Abdruck pressen.

Immer wieder waren leise Geräusche zu hören, ein kaum

wahrnehmbares Rascheln und Schleifen, das Scharren von Krallen auf Stein. Einige Male bemerkte Greenway Bewegungen vor sich, doch handelte es sich nur um einige Ratten, die vor dem Licht flohen, bis er im Lampenschein schließlich etwas Größeres, Massigeres quer vor sich im Stollen liegen sah.

Als er darauf zuging, erkannte er, daß es sich um den Körper eines Menschen handelte, der den blauen Overall der Mitarbeiter von *Ratkill* trug. Bäuchlings lag der Mann da, das Gesicht im Morast vergraben.

Es gab keinen Zweifel, daß er tot war. Sein Leichnam war grauenvoll zugerichtet, doch handelte es sich nicht nur um die Spuren messerscharfer Krallen; es waren ganze Stücke aus ihm herausgebissen worden, wie Greenway angewidert feststellte.

»Das ist John«, stieß Stringer gepreßt hervor. »Also hat es ihn doch erwischt. Verdammt! Er hat eine Frau und zwei kleine Kinder. Irgend jemand wird für seinen Tod bezahlen, das schwöre ich Ihnen! Und das können Sie auch Ihrem Vorgesetzten ausrichten.«

Fast haßerfüllt starrte er den Lieutenant an. Seine Lippen waren zu schmalen Strichen geworden; sein Gesicht sah aus, als wäre es aus Stein gehauen.

»Wir müssen ihn hier wegschaffen, bevor diese Bestien ihn noch ganz auffressen«, fuhr Stringer fort. »Er hat zumindest ein anständiges Begräbnis ver-«

»Still!« zischte Greenway. Wieder waren scharrende Geräusche zu hören, und als er sich umblickte, nahm er eine Bewegung dicht außerhalb des Lichtkegels der Taschenlampe wahr. Er meinte flüchtig den Umriß eines Körpers gesehen zu haben, der ganz entschieden zu groß für eine Ratte war, eher schon die Größe eines Schäferhundes besaß.

Gleich darauf ertönte hinter ihm ein Schrei, dann fiel ein Schuß. Wie Kanonendonner hallte der Knall in dem Stollen wider.

Die Dunkelheit vor und hinter ihnen schien gleichzeitig lebendig zu werden und spuckte auf beiden Seiten gut ein halbes Dutzend furchteinflößende Kreaturen aus, die sich mit schrillem Pfeifen und Fauchen auf die Männer stürzten.

Die Saurier reichten den Menschen nur knapp bis zur Hüfte. Sie liefen aufrecht auf den Hinterbeinen. Ihre schlanken, gräulichen Körper endeten in keilförmig zulaufenden Schwänzen, mit denen sie das Gleichgewicht hielten. Die länglichen Schädel erinnerten Greenway an den des Alien aus dem berühmten Science-Fiction-Film, und in ihren Mäulern waren Reihen von nadelspitzen Zähnen zu sehen.

Einige Sekunden lang stand Greenway wie gelähmt da, während einige der Streifenpolizisten ihren Schrecken bereits überwunden hatten und auf die Saurier zu feuern begannen. Der laute Widerhall der Schüsse machte ihn fast taub, dann endlich konnte auch Lieutenant Greenway seine Lähmung abschütteln.

Mehrere Saurier lagen bereits tot oder zumindest verletzt am Boden, doch immer mehr der Bestien tauchten aus der Dunkelheit auf.

Es war die reinste Hölle.

Greenway legte auf einen Saurier an, der ihm bereits bedrohlich nahegekommen war, und drückte ab. Das Tier wurde zurückgeschleudert und blieb reglos liegen. Ohne es zu beachten, stürmten seine Artgenossen darüber hinweg.

Greenway feuerte sein Magazin leer, und die meisten seiner Schüsse waren Treffer. In der Enge des Ganges bildeten die Saurier kaum zu verfehlende Ziele, doch erwiesen sie sich auch als ziemlich zäh. Bei weitem nicht alle Bestien ließen sich mit einem einzigen Schuß erledigen, dafür war das Kaliber der Kugeln zu klein.

»Rückzug!« brüllte Greenway, während er das leere Magazin seiner Pistole gegen ein neues austauschte. »Schießt vor allem den Weg hinter uns frei!«

Schrittweise wichen die Männer zurück, vorbei an toten und sterbenden Sauriern. Sie hatten bereits gut zwei Dutzend der Tiere getötet, trotzdem tauchten immer noch weitere aus der Dunkelheit des Tunnelsystems auf. Es war das Entsetzlichste, was Greenway je erlebt hatte, und voller

Schrecken fragte er sich, mit wie vielen Ungeheuern sie es zu tun haben mochten. Ihre Zahl schien unerschöpflich zu sein. Sie mußten rasend schnell heranwachsen und sich vermehren, wenn er bedachte, daß der erste Saurier erst vor nicht einmal einem Monat nach Phoenix gekommen war.

Eines der Tiere, das schwerverletzt im Morast lag, stieß plötzlich seinen Schädel vor und schnappte nach seinem Fuß. Gerade noch rechtzeitig gelang es Greenway, sein Bein zurückzuziehen. Kaum eine Fingerbreite vor ihm schnappten die schrecklichen Raubtierfänge zusammen, so dicht, daß noch ein Fetzen seiner Hose zwischen den Zähnen des Ungeheuers zurückblieb und der Ruck, der beim Zerreißen des Stoffes erfolgte, den Lieutenant um ein Haar aus dem Gleichgewicht gebracht hätte.

Es gelang ihm zwar, sich an einem der rauhen, etwas vorstehenden Steine der Tunnelwand festzuhalten, doch mußte er dafür die Taschenlampe loslassen, die in den Morast fiel. Dieses Opfer brachte er jedoch gerne für seinen Halt, da er wußte, daß es sein Todesurteil bedeuten würde, wenn er stürzte.

Was Greenway aber nicht mehr verhindern konnte, war, daß sein Fuß von dem schmalen Sims abrutschte und in den Morast geriet, in dem er fast bis zu den Knöcheln einsank. Auch einigen anderen Männern war es bereits so ergangen.

Greenway verdrängte jeden Gedanken daran, in was er da getreten war. Hygiene war im Augenblick noch das mindeste seiner Probleme. Ein paar neue Schuhe konnte er sich kaufen, ein neues Leben hingegen nicht, und genau darum ging es hier: ums nackte Überleben.

Noch ein weiteres Mal versuchte der verletzte Saurier nach ihm zu schnappen. Greenway gab dem Tier den Gnadenschuß und stapfte weiter. Der Morast klebte wie Gummi an seinen Schuhen und schien seine Füße mit unsichtbaren Händen festzuhalten. Bei jedem Schritt gab es ein widerlich schmatzendes und saugendes Geräusch.

Er mußte rückwärts gehen, da er zusammen mit Stringer und einem anderen Mann auf dem gegenüberliegenden

Sims ihren Rückzug deckte, während die übrigen Männer auf die Tiere vor ihnen schossen.

Erneut mußte er sein Magazin wechseln. Es war das letzte. Da er bei seinem Aufbruch aus dem Präsidium ursprünglich nur mit Stringer hatte sprechen wollen und nicht damit gerechnet hatte, seine Waffe benutzen zu müssen, hatte er darauf verzichtet, sich mit entsprechender Menge an Munition einzudecken.

Das rächte sich nun.

Noch bevor er das neue Magazin in den Griff der Pistole schieben konnte, erreichte ihn einer der Saurier, der auch den Schüssen der beiden anderen Männer entgangen war. Greenway wollte zurückweichen, aber der Schlamm behinderte ihn zu stark, als daß er schnell genug gewesen wäre, so daß er statt dessen mit aller Wucht zutrat.

Darauf war die Bestie nicht gefaßt. Sie versuchte noch eine eher unbeholfene Abwehrbewegung mit ihren Vorderarmen zu machen, doch sie war zu langsam. Sein Fuß traf den Saurier wuchtig am Schädel und schleuderte den Kopf des Tieres so heftig zurück, daß knackend ein Halswirbel des Tieres brach und es zu Boden stürzte.

Ein weiterer Saurier, der bereits bedrohlich nah herangekommen war, wurde von Stringer erschossen. Überhaupt legte der kleinwüchsige, so freundlich und harmlos aussehende Mann eine erstaunliche Kaltblütigkeit an den Tag, doch vielleicht war es einfach nur seine Art, seinen Zorn über den Tod seiner beiden Mitarbeiter zu verarbeiten. Er rastete nicht aus, sondern rächte sich mit der kalten Präzision und Leidenschaftslosigkeit einer Maschine.

Greenway kam nicht dazu, den Gedanken weiterzuverfolgen. Hinter ihm ertönte ein erschrockener Schrei, gefolgt von einem dumpfen Aufprall. Auch der Lieutenant bekam einen Stoß ab und verriß seinen nächsten Schuß.

Als er über die Schulter zurückblickte, mußte er erkennen, daß der schlimmste Fall eingetreten war. Einer der Polizisten war gestürzt und hatte noch einen weiteren Mann mit zu Boden gerissen.

Und als wüßten sie genau, daß die Verteidiger geschwächt waren, griffen die Saurier im gleichen Moment mit noch verbissenerer Wut an.

Versonnen betrachtete Gudrun Heber den von einer hauchdünnen Bernsteinschicht überzogenen Kugelschreiber, den sie in der Hand hielt.

»Es dürfte wohl klar sein, daß die Gegenstände irgendwie aus unserer Zeit in die Vergangenheit gelangt sind«, stellte sie fest. »Jedenfalls nehme ich nicht an, daß es damals schon Kugelschreiber und Cola-Dosen gab, schon gar keine Dosen, deren Haltbarkeitsdatum erst in einigen Jahren abläuft.«

»Richtig«, stimmte Tom Ericson ihr zu. »Und wir sind uns auch einig, daß es etwas mit DINO-LAND zu tun hat. Aber ich möchte mehr darüber erfahren, und die Adresse auf dem Stift ist immerhin schon mal ein Anhaltspunkt.«

Ericson war Archäologe. Genau wie Gudrun Heber, eine deutschstämmige Anthropologin, arbeitete er für A.I.M. Das *Analytic Institute for Mysteries* war eine private Organisation, die Sir Ian Sutherland, der Earl of Oake Dún, vor Jahren ins Leben gerufen hatte und finanzierte. Ihr Ziel war es, die letzten großen Geheimnisse der Erde zu enträtseln; Mysterien, die von vielen Menschen nur pauschal als Spinnerei abgestempelt wurden.

Die A.I.M.-Mitarbeiter jedoch wußten aus Erfahrung, daß hinter vielen alten Legenden und ungelösten Rätseln mehr steckte, als sich die Schulwissenschaft auch nur träumen ließ. Sie waren den Geheimnissen des Heiligen Grals und der Bundeslade auf der Spur gewesen, hatten sich mit Stonehenge, den Kornfeldkreisen und dem Bermuda-Dreieck beschäftigt, sowie mit vielem anderen mehr, und zwischen etlichen dieser geheimnisvollen Phänomene hatten sie Verbindungen entdeckt. Spuren, von denen die meisten in irgendeiner Form auf den vor Jahrtausenden versunkenen Kontinent Atlantis hindeuteten.

Insofern hatte Atlantis in den Jahren, seit Tom und Gudrun zu A.I.M. gestoßen waren, stets im Mittelpunkt ihrer Forschungen gestanden. Sie hatten zahlreiche Hinterlassenschaften der atlantischen Hochkultur gefunden, und allmählich zeichnete sich für sie ein geschlosseneres, klareres Bild der Vergangenheit der Menschheit ab.

So deutete vieles darauf hin, daß der Untergang von Atlantis nicht nur auf eine Naturkatastrophe zurückzuführen war. Es schien bereits vor langer Zeit eine andere Zivilisation echsenhafter Abstammung auf der Erde gegeben zu haben. Aus irgendeinem noch unbekannten Grund hatten sich diese Echsen einst in eine künstlich geschaffene Nische zwischen den Dimensionen zurückgezogen, die Sumpfweltblase, in der sie die Jahrmillionen überdauert hatten. Nach ihrer Rückkehr war es schließlich zu einem Krieg zwischen ihnen und den Atlantern gekommen, und vieles, was danach geschehen war, verlor sich im Dunkel der Geschichte.

In der Nähe einer kleinen Stadt in Oregon war man nun bei Ausschachtungsarbeiten für ein Einkaufszentrum auf die Überreste einer primitiven, unter Lava und Vulkanasche konservierten Festungsanlage gestoßen, die vermutlich Jahrmillionen alt war. A.I.M. war bei den Ausgrabungen beratend hinzugezogen worden.

In einem Schacht hatten sie einen Bernsteinklumpen gefunden, in dem sich luftdicht konserviert verschiedene Gegenstände befunden hatten. Neben einem primitiven Faustkeil und einer Saurierschuppe hatten dazu auch die Cola-Büchse und der Kugelschreiber gehört. Das Alter des Bernsteins war in einem Labor auf rund hundertzwanzig Millionen Jahre datiert worden.

Das legte die Vermutung nahe, daß das Urzeitdorf von Menschen erbaut worden war, die durch die Zeitbeben in die Vergangenheit geschleudert worden waren. Insofern war die Entdeckung nicht ganz so außergewöhnlich, wie sie anfangs erschienen war. Dennoch war vor allem Tom Ericson entschlossen, weiterzuforschen.

»Ich würde mich nicht so sehr auf den Kugelschreiber konzentrieren«, sagte Gudrun. »Der Stift war vermutlich einfach nur ein Werbegeschenk. Er kann von irgendeinem Touristen mitgenommen worden sein, der später durch puren Zufall in ein Zeitbeben geriet.«

»Möglich«, räumte Tom ein. »Aber ich hätte es auch anders ausdrücken können. Im Moment ist er nicht nur irgendein Anhaltspunkt, sondern im Grunde der einzige, den wir haben. Also sollten wir diese Spur erst einmal weiterverfolgen. Ich werde mal die Nummer anrufen, vielleicht wissen wir danach schon mehr.«

Er stand von der Kante des Bettes in seinem Hotelzimmer auf, auf der er bislang gesessen hatte, nahm Gudrun den Stift aus den Händen und ging zum Telefon. Die Bernsteinschicht über dem Kugelschreiber war so fein abgeschliffen worden, daß sie nur noch einen feinen gelblichen Belag bildete, durch den die aufgedruckte Adresse eines Lebensmittelgeschäftes in einem Ort namens Beatty, Nevada, deutlich zu lesen war. Als Tom die Vorwahl gewählt hatte, teilte ihm bereits eine Tonbandstimme mit, daß es unter dieser Nummer keinen Anschluß gäbe.

»Merkwürdig«, murmelte Tom. Noch dreimal wählte er die Nummer, aber jedesmal erhielt er bereits nach der Vorwahl die gleiche Nachricht.

»Vielleicht ein Druckfehler«, vermutete Gudrun mit einem Achselzucken.

»Wäre aber ziemlich peinlich bei einem Werbegeschenk. Der Auftraggeber hätte sich doch mit Sicherheit beschwert und auf korrekter Ware bestanden. Na ja, vielleicht hat er die fehlerhaften Stifte trotzdem behalten dürfen. Ich werde mir von der Auskunft die korrekte Nummer geben lassen.«

»Ich hätte gern die Telefonvorwahl eines Ortes namens Beatty in Nevada«, sagte er, als er Verbindung mit einer Frau der Servicestelle hatte, und buchstabierte den Ortsnamen.

»Es tut mir leid, aber ein solcher Ort ist bei uns nicht gespeichert«, bekam er zur Antwort.

»Aber das muß er«, ereiferte sich Tom. »Vielleicht hat es in letzter Zeit eine Eingemeindung in ein anderes County oder aus sonstigen Gründen eine Änderung des Namens gegeben. Könnten Sie das vielleicht nachprüfen?«

»Einen Moment, bitte.« Aus dem Moment wurden mehr als zwei Minuten, ehe die Frauenstimme sich wieder meldete. »Hören Sie? Es gab bis vor etwa zwei Monaten tatsächlich einen Ort namens Beatty in Nevada. Er befand sich in der Nähe von DINO-LAND und mußte evakuiert werden. Wenn Sie etwas über den Verbleib eines Bekannten oder Verwandten von Ihnen erfahren wollen, könnte ich Ihnen die Nummer der zentralen Registrierstelle von DINO-LAND geben. Sie wurde für Fälle wie diesen eingerichtet. Nicht alle, die wegziehen müssen, hinterlassen dort ihre neue Anschrift, aber viele. Sie sollten es dort versuchen.«

»Vielen Dank, aber das ist nicht nötig.« Tom bedankte sich und legte auf.

»Nun, dann dürfte wohl alles klar sein«, kommentierte Gudrun, nachdem er ihr erzählt hatte, was er erfahren hatte. »Wahrscheinlich haben sich irgendwelche Leute, die in die Vergangenheit verschlagen wurden, die Hinterlassenschaften aus Beatty unter den Nagel gerissen, bevor sie sich hier in Oregon niederließen.«

»Aber warum so weit weg?« wandte Tom ein. »Wir befinden uns Hunderte Meilen von den Grenzen DINO-LANDs entfernt.«

»DINO-LAND breitet sich aus«, erinnerte Gudrun. »Möglicherweise wird es sich in ein paar Jahren bis hierher erstrecken. Wir wissen schließlich nicht, wann die Gegenstände weggeworfen wurden. Hundertzwanzig Millionen Jahre sind ein Zeitraum, den man nicht bis auf vier, fünf Jahre genau eingrenzen kann.«

»Zeitphänomene«, murmelte Tom und schüttelte den Kopf. »Wer soll denn dabei noch durchblicken?« Er straffte sich. »Auf jeden Fall ist das etwas, das nicht mehr länger nur uns betrifft. Die verantwortlichen Wissenschaftler von DINO-LAND sollten davon erfahren.«

»Ich fürchte, du hast recht«, stimmte Gudrun Heber ihm zu. Sie seufzte. »So schnell wird aus einer vermeintlichen Jahrhundertentdeckung eine reine Routineangelegenheit.«

»Glaub mir, ich hätte auch lieber den Nobelpreis eingeheimst, aber was nicht ist, kann später irgendwann noch werden.« Tom rang sich ein Lächeln ab. »Ich werde Sir Ian anrufen. Soll er sich um alle Formalitäten kümmern.«

Als er erneut zum Telefonhörer griff, ahnte Tom Ericson noch nicht, daß ihm die größte Entdeckung in diesem bereits für beinahe abgeschlossen gehaltenen Auftrag noch bevorstand.

12. Juni

Binnen weniger Sekunden verwandelte sich das Dorf in einen brodelnden Hexenkessel, in dem die Fronten, die gerade noch geherrscht hatten, sich auflösten und neue sich formierten. Hatten sich Menschen und Kranas bis vor wenigen Sekunden noch, wenn schon nicht feindlich, so doch mißtrauisch gegenübergestanden, so war all dies von einem Moment zum nächsten vergessen. Gemeinsam schlossen sie sich zur Verteidigung gegen die neuen Angreifer zusammen.

Hesekiel, Wedge und einige der anderen Pilger begannen bereits, auf die Deinonychus' zu schießen, außerdem sah ich, wie einige der Kranas sich den wesentlich kräftigeren und mit gefährlicheren Krallen und Zähnen ausgestatteten Bestien unbewaffnet entgegenwarfen. Es war ein Akt purer Verzweiflung, nur dazu gedacht, die Deinonychus' kurzfristig aufzuhalten und den anderen Kranas auf diese Art ein paar Sekunden Schonfrist zu gewähren.

Die intelligenten Saurier nutzten sie, um ihre Waffen aus den Hütten zu holen. Mit Beilen und Keulen bewaffnet traten sie den Deinonychus' gegenüber, und jetzt waren die Chancen durchaus gleichmäßig verteilt. Was den Kranas an Kraft und Wildheit fehlte, das machten sie durch Schnelligkeit und den geschickten Einsatz ihrer Waffen wett. Zahlreiche der Raubechsen sanken schwer verletzt oder mit zerschmetterten Schädeln zu Boden.

Auch unter den Kranas gab es Opfer, aber bei weitem nicht so viele.

Und doch hätten sie den Kampf vermutlich verloren oder die Angreifer höchstens unter Zahlung eines hohen Blutzolls zurückschlagen können, wenn wir ihnen nicht geholfen hätten.

Ich hastete auf die Stelle zu, an der ich vorher das Gewehr abgelegt hatte, riß es an mich, und eröffnete sofort das Feuer auf einen Deinonychus, der einen der Kranas attackierte. Meine Kugel traf die Bestie in die Schulter. Im nächsten Moment ließ der Krana sein Beil auf den Schädel des Ungeheuers niedersausen. Die scharfe Steinklinge tötete den Deinonychus auf der Stelle.

Sofort schoß ich auf einen weiteren Angreifer. Diesmal traf ich die Brust der Bestie, doch der Deinonychus verlangsamte nicht einmal seinen Lauf, sondern stieß nur ein markerschütterndes Brüllen aus. Ich schoß noch ein zweites und direkt darauf ein drittes Mal. Erst die dritte Kugel brachte das Untier zum Stehen. Für einige Sekunden starrte es mich aus gut einem Dutzend Meter Entfernung fast vorwurfsvoll an, dann brach es zusammen.

Ich rannte in Richtung auf den Ballon weiter, wo die übrigen Pilger warteten und ebenfalls schossen. Ihre Treffsicherheit hatte sich in den letzten Wochen verbessert, war aber immer noch alles andere als berauschend. Immerhin hatten auch sie bereits einige der Deinonychus' getötet, ohne selbst bis jetzt angegriffen zu werden, da der Ansturm der Bestien von der entgegengesetzten Seite aus erfolgt war und die Angreifer bislang noch nicht bis hierher vorgedrungen waren.

»Ihr müßt aufsteigen!« stieß ich hervor und umarmte Nicole flüchtig. »Nur ein, zwei Dutzend Meter, aber laßt den Anker im Boden und gebt nur Seil nach. Von da oben habt ihr ein viel besseres Schußfeld und seid selbst nicht gefährdet. Aber paßt auf, daß ihr nicht die Falschen trefft.«

»Was ist hier überhaupt los?« fragte einer der Pilger verstört. »Was sind die anderen Saurier für Wesen?«

Erst jetzt wurde mir bewußt, daß sie von der ganzen Entwicklung der letzten Minuten noch gar nichts mitbekommen hatten.

»Sie sind intelligent«, erklärte ich hastig. »*Sie* waren es, die dieses Dorf erbaut haben, also seid vorsichtig ihnen gegenüber. Mehr Zeit für Erklärungen habe ich nicht. Steigt endlich auf!«

Ein Pilger hatte bereits damit begonnen, an der Winde zu drehen, auf die das Ankerseil gewickelt war. Es lockerte sich, so daß der Ballon mehr Spielraum bekam und durch den Auftrieb nach oben stieg.

Ich beging den Fehler, ihm ein paar Sekunden zu lange nachzustarren. Erst ein erschrockener Aufschrei Nicoles warnte mich.

»Paß auf, Nick, hinter dir!«

Ich fuhr herum. Ein Deinonychus hatte einen der Kranas getötet, war durch die Reihen der Verteidiger gebrochen und kam direkt auf mich zugestürmt.

Mir blieb keine Zeit, mein Gewehr hochzureißen. Aus Hüfthöhe gab ich zwei Schüsse ab. Die erste Kugel streifte den Deinonychus nur an der Schulter, die zweite traf ihn ein Stück unterhalb des Halses, doch die Verletzungen schienen seine Wut nur noch mehr anzustacheln. Brüllend kam er wie ein fleischgewordener Alptraum weiter auf mich zugerannt.

Ich wollte noch ein weiteres Mal schießen, aber als ich den Abzug drückte, ertönte nur ein metallisches Klicken. Das Gewehr war leer.

Vom Ballon aus gab einer der Pilger einen Schuß ab. Auch diese Kugel traf den Deinonychus, ohne ihn aufhalten zu können. Seine Bewegungen waren nicht einmal merklich langsamer geworden.

Dann war die Bestie heran. Erst im buchstäblich letzten Moment erwachte ich aus meiner Erstarrung und warf mich zur Seite. Die Krallen des Deinonychus streiften noch einen

Ärmel meines Hemdes, zerrissen den Stoff und ritzten meine Haut, doch sie griffen ins Leere. Von seinem eigenen Schwung weitergetragen, stürmte die Raubechse an mir vorbei, so daß ich Zeit bekam, mich wieder aufzurichten.

Der Deinonychus befand sich nun direkt unter der Ballongondel, so daß die Pilger nicht auf ihn schießen konnten. Statt dessen warf mir einer von ihnen ein Gewehr herunter, doch mir blieb keine Zeit, mich danach zu bücken und es aufzuheben.

Ich packte die leergeschossene Waffe am Lauf. Noch einmal gelang es mir mit knapper Not, dem Deinonychus auszuweichen. Ich benutzte das Gewehr wie eine Keule und zog der Bestie den Schaft mit aller Wucht über den Schädel. Der hölzerne Schaft brach ab, aber auch im Gesicht des Sauriers zerbrach irgend etwas. Über seinem Maul war plötzlich alles voller Blut. Er hatte eines seiner Augen verloren, und als er sein Maul zu einem schrillen Brüllen öffnete, sah ich, daß mehrere seiner Reißzähne in der oberen Reihe fehlten.

Und dennoch war er noch nicht besiegt, sondern geriet erst recht in einen Zustand blindwütiger Raserei. Mit der schrecklichen, fast handlangen Kralle an seinem Fuß, der gefährlichsten Waffe der Deinonychus', hieb er nach mir.

Die pure Todesangst verlieh mir die Kraft, mit einem geradezu grotesken Hüpfer vor dem Saurier zurückzuweichen. Die sichelartige – und mindestens ebenso scharfe – Kralle verfehlte mich um Haaresbreite, zerfetzte mir lediglich das Hemd über der Brust.

Ich geriet ins Stolpern, ruderte einen kurzen Moment mit den Armen in der Luft und konnte das Gleichgewicht dennoch nicht halten. Rücklings stürzte ich zu Boden, dem Deinonychus hilflos ausgeliefert.

Auf Hilfe aus dem Ballon durfte ich nicht hoffen. Dafür war ich dem Untier zu nahe, und bei der Treffsicherheit der Pilger hätten sie mit einem Schuß wahrscheinlich eher mich ein für allemal von allen Problemen befreit, als den Deinonychus zu töten.

Und dennoch geschah das Wunder, doch es ging nicht von den Pilgern aus. Plötzlich tauchte ein anderes, gleichfalls schuppiges und ebenfalls mit messerscharfen Klauen bewehrtes Wesen neben dem Deinonychus auf.

Der Krana versetzte dem verletzten Tier einen Stoß, der es von mir wegtrieb, schwang sein Beil und tötete den Deinonychus mit einem wuchtigen Hieb.

»Danke«, murmelte ich gepreßt, auch wenn ich wußte, daß der Krana meine Worte nicht verstand, und quälte mich wieder auf die Beine. Erst jetzt erkannte ich, daß es sich bei meinem Retter um Kroak handelte. Es erschien mir fast unmöglich, die Kranas auseinanderzuhalten, dennoch war ich mir aufgrund des hohen Alters des Tieres so gut wie sicher, daß ich Kroak vor mir hatte. Er hatte eine stark blutende Wunde zwischen Hals und Schultern davongetragen, sowie einige andere leichtere Verletzungen am ganzen Körper.

Zum Zeichen des Dankes berührte ich kurz seinen Arm. Kroak stieß ein erfreut klingendes Krächzen aus und eilte wieder davon, um anderen Angehörigen seines Stammes im Kampf beizustehen.

Der Verlauf der Auseinandersetzungen hatte sich in den letzten Minuten grundlegend geändert. Nur vereinzelt wurde noch gekämpft. Zahlreiche Deinonychus' lagen tot am Boden, die meisten übrigen flohen. Es war ein unglaublicher, vor allem aber ungeheuer triumphaler Anblick, die vielleicht gefährlichsten Jäger der Urzeit fliehen zu sehen.

Menschen und Saurier hatten sie Seite an Seite kämpfend gemeinsam vertrieben und dabei nicht nur die Deinonychus' überwunden, sondern auch einen Teil ihres Mißtrauens gegeneinander.

12. Juni, abends

Erst im Verlauf der letzten Stunden bin ich dazu gekommen, die Einträge über das, was an diesem Tag seit der Entdeckung des Dorfes geschehen ist, ins Tagebuch nachzutragen. Der Angriff der Deinonychus' wurde zwar abgewehrt, aber vor allem die Kranas haben einen hohen Preis dafür bezahlen müssen. Sieben von ihnen waren tot, die meisten der anderen haben mehr oder weniger schlimme Verletzungen davongetragen. Mit der gleichen Selbstverständlichkeit, mit der wir zuvor zusammen mit ihnen gekämpft hatten, kümmerten wir uns anschließend um sie und versorgten ihre Wunden.

Es war ein Prozeß, bei dem wir voneinander lernten. Die Kranas besitzen keinen Stoff und kannten demgemäß auch keine Verbände. Statt dessen legten sie die Unterseite breitflächiger Blätter einer bestimmten Pflanze auf offene Wunden und banden sie mit dünnen, aber zu sehr stabilen Schnüren verdrehten Pflanzenfasern fest.

Auch ich ließ meinen verletzten Arm auf diese Art behandeln, da unsere Vorräte an Verbandsmull knapp sind und wir sie für wirklich dringende Fälle aufheben wollen. Aber auch diese Naturmedizin scheint zu wirken. Ich verspüre kaum noch Schmerzen in dem Arm und kann ihn fast problemlos bewegen.

Auch von uns hatte der Kampf Opfer gefordert. Einer der Pilger, die unserem Erkundungstrupp angehört hatten, war von einem Deinonychus getötet worden. Wir anderen haben mit Ausnahme derjenigen, die im Ballon in Sicherheit waren, alle Blessuren davongetragen.

Am schlimmsten hat es Hesekiel erwischt. Seine Brust ist von Krallen aufgerissen worden. Die Wunden sehen schrecklich aus. Er hat viel Blut verloren und fiebert im Delirium. Obwohl wir ihn so gut versorgt haben, wie es in unserer Macht steht, ist es fraglich, ob er überleben wird.

Für uns alle ist diese Erkenntnis ein großer Schock. Für die Pilger war er trotz aller Schwierigkeiten in der letzten Zeit immer noch eine Art Vaterfigur, der von Gott auserwählte Prophet, zu dem sie aufschauen und an den sie sich klammern. Die Vorstellung, daß er sterben und sie allein hier zurücklassen könnte, ist für sie entsetzlich. Sie beten sehr viel für ihn. Nicole wacht die ganze Zeit an seinem

Lager. Auch ich hoffe inbrünstig, daß Hesekiel überlebt. Anfangs mochte ich ihn nicht, hielt ihn für einen Blender und Verführer. Inzwischen habe ich ihn jedoch besser kennen und schätzen gelernt. Anders als so viele Sektenführer hat er nicht aus irgendwelchen egoistischen Interessen gehandelt, als er die Pilger zu diesem Unternehmen verleitete, sondern weil er wirklich aus tiefstem Herzen daran geglaubt hat, daß sie hier ein besseres Leben erwarten würde. Er hat sich geirrt, aber ihm daraus einen Vorwurf zu machen, wäre falsch.

Wie ich in den letzten Wochen erkannt habe, besitzt er auch eine Menge guter Seiten. Zudem ist er nun einmal Nicoles Vater, und auch wenn es hier keinen Priester gibt und sie und ich sicherlich niemals im offiziellen Sinne heiraten werden, ist er damit in gewisser Hinsicht mein Schwiegervater.

Obwohl ich mich ein bißchen dafür schäme, sind diese Gefühle jedoch nicht der einzige Grund, weshalb ich hoffe, daß er nicht stirbt. Welche Schwierigkeiten sein Tod heraufbeschwören würde, wage ich mir kaum auszumalen, aber Wedge, der sich in der letzten Zeit mehr als jeder andere von uns verändert hat, wartet vermutlich schon auf eine solche Gelegenheit. Mit Sicherheit würde er sofort das Kommando an sich reißen, und diese Vorstellung ist schrecklich.

Noch aber ist es nicht soweit, und mit Glück wird es auch gar nicht erst soweit kommen, deshalb will ich mir jetzt lieber keine weiteren Gedanken darüber machen.

Bedeutsam erscheint mir die Annäherung, die an diesem Abend zwischen den Kranas und uns stattgefunden hat. Gemeinsam feierten wir unseren Sieg über die Deinonychus' und genossen dabei die Gastfreundschaft der Saurier.

Es wurde ein regelrechtes Grillfest, und ich glaube, inzwischen betrachten sie uns noch mehr als Götter. Als einige von ihnen sich bemühten, durch das Aneinanderreiben von Holz Feuer zu erzeugen, wie es unsere Vorfahren einst getan hatten, beschleunigte ich den Vorgang mit meinem Feuerzeug etwas. Als sie sahen, wie scheinbar aus meiner Hand eine Flamme entsprang, waren sie im ersten Moment erschrocken, aber anschließend mußte ich es ihnen wieder und wieder vorführen.

Einige der Kranas brachten tote Saurier herbei, bei denen es sich um Ornitholestes zu handeln schien. Wie mir Kroak mittels einer Skizze erklärte, fingen sie die Tiere in Fallen außerhalb des Dorfes. Über den Feuern wurden die Ornitholestes an Spießen gebraten, und entgegen meinen Erwartungen schmeckte das Fleisch hervorragend. Dazu boten uns die Kranas frisches Quellwasser und rötliche Früchte an, die ziemlich herb und exotisch schmeckten, allerdings ebenfalls nicht schlecht.

Nach all den Entbehrungen der letzten Zeit lasse ich mir diese Gastfreundschaft gerne gefallen, und die meisten der Pilger scheinen ebenso zu denken. Selbst Wedge scheint sein Mißtrauen weitgehend überwunden zu haben, doch wenn er die Saurier betrachtet, huscht manchmal ein Ausdruck über sein Gesicht, der mir nicht gefällt.

Ich werde ihn ab sofort noch sorgfältiger als bisher im Auge behalten, zumal Hesekiel gegenwärtig nicht in der Lage ist, ihn in seine Schranken zu verweisen, falls es nötig sein sollte.

Nach dem Essen stellten uns die Kranas einige ihrer Hütten zur Verfügung, so daß wir nicht im Freien übernachten mußten. Wedge ließ sich nicht davon abbringen, zur Sicherheit Wachen aufzustellen, und vielleicht hat er recht. Ich glaube nicht, daß uns von den Kranas irgendeine Gefahr droht, aber der Überfall der Deinonychus' hat gezeigt, daß es auch hier alles andere als friedlich zugeht, und auch ich möchte mich nicht allein auf den Schutz durch die Kranas verlassen.

Ich teile eine Hütte mit Nicole und Hesekiel. Nicole ist ziemlich verzweifelt und weint immer wieder. Ich wünschte, ich könnte sie trösten, aber der Zustand ihres Vaters hat sich immer noch nicht verändert. Ich hoffe, daß es ihm morgen besser geht.

Lieutenant Roy Greenway durchlebte die Hölle. Sein Gehirn weigerte sich, mit dem fertigzuwerden, was um ihn herum geschah, und war nur noch eine Winzigkeit von der Grenze entfernt, jenseits derer der Wahnsinn hauste. Die beiden Polizisten, die in den Morast gestürzt waren, waren tot. Die Saurier waren über sie hergefallen, ohne daß die anderen Menschen es hatten verhindern können.

Im Grunde war es sogar fast ein Wunder, daß überhaupt noch einer von ihrer kleinen Gruppe lebte. Greenway wußte nicht, wie viele Saurier sie bereits getötet hatten. Es mußten Dutzende sein, aber die Zahl der Bestien schien unerschöpflich zu sein. Da seine eigene Waffe fast leergeschossen war, hatte er die Pistole und die Ersatzmagazine eines der Toten an sich genommen.

Die Ungeheuer hatten ihn und seine Begleiter nach dem Sturz der beiden Männer noch einmal ein Stück tiefer in die Kanalisation hineingetrieben, doch inzwischen hatten sie sich wieder vorgearbeitet. Jeder einzelne Meter, den sie sich dem Ausgang näherten, mußte schwer erkämpft werden.

Wahrscheinlich hätten sie es nicht geschafft, wären sie nicht schließlich bis zu dem Seitenstollen vorgedrungen, aus dem ein Teil der Saurier gekommen und ihnen in den Rücken gefallen war. Seit sie an dieser Abzweigung vorbei waren, hatten sie wenigstens vor sich keine Gegner mehr, sondern mußten nur noch ihren Rückzug decken.

Der Kampf um diese Abzweigung allerdings hatte ein weiteres Menschenleben gekostet. Der Angestellte von *Ratkill*, der sie zusammen mit Jeffrey Stringer begleitet hatte, war ebenfalls ein Opfer der Saurier geworden.

Somit hatten die Bestien allein innerhalb der letzten Stunde bereits fünf Menschen getötet; eine Gefahr, deren bloße Existenz Chief Commissioner Gordon bis jetzt geleugnet hatte. Nun würde er die Augen wohl nicht mehr länger vor der Wahrheit verschließen können.

Rückwärts gehend schoß Greenway auf einen von zwei weiteren Sauriern, die sich ihnen bis auf knapp zwei Meter genähert hatten. Die Tiere waren unglaublich flink und konnten sich innerhalb der unterirdischen Stollen sehr viel geschickter bewegen als die Menschen. Seine Kugel verfehlte das Ungeheuer, während Stringer den anderen Saurier tötete. Greenway mußte ein weiteres Mal schießen, und diesmal traf auch er.

Wie es schien, hatten sie das Schlimmste damit überwunden. Die Bestien blieben hinter ihnen zurück, wagten sich anscheinend nicht weiter. Als sich Greenway umblickte, konnte er bereits schwaches Tageslicht sehen, das den Stollen ein Stück vor ihnen erhellte. Sie hatten den Ausgang fast erreicht.

»Verdammt, was tun Sie da?« zischte er, als Stringer plötzlich an ihm vorbeilief, direkt auf die Saurier zu. Er versuchte, den Mann festzuhalten, griff jedoch ins Leere. Stringer erreichte den Saurier, den er vor wenigen Sekunden getötet hatte, packte das Tier an den Hinterläufen und zerrte es mit sich.

»Ihr borniertes Vorgesetzter will doch unbedingt einen Beweis«, keuchte er, als er Greenway wieder erreichte. »Den sollten wir ihm mitbringen. Außerdem kann der Kadaver in einem Labor untersucht werden, damit wir wissen, mit was für einer Spezies wir es zu tun haben. Vielleicht haben sie irgendwelche Eigenarten, die wir uns zunutze machen können.«

Das war gar nicht mal dumm, und Greenway bewunderte Stringers Kaltblütigkeit, daß er in diesem Moment an so etwas dachte. Er packte mit an, so daß sie schneller vorwärtskamen. Trotz seiner geringen Größe besaß das Tier ein beachtliches Gewicht.

Wenige Minuten später erreichten sie endlich den Tunnelausgang. Geblendet schloß Greenway die Augen, als er ins grelle Sonnenlicht blinzelte. Genau wie die anderen Männer ließ er sich einfach an Ort und Stelle niedersinken, kaum daß er ins Freie getaumelt war, und rang keuchend nach Luft. Er war am Ende seiner Kräfte. Widerstandslos und ohne es überhaupt richtig zu registrieren, ließ er es geschehen, daß sich jemand um die unzähligen kleinen Verletzungen kümmerte, die er davongetragen hatte. Schließlich stemmte er sich wieder in die Höhe und ging mit unsicheren Schritten zu seinem Wagen hinüber, um Chief Commissioner Gordon von der Wendung der Ereignisse zu unterrichten.

13. Juni

Hesekiels Zustand hat sich auch während der Nacht nicht gebessert. Er hat fast ununterbrochen im Fieber gestöhnt und unverständliches Zeug gemurmelt, so daß auch Nicole und ich kaum schlafen konnten. Erst gegen Morgen bin ich schließlich in einen kurzen Schlummer gesunken. Als ich aufwachte, saß Nicole noch immer am Lager ihres Vaters, war jedoch ebenfalls eingeschlafen.

Ansonsten hat es in dieser Nacht keine Zwischenfälle gegeben.

Am Vormittag beriet ich mit den übrigen Pilgern, was nun geschehen sollte. Bei einigen von ihnen wurzelte das Mißtrauen immer noch tief, und sie wollten unbedingt von hier weg. Einige andere stimmten meinem Vorschlag, hierzubleiben, sofort zu, und es gab auch eine Reihe noch Unentschlossener. Eines meiner Argumente war es, daß wir ohnehin warten müßten, bis sich Hesekiel wieder erholt hätte, da es in seinem gegenwärtigen Zustand seinen sicheren Tod bedeutet hätte, ihn zu transportieren.

Aber im Grunde ging es nicht darum, nur ein paar Tage zu warten, sondern um die grundsätzliche Frage, ob wir bleiben oder weiterfliegen sollten.

»Natürlich kann ich keine Garantien dafür geben, daß wir auch in Zukunft so gut mit den Kranas auskommen wie am vergangenen Abend«, erklärte ich. »Aber ich denke, sie sind wertvolle Verbündete. In ihrer Nähe zu leben, dürfte für uns sicherer sein, als wenn wir uns alleine irgendwo niederlassen. Angriffe wie der vom vergangenen Abend können sich überall ereignen, und allein wären wir bestimmt nicht so gut damit fertiggeworden.«

»Seht euch doch um«, ergänzte Nicole. »Dieses Tal ist für unsere Zwecke ideal. Hier gibt es fruchtbaren Boden, den wir bewirtschaften können, genügend Quellen und alles weitere, was wir benötigen. Außerdem habe ich noch keinen der wirklich großen Saurier hier gesehen. Es mag sein, daß die kleineren, so wie die Deinonychus' gestern abend, angriffslustiger und gerissener sind, aber die können wir abwehren. Bei einer Horde von Apatosauriern sieht es anders aus. Sie sind zwar Pflanzenfresser, aber das heißt nicht, daß sie uns nicht ganz aus Versehen zertrampeln könnten. Diese Gefahr scheint hier nicht zu bestehen. Zusammen mit den Kranas können wir jeden Angriff anderer Saurier außerdem sehr viel besser abwehren, wie es Nick schon gesagt hat. Ich bin dafür, daß wir hierbleiben.« Sie machte eine kurze Kunstpause und ließ ihren Blick über die Gesichter der Menschen wandern, bevor sie hinzufügte: »Es ist auch der Wille meines Vaters. Auch er wollte, daß wir uns in diesem Tal niederlassen, und zwar schon vor unserer Begegnung mit den Kranas. Er hat diesen Talkessel als das gelobte Land angesehen, in das er euch führen wollte.«

Für ein paar Sekunden herrschte Schweigen.

»Wir sagen ja auch gar nichts gegen dieses Gebiet hier«, behauptete schließlich einer der Pilger. »Aber ich fühle mich in der Gegenwart dieser verdammten Echsen einfach nicht wohl und habe keine Lust, den Rest meines Lebens zusammen mit ihnen zu verbringen.«

»Blödsinn«, meldete sich zum ersten Mal Wedge zu Wort und ergriff zu meiner Überraschung Partei für Nicole und mich. »Seid ihr eigentlich alle zu dumm, um die Lage mal realistisch zu sehen? Ich habe vorhin die Gasvorräte überprüft, die wir noch haben. Mit viel Glück kämen wir noch hundert Meilen weit, eher weniger. Wenn wir die Brenner noch einige Tage in Betrieb lassen, selbst wenn es nur auf Minimalflamme ist, oder wenn wir sie abschalten und die ganze Hülle erst wieder mit Heißluft füllen müssen, dann schaffen wir höchstens noch die Hälfte. Das wäre gerade mal bis zur anderen Seite des Gebirges.«

»Dann sollten wir sofort aufbrechen«, schlug ein Pilger vor, der schon in den letzten Tagen ständig auf der Seite des Hünen gestanden hatte.

»Im Gegenteil«, widersprach Wedge. »Wir werden nirgendwo mehr hinfliegen. Hier haben wir alles, was wir brauchen; ein geeigneteres Gebiet werden wir innerhalb von hundert Meilen mit Sicherheit nicht finden. Auch ich traue den Kranas nicht richtig, aber das spielt keine Rolle. Mit ihrem bißchen Intelligenz sind sie ideale Arbeitstiere, und da sie uns anscheinend vergöttern, werden sie alles für uns tun, was wir von ihnen verlangen. Was also wollen wir noch mehr? Ich finde das geradezu paradiesisch.«

Mit seiner Parteinahme war die Entscheidung gefallen. Auch seine Anhänger, die sich bislang weitgehend zurückgehalten hatten, um erst einmal abzuwarten, wofür er plädieren würde, schwenkten nun auf unsere Seite über. Nur zwei Männer und eine Frau sind immer noch dafür, so schnell wie möglich weiterzufliegen, aber sie fügen sich der Mehrheit.

Schon gestern habe ich geschrieben, daß Wedge irgend etwas im Schilde zu führen scheint. Als wir vorhin über unser weiteres Vorgehen abstimmten, ist mir nicht einmal richtig bewußt geworden, was er da sagte, so überrascht und erleichtert war ich, daß er ebenfalls dafür gestimmt hat, hierzubleiben. Erst während ich seine Worte, so gut sie mir im Gedächtnis geblieben sind, hier niederschreibe, beginnen mir seine wahren Absichten deutlich zu werden.

Schon die Bezeichnung *Arbeitstiere* zeigt deutlich, was er von den Kranas hält. Er ist offensichtlich nicht bereit, sie als Verbündete zu akzeptieren, schon gar nicht als gleichberechtigte Partner. Wären wir in der Steinzeit gelandet und dort auf einen Stamm halbintelligenter menschlicher Vorfahren gestoßen, hätte er sie vielleicht noch als Sklaven angesehen, aber nicht einmal das gesteht er den Kranas zu. Sie sind und bleiben für ihn Tiere, über die er sich offenbar zum Herrscher aufschwingen will. Wenn das seine Vorstellungen vom Paradies sind, so unterscheiden sie sich sehr von meinen. Möglicherweise übertreibe ich und tue ihm mit dieser Einschätzung Unrecht, aber wenn dies wirklich seine Absichten sind, so muß ich ihnen unbedingt gegensteuern, sonst sind schreckliche Konflikte schon vorprogrammiert.

Nachdem wir unseren Beschluß gefaßt hatten, teilte ich Kroak mittels Skizzenmalerei im Sand unsere Entscheidung mit, zumindest vorläufig hierzubleiben. Nachdem ich nun eine gewisse Zeitlang die Möglichkeit hatte, die Kranas zu beobachten, fällt es mir leichter, manche ihrer Gesten, ihre Art zu krächzen, und sogar die Mimik ihrer meist starren Echsengesichter einzuordnen. So glaubte ich erkennen zu können, daß sich Kroak über unseren Entschluß außerordentlich freute.

Zur Antwort versuchte er, mir etwas mitzuteilen, doch es dauerte lange, bis ich begriff, was er wollte. Ihm schien es darum zu gehen, unsere Verbrüderung symbolisch zu besiegeln. Aus diesem Grund sollten beide Seiten einige Gegenstände ihrer Kultur zusammenlegen. Kroak selbst entschied sich für ein Stück gebratenes Fleisch, einen geschärften Faustkeil und eine seiner Schuppen, die ihm an einer der Wunden, die er gestern abend davongetragen hat, ohnehin ausfallen.

Ein Nahrungsmittel, ein Werkzeug und etwas Arttypisches. Ich schloß mich dieser Auswahl an und steuerte eine Cola-Dose bei, die ich gerade leergetrunken hatte. Als Werkzeug entschied ich mich für den Kugelschreiber, mit dem ich die ganzen vorherigen Einträge geschrieben habe, und als letztes schnitt ich mir eine Haarsträhne ab.

Kroak legte alles zusammen in ein großes Tongefäß und ließ es anschließend mit einer Art zähflüssigem Sirup auffüllen. Es handelte sich um ein rasch trocknendes Baumharz, das die Kranas auch anstelle von Mörtel für ihre Festungswälle und Hütten benutzen. Das Gefäß wurde versiegelt und in den Schacht eines Brunnens in der Mitte des Dorfes hinabgelassen, wo es sich nun als Symbol unserer Verbundenheit befindet.

Für diesen Nachmittag hat uns Kroak angeboten, daß wir

ihn und einige andere Kranas auf der Jagd begleiten könnten. Ich bin schon sehr gespannt darauf.

Immer wieder kehren meine Gedanken zu den Gegenständen im Brunnenschacht zurück. Ich versuchte mir gerade vorzustellen, daß dieses Harz im Laufe der Zeit zu Bernstein wird und irgendwelche Archäologen sich einst über eine hundertzwanzig Millionen Jahre alte Cola-Dose die Köpfe zerbrechen werden.

Zu gerne würde ich dann dabeisein und ihre dummen Gesichter sehen.

Bruce Haldeman war stinksauer, als er das Büro des Chief Commissioners verließ.

Sein Zorn galt allerdings nicht so sehr seiner Suspendierung vom Dienst, jedenfalls nicht, weil er sich deshalb große Sorgen machte. Natürlich hatte er gegen einige Anordnungen und Dienstvorschriften verstoßen, doch er hatte in bester Absicht gehandelt. Das war zwar kein Freibrief, aber die wirklich schlimmen Fehler und Versäumnisse lagen bei Gordon. Haldeman war überzeugt, daß er dies würde beweisen können, falls sein Fall tatsächlich vor einem Disziplinarausschuß landete.

Wahrscheinlich würde schon die Entwicklung in den nächsten Tagen für sich sprechen und zeigen, wie leichtfertig Gordon gehandelt hatte. Letztlich würde sich der Commissioner mit einer solchen Untersuchung möglicherweise sogar selber schaden.

Insofern sah Lieutenant Haldeman diesbezüglich ziemlich beruhigt in die Zukunft.

Sauer war er lediglich, daß Gordon sich überhaupt zu so einem Schritt hatte hinreißen lassen, der ja nur einer von vielen auf einem Weg in die völlig falsche Richtung war. Das Schlimmste war, daß Gordon ob seines Verhaltens keinerlei Reue verspürte, nicht einmal zu erkennen schien, daß er sich mehr und mehr selbst in eine Sackgasse manövrierte.

Haldeman begriff einfach nicht, was mit dem Chief los

war. Er arbeitete erst seit einigen Jahren für Gordon und hatte ihn noch nie sonderlich geschätzt, doch hatte es für ihn bislang auch keine konkreten Gründe gegeben, an Gordons fachlicher Kompetenz zu zweifeln. In den letzten Wochen jedoch schien der Commissioner an akuter Senilität zu leiden. Er war ganz offensichtlich der Verantwortung nicht mehr gewachsen, die sein Posten mit sich brachte, und es war verhängnisvoll, daß er sich dessen nicht bewußt zu sein schien.

Das allein hätte Haldeman auch noch nicht so erbost, wenn Gordon selbst auch allein die Suppe auslöffeln müßte, die er sich einbrockte. Statt dessen aber würden völlig unbeteiligte und unschuldige Menschen die Zeche bezahlen müssen.

Es hatte bereits begonnen. Zwar war Haldeman vom Dienst suspendiert, hielt aber trotzdem noch Kontakt zu anderen Kollegen. Roy Greenway war nicht bereit gewesen, ihm irgend etwas zu sagen, vermutlich hatte er selbst von dem Alten kräftig eins auf den Deckel bekommen, aber einige andere Kollegen hatten Haldeman dafür auf dem laufenden gehalten. So hatte er vom Tod der beiden Polizisten und des *Ratkill*-Mitarbeiters erfahren, und davon, daß Gordon die Nachrichtensperre immer noch aufrechterhielt.

Nachdem Greenway und Stringer einen toten Saurier als Beweis mitgebracht hatten, konnte der Commissioner jetzt zwar nicht mehr damit argumentieren, daß es sich nur um Spekulationen handeln würde, doch er verteidigte seine Entscheidung damit, daß öffentliche Informationen über die Saurier in der Kanalisation eine gefährliche Panik auslösen würden.

Auf Dauer würde er mit seiner Geheimhaltung nicht mehr durchkommen, dafür wußten bereits zu viele Menschen Bescheid, aber zumindest für den Moment blockierte er alle notwendigen Aktionen. Trotz der Toten, die es gegeben hatte, wollte er weitere bewaffnete Trupps in die Kanalisation schicken, damit die Männer auf diese Art mit den Bestien aufräumten.

Haldeman wagte sich nicht einmal vorzustellen, wie viele weitere Menschenleben dies fordern würde. Dem konnte er nicht einfach tatenlos zusehen, selbst wenn es ihm beruflich das Genick brechen würde.

Wenn überhaupt irgend jemand mit dieser Plage fertigwerden konnte, bevor die Situation vollends außer Kontrolle geriet, dann nur Fachleute, die sich mit Sauriern auskannten.

Spezialisten aus DINO-LAND.

Bruce Haldeman hatte lange über sein Vorhaben nachgedacht, doch ihm war keine Alternative eingefallen.

Nach einem letzten Zögern nahm er den Telefonhörer ab und wählte die Nummer, die er sich bereits am Vortag herausgesucht und auf einem Zettel notiert hatte.

»Es ist durchaus denkbar, daß es hier einmal Höhlen gab, die tiefer in den Berg hineinführten«, behauptete Wes Palmer, der Leiter der Ausgrabungen. »Es ist sogar ziemlich wahrscheinlich, da wir es hier mit verschiedenen Gesteinsschichten zu tun haben.« Er klopfte gegen ein Stück Fels. »Lava und Asche«, erklärte er.

»Glauben Sie, daß Sie die Höhlen freilegen können?« erkundigte sich Gudrun.

Palmer zögerte einen Moment und zuckte dann mit den Schultern.

»Schwer zu sagen«, brummte er. »Da hinten haben wir damit begonnen, aber ob wir Erfolg haben, wird sich erst noch zeigen. Es hängt davon ab, ob die Lava in die Höhlen hineingeflossen ist und sie ganz ausgefüllt, oder ob sie nur die Eingänge verschlossen hat.«

»Und wie lange wird das Ganze voraussichtlich dauern?« wollte Gudrun wissen.

»Schwer zu sagen.« Palmer kratzte sich am Kopf. »Das hängt von der Dicke der Lavaschicht und der Beschaffenheit des übrigen Gesteins darum herum ab. Wenn es weich und bröckelig ist, riskieren wir bei allzu hastigem Vorgehen, daß die Decke zusammenbricht und die Höhle im Inneren verschüttet wird.« Er zuckte noch einmal mit den Schultern. »Möglicherweise schaffen wir es in wenigen Stunden oder Tagen, vielleicht brauchen wir aber auch Wochen. Und vielleicht schaffen wir es gar nicht.«

Gudrun scharrte mit einem Fuß im lockeren Erdreich.

»Das wird sich dann ja zeigen.« Sie zog ein Stück Kreide aus der Tasche, blickte sich ein paar Sekunden lang aufmerksam um. Schließlich ging sie ein paar Schritte weiter nach rechts und zeichnete mit der Kreide ein Kreuz auf die Felswand. »Ich möchte, daß Sie genau hier mit den Bohrungen beginnen«, verkündete sie. »Und halten Sie uns auf dem laufenden über alles, was Sie herausfinden. Ich bin ziemlich sicher, daß wir hier etwas finden werden.«

13. Juni

Wie es aussieht, habe ich einen neuen Freund gewonnen. Schon seit einer ganzen Weile treibt sich der kleine Saurier, der mir bei unserer Ankunft das Gesicht mit seiner Zunge gewaschen hat, in meiner Nähe herum. Ich selbst hätte ihn nicht wiedererkannt, zumal es eine ganze Reihe jugendlicher Kranas im Dorf gibt, die ich so wenig auseinanderhalten kann wie die Erwachsenen.

Erst Kroak gab mir mit Gesten zu verstehen, daß es sich um dieses Kind handelt. Es scheint irgendwie mit ihm verwandt zu sein, doch den genauen Grad konnte er mir nicht darstellen. Da ich aufgrund von Kroaks Alter nicht annehme, daß er noch selber ein so kleines Kind hat, nehme ich an, daß es sein Enkel sein dürfte.

Während ich das schreibe, sitzt der Kleine wieder neben mir. Abgeleckt hat er mich glücklicherweise nicht mehr, aber ich mußte ihm immer wieder seinen langen Hals vom Kopf bis zur Brust kraulen. Das gefällt ihm so gut, daß er jedesmal ein gackerndes Gelächter ausstößt.

Sein Name ist kaum zu verstehen. Am ehesten höre ich noch etwas wie *Chraahl* heraus, was ich kurzerhand zu *Kraal* vereinfacht habe. Mittlerweile mag ich den Kleinen richtig gern, und nachdem ich nun ein paarmal Gelegenheit hatte, ihn genauer zu betrachten, ist mir eine kleine Stelle an seiner Stirn aufgefallen, an der sich seine Schuppen etwas dunkler gefärbt haben, so daß ich ihn von den anderen unterscheiden kann.

Wie vereinbart, bin ich heute nachmittag zusammen mit Kroak und vier anderen Kranas auf die Jagd gegangen. Auch Wedge und zwei weitere Pilger schlossen sich uns an. Nicole wäre ebenfalls gern mitgekommen, wollte jedoch das Krankenlager ihres Vaters nicht verlassen.

Bei unserem Ausflug habe ich eine verblüffende Entdeckung gemacht, wie die Kranas ihr Wild fangen.

Sie haben an mehreren Stellen rund um das Dorf Fallen aufgestellt; große, aus stabilem Holz gefertigte Käfige. Ich hatte erwartet, daß sie irgendwelche kleinen Tiere als Köder verwenden würden, doch sie haben eine viel raffiniertere Methode.

Es scheint eine Art Duftstoff sein, den sie aus verschiedenen Zutaten zusammenmischen. Die Ornitholestes, die sie in erster Linie jagen, liefern selbst die wichtigsten Zutaten. Die Kranas benutzen etwas Harn, ein paar Tropfen Blut und etwas Flüssigkeit aus der Gallenblase eines gerade getöteten Sauriers, sowie ein Sekret, das sie aus Drüsen hervorpressen, die sich dicht unterhalb des Kopfes im Hals des toten Tieres befinden. Zuletzt geben sie noch Saft aus den fleischigen, fünfzackigen Blättern einer in Büscheln wachsenden Pflanze hinzu. Diese Blätter sind an ihrer Unterseite überdurchschnittlich stark geädert und dadurch ziemlich charakteristisch. Ich werde versuchen, eines davon nachfolgend zu skizzieren.

Soweit es mich betrifft, kann ich übrigens nicht behaupten, daß das zusammengemischte Zeug duftet. Ich finde, es stinkt ziemlich scharf. Immerhin läßt sich feststellen, daß die in kleine Tonschälchen gefüllte Mixtur ausgezeichnet wirkt. In jedem der rings um das Dorf aufgestellten Käfige mit einem der Schälchen befand sich ein Saurier. Meistens waren es Ornitholestes, vereinzelt auch andere Tiere, die aber wohl als Nahrungslieferanten nicht so geeignet waren, denn die Kranas ließen sie wieder laufen und töteten nur die Ornitholestes. Um einige Käfige streiften sogar noch weitere angelockte Exemplare herum.

Die Konstruktion der Käfige selbst ist ein weiterer Hinweis auf die ausgeprägte Intelligenz der Kranas, denn sie stehen modernen Fallen in nichts nach. Ist erst einmal ein Tier in das an einer Seite offene Gestänge hineingekrochen, löst es eine Halterung, die ein Fallgitter vor dem Eingang herabsausen läßt.

Die Kranas holten ihre getötete Beute heraus und stellten sofort an Ort und Stelle eine neue Mixtur her, die sie in den Käfigen zurückließen. Ein perfekt funktionierendes System.

Jetzt steigt mir wieder verlockend der Duft von gegrilltem Fleisch in die Nase. Heute abend dürfte es wieder ein wahres Festessen geben. Ich fürchte, spätestens in ein paar Wochen werden wir alle fett und gemästet sein.

Einige Pilger, die den Kranas nicht trauen, glauben immer noch, daß genau dies das Ziel der intelligenten Saurier ist, daß sie uns nur mästen und in Sicherheit wiegen wollen, aber ich halte diesen Gedanken nach wie vor für absurd.

»Wir sind durch«, berichtete Wes Palmer aufgeregt. »Sie hatten recht, Miß Heber. Hinter der Wand aus Asche und Lava befindet sich ein Hohlraum, genau an der Stelle, die Sie uns gezeigt haben.«

»Wie lange wird es noch dauern, bis Sie den Zugang völlig freigelegt haben?« erkundigte Gudrun sich.

»Nur ein paar Stunden«, behauptete Palmer. »Bislang haben wir lediglich ein knapp faustgroßes Loch gebohrt, aber das Gestein ist so massiv, daß es keine sonderlichen Schwierigkeiten geben dürfte, wenn wir es vergrößern. Die Lavaschicht ist etwa anderthalb Meter dick, und dahinter liegt ein Hohlraum. Viel mehr kann ich Ihnen leider noch nicht sagen.«

»Also wäre es möglich, daß es sich auch nur um eine kleine Blase im Gestein handelt?« vergewisserte sich Tom.

»Theoretisch ja«, gestand Palmer. »Aber das halte ich für eher unwahrscheinlich. Lassen Sie uns noch etwas Zeit, dann wissen wir mehr.«

»Scheint so, als hätten wir einen Treffer gelandet«, kommentierte Gudrun.

»Noch ist nicht gesagt, daß wir es wirklich mit einer Höhle zu tun haben und etwas darin finden«, dämpfte Pierre ihre Erwartungen. »Hüten wir uns also besser vor voreiligen Hoffnungen, sonst ist die Enttäuschung später unter Umständen um so größer.« Er seufzte. »Soweit es mich betrifft, bin ich jedenfalls froh, wenn wir endlich wieder von hier wegkönnen. Das Frühstück im Hotel ist ja einigermaßen genießbar, aber trotzdem nichts für Gourmets.«

»Deine Feinschmeckernerven werden schon nicht verkümmern«, sagte Tom und blickte auf, als er einen Wagen sah, der sich der Ausgrabungsstelle näherte. »Das dürfte endlich Professor Schneider sein.«

Sie hatten vor einigen Tagen Kontakt mit ihm aufgenommen, und er hatte sich sofort bereit erklärt, sich die Ausgrabungsstelle anzuschauen.

Es fiel Tom nicht ganz leicht, sich in dem Mann, der eher wie ein dreißig Jahre hinter seiner Zeit zurückgebliebener Alt-Hippie aussah, den wissenschaftlichen Leiter von DINO-LAND vorzustellen, der die Geräte ersonnen und konstruiert hatte, die das Tor in die Urzeit aufgestoßen hatten.

Aber es handelte sich tatsächlich um Schneider persönlich. Der Händedruck des Professors war kurz und kräftig, als sie einander vorstellten.

»Das also ist Ihre hundertzwanzig Millionen Jahre alte Festung«, stellte Schneider fest und sah sich um. »Recht beeindruckend. Kaum zu glauben, daß das alles diese gewaltige Zeit überdauert hat.«

»Anscheinend hat man damals Baumharz zur Befestigung der Steine in den Wällen und Hütten benutzt«, erklärte Tom. »Im Laufe der Zeit ist Bernstein daraus geworden. Ist zwar nicht sehr viel wert, verleiht den Mauern aber ein ziemlich interessantes Aussehen.«

»Hätten Sie das schon vor einigen Jahren entdeckt, noch vor den ersten Zeitbeben, dann wäre es wahrscheinlich einer der sensationellsten Funde in der Geschichte der Archäologie geworden«, meinte Schneider. »So allerdings ist es leider nicht einmal mehr etwas besonders Aufsehenerregendes. Zumindest seit Sie diese Cola-Dose und den Kugelschreiber gefunden haben, dürfen wir wohl mit größter Wahrscheinlichkeit davon ausgehen, daß dies hier in irgendeiner Form mit DINO-LAND in einem Zusammenhang steht. Die zeitlichen Parallelen sind zu deutlich, als daß es sich um einen Zufall handeln könnte.«

»Davon gehen wir inzwischen auch aus«, bestätigte Gudrun und schnitt eine Grimasse. »Aber trotzdem fragen wir uns noch, wie Menschen ausgerechnet in diese abgelegene Gegend gekommen sind, und warum sie sich gerade dort niedergelassen haben.«

»Möglicherweise ist es ein Hinweis darauf, daß sich DINO-LAND bis hierhin ausbreiten wird«, ergänzte Tom.

Professor Schneider schmunzelte.

»Die Theorie klingt plausibel, allerdings sollten wir alle beten, daß es nicht soweit kommt«, entgegnete er. »Außerdem habe ich eine ganz andere Vermutung, und ich hoffe, daß wir hier noch einen Beweis dafür finden. Ich verfüge über einige Informationen, die Sie nicht haben können, aber ich werde Ihnen alles erklären.« Er blickte sich suchend um. »Wie wäre es, wenn wir dafür irgendwo hingehen, wo wir uns gemütlicher unterhalten können? Es ist ziemlich kalt.«

Gudrun deutete auf eine nicht weit entfernte Wellblechhütte, in der die Arbeiter ihre Pausen verbrachten.

»Kommen Sie, Professor, setzen wir uns da drüben hin. Ich bin schon mächtig neugierig auf Ihre Geschichte.«

16. Juni

Hesekiel ist heute vormittag gestorben.

Die Entwicklung war abzusehen, nachdem sich in den ganzen letzten Tagen keine Besserung gezeigt hat, dennoch hat keiner von uns dies richtig wahrhaben wollen. Am wenigsten Nicole. Sie hat bis zuletzt gehofft, daß ihr Vater es doch noch schaffen würde.

Während der ganzen Tage, seit er verletzt wurde, ist sie kaum einmal von seiner Seite gewichen. Sie hat ihm Medizin gegeben, hat seine Verbände gewechselt und sein Fieber mit kalten Umschlägen und Wadenwickeln zu senken versucht. Genutzt hat es alles nichts. Hesekiels Verletzung war wohl einfach zu schwer, und er hatte zuviel Blut verloren.

Seit er verwundet wurde, ist er nicht mehr klar zu Bewußtsein gekommen, sondern befand sich in einem permanenten Fieber-Delirium. Ich bedaure, daß er gestorben ist, aber tiefempfundene Trauer verspüre ich keine. Dafür habe ich ihn zu wenig gekannt, und meine Gedanken sind eher in die Zukunft als auf die Gegenwart gerichtet.

Ich glaube, Nicole hat seinen Tod noch gar nicht richtig begriffen. Genau wie für Hesekiel selbst muß das Ende seines Leidens auch für sie eine Erlösung gewesen sein. Sie hat sich so für ihn aufgeopfert, daß sie völlig am Ende ihrer Kräfte ist. Nur wenige Minuten nach seinem Tod ist sie vor Erschöpfung zusammengebrochen. Zum ersten Mal seit Tagen schläft sie wieder tief und fest und – wie ich hoffe – lange.

Erst wenn sie sich wieder erholt hat, wird die wahre Trauer sie einholen, und ich habe ein wenig Angst davor. Ich werde in nächster Zeit für sie dasein und ihr viel Kraft geben müssen. In erster Linie aber fürchte ich mich davor, wie sich Wedge in nächster Zeit verhalten wird.

Erschrocken blickte Chief Commissioner Gordon auf, als die Tür seines Büros aufgerissen wurde und ein Unbekannter ohne anzuklopfen hereingestürmt kam. Die Rangabzeichen an seiner Uniform wiesen den Mann als Vier-Sterne-General aus. Er neigte leicht zur Dicklichkeit und hätte ein bißchen wie ein freundlicher Großvater wirken können, dessen Lieblingsbeschäftigung es war, seinen Enkeln vor dem Kaminfeuer Geschichten zu erzählen. Lediglich sein scharfer, stechender Blick und das Geflecht geplatzter Äderchen auf seiner Nase und den Wangen, das auf eine Neigung zu cholerischen Wutausbrüchen hindeutete, störten diesen Eindruck.

»Mein Name ist Pounder«, stellte er sich im barschen Befehlston vor und nahm seine Schirmmütze ab. »Militärischer Oberbefehlshaber von DINO-LAND und zuständig für alles, was damit zu tun hat.«

»Erfreut, Sie kennenzulernen«, erwiderte Gordon, obwohl das genaue Gegenteil zutraf. Es war unschwer zu erraten, aus welchem Grund der General hier war, auch wenn er nicht wußte, wie dieser von der leidigen Angelegenheit überhaupt erfahren hatte. »Ich bin Chief Commissioner Gordon vom Morddezernat Phoenix. Nehmen Sie doch Platz.« Er stand umständlich auf und reichte seinem unwillkommenen Besucher die Hand, die dieser jedoch ebenso ignorierte wie die Aufforderung, sich zu setzen.

»Sind Sie der verantwortliche Mann für die Saurier, die sich in dieser Stadt herumtreiben sollen?« erkundigte er sich statt dessen. Sein Tonfall war kein bißchen freundlicher geworden.

»Der bin ich«, bestätigte Gordon. »Aber deshalb hätten Sie sich nicht extra herbemühen müssen. Wir haben die Lage fest im Griff und werden mit diesen kleinen Schwierigkeiten sicher –«

»Wie lange wissen Sie bereits davon, daß sich Saurier in Phoenix befinden?« fiel sein Gegenüber ihm ins Wort.

»Nun, sicher wissen wir es erst seit gestern«, berichtete Gordon. »Es gab ein paar vage Vermutungen, aber keinerlei Beweise. Wie es aussieht, leben einige dieser Tiere in der Kanalisation, aber ich bin dabei, Einsatztrupps zusammenzustellen, die die Biester dort ausräuchern werden.«

»Sie verdammter Narr!« blaffte Pounder ihn an. »Mehrere Menschen sind bereits getötet worden, und Sie wußten, daß Sie es mit Sauriern zu tun haben, aber Sie haben es nicht für nötig gehalten, mich zu verständigen?«

Gordon stand auf und funkelte den General zornig an.

»Jetzt hören Sie mir mal gut zu«, stieß er zornig hervor. »Da, wo Sie herkommen, mögen Sie ja ein hohes Tier sein, aber was Mordfälle in dieser Stadt betrifft, so bin ganz allein ich für die Untersuchungen zuständig. Dabei ist mir völlig egal, ob die Toten auf das Konto eines Menschen oder eines Raubtieres gehen. Nur ich allein treffe die Entscheidungen, was dagegen zu tun ist. Aufgeblasene Wichtigtuer, die mich bei meiner Arbeit behindern, kann ich dabei nicht brauchen, und wenn Sie sich nicht auf der Stelle eines anderen Tonfalls befleißigen, lasse ich Sie aus meinem Büro werfen. Ist das klar?«

»Sind Sie fertig?« entgegnete Pounder ruhig. »Dann hören Sie mir jetzt mal zu. Sie scheinen sich weder Ihrer noch meiner Position richtig bewußt zu sein, also werde ich Ihnen die Sache erklären. Ab jetzt übernehme ich das Kommando in dieser Stadt, und es gibt absolut nichts, was Sie dagegen tun können. Ihnen bleibt nur die Wahl, ob Sie in jeder erdenklichen Form mit mir kooperieren oder ob ich Sie vorübergehend Ihres Postens enthebe. Wie also entscheiden Sie sich?«

»Sie . . . Sie müssen verrückt sein«, keuchte Gordon.

»Das steht hier nicht zur Debatte. Die gleiche Präsidialdirektive, gegen die Sie bereits verstoßen haben, als Sie mich nicht gleich bei den ersten Anzeichen einer Gefahr durch Saurier verständigt haben, gibt mir das Recht, hier das Kommando zu übernehmen.«

»Raus hier!« blaffte Gordon. »Ihre Präsidialdirektiven interessieren mich nicht, und ich lasse mich nicht länger von Ihnen –«

»Warum sagen Sie es ihm nicht persönlich?« erkundigte sich Pounder gelassen. Seine Zwischenfrage brachte den Commissioner aus dem Konzept und nahm ihm den Wind aus den Segeln. Sein Zorn war plötzlich verraucht.

»Wem soll ich was sagen?«

»Dem Präsidenten. Sagen Sie ihm doch persönlich, daß seine Direktiven Sie nicht interessieren. Darf ich mal kurz?« Noch bevor Gordon reagieren konnte, hatte Pounder nach dem Telefon auf dem Schreibtisch gegriffen, nahm den Hörer ab und begann eine Nummer zu wählen.

»Warten Sie doch mal«, bat Gordon mit plötzlich deutlich erkennbarer Nervosität. Sein Gesicht war eine Spur blasser geworden. »Wen rufen Sie denn da an?«

»Wen schon?« erwiderte Pounder scheinbar gelangweilt und wählte eine weitere Ziffer. »Den Präsidenten der Vereinigten Staaten natürlich. Ich denke, Sie wollten mit ihm über den Sinn seiner Direktiven plaudern und ihm erklären, warum seine Beschlüsse für Sie nicht gelten?«

»So ... so war das doch nicht gemeint«, stieß Gordon hervor. Hastig streckte er die Hand aus und unterbrach die Verbindung, indem er die Gabel niederdrückte. »Ich meine, wir können schließlich über alles reden.«

Mit einem bedauernden Achselzucken legte Pounder den Telefonhörer wieder auf.

»Schade. Wenn der Chef mitgehört hätte, wäre das Gespräch bestimmt viel interessanter geworden.« Der amüsierte Ausdruck verschwand von seinem Gesicht. Von einem Moment zum anderen war der General wieder vollkommen ernst. »Sie scheinen sich ja inzwischen wieder erinnert zu haben, von welcher Direktive ich sprach«, stellte er fest. »Was also hat Sie veranlaßt, so kraß dagegen zu verstoßen und das Leben der Menschen in dieser Stadt unnötig zu gefährden? In Ihrem Interesse hoffe ich, daß Sie mir eine plausible Erklärung dafür liefern können.«

»Bis ... bis gestern konnte ich mir nicht sicher sein, daß wir es wirklich mit Sauriern zu tun haben«, rechtfertigte er sich.

»Unsinn«, widersprach Pounder. »Bevor ich herkam, habe ich mit einem Ihrer Untergebenen gesprochen, einem Lieutenant Haldeman. Er hat mir etwas ganz anderes erzählt. Demnach liegen Ihnen seit mehreren Wochen bereits so eindeutige Hinweise vor, daß Sie mich längst hätten verständigen müssen.« Für einen kurzen Moment verengten sich Gordons Augenlider vor Haß. Haldeman also hatte ihm dies eingebrockt. Er hätte es sich denken können. Das Schlimme war nur, daß sich die Befürchtungen des Lieutenants bewahrheitet hatten.

»Lieutenant Haldeman hat sich in letzter Zeit wie ein Wahnsinniger aufgeführt«, berichtete er. »Er hat zahllose Anordnungen und Dienstvorschriften verletzt, so daß mir nichts anderes übrigblieb, als ihn vom Dienst zu suspendieren. Er wird sich vor einem Disziplinarausschuß deswegen rechtfertigen müssen.«

»Das interessiert mich nicht«, erwiderte Pounder knapp. »Er scheint ein fähiger Mann zu sein, und wenn er sich geweigert hat, in dieser brisanten Angelegenheit wie gewisse andere Leute einfach Stillschweigen zu bewahren und die Hände tatenlos in den Schoß zu legen, dann spricht das eher für als gegen ihn. Ich möchte ihn so schnell wie möglich sehen. Rufen Sie ihn an und lassen Sie ihn herkommen. Worauf warten Sie noch?«

Chief Commissioner Gordon schluckte.

»Jawohl, Sir«, murmelte er schließlich und griff nach dem Telefon.

»Sie glauben also, daß es diese Pilger waren, die das Dorf erbaut haben?« murmelte Tom Ericson, nachdem Professor Schneider mit seiner Erzählung geendet hatte.

»Dieser Junge, Nick Petty, ist Hesekiel und seinen Leuten auf die Schliche gekommen. Sie hielten ihn zunächst gefangen, genau wie einen Deputy aus Beatty. Der Deputy konnte ihnen jedoch entkommen, und von ihm haben wir überhaupt erst von der ganzen Geschichte erfahren. Nun, bei einem Aufklärungsflug hat einer unserer Hubschrauber aus dem in die Vergangenheit versetzten Las Vegas die Pilger entdeckt. Als es beim Zusammentreffen mit einigen Sauriern die ersten Toten gegeben hat, sind etwa die Hälfte der

Pilger zu unseren Leuten übergelaufen. Die anderen haben sich mit zwei Heißluftballons auf die Suche nach ihrem gelobten Land gemacht.« Schneider griff nach seinem Glas und trank einen Schluck Mineralwasser. »Dieser Nick Petty ist freiwillig bei ihnen geblieben. Weshalb ich überhaupt auf ihn zu sprechen gekommen bin, hat einen ganz einfachen Grund. Er hat nämlich in Beatty im Lebensmittelgeschäft von diesem Mister Blowers gearbeitet, dessen Adresse auf dem von Ihnen entdeckten Kugelschreiber steht.«

»Es kann trotzdem ein Zufall sein«, wandte Gudrun Heber ein.

»Sicher kann es das.« Schneider nickte. »Aber das halte ich für eher unwahrscheinlich. Zumindest bislang hat sich in der Vergangenheit keiner der uns bekannten Leute sonst so weit von Las Vegas entfernt, und dazu noch dieser Kuli – ich bin mir ziemlich sicher, daß es sich um Hesekiels Leute handelt, die dieses Dorf errichtet haben.«

Für einige Sekunden herrschte Schweigen.

»Ich frage mich nur, was daran für Sie so interessant ist, daß Sie persönlich hergekommen sind«, ergriff dann Pierre Leroy das Wort.

»Die Sache ist nicht ganz so unbedeutend, wie Sie vielleicht glauben«, erklärte Schneider. »Sehen Sie, es behagt uns nicht, daß eine ganze Gruppe von Leuten in der Urzeit frei umherläuft. Im Zusammenhang mit den Zeitbeben haben wir bereits viel über Zeitparadoxa spekuliert. Wir bemühen uns, die Veränderungen so gering wie möglich zu halten, und unsere Leute bewegen sich fast ausschließlich innerhalb des Gebietes, das aus der Gegenwart in die Urzeit geschleudert wurde. Wir hoffen, daß wir den ganzen Prozeß eines Tages umkehren und sie zurückholen können. Was passieren kann, wenn eine größere Gruppe von Menschen sich völlig frei in der Urzeit bewegt, sich möglicherweise über Generationen hinweg vermehrt, ist völlig unkalkulierbar.«

»Aber was hat das mit diesem Fund hier zu tun?« hakte Tom nach.

»Das liegt auf der Hand. Mainland, der neue Verwalter des urzeitlichen Las Vegas, war sich der möglichen Konsequenzen wohl nicht richtig bewußt, sonst hätte er diese Pilger erst gar nicht frei ziehen lassen. Spätere Versuche, sie wiederzufinden, waren erfolglos. Sie können in ihren Ballons überall und nirgends hingetrieben worden sein.«

»Aber jetzt wissen Sie, wo sie sich vermutlich niedergelassen haben«, schloß Gudrun. »Sie können die Daten an diesen Mainland weitergeben.«

»Ganz genau. Aufgrund der Kontinentalverschiebung war die geographische Lage damals etwas anders, aber das können wir von unseren Computern umrechnen lassen. Vielleicht haben Hesekiels Leute von ihrem Abenteuer ja inzwischen die Nase voll und sind sogar heilfroh, nach Las Vegas gebracht zu werden.«

Professor Schneider wurde unterbrochen, als Wes Palmer die Tür öffnete und die Hütte betrat.

»Wir haben jetzt einen Durchbruch geschaffen, der groß genug ist, daß man die Höhle betreten kann«, berichtete er. »Sie ist tatsächlich ziemlich groß.«

»Das dürfte Sie auch interessieren, Professor«, sagte Gudrun. »Eine hermetisch von der Außenwelt abgeschirmte Höhle. Wir hoffen, daß wir dort einige interessante Funde machen. Hätten Sie Lust, die Höhle mit uns zu inspizieren?«

»Aber sicher«, antwortete Schneider und stand auf. »Ich hatte schon immer Abenteurerblut in meinen Adern.«

Gemeinsam verließen sie die Hütte und gingen zu der Felswand hinüber, wo Palmer ihnen Taschenlampen und Sicherheitshelme aushändigte, für den Fall, daß loses Geröll von der Decke bröckeln sollte.

Der Durchbruch im Gestein durchmaß nur etwa einen Meter, so daß sie sich bücken mußten, um hindurchzugelangen. Nach nicht einmal zwei Metern jedoch hatten sie die Lavaschicht durchquert und erreichten die eigentliche Höhle.

Auch sie war nicht besonders hoch, aber immerhin konnten sie hier bequem aufrecht stehen. In der Breite durchmaß sie gut vier Meter. Der Boden war mit losem Geröll übersät, aber auch einige Felsbrocken, die bis zu Mannsgröße erreichten, lagen dort.

Vorsichtig drangen Tom, Gudrun, Professor Schneider und Wes Palmer tiefer in die Höhle vor. Sie erstreckte sich gut ein Dutzend Meter tief, bevor sie an einer Wand aus herabgebrochenen Felstrümmern endete. Bis auf das Gestein war sie völlig leer. Was immer sich hier einst befunden haben mochte, war längst zu Staub zerfallen.

Gudrun gab sich damit jedoch nicht zufrieden.

»Was ist damit?« fragte sie und deutete auf das herabgebrochene Gestein. »Können Sie es beiseite räumen? Vielleicht geht es dahinter noch weiter.«

Palmer rollte skeptisch einige lose Felstrümmer beiseite. Sie waren allesamt nicht besonders groß und ließen sich leicht bewegen. Auch Tom und Gudrun halfen mit. Sie brauchten nicht lange, um die oberste Schicht wegzuräumen, so daß ein etwa handhoher Schlitz entstand. Mit der Taschenlampe leuchtete Gudrun hindurch. Tatsächlich setzte sich die Höhle dahinter fort.

»Also los, weg mit dem Krempel«, feuerte sie ihre Begleiter mit neu erwachtem Tatendrang an.

Gemeinsam schafften sie mehr und mehr des herabgebrochenen Gesteins zur Seite. Einmal bröckelte etwas Fels von der Decke nach, doch ansonsten schien sie stabil zu sein.

Nach etwa einer halben Stunde hatten sie den oberen Teil des Hindernisses abgetragen, so daß ein etwas mehr als zwei Fuß hoher Spalt entstanden war.

»Das dürfte reichen«, sagte Gudrun. »Ich werde hindurchklettern und mich dahinter mal umsehen.«

Gudrun begann bereits damit, sich durch den Spalt zu zwängen. Der Geröllhügel durchmaß nur einen knappen Meter. Unbeschadet erreichte sie die andere Seite.

Auch hier war die Höhle noch einmal so groß wie auf der anderen Seite, und ebenso leer. Enttäuscht leuchtete Gudrun mit der Taschenlampe umher, und schließlich entdeckte sie doch noch etwas.

Halb unter Geröll verborgen, reflektierte etwas ganz am Ende der Höhle den Lichtschein der Lampe. Als sie das Geröll zur Seite räumte, entdeckte sie erneut mehrere Bernsteinklumpen, und wieder war in einem davon etwas eingeschlossen. Mühsam wuchtete sie ihn hoch und schleppte ihn bis zu der Barriere.

»Hier habe ich etwas für euch«, verkündete sie triumphierend. Sie schob den Klumpen durch die Öffnung, während Tom vom anderen Ende her daran zerrte. Schließlich kletterte sie hinterher.

»Was ist das?« fragte Schneider neugierig und betrachtete das dunkle, rechteckige *Etwas* im Inneren des Klumpens, nachdem sie ihn ins Freie geschafft hatten, wo sie ihn im Tageslicht besser betrachten konnten.

»Keine Ahnung«, erwiderte Gudrun. »Aber so verrückt es auch klingt, das sieht fast wie ein Buch aus.«

Pounder sprach lange mit Lieutenant Haldeman, und was er hörte, erschütterte ihn regelrecht. Der Lieutenant bemühte sich, seinen Vorgesetzten nicht bewußt in die Pfanne zu hauen, aber die Fakten sprachen für sich.

Vor allem, daß es bereits bei der Ankunft der Doefields den ersten Toten gegeben und bereits zu dieser Zeit der Verdacht bestanden hatte, daß ein Saurier dafür verantwortlich sein könnte. Hätte man ihn damals bereits verständigt, wäre das ganze Unglück vermutlich nie geschehen.

Nachdem nun das ganze Ausmaß von Gordons katastrophalen Fehlern ans Licht gekommen war, hatte Pounder seine Drohung wahrgemacht und den Chief Commissioner kraft seiner Befugnisse vorübergehend des Amtes erhoben und die Suspendierung Haldemans aufgehoben. Zudem war er entschlossen, dafür zu sorgen, daß sich nicht der Lieutenant, sondern Gordon selbst vor einem Ausschuß würde verantworten müssen.

Inzwischen hatte eine Untersuchung des toten Tieres, das Greenway und Stringer aus der Kanalisation mitgebracht hatten, ergeben, daß es sich um die Spezies Ornitholestes handelte, was eine weitere Hiobsbotschaft für Pounder darstellte.

»Es sind keine übermäßig gefährlichen Saurier«, erklärte er, »nicht zu vergleichen etwa mit Deinonychus'. Aber auch die Ornitholestes sind angriffslustige Killer, und daß sie Menschen töten können, haben sie ja schon bewiesen. Viel schlimmer aber ist ihre enorm kurze Brutzeit.«

»Und was bedeutet das in konkreten Zahlen?« wollte Haldeman wissen.

»Die Ornitholestes legen sehr viele Eier, manchmal über dreißig, und die Kleinen schlüpfen binnen weniger Tage. In freier Wildbahn werden trotzdem die meisten Eier von anderen Sauriern geraubt und gefressen, aber hier gibt es diese natürlichen Feinde nicht. Das bedeutet, daß aus jedem Ei ein neuer Ornitholestes schlüpfen kann. Von diesem Moment an wachsen die Kleinen rasend schnell heran. Bereits nach knapp einer Woche sind sie selbst zeugungsfähig. Isoliert von ihren natürlichen Feinden vermehren sie sich also explosionsartig, schneller als Mäuse. Das bedeutet, daß durchaus schon Hunderte von ihnen in der Kanalisation herangewachsen sein können.«

»Mein Gott«, murmelte Haldeman erschüttert. »Wie sollen wir dann überhaupt noch mit dieser Plage zurechtkommen? In der letzten Nacht und im Verlauf dieses Tages hat es auch unter der Zivilbevölkerung bereits mehrere Opfer gegeben. Ein Drogensüchtiger ist zerfleischt worden, ebenso eine alte Frau in ihrem eigenen Haus, in das die Saurier wohl durch ein offenes Fenster eingedrungen sind. In vier weiteren Fällen hat es Verletzte gegeben, und einige Menschen haben Saurier gesehen. Allmählich macht sich unter der Bevölkerung genau die Panik breit, die Gordon verhindern wollte.«

»Noch in dieser Nacht trifft eine Spezialeinheit der Army hier ein, die sonst zur Sicherung von DINO-LAND eingesetzt wird«, erklärte Pounder. »Außerdem haben Sie hier doch sicherlich lokale Rundfunksender. Ich werde eine Kassette fertigmachen, die von allen Sendern ausgestrahlt werden soll, ebenso eine schriftliche Erklärung für die Presse.« Er räusperte sich. »Ich sehe leider keine andere Möglichkeit, als über die Stadt den Ausnahmezustand zu verhängen. Dieser wird auch ein nächtliches Ausgehverbot einschließen. Nachts scheinen die Saurier besonders aktiv zu sein. Aber auch tagsüber sollten die Menschen möglichst in ihren Häusern bleiben und Türen und Fenster gut verriegeln, bis wir die Gefahr gebannt haben.«

Haldeman nickte.

»Die Frage ist«, murmelte er düster, »ob wir die Sache überhaupt noch in den Griff bekommen. Wir brauchen nur zwei Tiere unterschiedlichen Geschlechts oder ein trächtiges weibliches Tier zu übersehen, und alles geht in Kürze wieder von vorne los.«

General Pounder erwiderte nichts, was im Grunde ja auch eine Antwort darstellte. Sein Gesicht war sehr ernst.

12. Juli

Fast ein Monat ist nun seit meinem letzten Eintrag vergangen. Viel ist in dieser Zeit passiert, allerdings waren es keine bedeutenden Einzelereignisse, die zu notieren es gelohnt hätte, sondern langsame und schleichende Veränderungen.

Während der ersten Tage nach Hesekiels Tod habe ich mich den größten Teil der Zeit um Nicole gekümmert und wenig Lust gehabt, die ganzen Gedanken, die ich mit ihr ausgetauscht habe, zusätzlich noch ins Tagebuch einzutragen. Anschließend begann eine Phase harter Arbeit, in der ich abends viel zu erschöpft war.

Auch jetzt bin ich müde, aber ich hoffe, daß es mir wieder einmal helfen wird, meine Gedanken zu ordnen, wenn ich sie niederschreibe.

Da wir nun einmal den Entschluß gefaßt haben, hierzubleiben, haben wir damit begonnen, unser eigenes Dorf mit unseren eigenen Häusern direkt an das der Kranas angrenzend zu bauen. Die Kranas waren uns dabei nach Kräften behilflich.

Auch haben wir damit begonnen, ein Stück des Waldes nahe am Dorf zu roden, um dort Felder für Getreide, Kartoffeln, Mais und anderes Gemüse anzulegen. Dabei waren die Kranas uns ebenfalls eine unschätzbare Hilfe, doch ich bezweifle, daß sie es noch lange sein werden.

Dieses wohl einmalige Experiment, das friedliche Zusammenleben von Menschen und Sauriern, droht zu scheitern und in Feindseligkeit umzuschlagen.

Die Stimmung hat sich grundlegend verändert in den letzten Wochen, und in erster Linie liegt es an Wedge und den Ideen, die er seinen Anhängern in den Kopf gesetzt hat. Er akzeptiert die Kranas nach wie vor nicht als intelligente Wesen, die uns aus Freundlichkeit helfen. Für ihn sind es immer noch Tiere, mit denen man nach Belieben umspringen kann. Mehr und mehr verhält er sich ihnen gegenüber auch so und bemerkt nicht einmal, wie sehr er unser Verhältnis zu ihnen dadurch verschlechtert.

Heute ist es zu dem bislang schlimmsten Zwischenfall gekommen. Als sich ein Krana weigerte, auf dem Feld weiter zu pflügen, solange Wedge nur tatenlos neben ihm stand, um ihn zu kontrollieren, hat Wedge ihn mit dem Kolben seines Gewehres niedergeschlagen. Nur indem sie einige Warnschüsse abgaben und ihre Gewehre auf die übrigen Kranas richteten, konnten Wedge und seine Leute diese davon abhalten, über sie herzufallen und es ihnen mit gleicher – oder sogar schlimmerer – Münze heimzuzahlen.

Mit Mühe ist es Kroak auf der einen und Nicole und mir auf der anderen Seite gelungen, den Streit zu schlichten. Wie mir Kroak begreiflich machte, gibt es gerade unter den jüngeren, ungestümeren Kranas eine wachsende Zahl, die genug von den Schikanen haben und uns am liebsten vertreiben würden. Ich hoffe nur, daß sie erkennen, daß auch wir Menschen nicht alle so wie Wedge und seine Anhänger sind, daß es auch bei uns zwei verschiedene Gruppen gibt, doch fürchte ich, daß das keine Rolle mehr spielen wird, wenn irgendwann etwas passiert, was das Faß vollends zum Überlaufen bringt.

Mit Wedge darüber zu sprechen, hat sich als unmöglich erwiesen. Er hat nur auf sein Gewehr gedeutet und höhnisch erklärt, er würde mit diesen Kreaturen schon fertig, wenn sie es wagen würden, sich aufzulehnen.

Seither habe ich begonnen, ihn geradezu zu hassen. Obwohl es sich um nichtmenschliche Wesen handelt, fühle ich mich den Kranas mittlerweile mehr verbunden als Wedge und seinen Leuten, die ursprünglich hergekommen sind, um den Grundstein für eine bessere Welt zu legen, sich nun aber schlimmer als Tiere aufführen. Als ich vorhin mit Nicole darüber sprach, gestand sie, daß es ihr genauso ginge.

Wenn es uns nicht schnell gelingt, eine Lösung zu finden, sehe ich für die Zukunft schlimme Zeiten heraufdämmern.

General Pounder vergeudete keine Zeit. So entschlossen, wie er bei seiner Ankunft in Phoenix aufgetreten war, so entschlossen und kompromißlos begann er auch den Kampf gegen die Ornitholestes.

Am Abend wurde die von ihm vorbereitete Presseerklärung von allen regionalen Rundfunk- und Fernsehstationen in regelmäßigen Abständen ausgestrahlt und auch von einigen überregionalen Networks in ihr Nachrichtenprogramm aufgenommen.

Auf den Polizeirevieren in Phoenix liefen die Telefone heiß. Hunderte besorgter Bürger wollten Einzelheiten wissen und zusätzliche Ratschläge bekommen, wie sie sich schützen könnten.

Sämtliche Polizeibeamten schoben in dieser Nacht Überstunden, um überall in der Stadt Streife zu fahren. Insgesamt gingen neunundvierzig Notrufe die Saurier betreffend im Laufe der Nacht ein. Achtzehn davon erweisen sich als blinder Alarm, oder aber die Saurier waren bis zum Eintreffen der Polizei bereits weitergezogen. In vierundzwanzig

Fällen gelang es den Polizisten, Saurier, die sich in der Nähe von Wohnhäusern herumtrieben, zu töten oder zu vertreiben.

In sieben Fällen allerdings kam jede Hilfe zu spät. Entweder hatten die Menschen die Nachrichten erst gar nicht vernommen, oder aber ihre Sicherheitsvorkehrungen waren vergebens gewesen. Die meisten Häuser waren nicht dahingehend befestigt, dem Ansturm einer Gruppe blutrünstiger Saurier standzuhalten. Die Bestien durchbrachen kurzerhand die Fensterscheiben, wo keine Läden vorgelegt waren.

Als Folge dieser Einbrüche gab es siebzehn Tote zu beklagen. Weitere fünf Opfer forderten Saurierangriffe auf Menschen, die sich trotz der Ausgangssperre im Freien aufhielten.

Es schien, als wäre die Zeit, in der sich die Ornitholestes darauf beschränkt hatten, in der Kanalisation zu hausen, sich zu vermehren und nur gelegentliche Ausflüge in die Stadt zu unternehmen, endgültig vorbei. Sie hatten Blut geleckt und waren auf den Geschmack gekommen. Zudem waren sie durch das Eindringen von Lieutenant Greenway und seinen Leuten in ihr Versteck aus ihrer Ruhe aufgeschreckt worden.

Auch General Pounder blieb jedoch nicht untätig. Die angeforderte Verstärkung, bestehend aus einhundert Mann einer Spezialtruppe der Army, traf gegen Mitternacht ein. Ursprünglich war geplant, die Offensive gegen die Ornitholestes erst im Morgengrauen zu starten, doch die zahllosen Angriffe der Saurier auf die Einwohner von Phoenix ließen einen solchen zeitlichen Spielraum nicht mehr zu.

In spezielle Schutzanzüge gekleidet und mit Flammenwerfern, Maschinenpistolen und Handgranaten ausgerüstet, drangen die Soldaten in Fünfertrupps in die Kanalisation vor.

Das Unternehmen war ein glatter Fehlschlag.

Die Soldaten stießen auf haufenweise getötete Ratten, aber kaum auf Saurier. Bis zum Mittag des folgenden Tages hatten sie ganze acht Ornitholestes aufgestöbert und erlegt.

660

Selbst in dem Gebiet der Kanalisation, in dem Greenway und seine Begleiter zuvor noch von ganzen Scharen der Bestien attackiert worden waren, waren nun keine mehr zu entdecken.

Einer der Trupps kehrte erst gar nicht zurück. Eine Suchgruppe fand nur noch die Leichen der Männer. Weder die Anzüge noch ihre Waffen hatten die Soldaten retten können. Von den Tieren, die ihnen zum Verhängnis geworden waren, war auch hier nichts zu entdecken.

Nach der ersten Schlacht in diesem Krieg hatten die Saurier auch die zweite eindeutig für sich entschieden. Es gab unzählige Schlupflöcher, in denen sie sich verbergen und von wo aus sie ihre Raubzüge starten konnten. Alle diese Verstecke aufzuspüren, war praktisch unmöglich.

Die Lage wurde immer verzweifelter, und die Zeit arbeitete gegen die Menschen.

Da nach Schneiders Einschätzung die Bezeichnung »primitiv« für das Labor in Portland noch geschmeichelt war und dieser Fund zu bedeutsam sein könnte, als daß er ihn Stümpern überlassen wollte, hatte er den Bernsteinklumpen mit nach DINO-LAND genommen. Das dortige, vom Militär gesponserte Forschungszentrum gehörte zu den modernsten der Welt und verfügte über entsprechend bessere Möglichkeiten.

Tom und Gudrun hatten Schneider auf seine Einladung hin begleitet, während Pierre Leroy an der Baustelle zurückgeblieben war, um sich weiterhin um die Ausgrabungen zu kümmern.

Mittlerweile hatte sich herausgestellt, daß es sich tatsächlich um ein Buch handelte, das in dem Bernstein eingeschlossen war, eine dicke, mehrere hundert Seiten umfassende Kladde, wie sie in Schulen benutzt wurden.

Und trotz seines unglaublichen Alters von rund hundertzwanzig Millionen Jahren war das Buch noch nahezu unversehrt.

Mit Präzisionslasern hatte man den Bernstein bis auf eine knapp einen Millimeter dünne Schicht abgeschliffen. Leider war jedoch zu befürchten, daß das Papier bei direktem Luftkontakt augenblicklich zerfallen würde. Experten zerbrachen sich seit mittlerweile zwei Stunden den Kopf darüber, wie man die einzelnen Seiten voneinander trennen könnte, ohne sie dabei zu zerstören. Telefonisch hatte Schneider Rat von internationalen Fachleuten auf diesem Gebiet eingeholt, aber die Prognosen sahen eher düster aus.

Es gab konservierende Lösungen, in die das Buch bei vollständiger Ablösung der Bernsteinschicht gelegt werden könnte und die einen sofortigen Verfall verhindern könnten. Es war ein Verfahren, das zur Restauration mittelalterlicher Bücher verwendet wurde, aber hauptsächlich für einzelne Blätter.

In diesem Fall bestanden erhebliche Risiken. Es war fraglich, ob die Tinte überhaupt noch lesbar sein würde, doch mit Hilfe verschiedener Chemikalien würde man sie notfalls mit einigermaßen großer Wahrscheinlichkeit wieder zum Vorschein bringen können. Falls das Buch sich jedoch vorher schon mit der Konservierungslösung vollsog, wäre dies unmöglich. Wahrscheinlich würden dann sogar die Seiten vollständig untrennbar werden.

Ein Probelauf war unmöglich; sie hatten nur einen einzigen Versuch. Sobald sie die Bernsteinschicht an einer einzigen Stelle durchstießen, ging es um alles oder nichts, und die Wahrscheinlichkeit für ein Scheitern lag nach Aussagen aller Spezialisten wesentlich höher.

Dann jedoch war noch ein weiterer Vorschlag in die Diskussion geworfen worden, der auf den ersten Blick unmöglich schien, aber nach Aussagen von Fachleuten durchaus Aussicht auf Erfolg besaß. Vor allem würde er im Falle eines Scheiterns keinerlei Schäden an dem Buch anrichten.

Das Zauberwort lautete Computertomographie.

»Im allgemeinen wird sie in der Medizin verwendet«, erläuterte Professor Schneider, während alles für das Experiment vorbereitet wurde. »Ein gefächerter Röntgenstrahl tastet ein Objekt quasi scheibchenweise ab. So kann man zum Beispiel ein menschliches Gehirn Schicht für Schicht untersuchen und eventuelle Mißbildungen von Zellgewebe, frühzeitig erkennen. Nun wird sich zeigen, ob es auf diese Art auch möglich ist, die einzelnen Seiten eines geschlossenen Buches abzutasten und auf einem Bildschirm sichtbar zu machen.«

»Noch vor wenigen Jahren wäre eine solche Abtastung unmöglich gewesen«, ergänzte einer seiner Assistenten. »Aber gerade in letzter Zeit sind auf diesem Gebiet enorme Fortschritte erzielt worden. Wir können Schichten abtasten, die nicht mehr als einige tausendstel Millimeter dick sind. Und für die Zellanalyse von Sauriern haben wir eines der modernsten Tomographiegeräte hier. Wir sind jetzt soweit, Professor.«

Tom und Gudrun hielten sich etwas abseits, als das immer noch vom Bernstein eingehüllte Buch in eine röhrenförmige Kammer gelegt wurde.

»Die Kammer ist absolut strahlendicht«, versicherte Professor Schneider. »Sie brauchen also keine Angst davor zu haben, eine Röntgendosis abzubekommen.«

Die nächsten drei Stunden verliefen für die beiden A.I.M.-Mitarbeiter weitgehend langweilig, und wäre nicht die Aufregung über einen möglichen Erfolg des Experiments gewesen, hätten sie schon längst das Interesse verloren. Wie ihnen Schneider erklärte, mußte man sich erst langsam mit dem Röntgenstrahl vorantasten, um auf die erste Seite zu stoßen.

Schließlich aber war es soweit.

»Wir sind durch den Einband durch«, vermeldete einer der Wissenschaftler. »Und wie es aussieht, kann der Tomograph die Zellunterschiede zwischen den beschriebenen und unbeschriebenen Papierstellen erkennen. Aber wir werden die Daten erst durch den Computer jagen müssen. Er muß die Handschrift analysieren und versuchen, unkenntliche Buchstaben zu ersetzen.«

Noch einmal dauerte es gut eine Stunde, bis ein rekonstruiertes, in deutliche Buchstaben übertragenes Abbild der ersten Seite auf den Computermonitoren zu erkennen war. Lauter Jubel brach im Labor aus.

Auch Tom und Gudrun konnten auf einem Bildschirm die Seite lesen:

> ### 27. Mai
> *Heute abend habe ich damit begonnen, dieses Tagebuch zu führen. Mein Name ist Nick Petty. Ich bin einundzwanzig Jahre alt und wuchs in Beatty auf, einem kleinen verschlafenen Nest in Nevada, wo ich bis gestern ein ganz normales Leben führte und als Verkäufer in Mister Blowers Lebensmittelladen gearbeitet habe.*
> *Wie lange scheint mir das nun schon zurückzuliegen, fast wie in einem anderen Leben. Einem Leben, von dem ich nun rund hundertzwanzig Millionen Jahre entfernt bin!*
> *Ich werde versuchen, die Ereignisse der letzten Zeit so knapp wie möglich zusammenzufassen, auch wenn ich die Wunder dieser neuen Welt kaum selbst begreifen kann.*

»Ich wußte es«, keuchte Schneider. »Es handelt sich um Hesekiels Pilger. Dieses Tagebuch wird uns wahrscheinlich genaue Aufschlüsse darüber geben, was nach der Reise in die Vergangenheit mit ihnen passiert ist!«

Ein junger Mann, der ins Labor kam, tippte ihm auf die Schulter und riß ihn damit aus seiner Freude.

»Verzeihen Sie, Professor, aber gerade kam ein Anruf von General Pounder aus Phoenix, Arizona. Der General möchte Sie unbedingt sprechen. Er sagt, es sei extrem dringend.«

22. Juli
Die Lage wird immer angespannter.

Ich glaube nicht, daß wir den Frieden mit den Kranas noch lange aufrechterhalten können, wenn sich Wedge weiterhin wie bisher verhält. Inzwischen weigern sich die meisten Kranas, uns noch in irgendeiner Form zu helfen. Im Gegenzug hat Wedge begonnen, unseren Teil des Dorfes von dem der Kranas durch Mauern zu trennen.

Kriegerische Auseinandersetzungen scheinen unvermeidlich. Nur gelegentlich habe ich noch Kontakt mit Kroak. Wie es aussieht, steht auch er mehr und mehr unter Druck. Die meisten Kranas sind dafür, uns schlichtweg zum Teufel zu jagen, und sie machen keinen Unterschied zwischen den Menschen, die auf Nicoles und meiner Seite stehen, und denen, die Wedge die Treue halten.

Die einzige Chance für uns wäre es, Wedge mit Gewalt Einhalt zu gebieten, aber auch wenn wir zahlenmäßig knapp die Überzahl bilden, sind er und seine Leute uns überlegen. Die Pilger, die auf unserer Seite stehen, sind hauptsächlich friedliebende Menschen, während er seine Anhänger immer mehr auf einen gewalttätigen Kurs bringt.

Tag und Nacht grübeln wir über einen Ausweg nach, aber es scheint absolut nichts zu geben, was wir noch tun können, um das Verhängnis aufzuhalten, das sich bereits immer deutlicher abzeichnet.

»Das ist grausam«, stellte Tom Ericson fest. »Fast so, als bekäme man einen spannenden Roman immer nur in winzigen Portionen geliefert, um dann wieder eine halbe Ewigkeit auf die Fortsetzung warten zu müssen.«

Die *halbe Ewigkeit*, von er sprach, betrug jeweils rund eine Viertelstunde. So lange dauerte es im Schnitt, bis eine neue Seite von Nick Pettys Tagebuch abgetastet und vom Computer in klar lesbare Schriftzeichen umgesetzt worden war. Manchmal ging es etwas schneller, manchmal dauerte es aber auch länger, wenn größere Teile einer Seite nur undeutlich zu erkennen waren. Rund achtzig Seiten waren immerhin inzwischen lesbar gemacht worden.

Zwischenzeitlich hatten sich Tom und Gudrun eine Weile hingelegt und geschlafen. Als sie nach rund sieben Stunden wieder aufgestanden waren, hatten sie immerhin einen im Computer gespeicherten Stoß von fast dreißig Seiten auf einen Schlag lesen können. Seither jedoch mußten sie sich zwischen jeder weiteren Seite wieder gedulden, obwohl es zur Zeit um die erste Kontaktaufnahme zwischen den Kranas und den Pilgern ging und gerade diese ungeheuer faszinierend war.

Auch Professor Schneider kam nur noch gelegentlich ins Labor, um die Seiten stapelweise zu überfliegen. Wie er berichtete, stand die Stadt Phoenix dicht vor einer Katastrophe. Eine Schar von Ornitholestes, die dorthin gelangt waren und sich in der Kanalisation unkontrolliert vermehrt hatten, terrorisierten die Einwohner und hatten bereits zahlreiche Menschen getötet. Mehr und mehr Soldaten wurden nach Phoenix beordert, um der Plage Herr zu werden, doch sie erzielten kaum Erfolge. Der Zeitpunkt war bereits abzusehen, an dem keine andere Wahl mehr blieb, als die Stadt zu evakuieren.

Von Schneider als dem wissenschaftlichen Leiter von DINO-LAND und einem Professor Sondstrup, der die paläonthologische Abteilung leitete, erhoffte man sich rettende Hinweise, die diese jedoch nicht liefern konnten.

Eine weitere Seite des Tagebuches erschien auf den Monitoren.

»Bei den Kranas handelt es sich also eindeutig um intelligente Saurier«, stellte Gudrun fest, nachdem sie den Text gelesen hatte. »Wenn dies wirklich stimmt und dieser Petty nicht munter drauflos phantasiert hat, ist es eine ungeheure anthropologische Sensation.«

»Nicht nur eine anthropologische«, erwiderte Tom. »Möglicherweise handelt es sich hierbei um die Antwort auf zahlreiche Rätsel, an deren Lösung wir in den letzten Jahren gescheitert sind.«

»Was meinst du?«

»Ich spreche von den Echsen, die sich einst mit den Atlantern bekriegt und die schwarze Pyramide gebaut haben, die unser Lieblingsfeind Kar entdeckt und für seine Zwecke mißbraucht hat. Wir wissen nur, daß es sich um eine echsenhafte Kultur handelte, und es ist anzunehmen, daß sie aus Sauriern hervorgegangen ist. Aus *intelligenten* Sauriern. Na, klingelt es jetzt bei dir?«

Gudrun überlegte einige Sekunden lang.

»Es wäre möglich«, räumte sie dann ein, aber die Skepsis in ihrer Stimme war nicht zu überhören. »Zwischen den primitiven Kranas und den Konstrukteuren der schwarzen Pyramide mit all ihren technischen Einrichtungen liegen aber noch Welten.«

»Uns trennen auch nur ein paar tausend Jahre von den ersten Steinzeitmenschen«, erinnerte Tom. »Und wir sprechen hier von Zeiträumen, die Millionen Jahre umspannen. Ich könnte mir durchaus vorstellen, daß sich die Kranas einst zu den Echsen entwickelt haben, die sich für Jahrmillionen in die Sumpfwelt zurückgezogen haben. Auch die Vegetation dort entspricht in etwa der der frühen Kreidezeit.

»Möglich«, wiederholte Gudrun Heber. »Aber lesen wir erst einmal weiter, bevor wir uns ein Urteil bilden. Falls wir überhaupt weitere Hinweise bekommen.«

»Die haben wir schon«, behauptete Tom grinsend. »Ich habe vorhin nämlich mit Pierre telefoniert, und er besitzt mittlerweile eine exakte Analyse der Schuppe, die wir in dem anderen Bernsteinklumpen gefunden haben. Der Zellaufbau ist so gut wie identisch mit denen ›unserer‹ Echsen. Noch weitere Fragen?«

Gudrun gab keine Antwort.

27. Juli

Die Katastrophe, auf die wir alle zugesteuert haben, hat sich nun ereignet, wenn auch auf eine Art, wie sie keiner von uns voraussehen konnte. Nicht einmal Wedge kann man die Schuld an einem Naturereignis geben, das sich vermutlich nur alle paar Millionen Jahre ereignet.

Diese Worte mögen sich zynisch anhören, aber nach

allem, was sich zugetragen hat, und nachdem auch der letzte Rest Hoffnung verloren ist, ist Galgenhumor das einzige, was mir noch geblieben ist. Vielleicht ist das meine Art, mit den Schrecken fertigzuwerden, denn es ist ziemlich wahrscheinlich, daß dies mein letzter Eintrag sein wird, daß ich nicht mehr lange zu leben habe.

In den letzten Tagen hat sich die Situation nicht mehr weiter zugespitzt, aber das wäre ohne offene Kampfhandlungen auch kaum noch möglich gewesen. Wir saßen auf einem Pulverfaß, das jeder kleine Funke zur Explosion bringen konnte. Selbst Wedge hat den Ernst der Lage offenbar registriert und alles vermieden, was als Provokation hätte aufgefaßt werden können. Anscheinend sind auch ihm Zweifel gekommen, daß wir den Kranas im offenen Kampf gewachsen wären, und da es stets sein Ziel war, sie sich als Sklaven zu unterwerfen, hätte er auch nichts davon gehabt, sie abzuschlachten.

Möglicherweise hätte die Lage sich nach einiger Zeit sogar wieder entspannt, wenngleich die Beziehung zwischen uns und den Kranas mit Sicherheit nie mehr so gut wie am Anfang geworden wäre.

Verhindert wurde dies durch ein entsetzliches Ereignis.

In den alten Asterix-Comics fürchteten sich die Gallier nur davor, daß ihnen der Himmel auf den Kopf fallen könnte. In gewisser Hinsicht ist uns genau das heute passiert. Ich schrieb ja schon, daß Zynismus die vielleicht einzige der Situation noch angemessene Geisteshaltung ist.

Die Apokalypse ereignete sich um die Mittagsstunde, als ohne jede Vorwarnung Feuer vom Himmel fiel. Natürlich handelte es sich nicht wirklich um Feuer, aber um einen Meteoritenschauer, der auf dieses Tal und die Umgebung niederging.

Wie Geschosse schlugen einige der durch die Reibung der Erdatmosphäre rotglühend gewordenen kosmischen Trümmerstücke in direkter Nähe des Dorfes ein, einen langen Schweif aus ionisierter Luft hinter sich herziehend.

Die meisten waren beim Aufschlag kaum noch mehr als

faustgroß, und dennoch richteten sie durch die Wucht ihres Aufpralls verheerende Verwüstungen an. Was immer sie trafen, wurde vernichtet.

Tiefe, gewaltige Krater entstanden, wo die Meteoriten einschlugen. Die Erde bebte, und der Weltuntergang schien unmittelbar bevorzustehen. Die Hitze der Meteoriten war so groß, daß der Dschungel an zahlreichen Stellen in Flammen aufging.

Meine Erinnerungen an die Katastrophe sind nur verschwommen, so groß war der Schock. Ich fühlte nichts als nackte Panik, und selbst jetzt, Stunden später, zittern meine Hände noch so stark, daß ich kaum schreiben kann.

Von grenzenlosem Entsetzen getrieben, rannte ich umher, umgeben von Menschen und Kranas, die ebenso kopflos durcheinanderliefen und Schutz vor etwas zu finden versuchten, wovor es keinen Schutz gab.

Ein wie eine Bombe einschlagender Meteorit zerstörte gleich mehrere Hütten auf einmal. Trümmerstücke sausten wie Schrapnellgeschosse durch die Luft. Um mich herum sah ich Tote und Verletzte, die meisten von ihnen Kranas, aber auch einige Menschen.

Ein weiterer kosmischer Gesteinsbrocken schien die Erde wie eine Eierschale aufplatzen zu lassen. Die Erschütterung bei seinem Aufprall war so groß, daß ich von den Füßen gerissen wurde. Wie vielfach verästelte Blitze rissen vom Ort des Aufschlags aus Erdspalten auf, eine davon kaum einen Meter von mir entfernt.

Worte reichen kaum aus, um dieser höllischen Apokalypse gerecht zu werden.

Der eigentliche Meteoritenhagel dauerte kaum eine Minute, doch mir kam die Zeit wie eine Ewigkeit vor, und anschließend war es noch längst nicht vorbei.

Überall hatte das glühende Gestein Brände verursacht. Die Erde bebte noch immer, und von einigen Berggipfeln stiegen dicke Rauchwolken auf.

Bei unserer Ankunft hier hatten wir keine Hinweise auf vulkanische Aktivitäten gefunden, aber in dieser Zeitepoche ist die Erdkruste noch nicht annähernd so gefestigt, wie wir es in der Gegenwart gewöhnt sind, wo Erdbeben und Vulkanausbrüche Ausnahmen darstellen.

Hier jedoch gehören sie fast schon zum Alltag. Die meisten Berge hier sind instabil. Die Erdstöße haben die Magmamassen in ihrem Inneren in Bewegung gebracht. Es reichte aus, um sie zu vulkanischen Aktivitäten anzuregen. Außerdem haben die Meteoriten tiefe Krater in die Berge gerissen; einige davon tief genug, daß Rauch und Feuer aus ihnen aufstiegen. Aus dem Gipfel eines glücklicherweise weit entfernten Berges sah ich sogar glutflüssige Lava quellen. Immer noch unter Schock stehend taumelte ich blindlings umher und schrie immer wieder Nicoles Namen, ohne Antwort zu bekommen oder sie irgendwo zu entdecken.

Ich habe sie seither nicht wiedergesehen, und obwohl ich davon ausgehen muß, daß sie tot ist, ist die Ungewißheit am schlimmsten zu ertragen.

Ich weiß nicht mehr, wie lange ich blindlings umhergeirrt bin. Schüsse drangen an mein Ohr, ohne daß ich sie richtig wahrnahm. Erst als jemand mich packte und kräftig durchschüttelte und mir schließlich, als ich immer noch nicht zur Besinnung kam, einige Schläge ins Gesicht versetzte, erwachte ich aus meinem tranceartigen Zustand und sah mich Kroak gegenüber, der mir mit seinen krächzenden Lauten irgend etwas zubrüllte. Er blutete aus zahlreichen Wunden.

Um mich herum tobte noch immer das Chaos, aber es wurde nicht mehr nur von den außer Kontrolle geratenen Naturgewalten verursacht. Es wurde gekämpft, und immer noch fielen Schüsse. Menschen und Kranas griffen sich gegenseitig an und töteten sich, doch trotz der ungleich verteilten Waffen war der Ausgang des Kampfes abzusehen.

Jetzt, im nachhinein, glaube ich zu begreifen, was mir Kroak mit seinen wilden Gesten mitzuteilen versuchte. Die Kranas sehen in dem Meteoritenhagel ein Zeichen der Götter, die mit ihnen unzufrieden sind. Sie glauben, die Götter wollten, daß wir getötet oder vertrieben werden.

Kroak deutete auf eine Höhle, in der sich einige Pilger verschanzt hatten, dann versetzte er mir einen Stoß, der mich in diese Richtung taumeln ließ. Als ich mich nach einigen Schritten umdrehte, sah ich gerade noch, wie Kroak von einer Kugel getroffen zusammenbrach.

Irgendwie erreichte ich die Felswand und wurde in die Höhle gezerrt. Es handelt sich um die, in der das abgeschöpfte Baumharz gelagert wird. Insgesamt sieben Pilger hatten sich hier verschanzt und nahmen die Kranas unter Beschuß, bis diese sich schließlich zurückzogen.

Trotzdem sitzen wir in der Falle. Die Kranas brauchen nur zu warten, bis Hunger und Durst uns in ihre Arme treiben. Hoffnung auf eine Verständigung besteht nicht mehr. Vielleicht hätte Kroak seine Stammesgenossen noch einmal besänftigen können, aber ich glaube es nicht, und da er tot ist, ist auch diese Chance dahin.

Wir werden sterben, aber ein Teil meines Verstandes ist immer noch wie betäubt, so daß es mir beinahe gleichgültig ist, und ich hoffe, daß der Tod mich schneller als die Trauer ereilen wird.

Ich kauere direkt neben einem der mit Baumharz gefüllten Gefäße, und ich habe eine Plastiktüte gefunden, die wohl einer von Wedges Leuten in den letzten Wochen wie so vieles andere hier achtlos weggeworfen hat. Ich werde dieses Tagebuch in die Tüte hüllen und es dann in dem Harz versenken.

Auch wenn die Chance noch so minimal ist, wird es vielleicht erhalten bleiben, und man wird es eines Tages finden, als Zeugnis für das, was sich hier zugetragen hat, wie Machtgier und Herrschsucht den Untergang einer Gemeinschaft heraufbeschworen.

Hätte ich noch einen letzten Wunsch, so würde er lauten, daß Nicole bei mir wäre oder ich sie wenigstens noch einmal umarmen und küssen dürfte, doch nicht einmal diese Gnade wird mir gewährt.

Ich werde einfach hier sitzenbleiben und auf den Tod warten.

»Was gibt es denn so Dringendes, daß ich unbedingt sofort kommen sollte?« erkundigte sich Professor Schneider barsch, kaum daß er das Labor betreten hatte. »Ich war gerade in einer äußerst wichtigen Konferenz.«

Einer seiner Assistenten drückte ihm die Ausdrucke einiger Tagebuchseiten in die Hände.

»Das hier dürfte Sie brennend interessieren, Professor.«

»Hören Sie, Allan, es ist mir egal, wie interessant das ist.« Einige steile Zornesfalten bildeten sich auf Schneiders Stirn. »Im Augenblick wäre mir selbst der Fund einer prähistorischen Atombombe gleichgültig. Ich habe mit schrecklichen Problemen in der Gegenwart zu kämpfen.«

»Sie sollten es trotzdem lesen«, mischte sich Tom Ericson ein. »Womöglich stellt das die Lösung Ihrer Probleme dar.«

»Es geht um Ornitholestes«, ergänzte Gudrun. »Und um genau diese Tiere handelt es sich doch auch in Phoenix, nicht wahr?«

»Wichtig sind im Grunde nur diese paar Abschnitte hier, in denen es darum geht, wie die Kranas Ornitholestes gefangen haben«, ergänzte Tom.

Ohne weiteren Widerstand begann Schneider, die entsprechenden Passagen zu lesen. Als er seinen Blick nach einer knappen Minute wieder von den Ausdrucken hob, hatten sich seine Wangen gerötet.

»Wenn das funktionieren würde …«, murmelte er. In Gedanken schien er weit weg zu sein, doch nach einigen Sekunden fuhr er herum und drückte eine Taste der Gegensprechanlage. »Professor Sondstrup soll sofort ins Labor drei kommen«, blaffte er. »Ja, ich weiß, daß er sich in einer Konferenz befindet, aber das hier ist wichtiger.«

»Mit der Analyse und Wiedergabe der Zeichnung hatte der Computer einige Schwierigkeiten«, berichtete der Assistent. »Aber man kann das Blatt recht deutlich erkennen. Hoffen wir nur, daß die Abbildung auch wirklich dem Original entspricht.«

Es dauerte nicht lange, bis ein schlanker, hochgewachsener Mann mit markanten Gesichtszügen und angegrautem

Haar das Büro betrat. »Professor Henry Sondstrup, Leiter unserer paläontologischen Abteilung«, stellte Schneider flüchtig vor und hielt Sondstrup den Ausdruck unter die Nase. »Henry, gibt es solche Pflanzen in DINO-LAND?«

»Aber ja«, bestätigte Sondstrup und leierte einen ellenlangen, fast unaussprechlichen Fachbegriff herunter. »Ist sogar ziemlich verbreitet. Warum?«

»Weil das die Rettung für Phoenix sein könnte«, stieß Schneider aufgeregt hervor. »Mach dich schon mal bereit, ein paar Stauden davon zu holen. Wir brauchen unbedingt einige Flaschen voll mit dem Blütensaft. Hier, lies dir das unterwegs durch, dann wirst du alles begreifen, und jetzt mach dich auf die Socken.« Er drückte dem völlig verblüfften Sondstrup die Ausdrucke in die Hand und schob ihn in Richtung Tür. Gleich darauf fuhr er wieder herum und eilte erneut zur Sprechanlage. »Ich brauche sofort eine Verbindung mit General Pounder«, verlangte er. »Und mit *sofort* meine ich auch sofort.«

Es dauerte keine zehn Sekunden, bis er den General am Telefon hatte.

Voller Ungeduld wartete General Pounder am Flughafen von Phoenix. Die Zeit brannte ihm unter den Nägeln. Er befand sich im Büro des Flughafenleiters, von wo aus er einen Blick direkt auf die Landebahn hatte, die er für den normalen Zivilverkehr hatte sperren lassen, damit die Militärmaschine mit Professor Sondstrup und dem Pflanzensaft an Bord ohne Verzögerung landen konnte.

In den Abfertigungshallen des Flughafens herrschte ein höllisches Gedränge. Zahlreiche Menschen verließen die Stadt in panischer Angst vor den Sauriern; teilweise mit ihren Autos, teilweise aber eben auch mit Flugzeugen.

Pounder sah keinen Grund, sie aufzuhalten. Im Gegenteil, je mehr Menschen Phoenix schon jetzt freiwillig verließen, desto weniger würden zwangsweise evakuiert werden müssen, falls sich das doch noch als notwendig erweisen sollte.

Inzwischen befanden sich fast tausend Soldaten in der Stadt. Ihre Aufgabe war nicht nur der direkte Kampf gegen die Saurier, sondern sie sollten in erster Linie gemeinsam mit Einheiten der Nationalgarde durch zusätzliche Patrouillen die völlig überlastete Polizei beim Schutz der Bevölkerung unterstützen.

Lange würde allerdings auch dieser Schutz nichts nutzen, solange es nicht gelang, die Verstecke der Ornitholestes aufzuspüren und die Tiere unschädlich zu machen. Jeden Tag wuchsen neue Saurier heran, mit jeder weiteren Woche vergrößerte sich ihre Zahl erneut um ein Vielfaches.

Seine Hoffnungen setzte Pounder nun fast ausschließlich auf das Lockmittel, von dem ihm Professor Schneider erzählt hatte. Sämtliche übrigen Bestandteile der Mixtur, die aus den toten Ornitholestes gewonnen wurden, hatte er bereitstellen lassen.

Was fehlte, war nur noch der Pflanzensaft, den ihm Sondstrup persönlich bringen würde.

Es dauerte noch eine Viertelstunde, bis die Maschine endlich eintraf. In einem Streifenwagen ließ sich Pounder zusammen mit dem Professor mit Blaulicht zu einem Treffpunkt bei einem Kanalisationseinstieg bringen.

Mehrere Behälter mit der Mixtur standen dort schon bereit und brauchten nur noch mit dem Pflanzensaft vermengt zu werden.

Das Ergebnis stank durchdringend, was aber den Vorteil hatte, daß sich der Geruch auch in der Kanalisation rasch und weit ausbreiten würde. Um die Ornitholestes nicht schon während des Transports anzulocken, wurden die Behälter verschlossen und anschließend an mehrere zentrale Punkte gebracht, wo sich wichtige Kanäle kreuzten.

Trupps von jeweils zehn Soldaten begleiteten sie. Auch Pounder selbst schloß sich zusammen mit Sondstrup und Lieutenant Haldeman einem der Trupps an.

Sie deponierten den Behälter in einem großen Auffangbecken, öffneten ihn und bezogen Position in einem Seitenstollen, der nach wenigen Dutzend Metern an einer Mauer endete, so daß sich ihnen keine Saurier von hinten nähern konnten.

Es dauerte nur wenige Minuten, bis die ersten Ornitholestes auftauchten. Der Geruch schien sie tatsächlich geradezu magisch anzuziehen. Vor allem durch die Beimengung des Drüsensekrets der toten Ornitholestes glich er vermutlich einem sexuellen Reizstoff, dessen Wirkung sich die Saurier nicht entziehen konnten.

Nach nicht einmal einer halben Stunde drängelten sich Dutzende Tiere in dem Auffangbecken. Mehrere Minuten waren bereits seit dem Erscheinen des letzten Sauriers vergangen, so daß nicht zu erwarten war, daß noch welche nachkommen würden. Alle Saurier, die sich innerhalb des Wirkungsbereiches des Reizstoffes befanden, schienen sich versammelt zu haben.

Pounder gab den Soldaten ein Zeichen. »Feuer frei!«

Es dauerte nicht einmal eine Minute, bis die Soldaten ihr blutiges Handwerk verrichtet hatten.

Auch die anderen Trupps hatten ähnlichen Erfolg.

Noch war es zu früh, sich in der trügerischen Hoffnung zu wiegen, daß sie damit alle Saurier erwischt hätten. Einzelne Tiere streiften sicherlich immer noch durch die Stadt oder trieben sich in Bereichen der Kanalisation herum, in denen sie den Lockstoff nicht gewittert hatten.

Sie würden die Prozedur noch einige Male wiederholen müssen, aber das Ende des Dino-Terrors in Phoenix war bereits absehbar.

»Schrecklich«, murmelte Gudrun Heber, nachdem auch die letzte Seite von Nick Pettys Tagebuch auf den Monitoren zu lesen gewesen war. »Der Junge tut mir leid.«

»Ziemlich sentimental, um jemanden zu trauern, der seit hundertzwanzig Millionen Jahren tot ist«, stellte Tom fest, aber auch seine Stimme klang belegt.

»Nun, es gibt nichts, was wir noch für die Pilger tun können«, meinte Professor Schneider. »Immerhin hat Petty mit seinen Aufzeichnungen geholfen, das Leben zahlreicher Menschen in Phoenix zu retten, auch wenn er nie davon erfahren wird.«

Tom zögerte einen Moment.

»Sind Sie sicher, daß wir nichts mehr für die Menschen tun können?« erkundigte er sich dann.

Verwirrt sah ihn Schneider an.

»Was meinen Sie damit?«

»Nun, wir haben es hier mit Zeitphänomenen zu tun. Damit dürften Sie sich eigentlich besser als jeder andere von uns auskennen.«

Das Gesicht des Professors zeigte immer größere Verwirrung.

»Leider begreife ich immer noch nicht, worauf Sie hinauswollen.«

»Nun, dann rechnen Sie einmal nach. Das Tagebuch erstreckt sich über einen Zeitraum von über zwei Monaten. Wie Sie selbst gesagt haben, wurde Beatty aber erst vor knapp fünf Wochen in die Vergangenheit geschleudert. Nick Petty hat unsere aktuelle Zeitrechnung beibehalten. Der Meteoritenhagel wird am siebenundzwanzigsten Juli niedergehen.«

Er deutete auf einen Kalender an der Wand. Er zeigte das aktuelle Datum, den achtzehnten Juni.

»Mein Gott«, murmelte Schneider erschüttert. »Jetzt verstehe ich endlich. Mainland und die anderen Menschen in Las Vegas schreiben ebenfalls erst den achtzehnten Juni, wenngleich rund hundertzwanzig Millionen Jahre in der Vergangenheit. Für sie liegt der Meteoritenhagel noch über einen Monat in der Zukunft. Sie können zu dem Dorf hinfliegen und die Pilger warnen und dafür sorgen, daß ...«

Er brach ab. Einige Sekunden lang herrschte unbehagliches Schweigen.

»... alles ganz anders kommt, als es tatsächlich geschehen ist«, führte Gudrun den Satz dann leise zu Ende. »Damit würden Sie ein Zeitparadoxon heraufbeschwören, Professor, ist Ihnen das bewußt? Nick Petty und die anderen würden nicht sterben, aber er würde sein Tagebuch auch nicht in der Höhle deponieren, und wir könnten es niemals finden. Also wüßten wir auch nicht über die damaligen Ereignisse Bescheid, und Sie könnten Mainland nicht beauftragen, die Pilger zu warnen. Das wäre ein in sich völlig unmöglicher Widerspruch, der das ganze Gefüge der Zeit durcheinanderbringen könnte.«

»Mit Folgen, die keiner absehen kann«, stieß Schneider hervor. »Sie haben recht. Aber es ist schwer, von einem Verhängnis im voraus zu wissen und nichts tun zu können, um es zu verhindern.«

»Nick Petty und die anderen Pilger sind vor hundertzwanzig Millionen Jahren gestorben«, ergriff Tom Ericson nach einer kurzen Pause wieder das Wort. »Und wir sollten nicht versuchen, irgend etwas daran zu ändern.«

»Ich weiß«, murmelte Schneider und nickte. »Und ich werde Mainland keine entsprechende Nachricht schicken. Es ist der einzig richtige Weg. Aber das ändert nichts daran, daß ich mich wahrscheinlich bis an mein Lebensende mitschuldig am Tod dieser Menschen fühlen werde.«

Er wandte sich ab und verließ mit schleppenden Schritten und gebeugtem Kopf den Raum. Zum ersten Mal, seit Tom ihn kennengelernt hatte, erschien ihm Professor Schneider wie ein müder, alter Mann, auf dessen Schultern eine viel zu schwere Verantwortung lastete.

Buch 10

Die verschwundenen Kinder

Der Himmel über der zerfallenden Stadt war seit Sonnenaufgang fahlrot verfärbt, und niemand wußte, warum. Niemand hatte jemals, seit Las Vegas einhundertzwanzig Millionen Jahre in die Erdvergangenheit gerissen worden war, einen solchen Himmel gesehen!

Morgenrot und Abendrot ja, aber diese Rötung über den ganzen Tag hinweg war etwas Besonderes, etwas Beängstigendes und Bedrohliches.

Viele, die draußen in den umgepflügten ehemaligen Parks auf ihren Feldern arbeiteten, nahmen es als ein Omen dafür, daß bald eine erneute Verschlechterung ihrer Lage eintreten würde. Daß die Natur der Urzeit sich noch vehementer gegen die aus der Zukunft Gestrandeten zur Wehr setzen wollte ...

»Kein guter Tag zum Fliegen«, sagte Littlecloud. Der Apache trat vom Fenster der improvisierten Computer-Zentrale zurück und ging zu Mainland, der vor seinem Terminal saß und die Zahlenkolonnen ein letztes Mal überprüfte.

»Er hat recht«, pflichtete Nadja bei. Sie stand vor der Wand, die eine provisorische Ansicht des nordamerikanischen Kontinents der frühen Kreidezeit wiedergab; daneben befand sich eine wesentlich detailliertere Übersicht von Las Vegas und Umgebung. Ganz links hing ein Stadtplan, der älter als fünf Jahre war und schon Gültigkeit *vor* der Katastrophe besessen hatte. »Es ist zu gefährlich. Wir wissen nicht, was sich da wirklich zusammenbraut.«

Mainland lachte kurz und abgehackt. »Verdammt, wir *brauchen* die Sachen! Dringend! Pounder schickt nicht alle Tage seine Carepakete ...«

»Wollen Sie wegen ein paar Gebrauchsgegenständen Ihr Leben oder das anderer riskieren, Paul?« Nadja zeigte kein Verständnis.

»Wenn, dann nur mein eigenes«, versetzte Mainland.

»Ach, du willst allein fliegen?« fragte Littlecloud, wobei die Andeutung eines Lächelns seine Mundwinkel umspielte.

»Unsinn!« Mainland stand auf und schob Nadja erstaunlich behutsam beiseite. Er nahm einen Stift und malte das Epizentrum des erwarteten Zeitbebens auf der Umgebungskarte von Las Vegas. Dabei machte er drei Kreise mit gestaffelten Radien. Der größte Radius bezeichnete den angenommenen Materieaustausch bei maximaler Bebenstärke. Schon seit geraumer Zeit ließ sich nur noch das ungefähre Zentrum, nicht aber mehr die Ausdehnung und damit die Stärke dieses immer noch unbegreiflichen Phänomens voraussagen. Das von Mainland hingekritzelte Maximum war im Grunde auch nur eine Schätzung.

»Es gibt keine Anzeichen für einen Sturm, der den Flug ernsthaft in Frage stellen könnte«, sagte Mainland in einem Tonfall, als müßte er neben den Anwesenden auch noch sich selbst beruhigen. Bewußt wurde es ihm jedoch nicht. »Wir sind auf die Carepakete aus der Zukunft angewiesen. Ohne diese säßen wir heute vermutlich noch allabendlich bei Kerzenschein, und die Computer müßten wir mit Dynamos antreiben . . .«

Nadja sah ihn eine Weile an, dann spöttelte sie: »Sie sind ja ein verkappter Romantiker, Paul. Hätte ich das nur früher gewußt . . .« Sie zwinkerte Littlecloud zu. Im Umdrehen sah sie gerade noch, wie die einzige Tür des Raumes lautlos zugezogen wurde. Daß sie vorher einen Spalt offengestanden hatte, hatte niemand bemerkt.

Ohne eine Erklärung abzugeben, huschte sie darauf zu und drückte die Klinke nieder.

Draußen stand ein kleiner, etwa vierjähriger und sommersprossiger Junge.

»Jasper!« schnappte Nadja überrascht.

Der Junge besuchte wie alle in der Vergangenheit geborenen Kinder ihren werktäglichen Unterricht, den sie nach ihrer Ankunft vor knapp zweieinhalb Jahren systematisch ausgebaut hatte. Vom Alter her hätten die Kinder eigentlich erst einen Kindergarten besuchen müssen, aber zur Verblüffung selbst der Eltern hatte sich herausgestellt, daß sie damit vollkommen unterfordert waren. Sobald sie laufen konnten – und das geschah *schnell* –, entwickelten sie einen so immensen Wissensdurst, daß man anfängliche Bedenken über Bord geworfen und die Lehreinrichtung gegründet hatte. Nadja kümmerte sich vom frühen Morgen bis zum Nachmittag um die Kinder. Der begrüßenswerte Nebeneffekt war, daß die Eltern sich während dieser Zeit unbesorgt für das Gemeinwohl einsetzen konnten.

»Was tust du hier? Du müßtest längst zu Hause sein. Wissen deine Eltern . . .?«

»Klar, Ma'am!« Er nickte altklug.

Nadja wiegte zweifelnd den Kopf. »Und was wolltest du hier?«

»Hab' mich verlaufen.«

Das war fast noch unwahrscheinlicher als die Behauptung, seine Eltern wüßten Bescheid.

Jasper schielte an ihr vorbei ins Innere des Raumes.

»Du gehst jetzt umgehend heim! Kinder haben hier nichts verloren. Ich werde dich persönlich . . .«

»Ist nicht nötig – bestimmt nicht, Miß«, warf Jasper ein. Er nahm die Schirmmütze vom Kopf und spielte damit, als wolle er ihrem Blick ausweichen. Anschließend setzte er sie verkehrt herum wieder auf.

»Ich dachte, du hättest dich verlaufen?«

»Deshalb hab' ich ja die Tür aufgemacht . . . Jetzt weiß ich wieder Bescheid. Bestimmt!« Er drehte sich bereits halb um.

Obwohl seine Bemerkung den Schluß nahelegte, daß er schon *früher* hier herumgestreunt war, wo Kinder wirklich nichts zu suchen hatten, ließ Nadja ihn ziehen. Sie hätte Hellseherin sein müssen, um zu ahnen, daß sie es bald bitter bereuen würde.

Auch Littlecloud und Mainland, zu denen sie kurz darauf zurückkehrte, fanden ihr Verhalten in Ordnung. Der Junge sah aus wie der Prototyp aller Lausejungen der Zukunft.

»Was für eine Marke«, meinte Mainland.

Nach kurzem Abschweifen kehrten sie zum ursprünglichen Thema zurück.

»Wann genau startest du?« fragte Littlecloud.

»Das Beben findet in knapp zwei Stunden statt. Ich werde vorher starten, in ungefährdetem Gebiet niedergehen und dort warten, bis das Gröbste vorüber ist.« Er meinte den mit jedem Beben einhergehenden Sturm. »Wir dürfen nicht anfangen, übervorsichtig zu werden. Die letzte Sendung haben wir verloren, weil wir erst Beben und Sturm abwarteten und dann von hier aus losflogen. Bis wir endlich ankamen, war uns eine Herde Allosaurier zuvorgekommen. Von den Kisten war keine einzige mehr heil.«

»Soll ich dich begleiten?« fragte Littlecloud.

Mainland lehnte ab. »Ich habe bereits zwei Freiwillige. Es wäre . . .« Er verstummte, als Nadja die Hand hob. »Was ist denn jetzt schon wieder?« brummte er.

Nadja eilte mit ausgreifenden Schritten zur Tür und riß sie auf.

Der Flur dahinter war leer.

»Entschuldigt«, sagte sie. »Ich dachte, das Bürschchen wäre immer noch da. Ich hatte etwas gehört.«

»Fang nicht an, Gespenster zu sehen«, mahnte Littlecloud.

Die fünf Hubschrauber, darunter drei ultramoderne Stingray, standen aufgereiht auf dem Landefeld in der Häuserschlucht. Mainland und seine Begleiter Starks und Cagney befanden sich an Bord des einzigen zweipropellerigen Lasten-Hubschraubers.

Cagney fungierte als Pilot. Mainland, der zwischen ihm und Starks eingekeilt in der Kanzel saß, hatte die Karte mit den Zielkoordinaten auf dem Schoß. Als er den Startbefehl gab, zogen sich die Zuschauer draußen etwas weiter zurück. Cagney schob einen Hebel nach vorn, und das Geräusch der bislang nur warmlaufenden Turbinen schwoll an. Bevor der schwerfällig wirkende Kopter sich auch nur eine Handspanne vom Boden erheben konnte, rief Starks: »*Oh, bloody!*«

Mainland hatte sich kurz in die Karte vertieft. Jetzt sah er überrascht auf.

»Stopp!« schrie sein hünenhafter Begleiter mit dem Borstenhaar. »Sofort anhalten!«

Ehe Mainland den Befehl auch nur ansatzweise bestätigen konnte, schaltete Cagney bereits zurück. Der Kopter blieb wie festgeschweißt auf der Erde kleben.

»Starks, zum Teufel . . .«

Der Hüne lupfte eine der hinter ihren Sitzen unordentlich abgelegten Plastikplanen. Das feixende Gesicht, das zum Vorschein kam, stellte Mainlands Fassung auf eine ernste Probe.

»Jasper . . .!«

»Sie kennen unseren blinden Passagier, Sir?«

Mainland nickte mechanisch. »Junge, Junge«, tadelte er, »was machst du denn für Sachen? Wie kommst du hier herein? Weißt du, was alles hätte passieren können, wenn wir dich nicht noch rechtzeitig entdeckt hätten?«

Der sommersprossige Junge blickte ihn angestrengt-verlegen an.

Nadja hatte recht, dachte Mainland unwillkürlich, für einen kleinen Jungen weiß er schon viel zu genau, womit er uns Erwachsene kriegen kann.

»Also«, sagte er eine Spur schärfer. Von Jasper war keine weitere Reaktion erfolgt. »Was hast du hier zu suchen? Du solltest doch längst zu Hause sein! Miß Bancroft . . .«

»Muß wohl eingenickt sein«, preßte Jasper sich ab, als er merkte, daß Schweigen ihm keine Pluspunkte einbrachte.

»*Eingenickt?*«

Mainlands Blick glitt plötzlich zur aktuellen Zeitanzeige im Cockpit. Dann wandte er sich zurück zu dem Jungen: »Du hast Glück, mein Kleiner, daß wir in Eile sind, sonst würdest du mir nicht so billig davonkommen! Aber aufgeschoben ist ja nicht aufgehoben – wir sprechen uns noch!«

Er winkte einen der Startbeobachter herbei, die längst bemerkt hatten, daß etwas nicht stimmte. Starks öffnete unaufgefordert die rechte Tür der Kanzel.

»Hillerman!«

»Ja, Sir?« Der Angesprochene trabte unter den nur noch schwach bewegten Rotoren näher.

Mainland gab Starks ein unmißverständliches Zeichen. Der Hüne griff mit nur einer Faust hinter sich, packte Jasper in der Nähe des Schulteransatzes am Arm und hievte ihn wie eine federleichte Puppe nach vorn. Der Junge zappelte plötzlich wild und trat Mainland mit dem stumpfen Schuh in den Nacken.

Dann hatte Starks ihn draußen vor Hillerman abgesetzt, der ihn sofort an die Hand nahm, als könnte er damit weiteres Unheil unterbinden.

»Kennen Sie dieses Früchtchen?« fragte Mainland.

»Ja, Sir. Jasper Martelli, Sir!«

»Sehr gut. Dann hören sie mir jetzt genau zu: Sie bringen den Jungen umgehend *persönlich* zu seinen Eltern und –«

»Zu seiner Mutter, Sir«, unterbrach Hillerman. »Sein Vater lebt nicht mehr. Marvin Martelli wurde –«

»Dann eben zu seiner Mutter!« Mainland rang um Fassung. Er sah seinen Zeitplan gefährdet. »Lassen Sie ihn jedenfalls nicht eher allein, bis er bei seiner Mutter ist. Und erzählen Sie ihr ruhig, wo wir ihn gefunden haben! – Geben Sie außerdem Order, daß die Aufsichtspflichten auf dem Landefeld gewissenhafter wahrgenommen werden! Es ist unmöglich, daß ein Kind einfach in einen Hubschrauber spazieren kann. Wir kommen in Teufels Küche!«

Er wartete, bis Hillerman sich mit dem Jungen entfernt hatte, dann wiederholte er den Startbefehl von vorhin, auf den Cagney nur gewartet hatte.

Jasper sah ihnen mit verkniffenem Gesicht nach, als sich der Hubschrauber endlich in den roten Himmel hob und Kurs auf das errechnete Zeitbeben nahm.

Nadja hatte noch einen Abstecher ins Schulgebäude gemacht, um ein paar Unterrichtsvorbereitungen zu treffen.

Als die Tür des Klassenzimmers aufging, rief Nadja: »Steven! Was führt dich hierher? Woher wußtest du ...?«

»Ich sah dich reingehen.« Dr. Steven Green kam näher und setzte sich auf einen Tisch gegenüber dem Lehrerpult, wo Nadja saß. »Ich war gerade mit Mizzy spazieren.«

Vor etwas mehr als zwei Jahren hatte sich Nadja mit dem Tropenmediziner, der auch versierter Psychologe war, in die Vergangenheit versetzen lassen. Im Gepäck hatten sie ein von Green entwickeltes Serum gegen die Selbstmordseuche gehabt, die zu diesem Zeitpunkt in der Gegenwart grassierte. Die Seuche war von Moskitos übertragen worden, die vorher Kontakt mit einer ganz bestimmten Saurierart – Plesiosauriern – gehabt und danach Menschen gestochen hatten. Beide Blutsorten hatten sich nicht miteinander vertragen. Bei den infizierten Menschen war es zu Wahnvorstellungen, Aggressionsschüben, sogar körperlichen Veränderungen gekommen. Gegipfelt hatte die Krankheit stets in Todessehnsucht, so daß sich die Befallenen früher oder später selbst umbrachten.

In Las Vegas waren sie gerade noch rechtzeitig angekommen, um einen Massenselbstmord der letzten Bewohner zu verhindern.

Als Nadja Green damals gebeten hatte, ihn auf seiner Mission in die Urzeit begleiten zu dürfen, hatte sie gerade ihren Freund verloren und geglaubt, so bald nicht wieder eine feste Bindung eingehen zu können. Und es hatte tatsächlich eineinhalb Jahre gedauert, bis sie und Littlecloud sich nicht mehr selbst belogen, sondern ihre Gefühle einander eingestanden hatten.

Steven Green hatte bereits wenige Wochen nach ihrer Ankunft Mizzy zu sich genommen und lebte mit ihr. Ihre Beziehung war jedoch nicht vergleichbar mit der von Nadja und Littlecloud. Sie waren kein Liebespaar, sondern Pfleger und Patientin. Ein tragisches Geschick hatte ausgerechnet Mizzy dazu auserkoren, als einzige von allen, die Green mit dem Serum behandelte, nicht befriedigend darauf anzusprechen.

Alles, was er erreicht hatte, war, die Krankheit zum Stillstand zu bringen. Heilen hatte er Mizzy nicht können. Sie hatte seltene, lichte Momente, aber meist dämmerte sie dahin. Auch von ihrer physischen Veränderung war sie nicht genesen.

Für Nadja war Green der uneigennützigste Mensch, den sie je kennengelernt hatte, auch wenn seine stoische Ruhe, für die er bekannt gewesen war, unter den Ereignissen etwas gelitten hatte. Mittlerweile kam es selbst bei ihm schon mal vor, daß er bei sich anbietenden Gelegenheiten aus der Haut fuhr.

»Schon mal zum Himmel geschaut?« fragte Green.

»Natürlich.«

»Und was hältst du davon?«

»Ich bin kein Meteorologe.«

»Ich glaube auch nicht, daß es mit Wetter zu erklären ist.«

»Womit sonst?«

Green zuckte unbestimmt die Achseln. Ehe er etwas erwidern konnte, wurde die Tür erneut geöffnet. Eine Frau, etwa gleichaltrig wie Nadja, aber schon mit deutlich sichtbaren Falten auf der Stirn und um die Augen, stürmte herein.

Nadja erkannte sie sofort. »Mrs. Martelli . . .«

»Ist er hier?« Sonya Martellis Stimme war normalerweise schon etwas zu dunkel für ihr Geschlecht, aber jetzt schien sie vollends in den Keller zu rutschen.

»Wer? Jasper? Ist er nicht bei Ihnen?«

»Würde ich ihn dann suchen?«

Nadja schüttelte den Kopf und erzählte, daß sie Jasper nach Hause geschickt hatte, nachdem sie ihn im Computerzentrum ertappt hatte. Steven Green hörte aufmerksam zu, sparte sich aber Einmischungen.

»Dort hat er sich auch rumgetrieben?« Sonya Martelli wurde noch aufgeregter.

»Auch?«

Nadja erfuhr, daß Jasper von einem Soldaten heimge

bracht worden war, nachdem er beinahe als blinder Passagier mit Mainland zum Bebengebiet geflogen wäre. Danach hatte Sonya ihm eine kräftige Abreibung angedroht und ihn auf sein Zimmer verdonnert. Die Schläge hatte sie nicht in die Tat umgesetzt. Als sie ihn eine Weile später auf seinem Zimmer aufsuchen wollte, war er verschwunden. Er hatte sich durch ein offenes Fenster davongestohlen.

»Ich weiß nicht, was ich noch anstellen soll mit ihm«, jammerte sie. »Niemand sonst hat solche Probleme mit seinem Nachwuchs wie ich. Ihm fehlt eine harte Hand. Wenn Marvin noch lebte . . .« Sie fing an zu weinen.

Nadja nahm sie kurz in den Arm und sagte dann: »Kommen Sie, wir gehen zu Ihrer Wohnung zurück. Vielleicht ist er inzwischen reumütig zurückgekehrt . . . Wenn ja, werden wir uns gemeinsam etwas überlegen, wie wir ihn zur Räson bringen können. Einverstanden?«

Sonya Martelli nickte schluchzend. Green folgte ihnen aus dem Gebäude, blieb aber bei Mizzy zurück, die auf einer Parkbank saß und sich die Sonne ins entstellte Gesicht scheinen ließ. Nadja hatte sie lange nicht gesehen und erschrak so sehr bei dem Anblick, daß sie sogar Jasper kurz vergaß.

Minuten später kamen sie vor dem Hochhaus an, in dessen Erdgeschoß die Martelli-Wohnung lag. Zu Nadjas Erstaunen war bereits Littlecloud in Begleitung einiger anderer Leute da.

»Ich habe jemand anderes angewiesen, auf Mainlands Meldung zu warten«, sagte er. »Wir suchen schon die ganze Zeit nach dem Jungen.«

Nadja nickte. Anhand der Gestik der anderen, die von Sonya Martelli sofort bestürmt wurden, erkannte sie, daß sie Jasper nirgends gefunden hatten.

»In ein paar Stunden wird es dunkel«, sagte sie beklommen. »Er kann überall stecken. Die Stadt bietet unzählige Möglichkeiten . . .«

Littlecloud zog sie kopfschüttelnd von den anderen weg. »Ich will nicht, daß die Mutter mich hört«, sagte er, »solange es noch unausgegoren ist.«

»Was?«

»Komm mit.« Er nahm sie am Arm und dirigierte sie durch eine Gasse hinter das mehrstöckige Haus.

Nadjas Gesicht wurde immer fragender, als die Pferche mit den Ornithomimiden vor ihnen auftauchten. Die langen Hälse der Tiere reckten sich ihnen sofort entgegen. Schnäbel klapperten hektisch, vielleicht erwarteten sie eine Fütterung.

Vor einigen Monaten war man darangegangen, die straußenähnlichen Dinosaurier zu domestizieren. Mit beachtlichen Erfolgen. Mittlerweile hielten die meisten Familien ihre eigenen Ornithomimiden, schon der sehr nährstoffreichen und auch wohlschmeckenden Eier wegen. Ein Nachteil der schnellen Läufer, die sogar schon ihre Feuertaufe als Reittiere bestanden hatten, war, daß sie sich störrisch wie ein Muli geben konnten. Kinder kamen mit ihnen erstaunlicherweise problemlos zurecht; nur die Erwachsenen wurden von den harmlosen Pflanzenfressern nicht für voll genommen.

Aber schon häufiger hatte sich herausgestellt, daß die Kinder eine beinahe mysteriöse Affinität auch zu einigen anderen Tierarten besaßen.

»Sag endlich, was du mir zeigen willst«, drängte Nadja.

Littlecloud führte sie näher zu den Pferchen. Vor einem leeren Korral blieb er stehen. »Was siehst du?«

»Nichts.«

»Eben.«

»Könntest du ausnahmsweise mal in vollständigen, eventuell sogar verständlichen Sätzen reden?«

Littlecloud bewies, daß er noch viel mehr konnte. »Das leere Gatter gehört den Martellis. Als ich vorhin, kurz bevor ihr eingetroffen seid, nachschaute, war es bereits leer. Der Schließbalken lag am Boden.«

»Das Tier ist ausgebrochen?« Littleclouds Blick verursachte ihr immer tieferes Unbehagen. »Nein?«

Er deutete vor sie in den weichen Sand. »Als alter Indianer«, lächelte er vage, »fällt es mir nicht schwer, den Spuren zu folgen, obwohl es hier etliche wüst durcheinanderlaufende Abdrücke gibt.«

»Und? Worauf willst du hinaus?«

»Der Ornithomimide hat genau denselben Weg genommen, den ich wählen würde, wenn ich von niemandem gesehen werden möchte.«

Ein paar Sekunden wechselte ihre Verblüffung zu Ungläubigkeit. »Willst du dem Tier *Intelligenz* unterstellen?«

»Dem Tier nicht – aber seinem Reiter.«

»Du meinst . . .« Wie Schuppen fiel es ihr von den Augen, worauf Littlecloud hinauswollte. »Wir müssen sofort eine Suchaktion starten! Auf dem Tier kann Jasper wer weiß wohin getragen werden.«

Littlecloud nickte. »Zufällig weiß ich, wohin – zumindest bildet sich mein Apachenhirn ein, es zu wissen.«

»Wohin?«

»Nachdem er den Wohnblock umgangen hatte, hat er dieselbe Richtung eingeschlagen wie Mainland zuvor mit dem Hubschrauber. Es sieht aus, als wollte er unbedingt ein Beben erleben . . .«

Einhundertzwanzig Millionen Jahre von Las Vegas entfernt vektorierte ein Mann in wildem Outfit gerade die letzten Geräte, um Messungen an dem unmittelbar bevorstehenden Zeitbeben anzustellen.

Dem Äußeren nach hätte man ihn für einen Spät-Hippie halten können, der sich hierher lediglich verirrt hatte. Diese irrige Einschätzung lag vorwiegend an seinem langen, im Nacken zu einem Pferdeschwanz gebändigten Haar. Professor Carl Schneider liebte es, ein wenig auf *shocking* zu setzen.

Sein von grauen Fäden durchwebter Vollbart und die Vorliebe für beinahe verboten biedere Kleidung, insbesondere die Kombination Rollkragenpullover, Jeans und Cowboystiefel, prägten den Eindruck eines recht eigenwilligen Charakters.

Ein Eindruck, der auch näherem Kennenlernen stand-
hielt.

Zusammen mit einem kleinen Team hielt Schneider sich
für ein paar Tage in DINO-LAND auf. Das in seinen Anfän-
gen von Sondstrup und Major Healy geleitete Camp war
nach seiner teilweisen Zerstörung und Healys Tod längst
wieder aufgebaut worden – größer und moderner als zuvor.
Inzwischen konnte man sich darin sicher wie in Abrahams
Schoß fühlen. Die Militärs hatten es zu einer wahren Festung ausgebaut – vielleicht, weil auch sie begriffen hatten,
daß sich die einzig annähernd »sicheren« Plätze in diesen
unruhigen Zeiten *in* DINO-LAND befanden. Mit Sauriern
konnte man fertigwerden – mit dem Phänomen, das immer
weitere Landstriche verschlang und bereits die nächsten
Städte nach Las Vegas bedrohte, hatte man mehr Schwierigkeiten.

Die Gespräche rings um ihn herum verstummten, als ein
ordenbehängter Mann in Uniform eintrat. Schneider wurde
aufmerksam.

»Was tun Sie hier?« fragte er Pounder barsch. »Ihr Besuch
wurde nicht angekündigt!«

»Muß ich jemanden fragen, ob ich kommen darf?« Der
General ließ sich schwer in den Sessel neben Schneider fallen. Sein Blick war auf den Hauptmonitor gerichtet.

»Ich dachte nur, Sie wollten lieber draußen vor Ort sein,
wenn es losgeht. Wie sonst auch.«

Pounder seufzte. »Wo könnte ich es bequemer haben als
hier?« Er deutete auf den Schirm, der von mehreren syn-
chrongeschalteten Kameras an dem entsprechenden Grenz-
sektor von DINO-LAND gespeist wurde. »Ein Logenplatz
sozusagen.«

»Darf ich trotzdem mit meiner Arbeit fortfahren?«

»Nur zu.« Pounder machte eine Geste, die Schneider zur
Weißglut trieb. Aber er ließ sich nichts anmerken.

Nach einer Weile verblüffte ihn der General mit der uner-
warteten Bemerkung: »Wir werden niemals Freunde, Professor, oder?«

»*Suchen* Sie neuerdings Freunde?« erwiderte Schneider abweisend.

»Nein. Ich suche andere Dinge.« Pounder deutete auf den Monitor, der die Kisten abbildete, die wie zufällig deponiert und dann vergessen auf dem Wüstenboden herumstanden. Dort, wo in Kürze das Bild wechseln würde, ohne daß ein Mensch Einfluß darauf nahm.

Die Kisten und die Wüste, ja selbst die *Luft* würden von einer Oase aus der Urzeit ersetzt werden. Ein Sturm würde aufziehen, und wenn er sich wieder legte, würde sich aus dem früheren Wüstensand vielleicht ein Wald aus riesen-wüchsigen Koniferen, Zykaden und Ginkgos erheben ...

»Welche Almosen schicken Sie eigentlich diesmal hinü-ber? Jeder, den ich fragte, gab mir nur ausweichende Aus-kunft.«

»Das sollte Ihnen zu denken geben, Professor.«

»Das tut es.«

»Ich meine in der Hinsicht, daß Sie endlich begreifen und akzeptieren müssen, wer hier das Sagen hat. Außerdem weise ich Ihre Unterstellungen zurück. Was Sie als Almosen abkanzeln, hilft den Leuten jenseits der Zeitschwelle beim Überleben! Warum sind Sie nur so verdammt penetrant und unkooperativ?«

Schneider blickte auf die Uhr im Monitorfeld. Es waren noch drei Minuten bis zum errechneten Zeitpunkt. Aber er wußte, daß es zu geringfügigen Differenzen kommen konnte.

»Ich bin so ›penetrant‹, weil ich schwer glauben kann, daß Sie auch nur das Geringste tun, ohne einen *Nutzen* damit zu verbinden!«

Für einen Moment brach der Schild zusammen, den der General routinemäßig um seine Gefühle legte, und dieser eine Moment brachte *Schneider* aus der Fassung. »Es ist so«, keuchte er. »Sie glauben immer noch daran, eines Tages in die Vergangenheit gehen und dort die Geschicke der Menschheit neu ordnen zu können! Sagen Sie es! Sagen Sie, daß ich recht habe ...!«

Pounder sagte gar nichts. Er nickte Richtung Monitor und meinte schlicht: »Es geht los.«

Etliche Meilen entfernt glitt sein Danaergeschenk in die Vergangenheit.

Der Wüstenstreifen, der das in die Vergangenheit versetzte Las Vegas umgab, nahm mit jedem Beben zu. Ein Gürtel unterschiedlicher Dicke umgab die Stadt. Mit jedem Beben wurde er breiter, wie bei einem unglaublichen Puzzle. Die feuchte Urzeit-Vegetation wurde zurückgedrängt. Anfangs hatte sie Zeit gehabt, das verlorene Terrain zurückzuerobern; selbst die Straßen und Gebäude der Stadt ähnelten immer mehr von Urwald überwucherten Maya-Tempeln. Mittlerweile war jedoch der Trend zu beobachten, daß die Beben *zu dicht* aufeinanderfolgten. Die Wüste griff immer weiter um sich, während in der fernen Zukunft der umgekehrte Effekt auftrat.

Die Zukunft, die einmal unsere Gegenwart war, dachte Littlecloud.

Er saß am Steuer des geländegängigen Panzerfahrzeugs mit Kettenantrieb.

Alle Versuche, Nadja davon abzubringen, ihn zu begleiten, waren gescheitert.

Während sie in der Wüste nach dem Jungen suchten, durchkämmten Suchkommandos die Straßen und Gebäude. Littlecloud hätte sich gewünscht, Hubschrauber in die Suche einbeziehen zu können, aber das Zeitbeben würde sich in spätestens einer Viertelstunde ereignen, und was sich dann noch in der Luft befand, war in ernsten Schwierigkeiten.

Wertvolle Zeit hatten sie vergeudet, um draußen vor der Stadt die Spur des Ornithomimiden wiederzufinden.

Jetzt waren sie ihm auf den Fersen, aber der Vorsprung des leichtfüßigen Straußensauriers war beträchtlich. Wenn er das Gebiet jenseits des Ödgürtels, der Las Vegas in die Vergangenheit gefolgt war, erreichte, gab es kaum noch Rettungsmöglichkeiten, und wenn tatsächlich Jasper auf seinem Rücken ritt ...

Niemand hatte bisher versucht, ein hier geborenes Kind über ein Beben in die Zukunft reisen zu lassen. Jeder, der diesen Weg einmal gegangen war, starb, sobald er den Einflüssen ein zweites Mal ausgesetzt wurde. Das Risiko für ein Kind war kaum geringer, immerhin waren seine Chromosomen-Sätze, seine DNS und sonstigen Merkmale bereits in den Eltern vorhanden gewesen, als sie durch das Beben gingen. Die Vermutung, daß auch hier Geborene sterben mußten, lag nahe. Vielleicht würde es in einigen Generationen anders sein – aber in einigen Generationen gab es vielleicht keine Zukunft mehr ...

Ein phantastischer Gedanke geisterte kurz durch Littleclouds Gehirn: Vielleicht hörte der Austausch von Vergangenheit und Zukunft erst auf, wenn beide Zeitebenen wieder vollständig waren! Wenn die komplette Gegenwart in die Vergangenheit und das Dinosaurierzeitalter in die Zukunft übertragen waren! Aber was würde dann sein? Mußte nicht das Universum kollabieren, wenn die Zeit auf den Kopf gestellt wurde?

»Dort! Ich glaube, ich sehe etwas!« Nadja angelte einen Feldstecher aus dem Fach neben dem Sitz, während die Ketten des Wagens noch schneller über den nachgiebigen Boden mahlten.

»Was ist?« fragte Littlecloud.

Nadja reichte das Fernglas an ihn weiter. Einhändig preßte er es an die Augen. Nach einer Weile rief er: »Bingo!«

»Ich kann immer noch nicht glauben, daß er das tut«, sagte Nadja kopfschüttelnd. »Vor allem, *warum*?«

»Das kannst du ihn hoffentlich gleich selbst fragen ... Wie lange haben wir noch?«

»Zehn Minuten«, antwortete sie. »Wird es reichen?«

»Ich weiß nicht«, antwortete er ehrlich. »Das Biest ist verteufelt schnell.«

Er holte alles aus dem Fahrzeug heraus, um das seltsame Reitergespann noch einzuholen, ehe es in die bebengefährdete Zone eindrang. Zwischendurch kam über Funk die Bestätigung, daß Mainland über den Zwischenfall informiert war. Doch das nützte ihnen wenig. Ihm waren die Hände noch mehr gebunden als ihnen. Irgendwo in der Nähe saß er in seinem vertäuten Hubschrauber und wartete auf die entfesselten Gewalten nach dem Beben. Er würde bald seine eigenen Probleme haben. Dennoch versuchte Nadja ihn auf der offenen Frequenz zu erreichen, während sie auf den Sitzen durchgeschüttelt wurden.

Sie erhielten keine Antwort.

»Er wird außerhalb des Kopters sein, mit den anderen. Spätestens nach dem Beben wird er wieder erreichbar sein«, sagte Littlecloud.

»Eine gute –« Sie brach ab. Übergangslos begann sie zu zittern.

»Nadja! Was ist?«

»Das ... Beben, glaube ich ...« Sie rang um Fassung und beruhigte sich gegenüber anderen »Anfällen« dieser Art erstaunlich schnell. »Es war nicht sehr stark ...«

Littlecloud stellte keine Fragen. Er kannte Nadjas ungeklärte Sensibilität, was die Erschütterungen des Raumzeitgefüges anging. Seit ihrem klinischen Tod vor zweieinhalb Jahren, aus dem man sie im letzten Moment ins Leben hatte zurückholen können, waren ihre Sinne in mancher Hinsicht geradezu beängstigend geschärft.

Kurz darauf passierten sie die Kuppe eines Hügels.

Vor ihnen trennte nur noch ein letzter Streifen Ödland die Ebene von einem kleinen See in gut einer Meile Entfernung; an seinem Ufer weidete eine Herde Iguanodons.

Von Jasper war keine Spur mehr zu sehen, obwohl es bis zum See nicht die geringste Möglichkeit gab, sich zu verstecken!

»Er kann unmöglich schon dort sein!« entfuhr es Nadja, und sie wies zum See.

Littlecloud drosselte automatisch das Tempo. Sein Blick streifte über den Boden, bis er die Spur wiedergefunden hatte. Dann brachte er das Fahrzeug abrupt zum Stehen.

»Was ist jetzt?« Nadja sah ihn an.

Er kletterte nach draußen, und sie folgte ihm.

»Zweierlei«, sagte er und deutete zunächst zur Herde der pflanzenfressenden Saurier, die die Menschen offenbar noch nicht bemerkt hatten oder sich nicht an ihnen störten. »Entweder war das Beben wirklich sehr klein, oder es hat noch gar nicht stattgefunden, sonst sähe es hier anders aus.«

»Ich habe es *gespürt*«, beharrte Nadja.

Littlecloud zeigte auf den hier etwas festeren Boden. Deutlich waren die dreizehigen Eindrücke des Ornithomimiden zu sehen.

Bis dorthin, wo sie *aufhörten*.

»Was hat das zu bedeuten?« Nadja bückte sich, aber auch aus unmittelbarer Nähe änderte sich nichts an der Tatsache, daß Tier und Reiter sich offenbar in Luft aufgelöst hatten.

»Ich weiß es nicht.«

Im gleichen Moment klang aus dem auf größte Lautstärke gestellten Funkgerät im Wagen eine aufgeregte Stimme, die unzweifelhaft Mainland zuzuordnen war. ». . . werden angegriffen . . . Verdammt viele . . . Befinden uns . . .«

Kurz nach der Positionsnennung brach der Ruf ab.

Littlecloud riß Nadja am Arm nach oben. »Schnell«, sagte er. »Wir müssen helfen!«

Drei Minuten später brach Nadja ohnmächtig im Sitz des Panzerwagens zusammen. Als Littlecloud das Kettenfahrzeug stoppte und sich zu ihr beugte, erwachte sie gerade mit dem vertrauten Flirren in den Augen.

»Ich gebe es zu«, keuchte sie heiser. »Ich habe mich geirrt. Das Beben kommt *jetzt* – und es ist unglaublich stark . . .!«

Die Luft dort, wo die Iguanodon-Herde graste, schien sich in Myriaden flimmernder Pünktchen aufzuspalten. Als würden plötzlich die mikroskopisch kleinen Moleküle für das menschliche Auge sichtbar gemacht.

Wie eine gläserne Wand erhob sich das von optischen Effekten begleitete Ereignis an der Nahtstelle zur Urzeitlandschaft. Die riesigen Tiere verharrten in aufrechter Haltung, als hätte die Zeit sie für die Dauer des Bebens eingefroren. Manche standen halb im seichten Brackwasser, andere fest am Ufer. Einen Unterschied machte es nicht. Der gespenstische Akt verschonte keines.

»Der Junge ...!« hörte Littlecloud Nadjas verzweifelten Ruf. Selbst jetzt dachte sie nicht an sich selbst, sondern an das leichtsinnige Kind, das, aus welchem Motiv heraus auch immer, wahrscheinlich gerade Selbstmord begangen hatte. Weder das Beben noch den Sturm konnte Jasper im Freien überstehen – eins von beiden hatte ihn vermutlich schon getötet ...

Draußen schien die Welt zu bersten, und obwohl tatsächlich nur Sekunden verstrichen, dauerte der Sturm aus subjektiver Sicht eine Ewigkeit.

Die Stille danach war fast noch schwerer zu ertragen.

Littlecloud öffnete die Tür, weil er plötzlich das Gefühl hatte, keine Luft mehr zu bekommen.

Draußen wischte er mit dem Ellbogen den Sand von der Verglasung, die wie durch ein Wunder standgehalten hatte.

Erst danach schaute er sich um.

Er begriff, daß er Angst vor dem hatte, was er sehen würde.

Aber es war gar nicht zum Fürchten. Es war einfach – Wüste. Nur das Wissen, daß Jasper diesem Stück Zukunft wahrscheinlich zum Opfer gefallen war, machte es zu etwas Höllischem.

Als würde sich ein Moloch unter dem Sand verbergen, der jeden Moment hervorbrechen und jemanden verschlingen konnte, dachte Littlecloud.

»Laß uns weiterfahren!« rief Nadja.

Ihre scheinbare Einsicht, daß sie sich um Mainland und dessen Begleiter zu kümmern hatten, beruhigte ihn keineswegs. Dennoch kletterte er in den Wagen zurück und startete den Motor, der ohne Verzögerung ansprang.

Minuten später erreichten sie eine Stelle nahe einem roten Felsen, wo der zerschmetterte Lasten-Hubschrauber halb unter dem doppelmannshohen Kadaver eines Ceratosaurus begraben lag.

Als sich das Kettenfahrzeug näherte, floh ein Rudel kleinerer Aasfresser.

Littlecloud bremste und brachte den Wagen wenige Schritte vor der gewiß nicht natürlich verendeten Hornechse zum Stehen.

Sie stiegen aus. Zu Fuß näherten sie sich dem Gebirge aus totem Fleisch, und sofort wurde deutlich, woran der etwa zwanzig Fuß lange Megalosauride gestorben war: In seinem gezackten Horngrat auf dem Rücken, das an die Drachen der Sagenwelt erinnerte, klafften Einschußwunden, denen selbst ein Gigant wie er nicht hatte standhalten können!

»Nicht auch das noch!« entfuhr es Nadja.

Littlecloud war bereits am zerfetzten Einstieg des Hubschraubers, den ein glückliches Geschick davor bewahrt hatte, auszubrennen.

»Mainland!« schrie er ins Innere der geborstenen Kanzel. »Hörst du mich?«

Als keine Antwort kam, kletterte er durch bis in den Frachtraum. In Windeseile durchsuchte er alles.

Nadja wartete angespannt, bis er zurückkehrte.

»Keiner da«, sagte er knapp. »Wenn sie nicht in seinem Magen –« er deutete auf den toten Koloß, »– oder dem seiner Artgenossen sind, hat der Sturm sie wahrscheinlich fortgetragen ...« Als er das Grauen bemerkte, das seine Worte hervorriefen, schwächte er ab: »Sehen wir uns um. Vielleicht ...«

Nadja hörte ihm nicht länger zu. Wie in Trance lief sie auf den nahen Felsen zu. Auf Rufe reagierte sie nicht.

Littlecloud holte sein Gewehr aus dem Wagen und folgte ihr leise fluchend.

Wenig später erreichte er die drei wimmernden Menschen, um die Nadja sich bereits kümmerte. Fast gleichzeitig tauchte aus Richtung der Stadt ein Flugkörper auf, der sich beim Näherkommen als einer der Stingrays entpuppte.

Bis er gelandet war, wußten Nadja und Littlecloud

bereits, wie es um die Schwere der Verletzungen stand. Die drei Männer bluteten ausnahmslos aus etlichen Wunden, aber nur Cagney hatte es lebensbedrohlich erwischt. Starks und Mainland waren bereits bei Bewußtsein, als zwei Soldaten aus dem Stingray heranhetzten.

»Wir warteten auf das Beben, als sie wie aus dem Nichts auftauchten – ein ganzes Rudel dieser verdammten Bestien!« erklärte Mainland. »Wir sahen sie kommen. Aber ein Abheben wäre unser sicheres Verhängnis geworden. So hofften wir, daß sie an uns vorüberziehen würden ...

Aber sie waren wie toll. Vielleicht spürten sie das Nahen des Unbekannten. Ich konnte gerade noch einen Spruch absetzen, dann mußten wir uns schon unserer Haut erwehren. Einen haben wir abgeschossen – auf Kosten des Hubschraubers. Daß uns die anderen nicht zerfleischten, haben wir nur dem Beben zu verdanken, das sie in die Flucht schlug ... Vielleicht rannten sie auch hinein und sind jetzt *drüben* ...«

Nadja nickte den beiden Soldaten zu und deutete auf Cagney. »Er muß sofort in die Stadt – alle müssen dorthin. Nehmen Sie bereits während des Transports Verbindung mit Doc Williams auf, damit er sich auf die Verletzten einstellen kann!«

Zu viert halfen sie, die Verletzten in den Stingray zu schaffen, der gleich darauf abhob und in rasendem Flug nach Las Vegas zurückkehrte. Niemand interessierte sich in diesem Moment für die Fracht aus der Zukunft, die irgendwo in der Nähe liegen mußte.

Littlecloud und Nadja kehrten zum Wagen zurück. Aus den Augenwinkeln nahmen sie die schattenhaften Bewegungen der zurückkehrenden Aasfresser wahr. Littlecloud unterdrückte gewaltsam den plötzlichen Impuls, sie mit Gewehrschüssen zu vertreiben.

Unverzüglich machten sie sich auf den Rückweg zu der Stelle, wo sie Jasper und den Ornithomimiden aus den Augen verloren hatten. Es gestaltete sich schwierig, denn die Umgebung hatte sich kraß verändert, und schon unterwegs fragte Nadja: »Haben wir überhaupt eine Chance, die Spur nach dem Sandsturm wiederzufinden?«

Littleclouds einzige Antwort war ein Achselzucken. Wirkliche Ratlosigkeit machte sich aber erst breit, *als* sie die Stelle fanden.

Frisch und unberührt präsentierten sich die dreizehigen Abdrücke im Sand.

Daß etwas damit nicht stimmte, war offensichtlich.

»Wie kann das sein«, murmelte Nadja verwirrt.

Littlecloud hatte die Fäuste in die Hüften gestemmt. Er blickte in die Richtung, wohin die Spuren des Straußensauriers wiesen – nach Las Vegas!.

In gerader Flucht liefen die Spuren des Ornithomimiden nicht auf das Stück Zukunft zu, das von dem Beben herübergepflanzt worden war – sie richteten sich unmißverständlich nach *Las Vegas*!

»Hatten wir vorhin beide Tomaten auf den Augen?« fragte Nadja ungläubig.

Littlecloud spähte zur Stadt, aber er konnte nichts Verdächtiges bemerken.

Daraufhin sagte er ablehnend: »Nein. Wenn, müßte sich der Ornithomimide gleich *rückwärts* aus der Stadt wegbewegt haben – es gibt nur diese eine Spur!«

Nadja ging nervös auf und ab. Auch sie hinterließ Eindrücke im Boden. Aber man konnte genau jede Drehung verfolgen. Die Spur hatte Anfang *und* Ende. Das unterschied sie von der des Ornithomimiden.

»Die erste Spur könnte vom Wind zugeweht worden sein«, sagte sie nach einigem Nachdenken. »Dann würde das, was wir jetzt sehen, darauf hindeuten, daß Jasper wieder zurückgeritten ist ...!«

Littlecloud schwieg.

»Ich weiß, daß es Wunschdenken ist«, fauchte Nadja. »Aber es *könnte* doch immerhin sein!«

»Wo wäre er dann deiner Meinung nach hergekommen?« offenbarte er die Schwachstelle ihrer Theorie. »Die Spur müßte irgendwo *herkommen*. Aber sie beginnt einfach. Hier, an dieser Stelle.« Er bückte sich und fügte kaum hörbar hinzu: »Hier könnte er gewendet haben ...«

»Bitte?«

Nadja blickte auf die Spur, die er nachzeichnete. Ein Abdruckspaar zeigte *doch* von Las Vegas weg – sie hatte es nur vorher nicht bemerkt.

»Jetzt fange ich auch schon an zu phantasieren«, erwiderte er mißmutig.

»Fahren wir zurück.« Sie hatte es plötzlich eilig.

Littlecloud widersetzte sich nicht. Er wußte, daß sie hoffte, Jasper befände sich wieder im relativen Schutz der ehemaligen Spielerstadt.

Sie saßen kaum im Wagen, als Nadja bereits über Funk mit Las Vegas sprach – und einen Dämpfer erhielt.

Nein, der Junge war noch nicht wieder aufgetaucht ...

»Schneller!« drängte sie Littlecloud dennoch fast fiebrig.

Littlecloud stoppte das Panzergefährt direkt vor der Martelli-Wohnung.

Der Menschenauflauf hatte sich zerstreut, aber nach einer Weile kam Jaspers Mutter aus dem Haus gerannt. Sie hatte ihre Ankunft bemerkt.

»Ich habe es gerade erst entdeckt!« rief sie schon von weitem.

Jaspers Mutter benahm sich, als brächten sie ihr den verlorenen Sohn zurück ...

»Was haben Sie entdeckt?« fragte Nadja irritiert.

»Daß er wieder da ist!«

Littlecloud trat einen Schritt auf sie zu. »Jasper?«

»Ich wußte es!« Nadja seufzte abgrundtief. Sie fiel Sonya Martelli in die Arme, und es war vollkommen gleichgültig, daß sie gerade noch selbst gezweifelt hatte.

Nur Littlecloud wollte nicht in den allgemeinen Jubel einfallen. »*Wo* ist er?« suchte er sich Gehör zu verschaffen.

Sonya löste sich überglücklich von der Lehrerin ihres Sohnes. »In der Wohnung ... in seinem Zimmer. Als ich vor fünf

Minuten hineinging – war er da. Er lag schlafend in seinem Bett ...«

»Daß ich nicht lache!«

»Marc!«

»Was denn? Sollen wir uns von dem Kleinen verscheißern lassen?«

»Mr. Littlecloud ...«

»Kann ich zu ihm?« unterbrach er Jaspers Mutter. »Ich möchte mit ihm reden – jetzt gleich!«

»Was wollen Sie denn von ihm?« fragte Sonya Martelli abwehrend. »Reicht es nicht, daß er wieder da ist? Himmel, er ist ein *Kind*! Aber Sie tun, als hätte er Gott weiß was verbrochen!«

Niemand hatte ihr bislang verraten, wo sich ihr Junge herumgetrieben hatte. Unter anderen Umständen hätte Littlecloud auch gern darauf verzichtet. Nun sah er sich genötigt, sie aufzuklären.

»Sag du es ihr«, forderte er Nadja auf.

Die junge Frau zögerte kurz, gab sich dann aber einen Ruck.

»Unmöglich«, lautete Sonyas anschließender Kommentar. »Das glaube ich nicht. Niemals!«

Nadja sagte: »Vielleicht lassen Sie uns doch besser mit ihm sprechen. Der Häuptling hier wird ihm schon nicht den Kopf abreißen. Er tut nur gern grimmig ...«

Jasper lag tatsächlich im Bett und mimte den schlafenden Musterknaben. Auf dem Nachttisch standen sogar schon eine Tasse Kakao und ein paar Plätzchen.

Littlecloud rüttelte den Jungen »wach«.

Schläfrig blinzelte er kurz darauf zu den Erwachsenen empor, die ihn umstanden.

Soviel Aufmerksamkeit schien ihm dann doch unangenehm.

»Warum bist du weggelaufen?« fragte Littlecloud mit harter Stimme.

»Bin nicht weggelaufen«, entgegnete Jasper trotzig. Seine Sommersprossen schienen sich auf wundersame Weise vermehrt zu haben – als füge jede Lüge eine Pigmentstörung hinzu.

»Du *bist*«, beharrte Littlecloud. »Du hast auf eurem Ornithomimiden gesessen und versucht, das Bebengebiet zu erreichen!«

Sonya konnte sich nicht länger zurückhalten und schluchzte leise auf.

Nadja packte die Gelegenheit beim Schopf und führte Jaspers Mutter hinaus. Littlecloud blieb allein mit dem Jungen zurück, was diesem gar nicht zu schmecken schien. »Mom ...!«

Die Tür fiel ins Schloß.

»Ich warte immer noch«, sagte Littlecloud und knetete seine Finger.

Jaspers Blick verriet Panik. »Du darfst mich nicht schlagen«, behauptete er. Ganz sicher klang er aber nicht.

»Was wolltest du in der Wildnis? Machst du öfter ... Ausflüge?«

Jasper schüttelte vehement den Kopf. »Charly ... ist mir ausgebüchst! Ich wollte nur ein bißchen auf und ab reiten ... Irgendwas hat ihn erschreckt. Da ist er mit mir durchgegangen ...«

»Das soll ich glauben?«

Jasper nickte flehend, ohne ihn anzusehen.

»Du hast uns hinter dir gesehen, oder?«

Er nickte erneut.

»Dann warst du plötzlich verschwunden ... *Wo warst du?*«

»Charly drehte ganz plötzlich. Dann rannte er wieder zurück. Euch hab' ich aber nicht mehr gesehen – ehrlich!«

»Wir waren genau hinter dir!«

»Schlägst du mich jetzt?«

Littlecloud zog sich zur Tür zurück. »Vorläufig nicht. Aber ich rate dir trotzdem, die Geschichte noch mal zu überdenken – und denke auch daran, wieviel Ärger du deiner Mutter und anderen gemacht hast. Etliche Leute haben dich gesucht. Was wäre, wenn auch nur einem durch dein Verhalten etwas zugestoßen wäre ...?« Er winkte knapp und verließ das Zimmer.

Ihr nächster Weg führte sie zur Krankenstation, zu Mainland und den anderen Beteiligten des mißglückten Bergungsmanövers.

Die düstere Miene des Sicherheitschefs der Siedlung hing jedoch nicht, wie angenommen, mit seinen Blessuren zusammen.

»Jetzt spielen sie völlig verrückt!« tobte er, zunächst ohne nähere Erläuterung.

»Wer?« fragte Littlecloud.

»Die Kerle in der Zukunft!«

»Was ist passiert?«

Mainland winkte zunächst nur kopfschüttelnd ab. Mit gesenkter Stimme sagte er schließlich: »Man hat uns endgültig abgeschrieben – das ist passiert.«

»Und konkret?«

Das Lächeln auf Mainlands immer noch von Strapazen gezeichnetem Gesicht hatte mit Humor oder gar Freude nichts zu tun.

»Ich habe gleich nach meiner Verarztung hier eine neue Mannschaft zur Bergung der von Pounder angekündigten Sendung losgeschickt. Diesmal gleich mit Eskorte und allem Pipapo ...«

»Und? Kam die Sendung nicht, oder wie soll ich deine Bemerkung verstehen, man habe uns abgeschrieben?« bohrte Littlecloud.

»Sie kam«, verneinte Mainland. »O doch, sie kam ... Es war wie bei den üblichen ›Lieferungen‹: Ein aktiver Peilsender zeigte die genaue Stelle an, wo das Zeug nur noch aufgelesen werden mußte ...«

»Worüber regst du dich dann auf?«

»Über die *Bedingungen*, von denen künftige Lieferungen abhängig gemacht wurden.« Diesmal machte er es nicht gar so spannend, sondern half von sich aus auf die Sprünge. »Der beigefügte Sender enthielt nicht nur Peilsignale, sondern auch eine Botschaft von Pounder.«

»Welche Botschaft?« fragte Nadja aufgeregt.

»Er erwartet Gegenleistungen von uns dafür, daß er die ›Versorgung‹ aufrechterhält – und im Prinzip können wir nicht einmal nein sagen. Er kann uns damit zupfeffern, ob wir wollen oder nicht!«

»*Womit?*«

»Sondermüll«, sagte Mainland. »Die nächsten Beben werden TN-2000-Behälter herüberschwemmen. Vermutlicher Inhalt: abgebrannte Reaktor-Brennstäbe, Plutoniumabfälle und andere radioaktive Stoffe, deren Halbwertzeiten deutlich unter der Millionen-Jahre-Marke liegen ... Die Jungs haben das Ei des Kolumbus für die Entsorgung ihrer Altlasten ...!«

Hundertzwanzig Millionen Jahre und ein paar Tage später versuchte Schneider das Gefühl zu genießen, daß Pounder wieder abgereist war.

Wie schon häufiger, wenn er sich in der Station aufgehalten hatte, die aus dem einfachen Camp der Anfangszeit hervorgegangen war, fragte er sich auch bei diesem Spaziergang, *wer* hier eigentlich *wen* beobachtete: die Dinosaurier die Menschen, oder umgekehrt?

Schneider setzte sich auf eine Bank und beobachtete das Treiben um sich herum. Mittlerweile waren innerhalb der Hochenergiezäune etwa 300 Personen stationiert, davon nur etwa ein Fünftel Zivilisten. Es hatte Schneider einige Überredungskunst gekostet, Sondstrup wieder als Wissenschaftlichen Leiter anzuheuern. Das Trauma des von zwei Allosauriern niedergetrampelten Camps hing ihm noch nach, und dafür hatte Schneider Verständnis. Gleichzeitig konnte er sich jedoch keine geeignetere Person für das Amt vorstellen, das einerseits in seinen Befugnissen immer hinter militärischen Interessen zurückstehen würde – andererseits aber den einzigen Rückhalt ziviler Erforschung DINO-LANDs überhaupt bot.

Seit dem Beben waren drei Tage in scheinbarer Ereignislosigkeit verstrichen. Eigentlich hätte Schneider die Station längst wieder verlassen können, um die Meßdaten in seinem Heimatlabor auszuwerten. Daß er immer noch an DINO-LAND klebte, hing auch mit Pounders Verhalten zusammen.

Die Geheimniskrämerei des Generals machte ihn nicht nur fuchsteufelswild – sie machte ihn *mißtrauisch*.

Als es ihm an seinem Platz zu betriebsam wurde, stand er auf und schlenderte in einen ruhigen Bereich, wo zwar keine Ruhebank stand, dafür aber leere Holzkisten jeder Größe. Auf eine davon setzte er sich und hing weiter seinen Gedanken nach.

Nur wer ihn nicht kannte, mochte ihn für einen Müßiggänger halten. In Wahrheit wälzte er das Problem, wie er sich doch noch ins Bild setzen konnte, was Pounder im Schild führte. Denn klar für ihn war: Der General hatte etwas vor!

Sein Verhalten war in dieser Hinsicht eindeutig gewesen.

Ein Geräusch und das Gefühl, daß sich etwas rötlich vor die Sonne schob, riß Schneider aus den Gedanken. Verblüfft blickte er zum Himmel, doch bevor er sich darüber klar werden konnte, was ihn störte, wiederholte sich das Geräusch. Unweit von ihm, bei den Kisten, bewegte sich etwas.

Ein Junge von etwa fünf Jahren tauchte aus dem Schatten des Kistenstapels auf. *Ein Kind!* Und im Gegensatz zu Schneider hatte es *ihn* noch nicht entdeckt!

Schneider handelte spontan.

Ohne Rücksicht auf eine eventuelle Verletzung ließ er sich seitlich hinter seine Sitzgelegenheit fallen. Dabei zuckten die wildesten Ideen durch sein Gehirn.

Was tat ein Kind innerhalb der strenggesicherten Grenzen der Station?

Was hatte es in *DINO-LAND* zu suchen ...?

Nicht einmal Pounder konnte so verwegen handeln, einen Minderjährigen einer solchen Gefahr auszusetzen!

Die einzige denkbare Erklärung war, daß sich der Junge

mit einer der Routine-Lieferungen hier eingeschlichen hatte – womöglich ohne zu ahnen, wo er landen würde.

Schneider wartete geduldig, obwohl er auf eine harte Probe gestellt wurde. Doch seine stille Hoffnung wurde erfüllt: Der Weg des Jungen führte an seinem Versteck vorbei!

Schneider brauchte nur im geeignetsten Moment aufzuspringen und das Kind zu packen. Was er auch tat.

Die Verblüffung auf dem blassen Gesicht des Jungen konnte sich durchaus mit seiner eigenen, Minuten zuvor, messen.

Ein halbherziger Schrei floh über die Lippen des Kleinen.

»Wer bist du?« ließ Schneider ihm kaum Zeit, sich vom Schreck zu erholen. »Wie kommst du –?«

Den Rest seiner Frage vergaß er.

Etwas Unheimliches geschah und hypnotisierte ihn regelrecht.

Die vertraute Umgebung der DINO-LAND-Station brach auseinander. Finsternis legte sich wie ein enger Schlauch um ihn und den Jungen, und gleichzeitig setzte eine Art Sturz ein in einen Abgrund – in einen Tunnel –, der keinen Anfang und kein Ende zu besitzen schien und der doch *endlich* war!

Kaum hatte Schneider sich einigermaßen darauf eingestellt, war es auch schon vorbei.

Er und der fremde Junge waren irgendwo *angekommen*.

In den letzten Tagen fühlte Nadja sich wieder schwerer belastet durch ihre ungeklärte Gabe eines »lebenden Bebendetektors«. Eine Zeitlang war sie dem Irrglauben verfallen, sich an die Empfindungen, die mit einem solchen Vorgang verbunden waren, gewöhnt zu haben.

Jetzt hatte sie wieder die alte Angst, ihr Gehirn könnte damals bei der unterbrochenen Sauerstoffzufuhr während ihres Kurztodes doch nachhaltigen Schaden genommen haben.

Ihre größte Sorge, über die sie nicht einmal mit Littlecloud sprach, war, den Verstand einzubüßen – irgendwann ebenso hilflos dahinzudämmern wie Mizzy.

Seit dem letzten Großereignis sprach sie immer häufiger auf angebliche Beben an, die der mit Schneiders Formel gefütterte Rechner nicht bestätigen konnte. Für Nadja sah es so aus, als brauchte es gar keinen realen äußeren Anlaß mehr, um ihrem Gehirn eine Erschütterung der Zeit vorzugaukeln ...

Auch heute traf es sie, als es am wenigsten zu erwarten war. Die Bebenvorhersage hatte für den späten Abend eine leichte Instabilität gemeldet – jetzt war es kurz nach Schulschluß, früher Nachmittag also!

Es traf Nadja, als sie an den Pferchen mit den Ornithomimiden entlangschlenderte und gerade noch einmal den vergangenen Schultag Revue passieren ließ. Die Straußensaurier, die ihr die Schnäbel keck entgegenreckten, erinnerten Nadja an Jasper, der, seit Littlecloud ihm den Kopf gewaschen hatte, der strebsamste aller Schüler geworden war. Dennoch konnte Nadja den Vorbehalt nicht abstreifen, daß er auch jetzt nur wieder eine Rolle spielte, die man von ihm erwartete, und nicht den *wahren* Jasper herausließ ...

Weiter kam sie nicht mit ihren Gedanken.

Das Schwindelgefühl überrollte sie wie eine Meereswoge. Sie konnte gerade noch nach der Gatterumzäunung greifen, sich zusammenkrümmen und mit gesenktem Kopf tief durchatmen.

Ich bin wirklich krank, dachte sie entsetzt. Ich muß mit Green sprechen. Wenn mir jemand helfen kann, dann er. Marc darf nichts erfahren ...

Als sie sich nach einer Weile wieder aufrichtete, wurde sie von einem neuen, fremdartigen Gefühl beschlichen. Zufällig, wie sie meinte, geriet ein Schuppen in ihr Blickfeld, der aus unerfindlichen Gründen ihre Aufmerksamkeit auf sich zog.

Fast tranceartig lief sie darauf zu. Bewußt wurde es ihr erst, als sie die Tür bereits geöffnet hatte.

Eine Eisenstange, die von innen dagegengelehnt hatte, fiel polternd um.

Der Lärm ging Nadja durch Mark und Bein, ernüchterte sie etwas. Sie hörte Stimmen.

Kinderstimmen.

Eilig durchmaß sie den Schuppen, wo Heu und Arbeitsgerät aufbewahrt wurden. Auf der gegenüberliegenden Seite trat sie wieder ins Freie.

Die Kinder saßen im Schatten des Gebäudes auf dem Boden und bildeten einen Kreis wie in einem Indianer-Wigwam.

Erschrocken blickten sie zu ihrer Lehrerin, die den letzten Rest Benommenheit entschlossen abstreifte.

»Was treibt ihr denn hier?« fragte sie.

Jasper befand sich nicht unter den sechs Kindern, die zu ihr aufblickten, als hätte sie gerade ihr Treffen entweiht.

»Spielen!« rief Dennis mit unverhohlenem Vorwurf. Er war fünf und hatte, soweit Nadja es überschauen konnte, als einziger der Jungs bereits eine kleine Freundin, Jodie, die jetzt auch neben ihm saß.

»Wissen eure Eltern Bescheid, daß ihr hier seid?«

Dennis nickte. »'türlich, Miss . . .«

Nadja winkte entschuldigend. »Ich wollte euch nicht stören. Spielt ruhig weiter . . .« Damit zog sie sich in den Schuppen zurück und schloß hinter sich die Tür.

Der nächste Anfall traf sie, nachdem sie sich gerade zehn Schritte entfernt hatte, und wieder wurde von etwas Unterschwelligem das Bedürfnis geweckt, zu den Kindern mit den Verschwörermienen zurückzukehren.

Sie beherrschte sich gewaltsam und lehnte sich statt dessen gegen den Mittelbalken des Tierkorrals. Nur Sekunden später traf es sie zum dritten Mal binnen kürzester Zeit.

Wie gelähmt starrte Schneider in das Licht einer Sonne, die sich in Nuancen von jener unterschied, die ihn gerade noch beschienen hatte. Deutlicher war dagegen die Veränderung des Himmels, der jetzt in intensivem rötlichem Licht erstrahlte, und auch die Luft roch und schmeckte anders.

Fremd. Ein wenig faulig.

Alt ...

Er stand inmitten eines Kreises sitzender Kinder, die ihn anstarrten, als sähen sie den Leibhaftigen persönlich. Die Kinder waren etwa im gleichen Alter wie der Junge, den Schneider immer noch an den knochigen Armen gepackt hielt, jetzt aber losließ.

»Alexander!« rief eines der Mädchen und streckte die Hand aus.

Die Faszination des Szenarios hielt Schneider gefangen. Er reagierte nicht, als der Junge sich endgültig losriß und aus dem Kreis der Kinder stolperte.

Auch Schneider setzte sich unbeholfen in Bewegung. Er hob den rechten Arm. »Kinder ...«, begann er schleppend.

Im nächsten Moment fesselte ihn erneut Finsternis. Er tauchte in absolute Schwärze, die ebensogut der Tod hätte sein können, keuchte, wand sich wimmernd auf der Erde ... und starrte auf die Stiefel eines Soldaten, der ihn mit seltsamem Ausdruck musterte.

»Probleme, Professor?« fragte der Mann, den Abzeichen nach ein Sergeant. Er schien Schneider zu erkennen, was umgekehrt nicht der Fall war. Schneider begriff nur, daß die Kinder und die fremdartige Umgebung verschwunden waren. Er kroch auf dem Boden der DINO-LAND-Station herum. Nur unterbewußt registrierte er, daß der Himmel wieder seine normale blaue Färbung hatte.

»Nein.« Er schüttelte den Kopf und versuchte, seiner Stimme Überzeugungskraft zu verleihen. »Ich habe etwas verloren. Ich suche danach.«

»Soll ich Ihnen helfen?« erbot sich der Sergeant.

»Nein ...« Schneider richtete sich halb auf. An seinen Augen mußte der Soldat erkennen, daß es ihm nicht gutging. »Verpissen Sie sich!«

»Bitte, Sir?«

Erst da wurde ihm bewußt, daß er laut gesprochen hatte.

»Nichts! Ich ... Ach, nichts ...«

»Ich hole Hilfe, Sir«, sagte der Sergeant. Er berührte Schneider am Arm, um ihn zum Aufstehen zu ermuntern.

Der Professor zuckte zurück. »Nicht anfassen! *Fassen Sie mich – nicht an!*«

Seine Verstörtheit ließ nicht nach. Im Gegenteil. Er hatte immer noch das Bild schlingpflanzenüberwucherter Hochhäuser vor Augen. Geborstene Fenster, ein roter Himmel, der sich wie ein Baldachin über die Ruinen spannte ...

Las Vegas, dachte Schneider dumpf. *Das war Las Vegas – oder das, was davon übrig ist nach fünf Jahren Urzeit ...*

Und die Kinder?

Dieser – Alexander ...?

Er hörte nicht, wie der Soldat seine Meldung in ein Walkie-talkie flüsterte. Kurz darauf kamen sie und führten ihn in den Lazarettanbau der Station. Er wehrte sich nicht, sondern ließ alles mit sich geschehen, weil sein Verstand sich die Zähne an der vertrackten Unmöglichkeit des Erlebten ausbiß!

Er redete viel wirres Zeug in diesen Minuten, ohne sich selbst eine Zensur aufzuerlegen.

Das meiste davon bereute er bald bitter.

Nadjas Blicke waren auf ein im Sand angelegtes Nest gerichtet, wo ausgerechnet Charly, der Ornithomimide der Martellis, brütete, als sei nichts geschehen.

Er ist genauso kaltblütig wie Jasper, dachte sie mit erzwungenem Lächeln. Die beiden passen zusammen.

Im nächsten Moment öffnete sich die Tür des Schuppens. Nacheinander drängten sie ins Freie.

»Alexander!« entfuhr es Nadja.

Der hagere Junge blieb stehen. Er war das älteste der hier zur Welt gekommenen Kinder. Er hatte sich bereits im Mutterleib befunden, als Melanie und Burt Dankwart, beide Paläontologen, mit einem Zeitbeben in diese Vergangenheit der Erde gerissen worden waren. Melanie Dankwart hatte von ihrer Schwangerschaft anfänglich gar nichts gewußt (zumindest hatte sie die Anzeichen verkannt), sonst wäre sie vermutlich nicht das hohe Risiko eingegangen, sich mit ihrem Mann zunächst *außerhalb* der Stadtgrenzen in einer verlassenen Farm einzunisten, um dort ihre Forschungen fortzuführen, als gäbe es irgendwann wieder einen Abnehmer für die Ergebnisse. Mittlerweile lebten sie längst im Schutz der Gemeinschaft, und Alexander, ihr Junge, war ein erholsamer Kontrast zu anstrengenden Kindern wie beispielsweise Jasper Martelli . . .

»Ich habe dich vorhin gar nicht gesehen!«

Ein Lächeln huschte über Alexanders Gesicht. »Ich war pinkeln.«

Das war eine Erklärung. »Entschuldigt«, meinte sie lächelnd.

Sie wartete, bis die Kinder zur Straße hin verschwunden waren, dann machte sie sich selbst auf den Weg. Sie nahm den direktesten Weg zu dem Haus, wo Steven Green und Mizzy in der dritten Etage lebten.

»Nadja . . .«, begrüßte Green sie verwundert.

»Ich dachte, ich könnte *dich* ja auch mal besuchen . . .«

»Das hast du noch nie getan«, erwiderte er ohne jeden Vorwurf.

Sie nickte.

Er hatte recht. Bislang hatte entweder er sie aufgesucht, oder sie waren sich zufällig auf »neutralem Boden« begegnet.

Nach kurzem, kaum merklichem Zögern bat er sie herein.

Schon im Flur roch es merkwürdig. Nadja sagte jedoch nichts. Das übernahm Green selbst. »Du darfst dich nicht wundern. Ich versuche gerade eine neue . . . Therapie.«

»An Mizzy?« fragte Nadja.

»In vertrauter Umgebung, ja . . .«

Er ging voraus und schloß rasch eine offene Tür, ehe Nadja einen Blick hinein erhaschen konnte. Dann lenkte er sie in ein anderes Zimmer.

»Ich habe mir Bücher über alternative Heilmethoden

besorgt. Du weißt ja: Die Läden hier sind immer noch voll mit allem Möglichen ...«

Er bot Nadja Platz in einem Ledersessel an. »Möchtest du etwas trinken?«

»Ein Whisky wäre nicht schlecht.«

Er hob kurz die Brauen, goß aber wortlos den gewünschten Stoff in ein einfaches Wasserglas. Während Nadja es übernahm und daran nippte, wurde ihr bewußt, wie grotesk das Leben in dieser prähistorischen Zeit eigentlich ablief. Einerseits waren sie völlig von der vernetzten Welt des dritten Jahrtausends nach Christi Geburt gekappt – andererseits jonglierten sie ständig mit ›Relikten‹ aus dieser Zeit. Im Prinzip ging es ihnen hier bei den Sauriern sogar besser als in manchem Großstadtslum der Zukunft, wo die Bitte nach einem Whisky zu etwas völlig Obszönem gehört hätte.

»Probleme mit Marc?« fragte Steven Green.

Um diese Vermutung nicht unnötig zu nähren, schüttelte sie sofort den Kopf. »Probleme mit mir«, antwortete sie.

Er setzte sich ihr gegenüber. »Schieß los«, sagte er.

»Wenn ich ungelegen komme ...« Sie wollte nicht, daß Mizzy unter ihrem unangemeldeten Besuch zu leiden hatte.

»Wir haben etwa fünfzehn Minuten«, sagte Green. »Danach muß ich mich wieder um sie kümmern. Länger hält es ihre Haut nicht aus.«

Nadja unterdrückte die Frage, *was* Mizzys Haut nicht aushielt. Sie erzählte, was ihr zu schaffen machte. Green kannte die Symptome noch von ihrer gemeinsamen Zeit in DINO-LAND. Er war sozusagen Experte.

Seine Sorge verhehlte er nicht. »Hast du dich schon von Doc Williams untersuchen lassen?«

»Worauf? Auf galoppierende Paranoia?«

»Komm mir nicht so! Du weißt, daß du an keiner Paranoia leidest!«

»Woran dann?«

»Es ist viel komplizierter ... Aber es hat gewiß keinen Einfluß auf deine geistige Gesundheit. Unleugbar ist es aber *hinderlich* für dich.«

»Das kann man wohl sagen!«

»Ich denke schon länger über dein Problem nach«, sagte er. »Ich vertrete die Auffassung, daß sich damals, als Frohn dich umbrachte, gerade ein Beben ereignet haben könnte, dessen Einfluß Strukturen in deinem sterbenden Gehirn veränderte. Veränderungen, die es bei Lebenden nicht anbringen kann . . .«

»Darunter kann ich mir nichts vorstellen.«

Green lächelte schwach. »Wir wissen noch viel zu wenig über *Zeit*«, sagte er. »Womöglich besteht zwischen ihr und dem, was wir *Tod* nennen, ein viel größerer Zusammenhang, als sich mit unseren bescheidenen Methoden belegen ließe.«

Nadja stürzte den Rest Whisky in einem Zug hinunter und schüttelte den Kopf. »Das ist mir alles zu theoretisch. Es hilft mir nicht.«

Green zuckte die Achseln. »Du solltest dir jedenfalls keine zu großen Sorgen machen. Du bist, was dein Denken angeht, so normal wie jeder andere hier . . .« Er verstummte, und diesmal war er es, der die Lippen zusammenpreßte.

Nadja wußte, daß er an Mizzy dachte.

Sie stand auf. »Wir diskutieren ein anderes Mal weiter. Ich habe noch etwas zu erledigen.«

Das war gelogen, aber sie hätte sich nicht verziehen, ihn noch länger zu blockieren. Woraus auch immer seine »neue Therapie« bestand, sie wollte nicht schuld sein, wenn etwas damit schiefging.

Er brachte sie zur Tür. Der undefinierbare Geruch war noch stärker geworden. Nadja konnte erst wieder unbefangen atmen, als sie draußen auf der Straße stand.

Ihr Blick glitt zum Himmel, von dem niemand wußte, warum er seit Tagen rot war und selbst *nachts* einen solchen Schimmer vor das Licht der Sterne legte. Aber wie jeder andere spürte auch Nadja, daß sich etwas zu verändern begann, das vielleicht mit den Beben und dem Eingriff des Menschen in die Gesetze der Natur zu tun hatte. Sie begann zu ahnen, daß mit dem »Rutsch« in die Vergangenheit die Probleme noch nicht zu Ende waren – sie fingen erst an.

Ein weiteres Indiz dafür war der plötzliche Alarm, der durch die Straße schrillte, als sie sich erst wenige Schritte von Greens Wohnung entfernt hatte.

Einer der Stingrays tauchte wie ein bizarres Fluginsekt zwischen den Häusern auf und verbreitete über Außenmikrofon: »Frauen, Kinder und Kranke in die Häuser! Alle wehrfähigen Männer zu den Waffen! Zwei riesige Rudel noch nicht identifizierter Saurier nähern sich gleichzeitig von West und Ost! Ich wiederhole: Zwei . . .«

Mainland sah grau aus, als Littlecloud ihm begegnete. Sie brauchten nicht viele Worte zu wechseln, um zu wissen, was der andere beabsichtigte.

»Wir werden versuchen, die Barrikaden hochzuziehen«, keuchte der ehemalige Polizeilieutenant.

Littlecloud trabte neben Mainland her. »Wie nah sind sie schon?«

»*Sehr* nah«, bekam er zur Antwort. »Niemand weiß, woher sie in diesen rauhen Mengen kommen – und was sie hier wollen. Die Luftbeobachtung entdeckte sie vor fünf Minuten. Sie rasen heran wie Bären, die sich ein paar fette Honigwaben sichern wollen . . .!«

Zu einem anderen Zeitpunkt hätte Littlecloud über Mainlands Sinnbilder gelächelt. Momentan hatte er andere Sorgen. Und dann entdeckte er Nadja fast am gegenüberliegenden Ende der Straße. Er ließ Mainland allein weiterhasten und winkte Nadja zu. Sie sah ihn und schloß zu ihm auf.

»Die Kinder . . .!« rief sie als erstes.

»Alles okay«, beschwichtigte Littlecloud. »Die Schnellzählung ist bereits abgeschlossen. Kein Kind wird vermißt, alle befinden sich in sicherer Obhut im Bunker.«

»Und was kommt da auf uns zu?«

»Auf dich gar nichts! Du gehst zu den anderen und wartest dort, bis alles vorbei ist!«

»Männer!« Nadja drehte unvermittelt ab und steuerte das Gebäude an, das zu einem Schutzraum umfunktioniert worden war. Von überallher strömten Menschen darauf zu. Jeder wußte, was er zu tun und zu lassen hatte.

Erstaunt über den leichten Sieg, eilte Littlecloud zu den insgesamt knapp fünfzig Leuten, die sich um Mainland versammelt und ihre Instruktionen abgeholt hatten.

In der Nähe war der Stingray gelandet, und der Co-Pilot brachte neue Informationen: »Es sind Therapoden, Sir!« meldete er atemlos. »Coelurosaurier! Wir konnten sie nicht zählen, nur schätzen, so viele sind es! Mindestens hundert! Sie kommen von zwei Seiten, als wollten sie uns in die Zange nehmen ...«

»Es ist sicher, daß wir das Ziel sind?« rief jemand.

Der junge Kopter-Pilot nickte heftig. »Todsicher!«

»Wieviel Zeit verbleibt uns noch?« fragte Mainland.

»Ein paar Minuten – allerhöchstens fünf ...«

Das machte den Versammelten Beine.

»Kehren Sie an Bord zurück!« wandte sich Mainland an das Besatzungsmitglied. »Die beiden anderen Stingrays werden auch gleich abheben! Versuchen Sie, die Herden durch Tiefflugaktionen auseinanderzutreiben und eventuell umzulenken!«

Littlecloud und Mainland warteten nicht, bis der Befehl befolgt war, sondern gingen daran, die Männer zu unterstützen, die zu beiden Enden der Straßen mühsam vorbereitete Barrikaden errichteten. Fahrzeuge, für die es längst keinen Tropfen überschüssigen Treibstoff mehr gab, wurden mit vereinten Kräften zu einer ›Wagenburg‹ zusammengestellt. Benzin war zu wertvoll, um als Flammenschild vergeudet zu werden.

Auch vor den Seitengassen zwischen den einzelnen Häusern wurden Barrikaden errichtet. Jetzt zahlten sich die von einigen Leuten nur mit Murren erduldeten ›Wehrübungen‹ aus, die Mainland in regelmäßigen Abständen durchführte. Nur Minuten später war der provisorische Schild errichtet, und die Bewaffneten befanden sich mit entsicherten Gewehren in extra für den Fall der Fälle leergelassenen Erdgeschoßwohnungen, deren Fenster zu Schießscharten umfunktioniert worden waren. Die Stingray-Besatzungen meldeten übereinstimmend, daß sich die Rudel in ihrem stampede-artigen Vorpreschen weder aufhalten noch beeinflussen ließen.

»Sie benehmen sich wie tollwütig, Sir!« schloß der aktuelle Lagebericht.

Mainland senkte das Walkie-talkie, mit dem er nicht nur den Kontakt zu den Stingrays aufrechterhielt, sondern auch mit den anderen Verteidigern verbunden war. Er nickte Littlecloud zu. »Coeluriden haben uns bisher noch nie Ärger gemacht. Ich hielt sie für reine Aasfresser ...«

»Ich verstehe es auch nicht. Andererseits sind mir die immer noch lieber als ein zahlenmäßig gleichstarkes Kontingent Deinonychus'. Vielleicht haben sie nur die Orientierung verloren und drehen ab, sobald sie die Barrikaden sehen ...«

»Dein Wort in *Manitous* Ohr«, knurrte Mainland. »Bliebe trotzdem die Frage zu klären, *was* sie eigentlich in solchen Aufruhr versetzt hat ...«

Sie hörten auf zu reden, als bei den Autowracks Bewegung entstand.

Wimmelnde Bewegung.

Normalerweise hätten die Fahrzeuge eine höhenmäßig ausreichende Barriere gegen die im Vergleich zu Menschen aufrechtgehend nur etwa halb so großen Coelurosaurier darstellen müssen.

Dem war nicht so.

Die Sprungkraft der fast grazil wirkenden Reptilien war enorm, wie sich nun herausstellte. In freier Wildbahn waren sie bisher nur selten beobachtet worden, was ihr jetziges, zahlenmäßig überwältigendes Auftreten noch mysteriöser machte.

»Nicht schießen!« ordnete Mainland gepreßt über Funk an. Es war zu vermuten, daß es manchem Gewehrschützen in den Fingern juckte, abzudrücken. »Wir warten ab, wie sie sich verhalten!«

Littlecloud nickte leicht. Auch ihm war an einem sinnlosen Abschlachten der irgendwie in Panik versetzten Tiere nicht gelegen. Dennoch war er Realist genug, um zu wissen, daß Mainlands Befehl ein zweischneidiges Schwert war.

Vorerst wurde seine Aufmerksamkeit jedoch von den Coeluriden beansprucht, die als endloser Schwall über die Wand aus Autos gehüpft kamen und danach allesamt abrupt in ihrem Vorwärtsdrang innehielten.

Irgendwie war die Art und Weise, wie sie sich verhielten, unheimlich.

»Als ob sie erst sondieren müßten«, sprach Mainland angespannt aus, was Littlecloud dachte.

Nach und nach traf an diesem Ende der Straße tatsächlich etwa ein halbes Hundert der Saurier ein – am anderen Ende mochte sich ein vergleichbares Schauspiel bieten, wie die eingehenden Meldungen bestätigten.

Dann versiegte der Zustrom abrupt.

Alle Tiere verharrten; die kleinen Köpfe auf den S-förmig gebogenen Hälsen pendelten nervös hin und her. Die meisten der Coeluriden maßen von Schwanzspitze bis zu den Kiefern grob geschätzt zwei Meter, aufrecht waren es nur knapp einssechzig.

»Von wegen Panik«, murmelte Littlecloud unbehaglich. »Sehen so Tiere in *Panik* aus?«

Mainland gab keine Antwort.

»Und tollwütig, wie man sie auch nannte, sind sie ebenfalls nicht«, fuhr er fort. »Sie haben einen Plan. Einen Plan, den wir noch nicht kennen ...«

»Sei still!« zischte Mainland. »Du machst die Leute mit deinem Gequatsche noch zappeliger, als sie es schon sind!«

Littlecloud hörte, wie er die drei Stingrays – ihre stärksten Waffen – anwies, sich ebenfalls in Zurückhaltung zu üben. Vermutlich wollte er eine Kurzschlußreaktion der Saurier vermeiden, die sich nach Minuten allmählich wieder in tastende Bewegung setzten. Die Schwänze schwangen dabei wie Balancierstangen hin und her.

»Sie verteilen sich«, sagte jemand aus dem Hintergrund.

Wie an einer unsichtbaren Kette zogen sie zu beiden

Straßenseiten auf. Es war wirklich ein gespenstischer Akt, wie sie sich in der Mitte des Blocks schließlich mit der anderen Herde vereinten, als gehörten sie schon immer zusammen.

»Rückzug!« ordnete Mainland unvermittelt an. »Nächstes Stockwerk!«

Er gab Weisung, daß sich die anderen diesem Verhalten anschlossen.

Von oben konnten sie wenig später beobachten, wie die ersten Coeluriden fast bis an die Fensterfronten der Erdgeschoßwohnungen herankamen.

»Vielleicht ziehen sie einfach weiter, wenn sie nichts Interessantes finden«, wagte erneut jemand eine Prognose.

Wie sehr er sich irrte, wurde klar, kaum daß er ausgesprochen hatte.

Dann nämlich, als Mainlands Taktik der Zurückhaltung blitzartig als Fehler entlarvt wurde.

Als verheerender Fehler.

Das Splittern von Glas war bis zu ihrem Beobachtungsposten herauf so deutlich zu hören, als kämen die raffinierten kleinen Geschöpfe bereits zu ihnen herein. Das Bersten ganzer Fensterfronten folgte, und Littlecloud sah, wie Mainlands Teint noch äscherner wurde, als er den viel zu späten Befehl gab, auf die Coelurosaurier zu feuern.

Da befanden sich die meisten schon *in* den Häusern – unerreichbar für die hoch am Himmel treibenden Stingrays, die mit ihrem Vernichtungspotential alles längst hätten entscheiden können.

Vorher.

Nadja wandte den Blick von den angespannten Gesichtern der Erwachsenen ab, die sich im Bunker drängten, und las statt dessen in den kindlichen Mienen, in denen sie nur hie und da Angst fand.

Halb laut wurden Gespräche geführt. Sie verstummten jedoch ganz, als die ersten Schußgeräusche selbst durch das dicke Mauerwerk drangen. Dann prägte sich Furcht auch in die Gesichter der Kinder.

Nadjas Augen ruhten kurz auf Jasper, der neben seiner Mutter hockte. Sonya Martelli wich Nadjas Blicken aus, als schäme sie sich immer noch der Lügen ihres Sohnes.

Nicht weit davon saß Alexander bei seiner Mutter, Melanie Dankwart. Er wirkte reifer und verständiger als jedes andere Kind seines Alters, das Nadja je gesehen hatte. Aber an dieses Phänomen mußten sie sich wohl gewöhnen. *Jedes* hier geborene Kind wies diese Eigenart auf, die keiner Einbildung entsprang. Es schien, als habe der Zeitsprung etwas in den betroffenen Menschen verändert, das sich bereits in der Folgegeneration bemerkbar machte.

Ein neues, viel gewaltigeres Geräusch ließ alle zusammenzucken. Es kam von der Tür.

Dort suchte etwas Einlaß, dessen Kraft oder Gewicht das extradicke Portal sichtbar nach innen wölbte.

Einige schrien auf und drückten ihre Kinder noch fester an sich. Und auch Nadja war selten so bewußt geworden wie jetzt, daß sie alle viel zu sehr zu einem Alltag übergegangen waren, der den wahren Gefahren ihrer Umwelt nicht gerecht wurde.

Sie hatten verdrängt, daß sie nicht geduldet waren in dieser Zeit, die den Menschen im Schöpfungsplan noch gar nicht vorgesehen hatte.

Als die Tür schließlich unter weiteren Stößen splitterte, schien es für solche Einsichten zu spät.

Ein Kopf, nicht sehr groß, aber dennoch furchteinflößender als alles, was Nadja bisher begegnet war, schob sich durch den entstandenen Spalt und stierte die sicher gewähnte Beute an.

Nadja folgte unwillkürlich dem Blick – und begriff erst jetzt, was sie die ganze Zeit schon unterschwellig gestört hatte: *Jemand fehlte!*

Mizzy und Steven Green!

Der Mediziner mochte draußen helfen – aber Mizzy war viel zu hilflos, um sich alleine zu behaupten. *Sie* zumindest hätte hier sein müssen ...! Krachend gab das Portal endgültig unter äußerem Druck nach.

Der Schutzraum war zur Falle geworden.

Nadja fragte nicht lange, warum Hilfe ausblieb. Entschlossen hob sie die Waffe, die sie dem Depotschrank entnommen hatte – andere waren nicht einmal dazu in der Lage.

Mit einem hallenden Donnerschlag verließ das Geschoß den Lauf, traf in den Halsansatz des Sauriers und fällte ihn. Sofort quollen andere nach. So viele, daß das Gewehr in Nadjas Händen fast selbständig Tod und Vernichtung spuckte und dennoch nicht nachkam.

Sie hörte Schreie und sah verschwommene Schemen durch den Pulverrauch auf sich zuwanken. Die Fratze eines bißbereiten, dabei monströse Laute ausstoßenden Reptils tauchte aus den Schwaden vor ihr auf. Die Waffe wurde ihr aus der Hand geschleudert. Wehrlos starrte sie in den Schlund, der ihr Verwesungsgeruch entgegenatmete.

»Nein!« schrie Nadja in dem zum Scheitern verurteilten Versuch, sich herumzuwerfen und zu fliehen. »Oh, neeeiiiinn ...!«

Ihre letzten Gedanken waren bei den Kindern. Dann war auch das vorbei.

Das Glas war mindestens zehn Zentimeter dick und nahm die gesamte Länge des Ganges ein. Seine Legierung bot Schutz vor jeder Art Strahlung, die Menschen bislang kannten, aber den uniformierten Mann, der zum Boden der Halle blickte, fröstelte trotzdem. Die vermummten Gestalten in den Schutzanzügen vermittelten einen Hauch dessen, womit dort unten hantiert wurde.

»Sie sehen nicht sehr glücklich über Ihren neuen Aufgabenbereich aus, Colonel ...«

Pounders Stimme veranlaßte Straiter, sich von den Vorgängen in der Halle abzuwenden. Das Gesicht des Generals ließ keinen Zweifel, *welche* Antwort er von seinem Untergebenen erwartete. Straiter dachte aber nicht daran, zu widersprechen. »Ich habe die ›Aufgabe‹, wie Sie es so wertfrei nennen, nur übernommen, um den zu erwartenden Schaden in Grenzen zu halten!«

Pounder fluchte leise. »Ich bin offenbar von Leuten mit hehren Absichten umzingelt«, sagte er gefährlich leise. »Aber schreiben Sie sich hinter die Ohren, *Colonel*, wem Sie dienen!«

Straiter hielt dem Blick des Mannes, der momentan hinter dem Präsidenten der Vereinigten Staaten wohl die meiste militärische Macht der westlichen Welt hinter sich vereinte, stand. In gewissem Sinn, davon war Straiter überzeugt, übertrumpfte Pounder den Präsidenten sogar noch, denn es war zweifelhaft, ob der General bereit war, all sein Wissen unverblümt an den Mann weiterzugeben, dem er unterstand.

»Ich weiß sehr gut, wem ich diene«, sagte Straiter. »Meinem Land und den Menschen, die es bewohnen. Vielleicht verstehe ich gerade deshalb nicht, wie man so weit gehen konnte . . .«

»Das grüne Licht kommt vom Präsidenten«, sagte Pounder, und es klang tatsächlich wie eine Rechtfertigung.

Dennoch hinterließ es bei Straiter keine Befriedigung. »Und von wem kam der *Vorschlag*?« fragte er.

Pounder antwortete nicht. Er deutete an Straiter vorbei auf den Hallenboden. »Ein läppischer Behälter«, versuchte er, es zu beschönigen. »Es ist ein Versuch, mehr nicht. Ich finde, das Risiko ist es wert. Überlegen Sie, was wir gewinnen können!«

Straiter brauchte Pounders ausgestrecktem Arm nicht zu folgen, um zu wissen, was der General unten sah. »Sie glauben also auch, daß es ein Risiko ist«, hakte er nach.

Pounder nickte. »Ein verschwindend kleines. Es ist doch ganz simpel: Wir schicken diesen TN-2000-Behälter über die komplette Distanz von vielen Millionen Jahren in die Vergangenheit. Die Menschen dort bekommen von uns sogar das Fahrzeug zur Verfügung gestellt, das es ihnen erlaubt, den Müll dorthin zu bringen, wo sie selbst nie mit ihm in Berührung kommen werden. Auch damals gab es genügend Kavernen, Höhlen oder sonstige Orte, die sicher waren.«

»Sie vergessen, daß die tektonische Aktivität in der Frühen Kreide noch wesentlich ausgeprägter war als heute – und selbst heute sitzen wir noch in relativ gefährdetem Gebiet!«

Pounder sah aus, als wollte er aufbrausen. Doch im gleichen ruhigen Ton wie bisher, als hätte Straiters Einwand gar nicht stattgefunden, fuhr er fort: »Die Leute bringen den Behälter also irgendwo unter, und dann versuchen wir von hier aus, das aufzuspüren, was hundertzwanzig Millionen Jahre später davon noch übrig ist.« Er legte Straiter die Hand auf die Schulter und übte fast schmerzhaften Druck auf den Knochen aus. »Ich versichere Ihnen, Colonel: Sollten sich irgendwelche Gefahren bis in unsere Zeit halten, werden wir keinen weiteren Behälter in die Beben schicken! Wir riskieren doch nicht unsere eigene Verseuchung!«

»Nein«, sagte Straiter. Er ignorierte den Schmerz, um Pounder keine noch so primitive Genugtuung zu gönnen. »Unsere nicht . . .«

»Wir verstehen uns also?«

»Wir verstehen uns«, sagte Straiter stereotyp.

Zwei Stunden nachdem Pounder gegangen war, begleitete Straiter den geheimen Gifttransport in die Nevadawüste.

Als die Nachricht vom Angriff auf den Bunker hereingekommen war, hatte es Littlecloud nicht mehr bei Mainland gehalten.

Überall im Haus, überall in der *Straße*, wo er vorbeikam, wurde gekämpft.

Der Apache begriff mit jedem Schritt, den er zwischen den wenigen Deckungsmöglichkeiten im Freien zurücklegte, daß es einen vollkommenen Schutz vor der menschenfeindlichen Umwelt, in die sie sich verirrt hatten, nie geben würde. Sie konnten ihr Frühwarnsystem perfektionieren und die Barrikaden verstärken, aber die Natur würde immer ein Schlupfloch finden.

Er hatte noch gehört, wie Mainland die Stingrays beordert hatte, den Schutzraum zu verteidigen, in dem sich die Schwächsten ihrer Gemeinschaft verschanzt hatten, um abzuwarten, bis alles vorüber war. Aber als er jetzt ankam, war die Tür dennoch geborsten. Zwei der waffenstarrenden Kriegsmaschinen standen zwischen toten, noch zuckenden Reptilleibern. Der Wind der Rotoren trieb den typischen Geruch des Sterbens zu Littlecloud, der sah, daß die Arbeit getan war, und der gleichzeitig ahnte, daß sie *zu spät* getan worden war.

Als wäre er unversehens auf einen Planeten mit höherer Schwerkraft versetzt worden, schienen plötzlich Zentnergewichte an seinen Füßen zu lasten. Jeder Schritt wurde zur Qual, und als er den Schutzraum betreten wollte, taumelte ihm ein bewaffneter Soldat entgegen, dessen Augen so weit aufgerissen waren, daß er vermutlich gar nichts mehr sah. Er prallte gegen Littlecloud, stieß ihn stöhnend von sich und wankte an ihm vorbei ins Freie.

Das Verhalten des Mannes, der bereits gesehen hatte, wie es drinnen aussah, machte es Littlecloud nicht leichter, den eingeschlagenen Weg fortzusetzen.

Hinter der geborstenen Tür wartete Zwielicht, das den Augen erst etwas Gewöhnung abverlangte. Littlecloud stolperte in den Raum, ohne abzuwarten. Er stieß gegen den Körper eines blutüberströmten Coeluriden, der aus einem Reflex heraus nach seinen Beinen zu schnappen versuchte, obwohl sein Gehirn vermutlich völlig zerstört war und keine Steuerbefehle mehr geben konnte. Ein Geschoß hatte die Schädeldecke gespalten. Littlecloud brauchte nicht einmal auszuweichen.

Das Reptil sank zusammen, noch ehe die Kiefer sich um den Eindringling schließen konnten.

Littlecloud stieg über die Urheber der herrschenden Verwüstung hinweg.

Bei jedem Schritt erwartete er, auf die Opfer der Echse zu treffen.

Was er dann aber sah, ließ ihn an seinem Verstand zweifeln ...

»Ich schwöre: Als ich hineinkam, war niemand mehr da ... Niemand ...! Ich dachte, das Biest hätte sie alle ...« Der Soldat verstummte.

Er lehnte sich gegen das Gehäuse des Stingrays und sog gierig an der Zigarette, die Littlecloud ihm geschenkt und auch angezündet hatte.

Littlecloud war viel zu erleichtert, um ihm Vorwürfe zu machen. Sein Blick wanderte zu Nadja, die sich im Schutz der Helikopter wie ein Seelsorger um die Opfer des Bunkerangriffs kümmerte. Sie hatte die letzten Worte gehört und kam jetzt zu ihnen.

»Hoffentlich erwartet niemand von mir eine Erklärung«, seufzte sie. »Ich bin der denkbar schlechteste Analytiker des Geschehens. Ich weiß nur noch, daß dieses Ungeheuer auf mich zukam – und dann muß ich wohl das Bewußtsein verloren haben ... Als ich wieder zu mir kam, sah ich dich ...«

Littlecloud wußte, daß an dieser Schilderung der Ereignisse etwas nicht stimmen konnte. Aber ganz ähnlich berichtete *jeder*, den er bislang befragt hatte.

»Hast du den Coeluriden erlegt?« fragte er.

Nadja zuckte die Schultern.

»Nein, das war ich«, preßte der Soldat hervor. »Als ich in den Bunker kam, lebte das Biest noch. Es griff mich sofort an, aber ich war schneller.«

»Und Sie haben die Frauen und Kinder nicht gesehen?« fragte Littlecloud zum x-ten Male nach.

»Nein! Ich schwöre, da war niemand! *Niemand!*«

»Was sagst du dazu?« wandte sich Littlecloud an Nadja.

»Es ist lächerlich«, sagte sie, erzwungen ruhig. »Aber angesichts des Stresses, unter dem dieser Mann stand, begreiflich. Er –«

»Ich phantasiere nicht!« schrie der Soldat. »Will das wohl endlich jemand begreifen?!«

Das Gespräch mit den anderen Müttern ergab, daß sie in der Aufregung nur die hereinplatzende Echse gesehen hatten. Als alles verloren schien, hatte sie plötzlich am Boden gelegen, und sie hätten nur noch einen hinaustaumelnden Schemen beobachtet, vermutlich den Soldaten, der den Saurier niedergestreckt hatte. Warum dieser die Frauen und Kinder nicht wahrgenommen hatte, war ihnen ebenso schleierhaft wie Nadja.

Die Kämpfe in der Straße dauerten bis zum Abend, und auch dann waren längst nicht alle Coeluriden erlegt oder vertrieben. Eine Zählung erbrachte dreiundzwanzig tote Echsen – von dem großen Rest mochten sich immer noch welche in den Häusern verborgen halten und auf eine neue Chance lauern.

Mainland verordnete weiterhin den Notstand. Eines der sicherer gebauten Häuser wurde vom Keller bis zum Dach durchkämmt. Als feststand, daß es »sauber« war, wurden die Familien in den oberen Stockwerken untergebracht. Am nächsten Tag sollte die Suche nach den Sauriern fortgesetzt werden.

Schon vorher wurde jedoch eine Entdeckung gemacht, die für allgemeine Frustration sorgte: Nicht nur in der Straße hatten die Rudel gehaust, auch bei den Pferchen, die eigentlich schon zum nächsten Block gehörten!

Unter den als Haustiere gehaltenen Ornithomimiden gab es keine Überlebenden. Die Spuren bewiesen, daß sie gerissen und dann verschleppt worden waren.

An diesem Tag wollte niemand mehr so genau wissen, wo das Festmahl stattfand ...

Die Abenddämmerung hob die Röte des Himmelsgewölbes etwas auf, aber niemand wagte zu hoffen, daß sie morgen nicht wiederkehren würde.

»Wohin willst du noch?« fragte Littlecloud, als die

Unruhe Nadja noch einmal auf die Straße trieb, wo bewaffnete Männer auch nach Einbruch der Dunkelheit patrouillierten. Einen Toten und mehrere Verletzte hatte der Kampf bislang gefordert.

»Ich will nach Steven und Mizzy sehen«, sagte Nadja. »Sie waren nicht im Bunker.«

»Das sagst du erst jetzt?«

»Es muß nichts bedeuten«, erwiderte sie. »Steven ist ein Mann, der sich zu helfen weiß. Seine Wohnung liegt im dritten Stockwerk und ist bestens abgesichert.«

Littlecloud schwieg. Dann sagte er: »Ich werde dich begleiten!«

»Das hatte ich gehofft . . .«

Littlecloud lud seinen Karabiner und nahm zusätzlich eine Handvoll lose Munition mit, die er in der Tasche seiner ärmellosen Jacke verschwinden ließ. Eine Petroleumlampe, die Nadja trug, sollte dafür sorgen, daß niemand sie mit einem Saurier-Pärchen verwechselte.

Anders als in den zurückliegenden Monaten glich die Straße einer belagerten Kriegsstätte. Von verschiedenen Seiten erreichten sie Zurufe. Man kannte sich. Aber die Stimmung war schlecht.

Nadja war froh, als sie das vielstöckige Haus erreichten, in dem Steven Green und Mizzy ihr Leben fristeten, dessen Härte ihr seit dem Nachmittag ständig durch den Sinn geisterte. Sie konnte die Erinnerung an das Gespräch mit Green nicht abstellen, wie sie es gern getan hätte.

Littlecloud deutete mit dem erhobenen Gewehrlauf zum dritten Stock, wo Licht hinter den Scheiben brannte. »Sie sind da.«

Unten brauchten sie nur eine Klinke niederzudrücken. Das Treppenhaus war unverschlossen.

Obwohl nirgends Zerstörungen auszumachen waren, die auf Coeluriden schließen ließen, sicherte Littlecloud sorgfältig, ehe sie die Stufen nach oben stiegen.

Nadja klopfte, wie sie es heute schon einmal getan hatte.

Keine Reaktion.

Die Stille hinter der Tür schien absolut.

»Da stimmt etwas nicht«, sagte Nadja.

Littlecloud mußte einräumen, daß sie recht hatte. Er schob Nadja zur Seite und schlug ein paarmal mit dem Gewehrkolben gegen den Stahl. Das Geräusch hätte einen Grizzly aus dem Winterschlaf gerissen.

»Vielleicht sind sie kurz weggegangen . . .«

»Wohin? Er läßt Mizzy nicht allein.«

Littlecloud bewies nachdrücklich, daß ihm ›handfeste‹ Probleme um ein vielfaches lieber waren als das hier. Fragend blickte er Nadja an. »Was willst du tun?«

»Wir müssen das Ding knacken und nachsehen!«

»Das würde er uns nie verzeihen, wenn er doch nicht da ist und es eine harmlose Erklärung –«

»Er würde«, unterbrach sie ihn. »Kannst du es aufschießen?«

»Willst du von einem Querschläger umgebracht werden?«

»Gibt es Alternativen?«

Er nickte grimmig, zumal er einsah, daß er sie nicht mehr von ihrem Vorhaben abbringen konnte. »Du bleibst hier! Ich kümmere mich darum!«

Er drückte ihr den Karabiner in die Hand. Ihr Protest hatte keine Chance, auf Gehör zu stoßen. »Entweder, oder«, knurrte er. »Ich schlage mich schon die paar Schritte durch, aber wenn du glaubst, ich ließe dich schutzlos hier zurück . . .«

Den Gedanken, daß sie ihn begleiten würde, zog er gar nicht erst in Betracht.

Er schätzte sie richtig ein.

Als er gegangen war, blieb Nadja mit einem Gefühl schrecklicher Leere zurück. Auch die Lampe hatte er dagelassen. Sie setzte sich daneben auf den kalten Boden, starrte die Tür an und wünschte sich Röntgenaugen.

Warum machte Steven nicht auf?

Was war geschehen?

Mit den Coeluriden konnte es nichts zu tun haben. Hierher hatte sich keine der aggressiven Echsen verirrt. Aber was dann?

Littlecloud kehrte Minuten später mit zwei von Mainlands Männern zurück. Sie hatten einen gasbetriebenen Schweißbrenner dabei und legten sofort los.

»Hier stinkt's gleich gewaltig«, warnte Littlecloud.

Nadja hatte ihm sofort den Karabiner zurückgegeben und beobachtete jetzt mit verschränkten Armen, wie sich die Männer an der Wohnungstür zu schaffen machten.

Die Soldaten packten wenig später ein. »War's das?« fragten sie.

Littlecloud hatte nichts dagegen, daß sie gehen wollten. Ihm war die ganze Geschichte irgendwo immer noch peinlich. Er bedankte sich. Als er sich umdrehte, war Nadja bereits in der Wohnung verschwunden.

Fluchend eilte er ihr nach.

Draußen entfernten sich die Männer mit ihrem schweren Gerät klappernd.

Nadja huschte von Tür zu Tür durch den Flur der großräumigen Wohnung.

»Warte doch . . .!«

Sie reagierte nicht. Dennoch blieb sie wenig später wie angenagelt stehen, so daß Littlecloud Gelegenheit fand, zu ihr aufzuholen.

Er sah sofort, was los war.

Sie waren zu spät gekommen – um Stunden zu spät.

Steven Green, der Arzt und Psychologe, hatte den Arm um die im Bett liegende Mizzy geschlungen, deren einstige Menschlichkeit nur noch zu erahnen war. Etwas Schuppiges, naßglänzend Öliges hatte die Stelle ihrer Haut eingenommen. Die Decke verbarg nur unzureichend, daß ihr Körper eine kaum vorstellbare Mutation durchgemacht hatte. Nur das Gesicht erinnerte noch an die Frau, die sie einmal gewesen war, aber selbst hier wucherte längst das Unbekannte, Fremdartige.

Nadja preßte die geschlossene Faust gegen den Mund. Dennoch entwich ihr ein Stöhnen.

Daß sie vor zwei Toten standen, war unverkennbar, obwohl Green und Mizzy keine äußeren Verletzungen aufwiesen. Beide hatten die Augen weit offen und schienen zur Tür zu starren.

Littlecloud zog Nadja fort, und er mußte wenig Kraft aufwenden.

»Ich war doch heute noch hier ...«, stammelte sie. »Ich habe mit ihm gesprochen, und er benahm sich wie immer ... Sprach von einer neuen Therapie, die er mit Mizzy versuchte ...«

Littlecloud wußte nicht, was er sagen sollte.

Eine Weile hielt er sich mit Nadja in der Wohnung auf, von der plötzlich eine Kälte wie von einem Eisschrank ausging. Nadja war es schließlich, die zum Aufbruch drängte.

Sie verständigten Doc Williams, der keine Zeit verschwendete.

Wenig später stand fest, daß Green vermutlich erst Mizzy und anschließend sich selbst ein schnellwirkendes Gift in Tablettenform verabreicht hatte.

»Das kann er doch unmöglich mit *Therapie* gemeint haben!« Für Nadja war und blieb dieser Akt der Verzweiflung unbegreiflich. »Gerade *er* stand doch immer über den Dingen! Er war so stark ...!«

»Manche Menschen lernt man erst kennen, wenn es zu spät ist.« Littlecloud wußte, daß er ihr im Augenblick keinen Trost spenden konnte.

»Er war so stark ...«, wiederholte sie.

Littlecloud blieb die ganze Nacht bei ihr und hielt sie im Arm. Erschreckenderweise sah er dabei immer das Bild der beiden Toten vor sich, die einander auch umschlungen gehalten hatten.

Für die Ewigkeit.

»Sie haben ein Wiedersehen offenbar nicht so schnell erwartet«, sagte Pounder, als er die Unterkunft des Professors in der Station betrat.

»Ich verlange eine Erklärung!« sagte Schneider in mühsam erstickter Wut. »Man schottet mich von allen wichtigen Bereichen ab, als wäre ich . . .«

»Man sagte mir, Sie seien ein kranker Mann und brauchten Erholung«, unterbrach ihn der General. »Sie hatten einen Zusammenbruch. Muß ich Sie erst erinnern, wie wertvoll Sie für uns sind, mein lieber Schneider? *Zu* wertvoll, um Sie zu verheizen. Nehmen Sie sich ein paar Tage frei. Ihre engsten Mitarbeiter werden Sie während dieser Zeit vertreten. Wenn Sie wiederkommen, werden Sie sich mit neuem Elan Ihren Aufgaben stellen . . .«

Es klang aufrichtig. Aber Schneider hatte, seit man ihn über einen Tag lang wie einen Gefangenen in der Krankenstation von DINO-LAND gehalten hatte, Zeit zum Nachdenken gehabt.

»Bauschen Sie meine kurze Unpäßlichkeit nicht so auf«, konterte er angriffslustig. »Was hat man Ihnen wirklich erzählt? Nicht einmal Sondstrup durfte mich besuchen . . .«

Pounder schüttelte nachsichtig das Haupt. »Immer vermuten Sie hinter allem Intrigen.«

Schneider ließ es so stehen.

»Ich kam, um Sie um die neuesten Bebenvorhersagen zu bitten – *nochmals* zu bitten. Die schriftliche Anfrage müßte Ihnen längst vorliegen . . .«

»Ich bin noch nicht dazu gekommen.«

»Verständlich. Ich sagte ja, daß es ein Fehler ist, sich um alles persönlich kümmern zu wollen. Beauftragen Sie doch Ihre Leute. Ich brauche die Daten dringend.«

»Die letzten Vorhersagen reichen noch weit in die übernächste Woche hinein. Genügt Ihnen das nicht?«

»Nein.«

»Planen Sie neue Almosen für das nächste Quartal?«

»Richtig erraten.« Pounder lächelte und setzte sich ohne Aufforderung auf den Stuhl neben Schneider. »Aber wenn ich schon mal da bin: Lassen Sie uns über den Jungen reden.«

Schneiders Verstand arbeitete fieberhaft. Er versuchte zu

rekonstruieren, was er in seiner ersten Erregung alles ausgeplaudert hatte. Aber es gelang ihm nicht.

Über ein weitaus besseres Gedächtnis schienen die Leute im Lazarett zu verfügen. Pounders nächste Worte verrieten, warum er sich so brennend für Schneiders ›Erlebnis‹ interessierte.

»Sie wissen, daß es keinen Grund gibt, mir etwas von der Tragweite dieses Erlebnisses vorzuenthalten«, sagte er sanft. »Wenn es für Sie auch nur den geringsten Zweifel gibt, daß es *keine* Phantasie war, sollten wir darüber sprechen! Sie redeten dauernd von einem Kind, das Sie mit in die Vergangenheit genommen habe ... Nach *Las Vegas* ...«

Schneider überlegte angestrengt. »Lächerlich, nicht wahr?«

Pounder schüttelte den Kopf. »Erzählen sie mir alles! Vielleicht fällt es uns beiden leichter, Ihr angebliches Hirngespinst einzuordnen.«

»Was versprechen Sie sich davon?« Schneiders Mißtrauen blieb an der Oberfläche.

Der General beugte sich vor und flüsterte heiser: »Begreifen Sie nicht? Es wäre eine *Sensation*.«

Der Professor nickte zögernd. »Ich hatte Zeit, darüber nachzudenken.«

»Und?«

»Vielleicht war es kein pures Hirngespinst ...«

»Sondern?« Pounders Augen glommen, als würde ihnen zuviel Strom zugeführt.

Ich *muß* mit jemandem darüber sprechen, dachte Schneider. Seit dem Vorfall hatte er das Gefühl, unter dem Druck, der kein Ventil fand, zu ersticken.

»Ich weiß es nicht ...«

»Sie hatten das Gefühl, die Station verlassen zu haben?« fragte Pounder nach.

»Ja ...«

»Wie sah es dort, wo Sie ankamen, aus?«

Schneider strich mit der Zungenspitze über seine spröde gewordenen Lippen. »Fremd. Der Himmel war ...«

»War?«

»*Rot!*« Schneider spürte, wie schwer es ihm fiel, darüber zu reden, auch nachdem er sich dazu entschlossen hatte.

»Und weiter?«

»Ich sah ... überwucherte Häuser. In der Ferne eine riesige Pyramide ...«

»Ägypten?« fragte Pounder in verändertem Tonfall.

»Nein. Ich glaube, es war das *Luxor* ...«

Der General lehnte sich laut ausatmend auf dem Stuhl zurück. Der Name des in den 90ern des vergangenen Jahrhunderts erbauten Luxuscasinos war ihm bekannt. »Also doch Las Vegas ...«, murmelte er.

Schneider hob die Hände und massierte sich die Schläfen. »Es ist unmöglich«, sagte er. »Ich muß einer Halluzination zum Opfer gefallen sein!«

»Der Junge«, ließ Pounder nicht locker. »*Er* hat Sie dorthin verschleppt. Wie?«

»Ich hatte versucht, ihn festzuhalten. Ein Kind in DINO-LAND ... Es war absurd und alarmierend zugleich. Ich bekam ihn zu packen – und war plötzlich nicht mehr hier, sondern *dort*. Mitten in einem Kreis anderer Kinder. Irgendwo innerhalb der Stadtgrenzen von Las Vegas ...«

»Wenn das wahr wäre ...«

Pounder schien Schneider gar nicht mehr wahrzunehmen. Sein Blick war in Fernen gerichtet, die weit hinter den Wänden dieses Raumes lagen. In diesen Momenten hing er eigenen Träumen nach.

Sofort kehrte das alte Mißtrauen in Schneider zurück.

»Was haben Sie jetzt vor?«

Der General erhob sich steif. »Erst einmal nachdenken. Es darf nichts überstürzt werden.«

Er ließ offen, was er damit meinte.

»Ich werde *keinen* von Ihnen verordneten Urlaub nehmen«, machte der Professor einen letzten Versuch, ihn zu erreichen.

»In Ordnung.«

»Und die Berechnungen?«

»Haben Zeit, Schneider, haben Zeit. Sie hören wieder von mir . . .«

Schneider verfluchte seinen Mitteilungsdrang. Er war jetzt sicher, Pounder auf den Leim gegangen zu sein.

Der kleine Friedhof beherbergte bereits etliche Tote, die in prähistorischer Zeit umgekommen waren.

Die Gräber auch derjenigen, die keine Familie oder Freunde hinterlassen hatten, wurden liebevoll von den Überlebenden gepflegt. Nur mit dem alten Brauch, die Toten erst in Kisten einzuschließen und dann zu begraben, hatte man gebrochen.

Auch Mizzy und Steven Green waren nur in ihren Kleidern zur ewigen Ruhe gebettet worden. Im Schatten einiger Nadelbäume, die den Klimawechsel im Gegensatz zu den Laubgehölzen vertragen hatten, ragte das simple Holzkreuz aus dem frisch aufgeworfenen Grund.

Nadja spürte den Drang zu weinen, vermochte es aber nicht mehr.

Einen Abschiedsbrief – irgendeinen *Hinweis* auf die Motive für diese Tat – hatte man nicht gefunden. Steven Green hatte sich mit Mizzy regelrecht aus dem Leben geschlichen.

Auch Mainland war betroffen. Nach der Beerdigung bat er sie in sein Büro. Dort stellte sich jedoch heraus, daß sein schlechtes Befinden noch mit anderen Ereignissen, die ihre Schatten warfen, zu tun hatte.

»Pounder hat sich gemeldet«, sagte er. »Wir bargen heute morgen einen Sender mit einer von ihm besprochenen Kassette.«

»Was will er?« fragte Littlecloud.

»Er kündigt mit dem nächsten Beben das Eintreffen des ersten Behälters an . . .«

»Er macht also Ernst.«

»Hast du daran gezweifelt?« Mainland lachte wild. »Dieser Schweinehund macht immer Ernst!«

»Für wann ist das nächste Beben angekündigt?« fragte Nadja und konnte dabei kaum verbergen, daß sie neben ihrer Trauer auch stark verängstigt war.

»Schon für morgen«, gab Mainland bereitwillig Auskunft. »Die Berechnungen stimmen mit unseren eigenen Vorhersagen überein.«

Nadja nickte mutlos. Sie verriet nicht, daß sie über das Eintreffen hochgiftiger Sonderabfälle hinaus ganz persönliche Gründe hatte, Furcht vor jedem neuen Beben zu empfinden. Der einzige, mit dem sie darüber hatte sprechen können, hatte sein Leben freiwillig weggeworfen.

»Dann bleibt uns wirklich kaum noch Zeit, eine neue Absage loszuschicken«, sagte Littlecloud. Er wußte, daß Mainland nach Pounders erster Müllankündigung sofort eine Protestnote ins nächste Beben gegeben hatte. Daß der General in seiner neuesten Botschaft nicht einmal am Rande darauf eingegangen war, konnte nur zweierlei bedeuten: Entweder die mit dem üblichen Peilsender versehene Nachricht war verlorengegangen, oder man ignorierte alle Einwände.

Jede Botschaft, die über ein Beben in die Zukunft ging, lief durch Pounders Zensur. Was er nicht publik machen wollte, würde nie an die Augen und Ohren der Öffentlichkeit gelangen – vermutlich nicht einmal bis zur Regierung.

»Eine in Bernstein gegossene Flaschenpost, irgendwo weit weg von Las Vegas deponiert, hätte vielleicht mehr Chancen, Gehör bei den richtigen Leuten zu finden, als alles andere!« ging Mainland verdrossen darauf ein.

»Wir sind also der Willkür eines Einzelnen ausgeliefert.« Littlecloud wiegte skeptisch den Kopf. »Zumindest hoffe ich das. Noch herber wäre es, wenn Leute wie unser Mister President dahinterstünden und er nur Befehle umsetzt . . .«

»Auf jeden Fall wollte ich dich bitten, mich morgen zu begleiten. Mir wäre es lieb, dich dabei zu haben, wenn ich mir den Behälter zur Brust nehme . . .«

Littlecloud nickte bereits spontan, als Nadja noch in ungewohnter Naivität einwarf: »Ist das nicht gefährlich?«

Auswirkungen auf seine Entscheidung hatte es keine.

Üble Erinnerungen wurden wach, als kurz darauf verstörte Eltern bei Mainland vorsprachen. Als sie Nadja antrafen, wandte sich die Mutter sofort an sie: »Jodie ist verschwunden!« rief sie. »Unser kleines Mädchen ist weg ...!«

Sie brach sofort in Tränen aus.

Das Ganze erinnerte frappierend an den erst wenige Tage zurückliegenden Zwischenfall mit Jasper Martelli. Entsprechend war auch das Aufstöhnen von Mainland und Littlecloud zu begreifen.

»Verschwunden *wo*?« fragte Nadja.

Heute hatte kein Unterricht stattgefunden. Man wollte warten, bis sichergestellt war, daß die letzten Coeluriden in die Flucht geschlagen oder erlegt worden waren.

»Wir wissen es nicht«, sagte der Vater, der einen wesentlich gefaßteren Eindruck machte. »Wir durften heute zurück in unsere Wohnung. Sie war zu Hause, in ihrem Zimmer. Dort sahen wir sie zuletzt. Aber, Himmel, man kann die Kleinen ja nicht *anketten*. Sie machen schon genug mit. Mehr, als Kinderseelen verkraften können. Vor ein paar Minuten stellten wir fest, daß sie eben nicht mehr in ihrem Zimmer war und spielte ...!«

Mainland veranlaßte fast identische Schritte wie bei der Suche nach Jasper. Wenigstens brauchten sie in diesem Fall nicht zu befürchten, daß Jodie einen »Ausritt« machte.

»Hatte Jodie Besuch von anderen Kindern, ehe sie verschwand?« fragte Nadja. Sie dachte an den Kreis der spielenden Kinder, dem sie hinter dem Schuppen bei den Gehegen begegnet war – als es noch Gehege gab.

»Nein«, sagte Jodies Mutter. »Warum fragen Sie? Haben Sie eine Idee, wo unser Kind stecken könnte ...?«

»Wußten Sie, daß sie bereits einen kleinen Freund hat? Harmlos natürlich ...«

»Dennis?« Die vorübergehende Hoffnung erlosch auf dem rundlichen Gesicht. »Dort haben wir zuerst nachgefragt. Wir wollten ja keine unnötige Panik auslösen ...«

Wenig später kam eine Meldung, die Ratlosigkeit hinterließ. Jodie war nicht gefunden worden, aber ein Feldarbeiter, der damit beschäftigt war, von den Coeluriden hervorgerufene Schäden zu beseitigen, hatte eine Beobachtung gemacht. Er arbeitete ganz in der Nähe von Jodies Elternhaus und hatte zunächst die Eltern und Minuten später das Mädchen aus dem Haus gehen sehen.

Jodie *nach* ihren Eltern ...

»Wenn der Mann sich nicht irrt, muß sie sich versteckt haben«, sagte Mainland.

»Warum sollte sie das tun?«

Auf diese Frage der um Fassung ringenden Eltern hielt niemand eine zufriedenstellende Antwort parat.

»Wie Kinder nun mal so sind«, sagte Littlecloud.

Die Worte hallten in Nadja nach und riefen unerwartetes Befremden hervor. Zum ersten Mal wurde ihr sehr extrem und sehr klar bewußt, daß unmöglich nur sie allein bemerkt haben konnte, wie abweichend der Reifeprozeß hier geborenen Nachwuchses von dem verlief, wie er dort üblich war, woher die Eltern stammten.

Aber niemand sprach offen darüber, daß man es nicht einfach mit Kindern, sondern bereits – und das nach maximal fünf Jahren! – mit *kleinen Erwachsenen* zu tun hatte.

Sie selbst bildete darin keine Ausnahme.

Da kommt etwas auf uns zu, dachte sie – nicht ahnend, in welchem Umfang sie recht behalten sollte ...

Sie fand keinen Schlaf.

Zuviel ging ihr durch den Kopf. Stevens Freitod ... Das Verschwinden des Mädchens, das immer noch nicht wieder aufgetaucht war ...

Vor zwei Stunden hatten sie die Suche ergebnislos abgebrochen und auf morgen vertagt.

Niemand hatte gern aufgegeben, aber nachts war es sinnlos, durch die Häuser zu streunen, die größtenteils Ruinen waren.

Jetzt war es schon nach Mitternacht, und ab und zu drang

urweltliches Brüllen aus weiter Ferne zu ihr ins Schlafzimmer.

Daß Littlecloud unter diesen Voraussetzungen Schlaf finden konnte, nahm Nadja ihm fast übel. Doch ihr Blick brauchte nur über seine geschmeidige Haut zu gleiten, um ihm alles zu vergeben.

»Einen besseren Fang als dich hätte ich gar nicht machen können, Apache«, flüsterte sie in plötzlicher Zärtlichkeit.

Sie war versucht, die Hand auszustrecken und ihn zu streicheln.

Ein neues Geräusch ließ sie innehalten.

Das Besondere an dem Laut war, daß er nicht von draußen hereinwehte und auch nicht von ihr oder Littlecloud verursacht wurde.

Er kam aus dem Schrank.

Es gab keinen Zweifel. Ihr Flüstern hatte etwas in dem Einbauschrank des ehemaligen Hotelzimmers aufgeschreckt! Deutlich war das Rascheln zu hören, mit dem sich die aufgehängten Kleider bewegten.

Das Seltsame war: Nadja hatte noch vor dem Schlafengehen in diesem Schrank nach dem Negligé gewühlt, das sie jetzt am Leib trug und das »der Apache« so mochte. Ihr war nichts in dem überschaubar großen Schrank aufgefallen ...

»Marc ...«

Sie beugte sich zu ihm und rüttelte ihn vorsichtig wach.

Es brauchte nicht viel Anstrengung. Littlecloud schien immer nur mit einem Auge zu schlafen.

Aber das Rascheln hat er nicht gehört, dachte Nadja lächelnd.

»Immer noch nicht müde?« reagierte er augenzwinkernd-schläfrig.

Ohne ihre Antwort abzuwarten, glitt er pantherhaft unter der Decke auf sie zu. Er verstand da etwas gründlich miß.

Nadja ließ sich jedoch spontan darauf ein. Ihr Liebesgeflüster steigerte sich binnen Sekunden.

Bis sie sich freimachte.

»Heh!« Sein Protestruf entlockte ihr eine bedauernde

Geste, hielt sie aber nicht davon ab, blitzschnell aus dem Bett zu springen und die Entfernung zum Schrank in einem einzigen Satz zurückzulegen.

Zu Littleclouds Verblüffung riß sie beide Schranktüren gleichzeitig auf.

»Jodie . . .!«

Das kleine Mädchen, nach dem alle suchten, senkte den Blick – weniger schuldbewußt als verlegen. In gewisser Hinsicht ähnelte sie Jasper, nachdem dieser ertappt worden war.

»Was tust du hier? Wie kommst du hier überhaupt herein?!«

Nadja streckte die Hand aus. Das Mädchen griff danach und kletterte unbeholfen aus dem Schrank. Sie trug noch dieselben Sachen, von denen ihre Mutter eine detaillierte Beschreibung abgegeben hatte.

Wie auf Kommando fing sie an zu weinen. »Mummy, Daddy . . .«

Littlecloud hatte sich im Schutz der Decke ins Nebenzimmer zurückgezogen, wohin ihm Jodies aufmerksame Blicke gefolgt waren. Als er nun angezogen zurückkehrte, verlor sie ihr Interesse an ihm.

Nadja schüttelte den Kopf, als ihr eine aberwitzige Idee kam, was Jodie hier gesucht haben könnte. Schon ein paarmal hatte sie im Unterricht Fragen über Sexualität gestellt, die Nadja anfangs vor Probleme gestellt hatten. Seit sie akzeptiert hatte, daß sich keines der vier-, fünfjährigen Kinder unter dem geistigen Entwicklungsstand eines Zehnjährigen bewegte, fielen ihr die Antworten leichter. Sie hatte sich mit den Eltern beraten und Antworten entwickelt, die nicht zuviel und nicht zu wenig verrieten. Erstaunlicherweise hatte bisher aber, von Jodie abgesehen, niemand Aufklärung verlangt . . .

»Wir bringen dich gleich zu deiner Mum und deinem Dad«, sagte Nadja streng. »Zuerst will ich aber hören, was du hier wolltest!«

Littlecloud hütete sich, einzugreifen. Der hilfesuchende Lolitablick des Mädchens war ihm peinlich genug.

»Nichts«, druckste Jodie herum. Sie vergrub die Fäuste in den Taschen ihrer Latzhose.

»Du hast uns nichts zu sagen?«

»Ich will nach Hause . . .!«

»Dort wirst du dieselben Fragen hören – vielleicht noch unangenehmere.«

Jodie blieb stumm. Ängstlichkeit schien sie jedoch nicht zu kennen. Sie wollte schlicht und einfach nicht verraten, wie und warum sie sich in der Wohnung ihrer Lehrerin versteckt hatte.

Auch Nadja zog sich an, nachdem sicher war, daß Jodie weiter eisern schweigen würde.

Ihre Eltern waren beide noch nicht zu Bett gegangen, als die verlorene Tochter heimkehrte. Statt der fälligen Gardinenpredigt beschränkten sie sich auf rührende Szenen der Wiedervereinigung.

Als Nadja die Mutter beiseite nahm, um mit ihr über den Verdacht zu sprechen, der ihr gekommen war, erhielt sie eine eisige Abfuhr: »Pubertät? – Wissen Sie, was Sie da sagen? Mein kleiner Schatz ist nicht frühreif! Jodie ist *viereinhalb*! Was fällt Ihnen ein . . .!«

Littlecloud, der von der eigentlichen Problematik weniger mitbekommen hatte, fluchte auf dem Rückweg leidenschaftlich: »Wieder eine Nacht im Eimer! In ein paar Stunden geht's beizeiten raus mit Mainlands Müllabfuhr . . .!«

Nadja konnte über den Scherz nicht lächeln. Auch sie dachte bereits an die kommenden Stunden – und daran, wie *sie* das erwartete starke Beben überstehen würde.

Mainland hatte noch nicht verlauten lassen, was mit den drohenden TN-2000-Behältern geschehen sollte. Nur folgerichtig war deshalb die Frage des Piloten: »Wohin werden wir das Ding denn nun bringen?«

Mainlands Räuspern verriet seine Unentschlossenheit in dieser Frage. »Es gibt Möglichkeiten«, sagte er ausweichend, und sein Ärger über die Ignoranz, mit der man in der

Zukunft ihre Proteste behandelt hatte, klang dabei stärker durch als beabsichtigt.

»Wir hatten seit unserer Ankunft schon häufiger echte tektonische Bewegungen«, hieb Hillerman, der diesen Flug begleitete, in dieselbe Kerbe. »Nicht nur Erschütterungen der Zeit ... Dies hier ist kein gutes Pflaster für eine sichere Deponierung gefährlicher Umweltgifte ...«

»Darüber wird man sich in Pounders Dunstkreis auch schon Gedanken gemacht haben«, griff Littlecloud in das Gespräch ein. »Das Problem dürfte sein, daß DINO-LAND nun mal seine Entsprechung genau hier und nirgendwo anders auf dem Globus hat, wo es vielleicht sicherer wäre! Offenbar ist man bereit, das damit verbundene Risiko einzugehen.«

Weder Hillerman noch einer der anderen Zuhörer schien sich mit dieser Sicht der Dinge anfreunden zu wollen.

»Natürlich«, versetzte einer seiner Kollegen. »Weil es in erster Linie *unser* Risiko ist!«

Eine Weile verlief der Flug schweigend. Der Purpur des Himmels erfüllte selbst das Innere der Kanzel und legte sich als hauchfeiner Schimmer über die Instrumente, die Menschen und deren Gesichter.

Der Kopter hielt auf die urzeitliche Vegetation zu, die sich nicht mehr lange an der errechneten Bebenstelle, deren genaues Ausmaß niemand abschätzen konnte, halten würde. In wenigen Minuten würde eine Veränderung anstehen, wie sie krasser nicht sein konnte: Urwald gegen Wüste – Saurier gegen Kakteen ...

»Ortung, Sir!« meldete der Pilot, der genauso hieß wie der aktuelle Präsident in ihrer Heimat: William Frazer.

Was er damit meinte, wurde deutlich, als sie in die Ebene blickten, über die der Kopter mit einer Selbstverständlichkeit hinwegflog, als gäbe es keine Macht, die ihn vom Himmel holen könnte.

Frazer führte den Kurs entlang des Terrains, dem mit bloßem Auge anzusehen war, daß es schon einmal einen Zeitenwechsel durchgemacht hatte.

»Wenn jemand eine Erklärung dafür hat«, sagte Mainland, »sofort melden!«

Sein Blick ließ die Herde, die sich in etwa vier bis fünf Meilen Entfernung im Dschungel zusammenschloß, nicht aus den Augen. Es handelte sich ausnahmslos um die gleiche Spezies: tonnenschwere, bis zu zehn Meter lange Kampfmaschinen, deren Reißkrallen und messerscharfen Zähne bei den Gestrandeten längst ebenso gefürchtet waren wie die des »großen Bruders« T. Rex!

Eine solche Zusammenrottung der gefährlichen Räuber hatte vorher noch niemand beobachtet. Bedrückende Erinnerungen an den fast generalstabsmäßigen Überfall auf die Las-Vegas-Siedlung wurden wach.

»Sie setzen sich in Bewegung«, meldete Frazer.

»Das Beben«, sagte jemand, gerade laut genug, um das Geräusch des Rotors zu übertönen. »Sie spüren vermutlich das Nahen des Bebens. Es macht sie kirre . . .«

»Gehen Sie höher, Frazer!« befahl Mainland im Bemühen, seine Autorität zurückzugewinnen.

»Höher, Sir?«

»Wie verabredet!« nickte Mainland. »Aber bleiben sie um Himmels willen *auf der richtigen Seite*!«

Littlecloud maß ihn mit unverhohlener Skepsis. Gewachsen war die Idee auf Mainlands Mist. Die hypermodernen Stingrays waren dafür konstruiert, bis in die dünnsten Luftschichten des Planeten emporzusteigen. Die Drehzahl der Maschinen ließ sich derart steigern, daß selbst in Höhen, die normalerweise nur Düsenjets vorbehalten waren, noch keine Absturzgefahr bestand. Mainlands Logik klang einleuchtend: Er glaubte den Stürmen, die mit jedem Materietransfer verbunden waren, dort entkommen zu können, wo sich normalerweise kein Sturm mehr zusammenbraute, weil es an Luftdichte mangelte.

Normalerweise.

Alle an Bord wußten über dieses Vorhaben Bescheid und hatten eingewilligt. Auch Littlecloud hatte keine Ausnahme bilden wollen. Dennoch sah er der Aktion mit gewisser

Skepsis entgegen. Als der Helikopter mit Expreßlifttempo stieg, schien die Landschaft unten wegzustürzen.

»Sie – wenden sich Richtung Las Vegas«, sagte Frazer mit rauher Stimme, als dieses Detail kaum noch wahrzunehmen war.

Mainland beugte sich über das Funkgerät, zögerte und blickte zur Uhr. »Es kann jederzeit losgehen«, sagte er. Er griff am Mikrofon vorbei und zog statt dessen ein schweres automatisches Sichtgerät aus der Halterung. Damit spähte er in die Tiefe und zoomte die Landschaft wieder näher zu sich heran.

»Verdammt!« fluchte er wenig später. »Sind die flink ...!«

»Was geschieht?« fragte Littlecloud, der sich von Mainlands erregtem Tonfall anstecken ließ. »Die Raubsaurier?«

»Sie rasen auf die Grenze zu!« bestätigte der Lieutenant. Er mußte nicht ausführen, welche Grenze er meinte.

Kalt lief es den Männern an Bord über die Rücken. Die Coeluriden waren ein Klacks gegen amoklaufende Allosaurier! Wenn sie tatsächlich Kurs auf Vegas nahmen und die Siedlung erreichten ...

»Runter!« keuchte Mainland, ohne das Sichtgerät abzusetzen.

»Sir?« Frazer blickte sich hilfesuchend zu den anderen um.

»Tun Sie, was er befohlen hat!« fauchte Littlecloud ihm zu. Er schien als einziger etwas mit Mainlands Meinungsumschwung anfangen zu können. »Tiefer!«

»Aber – das Beben ...!« keuchte Hillerman.

»Vergessen Sie das Beben – aber nicht ganz!« erklärte Mainland jetzt unheimlich ruhig. »Frazer, gehen Sie auf fünfhundert Fuß zurück, und Sie, Hillerman, knallen den Burschen eine Ladung vor den Bug, die sich gewaschen hat! *Zwingen Sie sie zum Abdrehen!*«

Die Unruhe griff um sich.

Für jeden aber wurde deutlich, was Mainland als Notwendigkeit noch vor der eigenen Sicherheit ansah: Die Allosaurier-Herde hatte den dampfenden Grünstreifen fast überwunden. Nur noch eine minimale Distanz trennte sie von dem Bereich, den keines der bekannten Phänomene erreichen konnte – weil dieser Flecken Erde bereits einmal versetzt worden war.

»Sie greifen tatsächlich die Stadt an!« stöhnte Hillerman. »Sir, sie ...«

Littlecloud legte ihm von hinten die Hand auf die Schulter und brachte ihn zum Verstummen. »Tun Sie, was der Lieutenant sagt! Schnell!«

Hillermans Hände umkrampften die Steuerung der »Feuerorgel«. Plötzlich wurde auch er ganz ruhig und besann sich der Aufgabe, die ihm gestellt worden war.

In den nächsten Sekunden plazierte er über die Zieloptik drei Explosivgeschosse als Breitseite vor den stampfenden Kolossen.

Aufhalten konnte er sie damit nicht, und die kritische Distanz ließ weitere Schreckschüsse kaum zu.

Das erkannte auch Mainland.

»Ende der Verhandlungen!« schrie er. »Erschießen Sie sie! Setzen Sie Ihr stärkstes Kaliber ein! Das Rudel darf nicht die Stadt erreichen!«

Das ›stärkste Kaliber‹ konnte eine Kleinstadt in Schutt und Asche legen.

Hillerman sparte sich jedoch Rückfragen. Gedankenschnell veränderte er die Vorgaben am Bordcomputer. Er kam jedoch nicht mehr dazu, den Auslöser zu drücken. Das, was man aus Mangel an genauerer Definition als Zeitbeben bezeichnete, war schneller.

Direkt vor dem Stingray – so nah, daß die Insassen glaubten, nur die Hände aus einer offenen Luke strecken zu müssen, um es berühren zu können – baute sich der Riß im Kontinuum auf.

Frazer brüllte auf in der Erkenntnis, daß er fahrlässig nahe an das Unbegreifliche herangekommen war.

Zwei Dinge geschahen in so rascher Aufeinanderfolge, daß den Männern an Bord nur noch Stoßgebete blieben:

Der Rotorflügel, der in das flirrende Feld der Myriaden

elektrischer Teilchen geriet, wurde dort, wo er das Kraftfeld streifte, einfach *abgeschnitten*. Ein paar Meter weiter, und der Helikopter wäre in der Mitte zerteilt worden.

Die fliegende Festung geriet augenblicklich ins Trudeln, aber eine gleichzeitig einsetzende Sturmbö trieb sie aus dem Einflußbereich tödlicher Energien und verwandelte sie in einen Spielball tosender Elemente.

Eine Weile wurde der Helikopter nach Willkür hin und her geschleudert.

Dann sackte er wie ein Stein dem Boden entgegen.

»Verbindung unterbrochen!« rief der Mann am Funk. »Sie scheinen ernste Probleme zu haben. Das Letzte, was herein-kam . . .«

Nadja hörte es und begriff unterbewußt, obwohl sie in diesem Moment eigene Probleme hatte. Ihre Finger krampf-ten sich in das Material der Lehnen, um die Lippen zuckte es, bis ihr ganzer Körper wie Espenlaub zu zittern begann.

Der trügerische Halt des Drehstuhls sickerte kaum noch in ihr Bewußtsein.

Marc, dachte sie. *Marc, hilf mir bitte . . .! Laß mich nicht auch noch allein. Hunter und Steven sind tot . . .*

Die Vision, daß auch Littlecloud in diesen Sekunden von den Gewalten des Bebens zermalmt wurde, trübte jede andere Wahrnehmung.

»Alle . . . sterben . . .«, preßte sie stammelnd hervor. Sie beugte sich so weit nach vorn, daß sie aus ihrem Stuhl kippte und zu Boden fiel.

Helfende Hände griffen nach ihr.

»Nadja . . .?«

Sie wand sich unter den gutgemeinten Berührungen ebenso wie unter dem Schmerz, der ihre Zellen durchtobte.

»Alle . . . tot . . .!« stieß sie noch einmal keuchend hervor. »Alle . . .«

Schneider stürmte die vollcomputerisierte Zentrale der DINO-LAND-Station in Sondstrups Begleitung.

Hier liefen alle Fäden zusammen – und hier wollte man ihn nicht haben, das hatte er schon vorher erfahren müssen. Seine Ankündigung, der Überwachung des Großbebens beizuwohnen, war von Pounder eiskalt abgeschmettert worden!

Der General hatte auf Schneiders nach wie vor angeschlagene Gesundheit verwiesen. Das Vier-Augen-Gespräch zwischen ihnen schien nie stattgefunden zu haben!

Der Professor hatte sich zähneknirschend fügen wollen, aber dann hatte ihm vor wenigen Minuten Sondstrup einen Besuch in seiner Unterkunft abgestattet und ihm von dem ungeheuerlichen Gerücht berichtet, das er aufgeschnappt hatte.

Da hatte sich Schneider nicht länger beherrschen können.

Die Anwesenheit Pounders, der wie eine fette Spinne inmitten der anderen Uniformträger thronte und als einziger innerhalb der ganzen Hektik Ruhe ausstrahlte, widerlegte die aufgekommenen Verdächtigungen kaum.

»Ah, die Herren Professoren!« grüßte der Mächtige und winkte die Soldaten zurück, die sich den Eindringlingen an die Fersen geheftet hatten. »Sie kommen zu spät. Leider . . .«

Schneider blieb mit verzerrtem Gesicht vor ihm stehen, und es sah tatsächlich eine Weile aus, als wollte er den obersten Militär schlagen.

»Sie geben es also zu?« Schneiders Organ dröhnte bis in den hintersten Winkel des Raumes, der mehr als zwanzig Menschen Platz bot. Die Wände waren bestückt mit Monitoren. Eine nicht unbedeutende Fläche nahmen die neuartigen Hologramm-Projektoren ein, deren Prototyp hier auf seinen Nutzen hin abgeklopft werden sollte.

»Was meinen Sie?« fragte Pounder ungerührt der hellen Aufregung, die um ihn herum herrschte. »Daß das Beben bereits passé ist? Warum sollte ich es nicht zugeben? Im Vertrauen: Sie haben nichts versäumt durch meinen gutgemeinten Ratschlag, es zu überspringen.«

»Gutgemeinter Ratschlag«, wiederholte Schneider bitter. Er zeigte auf den verdunkelten Monitor vor dem General. »Zeigen Sie es mir! Ich möchte es sehen! Sie haben doch sicher Aufzeichnungen ...«

»Mein lieber Schneider ...«

»Ich bin nicht Ihr *lieber Schneider*!« schrie er. »Ich will wissen, ob sie wirklich ein so eiskalter Hund sind, der über Leichen geht!«

»Wovon reden Sie?« Pounder zeigte immer noch keine Regung außer – gespieltem, wie Schneider unterstellte – Unverständnis.

»Von Zivilisationsschrott übelster Prägung, den Sie auf die abschieben wollen, die sich nicht dagegen wehren können! Wissen Sie eigentlich, was Sie damit heraufbeschwören? Welche Auswirkungen Mutationen in der Urzeit auf *uns* haben können ...?«

»Von wem haben sie das?« fragte Pounder.

»Ist das von Belang?«

»Geheimnisverrat ist *immer* von Belang«, wurde er belehrt, als sei dies der einzige störende Punkt der gesamten Unterhaltung.

Schneider begriff fassungslos, daß Pounder damit indirekt bereits ein Geständnis geliefert hatte. Sein Blick irrte erneut durch den Raum und fand Bildschirme, die unverändert aktiv waren. Allerdings zeigten sie nur Urwald-Sequenzen. DINO-LAND schien wieder um etliche Quadratmeilen gewachsen zu sein.

»Zeigen Sie mir, was Sie den Leuten in der Vergangenheit angetan haben, Sie mieser ...«

Pounder stoppte ihn mit einer Geste seiner fleischigen Hand. »Sie wissen nicht, was Sie reden, Schneider. Ich könnte Sie vor ein Kriegsgericht bringen.«

»Versuchen Sie es doch!«

Als der General den Kopf schüttelte, glommen seine Augen in stiller dämonischer Freude. Nie war er unnahbarer und unmenschlicher erschienen, und auch wenn Schneider es sich nicht gern eingestand: In diesem Moment empfand er Furcht vor diesem Mann. Blanke Furcht, wie er sie noch bei keinem anderen Menschen jemals verspürt hatte ...

Er wurde durch dumpfes Stöhnen geweckt und glaubte zunächst, es käme aus seinem eigenen Mund. Aber das Stöhnen war *überall*. Es füllte die zertrümmerte Kanzel des Helikopters aus und klang wie ein Chor von Geistern, die weder zum Himmel hinauf noch zur Hölle hinab fahren konnten.

Geister, dachte Littlecloud schwerfällig, haben mir gerade noch gefehlt.

Das nächste Geräusch, das die Lautkulisse durchdrang, appellierte an seine Instinkte. Littlecloud versuchte, die zentnerschwer anmutenden Lider zu heben. Er wußte nicht, wie lange er ohne Bewußtsein dagelegen hatte. Er wußte nur, daß er den Begriff *Schmerz* nach diesem Crash neu definieren mußte.

Er bekam die verdammten Augen nicht auf, obwohl das züngelnde und rasselnde Geräusch der Schlange ihn dazu antrieb, *etwas zu tun!*

Klapperschlangen hätte er noch im tiefsten Koma erkannt. Er war mit diesen Viechern großgeworden. Er war sogar einmal gebissen worden, aber da hatten schnelle Hilfe und ein Serum zur Verfügung gestanden – auf beides durfte er sich jetzt kaum verlassen.

Endlich waren seine Augen einen Spalt weit offen. Littlecloud sah das schuppige Unheil über Mainlands ebenfalls gerade zu sich kommenden Körper gleiten. Aufwärts, Richtung pochende Halsschlagader.

»Nicht bewegen!« quetschte er durch die Zähne. »Bleib ruhig, Mainland, absolut ruhig, sonst wirst du Pounder nie wieder in die Suppe spucken!«

Eine andere Gestalt rührte sich hinter ihm. Auch sie verdammte Littlecloud mit einem scharfen Befehl zur Bewegungslosigkeit. Zeitlupenhaft ging er seine eigenen Gliedmaßen durch und überprüfte ihre Verfassung. Als er sicher war, daß er sich alles geprellt, aber nichts gebrochen hatte, lenkte er seine Hand zeitlupenhaft zum Gürtelfutteral. Dort schleppte er einen Dolch mit sich, der ihm schon manch spöttische Bemerkung von wegen ›Indianer auf Skalpsuche‹ eingebracht hatte.

Littlecloud hoffte, daß Mainland ihn wirklich gehört hatte. Der Lieutenant hatte die Regungen jedenfalls abrupt eingestellt. Vielleicht hatte er inzwischen schon selbst gemerkt, welcher ›Gast‹ sich auf ihm breitgemacht hatte.

Das Reptil, das aus heimatlicher Zeit stammte, wirkte äußerst reizbar. Auf jeden Fall anzunehmen war, daß es die Millionen Jahre nicht überbrückt hatte, um hier bei seinen Ahnen zu sterben. Wer wollte das schon?

Littlecloud zwang sich zur Ruhe. Genauso langsam und behutsam, wie er begonnen hatte, führte er seine Aktion zu Ende. Erst als er den Schaft der Klinge optimal zwischen den Fingern hielt, änderte sich die Strategie schlagartig. Jetzt wurde er schnell. *Unheimlich schnell.*

Der blitzende Stahl rasierte die Luft. Der giftzahnbewehrte Kopf mit dem fauchenden Rachen flog in hohem Bogen davon, während der restliche Torso kraftlos niedersank.

Ein Blutschwall blieb Mainland nicht erspart. Aber es war immerhin nicht sein eigener Saft und insofern entschuldbar.

Keuchend richtete er sich auf. »Warum hast du dir nicht noch mehr Zeit gelassen?«

»Weil mir sonst die Hand eingeschlafen wäre«, gab Littlecloud trocken zurück.

»Hauptsache, euch geht's gut«, stöhnte Hillerman, den es von seinem Vordersitz hinter den Apachen katapultiert hatte. »Ich glaube, ich habe mir alle Gräten gebrochen!«

»Ruhig liegenbleiben!« ordnete Mainland an und wischte angeekelt die Reste der Schlange von seinem Bauch.

»Selten so gelacht, Sir!« Hillerman sah wirklich nicht aus, als könnte er große Sprünge machen.

Frazer lag vornübergebeugt über dem Steuerknüppel und

rührte sich nicht. Die groteske Verrenkung des Kopfes und der gläsern-entsetzte Blick ließen kaum Zweifel, daß er sich nie wieder rühren würde.

Von den beiden anderen Besatzungsmitgliedern fehlte zunächst jede Spur. Sie mußten durch die geborstene Kanzel ins Freie geschleudert worden sein.

»Eine Bitte hätte ich, Sir«, plauderte Hillerman, der Frazers Schicksal noch nicht realisiert hatte, an Mainland gewandt weiter. »Leihen Sie mir das nächste Mal Ihren Schutzengel.« Er blickte zu Littlecloud. »Notfalls nehme ich auch einen *roten*, Winnetou!«

Eigentlich war diese Bezeichnung Mainland vorbehalten. In Anbetracht der Umstände legte Littlecloud jedoch keines von Hillermans Worten auf die Goldwaage.

»Den hätte er –« Littlecloud wies zu Frazer, »– wohl nötiger«, sagte er nur.

Hillerman schwieg erschrocken und begann dann hemmungslos zu weinen.

Mainland und Littlecloud halfen sich gegenseitig beim Herausklettern aus dem zerbeulten Helikopter. Der Geruch auslaufenden Kerosins trieb sie zu erhöhter Eile. Danach stemmten sie mit einem herumliegenden Eisenteil die demolierte Tür auf und befreiten Hillerman aus seinem Gefängnis. Sein linkes Bein sah übel zugerichtet aus. Irgend etwas Schweres – vielleicht auch der Aufprall beim Absturz der Maschine – hatte es förmlich zerquetscht. Nicht wenige wären bei diesen Schmerzen gar nicht mehr aus ihrer Ohnmacht aufgetaucht.

Littlecloud hoffte bei dem Anblick, daß der Mann bald die Besinnung verlieren würde. Es tat einem selbst weh, ihn so leiden zu sehen. Hillerman hielt jedoch aus, bis sie darangingen, ihm den Oberschenkel abzubinden, um den Blutfluß in die zerstörten Gefäße einzudämmen.

In sicherer Entfernung des Kopters legten sie ihn ab. Danach bargen sie auch Frazer und zwei Gewehre. Littlecloud kümmerte sich um den Leichnam, während Mainland die Umgebung nach den beiden vermißten Flugteilnehmern absuchte. Er fand sie nicht. Dafür begann die Wüste unter dem Helikopter plötzlich zu rumoren.

Mainland und Littlecloud tauschten Blicke, die ihre Ratlosigkeit dokumentierten. Dann sahen sie das, wogegen sich die Klapperschlange von vorhin wie eine harmlose Blindschleiche ausnahm:

Schorfig-schwarz und schuppig kroch etwas Armdickes wie ein keimendes Gewächs aus dem lockeren Wüstensand. Ein Tentakel tastete vorsichtig über das deformierte Metallskelett des Stingray.

Mainland legte automatisch die Waffe an. »Gütiger Himmel«, murmelte er.

Littlecloud wollte ihn zunächst abhalten, aber dann akzeptierte er den Entschluß des Freundes.

Mainland wartete lange. Als sich der Tentakel bereits wieder zurückzuziehen begann – zuvor war die rezeptorenbestückte Spitze über die leeren Innereien des Vehikels gehuscht –, drückte er ab.

Die Kugel fuhr peitschend in das schuppige Fleisch, das wie ein gekapptes Gummiseil in den Boden zurückschnellte. Der Boden unter dem tonnenschweren Kampf-Kopter bäumte sich mit einem greulichen Geräusch auf – und sackte sofort wieder ab. Danach entfernte sich etwas unterirdisch vom Absturzort. Etwas Gewaltiges, das aufgewölbte Erde als verfolgbare Spur hinterließ, von sich selbst aber nichts mehr zu erkennen gab.

»Was mag das gewesen sein?« Mainland hatte das Gewehr längst wieder gesenkt. Der Lauf zeigte zu Boden.

Ehe Littlecloud etwas sagen konnte, holte Hillermans Stimme sie ein. »Hallo, Jungs!« rief er heiser von seinem Platz aus. Er blickte aber nicht in ihre, sondern in entgegengesetzte Richtung, wo zwei Gestalten mit hängenden Schultern auf ihn zuschritten.

»Daimon ... Torrings ...!« Mainlands Stimme schwankte zwischen Unmut und Erleichterung. Nicht nur er, auch Littlecloud hatte nach dem Intermezzo gefürchtet, die beiden vermißten Insassen seien Opfer des ›Maulwurfs‹ geworden.

Nun kamen sie aus der tiefstehenden Sonne marschiert. Das schlechte Gewissen stand ihnen in die Gesichter geschrieben. Wie sich herausstellte, waren sie schon vor allen anderen zu sich gekommen – und hatten nichts Besseres zu tun gehabt, als sich kläglich aus dem Staub zu machen und die anderen ihrem ungewissen Schicksal zu überlassen.

Zu ihren Gunsten ließ sich bestenfalls verminderte Zurechnungsfähigkeit infolge des Absturzschocks anführen. Zurückgekommen waren sie erst, nachdem das Gewissen allzusehr gekniffen hatte.

Mainland verzichtete vorläufig auf die Androhung von Disziplinarmaßnahmen. Frazer mußte schon beim Absturz gestorben sein, und Hillerman benötigte eine schnelle, umfassende Versorgung, dann würde er genesen.

Vorsichtig näherten sie sich noch einmal dem Stingray, um die Funkeinrichtung zu überprüfen, notfalls zu reparieren. Schon vorher tauchten jedoch zwei Suchhubschrauber am Purpur-Horizont auf, die keine Probleme hatten, sie ausfindig zu machen. Sie wußten, wonach sie zu suchen hatten, und das Wrack des ehemals stolzen Kopters war unübersehbar.

Sie landeten.

Farmer, Mainlands Stellvertreter im Hauptquartier, stiefelte heran, gefolgt von zwei Soldaten mit einer Trage, die sich ohne viel Federlesen um Hillerman kümmerten.

»Gut reagiert«, lobte Mainland.

»Wir starteten sofort, als der Funkkontakt abbrach«, erwiderte Farmer, ein ruhiger, schon etwas älterer Mann mit Stirnglatze und einer Uniform, die um drei Nummern zu groß an seinem schlaksigen Körper flatterte. Er hätte die Kleidung längst nacharbeiten lassen können, fand es nach eigenen Worten aber bequem und beließ es dabei. »Sind Sie in Ordnung?«

Mainland nickte, schränkte aber ein: »Frazer hat's erwischt.«

Farmers Stirn umwölkte sich. Dann sagte er zusammenhanglos: »Wir hatten auf dem Herflug keine Ortung.« Einzelheiten darüber, wie es zu der Bruchlandung kommen konnte, schienen ihm nebenrangig.

Sowohl Mainland als auch Littlecloud, der aus einiger Entfernung zuhörte, wußten sofort, was er meinte.

»Kein Leitsignal?« vergewisserte sich der Lieutenant trotzdem.

Farmer bestätigte.

»Merkwürdig ...« Mainland strich sich über den Bart. Dann fragte er seinen Stellvertreter nach der gewaltigen Herde Allosaurier.

Farmer verneinte auch eine diesbezügliche Beobachtung, was nur den Schluß zuließ, daß die Echsen es nicht geschafft hatten, in ihrer Zeit zu bleiben und dadurch den Menschen von Las Vegas gefährlich zu werden.

Das Aufatmen hielt jedoch nicht lange an, weil ein anderes Problem nach wie vor seiner Lösung harrte.

»Wir können die Suche nach dem TN-2000 umgehend fortsetzen«, bot Farmer an, »wenn es von Ihrer Seite keine Einwände gibt.«

»Die gibt es nicht«, erwiderte Mainland.

Sie warteten ab, bis der eine Kopter mit Hillerman, Daimon, Torrings und der Leiche Bill Frazers abgehoben hatte, dann bestiegen sie den anderen.

Unterwegs flüsterte Farmer mit Mainland, der leicht zusammenzuckte und in Littleclouds Richtung sagte: »Sie können es ihm ruhig sagen – Sie müssen sogar, schätze ich. Immerhin geht es ihn wahrscheinlich mehr an als uns alle ...«

»Es ist wegen Miß Bancroft«, sagte Farmer.

Littlecloud straffte sich. »Was ist mit Nadja?«

Farmer berichtete schleppend, daß sie im Hauptquartier zusammengebrochen war und bis zum Start des Helikopters das Bewußtsein noch nicht wiedererlangt hatte.

Littlecloud hängte sich sofort an die Strippe. Über Funk erfuhr er, daß Nadja sich unter Doc Williams' Fittichen befand. Näheres war nicht herauszubekommen.

»Es tut mir leid«, sagte Mainland. »Wir müssen die Sache erst zu Ende bringen. Hätten wir früher Bescheid gewußt, hättest du in den anderen Kopter umsteigen können . . .«

Farmer verstand den Hinweis. »Es tut mir leid.«

Littlecloud machte ein Zeichen, daß es okay war, aber danach merkte man ihm an, wo er in Gedanken wirklich weilte.

In geringer Höhe überflogen sie das Stück Zukunft, das neu in ihre aktuelle Gegenwart gewechselt war. »Bald haben wir die ganze verfluchte Nevadawüste hier«, brummte Mainland. »Ich warte nur noch auf das *Meer* . . .«

Sie entdeckten auch beim wiederholten systematischen Überfliegen des »Neulands« nichts, was im entferntesten einem TN-2000-Behälter geähnelt hätte. Das einzige, was schließlich ins Auge fiel, war etwas viel Kleineres, dessen Identität sich erst bei der Landung bestimmen ließ.

»Das Hinterteil eines Schleppers«, sagte Mainland wütend. »Sieht dein Adlerauge auch, was ich sehe? Glaubst du auch, was ich glaube . . .?«

Der Apache zuckte die Achseln.

Farmer sagte: »Sauber abgetrennt . . . Die, die vorne saßen, hatten Glück . . . ganz unverschämtes Glück!«

Es gab kaum noch einen Zweifler, der das Wrackteil anders interpretierte. Die Jungs aus der Zukunft hatten, warum auch immer, offenbar im letzten Moment ihre Meinung geändert und keine radioaktiven Abfälle herübergeschickt.

Im *allerletzten* Moment.

»Wir wären beinahe hops gegangen – für *nichts*!« grollte Mainland.

Aber es wurde klar, daß er genauso erleichtert war wie alle anderen, die ihn umstanden und den kaum erwarteten Aufschub erst einmal verdauen mußten.

Er konnte es vielleicht nur nicht so zeigen, weil er wußte, daß aufgeschoben nicht aufgehoben war.

Straiter blinzelte immer noch ungläubig zu dem Gerät, aus dem Pounders Stimme geklungen war und den Befehl gegeben hatte, das Unternehmen abzublasen.

Fünf Minuten vor Zeitpunkt X ...!

Fünf lächerliche Minuten, um einen Koloß von der Größe eines TN-2000-Sicherheitsbehälters auf dem Rücken eines Spezialsattelschleppers der US-Army über zweihundert Meter Distanz wieder aus der Gefahrenzone zu befördern. *Nachdem* der Fahrer bereits zu ihnen zurückgebracht worden war und sich zunächst mit Händen und Füßen dagegen gewehrt hatte, ins Führerhaus des Trucks zurückzukehren.

Die Angst des Mannes war verständlich. Aber niemand außer ihm hatte den Hauch einer Chance, es in der Kürze der Zeit zu schaffen!

Colonel Straiter hatte gegen seine innere Überzeugung auf die Druckmittel zurückgegriffen, die den Soldaten schließlich in Gang gesetzt hatten.

Jeder wußte inzwischen um die Toleranzen, die bei den Bebenberechnungen einkalkuliert werden mußten. Fünf Minuten – das konnte im Extremfall auch nur zwei oder drei Minuten bedeuten ...

Dennoch hatte sich ein Kamerad gefunden, der den Truck-Driver im Expreßtempo zum Schlepper gefahren hatte, ohne daß Straiter auch ihn erst hatte ausloben müssen.

Notfalls, dachte er, hätte ich ihn selbst gefahren. Vielleicht wäre es sogar meine gottverdammte Pflicht gewesen ...

Er versuchte, sich Pounders Beweggründe vorzustellen. Jetzt, da die Aktion in einem Wahnsinnsakt beendet worden war, hatte er Zeit dazu.

Die Vollzugsmeldung an den General stand noch aus – sollte er ruhig auch etwas schwitzen.

Die Hinterachse des Schleppers war »drüben« geblieben, aber der Giftmüllbehälter hatte durch den Ruck und den nachfolgenden Sturm keinen Schaden erlitten; das war das wichtigste.

Auch der Rest der Kolonne hatte den Austausch der Luftmassen einigermaßen glimpflich überstanden. Darauf war man vorbereitet gewesen.

Straiter verfolgte aus der Sicherheit seines Panzerfahrzeugs, wie der nervlich völlig fertige Fahrer des Schleppers von Kameraden aus der Truckkabine gehoben wurde. Der Colonel wußte, daß er sich nie verziehen hätte, wenn dieser Mann mit dem Beben *und* dem Müll in die Vergangenheit gerissen worden wäre. Wer wußte schon, welche Stimmung ihn bei den anderen Gestrandeten erwartet hätte. Von Prügel bis zur Lynchjustiz war alles möglich, denn für die Leute, die sich Pounders Willkür ausgesetzt sahen, wäre *er* der Sündenbock gewesen ...

Straiter nahm sich vor, dem Mann eine Anerkennung zukommen zu lassen, die seiner erbrachten Leistung entsprach. Eine Anerkennung, die sich zählbar auf dem Gehaltsstreifen des Fahrers niederschlug. Straiter war kein Freund dekorativer Orden.

Ein Schwall feuchtwarmer Luft trieb durch das geöffnete Fenster zu ihm herein und erinnerte ihn daran, daß ›nebenbei‹ ja auch noch ein gewaltiges Stück Urzeit zu ihnen in die Gegenwart gerückt war. Eine Fläche voller geheimnisvoller, fremdartiger Gewächse und einer aggressiven Fauna, die jeden Schritt zum Wagnis machte.

Er wurde sich sehr plötzlich und sehr eindringlich bewußt, daß es besser war, sich schnellstens von diesem Ort zu entfernen. Es gab keine echte Grenze und schon gar keinen *Zaun*, der sie vor Übergriffen aus diesem neuen Teil DINO-LANDs schützte. Der TN-2000 mußte notfalls mit Hubschraubern geborgen werden.

Straiter wollte gerade das Signal zum Aufbruch geben und danach endlich Kontakt zu Pounder aufnehmen, als sein Blick noch einmal in den Dschungel aus Nadelgehölzen stieß. Dorthin, wo sich die grüne Wand jäh teilte, während der Boden unter stampfenden Erschütterungen zu dröhnen begann ...

Auch draußen bemerkte man die Annäherung der Gefahr. Weit aufgerissene Augen starrten auf das Heer der Giganten, das sich aus dem fauligen Unterholz des Waldes mit der Unwiderstehlichkeit einer Katastrophe heranwälzte.

Straiter brüllte Befehle, die niemand mehr richtig verstand, geschweige denn ausführte. Das Unheil kam in Gestalt zahlloser grüngeschuppter Riesenechsen auf sie zu und wich auch dem entgegen jeder Herstellerwerbung höchst fragilen Gebilde des Sondermüllbehälters nicht aus.

Wenig später barst der TN-2000 wie eine moderne Version der *Büchse der Pandora* und schüttete seine Verdammnis über Mensch und Echse gleichermaßen aus ...

»Fassen Sie sich, Schneider, fassen Sie sich ...!«

Pounder gab ein Zeichen, worauf sich der Monitor neben ihm tatsächlich erhellte. Sowohl Sondstrup als auch Schneider wurde die Aufzeichnung dessen vorgespielt, was sich wenige Minuten zuvor an der Bebenstelle ereignet hatte. Sie sahen, wie man verzweifelte Anstrengungen unternahm, das Fahrzeug mit dem Sicherheitsbehälter aus jener Zone herauszubefördern, wo der Transfer stattfinden würde. Dann kam das Flimmern und das Verschwinden der Wüste. Eine Kamera, die den Sektor bestrich, wohin der Schlepper mit seinem gefährlichen Gut geflüchtet war, gab es nicht. Das wuchernde Grün verwehrte den Blick darauf.

Schneider hatte keine Probleme, zu begreifen, daß Pounder im letzten Moment einen Rückzieher versucht hatte.

Versucht.

»Wissen Sie, ob das Manöver gelang?« wandte sich Schneider kaum versöhnt an den General.

Sondstrup sagte überhaupt nichts. Ihm stockte noch der Atem.

»Ein Hubschrauber ist unterwegs. Wir werden gleich Bilder hereinbekommen. Straiter hat sich leider noch nicht gemeldet ...«

»Straiter«, murmelte Sondstrup gedankenvoll. Erinnerungen flammten auf.

»Sie werden auf jeden Fall meinen guten Willen anerkennen müssen«, meinte Pounder, als ginge es um ein x-beliebiges Scheidungsverfahren vor einer Schlichtungsstelle. »Ich habe alles noch einmal überdacht. Es wäre voreilig, sich den Weg in die Vergangenheit selbst zu verbauen. Wer weiß, was dort mit dem gefährlichen Erbe geschähe ...«

»Verbauen ...«, echote Schneider. Er strich sich durch das lange Haar, das hinten durch ein Schmuckband zusammengehalten wurde. In diesem Moment sah er nicht nur wie ein Alt-Hippie aus – er gebärdete sich auch so. »Ich durchschaue Sie, Sie verdammtes Arschloch! Sie denken an das *Kind*! Geben Sie es zu, Sie denken an den Jungen ...!«

Sondstrup versuchte ihn zu beruhigen, ohne die Hintergründe von Schneiders Äußerungen zu kennen.

Pounder legte auch jetzt die Rolle des Unanfechtbaren nicht ab. »Bringen Sie ihn zurück in seine Unterkunft«, wandte er sich freundlich an Sondstrup. »Bringen Sie ihn hier hinaus, sonst muß ich ihn entfernen –«

Eine Stimme aus dem Hintergrund ließ ihn wie alle anderen erstarren. »Die erwarteten Bilder, Sir ...«

Das Szenario auf dem Monitor wechselte. Selbst auf Pounders götzenhafter Miene hielt das Grauen Einzug, als er erkannte, was von Straiter und dessen Mannen übriggeblieben war.

Und von dem Behälter ...

»Was soll die Leichenbittermiene?« Nadja blickte von einem Buch auf, als er eintrat. »Ich weiß auch nicht, warum man mich nicht wieder gehen läßt. Sie finden ja doch nichts.«

Littlecloud kam zu ihr, legte das Buch zur Seite und nahm sie in den Arm. »Du hattest jahrelang Ruhe – warum muß es jetzt wieder anfangen?« seufzte er.

Sie verriet nicht, was Steven Green über die Verwandtschaft von Zeit und Tod gesagt hatte.

Sie spürte seine Lippen und den warmen Atem in ihrem Nacken. Entgegen ihrer ersten Absicht verharmloste sie ihr Problem dann doch nicht gänzlich, sondern erwiderte leise:

»Ich weiß es nicht, Marc, ich weiß es wirklich nicht. Hast du nicht auch das untrügliche Gefühl, daß alles in Fluß gerät? Wir haben uns viel zu lange in Sicherheit gewiegt. Es war eine Illusion zu glauben, diese Welt würde uns akzeptieren.«

Er sagte nichts, drückte sie nur fester.

»Das Ganze, auch der Überfall der Coeluriden, erinnert mich ein bißchen – lach jetzt bitte nicht – an die Immunabwehr eines Körpers. Als sende er ›Krieger‹ aus, um Fremdkörper, die in ihn gelangten, zu entfernen ... zu eliminieren ...«

Littlecloud war weit davon entfernt, es humorvoll zu nehmen. Er war froh, daß niemand Nadja von dem Helikopter-Absturz berichtet hatte. Sie hatte nur noch mitbekommen, daß die Verbindung abgebrochen war.

Als sie jetzt nach kurzem Abschweifen darauf zu sprechen kam, wich er geschickt aus. »Dein Gedanke ist nicht einmal von der Hand zu weisen«, kam er auf ihre Spekulation zurück. »Es wird sich nur schwer beweisen lassen.«

»Ich brauche keine Beweise«, sagte sie. »Ich *spüre*, daß es sich so verhalten könnte.«

Er nickte. Bevor er das Zimmer betrat, hatte er mit Dr. Williams gesprochen. »Der Doc will dich noch mindestens einen Tag hierbehalten, um dich auf Herz und Nieren zu untersuchen«, sagte er. »Ich werde dich vermissen. Meinst du, ich könnte den Platz neben dir bekommen?«

»Nur wenn du ernsthaft krank bist, es aber in keinem Lehrbuch steht.« Sie lächelte matt. »Rede ihm das aus, bitte. Ich will auch bei dir sein, und die Untersuchungen bringen sowieso nichts.«

»Gib ihm eine Chance.« Littleclouds veränderter Ton bewies, wie groß seine Sorge um Nadja wirklich war. »Ich besuche dich, wann immer ich eine freie Minute finde.«

»Apachen-Ehrenwort?«

»Apachen-Ehrenwort!«

Der Purpur-Himmel änderte auch in den kommenden Tagen nicht seine Färbung. Selbst die Nächte boten dem Betrachter ein seltsam verfremdetes Firmament, von dem die Sterne noch klarer herableuchteten als früher.

»Sag den anderen weiter, daß wir uns treffen«, flüsterte Alexander in einer Unterrichtspause Dennis zu. »Gleich nach der Schule ...«

»Auch Jasper?« fragte Dennis.

Alexander überlegte kurz, dann gab er nickend sein Einverständnis.

Julian Kempfer, eine schillernde Figur aus den Reihen jener, die sich damals *absichtlich* der Evakuierung entzogen hatten, leitete für die Dauer von Miß Bancrofts Abwesenheit den Unterricht. Keines der Kinder mochte ihn sonderlich. Kempfer bewegte sich vor den Pulten wie ein Selbstdarsteller, den alle kleinstädtischen Bühnen abgelehnt hatten und der es daraufhin vor einem Publikum versuchte, das sich seiner Meinung nach nicht wehren konnte.

Nach der Schule schlenderten sie gemeinsam durch den Park, wo die Feldarbeit wieder aufgenommen worden war, nachdem man davon ausging, alle noch verborgenen Coeluriden aufgescheucht und vertrieben zu haben. Aber die Patrouillen waren verstärkt worden und wurden auch merklich ernster betrieben. Ein besonderes Augenmerk richtete sich dabei nach wie vor auf alles, was die Kinder unternahmen.

»Das haben wir nur euch zu verdanken«, sagte Alexander. Sein Blick strich über Jasper und Jodie. Das Mädchen reagierte schuldbewußt, Jasper eher trotzig.

»Ich wollte doch bloß ...«

»Es geht nicht darum, was du wolltest – wir haben ein Abkommen!« unterbrach ihn Alexander. Die anderen nickten. Sie hatten sich auf einer kleinen Anhöhe ins Gras gesetzt und sich damit freiwillig den Blicken der Arbeiter ausgesetzt. Niemand sollte sich etwas denken bei ihrer Zusammenkunft. Es hatte schon genug Scherben gegeben.

Als Alexander schwieg, schob Jasper selbstbewußt das

Kinn vor und fragte: »Wann machen wir den nächsten Versuch?«

»Vergiß es«, meldete sich überraschend Jodie zu Wort. »Wir haben Mist gebaut und alles vermasselt.« Sie blickte von Dennis zu Alexander. »Stimmt doch, oder?«

Es war erstaunlich, mit welch geringem sichtbarem Aufwand der blasse, hagere Junge sich den Respekt der Mehrheit gesichert hatte.

»Es kommt darauf an«, sagte er vorsichtig.

Nicht nur Jaspers Augen leuchteten auf. Die meisten konnten es kaum erwarten, weiterzuexperimentieren. Jasper war diesmal klug genug, sich zurückzuhalten und nicht gleich wieder in den Vordergrund zu drängen. Er wartete, bis ein anderes Kind fragte: »Worauf? Worauf kommt es an?«

»Wie wir mit Kempfer fertigwerden«, sagte Alexander. »Die Schule ist der einzige Ort, wo wir es momentan wagen könnten.«

»Hast du eine Idee?« fragte Dennis.

Alexander spannte sie genüßlich auf die Folter, ehe er langsam nickte.

»Wir müssen etwas unternehmen«, sagte Schneider im Brustton der Überzeugung. Er lief wie ein eingesperrtes Raubtier in seiner Unterkunft auf und ab. »Er hat den Verstand verloren. Er überschreitet seine Kompetenzen um Lichtjahre! Jeder Anruf, der ein- oder rausgeht, durchläuft seine Zensur. Mich läßt er nicht einmal mehr in die Nähe relevanter Einrichtungen kommen . . .«

»Er weiß, warum«, erwiderte Sondstrup vorsichtig. »Mir geht es nicht anders. Wir sind isoliert, seit wir mitansahen, was draußen in der Wüste mit Straiter und dem Trupp geschah. Vielleicht –« er suchte nach Worten, »– vielleicht hätten Sie es ihm auch nicht gerade mit dem Holzhammer sagen müssen . . .«

Schneider unterbrach sein Herumtigern.

»Ach? Rechtfertigt das Pounders Tyrannengehabe?«

»Natürlich nicht.«

»Na also.«

»Was wurde aus der Allosaurus-Herde?« fragte Schneider. »Ließ er sie töten? Sie müssen genauso verstrahlt sein wie die Überlebenden, die man wegbrachte.«

»Soweit ich herausbekommen konnte, besteht momentan keine Gefahr mehr, daß der Wind den Mist über DINO-LAND verteilt. So viel wie ursprünglich befürchtet, ist auch nicht aus dem Behälter ausgetreten. Bergungsmannschaften arbeiten fieberhaft ...«

»Die Allosaurier!« erinnerte Schneider.

»Pounder ließ sie mit Hubschraubern in ungefährdetes Gebiet treiben.«

»Nicht nach DINO-LAND? Sollte er doch so etwas wie Skrupel besitzen?«

»Kaum. Man munkelt, er wartet das nächste Beben ab, um die verseuchten Tiere ebenso billig wie wirkungsvoll zu ›entsorgen‹ ...«

»Er will sie ein *zweites* Mal hineinschicken?« fragte Schneider, für den auch Dinosaurier erhaltenswerte Geschöpfe waren, solange sie nicht das Leben eines Menschen bedrohten, und dies wäre *hier* nur dann der Fall gewesen, wenn sie sich der Station oder einer Ortschaft genähert hätten. Daß Pounder sie in ihr Verderben schicken wollte, hätte sich höchstens damit rechtfertigen lassen, daß man sie vor einem langen Siechtum nach der Verstrahlung bewahren wollte. Schneider weigerte sich jedoch, das anzunehmen.

»So sieht es aus«, schloß Sondstrup. »Aber das ist nicht alles. Sie werden schon festgestellt haben, welche Hektik in der Station herrscht.«

»Was wissen Sie darüber?« nickte Schneider.

»Er macht Jagd«, eröffnete der Mann, dessen Posten als »wissenschaftlicher Leiter« zu reiner Makulatur geworden war.

»Jagd? Jagd worauf oder auf wen?«

»Auf Kinder«, sagte Sondstrup.

Schneider war seit dem Behälter-Unglück nicht wieder mit dem General zusammengetroffen. Nur Sondstrup hielt ihn eine Zeitlang über verschiedene Interna auf dem laufenden.

Um so überraschter war er, als die von Pounder auferlegten Beschränkungen ohne Angabe von Gründen gelockert wurden. Um die neuen Grenzen auszuloten, entschloß er sich zu einem Rundgang durch die Außenbereiche der Station, wo sich Sondstrups Hinweis bestätigte. Schneider konnte sich mit eigenen Augen davon überzeugen, daß sein Kollege nicht übertrieben hatte.

Sie jagten Alexander!

Das hieß, sie versuchten es!

Wenn Schneider sich über eines im Verlauf der letzten Tage nicht beklagen konnte, dann war es Mangel an Zeit. Er hatte noch einmal in aller Ruhe über seine Begegnung mit dem mysteriösen Kind nachdenken können.

Dabei war er zu der Überzeugung gelangt, ganz für sich privat, daß das Erlebnis *real* gewesen sein mußte. Gleichzeitig hatte er nicht die geringste Erklärung parat, und er glaubte auch nicht, daß sich eine Begegnung mit dem Jungen wiederholen würde. So *wie* sie miteinander konfrontiert und wieder voneinander getrennt worden waren, bot sich eher der Glaube an, daß Alexander sein Schreckerlebnis nicht ein zweites Mal provozieren würde.

Ganz anders schien es Pounder zu sehen.

Seine Soldaten, die Schneider auf seinem Gang über das Gelände traf, waren neben der üblichen Bewaffnung mit handlichen Pistolen bewaffnet, über die ein Saurier vermutlich nicht einmal hätte lachen können.

Obwohl Schneider sich zusammenreimen konnte, um was für Konstruktionen es sich handelte, stellte er den erstbesten Uniformträger zur Rede.

»Betäubungspistolen, Sir«, erhielt er bereitwillig Antwort.

»Damit wollen Sie auf ein *Kind* schießen?«

»Völlig ungefährlich, Sir ...«

Schneider setzte seinen Weg fort und fand überall Hinweise, daß die Station, und zwar nicht nur die Gebäude, sondern jedes übriggelassene Gebüsch auf dem Gelände, systematisch untersucht wurde. Es erschreckte ihn erneut, wie präzise Pounder auf die wenigen Fakten reagierte, die ihm zur Verfügung standen. Er *wollte* den Jungen, den er für mehr als ein Hirngespinst »Marke Schneider« hielt, und er war sich offenbar darüber im klaren, daß er ihn mit herkömmlichen Methoden oder guten Worten nicht würde festnageln können. Nicht in der Weise, die er sich vorstellte, um eine ergiebige Befragung durchzuführen!

Es gab nur diesen Weg, ihn sofort nach Aufspüren der Möglichkeit zu berauben, die Flucht dorthin anzutreten, woher er auch kam: Man mußte ihn einem Medikament aussetzen, das ihn blitzartig betäubte.

Der Grundgedanke war offenkundig, daß man nach seiner, Schneiders, Schilderung davon ausging, der Junge könnte seine phantastische Gabe *beliebig* steuern.

Wenn dies zutraf, war man – rein theoretisch zumindest – wahrscheinlich in der Lage, ihn zu überlisten. Die Frage war aber, was *danach* mit ihm geschehen würde.

Schneider kehrte mit dem festen Vorsatz in seine Unterkunft zurück, etwas gegen Pounders inakzeptable Politik zu unternehmen. Notfalls würde er doch versuchen, an dem General vorbei Kontakt zur Regierung zu suchen. Es war unvorstellbar, daß sie Alleingänge guthieß, die sich gegen *Kinder* richteten.

Es mußte andere Wege geben, dem Rätsel auf die Spur zu kommen, das sich seit der Konfrontation mit »Alexander« aufgetan hatte.

Ehe Schneider das aus Stahl und Panzerglas errichtete Gebäude betrat, das wie eine trutzige Festung aus der Urzeitlandschaft emporragte, richtete er einen zufälligen Blick zum Himmel, der eine ungewöhnliche Farbe angenommen hatte.

Er war purpur ...

Mainland zögerte lange, ehe er sich dazu durchrang, den Beschwerden einiger Eltern nachzugehen, die sich mit der eigenwilligen Unterrichtsführung von Julian Kempfer nicht einverstanden erklären wollten. Ihre teilweise recht harsche Kritik beruhte darauf, daß Kempfer sich weniger um Wissensvermittlung kümmerte, wie es seiner Aufgabe entsprochen hätte, als um die Pflege seines eigenen Egos. Nach Auffassung einiger Eltern, die sich in ihrem Wissen auf ihre Kinder beriefen, betrieb er um die eigene Person einen regelrechten Kult.

Mainland, der sich nicht gern von Behauptungen anderer beeinflussen ließ, faßte an diesem Morgen den Entschluß, sich selbst ein Bild von Kempfers Unterrichtsstil zu machen. Aus diesem Grund besuchte er das Schulgebäude unangemeldet und allein.

Als Mainland das Gebäude betrat, konnte er sich augenblicklich eines unguten Gefühls nicht erwehren. Zunächst wunderte er sich über die völlige Ruhe. Sie zumindest hätte *für* Kempfer sprechen müssen, deutete sie doch darauf hin, daß er seine weiß Gott nicht pflegeleichten Schützlinge wunderbar unter Kontrolle hatte.

Er durchquerte den Korridor mit ausgreifenden Schritten, weil er plötzlich Angst hatte, irgendwo zu spät zu kommen. Vor der Tür zum einzigen Klassenzimmer blieb er stehen. Die zum Klopfen erhobene Hand sank wieder herab, als er auch von jenseits der Tür keinen Ton vernahm. Ohne der Höflichkeit Genüge zu tun, riß er die Tür auf und betrat den Raum, wo Lehrer Kempfer um diese Zeit seinen Unterricht hätte führen müssen.

Kempfer lag jedoch mit ausgestreckten Armen über seinem Pult und schien derjenige zu sein, der schlief. Er rührte sich nicht. Mainland eilte auf ihn zu und schüttelte ihn. Dabei kam eine Thermoskanne zu Fall, die am Rande des Pults stand. Sie zerbrach am Boden und verschüttete dampfenden Tee.

Kempfer kam widerwillig zu sich. Die Tränensäcke des knapp Vierzigjährigen hatten sich weißlich verfärbt, und seine Zunge gehorchte ihm nicht richtig, als er erschrocken und irritiert an Mainland vorbeisah, sich unbeholfen aufrichtete und heiser stammelte: »Mainland ... Wo – wo sind die Kinder ...?«

Der Lieutenant sah ihn an und widerstand dem dringenden Bedürfnis, aufzuschreien. »Das«, sagte er, »wollte ich von *Ihnen* wissen.« Sein Blick schweifte über die leeren Bänke und Stühle. »Von Ihnen, Kempfer ...!«

Buch 11

Operation ›Exodus‹

Das Las Vegas der Kreidezeit sah aus wie der morbiden Phantasie eines Geisteskranken entsprungen.

Nie zuvor war es Littlecloud bewußter geworden, in welch marodem Zustand sich die Stadt befand. Sie rottete und faulte und zerfiel an allen Ecken und Enden.

Der Apache befand sich auf der Suche nach den am Vormittag verschwundenen und bislang nicht wieder aufgetauchten Kindern, und diese Suche führte ihn entlang des ruinengesäumten, einst so prunkvollen *Las Vegas Strips*, eine halbe Meile von der Siedlung entfernt, die die in der Urzeit gestrandeten Menschen errichtet hatten ...

Die Siedlung lag in einer Seitenstraße mit einem ehemaligen Park, der in gemeinsamer Anstrengung zu Ackerland umgewandelt worden war und einen bedeutenden Schritt zur angestrebten Autonomie darstellte.

In den fünf Jahren seit der Katastrophe war überhaupt viel bewegt worden, und doch hatte Littlecloud immer häufiger das erschreckende Gefühl, alles treibe unaufhaltsam einer noch weit größeren Katastrophe entgegen als der, die sie ›nur‹ um etwa hundertzwanzig Millionen Jahre in die Vergangenheit geschleudert hatte.

Da war dieser Himmel, der seit Tagen apokalyptisch eingefärbt war. Das seltsame Rot, das ihn durchwob, machte den Leuten angst, weil sie, umgeben von permanenter mörderischer Gefahr, viel stärker sensibilisiert waren für Veränderungen ihrer Umwelt.

Zum anderen häuften sich die Zusammenstöße mit durch die Stadt streunenden Raubsauriern, die eine stete Gefahr für die junge Kolonie waren.

Anfangs hatte es nichts dergleichen gegeben. Jahrelang war Las Vegas von der dominierenden Spezies dieser Zeit eher gemieden worden. Neugierige Einzelgänger hatten hin und wieder den Weg zwischen die ruinengesäumten

Schluchten gefunden, aber im großen und ganzen hatte die Stadt eher eine abschreckende als anziehende Wirkung auf sie ausgeübt.

In den letzten Wochen war das radikal anders geworden. Es war schon fast gespenstisch, welchen Magnetismus nicht Las Vegas als solches, sondern ganz eindeutig *dieser eine* Straßenzug, in dem sich die Gestrandeten niedergelassen hatten, auf die Saurier auszuüben schien. Gattungen, die nicht unbedingt als gesellig bekannt waren, fanden sich plötzlich immer wieder zusammen und starteten gemeinsame Angriffe gegen die Menschen.

Littlecloud blieb stehen. Erst vorhin, kurz vor seinem Aufbruch, waren zwei von Mainlands Soldaten als vermißt gemeldet worden. Sie waren zu Fuß wie er unterwegs gewesen und hatten angedeutet, möglicherweise eine Spur der Kinder gefunden zu haben. Dann war der Funkkontakt plötzlich abgebrochen, ohne daß sie noch ihre Position durchgeben konnten.

Seitdem wurde nicht nur nach den Kindern, sondern auch nach ihnen Ausschau gehalten.

Littleclouds Blick wanderte in die Richtung, wo Meilen entfernt die Türme des McCarran Airports in die Höhe stachen. Keine einzige Maschine stand mehr auf dem dortigen Start- und Landefeld, das bei der Blitzevakuierung der Stadt eine tragende Rolle gespielt hatte. Weit im Norden gab es noch einen zweiten Flugplatz, der ein ähnlich verlassenes Bild bot.

Plötzlicher Lärm erregte Littleclouds Aufmerksamkeit.

Der Wind trug Gemurmel heran, das wie – Kinderstimmen klang.

Der Apache, von Freunden schlicht *Red* genannt, setzte sich in Bewegung und lenkte seine Schritte auf das Caesars Palace zu, eine der früher üblichen Mischungen aus Nobelabsteige und Spielkasino.

Die Fassade des in verblassenden Pastelltönen gehaltenen Palastes zeigte selbst von weitem Risse, welche sich Schlinggewächse zunutze gemacht hatten, um daran hochzuklettern und das Gebäude in ein bedrohlich wirkendes, grünes Tarnkleid zu hüllen.

Fast alle Fensterscheiben waren zerbrochen. Auch in diese schattigen Höhlen krochen tentakelartige Pflanzenauswüchse, die sich hinter den Mauern verloren.

Littlecloud unterdrückte das Unbehagen, das ihn bei dem Anblick beschlich. In der Siedlung stoppten sie den Vormarsch der Vegetation so gut es ging, aber der überwiegende Teil der Stadt war fest in der Hand urzeitlicher Flora, und man hätte meinen können, daß es vielleicht das war, was mit einiger Verspätung auch die Fauna nachrücken ließ. Dem widersprach jedoch, daß es die Saurier gerade dort verstärkt hinzog, wo man die fremdartigen Gewächse des Mesozoikums eingedämmt hatte.

Er brachte das Gewehr in Anschlag und näherte sich langsam der offenen Tür, die ins zerstörte Hotelfoyer führte.

Dort wucherten Pflanzen an den unmöglichsten Stellen; sie quollen aus aufgeplatzten Sesselpolstern oder aus Fächern, in denen früher gute oder schlechte Nachrichten für gute oder schlechte Gäste aufbewahrt wurden.

Die Stimmen waren lauter geworden. Er ließ sich von ihnen leiten.

Kinderstimmen, eindeutig!

Littlecloud ging schneller.

Außer ihm beteiligte sich jeder gesunde Erwachsene an der Suche nach den Verschwundenen. Niemand wußte, warum die Schüler ihrem Aushilfslehrer ein Schlafmittel verabreicht hatten. Als Streich konnte so etwas nicht mehr durchgehen.

Je näher Littlecloud der Schallquelle kam, desto sicherer wurde er, auf der richtigen Fährte zu sein. Er hörte jetzt Wortfetzen.

Bingo! dachte er. Als er den Weg zu den Aufzügen einschlug, die im erwartet heillosen Zustand waren, lockerte er unbewußt seine innere Spannung. Er sah die Kids schon vor sich.

»... auch mal ... seid gemein ...«

Littlecloud hätte die Stimme, die ihm die allgegenwärtige Zugluft entgegenwehte, überall herausgehört und erkannt.

».. . böser Jasper . . . böser Jasper . . .«

Vor Tagen hatten die Eskapaden genau dieses Jungen sie schon einmal alle in helle Aufregung versetzt!

Gleich neben der Liftanlage führte eine halboffene Tür ins Treppenhaus. Littlecloud öffnete sie vollständig. Dort, woher die Kinderstimmen kamen, war es absolut finster.

Er zog eine Stablampe aus der Jackentasche und versuchte, sich in die Mentalität und Motive der Drei- bis Fünfjährigen zu versetzen. Die Stadt mußte einen kaum zu zügelnden Reiz auf sie ausüben. Als wäre sie ein gigantischer Abenteuerspielplatz.

Im Schein der Lampe stieg Littlecloud die Treppe hinab. Er vermied unnötige Geräusche, obwohl er wußte, daß das Licht ihn frühzeitig verraten würde.

Die Stimmen wurden lauter und aufgeregter. Außerdem machte sich ein unangenehmer Geruch bemerkbar. Am Ende der Treppe steigerte er sich zu einem solchen Gestank, daß Littlecloud nicht nachvollziehen konnte, warum sich die Kinder ausgerechnet hier aufhielten. Der Lampenschein riß Türen rechts und links des Ganges aus dem Dunkel. Eine stand sperrangelweit offen.

Aus ihr drang ein Satz, der Littlecloud stocken ließ.

».. . können es nicht riskieren«, sagte Mainland.

Mainland?

Das Gemurmel lag wie ein Chor hinter der Stimme des Lieutenants.

»Paul?«

Irgend etwas zwang Littlecloud, das Gewehr wieder fester zu umfassen. Die Lampe klemmte er zwischen die Zähne, um beide Hände zur Verfügung zu haben.

Mainland antwortete nicht.

»Ja, komm, besorg's mir . . .«, sagte eine Frau.

Littlecloud hatte das Gefühl, als würde der harte Knoten in seinem Magen sich plötzlich in eine Anaconda verwandeln.

Lautlos glitt er auf die Tür zu. Der Lichtstrahl tanzte bei jedem Schritt die Wände und den Boden entlang, nur die Decke lag zu hoch. Von dort drückte die Dunkelheit wie ein schweres Polster auf ihn herab. Kurz vor der Schwelle riß er ruckartig den Kopf in den Nacken, weil er glaubte, etwas lasse sich von oben auf ihn herab. Aber es war nur Einbildung. Da war nichts weiter als eine graugestrichene Betondecke.

Eine Kinderstimme jammerte: »... Angst ... Hab' so Angst ...!«

Einen Schritt vor der Tür blieb Littlecloud erneut stehen. Er wußte selbst nicht genau, warum. Es gab nur eine Erklärung: Mainland und die anderen hatten die Kinder kurz vor ihm gefunden!

Doch kaum hatte er sich selbst beruhigt, ließ ihn eine Bewegung am Boden erstarren. Etwas wurde blitzschnell ins Innere gezogen – etwas, in dem Littlecloud die Hand eines Menschen erkannt zu haben glaubte ...

Was, zur Hölle, ging hier vor?

Die Stimmen waren jetzt völlig verstummt, und die Stille wurde unerträglich.

»Paul?«

Daß Mainland nicht antwortete, hatte einen Grund. Aber welchen?

Littlecloud trat mit entsicherter Waffe auf die Tür zu.

Das, was im selben Augenblick von jenseits der dunklen Schwelle ertönte, ließ ihm endgültig das Blut gerinnen.

»... wird ihm schon nichts passieren ...«, sagte Littlecloud.

Littlecloud?

DINO-LAND, eine andere Zeit

Professor Carl Schneider fröstelte, als er seinen Blick vom Dickicht hinter den Zäunen und dem dort wimmelnden Leben losriß. Nachdenklich betrat er die Station, die wie eine Geschwulst aus Stahl, Glas und Kunststoff aus dem feuchten Urwaldboden emporwucherte und längst kein Sicherheitsgefühl mehr vermittelte.

»Professor . . .?«

». . . rief der Professor«, gab Schneider skurril-humorig zurück. Er hatte sofort begriffen, wer ihm da mit Leidensmiene aus einem Seitentrakt entgegeneilte: Professor Sondstrup, de facto noch wissenschaftlicher Leiter der DINO-LAND-Station. Objektiv gesehen hatte ihm Pounder jedoch ebenso jede Vollmacht entzogen, wie er es bei Schneider getan hatte.

»Ich muß Sie sprechen!« Sondstrup trug seinen obligatorischen weißen Kittel. Auf der Denkerstirn hatte sich ein hauchfeines Netz von Schweißperlen gebildet, das die innere Unruhe des engagierten Wissenschaftlers widerspiegelte.

Sondstrup senkte die Stimme. Mit Verschwörermiene erklärte er: »Pounder plant etwas!«

Schneider grinste matt. »Tolle Neuigkeit. Wenn Sie die Schweinerei mit den Kindern meinen . . .«

Sondstrup zögerte. »Ich wurde Zeuge einer Unterhaltung zwischen hochrangigen Soldaten. Es ging um Pounders Jagd nach dem Jungen.«

Schneider nickte. »Wir wissen, daß er von der fixen Idee besessen ist, er könnte den Jungen, der mich kurz in die Vergangenheit verschleppte, hier irgendwo aufspüren und –«

»Bei dem, was ich gehört habe«, unterbrach Sondstrup in gehetztem Ton, »geht es aber um eine Aktion *außerhalb* von DINO-LAND. – Pounder dehnt seine Jagd aus!«

»Was wollen Sie damit sagen?«

»Es hörte sich an, als wollte er jemanden . . . nun, als wollte er Soldaten in die Vergangenheit schicken.«

Schneider brauchte eine Weile, um zu begreifen.

»Ich weiß, daß uns die Hände gebunden sind«, fuhr Sondstrup inzwischen fort. »Trotzdem wollte ich es Ihnen sagen.«

Schneider gewann die Fassung zurück. »Wissen Sie, was Sie da sagen? Wir müssen unbedingt dafür sorgen, daß

Pounder das Handwerk gelegt wird! Ich kann mir nicht vorstellen, daß solche Aktionen von Washington gedeckt werden! Wir müssen eine Möglichkeit finden, dort vorstellig zu werden ... Er hat sich ja schon einiges geleistet, aber das hier ist ungeheuerlich!«

»Wie sollte uns das gelingen? Er läßt es nie zu! Sie haben es doch an eigenem Leib erfahren müssen, wie kompromißlos er vorgeht, um seine Ziele durchzusetzen. Einfach hinaustelefonieren geht nicht. Die Apparate in den Unterkünften sind ausschließlich für interne Verbindungen geeignet. Alles, was nach draußen geht, durchläuft die Zensur! Ohne Pounders Okay geht gar nichts. Und er wird den Teufel tun, uns zu erlauben, entscheidende Stellen anzuwählen!«

Schneider sah weniger schwarz. »Wir finden einen Weg. Es gibt doch diese Handys ... Besorgen Sie mir eins. Sie können sich, im Vergleich zu mir, noch relativ frei bewegen!«

»Noch.« Sondstrup wurde blaß. »Wenn es abgehört würde, läßt er uns standrechtlich erschießen! Uns beide! Sie wissen, daß ich nicht übertreibe ...«

»Besorgen Sie es!« sagte Schneider eindringlich. Er wußte, daß Sondstrup kein Held war, aber darauf konnte er im Moment keine Rücksicht nehmen.

Sondstrup zögerte lange, ehe er verbissen nickte.

Nacheinander verließen sie die Kammer.

Niemand nahm Notiz von ihnen.

Schneider kehrte unverzüglich zu seiner Unterkunft zurück. Als er aufsperren wollte, mußte er feststellen, daß die Tür gar nicht verschlossen war, obwohl er sie nie offenließ. Mit einem gallebitteren Gefühl trat er ein.

»Pounder!« knurrte er, als er den ungebetenen Besucher entdeckte. »Interessant, daß Sie jetzt nicht einmal mehr den Anschein wahren! Das Wort Privatsphäre gibt es in Ihrem Vokabular wohl nicht ...«

Er hielt die Tür demonstrativ offen, aber Pounder reagierte nicht. Er stand vor Bildern, die ihn nichts angingen. Schneider hatte Stationen seines Lebens pinnwandartig zusammengefaßt und gerahmt neben dem Spind aufgehängt.

»Sie haben Kinder«, sagte Pounder nur scheinbar zusammenhanglos. »Ich wußte, daß Sie geschieden sind, aber daß Sie Kinder haben ...«

»Verschwinden Sie sofort!« Das letzte Treffen steckte Schneider noch mehr in den Knochen, als er angenommen hatte.

Pounders stumme Musterung war so eindringlich, als habe er gleich ein Urteil über ihn zu sprechen. Die Sekunden verrannen. Schließlich sagte er: »Lassen Sie uns doch endlich den kleinen Streit beilegen und vergessen. Arbeiten wir wieder Hand in Hand ...«

Schneider war sich klar, daß er, wenn er jetzt nicht darauf einging, wohl endgültig das Tuch zwischen ihnen zerschnitt. Trotzdem deutete er erneut auf die offene Tür.

»Gehen Sie! Zwischen uns steht kein Streit, zwischen uns steht eine völlig unterschiedliche Auffassung von Moral!«

Es hinterließ ein ungutes Gefühl, wie plötzlich der General gehorchte. Als er den Raum verlassen hatte, konnte Schneider zwar wieder freier atmen, aber er wußte nicht, ob er klug gehandelt hatte. Vielleicht hätte er wenigstens zum Schein auf Pounders Angebot eingehen sollen.

Jetzt war es dafür zu spät.

Nachdenklich trat er ans Fenster und blickte hinaus. Dabei machte er eine Entdeckung, die angesichts seiner wirklichen Probleme kaum in sein Bewußtsein drang.

Der vormals gespenstische Himmel von Nevada war wieder ganz der alte.

Strahlendblau.

Von Purpur keine Spur ...

Las Vegas

Der Apache hatte noch nicht ganz verdaut, daß *seine* Stimme hinter der Schwelle erklungen war, als der unmenschliche Schatten aus der Tür auf ihn zukam. Instinktiv warf er sich zur Seite. Dabei mußte er es machtlos geschehen lassen, daß die Taschenlampe seinen Zähnen entglitt. Sie prallte noch vor ihm selbst auf den Steinboden und rollte außer Reichweite.

Aber sie brannte weiter. Und das war ein Wunder, gegen das Littlecloud nicht das geringste einzuwenden hatte. Ein kleiner Rest Helligkeit zum Zwecke des Überlebens konnte unmöglich schaden.

Wiederum instinktiv krümmte er den Zeigefinger und feuerte drei schnelle Schüsse auf das ab, was wie das mißglückte Resultat eines Genexperiments auf ihn zugekrochen kam.

Dreifingrige, dolchspitze Klauen und hornige, schnabelähnliche Kiefer, die wie die aufgerissenen Zangen einer Bärenfalle klafften, schoben sich ihm entgegen!

Littlecloud blinzelte irritiert. Einer von drei Querschlägern zuckte unmittelbar an seinen Augen vorbei und brannte sich fast in die Netzhäute. Keine der Kugeln hatte die Panzerhaut durchschlagen. Keine!

»Küß mich, Red, bitte küß mich!« säuselte Nadjas Stimme ...

... aus dem fauligen, schnabelförmigen Rachen des Monsters. Im Raum dahinter plapperten Kinderstimmen. Mehrere Erwachsene mischten sich ein.

Es war grotesk. Littlecloud begriff gar nichts mehr. Aber er handelte roboterhaft. Immer noch kauerte er am Boden, und nun richtete er die M13 auf aufgestützten Ellbogen aus. Das schummrige Licht der weggerollten Lampe, die irgendwo gegen eine der Wände strahlte, half ihm, sein Ziel zu finden.

Er drückte ab.

Das aschgraue, bestialischen Dunst verbreitende Wesen wirkte nicht überragend schnell, aber es besaß die Beharrlichkeit einer in Fahrt gekommenen Dampfwalze. Die vierte Kugel fuhr in den geöffneten Schlund und richtete große Verheerungen an, ohne jedoch den dazugehörigen Körper stoppen zu können. Was wie Leder aussah und Muskelspiel ahnen ließ, besaß winzige, überlappende, kaum zu durchdringende Hornschuppen, die den Leib nach Art mittelalterlicher Kettenhemden wappneten. Nur der offene Schlund schien angreifbar – aber ob er Nerven besaß, wurde immer fraglicher! Kein Schmerzlaut begleitete den Verlust des halben Oberkiefers. Nur die Stimme litt. Nadja klang plötzlich wie eine zahnlose Vettel: »Gelllibbter ...!«

Erst eine ganze Serie von Schüssen beendete das grausige Schauspiel.

Littlecloud robbte zu der Stelle, wo die Lampe lag, und richtete ihren Strahl auf den Leichnam des sonderbarsten aller Saurier, die ihm je begegnet waren.

Die Stimmen aus dem Kellerraum hatten sich verändert. Sie hörten sich jetzt wie hilflos wimmernde und schluchzende Personen an. Littlecloud ging steifbeinig darauf zu. Die Patronen in seinem Magazin gaukelten ihm vor, dieser Situation gewachsen zu sein.

Er hielt die Stablampe inzwischen mit der linken Hand an den Gewehrlauf gepreßt. Die Mündung folgte jeder Bewegung des Lichtbündels. Milchiger Schein wanderte über den Boden und blieb an der Leiche eines grausam zugerichteten Soldaten hängen. Sein verstümmelter Kamerad lag wenige Schritte entfernt.

Littlecloud unterdrückte alles, was mit dieser Entdeckung einherging, und schwenkte zu den *Nestern*.

Sie klebten wie riesige Schwalbennester an der gegenüberliegenden Wand und schienen von Mörtel, Dreck, Halbverdautem und Körpersäften zusammengehalten zu werden. In einem dieser Horte wuselte es wie in einem Ameisenhaufen. Dutzende, knapp unterarmlange Ebenbilder des gerade überwundenen Monstrums reckten gierig-hungrig ihre noch unvollkommenen, aber bereits bluttriefenden Schnäbel in die Höhe und plapperten dabei wild durcheinander mit den Stimmen von Menschen, die Littlecloud größtenteils kannte ...

Er mußte ihre Fütterung gestört haben. .

Sekundenlang ließ er das Bild auf sich wirken. Den wie

eine Kreuzung aus zerknitterten Welpen und Rhinozerossen aussehenden Echsen gab er die Bezeichnung ›Papageiensaurier‹.

Dann erschoß er sie alle.

Bei einem der toten Soldaten fand er ein funktionierendes Walkie-talkie, mit dem er schließlich zur Oberfläche zurückkehrte. Er verständigte Mainland und erfuhr, daß die Kinder immer noch nicht ausfindig gemacht werden konnten.

Mainland war erst geschockt, dann ungläubig, als er fragte: »Du meinst, sie haben die Männer mit den Kinderstimmen in die Falle gelockt, damit ihre Mutter sie zu Nahrung verarbeiten konnte . . . ?«

»Oder ihr Vater«, betrieb Littlecloud Haarspalterei. »Ich hatte keine Zeit, mir über das Geschlecht klar zu werden.«

»Heißt das, es könnte immer noch irgendwo ein ausgewachsenes Exemplar herumlaufen?«

»Besser, wir gehen davon aus.«

Mainland schwieg eine Weile. Dann sagte er: »Gott sei Dank waren die Jungen noch nicht flügge . . .«

»Sie nicht«, gab Littlecloud zurück. »Aber andere Nester waren *leer.* Irgend jemand muß uns ja auch belauscht haben, um unsere Sprache zu kopieren. Gehen wir lieber ab sofort davon aus, daß wir nicht allein sind, wenn wir uns in unseren Wohnungen allein *glauben.*«

»Das ist Wahnsinn!« keuchte Mainland.

»Wir sollten nicht die Augen verschließen. Vielleicht krabbeln sie wie Ratten durch Abflußrohre. Unsichtbar, aber allgegenwärtig . . .«

»Hör auf, mir diesen Horror weiszumachen! Warum sind wir dann nicht früher auf sie gestoßen?«

Littlecloud zuckte die Achseln. Rot stand die Sonne am Horizont, und rot versank sie allmählich dahinter.

»Weil alles anders ist als früher. Alles. Und weil sie schlau sind, vermutlich«, sagte er fast bedächtig. »Schlau und scheu. Wie Ratten eben.«

Mainland sparte sich weitere Kommentare. Er versprach, die Toten mit einem Wagen abholen zu lassen.

Littlecloud wartete, bis die Männer eintrafen. Er zeigte ihnen, wo sie ihre Kameraden finden konnten. Das Angebot, im Wagen mit zurückzufahren, lehnte er ab. Statt dessen suchte er noch die Umgebung ab, ehe er in die Siedlung zurückkehrte.

Pounders Blick ruhte auf dem Mann, dem er das Ticket in die Kreidezeit geben wollte. »Sie sind mit den Bedingungen einverstanden? Ich kann nur Leute gebrauchen, die mit dem *Herzen* dabei sind!«

»Ich hatte schon schlechtere Angebote«, sagte Ben Kenya, unberührt vom Pathos des Generals.

»Es könnte eine Reise ohne Wiederkehr werden«, sagte Pounder.

»Ich habe nichts zu verlieren«, erwiderte Kenya. Er lächelte ohne einen Funken Humor. »Das brauche ich *Ihnen* doch wohl kaum zu sagen?«

Pounder stand vom Tisch auf. Die indirekte, klinisch sterile Beleuchtung erhellte nicht nur jeden Winkel des fensterlosen Raumes, sondern auch jede Furche seines zerklüfteten Gesichts. Vor der Wandkarte, die den Großraum Las Vegas *vor* der Katastrophe zeigte, blieb er stehen.

»Operation Exodus«, sagte er wiederum unkontrolliert pathetisch, »könnte ein neues Zeitalter einläuten. Einen *Aufbruch*. Neben vielen anderen Möglichkeiten könnte er der Grundstock zur Rettung aller in die Vergangenheit verschlagenen Menschen sein – aber Sie dürfen nicht erwarten, daß man Sie mit offenen Armen empfängt.«

»Wir sprachen darüber«, meinte Kenya aufreizend lässig. »Ausführlich ...«

»Dann wissen Sie auch, daß Ihr Auftrag vorerst in einer ... nennen wir es ›rechtlichen Grauzone‹ ... stattfindet.«

»Der Honorar-Transfer ist abgeschlossen«, sagte Kenya. »Ich konnte mich über meinen aktuellen Kontostand vergewissern, von dem meine Familie profitiert, ob ich zurückkomme oder nicht. Der Rest interessiert mich im Moment noch nicht.«

»Denken alle so?«

»Es ist egal, was sie denken. Sie haben sich entschieden wie ich. Es gibt kein Zurück!«

Pounder nickte einigermaßen zufrieden. Er hatte nur Männer mit Familie ausgesucht. Bei ihnen konnte er am ehesten auf ein Mindestmaß an Loyalität hoffen.

»Gehen Sie jetzt. Wenn wir uns je wiedersehen sollten, haben Sie es geschafft. Davon können wir wohl ausgehen . . .«

Ben Kenya verließ den Raum ohne jede militärische Ehrenbezeugung.

Pounder akzeptierte auch dies. Er hätte alles akzeptiert, wenn das Korps, das er in die Vergangenheit schickte, das Kunststück fertigbrachte und wieder zurückkam.

Denn dann hatte *er* gewonnen.

Das Sprichwort, wonach Kinder die Zukunft bedeuteten, nahm er wörtlich.

Schneider erhielt seine Chance so schnell, daß er fast selbst davon überrumpelt wurde.

»Wo konnten Sie es so rasch auftreiben?« fragte er und wog das tragbare Telefongerät wie einen Schatz zwischen den Fingern.

Sondstrup verzog das Gesicht, als hätte er ihn gerade an seine Hinrichtung erinnert, die er selbst kürzlich heraufbeschworen hatte. »Nicht alle«, sagte er gequält, »sind mit Pounders Vorgehen einverstanden. Einige hoffen richtig, daß er einen Dämpfer erhält. Das Handy stammt von einem Mann, der Straiter sterben sah. Wir wissen alle, daß der Colonel auf Pounders Rechnung geht, aber dieser Mann war mit ihm *befreundet* . . .«

Schneider hakte nicht weiter nach. Er verbarg das Handy unter seinem weiten Hemd und klemmte es in die Achselhöhle. Dann verließ er Sondstrups Unterkunft.

Er kam bis ans Ende des Ganges. Dann heulte der Alarm auf. Überall flogen Türen auf, und bewaffnete Männer hasteten ins Freie.

Schneider, der sich eigentlich in seine vier Wände hatte zurückziehen wollen, folgte fast mechanisch. Erst auf der Veranda, von der aus er das umzäunte Gelände überschauen konnte, blieb er stehen.

Zunächst begriff er nicht, was er sah. Er registrierte nur, daß die Sirenen noch lauter geworden waren und niemand daran dachte, sie abzuschalten.

Über Lautsprecher ergingen Befehle an die Soldaten. Und erst da verstand Schneider, daß es sich um einen Angriff handelte, der vom Wald aus auf die zur unangreifbaren Festung ausgebauten Station erfolgte.

Unangreifbar ist falsch, dachte er. Vielleicht sind die Sperren nicht mehr zu überwinden – aber *angreifen* kann sie jeder.

Die, die es taten, kamen von jenseits der Hochenergiezäune, und sie kamen in Rudeln, wie sie noch nie zuvor beobachtet worden waren!

Massen drängten sich draußen vor den Barrieren.

Schneider erkannte Heere von an sich harmlosen, langhalsigen Brachiosauriern. Dazwischen bewegten sich mit Rückenstacheln bewehrte Stegosaurier und mit Augenbrauenhörnern versehene Ceratopsier.

Sie alle hatten eines gemeinsam: Sie waren Pflanzenfresser – und sie entwickelten normalerweise keine Aggression, schon gar nicht gegen etwas so Abstraktes und gleichzeitig Tödliches wie die DINO-LAND-Station. Wenn sie aktiv wurden, dann um zu fressen oder sich zu wehren. Niemand aber hatte sie angegriffen. *Sie* attackierten. Und sie taten es so blindwütig, daß Schneider auf seinem Beobachtungsposten mehr als einmal der Atem stockte.

»Da staunen Sie, wie?«

»Pounder ...«

»Gehen Sie lieber wieder hinein«, riet der General. »Wir kriegen die Sache schon unter Kontrolle ...« Seine Geste, mit der er zur Tür zeigte, hatte fast etwas Obszönes und erinnerte Schneider daran, wie er Pounder die Tür gewiesen hatte. Er gehorchte, weil er plötzlich seine Chance witterte.

Ohne ein weiteres Wort ließ er den Oberbefehlshaber von DINO-LAND stehen und sperrte sich in seiner Unterkunft ein. Er trat ans Fenster, öffnete es einen Spalt und zögerte sein Vorhaben noch etwas hinaus, bis der Tumult draußen seinen Höhepunkt erreicht hatte.

Dann endlich durfte er hoffen, daß das über Funknetz hinausgehende Telefonat in dem allgemeinen Tohuwabohu unterging.

Mit schwitzigen Händen wählte er die Nummer, von der er sich erhoffte, daß sie Pounders Alleingang stoppen würde.

Falls es ein Alleingang war.

Ben Kenya schürzte die Lippen und blickte sich ein letztes Mal aufmerksam um. Die Luft flirrte schon und rieselte wie Engelsstaub. Vierzehn weitere Freiwillige und ein Helikopter standen in der Nähe des dunkelhäutigen Captains. Sie waren alle schwarz, selbst die Maschine. Und ihnen allen war dieser bedingungslose Wille anzumerken, den Auftrag zum Erfolg zu führen.

Die Nachricht vom niedergeschlagenen Angriff auf die Station in DINO-LAND erreichte sie in einem gottverlassenen Teil der Nevadawüste, wo sie darauf warteten, endlich vom Spuk gefressen zu werden. Der Spuk, der hier Tag für Tag ein weiteres Stück Gegenwart verschlang, in einem unbegreiflichen Akt hundertzwanzig Millionen Jahre in die Vergangenheit schleuderte und durch prähistorische Wildnis ersetzte.

»Es geht los«, sagte Pangrove, ein Hitzkopf und stark wie ein Stier. Er überragte Kenya um einen ganzen Kopf. Wer ihn sah, mochte ihn für einen reinen Muskelprotz ohne Verstand halten, aber das war ein Trugschluß. In diesem Korps dienten nur Leute mit einem IQ zwischen 120 und 130. Das reichte. Mehr wäre zuviel gewesen. Kenya selbst hatte beim Test mit 135 abgeschnitten, deshalb war er jetzt der Anführer des verwegenen Haufens.

Bevor ihn jemand hindern konnte, jagte Pangrove eine sinnlose Salve aus seinem M13-Gewehr in Richtung der Herde Allosaurier, die er so in respektvollem Abstand hielt, seit die Kopter sie in einem wahren Kesseltreiben völlig konfus gemacht hatten.

»Reißen Sie sich zusammen!« blaffte Kenya den bulligen Sergeant an, der grinsend noch eine Salve abfeuerte, ehe er das Gewehr senkte.

Aus dem Bordfunk des vertäuten Helikopters, in dessen Schatten das Armeekorps wartete, bestätigte Pounders dröhnende Stimme Pangroves Weissagung.

»Operation Exodus läuft! Viel Glück, Männer! Denkt, wenn ihr drüben seid, immer daran, daß ich sie *lebend* brauche, und das liegt auch ganz in eurem Interesse . . .!«

»Verdammt!« fluchte Okenofee, der so dürr war, daß manche behaupteten, seine Knochen im Wind klappern zu hören. Er sah aus wie ein Junkie auf Entzug, obwohl es in seinem Leben nur einen Exzeß gab: das Militär. Er *liebte* es. Es war seine Heimat, und damit stand er in diesem Korps nicht einmal allein. »Spürt ihr das auch . . .?«

»Ab in die Kiste!« brüllte Kenya gegen die aufkommende Unruhe an.

Pounders Stimme im Lautsprecher war abgestürzt, als das fünfzehn Mann starke Korps im Kopter Platz genommen hatte. Kenya warf einen letzten Blick zu den unwirklich, wie in flirrendem Nebel herumtappenden Kolossen, die mit einem der letzten Beben aus der Vergangenheit gerissen und hier radioaktiv verseucht worden waren.

Dann kam das Beben und erstickte alles in einem unglaublichen Wirbel, den jeder ganz individuell empfand. Für Kenya war es ein Gefühl, als würde sich sein Körper zu Rauch verflüchtigen – und im nächsten Atemzug nicht sehr zartfühlend wieder zu etwas Festem zusammengestampft werden. Das erste, was er nach dem Abflauen des Sturms tat, war, sich zu vergewissern, ob er noch fünf Finger an jeder Hand und auch sonst alles an der richtigen Stelle hatte.

Die Allosaurier waren verschwunden. Pounders Absicht, sie untergehen zu lassen und sich ihrer elegant zu entledigen, schien geglückt. Eine grausame Gesetzmäßigkeit der Zeitbeben hatte es ermöglicht: Alles Lebendige konnte den temporären Wechsel nur *einmal* verkraften. Ein zweiter Versuch endete unabwendbar tödlich. Offenbar wurden die Zellen beim Durchgang mit einer bislang nicht feststellbaren und damit auch nicht zu neutralisierenden Energie gesättigt, die beim zweiten Passage-Versuch den Tod herbeiführte.

In der Praxis hieß das, daß auch dieses Korps dazu verdammt war, den Rest seines Lebens in der frühen Kreidezeit zu fristen, wenn es ihm nicht gelang, das ›Rückfahrtticket‹ in die Hand zu bekommen ...

»Heiliges Kanonenrohr!« stöhnte Okenofee. Er schien erst jetzt zu begreifen, daß ihr Sturz in die Vergangenheit funktioniert hatte, im Grunde sogar weit unspektakulärer als von allen erwartet.

Wie dünn, dachte Ben Kenya düster, *muß diese verfluchte Haut zwischen dem Gestern und dem Heute sein, wenn es so einfach ist, sie zu durchschreiten ...?*

Er fing sich und verteilte ganz mechanisch erste Befehle, um die Männer aus ihrer staunenden Paralyse zu reißen, mit der sie zu der gerade noch in Sichtweite liegenden Silhouette einer Stadt spähten.

Den *Ruinen* einer Stadt!

Las Vegas, dachte Kenya. Er hatte nicht geahnt, daß ihn dieses Bild so beeindrucken würde, und er spürte seine eigenen Blicke ungewohnt lange an den einzelnen Punkten der Umgebung haften.

»Ortung?« wandte er sich endlich an den weißhaarigen Thorpe, der neben Okenofee als zweiter Pilot fungierte, momentan aber das Radar überwachte.

»Negativ«, gab Thorpe mit tiefer Baßstimme zurück.

Kenya nickte weder enttäuscht noch zufrieden. »Okay«,

sagte er. »Raus jetzt! Checkt erst einmal die Maschine durch! Sie muß tadellos in Schuß sein. Ein Versager hier hätte fatale Folgen! Wenn nichts dagegen spricht, starten wir umgehend ...«

»Soll ich Kontakt zur Stadt aufnehmen?« fragte Sorrow naiv.

Kenya verneinte. »Wenn sie uns noch nicht entdeckt haben, lassen wir es vorläufig dabei. Ein kleiner Vorsprung kann uns nur gelegen kommen.«

Er stieg als letzter aus und verfolgte die Inspektion des Kampf-Helikopters aus einiger Entfernung. Während in seiner Nähe konzentriert gearbeitet wurde, machte er eine gespenstische Entdeckung. Der Himmel über diesem Wüstensektor, der anfänglich keine Besonderheiten aufgewiesen hatte, füllte sich jetzt von Osten her – aus Richtung Stadt – mit feindseliger Purpurfärbung, als hätte jemand unbedacht einen Eimer Blut über einer Glasplatte ausgeschüttet ...!

»Was bedeutet das, Sir?«

Unbemerkt war Pete Sorrow nähergekommen. Der Stahlhelm auf seinem kantigen Schädel schaukelte leicht. Seine etwas in den Höhlen zurückliegenden Augen schimmerten feucht, als hätte er unlängst Tränen vergossen. Kenya wußte jedoch, daß der sehnige Soldat nicht einmal am Grab seiner Mutter geweint hätte. Pete Sorrow war auf undurchschaubaren Umwegen bei der Armee gelandet, und die Gerüchte, daß er ein in etlichen Bundesstaaten gesuchter Verbrecher war, hatten – obwohl nie bewiesen – nie verstummen wollen.

Kenya widerstand dem Drang, Sorrow mit einer nichtssagenden Bemerkung abzukanzeln. Er spürte, daß der Purpur des Himmels mehr Besorgnis in ihm auslöste, als ihm lieb war.

»Vielleicht eine Eigenart dieser Zeit«, sagte er. »Wir waren noch nie hier und wissen nicht, wie der Himmel vor über hundert Millionen Jahren aussah. Vielleicht liegt es an der noch jüngeren Sonne, an der noch reineren Luft ...«

Sorrow nickte. Überzeugt wirkte er nicht, als er schulter-zuckend zum Kopter zurückkehrte.

Eine halbe Stunde später wurde der Kopter startbereit gemeldet. Aus der Stadt war noch keine Reaktion erfolgt, die darauf deuten ließ, daß man ihre Ankunft bemerkt hatte.

Ben Kenya gab den Befehl zum Aufbruch.

Als der Army-Kopter sich aus den tanzenden Sandkör-nern erhob, ließ Kenya zunächst eine Schleife Richtung Wald fliegen, um sich einen klareren Eindruck davon zu verschaffen. Für einen zufälligen Beobachter mochte es aus-sehen, als wäre die Stadt kein vorrangiges Ziel.

»Ich kann es immer noch nicht glauben«, seufzte Pete Sor-row, als sie vom Kopter näher an den Purpur des Himmels getragen wurden. Bald war die ganze Kanzel von dem erstaunlichen Licht erfüllt. »Wir sind wirklich im Zeitalter der –«

Weiter sprach er nicht. Etwas versiegelte seine Lippen. Denn in diesem Augenblick passierte der Helikopter die Luftraumgrenze zwischen Urzeitlandschaft und Nevada-wüste, und das Unerklärliche geschah ...

Es klopfte.

Schneider zuckte zusammen. Er saß auf gepackten Kof-fern, weil er Pounder unmittelbar nach dem Angriff, dem Dutzende Pflanzenfresser zum Opfer gefallen waren, die Kündigung hingepfeffert hatte.

Der General hatte akzeptiert.

Und seither brütete Schneider über der Frage, warum Pounder sich so sicher fühlte, daß er einen Kontrahenten wie ihn so mir nichts, dir nichts abrücken lassen wollte.

Wäre der umständlich gedeichselte Anruf, auf den Schneider noch keine Reaktion erhalten hatte, gar nicht nötig gewesen?

Oder *war* das bereits eine Reaktion?

Hatte Pounder Druck von oben erhalten?

Sein Versprechen jedenfalls, Schneider den nächsten

freien Platz in einer ausfliegenden Maschine zu geben, nahm der Professor mit durchaus gemischten Gefühlen auf.

Als es jetzt klopfte, dachte er, es wäre soweit, daß man ihn abholen wollte. Es war jedoch Sondstrup, der vor der Tür stand.

»Ach, Sie ... Kommen Sie herein!«

Sondstrup schob sich an ihm vorbei. Sein nervöser Blick streifte über das bereitstehende Gepäck. »Es stimmt also. Er läßt Sie wirklich einfach gehen ...«

Schneider lächelte dünn. »Nein. Einfach auf keinen Fall. Ich schmore seit vierundzwanzig Stunden!«

Sondstrup nahm an dem kleinen Tisch in der Nähe des Fensters Platz. »Ich hätte nicht geglaubt, daß er dieses Risiko eingeht«, sagte er. »Er muß doch damit rechnen, daß Sie, sobald Sie wieder alle Freiheiten genießen, alles in Ihren Kräften Stehende tun werden, um sein Vorhaben zu verhindern ...!«

»Wohl in meiner Haut fühle ich mich auch nicht«, gestand Schneider dem Mann, zu dem er Vertrauen hatte. »Ein Unfall ist schnell passiert ...«

Die Augen des Besuchers weiteten sich. Der Gedanke schien ihm abwegig, aber dann sah man, daß er sich doch näher damit befaßte. »Sie halten es für möglich ...?«

»Ich schließe nichts mehr aus.« Schneider knetete seine Finger. »Kann ich offen mit Ihnen reden?«

Sondstrup hatte den geäußerten Verdacht immer noch nicht ganz verdaut. »Natürlich«, sagte er in abwesendem Ton.

Schneiders nächste Worte machten ihn noch betroffener.

»Wie Sie wissen, trage ich die Schuld daran, daß es DINO-LAND überhaupt gibt«, sagte der Mann, der das seltene Kunststück geschafft hatte, nach einem *mißglückten* Experiment weit über die Fachwelt hinaus in aller Munde zu geraten. »Meine Forschungen auf dem Gebiet elektromagnetischer Superfelder führten zur Überlappung der Zeitebenen ... Etwas, das so nie geplant war und nie hätte geschehen dürfen! Sie kennen die neuesten Berechnungen so gut wie ich. Die Bevölkerung wird nach Strich und Faden belogen. Sie hält DINO-LAND immer noch für ein lokales Ereignis, das kaum anwächst. In Wahrheit werden die Abstände zwischen den Beben aber immer kürzer und die Flächen, die ausgetauscht werden, immer gewaltiger!« Er machte eine Pause, um Sondstrup Gelegenheit zu Einwänden zu geben, was dieser aber nicht nutzte.

»Niemand weiß, was die Ursache dieser Eskalation ist, nachdem es die ersten ein, zwei Jahre eher den Anschein erweckte, als würde sich das Phänomen langsam totlaufen«, fuhr er fort. »Man dachte, es läge an der Abschaltung des Gamma-Zyklotrons, das damals hundertzwanzig Millionen Jahre mit in die Vergangenheit gerissen wurde. Aber diese Hoffnung hat sich als trügerisch erwiesen. Die letzten Messungen lassen Schlimmstes befürchten. Nach Westen nähern sich die Ausläufer der urzeitlichen Landschaft bereits gefährlich der Küste mit Los Angeles, und wenn man berücksichtigt, daß der Meeresspiegel in der Kreidezeit um einiges höher lag als heute, könnte es jederzeit zu einer Flutkatastrophe kommen, die uns hier alle ersäuft. Niemand weiß natürlich genau, ob dies je geschieht. Vielleicht haben wir Glück, und verheerende Folgen bleiben in dieser Hinsicht aus. Dann bleibt aber immer noch die Gefährdung der umliegenden Städte. Man kann nicht endlos weiter evakuieren und die *Ursache* ignorieren. Man muß endlich bereit sein, das Problem an der Wurzel zu packen!«

»Sie reden, als wüßten sie, *was* die Ursache ist«, sagte Sondstrup verblüfft. »Wenn das so wäre, warum haben Sie nicht –«

Schneider winkte müde ab. »Ich habe, glauben sie mir, ich habe ... Für die Fortsetzung der Beben kann es nur eine Erklärung geben, und die habe ich Pounder weiß Gott hundertmal geliefert. Er weigert sich jedoch so beharrlich, mir Gehör zu schenken, daß man meinen könnte, ihm sei an einem Ende der Beben gar nicht gelegen. Als hätte er regelrecht *Angst* davor, jemand könnte ihm die ›Zeittür‹ vor der Nase zuschlagen ...«

»Ich verstehe nicht«, sagte Sondstrup spröde.

»Es ist auch kaum zu verstehen«, erwiderte Schneider und wechselte das Thema. »Haben Sie Neuigkeiten? Ich hatte versucht, Sie zu erreichen. Niemand wußte, wo Sie sich aufhielten . . .«

Sondstrup nickte. »Leider nichts Positives. Es ist geschehen. Pounder hat einen Trupp in die Vergangenheit geschickt, um die Kinder in seine Gewalt zu bringen.«

»So schnell . . .?« Schneider wurde grau. »Dann hat er doch keine auf den Deckel gekriegt . . . Aber das macht sein Zugeständnis, mich gehen zu lassen, noch verdächtiger . . .«

»Wie ich hörte, hat er im selben Aufwasch das Problem mit den radioaktiv verseuchten Allosauriern gelöst«, fuhr Sondstrup fort.

»Straiter war ein guter Mann«, sagte Schneider benommen.

»Vielleicht sollten Sie sich weigern zu fliegen und hierbleiben«, sagte Sondstrup. »Finden Sie ein Arrangement mit Pounder . . .«

»Ich werde darüber nachdenken.«

Als Sondstrup ging, fiel der Abschied ungewohnt sentimental aus. »Ich hoffe, wir sehen uns gesund wieder!« sagte Schneider.

»Das hoffe ich auch – wirklich.« Mit einem letzten Händedruck ging Sondstrup davon. Schneider eilte ihm noch einmal nach und drückte ihm draußen auf dem leeren Gang einen unscheinbaren, luftgepolsterten Umschlag in die Hand. »Für den Fall, daß wir uns *nicht* gesund wiedersehen – aber nur dann«, sagte er leise. »Bei Ihnen weiß ich es in guten Händen . . .«

Sondstrup blickte betreten aus der Wäsche, stellte aber keine Fragen. Schneider kehrte in seine Unterkunft zurück und schloß die Tür ab.

Er ging zum Spind, wo neben Platz für Kleider und persönliche Dinge auch ein kleiner Tresor für Wertgegenstände eingebaut war. Dieser stand offen und war ebenfalls leer. Sein Inhalt befand sich nun in Sondstrups Hand.

Abwesend strich Schneider über den kühlen Stahl.

Ein Geräusch, das an verlegenes Hüsteln erinnerte, lenkte ihn ab. Er drehte sich um und schaute in ein tiefschwarzes, melancholisches Augenpaar.

Die Tür war immer noch von innen verschlossen, und seiner Kehle entwich ein ungläubiger Laut ...

Der unwirkliche purpurne Hauch verschwand übergangslos aus der Luft. Blaßblauer Himmel, von ein paar Dunstwolken durchwoben, wölbte sich von einem Atemzug zum anderen über dem Army-Kopter mit der Allerweltskennung 8784.

»Gespenstisch«, hauchte Okenofee. »*Normal* ist das jedenfalls nicht ...«

Er hatte recht. Ben Kenya wußte genau, daß er recht hatte, aber er ging nicht darauf ein. Sie überflogen bereits den Dschungel, der sich in dieser Richtung bis zum Horizont ausbreitete. Phantastischer und atemberaubender als es in DINO-LAND der Fall war, das im Vergleich eher einem winzigen Reservat ähnelte. Farne und Schachtelhalme bildeten ein für Blicke undurchdringliches Unterholz zwischen großwüchsigen Zykadeen, Ginkgos und Koniferen. Ein Aderwerk von Flüssen und Strömen erinnerte an die gewaltigen südamerikanischen Wälder der Gegenwart. Aber der Eindruck, den diese Wildnis bei ihren Betrachtern hinterließ, war völlig anders.

Der Regenwald, dort, von wo sie kamen, war ein gepflegter Stadtpark gegen diese ausufernde Wildnis. Man mußte die verborgenen Killer, die großen und kleinen Saurier, gar nicht sehen, um zu wissen, daß sie da waren!

Sie flogen eine weite Schleife über den grünwuchernden Teppich, ehe sie auf Kenyas Geheiß zur Ruinenstadt abschwenkten. Und wieder geschah das Gespenstische: Im selben Moment, als sie die Grenze zwischen Urwald und Wüste passierten, war der Purpurschleier wieder da, durchdrang die Cockpitverglasung und legte sich wie ein fotografischer Weichzeichnereffekt über die Gesichter der Soldaten und die Konturen der Geräte!

»Was, zur Hölle, ist das?« grollte Pangrove.

Kenya befahl eine erneute Kursänderung und die Rückkehr zum Wald. Kaum passierte der Helikopter wieder die Luftgrenze zwischen dem neuentstandenen Gebiet und der originalen Kreidelandschaft, zeigte der rätselhafte Effekt erneut Wirkung: Statt Purpurnebel hing normale Abendhelle im Cockpit!

»Es scheint jedenfalls nicht gefährlich zu sein«, sagte Kenya. »Es wird uns nicht hindern, unseren Auftrag auszuführen ...«

Die Stimmung an Bord war gedrückt. Es wurde wenig gesprochen, als der Helikopter zum zweiten Mal Kurs auf die Ruinenstadt Las Vegas nahm. In spätestens zwei Stunden, das war ihnen bewußt, würde es dunkel werden. Bis dahin wollten sie die Kolonie der Gestrandeten gefunden haben. Wenn nicht, gab es immer noch den Funkweg.

Kenya war jedoch guter Dinge. Las Vegas war nie so unüberschaubar gewesen wie andere Metropolen der USA. Es hatte auch hier Wolkenkratzer gegeben, aber vergleichsweise wenige und diese weit auseinanderliegend. Las Vegas als Ganzes gesehen war nahezu *flach*, von ein paar ›Orientierungstürmen‹ abgesehen.

Plötzlich deutete Pangrove nach unten und sagte: »Da ist etwas!«

Thorpe ging tiefer. Zwischen aufgeplatztem Asphalt wuchsen Ginkgos. Ihre fächerförmigen Blätter verliehen ihnen Ähnlichkeit mit Palmen, aber das trog. Das Fahrzeug jedoch, das sich seinen Weg vorsichtig zwischen den Hindernissen entlang der in beklagenswertem Zustand befindlichen Straße bahnte, war eindeutig zu klassifizieren. Es handelte sich um einen Militärjeep, der Patrouille fuhr.

»Das muß ein Trupp dieses Mainland sein«, sagte Kenya. Wer in dieser jenseits aller Regierbarkeit liegenden Epoche das Sagen hatte, war kein Geheimnis. Paul Mainland, der Ex-Polizeilieutenant, hatte die gestrandeten Armeeangehörigen um sich geschart, um die Illusion eines Schutzes für die Zivilisten in Las Vegas aufrechtzuerhalten. Über all das gab es einen seit Jahren stetig wachsenden Wissensaustausch mit der Zukunft, aus der Kenya und das Korps kamen. Aber wie jedes Wissen wies auch dieses Lücken auf.

»Vier Mann Besatzung«, meldete Pangrove.

Der Mann, der Pounders Vertrauen hatte, gab das Zeichen zur Landung. »Mal sehen, wie es um die Hilfsbereitschaft der *Kameraden* bestellt ist ...« Er tastete nach dem in Plastik eingeschweißten Dokument, das sich in seiner Brusttasche befand, und lächelte freudlos.

Wenig später setzten sie neben dem Jeep auf, der ihre Annäherung bereits bemerkt hatte. Mainlands Soldaten blieben unentschieden auf ihren Plätzen sitzen, aber hie und da sah man nervöse Handgriffe an dem mitgeführten Arsenal von Waffen.

Kenya befahl seinen eigenen Leuten Zurückhaltung, ehe er aus der Kanzel kletterte, um mit leeren Händen auf den Jeep zuzugehen.

Er kam fünf Schritte weit – das Dreifache trennte ihn noch von seinem Ziel –, ehe die Attacke erfolgte.

»Zurück, Captain!« brüllte Pete Sorrow.

Über Kenyas Stahlhelm hinweg fegte ein Geschoß, und der erste Gedanke des dunkelhäutigen Mannes war: *Sie verderben alles!*

Er glaubte tatsächlich, das von ihm befehligte Korps hätte Disziplin und Auftrag gerade über den Haufen geworfen und die Maske in einem Stadium fallen lassen, das völlig verfrüht gewesen wäre. Aber dann erkannte er an der Reaktion der Männer im Jeep, wohin der Schuß in Wahrheit gegangen war. Es handelte sich um ein fünfköpfiges Deinonychus-Rudel, in dessen Augen schon von fern die Überzeugung zu lesen war, es mit der ausgemachten Beute aufnehmen zu können!

Für jeden einen, dachte Kenya. Er rechnete sich und die Jeepbesatzung gegen die angreifenden Echsen auf.

»Schnell, Captain!« schrie Sorrow erneut.

Als Kenya zurückblickte, sah er ihn wild mit den Armen fuchteln. Direkt hinter ihm war Pangroves geduckte, massige Figur zu erkennen. Er kniete in der Kanzeltür und hatte das Gewehr, das in seinen Händen wie ein Spielzeug wirkte, in Anschlag gebracht.

Er brauchte ungewöhnlich lange zur Reaktion. Pangroves nächste Schüsse mischten sich bereits bellend in das Feuer der Jeepbesatzung, als Kenya endlich die Maschine erreichte. Er mußte Pangrove erst beiseiteschieben, ehe er Zugang in die Kanzel fand. »Start!« befahl er anschließend, noch außer Atem. Den Kopter wollte er unter keinen Umständen gefährden.

Zu seiner Überraschung brüllte Pangrove auf wie ein verwundetes Tier: »Nein! Lassen Sie mich hinaus, Captain! Ich bringe das in Ordnung ...!«

Kenyas Verstand entschied innerhalb einer Mikrosekunde. »Okay«, sagte er zur Verwunderung aller. Dann gab er Pangrove fast einen Fußtritt, um ihn aus dem Kopter zu befördern.

Aus der Vogelperspektive war zu sehen, daß sich auch der Jeep in einem Gewaltstart vom Ort des Überfalls zu entfernen versuchte. Es schien zu gelingen, aber dann tauchte aus der Fluchtrichtung ein zweites Rudel der gefährlichen Carnivoren auf, die kaum größer als ein Mensch waren.

»Allmächtiger!« hörte Kenya Thorpe stöhnen. Der Pilot hielt den Kopter fast zehn Meter über Bodenniveau und schien selbst hier oben noch Respekt vor den sprunggewaltigen Echsen zu haben.

Der Jeep legte eine Vollbremsung hin. Mainlands Männern blieb nicht viel Zeit, eine neue Strategie auszuklügeln. Plötzlich setzte sich das Fahrzeug mit heulendem Motor in Bewegung und fuhr einfach auf das nächste Gebäude zu, wo es ein zuvor noch heiles Schaufenster durchbrach. Dabei geriet es außer Sicht. Die Deinonychus' folgten jedoch beharrlich. Wieder peitschten Schüsse, und Okenofee fragte: »Wollen wir nicht eingreifen, Sir?«

Kenyas Blick streifte kurz über den staubigen Platz. Dorthin, wo er Pangrove zuletzt beobachtet hatte. Der Sergeant stand in der Geste eines Großwildjägers neben dem zuckenden Körper eines verendenden Sauriers, und es war ein so unglaubliches Bild, daß mehrere Männer hinter Kenya gleichzeitig begannen, hysterisch zu lachen oder Applaus zu spenden.

Die anderen vier Echsen hatten sich an der Verfolgung des Jeeps beteiligt und erreichten bereits das Haus, aus dem die Verteidiger schossen. Pangrove nahm seinerseits die Verfolgung auf. Er war entweder unheimlich mutig oder unheimlich verrückt.

»Oke hat recht«, sagte jetzt Thorpe. »Worauf warten wir noch? Wollen wir die Jungs nicht heraushauen?«

Kenya klemmte sich auf den freien Sitz neben ihm. »Natürlich tun wir das.« Seine blendend weißen Zähne blitzten. »Aber je länger wir warten, desto größer dürfte die zu erwartende Dankbarkeit der Jungs sein, oder, Thorpe...?«

DINO-LAND

Der blasse Junge stand regungslos ein paar Schritte vom Bett entfernt und blickte dem Professor mit einer inneren Gelassenheit entgegen, die zweifelhaft erscheinen ließ, daß dieses Kind jemals etwas wie Furcht vor ihm empfunden haben konnte.

Schneider beschloß spontan, die erste Begegnung mit Alexander in neuem Licht zu betrachten.

»Alexander«, sagte er leise, als könnte ein lautes Wort den Jungen als Fata Morgana entlarven und verschwinden lassen.

Der Junge legte den Kopf etwas schief, als könnte er etwas hören, das Schneider verborgen blieb. Ein zaghaftes Lächeln formte sich um seine Lippen, und als er zum erstenmal sprach, kroch eine Gänsehaut über Schneiders Rücken.

»Wie heißt du?«

»Carl«, sagte Schneider rauh. Das unwirkliche Gefühl

wich nicht, es verstärkte sich noch. »Wir kennen uns bereits ...«

Alexander nickte.

»Woher – kommst du?«

Der Junge zuckte mit den Schultern. Er machte einen Schritt von Schneider weg und sah sich im Zimmer um.

»Ich war gestern schon mal da«, sagte der Junge. »Aber ich wollte lieber warten, bis der Mann weg war.«

Schneider versuchte, sich zu erinnern. »Du meinst den General?«

»Er ist schlecht«, sagte Alexander ausweichend.

Wem sagst du das, dachte Schneider. Aber er fragte sich, auf welche Weise sich der Junge dieses schnelle, moralische Urteil über Pounder gebildet hatte.

»Du warst hier im Zimmer, als der General da war? Wo hast du dich versteckt?«

Alexander zuckte die Achseln.

»Und jetzt? Was willst du jetzt hier?« fragte Schneider behutsam. »Wer schickt dich? Deine Eltern? Die Leute, die ... in der anderen Zeit leben?« Er hatte die Ruinen von Las Vegas mit eigenen Augen gesehen. Daraus leitete er seine Schlußfolgerungen ab.

Alexander betrachtete ihn aufmerksam.

»Wann bin ich hier?« erkundigte sich der Junge. Er fragte *wann*, nicht *wo*. In seinem blassen Gesicht erschien nun doch ein Ausdruck, der entfernt an Verlegenheit erinnerte. »Wann *genau*?«

»Das weißt du nicht?« Schneider wurde den Verdacht nicht los, daß Alexander sich beinahe schämte, weil er etwas nicht wußte, was er seiner Meinung nach vielleicht hätte wissen müssen. Er konnte sich nicht vorstellen, daß es etwas verderben sollte, ihm die Wahrheit zu sagen. Wenn er von dort kam, was Schneider annahm, war es kein Geheimnis.

»Du bist im Jahr 2002 ... Und du, von *wann* kommst du?«

»Unsere Eltern nennen es das fünfte Jahr«, sagte Alexander.

Schneider nickte.

»Das fünfte Jahr«, wiederholte er. »Das fünfte Jahr nach der Katastrophe ...«

Alexander reagierte anders als erwartet. Seine nächste Geste umfaßte Schneiders geliehene Unterkunft. »Wohnst du hier?«

»Ich hoffe nicht«, erwiderte er, bevor ihm bewußt wurde, daß der Junge ihn nicht verstehen würde. »Wie hast du mich hier gefunden? Beim erstenmal trafen wir uns draußen. *Hast* du mich überhaupt gesucht?«

Alexander nickte. »Ich habe an dich gedacht«, sagte er, als erklärte dies schon alles.

Schneider wurde sich bewußt, daß er sich vor einem Jungen mit solcher Gabe hätte fürchten müssen. Das war nicht der Fall. Er fühlte sich nur plötzlich ungeheuer *klein*.

»Wissen die anderen, daß du bei mir bist?« fragte er aus einem spontanen Impuls heraus.

Alexander nickte, hielt dann aber abrupt inne, als wäre ihm eingefallen, daß er die Frage vielleicht mißverstanden haben könnte. »Wer?« fragte er.

»Deine Eltern.«

Alexander stand wieder auf und betrachtete das Bild, das Schneiders zwei Kinder zeigte und die Frau, mit der er den Versuch unternommen hatte, ein gemeinsames Leben zu führen. Er war gescheitert, und seine inzwischen erwachsenen Kinder kannten seinen Namen inzwischen nicht einmal mehr von den Unterhaltsschecks.

»Sind das deine Kinder?« fragte Alexander.

»Nein«, log er, um weiteren Fragen aus dem Weg zu gehen.

Alexander sah ihn an, und er wußte, daß der Junge die Lüge durchschaute. Bevor er sich aber dazu äußern konnte, geschah das, was in Schneider endgültig den Glauben an einen Funken Gutes in Pounder erlöschen ließ.

Die verschlossene Tür, die für Alexander kein Hindernis dargestellt hatte, sprang unter heftigem Druck von außen auf. Pounder selbst, gefolgt von zwei Soldaten, drang ohne Erklärung ein.

Jeder hielt eine der Betäubungspistolen im Anschlag, und alle drei drückten fast gleichzeitig ab.

Schneider beobachtete wie gelähmt den Einschlag der kleinen, drogengefüllten Projektile in Alexanders kindlichen Körper. Der Junge drehte sich halb um seine eigene Achse, und der Ausdruck in seinen großen, dunklen Augen war undeutbar.

Das Mittel wirkte sofort.

Als Schneider die Starre ablegte und aufsprang, um den fallenden Körper aufzufangen, war Alexander schon ohne Bewußtsein. Schlaff sank er in Schneiders Arme.

Pounder blieb stehen und gab seinen Begleitern ein Zeichen, ebenfalls innezuhalten. Triumph leuchtete in seinen Augen, als er Stimme und Waffe hob und sagte: »Es hat sich gelohnt, ein paar technische Spielereien bei Ihnen zu installieren, Carl. Ich hatte so sehr gehofft, daß der kleine Aufwand Früchte trägt. So sehr gehofft ...«

Er ging zur Wand, drehte den Bilderrahmen um und klaubte ein winziges, knopfartiges Gebilde von der Rückseite.

Schneider wollte etwas sagen, aber Pounder gab ihm keine Gelegenheit mehr dazu. Noch einmal drückte er ab, und das trockene Geräusch, mit dem das Betäubungsprojektil den Lauf verließ, war einer der letzten Eindrücke, die Schneider wahrnahm.

Er ging schwer zu Boden und drohte Alexander unter sich zu begraben, ihm weh zu tun.

Dabei wußte er, daß es nichts war im Vergleich zu dem, was Pounder und sein Stab mit dem Jungen, der die Zeit durchreist hatte, anstellen würden, um hinter sein Geheimnis zu kommen.

Das wirklich letzte, was er registrierte, war Pounders entgleisende Mimik. Die Wut und die gekränkte Eitelkeit darin verwandelten das gefurchte Gesicht in eine Grimasse, deren Drohung Schneider mit in die unheimliche, allesverschlingende Finsternis nahm ...

Während seine Soldaten noch fassungslos zu der leeren Stelle starrten, wo die beiden Gestalten hingesunken waren, aber nicht mehr lagen, preßte Pounder bereits Befehle in die knopfgroße Abhöreinrichtung zwischen Daumen und Zeigefinger. Am Empfangsende saßen noch dieselben rührigen Lauscher, die ihn verständigt hatten.

»Gelände und alle Räume durchsuchen!« blaffte Pounder.

Es hätte ihm nichts ausgemacht, selbst den Wald durchkämmen zu lassen, wenn er sich einen Nutzen ausgerechnet hätte. Das tat er momentan nicht. Für ihn stand bereits fest, *wo* Schneider und der Junge waren. Seine Befehle deckten lediglich Eventualitäten ab, an die er selbst nicht glaubte.

»Ein Helikopter mit Sonderkennung im Anflug!« meldete eine Stimme hinter Pounder.

Er drehte sich um, ohne das Gesicht über der Uniform wirklich wahrzunehmen.

»Sonderkennung?« echote er.

»Ja, Sir!« Der Soldat salutierte. Er hatte nicht gesehen, was seine Kameraden, die immer noch ihre Betäubungspistolen in den Händen hielten, erlebt hatten und woran sie immer noch arbeiteten. »Der Pilot antwortete auf Anfrage nur dahingehend, daß er dringenden Besuch für Sie ankündigt! Sollen wir die Landung verweigern?«

»Besuch für mich«, wiederholte Pounder schwerfällig und merkte erst daran, daß er das Erlebnis, zwei Menschen spurlos verschwinden zu sehen, auch noch nicht verdaut hatte. »Nein!« entschied er dann. »Wie kommen sie darauf, die Landung verweigern zu wollen? Sonderkennung ... Sie wissen doch, was das heißt ...!«

Der Rekrut salutierte erneut.

Pounder ging an ihm vorbei. Ehe er Schneiders Unterkunft verließ, ordnete er noch die Durchsuchung an. Anschließend begab er sich auf direktem Weg zum Landefeld, das für Maschinen mit Sonderkennung reserviert war. Schon Minuten später tauchte der Army-Kopter hinter den Wipfeln der Urzeitriesen auf und senkte sich auf die Lichtung herab. Die elektromagnetischen Sperren, die gegen furchtlose Flugsaurier installiert waren, wurden außer Kraft gesetzt, bis die Maschine sicher gelandet war.

Pounder straffte sich, als die Kanzelluke aufsprang. Er hatte seit langem mit einem Regierungsvertreter gerechnet, der die Station innerhalb von DINO-LAND inspizieren würde. Daß der Besuch gerade jetzt absolviert wurde, war für ihn kein sehr glücklicher Zeitpunkt.

Dann brauchte er seine ganze Beherrschung, als er sah, *wer* geschmeidig aus dem Flugvehikel stieg.

»Blue Lady ...«, murmelte Pounder den Spitznamen der Frau in der schrillblauen Montur.

Schlimmer hätte es nicht kommen können.

Mit ausgreifenden Schritten kam sie auf ihn zu. Die Begrüßung fiel frostig aus. »Wo ist Professor Schneider?« fragte Moira Sheaver.

Las Vegas

Sie verließ das Bett und schlüpfte in die Kleider, die im Schrank gehangen hatten. Ihre Bewegungen hatten etwas Marionettenhaftes, und auch wenn sie nicht darüber nachdachte, schien es offensichtlich, daß sie nicht ganz aus freiem Willen handelte. Sie stand nicht unter Hypnose, aber dennoch im Bann eines Einflusses, der sie zwang, das zu tun, was sie gerade tat.

Nicht ohne Cleverneß stahl sie sich an den beiden Personen vorbei, die ein Zimmer weiter in die Ergebnisse ihrer Untersuchungen vertieft waren.

Wenig später trat sie auf die Straße, wo sie sich weiter von einer Art Magnetismus lenken und anziehen ließ. Wie eine Traumwandlerin umschiffte sie auftauchende Hindernisse und Gefahren, entdeckt zu werden. Am Horizont versank eine purpurne Sonne, als sie ihr Ziel erreichte. Stimmen und Schrittgeräusche warnten sie auch hier vor frühzeitiger Entdeckung. Sie hatte nicht mehr zu befürchten, als daß man sie zur Rede stellen und zurück in ärztliche Obhut bringen würde, wo man seit Tagen versuchte, ihrem verstärkt auftretenden Realitätsverlust auf die Spur zu kommen, um ihm entgegenwirken zu können. Man tat alles, um ihre unselige mentale Verknüpfung mit den Zeitbeben zu beenden.

Ein schlechtes Gewissen hatte sie dennoch nicht. Das ließ ihr Zustand nicht zu. Den Gang entlang bewegte sie sich auf einen bestimmten Raum zu. Ohne Zögern öffnete sie die Tür und trat ein.

Die Kinder blickten sie wie ertappte, reuige Sünder an. Einige, nicht alle, schienen regelrecht erleichtert, daß sie gekommen war.

»Miß Bancroft ...!«

Wortlos kam Nadja näher. Vierzehn Kinder wichen zur Seite und gaben den Blick frei auf einen Mann und einen Jungen, die zusammengekrümmt am Boden lagen.

Nadja schlug Alarm.

»Wie sieht es aus, Doc?« fragte Littlecloud.

Mainland stand neben ihm und kniff die Lippen zusammen. Ein Bett weiter saßen Alexander Dankwarts Eltern am Bett ihres Sohnes und waren trotz der immer noch anhaltenden Bewußtlosigkeit des Jungen erleichtert, weil Doc Williams Entwarnung gegeben hatte.

Die Injektionsprojektile unbekannter Herkunft hatten immer noch in den Körpern gesteckt, als die beiden in die Krankenstation eingeliefert worden waren.

Die Kinder, die vierundzwanzig Stunden nach ihrem Verschwinden wieder im Klassenzimmer aufgefunden worden waren, befanden sich in der Gemeindehalle bei ihren Eltern, wo Nadja versuchte, etwas aus ihnen herauszubekommen. Es ging ihr wieder besser, aber sie konnte sich nicht erinnern, was sie dazu bewogen hatte, aufzustehen. Littlecloud hatte nur kurz Gelegenheit gehabt, mit ihr zu reden.

»Er muß gleich zu sich kommen«, sagte Dr. Williams und prüfte erneut den Puls des graubärtigen Mannes, dessen Haarmähne irgendwie deplaziert wirkte. »Die Dosis war nicht besorgniserregend hoch. Sein Organismus kommt damit besser zurecht als der des Jungen . . .« Kopfschüttelnd fügte er hinzu: »Ich begreife nicht, wer so etwas tut. Von uns doch keiner . . . Vielleicht waren es die Kinder, beim Spielen . . .?«

»Die Kinder«, sagte Mainland rauh, »haben nichts damit zu tun – jedenfalls nicht mit der Betäubung. Er hier –« er deutete auf den schlanken Mann in Jeans und Rollkragenpullover, »- kann uns vermutlich alles ganz genau sagen . . .«

Sie mußten sich noch etwas gedulden. Der Mann, in dem Littlecloud und Mainland denjenigen erkannt hatten, der sie fünf Jahre zuvor in die Vergangenheit geschickt hatte, um das Antimaterie-Zyklotron abzuschalten und die Gefahr für die Gegenwart zu bannen, kam nur langsam zu sich.

Professor Schneiders Mundwinkel zuckten, und aus seiner Kehle lösten sich kleine Paniklaute, die mit dem Erlebten unmittelbar vor der Ohnmacht zu tun haben mußten. Dann hoben sich die Lider so langsam, als hingen Gewichte daran. Als die Augen eine Weile offenstanden, zitterten seine Lippen erneut, und diesmal schaffte er es, sich zu artikulieren.

»Little-cloud«, floß es zäh über seine noch unbewegliche Zunge. Sein Blick strich an dem Apachen vorbei. »Mainland . . .«

»Hallo, Prof!« sagte der Lieutenant. »Sie mögen offenbar Überraschungen. Damals Ihre kurzfristige ›Absage‹, so daß wir uns allein durch die Wildnis plagen und den verdammten Reaktor abschalten durften . . .«

Schneiders Ausdruck wechselte so abrupt, daß es aussah, als würde sich ein Schatten um seine Augen legen. »Fehler gemacht!« ächzte er schwerfällig. »Ist nicht abgeschaltet! Läuft . . . immer noch . . .!«

Mainland schüttelte fast mitleidig den Kopf, und Littlecloud, der es am besten wissen mußte, weil *er* den Schalter umgelegt hatte, sagte äußerst bestimmt: »Wenn Sie deshalb gekommen sind, Prof, dann irren Sie sich. Das heiße Herz des Zyklotrons ist erloschen . . . tot! Ich habe den entsprechenden Bericht gleich damals in die Zukunft geschickt, Sie müßten ihn erhalten haben. Niemand weiß, warum die Beben trotzdem nicht aufgehört haben und warum es wieder schlimmer wird ...«

Schneider sah stumm zu ihm hoch. Er sah nicht aus wie jemand, den man überzeugt hatte.

»Sagen Sie uns lieber, was passiert ist«, bat Mainland. »Aus den Kindern ist vermutlich mal wieder nicht viel herauszubringen. Wo haben die Kids Sie gefunden?«

»Gefunden?« Schneider lachte hustend und versuchte sich aufzurichten. Im zweiten Versuch gelang es. Da Doc Williams ihn nicht hinderte, schien er es sich zumuten zu dürfen. »Mich gefunden ... ist gut!«

»Wenn Sie dazu in der Lage sind, reden Sie!« drängte Littlecloud. »Sagen Sie uns, was passiert ist! Sind Sie mit der Mannschaft des Helikopters angekommen?«

»Helikopter?« echote Schneider.

»Mit dem letzten Zeitbeben hat Pounder einen Trupp herübergeschickt. Fünfzehn Mann in einem Helikopter. Ich erfuhr es auch gerade erst. Sie retteten eine unserer Such-Patrouillen ... Wissen Sie nichts davon?«

Wieder veränderte sich Schneiders Mienenspiel. Er schwang die Beine etwas linkisch über die Bettkante, und diesmal wollte ihn der Doc mit Nachdruck am Aufstehen hindern.

»Lassen sie das!« fauchte Schneider ihn an. »Ich weiß davon! Ich weiß genau, um wen es sich handelt!«

Mainland begriff die plötzliche Erregung des Wissenschaftlers so wenig wie alle anderen.

»Wer hat auf Sie geschossen?« erinnerte Littleclouds Stimme jetzt schneidend daran, wo sie stehengeblieben waren. »Sagen Sie uns, wer auf Sie und den Jungen geschossen hat. Hat es etwas mit den Neuankömmlingen zu tun?«

Schneider holte tief Luft. »Wir haben keine Zeit für lange Debatten. Wir müssen schneller sein als die Häscher!«

»Die Häscher?« Mainland lachte ebenso laut wie unsicher.

Schneiders brüske Geste brachte ihn zum Verstummen. »Seien Sie klug und hören Sie mir zu, sonst könnte es Ihnen bald leid tun. Dieser Verrückte schreckt vor nichts zurück! Wo ist der Helikopter jetzt?«

»Im Anflug«, sagte Mainland. »Ein paar Minuten ...«

»Halten Sie ihn auf!«

»Bitte? Wie soll das gehen?«

»Halten Sie ihn auf! Wie, ist mir egal!« Er gestikulierte heftig in Alexanders Richtung. Der schlaksige Junge lag immer noch besinnungslos da und bekam von den sich nun überstürzenden Ereignissen nichts mit. Seine Eltern jedoch blickten betreten herüber, als ahnten sie Schneiders nächste Sätze bereits.

»Man will *ihn*, Mainland. Seinetwegen ist man hier! Pounder hat diese Kerle geschickt ...« Er strich sich durch den wie verfilzt wirkenden grauen Bart. »Ich kann es Ihnen nicht beweisen, aber ich *weiß* es! Er wird Ihnen Ihre Kinder wegnehmen. Er wird sie Ihnen stehlen! Jedes einzelne, wenn Sie jetzt zögern oder mit mir diskutieren wollen ...!«

DINO-LAND

Sie rauchte ein Kraut, das der neue synthetische Tabak sein konnte, den ein gewitzter Pharmakonzern mit dem Versprechen auf den Markt geworfen hatte, selbst hartnäckigsten Pseudokrupphusten damit zu heilen. Statt Rauch entströmten den Stäbchen ätherische Dämpfe, die sich momentan beißend auf Pounders Bronchien legten.

Nichtsdestotrotz war er fasziniert von dieser Frau.

Moira Sheaver war nicht nur extrem gekleidet – sie selbst war *schrill*. Doppelt erstaunlich für eine Frau deren Metier es normalerweise erforderte, möglichst *nicht* aufzufallen. Sie war genauso groß wie der General. Nur durch die Brille eines eigenwilligen Bildhauers mochte sie schön wirken. Für Pounder hatte sie neben allem anderen auch etwas Perfides, als stimmten die heimlichen Gerüchte, sie wäre durch *Cloning* entstanden.

Pounder wußte, daß das Unsinn war. Klone drangen nicht in Machtpositionen vor, wie Moira sie innehatte. Die meisten Menschen wußten nicht einmal, daß Klone bereits erfolgreich gezüchtet worden waren.

»Versuchen Sie nicht, mich hinzuhalten!« sagte sie und blies absichtlich etwas Dunst aus ihrem kantigen Mund in seine Richtung.

Er lachte nur über diese Provokation. Äußerlich ließ er sich nicht anmerken, was in ihm vorging. Er fühlte die Gefahr, die von dieser Frau ausging, und es war typisch für ihn, daß er nicht in Panik geriet, sondern über die Herausforderung zur gewohnten Selbstsicherheit zurückfand.

»Warum sollte ich das wollen?« fragte er.

Moiras Haare waren so kurz, daß sie wie das Stachelkleid eines Igels vom Kopf abstachen. Sie strich sich darüber, und Pounder hätte es als normal empfunden, ihre Hände danach blutend zu sehen.

»Sie wissen, wer mich schickt?«

Pounder konservierte sein einfallsloses Lächeln. Er nickte. »Das Verteidigungsministerium.«

»Der *Präsident*«, korrigierte sie kühl.

Pounder blickte abwartend.

»Er ist besorgt über die Entwicklung, die hier ihren Ursprung hat.«

»Die Beben?« fragte er.

»Auch die Beben.« Sie bewies, daß auch sie über die Gabe des Lächelns ohne Wärme verfügte. »Besorgt ist er aber vor allem um unseren lieben Schneider, von dem der Präsident glaubt, daß er der einzige ist, der dies alles vielleicht wieder zur Normalität zurückführen kann . . .«

Sie ließ den Satz ausklingen und studierte dabei Pounders Reaktion.

Der General blieb unbewegt. Aus ihren Worten schien er keine Aufforderung entnommen zu haben, sich zu äußern.

»Wann kann ich also mit Schneider sprechen?« fragte sie.

Pounder ließ sich Zeit mit der Antwort. »Ich fürchte«, sagte er schließlich, »diese Frage kann Ihnen momentan niemand beantworten, so leid es mir tut.«

Sie straffte sich. »Was wollen sie damit sagen, General?«

»Kurz bevor Sie kamen«, sagte er, »wurde der Professor entführt.«

»Entführt?« Sie stieß einen unkontrollierten Laut aus, den er in dieser Form nicht von ihr erwartet hatte. »Sagten Sie gerade *entführt*, General?«

Er nickte.

»Ich will mit offenen Karten spielen ...«, sagte sie. »Schneider hat gestern im Pentagon angerufen. Er erhob schwerste Vorwürfe gegen Sie. *Deshalb* bin ich hier, General!«

»Was für Vorwürfe waren das?« fragte er. Er hielt sich nicht mit der Frage auf, wie es Schneider gelungen war, die Sicherungen zu überwinden. Im nachhinein lag es auf der Hand, daß er sich die gestrige Hektik zunutze gemacht hatte.

»Er fühlte sich bedroht. Von Ihnen!«

»Das glauben Sie?«

»Sie haben bisher nichts getan, um mich vom Gegenteil zu überzeugen.« Moira schürzte die Lippen. »Wo *ist* Schneider?«

»Gekidnappt, wie ich bereits sagte.« Bevor sie einen neuen Kommentar abgeben konnte, fügte er hinzu: »Mag sein, *daß* er sich bedroht fühlte. Aber gewiß nicht von mir! Da haben Sie etwas in den falschen Hals bekommen. Und was die Sorge des Präsidenten betrifft, so ist sie berechtigt: Hier *geschehen* Dinge, deren Auswirkungen noch gar nicht abzusehen sind ...«

Er berichtete, was sich kurz vor ihrem Eintreffen ereignet hatte. Er tat es aus seiner Warte und verlor über den Einsatz der Betäubungswaffen kein Wort, sondern stellte es so hin, als sei Schneider von dem fremden Jungen in die Vergangenheit entführt worden. Angeblich hatte er daraufhin sofort einen Trupp ins nächste Beben geschickt, nur um den Entführer und sein Opfer aufzuspüren.

Moiras zweifelnder Miene hielt er entgegen: »Sie glauben mir nicht? Sie sollten es tun! Es gibt diese Kinder, von denen wir auch bis vor kurzem nichts wußten! Sie besitzen offenbar die Fähigkeit, beliebig zwischen den Zeiten zu wechseln. Für mich ist das eine *Verschwörung* – korrigieren Sie mich, wenn Sie es anders sehen. Aber niemand von ›drüben‹ hat es bisher für nötig befunden, uns auf diese Kinder und ihre Talente hinzuweisen. Da drängt sich doch der Verdacht auf, daß man eine Absicht damit verfolgt. Schneiders Kidnapping könnte erst der Anfang sein.«

»Der Anfang *wovon*?« fragte Moira Sheaver.

»Vom Ende«, erwiderte Pounder fatalistisch.

Die *Blue Lady* des Pentagon schüttelte den Kopf. »Wenn Schneider etwas passiert ist«, sagte sie dunkel, »kostet Sie das mehr als Ihre Pension, General Pounder – sehr viel mehr. Ich hoffe, das wissen Sie . . .!«

Las Vegas

Mainland wartete, bis sich die Tür der Kanzel öffnete. Seine Begleiter waren hinter ihm zurückgeblieben. Schon jetzt konnte er die verkniffenen Gesichter der Ankömmlinge durch das getönte Glas erkennen.

Es sind alles Schwarze, erkannte er verblüfft. Und sein nächster Gedanke war: Pounder tut nichts ohne Absicht. Selbst das wird einen Grund haben, aber welchen?

Der Mann, der ihm schließlich mit aufgesetztem Lächeln entgegentrat, trug die Uniform eines Oberst. Damit stand er zweifelsfrei über Mainland, dessen Rang ohnehin kein militärischer war.

»Sie müssen Mainland sein«, sagte ihm die riesenhafte Gestalt auf den Kopf zu und streckte die Pranke aus.

Mainland erwiderte das Shakehands. Im Lächeln seines Gegenübers fand er nichts, was ihn in anderer Ausgangssituation mit Mißtrauen erfüllt hätte. Dennoch blieb er wachsam. »Ich grüße Sie und Ihre Leute, Oberst. Niemand hat uns über Ihre bevorstehende Ankunft unterrichtet. Kommen Sie im Zusammenhang mit Pounders ›Müllgeschäften‹?«

»Lassen sie uns doch erst einmal richtig ankommen«,

sagte der schwarze Oberst, »ehe wir über Gründe spre-
chen ... Ich kann Sie aber beruhigen: Mit den TN-2000-
Behältern hat es nichts zu tun. Die Sache ist abgeblasen.
Mein Name ist Ben Kenya.«

»Abgeblasen? Warum?« Mainland ließ sich seine Verblüffung bewußt anmerken, um Zeit zu schinden – Zeit für diejenigen, die mit den Kindern unterwegs waren.

»Ich bitte Sie, Lieutenant, empfängt man so –« Kenya
schielte an ihm vorbei, »– *Retter*?«

»Wovon reden Sie?« Mainland mimte Begriffsstutzigkeit.

»Selbst wenn Sie das wirklich nicht wissen sollten – müssen wir es *hier* erörtern? Meine Männer sind müde und
hungrig. Eine Reise von hundertzwanzig Millionen Jahren
liegt hinter uns. Ist es da zuviel verlangt ...« Er sprach den
Satz nicht zu Ende, aber es war ohnehin jedem klar, worauf
er hinauswollte. »Etwas anderes: Was, zur Hölle, haben Sie
mit Ihrem Himmel gemacht?«

»Dem Himmel? Sie meinen die Rötung?«

Kenya nickte und schilderte, was ihnen bei ihrer Ankunft
widerfahren war.

Mainland ließ sich nicht anmerken, welchen Stellenwert
er der Beobachtung beimaß. »Wo sind die Überlebenden,
von denen Sie über Funk sprachen?« lenkte er ab.

Kenya schien es leichtzunehmen, daß man ihrem Erlebnis
nicht die rechte Beachtung zollte. Er zeigte Zähne. Sein
Grinsen reichte von einem Ohr zum anderen. »Wir konnten
ihren Jeep wieder flottmachen, nachdem wir die Deinony-
chus-Lieblinge über den Jordan geschmettert hatten. Die
Jungs sind alle mit ein paar Schrammen davongekommen
und müssen jeden Augenblick samt ihrem Vehikel hier auftauchen. Sie dürfen bei unserem Fest natürlich nicht fehlen.«

»Fest?« fragte Mainland.

Ben Kenya nickte unschuldsvoll. »Natürlich, Lieutenant!
Wir müssen die Rettung doch gebührend feiern. Ein Fest
unter freiem Himmel ist wohl das mindeste. Alle sollen
daran teilhaben – und wenn ich alle sage, Lieutenant, meine
ich *alle*!«

»Auch die Kinder.« Mainland nickte. »Verstehe ...«

Kenyas Augen blitzten. »Das freut mich. Sie verstehen wirklich, Lieutenant, Kompliment! *Natürlich* auch die Kinder! Was wäre ein verdammtes Fest ohne Kinder ...?!«

Alexander wimmerte leise.

Littlecloud hielt kurz im Laufen inne. »Er kommt zu sich«, sagte er.

Nadja antwortete nicht. Sie ging nur wenige Schritte voraus, umschart von Kindern, die ihr folgten wie in der Rattenfänger-Sage. Fünfzehn Kinder, die vor fünfzehn Soldaten flohen, von denen Schneider behauptete, sie wollten sie auf Pounders Geheiß in ihre Gewalt bringen.

Nur über das *Warum* hatte Schneider, der die ganze Zeit neben Littlecloud rannte, noch kein Sterbenswörtchen verloren.

»Bleiben Sie doch nicht stehen!« lamentierte der Wissenschaftler, der noch nicht einmal angerissen hatte, unter welchen Umständen Alexander und er narkotisiert worden waren und wie er überhaupt zu den Kindern gelangt war.

Littlecloud wußte, daß einige Erklärungen bald folgen mußten. Auch seine Geduld war begrenzt. Nur Nadjas Parteinahme war es zu verdanken, daß die Eltern ihnen ihre Kinder anvertraut hatten, um sie an einen sicheren Ort zu bringen, bis sich geklärt hatte, ob Schneiders Befürchtung zutraf. Die gerade erst wiederaufgetauchten Sprößlinge erneut aus den Augen zu verlieren, fiel den Betroffenen nicht leicht. Auf Schneiders Menetekel allein hätten sie sich nicht verlassen.

Aber Nadja genoß hohes Ansehen bei ihnen.

»Das sind doch hoffentlich *alle* Kinder«, sagte Schneider.

Littlecloud, der sich kurz auf Alexander konzentriert hatte, antwortete ungnädig: »Für jemanden, der sich so mit Geheimnis umgibt wie Sie, stellen Sie verdammt hohe Ansprüche ... Natürlich sind es *nicht* alle Kinder! Wollten Sie auch die Säuglinge verschleppen?«

»Sie reden, als machte es mir Spaß! Die Kinder *sind* wirklich in Gefahr – alle Kinder, glauben Sie mir endlich!«

»Dann erklären Sie es endlich!«

»Hier?«

Nadja drehte sich nach ihnen um. Sie hatten den Abstand etwas aufgeholt. »Müßt ihr euch vor den Kindern streiten?« Ihr skeptischer Blick irrte zum roten Himmel. Dann legte sie den Kopf schief, als könnte sie etwas hören. Rotorengeräusche vielleicht. »Beeilen wir uns! Hoffentlich kann Paul sie lange genug hinhalten ...«

Sie hatten das Gebäude, in dem Gemeindehalle, Schulraum und einige andere gemeinschaftliche Einrichtungen untergebracht waren, verlassen, kurz bevor draußen der fremde Helikopter auf dem Vorplatz gelandet war.

Mit den ›Häschern‹, wie sich Schneider ausgedrückt hatte.

Momentan bewegten sie sich stadtauswärts, Richtung Osten. Noch etwa fünf Gehminuten von hier entfernt befand sich ein kleines Vorratslager, das die Siedler angelegt hatten. Dort konnte man einige Zeit unterkriechen – eine Dauerlösung war es nicht. Aber davon ging momentan auch noch niemand aus. Am wenigsten Littlecloud, der Schneiders Auftauchen mit gemischten Gefühlen bewertete. Vieles, was er längst verarbeitet oder verdrängt zu haben glaubte, schwappte plötzlich wieder in ihm hoch. Besonders Schneiders Behauptung, das Gamma-Zyklotron würde immer noch seine Arbeit verrichten, wurmte ihn mehr, als er zugab. Indirekt hatte Schneider ihn der Lüge oder des Versagens bezichtigt.

Beides war aus Sicht des Apachen keine Auszeichnung.

Das letzte Stück Weg verlief schweigend. Erstaunlicherweise stellten auch die Kinder keine Fragen. Sie verhielten sich beachtlich diszipliniert.

Littlecloud besaß den Schlüssel zu dem unscheinbaren, dreistöckigen Gebäude, das in einem Schattenloch zwischen höheren Bauten lag und ihr Ziel war. Ein kompliziertes Türschloß konnte jemanden, der auf Beute aus war, stutzig machen, aber bisher hatte sich offenbar noch keiner der Marodeure, die sich in den Ruinen versteckten, daran zu schaffen gemacht.

Littlecloud setzte Alexander ab, der wieder bei Bewußtsein und nur noch etwas wacklig auf den Beinen war. Dann schloß er auf.

»Bleibt!« befahl er. »Ich sehe erst nach dem Rechten!«

Er hängte das Gewehr ab, das er an einem Gurt trug, und reichte es Schneider. Dann zog er eine Handfeuerwaffe aus dem Futteral. Zusätzlich nahm er aus dem Gürtel die Stablampe, die er schon bei den »Papageiensauriern« eingesetzt hatte und seither als Talisman bei sich trug. »Es dauert nicht lange. Bleibt unter dem Vordach. Ihr hört rechtzeitig, wenn sich ein Kopter nähert. Dann folgt ihr mir!«

Er wartete die Antwort nicht mehr ab, sondern betrat das Lagerhaus. Im Schein der Lampe inspizierte er die zumeist prallgefüllten Räume. Seine instinktive Vorsicht sah er begründet, auch wenn es nicht so tragisch schien wie befürchtet. Trotz verriegelter Türen und Fenster stieß er in einigen Räumen auf eindeutige Spuren, daß sich jemand an den Vorratskisten zu schaffen gemacht hatte. Die Urheber mußten aber wieder verschwunden sein. Er hätte sie nicht übersehen.

Als er zu den Wartenden zurückkehrte, teilte er seine Feststellung mit. Nach kurzer Beratschlagung entschieden sie sich dennoch dafür, vorerst hierzubleiben.

»Nicht nach oben!« ordnete Littlecloud an, als sie das Haus betraten. Er fürchtete, daß ihnen im Fall einer Entdeckung der Fluchtweg abgeschnitten werden konnte.

Littlecloud ertappte sich dabei, daß er speziell Alexander nicht aus den Augen ließ. Für ihn war dieser Junge etwas Besonderes. Spätestens seit er ihn auf den Armen getragen und dabei manchmal den irrationalen Eindruck gehabt hatte, eine Art Energie ginge von dem Jungen auf ihn über ...

Nadja zündete bereitliegende Kerzen an; die Fensterläden blieben verschlossen.

»Wie spät ist es?« fragte Schneider.

»Mesozoischer oder känozoischer Kalender?« witzelte Littlecloud.

Schneider schüttelte den Kopf. »Begraben Sie endlich das Kriegsbeil gegen mich – was immer Ihnen über die Leber gejoggt ist!«

Nadja drückte jedem der Kinder eine Kerze in die Hand und lotste sie in einen der hinteren Räume. »Lassen wir die Herren der Schöpfung kurz unter sich«, sagte sie.

Nadja kehrte kurze Zeit später zurück. Littleclouds Bemerkung »Die kann man keine Sekunde aus den Augen lassen!« tat sie mit einer Handbewegung ab. »Denen sitzt der Schreck noch tief genug in den Gliedern – die sind die nächste Zeit brav wie Lämmer! Außerdem gehe ich ja gleich wieder zu ihnen. Wollte nur schauen, ob ihr zurecht-kommt ...«

»Danke, alles bestens«, meinte Schneider. Er wirkte ent-spannter als noch Minuten zuvor, und das übertrug sich auf Littlecloud.

»Ich verstehe Ihre Skepsis«, sagte der Wissenschaftler. Gemeinsam betraten sie einen Raum, der vollgestopft war mit vernagelten Kisten.

Nadja stellte auch hier unbesorgt ein paar Kerzen auf, bis ein Hinweis von Littlecloud sie darauf aufmerksam machte, daß es sich bei einigen der Behälter um Munitionskisten handelte.

»Was ich nicht verstehe«, sagte Schneider, »ist, daß Sie so tun, als wüßten Sie von nichts!«

Ihr Erstaunen war echt. »Was sollten wir denn wissen?« fragte Nadja.

»Wollen Sie ernsthaft behaupten, Sie hätten keine Ahnung von Alexanders Besuchen?«

»Besuche?«

»In der *Zukunft*!«

Littlecloud und Nadja wechselten Blicke, die eindeutiger als alle Beteuerungen belegten, daß sie keine Ahnung hat-ten, wovon er sprach.

Schneider seufzte, als er begriff, daß alles noch wesentlich verzwickter war als angenommen.

»Wir sollten uns die Zeit nehmen, *ausgiebig* miteinander zu reden. Und vor allen Dingen sollten wir Irrtümer aus dem Weg räumen.« Er vergewisserte sich ihrer Zustimmung, dann sagte er: »Vielleicht eines vorweg: Ich bin – im Gegensatz zu Pounders Truppe – *nicht* mit einem der Beben angereist ...«

DINO-LAND

Moira Sheaver verlor keine Zeit. Sie nistete sich in der Station ein und startete eine Befragung des militärischen Personals, der Pounder keineswegs mit der vorgespiegelten Gelassenheit folgte.

Er hatte die Männer, die an der Abhöraktion gegen Schneider beteiligt gewesen waren, zu absolutem Stillschweigen verdonnert und es auch an nötigen Drohgebärden nicht fehlen lassen. Dennoch konnte er nicht sicher sein, daß die Blue Lady nicht doch etwas aus ihnen herauskitzelte, woraus sein Strick gedreht wurde!

Pounder hatte noch nie in seinem Leben gebetet, und er tat es auch jetzt nicht. Aber er dachte inbrünstig an den Haufen Verlorener, denen er sein Schicksal in die Hände gelegt hatte.

Bei normalem Verlauf der Operation in der Vergangenheit hätte Ben Kenya unter Umständen schon zurück sein können.

Das war nicht geschehen. Weder ein Kind noch einer aus dem Korps war bislang gesichtet worden. Pounders Geduld wäre weniger auf die Folter gespannt worden, wenn Moira nicht begonnen hätte, sich auch die Zivilbediensteten mit Sondstrup an der Spitze zur Brust zu nehmen.

Er wußte, daß seine Uhr ablief.

Als es dämmerte und er weder verhaftet worden, noch eine Reaktion aus der Vergangenheit erfolgt war, kam Pounder eine Idee, die er noch nicht in Erwägung gezogen hatte, obwohl sie naheliegend war: Wer sagte, daß die Kinder *beliebig* hin- und herspringen konnten?

Wenn Kenya sie aufspürte und *irgendwo* dazu zwang, mit ihm in die Zukunft zu springen, war nicht automatisch gesagt, daß sie innerhalb der Station herauskommen mußten.

DINO-LAND war *groß*.

Moira Sheaver war die erste, die reagierte, als er mit Einbruch der Dunkelheit Soldaten in den tödlichen Urzeitdschungel sandte ...

Las Vegas, Nacht

Sie saßen in engstem Kreis und redeten. Zwei Erwachsene und fünfzehn Kinder. Vorher hatten sie etwas von den hier gehorteten Vorräten zubereitet und gegessen, und Alexander hatte signalisiert, daß sie bereit waren, über ihr Geheimnis zu sprechen.

»Du kannst anfangen«, sagte Nadja beklommen. Kerzenschein erhellte ihr bleiches Gesicht. Sie hätte sich gewünscht, Littlecloud bei sich zu haben. Aber er hatte es für wichtiger erachtet, im Schutz der Nacht zur Siedlung zurückzukehren, um sich ein Bild der dortigen Lage zu machen.

Am Wahrheitsgehalt von Schneiders Bericht zweifelten sie inzwischen kaum noch. Auch wenn es zunächst schwergefallen war, sich vorzustellen, daß er *von den Kindern* in diese Zeit geholt worden war ...

Alexander hielt stumme Zwiesprache mit den anderen Jungen und Mädchen, ehe er in kindlichem Ton, aber sehr ruhig, von Dingen sprach, die für Erwachsene offenbar schwerer zu begreifen waren als für die versammelten Kinder.

»Wir *spüren* schon lange, daß es in uns steckt«, sagte er, an Nadja gewandt. »Daß wir anders sind. Wir wußten nur nicht, worin der Unterschied liegt. Es ergab sich spielerisch, daß wir dahinterkamen ...«

Ein paar Sekunden herrschte angestrengte Stille, die vom Kichern eines Jungen gebrochen wurde. Es war Jasper. Er fragte: »Warum mußten wir weg? Wer ist hinter uns her?«

Schneider erklärte es ihm, und Nadja wußte auch nicht, warum sie kein gutes Gefühl dabei hatte.

»Der General ist böse?« fragte Jasper, und der Ausdruck auf seinem sommersprossigen Gesicht war kaum dazu angetan, Nadjas Besorgnis zu zerstreuen.

»So muß man es wohl sehen«, antwortete Schneider. »Er hat Alexander und mich betäubt, um einen von euch in die Gewalt zu bekommen. Und dasselbe versucht er jetzt erneut. Nur daß er nun vermutlich *euch alle* unter seine Kontrolle bringen will.«

»Warum?« hakte Jasper neugierig nach.

»Darüber können wir doch später noch reden«, griff Nadja ein. »Erzählt uns erst, wie ihr das . . .« Sie suchte nach passenden Worten. » . . . wie ihr das *macht*. Dieses ›Springen‹ durch die Zeit.« Sie schüttelte den Kopf. »Ich kann es nicht begreifen. Ich kenne euch schon so lange und habe nie etwas bemerkt . . .« Etwas anderes fiel ihr ein, und ein Schatten schmiegte sich um die Konturen ihres Gesichts. »Warum habt ihr das mit Kempfer getan? Der Ärmste . . .«

»Kempfer ist blöd!« fiel ihr Jasper ins Wort.

Alexanders Blicke brachten ihn zum Schweigen. »Es war meine Idee«, beichtete er. »Das Mittel sollte unseren Lehrer nur ein paar Minuten einnicken lassen. Unser Plan war, die Zeit zu nutzen, um einen neuen Versuch zu starten, die Zeit zu erreichen, aus der unsere Eltern stammen. Ich wurde dorthin geschickt, wo ich schon zweimal war . . .« Er blickte zu Schneider. »Als ich angegriffen und betäubt wurde, holten sie mich zurück. Mit *ihm*. Er lag über mir . . .«

»Aber ihr wart *alle* verschwunden«, wandte Nadja ein. »Über einen Tag lang!«

»Es ging einiges schief.« Alexander setzte ein zerknirschtes Lächeln auf. »Wir üben noch nicht lange. Irgendwie wurde der ganze Kreis bei dem Versuch um Stunden in die Zukunft versetzt. Das war nicht beabsichtigt . . .«

»Du kannst wirklich in die Zukunft reisen?« fragte Nadja in bemüht neutralem Ton.

»Jeder von uns kann es«, sagte Alexander. »Wir wollten es erst verraten, wenn wir es richtig beherrschen. Allein und ohne Hilfe können wir uns um ein paar Minuten, höchstens Stunden in die Zukunft versetzen. Weiter haben wir es noch nicht probiert.«

»Ohne Hilfe?« fragte Schneider. »Und was heißt hier *Minuten oder Stunden*? Du warst Millionen Jahre in der Zukunft, als wir uns begegneten ...!«

Alexander lächelte sanft. »Das ging nur, weil die anderen mir halfen. Sie sammelten ihre Kraft, um mich zu tragen. Auch dann war es noch schwierig. Einzeln ist so eine Distanz unüberwindbar.« Er zögerte kurz. »Noch«, sagte er dann leise.

»Noch?«

»Es wächst!« rief Jodie, das Mädchen, das kürzlich nachts in Nadjas und Littleclouds Schlafzimmer aufgetaucht war. »Es steigert sich von Jahr zu Jahr ...«

»*So* hast du dich also bei uns eingeschlichen«, fiel es Nadja wie Schuppen von den Augen, und sie sagte es Jodie auf den Kopf zu. »Du hast dich tagsüber bei passender Gelegenheit in unsere Wohnung geschlichen und dann in die Zukunft versetzt, so daß du *nachts* plötzlich da warst! Jodie, Jodie ...!«

Das Mädchen senkte verschämt den Blick. Es schien zu bereuen, sich eingemischt zu haben. Aber Nadjas Blick war bereits zu Jasper weitergewandert. »Und du hast uns alle an der Nase herumgeführt, als du mit Charly in Richtung Beben geritten bist. Wir haben dich verfolgt, um dich abzufangen, aber die Spuren des Ornithomimiden im Sand hörten unvermittelt auf. Als wir nach dem Sandsturm zu derselben Stelle zurückkehrten, zeigten die Fußspuren in *umgekehrte* Richtung – wieder zur Stadt zurück, wo du bereits warst, als wir ankamen. Auch du hattest dich ein paar Minuten in die Zukunft abgesetzt, um uns abzuschütteln ... War es so?«

Jasper grinste stolz.

»Aber was wolltest du bei dem Beben? Es hätte dich töten können ...«

Jaspers Grinsen erlosch und wurde von verbissenem Trotz ersetzt. Welcher Teufel ihn geritten hatte, als er den Straußensaurier ritt, verriet er nicht.

Nadja erkannte, daß sie diesen Jungen anders anpacken mußte als seine Altersgenossen.

»Ihr helft euch gegenseitig«, lenkte Schneider sie ab. »Indem ihr diesen Kreis bildet, wo ich beim erstenmal materialisierte?«

Alexander, dessen Blick auch nicht unbedingt freundlich auf Jasper geruht hatte, nickte. »Auch nach unserer Betäubung.« Er deutete zu den Kindern. »Sie holten uns bewußtlos zurück. Sie konnten fühlen, was mit mir geschah. Der böse Mann hatte keine Chance.«

»Und warum wurde ich hergebracht?«

»Alles Lebendige, was ich auf der anderen Seite berühre, kommt mit. Automatisch ...«

»Auf der anderen Seite«, echote Schneider nachdenklich. Er schien jetzt klarer zu sehen, obwohl er bereits davor einiges aus dem Erlebten heraus kombiniert hatte. »Könntet ihr ... Könntet ihr es mir wohl einmal ... vorführen?«

»*Nein!*«

Nadja hatte es geschrien, ohne zu wissen, warum. »Das dürfen wir nicht«, fügte sie jetzt abgemildert hinzu.

Schneider betrachtete sie mit der Verständnislosigkeit eines Wissenschaftlers, der alles immer sofort testen wollte.

»Warum nicht?« fragte Jasper. »Ich bin dabei!«

Erstaunlicherweise war es Alexander, der ablehnte. »Ein anderes Mal«, sagte er. »Ich bin müde ...«

Nadja wußte nicht, warum sie glaubte, daß es eine Ausflucht war.

Aber sie war erleichtert.

Ben Kenya hatte die Maske fallen lassen.

Auslösendes Moment war gewesen, daß Mainland nicht drumherum gekommen war, ihn darüber in Kenntnis zu setzen, daß kein Kind an einem wie auch immer gearteten »Fest« teilnehmen würde.

Er hatte dem Oberst die Geschichte vom mysteriösen Verschwinden der Kinder aufgetischt. Daß sie zwischenzeitlich zurückgekehrt waren, ließ er unerwähnt, jedoch empfand er es als glückliche Fügung, daß außer den Eltern nur wenige von dieser Rückkehr wußten. Die meisten Suchtrupps waren noch unterwegs, und diejenigen, die Bescheid wußten, waren in einer Blitzaktion informiert worden, daß es gefährlich sein konnte, den Neuankömmlingen Rede und Antwort zu stehen, solange deren Ziele nicht bekannt waren und gebilligt wurden.

Schwierigkeiten sah Mainland von Seiten seiner Soldaten auf sich zukommen.

Sofort nach Mainlands Schilderung der Lage hatte der Korpsleiter ihn von jeder Befehlsgewalt entbunden und das Kommando über *alle* Soldaten in Las Vegas übernommen. Kleinere Widerstände hatte er kaltlächelnd abgetan und Paragraphen zitiert, die Zweifler in die Schranken wiesen.

»Was kommt da bloß auf uns zu?« murmelte Doc Williams, in dessen Büro sich Mainland nach seiner ›Degradierung‹ zurückgezogen hatte.

Ein paar Häuser weiter hatte Kenya das Hauptquartier besetzt, in dem sich auch die Computer zur Bebenerrechnung und -vorhersage befanden. Dort führte er gegenwärtig eine systematische Befragung der Soldaten durch, die zuvor Mainland unterstanden hatten.

»Er wird es erfahren«, sagte Melanie Dankwart tränenerstickt. Sie und ihr Mann komplettierten die Runde. »Auch ein paar von Ihren Leuten, Paul, haben gesehen, daß die Kinder wieder da waren. Einige wissen sogar, daß man sie heimlich wegbrachte ...«

»Das ließ sich nicht verhindern«, erklärte Mainland, der längst wußte, daß Schneider mit seiner Hiobsbotschaft nicht übertrieben hatte. »Für einige lege ich die Hand ins Feuer. Bei anderen ...«

»Ein Glück, daß niemand präzise weiß, *wohin* die Kinder gebracht wurden«, warf Burt Dankwart ein. Wer ihn anschaute, fand keinerlei äußere Ähnlichkeit zwischen ihm und seinem Sohn. Aber Dankwart war überall als verläßlicher und besonnener Mann bekannt, und zumindest das schien Alexander von ihm geerbt zu haben. »Oder wissen *Sie* es, Paul?«

Mainland antwortete nicht.

»*Warum* sind sie hinter unseren Kindern her?« fragte Melanie Dankwart zum wiederholten Mal. »Was ist so Besonderes an ihnen, daß man sie *jagt* ...?« Sie war fassungslos, betroffen bis ins Innerste, und sie zeigte es.

Mainland zuckte die Achseln. Er nippte an dem Whisky, den der Doc ihnen zur Nervenberuhigung aufgetischt hatte und der nicht schmecken wollte. »Schneider wußte es offensichtlich. Aber das hilft uns im Moment nicht weiter.«

»Dieser Oberst Kenya mit seinem Trupp«, sagte Burt Dankwart, »scheint nichts von Schneiders Hiersein zu wissen. Das sollte, meine ich, so bleiben, wenn es irgendwie machbar ist ...«

Schritte auf dem Flur brachten ihn zum Verstummen. Der Stiefellärm war nicht mißzuverstehen. Kurz darauf ging die Tür auf, und zwei bewaffnete, dunkelhäutige Soldaten traten ein. Niemand verstand bis zur Stunde, warum Pounder nur farbige Männer geschickt hatte.

Sie orientierten sich kurz. Die Runde am Tisch war in einer unnatürlichen Lähmung erstarrt. Dann sagte ein spindeldürrer Mann: »Kommen Sie mit, Mainland, unser Oberst will Sie sehen!«

Ehe Mainland reagieren konnte, sprang Doc Williams auf und rief: »Jetzt gehen Sie aber zu weit, meine Herren! Wir –«

»Schnauze!« kam es charmant aus dem Mund des Begleit-Muskelprotzes.

»Schon gut«, sagte Mainland an Williams' Adresse. »Bleiben Sie ruhig. Sie alle ...« Er erhob sich selbstbewußt. »Ich wollte mich ohnehin etwas ausführlicher mit Kenya unterhalten.«

Schon ehe er ihm aber gegenübertrat, wurde ihm drastisch vor Augen geführt, daß er den Mund etwas voll genommen hatte. Sie betraten das Hauptquartier, und Mainland hörte erstickte Schreie aus einem Nebenraum dringen. Auf seine Frage, was da vorging, grinste seine Eskorte nur vielsagend. Er reagierte auf seine Weise, machte einen Ausfallschritt und riß die betreffende Tür auf, bevor er zurückgehalten werden konnte.

Die Szene fraß sich in sein Gehirn.

Einer seiner Männer lag zuckend auf dem Boden vor einem Schreibtisch und versuchte aus eigener Kraft wieder auf die Beine zu kommen. Er stützte sich dabei auf einen umgefallenen Stuhl. Blut verschmierte sein Gesicht aus einer klaffenden Stirnwunde.

Zwei von Kenyas Männern umstanden ihn und quittierten sein vergebliches Bemühen mit verächtlichen Blicken.

»Norman . . .!«

Mainland wollte auf den Mann zueilen, mit dem er befreundet war, aber im selben Moment traf ihn von hinten ein brutaler Hieb mit dem Gewehrschaft.

Das letzte, was er mit in die Dunkelheit nahm, war die Erkenntnis, daß das, was Pounder ihnen da auf den Hals gehetzt hatte, keinesfalls normale Soldaten sein konnten.

Wohl eher . . . *Abschaum* . . .

Die Begrüßung fiel anders als erwartet aus.

»Verschwinden Sie!« zischte Doc Williams. »Wenn man Sie hier erwischt, ist alles aus!«

Der Apache hatte sich in die Krankenstation geschlichen, weil es ihm hier am einfachsten erschien, ungefährdet Kontakt zu jemandem aufzunehmen.

»Was ist los?« fragte Littlecloud verwirrt. Er hatte den Arzt im Gang abgefangen. »Können Sie mich mit Mainland zusammenbringen?«

»Mit Mainland?« Williams schüttelte den Kopf. Man mußte kein Hellseher sein, um zu erkennen, daß etwas vorgefallen war.

»Reden Sie schon! Was ist passiert?«

»Sie haben ihn ... verhaftet! Ich weiß nicht, wie ich es sonst nennen sollte.« Williams blickte Littlecloud verstört an. »Er wäre nicht einverstanden, daß Sie hier sind. Er sagte so etwas ...«

»Verhaftet? Sind Sie sicher?«

Der Arzt erzählte, was sich vor einer halben Stunde ereignet hatte. »Gerade habe ich Burt und Melanie nach Hause geschickt«, schloß er. »Sie kommen um vor Sorge um ihren Jungen. Wie geht es ihm?«

»Er ist okay«, beruhigte Littlecloud. In Gedanken schien er immer noch bei Mainland zu sein. »Vielleicht finde ich eine Möglichkeit ...«, setzte er an.

»Hören Sie um Gottes willen auf!« unterbrach ihn der Arzt. »Verschwinden Sie und kümmern Sie sich um die Kinder! Schneider hat nicht gelogen – man ist nur hinter den Kleinen her! Niemand weiß, warum ... Wissen Sie es?«

Littlecloud verneinte. »Ich kann Mainland nicht im Stich lassen ...«

»Der kann sich selber helfen!« entgegnete Williams überzeugt. »Verschwinden Sie erst einmal von der Bildfläche, bis sich die Situation beruhigt hat. Dieser Kenya und seine Leute tun, als brenne ihnen die Zeit unter den Nägeln. Pounder scheint ihnen gehörig Dampf gemacht zu haben. Wenn sie jetzt auf Granit beißen, gehen sie es vielleicht zarter an ...«

DINO-LAND

Moira Sheaver hatte General Pounder zu einem Nachmitternachtsgespräch unter vier Augen geladen.

»Sie gehen zu weit«, kam sie sofort zur Sache. »Was sollen diese Einsätze im Wald? *Bei Dunkelheit!*«

Pounder musterte die Frau im blauen Overall mit deut-

819

lich weniger Respekt als noch beim letzten Mal. »Bin ich Ihnen Rechenschaft schuldig?« fragte er. »Haben *Sie* jetzt das Kommando hier übernommen?«

»Nein«, sagte sie.

»Gut. Was soll dann die Frage?«

»Sie setzen Ihre Leute unverantwortlicher Gefahr aus. Was sind die Gründe?«

»Sprachen wir nicht darüber?«

»Nein.«

»Doch! Sie haben mir nur nicht richtig zugehört!« Pounders alter Stil gewann die Oberhand. Eine gewisse Zeit hatte er sich beherrschen können, aber nun konnte er nicht mehr über seinen Schatten springen. »Wenn Sie nicht gekommen sind, um mich zu ...« Sein Lächeln wurde abgründig. »... entmachten – warum dann?«

»Schneider sagte ...«

»Schneider sagte!« äffte er nach. »Was würden Sie sagen, wenn ich Ihnen verrate, daß Schneider schon seit geraumer Zeit an Verfolgungswahn litt? Er gibt sich die Schuld an allem, was hier passiert. An diesem Riß in der Zeitstabilität. An DINO-LAND. Vermutlich an jedem Menschen, der in Zusammenhang mit dem Phänomen je getötet wurde ...!«

Moira bewies, daß sie mehr war als eine Marionette des Pentagon. Und daß sich Pounder an ihr die Zähne ausbeißen würde, wenn er versuchte, sie mit billigen Effekten an die Wand zu spielen. »Leidet Professor Sondstrup auch an – Verfolgungswahn?«

»Nein ...«

»Ich habe mich lange mit ihm unterhalten. Er bestätigt nicht nur voll und ganz, was Schneider telefonisch beanstandete – er wies mich auch auf etliche Mängel in Ihrem Verhalten hin. Es sind Dinge geschehen, die eines Mannes in Ihrer Position unwürdig sind. Was können Sie mir über Colonel Straiters Tod sagen?«

Der Gedankensprung irritierte Pounder so sehr, daß der alte Dämon in ihm durchbrach. »Das habe ich nicht zu verantworten!« schnarrte er. »Die Aktion war *abgesegnet*. Und ich halte es immer noch für eine geniale Idee, unseren Atommüll loszuwerden ...«

Moira Sheaver nickte zustimmend. »Die Aktion war genehmigt. Sie haben recht. Aber der Colonel und ein paar andere Männer kamen auch nicht bei der Umsetzung der Direktive um, sondern bei ihrem überstürzten Abbruch! Und der wurde eindeutig von *Ihnen* befohlen, General!«

Pounder schien innerlich zu vibrieren. Kein anderer Mensch innerhalb der Station hätte es gewagt, so mit ihm zu verfahren. »Die Umstände hatten sich geändert ...«, kam es gepreßt.

»Welche Umstände? Die, die Sie jetzt veranlassen, wiederum Menschenleben aufs Spiel zu setzen? Ich fordere Sie auf, die Einheiten, die die Wildnis durchstreifen, zurückzubeordern – sofort!«

»Sie können sich nicht in meine Befehle einmischen – es sei denn, Sie setzen mich vorher ab!«

»Würden Sie das riskieren?«

»Wären Sie dazu imstande?«

Als er es schon nicht mehr erwartete, lenkte die Abgesandte ein. »Nicht, wenn Sie endlich die Karten auf den Tisch legen! Sie werden doch selbst einsehen, daß ich wissen muß, *was* hier vorgeht. Welche Absichten verfolgen Sie? Ich habe Schneiders Entführung – die mir im übrigen von Ihren Untergebenen bestätigt wurde – weitergemeldet, und ich darf Ihnen sagen, daß man an höchster Stelle darüber bestürzt ist. Nur kann man dort ebenso wenig mit Ihrer Informationspolitik anfangen wie ich! Die Sache mit dem Jungen, der den Professor mit sich in die Vergangenheit gerissen haben soll, klingt zu nebulös. Werden Sie endlich konkreter, General, oder Sie zwingen mich, zum Äußersten zu greifen!«

Pounder setzte wieder sein Pokerface auf. »Auch mir wäre daran gelegen, daß wir zusammenarbeiten«, sagte er. »Vertrauen gegen Vertrauen.«

»Einverstanden.« Moira nickte. »Fangen Sie an.«

Pounder zögerte. »Warum werde ich das Gefühl nicht los,

daß *Sie mir* etwas vorenthalten? Sind Sie wirklich nur wegen Schneiders Beschwerde gekommen?«

Moira schüttelte den Kopf. »Fangen Sie an«, wiederholte sie stereotyp.

Pounder seufzte theatralisch. »Wir brauchen diesen Jungen – oder andere seinesgleichen! Ich habe die Männer und Frauen ausgesandt, weil ich nicht mehr ausschließe, daß das eine oder andere dieser Kinder vielleicht schutzlos durch die Wildnis von DINO-LAND irrt, weil es sich bei seiner ›Reise‹ verkalkuliert hat.«

»Glauben Sie tatsächlich, daß das möglich wäre? *Wer sind diese Kinder?*« Sie zog ein silbernes Etui hervor und fischte eine der bereits bekannten Zigaretten heraus. Pounder wartete, bis sie den ersten Zug nahm.

»Nachkommen der Gestrandeten«, sagte er.

Sie musterte ihn seltsam, obwohl sie die Waffe nicht sehen konnte, die er spielerisch mit den Fingern umschloß.

»Wie wichtig ist Ihnen das Pentagon, Moira?« fragte er.

»Bitte?«

»Wissen Sie, daß Sie mir sehr ähnlich sind?«

Ihre Irritation wuchs. Pounder nahm es mit Befriedigung zur Kenntnis. Gleichzeitig schob er den bizarren Wunsch beiseite, diese ungewöhnliche Frau in seine Pläne einzuweihen. »Lassen Sie mir hier freie Hand, Moira. Die Regierung und das Pentagon werden es nicht bereuen. Ich bin etwas *Großem* auf der Spur . . .«

Pounder kniff die Lippen zusammen, als er ihre Haltung deutete. Er verkrampfte sich.

Es tat weh zu erkennen, daß sie ihn für wahnsinnig hielt . . .

Las Vegas

Sie hatten ein notdürftiges Nachtlager errichtet und die Kinder zu Bett geschickt. Erstaunlicherweise schienen sie wirklich eingeschlafen zu sein, obwohl so viele Kinder auf engstem Raum eigentlich unbezähmbar waren.

Vielleicht lag es daran, daß Carl Schneider und Nadja im selben Raum blieben und sich im Schein einer Kerze leise weiterunterhielten. Beide fanden keine Ruhe und neideten den kindlichen Seelen, die noch abschalten konnten, ihre Unbekümmertheit. Schneider hatte sich erkennbar noch nicht ganz damit abgefunden, Millionen Jahre in die Vergangenheit gestürzt zu sein; Nadja fieberte Littleclouds Rückkehr entgegen.

Er schüttelte den Kopf.

»Wir könnten uns, wenn man Sie beim Wort nähme, gleich vertrauensvoll in die Hände von Pounders Leuten begeben. Wir müßten nicht vor ihnen fliehen. Die haben nichts anderes vor als das, was Sie gerade angesprochen haben!«

»Das ist Unsinn! Sie reden, als wollten Sie gar nicht in Ihre Zeit zurück.«

»Oh, doch. Wollen schon. Nur nicht um jeden Preis. Und dieser Preis wäre eindeutig zu hoch!« Nadja erschrak, weil sie lauter geworden war als beabsichtigt und sich eines der Kinder im Schlaf zu rühren begann.

Schneider schwieg eine Weile. Dann nickte er. »Sie haben recht.«

Sie forschte in seinem Schattengesicht und kam zu dem Resultat, daß er meinte, was er sagte.

»Ich bin wohl in meinem Eifer etwas zu weit gegangen«, fuhr er fort. »Dabei müßte es für Sie noch viel verblüffender sein, was wir erfahren haben. Wie es aussieht, haben die Kids Sie schon eine ganze Weile an der Nase herumgeführt.«

Nadja lächelte. »Das kann man sagen.«

Sie vermochte es Schneider nicht zu erklären, aber sie selbst war seit dem Lüften des Geheimnisses um einiges erleichtert. Sie glaubte jetzt die Hintergründe der »Anfälle« zu kennen, die sie so häufig wie noch nie heimgesucht hatten.

Nicht die Zeitbeben, die das Gefüge von Raum und Zeit erschütterten und hier die Wüste wachsen ließen, während

DINO-LAND in der Zukunft größer und größer wurde, waren schuld an ihren Problemen – zumindest nicht ausschließlich.

Eines der Kinder plapperte im Schlaf. Nadja wollte aufstehen, um nach ihm zu schauen. Schneider hielt sie am Handgelenk fest. Aber Nadja hatte ihren eigenen Kopf. Unwillig streifte sie die Fessel ab.

Eines der Kinder kicherte plötzlich.

Es klang regelrecht ... boshaft.

Nadja spürte eine Gänsehaut. Sie hatte keines der Kinder je in dieser Weise erlebt. Nicht einmal Jasper. Beim nächsten Laut lokalisierte sie den Ursprung. Das Kichern kam aus Richtung des Nachtlagers.

Auch Schneider wurde aufmerksam. »Wer ist das?«

Nadja schwieg. Sie bedeutete ihm mit einer Geste, ruhig zu bleiben. Vorsichtig bewegte sie sich durch die Reihen der in Decken gehüllten, schlafenden Kinder. Wenn eines davon sich nur verstellte, dann perfekt.

Schneider zündete ein paar weitere Kerzen an, bis Nadja zu ihm zurückkehrte. »Es sind Kinder«, sagte sie, als würde dies alles erklären. Schon ihr Nachsatz verriet jedoch, daß sie verunsichert war. »Hoffentlich kommt er bald zurück ...«

Draußen, vom Gang her, drang ein scharrendes Geräusch. Sie erstarrten.

Nach einer Weile wiederholte sich das Scharren.

»Ich sehe nach«, sagte Schneider, der Nadjas Ausdruck richtig deutete. Sie fürchtete sich mit einem Mal, obwohl sie schon Schlimmeres bewältigt hatte.

In diesem Moment glaubte sie, draußen im Gang Stimmen zu hören. Dann sagte eine schnarrende Stimme *im* Raum, irgendwo bei den Kindern, zusammenhanglos, aber klar verständlich: »... könnte Regen geben ...«

Dennis erwachte. Nach ihm Jodie.

»Miß Bancroft ...?« kam es schlaftrunken.

»Verdammt!« fluchte Nadja. »Schnell, kommen Sie!«

Schneider folgte ihr zu den Kindern. »Sind wir entdeckt?«

Nadja antwortete nicht. Sie knipste die Lampe an, die Littlecloud ihnen dagelassen hatte.

Draußen auf dem Gang wurde immer noch gesprochen.

»Sie haben uns gefunden«, sagte Schneider gepreßt. »Soll ich nicht lieber . . .« Es zog ihn zur Tür.

»Sinnlos«, sagte Nadja. Sie weckte die Schlafenden und forderte sie auf, von der Wand zurückzuweichen, hinter der der Korridor draußen entlanglief. Die Kinder gehorchten, ohne Fragen zu stellen.

Nadja starrte auf die Regale vor der Wand.

Von dort sagte eine Frauenstimme: ». . . Erdbeertorte . . .«

»Erdbeertorte?« ächzte Schneider.

Nadja scheuchte die Kinder noch weiter weg und zerrte an dem Regal. Es kippte krachend um.

Schneiders Augen weiteten sich, als er das Loch in der Wand sah. Und das, was sich darin bewegte.

»Woher wußten Sie . . .?«

»Ich wußte es nicht!« zischte Nadja. »Oh, verdammt!«

Schneider richtete die Lampe auf das Loch und stöhnte: »*Was ist das?*«

Eine hornige Schnauze wühlte in der Öffnung, die zu eng war, um den ganzen Kopf durchzulassen.

Nicht nur die Kinder starrten fasziniert auf den zuckenden Schnabel, in dem haarsträubend spitze Zähne zu erkennen waren.

Schneider riß sich von dem Bild los. Er marschierte Richtung Tür, und Nadja glaubte, er wolle hinaus. »Bleiben Sie!«

Er winkte ab und legte lediglich ein Ohr gegen das Holz. »Da draußen«, sagte er mit gequältem Humor, »scheint eine Party im Gange zu . . .«

Alles weitere ging in ohrenbetäubendem Lärm unter. Schneider hechtete förmlich von der Tür weg, die sich ihm entgegenwölbte. Zentnergewichte drückten von draußen dagegen.

»Wissen Sie, was hier vorgeht?« rief er.

»Ich ahne es . . .«

»Und was?«

Nadja schauderte kurz, blickte zu den Kindern und sagte: »Red nannte sie *Papageiensaurier*.«

»Wie herzig!«

»Er stieß bei der Suche nach den Kindern auf sie. Sie hatten ...« Ihre Stimme wurde so leise, daß sie kaum noch verständlich war. »... zwei Männer eines Suchtrupps in eine Falle gelockt ...«

Schneider blieb sekundenlang wie festgenagelt auf der Stelle stehen. Erst als erneut von draußen etwas gegen das Holz donnerte und fast die Türangeln sprengte, packte er das umgeworfene Regal und zerrte es als zusätzliche Barrikade vor die Tür.

Aus dem Loch in der Wand wiederholte sich das gehässige Kichern, das sie zuerst einem der Kinder zugeschrieben hatten. Dann haspelte etwas: »Kempfer ist doof!«

»Stimmt!« krähte Jasper begeistert.

»Mund halten!« maßregelte ihn Nadja.

»Wir müssen hier raus, und zwar schnell«, sagte Schneider. Er zeigte auf die Tür. »Lange hält das nicht mehr.«

Der nächste Rammstoß bestätigte seine Prognose.

»Öffnen wir die Fenster!« rief der Wissenschaftler. »Übernehmen Sie und die Kinder das, Nadja! Ich versuche sie aufzuhalten ... Wo ist das verdammte Gewehr?«

Littlecloud hatte ihnen nicht nur die Lampe, sondern auch eine Waffe überlassen, ehe er sich auf den Weg machte.

Nadja bewegte sich auf die Fenster mit den geschlossenen Läden zu. Aber die Kinder hielten sie mit vielen Händen zurück. Sie redeten jetzt alle durcheinander.

Schneider kümmerte sich nicht länger darum. Im Schein der Lampe hatte er das Gewehr erspäht. Er lief darauf zu und bückte sich.

Plötzlich änderte sich etwas um ihn herum.

Der *Lärm* veränderte sich.

Als Schneider sich wieder aufrichtete, sah er, was passiert war.

»Scheiße!« fluchte er.

Nadja und die Kinder waren verschwunden.

Sie hatten nur versäumt, ihn mitzunehmen.

Im nächsten Moment barst die Tür, und der plappernde Tod quoll herein...

Pulsierender Schmerz weckte Mainland, und im ersten Moment glaubte er, sein Rückgrat sei gebrochen. Unterhalb der Nackenwirbel tobte sich etwas aus, das nicht aufhören wollte. Sein linker Arm ließ sich nicht bewegen. Ameisen krabbelten darin.

Mainland richtete sich auf und blickte in ein Gesicht voller Häme. Ben Kenya hatte seine Uniformjacke ausgezogen und achtlos über einen Stuhl gehängt. Er stand im Unterhemd vor Mainland, den sie auf eine Couch gelegt hatten.

»Hallo Lieutenant!« sagte der Oberst. »Ich bedauere den Zwischenfall.« Er beugte sich vor und schlug in falscher Herzlichkeit auf den schlafenden Arm. Mainland hob es fast die Schädeldecke. »Glauben Sie mir, ich bedauere es wirklich. Durch diese Narren haben wir wertvolle Zeit verloren...«

Mainland ahnte, wovon er sprach. Anstatt darauf einzugehen, fragte er jedoch: »Wer sind Sie, Oberst? Wo hat Pounder Sie und Ihren Haufen aufgegabelt, und wie hat er Sie scharfgemacht?«

Kenya starrte ihn grinsend an. »Ihnen kann man nichts vormachen, wie, Paul?«

Mainland zuckte die Achseln. Selbst das tat weh.

»Meine Kameraden und ich waren in keiner sehr beneidenswerten Lage, als Pounders Angebot uns erreichte.« Kenya blieb in leicht geduckter Haltung vor Mainland stehen. Er sah aus, als wollte er ein Kaninchen hypnotisieren. »Wir saßen im selben Militärknast, die Jungs und ich. Einem Knast nur für Schwarze, wenn Sie verstehen. Das gibt es auch heute noch. Erstaunt? Nein, nicht wirklich, oder? Ein Knast nur für Schwarze und *Mörder*...« Er hob den Zeigefinger an die wulstigen Lippen. »Jetzt habe ich Sie erschreckt, wie? Aber das wollte ich nicht. Ich wollte nur klare Verhältnisse schaffen. Sie sollen wissen, mit wem Sie es zu tun haben, Paul. Sie sollen wissen, daß es nicht gut wäre, sich uns in den Weg zu stellen ...«

Mainland versuchte aufzustehen, aber der Oberst drückte ihn zurück auf die Couch. »Bleiben Sie sitzen, Paul. Wir sind noch nicht fertig.«

»Sind Sie ein Mörder, Kenya?« fragte Mainland.

»Und wenn?«

»Es wäre wichtig.«

»Warum?«

»Weil Sie auf Pounders Befehl unsere Kinder einfangen wollen. Ich glaube nicht, daß mir der Gedanke gefällt, sie in die Hände von *Mördern* zu treiben.«

Ben Kenya lachte abfällig. »Glücklicherweise bin ich nicht darauf angewiesen, daß Sie es mir gestatten.«

Mainland war nicht zum Lachen. »Sie werden sie nicht finden«, sagte er. »Sie haben keine Freunde hier, und die Stadt ist groß.«

»Ich brauche nicht zu suchen«, korrigierte ihn der Oberst. »Sie werden mir sagen, wo sich unser Ticket zurück verbirgt.«

»Ihr Ticket zurück?« Mainland schüttelte den Kopf. Das Pochen im Genick ließ allmählich nach.

Kenya betrachtete ihn abschätzig. »Sie wissen es wirklich nicht«, sagte er nach einer Weile. »Aber das ist auch nicht erforderlich. Verlieren wir nicht noch mehr Zeit. Sie nennen mir jetzt das Versteck, in das die Kids gebracht wurden!«

»Sie sind verrückt! Selbst wenn ich es wüßte ...«

»Sie *wissen* es, Paul, Sie wissen es!«

Er griff in seine Hosentasche und holte ein Glas hervor, das er aufschraubte. Zwei rosarote Pillen rollten in seine Handwölbung. Er reichte sie Mainland. »Schlucken Sie!«

»Den Teufel werde ich!«

Kenya schloß die Faust, wandte sich um und rief gelangweilt: »Pangrove ...!«

Die Tür öffnete sich, und ein Mann, noch riesiger als der

Oberst, trat ein. Kenya übergab ihm die Tabletten und den Auftrag: »Stopf sie ihm rein! Er hatte seine Chance.«

Pangrove nickte. »Mit Wonne ...«

Mainland wehrte sich vergebens. Der Muskelprotz verstand sein Geschäft. Als er von dem Mann auf der Couch abließ, wehrte dieser sich schon nicht mehr.

Minuten später begannen Mainlands Augen geisterhaft zu glimmen, und er beantwortete begierig jede ihm gestellte Frage.

Schneider schoß.

Er war den Umgang mit Waffen nicht gewohnt. Der Rückschlag des Gewehrs prellte seine Hüfte und hinterließ ein kurzes Gefühl von Taubheit. Gleichzeitig schnellte der Lauf hoch, so daß die Kugel fehlging und ein faustgroßes Loch in die Wand riß.

Ein Adrenalinstoß brachte Schneider dazu, nicht lange zu fackeln, sondern weitere Schüsse auf die merkwürdigen Kreaturen abzugeben, die knittrig und mit drohenden Schnäbeln auf ihn zuströmten und nur noch wenige Schritte entfernt waren, als der Professor den ersten Treffer landete.

Eines der hundgroßen Geschöpfe überschlug sich im Lauf und fiel den anderen vor die Füße. Ein kurzes Gerangel, das den Fluß ins Stocken brachte, entstand.

Schneider begriff nicht, wie diese geschnäbelten Saurier es geschafft hatten, die massive Tür zu überwinden. Sie müssen sich alle auf einmal dagegengeworfen haben, dachte er. Das klang verdammt nach Strategie, und genau das machte es so unglaubwürdig.

Aber war es glaubwürdig, daß die Monstren mit Menschenstimmen plapperten?

»Professor ...?«

Das war zum Beispiel wieder die Stimme dieses einen, sommersprossigen Jungen, den Schneider sich eingeprägt hatte: Jasper.

»Professor!«

Schneider drehte sich im Zurückweichen halb um die Achse. Seine Augen weiteten sich.

Es *war* Jasper!

Er kam hinter einem Regal hervor, dort, wo die anderen gerade verschwunden waren, und er winkte Schneider heftig zu. »Junge . . .«, keuchte er. Er gab eine neue Salve ab und rannte zu Jasper, der ihn in fast stoischer Ruhe erwartete und die Hand ausstreckte.

»Warum bist du nicht . . .?« setzte Schneider an. Dann erkannte er, wie unwichtig diese Frage im Moment war. Aus den Augenwinkeln sah er die Saurierwesen, von denen kein Paläontologe je gehört hatte, die Richtung wechseln.

Schneider wußte sich nicht anders zu helfen, als erneut in die Leiber zu schießen. Nur eine einzige Kugel durchschlug jedoch die Panzerhaut der Kreaturen, die noch lange nicht ausgewachsen zu sein schienen. Als der Professor zur einzigen Tür des Raumes blickte, sah er, daß von dort immer noch welche nachrückten. Dieser Fluchtweg war versperrt.

»Professor, kommen Sie!«

Jaspers Stimme erinnerte ihn an die ausgestreckte Kinderhand. Erst jetzt begriff Schneider, was der Junge vorhatte. Da es ohnehin ihre einzige Chance war, holte er aus und schleuderte den plappernden Angreifern wildentschlossen das Gewehr entgegen. Dann griff er Jaspers kleine Hand und umschloß sie mit seinen beiden eigenen. Es fühlte sich an, als hielte er ein pochendes Vogelherz. Er sagte kein Wort mehr, während er darauf wartete, daß der Junge etwas *tat*.

Als sich Sekunden später immer noch nichts verändert hatte, stöhnte er: »Worauf wartest du?«

Jaspers lange gelassenes Gesicht verzerrte sich vor Anstrengung. Schweiß erschien auf seinem ratlosen Gesicht.

Schneiders Kopf ruckte zur Seite. Er verfluchte sich, weil er das Gewehr weggeworfen hatte, riß den Jungen mit sich und floh, ohne ihn loszulassen, tiefer in den Raum.

Die Saurier rückten nach wie eine Wand.

Plötzlich aber geschah etwas Sonderbares. Jasper wimmerte und zappelte. Die Wände schienen sich zu entfernen.

Schneider blinzelte. Ein merkwürdiges Gefühl breitete sich in seinem Bauch aus. Er sah die Angreifer wie durch ein umgedrehtes Fernglas auf sich zukommen. Sie hetzten in abgehackten Sprüngen heran – als betrachte man einen alten Film, der nicht genügend Einzelbilder enthielt, um einen *flüssigen* Ablauf zu gestatten. Mit jedem Sprung, der in einer Art Zeitraffer ablief, rückten die kleinen Monster aber näher, statt sich zu entfernen. Sie ›stotterten‹ auf sie zu!

Was immer Jasper auslöste – es war keine Rettung. Es stürzte sie nur um so rascher ins Verderben ...!

Als der Junge auch noch zu schreien begann und sich panisch von ihm befreite, wußte Schneider, daß sie verloren waren.

Aber dann wendete sich das Blatt von unverhoffter Seite. Bei der Tür entstand Bewegung. Ein Mann glitt mit pantherhafter Geschmeidigkeit herein und feuerte, obwohl nur mit einer Faustfeuerwaffe ausgerüstet, mit wesentlich mehr Erfolg zwischen die Papageiensaurier. Außerdem hielt er etwas in der Hand, worauf sie allergisch reagierten: eine brennende Fackel.

Schneider traute seinen Augen nicht, als Littlecloud die lebende Wand dazu brachte, sich vor ihm zu teilen und eine Gasse freizugeben. Wie Moses einst mit seinen Anhängern durch das rote Meer, so »watete« der Apache durch die fauchenden Leiber. Zwischendurch schoß er. Schneider rief er Befehle zu: »Der Junge! Packen Sie den Jungen!«

Eine Weile sah es aus, als könnten sie sich die Verwirrung der Saurier zunutze machen. Dann verkehrte sich der Effekt ins Gegenteil. Aggressiv rückten sie auf Littlecloud zu. Trotz des Feuers, das er in den Händen hielt.

»Was geschieht jetzt?« schrie Schneider, der sich Jasper geschnappt hatte. Der Junge war in den äußersten Winkel gekrochen und hielt sich die Augen zu.

Littlecloud fluchte. »Sie *erkennen* mich offenbar ...«

»Erkennen?«

»Ich habe ihre Geschwister getötet ...«

Mehr war ihm nicht zu entlocken. Eine der Kreaturen

hatte sich bereits in seine linke Wade verbissen. Schneider sprang, den Jungen im Arm, vor und trat danach. Das gefräßige Etwas flog in hohem Bogen durch den Raum. Littlecloud stöhnte auf. »Weg hier!« keuchte er. »Wo sind die anderen?«

Sie hasteten zur Tür. Littlecloud strich im Rennen mit der Fackel über die Regale. Schneider brüllte: »Hören Sie auf! Sie bringen alle um!«

»Wen?«

»Nadja und die Kinder ...!«

Littlecloud stoppte, als wäre er gegen eine Wand gelaufen. »Was heißt das?«

»Später! Erst mal raus hier ...!«

Der Apache gehorchte widerstrebend. Die Saurier folgten ihm wie an einer Schnur gezogen. Nur noch er schien sie zu interessieren. Schneider bewies seine Fähigkeit, sich auf neue Situationen einzustellen. Als sie ins Freie stürmten, rief er: »Laufen Sie weiter! Hängen Sie sie ab! Dann kommen Sie zurück!«

Littlecloud wollte protestieren, aber er sah, daß sie gar keine Wahl hatten.

Fluchend verschwand er im Dunkeln, gefolgt von einem Troß plappernder Verfolger, die an Schneider und dem Jungen vorbeizogen, die sich in eine Nische zurückgezogen hatten.

Minuten später kehrte Littlecloud zurück. Trotz der Strecke, die er in großem Tempo zurückgelegt hatte, war sein Atem kaum beschleunigt. Aus dem Lagerhaus drang bereits Qualm.

»Wie war das mit Nadja und den Kindern?« drängte der Apache.

Schneider erzählte, was passiert war.

»Dann sind sie noch *da drin*!«

Schneider nickte. »Wenn ich es richtig verstanden habe ...«

Ehe er ihn zurückhalten konnte, sprintete Littlecloud ins Haus zurück. Obwohl er nicht dabeigewesen war, als die

Kinder ihr Geheimnis gelüftet hatten, schien er aus Schneiders knappen Andeutungen intuitiv zu erkennen, wo der Knackpunkt lag.

Niemand wußte, *wie weit* die Kinder mit Nadja in die Zukunft geflohen waren. Aber sie hatten nur die Zeit gewechselt, nicht den Ort.

Wenn sie in einem brennenden Inferno materialisierten, waren sie verloren ...

»Sie?« wunderte sich Moira Sheaver, als Pounder das Büro betrat.

»Störe ich?«

»Ich diktiere gerade meinen Bericht ...«

»Mit welchem Fazit?«

»Wollen Sie das wirklich hören?«

Pounder nickte.

»Muß ich auf dem Gang stehenbleiben?«

Sie ließ ihn eintreten.

»Wir waren noch nicht fertig«, sagte er.

»So?«

Ihr Geruch machte ihn verrückt. »Sie wollten mir noch einiges über die Gründe sagen, weshalb Sie kamen – Schneider einmal ausgenommen.«

»Man *kann* Schneider nicht ausnehmen«, erwiderte sie spitzzüngig. »Er ist unter Ihrer Aufsicht verschwunden, und nur Sie selbst mögen glauben, daß Sie daran unschuldig sind. Ich weiß inzwischen, daß Sie auf ihn geschossen haben.«

»Mit einem Betäubungsprojektil. Es war ein Versehen. Es sollte den Jungen treffen.«

»Der Junge war bereits getroffen ...«

»Sagen Sie mir, warum man *Sie* und keinen anderen geschickt hat. Ich kenne Ihre Stellung. Mir brauchen Sie nichts vorzumachen. Nur wegen Schneider hätten Sie sich nicht herbemüht ...«

»Man ist besorgt ...«, setzte sie an.

»Hören Sie verdammt noch mal mit diesem ›man‹ auf! *Wer* ist *worüber* besorgt?«

»Haben Sie jemals darüber nachgedacht, daß DINO-LAND mehr sein könnte als das, was wir sehen?«

»Wie meinen Sie das?«

»Ich meine, daß hinter der *sichtbaren* auch eine *unsichtbare* Gefahr lauern könnte?«

»Für wen?«

»Für alle! Nicht nur für die Menschen hier in und unmittelbar um DINO-LAND herum.« Moira Sheaver schürzte die Lippen. Ihre Zunge züngelte verführerisch, obwohl nur eine Sekunde erkennbar.

Pounder starrte.

»Uns liegen die Statistiken der letzten zehn Jahre vor«, sagte sie.

»Was für Statistiken?«

»Verbrechensstatistiken. Irgend jemand kam dahinter, daß die Kriminalitätsrate in Los Angeles, Riverside, San Bernadino, Fresno, Bullhead City und anderer, kleinerer Städte dramatisch in die Höhe geschnellt ist. – Raten Sie mal, seit wann!«

»Fünf Jahre?«

Sie nickte, keineswegs verblüfft. »Die Namen verraten es schon. Alles Städte im Umkreis von DINO-LAND. Und es ist beängstigend, wie weit sich der Radius bereits spannen läßt. Bei Los Angeles zum Beispiel schnellte die Marke erst letztes Jahr nach oben, aber das gleich um *fünfhundert Prozent*!«

»Was beweist das?« fragte Pounder.

»Nichts«, sagte sie. »Aber es ist ein winziger Hinweis, *daß* mit den Urzeitflecken *mehr* herübergekommen ist, als wir bisher glaubten. Es handelt sich nicht nur um etwas Materielles – es übt auch Einfluß aus auf Emotionen! Es macht Menschen, die im Umkreis von DINO-LAND leben, deutlich aggressiver als andere. Das ist nicht normal! Manche reagieren sensibler darauf, andere überhaupt nicht. Der Präsident schickte mich, um mit Ihnen darüber zu diskutieren –

das war, noch ehe Schneider sich meldete. Ich wollte beides miteinander verbinden. Ich ahnte nicht, in welches Wespennest ich stechen würde.«

»Wovon reden Sie?«

»Davon, daß Sie Ihre Befugnisse weit überschreiten – bei jeder sich bietenden Gelegenheit! In meinem Bericht an den Präsidenten spreche ich die Empfehlung aus, Sie möglichst schnell durch einen besonneneren Mann zu ersetzen. Jemanden, dessen Blick für die Realitäten noch nicht getrübt ist!«

Pounder überlegte, mit welchen Erwartungen er zu Moira gekommen war. Er erinnerte sich nicht mehr.

»Wann werden Sie uns verlassen?« fragte er.

»Morgen in aller Frühe«, sagte sie. »Sofort nach Sonnenaufgang.«

Las Vegas

Kommandos hallten über den Platz.

Mehrere Jeeps hatten das Gebäude umstellt und Soldaten ausgespien, die sich weigerten, das brennende Haus zu betreten, obwohl eine Stimme über Megaphon sie immer wieder voranpeitschte.

Littlecloud spürte Nadjas Hand im Nacken. Ihr kleiner Versuch, etwas wie Zärtlichkeit zu transportieren, scheiterte an den Umständen.

»Verschwinden wir!« flüsterte er.

Geduckt rannten sie zum Unterschlupf zurück, wo Schneider mit den Kindern wartete. Es war Sekundensache gewesen, den Häschern zu entkommen. Littlecloud hatte das Lagerhaus betreten und nach Nadja und den Kindern Ausschau gehalten. Als die Flammen ihm schon den Rückzug abzuschneiden begannen, hatte er hustende Stimmen aus den Rauchschwaden vernommen. Ehe sie sich erneut aus dem Staub machen konnten, hatte er nach ihnen gerufen und sie zurückgehalten. Als er sie dann gerade aus den Flammen gelotst hatte, waren Fahrzeuge angerückt. Im vordersten hatten sie Kempfer sitzen sehen. Er schien die Soldaten zu dirigieren...

Zusammen mit Schneider und Jasper hatten sie sich gerade noch unbemerkt einen Straßenzug weiter retten können. »Wußte dieser Kempfer von dem Versteck?« fragte Schneider.

»Nein«, sagten Littlecloud und Nadja unisono.

»Dann hat Mainland also gequatscht«, fällte Schneider sein schonungsloses Urteil. »Und dieser Kempfer hat sich bereit erklärt, sie zu führen...«

»Urteilen wir nicht, bevor wir wissen, unter welchen Umständen es geschah«, erwiderte Nadja bissig. Sie schien sich genötigt zu sehen, zumindest Mainland zu verteidigen.

Littlecloud sparte sich einen Kommentar. Er tendierte zu ihrer Sicht der Dinge. Es war jedoch müßig, darüber nachzudenken, solange sie nicht in Sicherheit waren. Erschwerend kam hinzu, daß sie bis auf einen läppischen Revolver waffenlos waren. Streunenden Deinonychus' oder ähnlich agilen Raubsauriern waren sie damit hilflos ausgeliefert. Bei schwerfälligeren Giganten mochten sie noch eine geringe Chance haben...

»Laßt uns keine Zeit verlieren!«

»Wohin willst du?«

»Die große Auswahl haben wir nicht«, entgegnete er. »Nutzen wir die Nacht aus, so lange sie noch dauert. Bei Tag halten die Kerle alle Trümpfe in der Hand...«

Damit erstickte er Diskussionen im Keim.

Littlecloud wurde erst etwas ruhiger, als sie eine gute Meile zwischen sich und ihren Fluchtpunkt gebracht hatten. Er weigerte sich aber beharrlich, sich einfach in eines der Häuser zurückzuziehen und den Morgen abzuwarten.

»Wenn wir Glück haben, bleiben sie zunächst bei der niedergebrannten Ruine. Kein Zweifel, daß sie über die Fähigkeit der Kinder Bescheid wissen. Sie könnten vermuten, daß sie irgendwann aus einem Zeitversteck herauskommen. Dieser Kenya wird vermutlich auch nach Sonnenaufgang Wächter dort postieren«, sagte Littlecloud.

»Was wurde aus den Sauriern, die sich an ihre Fersen geheftet hatten?« fragte Schneider. »Sie haben Ihre Witterung. Glauben Sie, Sie haben sie auf Dauer abgeschüttelt?«

Littlecloud zuckte die Achseln, und Nadja sah ihm dabei angespannt zu. »Das weiß ich nicht.«

»Bilde ich es mir nur ein, oder ist es *wärmer* geworden?« fragte Nadja.

»Das macht das Feuer«, sagte Schneider trocken.

»Mir läuft der Schweiß in Strömen«, sagte Nadja. Ihr Gesicht war kaum zu erkennen, aber Littlecloud, der sie an der Hand faßte, spürte, daß sie recht hatte. Ihm selbst machte es weniger aus, aber allmählich fingen auch einige der Kinder zu quengeln an. Sie beklagten sich über schwüle Hitze und das unablässige Zirpen, das die Luft erfüllte, seit sie sich weiter vom Zentrum entfernten. Littlecloud führte sie ostwärts. Ob er eine bestimmte Absicht damit verband, verriet er nicht.

»Insekten«, kam der Apache irgendwann auf die Nachtgeräusche zu sprechen. »Entweder welche, die in dieser Zeit beheimatet sind, oder solche, die mit einem der Beben aus *unserer* Zeit ankamen.«

Littlecloud führte sie auf Umwegen vor das geschlossene Tor einer Tiefgarage, die zu einem ehemaligen Apartmentkomplex gehörte. Mit ein paar Handgriffen löste er eine Sperre und konnte das Tor, das normalerweise von einem Elektromotor gesteuert wurde, manuell hochkurbeln.

»Ihr wartet hier draußen«, sagte er – und verschwand in der Schwärze.

»Was hat er vor?« fragte Schneider.

»Ich weiß es nicht«, antwortete Nadja offen.

Dennis zupfte sie am Ärmel und flüsterte: »Ich muß mal pinkeln, Ma'am . . .«

»Dann hast du dazu jetzt *die* Gelegenheit«, gab Nadja ebenso leise zurück. Sie zeigte ihm, wo er seine Notdurft verrichten konnte. Andere schlossen sich an. Selbst Schneider verspürte irgendwann einen unwiderstehlichen Drang. Er kehrte gleichzeitig mit Littlecloud zurück, der ein Monster von einem Fahrzeug aus dem Schlund der Tiefgarage steuerte. Der Lärm, den der lockere Keilriemen des Vehikels veranstaltete, war infernalisch, aber was zählte war, daß es sich bewegte, auch wenn die Scheinwerfer kaum wahrnehmbar glommen. Bei genauerem Hinsehen erkannten sie jedoch, daß der Apache sie absichtlich *zugebunden* hatte.

»Steigt ein – beeilt euch!« rief Littlecloud ihnen durch das offene Fenster auf der Fahrerseite zu. »Viel Sprit ist nicht im Tank. Wenn wir Glück haben, reicht's gerade ... *Vite, vite!*«

Schneider blickte zweifelnd zu ihm hoch. Dann murmelte er ein nicht begeistertes »*Howgh!*« und stieg zu.

Im Morgengrauen erreichten sie die Farm. Sie lag östlich von Las Vegas und hatte Alexanders Eltern, Burt und Melanie Dankwart, vor der Geburt ihres Sohnes als Forschungsstützpunkt gedient, nachdem sie bereits in die Kreidezeit verschlagen worden waren.

»Wie bist du darauf gekommen?« fragte Nadja.

»Ich entdeckte den Wagen auf einem meiner Streifzüge und hielt ihn in ›stiller Reserve‹. Nicht mal Paul weiß davon ...«

»Ich meine nicht den Wagen, sondern die Farm.«

Littlecloud hatte lange ein Geheimnis um ihr Ziel gemacht. Nun erklärte er, warum. »Ich wußte nicht, in welchem Zustand die Gebäude sind«, sagte er, »und wollte hochgesteckte Erwartungen vermeiden ...«

»Sieht noch ganz passabel aus«, meinte sie.

Sie küßte ihn flüchtig. Dann kletterte sie nach hinten und weckte die Kinder. Schneider wurde alleine wach. Gemeinsam nahmen sie die Farm unter die Lupe, wobei die Erwachsenen stets den Vorreiter spielten. Erst als gesichert schien, daß keine unmittelbare Gefahr in den geschlossenen Wänden der Gebäude lauerte, durften die Mädchen und Jungs folgen.

Littlecloud steuerte den Wagen, in dem kaum noch ein Tropfen Sprit war, in eine leerstehende Scheune, ehe er sich zu den anderen zurückgesellte. Inzwischen hatten sie »Inventur« gemacht. Ein paar wenige Konserven, die von den Dankwarts zurückgelassen worden waren, hatten das Verfallsdatum noch nicht überschritten. Der Brunnen im Hof war jedoch ausgetrocknet und Trinkwasser in Flaschen nirgends aufzutreiben.

»Ein, zwei Tage können wir uns mit den Suppen durchschlagen«, sagte Nadja. »Wenn es regnet, könnten es drei werden. Mehr auf keinen Fall.«

»Das heißt«, sagte Littlecloud, »ich *muß* in die Stadt zurück – zu Fuß.«

Sie nickte. »Ich fürchte, das heißt es. Schneider kommt dafür kaum in Frage. Der hat sich gleich hinter irgendwelche dagelassenen Meßgeräte geklemmt und versucht, sie flottzumachen. Aber das macht keinen satt ...«

»Wo ist Littlecloud?« fragte Schneider, als er Nadja begegnete.

»In die Stadt.«

»Bei Tag?«

»Er wollte nicht warten. Er war der Meinung, es auch bei Tag zu schaffen, und ich glaube ihm ...«

Schneider sah nicht aus, als wollte er widersprechen. Er sah nicht einmal aus, als würde es ihn unbedingt interessieren.

»Was wollten Sie von ihm?«

Er zuckte die Schultern. »Wann will er zurück sein?«

»Frühestens in einem halben Tag. Er ist zu Fuß unterwegs. Sprit war keiner aufzutreiben.«

Schneider zögerte. »Ich wüßte, wie wir die Vorräte strecken und gleichzeitig die Wartezeit bis zu seiner Rückkehr verkürzen könnten ...«

Sie war zu intelligent, um ihn nicht zu durchschauen. »Niemals!«

»Warum nicht?«

»Es ist zu ... gefährlich!«

»Kommen Sie. Sie haben es schon einmal mitgemacht. Im Lagerhaus. Es ist nicht im mindesten gefährlich. Die Kinder haben es von sich aus angeboten. Dieser Alexander . . .«

»Das glaube ich nicht.« Nadja stützte sich gegen den Schrank, an dem sie gearbeitet hatte, ehe Schneider kam. Ihr wurde schwindelig.

Das Gefühl, gegen Windmühlen zu kämpfen, wurde übermächtig.

»Fragen Sie ihn!«

Sie folgte ihm gegen ihren Willen und gegen ihre Überzeugung. Die Kinder saßen im Nebenraum und bildeten einen Kreis.

Alexander lächelte, als Nadja sich von Schneider in den Zirkel führen ließ . . .

DINO-LAND

Moira Sheaver klemmte ihr elektronisches Notizbuch unter den Arm und salutierte steif. Sie hatte nun überhaupt nichts Reizvolles mehr, wirkte fast abstoßend.

Pounder sah ihr nach, wie sie über das Landefeld auf den wartenden Helikopter zulief. Mit der Hand hielt er seine Mütze fest, sonst hätte der Wind sie davongeweht. Der Himmel war blau, fast wolkenlos.

»Blue Lady«, murmelte Pounder. Er blickte zu Braddock, der den Lotsen machte.

Wenig später hob die Maschine ab und nahm Kurs auf Flaggstaff. Ein Beben, das sie gezwungen hätte, den Flug zu verschieben oder eine Umgehungsroute zu wählen, war nicht angekündigt.

Als der Kopter hinter den Wipfeln der Urwaldriesen verschwunden war, winkte Pounder den Sergeant zu sich. »Ich beglückwünsche Sie zu Ihrer Beförderung, *Lieutenant*«, sagte er und schüttelte ihm die Hand.

Braddocks Freude blieb verhalten. Er war kein Mann großer Worte, aber einer, auf den sich Pounder verlassen konnte. Kleine Geschenke erhielten mitunter die Freundschaft. Wenn alle von Braddocks Schnittmuster gewesen wären, hätte es keine Probleme mehr gegeben.

Kenya hatte immer noch kein Lebenszeichen gegeben. Auch die Trupps in den Wäldern hatten nichts gefunden außer hochaggressiven Sauriern. Selbst ehemals lammfromme Pflanzenfresser waren dabei beobachtet worden, wie sie sich sammelten und gegen Soldaten vorgingen.

Pounder dachte kurz an Moiras Verweis auf Kriminalstatistiken. Weitergehende Gedanken verschwendete er nicht darauf.

Er kehrte in seine Privaträume zurück. Lange wurde seine Geduld nicht auf die Folter gespannt. Ein aufgeregter Adjutant meldete Minuten später: »Etwas Schreckliches ist geschehen, Sir!«

Danke, Braddock, dachte Pounder. Laut fragte er: »Wovon faseln Sie?«

»Der Helikopter, der vorhin startete ...« Die Stimme des blonden, milchgesichtigen Adjutanten überschlug sich. »Sie ... sie ...«

Pounder war nicht zimperlich. Er packte ihn an den Schultern und rüttelte ihn wie einen Übungssandsack hin und her. »Reden Sie verständlich, Mann!«

Das Greenhorn in Uniform schluckte. »Niemand weiß, wie es geschehen konnte ...«

Sag es! dachte Pounder. Sag es endlich! Eine Explosion ... Die Bombe ...

» ... sie müssen genau hineingerast sein. Dicht hinter dem ehemaligen Standort Las Vegas ... Östlich Richtung Flaggstaff ...«

Pounder hörte auf, ihn zu schütteln. Sein Blick wurde glasig. »*Wo* hineingerast?«

»In das Beben«, stöhnte der Soldat. »Ein Beben von ungeheurer Stärke, das die Computer nicht vorhersagten ...!«

Pounder stieß ihn beiseite und stürmte aus dem Raum. Schnell wie noch nie erreichte er die Ortungszentrale. »Her mit der Aufzeichnung! Her damit!«

Niemand fragte, welche Aufzeichnung er meinte. Das

Unglück hatte sich in alle Gesichter gegraben, und mehr noch vielleicht die Erkenntnis, daß die Beben jetzt endgültig entartet waren ...

Auf dem Monitor vor Pounder lief die Aufzeichnung ab. Der Helikopter war als deutlicher grüner Punkt zu erkennen, der über Land flog. Plötzlich verschwand er, wobei Pounder zu bemerken glaubte, daß er nicht einfach erlosch, sondern auseinanderfaserte. Wie bei einer kurzen, aber heftigen Detonation.

Das Bild wechselte und spielte Zahlen ein, die typisch für ein Zeitbeben waren. Pounder glaubte jedoch, seinen Augen nicht trauen zu können, als er die Stärke von der eingeblendeten Skala ablas.

»Und *das* konntet ihr nicht voraussehen?« fuhr er die Umstehenden an.

Betretene Mienen blickten ihm entgegen, aber vor allem anderen überwog der Schock.

Pounder polterte noch eine Weile und ließ sich nicht anmerken, daß das Beben wie ein Geschenk des Himmels hereingebrochen war. Es bestärkte ihn darin, sich auf dem richtigen Weg zu wähnen. Ein unglaublicher Zufall hatte den Kopter mit Moira Sheaver und dem Piloten an Bord just in dem Moment in ein Zeitbeben rasen lassen, als die versteckte Bombe hochging.

Etwas Besseres hätte nicht passieren können.

Pounders stille Genugtuung wurde erst getrübt, als weitere Meßergebnisse vorlagen. Danach hatte er den Präsidenten auf der Direktleitung, und den interessierte wider Erwarten am wenigsten Moira Sheavers Schicksal.

»Die Sache läuft aus dem Ruder, General!« tönte es aus dem Weißen Haus. »Was können Sie uns über dieses ungewöhnliche Großbeben sagen, das uns gerade gemeldet wurde? Ich will es aus Ihrem Mund hören, General: Wie schätzen Sie die Lage ein? Es hat ausgeschlagen wie ein Keil – so etwas gab es noch nie! Ein meilenweiter, linealgerader Strich wurde von Urwald ersetzt ...«

Noch während des Telefonats ließ Pounder sich die entsprechenden Computerfolien mit der bisherigen Auswertung geben. »Östlicher Ausschlag Richtung Lake Mead«, las er tonlos.

»Hoover Staudamm!« nannte der Präsident die gedachte Fortsetzung der Linie, die noch wahr werden *konnte*.

Wie bald, wußte momentan niemand.

Da flatterte die nächste Folie auf den Tisch.

»Neues Beben!« meldete der Überbringer. »Gleiche Richtung. Genau auf den Damm zu . . .«

Die Stimme im Telefon riß Pounder aus seiner Starre. »Ich warte auf Ihre Antwort, General. Wie schnell können wir evakuieren?«

Du verblödeter Sesselfurzer, dachte Pounder. *Evakuieren? Hat dir niemand gesagt, wieviele Städte an diesem verdammten Damm hängen?*

Pounder knallte den Hörer einfach auf die Gabel.

Seine Soldaten umringten ihn wie Gespenster. Sie sahen aus wie mitten in der Bewegung eingefroren.

So sehe ich auch aus, dachte Pounder. Dann verteilte er Befehle, die voraussichtlich zu spät kamen.

Wenn der Hoover-Damm brach, ertränkte er eine unglaubliche Zahl Menschen. Er würde sie regelrecht aus ihren Städten und Behausungen schwemmen!

Vielleicht frißt sie vorher die Urzeit, dachte Pounder. *Es wäre noch das Beste, was ihnen passieren kann . . .*

Buch 12

Die Erben der Menschheit

Irak, 24. August 2002

Die gebirgige Zone des biblischen Zweistromlandes zwischen Euphrat und Tigris lag glühend heiß in der Mittagssonne. Jacques Lacombe wischte sich den Schweiß vom Gesicht, hielt einen Moment inne und spähte zu den einheimischen Helfern, deren Stimmenvielfalt die Ausgrabungen seit Tagen untermalte. Um so auffälliger war die plötzliche Stille, deren Grund sich nicht sofort ersehen ließ.

Die Männer in den weiten Kutten mußten schon eine ganze Weile aufgehört haben, Sand und Steine beiseite zu schaufeln, denn der obligatorische Staubdunst in ihrer Umgebung hatte sich bereits gesenkt.

Die grelle Sonne warf harte Schatten.

Lacombe wollte den Männern etwas zurufen, wurde jedoch abgelenkt. Das Licht änderte sich abrupt, kippte um. Gleichzeitig verdüsterte sich die Welt wie bei einem Sturm. Etwas Rotes fuhr aus dem Irgendwo auf die Versammlung herab. Begrub alles unter sich. Jede Gestalt, jeden Stein.

Der Archäologe hörte Schreie, unter die sich auch seine eigenen mischten. Eine nie gekannte Angst sprang ihn an. Er taumelte, stürzte. Rings um ihn zerbrach die Welt, die er kannte. Ein unheimliches Sausen und Heulen erfüllte die Luft, und ...

Kinderstimmen?

Er richtete sich auf, strich über seine Augen, öffnete sie – und traute ihnen weniger als zuvor. Völlig verändert sah die Umgebung aus. So verwandelt, daß er bezweifelte, sich noch in den irakischen Bergen aufzuhalten. Feuchte Schwüle streifte ihn, ein Hauch von Fremde, und seine Poren öffneten sich. Schweißbäche rannen ihm über das Gesicht, die Brust, aus den Achselhöhlen ...

Die Moslems waren verschwunden.

Lacombe verzog das Gesicht zu einer Grimasse. Entweder er war tot, oder er träumte. Aber einen Traum wie diesen hatte er noch nie erlebt, schon gar nicht bei Tag!

Rings um ihn kreischte es im Unterholz der Deltalandschaft. Zwischen gigantischen Baumgewächsen bewegten sich nicht minder gigantische Schatten. In den Lüften segelten alptraumhafte Kreaturen, die ihm aus Berichten und Filmen über das in der amerikanischen Nevadawüste entstandene Gebiet namens DINO-LAND geläufig waren ...

Hatte ihn irgendein unbegreiflicher Vorgang dorthin versetzt? Direkt vor ihm teilte sich plötzlich der fremdartige Wald, der das karge Gebirge ersetzt hatte, und ein zähnefletschender Dinosaurier, fünfmal so hoch wie Lacombe, raste mit gespreizten Klauen auf ihn zu.

Das träume ich! dachte der Archäologe.

Dann war der Koloß bei ihm ...

Shanghai

Han Zong erwachte von einem fauligen Geruch und einem Kitzeln an seiner Nase. Gleich nach dem Essen hatte er sich in seinem Haus oben auf der Anhöhe über der Hafenstadt aufs Ohr gelegt. Hier auf seinem Altersruhesitz ließ der Unternehmer sich nach allen Regeln der Kunst verwöhnen, seit er die Tagesgeschäfte in die Hand seiner drei Söhne gelegt hatte.

Han Zong hob träge und völlig arglos die Lider. Statt auf die erwartete Konkubine fiel sein Blick auf eine Fratze am Ende eines langen, schlangenartigen Halses, der aus einem walfischgroßen Rumpf auf vier Säulenbeinen wuchs. Das unglaubliche Geschöpf kaute genüßlich an einem Farnbüschel, dessen Spitzen Han Zongs Nase kitzelten.

Der alte Mann bäumte sich schreiend auf.

In den Armen einer Frau hatte er zu sterben gehofft – eines fernen Tages.

Nun war es ein längst ausgestorbenes Monster, und der Tod kam wie ein Hammerschlag!

»Der Präsident auf Rot!« meldete eine Stimme.

In Pounder tobte es. Er drehte sich vom Fenster weg, wo er gestanden und die Fäuste gegen das Panzerglas gepreßt hatte.

Der Oberbefehlshaber über DINO-LAND wußte, daß er den Hörer nicht ein zweites Mal ungestraft hinknallen durfte, so sehr es ihn in den Fingern juckte. Das hätte Bill Frazer ihm nicht verziehen.

Das rote Telefon hatte Ähnlichkeit mit der Farbe, die der Himmel annahm, nur von ein paar Soldaten außerhalb des Gebäudes bemerkt.

»Mr. President ...?«

»General! Wir wurden unterbrochen ...«

Falsch, korrigierte Pounder, ich habe dir in den Arsch getreten!

Dann passierte etwas, das den Mann im Weißen Haus erneut zur Nichtigkeit degradierte.

Ein Raunen ging durch die Zentrale der im urzeitlichen Wald errichteten Station. Alle Anwesenden starrten plötzlich in die Mitte des mit Technik vollgepackten Raumes und staunten wie kleine Kinder.

Wegen eines Kindes!

Pounder spürte seinen Mund trocken werden vor soviel Dreistigkeit. Auch er blickte zu der Stelle, wo das Unbegreifliche von einem Dutzend Zeugen beobachtet wurde. Wo sich die Gestalt eines etwa vierjährigen, sommersprossigen Jungen wie aus ätherischem Nebel zu verdichten begann und in seltsamem Licht erstrahlte.

Pounder erkannte sofort, daß es sich nicht um Alexander handelte.

Nicht um jenen Jungen, der Schneider ... entführt hatte.

Also gibt es mindestens *zwei*, dachte Pounder zufrieden. Ich wußte es ...

Einen Moment hielt er Ausschau nach Ben Kenya. Er hatte den schwarzen Ex-Oberst und ein Korps in die Vergangenheit geschickt, damit sie für ihn Jagd auf die Kinder machten, die wie lebende Zeitmaschinen zu funktionieren schienen.

Aber der Junge war allein.

Und er hatte Schwierigkeiten.

»Packt ihn!«

Pounders Stimme dokumentierte eigenes Glaubensdefizit. Er bezweifelte längst, *daß* sie ihn »packen« konnten. Etwas stimmte nicht mit dem Jungen, dessen Mund sich öffnete und schloß wie bei einem Fisch auf dem Trockenen. Er schien sich verständigen zu wollen, aber das mißlang ebenso wie der Versuch, die letzte Stofflichkeit zu erlangen. Er war sichtbar, aber er war nicht richtig *da*. Ein entscheidender Rest fehlte. Und die Hände der Soldaten griffen bei dem Versuch, ihn festzuhalten, wie erwartet ins Leere.

Es kam zu einer plötzlichen Entladung, deren Heftigkeit an einen gezielten NEMP erinnerte – einen ungeheuerlichen elektromagnetischen Schock – und alle stromführenden Geräte innerhalb der Zentrale schlagartig lähmte.

Als die Blendung der Anwesenden – Pounder eingeschlossen – nachließ, konnte jeder sehen, daß der geisterhafte Junge verschwunden war. Spurlos, als sei er gerade in einem purpursprühenden Kugelblitz zerplatzt.

Während um Pounder herum fieberhaft an der Behebung der Schäden gearbeitet wurde, versuchte der Vier-Sterne-General sich selbst darüber klar zu werden, was eigentlich geschah.

Außerhalb von DINO-LAND war Katastrophenalarm gegeben worden.

Ein Beben gigantischer Stärke hatte eine urzeitliche Schneise in den Wüstensand geschlagen. Seit exakt 23 Minuten wucherte sattes, mörderisches Grün in Richtung auf den Lake Mead, östlich des früheren Standorts Las Vegas gelegen. Dort stauten sich Millionen Tonnen Wasser an den Mauern eines von Menschenhand erschaffenen Beckens, und *hinter* dem Hoover Staudamm lagen um die Weißen Berge Ranches, Dörfer, ganze Städte mit Tausenden und Abertausenden noch ahnungsloser Menschen!

»Evakuieren!« hatte Bill Frazer, der Präsident, in einer ersten Reaktion per Direktschaltung gefordert. Er oder seine cleveren Berater hatten die drohende Gefahr eines verheerenden Dammbruchs schnell erkannt.

Trotzdem hatte Pounder gedacht: Du kleines Arschloch hast ja keine Ahnung!

Und von seiner Warte hatte er recht damit. Die Bevölkerung von Las Vegas zu evakuieren, war bereits ein unmenschlicher Kraftakt gewesen. Hier jedoch waren Menschen über ungezählte Quadratmeilen verstreut.

Der wirklich ausschlaggebende Grund, der dagegen sprach, war jeedoch der, daß Pounder die *Lust* verloren hatte!

Pounder dachte immer noch an den fremden, sommersprossigen Jungen, der wie ein Phantom unter ihnen erschienen und wieder verschwunden war.

»Alle Systeme auf Normal, Sir!« meldete ein beflissener Sergeant. »Soll ich die unterbrochene Verbindung zum Präsidenten wiederherstellen?«

»Das macht er ganz von alleine«, wehrte Pounder lahm ab und schüttelte den Kopf, um das Gefühl zu vertreiben, in Sekunden um Jahre gealtert zu sein.

Das rote Telefon summte wie auf Stichwort.

Pounder setzte sich, nahm das Gespräch entgegen und redete wie ein Roboter. Seine wirklichen Gedanken weilten indes bei kleinen Kindern und einem dunkelhäutigen, unehrenhaft aus der Armee entlassenen Oberst, der diese speziellen Kinder für ihn finden und gefügig machen sollte.

Routiniert überzeugte Pounder seinen Gesprächspartner in Washington davon, daß übereilte Maßnahmen zum Schutze der Bevölkerung völlig verfrüht waren. Neueste Beobachtungen bestätigten dies, denn nach den beiden uncharakteristischen Beben waren keine weiteren mehr gefolgt. Der kritische Punkt lag immer noch hundertzwanzig Meilen vom Hoover-Damm entfernt. Die Urzeit hatte nur unbewohntes Gebiet verschlungen.

»Ich bekomme gerade eine neue, beunruhigende Meldung auf den Tisch«, sagte Frazer gegen Ende der Unterredung. »Mit den beiden Beben scheint es diesmal nicht abgetan zu sein. In etlichen Ländern der Welt wurden die Menschen von urzeitlichen Halluzinationen heimgesucht, die indirekt mit DINO-LAND zu tun haben könnten. Es sind sogar Todesopfer zu beklagen; einige starben an Herzinfarkten.«

»Eine Massenpsychose«, wehrte Pounder ab.

»So einfach können wir es uns nicht machen. Die betroffenen Regierungen haben uns Konsequenzen für den Fall angedroht, daß sich ein Zusammenhang mit unserem Experiment nachweisen läßt, und im Vertrauen: dieser Zusammenhang liegt auf der Hand.«

»Wieso?«

»Die Halluzinationen fielen mit den beiden untypischen Beben zusammen, die den Hoover-Damm bedrohen. Und inzwischen wurde festgestellt, daß alle Meldungen aus Bereichen des einunddreißigsten Breitengrades kommen – die *Psychose*, wie Sie es nennen, raste ebenso pfeilförmig über den ganzen Globus, wie die beiden letzten Beben ausschlugen ...!«

Darauf wußte Pounder vorläufig nichts zu erwidern. Er versprach, sich darum zu kümmern. Erstaunlicherweise verlor der Präsident kein Wort über die umgekommene Pentagon-Abgesandte Moira Sheaver ...

Einige Zeit später verlangte ein Pilot, der sich während der Ereignisse auf Patrouillenflug über DINO-LAND befunden hatte, den General zu sprechen. Er sprach persönlich vor und beharrte auf der Dringlichkeit seiner Meldung. Pounder führte ihn in einen Nebenraum.

»Ihr Name?«

»Mulligan, Sir!«

Der Luftwaffenoffizier schilderte, was ihm während seines Fluges zugestoßen war.

»Eine Luftraum-Grenze zwischen DINO-LAND und der Nevadawüste?« echote Pounder hellhörig.

»Auf der einen Seite Purpur – auf der anderen gewohnte

Lichtverhältnisse«, versicherte Mulligan abermals. »Die Grenze war rasiermesserscharf gezogen und hielt sekundenlang an. Ich durchflog sie mehrere Male. Dann herrschten plötzlich wieder überall normale Verhältnisse ...«

Pounder taxierte den Offizier, als müßte er sich von dessen Nüchternheit vergewissern. Dann fragte er: »Wann *genau* hat sich diese Sichtung ereignet?«

Mulligan sagte es ihm.

Minuten später stand fest: Das beobachtete Phänomen fiel exakt mit dem fehlgeschlagenen Versuch des unbekannten Jungen zusammen, in die Zentrale der Station zu gelangen!

Las Vegas, Randzone, Vergangenheit

Eine Stille wie nach einem Atomschlag signalisierte Nadja, daß etwas schiefgegangen war. *Ich hätte mich nicht darauf einlassen dürfen,* dachte sie, aber diese Einsicht kam zu spät. Ihr Blick irrte zu Schneider. Er und die Kinder hatten sie überredet, aber es war falsch gewesen.

Nadja hatte das unbeschreibliche, einsam machende Gefühl, aus der Realität herausgefallen zu sein. Sie hockte neben Schneider. Der Wissenschaftler bewegte sich ebensowenig wie eines der Kinder, die einen Kreis um sie bildeten. Sie kauerten alle, als hätte sie etwas mitten im Atemzug eingefroren. Keine Wimper schlug. Als hätte jemand einen Kreis lebensechter, im Grunde aber leb*loser* Puppen um sie errichtet ...

Warum? dachte Nadja. Warum kann *ich* mich bewegen?

Ein heimlicher Schmerz pochte hinter ihrer Stirn. Das war alles, was sie begleitete, als sie aufstand. Und das Gefühl, alt zu sein. Uralt.

Sie beugte sich zu Schneider hinab und berührte ihn mit derselben Scheu, mit der sie eine Leiche betastet hätte. Seine Haut war weder kalt noch warm, aber sie fühlte sich weich und lebendig an. Der Schreck fuhr Nadja erst in die Glieder, als sie keinen Puls fand, nicht einmal an so exponierter Stelle wie der Halsschlagader.

Schneiders Herz hatte aufgehört zu schlagen!

Aber er saß einfach da, fiel nicht in sich zusammen, sondern bewahrte straffe Haltung ...

Es war ebenso unnatürlich wie die ganze Atmosphäre, die über dem Zimmer in der Farm lastete, wohin sie vor Pounders Häschern geflohen waren.

Nadja untersuchte die Kinder und fand dasselbe Ergebnis.

Nicht eines atmete – nicht ein Herz schlug!

Allein die Unwirklichkeit, die allem anhaftete, bewahrte Nadja vor einer Nervenkrise. Sie flüchtete sich in die unbewiesene Überzeugung, daß das, was sie gerade erlebte, nicht wahr sein konnte. Zumindest aber kein dauerhafter und unabänderlicher Zustand war.

Sie verließ den Kreis der Kinder und steuerte auf die Wanduhr zu, die sie vor wenigen Minuten – falls Zeit überhaupt noch von Bedeutung war – eigenhändig in Gang gesetzt hatte. Es war eine altmodische Pendeluhr, die mit Gewichten und einem Pendel betrieben wurde. Genau dieses Pendel aber hing jetzt in unmöglichem Winkel reglos in der Luft und trotzte der Schwerkraft.

Die Zeiger waren auf neun Uhr fünfunddreißig stehengeblieben.

Nadja wollte einem ersten Impuls folgen und danach greifen, aber dann unterließ sie es.

Etwas anderes lenkte sie ab. Eine späte Erkenntnis aus dem Unterbewußtsein.

Ruckartig drehte sie sich um. Ihr Blick glitt von Kind zu Kind, und dann war klar, daß sie sich nicht getäuscht hatte.

Einer der Jungen *fehlte*.

Es waren nicht fünfzehn, sondern nur noch vierzehn Kinder!

»Ausgerechnet ...« Unbeabsichtigt laut sprach sie aus, was sie empfand. Sie wußte genau, daß Jasper mit den anderen im Kreis gesessen hatte, als sie den unseligen Versuch gestartet hatten, gemeinsam ein paar Stunden in die Zukunft zu rücken, um die Zeit bis zu Littleclouds geschätzter Rückkehr zu verkürzen. Schneider hatte es vorgeschlagen. »Um ›Vorräte‹ zu sparen.« Aber er war wohl nur begierig gewesen, die unerklärlichen Fähigkeiten der in der Urzeit geborenen Kinder tiefer auszuloten, und Alexander, der Sprecher der Kinder, hatte sich einverstanden erklärt ...

Nadja hatte plötzlich eine Anwandlung, als müßte sie ersticken. Sie stürzte den Gang hinaus, riß die Tür auf und rannte ins Freie, wo eine sengende rote Sonne am Himmel klebte und die Landschaft in aggressives Licht goß.

Schweratmend hielt Nadja sich an einem Verandapfosten fest. Die Schwüle, die sie schon in der Nacht, bei ihrer Flucht aus der Stadt, bedrängt hatte, war noch extremer geworden. Etwas preßte sich wie ein nasser Schwamm auf ihre Lungen. Kein Lüftchen wehte, nicht einmal ein Windhauch.

Als sie den Blick zu den Ruinen von Las Vegas lenkte, machte sie eine bizarre Entdeckung.

Am Purpurhimmel hing bewegungslos ein Army-Helikopter in der Luft. Er war noch eine gute halbe Meile von der Farm entfernt, dennoch war deutlich zu sehen, daß auch ihm etwas Unfaßbares anhing, denn er *klebte* in der Luft, obwohl sich seine Rotorblätter nicht drehten, sondern wie alles andere auch stillstanden ...!

Nadja wußte plötzlich, warum sie so schwer Luft bekam. Auch die Sauerstoff- und Stickstoffmoleküle schienen ihre natürliche Dynamik eingestellt zu haben. Nicht einmal die *Luft* war weiterhin normal!

Nadja bekam einen Eindruck, wie sich Asthmatiker fühlen mußten, wenn ihnen ihr Spray vorenthalten wurde. Mit einem Stechen in der Brust blickte sie über die Ebene und spürte noch andere Anomalien auf: Flugsaurier, die wie der Kopter an den Himmel geschweißt waren. Zwei Skorpione, die wie erstarrt am Boden verharrten. Als hätte ein unbegreiflich mächtiges Wesen nicht nur die Wanduhr, sondern die Uhr des ganzen Kosmos mit einem Handstreich abgeschaltet.

Aber warum bewege ich mich dann noch?

Verzweifelt kehrte Nadja ins Haus zurück.

Als sie das Zimmer mit Schneider und den Kindern betrat, krümmte sie sich zusammen, als hätte jemand ihren Kopf als Amboß zweckentfremdet. Sie preßte die Fäuste gegen die Schläfen und sank auf die Knie. Etwas Unsichtbares schien ihr die Schädeldecke einzudrücken. Gleichzeitig krümmte sich etwas im Kreis der Kinder. Zappelte und schrie und brachte das Gebilde der Stille zum Einsturz.

Jasper war zurück.

Las Vegas, City

Im Blick des bärtigen Mannes, der sich auf einer feldbettähnlichen Pritsche krümmte, lag Verachtung pur. Ein seltsames Licht, das niemand je zuvor darin bemerkt hatte, flackerte hinter den Augen. Unkontrollierte Muskelzuckungen komplettierten das erbarmungswürdige Bild, für das niemand Erbarmen zeigte. Am allerwenigsten der hünenhafte Schwarze in der Uniform eines Oberst der amerikanischen Streitkräfte, der in mißverständlicher Geste neben dem menschlichen Wrack kniete.

»Reißen Sie sich zusammen!« fauchte er und spielte mit einem kleinen, bauchigen Glasbehälter, in den bunte Pillen eingeschlossen waren. »Wollen Sie als Jammerlappen vor die Leute treten?«

Paul Mainland erstarrte, und es wurde deutlich, welche Mühe es ihn kostete, die Nervenzuckungen wenigstens kurz unter Kontrolle zu bringen. »Fahr ... zur ... Hölle ... Kenya ...!«

Ben Kenya lachte und richtete sich auf.

Er war allein mit Mainland in der Privatwohnung des Mannes, der vor wenigen Tagen noch die Sicherheit der in der Kreidezeit Gestrandeten gewährleistet hatte.

Bis zu dem schwarzen Tag, an dem Ben Kenya mit seinen allesamt dunkelhäutigen Söldnern über ein Zeitbeben in dieses harte, aber auch irgendwo lohnenswerte Leben eingebrochen war.

Kenya sollte in Pounders Auftrag die Kinder der Siedler

in seine Gewalt bringen – und sie anschließend dazu zwingen, mit ihm in die Gegenwart zurückzureisen.

Über ein Beben war die Rückkehr nicht möglich. Jeder, der *zweimal* in dieses Phänomen tappte, starb mit tödlicher Sicherheit.

Mit den Kindern war es etwas anderes, auch wenn keine Details bekannt waren. Sie vermochten *aus eigener Kraft*, ohne die Krücke eines Bebens, von der Urzeit in die Zukunft und wieder zurück zu springen.

Auf diese Fähigkeit war Pounder aus.

Und offenbar wollte er dafür sogar über Leichen gehen.

Ben Kenya, den Ex-Oberst, hatte er wie dessen Begleiter aus Militärgefängnissen ›abgeworben‹. Es waren Verlierer, die von der Armee zuerst ausgegrenzt wurden und dann eine letzte Chance erhalten hatten. So etwas konnte nur ohne Wissen der Öffentlichkeit geschehen sein – möglicherweise aber mit Duldung der Regierung oder des Geheimdienstes.

Niemand wußte Genaues. Mittlerweile war jedoch sicher, daß Kenya zwar als Pounders ›Bevollmächtigter‹ den Befehl über alle bereits hier lebenden Soldaten übernommen hatte – sich aber über Recht und Gesetz hinwegsetzte, wo immer es ihm Vorteile versprach.

Von seinen Männern war keiner auch nur einen Deut besser. Mainland konnte nur ahnen, was inzwischen in der Straße vorging, über die Kenya den Ausnahmezustand verhängt hatte.

Die erste Amtshandlung Kenyas hatte darin bestanden, seinen Vorgänger unter zungenlösende Psychopharmaka zu setzen, um ihm einen Tip abzupressen, wo sich die Kinder versteckt hielten.

Hätte Professor Schneider nicht rechtzeitig gewarnt, befänden sich die Kinder vermutlich bereits in den Händen von Pounders Schergen.

Von Schneiders Anwesenheit wußte Kenya trotz »Gehirnwäsche« nichts. Paul Mainland hatte nur *Fragen* beantwortet. Und es hatte sich keine darunter befunden, die ihn zu einer Aussage über den Wissenschaftler genötigt hätte, der nicht mit einem Zeitbeben, sondern mit einem der Kinder hierher gelangt war.

»Was Sie ... vorhaben, fällt wie ... ein Bumerang auf Sie ... zurück!« prophezeite Mainland. »Einige der Leute ... werden auf Ihre Lügen hereinfallen – aber die, die Sie ... durchschauen, werden sich gegen Sie ... erheben. Wollen Sie es zu ... bürgerkriegsähnlichen Zuständen ... kommen lassen ...?«

»Sie reden verdammten Mist, Mainland! Ich lüge nicht. Was ich den Leuten erzählt habe, ist die schlichte Wahrheit. Und ich werde ihnen diese Wahrheit so lange einimpfen, bis sich *alle* an der Suche nach den gekidnappten Kindern beteiligen!«

»Ge-kid-nappt?« Mainland spürte das Ticken des Gifts in seinen Schläfen, aber er versuchte, es zu ignorieren. »Sagten Sie gerade ... *gekidnappt*?«

Kenya nickte unerschütterlich. »Wie würden Sie es nennen? Den Eltern wurden die Kinder doch unter völlig verdrehten Tatsachen abgeluchst ...«

»Ist es keine ... Tatsache, daß *Sie* sie ... zwingen wollen, mit in ... die Zukunft zu gehen?«

»Sie haben es immer noch nicht kapiert«, sagte Kenya in verletzendem Ton. »Die Kinder sind eine *Chance* – für alle! Alle, die hier leben ... oder sollte ich sagen: vegetieren? Eine Art Naturkatastrophe hat die Menschen in die tiefste Erdvergangenheit katapultiert, ins Zeitalter der Dinosaurier. Wollen Sie mir ernsthaft weismachen, Sie fühlten sich hier *wohl*? Gerade diejenigen, die Nachwuchs gezeugt haben, dürften mit ihrer Situation kaum zufrieden sein. Ihre Kinder haben hier keine Zukunft – sie werden hier nicht alt, darauf kann ich ihnen Brief und Siegel geben! Wie viele Tote haben Sie in den fünf Jahren Ihres Hierseins zu beklagen? Fünf, zehn, *fünfzig*? Rechnen Sie es hoch auf weitere fünf Jahre oder zwanzig! Wer ist dann noch übrig?«

»Sie suchen nach ... Rechtfertigungen für etwas, was nicht ... zu rechtfertigen ist«, erwiderte Mainland. Die

Schmerzen im Kopf wurden wieder stärker. »Sie stellen ...
Kindern nach – drei-, vier-, fünfjährigen Kindern ... und Sie
schrecken nicht einmal ... vor brutalster Gewalt ... zurück,
um ihrer habhaft zu ... werden!«

»Womit wir wieder am Anfang wären!«

»Wir werden immer an diesem Punkt scheitern«, sagte
Mainland ohne ein einziges Stocken.

»Dann gibt es nichts mehr zu sagen.«

»Wenn Sie gehofft haben, mich ... zu Ihrem Kom-
plizen ... stempeln zu können ... nein!«

Der Helikopter machte den zweiten Flugversuch an diesem
Tag. Beim ersten Mal war ihm ein unangekündigter Sturm
in die Quere gekommen und hatte dem Patrouillenflug östlich der Stadt ein jähes Ende beschert. Mit Mühe hatte man
das Hauptquartier erreicht, ehe die Welt für kurze Zeit aus
den Fugen geriet. Die Sonne war hinter braunen Partikeln
verschwunden, und das alles, obwohl keine Bebenwarnung
bestanden hatte.

Auch der jetzige Start wurde von den beiden Insassen mit
gemischten Gefühlen vollzogen. Sie trauten keiner Compu-
terberechnung mehr!

Thorpe, der Pilot, und Pete Sorrow hatten den Auftrag,
nach Spuren der Verschwundenen Ausschau zu halten. Im
Gegensatz zu den vielen durch die Stadt ziehenden Kommandos sollten sie die Versteckmöglichkeiten außerhalb
unter die Lupe nehmen.

»Halten wir uns wieder östlich?« fragte Thorpe.

Sein Partner nickte.

Kenya wollte es so. Obwohl auch der ›Wilde Westen‹
noch unerkundet war.

»Wer sich diese Scheiße ausgedacht hat«, fuhr Sorrow in
seiner Litanei fort, »sollte im Arsch eines T. Rex mit Blähun-
gen enden!«

»Du wirst ja richtig philosophisch«, lästerte Thorpe. »Man
entdeckt völlig neue Wesenszüge –«

Weiter kam er nicht – weil das Beben kam!

Irgendwo außer Sichtweite spielte sich lautloses Grauen ab und entführte erneut Masse aus dieser Zeit, um sie gegen solche aus der Zukunft auszutauschen!

Das Phänomen machte keinen Unterschied zwischen Leblosem oder Lebendigem. Es holte sich *alles* und unterschied nur insofern, daß es die Atome von Lebewesen, die *schon einmal* von ihm transportiert worden waren, beim zweiten Mal ans jenseitige Ende des Universums zerstreute und dort nicht wieder zusammenfügte ...

Der Helikopter tanzte wie ein Spielball auf unsichtbaren Wellenkämmen. Lange bevor der Sand wie eine Springflut über ihn hinwegschwappte, tobten die Luftmassen. Thorpe bemühte sich vergebens, noch ein *Mayday* nach Las Vegas zu schicken. Er brauchte sein ganzes Geschick, um nicht abzustürzen, und Sorrow hing wie ein heulendes Elend in seinem Sitz. Von ihm war keine Unterstützung zu erwarten.

Ob es wirklich fliegerisches Geschick oder einfach nur Zufall war, daß sie nicht am Boden zerschellten, ließ sich rückblickend kaum noch feststellen.

So plötzlich, wie das Desaster über sie gekommen war, so abrupt hörte es auch wieder auf. Atemlos brachte Thorpe die Maschine wieder ins rechte Lot. Ein kurzer Blick auf den Kompaß und die veränderte Umgebung genügte jedoch, um zu unterstreichen, daß der Sturm sie weit von ihrem ursprünglichen Kurs weggetragen hatte. Zuvor hatten sie sich östlich der Stadt befunden und die Silhouette von Las Vegas nach Westen hin im Rücken gehabt. Nun war es umgekehrt. Die Stadt lag östlich, was nur bedeuten konnte, daß sie weit nach Westen hin abgetrieben worden waren!

»Doch noch ›wilder Westen‹«, spöttelte Thorpe, der froh war, noch zu leben.

Der Spott verging ihm, als sein Begleiter eine Sichtung machte. »Siehst du das?« fragte Sorrow und wies auf den oberirdischen Teil einer Bunkeranlage, die sich nach aller Erfahrung unterirdisch fortsetzte.

Thorpe nickte.

»Was, zur Hölle, *ist* das?«

Der Pilot zuckte die Achseln und nahm erst einmal Kontakt zum Hauptquartier auf. Diesmal klappte die Verbindung auf Anhieb. Er gab durch, was sie entdeckt hatten. Gleichzeitig steuerte er die robuste Maschine tiefer.

»Großer Gott«, entfuhr es ihm dann mitten in seiner Meldung. »Was mag hier passiert sein . . .?«

»Ein Massaker«, urteilte Sorrow trocken. Er schien den Mahlstrom, in den sie geraten waren, verdaut zu haben. »Das wäre was für Pangrove gewesen . . .«

Überall lagen Saurier-Skelette, fein säuberlich abgenagt von Aasfressern und danach von Sonne, Wind und Regen verblichen.

»Sollen wir runtergehen?« fragte Thorpe rauh in das Mikro.

»Landet!« bestätigte Las Vegas. »Seht euch um und erstattet weitere Meldung . . .«

»Wie weit ist Ihre . . . Jagd gediehen?« fragte Mainland und sparte nicht an Verachtung.

Statt zu antworten, zog Kenya eine Karte aus der Tasche und faltete sie vor Mainland, der zusammengekauert auf einem Stuhl vor einem Tisch saß, auseinander. Nach kurzer Orientierung tippte der Dunkelhäutige auf einen Punkt westlich der Stadt. »Was ist das für eine Anlage, vor der eine Anzahl Saurierskelette mit Schußwunden liegt? Wer kämpfte dort vor langer Zeit?«

Mainland begriff trotz seines Handicaps sofort, wovon die Rede war. »Pounder muß die Zeit . . . gehörig unter den Nägeln gebrannt haben, wenn er . . . Sie so schlecht . . . informierte.«

»Hören Sie auf, mich provozieren zu wollen. Es schadet nur Ihrem Teint!«

Mainland schwieg, aber plötzlich brach es aus ihm heraus: »Ihre Männer haben die Reste des Labors gefunden, wo . . . Professor Schneider damals die Experimente mit den

Tarnkappen-Schildern durchführte ... Geheimprojekt *Laurin*. Unter dem Bunker ... befindet sich der Reaktor ...«

»Der Reaktor?« fragte Kenya aufmerksam.

»Er lieferte ... die Energie für den Spuk, dem die Gegenwart ... DINO-LAND verdankt ...«

»Das ist alles?« fragte Kenya, jetzt offenbar nur noch mäßig interessiert.

»Das ist alles«, sagte Mainland.

Das kantige, wie aus Kohle gehauene Gesicht des Schwarzen blieb ausdruckslos, als er erwiderte: »Das glaube ich Ihnen nicht, Mister ...« Er zückte das Glas mit den bunten Pillen.

Ein Blitz durchdrang den kahlen Raum und leuchtete ihn in den hintersten Winkel aus. *Der liebe Gott macht ein Bild für sein Archiv*, erinnerte sich Nadja einer »Weisheit« ihres verstorbenen Großvaters, mit dem er Kindern gegenüber Gewitteraktivitäten zu kommentieren pflegte. Aber dieser Blitz hier war *rot* wie das Verhängnis, und er kam ohne den üblichen Begleitdonner in unheimlicher Lautlosigkeit daher.

Der nächste Augenblick war schon beherrscht von wild durcheinanderredenden Stimmen, von Entsetzensäußerungen und hie und da sogar Schluchzen.

»Nadja!«

Schneider rief nach ihr. Er hatte sie außerhalb des Kreises entdeckt und schien nicht zu wissen, wohin er zuerst blicken sollte: auf Jasper, der einen epileptischen Anfall zu haben schien, auf die übrigen Kinder oder auf die einzige Erwachsene im Raum außer ihm selbst ...

Nadja überwand ihre eigene Starre. Sie lief zwischen Jodie und Dennis hindurch in den Ring und kümmerte sich um Jasper, der ihr nach der ersten flüchtigen Berührung sein Gesicht zuwandte und mit Schaumbläschen vor dem Mund wimmerte. Seine Sommersprossen hatten sich schwarz verfärbt wie bösartiger Hautkrebs; sie schienen sogar leicht zu wässern. Die Iris von Jaspers Augen war katzenhaft gelblich statt weiß. Es dauerte fast fünf Minuten, bis wieder ein vernünftiges Wort über seine Lippen rann. »Tut so weh ...«

Nadja hob ihn auf und trug ihn in einen Nebenraum, wo ein Bett stand. Sie legte ihn hinein und ließ sich von einem der Kinder einen nassen Lappen bringen, mit dem sie die glühende Stirn des Jungen abtupfte. Schneider stand mehr oder weniger hilflos daneben.

»Was ist passiert?« murmelte er immer wieder. »Hat es geklappt oder nicht ...?«

»Halten Sie, verdammt noch mal, Ihren Mund!« fauchte Nadja. »Sie sind an allem schuld!«

Daraufhin schwieg Schneider. Er winkte Alexander zu sich und verließ mit ihm das Zimmer.

Nadja registrierte erstaunt, wie nacheinander *alle* Kinder, die ihr gefolgt waren, aus dem Raum gingen. In manchen der Gesichter las sie offenen Widerwillen.

Kopfschüttelnd wandte sie sich Jasper zu. An seinem Hals pochte sichtbar die Schlagader. Er sonderte Unmengen Schweiß ab.

»Kannst du mir sagen, was passiert ist?«

Er schüttelte weinend den Kopf.

Sie deckte ihn zu und wartete, bis sich sein Puls und sonstiges Befinden weitestgehend normalisiert hatten. Dann fiel ihr plötzlich etwas ein.

»Kann ich dich kurz allein lassen?« fragte sie.

Jasper blickte sie seltsam an und sagte noch Seltsameres: »Ich *bin* allein ...«

Jetzt schüttelte sie den Kopf, strich ihm aber gleichzeitig über die nicht mehr fiebrigen Wangen. »Was bist du nur für ein Junge ...«

Er antwortete nicht, sondern schloß die Katzenaugen.

Nadja beeilte sich, hinaus auf die Veranda zu treten. Sie hatte sich des am Himmel hängenden Helikopters erinnert, aber als sie nun die Umgebung studierte, fand sie keine Spur mehr von ihm. Statt dessen gab es Anzeichen für einen zwischenzeitlichen Sturm, der Sandverwehungen hinterlassen hatte.

Sie kehrte in den Raum zurück, wo das Experiment der Kinder stattgefunden hatte und wo sie sich erneut um Schneider versammelt hatten.

»Nadja ... Alexander hat mir etwas erzählt, was ein ganz neues Licht auf das wirft, was passiert ist ...«

Sie erfaßte Schneiders Bemerkung nur am Rand. Ihr Blick war auf die Wanduhr gerichtet, deren Pendel wieder munter hin und her schwang. Die Zeiger standen jetzt auf sechs Uhr abends.

Wenn es sich noch um den gleichen Tag handelte, waren *neun Stunden* vergangen, seit Nadja wie ein Geist durch eine erstarrte, unwirkliche Welt gewandert war ...!

Trotz des Zwischenfalls schien die eigentliche Absicht also funktioniert zu haben: Sie waren alle gemeinsam in die nahe Zukunft versetzt worden.

Sie lenkte ihre Aufmerksamkeit auf die Versammelten und entschuldigte sich bei Schneider für ihre heftige Reaktion von vorhin.

»Gar nicht neugierig, *was* er mir erzählt hat?« fragte der Wissenschaftler.

»Doch.«

»Jasper hat sein Befinden *selbst* verschuldet«, behauptete Schneider. »Ich weiß nicht genau, wie, aber Alexander sagt, der Junge hätte sein ›eigenes Süppchen‹ während des Vorgangs kochen wollen. Während sich alle Kinder einig waren, ihre Kräfte nur für die Überwindung einiger Stunden zur Verfügung zu stellen, zog Jasper die gebündelte Energie *auf sich*, so daß er – und jetzt halten Sie sich fest – beinahe den Sprung ins einundzwanzigste Jahrhundert geschafft hätte! – Er wollte nach DINO-LAND!« fügte Schneider hinzu, als er den Unglauben auf Nadjas Gesicht las.

»Das wäre ...!« Es war einer der seltenen Momente von Sprachlosigkeit. Ihr Blick huschte zu Alexander und den anderen Kindern, die alles zu bestätigen schienen.

»Aber das ist noch nicht alles. Die Kinder sagen, sie selbst wären zu überrumpelt gewesen, um Jaspers Vorhaben noch rechtzeitig zu verhindern. Daß es mißlang, lag an ihm selbst. Sie wissen nicht, was schiefging. Und warum er mit diesen Folgen zu kämpfen hat ... Jedenfalls haben sie einstimmig beschlossen ...« Er zögerte.

»Was habt ihr beschlossen?« wandte sich Nadja direkt an die Kinder.

Sie schwiegen.

»Ihn nicht mehr an den Experimenten teilnehmen zu lassen«, nahm Schneider ihnen die Antwort ab.

Nadja atmete hörbar aus. »Das heißt, Sie wollen *weitermachen*!« fauchte sie den Wissenschaftler an und ließ zugleich keinen Zweifel daran, was sie davon hielt. »Kommen Sie bitte, ich muß Sie allein sprechen!«

Sie lenkte ihn ins Freie und schilderte ihm eindringlich, was er noch nicht wußte. Das, was *sie* während des Experiments erlebt hatte.

»Phantastisch!« reagierte er anders als erhofft. »Das ist ja phantastisch ...!«

»Sie begreifen nichts!« fuhr Nadja ihn an. »Sie spielen schon wieder mit Dingen, die Sie nicht beherrschen können!«

Schneider versteifte sich; seine Mundwinkel zuckten. Er wußte sofort, was sie meinte, und irgendwie schien es ihn zur Besinnung zu bringen.

»Sie haben ja recht ... Es ist ... Der Eifer geht manchmal mit mir durch. Ich verstehe Ihre Bedenken. Vielleicht haben wir auch andere Sorgen. Aber ...«

»Die haben wir sogar *bestimmt*«, sagte Nadja. »Littlecloud müßte längst zurück sein, wenn man den Sprung bedenkt, den wir gemacht haben. Er ist es aber nicht, und ich hoffe, daß es nichts mit dem verschwundenen Helikopter zu tun hat, den ich gesichtet habe ...«

Das Licht des Tages, das er durch eine winzige Öffnung in der Decke hatte wahrnehmen können, schwand, und damit auch die letzte Hoffnung, jemand könnte ihn rechtzeitig aus seiner mißlichen Lage befreien. Inzwischen war der Ex-Marine-Angehörige sogar soweit, daß er notfalls auch mit Angehörigen aus Pounders Häschertruppe vorlieb genommen hätte.

Er konnte sich ausmalen, daß das, worauf er seit Stunden wartete, mit Einbruch der Dunkelheit nun zwangsläufig eintreten würde.

Er hatte den östlichen Stadtrand fast erreicht gehabt, als ihn ein in geringer Höhe Patrouille fliegender Helikopter dazu veranlaßt hatte, sich eine Deckung zu suchen. Ein überhängender Felsen hatte sich angeboten, und Littlecloud war daruntergekrochen. Dann hatte der Boden unter ihm nachgegeben und sich in Treibsand verwandelt. In Sekundenschnelle war der Apache unter dem Druck des Sandes wie bei einer altmodischen Sanduhr durch eine Engstelle gepreßt worden und in einem unterirdischen Hohlraum gelandet. Hier, in fast völliger Dunkelheit, war er blind herumgekrochen und schließlich in den klebrigen Strängen eines gigantischen Netzes gelandet. Bei dem Versuch, sich zu befreien, hatte er das Gegenteil bewirkt und sich immer tiefer in den mit winzigen Widerhaken versehenen Maschen verstrickt. Diese Widerhaken hatten seine Kleidung mühelos wie Dornen durchdrungen und sich ins Fleisch gebissen. Fast schlagartig war Müdigkeit über Littlecloud gekommen, so daß der Verdacht nahelag, die Spitzen könnten ein Sekret mit diesem Wirkstoff in seinen Organismus geschleust haben. Stundenlang hatte Littlecloud vor sich hingedämmert. An sein Bowiemesser war er nicht herangekommen, und auch der Erbauer dieser Falle hatte sich bisher wohltuender Zurückhaltung befleißigt.

Anfänglich hatte der Apache befürchtet, das Gift könnte die Zusatzfunktion besitzen, die bei manchen Spinnenarten zu beobachten war, nämlich das Opfer innerlich *vorzuverdauen*. Glücklicherweise hatte sich dieser Verdacht nicht verdichtet. Von der allgemeinen Ermattung abgesehen, spürte er sogar allmählich eine leichte Besserung seines Befindens, als wäre sein Körper dabei, die Gifte abzubauen.

Dennoch war seine Situation prekär.

Wenn dies hier keine vom Erschaffer verlassene Falle war, dann ...

Littleclouds Instinkt hatte eine Veränderung der Umgebung wahrgenommen und schlug Alarm!

Etwas näherte sich.

Neben dem Schlagen seines Herzens hörte Littlecloud nun leises Schleifen in der Dunkelheit.

Die Gefahr näherte sich von ... links.

Littlecloud hatte nicht herausfinden können, wie weit die Höhle sich in bestimmte Richtungen erstreckte. Aber dort, woher die Laute kamen, mußte ein Stollen oder eine andere Erweiterung existieren.

Kam jetzt die Spinne?

Mußte es eine *Spinne* sein, die das Netz geflochten hatte?

Littlecloud hielt sich lange genug in dieser unmenschlichen Zeit auf, um zu wissen, daß es *alles* sein konnte. Hier in der Frühen Kreide lebten Echsen, Reptilien und Insekten, von denen dort, woher er stammte, noch keine einzige Ausgrabung Zeugnis abgelegt hatte.

Der Apache wand sich erneut in seiner Umfesselung. Tatenlos wollte er sich nicht zur Mahlzeit umfunktionieren lassen. Die Dornen schienen ihr ›Pulver‹ verschossen zu haben, waren jetzt nur noch ›fesselnd‹ und hinderlich. Jeder Millimeter, den sich die Hände des Indianers dem Bowiemesser im Gürtel nähern wollten, verstärkte das Gefühl, in Stacheldraht geraten zu sein.

Ich schaffe es nicht.

Die Erkenntnis kam schnell. So schnell, daß Littlecloud leise fluchte.

Sofort geriet das Schleifgeräusch ins Stocken.

Der Feind – was anderes konnte es sein? – hielt inne.

Littlecloud wollte den Zeitgewinn erneut nutzen. Aber er mußte einsehen, daß er an dem Punkt angelangt war, den er immer gefürchtet hatte. Den jeder Mensch fürchtete, weil er endgültig war und niemand wußte, was *danach* kam ...

Den Revolver, den er als einzige zusätzliche Waffe bei sich

trug, konnte er ebenfalls vergessen. Er steckte direkt neben dem Messer – ebenfalls unerreichbar.

Nach einer Weile setzte sich das Geräusch fort und klang nun deutlich näher. Dennoch wurde Littlecloud überrascht, als unmittelbar vor ihm, vielleicht nur eine Handbreit von seinem Gesicht entfernt, etwas in der Finsternis aufglomm.

Etwas Rotes, Unheimliches, Handtellergroßes.

Und das in doppelter Ausfertigung!

Es dauerte eine Weile, bis Littlecloud begriff, was es war: ein Augenpaar, das etwas Gewaltigem gehören mußte.

Dann kam die Berührung, das saugende Zupacken, das dem Gefangenen den linken Arm abzureißen drohte ...

»Ich dachte, daß ich Sie hier finden würde ...«

Schneiders Stimme ließ Nadja zusammenzucken. Sie saß im Dunkeln auf einer wackeligen Bank unter dem Veranda-Vordach.

»So?«

Schneider setzte sich unaufgefordert neben sie. »Sie warten immer noch?«

Jetzt lachte sie bitter. »Was sollte ich sonst tun?«

»Sie könnten mir helfen.«

»Wie könnte ich das?«

»Mein Draht zu den Kindern ist nicht der beste.«

»Das sehe ich anders. Sie fressen Ihnen aus der Hand. Was dabei herauskommt, haben wir ja erlebt ...«

»Dann irren Sie sich«, ging er nur auf die vorherige Bemerkung ein. »Die Kinder verehren Sie. Gemeinsam kämen wir schneller voran.«

»Wobei?«

Schneider beugte sich leicht vor und starrte zum unruhig flimmernden Sternenzelt hinauf. Die Röte lag auch jetzt wie ein feiner Schleier vor den Lichtpunkten. Am deutlichsten war es vor der sanft geschwungenen Sichel des narbigen Halbmonds zu erkennen. »Ich bin nicht Pounder«, sagte er gepreßt. »Wenn ich mit seinen Zielen sympathisieren würde, hätte ich Sie nicht zu warnen brauchen! Aber fänden Sie es nicht auch klüger, den Kindern bei der Erkundung ihrer Möglichkeiten zu helfen? Verbieten können Sie und ich ihnen die Auslotung ihrer erstaunlichen Kräfte ohnehin nicht. Sie würden es auch ohne unsere Erlaubnis versuchen, und das wäre, meine ich, der riskantere Weg.«

Nadja stand auf. »Ich werde mich um Jasper kümmern. Das scheint mir im Moment am wichtigsten. Wir dürfen ihn nicht wie einen Aussätzigen behandeln, nur weil er mit seinen Fähigkeiten noch nicht umzugehen weiß. Ich bin auch nicht einverstanden mit dem, was Sie und die anderen Kinder ›beschlossen‹ haben. Fangen Sie um Himmels willen nicht an, hier eine Art Inquisition einzuführen!«

Schneider blickte sie sprachlos an.

Nadja ließ ihn stehen und ging in das Zimmer, wo sie Jasper untergebracht hatten. Er lag im Bett, zugedeckt bis zum Hals. Durch das Fenster fiel fahles Mondlicht.

»Schläfst du?«

»Nnnnein.«

»Soll ich eine Kerze anzünden?«

»Nnnnein ...«

Sie merkte sofort, daß etwas nicht stimmte, und lief zu ihm. Er zitterte wie Espenlaub. Nadja untersuchte ihn und fand, daß er keinesfalls mehr an Fieber leiden konnte. Die Temperatur war normal, ebenso sein Puls. Aber sein kleiner Körper vibrierte förmlich.

»Wann hat das angefangen?«

»Vvvorhinnnn.«

»Weißt du, woher es kommt?«

»Nnnneinnn.«

Nadja blieb noch eine Weile bei ihm, dann verständigte sie Schneider. Er sah sich den Jungen an und war genauso ratlos.

Plötzlich betrat Alexander den Raum, und Jaspers Zittern hörte abrupt auf. Ein Seufzer rann über seine Lippen.

Verblüfft bat Nadja: »Alexander, würdest du bitte noch einmal hinausgehen und in einer Minute wiederkommen?«

Der schlaksige, melancholisch blickende Junge stellte keine Fragen. Als er draußen war, vibrierte Jasper erneut. Kaum kehrte Alexander zurück, verschwanden die Symptome.

»Haben Sie eine Idee, was das sein könnte?« wandte Schneider sich an die Frau, die zunächst Kindergärtnerin gewesen, dann in die Rolle einer Lehrerin für die Kinder geschlüpft war. »Hat er Angst, wenn er mit uns allein ist?«

»Ich glaube nicht, aber genau weiß ich es auch nicht.« Sie ging neben dem Bett in die Hocke. »Fürchtest du dich vor uns, Jasper?«

»Nein«, kam es zögernd, aber ohne Stottern.

»Dann könntest du uns vielleicht ein paar offene Fragen beantworten«, schaltete sich Schneider ein.

Jaspers Blick flackerte.

»Sensibel wie ein Hammer«, fluchte Nadja leise.

Der Wissenschaftler ignorierte es. »Was wolltest du in der Zukunft?«

Jasper drehte verstockt das Gesicht zur Wand.

Alexander flüsterte mit Nadja.

Sie zögerte, drängte Schneider aber dann aus dem Zimmer. Als sich die Tür hinter ihnen schloß, fragte er: »Was gab es zu tuscheln?«

»Er möchte allein versuchen, etwas aus Jasper herauszubekommen. Offenbar haben auch Alexander und die übrigen Kinder ein Interesse zu erfahren, was in ihrem Kameraden vorgeht.«

Schneider blieb skeptisch, bis die Tür aufging und Alexander heraustrat.

»Und?«

Alexander ging an ihnen vorbei in den Raum, wo die anderen Kinder warteten. Erst dort antwortete er, indem er mit ernster Stimme bekräftigte, was schon früher beschlossen worden war. »Wir dürfen ihn nie wieder mitmachen lassen! Er begreift es nicht. Er spielt bewußt mit dem Feuer und findet nichts dabei, mit dem zu paktieren, der Pounder heißt.«

»Zu paktieren?« wiederholte Nadja.

Alexander nickte, offenbar voll bewußt, was für ein Wort er gewählt hatte. »Wir alle haben begriffen«, sagte er, »daß dieser Mann uns Böses will. Ich habe seine Aura selbst *gespürt*. Jeder im Kreis spürte es, auch Jasper, aber er – nun, er ignoriert es.«

»Heißt das, er wollte sich tatsächlich auf die Seite des ... Generals schlagen?« fiel Schneider ihm mit Mühe ins Wort.

»Ja«, sagte Alexander und fügte ebenso traurig wie entschieden hinzu: »Er gehört nicht mehr zu uns ...«

Littlecloud war dem Tod selten so nahe gewesen.

Der Ruck, mit dem etwas seinen Arm umklammerte und daran zerrte, ernüchterte ihn endgültig und vertrieb die letzten Nebel aus seinem Gehirn. Sehen konnte er immer noch nichts, die Dunkelheit war absolut. Er hörte Geräusche, die an vorfreudiges Schmatzen erinnerten und allein ausreichten, das Blut in den Adern erstarren zu lassen.

Dann aber, noch ehe der nächste fordernde Ruck durch seinen Körper ging, überschlugen sich die Ereignisse.

Bei dem matten Fleck in der Decke entstand Bewegung. Littleclouds Blick wurde durch zwitschernde, plappernde Laute nach oben gelenkt, und er sah gerade noch, wie hundsgroße Körper, manche auch größer, durch dieselbe Öffnung drängten, die ihm zum Verhängnis geworden war. Den Aufprallgeräuschen zufolge landeten sie ganz in seiner Nähe, verstummten kurz – und plapperten dann aufs neue los.

Auch sie waren jetzt unsichtbar. Aber es mußten *viele* sein.

Littlecloud wußte Bescheid. Er dachte, daß er nun vermutlich die Wahl zwischen zwei Todesarten haben würde, ohne darauf aber selbst Einfluß ausüben zu können. Die Sieger würden es unter sich ausmachen ...

» ... *lieeebe diiich* ...«, säuselte es aus der Finsternis.

Die Umklammerung seines Armes löste sich. Ein undefinierbarer Laut erschütterte die Höhle. Littleclouds Haut begann dort, wo der Zugriff verschwunden war, höllisch zu brennen.

Zu seinen Füßen entstand Unruhe. Mehrere Kreaturen schienen um ihn herumzuwieseln, und plötzlich, völlig unerwartet, ließ die Spannung des Netzes, das ihn gefangenhielt, nach. Etwas, das nur ein gekappter Faden sein konnte, schnellte mit hellem Singen dicht an seinem Gesicht vorbei.

Dann brachte der nächste Ton des Netzbauers die Höhle zum Erzittern. Littlecloud hatte noch nie ein vergleichbares Geräusch gehört. Es hatte nicht Menschliches und auch nichts Tierisches.

Erneut peitschte etwas durch die Luft, traf brutal seine Hüfte und schleuderte ihn tief in das sofort zurückfedernde, elastische Netz. Wieder bissen Dornen zu, und der Ex-Marine wußte, was das bedeutete. Aber er trug es mit erstaunlichem Gleichmut, denn eine neuerliche Lähmung hatte wenigstens den Vorteil, daß er seiner Verspeisung nicht bei voll empfindungsfähigem Nervensystem beiwohnen mußte ...

Dann dachte er an Nadja und die Kinder, die auf seine Rückkehr warteten, und ein kaum noch für möglich gehaltener Motivationsschub durchströmte ihn. Er zerrte an den Fesseln und erkannte verblüfft, daß er seinen rechten Arm, der gerade noch mißhandelt worden war, plötzlich fast ungehindert bewegen konnte. Der gerissene Faden mußte das bewirkt haben.

Littlecloud überlegte nicht lange, sondern tastete nach seinem Bowiemesser. Als er es nicht sofort fand, glaubte er schon, es im Tumult verloren zu haben. Doch dann kam der Horngriff zwischen seine Finger. Gerade als etwas an seinen Füßen zu knabbern begann und mit vollem Mund verkündete: »... *herrliches Wetter heute* ...«, durchtrennte er die letzten, klebrigen Fesseln. Mit Macht trat er nach dem Unsichtbaren, das verblüfft und quiekend zurückzuckte, als der nächste, der *dritte* Schrei desjenigen Wesens aufbrandete, in dessen Fänge Littlecloud ursprünglich geraten war.

Obwohl die Schwärze Bestand hatte, glaubte Littlecloud den Kampf, der sich wenige Schritte von ihm entfernt abspielte, *ahnen* zu können!

Dort rang etwas Unvorstellbares mit Wesen, die dem Apachen wie Pech an den Fersen klebten, seit er achtundvierzig Stunden zuvor die Notwendigkeit gesehen hatte, ein von ihm aufgestöbertes Saurier-Muttertier zu töten – samt einem Nest noch nicht flügger Babysaurier.

Was ihn hier und jetzt erneut aufgespürt hatte, gehörte offenbar zum gleichen Gelege. Er hatte bereits verlassene Nester dieser Gattung bemerkt, aber keine Zeit mehr gehabt, sich darum zu kümmern. Die Bezeichnung »Papageiensaurier« hatte er ihnen verliehen, weil sie zu Lockzwecken sogar menschliche Lautbildungen nachzuahmen vermochten.

Seit der Tötung ihrer Artgenossen schienen sie von dunklem Vergeltungsdrang getrieben zu werden. Es grenzte an Ironie, daß sie ihn sogar hier aufgespürt hatten. Durch ihr Erscheinen eröffneten sie ihm unfreiwillig eine letzte Chance.

Wie er aber aus dieser Todesfalle hinausgelangen sollte, wußte Littlecloud nicht.

Er zog seinen Revolver und versuchte, sich mit einem ungezielten Schuß Respekt zu verschaffen. Der Knall bewirkte nur eins: Er brachte die unsichtbare Kreatur, der diese Behausung gehörte, für einen Moment zum Schweigen.

Dann war dieser Moment zu Ende, und der nächste, der *vierte* und mächtigste Schrei ließ jedes imitierte Geplapper ersterben.

Littlecloud spürte, wie der Schrei seinen Schädel auszuhöhlen begann. Denken wurde unmöglich. Instinkte übernahmen die Regie über seinen geschundenen Körper. Wie ein Berserker schlug und trat der Apache um sich. Stürzte. Rappelte sich wieder auf. Erhielt selbst Tritte, Stöße und Schläge. Erstickte fast in aufwirbelndem Staub.

Etwas umschlang Littleclouds Bein, und sein Messerarm

hackte danach, ohne daß es ihm bewußt wurde. Sein Mund war voller Sand.

Die Decke der Höhle hielt dem enormen Schalldruck nicht mehr stand. Sie stürzte ein und wurde zum Grab für alles, was sich darin befand ...

Er erwachte, und schon das war ein Wunder.

Littlecloud zog die Beine an. Er spürte das Leben wie eine Strafe in seinen Körper zurückkehren. In seinem Mund war Schlamm. Sand und Speichel hatten sich dazu vermischt, und er spuckte erst einmal aus.

Rötlich verhangene Sterne flimmerten über ihm. Der Mond hing wie ein zusammengekniffenes, glotzendes Auge am Himmel. Es war immer noch Nacht, und der Apache blutete aus zahllosen Schrammen. Die meisten Schmerzen gingen aber von den Stellen aus, wo er Kontakt mit dem Netz gehabt hatte und wo *etwas* versucht hatte, ihn am Fliehen zu hindern.

Im Mondlicht war der Krater zu erkennen, wo sich der Erdrutsch abgespielt hatte. Von dem Felsen, der die Stelle überdacht hatte, ragte nur noch eine schroffe Spitze wie ein Mahnmal empor; auch er mußte in den Sog geraten sein.

Die Stille rauschte in Littleclouds Ohren.

Wie bin ich diesem Grab entkommen?

Er setzte sich auf, sah das seltsame *Ding* an seinem einerseits gefühllosen, andererseits heiß pochenden Bein baumeln und griff danach. Unter Schmerzen löste er es von der Haut. Es war ein Tentakel, der den Stoff der Hose durchbohrt und sich mit Saugnäpfen wie ein Blutegel an die Wade geheftet hatte.

Littlecloud wog das abgetrennte und ausgeblutete Teil sekundenlang in der Hand, ehe er es angewidert in die Dunkelheit schleuderte. Es hatte ihn an ein Erlebnis erinnert, das auch hier draußen irgendwo stattgefunden hatte. Der Kopterabsturz, bei dem der Pilot umgekommen war, hatte ihn, Mainland und einen dritten Mann mit einer Kreatur konfrontiert, die sich *unter dem Wüstensand* fortbewegt und von der sie nur kurz einen Tentakel gesehen hatten.

Littlecloud fragte sich, ob er *diesem* Wesen ins Netz gegangen war.

Gleichzeitig drifteten seine Gedanken zu Mainland, und ihm wurde bewußt, wieviel er mit diesem Mann schon gemeinsam gemeistert hatte. Eigentlich hatten ihre beider Irrwege in die zunächst graue, mittlerweile »purpurne« Vorzeit mit der Begegnung in Mainlands Polizeistation begonnen. Eine Ewigkeit schien seither verstrichen zu sein ...

Littlecloud stand wankend auf. Wo er jetzt war, mangelte es an allem, seine Wunden zu versorgen. Zur Farm zurückzukehren, kam jedoch nicht in Frage. Die Stadt lag näher. Viel näher. Und er hatte sich mit einem klaren, selbst gegebenen Auftrag auf den Weg gemacht, den er auch jetzt noch zu erfüllen gedachte!

Erst als er humpelnd losmarschierte, merkte er, daß er auch seine letzten Waffen verloren hatte. Das Bowiemesser und der Revolver mußten ihm entglitten sein. Wie ein Maulwurf hatte er sich an die Oberfläche gewühlt und war jetzt schutzloser denn je.

Geschätzte drei Stunden brauchte er, um von der Peripherie bis in die Nähe des Stadtkerns vorzudringen. Er wußte, daß es keinen Zweck hatte, sich zur Siedlung zu wenden. Er fühlte sich keiner weiteren Auseinandersetzung gewachsen und griff deshalb nach einem unkonventionellen Strohhalm.

Er wollte die ›Schatten‹ um Hilfe bitten ...

Lange Zeit hatte das *Caesar's Palace* als bevorzugter Aufenthaltsort der zu ›Schatten‹ degradierten Randexistenzen gegolten. Diese Figuren vereinten alles, was Verschrobenheit, Realitätsverlust und Spielsucht bedeuten konnte. Da sie keinerlei Hang zu Gewaltanwendung besaßen, hatte Mainland sie ihr Leben nach eigenem Gusto führen lassen – abgeschieden vom Rest der Gestrandeten.

Vor einem knappen Jahr waren sie über Nacht geschlossen in das fast eine Meile entfernte *Grand Slam Canyon* umgezogen. Ihre gehorteten Vorräte, die zunächst unerschöpflich erschienen, waren aufgebraucht gewesen, und auch das neue Refugium ihrer Süchte hielt nicht, was es versprochen hatte. Nach einigen Monaten war Mainland dazu übergegangen, die nicht gerade als lebenstüchtig bekannten Suchtspieler mit dem Notwendigsten zu versorgen, obwohl sie nichts zum Allgemeinwohl beisteuerten.

Vor einem knappen Monat dann war es zu einer mysteriösen Ablehnung der ›Almosen‹ – wie Ken Forge, der Sprecher der Spieler, sich ausgedrückt hatte – gekommen. Man hatte sich geweigert, etwas von den selbst erwirtschafteten Gütern der Siedler anzunehmen, und darauf verwiesen, daß man nun auch ›Selbstversorger‹ geworden sei. Detailliertere Auskünfte hatten sie nicht erhalten, aber keiner der ›Schatten‹ hatte Mangelerscheinungen gezeigt, wenn man von der Blässe absah, die niemanden verwunderte, der wußte, daß diese Menschen vierundzwanzig Stunden am Tag entweder spielten, aßen oder schliefen. Sonnenlicht war verpönt, ihre Casinos wurden bewußt abgedunkelt, und selbst wenn sich einmal ein Strahl durch die Fenster verirrte, konnte der nicht gutmachen, was die sonstige Zeit verdarb.

Littlecloud hatte nie wirklich Mitleid für diese Existenzen empfunden, die sich vor fünf Jahren bewußt der Evakuierung entzogen hatten. Sie hatten sich freiwillig für dieses Leben entschieden, das für Leute mit Anspruch kein Leben war.

Heute – in diesem Moment – war Littlecloud froh, daß es die ›Schatten‹ gab. Gerade ihre Skurrilität ließ wahrscheinlich erscheinen, daß Pounders Söldner sich nicht sonderlich für sie interessierten, selbst wenn sie sie inzwischen entdeckt hatten.

Er hoffte, von ihnen das zu bekommen, was er augenblicklich am nötigsten brauchte: Vorräte, um die Kinder und die beteiligten Erwachsenen einige Zeit auf der abgeschiedenen Farm aushalten zu lassen. Er würde noch einige Male marschieren müssen, das wußte er jetzt schon. Aber vielleicht konnten sie ihm sogar zu etwas Treibstoff verhelfen, um einen Wagen für eine Nachtfahrt vollzuladen ...

Diese und andere Hoffnungen trieben Littlecloud trotz etlicher Blessuren noch vor Tagesanbruch zum *Grand Slam Canyon*. Als er schließlich den Eingang des einstigen Prunkbaues erreichte, entdeckte er Lichtschimmer hinter den Jalousien der höhergeschossigen Räume. Er sah auch, daß die Tür eingeschlagen war. Auf dem Teppich waren schmutzige Abdrücke von Soldatenstiefeln zu erkennen. Wie lange der Einbruch zurücklag, ließ sich daran nicht ablesen. Auf jeden Fall machte es ihn vorsichtig.

Littlecloud stieg die Treppe über der Eingangshalle nach oben und hörte bald darauf die typischen Geräusche eines florierenden Spielbetriebes.

Wenig später sah er, daß seine Befürchtungen unbegründet waren. Uniformen befanden sich nicht unter den Gestalten, die die Tische belagerten. Was ihn allerdings verblüffte, war die ausgelassene Stimmung, die herrschte. Er hatte nicht sehr oft mit Ken Forge und den anderen zu tun gehabt, aber seine Erinnerung an die Suchtspieler sah trostloser aus.

Kopfschüttelnd löste Littlecloud sich aus dem dunklen Gang und hinkte auf die Versammlung zu, die im Schein von Kerzenleuchtern saß. Er hatte den grauhaarigen Forge am Roulett-Tisch entdeckt, und dessen Anblick versetzte ihm den nächsten Schlag. Gerade Forge hatte immer noch auf sein Erscheinungsbild geachtet. Davon war nun nichts mehr zu bemerken. Die Haare hätten nicht nur mal wieder einen Schnitt, sondern auch einen *Kamm* oder eine *Bürste* vertragen. Wie altes Sauerkraut hingen sie ihm über die Ohren; auch der Smoking sah aus wie mit Stockflecken übersät. Die wenigen Frauen starrten Littlecloud zunächst an, dann kicherten sie wie Backfische bei ihrem ersten Rendezvous.

»Red!« rief Forge, als begrüße er einen alten Freund. Er winkte Littlecloud mit einem Bündel Hunderter zu und schien keinen Anstoß am blut- und dreckverschmierten Auftritt des Indianers zu nehmen. »Ihr Einsatz, *Geronimo*?«

Die Aufmerksamkeit an den Tischen ebbte ab. Die meisten setzten ihre Beschäftigung dort fort, wo sie sie kurz unterbrochen hatten. Auch Forge wollte sich schon wieder abwenden.

Littlecloud wurde das Gefühl nicht los, daß hinter irgendwelchen Türen Soldaten lauerten, die nur darauf warteten, über ihn herfallen zu können. Aber die Gelegenheit hätte günstiger nicht sein können – er war unbewaffnet, und nichts geschah.

Er war völlig ausgelaugt von dem Marsch. Auf den Tischen standen Weingläser, deren Inhalt aber eher Wasser zu sein schien. Littlecloud griff sich das nächstbeste Gefäß und trank es gierig aus.

Niemand achtete darauf.

Er wischte sich den Mund aus, leerte noch zwei Gläser und stellte sich neben Forge, der wieder in den Lauf der Elfenbeinkugel vertieft war.

»Was geht hier vor?« fragte der Indianer.

Forge blickte fragend-lächelnd zu ihm auf.

»Hattet ihr ... Besuch?«

»Die Soldaten?« Forge nickte, als bedeute es nichts weiter. »Sie hatten keine Lust zu bleiben ...«

»Waren es *Mainlands* Soldaten?«

Forge schien nicht zu begreifen, was er meinte. Plötzlich riß er die Arme hoch, lachte lauthals und ließ es Geldscheine regnen. Ob er wirklich gewonnen hatte, wußte Littlecloud nicht. Seine Geduld war bereits am Ende, und er zerrte Forge nicht gerade freundlich in ein ruhiges Eck.

Der Grauhaarige wehrte sich nicht.

»Ich brauche Hilfe!« sagte Littlecloud.

»Sie sehen schlecht aus.« Forge schien erstmals wahrzunehmen, daß etwas an seinem Gegenüber anders war als gewohnt.

»Das haben Sie toll erkannt«, lobte der Apache zynisch. »Wenn Sie jetzt noch so entgegenkommend wären und mir aus einer kleinen Verlegenheit heraushelfen könnten ...«

»Aber klar!« Forge schlug ihm aufgeräumt auf den Arm,

in dem immer noch ein paar kleinere Widerhaken zu stecken schienen. Littlecloud spürte Tränen in die Augen steigen, aber er beherrschte sich und sagte nur erstickt: »Danke ...!«

»Wieviel brauchen Sie?« fragte Forge und tastete die Taschen seines Jacketts ab. Er wurde schnell fündig und streckte Littlecloud ein dickes Bündel hoher Dollarnoten entgegen. »Reicht das?«

Littlecloud seufzte gottergeben. »Ich brauche kein Geld – ich brauche Lebensmittel und vielleicht etwas Sprit, wenn ihr so etwas habt ...«

Nichts schien Forges gute Laune erschüttern zu können. »Du kannst sogar einen Wagen haben, Freund«, sagte er in Verschwörerton und plötzlicher Vertraulichkeit. »Du kannst *alles* von mir haben, Freund. Heute ist mein Geburtstag ... Vatertag? Oder war es mein Namenstag ...?« Er schwieg, einen Moment lang betroffen, dann riß ihn die eigene Euphorie wieder in ein Hoch. »Egal! Wir können alles feiern! Wir haben Zeit ...«

»Wann kann ich die Sachen haben?« fragte Littlecloud, dem all dies eher einen Knoten im Magen verursachte.

»Wann immer du willst! Für dich unterbreche ich sogar mein Spiel!«

Littlecloud zögerte. »Dann möchte ich mich erst etwas ... zurechtmachen. Die Wunden säubern, verbinden ...«

Selbst der direkte Hinweis auf das, was überdeutlich zu sehen war, hinterließ keine Wirkung. Forge deutete zwar auf eine Tür, aber er verlor kein Wort über die Verletzungen.

Littlecloud zwang sich dazu, nicht darüber nachzudenken. Er ließ Forge stehen und ging auf die Tür zu, hinter der er alles fand, was er zur provisorischen Versorgung seiner Wunden brauchte. Auch in diesem Nebenzimmer brannte Kerzenlicht. Als Littlecloud eine Stunde später in den Spielsalon zurückkehrte, hatte er den Wunsch niedergekämpft, sich einfach irgendwo in einer Ecke zusammenzurollen und ein paar Stunden auszuruhen. Er war auch der Farm schon länger fern, als er verantworten konnte.

»Steht Ihr Angebot noch?« fragte er Forge.

Dessen gute Laune war verflogen. Er sah krank aus. Auch von den anderen Tischen kam kaum noch ein Lachen.

Er nickte kraftlos. »Ich wollte sowieso hinunter.«

»Hinunter?«

»In den Keller. Tiefgarage ...«

»Sind dort die Essensvorräte?«

»Und der –« Forge hustete, »- Wagen!«

Littlecloud empfand es schon als Erfolg, daß der Suchtspieler sich an ihr Gespräch erinnerte.

»Gut. Gehen wir.«

Forge wankte vom Tisch weg. Littlecloud erkannte verblüfft, daß auch andere aufstanden und folgten.

»Wollen die alle mit ...?«

Forge reagierte nicht auf die Frage. Littlecloud fädelte sich in den Troß ein, der den Salon verließ und die Treppe hinabstieg. Einige trugen Kerzen. Es war mehr als absonderlich, und wenn Littlecloud eine Wahl gehabt hätte, wäre es ihm leichtgefallen, sich sofort von hier zu verabschieden.

Minuten später erreichten sie die Tiefgarage. Zwei Männer stemmten sich gegen die Tür, die Littlecloud problemlos allein aufbekommen hätte, die anderen drängten sofort nach. Einem Impuls gehorchend, blieb der Apache etwas zurück.

Als er die Tür wenig später passierte, schnürte es ihm die Kehle zu.

Besonders als er begriff, was Forge unter *Vorräten* verstand ...

DINO-LAND

Die Lage hatte sich entspannt. Kein neues Beben hatte den Hoover-Damm weiter in Bedrängnis gebracht. Alle Beobachtungen sprachen dafür, daß es sich bei den beiden »Ausreißern« um ein Phänomen handelte, das sich nicht wiederholen würde.

Mittlerweile waren neue, kleinere Zeitbeben in der

gewohnten Weise aufgetreten. Sie hatten sich fernab des Lake Mead ereignet und geringen Flächenzuwachs an urzeitlicher Flora und Fauna erbracht.

Das Weiße Haus hing Pounder nicht mehr wie eine Klette am Pelz. Auch dort schien man zuversichtlich, der befürchteten Katastrophe entronnen zu sein. Gleichzeitig war die Bevölkerung jedoch vorsorglich informiert worden, *langfristig* doch das Tal räumen zu müssen, wollte man nicht riskieren, in die ferne Vergangenheit entführt zu werden. Denn *daß* DINO-LAND sich ausweitete, ließ sich aufmerksamen Beobachtern gegenüber, vor allem den Medien, nicht verheimlichen.

Während der Präsident also abwartend schwieg, meldete sich das Pentagon beim General. Man fragte nach Moira Sheaver, der Sonderbeauftragten des Verteidigungsministeriums, und es war Pounder eine ›hochtraurige Pflicht‹, darauf zu verweisen, daß die Abgesandte bei ihrem Abflug nach Flagstaff, Arizona, in das erste der unangemeldeten Beben geraten war. Aller Wahrscheinlichkeit nach waren sie und der Pilot darin umgekommen.

Es hatte exakte Aufzeichnungen dieses Unglücks gegeben. Bedauerlicherweise waren sie bei dem Totalausfall, der die Zentrale nach Auftauchen des Geisterjungen minutenlang lahmgelegt hatte, aber gelöscht worden …

Pounder lächelte fadenscheinig, während er darüber nachsann. Alle Ereignisse schienen sich wieder *für* ihn verschworen zu haben. Wenn jetzt noch Kenya ein Lebenszeichen gab oder gleich mit den Gefangenen hier auftauchte …

»Die Ergebnisse liegen jetzt vor, Sir«, sagte Mulligan, der die Sache mit Moira gedeichselt hatte. Sie trafen sich in einem der abhörsicheren Konferenzräume. »Es ist so, wie Sie annahmen.«

Ein diabolischer Ausdruck umspielte Pounders Lippen. »Dann geben Sie jetzt meine Order an alle Armeeangehörigen. Jeder muß wissen, wie er sich bei Zeitpunkt X zu verhalten hat.« Mulligan salutierte nachlässig.

Er durfte das.

120 Millionen Jahre früher

»Ein Rover«, sagte Professor Carl Schneider. »Ein schwarzer Rover ...«

»Soll ich die Kinder verstecken?« fragte Nadja.

»Wo denn?« Der Wissenschaftler lachte humorlos und fuhr in seiner Beobachtung fort. »Die Scheiben sind getönt ... verdammt. Nichts dahinter zu erkennen ...«

Die Zielstrebigkeit, mit der das Zivilfahrzeug sich in der ersten Morgenröte näherte, ließ bei allen verständlichen Vorbehalten Hoffnung aufkommen. Vor allem, als sie entdeckten, daß hinter dem Rover eine Art »Matte« hergezogen wurde, die die unvermeidlichen Reifenspuren im losen Sand sofort wieder ausradierte!

»Er hat es geschafft«, murmelte Nadja immer wieder. Sie kauerte mit Schneider hinter der Fensterbrüstung und hatte die Hände wie zu einem Gebet gefaltet. »Er hat es endlich geschafft ...«

Ihre Geduld wurde nicht mehr lange strapaziert. Der Rover rollte in den Hof, und als die Tür aufklappte, war Nadja nicht mehr zu halten. Draußen fiel sie Littlecloud in die Arme – bis sie bemerkte, was mit ihm los war.

Sie nahm Abstand, um ihm nicht weh zu tun. »Was ist passiert? Wir warten schon so lange ...«

»Es ging nicht eher.« Die Antwort kam gepreßt.

Schneider tauchte auf, tippte sich zum Gruß an die Stirn, beäugte mißtrauisch den Wagen und inspizierte ihn dann von innen. Als er zurückkehrte, sagte er enttäuscht: »Ein paar Kanister Treibstoff und Berge von *Waffen* – aber keine einzige Konserve mit Eßbarem! Konnten Sie gar nichts auftreiben?«

»Doch«, sagte Littlecloud in seltsamem Ton. »Aber es hätte Ihnen nicht geschmeckt.«

»Was ist passiert?« wiederholte Nadja. »Du siehst aus, als wolltest du jede Sekunde aus den Schuhen kippen.«

»So fühle ich mich auch.« Er lächelte trotz der Schmerzen, die er haben mußte.

Noch einmal ließ Littlecloud das Bild vor seinen Zuhörern auferstehen, das ihn beim Betreten der Tiefgarage unter dem *Grand Slam Canyon* erwartet hatte.

»Pilze«, berichtete er, nachdem sie auf den Verandastufen Platz genommen hatten, »eine riesige Fläche des Kellers war von einer Pilzkultur überzogen – auch die Wände, die tragenden Pfeiler ... überall wucherten grüne, unterarmlange Pilze mit schlanken Kappen, aus denen dünne, ebenfalls grüne Fäden herabhingen. Diese Fäden hatten sich ineinander verhakt und bildeten ein Geflecht wie ein Teppich. Der Belag war so tragfähig, daß die ›Schatten‹ darüber hinweglaufen konnten. Sie sammelten einige Exemplare ein – aber nicht mehr, als sie an Ort und Stelle essen konnten ...«

»Sie aßen das Zeug wirklich?« Nadja verzog das Gesicht. Schon die bloße Schilderung weckte Ekelgefühle.

»Sie aßen nicht einfach.« Littlecloud schüttelte den Kopf. »Sie *schlemmten*. Sie benahmen sich, als verspeisten sie die größte denkbare Delikatesse. Forge fragte mich, worauf ich warte.«

»Worauf Sie warten?« fragte Schneider, der das, was ihm selbst auf der Seele lastete, nur mühsam bezähmte.

»Er lud mich zum Essen ein«, sagte Littlecloud. »Er dachte allen Ernstes, mir damit etwas Gutes zu tun, und verstand überhaupt nicht, daß ich ablehnte.«

»Du hast nichts davon probiert?« vergewisserte sich Nadja angespannt.

»Natürlich nicht«, sagte er. Dann huschte ein nachdenklicher Ausdruck über sein Gesicht. »Obwohl es mich innerlich drängte, es auszuprobieren – fast, als ginge eine Lockung davon aus.«

»Von den Pilzen?«

Littlecloud nickte. »Ich denke, diese Pilze, was immer sie sind und woher sie kommen, sind gefährlich. Es kostete Kraft, zu widerstehen. Kraft, die die ›Schatten‹ offenbar bei der ersten Konfrontation nicht aufzubringen vermochten ...«

»Was wollen sie damit sagen?« fragte Schneider.

»Die Leute benahmen sich, als stünden sie unter Drogen«, antwortete er. »Diese Euphorie, als ich ankam, war keinesfalls normal. Bevor sie dann in meinem Beisein wieder ernteten und sich neue Pilzsubstanz zuführten, wirkten sie ausgepowert und krank. Nach dem Konsum ging es ihnen dann wieder blendend.«

»Und sie hatten keine normalen Lebensmittel?«

Littlecloud verneinte. »Keine. Sie scheinen sich ausschließlich von Pilzen und Wasser zu ernähren. Aber selbst in dem Wasser, das sie tranken, sah ich später Fäden schwimmen, und ich fürchte, *davon* habe ich etwas zu mir genommen.«

Nadja zuckte erschrocken zusammen.

»Spüren Sie irgendwelche Beschwerden?« fragte auch Schneider alarmiert.

Littlecloud lachte. »Ich spüre soviel, daß ich unmöglich unterscheiden kann, was welche Ursache haben könnte!«

»Keine Lebensmittel, aber massenhaft Sprit und Waffen«, sagte Schneider kopfschüttelnd.

Littlecloud erhob sich und nahm Nadja bei der Hand. »Ich gehe jetzt schlafen«, sagte er. »Weckt mich in zwölf Stunden – oder wann immer es nötig wird.«

»Was haben Sie vor?«

»Ich muß noch einmal in die Stadt zurück.«

»Wegen der Vorräte?«

»Auch ...«

Mehr war ihm nicht zu entlocken.

Nadja blickte aus dem Fenster. Schneider saß mit den Kindern im Schatten eines Schuppens. Es gefiel ihr nicht, wie intensiv der Wissenschaftler sich mit ihnen beschäftigte. Ohne sich umzuwenden, fragte sie: »Vertraust du ihm?«

»Wem, Schneider?« Littlecloud streifte gerade vorsichtig die Kleidung über, die Nadja notdürftig gereinigt hatte.

Littlecloud war aus anderem Holz geschnitzt.

Sie nickte. Sie hatte, nachdem Littlecloud aus einem totengleichen Schlaf aufgewacht war, über alles mit ihm gesprochen, was in seiner Abwesenheit vorgefallen war. Mit besonderem Engagement hatte sie von Jaspers Leiden erzählt und den Jungen trotz seiner Eskapaden verteidigt. Auch das unwirkliche Erlebnis in einer Art ›Zwischenzone‹ hatte sie nicht ausgelassen.

»Du traust ihm nicht?« Littlecloud hob die Brauen.

Es war eine Gewissensfrage, und sie überlegte lange, ehe sie antwortete. Und dann tat sie es mit einer neuen Frage. »Für wie gerissen hältst du Pounder?«

Er verstand sofort, worauf sie hinauswollte. Lachend schüttelte er den Kopf. »Vergiß das schnell wieder. Schneider ist keine von Pounders Marionetten. Du hast mir erzählt, was Alexander sagte. Der Junge hätte als erster *gemerkt*, wenn Schneider falsch spielte ...«

»Bist du sicher?«

»Ja.«

»Warum hast du ihm dann nicht gesagt, daß du vorrangig zur Stadt zurückwillst, um zu sehen, was aus Mainland wurde?«

Littlecloud trat zu ihr und nahm sie behutsam in die Arme. »Weil ich auch nur ein Mensch bin – und momentan bin ich noch ein bißchen sauer auf Schneider.«

»Warum?«

»Weil Paul und ich uns vor fünf Jahren den Arsch aufgerissen haben, um das verdammte Zyklotron auszuschalten – und jetzt kommt er daher und behauptet, es arbeite immer noch, nur *im Leerlauf*. Als ob wir es mit einer verdammten Karre zu tun hätten!«

»Du hältst es nicht für möglich?«

Er musterte sie seltsam. »Das habe ich nicht gesagt. Ich habe dieses Ei nicht ausgebrütet. Schneider kennt sich damit vermutlich um Lichtjahre besser aus als ich. Aber ich setze Prioritäten. Momentan brauchen die Kinder und die Leute in der Siedlung unsere Unterstützung. Wie es in der Siedlung aussieht, will ich herausfinden, weil ich ...«

»Weil du?«

»Ich mache mir Sorgen um Paul . . .«

Sie bohrte nicht weiter. Sie wußte Bescheid. »Paß auf dich auf«, sagte sie nur noch. »Bei deinem letzten Ausflug habe ich gemerkt, wie schlimm es wäre, dich zu verlieren.«

Er küßte sie. Viel zu kurz, wie sie fand.

Das harte Hämmern riß Sonya Martelli aus dem leichten Dösen, in das sie während ihres Nachdenkens gefallen war. Ruckartig hob die verhärmte, fünfunddreißigjährige Witwe den Kopf.

Wieder prallte draußen etwas hart gegen das Holz. Wie angewurzelt blieb sie auf der Couch liegen. Einen klaren Gedanken vermochte sie nicht zu fassen. Die Angst hüllte alles ein. Erst nach Minuten, als die Störung anhielt und sich zusätzlich heiser-befehlende Stimmen hineinmischten, erhob sie sich zitternd.

Sie schloß umständlich auf, als von draußen gegen die Tür getreten wurde. Das Blatt schmetterte ihr gegen die Schultern und warf sie nach hinten. Es gelang ihr nicht, den Sturz abzufangen. Wimmernd prallte sie gegen den Tisch und blieb benommen liegen.

Eng geschnürte, hochschaftige Stiefel rückten nach. Dunkle, unbekannte Gesichter über steifen Uniformkragen signalisierten, daß diese Männer gekommen waren, um . . .

»Wo ist Ihr Sohn, Mrs. Martelli?«

Sie starrte sie nur an.

»Ihr Sohn, Mrs. Martelli! Sie müssen doch wissen, wo Ihr Kind ist . . .!«

Sie waren zu dritt. Sie lachten hinterhältig.

»Nein!« stieß sie hervor und versuchte, sich am Tisch hochzuziehen. Jemand schlug ihr die Hand weg, und sie sackte wieder zusammen. Sie schrie auf. »Nein! Ich weiß es nicht! Jasper wurde weggebracht . . . Niemand weiß, wohin . . .!«

Eines der Gesichter tauchte dicht vor ihren Augen auf. *»Denken Sie nach!«*

Sie hob schützend die Arme, aber der trockene Schlag traf sie trotzdem und riß ihren Kopf zur Seite. Heulend versuchte sie, unter den Tisch zu kriechen.

»Denken Sie nach, Mrs. Martelli!«

Während der Fahrt zur Stadt hatte Littlecloud genügend Zeit gehabt, sich viel Unausgegorenes durch den Kopf gehen zu lassen. Dabei hatte er einen Punkt erreicht, an dem er begriff, daß es bei ihrer gegenwärtigen Strategie am Ende nur Verlierer geben konnte.

Sie rieben sich gegenseitig auf, obwohl das Überleben in dieser Zeit davon abhängig war, daß man individuelle Wünsche im Interesse der Gemeinschaft zurückstellte. Die kleine Menschensiedlung am Las Vegas Strip steckte noch in den Kinderschuhen – aber nach dem Auftauchen von Pounders Söldnern war es fraglich, daß sie diesem Stadium je entwachsen konnte.

Probleme wie das veränderte Verhalten der »Schatten« rutschten dabei fast in die Bedeutungslosigkeit ab. Littlecloud begriff, daß sie bei einem Gegner wie Pounder auf Dauer keine Chance hatten. Er saß am wesentlich längeren Hebel und konnte ihnen beliebig viele Knüppel zwischen die Beine werfen.

Littlecloud stoppte den Wagen und schaltete den Motor aus. Er war ohne Scheinwerfer gefahren, nur im Licht der roten Sterne. Im Dunkeln war es schwer, sich zu orientieren. Außerdem fürchtete er, einer Patrouille in die Hände zu fallen. Darauf, daß er früher mit den meisten Soldaten befreundet gewesen war, wollte er sich nicht mehr verlassen.

Er fuhr noch ein Stück weiter auf den Stadtkern zu. Dann stellte er den Wagen ab und ging zu Fuß weiter. Das Gewehr in der Hand und die Tasche mit Ersatzmunition vermittelten ihm nicht die erhoffte Selbstsicherheit. Die Nacht hatte tausend Stimmen, die ihn bei jedem Schritt begleiteten. Manchmal hielt er inne und lauschte, weil er nicht sicher war, ob er jemanden reden gehört hatte. Das Kapitel ›Papageiensaurier‹ hoffte er abgeschlossen zu haben, aber letzte Zweifel blieben hartnäckig.

Der *Strip* rückte näher. Eine hohle, dunkle Schlucht mit Wolkenkratzern, die einer Geisterstadt angehörten. Das pulsierende Leben, die Lichter einer vergnügungssüchtigen Stadt waren Schatten gewichen, die scharfe Krallen und geschliffene Zähne besaßen. Oder entsicherte Gewehre ...

Aber es behelligte ihn niemand. Plötzlich sah er jedoch grünen Glimmer in einer der verfallenden Hochhausruinen, und als er näherschlich, entdeckte er dieselben wuchernden Pilzkulturen wie im Haus der »Schatten«. Ihr phosphoreszierendes Licht hatte etwas Hypnotisches, und er mußte sich gewaltsam davon losreißen.

Während er benommen weiterging, fragte er sich, warum sie diese Gewächse früher nie bemerkt hatten. Es konnte doch nicht alles plötzlich neu und verändert sein, was jahrelang Bestand hatte.

Aber die Zeichen sprachen dafür, *daß* es so war.

Eine Bedrohung war entstanden, die imstande war, den Himmel purpur zu färben, grüne Pilze wuchern zu lassen, Saurier, die als einzelgängerisch bekannt waren, zusammenzurotten, und vieles andere mehr.

Littlecloud glaubte nicht, daß es nur Mainlands Schicksal war, was ihn erneut in die Stadt zog. Auch nicht die bloße Erkenntnis, daß die Flüchtlinge in der Farm Lebensmittel benötigten. Er mußte einfach wissen, was in der Siedlung vorging. Was mit den Menschen dort geschah. Und warum sie sich Pounders Soldaten nicht widersetzt hatten.

Diese Liste hätte sich mühelos fortsetzen lassen.

Littlecloud verzichtete darauf. Er konnte gerade noch in die Deckung eines Hauseingangs zurückweichen. Diesmal waren die Stimmen real. Sie trieben Scherz mit etwas, was zum Niederträchtigsten zählte, das Littlecloud sich vorstellen konnte.

Und sie verrieten ihm, daß die Verhältnisse hier noch viel entsetzlicher waren, als er befürchtet hatte ...

Nadja war neben Jasper eingenickt. Als sie jetzt erwachte, durchfuhr es sie siedend heiß. Das Bett des Jungen war leer, die Kerze auf dem Tisch fast heruntergebrannt.

Sie stand so schnell auf, daß ihr kurz schwarz vor Augen wurde. Sie hielt inne, wartete ungeduldig, bis das Blut ihr Gehirn wieder mit allem Notwendigen versorgte, und rannte dann fast aus dem Raum. Sie spürte intuitiv, daß wieder etwas Verbotenes geschah.

Aus dem Nebenraum hörte sie die Kinder.

Und sie hörte Schneider.

Das kann er nicht tun, dachte sie. *Nicht schon wieder ...!*

Als sie die Tür aufriß, hatten die Kinder bereits den Kreis gebildet. Schneider und Alexander saßen im Zentrum. Von Jasper war nichts zu sehen.

Schneider starrte zu Nadja herüber. Er machte eine halb bedauernde, halb entschuldigende Geste, und dann waren er und Alexander verschwunden.

Nadjas Schrei gefror auf den Lippen. Der aufwallende Zorn wurde von etwas ersetzt, das sie daran hinderte, den Kreis zu sprengen und die Kinder zu zwingen, den aberwitzigen Versuch aufzugeben.

Sie brach zusammen. Die Schockwelle, die nicht nur herkömmliche Zeitbeben in ihr auslösten, sondern auch die entfesselten Kräfte der Kinder, traf sie aus minimaler Distanz und löschte augenblicklich ihr Bewußtsein aus.

Den sommersprossigen Jungen, der sich hinter ihr aus dem dunklen Korridor löste und in den nun leeren, von seinen Altersgenossen gebildeten Kreis eindrang, bemerkte sie schon nicht mehr.

Auch nicht sein Verschwinden.

DINO-LAND, früher Morgen

Sondstrup war in die DNS-Analyse einer neuentdeckten Saurier-Spezies vertieft, als einer seiner Assistenten hereinkam und sagte: »Irgend etwas geht draußen vor. Alle benehmen sich so seltsam. Soldaten durchstreifen die Gänge und checken jeden, den sie antreffen. Ich mußte meine ID-Card aus der Unterkunft holen, weil ich vergessen hatte, sie mir ans Hemd zu heften . . .«

Sondstrup ließ sich nicht anmerken, wie beunruhigt er war. Er benutzte einen Vorwand, um sich von seinem Stab zu entfernen.

Direkt hinter der Tür zum Labortrakt stieß er auf die angekündigte Kontrolle.

»Sie können passieren, Professor«, sagte der Sergeant, der ihn sofort erkannt hatte.

»Was geht hier vor?«

»Tut mir leid, wir dürfen nicht darüber sprechen. Bitte haben Sie Verständnis . . .«

Das hatte Sondstrup nicht. Ehe er jedoch etwas erwidern konnte, hörte er eine verzerrte Stimme aus dem umgehängten Walkie-talkie des Soldaten, die sagte: »Purpur-Alarm! Sofort alle Kräfte mit Alpha-Order zu Tor vier! Sichtung! Es ist ein *Kind*. Es sitzt . . .!«

Sondstrup traute seinen Ohren nicht.

Der Soldat zog das Walkie-talkie an seine Lippen, bestätigte und entfernte sich im Laufschritt.

»Purpur-Alarm?« rief Sondstrup ihm nach, ohne eine Antwort zu erhalten.

Dann setzte er sich selbst zu Tor 4 in Bewegung. Es handelte sich um keinen normalen Durchgang im Hochenergie-Zaun, sondern um ein Service-Tor. Ab und zu mußten Leute die äußeren Sperren von den Kadavern verendeter Tiere säubern. Die Wartungs-Tore waren so konstruiert, daß ihre Stromspannung separat abgeschaltet werden konnte, ohne die Sicherheit der übrigen Schutzzäune zu gefährden.

Sondstrup brauchte fünf Minuten, um eine Position zu erreichen, von wo aus er den Bereich des Tores überblicken konnte. Die dort massierten Kräfte verblüfften ihn. Gleichzeitig registrierte er, daß einige der Soldaten neben ihren schweren Kalibern auch mit Narkose-Gewehren ausgerüstet waren und außerdem seltsame Tornister mit sich schleppten, die wie riesige, tragbare Akkus aussahen.

Der Trupp drängte sich am Tor, dessen Sicherheitsmechanismen offenbar mehr Zeit benötigten, um deaktiviert zu werden, als in dieser Situation wünschenswert war.

Sondstrups Blick glitt *hinter* die Umzäunung.

Dann rieb er sich erst einmal die Augen, weil das Bild zu phantastisch war.

Jenseits der Schutzzone war der Wald noch eine gute Strecke gerodet, um potentielle Gefahren frühzeitig zu erkennen. Etwa zweihundert Meter entfernt begann das eigentliche, urweltliche Dickicht. Dort, am Waldrand, stand ein Musterexemplar von einem Stegosaurus, dessen aus dem Rücken hervorragende Knochenplatten nicht nur der Feindabwehr dienten, sondern auch, wie bereits vor längerer Zeit von der Wissenschaft vermutet, der Regulierung der Körpertemperatur dienten.

Der Stegosaurus selbst war aber nicht Ursache der ganzen Aufregung.

Die saß in Form eines etwa fünfjährigen Kindes im Nacken des vornehmlich in Bodennähe äsenden Pflanzenfressers!

Die Stimme aus dem Walkie-talkie hatte recht gehabt.

Ein Kind!

Sondstrups Gedanken schweiften unweigerlich zu Professor Schneider, von dem er seit dem mysteriösen Verschwinden nichts mehr gehört hatte. Mehr Gerüchte als üblich rankten sich um das angebliche Kidnapping des Wissenschaftlers, bei dem ebenfalls ein kleiner Junge die Hauptrolle gespielt haben sollte.

Derselbe, der jetzt winkend dort hinten am Waldrand ausharrte?

Das Bild verlor auch bei längerer Betrachtung nichts von seiner Absurdität. Sondstrup erwartete unwillkürlich, daß sich aus der Wildnis eine Mörderechse nähern würde, um beiden – Kind und Stegosaurus – den Garaus zu machen ...

Er setzte sich in Bewegung.

Als das Tor endlich aufschwang, mischte er sich unter die Bewaffneten.

Jemand befahl ihm, stehenzubleiben.

Sondstrup ignorierte es. Bevor ihn jemand hindern konnte, schaffte er es, ins Freie zu gelangen und mit den vordersten Soldaten auf den »Reiter« zuzulaufen. Er wußte nicht genau, warum er so handelte, aber vielleicht fand er die Kräfteverteilung allzu ungleich. Auf der einen Seite der Trupp bis an die Zähne Bewaffneter – auf der anderen Seite ein Kind, das einen *Stegosaurus armatus* zum Pony umfunktioniert hatte . . .!

Sondstrup kam nicht allzu weit. Von hinten wurde er eingeholt, festgehalten und gegen seinen Willen zum Zaun zurückdirigiert. Alle Proteste halfen nichts. Die beiden Uniformträger blieben unerbittlich.

Hinter dem Tor wartete Pounder. »Gehen Sie hinein, Sie Narr!« zischte er und nickte in Richtung der Gebäude.

Als Sondstrup sich umdrehte, sah er, daß die Soldaten den Jungen fast erreicht hatten.

Der tonnenschwere Koloß wandte sich viel zu spät träge zum Dickicht hin – eine erfolgreiche Flucht schien ausgeschlossen. Das schien den Jungen in T-Shirt, Jeans und Turnschuhen aber wenig zu stören. Als seine Verfolger fast heran waren, sprang er leichtfüßig vom Nacken des Sauriers und landete auf dem Boden der Lichtung.

Und verschwand.

»Nehmen Sie sich ein Beispiel!« grollte Pounder erneut. »Verschwinden Sie!« Er gab den beiden Soldaten den Befehl, Sondstrup ins Innere der Station zu bringen und dafür zu sorgen, daß er seine Unterkunft vorläufig nicht verließ.

Der Professor protestierte leidenschaftlicher, aber auch das änderte nichts. Man zerrte ihn grob vom Gelände. Verwundert registrierte er, daß sich Pounder trotz des spurlosen Verschwindens des Jungen zufrieden die Hände rieb.

Ein letzter Blick zum Waldrand, ehe sich die Gebäudetür hinter ihm schloß, offenbarte merkwürdige Aktivitäten.

Dort, wo der Junge zuletzt zu sehen gewesen war, begannen die Soldaten, ihre Tornister abzuschnallen und ringförmig am Boden anzuordnen.

Sondstrup ahnte, daß Pounder diesen Aufwand nicht ohne Grund betrieb.

Mißmutig ließ er sich zu der Unterkunft führen, die man ihm gestern neu zugeteilt hatte, ohne ihm die Gründe für diesen Umzug zu nennen. Er ging von reiner Schikane aus, weil Pounder wußte, daß Sondstrup fast freundschaftlichen Umgang mit Schneider gepflegt hatte. Und bei dem General schien jeder Vertraute des Wissenschaftlers automatisch schlechte Karten zu besitzen ...

Als er in den Raum gestoßen und die Tür hinter ihm von draußen abgeschlossen wurde, begriff er erst, welches Ausmaß die Anfeindung bereits angenommen hatte. Seine Unterkunft war auf den Kopf gestellt. Alle persönlichen Dinge, teilweise nach dem überstürzten Umzug noch gar nicht wieder ausgepackt, lagen über den Raum verteilt.

»Dieser Schuft!« fluchte er, ohnmächtig vor Wut.

»Ich nehme ihn ungern in Schutz«, sagte die Gestalt, die sich aus einer Wandnische hinter der Tür löste, »aber daran ist er nun absolut unschuldig ...«

Sondstrups Augen quollen aus den Höhlen. »Schneider ...!«

»Ich wollte mir den Umschlag zurückholen, den ich Ihnen anvertraut hatte. Leider konnte ich ihn nirgends finden ...«

Jasper

Die Zeit spuckte ihn aus, als wollte nicht einmal sie etwas mit ihm zu tun haben. Die Sonne stand niedrig im Osten, und sie war blau, die Luft kühl. Weiße Atemfahnen lösten sich aus dem Mund des Jungen. Vor ihm lag nicht das, was er sich gewünscht hatte. Kälte und Enttäuschung krochen durch seine fiebrigen Glieder. Hinter seiner Stirn brannte weiter ein Feuer, das er nicht kontrollieren konnte. Eine Kraft wie eine winzige Sonne, die wuchs und wuchs und ...

Er machte ein paar unbeholfene Schritte auf die Toten zu.

Er begriff nicht, was er sah. DINO-LAND war sein Ziel gewesen. Er hatte es nicht erreicht.

Überall lagen die Leichen von Erschlagenen. Überall.
Wie in Trance ging er über das Schlachtfeld.
Ein Verlorener in einer gottlosen Zeit ...

Las Vegas, kurz vor Sonnenaufgang

Glas klirrte.

Zunächst hielt er es für den Bestandteil seiner Fieberträume. Aber dann tauchte jemand neben ihm auf, dessen Stimme ihm erlaubte, sich daran festzuhalten.

»Paul ...«

Mainland hustete und fuchtelte um sich. Seine Hände schlugen dem Mann, der neben ihm kniete, ins Gesicht. »Winne-tou ...?«

»Ja«, sagte Littlecloud.

Mainland krallte sich im Hemd des Mannes fest und zog sich daran hoch. Über seine Wangen liefen Tränen bis in den Mund, der kaum fähig war, das Salz darin zu schmecken. Alles, auch der Gaumen, war taub. Kenya hatte ihn immer und immer wieder gezwungen, von den Pillen zu schlucken, die ihn jedesmal mehr verändert hatten. Zuerst psychisch, nach und nach aber auch körperlich. »Winnetou ...«, gurgelte er erneut.

Er schämte sich. Er wünschte, Littlecloud wäre nicht gekommen, um ihn *so* zu sehen.

»Schon gut, Mainland«, hörte er ihn sagen. »Du brauchst nicht zu reden. Sei ganz still. Ich bringe dich von hier weg. Sei einfach nur ganz ruhig und laß mich machen ...«

»Wwwegg ...«

Wie gern hätte er ihm geglaubt.

»Wenn ich den erwische, der dir das angetan hat ...!« Die Stimme des Apachen gab ihm Mut wider jede Vernunft.

»Winnetou – Voorsichtt ...!«

»Schon gut, Partner. Ich passe auf. Ich habe diese Scheißkerle belauscht. Sie haben eine der Frauen mißhandelt und vergewaltigt, ich glaube, Sonya Martelli ... Wir –«

Licht grellte auf und brannte sich in Mainlands Netzhäute. Langsam fielen seine Lider, aber auch danach sah er noch die gleißenden Bahnen, die von der Tür zu ihnen herüberstrahlten.

»Wen haben wir denn da?«

Diese Stimme gehörte Ben Kenya.

Mainland sank kraftlos in sich zusammen.

»Freundschaft ist etwas Wunderschönes«, fuhr Pounders dunkelhäutige Marionette fort. »Man kann sich immer darauf verlassen . . .«

Mainland blinzelte.

Geblendet sah er Littleclouds Konturen. Dessen Hand ruckte hoch. »*Flieht!*« rief er in einen nur undeutlich erkennbaren Gegenstand. »*Flieht sofort!*«

Dann wurde er überwältigt.

Kenya fluchte. Die Pillen, die er selbst mit der Lampe in seiner Hand anleuchtete, waren diesmal nicht für Mainland bestimmt.

»Schluck das, Rothaut . . .!«

»Flieht! Flieht sofort!« drang es zwischen statischem Knistern aus dem umgehängten Walkie-talkie.

Nadja Bancroft war nicht in der Lage, es zu hören – niemand konnte es hören. Erst Minuten nach Littleclouds Warnruf kam sie langsam zu sich.

Verstört blickte sie zum Ring der Kinder. Die Kerzen waren weit heruntergebrannt, aber sie beleuchteten noch immer schattenreich die Szene.

Nadja richtete sich kraftlos auf. Die Wut kehrte zurück. Grenzenlose Wut auf Schneider, der alle Abmachungen gebrochen und sich der Kinder bedient hatte, ohne die Gefahren zu berücksichtigen.

Trotzdem wagte sie es nicht, die mit geschlossenen Augen in höchster Konzentration dasitzenden Kinder zu stören, sie wachzurütteln. Sie fürchtete irreparable Schäden für jene, die *unterwegs* waren.

Sie setzte sich auf einen Stuhl ans Fenster und öffnete die

Holzläden. Ihre Blicke wanderten zwischen den Kindern und der Landschaft draußen hin und her.

Die Kinder rührten sich nicht. Bleich und mitgenommen wirkten die sonst so frischen Gesichter.

Der Kreis blieb leer.

Draußen dämmerte ein Morgen, in Purpur gegossen wie noch kein anderer davor.

Und dann kamen die Hubschrauber ...

DINO-LAND

»Woher kommen Sie?« fragte Sondstrup. Er hatte die Verblüffung überwunden. »Draußen dieser ... Junge ... Gehören Sie zusammen?«

»Der *Umschlag*«, wiederholte Schneider. »Es ist wichtig, und es war nicht leicht, Sie zu finden! Freundlicherweise hing ein Zettel an der Tür Ihrer alten Unterkunft, wohin Sie umgezogen sind ... Geben Sie mir den Umschlag!«

Etwas wie Verlegenheit schlug sich in Sondstrups Gestik nieder. »Ich weiß. Ich habe ihn geöffnet.«

Schneider verzichtete auf Vorwürfe, die auch unbegründet gewesen wären, denn nach seinem Verschwinden hatte Sondstrup jedes Recht besessen, so zu handeln.

»Geben Sie ihn mir!«

»Das geht nicht. Ich habe ihn vernichtet.«

Schneider starrte ihn an.

»Als ich sah, um was es sich handelte«, sagte Sondstrup, »hielt ich es für das Vernünftigste, jedes Risiko auszuschalten, daß Pounder in den Besitz dieser brisanten Daten gelangen könnte. Es tut mir leid ...«

Schneider winkte ab. »Es braucht Ihnen nicht leid zu tun. Ich hätte nichts anderes mit dem Umschlag getan ... Es ist nur bedauerlich, daß ich extra deshalb gekommen bin. Wie es aussieht, habe ich Alexander und mich umsonst in Gefahr gebracht.«

»Sie meinen den Jungen?« Sondstrup schilderte, was er beobachtet hatte, und Schneider wurde sichtlich nervöser.

»Verdammt«, preßte er hervor. »Wieder eine Teufelei von Pounder ...«

Ein Lachen ließ ihn herumwirbeln. Es fiel mit dem Öffnen der Tür zusammen, die von außen aufgesperrt wurde.

»Ich wußte, daß wir uns wiedersehen«, sagte Pounder triumphierend. »Und diesmal bin ich besser vorbereitet!«

»Wenn Sie den läppischen Revolver in Ihrer Hand meinen ...«, setzte Schneider verächtlich an.

Zwei Soldaten mit Gewehren im Anschlag sicherten zusätzlich die Tür. Der Vier-Sterne-General unterbrach den Mann, mit dem er einmal eng zusammengearbeitet hatte, mit unwirscher Geste. Er trat auf Schneider zu. »Ich wußte, daß eines der Kinder wiederkommt – aber bis heute war ich mir nicht sicher, ob Sie so unvorsichtig sein würden, denselben Schritt zu wagen. Dennoch habe ich Vorkehrungen getroffen. Sie und unser anderer Professor hier –«, er wies auf Sondstrup, »- waren schon immer ein Herz und eine Seele. Wir haben ihm diese neue Unterkunft nicht ohne Hintergedanken zugewiesen.« Pounder grinste. »Es ist eine ganz besondere Bleibe. Eine, an der man *hängenbleibt*, wenn man sich solcher Kräfte bedient wie diese *Kinder*.«

Er sprach das letzte Wort so aus, daß es auch *Monstrum* hätte bedeuten können. Pounder schien die Kinder, die die Zeit zu überwinden verstanden, tatsächlich für etwas Entartetes zu halten – was ihn aber nicht daran hinderte, sie für seine Zwecke einspannen zu wollen.

»Wovon sprechen Sie?« fragte Schneider, der immer noch vage Hoffnung hatte, Pounder ein zweites Mal überlisten zu können. Alexander mußte nur kommen und ihn mit sich in die Vergangenheit zurücknehmen ...

Pounders nächste Äußerung ließ dies jedoch zweifelhaft erscheinen.

»Ich spreche von Magnetfeldern«, erklärte Pounder götzenhaft. »Superstarke Magnetfelder, die aus jenen abgeleitet wurden, die Sie für Projekt *Laurin* verwendeten. Dieser Raum ist umgeben von unsichtbaren Feldern, die sich auf Knopfdruck aufbauen lassen. Eine *Falle*, wenn Sie so wollen.

Es hätte andere Wege gegeben, sich mit mir zu einigen, aber darauf wollten Sie sich ja nicht einlassen. Nachdem wir erkannten, daß sich die Luft über DINO-LAND immer dann verfärbte, wenn sich eines der Kinder hier herumgetrieben hatte, wußten wir, worauf wir zu achten hatten. Wir nannten es –« er zwinkerte Schneider zu, »– *Purpur-Alarm* ...«

Schneider atmete mühsam durch. Er begriff, daß er die Macht, in deren Hand er sich begeben hatte, bis zuletzt unterschätzt hatte. Das Pentagon schien die freiwillige Überlassung der *Laurin*-Unterlagen nicht abgewartet zu haben. Irgendwann in der Vergangenheit hatte man sich unbemerkt Abschriften der Aufzeichnungen gemacht. Sondstrups vernünftige Reaktion war ebenso zu spät gekommen wie Schneiders ursprüngliche Absicht, die Daten in Sicherheit zu bringen. So leicht wurde er die Geister, die er beschworen hatte, nicht mehr los ...

Pounder zückte plötzlich ein Paar simple Handschellen und kettete Schneiders Handgelenk an sein eigenes.

»Ich würde sagen«, erklärte er süffisant, »wenn wir ihn nicht schon draußen an uns gefesselt haben, soll Ihr junger Freund ruhig hierherkommen und Sie retten, Carl. Er wird sein blaues Wunder erleben ...«

Als hätte er nur dieses Stichwort abgewartet, materialisierte Alexander neben ihnen.

»Nein!« schrie Schneider. »Verschwinde!«

»Energie!« brüllte Pounder, der sich auch ohne die Söldner, die er in die Vergangenheit geschickt hatte, am Ziel seiner Wünsche sah.

Alexander klammerte sich an Schneider.

Von draußen stolperte völlig außer sich ein Mann herein und rief: »Ein neues Beben, Sir! Der Hoover-Damm ...«

Pounders Triumph gerann.

Die Meldung des Soldaten war mitten im Satz abgebrochen, und der Raum, in dem er sich befand, war keinesfalls mehr Sondstrups Unterkunft ...

»Willkommen in der Urzeit, General«, sagte Schneider ohne Freundlichkeit.

Nadja stöhnte auf. »Schneider, wo . . .?« Dann entdeckte sie den General und verstummte.

Pounder fuchtelte mit seinem Revolver herum. Irres Gelächter löste sich aus seiner Kehle. Er hatte die ringförmig nebeneinanderhockenden Kinder bemerkt und schien sich am Ziel seiner Wünsche zu wähnen. Dabei war nebenrangig, daß es auch ihn jetzt um hundertzwanzig Millionen Jahre in die Vergangenheit verschlagen hatte. Die Kinder waren sein Pfand für eine jederzeit machbare Rückkehr . . .

Das alles las Nadja in den Augen des Mannes in der pompösen Uniform.

»O Gott«, seufzte sie.

»Stecken Sie die Waffe weg«, verlangte Schneider. Aber seine Stimme besaß so wenig Überzeugung, als hätte er bereits eingesehen, daß diese Aufforderung wenig Aussicht hatte, Gehör zu finden. »Ihre Scheiß-Falle hat nicht funktioniert! Machen Sie es nicht noch schlimmer!«

Pounder taumelte aus dem Kreis. Erst als Schneider nachgezerrt wurde, erkannte Nadja, daß beide Männer aneinandergekettet waren. Sie begriff, wie Pounder zu ihnen gelangt war.

Dumpfes Knattern brachte die Wände des Farmhauses zum Dröhnen. Ein Hubschrauber schien auf dem Dach landen zu wollen.

»Sie haben uns gefunden!« schrie Nadja gegen den Lärm an.

Der Triumph in Pounders Augen vertiefte sich. Er hatte sich keine Sekunde von dem Geräusch der Rotoren ablenken lassen. Eine Blöße gab er sich erst, als zwischen den Kindern ein anderer Junge materialisierte, den er sofort erkannte, obwohl er übel zugerichtet war.

»Jasper!« rief Nadja. Sie konnte nicht glauben, was sie sah.

Die Sommersprossen des Jungen waren hinter Blut verschwunden. Der ganze Körper war mit Blut besudelt. Mit beiden Händen umschlossen, fest gegen die Brust gedrückt, hielt er einen seltsamen Helm fest.

Der Anblick bannte auch Pounder so stark, daß Schneider seine Chance gekommen sah. Blitzschnell trat er dem General gegen den Unterarm, so daß der Revolver in hohem Bogen durch den Raum flog.

Pounder schrie auf; niemand wußte, ob vor Schmerz oder einfach aus Haß.

»Schnell!« Alexander winkte Nadja zu sich in den Kreis. »Sie auch, Professor . . .!«

Schneider trat Pounder die Beine weg, stürzte dabei selbst und zettelte damit ein wildes Handgemenge an, das Nadja konsequent beendete, indem sie den Revolver vom Boden fischte und den General mit dem Knauf bewußtlos schlug.

»Was machen wir mit ihm?«

Von draußen drangen Stimmen herein.

»Wir nehmen ihn mit«, entschied Schneider kurzerhand und schleifte den schweren Körper mit Nadjas Hilfe in den Kreis.

»Und jetzt?« fragte sie außer Atem.

»Wir können überall hin«, sagte Alexander.

»Überall?«

Der Junge nickte. Er glaubte, was er sagte. Seinen Irrtum erkannte er erst später.

»Dann nach *Osten*!« erinnerte sie sich ihrer Absprache mit Littlecloud.

Die Tür wurde aufgerissen. Dunkelhäutige Soldaten, Söldner aus der Zukunft, stürmten das Farmhaus, Ben Kenya an der Spitze.

Das Haus war leer.

»Little-cloud . . .«

Ausgerechnet Mainlands Stimme riß ihn aus den surrealen Träumen eines Schlafs, in den Kenya ihn mit seinen Psychopharmaka gezwungen hatte.

Littlecloud begriff sofort, daß er zum Verräter wider Willen geworden war.

Wie Mainland, als sie sich im Lagerhaus versteckt gehabt

hatten ... Er öffnete die Augen einen winzigen Spalt. Die Lider waren schwer, aber es ging besser als befürchtet. Tageslicht, rot durchwoben, strömte durch die Fenster herein.

Littlecloud sah einen Mann auf einem Stuhl an der Tür sitzen. Es war nicht derjenige, der ihn gezwungen hatte, die Tabletten zu nehmen. Mainland lag auf einer Pritsche an der Wandseite gegenüber. Er wälzte sich auf seinem Lager und bot ein Bild des Jammers.

Littlecloud wußte nicht, wie er selbst aussah. Aber er fühlte sich noch verhältnismäßig gut. Unmerklich spannte er nacheinander jede Muskelgruppe an. Der Wächter auf dem Stuhl konzentrierte sich auf Mainland, der immer unruhiger wurde. Ab und zu schrie er sogar, fuhr hoch und sackte wieder zusammen.

Das Gesicht des dunkelhäutigen Wächters verriet Unbehagen und Verunsicherung. Schließlich stand er sogar auf und tappte ein paar Schritte auf Mainland zu. Seine Hände hielten sich an einer MPi fest. Ein Risiko, selbst bei einem körperlichen Wrack wie diesem, schien er nicht eingehen zu wollen.

Littlecloud wußte nicht, wann sich eine ähnliche Gelegenheit wiederholen würde. Er entschied, das Glück, das ihn ohnehin verlassen zu haben schien, nicht überzubeanspruchen.

Die Couch knarrte, als er die Beine auf den Boden stellte.

Der Wächter reagierte sofort. Im Umdrehen richtete er die MPi bereits auf die Stelle, wo Littlecloud geschlafen hatte.

Dann peitschten Schüsse, aber der Apache befand sich bereits im Hechtsprung. Unter der Salve hinweg warf er sich gegen den Wächter. Die ausgestreckten Fäuste trafen dessen empfindlichste Stelle. Die nächste Salve fuhr in die Decke.

Littlecloud riß den Mann zu Boden. Er wußte, daß die nächste Aktion sitzen mußte, sonst hatte er gegen diesen Gegner keine Chance. Er legte alles, was ihm an Kraft und Präzision verblieben war, in den Schlag gegen das Kinn des

Farbigen, der sofort erschlaffte. Littlecloud rollte ihn von sich und verlor keine Zeit. Die Schüsse waren nicht zu überhören gewesen; jeden Moment konnte die Tür aufgehen. Trotzdem ließ er die MPi unangetastet, weil er beide Hände für Mainland brauchte.

Dieser wehrte sich, als er ihn schultern wollte. »Nnnein! Laß ... mich ... Versuch es – allein ...«

Littlecloud sah keine andere Möglichkeit, als auch ihm einen Knockout zu versetzen. Der Freund war schon schwer genug – ein *zappelnder* Freund wäre *zu* schwer gewesen für das, was er vorhatte.

Sie hielten sich noch im selben Zimmer auf, in das er eingebrochen war. Den umgekehrten Weg kannte er also.

Mit Mainland auf dem Rücken hangelte er sich nach draußen. Als Marine hatte er dasselbe mit Sandsäcken geübt, aber das war absolut kein Vergleich.

Als er eine Etage tiefer im Gras ankam, war er schweißgebadet, und der Geruch, der aus seinen Poren brach, war so penetrant, daß er nur mit den Tabletten zusammenhängen konnte. Mainland war nicht fähig, einen Schritt selbständig zu gehen.

Littlecloud unterdrückte die Bitterkeit über das, was man dem Freund angetan hatte. In diesem Vergleich war er selbst noch glimpflich davongekommen.

Erstaunlicherweise stellte sich ihnen niemand in den Weg, als sie sich über Schleichwege aus der Siedlung davonstahlen. Die Hauptstraße mit den dazwischenliegenden Feldern wirkte wie ausgestorben. Der Hubschrauber-Landeplatz war leer.

Littlecloud konnte es sich nur so erklären, daß alle Kräfte zusammengezogen worden waren, um zur Farm zu fliegen.

Wie es dort aussah, konnte nur spekuliert werden. Er hoffte, daß seine Warnung über Funk gehört worden war und man sofort reagiert hatte. Sicher war er sich nicht.

Mit Mainland auf den Schultern brauchte er dreimal so lange als auf dem Hinweg, um den abgestellten Rover zu erreichen.

Aber er schaffte es.

Einige Zeit später hörte er einen Hubschrauber in der Nähe vorbeifliegen. Der Gedanke, Nadja und die Kinder könnten darin sitzen, in der Gewalt jener, die auch vor Mord und Vergewaltigung nicht zurückschreckten, machte ihn fast rasend.

Aber er hielt an dem Abkommen fest, das er mit Nadja getroffen hatte, bevor er sie verließ.

Haltet euch östlich ...

Als Pounder aus DINO-LAND und der Gegenwart verschwand, hatte der dritte Beben-Ausreißer sich dem Hoover-Staudamm gerade sprunghaft bis auf hundert Meilen genähert, und wieder hatte keine der üblichen Vorhersagen funktioniert.

Das vierte, jetzt folgende Zeitbeben setzte die lineare Annäherung auf den Lake Mead nahtlos fort; es war verhältnismäßig schwach und stockte bei der 95-Meilen-Marke.

Die Verantwortlichen im Weißen Haus lösten den bisher zurückgehaltenen Katastrophenalarm für das Gebiet im Einzugsbereich des Staubeckens aus. Hastig wurden halbfertige Evakuierungspläne aus den Schubladen gezogen. Die Gouverneure von Arizona und Nevada übernahmen gemeinschaftlich die Organisation dieses gewaltigen Unterfangens.

Pounder als potentieller Sündenbock war dem Zugriff entzogen, aber in der Eskalation der Ereignisse hatte man ohnehin anderes zu tun, als Sündenböcke zu benennen.

Die größte Katastrophe seit dem Verschwinden von Las Vegas, fünf Jahre zuvor, stand ins Haus. Und wenn der Hoover-Damm innerhalb der nächsten Stunden brach, würde niemand den Tod der dortigen Bevölkerung verhindern können.

Keine Macht der Welt.

Und aus den Nationen entlang des 31. Breitengrades ließen neue Meldungen über Massenpsychosen, die nur in

Zusammenhang mit DINO-LAND gesehen werden konnten, die Ticker nicht stillstehen.

Präsident William Frazer und seine engsten Berater in Washington wußten es vor allen anderen Amerikanern und dem Rest des Planeten:

Die *Krise*, vor der sich alle gefürchtet hatten, seit der erste Flecken Urzeit an die Ufer der Gegenwart gespült worden war ... sie war da!

Sie materialisierten inmitten einer Herde etwa zwölf Meter hoher Brachiosauriden, die die Schneise aus Wüstensand wie eine Straße zwischen zwei Parks überquerten. Rechts, links und voraus der fast hundert Meter breiten Verödung dehnte sich endlos die Wildnis der Kreidezeit: Zykadeen, Ginkgos, Koniferen, Farne und Schachtelhalme. Schwere Regentropfen prasselten aus dem wolkenverhangenen Purpurhimmel. Sie klatschten auf die Giganten ebenso nieder wie auf die drei Erwachsenen und die Gruppe der Kinder, die von einem Moment zum anderen *da* waren.

Nadja behielt die Übersicht. Sie hatte Jasper auf den Arm genommen – der Regen wusch das Blut von ihm ab – und lenkte die Kinder aus der Gefahrenzone. Schneider hatte genug mit dem bewußtlosen Pounder zu tun. Er schleifte ihn schnaufend hinter sich her.

Minuten später war der letzte Sauropode zwischen den Riesengewächsen dieses Zeitalters verschwunden, und die zurückbleibenden Menschen waren naß bis auf die Haut. Der Himmel war wolkenüberzogen; Gewitter brauten sich zusammen.

Erst jetzt verlor Nadja die Beherrschung. Sie hielt immer noch Pounders Revolver in der Hand und wußte nicht, was sie damit tun sollte. Sie reichte ihn Schneider und fauchte ihn an: »Da! Sie haben uns das ja wohl eingebrockt!«

Schneider forderte sie auf, mit den Kindern zurückzutreten. Dann durchschoß er die Kette, die ihn an Pounder fesselte. Der Donner mischte sich ins erste Gewittergrollen und brachte den General wieder zur Besinnung. Er sprang erstaunlich behende vom Boden auf und blickte finster um sich. Von seinem Kinn tropfte das Wasser und ließ ihn plötzlich gar nicht mehr furchterregend wirken.

»Wo sind wir hier?«

Schneider richtete entschlossen die Waffe auf ihn. »Sie richten jedenfalls keinen Schaden mehr an.

»Versuchen wir, uns unterzustellen«, sagte Alexander in einem Ton, der jeden Erwachsenen beschämen mußte.

Nadja blickte auf Jasper. Der Regen hatte das Blut abgewaschen, und es stellte sich heraus, daß der Junge keine eigenen Verletzungen aufwies. Er war mit *fremdem* Blut besudelt gewesen; den seltsamen Helm hielt er immer noch fest.

»So etwas habe ich noch nie gesehen«, sagte Schneider, während sie losmarschierten. Er ging hinter Pounder und hielt ihn mit dem Revolver in Schach. Die Kinder und Nadja folgten ihnen in respektvollem Abstand. »Diese Schneise ist meilenweit in die Wildnis geschlagen und sieht aus wie die Nevadawüste. Da vorne hört sie abrupt auf – aber das andere Ende ist nicht abzusehen . . .«

»Ich verstehe überhaupt nichts mehr«, machte Nadja ihren Standpunkt deutlich. »Seit wann können die Kinder auch den *Ort* wechseln?« Sie wandte sich direkt an Alexander. »Ich dachte, ihr könnt nur in der Zeit reisen – der Ort bleibt immer derselbe . . .«

»Wir können *überall hin*«, behauptete Alexander. »Jeden Tag entdecken wir neue Möglichkeiten. Carl wußte es. Er . . .«

»Carl? Ist ja toll! Ich sehe, man versteht sich! Man –«

In diesem Augenblick begann dort, wo die Schneise wie eine Sackgasse vor grüner Wildnis zu Ende war, die Luft in bekannter Manier zu flimmern.

»Verdammt! Ein Beben!« schrie Schneider.

Nadja krümmte sich zusammen. Ihr wurde schwarz vor Augen. Kinderhände stützten sie. Sie kämpfte gegen den Orientierungsverlust an.

»Schneller!« hörte sie Schneiders Stimme. »Gleich haben wir es geschafft . . .!«

Sie kam erst wieder im Schatten eines turmhohen Nadelgewächses zu sich, das sich unter den Folgen eines schnell abflauenden Sturmes bog. Alexander war neben ihr. Die anderen Kinder auch. Schneider hatte Pounder mit einer Liane an eine dicke, aus dem Boden ragende Wurzel gebunden. Es wirkte nicht sehr professionell, aber einige Mühe hätte es den General sicher gekostet, sich aus eigener Kraft zu befreien. Schneider schien es vorrangig darum zu gehen, seine Aufmerksamkeit wieder auf andere Objekte als Pounder richten zu können.

Er kam zu Nadja. Der Regen hatte aufgehört, aber man konnte ihn noch *riechen* und spüren. Auch die Kleider waren auf lange Zeit durchnäßt. Bei der schwülen Wärme war dies jedoch kein Problem, eher eine Wohltat.

»Okay«, nahm er ihr den Wind aus den Segeln. »Ich habe Mist gebaut. Ich wollte etwas Gutes tun und bin schuld, daß wir jetzt diesen Sympathiebolzen am Hals haben. Was machen wir mit ihm? Schicken wir ihn zurück in seine Zeit – zur Abwechslung etwas abseits der Station, in einen See oder so . . .?«

Sein Ton war ins Scherzhafte abgeglitten, aber die Augen verrieten, daß er es nicht halb so spaßhaft meinte.

»Was ist passiert?« fragte Nadja. »Ich fürchte, ich bin nicht mehr auf dem laufenden.«

»Die Schneise hat sich meilenweit fortgesetzt«, sagte Schneider. »Wir befinden uns jetzt nicht mehr an ihrem Ende, sondern irgendwo mittendrin.«

»Mittendrin von *was*?«

»Das weiß ich nicht.«

»Sie wissen doch sonst immer alles.«

»*Ich* weiß es.«

Es war Pounder, der zugehört hatte und sich einmischte.

»Halten Sie die Klappe!« fauchte Schneider.

Pounder zuckte die Achseln.

»Was wissen Sie?« fragte Nadja.

Der General sah sie an. Sein Blick ging ihr durch und durch. »Es gibt ein Gegenstück von dem, was wir hier sehen. Dort, woher ich komme.«

»Phantastisch!« rief Schneider zynisch. »Darauf wären wir nie gekommen.«

»Das Gegenstück«, fuhr Pounder unbeeindruckt fort, »rast seit gestern auf den Hoover-Damm zu. Pfeilgerade. Es wird ihn zerreißen. Bis vorhin wußte ich selbst noch nicht, warum.«

»Aber jetzt wissen Sie es?« Nadja hing angespannt an seinen Lippen.

»Ja.« Der General ohne Armee zeigte auf die Kinder. »*Sie* machen das. Wie, weiß ich nicht, aber sie stecken dahinter! Als er bei uns erschien –« sein Blick wechselte zu Jasper, »– rollte gerade eines dieser atypischen Beben, und jetzt auch wieder. Jede verdammte Manipulation dieser Kinder löst eine verdammte Störung aus! Glauben Sie mir *jetzt*, daß man diesen hochbegabten Nachwuchs unter Kontrolle bringen muß?«

»Halten Sie für möglich, was er sagt?« wandte sich Nadja an Schneider. Sie stockte plötzlich und sah zum Himmel. »Blau ... Heh! Er ist blau! Wie lange haben wir das schon nicht mehr gehabt?«

Schneider schüttelte den Kopf. »Machen Sie sich keine falschen Hoffnungen. Es hat sich nicht viel geändert, außer daß der Himmel auf *dieser* Seite blau scheint. Wenn Sie nur einen Schritt auf die Wüstenschneise hinaus machen, rötet er sich augenblicklich. Ich habe es schon ausprobiert ...«

»Aber das –«

»Es gibt keine normale Erklärung dafür«, sagte Schneider. »Aber das trifft im Prinzip auf alles zu, was wir erleben!«

»Mich einfach zurückzuschicken«, gab Pounder sich selbstsicher, »würde ich an Ihrer Stelle nicht riskieren – es sei denn, Sie wollen die Verantwortung für die Menschen übernehmen, die dadurch draufgehen. Jede weitere Zeitmanipulation treibt den Bebenkeil weiter auf den Damm zu – wenn er ihn nicht schon erreicht hat.«

Schneider unterdrückte seinen Zorn über das Gehabe des Generals. »Hat er nicht«, sagte er. »Sonst wären wir *hier* auch schon etwas nässer.«

In diesem Moment brach bei den Kindern ein seltsames Ungetüm warnungslos aus dem Unterholz. Niemand wußte, was es war.

Kaum größer als ein Mensch, aber um ein Vielfaches bedrohlicher, rannte es auf vier muskulösen Beinen auf Alexander zu, der am Rand der Gruppe stand.

Alexander reagierte auf die Warnrufe der anderen, wirbelte herum – und blieb wie angewurzelt stehen.

Die anderen Kinder flohen.

Als Schneider merkte, daß Alexander unfähig war, sich selbst zu helfen, riskierte er es, auf den zähnefletschenden Saurier zu schießen, obwohl der Junge dabei selbst gefährdet wurde. Eine andere Möglichkeit, das drohende Unheil zu verhüten, sah er nicht mehr. Zwei Kugeln stanzten sich in den grüngeschuppten Hals des drachenähnlichen Ungeheuers; sofort quoll dunkles Blut heraus. Der Saurier richtete sich brüllend auf den Hinterbeinen auf und schlug dicht vor Alexander mit seinen tatzenähnlichen Klauen durch die Luft. Dann stürzte er röchelnd und zuckend um.

Alexander stand immer noch zur Salzsäule erstarrt, als Schneider ihn erreichte und dem Angreifer den Fangschuß versetzte, um ihn nicht unnötig leiden zu lassen.

Nadja eilte herbei und nahm den Jungen tröstend in die Arme. Sie und Schneider gingen vor ihm in die Hocke. Der Wissenschaftler sicherte gegen das Unterholz, während Nadja die Frage stellte, die auch ihm auf der Zunge lag: »Warum bist du nicht geflohen? Ein winziger Schritt in die Zukunft . . .«

Die Antwort hätte verblüffender nicht sein können: »Es ging nicht«, quälte Alexander hervor, als müßte er sich für etwas entschuldigen. »Es – ist nicht mehr da . . . Ich bin leer, *als hätte ich es nie gekonnt . . .!*«

»Wir auch!« riefen die Kinder, die langsam aufgerückt waren, im Chor.

Nadja krümmte sich plötzlich. Sie hielt sich an Schneider fest.

»Was ist?« fragte er. »Spüren Sie ein Beben?«

»Für ein Beben ...«, erwiderte sie wortkarg, » ... war es zu schwach.«

Kurz darauf näherte sich unter heftigem Hupen ein Fahrzeug.

Es war ein Jeep mit Littlecloud und Mainland als Insassen. Beide sahen erschöpft aus, besonders Mainland.

»Wir hielten uns östlich, nachdem wir die Farm von Soldaten belagert sahen. Ich glaube nicht, daß man uns bemerkte. Dann fanden wir diese Schneise. Seit drei Stunden fahren wir nun hier entlang. Der Sprit, auch im Ersatzkanister, ist wieder fast aufgebraucht. Dann hörten wir Schüsse ...«, berichtete Littlecloud. »Aber vorher begegnete uns eine Fata Morgana. Nur ein paar Schritte von hier entfernt. Es sah aus wie Pounder und Jasper. Der Junge schien von innen heraus zu glühen. Er hielt den General an der Hand, und dann waren sie verschwunden ...«

Während Nadja sich um Littlecloud und Mainland kümmerte, stellte Schneider fest, daß Pounders Fesseln zerrissen waren. Der General und Jasper waren tatsächlich verschwunden. Nur der seltsame Helm, den der Junge mitgebracht hatte, als er auf der Farm materialisierte, lag noch da. Schneider hob ihn betroffen auf und kehrte zu den anderen zurück. Erst jetzt wurde ihm bewußt, was er da in Händen hielt. Zuvor hatte niemand Zeit gehabt, sich damit zu befassen.

Er informierte die anderen, daß Pounder und Jasper tatsächlich zusammen geflohen waren.

»*Das* war es, was ich spürte«, sagte Nadja. »Wenn ich selbst von den Kindern mitgenommen werde, merke ich gar nichts. Aber wenn ein solches Ereignis in meiner Nähe geschieht ...«

Offenbar hatte Jasper bei Pounders Befreiung tatkräftig mitgeholfen. Erstaunlich blieb, daß gerade Jasper seine Begabung behalten hatte.

Alexanders Augen funkelten, und er verriet fast euphorisch: »Es ist wieder da. Die *Kraft* ist wieder da ...«

Nadja und Schneider konnten es nur so akzeptieren, wie sie es hörten.

Littlecloud erfuhr, was passiert war. Wenig später stand fest, daß sich die Fähigkeiten der Kinder ausschließlich auf DINO-LAND und das im Austausch in die Vergangenheit gerissene Gebiet beschränkten. Dort, wo der Purpurhimmel aufhörte, endeten auch die Talente der Zeitreisenden!

»Was haben Sie da?« fragte Littlecloud.

»Einen ... Wikingerhelm«, sagte Schneider unsicher.

»Authentisch?«

Schneider zuckte die Achseln.

»Woher stammt er?«

»Jasper brachte ihn mit – von seinem ›Ausflug‹ ...«

»Darf ich mal?« Littlecloud nahm den im Innern immer noch blutverkrusteten Helm entgegen, an dem neben den Hörnern auch ein paar Federn befestigt waren.

Littleclouds Augen schimmerten plötzlich feucht, während er über den Federschmuck strich.

»Können Sie etwas damit anfangen?« fragte Schneider.

»Mescalero-Apachen«, antwortete Littlecloud. »Die Verarbeitung ist eindeutig. Der Stamm lebte hier, bevor die weißen Siedler alles an sich rissen.«

»Heißt es nicht, die Wikinger hätten Amerika lange vor Kolumbus entdeckt?« fragte Nadja, die spürte, wie sehr das Fundstück ihrem Freund naheging.

»So sagt man. Die Nordmänner kamen hier auf ihren Eroberungszügen vorbei. Der Helm stammt von einem getöteten Wikinger und wurde entweder von einem Apachen als Trophäe getragen, bevor er selbst in die Ewigen Jagdgründe geschickt wurde. Oder ein Wikinger trug die Federn als Trophäe, bevor es ihn erwischte ...«

Schneider deutete zu der Stelle im Wüstenstreifen, die Littlecloud ihnen genannt hatte.

»Aber wohin will Pounder mit dem Jungen fliehen?« wechselte er das Thema. »Er allein ist doch zu keinen großen Sprüngen fähig. Die beiden wären für immer hier gefangen. Nur die Gemeinschaft der Kinder vermag doch die ungeheure Distanz bis zur ›Gegenwart‹ zu überbrücken.«

»Jasper ist anders«, mischte sich Alexander ein.

»Anders?«

»Etwas stimmt nicht mit ihm. Er besitzt ein unglaubliches ... Potential. Aber er kann nicht damit umgehen.«

»Wie war das, als wir beide in die Zukunft gingen, um die Unterlagen zu holen?« fragte Schneider. »Jasper schlich sich in den Kreis, um uns zu folgen, weil er allein nie dazu in der Lage gewesen wäre.«

»Er schmarotzte von unseren Kräften«, erklärte Alexander. »Weil er es nicht besser wußte. Aber er fiel irgendwo unterwegs aus dem Kraftfeld, weil es ihn abstieß. Er ging verloren. Dort, wo er den Helm fand.«

»Aber ihr habt ihn wieder – zurückgeholt ...«

Die Kinder schüttelten einträchtig die Köpfe.

»Wir haben ihn nicht geholt«, sagte Alexander. »Zurück ist er allein gekommen.«

»*Millionen Jahre?*« Schneiders Blick flackerte aus gutem Grund.

»Millionen Jahre«, sagte Alexander.

Washington

»Siebzig Meilen«, sagte die Stimme aus dem Telefon.

Der Präsident wandte sich fröstelnd an seinen militärischen Berater, der den Kontakt zu den Einheiten im Notstandsgebiet um den Lake Mead aufrechterhielt. »Wie lange brauchen wir noch bis zur vollständigen Evakuierung?«

»Die Wahrheit?«

»Natürlich die Wahrheit!«

Die Antwort war vernichtend.

Las Vegas

Sie hatten es riskiert. Riskieren *müssen*. Obwohl Pounders Behauptung wie ein Damoklesschwert über ihnen hing. Aber der Tank des Rovers war fast leer gewesen, und bis zur einzigen menschlichen Enklave in dieser Zeit war es eine zu weite Strecke, um sie zu Fuß, mit Kindern und ohne Vorräte bewältigen zu können.

Sie materialisierten in einem Außenbezirk der Stadt und zogen sich sofort in die höhergelegene Etage eines noch gut-erhaltenen Gebäudes zurück.

Littlecloud »reiste« zum ersten Mal auf diese Weise.

Die Kinder schienen erleichtert, daß es funktioniert hatte, nachdem ihre Kräfte in der Wildnis gestreikt hatten.

Kopfschüttelnd und trotz der nicht gerade dafür geschaffenen Situation verlangte Littlecloud mehr Informationen über diese unbegreifliche Begabung.

»Manchmal«, sagte Nadja, die sich wieder um Mainland kümmerte, »glaube ich, die Kinder wissen selbst nicht über sich Bescheid. Sie stehen erst am Anfang und sammeln ihre Erfahrungen. Anfangs spielerisch, aber davon kann mittler-weile auch nicht mehr die Rede sein. Vielleicht kann Alex-ander mehr dazu sagen . . .«

Nadja winkte Alexander herbei. Er setzte sich neben Litt-lecloud. Etwas von seiner Unschuld, das erkannte der Apa-che auf den ersten Blick, war aus dem Gesicht des Jungen gewichen. Die Ereignisse forderten auch von ihm ihren Tri-but.

Alexander zögerte, als Littlecloud ihn nach seinen Fähig-keiten fragte. Offenbar schien es nicht daran zu kranken, daß er nichts sagen wollte, sondern daß er sich längst nicht mehr sicher war über das, was in ihm und den anderen Kin-dern steckte.

»Zuerst konnten wir einzeln nur ein paar Minuten oder Stunden in die Zukunft vorstoßen«, erzählte er schließlich. Die anderen hörten schweigend zu. »Später entdeckten wir, daß wir unsere Kräfte zusammenschließen und dadurch viel, viel weiter in die Zukunft vordringen können.« Er stockte kurz. »Was wir *nicht* können, ist, in die Vergangenheit zu gehen. Wir können immer nur dorthin zurück, von wo wir aufgebrochen sind. Und ...«

»Und?«

»Es geht auch nicht weiter in die Zukunft als bis dahin, wo DINO-LAND existiert.«

»Das habt ihr versucht?«

Alexander nickte.

Jetzt trat Schneider doch zu ihnen. »Das klingt«, sagte er, »als beschränkten sich eure Fähigkeiten auf das Hin- und Herspringen entlang eines ... nennen wir es einen Tunnel. Oder einen Schlauch, der unsichtbar hier in der Kreidezeit beginnt und bis ins DINO-LAND unserer ursprünglichen Gegenwart reicht.«

»Der purpurne Himmel«, sagte Nadja. »Könnte das die Grenze des Tunnels sein?«

Schneider nickte bedächtig. »Ein Schritt hinaus in die Wildnis, und der Himmel ist wie immer. Es gibt keine feste Grenze, keine *Wand*, die uns aufhalten würde. Aber es gibt eine Energie – oder einen *Mangel an Energie*, der verhindert, daß die Kinder außerhalb dieses Bereichs über ihre übersinnlichen Kräfte verfügen. Sie sind an dieses Gebiet gebunden, das ursprünglich unserer ›künftigen Gegenwart‹ entstammt ...!«

»Hören Sie auf!« fauchte Littlecloud. »Wer soll da noch durchblicken?«

»Ich«, sagte Schneider. »Ich habe damit keine Probleme.«

»Wie schön.«

»Gar nicht schön. Denn ich habe andere Probleme.«

»Ich wollte schon immer etwas über die Probleme eines Mannes wissen«, sagte Littlecloud, »der sich Jahrmillionen von seiner Heimat entfernt durch eine Welt voller Feinde schlagen muß ...«

»Sparen Sie sich Ihren Sarkasmus. Ich spreche vom Gamma-Zyklotron.«

»Das ich abgeschaltet habe.«

»Das Sie *glauben*, abgeschaltet zu haben.«

911

»Sie zweifeln immer noch?«

»Was sonst als dieser Reaktor könnte den Riß im Kontinuum aufrechterhalten?« fragte Schneider. »Woher sollte sonst die dafür nötige Energie kommen?«

»Ist sie denn noch nötig? Kann sich die Sache nicht einfach verselbständigt haben?«

»Sie reden wie ein blutiger Laie.«

»Ich *bin* blutiger Laie.«

»Hört auf mit diesem Affenzirkus!« schaltete sich Nadja ein. »Man kann ja nicht mehr zuhören!« Sie funkelte Schneider an. »Was wollen Sie tun, um die Beben zu stoppen? *Können* Sie überhaupt etwas tun?«

»Das werde ich wissen, wenn ich davorstehe.«

»Wovor?«

»Vor dem Steueraggregat des Antimaterie-Reaktors«, sagte Schneider. Das war der Moment, als Paul Mainland vollends den Verstand zu verlieren schien.

»Kee-nyaa!« Es klang wie ein Kampfruf aus dem Mund des sich aufbäumenden Mannes, der Nadja von sich wegstieß und auf allen vieren bis zu den Fenstern krabbelte – so schnell, daß niemand in der Lage war, ihn zu stoppen, ehe er sich behende auf den Sims geschwungen hatte.

»*Mainland!*«

Littleclouds Stimme riß ihn nicht aus seinem Trauma. Mainland hob abwehrend eine Hand. Mit der anderen hielt er sich am glaslosen Fensterrahmen fest und streckte den Kopf in die Tiefe. Vier Stockwerke hoch lag die Ebene mit den verlassenen, von der feuchten Witterung verheerten Zimmern. Von unten grüßte aufgeplatzter Asphalt. Es war ein tödlicher Gruß.

»Sei vorsichtig!« mahnte Nadja, die Angst hatte, schon wieder einen guten Begleiter zu verlieren. »Er hört dich nicht. Er ist zu allem fähig ...«

»Er hört mich«, sagte Littlecloud überzeugt. »*Mainland ...*«

Mainland hielt inne. Gehetzt blickte er von Schneider zu Nadja und dann zu Littlecloud. Die Kinder ignorierte er.

»Vorrrsicht«, haspelte er plötzlich. »Sol-datten ... Station ... Rrreaktorr ... Kennya ...« Er hielt inne, winkte Littlecloud mit der Hand, die er zunächst abwehrend ausgestreckt hatte, zu sich.

Der Apache ließ sich nicht zweimal bitten.

Mainland wartete, bis Littlecloud ihn fast erreicht hatte. Dann streckte er ihm beide Hände entgegen, lachte und ließ sich lachend rückwärts in die Tiefe fallen.

Littlecloud hechtete nach vorn.

Er griff ins Leere.

Washington

»Fünfundzwanzig Meilen«, sagte der Beobachter.

Bill Frazer ließ den Hörer sinken. Ein Blick in die Runde derer, die sich um ihn versammelt hatten, zeigte dem Präsidenten, wie einsam sein Job machen konnte.

»Es ist nicht nur der Staudamm«, sagte einer der Anwesenden. »China erklärt uns vielleicht bald den Krieg. Man hält unsere Erklärungen, die Massenpsychosen betreffend, für Ausflüchte. Die Gelben glauben, wir experimentieren mit einer neuen Waffe ...!«

Frazer kniff hart die Lippen zusammen.

Stumm warteten sie auf das nächste Zeitbeben, das vielleicht den Hoover-Damm *und* den Weltfrieden zertrümmern würde. Sie warteten, während die berichterstattenden Medien fast die Türen zum Weißen Hauses einrannten.

Es dauerte Stunden bis zum nächsten ›Bebenausreißer‹.

Aber er kam.

Pounder stolperte durch die Senke, wo die toten Krieger lagen. Mescalero-Apachen und derbe, grobschlächtige Männer, in Felle gehüllt und martialisch behelmt. Der Tod hatte keinen Unterschied zwischen den hell- und rothäutigen Männern gemacht, die hier aufeinandergetroffen waren. Ihr Blut hatte ohnehin dieselbe Farbe.

Überall lagen Waffen.

Streitäxte, Schilde, Tomahawks, Speere, Pfeile und Bogen.

Eine Hand hielt Pounder fest. Er bückte sich nach einer Axt und befreite sich, ohne richtig hinzusehen, von dem Reflex eines Todgeweihten.

Jasper tanzte abseits zwischen den Leichen. Der Junge brabbelte vor sich hin und war nicht mehr ansprechbar.

Pounder sah zu dem Jungen und wog die Axt in der Hand.

»Verdammter Bastard!« preßte er hervor. »Wir wollten die Welt beherrschen. Du wolltest uns in die Zukunft bringen – aber *niemals in diese* –«

Er brach ab. Fremde Schatten fielen über ihn. Rings um die Senke zogen Gestalten auf; Ebenbilder jener Nordmänner, die hier im Kampf mit Indianern gestorben waren.

Pounder erfaßte sofort die Situation. Er ließ die Streitaxt fallen und ging den Kriegern in Demutshaltung entgegen.

Vor demjenigen, den er für ihren Führer hielt, neigte er das Haupt.

So starb er.

Den verrückten Knaben ließen sie leben.

Lange, nachdem sie gegangen waren, *ging* auch Jasper.

Auf seine Weise.

Las Vegas

Sie konnten ihn nicht einmal begraben. Wie aus dem Nichts tauchte ein Deinonychus auf und schleppte Mainlands Leichnam weg.

Während Nadja sich mit den Kindern befaßte, die Zeugen des Selbstmordes geworden waren, zog Schneider Littlecloud vom Fenster weg. »Für ihn können wir nichts mehr tun. Nur noch für uns. Wissen Sie, was er uns mitteilen wollte? Haben Sie ihn verstanden?«

Einen Moment sah es aus, als wollte der Apache dem graubärtigen Wissenschaftler an die Kehle gehen. »Was sind Sie bloß für ein kaltschnäuziger Hund . . .?«

»Bin ich das?«

Littlecloud zuckte die Achseln und wollte ihn beiseite schieben. Schneider wich keinen Schritt.

»Ich muß an den Reaktor!« sagte er eindringlich. »Alles hat seine Zeit – auch Trauer um gute Freunde. Aber wir haben *keine Zeit mehr*! Sagen sie mir, was Mainland meinte!«

Vor Littleclouds Augen schien ein Schleier zu zerreißen. Auch seine Stimme klang fast wie gewohnt. »Wenn ich ihn richtig verstanden habe, wird die Station von Soldaten bewacht.«

»Verdammt! Ich muß es trotzdem versuchen...«

»Ich werde Sie begleiten.«

Schneider schüttelte den Kopf. »Nein, das werden Sie nicht. Sie werden dafür sorgen, daß von diesem Kenya keine Gefahr mehr droht!«

Der Name ließ Littlecloud zusammenzucken. Dennoch beharrte er: »Ich werde mitkommen!«

»Das paßt nicht in meinen Plan.«

»Seit wann haben Sie einen Plan?«

»Seit eben.«

»Das kann nicht klappen«, reagierte der Apache, nachdem er ruhig zugehört hatte. Fast zu ruhig.

»Haben Sie eine bessere Idee? Sie kennen die Ausbildung dieser Killer besser als ich. Sollen wir sie *überrennen*?«

In Littleclouds Gesicht arbeitete es. Nadja trat zu ihnen und wurde informiert, was Schneider vorhatte. Sie gaukelte keinen Optimismus vor und teilte eher Littleclouds Skepsis. »Wenn Pounder inzwischen bei seinen Soldaten ist, sind sie gewarnt... Sie stehen bestimmt in permanentem Kontakt.«

»Das müssen wir riskieren.«

»Versprechen Sie sich wirklich etwas davon?«

»Das Ende der Beben«, sagte Schneider.

»Und dann?«

»Ich weiß nicht, was dann sein wird«, sagte er. »Aber ich hoffe, daß sich danach alles wieder normalisiert.«

»Die Beben hören auf. Niemand wird je wieder Soldaten schicken können. Wir müssen ›nur‹ noch mit denjenigen fertigwerden, die man uns schon an den Hals gehetzt hat ...?«

»So etwa wird es sein.«

»Sie lügen! Ich weiß nicht, warum, aber ich spüre, daß Sie lügen!« Nadja wandte sich brüsk ab und ging zu den Kindern zurück. Schneider und Littlecloud, die ihr nachblickten, hörten erstaunt, wie sie trotz ihres Vorwurfs mit Alexander über die Maßnahmen verhandelte, die nötig waren, um Schneiders Plan umzusetzen.

Nadja krümmte sich, als Schneider an Alexanders Hand *ging.*

Washington

Bill Frazer war nicht einmal mehr in der Lage, Erleichterung zu empfinden, als er hörte, daß der neueste ›Ausreißer‹ im Westen von DINO-LAND stattgefunden hatte. Der Hoover-Damm war unbehelligt geblieben.

Wie lange noch, wußte keiner.

Eine Meldung aus Peking bewies jedoch, daß es keinen Unterschied machte, ob die Beben nach Osten oder Westen ausschlugen. Der Breitengrad, dem entlang die Wahnpsychosen aus der Urzeit rollten, blieb der gleiche.

Ein Krieg schien nicht mehr abwendbar.

»Diese Narren halten es wirklich für eine *Waffe* von uns«, sagte einer der Generale, die Frazer um sich geschart hatte. »Die Satellitenaufklärung beweist, daß sie beginnen, ihre Raketenbunker zu öffnen ...!«

Ben Kenya war allein, als Littlecloud an Alexanders Hand neben ihm materialisierte.

Littlecloud richtete den Revolver auf den schwarzen Offizier und sagte: »Damit haben Sie wohl nicht gerechnet.«

»Nein«, entgegnete Kenya. »Ich dachte, Sie wären klug genug, Ihr Glück nicht noch einmal zu bemühen. Daß Sie mit Mainland fliehen konnten ...« Kenya verstummte. Er schien zu ahnen, daß er den Finger in eine Wunde gelegt hatte.

Littleclouds Faust krampfte sich um die Waffe. Er ertappte sich bei dem Verlangen, abzudrücken. Dieser Mann war schuld am Tod seines Freundes – niemand sonst. Dieser Mann hatte Mainland, um an die Kinder zu kommen, langsam zerstört, und er hätte dasselbe mit ihm, Littlecloud, getan, wenn er die Gelegenheit dazu erhalten hätte.

»Machen Sie keine Dummheiten!« fauchte Kenya, der wie hypnotisiert auf den Finger am Abzug starrte. Er lachte verkrampft. »Was haben Sie? Was soll das? Sie sind nicht der Typ, jemanden einfach abzuknallen ...« In seiner Not wandte er sich sogar an den Jungen neben Littlecloud. »Bring du ihn zur Vernunft! Du bist doch eine dieser Mißbildungen, wegen denen wir hergekommen sind. *Sprich mit ihm.*«

Alexander schwieg. Die Worte Kenyas schienen regelrecht an ihm abzuperlen.

Vor der Tür klangen Stiefelschritte auf. Ein Hoffnungsschimmer huschte über Kenyas Gesicht.

Die Tür wurde aufgerissen.

Littlecloud drückte Kenya die Mündung des Revolvers unter das Kinn. Seelenruhig soufflierte er dem Ex-Oberst, was er seinen hilflosen Männern zu befehlen hatte.

Dann nahmen sie ihn mit.

Es dämmerte, als Schneider auf den Bunker zumarschierte, der den Eingang zu den unterirdischen Anlagen darstellte, die einst gebaut worden waren, um *Laurin*, das ›Tarnkappen‹-Projekt des Pentagon, zu realisieren. Alexander hatte ihn abgesetzt und war sofort wieder verschwunden.

Es kam ihm wie eine Ewigkeit vor, seit er das letzte Mal auf die Tür des Bunkers zugelaufen war. Viel Vertrautes war nicht mehr da. Überall lagen Skelette, die von einer fürchterlichen Schlacht zwischen Menschen und den wahren Herrschern dieser Zeit zeugten.

Er wußte, was gleich passieren würde, und es passierte.

Die nur angelehnte Stahltür, die verbogen in ihren Angeln hing, sprang auf.

Zwei dunkelhäutige Soldaten zielten mit ihren Gewehren auf Schneiders Brust.

»Wen haben wir denn da ...?« Der Kaugummi, der die Reise in die Vergangenheit mitgemacht hatte, quietschte zwischen den Zähnen des Söldners.

Wäre Schneider nicht gewarnt gewesen, wäre ihm kaum die richtige Ausrede eingefallen.

»Sie müßten mich kennen«, sagte er selbstbewußt und untertrieb damit nicht. Sein Bild war über jede Mattscheibe der Vereinigten Staaten geflimmert und hatte fast jedes Zeitschriften-Cover geziert. »Ich bin Professor Schneider. Pounder schickt mich.«

Richtig beeindruckt schienen die beiden Wächter nicht zu sein. »Pounder schickt ihn«, äffte einer von ihnen nach. »Wie nett. *Uns* hat er nämlich auch geschickt. Und was sollst *du* für ihn tun?«

»Den Reaktor abschalten.«

»Wozu?«

»Weil er euch sonst jeden Moment um die Ohren fliegen kann«, sagte Schneider. »Die Messungen waren eindeutig.«

Die Männer beäugten ihn mißtrauisch. »Das Ding hier soll noch laufen? Nicht mal das Licht da drin funktioniert ...«

Sein Partner sagte: »Du hast nicht einmal eine Waffe. So bist du gekommen?«

»Ich habe alles auf dem Weg hierher verloren.«

Die beiden besprachen sich kurz. »Wir werden mit dem Chef reden«, erklärten sie dann.

»Wie Sie wollen. Aber uns brennt die Zeit unter den Nägeln. Wissen Sie, was von uns übrigbleibt, wenn das Zyklotron hochgeht?«

Über ein Handy sprachen sie mit Las Vegas. Die Antwort brachte sie aus dem Konzept. »Der Boß wurde gerade von diesen Bastarden gekidnappt und wir zur Kapitulation aufgefordert«, kam es aus dem kleinen Lautsprecher. »Seht zu, daß ihr alleine klarkommt!«

»Heh! Holt uns hier weg! Laßt uns bloß nicht versauern!«

Es wurde ihm versprochen.

»Und jetzt?« fragte Schneider.

»Okay, schalten Sie das verdammte Ding ab. Sie werden aber allein da unten zurechtkommen müssen«, erhielt er zur Antwort.

»Das werde ich.«

Ohne Begleitung stieg er im Schein einer Lampe, die sie ihm überlassen hatten, in die Bunkertiefen.

Es war ein langer Weg, und unterwegs verdichteten sich zusehens die Anzeichen, daß Littlecloud sich *nicht* geirrt hatte. Kein sanftes Vibrieren ließ die Kraft ahnen, die in der Erdkruste schlummerte. Als er Minuten später vor dem Terminal ankam, das den Reaktorkomplex steuerte, schwanden die letzten Zweifel.

Das heiße Herz des Reaktors war, vermutlich seit vielen Jahren schon, erloschen. Littlecloud und Mainland hatten ganze Arbeit geleistet.

Das Gamma-Zyklotron konnte nicht schuld an dem Wiederaufflackern der Beben sein.

Diese Tatsache ließ nur eine logische Schlußfolgerung übrig, die er zwar in seinen Theorien berücksichtigt, sich aber bislang hartnäckig zu glauben geweigert hatte.

Schneider ließ sich sein Entsetzen nicht anmerken.

Er wußte, was ihm jetzt noch zu tun blieb.

Aber er wußte noch nicht, ob er dafür stark genug sein würde . . .

Nadja und Littlecloud erstarrten, als sie Schneiders Ultimatum aus dem Lautsprecher ihres Walkie-talkies hörten. Mit ihnen hörte es Ben Kenya. Er lachte heiser. »Dieser Irre hat auch euch aufs Kreuz gelegt, stimmt's? Ich seh's euch an . . .!«

»Was ist nur in ihn gefahren?« fragte Nadja.

Statt einer Antwort sprach Littlecloud mit Alexander. »Könnt ihr ihn *spüren*?« fragte er.

Alexander nickte.

»Könnt ihr mich zu ihm bringen?«

Auch das bejahte der Junge.

Nadja versuchte ihn aufzuhalten, aber er hatte die besseren Argumente. Zumindest glaubte er das. »*Wenn* er ernstmacht, sterben wir hier ebenso wie dort.«

»Aber wir wären zusammen«, sagte sie leise.

Sie ließ ihn trotzdem gehen.

Wieder war es Alexander, der ihn begleitete. Sie kamen wenige Schritte von Schneider entfernt an. Der Wissenschaftler stand vor einem Steuerhebel.

Eine Art Notbeleuchtung brannte, und über einige Monitore huschten Farbeffekte. So ähnlich hatte es hier ausgesehen, erinnerte sich Littlecloud, bevor er damals den Hebel umgelegt und den Reaktor abgeschaltet hatte.

»Ich wußte, daß ihr es nicht so einfach akzeptieren würdet«, sagte Schneider. »Ich dachte es mir. Aber ich habe die Zeit genutzt. Kenyas Wachen sind geflohen. Ein Helikopter hat sie abgeholt. Ihre Vorräte haben sie dagelassen.«

»Vorräte?«

Schneider ging nicht darauf ein.

»War der Kern des Zyklotrons nun abgeschaltet oder nicht?« fragte Littlecloud. Alexander stand still neben ihm; ihre Hände waren immer noch ineinander gefaltet.

»Er war«, sagte Schneider.

»Was soll dann der Unsinn?«

»Es ist kein Unsinn. Es ist die einzige Möglichkeit, alles wieder ins Lot zu bringen. Ihr und die Kinder, ihr müßt weg von hier. *Alle* müssen weg aus dem Gebiet, das nicht in diese Zeit gehört. Ich habe lange darüber nachgedacht. Der Reaktor ist bereits programmiert. Nicht einmal ich könnte es mehr rückgängig machen. Er wird in spätestens sechs Tagen seinen kritischen Punkt erreichen und explodieren – oder sofort, wenn mich jemand von diesem Hebel wegzuziehen versucht.«

»Sie bluffen«, sagte Littlecloud.

»Probieren Sie es lieber nicht aus.« Schneiders Gesicht verkrampfte sich. »Die Strahlung wird es über tausend Jahre unmöglich machen, dieses Gebiet zu betreten, das durch mein unseliges Experiment so eng mit der Gegenwart in hundertzwanzig Millionen Jahren verbunden ist. Das sind tausend Jahre Atempause für die Welt ...«

»Unzählige werden sterben«, hielt Littlecloud dagegen. Er hörte Schneiders Worte, aber er begriff ihren Sinn nicht, und er war geneigt zu glauben, daß nicht einmal Schneider *wirklich* wußte, wovon er sprach. »Haben Sie den Verstand verloren?«

»Ich war noch nie so klar. Ich werde allen Gelegenheit geben, das kritische Gebiet zu verlassen – selbst Pounders Söldnern. Sie werden genug mit sich selbst zu tun haben, sobald sie begreifen, daß sie nie wieder aus diesem Zeitalter herauskommen!«

»Was ist mit den Tieren und Pflanzen, die Sie vernichten werden?«

»Es wird Opfer geben. Es geht nicht anders. Die Zukunft steht auf dem Spiel.«

»Das bilden Sie sich ein!«

»Haben Sie das immer noch nicht begriffen?« In Schneiders Augen schimmerten Tränen. »Bleiben Sie stehen!« schrie er, als Littlecloud mit Alexander einen Schritt auf ihn zu machte. »Sie hatten recht, Littlecloud: *Der Reaktor war abgeschaltet!* Also scheidet er als Ursache für die Beben und für all die Katastrophen aus!«

»Aber deshalb ...«

Schneider schüttelte den Kopf. »Vielleicht können Sie es wirklich nicht verstehen«, sagt er. Sein verzweifelter Blick heftete sich an den Jungen an Littleclouds Seite. »*Die Kinder sind es.* Die Kinder, die hier geboren wurden und über diese unbegreiflichen Kräfte verfügen – *sie* lösen die Beben aus. Sie haben die Energie aus dem Reaktor längst abgelöst. Erinnern Sie sich: Als Sie damals das Zyklotron abgeschaltet haben, blieben die Beben für eine ganze Weile aus. Und dann begannen sie erneut, zunächst ganz schwach und kaum spürbar, dann immer stärker und stärker. Der Grund liegt auf der Hand: Mit der Geburt des ersten Kindes fing es damals wieder an. Und je älter sie wurden, desto schlimmer wurde die Instabilität der Zeit. *Diese* Gegenwart und die, aus der wir kommen, sind miteinander verknüpft. Enger, als wir jemals ahnten! Stellen Sie es sich als eine Art Tunnel vor, der von hier ausgeht und in DINO-LAND im Jahre 2002 endet.«

Littlecloud hob beschwichtigend die Arme. »Das ist doch nur eine Theorie, Schneider«, sagte er eindringlich. »Sie als Wissenschaftler können doch nicht . . .«

Schneider unterbrach ihn mit einer energischen Handbewegung.

»Sie wollen weitere Beweise?« Er nickte. »Die können Sie haben. Denken Sie nur an die Anomalien der Zeitbeben in den letzten zwei Jahren. Lange konnte sich niemand einen Reim darauf machen. Nun weiß ich den Grund. Es begann, als die Kinder entdeckten, daß sie durch die Zeit reisen konnten. Mit jedem Sprung brachten sie das Zeitgefüge durcheinander; je weiter sie kamen, desto stärker waren die Abweichungen in den Berechnungen der Beben.

Noch mehr Beweise? Denken Sie daran, was Pounder sagte: Seit Tagen bewegt sich DINO-LAND in der Zukunft wie ein Keil in Richtung des Hoover-Damms. Warum wohl? Ich will es Ihnen sagen: Weil wir mit den Kindern in eben diese Richtung geflohen sind! Jeder ihrer Zeitsprünge hier in der Vergangenheit hat direkte Auswirkungen auf DINO-LAND! Verheerende Auswirkungen! Natürlich setzen die Kinder den Planeten nicht bewußt der Vernichtungsgefahr aus. Sie können nichts dafür, daß ihr gemeinsames Potential sich so zerstörisch auswirkt . . .«

»Lassen Sie uns in Ruhe über alles reden«, sagte Littlecloud eindringlich. »Zusammen werden wir eine Lösung finden!«

Schneider schien ihn gar nicht zu hören. »Ich kann nur versuchen, die Zukunft für die nächsten tausend Jahre zu schützen. Meine Beobachtungen räumen eine gute Chance ein, daß die Katastrophen aufhören, sobald *alle* Kinder aus diesem Gebiet, das das Gegenstück zu DINO-LAND ist, verschwunden sind. Diese mit der Zukunft so eng verknüpfte Fläche muß unbetretbar gemacht werden, auch für nachfolgende Generationen. Ein auf tausend Jahre verseuchtes Gebiet, in dem kein Leben existieren kann. Die Strahlung des Zyklotrons wird das besorgen ...« Sein Blick klarte auf. »Gehen Sie jetzt!« befahl er Littlecloud. »Lassen Sie mich allein – und versuchen Sie nicht, mich zu betrügen. Wenn Sie noch einmal kommen, ziehe ich den Hebel! Sie haben sechs Tage, und die werden Sie brauchen. Die Kinder kennen den Weg aus diesem Zeitalter – sie können ihre Angehörigen und andere, die es verdienen, von hier wegbringen.«

Schneider wandte sich an den Jungen neben Littlecloud.

»Und du, Alexander, mußt mir eines versprechen. Ich weiß, ich verlange viel, aber es gibt keinen anderen Weg, wenn nicht alles umsonst sein soll. Du und die anderen Kinder – ihr dürft auf keinen Fall bis zum Ende des Tunnels springen! Wenn ihr bis nach DINO-LAND gelangt, wo man von eurer Existenz weiß, seid ihr und eure Familien in Gefahr. Das Militär wird sich die Chance nicht entgehen lassen, mit lebenden Zeitmaschinen zu experimentieren. Du weißt, was das bedeuten würde?«

Alexander nickte, und ein Blick in seine Augen bewies Schneider, daß der Junge verstanden hatte.

»Wir wären nie wieder frei«, sagte er leise.

Schneider atmete auf. Bis zuletzt hatte er Zweifel gehabt, ob er den Jungen überzeugen konnte.

»Es gibt unzählige Ausstiege entlang des ›Tunnels‹, die allesamt friedlicher sind als diese Epoche«, sagte er. »Ihr habt die freie Auswahl. Verteilt euch über die Jahrtausende. Sucht euch eine Welt, in der ihr leben wollt, und verlaßt das Gebiet, in dem Zeitsprünge möglich sind. Nun dann könnt ihr ein ganz normales Leben führen. Wer hierbleiben will, soll selbst herausfinden, wo ihn die Strahlung nicht mehr erreicht ... Ich weiß, daß *ich* der eigentlich Schuldige an der ganzen Misere bin. Deshalb bleibe ich an Bord. Bis zuletzt. Niemand wird mich davon abbringen!«

»Ist das Ihr letztes Wort?«

Über Schneiders Gesicht liefen Tränen.

Er nickte.

Die Nachricht von Schneiders Ultimatum verbreitete sich wie ein Lauffeuer unter den Bewohnern von Las Vegas. Nicht alle glaubten daran, daß er seine Drohung in die Tat umsetzen würde. Oder es war ihnen egal.

Wie den »Schatten« zum Beispiel, die die Aufforderung, ihre Spieltische zu verlassen und aus Las Vegas zu fliehen, nur mit dem lapidaren Satz kommentiert hatten: »*Rien ne va plus!*«

Nichts geht mehr.

Es fehlte an Zeit und Mitteln, sie zu zwingen.

Littlecloud, der Schneider sehr wohl glaubte, betrieb Aufklärungsarbeit und half mit Nadja bis zuletzt, den Exodus aus Las Vegas zu organisieren.

Für die Kinder und ihre Eltern war eine andere Fluchtroute vorgesehen. Nicht in die Wildnis, sondern in eine andere Zeit. Alexander hatte Nadja und Littlecloud angeboten, sie beide mitzunehmen. Sie hatten drei Nächte darüber nachgedacht und dann abgelehnt. Sie waren entschlossen, diejenigen, denen diese Möglichkeit verschlossen blieb, nicht im Stich zu lassen.

Ben Kenya wurde als Pfand gefangengehalten, bis sicher war, daß er und seine Leute nichts mehr anrichten konnten. Einen Tag vor Ablauf der Frist wurden Pounders Ex-Söldner in ihren Helikopter gesetzt und in die aufgehende Sonne verabschiedet.

Dann kam der Abschied von den Familien. Nur Littlecloud und Nadja waren zugegen, als sich die Kinder im Kreis gruppierten und ihre Angehörigen in die Mitte nahmen. Die Kinder hielten ihre Eltern bei den Händen, um sicherzustellen, daß sie während der Reise nicht getrennt wurden. Alexander hatte es allen erklärt: Nur gemeinsam konnten die Kinder so viel Kraft aufbringen, um die gewaltige Entfernung bis zum Erscheinen des Menschen auf der Erde zu überbrücken – immerhin gut hundertfünfzehn Millionen Jahre. Von da an würden sich die Familien trennen, um jede für sich eine Zeitepoche auszuwählen, in der sie den ›Tunnel‹ verlassen wollten.

Ein letztes Mal wandte Alexander sich zu Littlecloud und Nadja um. Worte waren überflüssig. Sie wußten, daß es ein Abschied für immer war.

Wo immer er sein Leben fortführt, dachte Nadja, er wird sich einen Namen machen. Er ist zu Großem geboren. Sie lächelte über das Wortspiel: Alexander der Große.

Dann gleißte ein Licht auf und blendete sie. Als sie die Augen wieder öffneten, waren die Kinder und ihre Eltern verschwunden. Nadja und Littlecloud waren die letzten, die in den Hubschrauber stiegen, der sie aus der direkten Gefahrenzone brachte. Zu einem Platz, den sie ausgesucht hatten, um die neue Siedlung der Gestrandeten zu gründen.

Niemand wußte, was die Zukunft bringen würde.

Nur daß sie schwer werden würde, war jedem klar.

Vierundzwanzig Stunden nach Verlassen der Stadt legte Schneider den Hebel um.

Nürnberg, 1828

Ein etwa sechzehnjähriger Junge wankte in verlotterter Kleidung auf den Marktplatz der Stadt. Seine Bewegungen wirkten abgehackt und unkontrolliert wie die Laute, die aus seinem Mund rannen.

Er wußte nicht, wer er war.

Er wußte nicht, woher er kam.

Er beherrschte nicht einmal die Sprache derer, die ihn fanden. Ein Lehrer, der sich seiner annahm, gab ihm den Namen, der später auch auf seinem Grabstein stand: *Caspar Hauser*.

Epilog

DINO-LAND, im Jahre 2004

William Frazer durchschnitt das symbolisch gelbe Band. Applaus brandete auf. Der chinesische Ministerpräsident trat vor ihn hin, umfaßte seine Schultern und gab ihm Bruderküsse auf beide Wangen. Sein maskenhaft ·perfektes Lächeln strahlte in die Kameras. Via Satellit gingen die Bilder um den ganzen Erdball.

Bilder, die nicht nur einen Park eröffneten, der einzigartig war auf der Welt, sondern auch den kulturellen Pakt dokumentierten, den beide Völker zwei Jahre nach dem Ende der Zeitbeben und der Psychosewellen besiegelt hatten.

Es gab keine Heldentafeln mit den Namen jener, die das bewerkstelligt hatten.

Helden brauchte die Erde weniger als Pragmatiker.

Der Kontakt zur Kreidezeit war abgerissen. Was aus den dorthin verschlagenen Menschen geworden war, wußte niemand. Sie waren – im wahrsten Sinne des Wortes – nur noch Vergangenheit.

Chinesische Hochtechnik war in die Sicherheitsvorkehrungen, die DINO-LAND zur Touristikattraktion machten, eingeflossen.

Die Menschen vor den Bildschirmen blickten hoffnungsvoll in eine Zukunft, die ihnen neue Persepektiven eröffnete.

Für mindestens tausend Jahre ...

ENDE

Band 13 871
Wolfgang Hohlbein
Der Widersacher

Auf der Suche nach einer Tankstelle stoßen der Versicherungsvertreter Brenner und die junge Anhalterin Astrid auf ein seltsames, uraltes Kloster, in dem die Zeit stehengeblieben zu sein scheint. Doch allzuschnell holt sie die Gegenwart ein. Über ihren Häuptern bricht ein flammendes Inferno aus, als ein arabischer Terrorist und die US-Luftwaffe sich ein letztes Gefecht liefern. Danach geschehen Zeichen und Wunder: Menschen, die Brenner verglühen sah, sind noch am Leben, und ein unheimlicher Priester enthüllt ihm die unglaubliche Kunde, daß das Ende der Welt angebrochen ist und der Widersacher nun auf der Erde wandle.

Sie erhalten diesen Band
im Buchhandel, bei Ihrem
Zeitschriftenhändler sowie
im Bahnhofsbuchhandel.

Band 13 421
Wolfgang Hohlbein
Die Moorhexe

Eine Jahrtausendflut hat es an Land gespült, in einer einzigen sturmdurchpeitschten Nacht. Und als das Meer sich zurückzog, blieb es als Gefangener im Moor zurück – ein Wesen aus den lichtlosen Tiefen des Ozeans, älter als die Menschheit selbst: die Moorhexe. Und diese Moorhexe wartet, erfüllt von unendlicher Gier nach Leben und grenzenlosem Haß.
Dann schuf sie die Falle, eine perfekte tödliche Falle, die auf ihre ahnungslosen Opfer wartet: das Haus im Moor.

Ein Horrorroman der Extraklasse,
böse und doch poetisch.